La 13e vallée

CHINE
HANOI
LAOS
THEATRE
DES OPERATIONS
THAILANDE
VIETNAM
CAMBODGE
SAIGON
MALAISIE

JOHN M. DEL VECCHIO

La 13e vallée

roman

TRADUIT DE L'AMÉRICAIN
PAR ROBERT LOUIT

Denoël

Titre original :
THE 13TH VALLEY
A Bantam Book, New York
ISBN 0-553-05022-2

19, rue de l'Université, 75007 Paris
ISBN 2-207-23383-9

POUR KATE
et pour
Heather Ann, Bruce II, Nya, Chandra, Joey,
Erin et Nathan,
et pour les enfants du Vietnam.

Remerciements

Reçoivent ici l'expression de ma vive reconnaissance : un soldat, au point de rassemblement en bordure de la vallée d'A Shau, pendant l'opération Lam Song 19, printemps 1971.

Il m'a dit : « Tu peux y arriver. Écris sur cet endroit. Ça fait longtemps que tu es là. Il faut que les gens sachent comment c'était vraiment. » C'est ainsi que le livre est né.

Et aussi : le docteur John Henry Hatcher, archiviste ; le Centre d'histoire militaire ; le lieutenant Kevin R. Hart, historien, 101e division aéroportée (aéromobile) ; et miss Gilbert, bibliothécaire, bibliothèque de l'Armée, pour leur aide, les renseignements et la fourniture de documents ; les docteurs Byron J. Good et Mary Jo Good, de l'université de Californie, Davis, pour leur aide dans la reconstruction théorique des causes du conflit ; Lee Bartels, soldat à la 101e division au Khe Ta Laou, pour l'aide apportée au récit ; Jane Vandenburgh, Susan Harper, F.X. Flinn, Alan Rinzler et Kathleen Moloney, pour leur concours dans la mise au point du manuscrit ; mes parents, ma famille et mes amis pour leur appui moral ; et enfin les Ratcliffe, sans qui j'aurais abandonné après le chapitre 23.

Note de l'auteur

Les opérations du Khe Ta Laou, qui débutèrent le 13 août 1970, faisaient partie d'une offensive générale lancée sous le nom de code Texas Star. Les premières unités de la 101e division aéroportée (aéromobile) furent infiltrées dans la jungle montagneuse entourant la base de feux Barnett à 08 h 40, le 13 août. L'assaut donné par la compagnie A au sommet de la colline 848 se déroula de la manière rapportée ici, et il en va de même pour un grand nombre de faits décrits, quoique le récit mêle des événements survenus lors d'opérations distinctes. Les désignations d'unités, les chiffres et les mouvements de l'ANV sont, autant que mes recherches ont permis de l'établir, rapportés avec exactitude. Le 7e front de l'ANV était établi dans la vallée. Treize régiments nord-vietnamiens utilisaient le Khe Ta Laou comme dépôt de vivres et comme abri.

Les résultats des opérations du Khe Ta Laou, qui prirent fin le 30 août 1971, combinés avec ceux de la 1re division de l'ARVN autour de la zone O'Reilly/Jerome, directement au sud du Khe Ta Laou, s'établirent comme suit : 5 morts US, 60 blessés US, 2 blessés KCS, 32 morts ARVN, 108 blessés ARVN, 737 morts ANV, 3 prisonniers ANV.

Au cours de l'été 1970, la 101e division aéroportée comprenait dix bataillons d'infanterie. Le 7e bataillon du 402e d'infanterie (aéromobile) est une unité entièrement fictive. Ceci est un roman.

Les personnages et leurs arrière-plans sont imaginaires. Ils ne prétendent en aucun cas décrire des soldats appartenant ou ayant appartenu à la 101e.

Les paroles du *Chant des Boonierats* *, au chapitre 7, auraient été rédigées par un mitrailleur de la 101e, au creux de la vallée de Ruong-Ruong, pendant le printemps 1970. Il y aurait ajouté la musique quand son unité passa dans la vallée de l'Éléphant. En octobre de la même année, une copie des paroles me fut communiquée par le première classe Charles E. « Doc » Bell de Wichita, Kansas, qui était « gardien » du chant de la compagnie. Le compositeur serait mort au combat.

* Voir glossaire.

PROLOGUE

Longtemps avant l'arrivée des soldats, les formes de vie dans la vallée avaient établi entre elles un équilibre symbolique stable.

Tout au centre de la vallée, dans la caverne sombre et humide formée par les racines noueuses d'un immense teck, une araignée reconstruit son labyrinthe démantelé de chambres et de couloirs soyeux. Sur les fils qui bordent la toile, la rosée luit à la faveur de l'unique rayon de soleil qui filtre à travers la brume de la vallée et glisse dans la jungle ombreuse.

L'araignée au grand corps translucide teinté de rouge sang s'immobilise, puis bondit brusquement. Une secousse violente agite la toile. La créature semble se déplacer sur un arc articulé de pattes fasciculées. Un pédipalpe surgit et saisit le moustique pris dans la toile. Autour de l'araignée, les vestiges de tunnels et de pièges logent les croûtes séchées d'exosquelettes. L'araignée perçoit son domaine au moyen de simples yeux rouge clair et d'une brosse tactile de poils rouges extrêmement fins. Il y a eu un moment où le domaine était riche, la nourriture abondante. L'araignée n'avait jamais eu besoin d'étendre les frontières de son monde au-delà de la caverne.

Le teck couvre de son ombre l'araignée et toute la vie au sol. De la butte sur laquelle il est perché, il se dresse jusqu'à plus de soixante mètres de haut, droit, massif, durable. Large à la base, il s'amincit à mesure que son torse colossal et nu se tend vers le ciel, pour éclater finalement en une coiffe imposante de feuilles et de branches. Pendant d'innombrables moussons, lorsque le ciel déchaîné lacérait la terre, l'arbre a protégé plantes et bêtes, et, un moment, l'araignée contre le martèlement de la pluie. Son appareil radiculaire a préservé le tertre où il s'enfonce, et auquel il s'est fondu, du fleuve avide qui fouaille inlassablement son flanc droit. L'arbre est la forme de vie la plus ancienne de la vallée — plus ancienne, même, que l'auge alluviale, grouillante de moustiques et de sangsues, qui a accueilli au fond de la vallée le fleuve venu des montagnes.

Tenace, robuste, plus forte de l'appui invisible du teck, la butte oblige le fleuve à sinuer. Elle est haute et longue, des versants raides enserrent son sommet. Elle est forte, assez pour tenir l'arbre et l'araignée à l'écart des activités du fond de la vallée, assez pour altérer le cours du fleuve de montagne.

Le fleuve charrie des boues et de la pierraille depuis les aires d'alimentation des hautes terres jusqu'au pied de la butte. Là où celle-ci dévie le cours de ses eaux, il a déposé une bonne partie de sa charge afin de former une plage. Des brindilles, des branches, des tiges de bambou, des arbres entiers, apportés par le fleuve, se sont emmêlés pour former une épaisse barrière à la pointe nord de la plage. Les eaux s'élancent en bouillonnant contre ce barrage, refluent puis le franchissent en écumant pour se déverser, violemment d'abord, puis en douceur, dans le chenal profond qui contourne la butte, avant de s'écouler paresseusement dans la vaste plaine au-delà. A chaque mousson, le fleuve a débordé et inondé la plaine ; à chaque saison sèche, les eaux s'abaissent au-dessous du niveau des dépôts boueux du lit mineur.

Sur le fond fangeux de la vallée et les mamelons érodés, l'herbe à éléphant pousse jusqu'à quatre mètres ; de denses fourrés de bambou étouffent la terre jusqu'aux rives.

Le cours supérieur du fleuve se situe à l'est, sur le terrain raboteux où la vallée s'étrécit. Là, les montagnes s'élèvent à des neuf cents, mille ou onze cents mètres. A mesure que le fleuve s'écoule vers l'ouest en suivant les montagnes, la vallée s'élargit. A quatre kilomètres de son origine se dresse la butte qui fait dévier le cours du fleuve. A cet endroit, le fond de la vallée atteint presque six cents mètres de large. Le versant nord est raide et pique brutalement vers le fond ; le versant sud est plus bas, et sa pente plus douce. Des nombreux pics qui hérissent la crête, de petits replats pointent vers le centre de la vallée ; des canyons s'y sont formés, qui guident de rares ruisseaux vers le fleuve.

La vallée du Khe Ta Laou est difficile d'accès, pénible à traverser. Elle est restée trop longtemps isolée. La vie y possède un haut degré d'organisation ; chaque plante, chaque animal soutient le système tout entier et en dépend. L'ensemble est finement équilibré — état de choses, peut-être, qui appelait la rupture.

CHAPITRE 1

Chelini

A dater de ce jour-là, ils l'appelèrent le Bleu et à dater de la nuit qui suivit, c'est ainsi que lui-même se désigna dans ses pensées. Ça lui faisait une impression bizarre, et pourtant ça sonnait juste. Il entrait dans un monde nouveau, un monde étrange. Le Bleu. Ça se tient. Peu lui importait de savoir qu'ils donnaient ce nom à chaque nouveau, qu'avec la rotation continuelle des personnels, il y aurait bientôt un soldat plus fraîchement arrivé que lui, et qu'à son tour il le traiterait de bleu. Il allait bien se répéter le mot une centaine de fois d'ici la fin de la journée.

Pour James Vincent Chelini, la transition avait commencé tôt le matin du 12 août 1970. Il se trouvait pour la deuxième fois au centre de recomplètement de la 101e aéroportée à Phu Bai. Il devait y recevoir son affectation définitive pour l'année qu'il passerait au Vietnam. L'atmosphère, à l'intérieur du bâtiment, était suffocante. Chelini transpirait en attendant anxieusement que le secrétaire ait achevé de fouiller dans une pile de dossiers individuels.

« Ça va pas, mec. » Chelini secoua la tête en lisant sa feuille de route.

« C'est pas moi qui les fabrique, fit le secrétaire. Moi, je les distribue.

— Écoute, protesta Chelini. Je suis pas de l'infanterie. Je suis des trans. C'est ça ma spécialité. Quelqu'un s'est foutu dedans. »

Le préposé haussa les épaules. « Quand tu remontes aussi loin dans le pays, t'as plus un type ici qu'est foutu de te dire à quoi ça correspond, ces chiffres. On est tous 11-Bravo *. C'est l'étiquette qu'on te colle à l'instruction. »

Chelini courba les épaules. Une boulette de plus, dans une série qui le poussait plus vite, plus loin dans la guerre qu'il ne s'y était attendu. Il se força au calme.

« Écoute, on peut pas m'envoyer dans une compagnie d'infanterie.

— Suivant, fit mollement le préposé.

* Voir glossaire en fin de volume.

— Dis donc, clampin ! » Une voix rauque tonna derrière Chelini. « T'as qu'à te dire merde. Ça chie pas. » Un rouquin vêtu en civil s'était glissé dans le bureau sans se faire remarquer. Il apostropha le secrétaire. « Ho ! glandeur ! lança-t-il avec autorité, t'as vu Murphy ?

— Murphy est allé se payer une glace, répondit le secrétaire.

— Ça, vous avez la bonne gâche à l'échelon arrière, tas de REMFS *. » Le rouquin partit d'un rire dur. Il fit un geste en direction de Chelini, qui sursauta, et dit au secrétaire : « Occupe-toi de ce bleu, mec. Tu vas pas faire chier à tous les coups. » Il fila par la porte et disparut.

« Qui c'était ? demanda Chelini.

— Lui ? Un dingue de *grunt* * du Zéro-deux. Foutu connard. Lui et Murphy étaient dans la même compagnie, mais Murphy a rempilé pour se tirer du front et on l'a mis ici.

— Le Zéro-deux ?

— Ouais, le Zéro-deux. Quatre-zéro-deux. C'est là que tu vas, bleusaille. C'est là que tu vas. »

Chelini s'était laissé appeler, il s'était laissé envoyer au Vietnam. Il avait eu les moyens de résister, mais pas la conviction, ni la volonté. Et dans sa tête, il entendait des voix contradictoires. Son père était un vétéran de la Seconde Guerre mondiale. Tous les Chelini mâles — et c'était une grosse famille italo-américaine — avaient servi sous les drapeaux. James remarqua que ce fait, en quelque sorte, les classait à part, les séparait de ceux qui n'avaient pas fait leur temps. En face, il y avait ceux de sa propre génération, contestataires et étudiants, et parmi ces derniers son propre frère aîné, Victor.

En 1968, afin d'échapper à la conscription, Victor avait fui au Canada par la filière de New Haven. Dès lors, James considéra que son sort était joué. Victor était une honte pour la famille. En public, Mr. Chelini défendait le droit de son fils aîné à décider par lui-même, mais James sentait bien que cela lui rongeait secrètement le cœur. James vit dans sa feuille d'appel l'occasion de restaurer l'honneur familial.

Avant le début de l'instruction élémentaire, Chelini signa pour une troisième année, avec garantie d'une formation dans les transmissions — afin, dit-il plus tard pour justifier sa décision, d'éviter le combat. Pendant l'instruction, Chelini fut un stagiaire enthousiaste, il se démena pour apprendre à être un bon soldat. Puis, au perfectionnement, il devint installateur transmissions. Il était persuadé de garantir ainsi sa sécurité. Où qu'il fût envoyé, pensait-il, il travaillerait à l'arrière. Il appuierait l'effort de guerre si nécessaire, mais il n'en ferait pas vraiment partie. A la fin de son instruction individuelle de spécialisation, lorsqu'il reçut ses ordres pour le Vietnam, il se dit qu'il ferait l'expérience de la zone des opérations, exactement comme il l'avait toujours projeté, sans s'exposer personnellement au combat. Il se dit qu'il était complètement naïf, qu'il avait tout à connaître et tout à apprendre.

Chelini arriva à l'énorme centre de recomplètement de Cam Ranh le 31 juillet, peu avant minuit. La nuit était très sombre, et c'est sous la pluie que l'avion se mit à descendre vers la piste. A bord, les GI's étaient nerveux. Partis de la base aérienne de McCord, via Anchorage et Yokota au Japon, ils volaient depuis dix-sept heures. Avec le déphasage, le décalage horaire, l'excitation et l'épuisement, Chelini ne savait plus si l'on était le 30 ou le 31 juillet, ou bien le 1er août. Il était debout depuis vingt-cinq heures.

Un MP accueillit tous les nouveaux débarqués sur le territoire de la République, puis annonça : « Gagnez directement les cars. En cas d'attaque à la roquette contre la base ou d'embuscade pendant le transport, restez dans les cars et plaquez-vous au sol. » Chelini ne put dire si le MP était sérieux. Ici ? Il tenta d'observer son visage, mais fut pris dans la bousculade et entraîné vers le véhicule qui les attendait.

Ce qu'il pensait être la troisième et dernière partie de son voyage n'était en fin de compte que l'étape du milieu. « Gare ta viande, soldat ! » On lui donnait des ordres, des coups de coude, on le poussait. Ils montèrent à bord des cars suivant le grade et le service, les hommes du rang en dernier.

« Attention, tout le monde ! » brailla un cadre à leur arrivée. « Alignement sur l'aire de stationnement. » Chelini piétina avec les autres. Il n'avait aucun souvenir du trajet en car. Bizarre, songea-t-il. Bizarre de s'endormir après tout ce temps pour arriver là. Il parcourut les bâtiments du regard, mais sans rien remarquer de particulier. Ça semblait être une base comme les autres.

Il fut interrompu dans ses pensées par le crachotement d'un haut-parleur vert armée accroché en haut d'une construction blanche revêtue de planches à clin. « ATTENTION ! Pour l'ensemble du quartier. Les personnels portés sur le manifeste à destination d'An Khe se présentent à la salle des rapports. Embarquement immédiat. »

Le cadre continuait à donner de la voix. « Bon. On m'écoute. Nous avons été attaqués par un commando de sapeurs, et on les a pas tous eus. On sait pas où ils sont. Alors, vous n'allez pas vous balader sur le périmètre. Vu ? Je sais qu'on vous a dit que la baie de Cam Ranh c'est peinard. Dans les deux derniers mois ici, il y a eu plus d'actions ennemies qu'en deux ans. Avant-hier soir, on a essuyé un tir de roquettes. »

Chelini était trop fatigué pour parler. Il examina ses pieds. « Du sable, marmonna-t-il. Voilà ce que c'est, ici. » Le sable s'envolait au plus léger coup de pied, tellement fin que de petits nuages se formaient autour de ses chevilles et montaient jusqu'à ses genoux. La sueur plaquait le sable sur ses bras, son visage, sa nuque. Bientôt, tout son corps fut en proie à des démangeaisons.

La ventilation commença aussitôt. Chelini remplit formulaire sur formulaire sans y prêter la moindre attention. On changea son argent contre des MPC * et on lui attribua un lit dans le quartier des personnels en transit. A trois heures du matin, Chelini, qui n'avait pas fermé l'œil, se retrouva sur l'aire de stationnement avec son sac et une enveloppe de papier bulle contenant son dossier. Ils étaient à peu près cinq cents, épuisés, à attendre les ordres.

Des hélicoptères avaient circulé toute la soirée. A présent, ils ouvraient le feu à la Minigun *, arrosant la baie d'une cascade rouge de balles traçantes. Le feu semblait concentré à six cents mètres environ de la base. Un gradé parla de tirs d'AK-47, mais Chelini n'arrivait pas à faire la différence entre les sons. La plupart des cadres ne prêtaient aucune attention aux hélicoptères. On aurait dit que ça se passait très loin. Chelini observa les tirs, écouta le bourdonnement des Minigun, mais il se sentait très fatigué, amorphe. « Ils nous ont même pas filé de café », grogna-t-il en direction d'un de ses voisins. « Au cul, l'armée », bougonna l'autre.

04 h 00. 05 h 00. 06 h 00. Enfin... « Ivor Carton pour Bien Hoa. Timmy S. Cervantes pour Quang Tri. James V. Chelini pour Phu Bai... » Chelini eut un sourire en entendant son nom sortir des haut-parleurs.

06 h 15. La première lueur de son séjour au Vietnam. La zone qui entourait le poste était exquise, une baie aux eaux d'un profond bleu-vert entourée de montagnes. La température montait déjà et l'air était humide. Chelini ne remarqua pas la beauté de l'endroit. Il regarda tout autour de lui et ne vit qu'une chose — le sable. Il lui entrait dans la bouche et crissait entre ses dents.

Des nouveaux continuèrent d'arriver. Quelques-uns semblaient préoccupés par les attaques de sapeurs et les tirs d'hélicoptères. Chelini les assura que ce n'était rien.

Phu Bai, songea-t-il. Il localisa l'endroit sur une carte grossièrement dessinée au flanc d'un des bâtiments. Environ quatre cent quatre-vingts kilomètres au nord de Saigon. Près de Huê. Le 24e corps d'armée, voilà la division qui est dans ce secteur. C'est bon, se dit-il.

Juste ce qu'il me faut. C'est plus au nord, ça doit être plus calme qu'ici.

On le secouait comme un colis. Alignements, formations, vérifications. La température continuait de monter. Il bâilla. Tant d'agitation et de bruit, et il était tellement crevé.

Chelini fut le dernier à embarquer sur le C-130 qui allait rejoindre Phu Bai via Da Nang. L'appareil n'était pas insonorisé, et le bruit empêchait de discuter ou de dormir. Il se sentait comme un zombie. Le vol était rude, il commençait à avoir la nausée. Les hommes étaient assis sur quatre rangées de filets accrochés à l'armature métallique nue de la carlingue. « Si j'étais un quartier de bœuf », lui criat-on à l'oreille, « y me trait'raient mieux. » Chelini ne répondit pas.

Le C-130 approcha Da Nang par la mer, descendit et se posa. Vingt soldats débarquèrent. Chelini n'était pas prévu, mais, comme il se trouvait tout au fond de l'appareil, il mit pied à terre avec son paquetage afin de permettre aux autres de s'extraire plus facilement de l'étroit boyau de l'avion. La porte arrière se referma sous son nez, le C-130 roula jusqu'à sa piste d'envol, prit de la vitesse, s'arracha au sol et fila en direction de la mer.

Chelini, à bout de forces, était paralysé. Il traîna les pieds avec ceux qui avaient débarqué, puis se retrouva largué, assis sur son sac, en bordure d'un chemin de roulement. L'enveloppe contenant ses ordres et son dossier était restée sur son coin de hamac, dans l'avion. Il demeura longtemps sans bouger, au bord de la piste. L'aéroport de Da Nang était plat et propre ; partout, le béton blanc brillait au soleil de midi. « T'as merdé », marmonna-t-il.

Chelini avait su que quelque chose n'allait pas dès sa descente de l'avion, mais il était trop intimidé pour crier, pour faire sentir sa présence. Il se contentait de rester assis là en songeant à des moyens de justifier ce qui s'était passé. Il était certain que quelqu'un viendrait s'occuper de lui.

Au bout d'un moment, en effet, quelqu'un se manifesta. « Où tu vas, soldat ? » demanda l'homme. « Phu Bai », dit Chelini. L'homme lui désigna une aire d'hélicos avec des piles d'exemplaires de *Stars and Stripes* sur le bord. Un gros hélicoptère se posa. Chelini aida à charger les revues, puis monta à bord et se fit une place au milieu des paquets. Tout son corps semblait branché sur pilotage automatique.

La pensée de devoir rendre compte de ses déplacements alors qu'il n'avait pas d'explication valable à proposer le faisait frémir. Absence illégale, bon Dieu. Ils vont me passer en cour martiale. Et s'il m'arrive quelque chose ? Personne n'en saura rien. Tout son corps se crispa. Chelini ouvrit de grands yeux, repoussa quelques piles de journaux d'un coup de pied tandis que l'hélicoptère virait de bord. Il concentra son regard sur l'homme qui guettait, debout, près du hublot arrière gauche. Sa tenue de vol kaki était complétée par un casque de la même couleur, doté d'écouteurs et d'un micro. Une visière opaque, sur laquelle le soleil jouait tandis que l'homme regardait par le hublot, prolongeait l'avant du casque. Devant lui, une mitrailleuse.

Chelini ignorait la destination de l'hélicoptère. Il se dégagea des journaux et se redressa, essayant de trouver un équilibre dans l'appareil, mais il avait des fourmillements dans les jambes. Il résolut d'aller trouver le capitaine, d'expliquer que c'était une erreur. Anxieusement, il entreprit de remonter le couloir, dans le ventre de l'appareil. Le type casqué l'arrêta. Chelini hurla une question. L'homme écarta le casque de son oreille, mais il ne parvenait pas à saisir un mot au milieu du vacarme.

« Phu Bai ! » cria Chelini, les mains en coupe autour de sa bouche, « Phu Bai ! »

L'homme hocha la tête, puis fit signe à Chelini d'aller s'asseoir en observation à l'arrière du Chinook.

Chelini était dans le pays depuis quinze heures. Il avait déjà parcouru plus de la moitié du territoire, mais sans rien voir d'autre que des montagnes au loin, du sable et des installations militaires US. Au-dessus de lui, à présent, s'étendait la ville de Da Nang.

Le Chinook se posa sur plusieurs aires, aux abords de la ville. A chaque fois, on déchargeait des journaux, des soldats embarquaient et débarquaient.

Chelini contempla de vastes secteurs de Da Nang d'une altitude de cent à cent trente mètres et à une vitesse-sol de trente à quarante nœuds. Il vit la grande baie parabolique flanquée d'arêtes montagneuses, le large fleuve qui s'enfonçait entre les crêtes. A cheval sur le fleuve, la ville semblait grouiller.

En bordure de la baie, aussi loin que le regard de Chelini pouvait porter en se détournant de l'encombrement de Da Nang, un réseau de barbelés découpait de brillantes plages de sable blanc. Il apercevait des quais, un marché plein de vivres et de marchandises, des hommes et des femmes qui s'activaient. Des bâtiments coloniaux de trois ou quatre étages, du temps des Français, dominaient la place du marché : ils rappelaient Jackson Park, à La Nouvelle-Orléans. Au niveau du deuxième étage des constructions, de petits balcons étendaient leur armature de fer forgé au-dessus des paysans qui passaient dans la rue en portant leur provisions — poisson séché, poulets, pains, bidons d'huile — dans des paniers balancés aux deux extrémités d'une tige de bambou tenue en équilibre sur une épaule. Chelini se mit à rire, charmé de ce qu'il voyait.

L'appareil vira sur la rive droite du fleuve, au-dessus d'un village de sampans, puis vint se poser à proximité d'un chantier naval. Plusieurs chalutiers de bois étaient en cours d'assemblage, plus ou moins proches de la finition. Au nord du chantier, Chelini aperçut des bidonvilles, pratiquement empilés les uns sur les autres, faits du bois de caisses de munitions récupérées et de toits de tôle ondulée distribués par le gouvernement.

Le CH-47 s'écarta de la côte, gagna la mer en direction du nord. Pour Chelini, avec son mélange de fatigue et d'excitation, le voyage devint un rêve, un travelogue exotique.

L'hélicoptère vira sur la gauche, au-dessus des plages et des dunes. Celles-ci gonflaient ou s'étiraient, des voies navigables les découpaient. Nichés dans leurs plis, des hameaux isolés donnaient l'impression d'avoir été semés au hasard dans une mer de sable, comme si, lors d'un précédent survol en hélicoptère, longtemps auparavant, quelqu'un avait jeté des graines qui étaient descendues doucement dans la brise, tombant un peu partout pour germer, tantôt donnant des hameaux, tantôt dépérissant sur le sol sableux, ou mortes avant d'avoir germé. A mesure que le niveau du terrain s'égalisait, des touffes de végétation verte ou brune recouvraient les monticules. Des centaines de temples minuscules, de tombes et de petites pagodes encombraient le piémont. Entre les monuments, et parfois sur leur emplacement, des trous d'obus mouchetaient le paysage. Remplis d'eau, les cratères formaient des taches bleues ou marron boueux. Chelini regardait tout cela sans comprendre. Il ne faisait pas le rapprochement entre la guerre et ce qu'il avait sous les yeux.

A Phu Bai, le chef d'équipe dirigea Chelini vers le centre de recomplètement de la 101e aéromobile. Happé par l'agitation qui régnait dans la zone d'accueil, il avançait d'un pas hésitant pendant qu'autour de lui les hommes jouaient des coudes et filaient au pas de course vers leur destination. Tous portaient l'insigne de la division à l'épaule gauche : une tête d'aigle blanche avec bec doré et langue rouge sur fond de bouclier noir. Au-dessus du bouclier, sans un arc de cercle noir, le mot AÉROMOBILE en lettres dorées.

Le matin du 2 août, Chelini grimpa à l'arrière d'un semi-remorque découvert qui l'emmena jusqu'à Camp Evans, à cinquante kilomètres au nord de Phu Bai par la nationale 1, pour la formation complémentaire du SERTS *. Il avait dormi, mais sentait encore un reste de fatigue dans ses muscles et dans sa tête. La route traversait les faubourgs au sud de Huê. Le camion filait vers le nord pour Hong Thauy, Phu Long et Phu Loc. Il franchit le Song Loi Nong sur un pont provisoire fait de bois. Plus bas sur le fleuve, un nouveau pont de béton armé soutenu par des fers à I était en cours de construction. En amont, les restes tordus d'un pont en treillis métallique gisaient, arrachés à leurs culées de béton. Chelini, intimidé, eut un frisson. Le spectacle l'impressionnait : c'était le premier signe de guerre qu'il comprenait.

Le camion acheva la traversée du pont sur un cahot et reprit la route qui descendait vers un gros marché. Chelini vit de toutes petites femmes accroupies par centaines près de piles de poisson cru ou de boules de pain. L'excitation brillait dans son regard. Le monde était tout neuf et le fascinait. Le camion longea les murs branlants et crevassés de la citadelle de la vieille ville impériale, Huê. Là, il y a vraiment eu la guerre, se dit Chelini. Derrière les portes de la citadelle, il aperçut d'antiques canons.

Au nord de la ville, le camion longea des champs où les paysans travaillaient, enfonçant dans l'eau jusqu'aux genoux ou peinant derrière un attelage de buffles. Ils passèrent des villages, des enfants par milliers, des centaines de huttes paysannes recouvertes de chaume. tantôt colorées, tantôt défraîchies, ainsi que des boutiques où l'on s'affairait à vendre de tout, des sodas et des boîtes de soupe aussi bien que des scooters.

Les anciens d'un village vinrent au bord de la route agiter les mains en souriant. Chelini leur rendait leur salut. Il se serait cru dans un vieux film sur la Seconde Guerre mondiale, faisant son entrée en France ou en Belgique avec les armées de libération. Le camion fit une halte au village suivant. Il y avait une cabane de boue séchée au bord de la route, avec une haie d'un côté, des barbelés de l'autre. La façade n'était qu'une pièce loqueteuse de grosse toile, relevée comme une bâche afin de révéler l'intérieur, où plusieurs femmes d'âge mûr papotaient tout en lavant de vieilles bouteilles au verre marron.

Quatre enfants — deux petits garçons et une fillette un peu plus âgée, six ans environ, qui portait un nourrisson dans ses bras — firent une timide apparition derrière les barbelés, puis s'approchèrent du camion. Le plus jeune des garçons était coiffé d'une casquette de baseball fatiguée, qu'il ôta pour la tendre vers le véhicule. Il regardait Chelini droit dans les yeux en souriant. Son frère aîné leur adressa un salut et leva la main droite en signe de paix. Chelini sourit à son tour et rendit le salut. La fillette s'approcha aussi du camion, prit la main du nourrisson et l'agita en direction des soldats. Chelini le dévisagea. Il ne savait pas si les autres GI's l'observaient, lui et les enfants. Il s'imagina que les gamins l'appelaient « Papa », parce qu'il leur apportait la paix, la prospérité, et qu'il leur enseignerait des moyens de rendre leur vie plus facile. Un soldat lança deux cigarettes vers les enfants. Les deux garçons se précipitèrent. Les hommes, à bord du camion, se mirent à rire et lancèrent du chewing-gum, d'autres cigarettes. Chelini eut une brusque envie de pleurer.

Camp Evans tenait son nom d'un Marine tué lors d'une embuscade dans la Rue sans Joie, en 1966. A l'époque, la base n'était qu'un avant-poste faible en hommes, un assemblage rudimentaire de tentes et d'abris individuels. En 1969, les Marines se retirèrent, cédant la base à la 3e brigade de la 101e, laquelle n'avait cessé de construire depuis son arrivée.

L'instruction SERTS à Camp Evans renforça les fantasmes guerriers de Chelini, bien qu'il ne s'agît encore pour lui que d'un exercice.

On lui assigna un lit de camp dans une des baraques, il perçut son M16. Le lit voisin était occupé par un soldat transféré de l'intérieur du pays, un rondouillard nommé Will Ralston qui allait devenir l'ami le plus proche de Chelini pendant la semaine suivante. Ralston avait été en poste à la sortie de Saigon, avec une unité de ravitaillement. « J'avais la planque », fit-il en guise de présentation. « On était rattachés à une autre unité qui contrôlait tout le petit complexe, vu ? Seulement, ils avaient pas directement autorité sur nous, alors on était exemptés de garde et de corvées. Et puis ils ont décidé de boucler la cagna à cause des replis de troupes et ils nous ont expédiés dans ce trou perdu. Merde pour les replis, mec. »

Will Ralston était arrivé à Camp Evans un jour avant le camion de Chelini. Il avait passé la nuit de garde sur le périmètre est du camp. « Ce coin, tu vas pas y croire, lâcha-t-il. A Saigon, ils te filaient un M16 et trois chargeurs juste avant la garde. Ici, ils s'attendent à faire la guerre. Tu peux pas te figurer l'attirail qu'ils ont autour du camp. Ils ont l'air d'attendre la grosse merde. »

« Vous savez vous servir de ce truc ? » demanda Casquette Noire, un sergent-chef de l'encadrement SERTS.

Chelini s'empara de la M60, tira la culasse mobile vers l'arrière, releva le couvre-culasse et engagea la bande chargeur sur le plateau d'alimentation. « Oui, commenta-t-il. Un des sergents m'a montré.

— OK. Vous connaissez les règles du combat de rencontre ?

— Je crois.

— Vous avez vos mines Claymore * ?

— Sept.

— Bon. Il vous faut quinze grenades défensives, vingt et un chargeurs chacun pour vos M16. Vous avez 1 500 coups pour la 60 et 50 pour le 79. Si vous devez vous servir de la 60, il y en a un qui alimente pendant que l'autre tire. Y a que si vous vous appelez Wayne ou Murphy [1] que vous pouvez tirer tout seul. Des questions ?

— On peut avoir du produit contre les moustiques ? demanda Ralston.

— Un camion va pas tarder à en livrer, ça et du café », déclara Casquette Noire avant de se diriger vers le trou d'homme suivant. Tous les quarante mètres, sur le périmètre de Camp Evans, il y avait un poste de garde — un trou individuel. Ces abris marquaient la division du périmètre en secteurs ; chaque secteur avait son mirador pour le capitaine de la garde ; chaque trou individuel était relié par fil à sa tour de commandement. Les gardes avaient ordre de n'utiliser le téléphone qu'en cas d'urgence ou pour compte rendu de situation sur appel du capitaine. Chelini et Ralston furent de garde six nuits sur les dix suivantes.

« Vise-moi cette poubelle ! » fit Ralston. C'était la première garde de Chelini ; il y avait quinze centimètres d'une eau boueuse et rougeâtre au fond du trou ; l'une des parois de l'abri s'effondrait. Ralston était sur les nerfs. Il fixa les allumeurs sur les fils de ses Claymore, qu'il disposa devant l'abri en marmonnant : « Si j'aperçois quelque chose là-dehors, si un cinglé de Viet s'imagine qu'il va s'amener en douce, je lui fais voler les tripes.

— Du calme, fit Chelini. Personne ne va venir. T'as quelle heure ?

— Dans les neuf heures dix.

— Tu veux dormir d'abord ou tu prends ton tour ?

— Va dormir. Je fais mon tour. »

Ralston plaça une bandoulière de chargeurs M16 devant lui, au bord du trou, juste derrière les allumeurs des Claymore. Il prit son arme, plaça un chargeur dans le magasin, actionna la culasse, engagea une cartouche dans la chambre. « Foutue pluie. Foutu sable. Tout ce pays, c'est que du foutu sable.

— Réveille-moi si tu crois voir quelque chose », dit Chelini. Il disposa son poncho sur le sable, derrière l'abri, et s'allongea. « Si tu sens que tu t'endors, ajouta-t-il, réveille-moi avant l'heure.

— Ouais, ouais. Te bile pas. Je vais pas dormir avec Charlie dans le coin. » Chelini prit son casque en guise d'oreiller. Le ciel noir était parsemé de taches grises où les nuages renvoyaient la pâle lueur d'une demi-lune. Il pleuvait un peu. Une brise tiède venait des champs humides, plus bas, hors de la base. Elle apportait une odeur de fumier. Chelini ferma les yeux. Il se sentait idiot, allongé sur le sol dur, la tête reposant sur le casque, cartouchières croisées sur la poitrine, fusil en

1. John Wayne et Audie Murphy. *(N.d.T.)*

travers des cuisses. Il sourit. Une goutte d'eau roula sur sa lèvre, s'insinua dans sa bouche. C'était salé. Il se redressa. Ça doit vraiment avoir l'air con, se dit-il. On joue au petit soldat. Il sentait la condensation du brouillard sur son visage. La brise commençait à se rafraîchir. J'aimerais bien avoir une photo de moi, songea-t-il. Une photo de moi comme ça.

Le roulement discret d'une camionnette interrompit sa rêverie. Il ouvrit les yeux. Venant d'une position de tir, plus haut sur le périmètre, un trois-quarts de tonne approchait dans l'ombre. La forme du véhicule se profilait à peine sur le ciel nocturne. Un faible point rouge à l'avant était la seule lumière visible sur le véhicule. Le camion s'arrêta. « Du café, les gars ? demanda tranquillement le chauffeur.

— Non, fit Ralston. T'as du truc contre les moustiques ? »

Le chauffeur leur lança un atomiseur vert armée.

« Foutus moustiques », souffla Ralston en s'aspergeant les oreilles. « Ce qu'ils aiment, c'est te rentrer dans la tête et te rendre dingue.

— Envoie, fit Chelini. Dis, t'es de quel coin ?

— Dans le Monde [1], tu veux dire ? Attrape. » Il lança l'atomiseur à Chelini. « Californie. Et toi ?

— Connecticut. » Chelini arrosa le dos de sa chemise, puis le devant. « Quelle heure il va être ?

— Neuf et demie. T'as intérêt à pioncer. Tu fais onze heures une heure.

— Ouais », grogna Chelini. Il se rallongea et ferma les yeux.

« Réveil, mec. Il est dix heures et demie. » Ralston le secouait par une ranger. « Allez, c'est à toi.

— OK, OK. » Il secoua la tête pour chasser le sommeil et s'assit. « Tout est calme ?

— Merde. C'est tellement noir là-dehors que Mister Charlie pourrait s'amener jusqu'ici, te taper sur l'épaule et te filer un carton d'invitation à tes propres funérailles, et tu saurais toujours pas où il est. »

Chelini se glissa dans l'abri, vérifia la caissette de défensives, la M60, les fils des Claymore et les allumeurs. Uniquement au toucher. Il colla son visage tout près de la M60 pour s'assurer que la bande était bien engagée, mais il ne put rien voir. « Ça va, mec, dit-il. Va dormir. »

Il faisait nuit noire, à présent. On ne distinguait plus le sol du ciel. Plusieurs points du terrain qu'il avait sous les yeux paraissaient plus sombres que l'obscurité environnante. Chelini prit son M16, visa l'un des points. Ça ne remuait pas. Will Ralston était couché et ronflait

1. Les U.S.A., ou tout autre endroit que le Vietnam. *Cf.* Glossaire *(N.d.T.)*.

déjà légèrement quand Chelini se retourna pour le regarder. Ralston formait une masse à peine plus sombre que le sol. Chelini ramena son regard vers le point sombre qui semblait à présent se trouver dans le barbelé à boudin du périmètre. Ça changeait de forme. Chelini avança, très lentement. Sans bruit, il reprit son fusil, ôta le sélecteur de la position sûreté, le fit passer sur semi-automatique, puis sur automatique. Il épaula une nouvelle fois, visa l'un des points sombres, resta en position pendant ce qui lui sembla durer une heure. Puis il visa un autre point. L'obscurité rampait lentement, comme par un mouvement amiboïde. Impossible de distinguer une cible. Chelini sentait son pouls battre lourdement à ses poignets, sur sa nuque. Et qu'est-ce que je suis censé faire ? se demanda-t-il, enrageant de ne pas le savoir, apeuré, furieux que l'armée n'eût pas éclairé le périmètre. Quelqu'un pourrait s'amener, balancer une grenade dans ce trou puant avec moi dedans et je m'en rendrais pas compte. Je devrais peut-être voir avec la tour. Merde. J'espère qu'il n'y a personne dehors. D'abord, faire sauter une Claymore. Non, lancer une défensive, ou lâcher une antipersonnel au M79. Non, la grenade. Ça ne donnera pas ma position. Il se tenait debout dans le trou qui lui arrivait à la taille, la terre autour de lui le protégeait. Il tâtonna à la recherche d'une grenade, en trouva une, la souleva, la soupesa afin de l'avoir bien en main. Il la caressa pour trouver la goupille, mais se contenta de la tenir ainsi et se remit à scruter l'obscurité, promenant son regard selon un arc de 180°, comme on lui avait appris à l'instruction, de droite à gauche, puis retour de gauche à droite en visant un peu plus loin, et ainsi de suite. Il poursuivit ce balayage, sans pointer son arme, mais seulement ses yeux et ses oreilles. Il caressait toujours sa grenade, sentant, sans y porter la main, la crosse de la M60 contre le devant de sa chemise, et, contre son flanc, celle du M16 posé sur le sol, prêt à tirer.

Quelques minutes après une heure, il réveilla Ralston, qui le relevait jusqu'à trois heures. Il grimpa hors du trou, s'assit sur le poncho qui était disposé juste derrière, puis s'allongea avec son M16 en travers des jambes. Il se dit qu'il n'arriverait pas à dormir. Tout son corps était contracté ; son esprit, bien éveillé, était en alerte ; il scrutait la nuit brumeuse sans y voir rien de plus que s'il avait gardé les yeux fermés.

La nuit s'acheva sans incident.

Le 5 août débuta un marathon de classes, portant tout particulièrement sur la manœuvre aéromobile, l'arsenal de base, la position officielle sur l'effort de guerre, la situation tactique et la culture vietnamienne. Malgré les plaintes, les grognements et les « conneries » chuchotés par de nombreux élèves, Chelini devait sortir de cette période convaincu de la sincérité et de la compétence des cadres.

L'instruction commença par des exercices de tir de combat.

Les armes étaient nouvelles pour Chelini, et la puissance de chacune d'entre elles le captivait, lui donnait le désir de s'en servir encore. Il se portait volontaire pour chaque démonstration, ne cessait de poser des questions. Il tira d'abord au canon sans recul 90 mm M67. Couché contre l'arme, il pointa sur un baril de 200 litres placé dans une ravine du polygone de tir. Son servant engagea une roquette à explosif brisant dans le tube. « Mes-sieurs », fit l'instructeur en scandant les mots, « ce pro-jec-tile est ca-pable de per-cer trente cen-timètres de l'a-cier le plus ré-sis-tant qui nous soit con-nu, ou un mètre de bé-ton armé, ou en-core six é-pais-seurs de sacs de sable. Messieurs, vous n'aurez pas envie d'être du mau-vais côté de cet instru-ment. » Chelini rampa tout près de l'arme, posa sa tête sur le coussinet de l'appareil de pointage, effectua ses corrections, pressa la détente. Il y eut une explosion, un jet de flammes sur trois mètres. Le bruit lui échauffa les oreilles. Il ferma les yeux, paupières serrées. La roquette passa au large de la cible et alla creuser un cratère dans la terre molle de la colline. Le cœur de Chelini battait à tout rompre.

L'arme suivante était un LAW, un lance-roquettes antichar léger. L'armée, songea Chelini, se débrouillait on ne sait comment pour doter tous ses instructeurs de la même voix. « Mes-sieurs » — ils commençaient tous comme ça — « di-dom, di-dom, di-dom, di-di. » Ils observaient la cadence jusque dans leur façon de parler. Chelini se porta volontaire une nouvelle fois.

« Cet-tarme, mes-sieurs, expliquait le deuxième instructeur, est capable de per-cer vingt-cinq cen-ti-mètres de l'acier le plus ré-sis-tant. Mes-sieurs, vous n'aurez pas envie... » Le fusil lance-grenades M79, connu sous le nom de *thumper*, venait ensuite. La chose se présentait comme une sorte de fusil de chasse à canon scié, un pouce et demi de diamètre pour l'âme du canon, et lançait des grenades antipersonnel, soit en tir tendu, soit en tir courbe à la manière d'une pièce d'artillerie. Chelini fit un pas en avant.

« Votre spécialité ? demanda l'instructeur.

— Transmissions.

— Laissons faire quelques gars de l'infanterie ». L'instructeur le repoussa. « Vous tirerez le suivant. »

La dernière arme de l'exercice était la mitrailleuse M60. « Messieurs... cet engin tire des car-touches de 7,62 mm à la ca-dence de cinq cent cin-quante... » Chelini se glissa *in extremis* jusqu'au premier rang, derrière l'une des mitrailleuses. Pour lui, c'était l'arme la plus terrible de toutes. Son visage rayonnait quand il quitta le pas de tir, il se voyait en héros, tenant une colline à lui tout seul.

Le groupe marcha ensuite jusqu'à un autre champ de tir, pour un exercice de zérotage au M16, puis alla assister à la démonstration du Cobra.

Le Cobra est un étroit hélicoptère d'assaut transportant un pilote et copilote-tireur en tandem. La leçon commença par une demande fictive d'appui feu rapproché lancée à la radio par l'inspecteur.

« Nom de Dieu ! » grinça Chelini quand l'hélicoptère, piquant au-dessus de leurs têtes, déclencha tirs de roquettes, grenades et Minigun contre des objectifs simulés. « Nom de Dieu ! » fit-il une nouvelle fois. Les applaudissements fusèrent du groupe tandis que l'hélicoptère nettoyait le polygone de tir.

« Mes-sieurs », vociféra l'instructeur alors que le Cobra, reprenant de l'altitude après l'attaque en piqué, décrivait des cercles au-dessus d'eux, « mes-sieurs, à la 101e, le Cobra se présente en deux versions principales : ARA * et hélicoptère armé. Le Cobra ARA transporte soixante-seize roquettes de 69,8 mm... » De sa diction cadencée, l'homme décrivit la liste des divers systèmes d'armes. « Mes-sieurs, on utilise l'ARA contre les objectifs bétonnés, l'hélicoptère armé contre les troupes ennemies et les objectifs variés. Cet oiseau-ci » — il pointa le doigt en l'air sans quitter la classe des yeux — « est un hélicoptère armé. On le traite avec respect. Voici comment on le rend opérationnel. » L'instructeur porta un combiné radio à ses lèvres et appuya sur la touche d'émission. « Tomahawk 6-6 de Moniteur 5, mission de tir. Terminé. »

Un exercice d'artillerie suivit la démonstration aérienne. Les élèves observèrent l'arrivée d'un tir de barrage sur le même flanc de colline ravagé. Ils communiquèrent des réglages au poste central de tir, haussant ou baissant les impacts, les déplaçant sur la gauche ou sur la droite par le simple truchement d'un combiné radio.

Il y eut encore d'autres classes d'armement : pratique du M16 au tir instinctif pour étudier le temps de réaction, cours sur la grenade défensive M33 et, pour terminer, sur les mines Claymore. Il y eut un tir de nuit à la lueur de fusées éclairantes. Épuisés, Chelini et les autres regagnèrent leur baraquement. La température atteignait quarante degrés dans la journée, avec un degré hygrométrique qui se maintenait à 85 pour cent. Durant la marche matinale au premier champ de tir, les mains de Chelini enflèrent, ses bras devinrent blancs et ses articulations se raidirent. Il s'était persuadé que la chaleur lui ferait perdre connaissance. Un instructeur se moqua de lui quand il voulut s'arrêter. « Par ici, Duke, voici ce qu'on dit : prends deux tablettes de sel et roule. »

Le deuxième et le troisième jour, des classes furent consacrées à l'histoire et à la culture de Vietnam. Le cours sur la culture fut donné par un sergent chicano. « Mes-sieurs. Les priorités de Mr. Nguyen, c'est : un, la famille et la bouffe — mama-san et les *tacos ;* deux, le village et le hameau — *es su casa ;* trois, le district, la province. Le pays ça compte pas. Nguyen, il s'en fait pas trop pour son pays. Papa-san, y a trois choses qu'il aime : y a Bouddha, y a le riz et y a le buffle. Il vous file mama-san, il vous file baby-san petite fille, mais faut pas toucher à son buffle et faut pas mettre un pied sur ses diguettes. Faut marcher dans les rizières et puis marcher dans les rizières. Et faut le faire pour deux raisons. Primo, vous marchez sur les diguettes, vous les cassez et papa-san il va piquer une crise ; secundo, si on veut coller des mines dans votre secteur, ce sera sur les diguettes parce que chacun sait que le GI aime pas se mouiller les pieds et qu'il ira marcher sur les diguettes de toute façon. »

Ralston poussa Chelini du coude et marmonna : « Tu devrais écrire chez toi pour raconter ça. L'américanisation de Gookland. »

« Messieurs », leur apprit un autre instructeur, plus tard dans la journée, « à cause de la poussée au Cambodge et des contrôles stricts à l'intérieur de la République, le soldat ANV crève la dalle. Le programme de privation de riz a reçu un large soutien de tous les villages de notre TO [1] et les troupes du Nord ont très peu de riz. On s'attend officiellement à une vaste offensive ANV dans les régions côtières aux fins de ravitaillement. De plus, messieurs, les Sud-Vietnamiens ont une élection nationale à la fin du mois. On peut penser que l'ANV essaiera de troubler la paix des zones habitées. »

« C'est pas l'armée, ici, plaisanta Ralston. Tout ça, c'est toi qui es en train de le rêver, et je voudrais vachement que tu te réveilles pour me laisser me tirer.

— Chut, fit Chelini. C'est important.

— Me sors pas ce genre de connerie. Te laisse pas avoir par eux. »

Le quatrième jour du SERTS, il y eut un cours de descente en rappel. Ce fut durant cet exercice que Chelini finit par se sentir réellement soldat au Vietnam. L'école disposait d'une tour de quinze mètres, imitant l'à-pic d'une falaise d'un côté, avec, en surplomb, sur l'autre face, un marchepied d'hélicoptère.

« La descente en rappel sur le terrain, expliqua l'instructeur, s'accomplit à partir d'hélicoptères. Elle a pour but la mise à terre des troupes là où la densité de la jungle ne permet pas de se poser. Cette tactique a été empruntée aux montagnards, et à la fin de cette leçon,

1. Théâtre d'opérations *(N.d.T.).*

messieurs, vous serez aptes à sauter d'un hélicoptère sans rien d'autre entre le sol et vous que le bout de la corde que vous aurez descendue... »

D'abord on y croit, songea Chelini, et puis on n'y croit plus. Et puis on y croit à nouveau. D'abord on se dit qu'on a raison d'être là, et puis on se dit que c'est dingue, qu'on dévaste ce pays, et puis on pense aux gosses qu'on a vus, au fait qu'on interdit les plaines à l'ANV. Il secoua la tête, fit le vide dans son esprit tandis qu'il approchait de la tour, puis il grimpa l'échelle jusqu'à la petite plate-forme au sommet. Ralston lâcha encore deux vannes cyniques, mais Chelini ne réagit pas. Sur le marchepied d'hélicoptère, à quinze mètres au-dessus de la fosse sableuse, il sentait son cœur cogner. La corde de rappel passait dans un anneau fixé à sa ceinture, remontait sur son flanc et par-dessus son épaule. Chelini marqua la pause une bonne seconde, puis, lentement, il se laissa basculer en arrière, sentant la corde prendre rapidement tout son poids et essayant de ne pas penser à la longue chute. Le corps incliné à 45 degrés, il ferma les yeux et sauta, libérant huit mètres de corde, resserrant au maximum la partie qui lui ceignait la taille. Le jute lui brûla les mains à travers les gants. Son poids tendit la corde, mais le système fonctionnait. Il s'arrêta à dix mètres du sol, donna plus de jeu et acheva sa descente.

« Tu tires sec sur un oiseau comme ça, soldat, prévint l'instructeur, et tu te le fais basculer sur la tronche. Faut y aller doucement. » Mais il y avait de l'approbation dans sa voix.

« Dis mec, lâcha Ralston, c'est que tu vas devenir un vrai de vrai de l'aéromobile. » Chelini sourit mais ne répondit pas. Il s'éloigna de Ralston et reprit la file au pied de la tour pour effectuer un deuxième saut. « Ils vont faire de toi un rapace hurlant — un putain de busard féroce. »

Les cours du dernier jour avaient trait à la tactique de l'ANV et au programme Chieu Hoi *, dit « bras ouverts ». Pour Chelini, la dernière leçon du SERTS eut l'effet d'une douche froide.

« Mes-sieurs », fit l'instructeur, un ancien, « les Hoi-Chanh suivent un entraînement d'éclaireur et d'interprète. Ils travaillent avec des sections qui opèrent dans les zones d'où ils ont déserté. Ils connaissent les pistes et les cachettes dans ces secteurs-là. Ils connaissent les marqueurs des emplacements de mines. Ils connaissent les coins pour les embuscades. Mes-sieurs, une section accompagnée par un Hoi-Chanh ou un éclaireur Kit Carson est moins vulnérable que si elle était livrée à elle-même. » L'homme haussa le ton pour annoncer : « Nous avons parmi nous aujourd'hui le vétéran des éclaireurs Kit Carson de la 101e aéromobile, le colonel Phan Trinh. Mes-sieurs, avant de devenir un

Hoi-Chanh, le colonel a commandé avec succès pendant douze ans une compagnie de sapeurs de l'ANV.

— Merde ! jeta Ralston. Voyez-moi ça : un déserteur. »

Chelini écouta attentivement l'instructeur raconter l'histoire de Phan Trinh. Le père du colonel, qui vivait dans un village proche de Hanoi, s'opposait activement à la guerre au sud. Il fut apparemment jeté en prison puis fusillé. La sœur de Phan ainsi qu'un frère furent également exécutés, car, selon la tradition locale, ils étaient issus d'un sang corrompu et se trouvaient donc contaminés, ou le seraient fatalement, par les mêmes pensées que leur père. Un ami proche qui travaillait à l'état-major prévint Phan Trinh qu'il allait être rappelé au Nord-Vietnam aux fins d'interrogatoire — il fallait constater si son sang charriait les obsessions paternelles. Plutôt que de faire face à l'accusation d'être le fils d'un déviationniste, Phan, le cœur gros et sachant qu'il ne reverrait plus sa terre natale, déserta le plus simplement du monde en se glissant de nuit entre les barbelés de Camp Eagle et en marchant jusqu'au centre d'opérations tactiques de la division. Là, il attendit le matin pour se présenter à l'adjoint du commandant.

Pour ce cours, on apprit aux élèves l'installation des barbelés, la pose de mines Claymore, de fusées piégées et de crécelles. Le groupe fut chargé de mettre en place un dispositif simulé de défense périphérique. Chelini se trouvait parmi les six hommes choisis pour aménager la position. Il mit un soin tout particulier à tendre les fils et à laisser très peu d'espace entre eux. Ils posèrent des fusées piégées et des boîtes contenant des cailloux parmi les barbelés. Derrière le premier dispositif de piégeage, sous un barbelé à boudin, Chelini dissimula une mine Claymore dans une touffe d'herbe. « Ça, ça les arrêtera », chuchota-t-il aux autres volontaires.

L'installation terminée, Chelini et le groupe observèrent en silence. Arrivant de l'extérieur, Phan approchait de la position. Seulement vêtu d'un caleçon, il était muni d'une petite paire de cisailles et d'une douzaine de charges explosives dans un sac. Il avait un brin d'herbe entre les lèvres et portait en collier un petit bout de bois plat. Il se tint parfaitement immobile, couché dans l'herbe, devant les barbelés. Doucement, il avança le bras gauche puis la jambe droite, le bras droit puis la jambe gauche. Ebahi, Chelini le regardait gagner un centimètre après l'autre, tel un lézard. Si Ralston fit un commentaire, Chelini ne l'entendit pas. Ils pourraient s'amener comme ça à n'importe quel moment, pensait-il.

Phan atteignit le premier fil, à quatre ou cinq centimètres du sol. Il ôta le brin d'herbe de ses lèvres, et, très doucement, prudemment, il balaya toute la zone devant lui, puis au-dessus du fil, et pour finir de l'autre côté, aussi loin qu'il put allonger le bras. Il s'assura qu'il n'y avait aucun fil de déclenchement de fusée éclairante. Puis, avec la même lenteur, il passa par-dessus le fil, un bras puis une jambe à la fois. Il se faufila au cœur du réseau de barbelés. Il passait entre les fils les plus bas et les autres, sans jamais paraître en frôler un seul, son corps comme en suspens, ne touchant plus le sol que du bout des doigts et des orteils. Il était d'une agilité incroyable — presque liquide. On voyait ondoyer ses muscles tandis que son corps coulait entre les barbelés. Entre deux déplacements, il plaquait le bout de bois au sol et y collait son oreille afin de surprendre d'éventuels mouvements des défenseurs. Quand il détecta un fil de déclenchement avec son brin d'herbe, il amena les cisailles devant lui — prenant d'abord soin de vérifier la tension du dispositif, au cas où un GI un peu futé aurait doté le mécanisme d'un ressort — puis coupa le fil.

L'ex-colonel de sapeurs avança jusqu'à se trouver le nez sur la Claymore posée par Chelini. Il ôta le détonateur électrique, retourna la mine et réorienta la charge en direction des spectateurs. Parvenu à l'intérieur du périmètre, il rampa jusqu'à l'endroit où se tenait l'instructeur et disposa soigneusement ses charges explosives autour de celui-ci, ainsi qu'entre ses pieds. Enfin, il rebroussa chemin et, tel un serpent, se faufila entre les barbelés, sans oublier de réamorcer la mine au passage. Une fois hors d'atteinte, il balança quelques cailloux à l'intérieur de la position.

« MESSIEURS ! » Le hurlement de l'instructeur fit sursauter Chelini. « ÇA BOUGE DANS LES BARBELÉS ! VOS CLAYMORE !... L'occasion de bousiller vos fonctions vitales en aérant votre système cardiorespiratoire au moyen de six cents petits trous. Messieurs, on applaudit le maître. » Phan Trinh fut largement acclamé.

La plupart des hommes reçurent leurs ordres de route le dernier jour de l'instruction et partirent rejoindre directement leur unité. Will Ralston se retrouva magasinier au QG de la division. Le 12 août, Chelini fut renvoyé à Phu Bai afin d'y retirer son ordre d'affectation, intercepté et vérifié à cause de la perte et du retard dans la transmission de son dossier. Les nouveaux ordres de route polycopiés — MINISTÈRE DE LA DÉFENSE, quartier général 101e division aéroportée (aéromobile), APO San Francisco 96383 — affectaient James Vincent Chelini à la compagnie A, 7e bataillon, 402e régiment d'infanterie.

CHAPITRE 2

Egan

Pendant un long moment, suffisant pour que les autres passagers aient le temps de disparaître à sa vue, Daniel Egan demeura en bord de piste. L'air lui collait à la peau, chaud, épais. Le mélange d'odeurs de carburant brûlé et d'excréments qui montait des cuves à ordures entretenues par de vieux papa-sans immobiles polluait tout, se mêlant à la sueur qui coulait sur sa nuque. M'y voilà, songea-t-il en hochant la tête. Retour au Nam. Il éprouvait une sorte de dégoût au creux de l'estomac. Ça ne venait pas de l'air ; c'était autre chose. Il empoigna sa valise, la souleva, la balança par-dessus lui d'un grand mouvement et la laissa retomber sur le sommet de son crâne, puis, valise en équilibre, il aborda lentement la légère montée qui menait aux bâtiments. Ça embrayait dans sa tête, il entendait les vitesses grincer. « Ce putain de bled n'a pas changé, fit-il doucement. Ce putain de bled ne change jamais. »

Il remontait l'allée sans se presser, d'un pas égal, la tête à l'ombre sous sa valise. Sans changer l'allure, il tira d'une poche un paquet de cigarettes vietnamiennes, des Ruby Queen. Sur un côté de l'enveloppe bleu turquoise, une famille était dessinée, le père portant un casque, la mère un chapeau de paille pointu, l'enfant nu-tête ; de l'autre côté, une silhouette de fantassin montait à l'assaut. Du bout des lèvres, Egan extirpa une cigarette courtaude, puis il remit le paquet dans sa poche. Le tabac sentait fort. De sa main droite, il prit une pochette d'allumettes hydrofugées couleur kaki, replia le rabat, détacha une allumette et la fit rouler pour amener le bouton au contact du frottoir, puis il l'enflamma d'un claquement de doigts. Il alluma sa cigarette, souffla sur l'allumette. « Et merde, murmura-t-il, ça chie pas. »

Il poursuivit sa route d'un pas impeccablement cadencé, sans cesser de balayer du regard les bâtiments devant lui, l'allée qu'il remontait, les abords de la piste. Y a rien qui bouge, bougonna-t-il. Pas un putain de truc qui bouge. Cette pensée lui fit du bien.

Egan venait de passer six jours de permission de détente en Australie, à Sydney. De King's Cross, il avait regagné Phu Bai via Tan Son Nhut et Da Nang. Il se sentait propre dans ses vêtements neufs de civil et l'atmosphère du Vietnam le dégoûtait. Mais ce n'était pas à cause de l'air qu'il respirait. Ni à cause de la guerre. Il eut un hochement de tête presque imperceptible. « Allez, Mick, roule », souffla-t-il.

Daniel était un type maigre qui ne pesait que soixante-quinze kilos pour un mètre quatre-vingts. A l'époque où il jouait dans l'équipe de foot de son université, il affichait plus de quatre-vingt-dix kilos, mais sa carrure de demi d'ouverture avait pas mal fondu lorsqu'il s'était retiré en troisième année, et il fallait encore ôter les dix kilos perdus au régime des *boonierats* *. Ce qui restait était tout en os et en muscles durs, avec une tignasse rouquine encadrant un visage où les taches de rousseur étaient devenues de grosses éclaboussures brunâtres sous la brûlure du soleil. Ses yeux bleu clair semblaient dire : « On ne pose pas de questions. »

En Australie, avec une petite garce de Sydney, il avait connu des moments où le Vietnam était oublié. A Sydney, rien ne venait vous rappeler le Vietnam. Là-bas, ses pensées allaient vers d'autres sujets, et le seul souvenir de la guerre, c'était lui-même.

Il scrutait la piste machinalement, sans s'apercevoir qu'il jetait de brusques coups d'œil en tous sens. Au Sammy Lee's Cheetah Room, sur Pitt Street, il s'était trouvé une fille. Il y avait eu un moment de gêne, mais après tout, des moments comme ça, il en avait toujours connu avec les femmes. Il sourit intérieurement. Avec quelle rapidité il s'était adapté au monde civilisé. Il s'étonnait chaque fois qu'il se rappelait la chose à dire ou à faire. C'est là-bas, songea-t-il, avec elle, que j'ai eu ce sentiment. Mais ça ne venait pas d'elle. Il tressaillit, comprenant soudain qu'il était en train de scruter la piste en quête de pièges éventuels. Dans sa tête, les vitesses grincèrent, résistèrent un instant, puis l'engrènement se fit, il embraya. La saine paranoïa animale revint ; il se sentit à l'aise.

Lorsqu'il était arrivé pour la première fois à l'intérieur du pays, Daniel Egan n'avait pas compris ce qu'il voyait. Le contraste entre le Vietnam et le Monde ne semblait pas considérable ; à présent, il l'écrasait. Il contempla le Vietnam, tout autour de lui. Il y avait une grande part de beauté, une part qu'il n'avait pas remarquée depuis longtemps. En février 69, sergent tout frais sorti du peloton, Egan remontait cette même allée pour sa première affectation à la 101ᵉ. Il n'en menait pas large, mais il était résolu à faire bonne impression. A l'époque, les incursions de terroristes et de sapeurs nord-vietnamiens dans le territoire de Phu Bai ou les villages environnants n'étaient pas rares. Les tirs ennemis de roquettes et de mortiers troublaient la vie de Phu Bai deux fois par semaine. En août 1970, grâce aux actions toujours plus efficaces de la 101ᵉ et de la contrepartie sud-vietnamienne, la 1ʳᵉ division d'infanterie de l'ARVN, la sécurité de Phu Bai était à peu près complète. La dernière roquette de 122 mm avait explosé à l'intérieur du périmètre le 11 novembre 1969. A l'exception des *grunts* de retour des premières lignes, qui ne se séparaient guère de leur M16, personne ne portait d'arme. Phu Bai était devenu un poste sans histoire. Les permanents se baladaient en treillis amidonné et rangers nickel ; ils travaillaient aux heures de bureau.

A mesure qu'Egan approchait du centre d'administration du personnel, il prenait conscience du vrombissement constant d'hélicoptères invisibles, et aussi de l'étrange sensation qui lui nouait les tripes.

Sa première marche dans la jungle, il l'avait accomplie en mars 69 avec la compagnie C, 1er bataillon, 502e régiment d'infanterie. Elle marquait le début de l'opération Kentucky Jumper, lancée contre les bases et les zones de ravitaillement ANV dans la vallée de l'A Shau. Le premier jour, sa compagnie essuya des tirs de mortier et perdit sept hommes. Le lendemain ils furent à nouveau la cible des mortiers et Egan se jura qu'il ne resterait pas sur le terrain. Durant les trente-trois jours qui suivirent, l'unité maintint régulièrement le contact avec l'ennemi, jusqu'à la bataille de Dong A Tay, Bloody Ridge, le 26 avril 69, où quatre-vingt-dix soldats de l'ANV furent tués. Les pertes américaines furent simplement qualifiées de « lourdes », mais Egan constata que la moitié de sa section avait disparu.

Après Dong A Tay, le bataillon fut exfiltré et acheminé vers l'arrière pour une brève période de repos. Dans un style caractéristique de guérilla, l'ANV frappa aussi fort et aussi vite que possible. Au milieu du premier après-midi de détente, la zone de la compagnie C fut frappée par quinze roquettes de 122. Pour Egan, le risque de partir en morceaux fut plus grand qu'en pleine jungle. Les roquettes étaient tirées à l'aveuglette, sans cible précise ; impossible de les contrer. Egan et ses camarades rampèrent, filèrent à quatre pattes, plongèrent dans les tranchées. A côté d'Egan, un nommé Simpson fut frappé par une pierre qui ricocha après l'explosion d'une roquette à quelques mètres d'eux. La pierre lui fracassa le genou gauche ; du lubrifiant passa dans son sang, formant des caillots ; en quelques minutes, Simpson était mort.

Egan se mit à flipper. Il injuria le commandant de sa compagnie. Il hurla après le colonel du régiment et annonça à l'adjudant de compagnie qu'il allait lui mettre les tripes à l'air.

Deux jours plus tard il se retrouva dans la jungle, sac au dos, crapahutant avec la compagnie B, 1er bataillon, 506e régiment d'infanterie. Dans les dix jours il était chef de groupe, du côté laotien de l'A Shau. L'opération Apache Snow commençait. Elle mena Egan sur la colline 937, à Dong Ap Bai, Hamburger Hill. La bataille engageait trois bataillons américains et un ARVN contre le 29e régiment de l'ANV appuyé par des renforts. Le 29e avait enterré son PC dans la crête de la montagne. Sa résistance fut un peu secouée par mille tonnes de bombes et seize mille tirs d'artillerie mais le réseau de galeries et de casemates de l'ANV était bien enfoui. Le nettoyage final par l'infanterie exigea de sanglants combats rapprochés.

Tandis que sa section restait immobilisée par un feu nourri d'armes automatiques, Egan fit manœuvrer son groupe jusqu'à proximité des casemates de l'ennemi, puis, couvert par le tir de neutralisation de ses équipes feu, armé de grenades défensives, il se lança tel un dément à l'assaut des casemates. Il détruisit deux emplacements de tir et tua quatre soldats ANV. Son esprit se mit à remonter vers un stade antérieur, à retrouver des réflexes primitifs. Un code plus proche des origines guidait sa conduite. Quelques mois plus tard, il reçut la Bronze Star avec emblème de la Victoire « pour héroïsme sur le terrain face à l'ennemi ». Il cracha sur la médaille.

Le regard d'Egan balayait en tous sens la base de Phu Bai. Gare ton cul, Mick, se répétait-il. Ouvre l'œil et l'oreille et ferme ta gueule. Simplement parce que t'es parano, ça veut pas dire qu'ils t'attendent pas au tournant.

Après Hamburger Hill, Egan commença à éprouver la sensation qu'il était devenu une machine. Il avait vu mourir quelques-uns de ses nouveaux amis : six hommes de sa compagnie, deux de sa section, un de son groupe. Et puis les blessés. Ça, c'était pire. Mais il n'avait pas craqué — pas tout de suite. Il était devenu *la* machine, dure, invulnérable. « Ça chie pas. » Il avait appris la formule. « Tu te dis : Et merde ! Et tu roules. »

La troisième nuit de sa période de repos après Dong Ap Bai, Egan se saoula à mort, se défonça, et son indignation première revint en force. Il alla se planter devant le club des officiers de la brigade et se mit à hurler : « SALAUDS. TAS D'ENCULÉS. SUCEURS DE BITE, ENCULÉS DE REMFS *. JE VOUS TIENS PERSONNELLEMENT RESPONSABLES POUR GREER ET POUR MILLS. ET POUR KANSAS CITY. C'EST MOI LE TRIBUNAL. MOI ET DIEU. ICI MÊME, EMPAFFÉS. ICI ET MAINTENANT, BORDEL. BANDE DE PORCS. COUPABLES. VOUS ÊTES COUPABLES D'AVOIR ENVOYÉ KANSAS CITY ET MILLS ET MOI AUSSI DANS CES PUTAINS DE COLLINES. COUPABLES D'AVOIR FOUTU MILLS ET GREER DANS LA GUEULE DE LEURS 51. JE VOUS CONDAMNE TOUS À MORT. SUR DES MINES, VOUS SAUTEREZ. TAS DE CREVURES ET DE PLANQUÉS... »

Quelqu'un avait frappé Egan par-derrière puis l'avait porté jusqu'à un lit. Le matin suivant, il se retrouvait simple soldat E2 [1] avec le

1. Voir détail des grades dans le glossaire *(N.d.T.)*.

choix entre la cour martiale pour tentative de meurtre ou le transfert au 7e du 402e. Il opta pour le transfert. Au cours des mois qui suivirent, il se montra de plus en plus paranoïaque, toujours sur la défensive, il se referma davantage sur lui-même. Il devint rusé. On se mit à le surnommer le *Boonierat*. Quand les hommes se réunissaient pendant une période de repos, ils échangeaient des histoires à son sujet, ils se racontaient ce qu'ils l'avaient vu faire. Un soldat disait à l'autre autour d'un verre : « Tu veux voir quelque chose de superbe, mec ? Tu devrais voir Egan pendant un contact. Lui et peut-être aussi Pop. Personne leur arrive à la cheville. Il est tellement rapide, Egan, tellement fort... mec, c'est... c'est beau. Voilà, c'est beau, tout simplement. » Et l'autre répondait : « Je sais. Je l'ai vu une fois. Le M16, on dirait sa main, on dirait qu'il est né avec. Je l'ai vu tuer quatre Viets avec quatre balles. Et pendant que les autres l'allumaient. Je te raconte pas des blagues. »

Et Egan devint roublard.

A l'arrière, y a toujours un type pour bien vous pistonner, pensait-il en approchant du bâtiment administratif. J'emmerde l'armée. J'emmerde la Machine Verte. Salue cette crevure. Salue cette autre. Egan s'arrêta tandis que les pensées défilaient dans sa tête. Si un de ces salauds veut se débarrasser d'un type, il t'envoie à l'assaut de la cote 937 ou de Bloody Rigde en disant que c'est pour la Gloire de l'Infanterie. Complètement secoués. La moitié du temps, le type se fait même pas allumer. C'est un autre qui morfle. Un qu'était pas prévu. Il se trouvait là, c'est tout. Et les types qui veulent se payer des crevures à la grenade. D'un côté comme de l'autre, ces branleurs sont pas foutus de tirer aussi droit que je pisse. C'est toujours un pauvre connard qu'a rien à voir qui se fait baiser et part en morceaux.

En août 69, lorsque le 7e du 402e fut chargé d'occuper la position de Bach Ma — le pic haut de quinze cents mètres en bord de mer qui étend son ombre sur les terres basses de Phu Loc —, Egan sut qu'on l'envoyait une fois de plus dans la jungle pour qu'il y laisse sa peau. Il n'avait pas tenté de se payer un officier à la grenade, il n'était suspecté de rien. Mais il avait ouvert sa grande gueule, et l'exaspération que provoquait son arrogance constituait une raison suffisante. En souplesse, mec, en souplesse, se répétait-il. Fais pas de vagues, Mick. A Bach Ma, le terrain était abrupt, peu fiable, et les coups de vent au sommet atteignaient cent soixante kilomètres-heure. L'ANV eut assez de bon sens pour laisser les Américains se battre seuls face à la montagne et à la jungle, et payer un lourd tribut en blessés à ces ennemis-là.

Egan se tenait à trente mètres du centre administratif. Il resta parfaitement immobile pendant plusieurs minutes. Des hommes fraîchement débarqués, rangers et treillis neufs, entraient et sortaient du bâtiment sans se presser. C'est à cause de moi que des branleurs comme vous peuvent gambader dans le coin sans s'inquiéter de savoir si Charlie va pas leur jouer un solo sur la tronche, songea Egan. Tu te ramollis, Mick. C'est la perme qui te fait cet effet-là. C'est peut-être bien ça. Vingt-six au jus. Ça chie pas.

Comme s'il ne s'était jamais arrêté, Egan repartit de son pas cadencé. Il glissa, plutôt qu'il ne marcha, à l'intérieur du bâtiment.

Une jeune recrue gémissait auprès d'un secrétaire : « Je te répète, mec, moi je suis trans. On peut pas m'affecter dans une unité d'infanterie. »

Minable, songea Egan. Le jeune soldat et le secrétaire le dégoûtaient. D'un ton brusque, il se renseigna sur son vieux copain Murphy, puis lâcha quelques mots hargneux à l'adresse des deux hommes et s'éloigna.

Fin janvier 1970, Egan revint à l'arrière pendant quelques jours afin de signer les papiers prolongeant son temps au Vietnam. En restant plus longtemps sur le terrain, il bénéficiait d'une réduction de cent cinquante jours sur la durée de son engagement, ce qui signifiait qu'à son retour aux États-Unis, au lieu d'avoir encore cinq mois à tirer, il serait aussitôt libéré. Le soir de son arrivée, Egan s'installa dans une des baraques avec quelques copains afin de passer la soirée. Un nouveau sergent du ravitaillement, un jeune qui comptait faire carrière dans l'armée, était logé là depuis la veille — à titre temporaire, car, en tant que cadre, il ne tarderait pas à se voir attribuer un cantonnement plus confortable, occupé exclusivement par d'autres sous-officiers de carrière. Egan et ses amis fumèrent un peu d'herbe. Le jeune engagé menaça de tous les signaler comme drogués.

« Écoute, REMF », grogna Egan en agitant une main osseuse sous le nez du jeune type, « il se trouve que je suis le meilleur putain de sergent dans cette zone. Je crapahutais dans ces montagnes pendant que toi, tu sifflais ton scotch au foyer des sous-offs. Je connais mon topo, mec, et je fais mieux mon boulot que n'importe quel enfoiré de REMF. Tu t'es déjà coltiné un paquetage ? Tu serais même pas foutu de soulever le mien. T'es même pas digne d'avoir un chien pour marcher dans tes traces en patrouille. Je vais t'expliquer un truc, dugland, et après je déciderai si ça a bien pénétré, et encore après je déciderai si un sapeur va pas venir te couper les couilles pendant que tu dors. Maintenant, écoute bien. Je suis en repos, c'est mes vacances à moi, après deux mois dans la jungle. Et quand je dis deux mois, ça veux dire deux mois, et des journées de vingt-quatre heures, et sans tirer au cul. Là-bas, on picole pas. Là-bas, on fume pas d'herbe. Et de quel droit t'aurais quelque chose à redire parce que je décompresse un peu ?

— Et ben merde, fit un des copains d'Egan. Quelle angoisse, ce mec. Tirons-nous à la brigade, on va s'éclater. Je connais quelques types bien là-bas. »

Personne n'adressa la parole au nouveau sergent pendant les deux jours qui suivirent. Le bruit s'était répandu dans tout le régiment et à l'échelon de la brigade : le nouvel E5 au ravitaillement du Zéro-deux était un taré.

Le troisième soir après l'incident, Egan trouva le sergent seul dans la baraque. L'homme était assis sur son lit de camp, la tête dans les mains, les coudes plantés sur les genoux, sous une lumière froide. Egan l'apostropha : « Hé ! mec ! ça va, hein. Y a pas de problème, tu sais. » Il alla s'asseoir à côté du sergent. L'autre lui fit ses excuses et les deux hommes rirent ensemble. Egan sortit un paquet de joints de son treillis et en alluma un tout en continuant de bavarder. Il se débrouilla pour amener le sergent à tirer une bouffée. Ils fumèrent un autre joint, puis un autre, et encore un autre, tout en riant et en plaisantant. Cinq copains d'Egan vinrent se joindre à eux. Ils apportèrent des bougies et une radio. Ils laissèrent le sergent rire, causer et tirer sur son joint. Aucun d'eux ne fuma. Ils jubilaient tous, car ils savaient qu'ils tenaient le jeune engagé. Au signal d'Egan, quelqu'un éteignit la radio et tout le monde se tut, à l'exception du sergent qui continuait de se tordre. Les hommes qui tenaient les bougies sortirent en silence, abandonnant le sergent sur son lit de camp. « Hey, gloussa Egan, c'est cool, vieux. C'est ça le Nam. » Puis il sortit à son tour et le jeune sergent se retrouva seul se sachant pris au piège. Il tomba dans la déprime. Le lendemain, Egan repartait au front. Il passa voir le sergent au dépôt de ravitaillement, lui donna une bourrade sur l'épaule et répéta avec un clin d'œil : « C'est ça le Nam. »

C'est tout à cause du Vietnam, se dit Egan en dépassant le centre administratif pour gagner la cantine. Mentalement, ça se raccorde pas avec le Monde, alors ça vous secoue la tête. Logique.

« Putain de REMF, et ça se tape une glace ! » hurla Egan dès qu'il aperçut Murphy. Daniel Egan et le Murf avaient été frères d'armes dans la jungle, à la compagnie A, 7/402, entre juin et décembre 69. Le Murf haïssait la jungle ; Egan haïssait l'arrière. En décembre, Murphy accepta de prendre six mois de rab en échange d'un poste à Phu Bai et fut affecté aux services du personnel. Lorsqu'il quitta le 7e du 402e, Egan piqua une colère. Le Murf était un lâcheur. Ils ne se revirent pas de cinq mois, mais en janvier, quand Egan décida de prolonger son temps sur le terrain afin de bénéficier des cent cinquante jours de réduction, Murphy trimbala personnellement son dossier d'un bureau à l'autre afin de s'assurer qu'il n'y aurait pas de boulette.

Au bout d'un an et demi ou presque dans le pays, les deux hommes étaient liés par des souvenirs, et aussi par un même agacement méprisant à l'égard des bleus et de l'armée en général. Chaque fois qu'Egan revenait de la jungle, il allait trouver le Murf pour une petite virée.

Murphy se trouvait derrière le bâtiment principal, assis à une table ronde de bois brut. Des parachutes camouflés marron-vert étaient tendus au-dessus de tout le secteur, et il faisait bon à l'ombre. Murphy était seul, plongé dans la lecture d'*Orange mécanique* d'Anthony Burgess. « Dingue, complètement frappé, ce truc. C'est bon de te voir. » Murphy se mit à rire. « Bon Dieu, Egan, piquons une jeep et allons chercher de la dope. Faut être défoncé un max pour lire ce bouquin. Tiens, prends un peu de glace. Alors, et ces petites Australiennes ?

— Oooh, Murf ! Ça lèche et ça suce et ça tringle toute la nuit.

— Merde ! Je croyais t'avoir entendu dire que ton cœur était déjà pris, là-bas dans le Monde.

— Il l'est, Murf, il l'est. C'est pas de mon cœur que je parlais. »

Murphy gloussa, puis demanda : « T'as du temps pour une virée ? J'ai plus d'herbe, mais je peux prendre le camion du QG, si t'as le temps.

— Je sais pas trop. » Egan consulta sa montre. « Ça commence à être un peu TARD pour moi, ces conneries.

— Ooh, je sais, mec, je sais. Vingt-huit au jus.

— Murf, tu n'es qu'un bleu. Vingt-six au jus. Allez, on y va. Ils font pas pousser de bonne herbe, dans le Monde.

— Est-ce que t'es resté à l'Illowra Lodge comme je t'avais dit ? demanda Murphy.

— Ouais ! Houlà ! Je vais te dire...

— La fille au standard, de la dynamite, hein ?

— Ouais, ouais. Je vais te dire...

— Je t'avais pas dit que je m'occuperais de toi ? Hein ? Il s'occupe pas de ses potes, le Murf ? Rien n'est trop bon pour mes frères *boonierats.*

— Je vais te dire...

— Merde ! Alors, t'as levé cette nénette à l'Illowra ? Sacré fils de pute. T'as levé la nana du vieux Murf ? Je comptais retourner là-bas, moi... »

Ils prirent la nationale 1 et roulèrent vers le nord, dépassant Camp Eagle puis traversant Huê. Ils continuèrent encore une dizaine de kilomètres, jusqu'à une basse plaine, avant le pont en treillis métallique qui enjambe le Song Bo. Là, ils tournèrent à gauche et suivirent un chemin en terre battue, semé d'ornières, jusqu'au village d'Ap Lai Thanh. Egan et Murphy avaient pris place à l'arrière du camion sur la plate-forme recouverte de sacs de sable — si le camion roulait sur une mine, les sacs étaient censés arrêter les éclats. Deux autres hommes de la base de Phu Bai occupaient la cabine. Le véhicule progressait bruyamment en soulevant des tourbillons de poussière qui montaient vers l'arrière. Les vêtements civils d'Egan étaient sales, tandis que la poussière se voyait à peine sur le treillis de Murphy. Au bout de deux kilomètres, le camion ralentit et se mit à patiner dans une étendue boueuse, là où les eaux d'irrigation qui fuyaient par des diguettes brisées s'écoulaient vers le fleuve. Parvenu de l'autre côté du bourbier, le camion s'arrêta, le temps pour Egan et Murphy de sauter à terre, puis il repartit. Aussitôt, une quinzaine de tout petits enfants entourèrent les deux hommes et leur firent escorte tandis qu'ils quittaient le chemin. Murphy connaissait la mama-san et les gosses. Ceux-ci réclamaient bonbons et cigarettes. Un garçon se souleva pour tenter d'admirer la montre d'Egan. Les tout-petits étaient respectueux, les plus âgés plutôt farouches.

« Egan, je te rejoins dans cinq minutes », annonça Murphy en disparaissant à l'intérieur de la maison pendant que son compagnon jouait à « Toi-t'es-qui ? » avec les enfants. Il leur pointait gentiment l'index dans les côtes et demandait : « Moi. Daniel. Toi-t'es-qui ? » Les enfants riaient et s'accrochaient à ses jambes. Le flot de gamins ne tarda pas à entraîner Egan dans la maison, à l'instant où la fille aînée de la famille en sortait.

Murphy se tenait derrière Mama-san. Egan s'inclina légèrement et la salua d'un *Chao Ba* qui constituait le quart de son vocabulaire vietnamien. Murphy lui fit signe du bras et chuchota sèchement : « Ne te tiens pas le dos à l'autel. »

Tout le monde parut se détendre : les deux Américains, les enfants, deux chiens, une tourterelle et la vieille femme. Les adultes s'assirent. Murphy s'adressa à la vieille en vietnamien. Une des filles entra avec deux verres d'eau citronnée et des glaçons.

La fille était mignonne. Egan la contempla. Elle devait avoir onze ans, douze peut-être. Il la trouvait splendide. Une peau claire, parfaitement cuivrée, et de grands yeux marron qui l'examinaient, s'arrêtant à ses vêtements civils. Des cheveux d'un noir de jais tombaient sur ses épaules et presque jusqu'à sa taille. Elle était petite, délicate, fragile. Comme Stephanie, songea-t-il. En acceptant le verre glacé qu'elle lui tendait, il remarqua la finesse de ses mains, de ses doigts. Puis elle disparut.

La maison, construite sur un sol de terre battue, était faite de planches provenant de vieilles caisses d'obus de mortier. Il n'y avait ni chauffage, ni installations sanitaires, ni électricité. Pour éviter tout risque d'incendie, on avait aménagé la cuisine à part, dans une baraque derrière la maison. L'endroit sentait le poisson et le moisi. « C'est très bien chez vous, Mama-san, articula lentement Egan d'une voix respectueuse.

— C'est pas trop misérable, hein ? enchaîna rapidement Murphy avec un clin d'œil. Mama-san se fait beaucoup *dinero* avec mes commandes, pas vrai, Mama-san ? »

Egan regarda plus attentivement autour de lui. Il y avait un petit autel contre un des murs de la pièce principale, avec un crucifix, des bougies, un bol laqué rempli de riz et de petits poissons de bois trempés dans le nuoc-mâm. Au-dessus de l'autel trônait une photo du pape Paul VI dans un médiocre cadre de plastique blanc.

Murphy discutait à présent en vietnamien avec la petite vieille fripée qui paraissait ravie de le voir. Après tant d'années à travailler dans les rizières sous un soleil brûlant, la peau ridée de Mama-san avait pris une teinte gris-brun.

Mama-san avait passé toute sa vie dans ce coin qu'on connaissait à présent sous le nom de Rue sans Joie. Elle s'y trouvait en juillet 1953, quand les Français attaquèrent le 95e régiment du Vietminh. Ils ne rencontrèrent d'abord que peu de résistance lors de cette opération. Des coups de feu furent échangés au village de Dong Que, où Mama-san était née et avait grandi. Le commandant français de la zone de contact fit appel à l'artillerie et les obus du 69e régiment africain d'artillerie de la Légion étrangère eurent tôt fait de pulvériser les minuscules huttes de bambou et de paille de riz. Le village brûla mais la population resta cachée. Un obus creva le toit de la principale construction vietminh et poursuivit sa trajectoire pour aller frapper une cache de munitions enterrée. Une deuxième explosion secoua tout le village. Les chars et l'infanterie française se rapprochèrent. Le Vietminh mit en œuvre son plan de défense coutumier, que le Vietcong continuerait d'utiliser pendant les vingt années suivantes : les civils furent chassés de force de leurs abris. Un flot de villageois se répandit sur la grand-place, la route et les chemins avoisinants. Ainsi couverts, les troupes et l'encadrement vietminh amorcèrent leur retraite.

Les forces françaises encerclèrent complètement Dong Que. L'unité vietminh, la 3e compagnie, bataillon 310, 95e régiment de l'Armée populaire vietnamienne (APV) fut anéantie. L'opération entraîna la mort de nombreux civils. Le père et les deux frères de Mama-san, tous des pêcheurs, furent tués.

Le reste de la famille alla s'installer plus au sud, dans un autre village dont l'oncle paternel de Mama-san devint l'adjoint administratif. Cet oncle fut tué au printemps 1954, lorsque le Vietminh infiltra à nouveau la Rue sans Joie.

En juillet 54, après les accords de Genève, le 95e régiment vietminh évacua la région. Le nouveau gouvernement regroupa les habitants du village de Mama-san à Ap Lai Than. En 1962, le dernier frère de Mama-san fut tué lors d'une embuscade, lorsque les forces ennemies infiltrèrent une fois de plus la région. Les nouvelles troupes portaient le nom de Vietcong, mais il s'agissait toujours du 95e régiment.

Les Marines US prirent d'assaut la Rue sans Joie en 1964 et 1965. Mama-san se trouva encore déracinée. Son village fut bouclé, les civils reçurent l'ordre de plier bagage et de se regrouper dans un camp de réfugiés, à trois kilomètres au nord-ouest de la citadelle de Huê. Le village fut rasé, le terrain retourné et tout le secteur decrété zone d'ouverture du feu.

Le 31 janvier 1968, les 800, 802 et 804e bataillons nord-vietnamiens, appuyés par des éléments vietcongs de la cellule du parti communiste à Huê, prirent la citadelle d'assaut, se rendant maîtres de la ville et de nombreux villages avoisinants. A un moment ou à un autre, entre le début de l'offensive du Têt et le 25 février 68, où les derniers soldats ANV furent chassés de la région, le mari de Mama-san et son fils aîné, un beau petit garçon de neuf ans, furent tués — elle ne sut ni par qui ni comment, et ça ne l'intéressait plus de savoir.

Au printemps 1970, avec le concours du 326e régiment du génie, 101e division, Mama-san et neuf cents autres réfugiés furent réinstallés à Ap Lai Thanh.

Mama-san avait beaucoup pleuré, elle avait vu beaucoup de soldats. Elle était en train d'expliquer à Murphy, en vietnamien, qu'elle aimerait que tous les soldats s'en aillent. « S'ils restent, ça voudra simplement dire encore d'autres épreuves. J'applaudirai la paix quand tous les soldats seront morts. Aujourd'hui, nos vies sont en fleur ; aujourd'hui, nous nous ouvrons au soleil. Demain, nous n'aurons plus de pétales à offrir au soleil pour qu'il les réchauffe. »

Les deux hommes sirotaient leurs verres. Un petit garçon assis sur les genoux d'Egan tenait la tourterelle. L'oiseau sauta sur l'épaule d'Egan, puis sur la tête du garçonnet où il ne resta qu'un instant avant de regagner sa main. Tous les enfants rirent, imités par Egan, qui se mit à rougir, puis rit à nouveau. La fille aînée revint avec un paquet enveloppé de papier marron.

Murphy ignorait où Mama-san se procurait l'herbe, mais il savait que ce serait de la bonne, et à un prix plus qu'honnête. Il acheta vingt paquets d'OJ — les OJ étaient des cigarettes minces et parfaitement roulées contenant de la marijuana qui avait trempé dans une solution opiacée. Cinquante joints par paquet. Maman-san vendit les vingt paquets à Murphy pour deux cent cinquante dollars *greenback* qu'elle changerait ensuite en piastres — récupérant l'équivalent de sept cents dollars — tandis que Murphy revendrait la moitié de la dope à des GI's plus timorés pour un total de cinq cents dollars MPC.

D'autres enfants entrèrent en courant — ils étaient restés postés en sentinelle devant la maison. « Vos amis revenir », dit un des plus âgés. « Devez partir. MP's au bout de route. Partir maintenant. »

Sans cesser de jouer avec les enfants, Egan avait observé Maman-san pendant la discussion avec Murphy. La vieille femme se tourna vers lui. « Je vous souhaite mille années, dit-elle. Beaucoup de chance. *Chuc ong may man.* » Puis elle s'adressa en vietnamien à Murphy afin de les inviter à revenir le mercredi soir jouer aux cartes.

Egan et Murphy se levèrent, remercièrent Mama-san et la fille aînée, puis coururent jusqu'au camion. *« Cam on ba, Mama-san* », lança Murphy, et Egan à sa suite : « Oui. Encore merci. »

Le petit garçon à la touterelle les avait suivis. Tandis qu'Egan escaladait la ridelle, il lui saisit la jambe et cria : « Joyeux Noël. »

Ils restèrent tranquillement allongés sur les sacs de sable pendant que le camion dépassait la patrouille de MP's pour regagner la grand-route. Egan se sentait comme une nausée. Pas vraiment la nausée, mais... c'était encore cette sensation. Quelque chose lui était arrivé pendant sa permission, et il ne s'en était pas aperçu. Il ne lui restait plus longtemps à tirer. Vingt-six jours, et il venait de goûter à nouveau à la vie civilisée. C'est peut-être ça, se dit-il. C'était peut-être cette femme. Elle lui avait rappelé Stephanie. Un frisson glacé le parcourut. Pas encore, Mick. Pense pas encore à elle.

« On s'en est tirés », lança Murphy en riant lorsqu'ils eurent passé le premier village. Ils se redressèrent.

« Tu y vas mercredi ? demanda Egan.

— Fini tout ça, mon frère. Me reste plus assez longtemps à tirer. Mais c'était sympa, comme endroit. Mama-san a été une vraie mère pour moi. Je rigole pas. J'ai fini par bien les connaître, elle et les gamins. Pas d'entourloupes. Des gens vraiment gentils. Baby-san touche sa bille à la guitare. Elle m'a donné des leçons de flamenco. Tous les hommes de la famille sont partis faire une sale guerre, je crois. Mais t'en saurais plus que moi sur toute cette merde. » Il s'esclaffa. « Dis, tu peux pas rester un jour ou deux ? Personne va te regretter là-bas. Je ferai passer le mot à ton XO * que ton avion s'est cassé la gueule et que tu dois revenir d'Australie à la rame. Tu peux pioncer dans ma piaule.

— Ça serait avec plaisir, Murf, mais...

— Allez, quoi...

— Non, vraiment, j'aimerais, mais...

— Mais quoi ! Mais mon cul ! C'est le sens de la responsabilité qui te travaille toujours ? Putain, t'es barje. Tu sais ça ? Le vrai petit soldat. Qu'est-ce que tu veux qu'ils te fassent, si tu t'amènes avec un jour de retard ? Ils vont t'expédier au Vietnam ?

— Murf, le lieut me demandera peut-être même pas de retourner dans les *boonies* *. J'ai plus longtemps à tirer et il le sait. S'ils sont déjà partis...

— Le Zéro-deux se tire demain matin. J'ai parlé à El Paso hier. Il dit que vous allez au nord. Ils marchent sur un QG ou quelque chose comme ça.

— Écoute, dit Egan d'un ton ferme. Si le lieut dit que j'ai pas besoin d'y aller, je reviens ce soir faire une virée. »

Murphy secoua la tête d'un air dégoûté.

« Egan, tu es un ridicule personnage. »

Lorsque le camion arriva à Phu Bai, une jeep de son bataillon attendait Daniel Egan. Installé à l'arrière, avec son sac et tout son attirail, il y avait le jeune soldat qui se lamentait quelques heures plus tôt auprès du secrétaire. Il faisait peine à voir.

CHAPITRE 3

Lieutenant Brooks

Sous sa casquette, le grand Noir dégingandé restait parfaitement immobile, comme si tout son être était contenu dans ses yeux, son cerveau, ses pensées, et que son corps fût dépourvu d'existence. Le soleil marquait comme au fer rouge le haut de ses longues cuisses de taches ovales et barrait ses épaules d'une ellipse brûlante. Les rayons lui frappaient aussi le menton et la chaleur irradiait jusqu'à sa mâchoire. La peau de sa nuque et de ses joues brillait de la sueur d'un homme habitué aux chaleurs tropicales : une fine pellicule, et non de grosses gouttes perlées. La bouche, le nez, les yeux se noyaient dans l'ombre projetée par la visière démesurée de sa casquette style baseball.

Le lieutenant Rufus Brooks était assis sur le muret de soutènement qui empêchait les pluies de mousson d'attaquer l'embasement du QG de la compagnie A. Cela faisait presque deux heures qu'il se tenait là, sans bouger, les bras pendants, laissant ses grandes mains reposer mollement sur la terre rapportée.

Ça vous dirait de vous faire un QG ennemi ? La question de l'Homme Vert résonnait dans sa tête. Ça vous dirait... ? Il se concentrait sur ces mots. Il était dans sa chambre, à l'arrière du bâtiment de la compagnie, en train de penser à la guerre, à la notion de conflit, à sa femme et à Hawaii, à la date de son retour et à la possibilité de rempiler, quand l'Homme Vert s'était amené tout sourire et jovial comme un VRP. « Ça vous dirait de vous faire un QG ennemi, Rufus ? » avait demandé l'Homme Vert, et sans réfléchir, tel un robot programmé, Brooks avait répondu par un « oui » enthousiaste. L'Homme Vert avait filé aussi sec, sans donner de détails, laissant le grand lieutenant noir seul avec ses pensées de guerre.

« Minh dit que la première brigade va faire mouvement. »

L'adjudant-chef Laguana venait de faire irruption dans la chambre, coupant le fil de sa réflexion.

« Oui, je sais. C'est un bruit qui court depuis...

— Oui, mon lieutenant. *Es verdad.* » L'adjudant-chef hocha la tête. « Mais ce Minh, il le tient de...

— Mais oui. Sûr. » Il imita le hochement de tête de Laguana. « Les sources de Minh ne sont pas toujours fiables. Vous vous rappelez, le dernier coup ? D'après lui, on allait partir...

— Oh ! sûr, mon lieutenant ! Ça a bien failli arriver. Même nos informateurs l'ont signalé, vous le savez.

— Arrêtez. » Brooks coupa sèchement le Chicano souriant. « Plus un mot à propos de n'importe quelle rumeur. Si j'entends que...

— Bien, mon lieutenant. Vrai. Je dis rien. Je le dis aussi à Minh. Ce coup-ci, Minh, il dit qu'il tient ça du Renseignement. Ils ont interrogé deux ANV. Et d'après Minh, les deux types ont dit que la première brigade va aller à Da Nang. Renseignement secret. *Es verdad.* Ils vont nous désengager.

— Laguana, ce bruit court depuis le jour où le premier *boonierat* a donné l'assaut dans ce pays. Alors, vous observez le silence là-dessus. Est-ce que le matériel et les hommes sont prêts ? Est-ce qu'on a assez de rations pour l'ensemble des sections ? Est-ce que l'équipement a envoyé un nouveau canon pour la M60 de Whiteboy ? Je ne veux pas que mes hommes se retrouvent en CA * demain avec seulement la moitié du matériel. »

Sur ces mots, le lieutenant avait ouvert brutalement la fragile porte de sa petite chambre, traversé le bureau du planton et quitté le bâtiment en claquant une deuxième porte derrière lui. Un bref coup d'œil à droite et à gauche, puis il était allé s'installer sur le muret.

On s'activait un peu partout à l'échelon de la compagnie et du bataillon. A cinquante mètres sur sa gauche, une rencontre de basket était en cours ; un peu plus loin et devant lui, un groupe d'hommes s'était mis à l'ombre sur la scène du théâtre ; derrière la scène, un de ses adjudants avait fait aligner toute sa section pour une revue de paquetage. Sergents et lieutenants, officiers adjoints, personnels des services et du ravitaillement distribuaient rations C, munitions et piles. Les officiers des opérations étudiaient cartes et comptes rendus de renseignement ou discutaient déplacements et contre-mesures avec les commandants de compagnie. Les officiers d'approvisionnement examinaient les listes de matériel, le lot de première intervention et les dates de réapprovisionnement tout en se préparant des justifications pour les demandes non satisfaites de rangers, treillis, percuteurs et canons de rechange pour les M60 usées. Assis sur son muret, Brooks observait tout cela avec dégoût mais sans y prêter une attention particulière.

« Mon lieutenant, on a encore des grenades ? » Brooks pencha la tête de côté, en direction du QG, et ne répondit pas. L'homme qui l'interrogeait s'en alla. « Mon lieutenant, l'Habillement veut pas me filer de rangers. » Brooks resta immobile et son deuxième questionneur repartit à son tour. « Mon lieutenant, mon sac est HS. Je peux le faire changer ? » Le troisième soldat resta un moment à guetter un signe sur le visage du lieutenant, puis abandonna et s'éloigna.

« Qu'est-ce qu'il a le lieut ? » demanda quelqu'un derrière lui. « Sais pas », chuchota une autre voix.

La consigne passa rapidement : il fallait laisser le lieutenant tranquille.

Devant Brooks s'étendait une tranchée fraîchement creusée, large de quarante-cinq centimètres et profonde d'un mètre. Le travail avait été fait la semaine précédente, à la pelle mécanique. Si le bataillon essuyait un tir de roquettes pendant le recomplètement, les hommes pourraient s'abriter au creux de la tranchée. Le regard de Brooks s'arrêta sur l'excavation. Le boulot n'est jamais fait correctement, se dit-il. Ils font tout à moitié. Elle est tellement droite, cette tranchée... une image lui vint... elle devrait zigzaguer... l'image d'une roquette explosant à un bout de la tranchée, fauchant les soldats comme des dominos jusqu'à l'autre bout. « Personne réfléchit jamais », murmura-t-il doucement. Son regard suivit la tranchée sur toute sa longueur. Sans lien apparent avec ce qu'il venait de dire, une pensée se mit à galoper dans sa tête. Hawaii. Il la chassa. J'ai toujours un jugement objectif sur les autres, songea-t-il. Ils viennent me demander conseil. Pourquoi je ne contrôle plus la situation dès qu'il s'agit de moi ? Il chassa également cette pensée, et, pendant un moment, rien ne vint la remplacer. Le lieutenant demeura immobile au soleil.

La formation de Brooks commença avec les cours de science militaire de la PMS [1]. Il suivit six semaines d'instruction élémentaire après sa deuxième année de fac, un cours de perfectionnement après la troisième, et se retrouva parallèlement titulaire d'une licence d'anglais et du grade de sous-lieutenant de l'armée des États-Unis. L'année suivante, Brooks entra à l'université de Berkeley afin de préparer une maîtrise de philosophie. Bon étudiant, il était allergique au milieu universitaire. Il se sentait tiraillé de toutes parts. La prolongation de ses études différait son entrée dans le service actif, mais la pensée que celui-ci restait à accomplir, le manque d'argent, la charge récente d'une épouse et les tensions politiques sur le campus le décidèrent à quitter la fac. En janvier 1968, il se fit mettre en congé.

Incorporé en juin de la même année, il débarqua au Vietnam en février 1969 et fut affecté à la 101e division aéroportée (aéromobile) comme aide de camp du chef d'état-major. Au moment de son arrivée, le QG de la division ne comptait aucun officier noir dans son personnel d'encadrement. Le Noir le plus gradé du petit groupe fermé

1. Préparation militaire supérieure *(N.d.T.)*.

qu'on nommait les « décideurs » était un vieil adjudant-chef que Rufus traitait d'Oncle Tom et qui ne se faisait pas faute de le corriger : « Oncle Tom, *mon adjudant-chef.* » En privé, les plus anciens des sous-offs et certains officiers supérieurs désignaient Brooks sous le nom de Novembre Sierra, leur Nègre de Service. Rufus réagissait à cette ambiance en exprimant ses critiques à haute voix. Il se sentait menacé. Il pensait être plus intelligent que ses chefs. Il était certain d'avoir une meilleure éducation.

Abordant un commandant en second, il lui disait : « Excusez-moi, mon commandant, m'sieu, mais pourriez-vous m'expliquer, c'est pour que je puisse aussi l'expliquer aux jeunes recrues de couleur, mon commandant, pourquoi on emploie presque tous nos Noirs dans des unités de combat et très peu dans les services... ah ! je vois, mon commandant, je vois ! Eh bien, je leur dirai ça, mon commandant, et je suis sûr qu'ils comprendront. C'est juste qu'il n'y a pas assez de Noirs qualifiés pour travailler dans les services, compte tenu des conditions à remplir pour les examens d'aptitude... merci, mon commandant... non, mon commandant, je vous assure que je fais un très bon ambassadeur du QG auprès des troupes. »

Pendant cinq mois, le temps raisonnable pour demander le transfert de Brooks et, pour le QG de cette division, de se voir affecter un commandant ainsi qu'un autre lieutenant, noirs tous les deux, le chef d'état-major supporta les insinuations de Brooks et sa verve critique. Fin juillet 69, Brooks reçut sa feuille de route pour le 7e du 402e, où il servit d'abord comme anonyme chef de section, sous le commandement opérationnel d'un capitaine méfiant qui ne croyait pas à la délégation des pouvoirs. Le chef ne permettait aucune décision autonome des sections. Cependant, le service en campagne et la présence de la jungle plaçaient constamment Brooks en position de décideur. Il commit sa part d'erreurs. Il s'adoucit. La camaraderie au combat et la vie dans la jungle aidant, il revint à sa manière calme des débuts.

Juste avant Thanksgiving, Rufus reçut un ordre d'affectation à l'arrière, au centre opérationnel du bataillon. La routine militaire y était plus stricte, rebutante, et Brooks se reprit à critiquer ses supérieurs. Six semaines plus tard, après la mort du chef de la section reco de la compagnie Echo, il briquait à nouveau le terrain à la tête de cette même unité de combat autonome. « Il te reste plus assez à tirer pour ce genre de truc, Ruf », lui signala un autre jeune officier. « T'es pas obligé de faire ça, tu sais. T'as passé assez de temps là-bas. Merde, c'est une chose que tu te dois à toi-même, pas refoutre les pieds dans la jungle. »

Brooks se distingua en reconnaissance, et peu à peu on ne l'appela plus L-T-B mais L-T Bro. Entre eux, ses hommes le surnommaient L-T Beautiful ou Bouddha. Ils parlaient de son karma. Ils voulaient dire qu'un charme le protégeait. Il exerçait son commandement en douceur, savait faire passer les ordres et les informations. Quand les circonstances le permettaient, il expliquait la situation au plus grand nombre d'hommes possible, il demandait leur avis et en tenait souvent compte. Il prenait sa part des corvées et les hommes le savaient. Il choisissait le jeu, en définissait les règles et s'assurait que tous ceux qui étaient sous ses ordres avaient compris. Ce qu'ils ignoraient, il le leur enseignait. Et il donnait le moral, l'envie de vaincre. Brooks engageait son unité dans des zones difficiles tenues par l'ennemi et la dégageait sans essuyer de pertes. Ses hommes déboulaient au milieu d'un combat par le feu et personne n'était blessé. Largués sur une zone dangereuse, leurs hélicos en feu, la ZP[1] piégée, ils s'en tiraient encore sans une égratignure. D'autres équipes suivaient, et quelqu'un se faisait alors descendre par un tireur isolé, ou c'était une mine bondissante qui décimait un groupe. Brooks tirait le meilleur de ses hommes. Il se considérait comme un intellectuel mais traitait chaque soldat en égal. Un imbécile, selon lui, ça n'existait pas : « Tout homme est capable de pensée complexe. Pour certains, il faut simplement les amener à l'exercer. »

Après quatre mois en reconnaissance, Brooks se vit confier le commandement de la compagnie A. Les autres commandants de compagnie le considéraient avec un respect envieux. Durant l'offensive de printemps à l'ouest de Huê, autour de la base Veghel, la section reco de Brooks avait inscrit à son tableau quarante-quatre morts ANV sur un total de cent quarante-sept tués au combat par le bataillon. Lors des opérations de nettoyage menées au début de l'été le long du Song Bo, de Three Forks à la nationale 547 vers le sud, et à l'ouest vers la base Zon, la compagnie A, sous le commandement de Brooks, fut responsable de douze morts ANV sur un total de vingt et un. Là encore, l'unité essuya peu de pertes. Brooks était le seul lieutenant du bataillon à commander une compagnie — tâche normalement confiée à des capitaines, comme c'était d'ailleurs le cas pour l'ensemble du Zéro-deux. Les capitaines étaient des chefs de grande valeur, animés par l'esprit de compétition et très soucieux de leurs états de service. Rufus Brooks affirmait ne pas s'en préoccuper. Ses dons pédagogiques naturels et sa tranquille assurance amenaient ses hommes à croire qu'il avait atteint un degré supérieur de compréhension. La promotion qu'il aurait dû recevoir depuis longtemps déjà se trouvait retardée par les mauvaises notes dues à son insubordination des débuts.

1. Zone de poser *(N.d.T.)*.

En août 70, Brooks était devenu un chef calme et réfléchi ; pourtant il n'aimait pas vraiment l'armée, et encore moins le fait d'être au Vietnam. Il brûlait de retrouver sa vie à San Francisco, la paix de l'université et par-dessus tout sa femme. Il comptait bien ne plus jamais s'habiller de vert. Malgré cela, en janvier 70, après onze mois de présence dans le pays, Brooks, obéissant à un motif qu'il garda pour lui, avait décidé de rester au Vietnam, et dans une unité de combat. Son séjour ici devait s'achever fin août, mais il envisageait de renouveler sa demande de prolongation de service. Ses trois ans de service actif allaient le maintenir sous les drapeaux jusqu'en juin 71. Avec le retrait graduel des troupes américaines et la réduction des effectifs, il n'était pas impossible qu'en prenant une rallonge, il fût démobilisé dès son retour aux États-Unis. La perspective d'une année de service au pays, à vivre dans un monde le jour et dans un autre la nuit, lui faisait horreur. Pouvait-il exposer sa femme, qui vivait sur les nerfs, aux contraintes de la vie de femme d'officier ? Pouvait-il se permettre encore six mois de séparation ? Cela changeait-il vraiment quelque chose ?

Le lieutenant Rufus Brooks contempla la tranchée qui s'étendait devant lui, puis son regard se dirigea vers le terrain de basket, les sièges et la scène du théâtre, pour aller s'arrêter sur un groupe d'hommes en train de remplir leurs paquetages et de nettoyer leurs armes. Dans le bureau, derrière lui, l'adjudant-chef palabrait avec les plantons.

Cette voix lui portait sur les nerfs et il secoua imperceptiblement la tête. La route a été longue, se dit-il. Il a fallu se battre sans arrêt, et je suis encore en conflit sur tous les fronts. Ça vous dirait de vous faire un QG ennemi ? Et la quille, ça te dirait ? Ça te dirait de garder ta femme ?

CHAPITRE 4

La jeep cabossée de la compagnie Alpha, 7e du 402e, patina dans les ornières au portail de Phu Bai, caracola devant les étals vietnamiens et les boutiques de souvenirs coréennes, puis remonta en vibrant de partout l'accotement de terre meuble jusqu'à la nationale 1. Chelini avait agrippé le dessous de son siège de la main droite, calé ses pieds sous le siège avant, et, du bras gauche, il s'efforçait d'empêcher les bagages d'aller valser sur la route. Il fusilla du regard le chauffeur négligent.

Celui-ci était un gars blond, dix-huit dix-neuf ans, dont le visage aurait pu servir pour une affiche de recrutement. Il paraissait bien joyeux, et totalement absorbé par sa conduite. Peut-être était-il myope. Il ne parlait pas.

Le passager sur le siège avant était un capitaine qui déclarait appartenir à la 1re brigade S-5 *, Affaires civiles. Il rentrait de sa troisième perme, à Bangkok cette fois. « J'espère que je vous ai pas fait attendre, les gars. Un des plantons a dit qu'il y aurait un véhicule du Quatre-zéro-deux et une place à bord. J'apprécie. J'aime pas attendre. La brigade m'envoie un véhicule, mais il ne sera pas là avant vingt minutes. J'espère pas vous avoir retenus trop longtemps. »

Sur la banquette arrière, à côté de Chelini, il y avait le type en civil qui était entré dans le bureau pendant que Chelini argumentait avec le secrétaire au sujet de son affectation. Sous sa tignasse rouquine et son cuir tanné, le type continuait de râler. Sans un regard, il s'était installé dans la jeep en balançant sa valise par-dessus le sac marin de Chelini. Il n'avait pas dit un mot pendant qu'ils attendaient le capitaine. Tassé dans un petit coin de banquette, Chelini disparaissait sous les bagages. Le rouquin était vautré sur presque toute la largeur du siège ; sa jambe gauche pendait à l'extérieur de la jeep et la droite touchait le levier de vitesses, à l'avant. Le soleil jouait sur ses traits hargneux. Il semblait garder les yeux fermés.

La suspension grinça et le moteur gémit lorsque la jeep prit au nord, passé la première grappe de bicoques et de boutiques affairées.

La chaussée grouillait de monde : hommes en uniforme, ou vêtus à l'occidentale, ou bien arborant de longues blouses flottantes par-dessus de larges pantalons noirs, tandis que les femmes portaient le fourreau traditionnel et des pantalons de soie. Tous circulaient en Honda, Vespa ou Lambretta. Il y avait aussi de vieilles Citroën surbaissées, ailes élancées et larges marchepieds, où les Vietnamiens semblaient s'entasser par douzaines. Ils virent de pittoresques tricycles à moteur et, à un moment donné, croisèrent une fourgonnette lourdement décorée. La carrosserie était rouge ; les phares figuraient d'immenses pupilles à l'intérieur d'yeux peints en vert et blanc ; les ailes représentaient les pattes noires et jaunes d'un dragon dont le corps ondulait, jaune, bleu et vert, sur tout le flanc du véhicule. Le toit était celui d'une pagode, avec ses encorbellements pointus parmi un ciel peint en bleu et de blancs nuages pelucheux.

« Putain ! s'exclama Chelini. Vous avez vu ça ?

— Corbillard, laissa tomber le rouquin.

— D'où vous venez, les gars ? demanda le capitaine en se retournant.

— Connecticut, mon capitaine, dit Chelini.

— Et vous ?

— Zéro-deux. » Le ton était brusque. Le capitaine se tourna vers l'avant et regarda le chauffeur, mais celui-ci fit mine d'ignorer la question. Il ne répondit pas.

Des véhicules militaires US et ARVN, chargés d'hommes ou de matériel, mêlaient leur grondement à la circulation civile — lourds camions trapus aux épaisses ridelles d'acier, et aussi, parfois, les véhicules amphibies de la police militaire, avec leur carrosserie en forme de cosse et leurs énormes pneus ballon noirs.

Le pilote de la jeep saluait au passage chaque véhicule conduit par un Américain d'un hochement de tête accompagné du signe pacifiste. « Vas-y, mon frère », répondait un chauffeur. « *¿ Que pasa ?* » criait un autre. « C'est ça, mec ! » gueulait un troisième. Le capitaine remuait sur son siège et contemplait les villages qui défilaient.

« Vous voyez ce village, les gars ? Un de mes premiers. On y a relogé les gens. Ils avaient été chassés en 68 pendant l'offensive du Têt. Le Vietcong avait rasé le bled, mais je les ai fait revenir et fin septembre de l'an dernier ils étaient réinstallés. A présent, c'est un des coins les plus animés au sud de Huê. J'ai fait venir les ingénieurs du 326e avec des bulldozers pour leur construire des fondations sur pilotis et puis je les ai fait travailler avec les habitants à l'installation d'un système de canaux. Figurez-vous que ce village a été inondé seize fois au cours des vingt dernières années. Comment ils supportent ça, j'en reviens pas. On pourrait se dire que depuis le temps ils auraient trouvé des moyens d'arrêter les inondations, mais non, ils ont l'air de considérer que c'est inévitable ou quelque chose comme ça. La moitié du temps, ces cons-là veulent pas remuer le petit doigt pour se sortir du merdier.

« Bref », poursuivit le capitaine sans se soucier de savoir si on l'écoutait, « l'an dernier j'avais neuf mille réfugiés du nord de Huê dans le secteur. Neuf mille ici même. Je sais plus trop comment on les a tous casés. Il en reste plus que quatre cents. Tous les autres se sont réinstallés dans leur village d'origine. Sauf les montagnards : eux, ils sont encore là, pour la plupart, mais on leur a trouvé un nouvel emplacement pour un village, et leur chef vient de l'approuver. Sur la 546, près du Lang Minh Mang. Vous savez où ça se trouve ? » Le chauffeur s'obstina à faire la sourde oreille. Le rouquin ne réagit pas. Chelini attendit. Il allait dire : « Non, mon capitaine, où est-ce que ça se trouve ? » mais devant le mutisme des autres il hésita, puis décida de laisser courir. Le capitaine se tut. Le chauffeur continua de saluer les véhicules militaires au passage.

Deux voies ferrées longeaient la route. Comme la jeep s'apprêtait à tourner dans la direction de Camp Eagle, un train mixte — le convoi quotidien Quang Tri-Huê-Da Nang par le col de Hai Van — se présenta, roulant vers le sud à petite allure. La locomotive semblait dater du début du siècle. Sa chaudière était un gros cylindre noir posé sur une plate-forme que flanquaient de grandes roues à rayons, le tout complété par un petit bout de cabine soudé à l'arrière. La machine poussait sept ruines de wagons vides : deux wagons plats, deux wagons de bois couverts et trois wagons-trémies. Derrière la locomotive venait un fourgon de queue, et, derrière le fourgon, vingt-huit vénérables voitures en bois et wagons couverts où s'entassaient voyageurs et marchandises. Sur le toit de chaque wagon se tenait un soldat vietnamien armé d'un M14.

« Ça a l'air idiot, leur truc, fit remarquer Chelini.

— Vaut mieux pousser les vides devant au cas où ça pète », grogna le rouquin.

Chelini regarda dans sa direction. L'homme avait les yeux fermés, la mâchoire pendante, la bouche ouverte. Tout l'air de dormir. Comment savait-il qu'il y avait un train ?

Après le passage du train, la jeep traversa la voie pour s'engager sur le chemin de terre qui menait au camp. Au croisement, deux MP's américains jouaient avec une demi-douzaine de gamins devant un bunker délabré. Chelini fit un signe de la main aux enfants et deux d'entre eux lui répondirent. Il sourit, puis examina le bunker. Construit en cercle, assez élevé, il se composait de sacs de sable empilés par rangées au-dessus de fûts de deux cents litres, rouillés et pleins de terre. Les sacs avaient pourri et s'effilochaient. Le sable fuyait par un côté, faisant pencher dangereusement l'ensemble. Le bunker était isolé, et Chelini se demandait quelle avait pu être sa fonction d'origine. Derrière, il apercevait une sorte de dépôt ou de cimetière pour les carcasses défoncées et rongées de véhicules militaires.

Plus loin, en bord de route, ils virent des terrains de décharge. De vieilles Vietnamiennes fourgonnaient parmi les déblais, grappillant bouteilles, boîtes de conserve et bouts de bois. C'étaient des montagnardes, à la peau plus sombre que les femmes croisées auparavant sur la route. Un attroupement jacassant se forma autour de l'une d'elles, qui venait de dénicher une ceinture. Le spectacle communiqua une espèce de malaise à Chelini, et pourtant il prenait plaisir à les regarder faire. Après la décharge, la jeep passa devant un champ de tir désaffecté où des enfants remuaient l'argile à la recherche de douilles usagées.

A mesure qu'ils avançaient, le terrain devenait plus sec, et les véhicules qu'ils croisaient les enveloppaient de nuages de poussière toujours plus épais.

« Pourquoi faites-vous ça ? demanda soudain le capitaine au chauffeur.

— Quoi donc, mon capitaine ?

— Saluer tout le monde comme ça. Vous connaissez chacun de ces chauffeurs ?

— Non, mon capitaine.

— Vous vous croyez sur n'importe quelle route de campagne ? Vous êtes le vrai plouc, alors ?

— Non.

— Alors pourquoi vous faites ça ?

— Je suis un homme du rang, mon capitaine, et eux aussi. »

Chelini rigola en douce. Il eut envie de faire la nique dans le dos du capitaine, mais il n'osait pas. Le rouquin souleva un instant les paupières et pointa le majeur derrière l'officier, puis il hocha la tête vers Chelini et referma les yeux.

La nature du terrain changeait subtilement : aux étendues plus vertes du piémont, vers Phu Bai et le long de la nationale 1, succédait le marron roux des contreforts. Des réseaux de barbelés, droits ou à boudin, s'étendaient depuis des bunkers jusqu'à un minuscule poste de garde orné d'une petite pancarte qui annonçait : CAMP EAGLE – PORTE GIA LAI. Un MP léthargique leva le nez de son livre de poche et leur fit signe de passer. Chelini vit le chauffeur, la main gauche pendant à l'extérieur de la jeep, hors de vue du capitaine, faire le V de la paix à l'envers.

Cahotée par les ornières du chemin, la jeep s'éloigna du périmètre et traversa une zone complètement nue. Les roues soulevaient des panaches de poussière. Sur la droite, une rangée de vieux abris préfabriqués des Marines fit son apparition à ras de terrain. Devant un bâtiment semi-cylindrique, une enseigne rouge et noire en forme de bulldozer annonçait : *Foyer du 326e régiment du génie (aéromobile).* Un peu plus loin sur la gauche, une file de camions attendait devant le point de ravitaillement du 426e S & S *, lequel jouxtait le PC de la compagnie A, 5e régiment du train (aéromobile). Chelini jeta un coup d'œil derrière lui : la poussière formait un mur opaque. A chaque apparition d'un nouveau bâtiment, il remuait nerveusement sur son siège et tentait de deviner s'il ne s'agissait pas du PC de son unité d'affectation. Ils passaient à présent devant le 801e régiment d'entretien, qui évoquait un gigantesque complexe de bunkers. Toutes ces unités étaient aéromobiles et Chelini commença à comprendre ce que voulaient dire les instructeurs du SERTS en affirmant que tout, dans la division, pouvait être enlevé et transporté par hélicoptère.

Quand la route obliqua de l'ouest vers le nord, ils virent les hangars d'Eagle Dust-Off, l'unité héliportée d'évacuation sanitaire de la division. Les hangars étaient ouverts et, à l'intérieur de l'un d'eux, Chelini put voir des mécanos à l'œuvre sur la turbine d'un appareil. Dans un autre, six hommes jouaient au basket.

Ils arrivèrent aux quartiers de l'infanterie : 1er du 501e, 2e du 327e — enfin, à l'extrême pointe ouest du camp, au bas de la colline du QG de brigade où ils déposèrent le capitaine, là où la jeep dut ralentir, tourner, se traîner, Chelini contint son excitation à la vue du 7e du 402e.

Sur tout le trajet du retour jusqu'à Phu Bai et pendant la traversée en jeep de Camp Eagle, Egan éprouva une angoisse qui lui nouait les muscles sans les laisser une bonne fois contractés ou détendus. Il se répandit sur presque toute la banquette arrière de la jeep. Il se sentait comme un sac poubelle en plastique plein d'huile ou de pudding. Il gardait obstinément les yeux fermés pour se protéger contre un soleil qui cognait dur. Sa tête ballottait à chaque cahot du véhicule. Ça chie pas, geignait-il intérieurement. Vraiment pas. Il crut sentir quelque chose jeter un éclair argenté sous le soleil, entrouvrit un instant les paupières mais les referma aussitôt et les tint serrées, car la poussière lui picotait les yeux et il fut ébloui. Quelque chose brillait. Une lueur ambrée à travers sa bière pression à la Louis' Tavern de Paddington, au sud de Sydney, ou bien les instruments de musique et le light show au Whisky à gogo. Il ouvrit les yeux. A côté de lui, le bleu n'en revenait pas de voir l'antiquité qui servait de train mixte. Egan ferma les yeux une fois de plus et dit quelque chose, mais il n'entendait pas sa propre voix. La jeep prit un virage, sa tête ballotta. La lueur venait d'une autre direction, elle filtrait à travers un glaçon, dans une citronnade. Le verre était humide, humide à l'extérieur ; des gouttelettes coulaient sur les doigts fins qui le tenaient. Des doigts mouillés, minces et fragiles. Par-dessus le bord ovale du verre, derrière le glaçon miroitant, entre deux bras délicats qui s'ouvraient, le visage lumineux d'une fille aux yeux sombres qui le regardait, puis s'inclinait.

Quand il ouvrit les yeux, la jeep franchissait la porte Gia Lai. Ça y est, Mick. Te voilà de retour au putain de Nam.

La poussière lui obstruait les narines, il se mit à respirer par la bouche. La poussière lui dessécha la gorge. Le capitaine était en train de râler. Egan ne voulait pas entendre ça, il tint ses paupières serrées à se faire mal et referma la bouche, laissant à peine une fente entre ses lèvres sèches pour aspirer lentement de l'air. A travers ses paupières, le soleil brûlant était une fausse opale de feu qui réfractait la lumière, sur la bague qu'elle avait au doigt, par un chaud après-midi dans une petite ville de l'ouest de l'État de New York.

Cette lueur, cette lueur particulière, c'était cela l'éclat qui lui blessait les yeux à l'instant, ce scintillement qui déclenchait dans sa tête des pensées, des souvenirs, des questions dont le flux ne voulait pas s'interrompre. C'était là dans son esprit, leur histoire, Stephanie la belle. Leur amour s'était épanoui, flétri, il avait refleuri, mûri pour dépérir à nouveau, et Egan portait toujours ça en lui, dans sa tête, ça ne le quittait jamais. L'histoire d'un rapport qui le hantait et dont le film torturant repassait de temps à autre dans son esprit. Ça restait là dix jours, deux semaines, provoquant une tristesse, un sentiment de solitude dont seul un fantassin dans une zone de combat pouvait éprouver la profondeur, pour tout oublier ensuite pendant des semaines d'affilée. Mais ça finissait par renaître et le film se déroulait encore, embelli comme le sont souvent les souvenirs, jusqu'au point où l'on n'est plus capable de séparer le vécu de ce qu'on s'est imaginé.

La lueur sur ses paupières lançait les souvenirs. Elle était aussi délicate que la fille de Mama-san. Elle avait la peau très blanche et de grands yeux qui étincelaient. Egan remua nerveusement. C'était bien cela qu'il ressentait. Avec son chauffeur, le capitaine du S-5 et le bleu, la jeep qui descendait en grondant le chemin de terre recouvert de gravier secouait les souvenirs des débuts de son histoire avec Stephanie et les mêlait à d'autres évocations plus récentes, de la fille de Mama-san ou des femmes qu'il voyait en R & R *.

La jeep chassa. Egan ouvrit les yeux, se redressa, passa la langue sur ses lèvres. Il jeta un regard hostile sur les bâtiments qui apparaissaient, sur la route noyée dans la poussière de tous les véhicules qui l'avaient empruntée depuis une heure. Il contempla Chelini, puis la nuque du capitaine. Il se tourna de côté, cracha de la boue sèche. Givré, le bleu, pensa-t-il. Enfin, il a assez de cervelle pour la boucler la plupart du temps. Faut lui reconnaître ça.

Egan ne pouvait plus fermer les yeux, à présent. Le chauffeur arrêta la jeep devant le quartier des officiers de la 1re brigade. Les vibrations de la génératrice qui alimentait une installation stéréo se faisaient sentir, mêlées à la bande rock diffusée par les haut-parleurs. « L'enculé », fit le chauffeur en redémarrant. Il avait une voix grave et douce. « L'enculé n'a même pas dit merci. »

La jeep ralentit en pénétrant dans la zone de cantonnement du régiment. Un vieux soldat, un Blanc, engueulait un troufion noir près du terrain de basket. La compagnie Charlie était en formation plus ou moins régulière, avec tout son matériel étalé. Chefs de section, sous-offs adjoints et commandants de compagnie circulaient en vérifiant les équipements et en posant des questions. Un camion de ravitaillement déchargeait des caisses de ration C près de la baraque de la section reco et des magasiniers du S-1 * préparaient la scène du théâtre en vue d'un spectacle. Déjà, il devenait difficile de se rappeler à quoi ressemblait le Monde. Egan n'aurait pas su dire avec certitude si les yeux de cette gitane à Sydney étaient bleus, verts ou marron.

Merde, grogna-t-il. Rien à branler. Vingt-six jours. Oh ! putain, vingt-six au jus. Pour peu qu'on arrive à se tenir à l'écart du merdier. Vingt-six jours, et le Freedom Bird, mon Oiseau de la Liberté, ira me déposer sur le TO de Stephanie. Echo Tango Sierra *.

Lorsque la jeep s'arrêta devant le PC de la compagnie A, la poussière qu'elle avait soulevée sur son passage l'enveloppa complètement dans son tourbillon, ainsi que les passagers et tous ceux qui se trouvaient à moins de cinq mètres.

Brooks se redressa en toussant. L'adjudant-chef Eduardo Laguana sortit de la baraque en s'efforçant de balayer la poussière de son visage. « Arrêtez-moi cet engin, cria-t-il, vous essayez de noyer le commandant de la compagnie ou quoi ?

— Hey, lieut, fit Egan en sautant à bas de la jeep. Quoi de neuf. *Que pasa,* Top ?

— Hey, Babe ! s'exclama le lieutenant. Tu sais, Danny, j'étais sûr que c'était toi qui arrivais.

— Ouais, lieut. C'est mon aura. Je dégage une de ces putains d'auras...

— Non, c'était pas pour ça. J'entendais Top, dans le bureau. Il vient de recevoir un appel de la brigade. Quelqu'un se plaignait de la façon dont mes hommes observent l'étiquette militaire. Je me suis dit que ça ne pouvait être que toi.

— Il s'est plaint, cet enfoiré ? Je l'emmerde. Mais qu'est-ce qui se passe donc dans le coin ? Ça ressemble à un baisodrome géant.

— Comment c'était, la perme ?

— Courte, foutrement trop courte.

— Vous, fit Brooks en désignant l'arrière du véhicule, vous devez être Choo-lee-nee.

— Oui, mon lieutenant. »

Coincé parmi les bagages, Chelini exécuta un salut maladroit.

« Mouais. » En quelques coups d'œil rapides, Brooks jaugea le nouveau. « Je suis Rufus Brooks. Voici l'adujant-chef Laguana, et vous connaissez déjà le sous-officier adjoint de section Egan. » Le lieutenant fit un signe de pouce vers Laguana : « Top s'occupera de votre couchage pour ce soir, et il vous fournira un paquetage pour demain, ainsi que toute la paperasse exigée par le bureau du personnel. S-1 indique que vous êtes opérateur radio.

— Oui, mon lieutenant. Je suis dans les transmissions.

— Hum. » Brooks se frotta le menton. « Un gars des trans. Bon. Vous serez l'opérateur radio de Daniel.

— Quoi ? » Egan sursauta. « Je vais toucher ce bleu comme RTO * ?

— Exact, Daniel. Tompkins a rempilé dans les bureaux, au ravitaillement. Maintenant, ajouta Brooks en riant, tu as cinq minutes pour virer ces frusques de civil et t'habiller en vrai militaire. Toi et moi, on va prendre un hélico jusqu'à Evans. Ils vont nous briefer pour le CA * de demain. Je veux que tu viennes avec moi.

— Par ichi, sholdat », fit Laguana à l'adresse de Chelini. « On va s'occuper de vous. Apportez votre barda qu'on le case quelque part.

— Pop, De Barti, Thomaston et Whiteboy sont déjà là-bas, continuait le lieutenant. Et Caldwell peut pas venir. Mais dis-moi, vraiment, comment c'était ta perme ?

— Putain, quoi, mon lieutenant. Merde. C'est ce bleu qui va être mon R-T-O ! Je croyais qu'on allait le larguer chez les chochottes de Delta. A peine je reviens et vous me gonflez avec les briefings et le CA et les bleus. Vous voulez pas plutôt entendre une histoire de cul ? Et alors là — Egan marqua une pause — j'en ai des pas cradingues à vous sortir. Attendez un peu que je vous parle de la fille qu'avait un tatouage. »

Brooks s'avança et passa un bras autour des épaules d'Egan. « Allez, Danny. Raconte-la-moi. »

CHAPITRE 5

Devant la salle des rapports, Chelini attendait d'être appelé par l'adjudant-chef. Il se sentait complètement perdu. Ici, ce n'était ni une unité d'instruction, où tout le monde est nouveau, ni un centre de recomplètement, où tout le monde est en transit. C'était l'infanterie, une affectation permanente, et il était un étranger. Que ce soit pour le boulot ou pour glander, les hommes faisaient tout en groupes fermés.

Le régiment de Chelini en était à la dernière des cinq journées d'une période de rééquipement et d'entraînement. Auparavant, les hommes du Zéro-deux avaient passé cent cinq jours dans les *boonies*, le long des fleuves Song Bo et Rao Trang, dans les collines proches des bases de feux Veghel, Ripcord et Maureen, et aussi dans les marais à l'ouest de Quang Tri. Ils constituaient les forces de riposte rapide de la division, et il n'était pas rare qu'on les retire d'une jungle pour les infiltrer dans une autre.

Chelini alla jusqu'à la contre-porte de la baraque et tenta de jeter un coup d'œil à l'intérieur. Il ne put rien distinguer. Il se retourna et se mit à examiner attentivement le secteur de son régiment. Devant lui s'étendait un quadrilatère bordé sur trois côtés par des bâtiments. Le dernier côté ouvrait sur une colline abrupte au sommet de laquelle se trouvait un point de ravitaillement pour hélicoptères.

Au centre du quadrilatère, il y avait un ring de boxe et un terrain de basket fait de plaques en tôle d'acier perforé. Au bord du terrain, le vieux soldat blanc continuait d'engueuler le même Noir léthargique. Le Noir avait la peau très sombre. Tête baissée, il jetait des regards mauvais par en dessous et traînait les pieds dans la poussière rougeâtre ; les doigts repliés, il se donnait des petits coups rythmés sur le haut des cuisses. Plus petit de taille, le vieux Blanc était beaucoup plus massif, avec une tête ronde à la calvitie accentuée, car il avait rasé les rares cheveux qui subsistaient sur les côtés. Sa peau était très rouge, comme si son sang allait soudain jaillir.

Tout près du bureau de la compagnie A se trouvait une étroite bâtisse vermoulue avec un bateau sur le toit — les douches, sans doute, puisque cinq soldats blancs, les bras très bronzés mais le visage et le torse pâles, se dirigeaient vers le bâtiment munis de serviettes kaki, rasoirs et blaireaux. Tout en échangeant blagues et coups de serviette, ils enjambèrent soigneusement la flaque nauséabonde qui s'étendait entre les latrines à quatre sièges des hommes de troupe et la rigole d'écoulement. Ils n'accordèrent pas un regard à Chelini.

Deux hommes convergeaient vers le bureau devant lequel se tenait Chelini. Lorsqu'ils se furent rejoints, ils entamèrent un étrange cérémonial à base de poignées de main, de claques sur les bras et les épaules et de poings entrechoqués. L'un des hommes était un Noir à la peau assez sombre, moins cependant que le *boonierat* du terrain de basket ; l'autre avait le teint plus clair, café-au-lait. Leur salut rituel se prolongeait à n'en plus finir.

Chelini se retourna. Un planton venait d'ouvrir la contre-porte et l'adjudant-chef, de l'index replié, lui faisait signe d'approcher. Chelini avala sa salive et entra. Laguana tripotait une liasse de papiers et de formulaires. Son bureau était débarrassé de tout ce qui ne semblait pas essentiel. Il épousseta son téléphone d'une main et ordonna au planton de vider les corbeilles à papier, puis il tendit les formulaires et un crayon à Chelini. « Remplissez-moi ça », fit-il en se détournant. Chelini hocha la tête. Bon Dieu, pensa-t-il, je suis paumé. Coincé. Faut que je me tire de cette unité. Il examina rapidement les formulaires, inscrivit son nom en haut d'une fiche d'armement. Il releva la tête et jeta un coup d'œil vers la porte. Le Noir du terrain du basket avait rejoint les deux autres devant le bureau et le festival de claques et poignées de main repartit de plus belle.

« Soldat », fit l'adjudant-chef. Chelini sursauta. « Vous pouvez pas écrire plus vite ? C'est le crayon qui vous fait peur ?

— Non, j'étais juste...

— Dites donc, soldat, vous sortez de l'université, pas vrai ? » Et merde, se dit Chelini. Déjà deux points contre moi. « Vous vous laissez mener par un crayon ? Jetez-moi ce crayon par terre.

— Que je jette...

— Vous m'avez bien compris. Jetez-moi ce crayon par terre. » Chelini s'exécuta. « Alors ! gueula l'adjudant-chef. Il fait quoi, ce crayon ? Il s'est pas relevé pour vous mordre, hein ? Il est *mort*, soldat. Maintenant, ramassez-le et grouillez-vous. »

Chelini se mit à signer les formulaires. Merde et merde, pensa-t-il. Comment j'ai fait pour me retrouver coincé dans une unité d'infanterie ? C'est là qu'ils expédient tous les demeurés. De tous les coins où j'aurais pu atterrir. Je me demande ce qu'est devenu Kaltern, de l'instruction élémentaire. Il était pas con, celui-là. Ou Baez, au perfectionnement, ou Ralston. Il y avait des types bien, là-bas, et il faut que je me retrouve avec une bande de déchets scolaires.

« Sholdat, fit l'adjudant-chef Laguana, vous allez toucher un équipement qui a coûté très cher. On vous file le meilleur fusil du monde. Savez ça ? Quand vous êtes ici à Eagle, pas de chargeur dans l'arme, vu ? » Laguana prit la fiche d'armement de Chelini et l'examina de près. « Quand vous êtes de garde sur le périmètre du camp, l'arme à la sécurité, une cartouche dans la chambre. Pareil en hélico avant l'assaut, vu ? En assaut, sûreté mise. Si vous êtes dans le premier *chopper,* sélecteur sur automatique, vu ? Je tiens pas à ce que mes hommes se fassent flinguer. » Chelini ponctuait ce discours en secouant la tête. Ce type est un débile, songeait-il.

Leurs salutations achevées, les trois soldats qui se tenaient devant le bureau entrèrent dans la pièce. Laguana les ignora et ils firent de même. Chelini les regarda. Le type le plus proche hocha la tête et lui fit un clin d'œil. Chelini hocha la tête en retour. Le Noir le plus sombre de peau le salua avec le poing fermé. Interloqué, Chelini le dévisagea, puis approuva de la tête. Il n'osait pas réagir autrement, persuadé qu'on l'avait affecté à une unité de malades mentaux et de racistes. L'adjudant-chef ramassa les derniers formulaires et se mit à les examiner. « On vous file la meilleure radio du monde, savez ça ? Sept cents canaux. Vu ?

— Hey ! les mecs ! fit le Noir sombre en claquant les doigts, on a un nouveau radio. Mon gars, ce con-là va te botter le cul. » Et il lui refit le salut du Black Power. Chelini sourit bêtement en hochant la tête et tenta mollement d'imiter le salut. Le Noir éclata de rire.

« Hey ! Top ! » lança celui qui avait la peau plus claire en riant aussi. Chelini crut déceler de l'amertume dans son rire — putain, se dit-il, ces types vous trancheraient la gorge pour une cigarette. « Je vois que t'as une nouvelle montre. » L'homme voulut saisir le bras de Laguana, mais l'autre esquiva. Merde, pensa Chelini, même l'adjudant-chef a peur d'eux.

« S'que vous voulez ? » jeta Laguana. Il se tourna vers les Noirs. « Jackson, dégage. Doc, pareil. » Puis il s'adressa à celui qui avait la peau plus claire. « El Paso, tu restes. »

Les deux Noirs sortirent après avoir lancé quelques dernières vannes au sous-officier.

« Bon, fit Laguana, je vous attrape un sac. » Il plongea la main sous son bureau et en ramena un sac de nylon fixé à un cadre d'aluminium qu'il exhiba théâtralement avec un petit coup de poignet. « Ceci est un sac à dos. Ce sac-là, il pèse une livre. Le temps que je vous explique, on vous file un PRC 25, la bouffe, les munitions, le bidon...

— Et cette connerie pèsera cinquante kilos », coupa El Paso.

Chelini s'écarta un peu et se tourna vers El Paso. L'homme était plus âgé qu'il ne lui avait semblé au premier coup d'œil, tout à l'heure devant le bureau.

« Soldat, reprit Laguana en s'efforçant d'ignorer El Paso, tout ce dont vous avez besoin, vous le portez là-dedans. Hop, essayez-le. » Chelini prit le sac sans enthousiasme.

Laguana fronça les sourcils et passa dans le magasin, derrière le bureau. Il revint avec un émetteur PRC 25, disparut à nouveau, rapporta une caisse de rations C et la laissa tomber sur le sol, à côté du paquetage qui grossissait, puis il s'éclipsa encore une fois en fredonnant. El Paso glissa l'émetteur dans la poche principale du sac et le fixa de manière qu'on pût facilement l'enlever pour le porter séparément.

« Demande donc à Top de te filer une paire de lacets en rab, dit El Paso. Il te refusera pas maintenant parce que t'es nouveau. Après, tu pourras toujours courir.

— Merci », fit Chelini. Il aurait aimé poser des questions à El Paso, mais il se méfiait.

Top reparut muni de quatre bidons d'un quart, d'une caissette en acier vide, pour les munitions, d'un M16, de dix-huit chargeurs vides et dix-huit boîtes de cartouches, de quatre grenades défensives et deux grenades fumigènes. Il lâcha le tout sur le matériel déjà entassé et regagna le magasin en sifflotant. El Paso l'interpella :

« Hé ! rapporte-lui encore quelques bidons. Il en a pas assez comme ça.

— Ça suffira, lança Laguana sans se retourner.

— Ce type-là, c'est un enfoiré, fit El Paso. Mais je t'en cause pas. On raconte pas des trucs sur un autre mec. »

Il commença de remplir le sac à dos, rangeant chaque chose avec autant de soin que s'il s'était agi de son propre équipement. Chelini l'observait. « Putain, reprit El Paso, du jambon et des mange-tout. Ça a un goût de merde. Y a pas pire comme graille. Je te conseille de balancer, ça vaut pas le coup que tu te coltines ça. Fruits en conserve et gâteau, ça, ça vaut de l'or. »

Laguana vint rajouter quatre piles radio, une machette, une pelle-pioche, une mine Claymore avec fil et dispositif de mise à feu, un poncho avec doublure amovible, une serviette kaki, un brêlage, des cartouchières, un casque lourd avec camouflage, deux antennes — une longue, une courte — pour la radio, des flacons de LSA * et d'insectifuge. El Paso continuait de trier la nourriture, demandant à Chelini ce qu'il aimait et jetant ce que lui-même ne trouvait pas à son goût. Puis il découpa un grand morceau de l'épais carton d'emballage des rations C et le glissa dans le sac de manière à l'intercaler entre les boîtes de conserve qui bosselaient la toile et le dos du porteur.

« Regarde un peu ce merdier, dit El Paso. Les piles, tu les prends, mais tu te démerdes pour en faire porter une par un autre type. La pelle-pioche et la Claymore, tu t'en branles. Quand tu t'appuies un Prick-25, tu peux pas porter tout ce bordel. La machette, c'est au choix. Le Top, il va te foutre cent kilos sur le dos si tu le laisses faire. Et assure-toi qu'il te file d'autres bidons. » El Paso attacha sous le sac la petite boîte étanche en acier destinée aux munitions. « Là, tu mets tes trucs personnels. Brosse à dents, papier à lettres, chaussettes de rechange. Tout ce qui est *toi*, pas l'armée. » Puis, à la demande d'El Paso, Chelini vida le contenu de son sac marin sur le sol. « Tout ça, tu peux pas garder. Un bouquin, peut-être, et ton rasoir, ça, faut que tu le prennes. Le reste, toutes tes affaires, Top va les mettre dans un casier. Les tenues repartent au magasin de la compagnie. Si tu veux, tu pourras peut-être garder un maillot de rechange, mais c'est tout. »

Laguana surgit une nouvelle fois et tendit une paire supplémentaire de lacets à Chelini.

« Fais-les voir à personne, dit-il avec un sourire. Tous les gars essaient de m'en piquer, faut que je les garde sous clé.

— Top, grogna El Paso, t'es qu'un con.

— Va me faire tailler cette moustache, gueula l'adjudant-chef.

— Lâche-moi un peu, ou je me pointe au bureau du personnel et tu te feras taper sur les doigts. C'est la merde, ici. »

Laguana se pencha pour vérifier et ajuster les sangles du sac de Chelini. « Lui, c'est le chef radio de la compagnie », annonça-t-il fièrement pour essayer de calmer El Paso.

Celui-ci poussa Laguana de côté et s'empara du sac. « Fais pas chier mes radios », dit-il. Il se tourna vers Chelini.

« Essaie-le.

— Il t'a un peu fait voir comment on s'y prend pour remplir un sac, hein ? » Laguana eut un sourire. « Oooh, tu vas me maudire. Bon, j'ai à faire. Va me tailler cette moustache. Allez, file.

— Hey, Top ?

— Dehors.

— Si tu m'écoutes pas, j'irai trouver l'inspecteur général.

— S'que tu veux ? » L'adjudant-chef feignit l'épuisement.

« C'est au sujet de ma demande de perme. J'aimerais changer Bangkok pour Sydney. Comme Egan.

— Impossible.

— Pourquoi ?

— File.

— Je veux parler au lieut.

— L'est pas là.

— Tu refuses de me laisser le voir.

— Fous-moi le camp, fils de pute », explosa Laguana. Il jaillit de derrière son bureau, les yeux exorbités et les poings serrés.

El Paso fila en courant, puis rappela de l'autre côté de la porte : « Je te fais marcher, Top. Paie-toi des vacances. » Il s'éloigna en râlant. « Connard débile. Il a pas le droit de me faire tailler la moustache. Fils de pute. Il nous file une mauvaise réputation à nous autres Chicanos. Même pas foutu de parler anglais. »

Titubant sous le poids de son paquetage, Chelini sortit du bureau et gagna péniblement le cantonnement des *boonierats*, derrière la scène de théâtre. Dès les premiers pas, le sac le gêna pour respirer, les sangles lui scièrent les épaules. Le cantonnement proprement dit était entouré par les baraques que les hommes occupaient lorsqu'ils rentraient de la jungle. Il n'y en avait pas plus d'une demi-douzaine, et lorsque l'ensemble du bataillon se trouvait en période de repos, ces bicoques étaient complétées par des tentes collectives abritant douze hommes. Pour l'heure, ces tentes, bords relevés, meublaient l'espace entre les baraques. Chelini entra dans la baraque qui, selon les indications de l'adjudant-chef, était destinée au deuxième groupe et au poste de commandement de la 1re section.

Ces baraques étaient toutes semblables : l'essence architecturale de la 101 e, des constructions modulaires qui pointillaient tous les camps de base. On les édifiait sur des parpaings en aggloméré de béton disposés à même le sol. Des poutres couraient d'un bloc à l'autre, sur lesquelles on clouait des lattes de contre-plaqué de 25 × 10 cm, épaisses d'un centimètre et demi. La baraque normale mesurait cinq mètres de large sur dix de long. Les poteaux de la charpente s'élevaient jusqu'à deux mètres et le toit incliné atteignait trois mètres au-dessus de l'axe central. Les mêmes lattes de contre-plaqué, disposées horizontalement et clouées à la charpente, formaient le revêtement mural, ménageant quatre mètres de chaque côté pour les fenêtres. Quant au revêtement de toiture, il était constitué par des plaques de tôle ondulée qui retenaient la chaleur en saison sèche et transformaient les baraques en four, ou bien amplifiaient le martèlement des pluies de mousson au point de rendre les hommes fous. Il n'y avait pas de chauffage. Des fils électriques couraient jusqu'aux abris, mais ils n'étaient reliés à aucune installation. Les bureaux et les logements des personnels de l'arrière étaient d'une conception similaire, quoique moins sommaire.

Chelini contempla la longue baraque, étroite et basse. Cela faisait penser à un tunnel doté de fenêtres. Il y avait deux rangées de lits de camp, avec du matériel de campagne répandu sur certains d'entre eux, et des sacs à dos qui traînaient le long des murs. Le plancher fendillé était couvert d'une poussière brune et sèche. Tout à l'autre bout, un homme était allongé sur un des lits. Il ne portait ni chemise, ni chaussettes, ni rangers, rien qu'un caleçon kaki et une étoile de David autour du cou, avec un lacet noir en guise de collier. Ainsi couché, très maigre, il semblait mesurer un bon mètre quatre-vingts, mais ne devait pas peser plus de soixante-dix kilos. Ses côtes dessinaient leurs arceaux sous la peau crayeuse de son torse et il avait des taches de rousseur sur les épaules. Un petit magnétophone à cassettes noir reposait sur son estomac creux.

« Salut », fit-il en sentant le regard de Chelini. « T'es nouveau ? Choisis-toi un pieu, c'est ta dernière chance de bien dormir cette nuit.

— Ils sont tous pris ? demanda Chelini.

— Pas celui-là. »

Il désigna le lit en face de lui, dont la toile bâillait à l'endroit où il manquait une latte.

« T'es avec qui ? reprit le soldat.

— Compagnie A.

— Putain, t'es vraiment un bleu. Ici, tout le monde est d'Alpha. Je veux dire quel groupe. Cette baraque, c'est la 1re section.

— Je suis censé être avec le PC. L'adjudant-chef a dit que je serais le radio du sergent Egan.

— Ha ! T'es le bleu d'Egan. C'est un type bien, mais avec lui tu vas crapahuter. Il aime la marche à pied, celui-là. C'est quoi ton nom ? Moi, c'est Leon Silvers.

— James Chelini. D'habitude on m'appelle Jim. »

Silvers se redressa et posa le magnétophone à côté de lui. Assis, il paraissait moins grand mais tout aussi maigre.

« J'étais en train d'écouter une cassette que mes parents m'ont envoyée. C'était leur anniversaire le mois dernier, mon père présidait à table et tout le monde discutait.

— Ah... » Chelini ne savait trop que dire. « Où sont passés tous les mecs ?

— Ils sont dans le coin. Y en a la moitié de garde.

— T'es d'où, toi ? Je veux dire... dans le Monde. Moi, je viens du Connecticut.

— Ah ouais ? D'où ça ?

— Bridgeport.

— Tu me charries ! Moi, je suis de Stanford.

— Ça alors ! T'es le premier type du Connecticut que je rencontre, à part pendant l'instruction. Ça fait combien que t'es là ?

— Sept mois. Dis, laisse-moi te filer un tuyau. Va pas demander à tous les types que tu rencontres depuis combien de temps ils sont là. Parce que t'auras que deux réponses. Ou bien le gus a plus longtemps à tirer et il va te faire péter son chiffre, ou bien il va prendre ça comme si tu lui demandais comment ça se fait qu'il a tenu aussi longtemps sans se retrouver les tripes à l'air. Comme qui dirait ça porte malheur. Et puis tu te précipites pas non plus sur les mecs pour leur demander d'où ils sont. »

Chelini dévisagea Silvers : ses yeux couleur noisette, très clairs, sortaient de leurs orbites comme si le cerveau appuyait sur les globes oculaires pour les éjecter ; il avait des pommettes saillantes et une pomme d'Adam très prononcée. Bien qu'il eût la peau très blanche, son visage, son cou et ses bras, sous la marque des manches courtes, avaient pris une teinte rouge brique.

« J'avais pas l'intention de... » Chelini haussa les épaules, puis se décida. « C'est juste que tout le monde voit bien que je débarque et me traite de bleu, alors, je le fais même pas exprès, je leur demande depuis quand ils sont là. »

Silvers se mit à rire.

« Ouais, je sais. Ça chie pas.

— Tiens, c'est aussi un truc, ça. Tous les types que j'ai rencontrés arrêtent pas de dire ça. Ça chie pas, ça chie pas... pourquoi ils disent tous ça ? »

Silvers haussa les épaules et cligna de l'œil.

« Ben, j'en sais rien. Ça chie pas, quoi. » Il rit à nouveau. « C'est ce qui arrive quand des types vivent tout le temps ensemble. Tout le monde répète les mêmes trucs. »

Chelini alla poser ses affaires sur le lit que Silvers lui avait indiqué. Il fouilla dans son sac, puis se mit à taper sur le lit en soulevant de petits tourbillons de poussière. Pendant ce temps, Silvers s'était rallongé et continuait d'écouter sa cassette. A moment donné, il l'arrêta et s'adressa à Chelini.

« Hé ! ça te dirait d'en écouter un bout ? C'est assez marrant. Y a mon frère qui parle courses. Il vient de s'acheter une Super Vee. Mes deux sœurs et leurs maris sont là aussi. L'aîné et son jules viennent tous les deux de décrocher des postes à Yale. Mon autre sœur enseigne dans le secondaire et son jules à elle vient d'être largué par Sikorski. Écoute ça. »

Le rire mouillait les gros yeux de Silvers.

« Leon, on vient de finir de se gaver de choux à la crème, fit une voix.

— Ma sœur aînée, précisa Silvers.

— Je t'ai écrit au sujet de cette ferme qu'on va peut-être acheter, poursuivit la même voix. Si tu penses que tu as envie d'un coin où te retirer pour écrire, je te l'ai déjà dit, tu pourrais prendre une des parts.

— A moins que tu ne préfères faire le circuit des courses en Europe avec moi, blagua une voix d'homme.

— Ou que tu préfères aller à Londres avec moi, dit une deuxième voix féminine.

— Ou bien profiter du chômage avec moi », lança une autre voix dans le fond. « T'as droit à trente-neuf semaines. »

Chelini arrêta de fouiner dans son équipement et regarda Silvers en souriant. Il se sentait l'estomac moins noué.

La cassette continuait. « Il va être au chômage », gloussa la première voix féminine. Il y eut un bref silence, puis la sœur de Leon dit : « Je ne me rappelle pas vraiment ce que je voulais te dire. Je suppose qu'il n'y a rien à dire de particulier. A ton retour, on se fera une sacrée java.

— Personne ne va se mettre au chômage dans cette maison », affirma une autre voix de femme, plus mûre et autoritaire. « Ah ! je t'assure, Leon ! Qu'est-ce qu'il ne faut pas entendre. Tout le monde s'en sort très bien. N'allez pas raconter tous vos problèmes à Leon. Je suis sûre qu'il a déjà assez de soucis comme ça.

— Leon chéri, fit la deuxième voix féminine, comment ça va pour toi ? » On entendait beaucoup de rires sur la bande. « Comme tu le sais, Sheldon et moi on va à Londres et à Dublin dans un mois et demi, bien qu'on n'ait pas les moyens de s'offrir quoi que ce soit pour le moment. Et les bons coups, je ne t'apprends rien, ça se vend par paquets de trois : Sheldon a été licencié, on nous a piqué notre voiture et je serai peut-être sans boulot l'an prochain parce que j'ai encore eu un accrochage avec mon chef de service, mais ça je t'écrirai pour te le raconter. Il se comporte comme une tête de mule, c'est un pauvre type. Exactement comme ton commandant, ou ton colonel, celui dont tu parles dans tes lettres et qui te crée tellement de problèmes. Les situations sont parallèles même s'il s'agit d'enseignement dans un cas et de l'armée de l'autre. Bon, je te passe maman, Leon. J'aimerais que tu sois parmi nous.

— Maman n'arrive pas à parler, fit une voix masculine, plus âgée. C'est pas beau, ça ? Eh bien, maman, tu trouves pas tes mots ? »

Chelini ne regardait plus Silvers. Les choses devenaient trop personnelles et il se sentait un peu gêné pour le grand type maigre. Mais la bande continuait, le frère de Leon avait la parole : « Leon, t'as une drôle d'allure. Tu ne mesures pas plus de quinze centimètres, tu as la tête en argent et le corps tout maigre et tout noir. Qu'est-ce qui t'arrive ? L'armée t'a changé en bout de matière plastique ?

— Exact, Leon, expliqua une des sœurs. On est en train de parler au micro comme si c'était toi. » On entendit un grand « Ouille ! » « Sheldon vient de se brûler en me passant un digestif par-dessus les bougies.

— Attendez un peu. » Mr. Silvers reprenait le contrôle de la conversation. « Je vais lui raconter une blague de *Playboy.* » Il y eut des rires. « Maman ne veut pas que je te raconte une blague de *Playboy.* Tu n'as pas encore l'âge.

— Ce n'est pas à un père de donner le mauvais exemple, plaça Mrs. Silvers.

— Alors, enchaîna son mari, c'est une fille qui va à Harvard s'inscrire à un cours d'éducation sexuelle, mais elle change d'avis parce qu'elle a vu qu'en fin d'année il y a des épreuves orales. » Les rires redoublèrent.

Et la conversation se poursuivait. Chelini songea à sa propre famille. Il riait en même temps que les autres, sur la bande. Il faisait semblant de les connaître, ça le rapprochait de Silvers. Finalement, le mari de la sœur aînée, qui n'avait pas encore parlé, dit : « Leon, j'espère que tu as eu l'adresse de ce type qui réunit des histoires et des poèmes par des anciens du Vietnam. On compte bien trouver des choses de toi dans son anthologie. Je suis sûr que pas mal des trucs que tu as écrits y auraient leur place.

— Leon, intervint le père, assure-toi bien que tu as l'autorisation pour tout ce que tu voudras envoyer. Et s'ils disent qu'il faut changer telle ou telle chose, laisse-les faire.

— Ne lui dites pas ça, reprit le beau-frère. Il a le droit d'écrire ce qu'il veut. On n'est plus pendant la Seconde Guerre.

— Heu, maman veut qu'on arrête la bande. Je ne sais pas pourquoi, on a encore une heure dessus.

— Arrêtez-la jusqu'à ce qu'on ait quelque chose à dire.

— C'est ça, disputons-nous tous les deux. Tu l'entends ?

— Ça ne change pas, fit le frère de Leon. Comme ça, tu auras un peu l'impression d'être à la maison. »

Plusieurs voix se mêlèrent ensuite, mais personne ne parlait directement dans le micro. Il était question que le père revende une partie de son affaire, mais la conversation devenait assez embrouillée. Mr. Silvers reprit distinctement : « A part ça, cette année, quand tu seras rentré, ta mère et moi sommes assez décidés à aller en Europe, disons à peu près trois semaines.

— Leon, ajouta la mère, tu peux venir avec nous. Maintenant, on va ranger cet engin, et tout à l'heure je finirai l'enregistrement. Vous avez tous eu votre tour. Moi, je vais dire quelques mots à mon fils en privé.

— Ils ont la santé, dans la famille, commenta Silvers en arrêtant la bande. Dis, t'as déjà été faire un tour au CO Phoc Roc ? C'est petit club à nous. Allons prendre une bière et je te présenterai à quelques-uns des gars.

— Attends un peu. » Chelini se redressa. « Laisse-moi réfléchir. J'ai déjà rencontré tellement de gens depuis mon arrivée que je m'y perds. J'ai vu un vieux type, vraiment vieux je veux dire, en train d'engueuler un gus près du terrain de basket. Et puis les trois dans le bureau avec l'adjudant-chef. Aussi Egan et le lieutenant. Top m'a sorti une radio et un sac. Il m'a dit de passer chez le coiffeur, et il a dit à ce Portoricain de couper sa moustache. Et ces deux Frères qui n'arrêtaient pas de se filer des claques partout...

— Ça, c'est le *dap*. C'est une façon de se dire bonjour. » Silvers s'interrompit, mais Chelini ne fit aucun commentaire. « Tiens, fais voir ta main droite. Je vais te montrer un *dap* en raccourci, comme ça tu pourras saluer les Frères. » Chelini tendit la main. Silvers ferma le poing, Chelini en fit autant tandis que l'autre frappait deux fois contre ses phalanges. Silvers donna deux petits coups avec le dos de la main, recommença avec le haut puis le bas. Ensuite il ouvrit le poing, faisant signe à Chelini de l'imiter, et frotta sa paume sur celle de Chelini, tournée vers le haut. Enfin, il fit claquer ses doigts. « Tu t'y mettras. Bon. Le vieux, ça ne pouvait être que Zarnochuck. Le vieux Zarno. C'est le major, il engueule tout le monde. Une peau de vache, tu peux me croire. Qui d'autre ?

— Ce Portoricain...

— El Paso. Merde alors, va jamais traiter El Paso de Porto. C'est un Chicano. Mexicain. Licencié en histoire, université du Texas. Plus une année de droit, complète, avant que l'armée le chope.

— Vraiment ? Putain ! Il lui en a fait voir, à l'adjudant. Les deux autres, les Noirs, il y en avait un qui s'appelait... Jackson, je crois, et l'autre c'était Doc.

— El Paso est toujours à faire chier Top, parce que Top est un gros plouc qui connaît rien à rien. Jackson, il est du Mississippi. Doc, ça doit être Doc Johnson, vu que c'est le seul toubib noir qu'on ait ici. Lui, il est de Harlem. C'est le médecin du PC de la compagnie. El Paso, c'est le chef radio. Jax est un fusilier de mon groupe — ça serait un chef d'équipe feu si on avait assez d'hommes pour avoir des équipes feu. Tous ces gars sont là depuis une éternité. » Tout en parlant, Silvers avait enfilé un pantalon et une chemise de treillis. Il compléta la tenue en ramassant son calot et dit à Chelini : « Allez, amène-toi. On va se jeter une bière. Je te montrerai où est le coiffeur. T'es dans le Zéro-deux à présent, mon gars. Faut que t'aies l'air choc. »

CHAPITRE 6

Ils ne se regardaient pas en parlant mais se bornaient à jeter de brefs coups d'œil en direction du bâtiment.

« Pourquoi on va à ce putain de briefing ? demanda Egan. On n'y va jamais d'habitude.

— On n'y va jamais, répondit Brooks, parce qu'on est toujours... on est toujours dans les *boonies*.

— C'est pas le premier coup. Il se dit jamais rien dans ces réunions.

— On peut pas savoir, Danny. On apprendra peut-être quelque chose. Et puis le colonel veut faire bonne impression sur le commandant de la 3e brigade.

— Et merde ! Ces planqués font une réunion uniquement pour pouvoir lécher le cul du colon — et le colon, il y va uniquement parce qu'il aime qu'on lui lèche le cul.

— Ça se peut.

— Ils ont déjà tout goupillé au centre opérationnel. Ou dans le bureau du colon, ou dans la piaule du général pendant que le vieux tringlait une pute *gook* *.

— Suffit. On dirait que c'est déjà commencé. »

A la 101e division aéroportée (aéromobile), il n'était pas exceptionnel qu'un bataillon, lors d'opérations ponctuelles, fût placé sous le contrôle opérationnel d'un régiment dont il ne relevait pas en temps ordinaire. L'aéromobilité conférait au déploiement des forces sur le terrain une efficacité ignorée des guerres du passé. Grâce à l'hélicoptère, des unités entières, placées tel jour et dans telle zone sous le contrôle opérationnel d'un chef, pouvaient être basculées le lendemain sur un autre point distant de cent kilomètres et sous la responsabilité d'un autre commandement. Sans la nécessité pour les hommes de débarquer et de progresser lentement à pied dans la jungle ou les montagnes, le potentiel d'un combat pourrait presque se limiter à une unité. L'armée aurait deux fois plus de chefs avec leurs PC, les cartes et les diagrammes, les dispositifs de surveillance électronique, et moitié moins d'hommes au sol ; il suffirait alors d'héliporter les troupes de contact et de basculer les efforts selon une sorte de jeu de marelle permanent. Les troupes ne relèveraient plus d'un commandement unique et les pertes d'une unité réelle pourraient être réparties sur le papier entres les diverses unités théoriques. En principe, cela conduirait à augmenter les unités de soutien et de transport ; quant à l'incessant déploiement et redéploiement d'une position à l'autre, ce serait un cauchemar pour les hommes. Mais telle était la réalité que vivait le fantassin américain au Vietnam, soit un soldat sur dix — un sur dix : le plus faible rapport unités de combat/unités de soutien de toute l'histoire militaire américaine.

Le 7e du 402e constituait l'unité de risposte de la division, la force qu'on pouvait à tout moment retirer de son TO pour la projeter vers un point chaud jusqu'à ce que l'équilibre soit rétabli, avant de la réinjecter ailleurs. Brooks et Egan se sentaient mal à l'aise à la 3e brigade. Ils pénétrèrent dans la salle de réunion en essayant de ne pas se faire remarquer.

Un jeune sous-lieutenant avait la parole :

« Messieurs, notre mission principale, dans le cadre de cette opération, consiste à mener des actions aéromobiles afin d'appuyer les forces armées de la république du Vietnam, à localiser et à anéantir des unités ennemies et des camps de base, et à interdire à l'ennemi la circulation dans les plaines. Nos actions doivent fournir l'environnement sûr qui permettra au GVN de poursuivre les objectifs nationaux de stabilité politique et de développement socio-économique. Dans cette optique, nous opérerons à partir de deux quartiers généraux : le GQG, ici même à Camp Evans, ainsi qu'un centre d'opérations tactiques avancé, à la base de feux Barnett. L'exposé topographique va vous êtes fourni par l'adjudant Marquadt. Adjudant, c'est à vous. »

Egan et Brooks se mêlèrent silencieusement aux gradés et aux hommes de troupe qui se tenaient debout derrière les sept rangées de personnels assis. La salle baignait dans la lumière crue de trois tubes fluorescents et le jour filtrait à travers les stores légers. L'atmosphère était étouffante. Aux troisième et quatrième rangs, certains sous-officiers fumaient la pipe, tandis qu'à l'arrière les hommes de troupe tiraient sur leurs cigarettes. L'air autour des lampes et des stores se teintait de bleu. Les gens remuaient sur leurs sièges, et, au fond, se balançaient d'une jambe sur l'autre. On entendait des chuchotements.

Le commandant de la 3e brigade — qui se faisait appeler Vieux Renard — était assis en biais sur sa chaise au premier rang, seul. Les autres sièges restaient inoccupés. Le commandant du 7/402, le lieutenant-colonel Oliver M. Henderson — l'Homme Vert — occupait la deuxième rangée en compagnie de divers commandants d'unités d'artillerie et de ravitaillement. Au troisième rang, c'était l'Air Force et les officiers de liaison vietnamiens, les officiers du renseignement et les officiers des opérations, ainsi que les sous-officiers. Derrière venaient encore des officiers, des sous-officiers et du personnel de bureau ; enfin, dans les tout derniers rangs, ceux parmi les commandants de compagnie ou de batterie et les chefs de section qui étaient arrivés assez tôt pour trouver une place. Debout, appuyés contre les fenêtres ou le mur du fond, quand ce n'était pas contre leur voisin, il y avait le gros des hommes de troupe ainsi que les officiers subalternes venus en retard. Parmi ceux-ci se trouvaient plusieurs hommes de la compagnie A : Johnny « Pop » Randalph, sous-officier adjoint de la 2e section, les lieutenants Frank De Barti et William Thomaston, respectivement chefs de la 2e et de la 1re section, et Clayton « Whiteboy » Janoff, un chef de groupe de la 1re section, qui n'était venu que pour accompagner Thomaston.

Egan et Brooks trouvèrent un espace libre au milieu de la foule, à l'arrière de la salle. Ils se tinrent côte à côte, vaguement au repos. Egan poussa son voisin du coude. « C'est pas beau, cette mentalité de planqués ? » Brooks ne répondit pas.

« Merci », fit l'adjudant Marquadt d'un ton insolent. Il s'avança en brandissant une baguette chromée télescopique. Derrière l'estrade, couvrant la plus grande partie du mur, était déployée une carte topographique de la Ire région militaire nord, l'I Corps *, large de quatre mètres et haute de deux mètres cinquante. Elle se composait en fait de vingt-huit cartes plus petites, couvrant chacune un compartiment de terrain de 27,5 × 27,5 km. Tout en haut, la DMZ * était représentée par deux lignes vaguement parallèles, distantes de sept kilomètres. La frontière laotienne était tracée en rouge sur la gauche, la jungle coloriée en vert foncé, les forêts ouvertes en vert clair, les plaines et les marais en blanc avec des symboles bleu clair pour signaler les rizières ou la végétation palustre. La grande carte dans son ensemble possédait une teinte bistre due aux courbes de niveau qui enserraient les reliefs montagneux et s'ouvraient sur les vallées, augmentant en densité à mesure que les pentes se faisaient plus raides. Le golfe du Tonkin s'étendait en bleu pâle sur la droite. Plusieurs zones étaient semées de triangles rouges indiquant des bases de feux sur les hauteurs.

Les cartes étaient au 1/50 000. Les unités d'infanterie emportaient celles concernant leurs zones d'opérations et les unités d'artillerie s'en servaient dans leur poste central de tir pour préparer les missions. Au bas de chaque carte, la légende imprimée en anglais et en vietnamien s'accompagnait de certains avertissements : LE TRACÉ DES LIMITES ADMINISTRATIVES INTÉRIEURES EST APPROXIMATIF, et LE TRACÉ DES

FRONTIÈRES NE DOIT PAS ÊTRE CONSIDÉRÉ COMME FAISANT AUTORITÉ.

« Messieurs, tonna l'adjudant Emil Marquadt, notre environnement opérations consiste en une base logistique et ravitaillement hyper-développée, occupée depuis longtemps et dotée de défenses puissantes ; une zone de déploiement d'attente ; un centre de transmissions et de transports. Les forces positionnées comprennent des unités administratives, logistiques, intendance et transport avec leur sécurité organique, ainsi que quelques unités tactiques... » C'est pas vrai, songea Egan en levant les yeux au plafond. « Essentielle à la configuration du terrain et déterminante quant à la direction de l'attaque, il y a la vallée du Khe Ta Laou, qui suit une orientation générale est-ouest. »

Marquadt, un type légèrement défiguré, au teint rougeâtre et à la carrure épaisse, balança sa baguette et gifla la carte.

« Messieurs, cette vallée mesure douze kilomètres par air. A l'exception de ce coude important, le cours du fleuve reste droit sur toute la longueur de la vallée. » Du bout de la baguette, l'adjudant illustra son propos sur la carte. « Son aire d'alimentation et l'origine de la vallée se situent dans ce terrain accidenté, ici à l'est. » La voix montait et retombait à mesure que la baguette traçait les inégalités du terrain. « Le fond de la vallée varie en largeur de deux cents mètres au point le plus étroit à deux kilomètres environ à l'entrée de la plaine de Da Krong. » La voix tonnait à nouveau. « Le Khe Ta Laou constituera la meilleure aide à la navigation pour des avions volant dans des conditions de visibilité limitée. »

Marquadt rota en s'abritant derrière sa main droite fermée et jeta un coup d'œil rapide en direction du commandant de la 3e brigade. Celui-ci semblait totalement ignorer sa présence. L'adjudant s'empressa de continuer. « Il existe un élément particulièrement reconnaissable, un très grand arbre isolé, situé sur une butte au coude du fleuve, et qu'on peut apercevoir de n'importe quel endroit de la vallée, ou bien en la survolant. Il fournit un excellent point de repère, et vous voudrez peut-être le porter sur vos cartes aux coordonnées YD 148321.

« Le fond de la vallée est une zone de broussailles, de maquis et d'herbe à éléphant. La densité de la végétation est extrêmement variable, et à certains endroits, tout particulièrement à l'est de la vallée, elle forme une voûte au-dessus du fleuve.

« La configuration du terrain au nord du Khe Ta Laou... »

Egan émit un bâillement sonore, s'étira, roula les épaules et regarda autour de lui. Mick, mon vieux, se dit-il, c'est ça les connards qui décident de ta vie. Vingt-six au jus et je vous emmerde.

« Messieurs », beugla Marquadt, ce qui ramena l'attention d'Egan sur lui. L'adjudant scrutait l'arrière de la salle de réunion, où les fantassins se distinguaient facilement des personnels des services et de l'arrière à leurs tenues usées et froissées. « Je me suis personnellement entretenu avec un certain nombre de LRRP * (il prononçait « lurps »), et ils m'ont demandé de vous transmettre...

— Adjudant Marquadt », interrompit le chef de corps d'une voix douce, sans se retourner, « pourrions-nous nous en tenir à la topographie de la vallée ?

— Bien, mon général. Excusez-moi, mon général. » Marquadt se ressaisit et revint au discours prévu. « Le versant nord est couvert de forêt dense à strate supérieure simple ou double. La forêt à strate supérieure simple atteint vingt mètres de haut, avec un éparpillement de... »

Je me demande ce qu'il allait dire, pensa Egan. Il jeta un coup d'œil vers Brooks et vit que le lieutenant était troublé, lui aussi.

« A l'extrémité ouest de la vallée, une pointe de territoire laotien s'avance à l'intérieur de la république du Vietnam. La nationale 616, artère vitale de la piste Ho Chi Minh, remonte cette péninsule et rejoint des itinéraires dans les collines près de Lang Karie, ici au point YD 020295. A partir de ce carrefour... »

Pourquoi le Vieux Renard a-t-il coupé le sifflet à l'autre, se demandait Egan. Typique, vraiment.

« Messieurs, il s'agit des montagnes les plus élevées de l'I Corps. Ce sera dur, là-bas... »

Voilà ce qu'il essayait de dire, pensa Egan.

« ...ou bien tournez vos regards vers l'est, depuis le Rach My Chanh jusqu'au Song O Lau. Dans cette direction, vous compterez onze crêtes, chacune moins élevée que la plus proche de vous. Onze crêtes, et l'ombre des douze vallées qui s'étendent vers l'est jusqu'à Huê. Messieurs » — de nouveau, la voix retentit jusqu'au fond de la salle —, « de ce point-ci, sur la douzième crête, la plus élevée, vous tournez le dos à la treizième vallée.

— Qu'est-ce qu'il raconte, ce con-là ? » Le chuchotement d'Egan fit l'effet d'une explosion. Brooks essaya de le rappeler à l'ordre d'un coup d'œil sévère. « Pourquoi m'avoir amené ici, mon lieutenant. Je sais lire une foutue carte. J'ai pas besoin de ce guignol pour m'expliquer que la putain de vallée, elle va de l'est vers l'ouest.

— Silence, Danny.

— Putain de Dieu...

— Chut.

— La faible occurrence de sites naturels pour les zones de poser sur le théâtre des opérations », poursuivait Marquadt...

« Ça veut dire quoi ? lâcha Egan.

— Il n'y en a pas beaucoup. Il va falloir qu'on les taille nous-mêmes.

— ... les rares qui existent, expliquait Marquadt, ne permettent de poser qu'un ou deux appareils à la fois. Elles nécessitent le vol stationnaire à l'arrivée comme au départ. En outre, elles sont tellement évidentes qu'il y a toutes chances pour qu'elles soient protégées ou piégées. Il sera souhaitable et nécessaire d'en construire de nouvelles. Les zones de mise à terre pour l'héliportage d'assaut seront construites grâce à des matériels fournis par l'USAF sur des emplacements choisis conjointement par les responsables des forces terrestres et des missions aériennes. Messieurs » — Marquadt replia sa baguette télescopique — « je vous remercie. »

Il y eut des mouvements et des murmures dans l'assistance. Brooks et Egan se redressèrent, s'étirèrent. Egan en avait marre. Marquadt alla se rasseoir. Le sous-lieutenant présenta un tout jeune sergent, mal à l'aise dans son treillis trop amidonné. C'était un prévisionniste.

« Mon colonel », fit-il en s'adressant au chef de corps, « les prévisions pour la journée d'aujourd'hui concernant la zone côtière de déploiement d'attente : chaleur persistante, humidité, nébulosité partielle. Humidité : 60 à 90 pour cent. Température maximale relevée hier mardi : 35 degrés ; minimale : 27 degrés. Maximum enregistré dans la matinée d'aujourd'hui : 36 degrés ; minimum : 24 degrés. Le soleil se lèvera demain à 6 h 35 et se couchera à 19 h 24. Précipitations aujourd'hui à 15 heures : zéro ; pour le mois écoulé : 3,7 cm. L'échéance couverte par ces prévisions va du 11 août 15 heures au 12 août 15 heures. Les Screaming Eagles sont au Vietnam depuis 1 850 jours.

« La zone des opérations est affectée par des vents, des nuages, des précipitations et des plafonds occasionnés par les moussons de secteur nord-est et sud-ouest à l'époque du renversement saisonnier. Temps prévu sur la zone des opérations : nébulosité sur la Cordillère annamitique. Les plafonds seront compris entre 800 et 1 300 mètres. Les zones côtières connaîtront principalement des nuages épars... »

Egan devenait fou. Il se sentait pris au piège.

« Si les vents dominants arrivent du sud-est, des orages épars et des averses se formant entre 1 000 et 1 300 mètres se développeront au-dessus de la zone des opérations vers le milieu de l'après-midi... »

Egan jeta un coup d'œil vers Brooks, qui paraissait écouter attentivement, et serra les poings.

« Brouillard, pluie et nuages caractérisent le début de la matinée et risquent d'interdire l'emploi de l'appui aérien rapproché. La visibilité au cours de l'après-midi sera fortement réduite par la combinaison de brumes naturelles et des conditions de vol face au soleil. »

Rufus Brooks eut beau se forcer à écouter, il n'entendit qu'une partie des prévisions. Ses pensées revenaient le distraire. Le jeune sergent alla se rasseoir et le sous-lieutenant présenta le commandant Homer J. Walker, officier du renseignement de la 3e brigade, chargé de rendre compte des activités récentes et de fournir la documentation spécifique de l'opération.

Le commandant avait tout du savant qui estime qu'informer ses collègues de l'état de ses travaux ne fait que le détourner des travaux eux-mêmes. Il parlait laconiquement, le nez dans ses papiers.

« Hum... au cours des derniers mois écoulés... je suis sûr que nul parmi vous ne l'ignore... les activités ennemies dans notre TO ouest ont connu un accroissement significatif. Permettez-moi de, heu, d'en dresser une sorte de bilan. L'ANV essaie, semble-t-il, de préparer une offensive dans notre direction en riposte à la récente poussée au Cambodge. Ainsi que vous le savez, heu, en ce qui concerne les unités américaines qui y ont participé, cette opération a pris fin le 30 juin. Les Screaming Eagles du 3e du 506 e, placés sous le contrôle opérationnel de la 4e division d'infanterie, ont été engagés dans les zones autour de Prek Dang. Avec un maximum de réussite. Depuis lors, heu, nous avons découvert ce qui semble être une réalisation d'effectifs et de matériels aussi bien à proximité de la zone démilitarisée que le long de la frontière laotienne. Au cours des deuxième et troisième semaines de juillet, des appareils du 2e du 17e ont engagé de nouvelles troupes ennemies estimées à 400 hommes dans la région de Khe Sanh et en ont tué — heu — le commandant tripota encore ses feuillets — 209. Le 25 juillet, des éléments appartenant au 3e du 187e ont découvert un charnier à proximité de Ba Da, au point coté YD 295315. Ils ont noté un grand nombre de corps, mais ont dû interrompre les recherches et n'ont pu aboutir à un compte exact à cause de la puanteur.

« Au cours des onze premiers jours d'août, l'activité s'est accrue de façon significative le long d'un couloir de pénétration à partir des bases Airborne et Goodman au sud, en remontant par Maureen, Ripcord, O'Reilly, Jerome et Barnett. Le 1er août, le 2e du 17e a infligé dix-sept morts à l'ennemi au sud de la base Jerome. A trois kilomètres au nord de Goodman, le 3e régiment ARVN a engagé des forces estimées à... »

Egan et Brooks n'arrivaient pas à prêter une attention soutenue au rapport.

« ...tués et cinq mitrailleuses 12,7 mm ont été prises... le 6 août, des éléments divisionnaires... le Hac Bao ARVN...trente-six caisses de munitions pour AK-47, cent obus de mortier 82 mm et quinze sacs à dos. Ces matériels ont été récupérés... quatre roquettes 122 mm ont frappé un centre de détention ARVN à Huê, tuant 14 prisonniers et en blessant 89... le 9 août à la base O'Reilly... un régiment ARVN a engagé et tué 11 ANV... à proximité de la base O'Reilly, un rapport a indiqué la présence de 800 ANV sur une ligne de faîte. En réponse à ce rapport, 26 interventions aériennes et 36 sorties d'ARA ont été effectuées dans la zone de l'objectif... »

Là, ça veut dire quelque chose, releva Brooks.

« Il y a trois nuits, les rangers de l'équipe reco Quebec 16 ont signalé la présence de quatre camions 5 tonnes et de cinq transports de troupes de 2,5 t sur la route de Ta Laou, au point YD 091329. Cette route est portée sur vos cartes comme sentier. L'équipe reco n'a pas cherché le contact avec l'ennemi... »

Des camions en route vers Ta Laou ? songea Brooks. C'est à peine à dix bornes de l'endroit où on va.

« ...Evans, des roquettes 122 mm ont frappé la base en trois endroits au cours de la semaine écoulée, causant la perte d'un hélicoptère UH-1D... des moniteurs éloignés ont montré une intense activité dans la zone de vos objectifs. Les détecteurs magnétiques et acoustiques indiquent la circulation de matériels lourds dans la vallée du Khe Ta Laou. Notre tout dernier gadget, heu, le détecteur chimique aérotransportable XM-3, dit " People Sniffer ", indique une grande concentration de personnels dans la même vallée.

« D'après certains documents saisis et interrogatoires de prisonniers, on conclut à la présence des unités et forces suivantes dans la zone des opérations. 7e quartier général, front d'opérations ANV, effectifs approximatifs : 200 hommes ; poste de commandement régimentaire du 812e ANV, effectifs inconnus ; 5e bataillon d'infanterie du 812e ; effectifs approximatifs 600 hommes ; bataillon K-12 du train ANV, effectifs approximatifs 200... »

Ça vous plairait de vous payer un QG ennemi ? Brooks repensa à la question de l'Homme Vert. Non, ça ne lui plairait pas. Pas à l'échelle d'un front.

« Enfin, les élections nationales doivent se tenir le 30 août. Le nombre d'actions vietcongs ou assimilées dirigées contre la population de la province de Thua Thien a connu une recrudescence significative, passant de 38 pour tout le mois de juillet à 23 pour le seul premier tiers de ce mois-ci. La légère augmentation du nombre d'actes de sabotage et d'assassinats et l'augmentation sensible de la propagande portent à croire que l'ANV pourrait tenter de troubler le déroulement des élections. »

Le commandant releva le nez de ses papiers, jeta un coup d'œil vers la salle, puis s'inclina en direction du Vieux Renard et regagna son siège.

Daniel Egan n'avait que du mépris pour les officiers du briefing. Toutes leurs conneries, je connais déjà. Ces mecs avec leurs petites boîtes noires. Un *dink* * va s'installer près d'une de leurs boîtes avec sa batterie de cuisine, il passe devant deux, trois fois, et les autres vous annoncent tout un régiment qui fait mouvement dans la vallée. Egan balança son corps d'une jambe sur l'autre ; du coup, il se mit à penser à ses pieds, qui lui faisaient déjà mal à force de rester debout. Le souci numéro un du fantassin : ses pieds. Egan se surprit à écouter quelques bouts d'exposé — il critiqua tout ce qu'il entendit. Il avait mal aux pieds et le briefing n'arrangeait rien. Pendant la partie météo, il pesta contre la futilité des prévisions. Il avait passé assez longtemps sur les hauteurs de l'I Corps pour savoir que ni le relief, ni le climat, ni ses chefs n'en avaient rien à foutre de ses pieds. Des putains de pluies dans les putains de montagnes tout le putain de temps. Et quand il pleut pas, c'est tellement trempé qu'un coup sur deux l'hélico peut pas se poser pour le ravitaillement. Des averses matinales ! Ce type est un vrai trou du cul. Comment ça se fait que chaque fois qu'on sort ça vous dégringole sur la gueule et on se trempe les pieds ? Mes pieds, il m'a fallu toute ma perme pour les nettoyer, et encore ils étaient pas vraiment propres, et maintenant cet enfoiré a le culot de me parler d'averses et de brumes matinales.

Egan ne put se détendre et laisser ses pensées vagabonder que lorsqu'il fut parvenu à oublier la réunion. Il cligna des yeux plusieurs fois, les referma presque entièrement pour ne laisser passer qu'un filet de lumière. Une larme salée baignait cette mince fente entre ses paupières et la lumière qui filtrait au travers se réfractait en dessinant un arc-en-ciel brouillé. C'était agréable. Il fallait simplement qu'il arrive à maintenir ses paupières parfaitement immobiles. Des images naissaient dans le bain coloré. Il cilla. Les formes minuscules furent perdues, d'autres les remplacèrent, qu'Egan s'efforça de modeler selon la silhouette d'une fille, d'une jeune femme. L'image était floue — plus il tentait d'accommoder, plus ses paupières tremblaient. Il la perdit. Il respira profondément, expirant très lentement, et se mit à penser à la fille qu'il avait laissée dans le Monde.

S'il n'arrivait pas à évoquer son image, il pouvait se servir des mots pour la reconstituer, dire comment les choses devraient être, ou du moins comment elles demeuraient dans son souvenir. Par moments, il ne pouvait penser à rien ni à personne d'autre qu'elle, mais il lui arrivait aussi, plusieurs mois de suite, de l'oublier complètement. Il ne l'avait pas vue depuis presque deux ans. Ils s'écrivaient irrégulièrement. Il gardait sa correspondance dans la boîte à munitions au bas de son sac de combat, mais leurs lettres paraissaient toujours se croiser en cours de route. Ils restaient très proches, sans jamais sembler parvenir à occuper le même espace au même moment. De tous les gens qu'il avait connus, c'est pour Stephanie qu'il nourrissait les sentiments les plus intenses. Penser à elle lui tenait chaud ; elle seule avait apporté cette chaleur à son âme. Avant elle, il se sentait comme un adolescent, un être à demi formé. Avec elle, il était pleinement devenu un homme. Après elle et sans elle à présent, il y avait cette faim, le désir d'autre chose qui ferait renaître la flamme.

Je t'aime, chuchota-t-il à son image. Il s'entendit prononcer les mots — mais ce n'était plus que des mots à présent, dépourvus de sentiment et de chaleur. Peut-être s'était-il écoulé trop de temps. Foutue fille. Je l'ai toujours dans la peau. Elle resurgit et je peux pas tourner le bouton. Maudite Stephanie. C'est pas juste. Faut que je pense à toi sans arrêt alors que je sais même pas si tu penses à moi. Les femmes ! C'est rien que du malheur.

Le sous-lieutenant présenta le commandant John Serpico, officier des opérations de la 3e brigade. « Merci, Billy », fit celui-ci. Il avait une voix sifflante, comme un gros serpent. « Messieurs », lança-t-il afin de faire taire les conversations dans la salle. « Vous êtes tous familiers avec la vallée du Khe Ta Laou, telle qu'elle vous a été décrite de façon si compétente par l'adjudant Marquadt » — il avait craché le « si compétente » avec mépris. « Messieurs, j'aimerais vous expliquer ce que nous allons y faire. Mais auparavant, permettez-moi de vous indiquer où vous vous trouverez les uns et les autres.

« Pendant toute la durée de cette opération, Barnett sera occupée par la batterie A, 2e du 319e d'artillerie, avec des obusiers 105 mm, et par la batterie C, 2e du 11e, obusiers 155 mm. La base sera défendue par la compagnie C, 7e bataillon, 402e d'infanterie. La section reco de la compagnie E, 7e du 402e, sera positionnée en renfort des unités d'infanterie qui se trouveront dans la vallée. Les unités d'artillerie déjà mentionnées se déploieront à partir d'ici, à Evans. La compagnie D, 14e d'artillerie ARVN, obusiers 105, restera sur Barnett. Au nord de la colline et de la crête, ce sera le 2e bataillon, 3e régiment de la 1re division d'infanterie ARVN. Le 2e bataillon du 1er régiment ARVN se redéploiera dans des zones entourant les bases O'Reilly et Ripcord.

« Maintenant, messieurs, nous en venons très rapidement à ce qui constitue l'essentiel de l'action qui sera menée dans la vallée du Khe Ta Laou. Le renseignement soupçonne la présence d'un PC régimentaire — ou d'un échelon supérieur — de l'ANV quelque part dans la vallée, l'emplacement supposé se situant vers le centre ou dans les collines. La mission du 7e du 402e consistera à donner l'assaut à plusieurs positions à l'intérieur de la vallée et à perturber la petite réception que l'ANV est en train de s'offrir dans les parages. Le 7e du 402e se déploiera autour de la LZ Sally demain matin. Si le temps le permet, la compagnie A donnera l'assaut à la cote 848, au point YD 198304. La compagnie B sera lâchée sur une mesa immédiatement à l'ouest de Barnett, au point YD 174329. La compagnie C sera aérotransportée jusqu'à Barnett. La compagnie D donnera l'assaut à la cote 618, au point YD 145335. Les éléments reconnaissance et mortiers de la compagnie E seront aérotransportés jusqu'à Barnett, où la section reco constituera le premier renfort si l'une des autres unités a besoin d'un coup de main.

« Chaque commandant d'unité recevra un plan plus détaillé concernant les points d'enlèvement, le calendrier d'engagement et les objectifs particuliers. A ce stade, messieurs, j'aimerais vous dire ceci : la présente opération a été en partie rendue nécessaire par le récent siège de la base soutien/opérations O'Reilly. Il semblerait que les éléments logistiques et tactiques de l'opération menée par l'ANV contre O'Reilly proviennent directement de la vallée du Khe Ta Laou. Dans cette période de retrait de troupes, il nous appartient, messieurs, d'assurer la sécurité de nos unités, de nos zones arrière et des plaines côtières. Je vous remercie. »

Le briefing se poursuivit selon le même schéma, chacune des unités — aériennes, transmissions, ravitaillement — venant exposer le détail de sa préparation opérationnelle et des ressources disponibles. Chaque unité présenta l'état numérique de ses moyens de feux. Les responsables des dispositifs de poursuite et des sections Scout Dog [1] donnèrent leur situation d'effectifs, accompagnée d'un bilan de santé. L'officier de liaison de l'Air Force fit une courte déclaration. A mesure que la réunion se prolongeait, l'auditoire devenait plus remuant. La quasi-totalité des orateurs ne s'adressait au commandant de brigade que pour communiquer des informations certainement autorisées au préalable par ses soins lors de séances de travail.

Brooks se tourna vers Daniel Egan et vit que celui-ci avait l'esprit ailleurs. Il jeta un coup d'œil en direction de Pop Randalph, adossé au mur, qui regardait fixement les stores baissés. Whiteboy semblait dormir. Le lieutenant soupira. Il contempla la nuque des hommes assis devant lui. Des nuques ordinaires, rien ne différenciait celle d'un homme pris au hasard de celles de son voisin de droite ou de gauche. Certaines têtes étaient plus ou moins grosses, plus ou moins chevelues ; une ou deux pouvaient avoir une forme vaguement carrée, triangulaire ou conique. Certaines présentaient des bouts de plastique noir ou marron : les branches de lunettes embusquées derrière les

1. Éclaireurs accompagnés de chiens *(N.d.T.)*.

oreilles. Le commandant de la 3e brigade avait les cheveux coupés si ras qu'on aurait plutôt dit une barbe naissante. Les cheveux blonds du colonel Henderson étaient légèrement plus longs que ceux du Vieux Renard, et ce duvet doré faisait ressortir ses oreilles toutes roses. Une chose, néanmoins, frappa Brooks dans ces alignements de nuques — tous les hommes assis avaient la peau blanche. Le lieutenant réfléchit un moment sur ce point, mais ça ne l'intéressait plus vraiment et il ne tarda pas à reprendre son balayage en s'arrêtant sur telle oreille ou telle calvitie, se demandant comment on entendait par cette oreille ou ce qui se passait sous cette calvitie.

Plus le regard de Brooks s'attardait sur ces nuques et moins il les voyait. Ses pensées partaient à la dérive. Quand un homme reste seul pendant de longues périodes — et quelle que soit la camaraderie régnante, le fantassin dans la jungle passe ainsi la plus grande partie de son temps —, il s'exerce à séjourner au maximum à l'intérieur de sa propre tête. Des thèmes se développent, et les pensées du fantassin y reviennent volontiers. Ce sont parfois des rêves et parfois des désirs, parfois des instincts, parfois des obsessions.

J'ai fait sa connaissance dans des circonstances peu banales, se dit Brooks — comme s'il racontait son histoire à un inconnu. J'avais un copain au basket, Tony, on était vraiment proches et du coup j'ai vraiment bien connu sa famille aussi. Tony venait d'une de ces vieilles familles italiennes qui vivaient du côté de Colombus Avenue, à North Beach. On allait chez lui passer les week-ends. Brooks s'interrompit. Peut-être raconterait-il l'histoire à Egan. Une fois, Tony est venu dans l'appartement de mes parents à Oakland, mais j'ai l'impression qu'il ne s'est pas senti à l'aise, et on n'y est jamais retournés. Je crois que, dans l'ensemble, les Blancs se sentent moins à l'aise dans les quartiers noirs que le contraire. Moi, j'étais allé si souvent chez Tony que je ne m'y sentais pas du tout gêné. La fois en question, on était là pour tout le week-end, et sa mère nous a forcés à l'accompagner à la messe. Elle nous a emmenés à St. Pierre et Paul, une vieille cathédrale italienne avec des cierges dans de petites coupes en verre rouge et des statues dans tous les coins.

Bref, j'ai fait sa connaissance indirectement, grâce à Tony, pendant cette messe à la cathédrale. Il y avait tout un tas de mémés italiennes vêtues de noir sur un côté, dans les premiers rangs, et une douzaine de petites vieilles chinoises de l'autre côté. Derrière, toute l'église grouillait de familles au complet, mais voilà que la mère de Tony décide qu'on va aller s'asseoir au premier rang. J'ai dans l'idée qu'elle voulait un peu montrer à toutes ces vieilles bigotes ritals qu'elle était en train de sauver l'âme d'un païen. Attention, je dis pas ça méchamment, c'était la maman de Tony et elle a toujours été chic avec moi. Mais je suis la seule personne dans cette église à porter du blanc comme costume et du noir comme peau. Et je me sens très visible. J'ai l'impression que Tony ressent la même chose. Pas à cause de moi, mais par le fait de se trouver devant tous ces gens et de sentir qu'ils ont les yeux braqués sur nos nuques. Je regarde un peu autour de moi pendant qu'on se lève, qu'on s'agenouille, qu'on s'assoit, histoire de voir s'il n'y a pas un autre Frère dans l'assistance, ou bien quelqu'un d'un peu plus grand que toutes ces petites vieilles qui font dans le mètre cinquante de moyenne. Et puis, parmi les mémés chinoises, j'aperçois toute une famille assise autour d'une petite vieille, et ils ont une Sœur avec eux — pas une bonne sœur, une fille noire vraiment superbe, et elle est en train de me regarder. Au beau milieu d'un *Dominus Vobiscum* — et ces gens-là, ce sont eux qui ont fait les hosties. Je commence à me marrer en douce et elle aussi, alors quand tout le monde s'approche de l'autel, on se lève tous les deux. J'ai cru que Tony allait tomber de son banc. Je lui ai dit que je serais au fond de l'église ou que je le verrais dehors, et cette fille superbe et moi, on s'est mis en route vers la sortie. Je le jure devant Dieu, c'est comme ça qu'on s'est connus. Deux Noirs dans une église rital en plein Chinatown.

Un léger sourire passa sur les lèvres de Brooks. Il jeta un coup d'œil vers Egan, puis reprit le fil de son récit. On s'est glissés hors de la cathédrale et on a descendu les marches sans pouvoir s'arrêter de rire. Les matins sont rudes à San Francisco, mais le soleil mettait un peu de chaleur. De l'autre côté de la rue, il y avait un parc plein de gens qui étaient là pour adorer le soleil ou balancer des Frisbees ou pour faire leur jogging. On s'est assis dans l'herbe face à la cathédrale et on a bavardé en guettant la sortie de la messe.

Brooks s'interrompit une nouvelle fois pour essayer de se rappeler ce que Lila et lui s'étaient dit ce premier matin, cinq ans auparavant. Le vide complet. Il tenta de reconstituer ce qu'avait dû être leur conversation, mais ça sonnait faux. Comment se fait-il qu'on garde en mémoire mot pour mot les phrases d'une dispute, songea-t-il, mais pas ce qu'on s'est dit quand tout allait bien ?

Il avait déjà fait ce récit à son père, quelques soirs avant d'épouser Lila. A ce moment-là, il en était certain, il se souvenait des paroles échangées lors de cette rencontre. Son père, son oncle maternel et lui étaient assis dans la cuisine de l'appartement d'Oakland, par une soirée chaude et humide de septembre 67. On l'avait un peu charrié, on avait bu et rebu à sa santé, et à la fin ils étaient tous les trois bien bourrés. Il essaya d'évoquer les plaisanteries qu'ils avaient échangées, mais là encore rien à faire. En revanche, il se souvenait de propos aigres tenus à un moment par son père. « Co-comment tu vas la nourrir, la donzelle ? bredouillait-il. Ils vont p-plus te payer pour jouer au ba-basket, à présent. » Le vieux s'était mis à frapper du poing sur la table. « Tu sais ce que tu peux attendre ? De la vie ? Un coup de pied au cul. Et c'est pas tout. Après, ils te retournent et puis ils t'en filent un autre dans les valseuses, et quand tu t'écroules, alors là ils vont t'en filer encore un dans la tronche. A moins que tu cognes le premier ». Le vieux George Brooks s'était ensuite lancé dans un discours sur les technologies qui rendaient les hommes désuets, interchangeables — et interchangeables, ça voulait dire jetables, donc bon marché, et en matière d'articles à jeter, un Noir c'était ce que la société industrielle proposait de moins cher comme camelote. Brooks réfléchit un bon moment à ces propos, et aussi au fait que même d'une bonne soirée, on se rappelait les mauvais moments. Puis il répondit à son père : « On vaut encore moins cher dans l'infanterie, papa. »

Des murmures s'élevaient dans la salle ; chacun remuait ou s'étirait et les rangées de têtes ondulaient. Le Vieux Renard venait d'interrompre un sous-lieutenant à face de bébé au milieu d'une phrase. « Ce sera tout, lieutenant. » Complètement perturbé, le jeune officier ne savait plus s'il devait demeurer sur l'estrade ou regagner son siège. Le Vieux Renard resta assis face à la grande carte, le dos tourné à l'auditoire. « Messieurs, commença-t-il d'une voix grave, je vous remercie tous d'être venus cet après-midi. Je désire faire quelques observations. » Un silence complet se fit. Les hommes en oublièrent leurs cigarettes. On n'entendit plus que le bourdonnement des hélicoptères au loin.

« Messieurs, j'aimerais mettre l'accent sur l'importance stratégique de cette mission. » Le débit de l'orateur était parfaitement mesuré. « Il y a deux mois, l'une de mes bases, la base de feux Ripcord, a été soumise au siège de l'ennemi. Pendant presque vingt-cinq jours, vous avez héroïquement défendu cette colline tout en infligeant de lourdes pertes aux Nord-Vietnamiens et en interdisant leur progression, ainsi que les courants de ravitaillement en direction des plaines. Durant cette période, les médias n'ont pas cessé de faire état de nos pertes, légères, comme ayant une portée significative. Ils ont accompagné leurs comptes rendus d'éditoriaux posant la question de savoir pourquoi nous défendions un sommet en pleine jungle à ce stade avancé de la vietnamisation.

« Messieurs, nous avons fermé Ripcord, non à cause de la pression de l'ennemi, qui était fort lourde, mais à cause de la pression des médias américains, qui était plus puissante et contre laquelle nous ne possédons pas de défense adéquate. En fermant Ripcord, nous avons transféré hommes et armes à la base O'Reilly. Il nous a fallu moins de dix heures pour évacuer Ripcord et rendre O'Reilly pleinement opérationnelle. Il a fallu plus de trois semaines à l'ennemi pour réagir et faire en sorte que la pression exercée sur O'Reilly attire l'attention de nos amis journalistes. Toutefois, O'Reilly a été confiée à l'ARVN, et nos amis de la presse ne s'intéressent pas le moins du monde à la réussite ou à l'échec de celle-ci. Ce n'est pas le genre d'article qu'ils recherchent.

« Or, messieurs, nous allons retourner dans cette zone pour prêter assistance à l'ARVN. Cette fois, je ne m'arrêterai pas. Lors des opérations Ripcord et O'Reilly, nous avons seulement cherché à neutraliser l'ennemi, à le désorganiser et à le maintenir dans les montagnes. Avec Barnett, nous allons porter un coup décisif.

« Pendant des années, la vallée du Khe Ta Laou a été négligée par le commandement interallié. L'adjudant Marquadt a fort bien su vous exposer la situation de cette vallée. Il s'agit d'un centre de communications et d'un important point de ravitaillement. Messieurs, je ne suis pas seulement convaincu que le Nord a préparé ses opérations contre Ripcord et O'Reilly à partir de cet étroit goulet dans les montagnes, j'ai en outre la certitude, et nous disposons de la documentation renseignement de nature à étayer cette affirmation, j'ai la certitude, dis-je, qu'en remontant aussi loin que le Têt en 68, voire plus loin encore, toutes les opérations d'envergure de l'ennemi ont été commandées depuis cette vallée préservée.

« Nous avons intercepté certains documents révélateurs qui situent le QG du 7e front ANV à l'intérieur de la vallée du Khe Ta Laou. Le PC du 812e régiment se trouve dans le même complexe. Ceci est vérifié. De nombreuses autres unités ANV ont utilisé cette vallée comme zone de préparatifs et comme sanctuaire. Ils retournent au Khe Ta Laou pour se regrouper et se reposer, et nous les laissons faire. Un centre majeur de commandement et de communications, une zone de repos, et nous n'en tenons pas compte. Nous l'avons négligé. Cette vallée constitue au nord du territoire un mini-COSVN *. Messieurs, je veux l'anéantir.

« Nous travaillons dans ce but depuis trois ans et nous n'avons jamais pu localiser ce centre. Demandez-vous pourquoi, messieurs. Cette minuscule vallée, cette insignifiante gouttière est entourée par quelques-unes des plus hautes montagnes de tout le Vietnam. Il sera difficile d'y pénétrer, dur de la traverser. C'est pourquoi elle est demeurée isolée et inviolée. Nous avons fait preuve de paresse. » La voix du Vieux Renard, répercutée par le mur de la salle, montait et retombait. Un moment elle semblait excitée, l'instant d'après elle était neutre, et toujours les mots sortaient à une cadence impeccable.

« Vers l'ouest, le Khe Ta Laou débouche pratiquement sur le Laos. Au nord, les plaines sont sillonnées par une brigade mécanisée qui ne dispose pas des moyens de franchir les crêtes entourant notre objectif. Au sud, c'est l'immense A Shau, une vallée où nous avons combattu chaque année depuis que nous — depuis que les Screaming Eagles sont arrivés au Vietnam, une vallée propice au combat, mais non à l'établissement d'un quartier général. Et au milieu, messieurs » — le Vieux Renard frappa dans ses mains et les pétrit comme de la pâte —, « au milieu, l'ennemi est tranquillement installé depuis des années ; depuis des années il se replie dans cet étroit sanctuaire, trop insignifiant pour que les forces alliées s'en préoccupent.

« Eh bien moi, messieurs, je m'en préoccupe. Ceci sera l'une de mes dernières opérations avant que la rotation des services ne me renvoie dans un bureau à Washington. Je veux laisser ce pays en sûreté. Je veux qu'à mon départ notre zone soit nette, de sorte que lorsque l'ARVN assumera totalement la charge de son propre territoire, nous lui aurons laissé une chance de réussite, et non les germes de l'échec.

« Nous avons affaire à l'ultime place forte ANV dans l'I Corps. Nous pouvons chasser l'ennemi hors de notre zone d'opérations, hors de cette vallée, hors de l'I Corps et hors de ce pays. Cela dépend de nous, messieurs. Nous sommes sur le point de nous engager dans une mission historique. Il nous appartient de prendre le monde tel que nous le trouvons et de le rendre tel que nous le voulons. Nous avons le matériel, nous avons la mobilité, nous avons la capacité tactique. L'aéromobilité a atteint l'âge adulte. Nous avons les planificateurs, nous avons les chefs, nous avons les hommes qui tous savent exploiter au mieux cette capacité nouvelle de frapper vite et de frapper durement.

« L'ANV, messieurs, ne recherche pas le contact avec les troupes de la 3e brigade. L'ennemi n'a aucun désir d'engager le combat avec le 7e du 402e SKYHAWKS, pas plus qu'avec aucun autre bataillon des Screaming Eagles. Une force de guérilla ne peut établir un contact que suivant ses propres conditions, or le 101e ne permet plus aux Nord-Vietnamiens de dicter ces conditions. Depuis la contre-offensive du Têt en 1968, l'ANV a perdu trop d'hommes et de matériel aux mains des Screaming Eagles, en échange de trop petits bénéfices, de bénéfices inexistants. Les ordres sont tombés du commandement ennemi : “ Ne vous occupez pas de la 101e. Choisissez des objectifs plus faciles. ” Cela a posé des problèmes à leurs chefs sur le terrain. Ils pouvaient s'attaquer à la 1re division ARVN, mais les Screaming Eagles ne sont pas loin, et ils apportent un appui rapproché à la 1re ARVN. Les commandants d'opérations ANV ont donc décidé de décrocher en se contentant de choisir quelques objectifs faciles, susceptibles de nous valoir une pression de la part des médias. Pendant ce temps, ils regroupent leurs effectifs en attendant que nous-mêmes soyons trop affaiblis par nos retraits pour être en mesure de riposter.

« La présente opération, quoique limitée en étendue, en effectifs et en matériels, aura un impact considérable sur le plan tactique. Comme toujours, pour des raisons de sécurité, personne n'a été informé de ces plans avant cette réunion. Je vais vous demander de ne pas même communiquer à vos hommes l'emplacement de cette opération ou son objectif final. Nous sommes engagés dans une action vitale. Nous ne voulons pas faire d'annonce officielle. Si nous ne retirons de l'aventure que quelques tonnes de riz, il ne sert à rien de donner à la presse l'occasion de nous ridiculiser. Rétrospectivement, le Cambodge a été une grande victoire, mais si vous avez bien lu vos journaux, la presse nous a crucifiés parce que nous n'avions pas atteint l'objectif annoncé. S'il n'avait pas été officiellement déclaré que nous recherchions un COSVN, cette incursion n'aurait jamais été qualifiée d'échec. Ils ont eu tort, ne tombons pas dans le même piège. Agissons d'abord et publions ensuite les résultats. Messieurs, les actes ont plus de poids que les paroles.

« Le moment est venu. Mettons-nous en route pour notre rendez-vous avec le destin. Je vous remercie. »

CHAPITRE 7

Le CO Phoc Roc

Le grand soldat était assis seul au bar à rêvasser. A part Molino et lui, le CO Phoc Roc était vide. Le foyer des hommes de troupe du 7/402e ne portait pas officiellement ce nom, mais CO Phoc Roc, par l'assemblage des sonorités, traduisait bien le sentiment fondamental que tous les fantassins vouaient aux sacs de quarante ou cinquante kilos qui pesaient sur leurs épaules. Normalement, on laissait tomber les deux premières lettres, initiales de Centre d'Opérations, et un soldat disait couramment à son copain : « Allons prendre une bière au Phoc Roc. » A la longue, le nom perdit toute signification. Personne ne se souvenait de son origine et on ne prêtait plus attention aux sonorités. Le commandant du bataillon lui-même désignait le foyer des hommes de troupe sous le nom de Phoc Roc.

Le Phoc Roc ressemblait à un abri temporaire typique, mais en plus grand : une salle unique de 24 × 32 m avec un toit de tôle ondulée. Un bar de contre-plaqué, roussi, poncé et recouvert d'un vernis de polyuréthane, longeait le mur du fond. Une bande de vinyle rouge, soigneusement clouée, recouvrait le dessus du bar, et un bourrelet de vinyle gris courait sur le bord supérieur. Devant le bar, une douzaine de petites tables rondes en Formica rouge et gris étaient disposées au hasard, certaines avec quatre ou cinq chaises, d'autres dépourvues de sièges. Pendant la journée de travail à l'arrière, le bar était consigné à la troupe, mais, à la saison sèche, les hommes entraient acheter une bière au caporal-chef Molino et la vidaient sur place ou la cachaient dans une grande poche de treillis avant de retourner à leurs corvées. En fin de journée, à mesure que le soleil descendait et qu'il faisait plus frais à l'intérieur du Phoc Roc, les hommes arrivaient, prenaient leur bière et s'installaient.

« Qu'est-ce que ça sera ce soir, Joe ? » claironnait théâtralement Molino quand le premier REMF s'amenait du réfectoire.

« T'as quelque chose de spécial ?

— J'ai de la Fresca. De la Bud. Miller et Schlitz. Y a même une promotion sur la Fresca. Deux boîtes pour le prix d'aucune. T'en bois une, l'autre est offerte. T'en bois deux, t'as un pack de six. T'en bois trois et j'appelle le toubib. Qu'est-ce que ça sera ?

— File-moi une bière. Comment ça se fait que t'as autant de Fresca ? Pourquoi t'as pas plutôt pris du Coca ?

— Ils n'ont que de la Fresca au PX. Y a des types plus au sud qui raflent tout le Coca et tout ce qu'il y a de bon. Zarno a dit qu'il allait se démerder pour obtenir du Coca chez les *gooks*, parce que Lyn lui a raconté que là où elle est, ils en ont des wagons. Elle dit que les cow-boys leur filent des fournitures médicales en échange. Ils obtiennent des médicaments chez les villageois après le passage des Medcaps* de Doc. Ils ont la mainmise sur le marché noir du Coca, parce qu'ils savent qu'on peut pas en trouver ici, et qu'ils peuvent nous le vendre comme ils veulent vu que tout le monde déteste la Fresca.

— Bah, je boirai de la bière. T'as quelque chose de raide ?... Pas ça, ducon, je te parle de la gnôle.

— Tu choisis ce qui te plaît, répondait alors Molino. J'ai un peu de réserve spéciale, mais Zarno me laisse pas en vendre ici. Ils en ont tant que tu veux au PX. Tu devrais aller t'en offrir un peu. Merde, c'est pas plus cher que la Fresca. Y a de la vodka en promotion cette semaine : soixante-dix cents le quart. »

Derrière le bar, les caisses de Fresca, de Budweiser, de Miller et de diverses autres bières s'empilaient pour constituer une véritable barrière de boîtes métalliques. A une trentaine de centimètres du sol, formant une niche au milieu des boîtes, il y avait le lit de Molino : vingt caisses de Fresca recouvertes d'un matelas de coton crasseux. Au-dessus du lit, soutenues à chaque extrémité par des colonnes de Fresca, étaient disposées quatre étagères bourrées de livres et de disques. L'étagère numéro un contenait des textes classiques et des 33-tours ; la deux des manuels militaires et des livres utilisés pour l'avancement ; la trois des collections de poche et des bouquins de cul ; la quatre des études historiques, culturelles, politiques et économiques sur le Vietnam. Molino cumulait les fonctions de gérant du foyer et de bibliothécaire du bataillon. Il enregistrait les sorties et les retours des livres, prélevait les amendes au tarif d'un cent par page et par jour de retard, cinquante cents pour les manuels. Et il ne craignait pas de perdre les montants de ses étagères.

Le soldat assis au bar tard dans l'après-midi du 12 août s'appelait Whiteboy. C'était un grand costaud très pâle avec des lèvres épaisses et un nez camus. Il ne se souciait pas plus de la Fresca que des livres de Molino ou de reprendre la corvée dont l'avait chargé l'adjudant-chef. Il s'était installé sur l'unique tabouret du bar et n'en avait plus bougé depuis son retour du briefing, échangeant quelques rares propos avec Molino, écoutant plus qu'il ne parlait, sirotant sa Budweiser, faisant des réussites et promenant autour de lui un regard dégoûté.

« Lah'vie, c'est comme leh'cartes », fit-il. Sa voix traînait et s'essoufflait sur certaines syllabes. « J'réfléchis à un truc. Si j'avais étalé mes cartes aprèh'les avoir bah'tues quat'fois au lieu de cinq, est-ce que j'aurais gah'gné ? J'saurais pas dire pourquoih'l'a fallu que je les mélange encore un coup. Résultah', j'ai que quat'cartes là-haut. Lah'vie, c'est comme ça.

— Allez, vieux, qu'est-ce qui t'ronge ? »

Molino, lui, parlait par courtes rafales. Il alla changer le disque, essuyant soigneusement la poussière sur l'album d'Isaac Hayes avant de le remettre dans sa pochette et de le ranger sur la première étagère.

« Ils vont encore nouh'la mett'dans l'cuh', fit Whiteboy. Ils se sont trouvé tout un tah'd'*gooks*, et ils vont encore nous la mettr'dans l'cuh'. Jeuh'm'contenterais bien de rester ici ce coup-ci.

— Laisse-moi te dire un truc, dit Molino. Moi je suis ici, mais j'ai été là-bas aussi.

— Je saih', cracha mollement Whiteboy.

— Presque tout 69, et presque toute cette année aussi, j'étais dans la jungle. J'étais là-haut à la 714 et à la 882 avec Bravo.

— J'sais çah'aussi. »

Whiteboy redisposa les cartes sur le bar pour une nouvelle réussite ; Molino ne manquait jamais de rappeler aux *boonierats* qu'il avait été l'un d'entre eux. C'était un REMF à présent, et ce rappel irritait Whiteboy tandis qu'il posait une deuxième, puis une troisième rangée de cartes. Ses gestes étaient aussi habiles que son débit était poussif.

« Ils en ont dégommé pas mal des nôtres », poursuivait Molino d'une voix plus lente, avec une morosité un peu étudiée. Puis il ajouta, avec un demi-sourire et une lueur dans l'œil : « Alors j'ai eu ce boulot ici, au foyer. Le Vieux voulait me renvoyer dans la jungle. Je lui ai dit : " Je peux pas repartir. — Pourquoi ? — J'ai un souffle au cœur. — Hein ? — Oui, j'ai un souffle au cœur. " » Molino se pencha en avant, mit sa main gauche en coupe autour de ses lèvres et murmura, tel un cabotin sur le devant de la scène : « " Ça n'arrête pas de me souffler : N'y va pas, n'y va pas. " »

Whiteboy s'esclaffa malgré lui, mais s'abstint de répondre. Molino revint à la charge. « Je vais te dire, Whiteboy. L'arrière, c'est pas du tout ce qu'on raconte. C'est le vrai film d'horreur. C'est pas des blagues, je suis sérieux. Je balise plus ici que quand j'étais dans la jungle. Écoute, je me suis construit un bunker là-derrière pour que ça soit pas trop loin au cas où ça commence à pleuvoir. Merde, Eagle a pris cinq tirs de mortier le mois dernier. Bon, rien n'est tombé ici, mais au QG de la division, y a un type qui y a eu droit. Pourquoi tu crois que je mets les disques aussi bas ? Comme ça je peux entendre les roquettes avant qu'elles arrivent ici.

— Meh'rde, fit Whiteboy, çah'sert à rien. Si elle doit te tombeh'd'sus, tu l'entendras pas. T'entends que celles qui t'passent haudessus de la tête.

— M'en fous. Moi, je vais te dire, ici on finit par faire des trucs pas normaux. Faut pas aller chier après la tombée de la nuit. Si t'as envie de pisser la nuit, tu vas jusqu'à la porte. C'est même pas la peine d'essayer de marcher jusqu'au tube *. Observe-les un peu, les REMFS : ils t'écoutent d'une oreille et de l'autre ils guettent les roquettes. Ils m'ont rendu parano, pire qu'en campagne. Chaque fois que quelqu'un laisse tomber un truc, ils s'arrêtent pour voir de quoi il retourne. Putain. Je rabats même pas ma moustiquaire le soir, ça pourrait me prendre une seconde de plus pour sortir du pieu. Écoute, je me sens plus comme un sauvage ici que quand je crapahutais dans la jungle. Ici, les mecs sont tous obsédés par la première qui va tomber. La dernière fois qu'on a pris des roquettes, toute une bande de types a sauté dans mon bunker. J'avais même plus de place pour y garer mes fesses. T'avais Echo qui ripostait au mortier, les roquettes qui dégringolaient une toutes les trente secondes, l'équipe d'intervention qui cavalait dans tous les coins pour chercher les obus, les Cobra qui montaient arroser le périmètre. J'ai cru qu'on avait une attaque au sol.

— Qu'est-ce qui s'est passé ?

— Merde, j'avais tous ces planqués dans mon bunker, cul nu la moitié d'entre eux, le paf à l'air, tous à jacasser, à se raconter ce qu'ils faisaient au moment où la première roquette est tombée. Comment *ils* se sont démerdés pour rappliquer dans *mon* bunker.

— T'ah'fait quoi ?

— Je peux te dire que c'est un sale truc qui te prend là sans que t'y puisses rien. Tu cavales à ton bunker, tu t'y colles et tu mouftes pas. T'écoutes. T'écoutes ces saloperies qui piquent schuss au-dessus de ta tête et vont péter juste derrière toi. Tu peux pas les arrêter, tu peux pas les tirer.

— Puh'tain, Milleenee, t'as fait quoi ?

— Mo-lee-noh. Tu veux dire à propos des planqués dans mon bunker ?

— Ouais.

— Oh ! j'ai pris deux boîtes de Fresca, je les ai bien secouées, j'ai dégoupillé et balancé le tout à l'intérieur. Après ça, j'ai pris mon M16 et je suis allé rejoindre l'équipe d'intervention. »

Whiteboy s'esclaffa de nouveau.

« Écoute », fit Molino en revenant à un tempo plus lent, « ça sera pas si grave. Tu sais comment ça se passe dans ces briefings. T'auras même pas un nouveau coup genre colline 714. Moi je te le dis, les *dinks* ont fait *dee-dee* *. Partis, mec, envolés. T'as pas de souci à te faire. » Molino frappa un petit coup sur l'épaule de Whiteboy — sous la peau un peu flasque, les muscles étaient durs comme du roc. « Faut réagir, vieux. »

Whiteboy reprit les cartes et les battit. Il avait des grosses mains de mécano. Sa chemise de treillis était tendue à l'extrême sur son large dos ; les manches retroussées formaient un anneau serré autour des avant-bras puissamment musclés. D'ordinaire, Whiteboy bougeait avec lenteur, mais les autres soldats savaient au premier coup d'œil que s'il le voulait, il était aussi capable de bouger vite, et vigoureusement.

« Tu sais », reprit Molino, qui s'acharnait à vouloir changer l'humeur de Whiteboy. « Moi, j'ai signé pour le Vietnam. Ce que j'ai pu être con. Mon frère a été tué ici en 66. Je vais te dire un truc : celui qui signe pour le Nam, c'est un pauvre con. A quoi bon ? Ça va ramener personne. Ma mère a touché dix mille. Eh ben, laisse-moi te dire qu'elle va pas toucher les miens. Personne touchera mes dix mille.

— Moi, j'ai plus des masses à tih'rer, dit Whiteboy. ETS * dans six mois. J'sais pah'c'que j'vaih'faire, tout c'que j'saih', c'est soixante au juh' et ces cartes. Mes soixante, ça ment pah', et ces cartes non pluh'. Là, j'en ai dix en haut. J'suppose que je vaih' sortir avec les aut'gars. Mais j'teuh'l'dis, Milleenee, ils vont encore nous la mettr'dans l'cuh'. »

Whiteboy, le sergent Clayton Janoff, le plus costaud du Zéro-deux, était mitrailleur et chef du 3e groupe, 1re section, compagnie A.

A mesure que le soir tombait, les hommes entraient dans le foyer. On entendait de la musique, des sifflets et des huées, des grosses blagues de bistrot et des hurlements en provenance du théâtre. Des hommes arrivaient en tenue de garde puis repartaient, d'autres les remplaçaient. Personne ne restait au bar. Quand toutes les chaises furent occupées, les hommes continuèrent de s'agglutiner autour des tables, mais personne n'alla s'installer au bar à côté de Whiteboy. Whiteboy ignorait la présence des autres. Il ne se retourna même pas. Il discutait laconiquement avec Molino tout en continuant de faire ses réussites, étalant les cartes, les ramassant et les mélangeant à nouveau. Il sifflotait ou fredonnait en observant les cartes, allait parfois jusqu'à chanter quelques mots, puis se remettait à siffloter entre ses lèvres épaisses.

« C'était quoi... » Molino s'interrompit au milieu de sa phrase pour aller servir des bières, puis reprit : « C'était quoi, ce que tu sifflais ? » Whiteboy ne leva pas le nez de son jeu et ne répondit pas. « C'était pas *Boonie Rats ?* » Whiteboy releva la tête. Il n'avait réussi qu'à aligner trois cartes. De ses grosses mains, il replia tout le jeu comme un accordéon et le repoussa. Il resta obstinément muet. « C'est bien ce qu'il me semblait », fit Molino avec un soupir, le regard perdu dans le vague. « C'est pas comme ça. Voilà comment c'est. » Il siffla impeccablement la mélodie, sans forcer, puis chanta le début du premier couplet. « *J'ai atterri dans ce pays / Pour donner un an de ma vie / Pour seul ami, un fusil, / pour seule prière, survivre.*

— M'est avis que j'fais ça aussi bien qu'un autre », fit lentement Whiteboy.

Il se remit à siffler, pratiquement sans modulation. Molino récita la suite du premier couplet en essayant de coller au timbre monocorde du grand sergent. Il étirait les voyelles pour tenter d'entraîner Whiteboy sur les notes longues. « *J'ai quitté la liberté / Et la vie que j'avais connue. / J'ai croisé les visages las / De ceux qui rentraient au pays. / Boonie Rats, Boonie Rats, / Nous vivons dans la peur mais pas seuls. / Trois cents jours, à peu près, / Et je m'en retourne chez moi.*

— Et merde ! » s'exclama un soldat d'un des groupes attablés. Il se leva et marcha d'un air décidé jusqu'à l'autre bout du bar. La sono du Phoc Roc avait un ampli assez puissant pour faire sauter les murs fragiles de la bâtisse. Le soldat monta le volume, noyant le duo Whiteboy/Molino et les huées du théâtre.

« Tripote pas les boutons ! » beugla Molino. Sentant Whiteboy derrière lui, il agita les poings. « Fais gaffe à toi, rigolo. » Molino baissa le son, menaça encore une fois le soldat, puis ôta le disque de la platine et le remplaça par un album de Cat Stevens. Il mit *Moonshadow*.

Si je perds un jour ma bouche,
ou mes dents, au nord et au sud,
oui, si je perds un jour ma bouche,
je n'aurai plus besoin de parler.

« Voilà Doc Johnson et les autres gars », annonça Molino en se tournant vers Whiteboy. « Le spectacle doit pas être fameux.

— Si je perds un jour mes pieds », entonna Jackson à l'intention de Doc et d'El Paso tandis que les trois hommes boppaient jusqu'au bar, « tous mes orteils chassent la viande *gook*. / Si je perds un jour mes pieds, / j'aurai plus à crapahuter. » Les yeux fermés, tête rentrée dans les épaules, Jax avançait en claquant les doigts.

Parvenu au bar, il releva la tête et tendit la main ; Molino y plaça aussitôt une bière. « Alors, *dago, ¿que paso ?*

— Y s'passe c'qui s'passe. » Molino exécuta un bref *dap* avec le Noir.

« J'savais pas qu'mon copain *dago*, y servait d'la bière et pis des jouets aux Whiteboys. » L'intéressé haussa les épaules. El Paso et le grand sergent échangèrent une poignée de main prolongée, mais qui n'allait pas jusqu'au *dap*.

Le foyer continuait de se remplir à mesure que des soldats arrivaient du théâtre. Dehors, le soir tombait et amenait la fraîcheur. A l'intérieur, les groupes se constituaient autour des tables. La plupart des Noirs allaient d'un côté : les Blancs formaient deux groupes, l'un près du bar et l'autre près de la porte ; les Chicanos s'assemblaient au centre et se mêlaient aux marges des deux communautés. Il y avait plusieurs Noirs parmi les Blancs près du bar, et plusieurs Blancs du côté des Noirs. Whiteboy, Doc, Jax et El Paso prirent la dernière table libre au milieu de la salle, confisquèrent huit chaises, s'assirent et commencèrent à boire.

Les foyers de la troupe étaient généralement réservés aux hommes du rang, caporaux et caporaux-chefs. Certains foyers allaient jusqu'aux sergents et sergents-chefs. Le Phoc Roc attirait tous les éléments les plus jeunes du 7e du 402e, et on ne s'étonnait pas d'y rencontrer un jeune officier ou sous-officier appelé, hostile à l'armée. Les crevures s'abstenaient.

A la fin du spectacle, le foyer fut envahi. Il n'y avait pas moins d'une centaine d'hommes dans la salle. Molino monta le son de sa chaîne, mais les rires noyaient tout. On en était au stade euphorique d'un bon début de soûlographie.

Chelini et Leon Silvers entrèrent à la suite de six Noirs qui allèrent aussitôt sur la gauche échanger des *daps* avec les autres Frères.

Tandis que Chelini et Silvers se dirigeaient vers le bar, un grand soldat blanc se mit à parler dans sa boîte de bière comme s'il s'agissait d'un micro. « Bonsoir mesdames, bonsoir messieurs, et bienvenue au Vaste Monde de la Guerre qui vous est présenté par ABC. Ce soir, nous vous emmenons dans les jungles de la république du Vietnam où va avoir lieu la finale du championnat de ce sport vieux comme le monde, le combat au corps à corps. »

Les hommes qui entouraient le grand soldat applaudirent et l'encouragèrent à continuer. Quelqu'un s'exclama :

« Vas-y, Rafe !

— La finale de ce soir, qui, je m'empresse de le préciser, va se dérouler dans le vaste stade de Thua Thien, juste à côté de la citadelle, opposera le vaillant et modeste Joseph Gee Eye au Petit Géant, le vociférant Charles V.C. Cong.

— Ouais, Charlie ! » hurla quelqu'un. Silvers paya une tournée pour Chelini et lui. Ils s'installèrent sur un côté et observèrent la suite.

« Joe, qui vient de Quelbled dans l'État de Nimportou, rendait à la pesée cent quatre-vingt-sept livres pour un mètre quatre-vingt-trois, et son allonge est d'un mètre zéro deux. Charlie, d'Anonym-Ha-Mô, dans la province de Tou-tô-nord, rendait cinquante-huit kilos, ce qui fait, heu, cent vingt-sept livres, pour un mètre soixante-cinq, et son allonge est de quatre-vingt-cinq centimètres.

« Je crois que je viens d'entendre le coup de cisailles dans le barbelé — “ l'hymne national ” — eh bien, oui, le combat de ce soir peut commencer. »

Chelini se sentait un peu embarrassé avec ses cheveux coupe incorpo et son treillis visiblement neuf. Il restait près de Silvers et essayait de passer inaperçu.

« J'ai remarqué en début d'émission que Joe se préparait dans son bunker en se roulant du Laotian Red. Vous pouvez voir que Joe porte à sa ceinture plusieurs défensives M67, et qu'il a aussi une bandoulière de chargeurs 5.56 pour M16, et une arme de plastique noir fabrication Mattel, avec baïonnette.

— Cogne dans le tas, Joe ! »

La salle commençait à chauffer.

« Est-ce qu'on pourrait avoir un peu de silence dans la cabine, s'il vous plaît ? Ici, à ma droite, j'ai le plaisir d'accueillir Willie Moreland, qui est, comme vous le savez, une autorité internationalement reconnue sur ce sport. L'an dernier, avant de prendre sa retraite, Willie était capitaine de l'All-Star Team, qui a affronté le Nord dans une rencontre éliminatoire à 40 000 contre 200 000. Willie, les fans ainsi que moi-même, nous aimerions savoir comment, d'après vous, Joe ouvrira le combat s'il est désigné par le tirage au sort. Pourriez-vous nous donner votre sentiment ? »

Le soldat se tourna vers le bar puis refit face au public : les épaules voûtées, relevant la tête, il tenait un nouveau rôle.

« Dis donc, il est vraiment bon, le type, chuchota Chelini.

— Oui », répondit Silvers, un ton plus haut. « C'est Ridgefield. Il est de la compagnie Alpha, comme nous.

— Eh bien, Jim, reprit Ridgefield d'une voix aiguë, comme vous le savez, nous encourageons volontiers les gars à commencer sur un bang. Quelquefois, une courte rafale peut aussi se révéler efficace. »

Le grand soldat se tourna une nouvelle fois vers le bar et reparut dans le rôle du présentateur.

« Mais si le tirage au sort désigne Charlie ? Pensez-vous que Joe pourra conserver la même ouverture ?

— Alors là non, Jim, certainement pas. Dans ce cas, il ouvrira probablement d'une série de coups de crosse verticaux, ou bien peut-être d'une botte longue et d'un tenu. Là, tout dépend vraiment de ce que VC — dites, Jim, ça ne vous ennuie pas si j'appelle le gars du Nord VC, hein ?

— Mais pas du tout.

— C'est bon, Jim. Eh bien, si VC nous sort quelque chose d'insolite, Gee Eye sera peut-être amené à contrer de la même manière.

— Désolé de vous couper, Willie, mais je viens de remarquer que Chuck est muni d'un sabre de samouraï et de deux sacs de charges de plastic. Est-ce que ce n'est pas un peu insolite, justement ?

— Ça l'est, Jim, ça l'est. VC se déploie d'ordinaire avec un poids minimum, et ce sabre me paraît bien grand. C'est qu'il compte normalement sur la vitesse, voyez-vous...

— Depuis ma place, qui domine la base Kathryn, je peux voir que Charlie a remporté le tirage au sort. Il ouvre par une manœuvre de diversion. J'aperçois une flamme bleue et blanche...

— Jim, je crois bien que ces flammes sont tout à fait du goût de Gee Eye... »

Silvers poussa Chelini du coude. « Viens, allons rejoindre Doc et Jax. » Ils se faufilèrent parmi les groupes, qui s'ouvraient à leur passage et se refermaient aussitôt derrière eux. A la table centrale, Jax bondit de son siège.

« Vous voyez ? » s'exclamait-il en levant les poings. « Aussi vite que des roquettes. » Il sautait et tournait sur lui-même, tirant des deux mains sur des cibles imaginaires. « Méchant, les mecs, vraiment méchant. C'est ça, l'ARA * — Attention, Rangez Abattis. On plaisante pas avec cet oiseau-là. Il flotte comme un papillon, mais il pique comme une abeille... une a-Beille-52. »

Cinq soldats étaient maintenant assis autour de Jax, Doc, Whiteboy et El Paso. D'autres, debout à proximité, les observaient ou suivaient la conversation. La table centrale semblait donner l'ambiance.

« Tiens, s'exclama El Paso, voilà le Youpin qui vient nous voir. Planquez vos MPC, les gars, il m'a tout l'air d'avoir des photos cochonnes à vendre.

— Hé ! Molino, fit un des soldats qui entouraient le groupe, file une Fresca au Youpin, sur mon compte. »

Silvers fit les présentations.

« Voici El Paso et Garbageman [1]. Là, c'est Doc et Jax. Whiteboy, Numbnuts [1], Boom-Boom, Monk et Brunak. T'as saisi ? Lui, c'est le Bleu.

— Vous arrivez du spectacle ? » demanda un des soldats assis. « C'était vraiment minable.

— Ces stripeuses philippines, c'est vraiment les pires que j'aie vues.

1. *Garbageman :* l'Éboueur. *Numbnuts :* Couilles molles *(N.d.T.)*.

— J'aimais bien celle aux gros nibards.

— C'est du plastique. Les *gooks* ont de petits nichons.

— Oooh, oublie-les, mec », fit El Paso en penchant la tête vers Doc Johnson. « Doc et Top sont allés en ville, ils ont ramené des filles.

— OOOooo, OOOooo, siffla un soldat, on va rigoler ce soir.

— Hé ! Doc, tu t'es assuré qu'elles étaient propres, au moins ?

— Tu sais à qui tu parles ?

— C'est combien ? demanda Silvers.

— Pour toi, le Youpin ? Un coup ? Tu passes en dernier ? Une livre de viande et cent piastres.

— Au moins, sa viande, il aura pas besoin de l'attendrir tout seul ce soir, fit Boom-Boom en rigolant.

— C'est le lieut qui paie l'addition, précisa Doc. De sa poche. »

Jackson parla à son tour :

« Mon vieux, elles sont moches. Et quand je dis moches, c'est vraiment moches. Y en a une qu'est si moche qu'elle est forcée de chiper à table pour avoir quelque chose à avaler.

— Ouais, mais elle a une de ces chattes », fit Numbnuts.

Quelqu'un avança sa main sur la table et forma un cercle avec le pouce et l'index.

« Comme ça ?

— Non », fit un autre en arrondissant les bras autour de sa tête, « comme ça. C'est tellement grand que tu peux reculer de cent mètres et y balancer des grenades. »

Tout le monde s'esclaffa.

Chelini se sentait encore plus gêné autour de cette table. Personne ne lui adressait la parole. Des hommes debout à proximité du groupe tendaient l'oreille pour écouter un moment, puis revenaient à leur bière et reprenaient le fil d'autres conversations moins bruyantes. Chelini regarda en direction du bar. Le soldat qui jouait les reporters sportifs un moment plus tôt était maintenant assis sur le comptoir. Il imitait un journal parlé d'une voix nasillarde et avec les parasites : « Chers amis des ondes, ici Contrôle du Renseignement qui vous parle en direct depuis le CU Phuc Ruc. Le bruit court par ici que Big Screaming Yellow Chicken [1] lui-même, le chef du troupeau, a personnellement réclamé que vos fesses passent sous contrôle opérationnel de la 3e brigade pour un petit voyage à la DMZ. Le bruit court que Screaming Bird a tellement été impressionné par vos performances qu'il a gentiment pensé à vous organiser une mêlée avec les petits

1. *Chicken* (poulet) par opposition aux « aigles » (Screaming Eagles) ; *Yellow* et *Chicken* signifiant : dégonflé *(N.d.T.)*.

hommes d'oncle Ho. Big Bird présente ses regrets de ne pouvoir participer personnellement... »

Les gros éclats de rire et les gloussements de type un peu défoncé fusèrent autour de Ridgefield, qui poursuivit : « Venant de bonnes sources, le bruit court ici au C.A.R.E.M.E. [1], c'est-à-dire... à la Mi-carême, que les Hommes de l'Oncle... [2]. »

Chelini se tourna à demi vers la table. A côté de lui, un homme était en train de dire : « ...de ma perme. Je lui ai dit : " La prochaine fois, j'aimerais qu'on fasse ça dans une baignoire pleine de beurre de cacahuète. " Et elle qui se met à roucouler : " Oh ! Bill ! tu es tellement sensuel... " alors, moi... »

Une autre conversation frappa les oreilles de Chelini. « ... si Yastrzemski peut pas qualifier Boston pour les Séries... » « Tu déconnes, Duke. Boston est dans les choux... »

Chelini acheva de se retourner vers la table. Jackson était en train de l'observer. Chelini lui fit un signe de tête accompagné d'un sourire hésitant. « Est-ce qu'on t'a rien appris, mec ? demanda Jackson d'un ton accusateur.

— Hein ? Euh, je vous demande pardon ? » Il ne s'attendait pas à ce que quelqu'un lui parle.

« On vous apprend rien, à vous autres bleus ? » dit Jackson en se levant. Il attira Chelini vers lui, au centre de l'attention du groupe. « Prépare ton corps, ton esprit et ton âme pour recevoir le GI Joe numéro un de la 7e compagnie d'assaut du Quatre-zéro-deux. Jax est là pour te mettre au parfum.

— Comment ? fit Chelini d'un air penaud.

— Tes plaques, mon gars. »

Silvers regarda Chelini et fit oui de la tête.

« Enlève-les », ordonna Jax.

Chelini ôta le collier où pendaient les deux plaques nominatives.

« A présent, t'enlèves tes rangers. »

Chelini interrogea Silvers du regard. Celui-ci confirma et pointa un index moqueur dans sa direction. Chelini se pencha et commença à dénouer ses lacets.

« Assieds-toi sur ma chaise », commanda Jax.

Chelini obéit et acheva de se déchausser. Tout le monde était sérieux, à présent. Jax prit une ranger et la tendit à Doc. Il donna l'autre à El Paso. Chelini, un peu rouge, suivait ses mouvements. Les rangers avaient vraiment l'air trop neuves. Doc et El Paso entreprirent d'ôter les lacets du premier œillet. Silvers prit la chaîne du Bleu,

1. Centre Automatique de Réception et d'Émission des Messages.

2. L'« Oncle Ho ». Le jeu de mots porte sur la série télévisée *Man from UNCLE* (en français, *Des agents très spéciaux) (N.d.T.)*.

l'ouvrit, fit glisser les plaques nominatives, en tendit une à Doc, une à El Paso. Chacun fixa sa plaque à un lacet, qu'il repassa ensuite dans l'œillet du brodequin.

« Ah ! ces bleus, fit Jackson. Qu'est-ce qu'il va faire, Doc, quand on t'aura éclaté la tête, quand tu seras mort ? T'as qu'une tête, figure-toi. Mais t'as deux pieds, super. T'as plus de risques de perdre deux pieds qu'une tête. »

Doc tendit sa ranger à Whiteboy, pour approbation ; El Paso donna la sienne à Garbageman, qui la passa à Happy, qui la passa à Silvers. Tous émirent un avis favorable. Whiteboy et Silvers lancèrent les rangers à Chelini, qui fit mine de se protéger mais se laissa atteindre par le tir. Jackson se mit à rire, imité par tous les autres. Chelini riait si fort qu'il n'arrivait pas à enfiler sa ranger droite.

Jax poussa le Bleu du coude pour récupérer sa chaise. Il s'assit en souriant, tira d'une poche de treillis un peigne noir et chromé, le planta dans son Afro. Il fit bouffer sa courte tignasse crépue, puis se gratta lentement le crâne avec les longues dents chromées. Ses yeux restaient fixés sur le nouveau.

« Qu'est-ce que tu penses du Bleu, Jax ? » demanda Silvers.

Jax continua de sourire mais ne répondit pas. Il ne s'était pas encore fait une opinion sur Chelini. Autour de lui, les rires continuaient et la conversation roulait à nouveau sur les strip-teaseuses. Près du bar, Ridgefield s'était lancé dans une nouvelle imitation radiophonique. A certaines tables, des soldats entamaient des bouteilles d'alcool qu'ils avaient apportées avec eux. A mesure que le scotch ou le bourbon circulaient, avec quelques bières pour faire passer, le niveau sonore augmentait. Jax ne quittait pas Chelini des yeux.

William Andrew Jackson le cachait bien, mais il était extrêmement susceptible dès qu'il s'agissait de sa peau d'un noir très sombre, de son nez épaté, de ses lèvres pleines, et aussi de ses origines.

Indifférent au vacarme qui l'entourait, dans la salle qui puait la bière, Jackson continuait d'observer Chelini tandis que son esprit jouait avec des images, des odeurs de chez lui. Il venait d'une terre pauvre du Mississippi, un coin nommé Nigger Hollow [1]. Pour quelque raison diabolique, Nigger Hollow attirait les odeurs. Si un animal agonisait dans les parages, il venait y reposer sa carcasse et ça sentait la charogne pendant toute la journée. Le soir, les putois ne manquaient jamais de prendre le relais. Quand quelqu'un du Hollow allait en ville, son odeur le précédait — et elle ne repartait pas avec lui. Jackson en était profondément gêné dans son enfance, et encore maintenant quand il y repensait.

1. « La cuvette aux nègres » *(N.d.T.)*.

Jax changea de position sur sa chaise, fit mine de rire en même temps que les autres. Il se demandait toujours où situer Chelini. Le gars paraissait vif, pas bête, il pouvait se révéler sur la longueur.

A dix-sept ans. Jax s'était réfugié dans l'armée pour fuir son passé. L'armée lui procura une meilleure existence, et elle lui donna la fierté. Il obtint une équivalence de diplôme d'études secondaires, passa première classe, apprit les techniques qui permettent de tuer. Après son instruction individuelle de spécialisation, Jackson, tout fier et bien astiqué, tête rasée, revint à Nigger Hollow. Un intermède bref mais passionné avec la fille aînée des Wilitts s'ensuivit, et avant la fin de sa permission il l'avait épousée. Deux semaines plus tard, il était au Vietnam. Au bout de deux mois, alors qu'il avait déjà reçu sa première Silver Star, les lettres commencèrent d'arriver. Les premiers temps, elles le gênèrent. Elles ne venaient pas de sa femme, mais de son beau-frère, qui le sermonnait sur les souffrances endurées par le peuple noir à cause des Blancs. Mathew Wilitts s'était rebaptisé Marcus X ; Black Power et révolution revenaient constamment sous sa plume. La gêne qu'éprouvait Jax en lisant ses lettres se changea bientôt en agitation. Il finit par craquer, fut accusé d'avoir tenté de tuer un officier à la grenade, passa en cour martiale et fut envoyé trois mois à la prison de Long Binh, L.B.J. [1], pour se calmer un peu. Au bout d'un moment, les lettres de son beau-frère cessèrent de perturber Jax. Pourtant, elles lui faisaient encore mal. Jackson voulait militer pour sa race, mais il lui manquait le zèle du vrai militant. Il n'avait pas de haine. Lui, c'était de la résignation. Peut-être allait-il haïr ce bleu. Jax mettrait encore deux jours à se décider au sujet de Chelini, et par la suite il changerait d'avis presque tous les jours.

Lorsque tout le monde fut un peu calmé et qu'il parvint à ne plus s'étouffer de rire, Chelini regarda Jackson, puis Whiteboy, puis tous les autres. Ces types sont vraiment bien, se dit-il. S'ils sont prêts à se payer ma tête et puis à me laisser rire avec eux, alors ça doit être bon. Il ne décelait aucune antipathie chez eux.

La marée humaine du début de soirée s'était en partie retirée. Le Phoc Roc était moins rempli, mais encore assez bruyant. Certains groupes étaient partis pour finir la soirée entre eux, pour une petite défonce, pour se saouler, ou simplement pour pouvoir dormir plus longtemps. Il y avait un peu plus de place, et quelques chaises supplémentaires furent ajoutées à la table centrale. Chelini et Silvers s'assirent à un bout.

1. Long Binh Jail, et aussi, bien sûr, les initiales du président Johnson *(N.d.T.)*.

« Est-ce que je pourrais vous poser quelques questions ? demanda Chelini en se tournant vers son voisin.

— Qu'ess tu crois qu'tu viens d'faire ? » lança un soldat depuis l'autre bout de la table. Tout le monde repartit à rire et à siffler de la bière.

« Non, je veux dire, sérieusement, au sujet de demain. Je me sens un peu bizarre : je sais pas ce que je suis censé faire.

— Contente-toi de faire comme on fait, dit El Paso.

— C'est que je suis pas 11-Bravo, expliqua Chelini. Je suis censé être les trans.

— Moi, j'suis censé d'être cuistot, fit Happy.

— Moi, j'suis censé êt'chez moi, pah'ici, jeta Whiteboy.

— Et moi, il avait jamais été question que je vienne, dit Brunak. D'ailleurs, je crois que je vais me tirer. Doc, elle est comment, cette pute que tu nous a ramenée ?

— Première classe.

— Elle est moche.

— J'y vais aussi, dit Numbnuts.

— Merde, fit Boom-Boom, toi, si tu voyais une chatte, t'y balancerais des cailloux.

— Je suis partant, dit à son tour Garbageman. Ça fait trop longtemps que j'ai les crocs et je me fous de comment elle est sa chatte. Je vais pas la lui bouffer.

— Arrête, tu vas donner des idées à Numbnuts », fit Boom-Boom en se renversant sur son siège.

Brunak, Garbageman et Numbnuts se levèrent. Boom-Boom se décida à les suivre et ils sortirent. Il restait sept soldats autour de la table. El Paso se tourna vers Chelini :

« C'est quoi qui te tracasse ? »

Chelini se sentit de nouveau un peu trop voyant, mais il s'obligea à parler.

« Je ne sais pas ce que je suis censé faire, répéta-t-il en haussant les épaules. Je sais rien de ce qui va se passer sur le terrain.

— Écoute, dit El Paso, tu te contentes de faire ce que tous les autres font. Et tu le fais en silence. Nous, on fait pas de bruit.

— Après l'assaut, intervint Jax, ...l'assaut, ça, c'est excitant... mais ensuite, pendant deux jours, tu fais que crapahuter avec ton sac sur chaque putain de montagne comme si t'étais un ours. Tu passes une montagne pour voir ce que tu peux voir derrière, et ce que tu vois...

— ... c'est une autre montagne.

— T'as saisi, Bleu. Tu verras. Une derrière l'autre, comme un putain d'ours.

— Ce sac, y va t'botteh'l'cul, éructa Whiteboy. Et l'flingue, y va être si lourd qu'ça t'paraîtrah' comm'des pis sur un taureauh ! Mais quand t'en aurah' b'soin, tu te d'manderas comment ça s'fait qu'il est si léh'ger.

— Y avait un type avec nous à Bach Ma, dit Jackson, on l'appelait le Berger parce qu'il refusait de porter une arme. Vous vous rappelez le Berger, les mecs ? Il avait cette espèce de longue baguette à la place. Il appelait ça son Bâton.

— Quel trou du cul.

— Qu'est-ce qu'il est devenu ? demanda Chelini, incrédule.

— Je crois qu'il s'est fait descendre parce qu'il roupillait pendant la garde », dit El Paso.

Chelini eut un rire bref, mais comprit vite le message en s'apercevant que les autres restaient silencieux. Il s'arrêta net.

« Écoute, fit Doc. Tu fais ce que t'as à faire. Le premier hélico sur le terrain, c'est mauvais M.A.U.V.AI.S. — si les *dinks* veulent pas de toi au sol. D'habitude, ils sont après le deuxième. S'ils peuvent se payer celui-là, ils peuvent allumer comme ils veulent ceux du premier, et les suivants peuvent pas se poser à cause du deuxième qui dégueulasse toute la LZ. Si on pose trois hélicos, là t'es sûr qu'ils vont faire *dee-dee.*

— S'il y a des *dinks* là où on va, on va se les PAYER, lança Happy, qui se tenait derrière Jackson.

— On fonce dans le tas et on prend pas de noms, confirma Jax.

— On leur fout les tripes en l'air, renchérit Happy.

— Personne se fait descendre si on commet pas d'erreur », ajouta Silvers en souriant.

Ils souriaient tous, à présent, et Chelini ne pouvait pas dire s'ils parlaient sérieusement ou s'ils le charriaient depuis tout à l'heure.

« Évidemment, dit encore Silvers, c'est peut-être une erreur d'être ici, pour commencer.

— Hé ! Monk ! dit El Paso, raconte-lui donc l'histoire du mec à la cornemuse. J'aime bien comme tu la racontes.

— Putain, rigola Silvers, celle-là, c'est l'histoire de guerre qui enterre toutes les autres.

— Et c'est pas du bidon », fit Moneski. Moneski était un petit gars trapu qui avait peu parlé jusque-là, mais descendu pas mal de bières et beaucoup fumé pendant que les autres blaguaient. Il rejeta la tête en arrière, rota de toutes ses forces, puis entama son récit.

« Alors voilà, on a eu un type ici avec nous pendant un moment, et il racontait cette histoire à propos d'une unité dans le Sud où il avait été affecté la première fois qu'il est venu. J'oublie son nom. McDonald, je crois. Ouais. Eh bien, dans son unité, un type avait trouvé le moyen pour que personne se fasse tuer. Les mecs dans ces unités au Sud, ils sont tous frappés. Celui-là, il s'était dit que l'ANV et le VC, ils devaient jamais avoir entendu de cornemuse, donc, le prochain coup que son unité tombait dans une embuscade, s'il faisait assez de raffut avec son instrument, il allait leur foutre la trouille de leur vie. Alors il paraît que quinze jours plus tard, c'est McDonald qui le dit, les types se font piéger, et voilà qu'au milieu du combat, sortant d'on ne sait pas où, on entend ces espèces de grincements horribles. C'est tellement affreux, d'après McDonald, que tout le monde s'arrête de tirer. Même l'ANV s'arrête de tirer. Alors, on voit cette espèce de fils de pute complètement ravagé qui se dresse et qui se met à avancer en faisant hurler et grincer son instrument. Du coup, tout le monde s'agite, commence à sortir les défensives, des bandes pour la M60 ; les types sont prêts à charger à la suite de l'autre dingue quand soudain, WHAM : ce con, tout droit avec sa cornemuse, morfle pile entre les deux yeux. Boom-Naughk-Zingg.

— Cet enfoiré avait donné sa position, dit El Paso avec un sourire.

— Attendez, c'est pas tout, reprit Monk. Ce jour-là, raconte toujours McDonald, ils ont quand même mis les Viets en déroute. Et puis, quelque temps après, dans la même zone, les mecs prennent un ANV. Naturellement, les types du renseignement vont lui faire un brin de causette, lui tirer quelques informations, tu vois, une cache par-ci, un piège par-là. Petit à petit, ils apprennent l'histoire du gars, et à un moment donné, ce tout petit mec se met à leur parler de cette fois où ils avaient tendu une embuscade à un groupe d'Américains, dans la même zone, et il y avait une espèce de dingue avec une cornemuse. Le *gook* regarde les types du renseignement et dit : “ Americano fou, lui commence jouer cornemuse au milieu combat et tout le monde arrêter de tirer. Moi jamais entendu jouer si mal cornemuse. Cet homme, lui pas digne rappeler buffles avec instrument. Mon groupe, nous regarder tous et rire. Ensuite, tirer courte paille pour voir qui va rendre honorable paix à nos oreilles. Tho, mon ami, gagner et mettre balle en pleine tête d'homme à cornemuse. Alors, calme revient un moment et on n'entend plus que fusils. ”

— Merde », fit Chelini, qui commençait lui aussi à être un peu ivre, « vous me faites marcher depuis tout à l'heure. »

Whiteboy s'esclaffa, imité par ses voisins, puis dit : « Écoute, Bleu, t'as pah'à t'en faire pour quoi qu'ce soih'. T'as pah'à t'en faire pour la balle qu'a ton nom écrit desssus : elle est pah'encore fabriquée. Celle qu'tu dois surveiller, c'est celle où y a marqué : “ A bon entendeur... ” » Le grand sergent repartit de plus belle, et autour de lui on riait d'entendre son gros rire.

D'autres soldats avaient quitté le foyer. La salle était moins bruyante, on pouvait à nouveau entendre la musique. Monk partit à son tour. Whiteboy, qui avait sa dose, posa sa tête sur la table et tourna de l'œil.

« Hey ! annonça El Paso, voilà des renforts ! Par ici, Egan, mon lieutenant. Devinez quoi, mon lieutenant ? On s'est dégotté un psychologue. A présent, on a vraiment tous les genres.

— Vous êtes encore à boire ? » demanda Brooks. Jax lui tendit une bière. « Salut, Petit Frère », fit le lieutenant en échangeant une poignée de main *soul.* « On fait mouvement à quatre heures.

— C'est rien, mon lieutenant », fit Whiteboy en soulevant la tête de cinq centimètres. « Ça nouh' laisse quatre heures pour faire la bringue. »

Egan ne prit pas place immédiatement autour de la table. Il alla acheter une caisse de bière au bar. Ridgefield, au comptoir, se contentait à présent de blaguer tranquillement avec ses copains les plus proches, Snell, Nahele et McQueen. Egan les salua de la tête. Ridgefield lui rendit la politesse avec un respect un peu distant. Les deux hommes étaient, officieusement, chefs de leurs sections respectives, et la rivalité entre eux, quoique voilée, était vive. Ils avaient des styles très différents. Ridgefield, c'était Rafe the Rapper, toujours à blaguer et à mettre de l'ambiance — mais excellent soldat. Egan, calme, discipliné, prêt à prendre tous les risques pour protéger ses hommes, était le soldat par excellence, le *Boonierat.* Il laissa un pack de six bières à Rafe, regagna la table centrale, prit une chaise et s'installa.

Comme toutes les unités d'infanterie de la 101e où la rotation des officiers s'effectuait à un rythme plus rapide que celle des hommes du rang, la compagnie Alpha, 7e du 102e, s'était peu à peu dotée de sa propre infrastructure de commandement. Dans l'année précédant l'assaut sur le Khe Ta Laou, la compagnie A avait connu quatre chefs. Il s'était donc créé une sorte d'administration interne à la compagnie, capable de prendre des décisions à un niveau assez conséquent et composée en grande partie d'anciens : sous-officiers adjoints, médecin, chef radio, ainsi que plusieurs fusiliers. Jackson, Doc Johnson, El Paso, Whiteboy, formaient le centre, le noyau, le cœur de la compagnie. Ils avaient tout vécu ensemble pendant dix, quatorze, seize mois. Chacun avait eu son motif personnel de prolonger son temps au Vietnam, bien que le seul mobile avoué ouvertement fût la haine de l'armée : il s'agissait de tenir jusqu'à ce qu'il vous reste moins de cent cinquante jours de service au moment de rembarquer pour les États-Unis, ce qui vous valait la démobilisation automatique à l'arrivée. Ridgefield et ses amis formaient l'administration de la 3e section. En tant que sous-officier adjoint, Egan dirigeait la 1re section. Le lieutenant Thomaston, chef de section, lui soumettait toutes les décisions tactiques et quotidiennes. Thomaston plaçait son autorité derrière Egan et lui emboîtait le pas. A l'échelon de la compagnie, l'administration était composée d'un mélange d'anciens du commandement et des « bureaucrates de section ».

Brooks était dans le pays depuis dix-sept mois, dont treize avec le 7/402, et depuis trois mois il commandait la compagnie A. Les hommes l'acceptaient, bien qu'il ne fût pas l'un d'eux. Il était le chef, le centre de calcul, le cerveau de l'unité, et ces hommes étaient à présent son cœur, ses oreilles, ses yeux : tous ne formaient qu'un seul corps. Des hommes comme Silvers et Moneski, Lairds et Brunak étaient la peau : indispensables, mais pas à la façon d'un organe. Chelini était une nouvelle cellule, et ni Brooks ni les autres ne pouvaient prévoir comment elle allait se développer.

Egan apostropha joyeusement Jackson tout en prenant un siège.

« Si c'est pas Frère Boon !

— C'est-y Frère Boon comme dans Frère Coon [1] », répliqua Jackson en feignant l'écœurement, « ou bien alors Frère Boon comme dans Frère *Boonierat ?* »

Egan tendit le bras et échangea un *dap* avec Jax. « Frère *Boonierat* », dit-il. Il regarda autour de lui, saluant chaque soldat d'un signe de tête. El Paso était assis à sa droite, puis Whiteboy, qui avait repiqué du nez sur la table, puis Doc, Jax, Silvers, le Bleu et Brooks. Tous, à l'exception du Bleu, parlaient rapidement et sans retenue.

« C'est qui, le psychologue ? demanda le lieutenant.

— Le Bleu ici présent, dit Silvers.

— Parfait.

— Bah, je suis pas vraiment psychologue. J'ai juste fait une licence.

— Egan est ingénieur, fit Brooks. El Paso, c'est l'histoire et le droit.

— Le lieut, il est philosophe, claironna Jax.

— C'est toujours bon d'avoir quelqu'un qui apporte un nouveau point de vue. » Brooks parlait avec assurance, du ton d'un professeur qui maîtrise son sujet et connaît bien sa classe. « On a besoin de toute l'aide qu'on peut avoir. Ce qu'on essaie de faire, c'est mettre en commun tout ce dont on dispose dans l'approche de chaque situation particulière ; ensuite, on décide de la meilleure marche à suivre. J'attendrai des suggestions de votre part. »

Chelini haussa les épaules, ne sachant trop s'il devait répondre. « Mais je ne connais rien à tout ce qui se passe ici, dit-il.

1. Nègre, bougnoul *(N.d.T.)*.

— Ça viendra, rigola El Paso. Ça viendra bien assez tôt.

— Nous avons tous nos méthodes particulières pour classer le monde qui nous entoure », dit Brooks d'une voix où Chelini ne sentit pas de condescendance. « La méthode de l'extrapolation historique, l'approche pluridisciplinaire de l'ingénierie, qui envisage un éventail de possibilités, l'analyse scientifique et le simple bon sens sont autant de manières valables de chercher des vérités ou de prévoir les résultats probables de lignes de conduite différentes. Vous me comprenez ?

— Oui », fit Chelini, très sérieux. Il n'en était pas bien sûr, mais tous les autres avaient l'air de comprendre et il n'allait pas se singulariser.

« On est contents de vous avoir avec nous, poursuivit le lieutenant. Avec Jax pour la méthode inductive, Minh pour l'esprit oriental... où est Minh, au fait ? Et avec Whiteboy pour pouvoir coordonner tout ça en traçant ses schémas sur le sol, avec l'effort et la contribution de tout le monde, cette unité fonctionne en toute sécurité.

— T'es un *boonierat* à présent », déclara fièrement Jax — il se sentait toujours fier en écoutant parler le lieutenant. « Et ne l'oublie jamais.

— Tu sais, fit Egan, au début de la guerre on envoyait les types ici, et tout de suite on leur faisait aménager des bases ou des périmètres qu'il s'agissait de pouvoir défendre dès le premier soir. Je me rappelle, juste après mon arrivée, j'ai parlé à des gars qui avaient débarqué du côté de Da Nang, certains étaient là depuis 67. Ils racontaient qu'en venant du Monde ils étaient tous des bleus dans l'unité et on les expédiait au complet défendre une ville ou une position quelque part : ils se retrouvaient sur place le jour même de leur arrivée. Pas de SERTS, pas de centre de transit, pas d'instruction préparatoire. Direct dans les *boonies*. Ils n'avaient même pas le temps de s'acclimater. C'est pour ça qu'il y en a eu tant qui se sont retrouvés les tripes à l'air. C'est pas comme si un bleu s'amène au milieu de cent types qu'ont déjà fait du temps dans le pays. Là, t'avais des unités vierges qui s'étaient jamais fait tirer dessus. Il leur a pas fallu longtemps pour se mettre dans le bain, mais il en restait déjà plus que la moitié.

— Bleu, déclara Doc, on va s'occuper de toi.

— Y a pas mal de types complètement jetés dans ce bataillon, dit Silvers. Ils se figurent qu'ils vont baiser la Machine Verte. Ils se disent, faut qu'on les baise parce qu'eux vont nous baiser. Ben, ils sont à côté de la plaque.

— Le seul que tu baises en tirant au cul dans la jungle, c'est toi-même, ajouta Jax.

— Il y a des gens ici qui l'ont mauvaise, prévint Brooks. Anti-guerre, anti-gouvernement, anti-Blancs, anti-Noirs. Tout ça, vous le laissez à l'arrière. Je veux que vous soyez anti-un seul truc, et c'est anti-se faire tuer.

— Ça, j'aurai pas de mal », plaisanta Chelini.

Les autres ne riaient pas.

« La politique, elle a pas sa place ici, fit El Paso.

— Merde », lança Doc en poussant Jackson du coude. « Jax, il prépare une révolution pour là-bas, quand il retournera dans le Monde. Et à lui tout seul. Mais ça, c'est pas pour la jungle. Tu l'entendras jamais t'en causer. Jamais. » Doc ne se tenait plus, il partit d'un grand rire et frappa le dessus de la table. « Jamais.

— J'connais des mecs par là-bas qu'ont besoin qu'on s'en occupe sérieux, grogna Jax.

— On a tous des comptes à régler, mais pas ici. Ici, c'est notre compagnie et on laisse personne venir foutre la merde. » La voix d'Egan était dure. « Les journaux qu'on reçoit du Monde arrêtent pas de raconter à quel point c'est le merdier ici. Tout le monde reçoit des lettres qui demandent pourquoi on est tellement cinglés. Des mères qui chialent en demandant si leur fils chéri est pas en train de fumer de l'herbe, ou de pourrir avec la vérole. Elles disent au fiston de garer ses miches, de faire gaffe et de revenir entier, parce que, là-bas, personne a envie de s'occuper d'un mec en deux morceaux. Eh ben, tous, ils savent pas ce qu'ils racontent. Ici, c'est une bonne unité. On est en train de la gagner, cette putain de guerre. » Egan cria en direction de la tablée. « On se la gagne tout seuls parce qu'on est numéro un ! Vous auriez dû voir cet endroit il y a deux ans. » Il ne s'adressait plus au seul Chelini, mais à tous ceux qui avaient moins d'ancienneté que lui. « Il y a deux ans, l'ANV tenait l'I Corps par les couilles. L'an dernier, on pouvait même pas aller à Birmingham sauf en convoi. Maintenant, vous pouvez descendre la 547 jusqu'à Veghel sans une arme, et ce sera moins risqué que de prendre la route 22 d'Allentown à Harrisburg. Merde. On est OK ! Compagnie Alpha, on veut pas de foutoir.

— Quand tes gosses te demanderont : “ A qui appartenait la nuit, là-bas ? ”, fit Doc, entraîné par le discours d'Egan, tu leur répondras : “ La nuit, elle appartenait au Zéro-deux. ”

— Tu l'as dit ! s'exclama Jax.

— Pourquoi vous êtes tous sur le dos du Bleu ? » demanda Silvers, histoire de ramener un peu de calme. « Il a rien fait. »

Brooks reprit la situation en main :

« C'est mon boulot de veiller à ce qu'on travaille tous ensemble, et à ce qu'on s'en sorte entiers. Je me moque de vos opinions politiques, c'est votre pauvre petit cul de bleu qui m'occupe. Ne laissez aucun type vous baiser la tête.

— On parle tous de la révolution qu'approche, fit El Paso, et de l'entraînement qu'on se paie aux frais de l'armée, mais ça, c'est pas pour ici.

— Et on parle aussi de faire la peau du nommé Jody * pour lui apprendre à fricoter avec nos bonnes femmes, ajouta Egan, mais c'est pour quand on rentrera.

— On est des soldats, fit Doc. Des *boonierats.* Des Frères. Ici, on fait qu'un.

— Voilà, enchaîna Jax. Unanimes. C'est nous qu'allons régler la question. Un nouvel ordre mondial et tout le pouvoir au peuple. Foutons-les tous en l'air. Moi, je ressors pas. Je viens de décider. C'est l'heure de la paix. Je déclare la paix ici et maintenant pour que j'aie pas à me battre sur deux fronts.

— Cool, approuva Doc, faisons ça, et qu'on ait la paix.

— Qu'est-ce qu'elle a de si formidable, la putain de paix ? railla Egan. Merde ! La paix, c'est la chierie.

— Egan, t'es cinglé, dit Silvers.

— Merde, faudrait peut-être qu'on supprime toutes les façons de mourir. Plus de guerre. Plus de bagnoles. Plus d'incendies ni de crises cardiaques. On va décréter que tout ça est illégal. On va faire passer une loi. Personne a le droit de mourir le dimanche. Comme ça, tout le monde pourra choper le cancer et rester sur son cul à regarder pourrir sa carcasse. La guerre, c'est pas si mal. C'est naturel, c'est un état naturel. Pourquoi tout le monde déconne avec la nature ?

— Une chose est sûre, dit El Paso. Y a un truc qu'est absolument indiscutable tout au long de l'Histoire. Tout le monde, peu importe qu'on soit bon, mauvais, important ou non, au bout du compte tout le monde meurt. Mourir c'est pas un péché.

— Ouais, ajouta Egan, et je sais pas si c'en est un de tuer.

— Est-ce que vous ne poussez pas un peu ? demanda le Bleu.

— Non, fit rapidement El Paso. Je crois pas que la mort c'est important. Ce qui compte, c'est comment tu vis. Tant que t'es là, comment tu justifies ton existence. Quand tout sera joué, ça suffira pas de dire : " J'ai jamais tué un homme. "

— Toutefois », dit le lieutenant Brooks, qui ne perdait jamais le contrôle de la situation, « ce sera peut-être suffisant de dire : " J'ai sauvé la vie d'un homme. " »

La conversation se poursuivit. Les soldats continuaient de boire. A certains moments ils s'emportaient, à d'autres ils riaient de bon cœur. Le Bleu avait l'impression que chaque acte, chaque propos était uniquement destiné à l'éduquer, à le former à sa nouvelle culture. Il écoutait attentivement et tentait de rembourser ce qu'il considérait comme une dette en payant des tournées. A plusieurs reprises, il alla jusqu'au comptoir passer commande à Molino. A son retour il faisait le service et passait les bières.

Vers une heure du matin, Chelini se leva pour aller aux latrines des hommes de troupe, où il se soulagea pour la première fois depuis deux jours. Ça doit être nerveux, pensa-t-il. Moi dans l'infanterie. J'arrive pas à y croire.

Il y croyait pourtant bel et bien. Ses oreilles bourdonnaient, il se sentait échauffé par la bière — mais cette chaleur venait aussi, pour une part, de la conscience d'appartenir à l'infanterie. Ici, au 7e du 402e, il apprendrait la guerre d'une manière qu'il n'aurait jamais connue en réparant des câbles ou en posant des installations téléphoniques avec une unité des transmissions. Technicien trans ou fantassin : pas de comparaison. Dans un cas on faisait la guerre, dans l'autre on jouait à la guerre.

Bientôt, songeait-il, je connaîtrai la guerre. Je l'apprendrai de ces fous. Mourir n'est pas un péché et tuer non plus. Dingue. Comment peut-on dire ça ? Comment l'un d'entre eux peut-il dire ça sans que personne ne bronche ?

De retour dans la salle du CO Phoc Roc, Chelini essaya de considérer ses compagnons sous un autre angle, comme s'il était vraiment l'un d'eux. Ils se serrent les coudes, pensa-t-il en observant la table centrale à travers la fumée et l'agitation. Ils sont comme des frères. Il se fraya un chemin parmi un groupe de soldats qui dansaient, retrouva son siège autour de la table : ils le lui avaient gardé.

D'autres hommes quittèrent le foyer, les groupes diminuèrent. Il ne resta bientôt plus qu'une demi-douzaine de Noirs assis d'un côté, une douzaine de Blancs accoudés au comptoir et les hommes attablés au centre.

Jax parlait à nouveau de régler des comptes. « Je vais rayer ces fils de putes de la face du monde, ces enculés de *honkies* [1]. Il est temps que l'homme blanc dans ce pays apprenne que l'homme noir est un homme. Ceux qui l'auront pas appris, on les brûle. Aussi simple que ça.

— *Amen*, fit Doc.

— Ho ! lança Egan, je connais des Blancs tout ce qu'il y a de réglo !

— Des *honkies*, cracha Jax.

— C'est ton problème, Jax, fit Egan d'un ton coupant. Moi j'accepte la race noire comme égale de la race blanche — égale

1. Terme injurieux pour les Blancs (*N.d.T*).

jusqu'au trognon. C'est toi qu'arrives pas à l'accepter. C'est toi qui te maintiens dans la merde.

— Le cherche pas, intervint Doc, il est bourré.

— J'suis pas bourré, sale nègre. »

Jax narguait Doc et Brooks intervint :

« Ce genre de connerie, pas dans ma compagnie. Pourquoi faut-il toujours que vous vous bagarriez ? Pourquoi l'affrontement ? J'ai pas mal réfléchi à tout ça. Écoutez, la façon dont on voit un problème détermine notre façon d'y réagir, et la façon dont on nous l'enseigne détermine pas mal la façon dont on le voit. Tous les Blancs sont pas des *honkies* et tous les Noirs sont pas des nègres. La culture...

— Des *honkies !* » gueula Jax.

Ça calma tout le monde. Les hommes restèrent vissés à leurs sièges sans se regarder. Doc sortit des cigarettes, en alluma une et jeta le paquet sur la table. Silvers, Egan et le lieutenant se servirent. Autour d'eux, les conversations s'étaient interrompues à mesure que le ton montait. Elles reprirent peu à peu. Chelini ne savait que penser de la scène. Jax était sous l'emprise de la bière et de la colère. Quelqu'un péta. L'odeur était révoltante.

« Qui c'est qu'a fait ça ? lança Doc.

— Qu'a fait quoi ? demanda Whiteboy en relevant la tête.

— Qu'a empoisonné la putain de table.

— Pas moi », fit Whiteboy.

El Paso essaya de changer de sujet :

« Dis donc, Eg, paraît que tu t'étais trouvé une tatouée à Sydney... »

Egan sourit, puis se mit à rire.

« La tatouée valait pas un clou. Mais attends que je te cause de Michelle. Michelle aux yeux ronds, seize ans à peine...

— Va te faire foutre avec tes seize ans », cracha Jax avec un rictus haineux. « Ce que tu veux dire, fils de pute, c'est qu'elle était blanche.

— Et merde, fit Silvers d'un air dégoûté. Je me tire. Écoutez, les mecs, commence à se faire tard, genre petit matin. Moi, je vais me pieuter. Je vous verrai quand il fera jour.

— J'y vais aussi, dit Brooks. Faut qu'on soit sur pied dans trois heures. Vous devriez tous dormir un peu.

— Allez, Whiteboy, en route. » Silvers saisit le colosse et le secoua. « Je te ramène. Tu viens, le Bleu ? »

Tandis que le lieutenant et Silvers marchaient vers la porte en soutenant Whiteboy, celui-ci, soudain réveillé, entama d'une voix d'ivrogne, épaisse et monocorde, un couplet du *Chant des Boonie Rats.*

Les premiers jours furent fébriles
tandis qu'ils me mettaient en condition pour la guerre
et j'ai souvent eu l'impression
qu'ils avaient une revanche à prendre.

Aussitôt, l'humeur des derniers hommes présents dans la salle s'adoucit. Quelque temps auparavant, il y avait eu un soldat — un Noir à la peau claire, un Blanc à la peau sombre, personne ne savait — qui venait s'asseoir dans un coin du Phoc Roc, près de la stéréo. Il tirait d'une mallette de cuir les pièces d'une clarinette, assemblait l'instrument. On éteignait la chaîne, on baissait la lumière et bientôt un ruban bleu de jazz se déroulait en spirales flottantes dans la pénombre.

Jax et Doc se laissaient aller, la musique était en eux. Egan se récitait mentalement les paroles. Entre chaque couplet, pendant que le clarinettiste, en bon jazzman, jouait autour du thème, Egan n'entendait pas mais voyait, il voyait des images, des lignes et des réseaux ; dans sa tête se formait une représentation graphique de forces, statiques puis mouvantes, ensuite venaient des formes, le temps d'un éclair, et des figures fluides qui devenaient les mouvements de Stephanie. Il chassa cette évocation et regarda autour de lui.

Le silence régnait dans la salle. Puis, venant de derrière le bar, la voix de Molino monta très doucement. Peu à peu, quelques soldats se mirent à chanter avec lui ou simplement à fredonner en chœur.

J'ai atterri dans ce pays
pour donner un an de ma vie.
Pour seul ami, un fusil,
pour seule prière, survivre.

J'ai quitté la liberté
et la vie que j'avais connue,
j'ai croisé les visages las
de ceux qui rentraient au pays.

Boonie Rats, Boonie Rats,
nous vivons dans la peur, mais pas seuls,
trois cents jours à peu près,
et je m'en retourne chez moi.

Les premiers jours furent fébriles,
tandis qu'ils me mettaient en condition pour la guerre,
et j'ai souvent eu l'impression
qu'ils avaient une revanche à prendre.

Le premier jour avec mon unité,
on monte deux kilomètres de colline
pour trouver un soldat ennemi
à prendre, à blesser ou à tuer.

Boonie Rats, Boonie Rats,
nous vivons dans la peur mais pas seuls,
deux cents jours à peu près,
et je m'en retourne chez moi.

L'air était chaud et humide,
le sol était dur et sec.
Dix fois j'ai maudit mon barda,
dix fois j'ai souhaité mourir.

J'ai appris à guetter le danger
dans les arbres ou par terre,
j'ai appris à trembler de terreur
au son des rafales d'AK.

Boonie Rats, Boonie Rats,
nous vivons dans la peur mais pas seuls,
cent jours à peu près,
et je m'en retourne chez moi.

SKYHAWKS, c'est notre devise,
*AIRBORNE *, c'est notre cri,*
et la liberté pour mission,
à nous de vaincre ou de mourir.

Boonie Rats, une légende
d'aujourd'hui et des temps à venir,
partout où il y a des soldats,
on parlera de ce que nous avons fait.

Boonie Rats, Boonie Rats,
nous vivons dans la peur mais pas seuls,
cinquante jours à peu près,
et je m'en retourne chez moi.

On dit qu'il y aura toujours des guerres,
et j'espère bien qu'on a tort.
Aux Boonie Rats du Vietnam,
je dédie ce chant.

Boonie Rats, Boonie Rats,
nous vivons dans la peur mais pas seuls,
aujourd'hui l'Oiseau vient pour moi,
aujourd'hui je m'en retourne chez moi.

Il ne fallut pas plus de quelques secondes aux soldats pour revenir à la réalité biéreuse du Phoc Roc. Doc proposa une dernière tournée. Il était 01 h 20.

El Paso prit la parole avec lenteur, donnant le ton de ce qui allait suivre.

« Vous savez, dans dix siècles, les historiens d'ici et ceux d'autres systèmes solaires considéreront peut-être notre engagement en Asie du Sud-Est, de même que le colonialisme et le néo-colonialisme, comme un moyen simple et rapide de détruire les cultures traditionnelles afin de les remplacer par un ensemble de valeurs, un arrière-plan culturel favorables à la propagation de la technologie : une planète d'enfants de la Terre animés d'une commune énergie profitable à l'exploration de l'univers.

— On sera plus là pour voir, lança Jax. Moi, ce qui m'intéresse c'est moi et ma gosse. Ça sera à elle de se soucier de ce qui se passera encore après. Mais ma gosse, elle va grandir dans un monde nouveau, avec un papa dont elle pourra être fière.

— C'est vrai, au fait », dit Egan en passant sa main dans la tignasse crépue de son voisin. « Désolé, Jax, mais je t'ai pas encore félicité. Ce vieux Jax va être père.

— Ouais. J'vais avoir une mignonne petite princesse noire, et j'vais pas permettre à un seul Blanc de porter le regard sur elle. Et après ça, j'vais me fabriquer une demi-douzaine de costauds parmi les plus méchants qu'on ait jamais vus, et le premier qui s'approche un peu trop de leur sœur, il va se faire arranger la tête jusqu'à ce qu'y ait plus qu'à l'enterrer. »

Jax reprit son souffle avant de poursuivre :

« Tu sais, Eg, cette fille dont tu parles toujours dans ton sommeil, eh bien, tu devrais rentrer et te la garder pour de bon. Le temps file, mon frère. »

El Paso fit la grimace.

« C'était vraiment un sale coup, ce que la femme du lieut a fait.

— Qu'est-ce qu'elle a fait ? demanda Egan.

— Comment, il t'a rien dit ? s'exclama Doc, choqué.

— Non. Qu'est-ce qui s'est passé ?

— Je croyais que vous étiez comme ça, lui et toi, fit Doc en croisant deux doigts.

— Quand on est venus en période de repos, expliqua El Paso, il a reçu des papiers de son avocat.
— Tu veux me redire ça ?
— Parfaitement. Elle lui colle un divorce au cul.
— Merde ! Putains de bonnes femmes. Le lieut a vaguement dit qu'il y avait des problèmes entre eux, mais il m'a pas raconté ça.
— Y a deux choses qu'y faut que tu saches au sujet des femmes, dit El Paso. Un, tu peux pas t'intéresser à elles et t'attendre à ce qu'elles s'intéressent à toi. Deux, chaque femme veut que tous les mecs triquent pour elle. Toutes, elles veulent te piéger, et puis après elles te laissent le bec dans l'eau. C'est ça qu'est arrivé au lieut. Il s'est fait piéger.
— Les femmes, enchaîna Doc. Les femmes. Toujours à faire un truc auquel tu t'attends pas et tu comprends pas pourquoi. Elles sont commes les Viets. Tu les attends dans la vallée, ils sont dans les collines, et si tu les attends dans les collines, ils seront dans la vallée. Les femmes, c'est pareil. Elles devinent ce que tu te figures et elles font pile le contraire. Elles savent qu'il faut continuer à faire danser le bonhomme. Un mec, avec elles, il est comme un chien avec un chat. Vous avez jamais observé un chien avec un chat ? Le vieux clebs s'amène au coin de la rue, et il voit le greffier qui fait son numéro, gros dos et tout. Le vieux clébard, lui, il en a rien à secouer, mais l'autre se dit : " Ben merde alors, il est censé me courir au cul, celui-là ", et il saute sous le nez du chien, et il file comme une fusée. Du coup, le chien, il se dit : " Comment qu'il cavale, celui-là, ça doit vraiment être un sacré numéro, et moi qui croyais depuis le début que tout ça c'était du bidon. " A présent, il pense qu'il a raté quelque chose de vraiment spécial, alors il prend son élan et, hop, le v'là qui fonce à son tour. Ce qui compte pour le chat, c'est la poursuite : faut toujours qu'il ait quelqu'un qui lui cavale au train. Alors il file dans une ruelle, il grimpe les poubelles, il arrive en haut de la palissade, et là, que je me pavane, que je me lèche et que je m'étire les pattes, pendant que l'autre pomme en bas aboie à réveiller tout le quartier, mais c'est comme s'il était même pas là. Eh ben, on est comme ce vieux clébard, et c'est vraiment zéro. Parfois, tu vas trouver un type assez démerdard pour dérouiller les Viets, mais dès qu'il s'agit de minette, il est foutu.
— Et le lieut, comment il prend ça ? demanda Chelini.
— T'écoutais pas ? jeta Doc. Je viens de t'expliquer. »
El Paso se tourna vers Egan :
« Je voulais te parler de ça. Le lieut, il en prend plein la gueule. Ça l'a drôlement secoué, comme toi avec la tienne. »
Egan haussa légèrement les épaules.
« Oui, je croyais que ça allait bien entre eux. La vie est dure. Tu

vois, Jax, c'est pour ça que je suis pas lié à cette fille. Aussi simple que ça. Non, la vie c'est pas facile. Faut lutter jusqu'à ce qu'on crève, faut juste essayer d'en tirer ce qu'on peut et parfois c'est pas grand-chose.

— Egan, fit Jax en secouant la tête d'un air contrarié, t'es un petit-bourgeois blanc, comment tu peux sortir ce genre de conneries ?

— Ça change rien. T'as beau rouler dans le pognon, ta bonne femme se tire et t'es démoli. Y a pas une grosse pute qui y changera quelque chose.

— Quelle grosse pute ? T'es complètement secoué. Toi, ce que tu veux, c'est une maigrichonne. T'es toujours à parler de " petite frimousse ". C'est peut-être les petites Viets qui te branchent. Pas de seins, pas de cul. C'est ça que tu veux. T'es dingue. Ma gonzesse, c'est une grosse, et toi t'arrêtes pas de dégoiser sur les petits culs comme si la mienne, c'était qu'un gros tas de négresse. Moi, donne-moi une femme qu'a de la bonne... de la bonne camelote qui me tient dans la main.

— Et moi, répliqua Egan sans tenir compte des allusions de Jax, donne-moi une femme à qui je peux me consacrer. Et qui va aussi se consacrer à moi cent pour cent.

— Toi, t'es comme le vieux clebs, laissa lentement tomber Doc. P't'être que tu souffres d'*optical rectalitis.*

— C'est quoi ? demanda Chelini.

— C'est quand le nerf optique touche celui du rectum et qu'il y a court-circuit, expliqua Doc en clignant de l'œil. Après, tu vois de la merde partout.

— C'est une maladie de Blanc, commenta Jax. Vous autres, vous avez une façon bizarre de voir les choses.

— Est-ce que tu te rends compte, lança Doc à Egan, que pendant que tu t'en fais pour ta maigre, y a des gens là-bas dans le Monde, et je veux dire aux États-Unis d'Amérique, dans ce Monde-*là,* y a des gens qui doivent voler pour bouffer ? Non, vous autres enfoirés de Blancs, vous savez pas ça.

— Je le sais, protesta Chelini, et je pense comme toi. Mais je pense que ça n'est qu'une partie du tableau...

— Essaie pas de me gonfler la tête avec la philosophie à la con du lieut, lâcha Jax.

— Nom de Dieu de merde, s'exclama Egan, qu'est-ce qui te prend ? T'arrêtes pas de me faire chier depuis que j'ai mis les pieds ici. Je vais te donner de quoi...

— Minute, cria El Paso. Du calme. »

Doc sentit monter une brusque bouffée de haine pour le Bleu et son ton condescendant.

« Qu'est-ce qui te fait croire que t'en sais tellement ? hurla-t-il. Simplement parce qu'un type est noir, mon salaud, et parce qu'il a pas autant d'éducation que toi, mon salaud, ça veut pas dire qu'il est moins malin que toi. »

Les vociférations de Doc faisaient trembler les murs du Phoc Roc. Les Noirs attablés d'un côté de la salle et le groupe de Blancs au bar interrompirent leurs conversations pour tendre l'oreille et se tenir prêts. Il y avait autre chose que de la colère dans la voix de Doc.

« Écoute, riposta Egan sur le même ton, ce con de bleu a raison. Y a pas un nègre au monde qui peut prétendre qu'il vit pas foutrement mieux qu'il y a vingt ans, ou qu'il y a dix ans, ou même qu'il y a cinq ans. Regarde un peu toutes les lois qui sont passées depuis dix ans pour donner sa chance à chaque nègre.

— Les Noirs, brailla Doc, ils en ont marre d'avoir un putain de Congrès qui dit, on va passer une loi pour tout arranger. La vérité, c'est que ça arrange rien.

— Qui c'est que tu traites de nègre, *honky ?* fit un des Noirs attablés en se levant d'un bond.

— Qui c'est que tu traites de *honky ?* répliqua un Blanc, prêt à bondir sur celui qui venait de parler.

— Du calme, s'écria El Paso.

— Je vais lui péter la gueule, à ce fumier », gronda le soldat noir en se dirigeant vers Egan. Les autres Noirs formèrent les rangs à sa suite. Les Blancs debout au comptoir prirent leurs bières et vinrent se mettre en demi-cercle de l'autre côté de la table centrale.

« Du calme, répéta El Paso.

— Ce con de nègre est toujours en train d'ouvrir sa grande gueule, lâcha un autre Blanc.

— C'est des conneries de *honky,* riposta le Noir qui avait parlé le premier.

— Qui c'est que tu traites de *honky,* sale nègre ? fit Jax en se portant à la défense d'Egan avec un sourire.

— Ouais, fit Egan en narguant le Blanc, et t'avise pas de traiter mon frère de sale nègre, *honky.* »

Jax et Egan se rassirent. El Paso fit signe aux Noirs de regagner leur table, puis se retourna vers les Blancs en leur montrant la direction du bar.

« Fais gaffe, connard », ricana Doc à l'adresse du soldat blanc qui s'était approché le premier et se tenait encore tout près. « J'ai la quille dans trente jours et si t'es pas prudent, je vais aller rendre visite à ta sœur et lui donner le grand frisson. »

Doc se retourna et fit un clin d'œil à Egan qui éclata de rire. Le soldat blanc lança son poing à toute volée et frappa Doc à la nuque.

Tout le haut du corps de Doc partit vers l'avant, sa tête alla heurter la table, son front accrocha le bord d'une boîte de bière au passage, du sang jaillit et pendant un instant la salle entière parut figée. La tête et le corps de Doc étaient les seuls éléments mobiles d'une vue en relief. Il y eut, un instant, comme une pulsation dans la salle, puis tous les corps affluèrent vers la table centrale.

Le groupe parut imploser, la mêlée devenait toujours plus dense, chacun se débattait frénétiquement de peur d'être écrasé.

Molino éteignit les lumières, ralluma, éteignit.

« Arrêtez ça ! Ho ! Ça suffit ! On ferme, tout le monde dehors ! Gaffe à la chaîne, putain ! Allez, barrez-vous d'ici ! Tous ! Arrêtez-moi ce bordel et foutez le camp !

— Attrape l'autre bras de Doc, cria Jax à Chelini, et tirons-nous. »

Egan et El Paso couvrirent leur retraite de quelques coups bien envoyés. Les cinq de la table centrale gagnèrent la porte, tandis que les deux groupes, Blancs et Noirs, continuaient à se battre sauvagement dans l'obscurité.

CHAPITRE 8

La lune montait parmi les brumes, lentement, paisiblement, en douceur. A mesure qu'elle s'élevait, elle semblait diminuer de taille, se contracter, sa lueur devenait plus intense. La nuit s'imbibait d'humidité tropicale. Les rayons de la lune découpaient des ombres épaisses et pourtant floues, images de chaises contre des cadres de fenêtres, d'un homme parmi les chaises et les bureaux, et ces grappes d'images mêlées dessinaient une fresque sombre sur le sol du baraquement du PC de la compagnie Alpha.

La pièce de derrière, sans fenêtre, était plongée dans l'obscurité. L'homme ne s'y trouvait pas. C'était à peine une pièce : délimitée par des rangées de casiers individuels et des magasins d'équipement, flanquée de râteliers d'armes vides. Le lit de camp du lieutenant Brooks s'affaissait sous le poids de l'équipement qu'il venait de nettoyer. Son sac à dos plein à craquer, ses bidons remplis occupaient le centre du lit, casque et fusil posés contre l'ensemble. Un ceinturon garni d'une gourde, de quatre cartouchières et de quatre grenades défensives, était posé au pied du lit. Après avoir vérifié et revérifié son matériel dans la pénombre, s'assurant de son bon fonctionnement, Brooks avait gagné l'avant de la baraque pour s'installer au bureau du planton.

Ses pensées volaient des théories de la guerre aux problèmes de sa vie personnelle, tandis que son regard errait du bureau aux ombres sur le plancher. Tout paraissait si clair, et pourtant il ne trouvait pas les mots. Une explication de ce qui causait la guerre était là, en train de s'assembler dans sa tête, mêlée à la dernière lettre querelleuse de sa femme et aux papiers que l'avocat de celle-ci venait de lui faire parvenir.

Il passa un long moment ainsi, à contempler la lumière irréelle qui filtrait obliquement à travers les stores. Il n'allumait pas, ne songeait pas à prendre une bougie. Il restait sur sa chaise, tenant à bout de bras la lettre et les papiers qui venaient d'arriver.

Rufus et Lila. Nous, c'était spécial. Comment est-ce arrivé ? Où est-ce que ça a commencé ? Ça avait été un vrai conte de fées. Depuis le premier regard échangé dans la cathédrale, il n'avait jamais douté qu'il y eût entre eux quelque chose d'unique. Il pensait à des moments particuliers, à leur première balade parmi les massifs de fleurs du Golden Gate Park, au lèche-vitrine dans le quartier des affaires, les premiers temps, lorsqu'ils découvraient à quel point ils étaient accordés. Comment est-ce possible ? Suis-je en train d'ignorer notre première dispute, nos rares mauvais moments ?

Très tôt, peut-être leur premier jour ensemble, elle lui avait parlé de ses récentes expériences amoureuses. Elle vivait avec un homme depuis deux ans et demi, lorsqu'un jour il lui annonça en rentrant qu'il était tombé amoureux d'une secrétaire, à son bureau. En deux semaines, il avait déménagé. Mais il n'en resta pas là, expliqua Lila. Il lui dit qu'il ne l'avait jamais réellement aimée, bien qu'il ne s'en fût pas rendu compte jusqu'au moment où il était vraiment tombé amoureux. Six mois après son départ, il épousa la secrétaire et envoya même une invitation à Lila. « Ça m'a vraiment fait mal quand il est parti, dit-elle à Rufus, surtout avec son couplet “ je ne t'ai jamais aimée vraiment ”. »

Rufus dit qu'il voyait ce qui s'était passé dans la tête du type. « Je connais. J'en serais peut-être là maintenant si je vivais avec une autre fille. » Elle avait souri à ces mots, et pour lui c'était tout son visage qui semblait s'illuminer. « Un homme a besoin qu'on l'aime, qu'il soit lui-même amoureux ou pas. Celui-là t'aimait bien, sans doute, mais bon, il arrive que ça tourne ainsi. » Lila avait poussé un grognement de dépit, mais ses yeux brillaient et Rufus sut qu'il était amoureux. Ça s'était passé quand ? Son amertume à propos de l'autre homme la rendait encore plus belle.

Il revit un autre épisode, une nuit dans le parc, où elle chantait doucement des blues. Ils s'embrassaient, et Rufus avait posé la tête sur ses genoux pendant qu'elle chantait. Il les revoyait à cet instant, comme s'il avait été un simple passant observant à distance un jeune couple d'amoureux, et il voulait à toute force, dans sa vision, être l'homme auprès de Lila.

Dans cette pénombre bizarre, Rufus songea aux jours et aux nuits dans le parc, lors de soirées entre amis, après les matches de basket, entre deux cours. Il songea à tous les plans qui avaient entouré leur mariage, aux nuits où il s'enfermait dans la piaule minuscule avec ses livres, à ces autres nuits où elle chantait dans une boîte et où il ne pouvait pas aller la rejoindre à cause des études, des mémoires à préparer, des dates de remise. La peur et la jalousie le faisaient bouillir intérieurement, et il éclatait après le départ de Lila, se répétant malgré tout : « Je comprends. Je ne peux pas la retenir prisonnière. »

Lila était une femme superbe. Un beau visage, un corps élancé ; sa peau noire avait des nuances de rouge qu'elle accentuait d'une touche de maquillage sur ses pommettes arrondies. Ses cheveux, qu'elle coiffait avec la raie au milieu, serrés contre ses tempes par un bandeau de couleur, s'échappaient en frisottant jusqu'à ses épaules. Comment aurait-il pu ne pas être amoureux ? Intelligente et équilibrée, belle et active, elle était peintre, chanteuse et faisait le mannequin pour des boutiques de mode. Rufus l'aimait pour sa beauté d'abord, et puis pour tout le reste, pour tout ce qu'elle était.

Et ce soir, dans le PC déglingué d'une compagnie d'infanterie, il se demandait pourquoi, et ça lui nouait l'estomac. Ces lettres, ces formulaires, allaient-ils affecter son aptitude au commandement ? Et puis, pensait-il, sans toi, Lila, comment puis-je surmonter Hawaii ?

Pour beaucoup de soldats, le Vietnam signifiait déprime, désespoir, une vallée de terreur, et leur angoisse, pour une bonne part, ne venait ni de l'ANV ni de la jungle. La guerre, ils n'en voyaient jamais rien, dans les bases géantes de l'arrière ou sur les plages. L'angoisse, c'était d'être séparé de leur femme, de leurs amis, de leur famille, et de n'avoir plus aucun contrôle dans un type d'existence où le contrôle semblait être le critère absolu pour la survie. C'était une vieille histoire, et Rufus Brooks la connaissait bien.

Aussi ancienne que l'humanité et que les guerres, c'était l'histoire des *Dear John* [1] et elle devait être plus familière aux troupes américaines engagées au Vietnam qu'aux GI's des conflits antérieurs. Cette guerre-ci était impopulaire. Un soldat, ici, pouvait-il vraiment espérer autre chose de sa compagne ? Avec toutes ces tueries aveugles, les bombardements, le napalm, les défoliants, c'était une guerre immorale, pas vrai ? Il s'ensuivait que les soldats qui la livraient manquaient aussi de sens moral. Pouvait-on attendre d'une femme un peu scrupuleuse qu'elle reste loyale à un barbare ? Pour une femme, en 1970, quitter son homme s'il partait au Vietnam était pratiquement devenu un devoir patriotique. Pourquoi Lila serait-elle différente ? Pourquoi devrait-elle rester fidèle à un *boonierat,* à un commandant de *boonierats,* à l'opérateur d'une machine de mort ?

Rufus contempla la lettre.

Mercredi, 15 juillet 1970

Rufus,

Comment va le militaire ? J'ai passé la journée d'hier avec ma mère et ma sœur. Nous sommes retournées du côté de l'ancien appartement et dans ce secteur-là. Ensuite, ma sœur et moi

1. Désigne traditionnellement les lettres qui apportent des nouvelles désagréables au soldat sur le front *(N.d.T.).*

sommes allées jusqu'à la marina pour voir les bateaux, et puis au Golden Gate Park pour les fleurs. Ça m'a ramené plein de souvenirs de nos promenades ensemble.

Est-ce que je t'ai dit que j'ai un nouveau travail ? Il s'agit d'une petite galerie d'art qui vient d'ouvrir sur Union Street. Ça me donne l'occasion de vraiment connaître cette partie de San Francisco, et aussi de voir quelques bonnes toiles parmi une montagne de croûtes. Je sais que je peux faire mieux que la plupart de ceux-là, si seulement j'arrivais à m'y mettre. J'ai l'impression de ne plus être capable de peindre ni de chanter. Bon sang, il faut que je déballe tout. Ça me tue, cette situation, être prise dans un mariage où il faut faire une croix sur soi-même pour que ça puisse continuer. J'ai sacrifié ma peinture pour construire un foyer, ton foyer, pour me conduire de façon responsable avec toi et ne pas avoir l'impression d'être un parasite. Il y a des fois où je m'en veux du rôle que j'ai tenu dans nos rapports. Ça n'a pas été facile pour moi au cours des derniers mois. Seigneur ! Je ne t'ai pas vu depuis Noël — je ne sais même pas pourquoi je garde un endroit pour *nous.* Mais j'imagine que ça a été dur aussi pour toi de retourner à la vie militaire. Ou bien est-ce que je me trompe ? Tu peux toujours te reposer sur tes ordres. J'ai mal dû comprendre ce que tu m'as dit à Hawaii, à Noël dernier. Tu m'avais donné l'impression que tu tenais compte de mes sentiments. On n'est pas censé démolir les gens qui ont des sentiments pour vous. Si tu n'es pas capable d'en avoir un tout petit peu toi-même, alors il faut les laisser tranquilles.

Ne va pas croire que ça m'amuse de t'écrire tout ça, parce que ce n'est pas le cas. J'aurais mieux aimé te parler, mais ça, il ne faut manifestement pas y compter. Je préférerais avoir une réaction à tout ce que je viens de dire, mais avec toi j'ai pris l'habitude de m'en passer. J'ai toujours voulu te faire entrer dans mon monde secret, et tout ce que j'imaginais, ensemble on aurait pu le rendre réel. Mais tu as brisé tout ça et tu l'as rendu impossible.

Rufus, je ne veux pas être mesquine. Je ne veux pas te faire du mal, mais chaque jour cette chose me ronge. Je crois qu'il faut qu'on se sépare et que chacun reparte de son côté. Quelquefois, au lit, je me dis que j'aimerais sentir tes mains sur moi, je repense à nos premières années. Et puis je pense à cette *Foutue Armée* où tu as signé, et à la façon dont elle est devenue toi, dont elle a éjecté l'homme que j'ai connu. Je pense à Hawaii, et ça je n'en veux pas. Je t'ai haï, j'ai haï ce que tu étais devenu, ce que tu étais à Hawaii. Toi et tes foutus hommes. Je ne te connais plus. Je ne peux pas aimer un homme que je ne connais pas.

Tu es un salaud, Rufus. Comment quelqu'un peut à ce point croire qu'il a raison, tout en ayant tellement tort, c'est une chose qui me dépasse. Il fut un temps où je t'aurais traité d'enculé, mais depuis Hawaii je n'ose plus. Tu es arrivé à me persuader que je n'étais pas du tout à la hauteur. Tout ça me rend vraiment malade.

Lila

Rufus Brooks reposa la lettre et se pencha en avant, coudes sur le bureau. Il se prit la tête à deux mains, ferma les yeux, laissa ses pensées errer tristement, sans vraiment chercher à les diriger, sans empêcher le bombardement d'images et d'idées à demi formulées. Il se laissa dériver, loin de Lila et de lui-même. Derrière le flot de visions, une image persistait, presque statique : il se trouvait sur un terrain de basket plongé dans la pénombre, dans un immense gymnase vide. Il avait le ballon et le balançait au ralenti par-dessus sa tête, très haut, hors d'atteinte d'un adversaire transparent, il le serrait de toute la force de ses poignets, prêt à le faire éclater, et il cherchait un coéquipier pour le lui passer, il était prêt, seulement il n'avait pas de coéquipiers.

Il reposa sa tête sur une seule main. La nuit tropicale lui mouillait le front. La vision se modifia. Il venait de rentrer du Vietnam et se trouvait avec sa femme, sa *femme,* bon sang ! dans une boîte chic, quand un groupe de Blancs se mit à les provoquer. Les types mettaient la main aux fesses de Lila, lui caressaient la cuisse. Sans s'énerver, avec modération, Rufus avait lancé un avertissement, mais les types avaient bu et les mots ne servaient plus à grand-chose. De toute façon, les Blancs n'écoutent jamais les Noirs. Très calmement, il s'était dressé face au groupe, non, aux groupes de Blancs. Trois d'entre eux l'avaient entouré en rigolant et en le défiant, tandis qu'un quatrième prenait place à côté de Lila, à côté de sa femme, et lui posait la main sur la cuisse, haut, très haut. Un des types balança un poing énorme en gueulant : « Va te faire foutre, con de nègre ! » Rufus esquiva et frappa le plus gros des types en plein visage, aux yeux ; sa main forte, doigts tendus, cherchait les yeux, accrochait, fouaillait, tirait, et il profita du mouvement pour se jeter en avant tout en lançant son pied droit de côté dans les couilles du troisième type. Puis, immobile, il se tenait là, les dominant tous tandis qu'ils décampaient et se confondaient en excuses, « Pardonnez-nous, monsieur », « Je m'excuse, Mr. Brooks », avec les deux autres qui gémissaient sur le plancher, et tous avaient compris qu'on vient pas faire chier le Ruf et sa femme.

Brooks se redressa, ouvrit les yeux, respira profondément. Il renversa sa tête en arrière, puis regarda une nouvelle fois la lettre et les formulaires. La lettre, reçue le 3 août, il ne l'avait lue qu'une fois, en campagne. Les formulaires étaient arrivés hier.

ENREGISTRÉ 17 juillet 1970
COUR SUPÉRIEURE DE CALIFORNIE, COMTÉ DE SAN FRANCISCO
CONCERNE LE MARIAGE ENTRE
DEMANDEUR Lila I. Brooks
DÉFENDEUR Rufus William Brooks

DEMANDE

1. Cette demande concerne :

☐ Rupture du lien conjugal conformément à

☐ Code civil Section 4506 (I)

Le demandeur réside dans cet État depuis au moins six mois et dans ce comté depuis au moins trois mois précédant immédiatement le dépôt de sa requête.
2. Information statistique :

●
●
●

d. Il y a *zéro* enfants issus de ce mariage, dont les enfants mineurs portés ci-dessous :

COUR SUPÉRIEURE DE CALIFORNIE, COMTÉ DE SAN FRANCISCO
DEMANDEUR Lila I. Brooks
DÉFENDEUR Rufus William Brooks
CITATION ET ACCUSÉ DE RÉCEPTION
à Rufus William Brooks

« Et merde », grogna Brooks sans prêter attention à ses paroles, « ça chie pas. » Il n'y croyait pas en le disant.

Seulement éclairé par la lune, il glissa une feuille de papier dans la machine à écrire du secrétaire.

Tôt le matin, *13 août 70*

Chère Lila,

Nous commettons tous une fois ou l'autre de ces petites erreurs dont les conséquences incalculables peuvent, les événements s'enchaînant selon une sorte de géométrie perverse, nous poursuivre tout au long de notre vie. De petites choses comme le fait de m'être inscrit aux EOR, un jour lointain de 1964, afin d'avoir un peu d'argent pour poursuivre mes études. Des petites choses qui décident de notre existence jusque dans un futur que nul ne peut connaître. Hawaii et ses répercussions pèsent lourdement sur moi depuis que ce bref intermède a eu lieu. Je sais que j'en resterai affecté, que nous en resterons affectés pendant toute notre vie. Il ne s'ensuit pas nécessairement que cela doive influer sur chacune de nos décisions. Je crois qu'on peut apprendre à vivre avec et ramener, plus tard, l'épisode à des proportions relativement insignifiantes. Cela exigera un effort commun de notre part, un effort que je ne peux envisager avant d'être rentré au pays et près de toi. De nombreux problèmes réclament mon attention immédiate, des problèmes complexes auxquels je me dois de faire face tant que je suis ici. Il n'y a pas grand-chose que je puisse faire pour soulager ta détresse, sinon te redire que je vais rentrer bientôt, que je t'aime, te désire, et que je veux rendre réel ce dont tu rêves.

Plus tôt dans la semaine, j'ai passé deux jours à écrire aux parents de ceux parmi mes hommes qui ont été blessés. J'ai aussi aidé à la rédaction d'une lettre type pour la compagnie, qui a été polycopiée à l'intention de nos familles. Au cours des derniers mois, de nombreuses familles ont reçu des appels bidon, principalement destinés à signaler des morts, des disparitions et des désertions inventées de toutes pièces. Des gens sans méfiance sont ainsi traumatisés et se retournent contre nous ; quant aux effets sur le soldat qui découvre que les siens le croient mort et prennent des dispositions pour les funérailles, ils sont catastrophiques. Ma préoccupation essentielle, dans l'immédiat, c'est le bien-être de ces hommes. Le jour où je quitterai cet endroit, je laisserai ce souci derrière moi.

Dans ta dernière lettre, tu me fais part de ton désir d'une séparation. Comment pourrions-nous être plus séparés que nous ne le sommes ? Mes choix sont clairs à mes yeux. Il me reste dix mois et demi d'obligations militaires. Je peux prolonger mon temps ici de cinq mois et revenir en homme libre, ou bien je peux être à la maison dans vingt jours, et il me faudra alors accomplir les dix derniers mois de service actif. Je peux demander un poste d'affectation en garnison, mais j'ai peu de chances de l'obtenir. J'ai déjà entrepris les démarches pour mon retour, mais j'ai également présenté une demande de prolongation. La décision finale doit être prise avant le 21 août. D'ici là, j'espère avoir un mot de toi à ce sujet.

Brooks s'interrompit et se recula sur son siège, pensant à la période de leur mariage qui avait précédé l'armée. Il préparait encore sa maîtrise et les pressions de toute sorte ne cessaient de se multiplier dans sa vie ; pourtant, lui semblait-il, il arrivait très bien à faire face. C'est Lila qui avait... qui avait fait quoi ? Il se revoyait au petit matin dans la minuscule cuisine de leur appartement, dans un immeuble sans ascenseur. Il relisait des notes de cours pendant que Lila s'occupait du petit déjeuner en maugréant. La pièce ne présentait rien de particulier.

Écoute, mon amour — il préparait ce qu'il allait dire à Lila —, écoute, mon amour, quelque chose ne va pas entre nous et je veux tirer ça au clair. Je n'aurai pas besoin d'en dire plus, songeait-il, et tout redeviendra merveilleux. Si seulement je pouvais voir où est le problème. Non, pas « je » : *nous.* C'est à nous de nous y mettre ensemble, parce que si je m'y attelle tout seul, elle m'en voudra. M'en vouloir. Ça fait partie du problème. Moi, je lui en veux de sa... de sa quoi ? On ne fait plus l'amour aussi souvent qu'à une certaine époque, et il s'en faut de beaucoup. Non, ce n'est pas ça. Ça, c'est un symptôme, pas une cause. Déjà à ce moment-là, il la sentait déprimée, et sa dépression avait nourri son ressentiment à lui. Pourquoi ne peut-elle pas simplement prendre les choses telles qu'elles sont — travailler à les améliorer, mais prendre dans la foulée ce qui, en soi, n'est ni bon ni mauvais ? Lui, il s'était levé, avait vu le soleil et pensé : une autre journée qui commence pour moi et il fait beau. Puis il l'avait réveillée : elle avait entrevu le soleil et réagi comme à une trahison. Comment, exprimait chacun de ses gestes, comment oses-tu te lever alors que je ne suis pas encore prête. Et elle en voulait au soleil. Ou bien aux nuages. Ou aux objets, parce qu'ils se salissaient. Il avait été sur le point de lui dire que rien ne reste pareil. C'est la marche normale des choses. La vaisselle ou les chambres qui se salissent, ça en fait partie. Il lui en voulait de ce qu'il pensait être son attitude, de ce sentiment que les choses, une fois faites, devaient rester faites. Plus il y réfléchissait et plus il lui en voulait d'avoir même à lui tenir de tels propos, de devoir lui expliquer que la vie coule, qu'elle n'est pas statique et que si elle se sentait déprimée, si elle avait du mal à faire face et voulait rester cachée dans son lit le matin, c'était parce qu'elle essayait d'arrêter la vie. « Ça ne se passe pas comme ça », chuchotait-il pour lui-même. Il retournait des formules dans sa tête : il faut prendre la vie à bras-le-corps, la monter comme un cheval sauvage. En profiter tant que tu es en selle. Contrôle ce que tu peux. Mais ne cherche pas à t'en tirer en essayant de domestiquer la vie. Avec toi ou sans toi, elle continuera de couler, et tes efforts pour endiguer le flot n'aboutiront qu'à te déprimer.

« Si tu t'apprêtes encore à me faire un sermon, avait-elle dit, arrête. Je ne veux pas l'entendre.

— Je n'allais rien dire. »

Brooks se pencha en avant, se gratta le menton et revint à la machine à écrire.

> Lila, il faut que je te parle d'une chose que j'ai découverte ce soir. Pendant une discussion avec quelques-uns de mes hommes, de mes amis devrais-je dire, j'ai senti le vieux Rufus revenir. On parlait de la guerre et des conflits raciaux — ils se chamaillent entre eux comme s'ils essayaient de blâmer quelqu'un d'autre qu'eux-mêmes ou leurs propres ancêtres — quand l'idée m'est venue... une théorie sémantique des déterminants de la guerre. Je la sens, je la vois, je l'entends. C'est peut-être la leçon la plus significative que je tirerai du Vietnam, moi ou n'importe qui d'autre.
>
> Il faut que je me concentre sur ce point, que je l'analyse, que je trouve un réponse. Qu'est-ce qui cause la guerre ? La situation ici se prête idéalement à une telle étude. J'y apporte tout ce que je sais de la philosophie. C'est rouillé, poussiéreux, mais c'est là, en moi. Et les composantes de la guerre sont tout autour de moi. Les principales races humaines, les représentants de toutes les classes socio-économiques, de chaque force politique, confrontés les uns aux autres. Et les groupes linguistiques : anglais, français, vietnamien, chinois, sabir technologique américain, espagnol. C'est ici qu'une démocratie soutient une dictature au nom de la liberté, tandis qu'une équipe dictatoriale infiltre cinq pour cent de sa population dans un autre pays au nom du nationalisme. La réponse à ma question se trouve nécessairement ici, elle attend d'être découverte.

Brooks s'interrompit à nouveau afin de mettre en ordre ses pensées. Hawaii et le temps d'avant l'armée ne cessaient de resurgir dans son esprit, il fallait un gros effort pour les repousser.

Les différences ! Différences entre les gens, leurs réactions, leur paranoïa. Effrayons-nous les autres avec nos différences ? Et ceux qui sont différents nous effraient-ils ? Plus l'insécurité nous gagne, plus on est sur la défensive. Si ce sentiment d'insécurité est programmé dans notre caractère racial ou national, transmis de génération en génération, il nous faut, pour modifier cette attitude, modifier notre caractère fondamental. Or, ce caractère, qu'est-ce qui le constitue ? Qu'est-ce qui le transmet ?

LE LANGAGE. La pensée structurée par le langage. Et le langage de QUI ? L'anglais. Le langage de l'homme blanc.

Les causes de la guerre courent très profondément dans la culture américaine blanche, laquelle est en train d'assimiler — de digérer serait peut-être plus exact — l'Amérique noire. Notre monde se défait, il est impératif d'analyser les causes de cette situation et de parvenir à voir la notion de conflit dans une perspective différente.

Lila, j'espère que ces considérations ne sont pas une manière d'esquiver notre problème. Je sais que je n'ai pas répondu à ce que tu attendais. Ces derniers dix-huit mois, je n'ai pas été un mari pour toi — pas même un homme. Ce que j'ai été ? Je n'en sais rien. Une idée, une image au passé qui a perdu toute réalité ? Tu existais dans mon âme avant d'entrer dans ma vie. A présent tu t'en retires, et en te retirant tu m'as peut-être ôté l'essence de tout mon être. A pareille distance, quand l'un s'en va, l'autre ne peut rien en savoir sur le moment. A présent, avec ces papiers sous mes yeux, des papiers qui ont été remplis il y a des semaines de ça, le sentiment de perte me vient en quelque sorte au passé, lui aussi, alors que peut-être tes sentiments ont changé, et que ce vide que je ressens, en réalité, a été comblé. J'ai essayé de reconstruire mentalement ce que tu as enduré, ce que tu as dû traverser, les interrogations, les angoisses, juste avant que tu aies permis l'envoi de ces papiers. Je suis certain que tu as souffert en silence, nuit après nuit, face à cette décision, jusqu'à ce qu'enfin, sans rien qui vienne s'opposer à la tournure que prenaient tes pensées, tu saches qu'il n'y avait rien à faire.

Lila, je dois décider d'ici le 21 du mois : soit je reste jusqu'en janvier et j'obtiens mes cent cinquante jours de réduction de service actif, soit je me fais rapatrier dans vingt-cinq jours, et il me reste encore dix mois à tirer. J'attendrai jusqu'au 21 pour prendre ma décision, dans l'espoir que j'aurai de tes nouvelles d'ici là. Faut-il que je te le dise encore, tu comptes plus pour moi que tout ce que j'ai jamais pu connaître dans ma vie. Je sais que je peux redevenir l'homme que tu as épousé, évoluer, et rapidement, dans la même direction que toi, ne plus faire qu'un avec toi. Tu as toujours été mon âme, et je crois que j'ai été la tienne. Avant de séparer nos esprits, je t'en conjure, donne-nous une chance de retrouver notre unité. Ce même homme que tu as épousé existe toujours en moi. Il a peut-être été esquinté par l'épreuve de la guerre, mais il n'est pas mort.

Lila, je t'aime.

Rufus

CHAPITRE 9

PIO *

La lune était plus haute, mais comme estompée, pas nette, un ovale gauchi qui diffusait une lumière douce dans un ciel embrumé aux étoiles ternes, privées de tout scintillement. A la suite de Doc et Egan, Chelini enjamba le fossé d'écoulement des latrines des hommes de troupe et remonta l'allée poussiéreuse qui menait au PC de brigade. El Paso et Jax avaient décidé d'aller se coucher, mais Egan suggéra à Doc : « Allons faire un tour à la brigade, on va s'éclater un peu. » Chelini, pris dans l'excitation qui suivit la rixe au Phoc Roc, leur avait emboîté le pas.

« Comment va ta tête ? » demanda Egan. Il arrêta Doc au milieu de l'allée déserte afin d'examiner sa coupure au front, puis palpa la bosse qui se formait sur sa nuque. « T'as rien, conclut-il. Allons voir si Lamonte et ses potes ont une petite séance en train.

— Ces cons de Blancs, fit Doc, ils sont complètement secoués. Cet enfoiré m'a sonné par-derrière. Fils de pute. » Les trois hommes reprirent leur marche et Doc s'adressa à Chelini. « Dis mec, je veux te remercier de m'avoir aidé là-bas. Il m'avait pas loupé, l'enculé, bien derrière la patate. »

Quelques mètres plus loin, Doc se tourna de nouveau vers Chelini. « Tu te démerdes pas mal. Je t'ai vu à l'œuvre avec ce con et je me suis dit, le Bleu, il va être réglo.

— Ces branleurs de Delta, dit Egan en regardant droit devant lui, qu'est-ce qu'ils ont à flipper comme ça ! Putain. Ils t'ont bien arrangé. J'aurais voulu le dérouiller mieux que ça, le connard.

— Le Bleu s'en est occupé, fit Doc.

— Je suis pas sûr..., dit Chelini, je suis pas sûr d'avoir bien saisi ce qui se passait. » Son regard interrogea Egan, puis Doc, et revint sur Egan.

Ils discutaient calmement, mais leurs paroles se bousculaient, comme si l'adrénaline n'était pas retombée, bien que la bagarre fût terminée. « On faisait que blaguer entre nous, expliqua Doc. A part Jax, Egan, c'est mon numéro un. Mon meilleur pote, quoi.

— Y avait de quoi s'y tromper, fit remarquer Chelini.

— On faisait que causer, dit Egan, un peu gêné par la déclaration chaleureuse de Doc.

— Mais l'autre con, tu l'as bien arrangé, insista Doc. Eg, ton Bleu, ça va être quelqu'un.

— J'espère que je l'ai pas trop amoché, dit Chelini. J'ai jamais frappé quelqu'un comme ça. Jamais aussi fort.

— Il le cherchait, dit Egan.

— Ça se pourrait que je lui aie cassé le nez. Je l'ai senti craquer. Je suis vraiment emmerdé.

— Emmerdé ? s'exclama Doc. Écoute, si tu lui as pété le nez, il va être le plus veinard du coin. Mec, peut-être que tu lui as sauvé la vie. Tu sais ça ? »

Egan essaya de changer de sujet.

« Dis, les types qu'on va voir, ils prennent leur dope au sérieux, alors fais pas tout foirer. D'accord ?

— On devrait inviter Lamonte avec nous, proposa Doc. Il aura envie de venir.

— Oui, dit Egan. Tu connais les usages en matière de dope ?

— Si je connais quoi ?

— Ces mecs-là, ils sont vraiment stricts quand il s'agit de leur rosée.

— Je ne suis plus. De leur quoi ?

— Putain, comment c'est possible un bleu pareil ?

— Leur *rosée*, expliqua Doc. Le matin, il y a de la rosée sur l'herbe. Pigé ?

— Écoute », dit Egan en arrêtant Chelini. « Il y a une dizaine de trucs à faire et une dizaine de trucs à ne pas faire. Ces mecs y tiennent, parce qu'une erreur, ça vous bousille un voyage, et ça, c'est IM-par-don-nable.

— Je ferai gaffe.

— Non, laisse-moi t'expliquer. Une fois qu'ils ont allumé une pipe, vas-y mollo. Ne passe jamais une pipe qu'est pas allumée ; ne cherche jamais à en prendre une avant qu'on la fasse circuler ; te mets pas à jacasser au point de la laisser s'éteindre.

— C'est ça, enchaîna Doc, et cause pas de trucs qui vont coller la déprime aux autres. Garde jamais le briquet d'un mec après avoir allumé.

— A la brigade, les pipes circulent en remontant vers la droite. Tire une bouffée et passe au suivant. Pigé ?

— Ça va. Écoutez, si vous me voyez faire une connerie, vous me le dites, d'accord ? »

Ils continuèrent pendant environ quatre cents mètres avant de tourner pour franchir l'ouverture ménagée dans le muret de sacs de sable installé devant les tranchées anti-roquettes de la brigade. Il était 01 h 45 et le coin était désert. Derrière eux, au-delà du Zéro-deux, des fusées éclairantes éclataient dans le ciel et dégoulinaient mollement le long de la muraille noire des montagnes. Devant eux, au flanc de la colline, s'échelonnaient une demi-douzaine de baraques. A une extrémité, il y avait le quartier des interprètes vietnamiens, puis celui du personnel auxiliaire, l'APO, le Renseignement, le PIO *, le bureau des Affaires civiles, et le MARS *. Tous les bureaux étaient vides ; le quartier des interprètes, sombre et silencieux. Chez les auxiliaires, on entendait un peu de musique qui semblait couler avec peine par les fenêtres faiblement éclairées pour se perdre dans l'air épais. Des salves d'artillerie tirées par des batteries situées plus loin dans le camp venaient de temps à autre interrompre la musique. Le sifflement, puis l'éclat et la descente nonchalante des fusées éclairantes ajoutaient encore une bizarre harmonie au paysage sonore.

Egan, Doc et Chelini pénétrèrent dans la bâtisse d'où filtrait la musique. L'intérieur était cloisonné de contre-plaqué de manière à former six chambres de part et d'autre d'un étroit couloir central qu'éclairait une ampoule unique. Sur la paroi de la première pièce à gauche, une fresque grossièrement peinte représentait une route de campagne qui filait vers des collines à l'herbe bien verte, avec des clôtures de part et d'autre de la route et, au flanc des collines, des grappes d'arbres à la cime arrondie. La route finissait par se perdre à l'horizon. Au premier plan, sur un panneau indicateur, des flèches pointaient dans cinq directions : Quang Tri : 78 km ; Saigon : 514 km ; Big Moose, Montana : 19 757 km ; New York City : 24 460 km ; Lune : 386 800 km.

Des couvercles de caisses de munitions servaient de portes de bar ; Egan, puis Doc et le Bleu les poussèrent pour entrer dans la pièce où se trouvaient trois hommes qui poursuivaient une conversation paresseuse. Deux d'entre eux étaient assis au bar sur des tabourets, le troisième utilisait une armoire de vestiaire posée à l'envers. Quant au bar, c'était l'ancien comptoir du Phoc Roc que les hommes avaient récupéré.

La pièce n'était pas très reluisante. A chaque extrémité, il y avait un lit de camp coiffé d'une moustiquaire accrochée sans soin. Au-dessus du lit de gauche, une installation stéréo avec un lecteur de cassettes ; surmontant celui de droite, une étagère bourrée de livres allant de *The Working Press* de Ruth Adler et *The Information War* de Dale Minor à un volume de Shakespeare et au *Catch 22* de Joseph Heller. Un M16 et une baïonnette étaient accrochés sous les étagères de chaque côté, avec, à droite, sous le fusil, une pancarte grossièrement rédigée :

DANS DE NOMBREUX PAYS, LES POLITICIENS DÉTIENNENT
LE POUVOIR ABSOLU ET ONT MUSELÉ LA PRESSE ;
DANS AUCUN PAYS LA PRESSE NE DÉTIENT LE POUVOIR ABSOLU
ET N'A MUSELÉ LES POLITICIENS.

L'homme assis à droite du bar était très maigre, les cheveux bruns et lisses, d'une longueur non réglementaire. Il était vêtu en civil : jeans et chemise western brodée aux épaules. On l'appelait tantôt Lamonte, tantôt PIO ou Photog. Lamonte, avec le grade de caporal, appartenait au bureau d'information de l'armée, affecté à la 1re brigade. C'était un correspondant des forces terrestres et il prenait son boulot au sérieux. Il était souvent parti en opérations avec les même douze compagnies d'infanterie et comptait de nombreux amis parmi les hommes de troupe, qui l'appelaient entre eux le Correspondant *Boonierat*.

Tout le monde décrivait les fantassins de base, les *boonierats*, comme des imbéciles — tout le monde, sauf ceux qui en avaient fait partie. Les *boonierats* n'étaient pas des imbéciles, et Lamonte insistait souvent sur ce point dans ses articles. Il se plaisait à dire aux gens, surtout aux soldats, que le conscrit moyen de 1969 avait 14,4 ans de scolarité. « En troisième année de fac. Cette armée est probablement la mieux éduquée de tous les temps et de tous les pays. »

A côté de Lamonte, son auxiliaire, un nommé George, un grand type en treillis, occupait l'autre tabouret. On l'avait envoyé là deux mois auparavant, malgré son peu d'expérience du terrain.

Sur l'armoire renversée se tenait Le Huu Minh, l'éclaireur et interprète vietnamien de la compagnie A. Comme la plupart des Vietnamiens, il était petit en comparaison des Américains, à peine plus d'un mètre soixante. Les GI's l'appelaient Minh ou Little Minh, par allusion au général et politicien sud-vietnamien connu sous le nom de Big Minh.

Chaque fois que Lamonte et Minh se trouvaient ensemble à l'arrière, la conversation roulait sur la politique et les derniers événements.

« Aujourd'hui, j'ai entendu dire sur votre radio que votre cour fédérale a confirmé les conclusions de vos tribunaux militaires. » Minh s'exprimait dans un anglais précis aux intonations douces.

« Ah ! fit Lamonte, au sujet de My Lai ! Ouais. Les tribunaux ont conclu... » Il s'interrompit à l'entrée des trois hommes. « Egan ! Vieux salopard, ça fait du bien de te voir. Hé ! Doc ! Nom de Dieu, qu'est-ce qui t'est arrivé ?

— Bah, rien du tout mec. Ça chie pas, hein ?

— Vous êtes les premiers de la soirée, enchaîna Lamonte. Un Coke ? Au cas où vous voudriez pas boire d'alcool.

— Non merci, répondit Egan d'un air gêné.

— On va veiller tard ce soir, dit le Correspondant.

— On est venu te proposer de venir avec nous demain matin, fit Doc. Sur quoi tu bosses ?

— Ce connard de commandant. Lui et ce lèche-cul de lieutenant qu'on nous a collé. Ils arrêtent pas d'étouffer mes papiers. Là, je travaille à un article sur la censure. Mais j'ai fini pour ce soir. » Il rangea quelques feuillets épars, plongea sous le comptoir et en ramena deux boîtes de Coca. « Voilà. Au fait, lui c'est mon nouveau bleu, George. Egan, Doc et...

— Je te présente le Bleu », fit Egan, puis, montrant chacun du doigt : « Lamonte, George et Minh. Minh est de Phu Luong. Tu sais où ça se trouve.

— Moi ?

— Ouais. Tu te rappelles ce con de capitaine avec qui on est arrivés ?

— Oui, dit Chelini pendant que Doc, après avoir salué Minh le poing fermé, échangeait avec lui la poignée de main du Pouvoir Noir.

— Tu te souviens qu'il nous les brisait à propos d'un village ?

— Je croyais que tu dormais.

— Ça fait dix-sept mois que j'ai pas dormi. Ce village fait partie de Phu Luong. Minh vit plus bas, dans une des petites vallées derrière le centre. » Egan se tourna vers le Vietnamien : « C'est que tu circules », dit-il.

Minh sourit respectueusement. Lamonte ouvrit les boîtes de Coca et les tendit par-dessus le comptoir pour que les autres se les partagent.

« Non, vraiment, dit Egan. J'ai l'impression de m'imposer. On est juste venus vous dire qu'on démarre à quatre heures. On veut pas abuser.

— T'as cette impression parce que tu n'as pas compris, dit Lamonte.

— Vous savez ce qu'il y a ? demanda George avec un petit rire.

— Il a pas la forme, dit Lamonte avec un hochement de tête vers son auxiliaire.

— Vous êtes tout seuls, de l'autre côté du bar, expliqua George en se marrant à nouveau.

— C'est ça, approuva Lamonte. Pourquoi vous fermez pas la porte ? Sans cette putain d'ampoule dans le couloir, ici ça pourrait être vraiment cool. » Il prit une lampe sur le bar et la posa sur l'étagère de la chaîne hi-fi en dirigeant le faisceau vers le plafond. « Pourquoi tu vas pas éteindre dans le couloir, George ? » ajouta-t-il.

Sous son nouvel éclairage, la pièce perdait un peu de son aspect minable et devenait presque douillette. « D'où vous êtes, tous ? demanda George.

— Zéro-deux, lança Chelini avec quelque fierté.

— Y a combien de temps que vous êtes sur les lignes avant ? demanda George.

— Merde », fit Lamonte en désignant Egan. « Lui, il était là avant que j'arrive. Egan, c'était un bleu à l'époque où le Christ était caporal. Et Doc ! Doc, il s'est amené juste après la Genèse. Ça n'a pas l'air d'aller fort, Doc. Comment tu te sens ?

— Mec, fit Doc après avoir avalé sa première gorgée de Coca, la tête me brûle et c'est comme si on me la serrait de partout. Mais mon corps, il est froid, tu saisis ? Et j'ai une crève maison et les pieds gelés. J'ai cinq mille ans, mec, et je me sens comme une merde vieille de cinq mille ans. » Tout le monde rit, Doc plus fort que les autres.

« J'ai ce qu'il te faut », dit Lamonte en souriant. Les rires fusèrent à nouveau. « On a une nouvelle pipe, une seule bouffée, et une réserve de douce qui va te réchauffer et faire partir la douleur. »

George fouilla derrière les livres et ramena un bambou qui faisait à peu près cinquante centimètres de long sur deux de diamètre, scellé naturellement aux deux extrémités par des nœuds du bambou. Un trou avait été creusé dans celui du haut. A mi-hauteur, un petit bol sculpté au bout d'une longue tige était planté obliquement dans le seul autre orifice du bambou. George passa la pipe à Lamonte, qui ôta méticuleusement le bol et la tige, puis sortit de sous le comptoir une bouteille de vin blanc. Il se mit à verser lentement le vin par l'orifice latéral, tout en relevant progressivement le bambou afin de ne pas en laisser couler par le bec.

« Où allez-vous demain ? » demanda George à Egan.

Lamonte releva les yeux, stupéfait de cette question malvenue. George planait déjà et oubliait tout.

« Dans la jungle », dit Egan. Il jeta un coup d'œil en biais vers Minh, puis lui demanda : « Tu viens avec nous ?

— Oui. Je suis prêt. Je serai sur la piste à l'arrivée des hélicoptères. » La voix de Minh était d'une octave plus haute que celle d'Egan. Il parlait un anglais plus précis que la plupart des soldats américains, mais en y ajoutant une intonation étrangement chantante. Il était fier de sa diction et de l'étendue de son vocabulaire.

Lamonte replaça la tige dans l'ouverture, puis remplit le petit bol de marijuana finement moulue avant de passer la pipe à Doc en disant : « Bien. On va te nettoyer la tête. » Doc prit la pipe de manière que la tige plonge dans le vin, mais pas assez pour que celui-ci risque de remonter jusque dans le bol, puis il plaça le bec entre ses lèvres.

Lamonte alluma son briquet et tint la flamme au-dessus du bol pendant que Doc tétait. Les feuilles séchées se consumèrent avec un rougeoiement ambré ; la fumée se refroidit au contact du vin blanc qui se mit à pétiller, puis elle remonta jusqu'au bec pour pénétrer enfin dans les poumons de Doc, qui aspirait profondément. Les charbons moururent. Doc ferma les yeux, retint la fumée et repassa la pipe à Lamonte qui remplit à nouveau le bol.

Doc rouvrit les yeux, expira et beugla : « Merde ! Elle est superdouce. »

Lamonte tendit la pipe à Egan, l'alluma pendant qu'Egan aspirait, puis il renouvela l'opération pour le Bleu, George, et lui-même en dernier. Little Minh déclina l'invitation, ce qui était typique de tous les éclaireurs et interprètes vietnamiens de la 1re brigade. Fumer, comme boire de l'alcool, était une façon très conviviale de se détendre à l'arrière. Les fumeurs étaient habituellement plus discrets que les buveurs. Il y avait ceux qui s'en tenaient à la boisson et ceux qui s'en tenaient à l'herbe, bibine contre fumette, mais la plupart des hommes pratiquaient les deux et d'autres encore ne faisaient rien du tout.

Le groupe autour de Lamonte continua d'échanger des plaisanteries, la pipe circula plusieurs fois, puis Egan tira de sa poche un paquet d'OJ. Les joints d'opium passèrent de l'un à l'autre jusqu'à ce que tout le monde se sente complètement détendu et d'humeur méditative.

Chelini prit quelques-uns des feuillets rédigés par Lamonte et se mit à les lire lentement, en se concentrant sur les images que faisait naître en lui chaque mot, chaque lettre. L'herbe lui procurait une sensation agréable de pression légère aux tempes et sur le sommet du crâne. Paresseusement, il reconstitua ce qu'il était en train de lire.

> « Hello Kiddo. » C'est une réplique d'un film que j'ai vu il y a à peu près quatre ans. « Hello Kiddo, Kiddo Hello. » Je crois que c'était *David et Lisa* [1].
>
> Pas mal de choses sont arrivées dans le coin. Tellement que je crève d'ennui. Brian Thompson s'est fait tuer hier. Bill Martin a pris un éclat d'obus juste au-dessous du nombril, mais rien de trop grave ; il n'y a même pas eu besoin de l'évacuer. On lui a permis de rester sur le terrain avec ses potes, qui veulent tous dégoter l'ANV qui a tué Brian Thompson. En fait, ils vont chercher n'importe quels éléments de l'ANV et essayer de les flinguer. Brian Thompson ou pas, c'est sans doute ce qu'ils feraient de toute façon. Aujourd'hui, ils ont tué trois soldats, probablement ANV. Sans doute pas ceux qui ont eu Brian, mais s'ils en

1. Réalisé par Frank Perry (1962) (*N.d.T.*).

avaient eu l'occasion, ils auraient probablement tué Brian ou Bill aussi. Seulement, ils ne l'auront plus.

Pas mal de gens ont été tués ces jours derniers. Il y en avait sans doute du Colorado, et d'autres qui ont été tués au Colorado, ou au Kentucky, ou en Californie. Certains n'étaient même pas à l'armée. Il devait y avoir des trop jeunes, ou des trop vieux, pour être dans l'armée ou dans la marine, ou dans l'aviation, d'ailleurs.

Est-ce que ça n'est pas épatant, toutes ces façons qu'ont les gens de mourir ? Et pensez un peu à tout ce qu'on fait pour vous une fois que vous êtes mort. Paraît même qu'on vous remplace tous les liquides de l'organisme par du formol et tous ces bons produits chimiques. Quelqu'un se charge de vous mettre dans un sac plastique. C'est pas vraiment pour vous, notez. C'est pour les autres. Ils tiennent pas à renifler votre odeur.

Arnie Thompson — ce n'est pas un parent de Brian... Brian est un Noir ou était un Noir... Arnie, lui, est un Blanc, et il l'est toujours en ce moment, sauf son foie, qu'il a réussi à noircir complètement à l'aide de ce truc qu'on peut se procurer ici en bouteilles... d'ailleurs, on peut aussi se le procurer là-bas... Arnie, donc, me parlait la nuit dernière du lieutenant Anderson. Le lieutenant Anderson était un pieux mormon, d'après Arnie. Moi, je ne le connaissais pas. La veille de l'attaque de Ripcord, Arnie a dit au lieut qu'il le tuerait si jamais il laissait le corps d'un Américain sur une colline. Manifestement, c'est ce que ce lieutenant avait fait lors d'un assaut précédent.

Alors, le lendemain, le lieutenant n'est plus le même homme. Et il a le courage de se lancer à l'assaut de Ripcord... pour la Gloire de l'Infanterie. Auparavant, quelqu'un avait suggéré aux généraux de retirer toutes les troupes alliées et de faire donner les B-52, attaques aériennes et tout le bastringue, mais les généraux, ils voulaient eux aussi vaincre à Ripcord pour la Gloire de l'Infanterie.

Alors, voilà le lieutenant Anderson, de je ne sais où en Indiana, et ses hommes lancés au flanc de Ripcord en renfort des troupes encerclées au sommet ; ils grimpent avec tout l'orgueil de la Reine des Batailles. Arnie ne m'a jamais dit pourquoi les généraux tenaient à les faire *monter* à l'assaut de Ripcord, pourquoi ils n'ont pas pris la compagnie pour la larguer au sommet, quitte à ce qu'ils attaquent d'en haut s'il le fallait vraiment. Quoi qu'il en soit, Joey, le radio du lieutenant, se perd ou ça en a l'air. En fait, il a reçu un éclat à la tête, mais pas un truc assez grave pour le tuer. Arnie l'a retrouvé plus tard en bas de la colline. Le bon mormon Anderson, lui, il est là-haut en train de chercher Joey, quand d'un seul coup il a le bras droit, la main gauche et les deux jambes emportées. « Mon bras, il n'est plus là », dit-il à Arnie. « Non, mon lieutenant, votre bras n'est plus là. — Et ma main, partie aussi. — Oui, mon lieutenant. Votre main est partie aussi. » Arnie pleurait en me racontant ça. Moi, je lui versais du vin et du scotch et je l'écoutais, mais je ne buvais pas, parce que j'avais une méchante chiasse.

« Alors, continue Arnie, j'ai emballé son bras et ses jambes, et j'ai demandé l'évacuation sanitaire, mais toutes les équipes étaient débordées, il allait leur falloir du temps. » Du temps, Arnie en a déjà vu défiler pas mal. Il est vieux. La quarantaine, peut-être. Il a le visage grêlé. « Il est mort au bout de deux heures », a murmuré Arnie, et les larmes coulaient sur ses joues. Pas les grandes eaux : rien qu'une larme de chaque côté. Arnie n'est pas du type à se mettre à bramer. « Ce type est mort là », disait-il en étendant les bras. « Là, d'une blessure à la poitrine dont il m'avait pas parlé. »

Tout ça pour qu'ils puissent grimper la colline et aller tuer quelques Nord-Vietnamiens qui ne se trouvaient là que pour tuer quelques Américains ou quelques ARVN et peut-être un ou deux Coréens. Le lieutenant Anderson n'a jamais retrouvé Joey, en fin de compte. Joey est de retour dans le Monde, à cette heure. Arnie disait qu'il tuerait celui qui abandonnerait un homme sur le terrain. N'est-ce pas formidable, ce que les gens sont prêts à faire pour vous une fois que vous ne pouvez absolument plus rien faire vous-même ?

Ils sont prêts à faire encore plus. Ils iront toucher votre assurance et consacrer l'argent à un monceau de fleurs, un bloc de marbre ou de granite et un trou dans le sol. Avec un peu de chance, il restera de quoi payer la note du gaz et ils pourront aller au cinéma oublier pourquoi vous êtes mort.

Voilà que ça me revient, c'est David qui disait à Lisa : « Hello Kiddo, Kiddo Hello. » David ne voulait pas qu'on le touche et Lisa était tellement fondue de poésie qu'elle ne parlait qu'en vers, et tout le monde les tenait pour une paire de branques.

Le vrai branque, c'était Brian Thompson. J'ai discuté avec lui la nuit où la compagnie Delta a subi une attaque au sol sur sa position, ça fait quinze jours maintenant. Delta était sur la colline en face de nous ; on les plaignait et on se sentait frustrés parce qu'on ne pouvait rien pour eux, rien d'autre qu'écouter les tirs toute la nuit. C'est cette nuit-là que Brian m'a dit qu'il voulait décrocher la Médaille d'Honneur. « Ils vont m'inscrire, vu

> ma conduite sur le terrain », disait-il. Par la suite, j'ai demandé à son capitaine s'il y avait des propositions de médaille pour certains de ses hommes et il m'a répondu non. « En ce moment, beaucoup de gars de la compagnie sont des bleus, et on a peu été au contact de l'ennemi. J'ai eu un gars proposé pour la Silver Star, il est rentré au pays depuis, mais aucun des gars qu'on a maintenant. »

Chelini releva le nez de ses feuillets et dévisagea tour à tour ses compagnons. Lamonte, Egan, Doc et George s'esclaffaient à une facétie de George. Minh riait aussi, mais plus discrètement, car il n'était pas défoncé. Doc passa son OJ à Chelini et George lui tendit une moitié de biscuit.

« T'es un sacré causeur, sans déconner, lança Lamonte à George. Mais il t'a fallu du temps pour t'y mettre. »

Le mélange d'opium et de marijuana ralentissait considérablement leur élocution et diminuait leur capacité d'attention.

« Allez, grogna George au milieu des rires, ouvre donc une boîte de *tamales.* On a des *tamales.* »

Les autres repartirent de plus belle. Chelini riait aussi, mais les effets de sa lecture combinés à ceux de la dope lui communiquaient une sensation bizarre, comme s'il ne faisait plus vraiment partie du groupe. Lamonte ouvrit la boîte de *tamales* et vida le contenu sur une vieille assiette ébréchée posée sur le bar.

« Merde ! Va falloir les couper en trois, dit-il.

— Je n'aime pas les *tamales,* annonça Minh.

— Parfait, dit George, comme ça y aura plus qu'à les couper en deux et demi. » Il eut son petit succès. « Tu coupes, je choisis — je t'ai raconté celle-là, Lamonte ?

— Je sais pas, j'ai l'impression que ça fait cinq minutes que j'essaie de découper ces trucs avec le mauvais côté de la lame.

— Et tu continues, s'esclaffa Egan.

— Il y a collusion contre toi, Lamonte, dit Minh.

— C'est ton nouveau mot pour aujourd'hui ? demanda George.

— Non. Celui-là, je l'ai appris hier.

— Donc, par ici, fit Lamonte en lui tendant une part de *tamale,* puis, comme George allongeait le bras : non, c'est pour Doc.

— C'était pour les distribuer, protesta George.

— Voilà », fit Lamonte en donnant les dernières parts. « Merde... c'est pas juste. La mienne a un grumeau. Satan a guidé ma main, ajouta-t-il d'une voix de fausset.

— Dites », lança Doc, très sérieux, du sérieux de la défonce. « Vous êtes tous des mecs plutôt instruits, alors vous pourrez peut-être m'expliquer. J'ai demandé à des commandants, à des capitaines, à des lieutenants, à des troufions, à des serre-pattes, à des juteux. Pourquoi l'armée fait toute cette merde ? Hein, pourquoi ?

— Quelle merde ? demanda Chelini.

— C'est déjà assez moche qu'on doive y aller, à l'armée, et puis qu'on doive en sortir et quitter nos potes. Mais la guerre... pourquoi ? Donnez-moi une seule putain de raison, une bonne, une logique. Une seule.

— La guerre... euh, la guerre existe avant l'armée, tu sais ça ? » fit George. Lamonte le foudroya du regard et secoua la tête. « Ouais, enfin peut-être que non, ajouta George.

— Écoutez », poursuivit Doc sans relever l'intervention de George, « c'est comme pour tous les gens qu'on connaît dans le Monde. Blond, par exemple, qu'était là avant. Un grand type aux cheveux blonds, il était tout le temps bourré.

— Oui.

— Vous savez que lui et moi on était ici ensemble depuis 68 ? J'étais avec la Cav, infanterie aéromobile. Dans la vallée des Éléphants, au nord.

— Au nord de l'A Shau ?

— A la marche. On marchait vers la vallée de l'A Shau. Et après, on était censés aller vers le Ruong-Ruong. Et c'est ce qu'on a fait. Les trois sont par là, non ?

— Oui. Au nord, au centre et au sud, confirma Lamonte.

— Eh bien, quand Blond et moi on s'est dit adieu ce soir, non, c'était il y a deux soirs, on pleurait tous les deux. Je vous raconte pas de conneries. Il était sur cette putain de LZ où j'ai morflé deux balles de SKS * dans les pattes. J'étais là, sur l'aire des hélicos, quand je l'ai aperçu. On se connaissait depuis le 7/402, à la reco. On était des bleus tous les deux, en 68. Mais il était là avant moi, et... enfin, il devait être là à peu près trois mois avant. Il est arrivé en août 67, et moi le 17 novembre 67. Je suis parti en mars... le 22 mars 68. J'avais été blessé en janvier, le... le... — je me souviens plus du jour. J'essaie de m'ôter ça de la tête. Vous m'entendez jamais en causer, exact ?

— Exact.

— Donc, j'aperçois Blond sur la base Geronimo le jour où je suis blessé. Quand on m'embarque dans l'hélico : un salut du poing, un signe de paix. » Doc illustra en levant un poing fermé et en formant le V pacifiste de l'autre main. « Nos Frères, je les verrai plus tard. D'accord ? On m'a pas expédié au Japon. Ni aux Philippines. Ni en Corée. Vous savez, dans les grands hostos. Moi, j'ai été dans la baie de Cam Ranh, et hop, retour ici. Direct. Vous saisissez ?

— Oui.

— Soutien médical. Je crapahutais avec une antenne médicale. Vous comprenez ce que je veux dire ? Toubib avec la First Cav. En opération combinée. La reco venait de Leech Island. Et puis ils sont allés à Curahee. Vous y êtes ?

— Oui.

— Ils s'amenaient de Curahee pour aller vers Berchtesgaden. Ils s'annoncent par radio, et Berchtesgaden leur répond : “ Vous amenez surtout pas ici, on est attaqués. ” Ils ont dû faire demi-tour et revenir. Ils envoient un message pour annoncer leur retour. “ Revenez pas ici, on est attaqués. ” Moi, j'entends toute cette conversation, vous me suivez ? Blond marchait en second, ce coup-là il marchait en second. Y avait un Frère... un Noir comme moi... un Frère Noir, vous m'avez compris ? Écoutez, les mecs, lui et Blond ; lui, il marchait derrière Blond, et un radio venait après lui. Je vous raconte pas des blagues. Nous on descendait la piste Hoi Sanh. Blond, il remontait la piste, nous on la descendait. On a repéré un guetteur. Alors, au lieu de dire qu'il nous avait repérés... probable qu'il savait qu'on l'avait vu, c'est pour ça qu'il a filé, mais on l'a pas poursuivi vu que la nuit tombait. Au lieu de ça, le lieut nous fait : “ Déplaçons-nous d'environ 250 mètres. ” Heureusement pour nous, parce que cette nuit-là, les mecs, cette nuit-là, à l'endroit où on avait vu ce putain de guetteur, ça a dégringolé.

— Des mortiers ?

— Mortiers, grenades à fusil, défensives, tout le merdier. Les B-40 * pleuvaient sur cette saloperie de coin où on avait failli s'installer. Heureusement que le lieut avait du pif, hein ?

— Oui.

— Le mec dont je cause, il gueule : “ Blond ! Fais gaffe, grenade à fusil ” et il lui balance un coup de M16 entre les oreilles. Blond s'est étalé de justesse.

— Blond, c'est le mec du radar ? demanda Lamonte.

— Ouais. Moi et Blond, on crapahutait ensemble depuis 68. L'autre soir, on s'est embrassés. Comme ça, mon vieux, sur les deux joues. On s'est serré la main. Serre-moi la main, mec. Comme ça. Je te tends la main. Ouais, une vraie poignée de main. Je lui ai pris la main et je l'ai posée sur mon cœur, Mista'PIO, tiens, comme à présent, et j'y ai dit : “ Tu sens ça, Blond ? — Doc, mon frère, je le sens ”, il me dit. “ Tu sais une chose, Blond ? T'es un type qu'a une âme. — Doc, mon frère, je crois que tu voulais me dire ça depuis un bon moment ”, il répond. “ Ouais, Blond. Je le sais. ” Alors, il a fait : “ Maintenant, je rentre au pays, et je sais que tu le penses vraiment. Tu m'aurais dit ça n'importe quand avant aujourd'hui, même en 68 quand on crapahutait, quand on se battait ensemble, j'aurais pu avoir des doutes, tu sais, m'interroger, quoi. Là, je pars, alors je sais que tu le penses vraiment. " Et j'ai posé ma main à moi sur son cœur. Comme ça. " Blond, je lui ai dit, je le sens vraiment. " On a pleuré, les mecs. Au beau milieu du putain de baraquement, y a pas longtemps de ça. On a réellement chialé, je vous raconte pas de conneries. Pourquoi l'armée fait des trucs comme ça, hein ? Vous tous êtes pas mal instruits, alors expliquez-moi.

— Non, fit Egan. Personne peut t'expliquer pourquoi, Doc. C'est comme ça, c'est tout.

— Mista'PIO, dis-le-moi, toi.

— Non, Doc, fit Lamonte, je peux pas te l'expliquer non plus.

— Écoutez, reprit Doc, on a un nouveau ici. C'est un Blanc, et ça va être un type bien. Y a beaucoup de Blancs qui sont des types bien, d'accord ? Et y a beaucoup de Frères qui sont bien aussi, d'accord ? »

Les autres approuvèrent.

« Seulement, quand on retourne dans le Monde, on devient tous les mêmes fils de pute. Vous comprenez ce que je veux dire ? Vous comprenez, les mecs ? Alors, pourquoi, hein ?

— Bah, ça chie pas », conclut Egan. Il prit deux OJ dans sa poche de chemise, en tendit une à Doc et l'autre à Lamonte, puis leur donna du feu.

« Je crois qu'il est temps pour vous de partir, lança Minh depuis l'autre bout du bar.

— Je suis d'accord, fit George. Il est trois heures vingt. Qu'est-ce que vous foutez tous sur mon TO à une heure pareille ?

— Non, corrigea Minh, je veux dire qu'il est temps que vous quittiez tous mon pays pour nous laisser négocier notre paix séparée.

— Minh, répliqua Egan, tu sais très bien que si nous partions tous, même si *nous* faisions une paix séparée, ça ne voudrait pas dire la paix pour ton pays.

— Il est bien trois heures vingt, répétait George dans son coin.

— Exact, fit Minh, mais, Egan, mon ami, ce serait une guerre vietnamienne et non une guerre américaine. Votre argent est trop puissant, et je ne reconnais pas mon propre pays. Il faut que votre Président vous fasse partir.

— Zéro-trois-deux-zéro, bredouilla George. Et debout à quatre heures vingt.

— Mon vieux, lui lança Lamonte, t'es dans un bel état.

— Il est temps de décoller, fit Egan en relevant sa carcasse comme si c'était un grand poids.

— Encore un coup, proposa Lamonte, les yeux brillants. On va prendre le *shotgun.* »

Le *shotgun* était un tube formé de sept boîtes de Coca Cola mises bout à bout et collées ensemble. Il s'agissait de brûler l'herbe, de la marijuana en vrac qu'on pouvait se procurer pour dix dollars MPC le sachet, dans la deuxième boîte. Le « tireur » soufflait par une large ouverture pratiquée sur le dessus de la première boîte ; la fumée, chassée en tourbillons vers les cinq autres boîtes, se refroidissait au passage pour s'échapper par un tout petit trou à l'autre bout du tube, et le fumeur, qui se tenait à quelques centimètres, bouche grande ouverte, pouvait aspirer ce mince jet rectiligne.

Lamonte chargea, alluma et tira pour son hôte d'honneur, Doc, puis le *shotgun* circula. Doc tira pour Egan, Egan pour George et George pour le Bleu, qui fut incapable de rester debout. Egan tira enfin pour Lamonte, lequel rechargea le tube pour un second passage.

Le Bleu, le regard vague, était assis sur le lit de Lamonte. Qu'est-ce que je fous là ? se demandait-il. Je ne suis qu'un gamin, un petit con. Et les autres aussi. Sa pensée n'était qu'un tourbillon confus de phrases et d'images d'où quelques noms se détachaient à la façon d'idéogrammes. Des gosses de banlieue. Des gosses de riche. On est des gamins qui ont rêvé de pays lointains et de coins exotiques, des paysages et des guerres de Hemingway ou de Mailer. Des gosses qui rêvaient de voir les camps de clodos et les bidonvilles, de brûler le dur à la Steinbeck pour voir l'Amérique et le reste du monde. Moi, j'ai vu Daytona et Fort Lauderdale à Pâques, et Cheyenne au moment du Round-Up, mais j'ai jamais vu un *dust bowl,* ni la pauvreté en masse, celle de la Dépression, comme on la décrivait dans ma famille ou à la télé. Et comment vous voulez qu'un petit Américain blanc de la classe moyenne voie comment c'est la vie, si on lui arrondit tous les angles ? Merde. Le lieut, c'est un petit-bourgeois comme moi. Et Doc, il vient pas de la misère. Ou El Paso : c'est un pauvre péquenaud, lui ? Avec une licence ? Une année de droit ? C'est pas ça, la misère. Jackson ? Peut-être, mais pour le moment, il fait rentrer les dollars plus que moi. Caporal. Ça lui fait dans les quatre cents par mois, avec les primes de combat et de déplacement outre-mer, et il doit bien toucher quelque chose pour sa femme, et encore une centaine pour son gosse. Il doit bien se faire dans les six cents par mois, et là, on peut plus parler de pauvreté. Alors, venez donc en Asie voir la misère. Venez voir ces pauvres cons de *gooks* avec leurs Honda.

On avait monté le son de la stéréo et ça lui cassait les oreilles. Il ne sentait plus son corps, tout le monde se moquait de lui. Tout se mettait à galoper dans sa tête, mais c'était net, d'une netteté incroyable. Il loucha. La flamme des bougies étincelait et crachait des rayons dans toutes les directions, d'abord une simple étoile, des lignes, puis un halo qui grandissait, devenait une sphère, éclatait en coulées confuses qui filaient vers son visage et l'aveuglaient. Le Bleu ferma les yeux. Il voyait l'avenir. La lumière tournoyait puis s'arrêtait et c'est lui qui se mettait à tourner. Il essaya d'esquiver les traits de lumière, les couleurs. Toutes ces couleurs. A présent, ils se marraient tous en l'observant.

« Les couleurs... », minaudait-il.

Et les autres riaient de plus belle.

« Oh ! ces couleurs, toutes ces couleurs... elles filent à travers moi. Le feu file à travers vous...

— Putain, Egan, gloussa Lamonte, il est super, ton bleu. Il est vraiment rigolo.

— Allez, Bleu », fit Doc en l'aidant à se relever. « Amène-toi, tu deviens ridicule. »

Chelini passa son bras autour des épaules de Doc. « Ces couleurs merveilleuses. Avec de la gelée. C'est tout couvert de gelée. » Il fut pris d'un fou rire.

« Il est cool, dit Lamonte. Il est vraiment au poil. »

Cinq heures plus tard, ils planeraient à nouveau, mais en l'air, audessus de la vallée du Khe Ta Laou.

AOÛT 1970

EXTRAIT DU JOURNAL DE MARCHE ET DES OPÉRATIONS *

ENSEMBLE DES RÉSULTATS CONCERNANT LES OPÉRATIONS DANS LA ZONE O'REILLY/BARNETT/JÉROME POUR LA PÉRIODE DE DIX JOURS PRENANT FIN À 23 H 59 LE 10 AOÛT 70 :

97 ENNEMIS TUÉS, 15 PAR UNITÉS US - 82 PAR L'ARVN ; 18 ARMES INDIVIDUELLES RÉCUPÉRÉES PAR L'ARVN. 5 SOLDATS ARVN ONT ÉTÉ TUÉS AU COMBAT, 33 BLESSÉS. PERTES US : 2 BLESSÉS LÉGERS.

LES 11 ET 12 AOÛT, UN TOTAL DE 112 ENNEMIS ONT ÉTÉ TUÉS ET 17 CAPTURÉS À PROXIMITÉ DE FS/OB O'REILLY. UN CONTACT AUX ARMES LÉGÈRES AYANT ENGAGÉ DES ÉLÉMENTS DES 1er ET 4e BATAILLONS, 1er RÉGIMENT ARVN, A ENTRAINÉ LA MORT DE 19 ENNEMIS. LE 2e ESCADRON (AMBL), 17e CAVALERIE (101 e) ET L'APPUI DES HÉLICOPTÈRES ARMES ONT INFLIGÉ 70 MORTS À L'ENNEMI. UN SOLDAT ARVN A ÉTÉ TUÉ ET 11 BLESSÉS PENDANT LES DEUX JOURS DE CONTACT.

* Les extraits du Journal de marche et des opérations intercalés entre les chapitres ont été adaptés du document AD 515 195 du Centre de documentation de la Défense : *101 st Airborne Division, Operations Report. Lessons learned for the period ending 31 october 1970 ;* déclassé le 11 novembre 1977.

CHAPITRE 10

13 août 1970
Déploiement et attente

La lune, jaune et basse à l'horizon, dépassait à peine la masse sombre des montagnes. Plus haut, tout était bleu-noir. Assis, appuyés contre leurs sacs, allongés à même la terre dont le froid passait dans leurs muscles et leurs os, quatre-vingt-quatre hommes essayaient de rattraper un peu de sommeil, de faire passer le temps sans que la fatigue augmente. Paisiblement nichés dans les profondes ravines creusées par la mousson autour de la piste d'atterrissage, ils s'efforçaient de ne pas penser, de dormir sur la pierre, le gravier ou l'argile dure de la zone de déploiement d'attente. Vingt soldats dans cette ravine ; trente dans la suivante ; encore vingt-quatre de l'autre côté de la piste. Quelques-uns s'étaient installés dos à dos sur la mince crête qui séparait les ravines. Ils fumaient, les points rouges des cigarettes dansaient dans l'obscurité.

Pour Chelini, la piste ressemblait à un mini-circuit de deux cents mètres pour dragsters ; pour Jackson, à une oasis au-dessus des brumes qui enveloppaient les rizières environnantes ; pour Minh, à un immense dragon entre les pattes duquel s'agitait une portée de quatre-vingt-quatre petits. Les moussons de l'hiver précédent avaient rongé les bords de la piste, maintenant entamés par de profondes crevasses en V pointu. Le soleil de la saison sèche avait cuit l'argile ocre et la pierraille rouge jusqu'à former une mesa étroite et dure. On avait remblayé et arasé la piste, mais conservé les cavités en bordure, qui pouvaient servir de tranchées.

Dans la pénombre d'avant l'aube, une deuxième vague de Chinook CH-47 * approchait de la zone. On les devinait avant de distinguer quoi que ce soit ; ensuite, très haut au-dessus de la mer de Chine, de puissants phares devenaient visibles ; l'air se mettait à vibrer légèrement ; enfin venait le dur slap-slap des pales fouettant le ciel. Les hommes n'arrivaient pas à garder les yeux fermés ; ils ne pouvaient s'empêcher d'observer l'arrivée des hélicoptères, de sentir le temps progresser lentement.

Sur la piste, un feu à éclats se mit à clignoter, un radio lançait des instructions dans son combiné. Il se déplaçait entre les éclairs stroboscopiques comme un personnage sautillant de vieux film muet. Les silhouettes sombres des hélicos grossissaient dans le ciel ; le bruit s'amplifiait, enveloppant la piste de pulsations rapides et déchirant l'air. Fasciné, Chelini regardait les orientateurs-marqueurs guider les appareils au moyen de torches électriques à embout rouge. Le feu à éclats fut éteint ; les hélicoptères descendirent, restèrent en vol stationnaire, descendirent encore. Dans l'ombre des tranchées, les hommes s'abritaient derrière leurs sacs, serraient leur col de chemise ; certains se couvraient même la tête de serviettes kaki. Chelini les observait naïvement. Le souffle des rotors envoya gicler poussière, sable et pierraille vers les tranchées. Les machines se posèrent enfin, les portes ventrales s'ouvrirent pour lâcher de nouvelles troupes qui gagnèrent aussitôt l'abri des tranchées. Les hélicos décollèrent, des volées de sable fouettèrent à nouveau les ravines.

« Bon, brailla une voix, les hommes de la compagnie Charlie, par ici. Pas de mélange avec Alpha. »

Le silence revint. Dans la première tranchée, les hommes relevaient la tête, secouaient le sable de leurs cheveux et se frottaient la peau du crâne. Ils passaient la main sous leur chemise pour en extraire encore du sable, puis se rallongeaient sur la pierraille en respirant les flux d'échappement. Ils tentaient de trouver le repos. Chelini recracha de la poussière, s'efforça de chasser le sable de ses yeux et de ses oreilles. Ils étaient maintenant cent cinquante-deux fantassins à attendre nerveusement la suite.

Le ciel virait au gris. Sur l'aire des hélicoptères, au-dessus de Camp Eagle, un Huey se présenta et atterrit. Le dos voûté, les bras chargés de caisses vert armée, des hommes du ravitaillement approchèrent et se mirent à empiler le matériel sur le plancher métallique de l'appareil. Un officier d'opérations et un sous-officier du ravitaillement embarquèrent. Le Huey décolla. Deux compagnies du 7/402 avaient déjà gagné la LZ Sally à bord des gros CH-47. A 06 h 05 au point du jour, la troisième vague de Chinooks quitta Camp Eagle pour la ZDA, distante de vingt-huit kilomètres.

La zone de déploiement d'attente se trouvait sur le bord ouest de la LZ Sally, minuscule avant-poste entre le QG tentaculaire de la 101e à Eagle et la base de la 3e brigade à Camp Evans. Vue du terrain, la troisième vague de CH-47 ressemblait à une nuée de mouettes pataudes. Les engins venaient d'apparaître à un endroit du golfe où terre, mer et ciel se fondaient en une mince et longue traînée gris-bleu-vert. Les Chinook grossirent à l'horizon, une nouvelle fois le profond slap-slap des pales fouetta l'air.

« Merde, gémit Chelini, les revoilà. » Il recula sur le côté, à l'abri de son sac à dos, et observa les monstrueuses panses kaki qui descendaient lentement. Les rotors de vingt mètres devenaient flous. Le souffle et la poussière projetée étaient si violents qu'il dut fermer les yeux, s'enfouir la tête sous les bras et remonter les genoux vers sa poitrine pour empêcher le vent de pénétrer.

Il y avait maintenant trois compagnies en place dans les ravines. D'ici huit heures, deux compagnies supplémentaires devaient venir se joindre à elles, ainsi que trois équipes cynophiles et trois équipes de tireurs d'élite. A 08 h 17, l'attaque de la vallée du Khe Ta Laou commencerait.

Le 15 mai 1970, le 7e bataillon du 402e d'infanterie fut réorganisé suivant le tableau d'effectifs et de dotation (TED) de l'état-major de l'armée de terre 7-35 F. L'escadron de commandement et des services fut organisé suivant le TED 7-36 F et les compagnies d'infanterie suivant le TED 7-37 F. Quelques mois plus tard, les compagnies D et E furent ajoutées aux effectifs. La compagnie E était un élément d'appui feu doté de mortiers 81 mm et de canons sans recul 90 mm. Une section reconnaissance conçue pour opérer soit en section d'appui feu de mobilité élevée soit en équipes reco de six hommes sous le contrôle direct du chef de bataillon fut rattachée à la compagnie E.

Officiellement, une unité d'infanterie aéromobile organisée selon ces TED possédait, avec ses effectifs complets, la capacité de : aborder l'ennemi par la combinaison du feu et du mouvement afin de le détruire ou de le capturer ; repousser les attaques de l'ennemi par ses moyens de feux, le combat rapproché et la contre-attaque ; s'emparer d'une position et la tenir ; mener des actions indépendantes sur une échelle limitée ; manœuvrer sur tout type de terrain et dans toutes sortes de conditions météorologiques ; participer fréquemment à des opérations aéroportées.

A effectifs complètement réalisés, les compagnies d'infanterie pouvaient mettre sur le terrain cent vingt et un hommes plus six détachés temporaires. Une compagnie se composait de trois sections et d'un PC. Chaque section comprenait trois groupes de douze hommes et un PC de section. Un groupe était formé de sept fantassins, d'un tireur au *thumper* (lance-grenades M79), d'un mitrailleur (M60) et de son servant (portant un M16), d'un radio (portant un M16) et du chef de groupe.

Les PC de section consistaient en un chef de section (normalement, un lieutenant), un sous-officier adjoint de section, un médecin (détaché) et un radio. Détachés auprès du PC principal se trouvaient le médecin de la compagnie, un observateur avancé de l'artillerie (normalement, un lieutenant) et un éclaireur Kit Carson — un agent de liaison-interprète-éclaireur vietnamien.

Le 13 août, la compagnie A était à 68 % de ses effectifs, situation typique de l'ensemble du régiment. La compagnie Bravo était à 70 % de ses effectifs, Charlie à 59 %, Delta à 66 % et la section reco d'Echo à 74 %. L'escadron de commandement et des services en poste à Eagle réalisait 81 % de ses effectifs.

Une unité militaire tend à acquérir un caractère qui lui est propre, une identité formée par son histoire, ses traditions et la personnalité de son chef. Le groupe devient un prolongement du chef de groupe ; la section, un compromis entre le chef de section et le sous-officier adjoint de section ; la compagnie est le corps du capitaine ou du lieutenant placé à sa tête. Le bataillon est sans doute l'ultime échelon où le fantassin de base puisse ressentir les lubies du chef, ses préférences et ses antipathies ; pourtant, même à l'échelon du régiment, un colonel marque la personnalité collective des unités placées sous sa responsabilité. Le phénomène est encore ressenti à l'échelon de la division, du corps d'armée et de l'armée. Au début d'août 1970, les forces militaires américaines au Vietnam comprenaient 403 900 hommes : 293 600 relevant de l'armée de terre, 22 600 de la marine, 48 200 de l'aviation, plus 39 300 *marines,* et 200 gardes-côtes. Tous exprimaient les multiples facettes d'une personnalité américaine, celle du haut-commandement MACV à Saigon, du Pentagone, de l'état-major interarmées et du Président lui-même, commandant en chef suprême des forces armées US.

La personnalité de la 101e division était dure, spartiate, peut-être la plus spartiate de toutes les unités au Vietnam. Elle tirait, de propos délibéré, son origine et son orientation de l'*esprit de corps* [1], du style et de l'ardeur des troupes aéroportées pendant la Seconde Guerre mondiale. Tradition, héritage, dureté et « aéroportés jusqu'au bout » : c'était la 101e. Ses effectifs avaient livré bataille de toute l'Europe : à Eagle's Nest, à Berchtesgaden et Zon ; ils avaient enduré Bastogne, avec le célèbre « merde » du général Anthony C. McAuliffe en réponse aux demandes allemandes de reddition ; ils avaient sauté en Normandie le jour du débarquement. Au Vietnam, les bases portaient les noms de batailles et d'opérations de la Seconde Guerre : Veghel, Bastogne, Eagle's Nest, Ripcord, Airborne, Checkmate, Rendez-vous et Destiny.

En 1969, la division devint aéromobile et l'année suivante, la plupart des effectifs n'étaient plus vraiment des parachutistes qualifiés. Cependant, la majorité des officiers supérieurs détenaient toujours le brevet.

Le lieutenant-colonel Oliver Henderson, l'Homme Vert, comman-

1. En français dans le texte.

dait le 7/402. C'était un chef de forte personnalité. Plus fort est le chef, plus il influe sur les hommes placés sous sa responsabilité, et l'Homme Vert exerçait sur son unité un commandement sévère, exigeant. Il s'accordait peu de luxes et n'en accordait aucun à ses hommes. Henderson ne semblait pas conscient du processus de retrait des troupes américaines et du ralentissement des opérations. Il était occupé à se battre. Son régiment SKYHAWKS était une fière unité combattante.

Chaque unité d'infanterie possédait un esprit d'indépendance qui lui était propre, et cela aussi relevait d'une volonté délibérée. Chaque compagnie, chaque section, chaque groupe, chaque homme était responsable, en son propre nom d'abord, mais aussi au nom de chaque échelon en remontant la hiérarchie. Le fantassin, l'unité d'infanterie — à la différence des autres forces —, opèrent seuls. Certains chefs attendaient encore de leurs troupes une obéissance d'automates, mais, surtout depuis les révélations de My Lai, ce n'était plus là le style de commandement en vigueur, ni la doctrine officielle, et ce n'était pas le style de l'Homme Vert. On attendait des soldats qu'ils obéissent aux ordres, mais également qu'ils connaissent les usages du pays hôte et les conventions internationales. Si un supérieur s'écartait de ces régles, le soldat devait protester. Dans la plupart des cas, on lui demandait d'analyser la situation de manière à adopter la meilleure marche à suivre en fonction de l'objectif militaire. L'une des conséquences de My Lai fut qu'un soldat ne pouvait plus désormais justifier une action barbare en disant : « Je n'ai fait qu'obéir aux ordres. » L'Homme Vert mettait fortement l'accent sur le fait que chaque individu représentait une parcelle de son propre commandement et qu'il était responsable de ses actions.

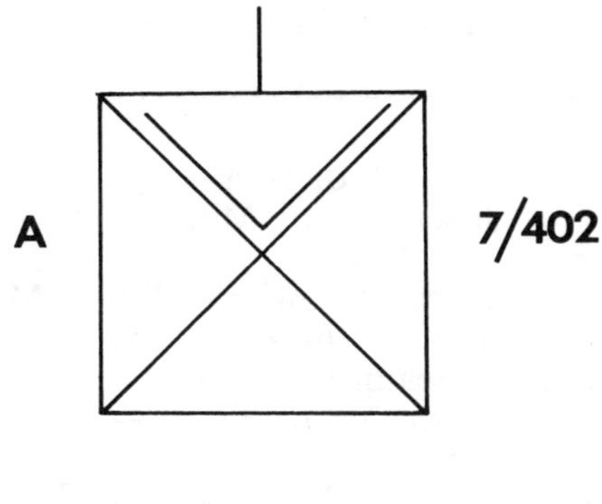

L'organigramme p. 153 donne l'articulation et le tableau d'effectifs de la compagnie Alpha, 7e bataillon du 402e d'infanterie (aéromobile) au matin du 13 août 1970. Liste des sigles utilisés :

S = Servant (mitrailleuse)
OA = Observateur Avancé
EKC = Éclaireur Kit Carson
M = Médecin
M60 = Mitrailleur
M79 = « Thumper » (lance-grenades M79)
R = Radio
CG = Chef de Groupe

COMMANDEMENT

Lieutenant Rufus Brooks — chef d'unité
Lieutenant Emory Wurzback — commandant en second
Adjudant-chef Eduardo Laguana — adjudant de compagnie

PC AVANCÉ

Lt Rufus *LT.* Brooks
Sgt Alexander *Doc* Johnson — M
Sgt Rafael *El Paso* Pavura — R
Caporal Bill Brown — R
Caporal Tim Cahalan — R
Lt William *OA* Hoyden — OA
Sgt Le Huu Minh — EKC

SERVICES

Lt Emory Wurzback
Adj-chef Eduardo *Top* Laguana
Sgt Mitchel King — secrétaire
1re classe John Swenson — magasinier
1re classe Mike Sheehan — armurier

1re SECTION

PC

Lt William Thomaston — chef de section
Sgt Daniel Egan — sous-officier adjoint
Caporal James *Le Bleu* Chelini — R
Caporal David McCarthy — M

1er GROUPE

Leon Silvers — CG
Steven Hoover — R
Lee Marko — M60
Bryan Brunak — S
Marty *Numbnuts* Willis M79
William *Jax* Jackson
Thomas *Happy* Lairds
Bo Denhardt

2e GROUPE

Joseph *Monk* Moneski — CG
Robert Growitz — R
Vondel *Boom-Boom* Beaford — M60
Albert *Smitty* Smith — S
James Polanski — M79
Robert Murphy
John Hall
Ellis Michaels

3e GROUPE

Clayton *Whiteboy* Janoff — CG & M60
Daniel Andrews — R
Justin Hill — S
Melvin Harley — M79
William *Cookie* Frye
Greg Kirtley
Joseph Mullen

2e SECTION

PC

Lt Frank De Barti — chef de section
Sgt-chef Jonnie *Pop* Randalph — sous-officier adjoint
Sgt Paul Calhoun — R
Sgt Woodrow Hayes — M

1er GROUPE	2e GROUPE	3e GROUPE
Camillo Baiez — CG	Alex Mohnsen — CG	Larsen *Catman* Catt — CG
Richard Shaw — R	Ezra Jones — R	Carlos Fernandez — R
Michael De Souza — M60	Mike Smith — M60	Homer Broadhead — M60
Ronald Pettington — S	Jerome *Garbageman* Clement — S	David Easton — S
James Woods	Dewey Greer — M79	Raymond Humphries
Sylvester Price	Bob Roberts	Theodore Hackworth
William Riviera	Ralph Sklar	George Ibock

3e SECTION

PC

Lt Larry *Boy Asshole* Caldwell — chef de section
Sgt-chef Donald White — sous-officier adjoint
Sgt Stan Kinderly — R
1re classe Darryl Korman — M

1er GROUPE	2e GROUPE	3e GROUPE
Rafe *The Rapper* Ridgefield — CG	Andrew Spangler — CG	Bobbie Hampton — CG
Terry *The Reverend* Snell — R	Johnny Jenkins — R	Charles Smith — R
Don Nahele — M60	Kurt Bowerman — M60	James Cooley — M60
John *Queenie* McQueen — S	David Tischman — S	Juan Rodriguez — S
Philip Leahman — M79	James Arasim	Robert Craig — M79
Carl Adam	Harry Brown	James Roseville
Michael Bozarth	Louis Phillips	Eddie Hudson

Jusqu'aux premières heures du jour, le Bleu était resté blotti dans sa tranchée de la LZ Sally, hébété, silencieux — et pourtant, il avait envie de parler. Il voulait demander quelque chose à Jax, mais aucune question ne lui venait. Il ne trouvait pas le repos. La pensée de l'attaque proche raidissait ses muscles et lui nouait l'estomac.

A 04 h 00, ç'avait été le réveil, puis la bouffe, puis le paquetage, et magnez-vous le cul ! La course depuis les quartiers du bataillon en grimpant la colline jusqu'à l'aire des hélicos du Zéro-deux, et là, l'attente. A 04 h 40, magnez-vous dans le Chinook ; à 05 h 03, giclez de l'hélico et filez dans les tranchées. Et là, on attend. « Magnez-vous et attendez, avait-il grogné. POP. Procédure Opérationnelle Permanente. »

Pendant tout ce temps, personne ne lui avait adressé la parole, comme s'il ne les connaissait pas, comme s'il n'avait pas passé toute la nuit à boire, fumer et discuter avec eux. A nouveau, il était un étranger.

Il faisait toujours froid dans les tranchées et ça manquait de confort. Il tripotait nerveusement son casque, son fusil, sa radio, espérant entendre quelqu'un faire la même chose pas trop loin pour pouvoir lui adresser la parole. Il se rallongea et ferma les yeux, essaya de les garder fermés sans que ça lui coûte un effort, pour que la détente suive naturellement, mais ses paupières n'obéissaient pas.

Le ciel devenait gris. Les montagnes à l'ouest prenaient une teinte vert-noir ; le demi-jour montant accentuait les lignes de crête, mais une ombre d'un noir profond croupissait encore dans les canyons et s'accrochait aux ravines. Des bribes de conversations laconiques et des grognements prolongés brisaient le silence, le repos difficile.

Doc souffrait d'une gueule de bois, en plus de sa bosse à la nuque et de son front écorché. Penser à cette blessure ouverte l'énervait. « Quelle merde. Une coupure, c'est vraiment la merde. Le putain de casque frotte et te la garde ouverte et t'as toutes les bactéries que tu veux. Cette connerie va s'infecter. Je peux pas mettre de casque. » Il attacha son casque au-dessus de son sac à dos, secoua le sac pour s'assurer que le casque était bien fixé et ne ferait pas de bruit pendant la marche.

« Ça, c'est une bonne coupure, fit Jax. J'en voudrais bien une comme ça. Moi, je crois que j'ai la crève. C'est bon aussi.

— T'as besoin d'un truc pour ça ?

— Pas question. Pas encore. J'ai la crève et je me la garde.

— T'as besoin d'un truc.

— J'ai besoin de cette crève, c'est tout. Elle est mauvaise, hein ?

— A t'entendre, oui.

— Genre bronchite ?

— Ça en prend le chemin.

— Ouais, c'est bon. Encore trois ou quatre jours et je me paye une pneumonie. Faut que je continue de fumer.

— Y a encore des clopes dans le sac de réserve.

— Je vais m'en chercher quelques-unes. T'en veux ?

— J'ai ce qu'il me faut.

— Si je chope une pneumonie d'ici quelques jours, tu vas m'expédier en repos, au pieu pour une semaine.

— Si tu la chopes.

— Je te parie que je peux en tirer un mois. » Jax sortit son peigne et fit bouffer son afro. « Après, avec la venue des pluies, ils vont même plus renvoyer le vieux Jax au casse-pipe. Je vais dans ma piaule avec ma pipe à eau et me défoncer. Laisser pisser jusqu'à ce que, BANG, LA QUILLE ! »

Un matin pâle infiltrait les dernières lueurs de la lune et s'y mêlait jusqu'à les dissoudre. Une quatrième vague de Chinook mit à terre la compagnie Delta. Un soleil chaud attaquait déjà l'argile ocre ; le sol devenait brûlant ; l'air matinal perdit sa lourdeur et les brumes se dissipèrent au-dessus des rizières. Le soleil se fit aveuglant. 246 *boonierats* blottis dans les ravines se couvraient les yeux et la tête de leurs serviettes ou masquaient leur visage sous les casques lourds dans l'espoir que le temps filerait sans qu'ils aient à subir le poids de chaque minute, ces minutes interminables d'attente avant le début de l'assaut — rien à voir avec les minutes au vestiaire avant le grand match, ni avec celles passées dans les coulisses avant le lever de rideau de la générale. Ce sont des minutes qui ne se comparent à rien d'autre, des minutes de soldat, de *boonierat* : des éternités indiscernables, pénibles, qu'on endure dans la solitude à vingt mille kilomètres de chez soi. Dès le début de l'attaque, ces minutes changent de nature. Ce sont des minutes pleines. Mais les autres, juste avant... ces minutes-là. Peut-être les dernières.

Du haut des tranchées, les adjoints de section — Egan, 1re ; Pop Randalph, 2e ; Don White, 3e — observaient leurs hommes tout en bavardant avec la décontraction caractéristique des anciens. Ils riaient des vannes qu'ils échangeaient, juraient, sanctionnaient d'un geste les fausses manœuvres de l'un ou de l'autre. Le soleil s'acharnait sur la peau claire et tavelée d'Egan. Le visage de Pop, d'un rouge brunâtre profond avec des yeux larmoyants cernés de rides, était couvert d'éclaboussures aux endroits où la poussière restait collée par la sueur. Don White, un grand type filiforme et noir de café, se foutait pas mal des atteintes du soleil et charriait Egan qui passait de la pommade sur ses lèvres.

« Saloperie de merde de bordel de con », grognait le rouquin en grattant les grains de sable plaqués sur son visage et ses bras, là où le soleil le brûlait. « J'en ai marre de ces conneries de Shithooks * et de ce putain de soleil REMF. »

Egan se pencha pour farfouiller dans le sac de réserve à ses pieds. On y trouvait bonbons et cigarettes, lames de rasoir et crème à raser, dentifrice et brosses à dents aussi bien que crayons, papier à lettres et diverses autres bricoles. Les deux autres puisèrent à leur tour et laissèrent le sac ouvert à la disposition de qui voudrait monter se servir. De temps à autre, un homme grimpait, prenait des cigarettes ou des confiseries, puis regagnait sa tranchée. Egan s'empara d'un bloc de correspondance bleu clair, se redressa et cracha vers la ravine avant de s'éloigner d'un pas nonchalant. Et merde, Mick, ça roule. Sa section était prête — depuis deux heures. La compagnie Echo n'était toujours pas là.

Les commandants de compagnie, les officiers d'opérations et les sous-officiers du renseignement formaient de petits groupes sur l'aire de poser. Ils avaient vu et revu des heures auparavant le calendrier d'engagement et les objectifs de l'opération. Silencieux pour la plupart, ils n'attendaient plus que l'ordre de faire mouvement. Les équipes de *snipers* arrivèrent à bord d'un Huey et se présentèrent à leurs compagnies respectives. Les hommes posèrent leurs sacs, puis se regroupèrent sur l'étroite crête qui séparait les ravines d'Alpha et de Charlie. Silencieux également, ils fumaient ou vérifiaient leurs armes et leurs équipements de visée.

Les chefs de section d'Alpha rejoignirent Pop et Don White près du sac de réserve. Tous trois étaient de jeunes lieutenants, à peine plus de vingt ans, blancs, purs produits des EOR américaines. Deux d'entre eux portaient des M16 et Larry Caldwell une CAR-15 *. Pop ricana à la vue de la carabine. Un tas de merde, pensait-il, ça toucherait pas un buffle à deux mètres. Le canon est trop court, le ressort récupérateur déconne et le foutu bazar s'enraye un coup sur deux. Je me demande pourquoi Brooks laisse Boy Asshole se trimbaler avec ça.

Dans la tranchée au-dessous d'eux, un homme acheva la lecture d'un numéro des *Fantastic Four* et le tendit à son voisin, plongé dans l'examen d'une revue de cul particulièrement usée qu'il passa à un autre soldat, debout contre la paroi. Celui-ci lisait un ouvrage sur les religions au Vietnam. Il s'interrompit pour feuilleter le magazine, puis le fit passer et reprit son livre. Les hommes qui n'en pouvaient plus de rester assis se levaient pour tromper leur attente. Il n'y avait rien d'autre à faire, et il n'était plus question de se reposer. Pour s'occuper, certains rajustaient les courroies de leurs paquetages, vérifiaient les goupilles des grenades fixées de chaque côté du sac, serraient tout ce qui paraissait avoir du jeu, s'assuraient que leurs réserves de munitions étaient faciles d'accès. D'autres nettoyaient leur fusil, l'astiquaient, le graissaient. Le nettoyage des armes était le geste le plus répétitif de l'infanterie. Démonter l'arme, nettoyer l'arme, remonter l'arme, vérifier puis tout recommencer. Le temps passait.

Un gros rire éclata dans une ravine à mi-hauteur de la piste, un boyautage sonore bientôt suivi d'une éruption secondaire de petits ricanements. Dans les autres tranchées, des hommes se dressaient et tordaient le cou pour chercher à voir quelque chose. Chelini se hissa au bord de la paroi, vit le gag et sourit. Mais le fait d'avoir regardé sembla tuer la drôlerie de la chose et le calme revint dans la tranchée. Chaque soldat retourna à son petit monde.

Les fantassins nerveux, les petits groupes de sergents, de lieutenants et de capitaines, composaient une sorte de conscience collective de l'Amérique. Chelini, Egan, Doc, Silvers, Brooks, tous ces hommes étaient des produits de la Grande Expérience Américaine : noirs, bruns, jaunes, blancs, rouges, tous enfants du Melting Pot. Dans leurs actes, le passé continuait de s'épanouir, de fleurir sur l'humus d'une antiquité dépérie ; les tiges des jours encore proches et vivaces continuaient de porter leurs bourgeons. Leur dénominateur commun était celui de la société américaine des années 50 et 60, une culture télé, l'expérience de l'armée — instruction élémentaire, spécialisation, entraînement au Vietnam, SERTS, Zéro-deux, et maintenant l'attente dans les tranchées de la LZ Sally, I Corps, république du Vietnam.

Un sentiment d'urgence, une impatience communicative, s'emparèrent des hommes. A l'écoulement pénible des minutes succédait une soudaine agitation ; gestes et pensées s'accéléraient à mesure que l'heure du décollage approchait.

A l'extrémité nord de la piste, Egan était assis seul au bord d'une ravine, jambes pendantes. Il repensait au Monde, à son Monde d'avant le Nam. Finalement, je ne lui ai jamais envoyé ces croquis, se dit-il. Il revoyait ces plans de deux maisons qu'il avait dessinés au moment où il préparait architecture. Quand Stephanie et lui étaient étudiants, il dessinait des maisons pour elle et elle décorait des intérieurs pour lui. Chacun travaillait en pensant à l'autre et pourtant ils s'envoyaient rarement leurs projets. Merde, Mick, tu les lui apporteras à ton retour. Il contempla un moment les rizières, puis baissa les yeux vers le bloc posé sur ses genoux. Il commença une lettre à Stephanie, sans date ni formule de politesse.

> Tu occupes à nouveau mes pensées. Ça fait trois ans, quatre peut-être, qu'on était étendus ensemble sur la pelouse fraîchement tondue, chauffée par un beau soleil de printemps. Il se peut que ça remonte encore plus loin, cinq ans, depuis qu'on se promenait dans les rues sombres, juste avant que le jour se lève, ou depuis la première fois qu'on écoutait ensemble la *Fantasia*

de Sandy Bull [1], allongés par terre dans ta chambre. Je me rappelle chaque instant, chaque parole dite, tout ce qu'on a fait. Je ne sais pas comment, mais tout le temps passé ici n'a pas entamé mes souvenirs. Les jours avec toi se détachent avec la même netteté que si c'était aujourd'hui, malgré tout ce qui est arrivé depuis. Il me semble que je riais beaucoup. Il faudrait que tu me le dises, parce que je ne ris plus comme ça et il est possible que ça ait été déjà le cas à l'époque, que je me figure simplement que je riais beaucoup quand je repense à nous deux. Il faut que je sache s'il y a vraiment eu entre nous ce que je crois sentir, ou si c'est juste un truc que je m'imagine maintenant, mais que ce n'était pas ça dans la réalité.

Quand j'ai été appelé — je n'ai pas été appelé, je me suis engagé. Tu savais ça ? Est-ce que j'ai été assez honnête pour te le dire ? Je crois que tu l'avais compris de toute façon. A présent, je l'ai vécu, j'ai l'expérience, j'en ai eu plus que mon compte, et je pense que j'aurais pu rester près de toi, et tu aurais été toute l'expérience dont j'avais besoin. Mais si je n'étais pas parti, je ne l'aurais jamais su. Stephanie, on déclenche une nouvelle opération ce matin et il faut que j'y aille. Je reprendrai ça plus tard.

Leon Silvers se sentait nerveux, lui aussi. Ses voisins de tranchée, Minh, Whiteboy et Doc, s'agitaient, mais sans desserrer les lèvres. Silvers ouvrit son journal et se mit à rédiger la première entrée du jour.

223e jour. J'observe mes frères *boonierats* autour de moi et leur sincérité me stupéfie. La mienne aussi, d'ailleurs. Je ne sais si je suis ou non le gardien de mon frère, ou si je devrais l'être. J'ignore s'il est moralement juste pour mon pays de tenter d'aider un autre pays à mettre un terme à l'infiltration d'un troisième. Je ne sais pas si nous devons combattre et verser notre sang, tout en faisant verser le leur à ceux que nous tentons de secourir et en faisant aussi pas mal couler celui de l'ennemi. Peut-être que non. Et peut-être que nous n'aurions pas dû aller en Corée non plus. Ni en Europe pour les deux guerres mondiales. Je ne sais si la morale a quelque chose à voir là-dedans. Pourtant, je regarde autour de moi et je vois tous ces jeunes hommes. Comment pouvons-nous sentir cette responsabilité. N'est-ce pas un sentiment moral ?

1. *Fantasias for guitar and banjo* (Vanguard). Sandy Bull eut une certaine notoriété vers le milieu des années 60 *(N.d.T.)*.

Tout humain est mon frère.
Ne suis-je pas le gardien de mon frère ?
Et si l'un de mes frères
Se tourne contre un autre,
Ne m'appartient-il pas
De préserver la vie de celui-ci ?
Tout humain est mon frère.
Je ne souhaite pas prendre le parti d'un de mes frères
Contre un autre frère.
Je ne souhaite pas qu'un de mes frères
Prenne parti contre moi.
Mais si tout humain est mon frère,
Ne dois-je pas être le gardien
De mon frère dans le besoin ?

Pourquoi certains de mes frères *boonierats* pensent-ils que nous devrions nous retirer complètement ? Ne serions-nous pas alors comme tant de juifs qui, dans les années 30, se sont laissé maltraiter ? En regardant autour de moi, je me dis que ces hommes — du moins, la plupart d'entre eux — pensent comme moi que nous devons être présents ici. Si nous partions, ce serait immoral. Et si notre comportement devient immoral, ce sera notre mort spirituelle, nous serons voués à errer dans le désert.

Silvers s'interrompit pour jeter un coup d'œil autour de lui. Il faisait très chaud, et toujours rien à faire. Il tira une feuille vierge à la fin de son journal et commença une lettre pour son frère.

Vendredi 13 août 70

Ab,

Ainsi donc, ta nana veut que tu l'épouses ? Pas de problème, GI. Tu veux que je fasse traîner ? Je t'arrange le coup. Et avec tact, s'il te plaît. Commence par lui dire que tu peux pas te marier avant mon retour — ce qui est vrai, d'ailleurs. Faut que je sois là. Ça fera dans les cinq mois, ce qui nous amène en janvier, et comme personne se marie en janvier te voilà peinard au moins jusqu'au printemps. Il me reste un an à tirer après mon départ d'ici, et on peut pas savoir dans quel coin ils vont m'expédier, d'où il me sera impossible de revenir dans les temps, ce qui nous renvoie jusqu'à l'hiver suivant. Peut-être que la chose à lui dire serait ceci : tu tiens à te marier en

Europe pendant que tu seras en train de piloter une formule 3 ou 2 (si t'arrives à dévaliser une banque). Quoi de plus romantique que de se marier en bord de piste à Monte-Carlo alors qu'une fuite d'huile vient de t'éliminer de la compétition ? Les voitures continuent de filer, tu es couvert d'huile et déprimé. Ta promise porte un ensemble de cuir blanc : short, boléro (pas de soutien-gorge) et bottines. Présente-lui comme ça et elle insistera pour reculer la cérémonie jusque-là. Et là, tu tiens un sursis accordé par le gouverneur en personne.

Maintenant, les affaires courantes. Comment ça se présente, pour la Hawke Super Vee ? C'est une bonne bagnole ? As-tu vu la nouvelle Lola, et toutes les autres ? Ça m'inquiète un peu, cet achat. Vous autres représentants, on peut vous refiler n'importe quoi. Est-ce que tu comptes descendre jusqu'à soixante-douze kilos ? J'ai comme un sentiment que ça pourrait être une année formidable. Je ne veux pas dire côté finances, mais formidable à cause des ouvertures pour la suite de ta carrière.

Je songe sérieusement à rejoindre oncle Jack dans les affaires. Il m'a écrit, il me fait une proposition vraiment sympa : il veut que j'obtienne une licence de représentant et que j'ouvre une agence pour lui et moi. C'est un truc qui pourrait me plaire. J'ai besoin d'avoir un endroit à moi, disons moitié à moi, mais où on ne voie jamais l'autre moitié.

Je joins quelques notes sur la situation en Asie du Sud-Est, telle que je la vois. Peut-être aimerais-tu les lire à quelques jeunes personnes et puis les amener pour m'attendre à l'aéroport avec leur petite culotte baissée. Encore deux mois jusqu'à la perme. Je m'en vais baiser à couilles rabattues à Bangkok.

La suite à plus tard,
Leon

Assis à l'écart en bord de piste, le dos et la nuque chauffés par le soleil, le lieutenant Rufus Brooks regardait vers l'ouest, par-delà ses hommes qui s'agitaient dans la tranchée, par-delà les rizières où l'on apercevait soudain des paysans qui semblaient surgis de nulle part, par-delà les brouissailles brun-vert des collines basses ; son regard se concentrait sur les montagnes. Dix mille soldats auraient pu se trouver là, ou bien aucun, il ne se serait rendu compte de rien. Je l'ai persuadée qu'*elle* n'était pas à la hauteur ! Il aurait hoché la tête de découragement s'il s'était senti la force de bouger un muscle.

« Hé ! lieut ! » chuchota Egan, venant du coin où il s'était installé pour écrire. Il s'assit à côté de Brooks, suivit la direction de son regard. « Qu'est-ce qui se passe ? »

Brooks, les yeux toujours fixés sur les montagnes, attendit un moment avant de répondre. « Je repensais à la nuit dernière. » Il n'avait pas envie de parler de sa femme.

« Ouais, convint Egan. C'était un peu dur, à la fin.

— Ouais. »

Le silence retomba. Brooks savait qu'Egan voulait lui remonter le moral, mais il ne se sentait pas encore prêt à discuter de son problème avec qui que ce soit. Il finit par demander :

« Sais-tu ce qui cause la guerre ?

— Oui », fit Egan, soulagé. Lui non plus n'avait pas trop envie de parler, mais il s'y sentait obligé par amitié. « C'est quand des gens se tirent dessus pour un bout de terre. S'ils font ça tout connement sans réfléchir, c'est une querelle de clochers, mais s'ils ont un timbré quelconque à leur tête, c'est une guerre.

— Non, dit Brooks. C'est notre façon de penser. Les gens se mettent en guerre par la pensée. » Il était heureux de revenir à sa réflexion sur la causalité en matière de guerre.

« Je me suis pas foutu dans celle-ci en y pensant, rétorqua Egan.

— Ce n'est pas ce que je veux dire. » Brooks eut un sourire, mais continua de garder les yeux fixés sur ses montagnes. « Je pensais surtout aux différences culturelles, à la manière dont elles affectent nos schémas mentaux, notre perception, nos actions.

— Oui, c'est un truc qu'on peut sentir. Mais je crois pas y avoir beaucoup réfléchi jusqu'ici.

— Tu sais, ce qui cause la guerre est très enraciné dans la culture américaine blanche, et l'Amérique noire est en train d'être absorbée par cette culture-là. Ce conflit est une chose impossible à comprendre pour les Américains noirs.

— C'est pas très simple pour les Blancs non plus. »

Egan avait réagi instinctivement à la pique raciale. Le silence retomba.

« Ce que je veux dire, reprit doucement Brooks, c'est que les racines de la guerre se trouvent dans l'humanité elle-même, dans chaque individu, et l'individu est fabriqué par les traditions de la culture à laquelle il appartient. Il est comme un moulage grossier qu'on apporte à l'atelier : déjà fait, mais c'est l'environnement culturel qui va assurer la finition. Il va le remodeler, tailler dans son humanité, le rendre conforme au modèle et se débarrasser de tout ce qui n'est pas jugé nécessaire, efficace ou bénéfique. » Brooks faisait à nouveau le professeur. « La culture noire traditionnelle retranche le métal guerrier ; la culture blanche l'affûte et le polit.

— Hé ! protesta Egan, c'est toi le lieut ! C'est toi le boss. Explique-moi.

— Je ne veux pas dire toi et moi en particulier, Danny. Je parle en général. C'est une chose que je veux éclaircir. Si je reprends mes études, j'arriverai peut-être à mettre tout ça sur le papier. J'ai plus ou moins commencé hier soir. Mais ça ne tient pas encore debout.

— Et merde. Ça chie pas, de toute façon. Bon, qu'est-ce qui se passe maintenant ? Il va s'arracher, ce bordel à hélices, oui ?

— Ça ne va pas tarder. Et ton bleu, comment se débrouille-t-il ?

— Je n'en sais rien. Je crois qu'il sera pas mal. Je vais aller lui parler, le regonfler un peu. »

Au moment où Egan se levait, le sergent-chef Jonnie *Pop* Randalph s'avançait vers eux. Brooks continua de contempler les montagnes. Derrière lui, Egan fit un signe à Randalph, la tête penchée de côté vers Brooks et une main en vrille à la tempe, comme pour indiquer que le lieutenant avait une case manquante.

« 'jour, mon lieutenant », fit Randalph en s'asseyant à côté de Brooks. « A ce qu'il paraît vot'régulière vous aurait refilé le carton rouge, alors je me suis dit que j'allais venir vous remonter un peu le moral. »

Jonnie Randalph, sous-officier adjoint de la 2e section, arrivait à la moitié de son troisième séjour au Vietnam. Il avait trente-six ans mais en paraissait soixante ; pendant quinze ans, il s'était trouvé affecté à plusieurs reprises au 7/402, et au régiment SKYHAWKS pour tout son temps au Vietnam. Dans un groupe social où le plus jeune a dix-huit ans et où l'âge moyen se situe autour de vingt et un, un homme de vingt-cinq ans paraît déjà âgé, et celui qui a passé la trentaine est un vieillard. Rares étaient les hommes de l'âge de Randalph qui continuaient de se coltiner un paquetage. Les *boonierats* le surnommaient Pop.

« Pop, vieil ivrogne, sourit Brooks, votre section est en place au moins ?

— Oui, mon lieutenant, ils sont en place depuis un bon moment, c'est pour ça que je me suis dit que j'allais venir faire un tour pour vous remettre les idées en place à vous aussi.

— Merci, fit Brooks en riant.

— Parfaitement, mon lieutenant. C'est des trucs qu'arrivent à tout le monde. Moi, ça m'est arrivé à peu près au bout de six semaines, le premier coup que j'ai débarqué ici. Et c'est sans doute c'qui m'est jamais arrivé de mieux. »

Brooks ne pouvait s'empêcher de rire au spectacle de ce petit bonhomme à l'air vieillot et au cuir tanné qui continuait de débiter à voix basse son histoire à grand renfort de hochements de tête et de claques sur les genoux. « La mienne, quand je suis revenu, je la regarde, et je vois qu'elle a, vous savez, elle a les jambes croisées comme ça » — et

Pop illustra son propos. « Comme si sa chatte était en or et que j'allais la lui piquer. Eh ben, je peux vous dire que ça a pas traîné. Y a qu'une façon de s'y prendre. Vous et vot'régulière, vous sautez à bord d'un de ces charters de divorcés pour l'Alabama. Vous vous pointez avec tous les autres et en un week-end, ils vous ont tous divorcés ! C'est ce qu'on a fait, bordel ! Après ça, tout le monde reprend le même vol, et comme tout le monde est divorcé, on peut commencer à s'éclater. La java la plus terrible qu'on ait jamais faite, mon ex et moi. Une putain d'orgie bien de chez nous, je vous dis pas. »

Le soleil grillait la zone d'étape. Les soldats restaient regroupés. Dans une tranchée, Leon Silvers, Doc, Minh et Whiteboy formaient un groupe serré.

Whiteboy interpella Silvers :

« Sur quoi t'écris donc tout l'temps ?

— Sur tout.

— Naah, mais sur quoi, par exemp' ?

— Mais sur tout, je te dis. Si tu laisses aller tes méninges, tu vas trouver des centaines de sujets. J'écris sur ce que je suis, sur ce que je pense.

— Tu veux dire que t'es tout le temps en train d'écrire sur ce qui se passe ici ? demanda Doc.

— Merde, rigola Whiteboy. On a rien foutu depuih' j'sais pas combien d'temps, sauf crapahuteh' sur ces putains d'pistes dans un sens pis dans l'autre, grimper ces puh'tains d'montagnes pis descendre, crapahuteh' jusqu'à c'que tu connaisses plus une colline d'une autre, ni une position d'nuit d'une autre.

— Whiteboy, dit Silvers, c'est pas parce que t'as pas quelqu'un sur le dos pour te dire ce qu'il faut penser ou ce que tu vois que t'es censé mettre ton esprit en veilleuse. Regarde cette piste. On n'est jamais partis pour une opération comme celle-ci.

— Aaah ouaih' ? Et Ripcord, le coup où on était censés tirer les aut'de la merde ?

— Putain, s'exclama Silvers, tu te rappelles ce foutoir ?

— Oui, appuya Doc. Tous les trucs, on les apprenait par la bande ; y avait pas un seul gus qu'était foutu de nous dire ce qui se passait.

— Tu parles, fit Whiteboy. Je me rappelle qu'y nous racontaient qu'y avait auh' moins quinze régiments viets dans l'coin, comme des fourmih' qui grimpent une colline. Y perdaih' des compagnies entières.

— Ça s'est passé comme ça, intervint Minh. J'ai discuté avec un éclaireur qui s'y trouvait. Ils lançaient de véritables vagues d'assaut. »

Doc ajouta des détails :

« On raconte que quand le dernier hélico a décollé de ce merdier, les *gooks* étaient tout en haut à balancer des grenades fumigènes pour les refoutre dedans. C'était l'invasion, Mista', L'INVASION !

— Ils y ont laisseh' quelques pièces d'artillerie, et paraît que les *gooks* les ont récupérées. »

Ils échangeaient de vieilles anecdotes afin de passer le temps. Chelini les entendait discuter. Il aurait bien voulu se mêler à eux, mais il ne voyait pas comment attirer leur attention. Il guettait l'occasion de placer un mot.

« Les mecs avaient piégé les tubes avec des grenades à la thermite, affirma Silvers d'un air assuré.

— Ouaih, mais ça n'a pas tout deh'truit, fit Whiteboy. On m'a dit que les *gooks* avaient pu descendre certaines pièces de là-haut.

— Non, insista Silvers. Ils ont fait donner les F-4 * pour bombarder toute la colline. Ils ont tout détruit. Merde. Rappelez-vous quand le coin était envahi. On était censés décarrer toutes les cinq minutes.

— Trois jours qu'on est restés comme ça, trois jours, fit Doc, soulignant le chiffre.

— Ouais. Putain !

— Quand y nous ont filé à chacun une poche plah'stique de plah'sma, dit Whiteboy, j'ai failli chier dans mon froc. J'avaih' une de ces trouilh' que j'en tremblais comme une feuille.

— Je connais un gars qu'était pas qu'un peu soulagé, quand ils ont fini par nous dire que Ripcord était complètement envahi : en trois jours, j'avais dû écrire une douzaine de lettres.

— C'est la seule foih' où j'ai entendu dire qu'la 101e avaih' perdu des hommes. Mais j'allaih' pas parler d'ça en écrivant chez moi. D'après ce qu'on m'a raconteh', y a eu des blessés laissés sur l'terrain.

— Ouais, dit Silvers, voilà un truc sur lequel il faut écrire. Je prends des notes pour moi-même, pour pouvoir me rappeler plus tard comment c'était vraiment, ici. Je veux pas répandre des conneries à mon retour. C'est ça la merde, avec cette guerre : tout le monde raconte des histoires, et personne dit les truc comme ils sont vraiment. » Silvers s'interrompit, puis se tourna vers l'éclaireur. « Hé ! Minh, quels sont les échos que t'as eus sur le coin où on va ?

— Je crois que je ne sais rien que vous ne sachiez déjà.

— Arrête teh' conneries, lança Whiteboy, qu'est-ce qu'y disent les autres éclaireurs ?

— Ils disent que c'est un mauvais TO. Mais ça, ce n'est pas une nouvelle pour vous. »

Jusqu'en 1968, Le Huu Minh n'avait soutenu aucun des multiples gouvernements du Sud-Vietnam : ni le Front national de libération communiste, ni les infiltrations nord-vietnamiennes, ni la présence américaine dans son pays. Jusqu'en 1968, Minh était un anarchiste. Comme de nombreux jeunes gens originaires de Huê ou de la province environnante de Thua Thien, il possédait un haut niveau d'instruction et croyait fortement à l'autonomie de sa région. Étudiant, il aimait à citer une vieille maxime vietnamienne : « L'autorité du gouvernement s'arrête aux portes du hameau. » Pour Minh, cette phrase se comprenait à plusieurs niveaux : l'autorité du gouvernement national ne s'exerçait que jusqu'à la province, celle de la province jusqu'au district, celle du district jusqu'au hameau et celle du hameau jusqu'au seuil de la maison. Personne n'avait le droit d'intervenir à l'intérieur d'une famille, et nul membre de la famille n'avait le droit d'intervenir dans les pensées d'un individu.

Minh était né dans le village de Phu Thu, à douze kilomètres au sud de Huê. Comme la plupart des petits paysans, il travaillait dans les rizières dès l'âge de quatre ans, et à six, il s'occupait des deux buffles de la famille.

En 1958, la plupart des écoles du Sud-Vietnam pratiquaient encore la ségrégation, vestige de l'époque coloniale. L'éducation qu'on accordait à tous les Européens était généralement prohibée pour les Vietnamiens. A la différence de la plupart des garçons de son village, qui ne bénéficiaient d'aucune instruction jusqu'à celle, obligée, du service militaire, Minh, âgé de dix ans, fut inscrit à l'école catholique de Phu Long. A quatorze ans, il quitta sa famille pour entrer au lycée national Quoc Hoc de Huê, celui-là même qui compta parmi ses élèves Ngo Dinh Diem, Ho Chi Minh, Pham Van Dong et Vo Nguyen Giap. En 1966, Minh accéda à l'une des trois grandes universités du Sud-Vietnam, celle de Huê, qui se divisait en cinq facultés — Droit, Médecine, Lettres, Sciences, Pédagogie — réparties à travers la ville, et comptait trois mille élèves. Minh fut inscrit à la faculté des lettres, un pas considérable pour un petit paysan.

L'université de Huê était le Berkeley du Vietnam, un centre d'activisme politique et de contestation, un refuge pour les objecteurs de conscience vietnamiens, qui pouvaient facilement y faire falsifier leurs papiers. Dès l'instant où un individu de sexe masculin possédait un moyen d'identification prouvant qu'il n'avait pas encore atteint sa dix-huitième année, l'armée n'avait pas le droit de le prendre. A l'université, certains étudiants avaient dix-sept ans depuis une éternité.

Huê était une ville splendide, et la cité la plus indépendante de l'ensemble du Vietnam, Nord comme Sud. La vieille ville impériale, avec son palais de la Paix Parfaite, ses villas et ses jardins, ses temples et ses palais, incarnait les traditions et la gloire du passé. De larges avenues longeaient les parcs magnifiques sur les bords de la rivière des Parfums — un ancien nom tirant son origine des lotus qui pullulaient dans ses eaux sinueuses. De vieilles Citroën passaient devant les maisons aux toits de tuile, aux abords et à l'intérieur de la citadelle ; des villages flottants de sampans s'étiraient à la surface des eaux doucement parfumées.

Huê fut fondé en 1687 par les seigneurs de la guerre de la dynastie Nguyen, qui construisirent deux grandes murailles entre la mer et les montagnes afin de défendre le Sud des attaques de la dynastie nordiste des Trinh. Les murailles se dressaient juste au nord de l'actuelle DMZ, suivant la ligne de séparation traditionnelle entre les deux pays. Vers la fin du XVIIIe siècle, Quang Trung, l'homme qui unifia le Vietnam et chassa les Chinois de Hanoi et du Nord, se proclama empereur. Il gouverna à partir de Huê, qui devint ainsi la capitale du pays. En 1802, Gia Long s'empara de Huê avec l'aide des Français et rétablit la dynastie Nguyen, qui devait durer quatre-vingt-un ans. C'est sous Gia Long que fut construite l'impressionnante Cité impériale, la citadelle ceinte de murailles et quasi imprenable. En 1883, les Français bombardèrent la citadelle et s'emparèrent de la cour impériale. Jusqu'en 1939, le Vietnam fut gouverné à partir de Huê par des empereurs approuvés par les colonialistes français ; ensuite, jusqu'à l'indépendance de 1945, la caution des Français fut elle-même soumise au contrôle des Japonais. En août 1945, le dernier empereur vietnamien, Bao Dai, renonça à son trône en faveur des révolutionnaires Vietminh. Les Français ne revinrent que pour être chassés en 1954. Au cours des six années suivantes, la carte allait être redessinée par le nouveau conflit entre le Nord et le Sud.

Huê, n'étant pas la capitale, devint un lieu privilégié de la dissidence : foyer du soulèvement bouddhiste de 1963 contre le régime catholique de Saigon, centre de l'intelligentsia vietnamienne. L'esprit de *Giai Phong,* de libération et d'indépendance, se répandit, suscitant de nombreuses factions politiques. C'est en adhérant à l'une d'elles que Le Huu Minh développa fortement ses propres convictions politiques, et c'est avec ce groupe dissident qu'il rejoignit à l'automne 1967 l'alliance de la Résistance de la Rive droite. Tandis qu'il préparait le soulèvement général qui allait libérer Huê de l'oligarchie américaine et catholique ainsi que des fantoches de Saigon, Minh n'envisagea pas un instant que l'appareil mis en place par le Nord pourrait se révéler encore plus répressif et spoliateur. Il ne lui vint pas à l'esprit que la machine politique du Nord pourrait remplacer totalement le régime actuel et exclure sa propre faction. Membre d'un groupe dissident, Minh ne connaissait que très partiellement les plans de l'offensive, mais en tant qu'activiste, il pouvait en exposer la nécessité, ainsi que le raisonnement politique sous-jacent. L'offensive du Têt contre Huê, sa ville, lancée par les 800e, 802e et 804e régiments ANV, marqua le début de son éveil douloureux aux réalités du pouvoir.

Le chaos, mot plaisant aux oreilles de l'anarchiste en lui, se mua en terreur. L'ANV et le Vietcong, contrôlant la rive droite depuis le matin du 31 janvier 1968, entreprirent de traquer et d'exécuter systématiquement les gens désignés par une liste étonnamment longue — qui comptait des médecins apolitiques, des missionnaires, des catholiques, des bouddhistes, des professeurs d'université et des étudiants. Au terme de la première semaine de l'année du Singe, Le Huu Minh donnait asile à des ennemis du peuple. La ville était en ruine. Pratiquement tous les bâtiments au sud du fleuve avaient été détruits ou endommagés par les mortiers et les roquettes de l'un ou l'autre camp. Les ponts en treillis qui franchissaient la rivière des Parfums gisaient tordus, comme s'ils avaient été faits de bambou et de papier de riz. Derrière les murs épais de la citadelle, la bataille faisait toujours rage. Minh demeura prostré, nauséeux, pendant des semaines. On avait dévasté la terre et la ville qu'il aimait.

En juillet 1968, il se rendit à un MP, fut interrogé et relâché. La paix était revenue dans les plaines, et les Américains ont la mémoire courte. Minh, pour sa part, n'avait pas retrouvé la paix. Il se reconnut lui-même coupable de crimes de guerre, se rendit à un autre MP et fut à nouveau interrogé. Il supplia qu'on lui permette de devenir éclaireur et finit par être accepté dans le cadre du programme Loc Luong de 1966, destiné aux ex-VC et ex-ANV qui s'étaient « ralliés » au gouvernement.

Minh fut envoyé à Saigon pour l'endoctrinement, puis à Tam Ky pour l'instruction. Il fut affecté à la 101e division, où il subit une période supplémentaire d'endoctrinement à Camp Eagle. On l'expédia ensuite à Camp Evans, où il se lia d'amitié avec un soldat américain d'une unité de l'avant. Il y eut encore huit jours d'« orientation », puis Minh et son copain suivirent l'instruction SERTS normale. Au terme du programme, tous deux reçurent leur affectation dans la même unité, la section reconnaissance de la compagnie E, 7/402, où Minh se retrouva éclaireur Kit Carson. A mesure que son anglais s'améliorait, il obtint de meilleurs postes, d'abord S-5 (Affaires civiles), où il servit d'interprète dans le cadre du programme d'aide médicale aux populations, puis comme chef éclaireur, au QG de la compagnie. Avec l'arrivée de soldats vietnamiens d'un grade plus élevé, Minh fut rétrogradé et devint l'éclaireur de la compagnie A.

Le sourire perpétuel de Minh énervait Whiteboy. « Ce con de *gook* arrête pas de se payeh' not'tête », disait-il en l'absence de l'éclaireur. Minh était un étranger, il ne pourrait jamais faire partie de la compagnie de Whiteboy. « Minh, espèce de petite crah'pule, le juif t'a demandé poh'liment. Tu peux pas lui faire un réponse nette ?

— Pourquoi tu le fais chier ? protesta Doc. Il te dit que ça va être un gros merdier. Même coup que la 714. Pas vrai, Minh ? »

Minh continuait de sourire :

« Je n'en sais rien. J'espère que ça ne sera pas le cas.

— Putain, y a pas intérêt, lâcha Whiteboy. J'me suis commandeh' une Super Sport pour quand je vais rentreh', et je compte êt'là pour la livraison. »

Minh avait mal à la mâchoire à force de sourire, mais c'était pour lui la seule manière de réagir à tous les américanismes qu'il ne comprenait pas. Par la suite, quand il se retrouvait seul avec Doc, éventuellement El Paso, ou bien à l'arrière en compagnie de Lamonte, il cherchait à se renseigner et constatait souvent à son étonnement que de nombreux Américains n'en savaient pas plus que lui sur ces « 427 », ces « 352 » ou ces *Holly-four barrels* [1] qui n'étaient pas des armes. Voir des Américains aussi largués que lui et s'abritant derrière le même sourire ignare avait quelque chose de consolant.

Mais pour Minh, le phénomène se reproduisait un peu trop fréquemment. Les plis creusés par ce sourire permanent ne s'effaçaient plus. Les Américains qu'il interrogeait voyaient ce sourire niais, constataient du même coup son ignorance de la vie américaine et l'insuffisance de leurs propres connaissances : ils lui en voulaient. Minh se savait étranger, la chose lui faisait peur pendant les opérations dans la jungle. Il craignait que si Alpha se trouvait en mauvaise posture pendant un contact, les Américains ne fussent peu disposés à mettre leur vie en péril pour sauver la sienne. Du coup, il faisait preuve d'une prudence exagérée que les Américains ne mettaient au compte de la lâcheté, et Minh réagissait en haïssant la plupart d'entre eux. Avec certains individus, cependant, El Paso, le lieutenant ou Doc, il s'était créé de véritables liens d'amitié, une espèce de relation symbiotique où, par l'échange et la confrontation des cultures, chacun arrivait à se définir par rapport à l'autre.

Aux yeux des gens de son village et de ses amis de la ville, Minh faisait aussi figure de paria : il s'était américanisé. Les biens du pays le

1. Il s'agit de cylindrées et d'un carburateur (*N.d.T.*).

plus riche du monde étaient à sa disposition. Paysan occupé à traire la vache à lait, il se prostituait et prostituait son pays pour des bénéfices matériels. Minh était un homme seul, ayant rompu les liens avec sa culture pour en nouer d'autres, superficiels, avec la présence militaire américaine.

« Dites, lança Silvers, vous savez à quoi je pensais à l'instant ?

— Ouais, rigola Doc. C'est comme si j'étais dans ta tête. »

Silvers rit avec Doc : « Je me rappelais la première fois où j'ai débarqué à l'intérieur du pays. On sortait de l'instruction, et tout le monde avait encore la trouille. Il restait trop de trucs qu'on connaissait pas.

— Meeh'rde, dit Whiteboy en jouant de sa voix traînante, si on r'monte aussih'loin, j'me rappelle pluh' rien.

— Moi, je me souviens très bien. » Silvers laissa errer son regard au sol, puis releva la tête. « En tout cas, je me souviens de ça. On savait pas où on irait, ni comment ça serait. Pendant l'instruction, on entendait parler de tel ou tel régiment qui s'était fait salement amocher, et nous, on connaissait toujours pas nos affectations. Un jour, je me pointe au foyer pour prendre une bière, et je venais d'apprendre que j'allais rejoindre la compagnie Alpha, 7e du Zéro-deux. " Où tu vas ? " me demande le type au comptoir. Je lui réponds, et alors, il me file une bière en disant : " Tiens, c'est sur le compte de la maison. " J'ai pris une de ces sueurs froides. Merde, je me suis mis à penser, c'est foutu. A peine ce mec apprend où je vais qu'il m'offre une bière. »

Doc et Minh éclatèrent de rire tandis que Whiteboy revenait à la charge :

« Tu t'rappelles vraih'ment tout ça ? Ben, pas moih'. Moih, j'tire encore deux moih' et puis bonsoir.

— Qu'est-ce que tu feras ? demanda Doc.

— Bah, j'sais pas trop. Comme mon père, j'suppose, dans leh'ch'mins d'fer. Il m'trouv'rah'bien une place de serre-freins ou un truc comme ça. J'ai reçu une lettre d'un pote l'aut'jour, qui m'dih' qu'il a vu mon ex' : elle a eu un gosse et pah'raît qu'elle ressemble à un tank Sherman. J'croih' que j'irai m'balader un peuh', pis qu'j'entrerai dans les ch'mins d'fer, mais en fait, j'saih pas trop.

— Et toi, Doc, demanda Silvers, tu feras quoi ?

— Trop tôt pour savoir. »

Doc esquivait la question. Il aurait aimé dire qu'il allait continuer sa médecine, devenir infirmier, préparateur, médecin, même, mais il pensait que ces choses étaient hors de portée d'un pauvre Noir de Harlem.

« Je crois que l'important, c'est d'abord de sortir d'ici, poursuivit-il.

Et toi, Minh ? Pour le juif, on sait : il va s'acheter un bordel respectable, mais toi ? T'es là jusqu'au bout, toi.

— Le plus important pour moi, dit Minh, c'est que la paix revienne dans mon pays et que vous retourniez tous chez vous. Pour nous, il n'y a pas d'avenir tant que la guerre continue et que votre armée reste dans mon pays.

— Meeh'rde, alors, jeta Whiteboy. On est làh' à s'casser le cul pour des p'tih' branleurs comme vous, et tu penses qu'à une chose, c'est d'nous vih'rer.

— Pourquoi tu recommences à le faire chier ? fit Doc. Si c'était moi qui te disais “ Il est temps que tu te barres ”, tu me répondrais “ on y va ! ” et tu me remercierais. Merde ! Minh, je te remercie de souhaiter que je vire mon cul d'ici.

— Bah, au diable toute cett' meh'rde. »

Sur ces mots, Whiteboy s'éloigna, bougeant souplement sa grande carcasse. Il enjamba Jackson, contourna d'autres soldats, dont Chelini, remonta le pente pierreuse jusqu'à la piste. Le Bleu avait vaguement suivi la conversation et il adressa au passage un sourire à Whiteboy pour lui indiquer qu'il approuvait sa position, mais l'autre ne daigna pas réagir. Du coup, Chelini se dit que ce grand con n'avait pas le droit de traiter Minh comme ça. Whiteboy dépassa les groupes de lieutenants et de sergents pour aller jusqu'à la réserve, déjà amplement pillée, où il puisa un jeu de cartes neuf. Il fit un signe de tête à Pop, qui montait la garde en compagnie de Don White. Le grand soldat jeta un coup d'œil en biais de chaque côté de la piste, fit jouer ses muscles et repartit vers sa tranchée.

Le soleil avait transformé les ravines en véritables fours et tous les hommes transpiraient. Ils poursuivaient des conversations hésitantes ; certains ouvraient des fruits en conserve, d'autres suçaient des bonbons ; ils se partageaient les rations et les échangeaient parfois d'un groupe à l'autre.

Whiteboy revint s'asseoir avec Silvers, Doc et Minh. Il déchira l'emballage du paquet de cartes, ôta les jokers et commença à battre le jeu.

La dernière vague de Chinook approchait. Whiteboy serra précieusement ses cartes. Les hommes dans les tranchées tournèrent le dos à la piste, mais leurs treillis usés n'échappèrent pas à l'averse de poussière, bien que les CH-47 se fussent posés à l'autre bout du terrain. La compagnie Echo et les équipes cynophiles débarquèrent, puis les lourds appareils reprirent de la hauteur et virèrent en direction de la mer.

Près des joueurs de cartes, Jax se leva, escalada la ravine jusqu'au sac de réserve. Il y pêcha une bombe de mousse à raser, la secoua, puis traça soigneusement sur le sol de la piste un grand signe pacifiste. El Paso, qui arrivait derrière Jax, lui tapa sur l'épaule et laissa tomber : « C'est pas demain la veille.

— Tu déconnes, répliqua le Noir. Toi et moi, on aura foutu le camp avant que ça arrive, mais dix contre un que le Bleu fait pas tout son temps. »

Dans la tranchée, assis contre son sac, Chelini grattait le sable de son cuir chevelu. La poussière et les saletés collaient à ses bras et à sa nuque en sueur. Il se sentait cafardeux. Il était toujours seul.

Ils étaient à présent des centaines à s'affairer sur la zone d'étape. Parcourant la piste des yeux, le Bleu s'étonnait de leur nombre. Derrière lui, dans une tranchée, un sous-officier de section aboyait après les hommes de la compagnie Charlie : « Z'allez me sortir toute votre herbe vite fait. Herbe, pilules, hasch, toute votre merde. Je sais que vous en avez. Alors, je vais aller faire un tour et vous allez me balancer tout ça dans la réserve. Y aura pas de questions. Parce que si vous balancez pas votre dope maintenant, je la trouverai sur vous, et si jamais j'en découvre dans les *boonies*, je vous garantis que c'est un autre genre de merde qui vous attend.

— Putain, Egan, tonna une autre voix, je comprends pas comment t'arrives à fumer ces clopes viets. Ça pue, qu'on dirait qu'elles sortent du cul d'une pute *gook* en train de claboter. »

Egan redescendait à cet instant dans la tranchée. Sans relever la tête, Chelini l'avait suivi du coin de l'œil. Egan avait le regard braqué sur lui. Pour la première fois, le Bleu remarqua son allure, le treillis usé et déchiré flottant sur un corps filiforme, les rangers délabrées qui avaient perdu leur couleur, les brûlures, les balafres et les cloques sur le visage et les bras du sergent.

Egan s'accroupit à côté de Chelini et lui lança d'une voix rauque : « Quelle merde, hein ?

— Quoi donc ?

— Ça. » Egan examina le Bleu des pieds à la tête, puis le regarda droit dans les yeux. « Tu t'en sors ?

— Oui.

— Mais c'est vraiment le merdier, non ?

— De quoi tu parles ?

— Devoir aller leur cavaler après. » Le sergent n'en dit pas plus pour agacer Chelini. Le regard toujours vissé sur lui, il reprit au bout d'un moment : « Moi, mon truc, c'est de flinguer des Viets. Et j'aime ça. Je te l'ai pas dit la nuit dernière ?

— Heu... non.

— Je me rappelle le bon vieux temps. » Les yeux d'Egan lançaient des éclairs. « Le Têt, en 69. Quel pied. Les *gooks* trottinaient dans le TO du régiment. En plein dans Camp Eagle. Ils avaient franchi le périmètre. Ici, c'est la merde, tandis que là-bas, t'avais pas besoin d'aller les chercher. Putain. Maintenant, t'en trouverais pas un dans le cul d'une fourmi, mais à ce moment-là, t'avais qu'à te pointer derrière la salle des rapports et t'en allumais quelques-uns. »

Chelini, effaré, détourna son regard. Bon sang, se dit-il, ce type est un malade. Il baissa les yeux vers ses genoux. Il portait encore une des tenues perçues à Fort Lewis et fut frappé de voir comme elle paraissait neuve. Il regarda de nouveau Egan, puis les autres. Il constata qu'il avait le seul treillis neuf de toute la tranchée — et aussi la seule peau nette, sans plaies, croûtes ni pansements.

La voix d'Egan monta en un murmure inquiétant.

« Peut-être qu'on pourra flinguer quelques Viets aujourd'hui — leur coller une balle dans leur putain de tronche. Ça te plairait pas, ça ? MERDE ! La guerre est bonne. Vraiment bonne. Et t'aimes ça, hein ? Hein, que t'aimes ça ? »

Il se penchait vers Chelini, comme pour lui arracher une confirmation. Le Bleu frissonna imperceptiblement.

« La guerre ! » Egan arrondissait les lèvres et lui claironnait le mot au visage d'une manière presque sensuelle. « On t'expédie aux quatre coins du monde. Tu entends le fracas des bombes, de l'artillerie. On te file des armes, des hélicoptères. Avec ta radio, tu peux faire descendre toutes les puissances du ciel, monter tous les feux de l'enfer. La guerre. C'est merveilleux. On s'en branle de savoir qui est l'ennemi. Tout homme, une fois dans sa vie, devrait aller à la GUERRE ! »

D'un coup sec, Egan balança son mégot hors de la tranchée, puis il cracha par terre, entre Chelini et lui. Le Bleu marqua une hésitation, bafouilla.

« Sans se demander si elle est juste ?

— La victoire la rend juste, gronda Egan. Tu peux parier ton petit cul de bleu là-dessus.

— Et la corruption ? »

La question était un peu plus agressive. Le ton d'Egan se durcit.

« Quelle corruption ? Thieu ? Parce que tu vas me dire que si c'est les autres qui gagnent, ils seront pas corrompus ? Tu t'imagines qu'ils vaudront mieux ? Tu crois que leurs caïds vont pas violer et piller ? Mon cul, oui ! Tu y es pas. Les caïds, je les emmerde. C'est eux ou nous. LA GUERRE ! Et que le meilleur gagne ! La guerre, la merveilleuse GUERRE. Et quand tes gosses te demanderont : “ Dis, papa, à qui appartenait la nuit ? Dis, papa, t'a tué quelqu'un à la guerre ? ”, tu pourras leur répondre que la nuit appartenait à Egan — et qu'il a tué tout le monde. »

Le rouquin s'éloigna d'un pas brutal. Le Bleu ne regarda pas autour de lui. Il était sûr que tout le monde l'observait. Il respira pronfondément, tenta de se ressaisir. Les pièces du puzzle avaient mis du temps à s'assembler, pour lui. Au début, chaque chose paraissait séparée de toutes les autres ; chaque incident, chaque rencontre, chaque conversation semblait exister à part. Ensuite, tout avait commencé à se brouiller ; les épisodes se confondaient ; le découpage du temps, la disposition matérielle des lieux, tout s'emmêlait dans sa tête. La tirade d'Egan venait brusquement de tout relier, comme un coup de rasoir du réel à travers le brouillard. C'était un début de compréhension, la perte de l'innocence. Chelini était en guerre. « Tu vas finalement la voir, murmura-t-il. Tu vas finalement en faire partie. »

En bord de piste, sur la petite crête séparant deux tranchées où s'entassaient les hommes de la compagnie Alpha, le lieutenant Brooks, la carte dans une main et le M16 dans l'autre, briefait une nouvelle fois ses chefs de section, deux sous-officiers adjoints et son observateur avancé.

« Les hélicos seront là dans treize minutes et se poseront à trente secondes d'intervalle. On embarque dans l'ordre des sections, un, deux, trois. Formez vos hommes en conséquence. Où est Egan ?

— Je crois qu'il est en train d'écrire une lettre à sa femme, dit le lieutenant Thomaston.

— Dites-lui de se remuer. Bon, c'est tout. Que vos hommes se préparent. »

Les lieutenants Caldwell et De Barti s'éloignèrent avec leurs adjoints. Thomaston se dirigea vers le coin où Egan continuait de râler.

Un groupe de sept hommes, vêtus de treillis bien ajustés et bien repassés, quitta le centre de la piste pour s'approcher de Brooks. A leur tête, le commandant de la 3e brigade se signalait par un casque impeccable, protégé par une toile de camouflage où les mots OLD FOX, brodés en lettres d'or, s'étalaient en fer à cheval autour de l'aigle d'argent, insigne de son rang.

Le lt col Henderson, l'Homme Vert, marchait au côté du Vieux Renard. Tous deux portaient des brêlages par-dessus leur treillis et des .45 dans des étuis de cuir verni. Leurs rangers étaient astiquées au point que la poussière de la piste ne paraissait pas pouvoir y coller ni en diminuer l'éclat.

Derrière Henderson venait son aide de camp, et le Vieux Renard était suivi de ses conseillers. Les deux chefs s'avancèrent ensemble vers Brooks, tandis que le reste du groupe se tenait respectueusement trois ou quatre pas en arrière.

Brooks salua. Les deux officiers lui rendirent son salut.

« Lieutenant Brooks, commença le Vieux Renard, je ne pense pas avoir eu le plaisir de faire votre connaissance auparavant, mais durant toute cette semaine, je n'ai entendu que des rapports positifs à votre sujet. J'aimerais vous dire que c'est un honneur de vous avoir sous mes ordres.

— Merci, mon colonel », fit Brooks, mal à l'aise.

Le Vieux Renard possédait son discours à fond et pesait l'effet de chaque mot, calculait chaque réaction.

« Brooks, c'est moi le Chef, l'Homme, le Vieux, si vous voulez. Et ce que je dis a force de loi.

— Oui, mon colonel.

— Lieutenant, si l'existence m'a appris une chose, c'est celle-ci : on n'obtient jamais rien gratuitement. N'êtes-vous pas de cet avis ?

— Si, mon colonel.

— Pour la liberté, pour la justice, il faut payer. »

Seigneur, songea Brooks, qu'est-ce qu'il va me sortir ?

« Je veux vous expliquer quelque chose au sujet de la guerre, au sujet de cette guerre. Je veux vous faire part de quelques enseignements que j'ai reçus dans ma vie, mais qui semblent perdus pour notre jeunesse d'aujourd'hui. Lieutenant Brooks, je serais extrêmement heureux si vous pouviez à votre tour communiquer ces enseignements à vos chefs de section et sous-officiers, si mes paroles pouvaient filtrer jusqu'aux braves qui sont sous vos ordres. Quel âge avez-vous ?

— Vingt-quatre ans.

— Vingt-quatre ans », répéta lentement le Vieux Renard en hochant la tête. Puis, haussant le ton : « Lieutenant, ces infiltrations sont comme un cancer qui ronge le pays. Une tumeur à laquelle nous nous sommes attaqués. Nous avons arrêté son développement, peut-être même avons-nous inversé le processus de pourrissement. En 65, quand les Marines ont débarqué pour la première fois dans l'I Corps, les contacts avec l'ennemi se déroulaient dans une zone de cinq à huit kilomètres autour des villes. En 67 et 68, à l'exception de l'offensive du Têt et de la contre-offensive, les combats avaient été refoulés dans la jungle, à l'écart de la population des plaines. A l'heure actuelle, nous nous battons dans les montagnes à trente, quarante ou cinquante kilomètres des villes que nous avons pour mission de protéger. Beaucoup d'Américains ont payé très cher cette mission, et nous avons été payés en retour. Nous avons contrôlé la progression du cancer. Mais jusqu'à ce que le malade ait repris assez de forces pour combattre le mal par lui-même, notre aide est essentielle à sa survie.

— Oui, mon colonel.

— L'un des problèmes que nous devons affronter est l'opinion publique. Vous et vos hommes en faites partie. C'est pourquoi je tiens à m'adresser à vous personnellement. Le Nord n'a jamais reconnu publiquement ses infiltrations au Sud, ni son objectif final de conquête. C'est cette absence d'un objectif clairement énoncé qui a conduit nombre d'Américains à mettre en doute sa réalité, pourtant révélée de manière si complète par nos services de renseignement. Beaucoup d'Américains ne parviennent pas à y croire, ou choisissent de ne pas y croire. Il n'en reste pas moins que nous nous apprêtons à affronter une masse considérable d'éléments réguliers de l'ANV infiltrés.

« Le but de notre présence ici est de défendre le Sud-Vietnam, pas de l'occuper, ni d'y exercer notre domination. Nous sommes une armée confrontée à une autre armée et cette armée-là vient dans un but de conquête. Il se peut que nous cherchions à nous emparer des mêmes objectifs ou à les contrôler, mais notre propos est différent. Nous sommes des défenseurs et non des conquérants. Comme l'a dit un jour le président Johnson : " L'agression sans réponse, c'est l'agression déchaînée. " Nous sommes ici pour répondre à l'agression du Nord. En êtes-vous convaincu, lieutenant ?

— Oui, mon colonel.

— C'est bien, car si vous croyez à la raison de votre combat, si vous croyez à votre cause, vous serez mieux préparé à mourir pour elle. Si vous n'y croyez pas, vous vous battrez mal. Si vous vous battez mal, vous courez plus de risques de perdre — et de mourir. C'est un paradoxe de la guerre classique : si vous croyez à la cause pour laquelle vous combattez, vous êtes plus préparé à risquer votre vie et à remporter la victoire, vous risquez moins de vous battre mal, et d'y laisser la vie. Plus de risque et moins de mort. C'est la raison pour laquelle, lieutenant Brooks, vous et vos hommes devez croire à ce que nous faisons.

« Nous sommes la division la plus forte et la plus âpre au combat de toutes les forces armées. Mais à en juger par les communiqués de presse que je lis chaque jour, nous ne sommes qu'une bande de mauviettes. Lieutenant, je crois à la justesse de notre cause et je veux que vous sachiez que vous êtes soutenu par tous les moyens dont nous disposons. Nous participerons tous à l'effort et nous lutterons ensemble, ou nous mourrons ensemble. C'est comme ça. Une dernière chose, lieutenant : vous ne seriez pas là, vos hommes ne seraient pas là, si votre pays n'avait pas besoin de vous, et croyez-moi, lieutenant, votre pays vous le revaudra au centuple. »

Le Vieux Renard salua Brooks, attendit que celui-ci rende le salut, puis il exécuta un demi-tour et se dirigea vers le commandant de la compagnie Charlie. Henderson laissa le colonel s'éloigner d'une douzaine de pas, puis déclara avec un sourire : « Rufus, cet homme-là est de notre bord, et je suis sûr qu'il vous aime bien. Il se pourrait que votre dossier s'enrichisse d'une lettre de recommandation de sa part. Maintenant, je dois vous parler de plusieurs modifications concernant les plans particuliers, la mise au point et la délimitation des objectifs. Puis-je voir votre carte ? »

Du coin de l'œil, Brooks observait le Vieux Renard et sa suite qui faisaient cercle autour du commandant de la compagnie Charlie. Il tendit sa carte à Henderson d'un geste distrait, car à cet instant toute son attention était retenue par le Vieux Renard.

« Rufus, vous déboucherez à la 848, comme prévu », fit l'Homme Vert d'une voix où perçait l'excitation. « Vous progresserez vers l'ouest en franchissant la crête, puis au nord en descendant cette bande de terrain, jusqu'au fond de la vallée, ici, après quoi vous vous dirigerez vers cette butte selon les modes d'action que vous jugerez appropriés. »

L'Homme Vert indiqua, au centre de la carte, le point où les courbes de niveau marron se resserraient pour signaler une hauteur. Il étudiait la carte comme s'il planifiait l'opération pour la première fois, soulignant tel ou tel détail topographique de ses doigts courts et propres.

« Cette butte constitue votre objectif final. J'envisage de dix à douze jours pour nettoyer cette zone.

« Il y a une forte concentration ennemie dans la vallée. Nous avons ajouté une compagnie renforcée du 3/187 afin de garantir la base Barnett, ce qui nous donnera deux éléments de manœuvre supplémentaires. Comme vous le savez, la compagnie Bravo attaquera ici, au nord-ouest, par rapport à vous. Ils constitueront une force d'arrêt sur la face nord-est de la vallée. La compagnie Charlie ne protégera pas la base. Les hommes seront infiltrés ici à l'ouest pour garantir ce flanc contre toute unité ennemie supplémentaire qui remonterait la vallée, et arrêter toute unité qui tenterait de s'échapper. La compagnie Delta débouchera ici et constituera une force d'arrêt sur l'escarpement nord. Ils fouilleront les cavernes. La section reco sera mise en place ici, directement derrière vous. Ils vous suivront à un jour ou deux de marche jusqu'à ce qu'ils atteignent ce point sur la crête sud, d'où ils interdiront toute circulation ennemie entre cette vallée-ci et la zone O'Reilly. Chacune de ces forces d'arrêt explorera son secteur à la recherche de réseaux de galeries et de concentrations ennemies. Mais vous, Rufus, vous serez le maraudeur. Je veux que vous et vos hommes m'exploriez le fond de la vallée en progressant vers la butte centrale. Vous m'avez suivi ?

— Oui, mon lieutenant-colonel.

— Rufus, je cherche la bagarre, claironna l'Homme Vert. Nous sommes hos-tiles, a-giles et aéro-mobiles. J'ignore dans quelle mesure ces éléments ANV constituent un cancer. Je ne prétends pas connaître le tableau politique. Mais ce que je sais, Rufus, c'est comment combattre. Je sais comment trouver l'ennemi et le vaincre en essuyant un minimum de pertes. Je vous promets toute l'aide en mon pouvoir. Je sais ce que vous avez accompli, je connais vos sacrifices et ceux de vos hommes. Vous êtes un soldat-né, Rufus. Un vrai broussard. Vos sacrifices ont donné du temps à ceux de notre zone, de Quang Tri à Huê et plus loin encore vers le sud, ils ont aussi amené la paix à la population. Nous ne pouvons pas les lâcher maintenant. Nous ne permettons pas l'échec. »

Brooks n'avait pas levé le nez de sa carte pendant tout ce discours. Il est comme un gros gamin, pensait-il. Un gros gamin qui joue aux soldats de plomb sur un tas de terre dans sa cour, quelque part au fond du Missouri ou je ne sais où. Là, il s'amuse bien, c'est cool. C'est en partie parce qu'il est tellement fort au jeu que nous, nous sommes bons, et parce qu'on est bons, l'ennemi laisse un peu filer la corde. Ça facilite les choses.

« Rufus, reprit l'Homme Vert, vous êtes quelqu'un de réfléchi. Vos hommes sont intelligents et expérimentés. Je ne vais vous offrir beaucoup de rentrées en touche. C'est vous le capitaine et l'entraîneur de l'équipe — et, lieutenant, on joue pour de bon. Je sais que vous le savez. C'est le match décisif, Rufus. »

L'Homme Vert consulta sa montre.

« L'Air Force a préparé dix aires de poser. On en utilisera cinq. Les cinq autres sont destinées à faire diversion. Vous avez une bonne compagnie, Rufus, sacrément bonne. La meilleure du régiment, à mon avis. Peut-être la meilleure de toute la foutue division.

« C'est un grand honneur pour un lieutenant. Si les choses tournent bien, nous veillerons à ce que vous soyez promu capitaine. Qui sait, on vous décrochera peut-être la Silver Star — ça ne fait jamais mauvais effet dans le dossier d'un jeune officier.

— Nous sommes prêts, mon colonel, interrompit l'aide de Henderson. Les hélicos sont annoncés dans trois minutes.

— Merci. »

L'Homme Vert marqua une pause, regarda Brooks droit dans les yeux, froidement. « Allez donc faire aligner vos hommes », finit-il par dire, mâchoires crispées. Puis il salua Brooks et ajouta : « Pour la gloire de l'infanterie, lieutenant. »

CHAPITRE 11

L'assaut

Le bruit des hélicoptères vibrait dans les oreilles de Chelini depuis le début de la matinée. L'air autour de lui était saturé par le sifflement des turbines et le slap-slap des rotors. Il compta dix-huit *slicks* *, venant du sud, qui fonçaient vers la piste. Comparés aux énormes Chinook, les Huey UH-1D étaient de petits engins. Ils se présentaient en ligne, à basse altitude, comme pour une course le long de la bande d'atterrissage ; le Bleu avait l'impression de les sentir peser sur lui. Une deuxième rotation de dix-huit appareils succéda à la première et fut encore suivie d'une troisième. Plus haut, vers l'ouest, une douzaine de Cobra attendaient au point de rendez-vous avec les transports.

« ... pour la gloire de l'infanterie, lieutenant », disait l'Homme Vert, qui salua et s'éloigna.

« Allez, remuez-vous, cria Brooks, tout le monde ici ! »

Egan émergea d'une épaisse fumée couleur pamplemousse qui s'échappait d'une balise en un jet puissant et chaud, montait en formant une colonne opaque et ondoyante aux reflets pourpres pour s'épanouir en un petit champignon dont les bords se refroidissaient, puis retomber en cascadant au ralenti jusqu'au sol et dans les tranchées. Egan fut à sa place au moment où le premier hélico freinait.

Brooks verrouilla son regard sur ce premier appareil. Quelque part derrière son crâne surgissaient des protestations informulées, qui filtraient jusqu'au centre de son cerveau. « Match décisif — capitaine et entraîneur — combattre ou mourir — rentrées en touche », les mots s'engouffraient dans sa tête, des pensées levaient, au bord de l'expression puis se perdaient dans le vacarme de la machine de guerre, de l'action immédiate, et finissaient refoulées dans de minuscules enclaves mentales.

Un hélico de l'action psychologique vint se placer en vol stationnaire à une centaine de mètres vers l'est de la piste. Par-dessus le vacarme des rotors, un système de seize haut-parleurs monté sur le patin de droite crachait de l'acid rock au volume maximum.

Dans les tranchées, les hommes se démenaient. « Fait jour ! » hurla Jackson à l'oreille du Bleu, tout en levant son sac d'une secousse et en se tortillant dessous pour passer ses bras dans les courroies. Son corps et le paquetage ne faisaient plus qu'un.

« Ouais ! » gueula le Bleu, encore assis. Il dut s'arc-bouter contre son sac, l'endosser laborieusement et se mettre à quatre pattes avant de pouvoir se redresser. Le poste de radio lui labourait le creux des reins et le poids de l'ensemble lui faisait déjà mal aux épaules. Il eut à nouveau droit aux tourbillons de poussière, au sable dans les oreilles et dans les yeux, à la chemise collée au corps par la sueur. Les bretelles du sac lui lardaient la peau de grains de sable.

Les six premiers hélicoptères se posèrent en fouettant la fumée pourpre. Dans la bousculade, Daniel Egan, Brooks et Lee Marko embarquèrent par la gauche du premier appareil, tandis qu'El Paso, Doc Johnson et Bryan Brunak grimpaient bruyamment du côté droit. L'engin prit brusquement de la hauteur au moment où le Bleu se précipitait vers lui. Les yeux de Chelini enregistraient plus vite ce qui se passait que son cerveau ne pouvait l'interpréter. Les appareils appartenaient à la compagnie C du 101e bataillon d'hélicoptères d'assaut, les Veuves Noires, reconnaissables au losange bleu peint sur le pylône de queue. Chelini put déchiffrer le nom *Charon* à l'intérieur du losange et, sur la petite porte vert olive de l'habitacle du pilote, les mots *Enfer. Aller-retour.*

« Ho ! le Bleu, par ici ! brailla Jax. C'est celui-ci le nôtre. Tu vas pas laisser Eg et Doc y aller tout seuls, non ? » Chelini obliqua en courant dans la direction de Jackson et du deuxième hélicoptère — baptisé *Sybil* et portant une simple invitation : *Suis-moi.* Le Bleu prit appui d'un pied sur le patin, s'élança par l'entrée latérale et alla s'étaler lourdement avec son paquetage sur le sol métallique. Il se retrouva assis à côté de Jax, les jambes pendantes dans le vide. Le lieutenant Thomaston, Numbnuts, Bill Brown et Happy Lairds les rejoignirent en désordre. L'appareil s'éleva, queue d'abord, les pales des rotors giflèrent l'air. L'hélico piqua du nez et accéléra en prenant de la hauteur. A la gauche de Chelini, un mitrailleur de porte se tenait derrière son arme montée sur un pivot de fer noir. L'homme portait une combinaison de vol et la visière sombre de son casque était baissée. On aurait dit un astronaute vert.

Jackson se pencha en arrière pour crier : « C'est sa première attaque, au Bleu !

— Eh bien, occupe-t'en », répondit Thomaston, qui se pencha ensuite vers Chelini pour lui hurler aux oreilles : « Tu quittes pas Jax ! On y sera dans vingt minutes. » Le mitrailleur ne fit aucun commentaire.

L'hélico s'inclina et vira brutalement vers l'ouest, piqua du nez, pencha à nouveau sur le côté. C'est comme la première montée sur le grand huit, songea Chelini, qui sentit soudain ses fesses et ses cuisses glisser sur le bord de la cabine. Il allait tomber. L'appareil continuait son ascension. Le Bleu se pencha en arrière. Il sentait le poids de son paquetage le pousser dehors à mesure que l'inclinaison de virage augmentait. De la main gauche, il s'agrippa au montant situé entre le mitrailleur et lui, tandis que sa main droite serrait le M16. Près de lui, Jackson, son fusil niché au creux de ses bras, n'avait pas l'air de s'en faire. A côté de Jax, le lieutenant Thomaston venait de trouver une position confortable. Les jambes des trois hommes pendaient à l'extérieur. L'hélicoptère continuait de monter obliquement, et les trois soldats cramponnés de l'autre côté de la cabine semblaient accompagner le mouvement. Chelini sentit comme un bouchon sauter dans ses oreilles et eut l'impression que ses yeux allaient sortir de leurs orbites. Ils vont dégringoler sur moi et me pousser dehors, se dit-il. Sa main gauche serra encore plus fort le montant, mais son bras commençait à fatiguer. Soudain l'appareil se retrouva aligné à l'horizontale derrière l'hélicoptère de tête, et tous les occupants furent au même niveau. Le Bleu relâcha son étreinte, respira profondément. Quatre hélicoptères se mirent en position derrière eux, complétant la première vague de six, qui transportait le PC de compagnie et la première section, ainsi que les correspondants Lamonte et George, à bord du troisième appareil. Dans les cabines, l'air était vif et pur.

Au-dessus de l'appareil de tête, un Cobra armé de canons, de Minigun et de paniers de roquettes ouvrait la marche. Douze *slicks,* transportant le reste de la compagnie Alpha, vinrent compléter le cortège. Quatre Cobra supplémentaires escortaient la première vague.

Le convoi progressait rapidement au-dessus des plaines côtières, vers les contreforts et la dentelure des montagnes. Les *slicks* suivirent le cours sinueux du Song Bo vers le sud-ouest, jusqu'au Rao Trang, puis prirent vers l'ouest en direction du Coc Muen, un point coté à 1298 mètres de hauteur. De là, ils longèrent une haute crête qui les fit pénétrer dans la vallée du Rach My Chanh et filèrent vers l'ouest. Les vallées étaient nappées de brume, les sommets cuits par le soleil. Les hélicos montaient toujours et l'air devenait plus froid dans les cabines.

Chelini entendit soudain la voix de Thomaston : « Où est Martini ? Je ne l'ai pas vu monter. Il ne vient pas ?

— Non, cria Jackson. Son petit frère est mort dans un accident de voiture la semaine dernière. Ils ont expédié ce vieux Martini aux funérailles.

— Sale coup.

— Ouais. Doc dit que le gamin n'avait que treize ans. »

Tandis que l'appareil fonçait dans le canyon du Rach My Chanh, un refrain appris à l'instruction élémentaire revint dans la tête de Chelini. Pendant les premières semaines de classes, les nouvelles recrues devaient entonner le chant de leur compagnie avant que les instructeurs leur permettent de s'asseoir. Chelini appartenait à la compagnie A, 5e bataillon, 3e brigade d'instruction. Les paroles défilèrent dans sa tête, au rythme des rotors.

Action Alpha A 5 3
Meilleure foutue compagnie de l'infanterie
L'épreuve, on la passera,
Les meilleurs, on les aura,
Al-lez Alpha.

Al-lez Alpha. De plus en plus vite, de plus en plus fort. Puis il pensa « deuxième hélico » et se raidit. Il se souvint des paroles de Doc : « Ils essaient toujours d'avoir le deuxième hélico. » Merde ! Et un chœur de cent voix enchaîna : AL-LEZ ALPHA.

Le sommet de la 848 était en miettes. A 07 h 35, des chasseurs bombardiers de l'Air Force avaient piqué et lâché six bombes de 250 livres dessus. Avec d'autres bombardiers, ils étaient repassés pour détruire neuf zones de mise à terre et quelques emplacements de diversion. A 07 h 45, d'autres bombardiers arrosèrent de napalm les LZ, embrasant les restes de végétation. Dix minutes plus tard, des batteries d'obusiers aéromobiles venus des bases environnantes et des canons de huit pouces automoteurs de Camp Evans lâchèrent tir de barrage sur tir de barrage. Cinquante-six tirs d'explosifs brisants crevassèrent la 848, fauchant la végétation en feu du sommet et déracinant les arbres à flanc de coteau. Le convoi héliporté décolla de la LZ Sally à 08 h 17. Une minute plus tard, des Cobra arrosaient la 848 et la jungle environnante à la roquette. La terre arrachée à elle-même, soulevée encore et encore, retombait en blocs fumants. Les Cobra repartirent, et de 08 h 31 à 08 h 37, la zone fut encore pilonnée par l'artillerie.

Ce scénario fut répété sur chaque LZ autour de la vallée et sur tous les pics qui pouvaient servir de futures bases de feux. A 08 h 39, le premier Cobra escorteur arrivait en vue de la 848.

Les hélicos d'exercice du commandement de la brigade et du bataillon pénétrèrent dans la vallée en même temps que le convoi de la compagnie A. Les *slicks* commencèrent à mettre à terre Bravo et la section reco. A la base Barnett, la force de sécurité ARVN ainsi qu'une batterie d'obusiers de 105 attendaient d'être récupérées et remplacées par des unités américaines du 187e d'infanterie et du 319e d'artillerie. Une équipe d'orienteurs-marqueurs fut déposée à Barnett afin de régler la circulation aérienne, l'élingage des cargaisons des Chinook, le chargement/déchargement des pièces et munitions destinées à l'artillerie, des citernes d'eau ou de carburant, des CONEX * servant de centres mobiles d'opérations tactiques ou de postes de tir. Moins de vingt minutes après la première infiltration de troupes, la nouvelle batterie devait être installée, contrôlée et opérationnelle.

Chelini gratta nerveusement du sable sur sa joue. Son cœur battait à grands coups. La brise qui pénétrait dans la cabine centrale était revigorante. Survolée de très haut, la jungle avait offert le spectacle d'une étendue d'un vert profond, vierge et attrayante ; à présent, sans qu'ils eussent changé d'altitude, le sol semblait monter vers eux. Ils se trouvèrent brutalement en file indienne dans le canyon, au-dessus des crêtes. La jungle prit un aspect menaçant. Jax secoua le bras du Bleu. « Faut armer. C'est parti. Le pilote dit que la reco a repéré une LZ au petit poil. »

Al-lez Alpha. Al-lez Alpha. Le cœur de Chelini battit encore plus fort. Deuxième hélico. *Al-lez Alpha.*

Le convoi aborda la LZ par le bas, remontant vers le sommet. Le premier Cobra escorteur, maintenant à la verticale du premier *slick,* ouvrit le feu, labourant la zone d'atterrissage à la Minigun, criblant le haut de la colline de roquettes — des munitions à fléchettes en forme de petits clous percèrent le sol par milliers. Des tirs de grenades 40 mm achevèrent de déchiqueter la végétation. Le sommet ressemblait à un volcan en éruption, parcouru d'éclairs aveuglants et de petits champignons de fumée noirâtre. Les quatre autres Cobra semblèrent basculer par-dessus la crête et se déverser sur les flancs afin d'arroser la jungle et les canyons environnants à la roquette. Les missiles embrasaient les arbres et la jungle, faisant jaillir des flammes rouges et blanches et de gros nuages gris bourgeonnants.

Chelini jeta un rapide coup d'œil vers le mitrailleur. L'homme scrutait la jungle. Soudain, l'hélicoptère émergea du canyon et se trouva au sommet de la colline sous un soleil d'une intensité redoublée. Vers l'ouest, une vallée longue et étroite, intacte, s'offrit à la vue. Le Bleu fit passer le sélecteur de son arme sur automatique.

Al-lez Alpha. Al-lez Alpha. Allez Alpha.

La queue de l'hélicoptère tomba tandis que l'appareil se mettait à virer. Le mitrailleur lâcha un tir de neutralisation sur le flanc de la 848. L'aboiement de l'arme crevait les tympans de Chelini et lui envoyait des secousses électriques dans tout le corps. Il sentit monter l'adrénaline. Toutes ses pensées furent coupées net. Le terrain parut s'élargir sous lui, jusqu'à occuper tout son champ de vision. L'hélico s'immobilisa en vol stationnaire à deux mètres du sommet.

Jackson sauta, le Bleu suivit et se retrouva plaqué au sol par son paquetage, enfoncé parmi les lambeaux de la terre éventrée. Des brindilles enflammées par le napalm continuaient de se consumer. Toute la colline était grêlée de cratères. Chelini roula sur lui-même, se releva et détala, fuyant le plateau dénudé pour aller s'abriter derrière un buisson en lisière de jungle. Il se laissa glisser sur la pente jusqu'à un endroit où le feuillage s'épaississait. Il guettait l'apparition d'un éventuel ennemi. Malgré toute la puissance de feu déchaînée contre elle, la jungle, ici, paraissait intacte.

Les hélicos se présentaient sur la LZ toutes les trente secondes. Les mitrailleurs arrosaient les collines voisines. Des *boonierats* lourdement chargés sautaient, se recevaient au sol et filaient aussitôt se mettre à couvert. Les appareils reprenaient leur hauteur, queue d'abord, puis viraient sur la gauche et accéléraient en longeant la paroi montagneuse tandis que les mitrailleurs continuaient de lâcher des rafales sur l'épaisse végétation. Le périmètre s'élargissait avec chaque poser. Le sommet demeurait vide.

« Putain de jungle », claironna Egan, qui se tenait en bordure de la LZ, juste au-dessous du sommet. Débarrassé de son paquetage, le M16 balançant négligemment au bout du bras, il arpentait le périmètre d'un pas nonchalant. « Putain de jungle, elle peut vraiment encaisser. »

Jackson ôta son casque, le posa par terre et s'assit dessus, puis il tira de son treillis une tablette de chocolat qu'il se mit à mâchonner. « Hé ! le Bleu, fit-il en jetant la moitié de la tablette à Chelini, prends ça ! Tu l'as bien mérité.

— Où est mon radio ? » cria Egan.

Les hélicos de la deuxième vague atteignaient la LZ. Ils se mirent en vol stationnaire sans déclencher de tir, les troupes descendirent et les engins repartirent.

« Le Bleu ! criait Egan. Où est ce connard ? Vérifie ta liaison avec El Paso. On va assurer ce coin. La deuxième section est là-bas. Jax, dis à Whiteboy d'avancer son groupe d'une quinzaine de mètres et d'établir un poste pour couvrir cette piste. Gare aux pièges. Le lieut a repéré des traces de *dinks* de l'autre côté et il y a des bunkers éclatés sur le sommet. » Egan décrivit un arc de cercle en direction de Lee Marko.

La 3e section débarqua sans histoire. Seul le slap-slap des rotors troublait l'air frais du matin. Tous les hélicoptères repartirent et la jungle fut soudain très calme. C'était une journée claire avec un vent léger, et le Bleu trouvait la jungle magnifique.

CHAPITRE 12

Cote 848

Sous les merveilles volantes de la guerre moderne, autour du sommet de la colline, une transformation subtile se produisait chez les hommes. La découverte des corps précipitait le changement. La compagnie Alpha remontait dans le temps, elle retrouvait la forme de vie la plus traditionnelle du soldat, la marche sous le fardeau des légions, l'œil aux aguets : l'infanterie. L'aéromobilité les avait conduits à la 848, mais à partir de là, ils n'avaient que leurs pieds.

Avec Alpha déposée en sûreté au sommet de la 848 et la section reco sur un piton moins élevé à neuf cents mètres au nord, le commandement prit la décision de mettre à terre toutes les autres unités selon le plan établi. Soudain, les hélicoptères parurent affluer de toutes parts au-dessus du Khe Ta Laou. Les compagnies C et D débarquèrent. A deux kilomètres au nord de la 848, sur la base Barnett, l'échange d'unités américaines et ARVN commença. Des Huey déposèrent les unités d'infanterie ; les équipes de sécurité américaines relevèrent les équipes ARVN. Les Chinook arrivaient avec des obusiers 105 mm aéromobiles sous élingue et repartaient avec des modèles plus anciens de l'artillerie ARVN. Immédiatement à l'est de la LZ de la section reco, des Cobra armés se mettaient en place ; on les voyait travailler au-dessus d'un col. De petits champignons noirs éclataient silencieusement sous les appareils. Les *karrump* étouffés par la jungle atteignaient la 848 avec un tel retard que le son devenait incongru.

Résultat de la peur autant que de l'instruction, les troupes d'Alpha se placèrent d'elles-mêmes de manière à former un périmètre de défense serré juste au-dessous du sommet, sous l'abri des broussailles. C'était le Vietnam des premières lignes, à présent. Il y avait autant d'écart entre la jungle et Phu Bai qu'entre Phu Bai et le Monde. Peu de gens sentaient la différence et l'admettaient. Pour les personnels militaires et les journalistes vivant à Saigon, Da Nang était une zone de l'avant, comme Phu Bai pour ceux de Da Nang et Eagle pour ceux de Phu Bai. Les bases de combat telles que Bastogne, Veghel ou Khe Sanh étaient des zones de l'avant par rapport à Eagle, mais pour les types qui crapahutaient dans les montagnes, tout le reste, c'était l'arrière.

Les sous-officiers de section organisèrent immédiatement des patrouilles de reconnaissance. L'unité n'était pas au sol depuis cinq minutes que des groupes partaient déjà en exploration au sud, à l'est et au nord. Le lieutenant Brooks, les chefs de section et les conseillers se réunirent au centre du périmètre défensif afin d'échanger leurs premières impressions sur le nouveau TO, de confirmer les ordres de mouvement et de s'apprêter à marcher vers l'ouest, au-delà de la colline, en direction d'un objectif qu'ils n'atteindraient pas avant treize jours.

Au-dessous d'eux, à environ deux kilomètres de la 848, la vallée du Khe Ta Laou se trouvait inondée, voilée sur une quinzaine de kilomètres — jusqu'aux contreforts de la frontière laotienne — par une longue bande de brume blanche qui arrivait à mi-hauteur de l'escarpement nord et trouvait au sud des déversoirs naturels entre les pics. Vu du haut de la 848, le spectacle était magnifique. Au milieu de l'immense nappe cotonneuse, île de jade dans un océan de crème, la cime d'un arbre unique perçait la brume et luisait au soleil. Les *boonierats* se massèrent à la pointe nord-est de la colline pour contempler la vallée qui, leur avait-on dit, abritait un QG de l'ANV.

« Mon lieutenant ! cria Pop Randalph. Y a un *gook* ici en bas. L'est en morceaux et tout couvert de terre. Il a deux Chi-coms * et une charge explosive.

— J'veux bien qu'on me plonge dans un tonneau de merde ! s'exclama Garbageman.

— Va chercher le lieut !

— Je vais le chercher, Pop, fit un troisième soldat, mais je veux bien qu'on me plonge dans un tonneau de merde, moi aussi !

— Ça fait pas deux minutes qu'on est là, sourit Pop, et on en a déjà un au tableau.

— Il en reste plus grand-chose », rigola Garbageman.

Les trois hommes se tenaient au bord d'une petite cuvette de terre molle en contrebas de la LZ. Avec un ricanement, Garbageman remonta au sommet pour voir si le lieutenant arrivait.

Un quatrième soldat de la 2e section passa un outil individuel à Pop — une courte pelle-pioche pliable. Le vieux sous-off descendit dans la cuvette et se mit à creuser l'humus avec précaution. Une forte odeur se dégagea aussitôt. « Bon Dieu, fit-il d'un ton enjoué, on s'est trouvé un *gook* ! Un *gook* en mille morceaux ! »

D'autres soldats vinrent observer le vieux Pop qui pataugeait dans son trou ; leur groupe attira de nouveaux curieux, et bientôt, presque tous les hommes présents dans ce coin du périmètre formaient autour du sous-off un cercle qui enfermait l'odeur croissante de chair en décomposition. Pop tenait la vedette, mais il feignit de l'ignorer : les rangers fumantes, il fredonnait tout en retournant l'humus avec sa courte pelle. Des mouvements agitaient le groupe de curieux : ceux du milieu étaient pris entre les derniers arrivés, qui poussaient vers l'avant afin d'apercevoir quelque chose, et ceux des premiers rangs, qui essayaient de se dégager et retenaient leur souffle au milieu de la puanteur. Quelqu'un vomit, mais cela n'empêcha pas le cercle de se resserrer.

« On s'est dégoté un *gook !* » Le refrain circulait d'un homme à l'autre jusqu'à la périphérie.

« Ils se lavent jamais, les mecs ? gueula quelqu'un.

— Ben çui-là, il avait pas le truc qui t'assure la fraîcheur toute la journée, répliqua un autre.

— Ça va bien comme ça ! Dispersez-vous, merde ! » fit la voix furieuse de Brooks.

Les hommes s'écartèrent pour laisser passer leur commandant de compagnie, accompagné de Garbageman. « Dispersez-vous ! » répéta-t-il à deux reprises avec une dureté inhabituelle. Brooks était sidéré de voir ses hommes, y compris son plus ancien sous-officier, se masser aussi stupidement au même endroit. « Vous vous croyez où ? Une seule rafale et tout le monde y passe. Regagnez vos postes. Qui couvre le périmètre ? »

Immobile, Brooks considéra ses troupes d'un œil sévère. Partagés entre la honte de s'être exposés à une réprimande aussi élémentaire et la curiosité, les hommes battirent en retraite d'un air penaud. Brooks attendit qu'ils se fussent éloignés avant de demander calmement : « Qu'avez-vous trouvé, Pop ? »

Garbageman descendit dans le trou. El Paso et De Barti se tenaient en arrière, un peu plus haut que le lieutenant. Les cinq hommes contemplaient la fosse humide.

« J'suis pas sûr, mon lieutenant, dit Pop avec un sourire. L'est pas mort depuis plus d'une semaine. M'est avis qu'il était déjà dans c'trou-là quand un obus a décidé d'le partager avec lui. »

Le vieux *boonierat* grimpa hors de la cuvette en passant son outil à Garbageman, qui prit la relève et se mit aussitôt à pelleter l'humus. Les bords du trou s'étaient effondrés, la terre formait des blocs sombres et friables. Les mouches s'éparpillaient par centaines à chaque coup de pelle pour revenir aussitôt.

« Il avait un ceinturon US, annonça Garbageman en exhibant l'objet, humide et tailladé, au bout de sa pelle. Putain, c'est qu'il avait *boo-coo* * de bordel là-dedans. »

Creusant plus profond, il déterra une bande tordue de cartouches RPD *, trois autres sacs de charges explosives, deux ponchos, encore quatre grenades Chi-com, ainsi que des provisions et des affaires personnelles. Enfin, il ramena une chose sombre et crottée qu'il examina de près avant de l'exhiber sur sa pelle en rigolant. « C'est son pied qui s'est barré.

— Pointure 42, je dirais, répliqua De Barti en riant à son tour. Pouah ! Ça pue toujours autant, les *dinks* ?

— Il a pas l'air très ragoûtant, son petit peton », fit Mohnsen, le chef du groupe de Garbageman, en s'approchant. « Faut vraiment que tu le déterres ?

— Il faut, sourit De Barti. Pour le renseignement. Tu le sais. Faut faire un rapport.

— Voilà les côtes, dit Garbageman en produisant un torse humain. On dirait pas celles d'un chien ? »

Le corps était en état de décomposition avancé et des lambeaux tombaient à chaque pelletée.

« Mon lieutenant, fit Pop avec un rictus, on a les côtes, on a un pied, ça suffit pas pour le recomposer. Y s'est morflé un obus en plein dans le bide, à mon avis.

— Mais non, blagua De Barti. Tir d'arme légère, pas plus tard qu'aujourd'hui. Il vient de se faire éclater à l'arme légère. Il est vraiment en miettes, le fils de pute, hein ?

— Tir d'artillerie, laissa tomber Brooks d'une voix neutre.

— Mon lieutenant ? » demanda Pop en s'agenouillant au bord du trou. « Y a trois sandales là-dedans. M'est avis qu'ils étaient deux. Coup au but. »

Garbageman déterra encore des charges explosives, des grenades, quelques boîtes de ration C et d'autres débris humains. Les abords du trou étaient maintenant jonchés de boîtes vides et de déchets. Plus profond, Garbageman découvrit deux masques à gaz Chi-com et d'autres bandes de munitions RPD.

« Hé ! Pop, voilà sa tête ! ricana-t-il soudain.

— Je me demande ce qu'il faisait avec sa tête aussi bas, ce con-là. Tu crois qu'il faisait une dernière bise à son cul ?

— On devrait peut-être lui demander une évasan [1] », surenchérit De Barti.

Brooks intervint, sans trace d'émotion.

« Tu ne trouves pas son arme ?

— P't'êt qu'il était couché dessus », suggéra Pop.

1. Évacuation sanitaire *(N.d.T.)*.

Muni d'une bande-chargeur de M60 flambant neuve, le lieutenant Thomaston s'approcha du groupe.

« Connards d'ARVN, lança-t-il à Brooks. C'est eux qui ont dû laisser ça là. On croirait qu'ils ravitaillent les *gooks.* »

Brooks, qui sentait venir la nausée, saisit l'occasion de s'écarter et examina les munitions.

« Putain ! cria Thomaston en reculant vivement. Qu'est-ce que c'est que ça ? Qu'est-ce qui l'a arrangé comme ça ? »

Il se pinça les narines et recula encore.

« Il pue pas autant que çui qu'on avait trouvé sur l'autre LZ, gloussa Pop.

— El Paso, dit Brooks, notez tout ce qu'on trouve et donnez la liste à Cahalan pour qu'il transmette par radio. On reste là jusqu'au retour des patrouilles. On bouffe maintenant, passez le mot. On fait mouvement à 10 h 30.

— A la graille, fredonnait Garbageman au fond du trou, tout le monde à la graille. Moi, je veux ma viande à point. Et vous, les mecs ?

— Creuse jusqu'au fond de ce putain de trou, jeta El Paso.

— Tu veux m'aider à remuer le potage ?

— Va te faire mettre. »

La transformation du soldat de base arrière en *boonierat* se poursuivit pendant le repas, les échanges de blagues, entre deux bouffées de cigarette. La moitié des hommes avaient ôté leur casque pour le fixer au paquetage. Le casque était obligatoire au 7/402, mais à la compagnie Alpha on n'insistait pas pour que tout le monde le porte. De nombreux *boonierats* estimaient que l'encombrement de ce lourd pot d'acier ne compensait pas la faible possibilité de protection contre un ricochet de balle ou un éclat. Dans le cas d'un coup direct, on considérait que le casque ne servait à rien. Brooks avait remplacé le sien par sa bizarre casquette de base-ball ; Egan portait un chapeau de toile à larges bords qui dissimulait sa tignasse rousse. Certains des hommes avaient enlevé leur chemise. Les Noirs comme Jackson se contentaient de jeter une serviette kaki sur leurs épaules en guise de coussin avant de s'adosser à leur paquetage ; les Blancs, Whiteboy, par exemple, dont la peau se voyait à travers cinq mètres de jungle, enfilaient des T-shirts kaki. Les fantassins de la 101e ne portaient pas de gilet pare-balles dans les *boonies* ; le rapport gêne/protection n'était pas jugé intéressant.

Après s'être assuré que le segment de périmètre de sa section était correctement couvert et avoir lancé ses patrouilles de reconnaissance,

Daniel Egan, assis à l'écart près d'un buisson, fouillait les recoins de son esprit. Il laissait tourner sa mécanique mentale, se préparant à son rôle d'adjoint au chef de section et à la paranoïa toujours en éveil qu'exigeait la manœuvre sur le terrain. Il sentit les rouages s'enclencher dans sa tête.

Toutes les leçons d'une décennie d'engagement américain tombèrent en place, les leçons apprises collectivement, oubliées puis réapprises à dix ou à dix mille. Tout s'ordonnait dans son cerveau, enseignements tirés ici de ses dix-huit mois de service actif, là de son héritage d'Américain ou simplement de vieux réflexes humains. Il suffisait de se détendre, de laisser son esprit embrayer et puiser dans la banque de données des dix mille ans d'histoire de la guerre, ou peut-être des cent mille ans, voire de toute l'ère humaine et encore plus loin. L'adaptation n'était pas facile. Egan résistait, comme le font tous les hommes. Son esprit se dérobait devant l'obstacle. Ses expériences directes, faciles à appréhender, le plongeaient dans le cours, inhibé mais très profond, d'un canal qui remontait loin en arrière, le long de millénaires de données. Et, pensait Egan sans le formuler, l'ennemi apporterait lui aussi les leçons collectives de millions d'hommes, couvrant des milliers d'années de combat, Nord contre Sud, frère contre frère, le même schéma depuis l'Antiquité jusqu'à l'après-Genève — l'ennemi, avec un dispositif mental formé par une guerre longue de milliards d'années en vies individuelles pour arriver à la bataille du Khe Ta Laou. Et la terre, songea Egan. Pas besoin d'expérience. Ça, il le savait, il le sentait de façon certaine. La terre qui sait tout et a toujours su, qui a tout vu, qui a toujours absorbé le sang et rendu les hommes à leur limon originel. L'esprit d'Egan passa une nouvelle vitesse. Il était prêt. Détendu. Il se releva, balançant son M16 du bout des doigts, et regagna le PC de la compagnie.

Le Bleu, assis à l'écart, n'en revenait pas de se trouver là, ni de la façon dont les choses s'étaient passées. Plus haut, dans son dos, des soldats riaient et juraient bruyamment. Lui se tenait tranquille, aux aguets, à demi caché, et en proie à la peur. Ses bras lui faisaient mal. Il les replia pour les examiner. Les deux avant-bras étaient tout égratignés, brûlés, meurtris. Sous le coude droit, il vit une entaille longue de cinq centimètres. Le sang avait formé une croûte. Chelini ne se souvenait de rien. J'ai dû me blesser en sautant de l'hélicoptère, se dit-il après réflexion. Il contempla la jungle, puis l'endroit où il se trouvait et les hommes en train de rire. Depuis l'instant de la mise à terre — quand Jackson lui avait lancé la demi-tablette de chocolat — et le contact radio avec El Paso, personne ne lui avait adressé la parole.

Un peu plus haut sur la piste, côté nord, Jackson et Silvers se repassaient une ration de fruits au sirop qu'ils mangeaient à l'aide d'une cuillère de plastique blanche. Couché sur le flanc, Jax essayait de fermer l'œil entre deux tours. Silvers, adossé à son paquetage, parcourait un *Newsweek* daté du 13 juillet. Ils dominaient le reste de la 1re section, mais, une fois installés là, ils avaient échangé peu de mots. Soudain, Silvers poussa Jax du coude.

« Écoute-moi ça.

— " Ça ", bâilla le Noir, est une chose dont je peux me passer. »

Silvers lut à haute voix :

« " Le général Creighton Abrams, commandant des forces américaines au Vietnam, serait de plus en plus préoccupé par le plan du président Nixon visant à retirer cinquante mille hommes supplémentaires du Vietnam d'ici octobre. " Tu crois que je vais avoir droit à la grosse réduction ?

— Naah, fit Jax en roulant sur le ventre. Le temps que tu y aies droit, moi je serai pape. Y vont pas t'laisser filer comme ça — l'ordre est tombé. Tous les juifs restent. Les Noirs repartent aujourd'hui.

— Dis donc, ça me fait penser...

— Au secours, ça le fait penser !

— Tu vois cette terre, là-bas ? »

Jax se retourna, regarda Leon, puis plissa les paupières en direction du soleil.

« Où ça ?

— Là en bas. Près de la mer. Cette bande qu'on appelle la Rue sans Joie, tu connais ?

— A présent, ouais.

— J'ai une idée. D'après moi, on commence par virer le Vietcong, ensuite l'ANV. On charge l'ARVN de prendre tous les Sud-Vietnamiens et de les coller dans des camps de réfugiés au sud de Huê. Tu y es ? Ensuite, on repeuple avec des juifs. Comme ça, on a des alliés et on sait que le pognon de New York manquera jamais. Putain, on rebaptise le coin la Rue sans Goy. Tu me suis ? »

Silvers s'esclaffa à sa propre blague.

« T'as pas dit que ça s'appelait déjà comme ça ?

— La Rue sans Goy, pas sans Joie. T'es vraiment nul.

— Tu t'en vas du couvercle, Leon. Ou t'as fumé trop d'herbe, ou t'as chopé quelque chose en tirant ton coup.

— Goy, dit Silvers en secouant la tête. Les Gentils. Une Rue juive sans Gentils, ça a rapport au culte.

— Là, tu te fous de moi, déclara Jax, imperturbable. Je le sais, que les juifs ont rapport au culte, sans ça, comment qu'ils feraient des gosses ? »

Écœuré, Silvers reprit son *Newsweek*. Il lut un article sur les conséquences positives de l'incursion au Cambodge du côté sud-vietnamien, et sur les conséquences négatives au Cambodge même. A la page suivante, il tomba sur un article révélant que le secrétaire de la Défense Melvin Laird comptait réduire la force militaire US de 20 à 15 divisions d'ici le milieu 1972.

« J'ai pigé, Jax, annonça-t-il en réveillant une nouvelle fois le Noir.

— Quoi encore ?

— Je vais avoir une réduction de 180 jours. Ils diminuent les effectifs. Ils vont me libérer le même jour que toi. Tu pourras t'asseoir sur mes genoux pour retourner dans le Monde si jamais y a pas assez de place pour toi dans mon Freedom Bird.

— Pose une roue, mec. Moi, je sais ce qui va se passer. Je le tiens de l'Homme lui-même. Parfaitement, le Grand Poireau. Les Leon, ils partiront jamais. Ils s'en vont en fumée.

— Pas question, Jax. Si ces branleurs REMFS déconnent avec la réduction de temps du petit Leon, je lâche la TAC Air * sur leur TO. »

Jax se redressa, reprit la ration C, but la moitié du sirop, puis passa la boîte à Silvers, qui avala le reste, broya la boîte entre ses mains et la lança dans la jungle.

Le PC de compagnie s'était regroupé au centre du périmètre de sécurité. Les hommes discutaient des détails de la manœuvre. Brooks s'adressa à Egan :

« Où sont les petits hommes jaunes ? »

Il avait posé la même question à chaque soldat, et la majorité s'accordait à les situer au creux de la vallée.

« Je crois qu'ils doivent être sur la prochaine crête, dit Egan en pointant un doigt vers l'ouest.

— Et moi, je crois qu'on a intérêt à virer notre cul d'ci, fit Tim Cahalan, un des radios du PC. On va en chier, ici. Regardez un peu si c'est raide.

— La jungle est un adversaire neutre, ironisa le lieutenant Caldwell, de la 3e section.

— Parle à mon cul, ma tête est malade, fit Cahalan quand l'autre lui tourna le dos.

— Ça va comme ça, intervint Brooks. Il est temps de passer aux choses sérieuses. On a eu une semaine pour buller, maintenant faut se remuer. Cahalan, vous avez signalé ces deux tués à l'autorité ?

— Affirmatif, mon lieutenant.

— Bien. Appellez Red Rover et faites-lui savoir que notre élément Rover Two fait mouvement dans deux-cinq. Danny et Bill, vous tenez vos sections prêtes. On va progresser le long de cette crête, en descendant vers l'ouest. On marchera en colonne au ras de la crête, puis, une fois le col atteint, on se déploiera pour grimper en haut de ce pic, là-bas. Il faut qu'on y soit à 13 h 00. 2e section, Frank et Pop, soyez prêts à faire mouvement tout de suite après la 1re. La 3e sera de retour ici avant votre départ. Ils vous suivront avec une heure de décalage. Bill, Danny, que vos hommes mangent maintenant, si ce n'est pas déjà fait, et qu'ils vérifient leurs paquetages. Une fois partis d'ici, je ne veux plus entendre un seul bruit. En revanche, Frank et Pop, vous ferez du raffut pour couvrir notre départ, et vous direz à la 3e qu'ils se démerdent pour faire croire que toute la compagnie est encore là jusqu'au moment où nous aurons atteint le pic. Le PC suivra Rover Two. Où est Hoyden ?

— Ici, mon lieutenant », fit une voix derrière Brooks.

Le lieutenant William Hoyden était l'observateur avancé de l'artillerie, détaché auprès de la compagnie Alpha.

« Hoyden, je veux les coordonnées préréglées de ce pic. Je veux les coordonnées du pic, du couloir et de ce canyon, là, direction Novembre Oscar. Si j'étais le grand chef *dink*, je me serais installé dans ce canyon. Je veux vous entendre là-dessus. Quelle est l'opinion de chacun ?

— Mon lieutenant, j'ai l'impression que la reco est tombée sur un os, appela Bill Brown, le troisième radio du PC de compagnie. Ils réclament une évasan. »

Il monta le son de son appareil, réglé sur le réseau de commandement. Le groupe s'interrompit pour écouter le dialogue des voix métalliques. La section reco d'Echo réclamait une évacuation sanitaire d'urgence par hélicoptère. El Paso changea de fréquence sur son PRC-25, passant d'Alpha interne à reco interne. Le groupe suivit le mouvement de l'unité-sœur dans le combat. Egan se redressa sur ses genoux et dirigea son regard vers la position estimée de la section reco. Des traçantes rouges pleuvaient d'un point situé à l'ouest du pic. De temps à autre, les traçantes vertes de l'ennemi filaient vers la zone de la section. Impossible d'apercevoir un soldat, ami ou ennemi. Pas le moindre mouvement. L'échange de coups de feu se perdait d'ailleurs dans le fracas des hélicoptères et des batteries d'artillerie de Barnett, déjà mises en alerte. Hormis le ballet intermittent des lucioles rouges et vertes et le crépitement des voix à la radio, rien n'indiquait qu'un combat fût en cours.

« Ça suffit, dit sèchement Brooks. El Paso, revenez sur notre fréquence. On arrête là. Regagnez vos équipes. Egan, Bill, que vos hommes se tiennent prêts. »

« Quiet Rover Four de Rover Two, je vérifie la liaison », dit le Bleu en appuyant sur la touche du combiné.

Pas de réponse. Chelini modula bien sa fréquence, puis appela de nouveau El Paso, sans résultat.

« Quiet Rover Four de Rover Two, me recevez-vous ? A vous.

— Rover Two de Rover Four, grinça enfin la voix d'El Paso. Je vous reçois, bleusaille. Hotel Mike ? A vous. »

El Paso demandait ainsi s'il était reçu fort et clair.

« Rover Four de Rover Two, répétez. »

Pas de réponse. Chelini essaya encore une fois. Rien. Soudain, la voix rauque d'El Paso lui corna dans les oreilles.

« Rover Two, savez-vous ce que c'est qu'un Tango Delta Charlie ? A vous.

— Ici Rover Two. Négatif.

— Rover Two de Rover Four. » El Paso prit une voix posée de conférencier pour expliquer : « C'est un Roméo Tango Oscar qui n'est pas foutu de dire " Terminé " à la fin de son message. Tango Delta Charlie : Trou Du Cul. A vous. »

Le Bleu étouffa un juron avant d'appuyer sur la touche du combiné.

« Rover Four de Rover Two. Bien reçu. Désolé. Ça ne se reproduira pas. Terminé. »

Chelini resta encore un moment sans bouger de son coin avant de se décider à aller rejoindre Jax, Silvers, Doc et Minh, qui mangeaient ensemble et discutaient bruyamment.

« S'ils ont annulé la putain de résolution du golfe du Tonkin, s'exclamait Doc, comment ça se fait qu'on est encore là ? Expliquez-moi donc, les mecs. C'était pas censé être le motif légal de notre présence dans ce merdier ?

— Pas forcément, dit Silvers. D'après cet article, Nixon soutient que la prérogative présidentielle d'entrer en guerre ne dépend pas d'une quelconque résolution, mais s'appuie sur la Constitution qui lui confère le titre de commandant en chef des forces armées.

— Quel taré ! fit Jax. Les dick-tateurs, on les dé-ca-pi-te, pas vrai ? Le peuple supportera pas ça. On va le foutre en l'air.

— Amen, Frère, amen, fit Doc en saluant du poing fermé.

— Et amen, ajouta Silvers. Mais ça fait problème, à mon avis. La situation ici est liée à celle du Moyen-Orient. Si on fait preuve de mollesse... »

Silvers s'interrompit pour relever la tête. Chelini se tenait au-dessus d'eux et suivait la discussion.

« Qu'est-ce que tu regardes ? demanda Silvers d'un ton accusateur.

— Ben, je... » Le Bleu s'éclaircit la gorge. Ne sachant que répondre, il finit par bredouiller faiblement : « Je cherchais Egan.

— Quoi ? gueula Silvers.

— Dis donc, fit Doc en riant, tu peux faire du bruit, là. On sait pas combien de temps faudra la boucler après.

— Oh ! dit Chelini avec un sourire idiot, je dois... » Il voulait se joindre à eux, mais personne ne l'avait invité.

« Faut que je trouve Egan », conclut-il d'une voix plus forte.

Les hommes de la 1re section achevèrent leur repas et vérifièrent leur paquetage. Le lieutenant Thomaston leur avait ordonné de ne pas bouger en attendant l'appel nominal. Un par un, ils allaient faire le tour de la 848 par le nord, s'enfoncer dans la jungle et tourner vers l'ouest à couvert avant d'entamer la descente. Si, comme le soupçonnait Brooks, Alpha était épiée par des guetteurs ANV, cette tactique empêcherait l'ennemi de détecter le mouvement de la compagnie — ou du moins sa direction. Tandis que les premiers soldats se mettaient en route, un hélicoptère qu'on n'attendait pas vint déposer deux hommes en treillis au sommet de la 848 et repartit aussitôt. Thomaston fit signe aux sept premiers hommes de profiter de cette diversion pour se fondre dans la jungle et attendre un moment après le départ de l'hélicoptère.

Les deux nouveaux arrivants furent accueillis sur la LZ par Lamonte, qui leur manifesta un enthousiasme presque frénétique. Chelini n'entendait pas ce qu'ils se disaient, mais il comprit qu'il s'agissait d'un lieutenant du service d'information et de relations publiques de la 3e brigade, escortant un correspondant civil. Lamonte se montrait volubile et empressé. Merde, se dit le Bleu, ça c'est vraiment la bonne gâche. Je me demande ce qu'il faut faire pour travailler avec Lamonte.

Numbnuts, qui venait dans l'ordre de marche après Chelini, jeta un caillou à celui-ci pour attirer son attention.

« C'est Craig Caribski, dit-il. Le mec responsable des révélations sur My Lai.

— Quoi ? souffla le Bleu.

— Ouais. J'ai parlé à Mr. PIO. Il dit que Caribski vient avec nous. Il bosse pour Dispatch News, à présent. Il veut sortir un papier sur le fiasco de Ripcord.

— Vraiment ?

— Ouais », fit Numbnuts en se donnant l'air important. « Y a des mecs qui pensent qu'on devrait lui faire la peau.

— Tu rigoles.

— Bah, ils font que causer. Peut-être qu'il va nous prendre en photo et on sera dans le journal.

— Ouais, pas mal. »

Chelini ébaucha un sourire.

« Dis donc, le Bleu, tu savais qu'on est un vendredi 13 ? T'es superstitieux ?

— Pas vraiment. Enfin, je crois pas. Et toi ?

— Naah. » Numbnuts se gratta le ventre, puis la cuisse droite. « Sauf sur certains trucs.

— Comment ça ?

— Ben, ce chapeau, par exemple. » Numbnuts arborait un chapeau de brousse australien à bord relevé.

« Qu'est-ce qu'il a, ton chapeau ? » demanda Chelini, tout heureux de pouvoir parler à quelqu'un. « C'est un porte-bonheur ?

— Ben, c'est ça le problème. Je sais pas au juste. La dernière fois que je l'ai mis, je me suis fait tirer dessus, mais j'ai pas été touché. Alors, ça veut dire que c'est un porte-bonheur, parce que j'ai pas été touché, ou un porte-poisse, parce qu'on m'a tiré dessus ?

— Je vois. » La conversation chassait un peu l'angoisse de Chelini. « Faudrait faire une étude statistique, blagua-t-il. Combien de fois t'es sorti avec ?

— Je l'ai porté qu'une fois. » Numbnuts ne souriait pas du tout.

« Un cas unique n'a aucune valeur dans les statistiques. » Chelini essayait de garder le ton de la plaisanterie.

Numbnuts marqua un temps, regarda Chelini, retroussa la lèvre supérieure et se détourna.

Le Bleu savait que sa situation avait changé. Les hommes ne le traitaient plus comme la veille, mais il ignorait pourquoi. Il était largué. Il ne possédait pas encore la mentalité *boonierat*. Il ne comprenait pas ce qui se passait, ce qui clochait chez lui, mais il ne se sentait plus accepté. Assis dans un coin, il ne pouvait qu'attendre. Et il était sale. Un peu plus sale chaque jour, mais au moins, à Phu Bai, Evans ou Eagle, il y avait des endroits pour se laver. Il prit un bidon dans son paquetage, versa un peu d'eau sur son mouchoir kaki, puis se frotta le visage et les bras. Une boue rougeâtre lui collait à la peau. Il rajouta de l'eau, frotta encore. L'air s'était réchauffé sur les hauteurs et le soleil commençait à cogner.

Je suis en train de perdre la boule, songea-t-il. J'arrive même plus à parler. C'est cette attente qui me rend dingue. Mais qu'est-ce que je fous là ? Je croyais que Silvers allait être mon pote... j'aurais dû l'envoyer se faire foutre. Fut un temps où j'avais un cerveau. Il y a six mois, à la pizzeria, je faisais plus de recettes que Phil, et aujourd'hui je suis plus foutu de discuter avec un con sans dire un truc qu'il faut pas.

De nouveau seul, assis à l'extrémité nord-est de la LZ, Daniel Egan était tout à fait entré dans son rôle de sous-officier de section. Il jeta un coup d'œil dégoûté au Bleu, qui se tenait à une vingtaine de mètres sur sa gauche, puis dirigea son regard sur Brooks, plongé dans une discussion avec De Barti, Garbageman et El Paso, un peu plus haut sur la piste. Egan se tourna vers l'est. Il contempla la jungle qui s'étendait devant lui et, au-delà, celle qui couvrait la crête suivante. Son regard alla se perdre encore plus loin. Le M16 reposait sur ses genoux. A son ceinturon pendaient deux cartouchières contenant six chargeurs chacune, ainsi que quatre grenades. Une baïonnette était fixée contre sa jambe. Sous ses yeux, les crêtes se succédaient en descendant vers l'est, barrées par le défilé du Rach My Chanh qui, au-delà de la quatrième crête, coulait vers le nord-est pour aller se jeter dans le Song Thac Ma. Après, c'était une autre crête, et encore une autre.

Egan pétrit une motte de terre de sa main gauche, tandis que la droite allait caresser la poignée-pistolet de son arme. Son pouce massait l'acier de la boîte de culasse, la poignée de plastique, le pontet et la détente, puis jouait avec le sélecteur de tir. Le regard d'Egan plongeait à présent vers les basses terres de l'Est et au-delà, en direction de la mer. A son sentiment de solitude et de dégoût se mêlait la tristesse de souvenirs vagues, qu'il voulait à toute force censurer, mais le dégoût ne faisait que souligner encore la solitude. Ce genre d'évocation se révélerait dangereux dans ce théâtre d'opérations s'il s'y laissait aller. Egan se réfugiait dans le mépris, de lui-même et de ce qui l'entourait. Il leva les yeux vers le soleil, maintenant haut dans le ciel, puis contempla rageusement les vallées qui se déployaient devant lui. Dans sa tête résonnait la voix d'un vieil adjudant qui disait quelque chose à propos des crêtes, quelque chose qu'il ne se rappelait même pas avoir entendu. Egan se mit à compter : quatre crêtes en descendant le Rach My Chanh, deux en descendant le Song O Lau. Elles se profilaient avec netteté, même si la distance brouillait un peu les contours des arbres. Il interrompit son calcul, chassa le sujet de son esprit, se mit à penser à cette fille, la gitane, en Australie.

Elle lui hurlait après : « Tu es un dingue ! Fiche le camp ! » Il s'était représenté le troisième jour, bien qu'elle l'eût chassé au bout de deux nuits. Ça se passait dans son appartement, elle était en train d'écouter *One Woman*, par Isaac Hayes.

« Chérie, bonjour », disait-il en s'efforçant d'entrer. La nuit précédente, elle s'était conduite comme une garce. Un soldat qui revient de dix-sept mois de jungle n'a qu'une chose en tête — qu'il fasse ça avec douceur, comme une brute, peu importe. Et elle avait été vraiment salope avec lui. Elle l'avait torturé. Egan sourit intérieurement en pensant à son corps adorable, à ses longues jambes fines et au lit, une affaire. Mais le souvenir se gâta. Bonne pour faire l'amour, mais pas pour dormir avec. Trop remuante. Crampes d'estomac, ou je ne sais plus quelle connerie. Tout était calculé pour l'agacer. Avec elle, c'était les baisers tendres et passionnés sur le ferry qui faisait la navette entre le port et Bondi Beach, les étreintes brûlantes dans le couloir de l'Illowra Lodge, et après ça, les vacheries au lit. Et le pire, songea Egan, elle ignorait absolument tout du reste du monde et de la guerre. Le pieu, la baise, le pognon — mon pognon. Voilà ce qu'elle avait dans la tête, et pas grand-chose d'autre. Elle possédait le talent pour faire tomber les mecs, et Egan se dégoûtait d'être tombé. Elle ne lui faisait pas oublier l'autre. Il s'en voulait de l'avoir acceptée. Maintenant, ça faisait une chose de plus à chasser de son esprit.

Egan promena encore un moment son regard sur les crêtes, puis observa la laborieuse progression de l'unité vers l'intérieur de la jungle. Il se retourna, se redressa sur ses genoux, fit glisser son paquetage et en ôta le début de lettre à Stephanie. Il laissa un blanc, puis se remit à écrire :

> Plus tard le même jour. J'ai presque fini mon temps. Je serai de retour dans le Monde d'ici vingt-cinq jours, et dans un mois j'aurai quitté l'armée. J'aimerais te revoir. Des images de toi continuent de me trotter dans la tête. Comme la fois, dans cette piaule puante au *Martinson Hotel*, où je t'ai dit que tu méritais mieux que ça. Je me sens vraiment hors circuit. Ça doit être le début de cette nouvelle opération. Je devrais me concentrer dessus, mais c'est toi qui reviens toujours devant mes yeux. Je ne sais pas pourquoi, j'ai toujours cette image de nous deux au *Martinson*. Il y a un vieux fauteuil dans la chambre. Moi, je suis au lit. La lumière est éteinte, mais l'éclairage de la rue et les lueurs des enseignes pénètrent par la fenêtre. Toi, tu te tiens derrière et tu regardes dehors. Tu es nue. Tu dis que je t'ai blessée. Pourquoi disais-tu ça ?

Egan s'interrompit. Il n'était pas content de sa phrase. Il rangea la lettre.

Le versant est de la 848, très abrupt, jaillissait de la jungle, puis s'élevait jusqu'à un faux sommet, fait d'un chaos de rochers fracturés par les bombes et des divers débris entourant la LZ. Une légère dépression suivait, avant la remontée finale. Egan se trouvait sur cette deuxième montée, caché par les rocs déchiquetés. Une nouvelle fois, il se sentit hypnotisé par le paysage vers l'est. Sur la crête la plus proche, il distinguait avec précision chaque arbre et chaque feuille ; les choses perdaient un peu de netteté sur la deuxième crête, et à la cinquième, il ne voyait plus que des éclaboussures d'un vert plus ou moins sombre. Au-delà, la couleur même s'estompait : il n'y avait plus que des nuances de gris qui se fondaient en un brouillard et se perdaient dans les avant-monts. Egan compta onze crêtes. Les paroles de l'adjudant, lors du briefing, résonnaient à nouveau dans sa tête : « De ce point-ci, sur la douzième crête, la plus élevée » — Egan passa les bras dans les sangles de son sac, se releva et se tourna vers l'ouest — « vous tournez le dos à la treizième vallée. »

CHAPITRE 13

A l'endroit où Whiteboy pénétra dans la jungle, la végétation portait les marques du bombardement de la matinée, mais dix mètres plus loin, elle paraissait intacte. Whiteboy marchait entre deux murailles vertes. Au bout de quinze mètres, il prit à gauche, esquiva plusieurs branches et repéra une piste vers l'ouest. Branches et lianes mêlées formaient au-dessus de sa tête une voûte qui s'épaississait à chaque pas. La jungle devenait plus sombre, la piste descendait. Whiteboy estimait qu'on n'avait pas dû l'utiliser depuis au moins trois mois, peut-être six. Des feuilles de palmier gênaient le mouvement, à hauteur des épaules ou de la taille. Des bouquets de bambous, des faisceaux serrés de tiges, se dressaient sur son passage comme des piliers. Il continuait néanmoins sa descente, lentement, prudemment, prenant à chaque pas le temps de regarder, écouter et renifler autour de lui. Mais il ne flaira pas de mortiers.

A la fin du briefing avec Brooks, tout à l'heure, Egan s'était immédiatement mis en quête de Whiteboy pour l'informer que son groupe marcherait en tête et lui expliquer la direction du mouvement, l'objectif à atteindre. Le lieutenant Thomaston avait suivi Egan jusqu'à la position de Whiteboy, à l'abri d'un épais buisson, sur un bout de piste au nord-est de la 848. Il avait confirmé les ordres, choisi un point d'insertion qui servirait de leurre, puis était reparti à son tour.

« Ils vont encore nous enculeh' », avait murmuré Whiteboy avec un léger tremblement de ses lèvres épaisses, sa lourde carcasse voûtée par l'appréhension. Devant lui, sa mitrailleuse M60 couvrait la piste. Il ne s'était pas donné la peine de déplier le bipied, posant simplement le canon sur une branche fourchue. Whiteboy parlait à son arme, tout en caressant son flanc métallique. « Ils nous enculent encore un couh', Lit'le Boy. Passent leur temps à çah'. » Puis, saisissant la mitrailleuse, il s'était levé et avait commencé de rassembler son groupe.

Rien de bizarre dans l'organisation de Whiteboy : il avait décidé, comme toujours, de marcher lui-même en tête. Il n'aimait pas ça, mais il refusait de confier la tâche à quelqu'un d'autre. Whiteboy considérait que sa responsabilité de chef de groupe entraînait la nécessité d'assurer la protection de ses hommes, mais il s'y mêlait aussi et surtout une question de fierté — fierté du *boonierat*, du chef de groupe, du mitrailleur M60, du voltigeur de pointe, du type qui a les épaules larges. C'est en ces termes qu'il y pensait, et il n'aurait pas supporté qu'un autre fantassin fasse son travail à sa place.

Sa position d'homme de pointe l'assurait d'une exécution immédiate de ses directives par le reste du groupe. Justin Hill, le servant qui portait les munitions, marchait en second, suivi de Cookie, de Bill Frye, grenadier-voltigeur, puis d'Andrews, opérateur radio, de Harley, lance-grenades M79, et enfin de Kirtley et Mullen, grenadiers-voltigeurs. Leur paquetage vérifié, les hommes quittèrent leur position pour se rassembler au point d'insertion et attendre le feu vert de Thomaston.

« On va descendre ce piton vers l'ouest », répétait Thomaston, qui n'avait pas grand-chose de plus à communiquer à Whiteboy, « et si on ne trouve rien, on remontera ce pic là-bas, puis peut-être vers le sud-ouest. »

Whiteboy n'écoutait pas vraiment. Il tirait sur sa cigarette tout en vérifiant encore une fois son paquetage, à l'affût de ce qui pouvait causer le moindre bruit pendant la marche. Il se sentait l'estomac noué, des aigreurs lui remontaient à la gorge. Il flattait la M60 de ses gros battoirs, promenant ses doigts épais sur la culasse huileuse et le plateau d'alimentation. Quand il serrait brusquement, l'arme lui résistait, quand il épousait doucement ses contours, c'est elle qui semblait lui caresser les mains.

Whiteboy avait passé la quasi-totalité des dix mois précédents dans le maquis, le plus souvent sans contact humain. Il avait appris à parler à son arme et à l'écouter. Ex-mécanicien, Whiteboy travaillait de ses mains depuis toujours, et c'est en mécanicien qu'il s'occupait de sa mitrailleuse. Le concret était son domaine et le contact physique de la jungle ravivait ses instincts. Il sentait ce monde, communiquait avec lui par ses mains, sans passer par l'explication verbale. Il touchait ainsi le réel à un niveau inaccessible aux intellectuels Brooks ou Silvers, qui enveloppaient le réel de mots, comme si les mots eux-mêmes constituaient la réalité et que celle-ci ne pût exister sans être décrite. Whiteboy communiquait avec ses hommes d'une manière qu'un Brooks ne pourrait jamais comprendre ni ressentir.

« Bien », avait conclu Thomaston. Whiteboy s'était levé, sa puissante carcasse disparaissant sous un énorme sac de combat. La M60 pendait à son épaule droite, maintenue par une bretelle fixée au guidon et à l'arrière de la crosse. Whiteboy portait l'arme à hauteur de la hanche, canon pointé droit devant. Une bande de cartouches engagée dans le plateau d'alimentation se déroulait vers le sol, remontait en boucle sur le canon et retombait de l'autre côté. Whiteboy portait deux bandes supplémentaires en diagonale sur la poitrine, et une troisième autour de la taille. Après un coup d'œil rapide pour s'assurer que Hill était prêt, le chef de groupe s'enfonça dans la première épaisseur de jungle. Hill suivait à trois mètres, puis Frye, Andrews, Harley, Kirtley et Mullen. Ils entamaient leur descente quand l'hélicoptère vint déposer le correspondant civil. Après le départ de l'appareil, Thomaston fit passer le mot d'attendre deux minutes avant de reprendre le mouvement. Whiteboy descendait tranquillement.

Egan pénétra dans la jungle à la suite du 3e groupe. Le Bleu et Doc McCarthy, médecin de la 1re section, lui emboîtèrent le pas. Au point d'insertion, Thomaston réglait le rythme de la manœuvre, lançant les hommes à intervalle régulier. Le 1er groupe s'engagea ainsi derrière le PC de section et le 2e groupe ferma la marche. Thomaston laissa alors la place à De Barti, qui procéda à la même opération pour la 2e section.

Whiteboy donnait la cadence pour toute la colonne. Un pas toutes les cinq ou six secondes, dix pas par minute, moins de trois cents mètres à l'heure. Il choisissait son chemin, direction générale ouest, montant par ici, descendant par là, selon ce que lui dictaient les obstacles. Il restait au-dessous de la ligne de crête, toujours sur sa gauche, et ne modifiait rien sur son passage : il ne s'ouvrait pas un chemin à la machette, se contentant de suivre la ligne de moindre résistance de la manière la plus discrète possible.

Justin Hill maintenait le contact visuel avec Whiteboy, enregistrant attentivement le moindre de ses mouvements. Il suivait l'homme de pointe sans un bruit, enjambant chaque racine, plongeant sous chaque branche basse. Derrière Hill, Cookie Frye progressait comme par courtes giclées : il s'approchait jusqu'à un mètre de Hill, s'arrêtait, se tournait vers le haut et scrutait la jungle jusqu'à ce qu'Andrews le rejoigne, puis il recommençait le manège, tournant cette fois-ci son regard vers le bas lorsqu'il s'arrêtait. Andrews procédait de même avec Harley, et ainsi de suite. La chaîne continuait sans s'interrompre : derrière Mullen, dernier homme du 3e groupe, venait Egan, puis Chelini qui essayait de suivre le mouvement.

A mesure que la piste descendait, la pente devenait plus raide, la voûte plus épaisse et plus haute. L'air moite collait à la peau. Sèche et poussiéreuse sur les hauteurs, la végétation devenait dense et humide. Le jour filtrait à peine au travers, la piste était boueuse. Le sol glissant clapotait sous les pas qui se succédaient, bruits de ventouse aussitôt absorbés par la jungle.

Au bout d'une centaine de mètres, le Bleu perdit son chemin. Il n'entendait plus Egan. Il venait de rejoindre la position précédemment occupée par celui-ci. Egan avait alors disparu dans un trou de la muraille verte. Dave McCarthy arriva sur les talons de Chelini, qui aurait dû se remettre en marche mais ne savait plus quelle direction prendre. Le Bleu fit un pas, s'arrêta, tendit l'oreille. Aucun signe d'Evan. Il avança encore, se heurta à un rideau de lianes et de feuilles de palmier. Il ne voyait même plus la piste. Il s'arrêta de nouveau, jeta un coup d'œil en arrière. McCarthy, en grande partie masqué par la végétation, était à deux mètres, suivi de Numbnuts, du 1er groupe. Chelini le devinait à peine.

« Sergent Egan », appela-t-il à voix très basse, puis un peu plus fort, avec un brin d'affolement. Il piétina nerveusement.

McCarthy lui touchait presque l'épaule. Chelini se retourna. Une main surgie de nulle part le frappa durement en pleine figure. Egan.

« Enculé », cracha le sergent, très bas, entre ses dents. « Espèce de fumier d'enculé de merde, qu'est-ce que tu branles ?

— Heu... je... » Sous le choc, Chelini était incapable d'aligner deux mots.

Les yeux exorbités, Egan continua sa tirade :

« Je vais te le dire une bonne fois pour toutes, enculé de ta mère. Si j'entends le moindre bruit de ta part, si j'entends ton pied se poser par terre, ton sac toucher une branche, je te botte le cul jusqu'à la fin du monde. Il serait temps que tu te réveilles, bleu-bite. Empaffé, tête de nœud. Tu bloques toute la putain de colonne. »

Le sergent tenait Chelini par le col du treillis et le secouait à petits coups rapides, terrifiants. Puis il disparut dans la muraille verte, à quelques centimètres à peine. Chelini resta sur place, le regard fixe, comme s'il venait d'apercevoir un fantôme. Il ne vit même pas une feuille bouger.

En campagne, le binomage était la règle. Les *boonierats* s'assemblaient selon les sympathies ou les nécessités du moment, quelquefois les deux. Whiteboy et Hill formaient un binôme, de même que Pop et Garbageman, Jax et Silvers, Doc et Minh, ou, désormais, Egan et Chelini.

Brooks, au PC, faisait équipe avec El Paso. Très proches, les deux hommes étaient respectivement le cerveau (commandant de compagnie), les oreilles et la bouche (plus ancien opérateur radio). El Paso portait un PRC-25 réglé sur la fréquence interne de la compagnie, pour les communications entre le PC, les sections et/ou les groupes. Le PRC-25 de Bill Brown restait sur le réseau de commandement, afin d'assurer les échanges avec le PC régimentaire, maintenant installé à la base Barnett avec un centre opérationnel avancé. Tim Cahalan, pour sa part, transportait le Monstre, un PRC-77. Il s'agissait d'un émetteur semblable au 25, mais comprenant en outre un système chiffreur qui assurait automatiquement le camouflage des messages en phonie. Le Monstre servait à communiquer avec l'arrière pour des questions vitales ou ayant trait au renseignement tactique : appeler une unité sur sa position pour s'assurer que l'artillerie amie ne lui lâchait pas accidentellement des obus inamicaux sur la figure, etc. Les trois postes restaient en régime d'écoute permanente : Brown, Cahalan et l'observateur avancé formaient l'équipe chargée de veiller les fréquences.

Intercalé entre la 1re et la 2e section, le PC de compagnie épousait le mouvement de chenille de la colonne.

« Mon lieutenant, Barnett est attaquée », souffla Bill Brown.

Brooks poursuivit son chemin sans réagir, mais le radio savait qu'il avait enregistré l'information et pensait probablement : « Qu'est-ce qu'ils doivent déguster ! »

« On dirait des 82, fit remarquer El Paso, un moment plus tard.

— La reco réclame une autre évasan », annonça Bill Brown.

La colonne poursuivait sa descente, Whiteboy ouvrant la marche soixante-quinze mètres vers l'ouest et plus bas que le PC ; la 2e section suivait à distance égale, mais plus haut. Sa patrouille achevée, la 3e section avait regagné la LZ et prenait son déjeuner aussi peu discrètement que possible.

Les sacs pesaient sur les épaules et sur les dos. On avait beau faire son paquetage avec soin, vérifier et revérifier que rien ne gênait les mouvements, une fois la marche commencée, il y avait toujours un coin, un angle qui vous transperçait le dos. Le poids vous enfonçait les jambes dans chaque ornière, chaque trou de la piste. Les muscles des cuisses, contractés par la charge et par la lenteur de la progression, étaient parcourus de tremblements. Les casques, pour ceux qui en portaient, étaient de vraies bouilloires et semblaient toujours glisser de travers ; on se fatiguait la nuque à les redresser. Les sourcils recueillaient la sueur et des rigoles salées vous coulaient dans l'œil. Les armes étaient toujours pointées droit devant et tenues à deux mains, le pouce droit sur le sélecteur, prêt à passer de sécurité à automatique, mais les bras et les poignets se fatiguaient, les paumes transpiraient sur la poignée-pistolet et le garde-main, l'index se crispait sur la détente.

La colonne avançait toujours lentement, prudemment. A mesure que la pente devenait plus raide et plus glissante, le poids des sacs semblait encore augmenter. Le seul bruit qu'entendaient la plupart des hommes était celui de leur propre respiration, rauque, sifflante. Parfois, une branche, une feuille de palmier frôlant le casque ou le treillis les obligeait à se faire encore plus légers sous les sacs pesants.

Les batteries d'artillerie de Barnett se mirent à lâcher leurs premières salves. Un puissant grondement roulait à présent au-dessus de la colonne et l'enceinte de la vallée renvoyait ses échos.

En tête, Whiteboy ralentit encore l'allure. A chaque pas, il regardait deux fois de chaque côté, guettant le moindre signe de l'ennemi, scrutant le sol à la recherche du fil déclencheur d'un piège ou d'une empreinte récente.

Une fois les derniers hommes de la 2e section disparus à leur tour dans la jungle, la 3e resserra le périmètre autour de la zone de poser. Au sommet de la 848, les soldats continuaient de mener grand tapage. Ridgefield, le présentateur-imitateur du Phoc Roc, affalé sur un rocher, se chauffait au soleil en compagnie de John McQueen, Terry Snell et Don Nahele. Snell et Nahele, de vieux copains de Los Angeles incorporés en même temps que Ridgefield, ne l'avaient plus quitté depuis les classes. Les quatre hommes fumaient et blaguaient.

« Dis donc, Snell, lança Nahele, tu dirais que t'es un tombeur, ou un jobard ?

— Je suis luthérien, rigola Snell.

— Mon vieux, fit Nahele en étirant chaque syllabe, je viens de poser la plus belle pêche de toute ma carrière.

— Quelle coïncidence, dit Ridgefield, moi aussi.

— Putain, gémit Snell, moi, j'ai pas chié depuis quatre jours.

— Il y a deux soirs de ça, précisa Ridgefield, j'en ai lâché une qui a giclé dans tous les coins. Grande satisfaction anale au début, mais ensuite j'avais le cul qui me brûlait.

— C'est ce piment rouge que tu mets partout, dit Nahele.

— Vous savez pas ce que c'est que chier, intervint McQueen. Je vous ai jamais parlé de la latrine F-27, dans le Delta ? F-27, la zone de défécation du 25e. Là-bas, on avait l'habitude de dire : “ Plus l'étron est balaise, plus le chieur est à l'aise. ”

— Dis donc, Queenie, fit Snell, quand est-ce que la pisse devient un truc séparé du corps ? Tant que c'est à l'état de déchet dans ton système sanguin, ça fait partie de toi, non ?

— C'est peut-être quand ça passe dans ta vessie », proposa Ridgefield, le regard vague, déjà en train d'imaginer une émission de radio sur ce thème.

Nahele, qui devinait les pensées de Ridgefield, se mit à l'encourager :

« Ça fait peut-être partie de toi jusqu'à ce que tu pisses vraiment.

— Ou bien jusqu'à ce que ça touche le sol », ajouta Snell.

Ridgefield se leva d'un bond et annonça :

« Ça y est, cette fois-ci je me présente au Congrès. J'ai résolu tous les problèmes du monde. C'est très simple, au fond, et je détiens la solution.

— Alléluia ! » s'exclama Nahele, qui piqua une cigarette à Snell avant de poursuivre : « Ce vieux Rafe va donner à chaque citoyen un gallon de bourbon, un paquet d'OJ et une nana, comme ça tout le monde pourra picoler, fumer et baiser à mort.

— Pas de vulgarité », dit Ridgefield, l'air sévère. « D'ailleurs, ça ne marche pas. C'est exactement ce que mes adversaires proposent depuis des années, et voyez un peu où elle en est, la Grande Société. Non, poursuivit-il avec une lueur dans l'œil, c'est d'abord et avant tout une question de vessie. Une fois qu'on a compris ça, le reste suit.

— Attention, ricana Snell, sortez vos pelles, la merde ne va pas tarder à voler. »

Ridgefield se dressa sur son rocher, s'éclaircit la gorge, puis jugea préférable de ne pas trop jouer les tribuns au beau milieu de la LZ et s'accroupit. Il prit sa plus belle voix d'orateur parlementaire pour continuer :

« Uriner trop fréquemment, messieurs, est un signe évident de faiblesse. L'individu qui se soulagerait chaque fois que le besoin s'en fait sentir urinerait dix à vingt fois par jour. On pourrait dire presque littéralement qu'il laisserait sa vie s'écouler de cette manière. Chaque miction l'occuperait, disons six ou huit secondes, n'est-ce pas ? Eh bien, messieurs, je vous le déclare, UN TEL ÉTAT DE CHOSES EST PARFAITEMENT RIDICULE !

— Je suis d'accord ! fit Nahele en riant.

— Il m'apparaît qu'une miction d'une durée inférieure à une demi-minute constitue une perte de temps totale et inexcusable, quelque chose qui devrait être sanctionné par la loi ou, à tout le moins, assujetti à l'impôt. »

McQueen, Leahmann et d'autres hommes du groupe s'étaient rapprochés pour écouter la suite.

« En réalité, messieurs, l'acte lui-même, le temps réellement nécessaire à l'évacuation de l'urine, ne sont pas des questions d'une importance fondamentale. Mais, messieurs, le temps investi, le temps perdu dans la recherche d'un endroit propice, le temps investi, le temps perdu pour s'y rendre et en revenir, et je ne parle même pas du temps exigé par les manipulations de fermeture Éclair, eh bien, au bout du compte, si quelqu'un accomplit ne fût-ce que huit mictions quotidiennes, on peut estimer qu'il ou elle, selon le cas, passera tout bonnement un tiers de son temps utile à pisser... passez-moi l'expression... à soulager sa vessie.

— Rafe, commença Snell, ça fait six mois que j'ai pas porté un froc avec fermeture Éclair. »

L'orateur prit une intonation encore plus grave.

« Eh bien, messieurs, voici ce que je propose. Ce plan entraînera de profondes modifications de la personnalité chez ceux qui y seront soumis. Tout le monde ira pisser à dix heures du matin, ce qui permettra d'évacuer l'urine accumulée au cours de la nuit et aussi celle résultant des liquides absorbés au petit déjeuner. La miction suivante sera fixée à quatres heures de l'après-midi. Elle sera réservée aux cas extrêmes et soumise à l'autorisation préalable d'une commission d'enquête constituée de dix personnes. La miction de quatre heures permettra aux sujets plus faibles d'éliminer les déchets provenant de la pause-café du matin, de ce qui aura pu être consommé pendant le déjeuner et de ce qui sera parvenu jusqu'à la vessie depuis la pause de l'après-midi. Enfin, chacun sera bien entendu autorisé à uriner avant d'aller se coucher, mesure répondant à la nécessité d'une bonne nuit de sommeil ininterrompu.

« Les conséquences profondes que j'attends de ces mesures, messieurs, seront entre autres un durcissement de la fibre morale de la nation, un affermissement du caractère du peuple de notre pays bien-aimé. Lorsque cette entreprise de régulation aura été menée à bien dans les grands centres urbains, nous pourrons aller de l'avant et couvrir l'ensemble du territoire national. Plus d'émeutes, plus de grèves, plus de guerre. Le monde entier suivra notre exemple. »

Ridgefield entama sa péroraison d'une voix qui semblait porter d'un bout à l'autre de la vallée :

« Alors, messieurs, avec un peuple ainsi formé à la discipline de la rétention...

— Et qu'est-ce que tu feras à dix heures cinq tous les matins, quand tous les égouts exploseront ? lança Snell.

— Peut-être que son vieux est plombier », suggéra Nahele.

Ridgefield agita les bras pour rétablir le calme dans l'auditoire.

« Messieurs, que de considérations triviales. Me voici accroupi devant vous...

— ... avec ta bite sous le bras, compléta Nahele. Dites, c'est pas bientôt le moment d'y aller ?

— Messieurs, cette séance ne sera pas levée avant que nous n'ayons adopté la motion qui vous est soumise...

— Bon, fit Snell, moi, faut que j'aille pisser. Tu veux chronométrer, Rafe ?

— Fais gaffe, dit Nahele, il va peut-être vouloir te la tenir. Mais merde, c'est qui l'homme de pointe ? Ils prennent vraiment leur temps, les mecs. »

Ridgefield ramassa sa M60 et passa les bras dans les courroies de son sac. Snell et les autres l'imitèrent. Tout le monde s'apprêta à disparaître dans la jungle. Après un bref coup d'œil par-delà la colline, Ridgefield se faufila dans la broussaille et entama sa descente le long de la piste maintenant bien visible. « Chut, souffla-t-il soudain. Qu'est-ce qui... oh ! merde ! »

Whiteboy, Hill et Egan l'avaient entendu aussi : *phaffft !* Une fois, deux fois, puis trois, puis quatre. A présent, presque toute la colonne l'entendait. Un son bizarre : *phaffft !* Plus tard, Chelini se rappela avoir pensé au bruit d'une portière de voiture qu'on referme par une nuit d'été chaude et moite, au coin de la rue. Ce n'était pas un bruit à proprement parler, plutôt une sensation dans les oreilles, comme si la masse d'air comprimée par la brusque fermeture de la portière se propageait à la manière d'une onde de choc. C'était le son d'un obus de mortier quittant son tube, quelque part dans la jungle. *Phaffft !* sept, huit. Whiteboy avait bondi sur le côté de la piste avant le deuxième tir. Hill le vit et l'imita. Egan, à plat ventre, écrasé sous son paquetage, cherchait à s'enterrer davantage dans un creux du terrain. Tout au long de la colonne, les anciens rampaient déjà en griffant le sol à la recherche d'un abri. Instinctivement, le Bleu avait fait comme eux. Il rentra le cou et enfonça son casque comme pour lui faire toucher directement ses épaules. Personne ne parlait.

karrumphh — kaRUMph — KARRUMP

Le premier obus explosa au ras du défilé, le deuxième vingt mètres plus haut sur le flanc de la colline, le troisième encore vingt mètres plus haut. L'ANV pilonnait méthodiquement en remontant vers le sommet.

Whiteboy s'aplatissait à chaque explosion, mais ne restait pas collé au sol. Il caressait sa M60. « Lit'le Boy, s'ils veulent continueh', on sera prêts. On va les coincer, bon Dieu... »

KARRUMP, très rapide, à présent. On n'entendait aucun écho. Les éclats, les pierres et la boue frappaient la végétation, cassant les branches, coupant les feuilles et les lianes. *KARRUMP.* Une autre explosion, toujours plus haut, au-dessus de Whiteboy. Celui-ci se retourna vers Hill et cria : « Placez-vous en défensive ! »

KARRUMP. La cadence était à présent d'un obus par minute, vingt mètres plus haut que le précédent.

Brooks hurla à l'oreille de Brown : « Réclamez un appui feu ! »

Le Bleu vissa son casque encore plus serré, ramena ses genoux sur sa poitrine, presque à se toucher les oreilles. Il se roula sous son paquetage en une boule compacte et frissonnante. *KARRUMP.* Toujours plus haut. Il lui semblait que les muscles de son dos lui défonçaient la cage thoracique pour atteindre le sol, et que la marque des poils de sa poitrine s'imprimait dans la boue. A chaque explosion, la peur le faisait tressaillir. Ses yeux exorbités se fixaient sur un détail, une pousse de bambou, un insecte, puis tout se brouillait. La sueur perlait à ses tempes. Sa bouche, son nez, s'enfonçaient dans le sol ; il aspirait de la boue.

Soudain, tout fut silencieux.

« Tout le monde reste à terre », chuchota Egan — mais ce fut comme s'il avait hurlé. « A terre et à droite de la piste. »

Whiteboy recula jusqu'à Chelini, qui se trouva ainsi au centre d'un dispositif formé par le 3e groupe. A côté de lui, Egan, qui s'était emparé de la radio, sursauta en grimaçant et balaya vivement son bras gauche d'un revers du combiné en jurant : « Saloperies d'araignées ! » A l'exception du Bleu, les hommes s'étaient débarrassés de leurs sacs et disposés en cercle dans les taillis. A son tour, Chelini fit glisser les courroies du sac en se tortillant.

« Rover Four de Rover Two, à vous. » Egan appelait El Paso.

« Ici Rover Four. » La réponse vint aussitôt. « Des blessés sur votre position ? A vous.

— Négatif, Rover Four. Terminé. » Egan ricana et ajouta pour lui-même : « Ces cons de *gooks* touchent pas une broque... »

D'autres groupes appelèrent le PC. Egan suivit les communications, puis se leva silencieusement et disparut. Chelini alluma une cigarette en tremblant. Mon Dieu, pensa-t-il. Encore trois cent cinquante jours à tenir.

Quelques minutes après le dernier tir de mortier sur la position d'Alpha, des Cobra ARA firent leur apparition dans le ciel. La première roquette frappa un objectif sur la colline voisine. Chelini sursauta. Le Cobra tira encore deux fois. Le Bleu pouvait voir les roquettes quitter leur tube latéral avant de les entendre. Ensuite venaient les explosions, puis les échos, répercutés d'une crête à l'autre — départ ; explosion ; léger écho immédiat ; silence ; écho puissant et réverbérations : *SSSheee — saaBAMM bamm BAMm bam bam bam.* Les Cobra arrosaient le flanc de la colline voisine, à deux ou trois cents mètres de l'endroit où se trouvait Chelini. Une roquette explosant à cette distance n'a rien d'effrayant, se dit le Bleu avec un sourire, du moment qu'on sait qu'elle vise quelqu'un d'autre. Sur cette pensée rassurante, presque réjouissante, il soupira puis, jetant un coup d'œil autour de lui, remarqua que Hill et Harley rigolaient, tandis que Frye, Mullen et les autres se prélassaient en fumant. Seul Whiteboy, tapi dans les broussailles d'où n'émergeait que le canon de sa mitrailleuse, paraissait tendu.

Les Cobra effectuèrent une série de piqués en lâchant deux roquettes à chaque passage, puis ouvrirent le feu avec leurs Minigun, des mitrailleuses électriques Gatling à la cadence de tir tellement rapide que le son évoquait une tronçonneuse géante. Pour Chelini, c'était comme de la musique. Il se sentait bien. Merde, songeait-il, c'est pas si terrible. Pas quand les hélicos font à peu près tout le boulot.

Il y eut un léger mouvement sur la piste, au-dessus de Chelini : Lamonte surgit, appareil photo en action. George le suivait. Ils aperçurent le Bleu, le saluèrent de la main sans s'arrêter, puis Lamonte s'accroupit afin de cadrer Whiteboy parmi les feuillages. George et lui se mirent à débattre du meilleur angle, de la lumière, de la profondeur de champ, tandis que les Cobra effectuaient un nouveau passage. Lamonte s'approcha de Chelini, s'excusa, puis s'installa de manière à pouvoir braquer son appareil par une trouée qui laissait filtrer la lumière. Il s'efforça de saisir un hélicoptère dans ce petit cadre feuillu.

Egan reparut, posa sa main sur l'épaule de Chelini et chuchota : « Prends ton barda et amène-toi. »

Ils grimpèrent le long de la piste, jusqu'à l'arrière du 1er groupe, où Thomaston suivait l'évolution de la situation sur le PRC-25 de Steve Hoover. « Ils essaient de faire sauter le couvercle, annonça le lieutenant. Ils pensent avoir aperçu quelque chose.

— Merde alors ! s'exclama Chelini.

— Affirmatif, fit Thomaston en souriant. On vous a amené au bon endroit, hein ? Ici, vous allez perdre votre pucelage. »

Le Bleu acquiesça d'un sourire embarrassé.

« Ça, c'était du 60 *mike-mike* *, dit Jax. Des 82 à cette distance, ça te crève les tympans. »

Nonchalamment étendus, Silvers, Jax et Hoover concoctaient un mélange de rations C. Egan et Thomaston restaient à l'écoute des deux radios, l'un sur la fréquence interne de la compagnie, l'autre sur celle du PC. Chelini s'installa un peu plus bas sans rien dire, mais il souriait intérieurement. Il avait vu le feu et survécu.

« A mon avis, on fait préciseh'ment c'que Charlie veut qu'on fasse », dit Whiteboy à Hill. Allongés côte à côte, les deux hommes scrutaient la piste.

« Ouais, on lui donne le temps de se tirer, répondit Hill.

— Ou bien d'manœuh'vrer jusqu'ici en haut.

— S'ils nous allument, tu peux te dire qu'ils ont un truc en bas qu'ils ont pas envie de nous laisser voir.

— A tous les coups, sinon ils nous auraient pah'pilonné au moh'rtier en plein jour.

— Je parie qu'ils ont attendu qu'on ait dégagé la putain de LZ pour tirer. Ils voulaient voir quelle direction on prenait.

— Moi, j'descends pas lah'd'dans cette nuit. Tu peux m'croire. J'bouge pah', rien à foutre des ordres. »

« Vous étiez peut-être pas sur la 882, mais celle-ci, vous allez pas la louper », lança Thomaston à Chelini avant de se remettre à l'écoute des pilotes qui continuaient d'arroser l'autre colline.

« Écrasez-les, ces fils de pute, jura Egan.

— Est-ce que vous étiez à Hamburger Hill ? demanda Thomaston en se tournant vers Hoover.

— Et vous ? fit le radio.

— J'étais là, et aussi à Bloody Ridge.

— Sacrée merde, hein ?

— Silence », fit Thomaston d'une voix plus calme. Les hommes qui l'entouraient se tournèrent pour écouter la suite. « Ils ont repéré le mortier. Ils ont repéré le nid.

— Super, dit Egan. Le tube, ou seulement le nid ?

— Ils voient du mouvement en bas. Charlie s'est enterré et il a des bunkers. »

Chelini avala de travers.

CHAPITRE 14

Lentement, très lentement, un pas après l'autre, Whiteboy descendait vers le défilé. La ligne de crête se trouvait vingt-cinq mètres plus haut sur sa gauche, l'entrée du col cinquante mètres plus loin, du même côté. Il ne voulait pas traverser trop bas, dans le canyon qui descendait vers la grande vallée. Il visait plutôt l'endroit où le terrain devrait être plat. Il s'en approchait en arc de cercle. Il ferait déployer les hommes de son groupe en contrebas de chaque côté et attendrait que toute la section soit regroupée derrière eux pour entreprendre l'ascension du prochain pic.

Bien que ce fût le milieu de l'après-midi, 15 h 40, on y voyait moins clair sous les arbres, et, à l'ouest, le sommet voisin projetait déjà son ombre sur l'homme de pointe. Sur la droite, le Khe Ta Laou, parfois visible à travers une trouée dans la jungle, laissait deviner une vallée toujours recouverte d'un épais brouillard.

Whiteboy progressait avec méthode, étudiant chaque pas, scrutant le sol sous ses pieds, la végétation de chaque côté et devant lui. Réprimant son envie de jeter un coup d'œil en arrière pour s'assurer de la position de Hill, il concentrait toute son attention sur la jungle. La mosaïque verte de feuilles et de lianes où jouaient des ombres était percée de trous noirs qui semblaient dirigés sur lui comme des gueules de canons. Ça serait fah'cile pour un tireur de se planqueh'là, ou derrière cet arbre, songeait-il. Et merde. Mais j'irai pah'. Ça devient de pire en pire... si ça tenait qu'à moih', avec Lit'le Boy on serait ailleurs. Ses grosses mains massaient la mitrailleuse. Dans sa tête, il calculait l'enchaînement de plusieurs pas, anticipant, à la manière d'un joueur d'échecs, sur les positions et les mouvements de l'ennemi, prévoyant ce qu'il devrait alors faire pour s'en tirer.

Derrière lui, Hill, tendu à l'extrême, avait envie de hurler. La chaleur et l'humidité le torturaient, les courroies du sac lui sciaient les épaules. La gorge sèche, il n'osait pas faire un geste de trop.

La colonne s'était remise en marche dans le même ordre : Whiteboy en tête, suivi de son groupe, d'Egan et Chelini — maintenant rejoints par Thomaston — puis des 1er et 2e groupes, du PC de compagnie et de la 2e section. La 3e section assurait les arrières.

L'allure de Whiteboy était encore plus lente que le matin. Il prenait soin de toujours rester plus bas que la ligne de crête — si la colonne s'y était trouvée pendant les tirs de mortier ANV, les pertes auraient pu être lourdes. Les éclats, projetés à l'horizontale, n'avaient pas fait de victimes, mais sur la LZ, touchée par plusieurs obus, les dégâts étaient plus sérieux. Carlos Fernandez, radio du 3e groupe, 3e section, bavardait sur la piste quand les tirs commencèrent. « On dirait des mortiers », venait-il de dire à son voisin. A la première explosion, tout le monde se plaqua au sol, plongeant dans les cratères créés par le bombardement du début de matinée ou dans les vestiges d'anciens trous individuels ANV. Fernandez se coula dans une crevasse peu profonde. Les tirs, suivant la pente est de la 848, remontèrent jusqu'à la piste. La poussière et la fumée se mêlaient à l'odeur de cordite. « Mon Dieu, implora Fernandez, sortez-moi de là et je ferai tout ce que vous voudrez. N'importe quoi. Je ferai plus jamais de conneries. J'me palucherai plus. Je serai un vrai moine. » En moins d'une minute, ce fut fini. Personne n'était blessé, mais un obus avait presque frappé de plein fouet le paquetage de Fernandez, éventrant les boîtes de fruits et de rations d'où s'échappaient à présent sauces et sirops, perçant trois de ses gourdes, lacérant son poncho, fracassant le PRC-25. Le pire était qu'il allait devoir récupérer tout ce qu'il pourrait et le porter : il n'y aurait pas d'hélicoptère avant le prochain ravitaillement, trois jours plus tard. « Et c'est pour ça que j'ai dit que je me ferais moine ? Encore perdu une bonne occasion de fermer ma gueule. »

La progression de la colonne, interrompue par les tirs, ne reprit que lorsque le commandant en second Hellman eut reçu le rapport des pilotes signalant l'emplacement du nid de mortier, puis le mouvement de l'adversaire. « Naturellement, hurla-t-il par radio à l'adresse de Brooks, je veux que vous leur cavaliez après ! Pourquoi croyez-vous que vous êtes là, mon garçon ? Remuez-vous le cul, et apportez-moi une liste des pertes ennemies !

— Bien, mon commandant », fit Brooks, à qui le « mon garçon » restait en travers de la gorge.

Rufus Brooks avait six ans quand il comprit qu'il y avait quelque chose de spécial dans le fait d'être noir. Il jouait au *stickball* [1] avec ses frères aînés lorsque, à la suite d'une bagarre, il se lança à la poursuite de ses frères avec sa crosse, traversant l'appartement familial d'Oakland à la vitesse d'un boulet de canon. Les deux autres filèrent dans le couloir, virèrent dans le salon et s'arrêtèrent net : assis sur le

1. Sport d'origine indienne (aussi appelé Lacrosse, puis crosse canadienne). Se joue par équipes de douze, à l'aide de raquettes (« crosses ») à long manche *(N.d.T.)*.

bord d'un fauteuil, leur père les observait en fronçant les sourcils. Rufus déboula dans la pièce à son tour sans pouvoir s'arrêter, trébucha et renversa une table basse, expédiant un cendrier plein sur les jambes de son père.

Le jeune Rufus ne comprit rien aux vociférations paternelles, mais le volume sonore suffisait à faire passer le message. Son père se redressa, empoigna la crosse de *stickball* et la brisa sur le coin de la table. « Fiche-moi le camp de cette maison, mon garçon ! Et si je te reprends à faire une bêtise pareille, je te casse en mille morceaux ! » Rufus détala à la suite de ses frères, en remerciant le ciel et les semelles de ses tennis d'être sorti vivant de la pièce.

Les deux aînés évitèrent leur mère, qui se tenait dans le couloir, mais Rufus alla s'aplatir contre le vaste giron maternel.

« Qu'est-ce qui te prend donc, mon petit ? demanda-t-elle en lui passant tendrement la main dans les cheveux.

— Arrête de l'appeler " mon petit ", lança George Brooks. T'as envie qu'il devienne comme n'importe quel nègre du quartier, plus tard ? »

Rufus tremblait dans les bras de sa mère. Son père vint dans le couloir. Il fronça les sourcils, hésita, puis s'excusa. Il s'accroupit, passa un bras autour des épaules de son fils et lui expliqua que les temps étaient durs parce qu'il avait perdu son emploi. « Je veux que tes frères et toi fassiez partie de l'élite, quand vous serez grands. Je veux que vous sachiez ce qui est bien et ce qui est mal, et que vous fassiez toujours ce qu'il faut. Tu comprends ça, fils ? »

Le petit garçon terrorisé étouffa un sanglot et contempla la forte carrure de l'adulte avec des yeux écarquillés.

Son père essaya de le calmer en lui parlant gentiment. « Tu es un Noir, Rufus. Dans ton cas, il ne suffit pas d'être bon. Il faut que tu sois le meilleur. »

Rufus grandit dans une atmosphère de conflit, aussi bien à l'intérieur de sa famille qu'au-dehors. George Brooks venait d'une famille de commerçants — son propre père possédait et gérait une petite maison de détail à Oakland — tandis que la mère de Rufus, issue d'une famille pauvre du Sud, était une femme simple et modeste. « Nous sommes une famille de couleur », répétait George Brooks à son fils. « De quelle couleu' ? » faisait sa femme en haussant les épaules.

Au début des années 50, après avoir perdu son emploi, George Brooks alla travailler dans le magasin de son père et suivit des cours du soir. Il obtint son diplôme de technicien en électronique alors que ce secteur connaissait son premier boom. Pour que sa famille vive au mieux, George se tuait au travail. Tout alla bien les premières années.

Le jeune ménage s'installa dans la nouvelle banlieue blanche de Westgate, juste au sud de San Francisco. Ils avaient acheté la maison par l'intermédiaire d'un ami blanc de son père, car à l'époque il était encore impossible pour un Noir d'acheter dans les faubourgs. Il y eut quelques petits incidents au début, mais les choses se tassèrent et les Brooks se mirent à vivre normalement parmi leurs voisins blancs. Jusqu'à la fin des années 40, Westgate se bornait à quelques plants de choux et quelques élevages de cochons. Cette atmosphère rurale ne disparut pas totalement avec l'amorce d'urbanisation des années suivantes. Extérieurement, George Brooks marchait la tête haute, sa femme était ravie, mais intimement, il se sentait mal à l'aise et craignait pour l'avenir.

Rufus se rappelait combien il était fier de son père en ce temps-là ; il revoyait la maison : une boîte crépie de jaune, exactement semblable à toutes les boîtes qu'on construisait alors au sud de San Francisco. Trois chambres, une salle de bains carrelée, un living avec cheminée de briques, une aile formant salle à manger — la cuisine possédait même une grande fenêtre donnant sur la pelouse derrière la maison, les dernières constructions en cours et les champs visibles par-delà leurs cadres d'ossature. C'était mieux que les divers endroits où habitaient ses cousins. Les familles de ses oncles, du côté paternel, vivaient près de la boutique de son grand-père, dans la partie est d'Oakland. Pour eux, ça pouvait encore aller, mais ses rares cousins du côté de sa mère habitaient des appartements déglingués en sous-sol : la plomberie y était défectueuse, et la principale distraction lors des visites familiales consistait à chasser les rats dans le couloir.

Lorsque Rufus eut neuf ans, son père perdit à nouveau son emploi. Juste avant son licenciement, George Brooks avait été promu assistant-concepteur. On avait fêté l'événement en famille ; quelques voisins blancs étaient venus, et aussi des collègues de travail. Malgré sa timidité, Rufus en ressentit une grande fierté. Mais quand George Brooks fut mis à la porte, personne ne vint exprimer sa sympathie, et Rufus eut honte. Des années plus tard, son père lui confia que son licenciement faisait partie d'un plan destiné à chasser les Noirs du quartier.

Du jour au lendemain, les Brooks ne constituèrent plus une curiosité mais une menace. Brooks devenu chômeur, les voisins commencèrent à parler de cette famille de nègres qui n'était même pas capable de finir d'aménager son terrain, ou qui s'en foutait. Les incidents, rares au début, se multiplièrent du fait que George Brooks ne retrouvait pas de travail. L'atmosphère à la maison devenait de plus en plus déprimante ; les jets de peinture ou d'excréments sur la façade, les cris de « Dehors les nègres » se faisaient plus fréquents. Rufus était protégé des plus grossières humiliations par ses parents, mais il ne pouvait pas ne pas voir les larmes de sa mère, l'indignation de son père.

George Brooks intenta une action en justice afin de récupérer son poste. Sa fierté lui interdisait d'accepter un autre emploi. Rufus n'y comprenait rien depuis le début ; il se disait que s'il pouvait seulement parler à quelqu'un, les gens se rendraient compte de la situation et les aideraient, tout redeviendrait normal.

Quand il eut dix ans, la famille partit vivre chez un des oncles de Rufus, dans un quatre-pièces qui faisait partie des lotissements de l'est d'Oakland. Rufus, son père, sa mère et ses frères s'installèrent dans une seule pièce. Les lotissements consistaient en formations rectangulaires de boîtes à chaussures roses ou vertes aux murs crépis, avec des grilles aux fenêtres et des bandes organisées qui se disputaient le territoire.

Pendant plusieurs années, la famille vécut entre le pauvre quartier noir de Fillmore, à San Francisco, et le ghetto de l'est d'Oakland. George Brooks dépensa ses maigres ressources à essayer de régler son conflit professionnel, pour finalement renoncer quand il ne lui resta plus rien. Il travailla comme pompiste. Sa femme s'engagea comme domestique auprès d'une riche famille blanche qui habitait une grande maison victorienne sur les hauteurs d'Oakland. Elle restait derrière les grandes fenêtres à contempler la baie, le pont et San Francisco qui se profilait au-delà. Son regard allait se perdre plus loin vers le sud, là où elle avait vécu dans sa merveilleuse maison jaune.

Quand Rufus eut douze ans, ses parents emménagèrent dans un confortable appartement du quartier de la Mission, à San Francisco. L'année suivante, son père travaillait à nouveau dans l'électronique, mais comme monteur. Leur situation s'améliora, pourtant rien ne fut plus comme avant. George Brooks passait ses nuits dans les bars ; la mère de Rufus se renferma en elle-même et devint très silencieuse ; Rufus passa de plus en plus de temps hors de la maison, généralement pour errer seul dans les rues.

A l'école, il se débrouillait très bien. Accepté par les bandes de jeunes les plus dures à cause de ses qualités physiques, il devint une vedette du stade, capitaine de l'équipe de basket. Il avait l'estime de ses professeurs et de ceux des élèves qui comptaient poursuivre leurs études. Pour la première fois de sa vie, il était accepté de tous, mais lui n'acceptait personne. Chacun des groupes auxquels il s'associait méprisait tous les autres : comment pouvait-il se lier réellement avec l'un d'eux, raisonnait-il, sans rejeter les autres ? Il se montrait amical, écoutait mais parlait peu.

Après sa sortie de l'école, il comptait s'engager dans les Marines, mais son père refusa de signer pour lui et l'obligea à envisager de prolonger ses études, seul moyen de s'assurer un avenir. George Brooks voulait qu'il devienne avocat.

En septembre 1963, Rufus Brooks entra à l'université de San Francisco grâce à une bourse de basketteur. Le sport lui servit de laissez-passer à l'université, de droit d'entrée dans les associations d'étudiants, d'invitation aux soirées, de carte de visite avec les filles, qu'elles fussent blanches ou noires. Rufus était cool, il savait jouer dans les règles. Afin d'aider à financer ses études, il suivit les EOR — il s'inscrivit un mois après l'opération de représailles nord-vietnamienne sur les destroyers *C. Turner Joy* et *Maddox* dans le golfe du Tonkin.

A la fac, Rufus restait d'un abord tranquille, mais son regard se fit extrêmement critique. Les gens l'aimaient bien — intellectuel et athlète à la fois : le bon nègre de service idéal. Sur le campus, tout le monde l'acceptait, mais il ne fléchissait pas, n'acceptant personne et ne laissant personne connaître le véritable Rufus. Il gardait ses distances. Pendant quelque temps, il ne sortit qu'avec des Blanches, mais en troisième année, il fit la connaissance de Lila à la couleur café, la belle qui chantait et qui peignait.

« Tu prends des airs tellement MAUVAIS, disait-elle pour le taquiner, mais moi, je te connais. A l'intérieur, c'est tout fondant. Ça ne prend pas. Avec moi, tu n'as pas besoin de tout critiquer. Je t'aime comme tu es. » Purement magique. Cette fille l'acceptait donc tel que lui-même se voyait ; elle l'avait choisi, sans conditions, sans calculs, sans mobiles particuliers.

Ils se fiancèrent pendant sa quatrième année de fac, et à l'automne suivant, son premier semestre de préparation de doctorat, ils se marièrent.

« Red Rover veut-il que Quiet Rover attende le retour de votre élément Neuf ? A vous », fit Brooks dans son micro. Il avait ses raisons : à bord de son PC volant, l'Homme Vert suivait les opérations à mille mètres de hauteur depuis le début de la matinée ; or l'appareil venait de reprendre la direction de Camp Evans pour faire le plein. Dans l'intervalle, au centre opérationnel avancé de Barnett, Lothar Hellman, commandant en second du 7/402, avait pris les choses en main. Brooks ne lui faisait pas confiance et cherchait à gagner du temps en attendant le retour de l'Homme Vert.

Les comptes rendus du combat de rencontre du début de matinée indiquaient que la section reco avait engagé le feu avec des forces ANV estimées à un groupe renforcé. En principe, la section s'était lancée en poursuite. L'Homme Vert exultait, et le Vieux Renard avait manifesté sa satisfaction en déclarant avec un sourire : « On les a pris les fesses à l'air. » La compagnie Alpha pouvait donner suite, reprendre l'initiative, attaquer le complexe de bunkers et mettre l'ennemi en déroute. « Bon sang, Rover Four, magnez-vous le cul ! hurla Hellman. On les a fait calter, alors foncez après eux, mon garçon ! »

Foncez après eux, mon garçon, grogna Brooks. Tu vas voir si je vais foncer, mon garçon. Je pourrais bien faire faire demi-tour à mon unité et venir m'occuper de *ta* position. Il rendit son combiné à Cahalan, saisit celui d'El Paso et donna l'ordre de faire mouvement.

L'homme de pointe progressait avec une telle lenteur que, de la moitié à la fin de la colonne, les hommes avaient le temps de s'asseoir entre chaque pas. Tout le monde rêvassait. Brooks eut une vision de sa femme avec le bras d'un autre homme autour de sa taille. Il jura et chassa cette image.

C'est complètement fou, se lamentait Chelini. S'il faut y aller, allons-y. Egan se retournait et le fusillait du regard chaque fois que l'antenne-fouet du PRC-25 frôlait une feuille. Je l'emmerde, se dit le Bleu.

Plus loin vers l'arrière, Jackson se demandait si son enfant serait un fils ou une fille. Les filles c'est plus mignon, mais les garçons c'est plus marrant. Dans sa tête, il entendait la radio annoncer : « William Andrew Jackson, fils du héros de la guerre du Vietnam, arrière-arrière-petit-fils d'esclave, est devenu aujourd'hui le premier président noir des États-Unis. »

J'y vais ou j'y vais pas ? se demandait Whiteboy. Si j'fais çah' et que le lieut s'en rend compte, ça va chauffeh' pour moi. Nom de Dieu. Si j'fais çah', tous les Viets de la région vont sah'voir où j'suis. Y en a p't'être un devant qui vah' s'figurer que j'tire sur lui, et moi qui peux voir queuh' dalle. C'est pas toujours bon d'réfléh'chir. Y a des fois qu'y vaut mieux fonceh'. OK, Lit'le Boy, à toi de parler.

Au milieu du silence total, le son de la mitrailleuse de Whiteboy arracha brutalement tous les hommes à leurs pensées. Ce fut comme le premier coup de tonnerre avant l'orage, mais au lieu d'un jaillissement soudain, c'était un roulement sauvage et continu. Arme calée à la bretelle, Whiteboy tirait de la hanche, arrosant les trouées sombres de la jungle, rafalant en tous sens avec des petits gestes saccadés. Il reculait un peu, essayant de contrôler les secousses du canon vers le haut et la droite. Hill fut aussitôt à côté de lui et déchargea son M16 sur la végétation. Il fixa une nouvelle bande au dernier maillon de celle qui pendait sur le côté gauche de la mitrailleuse, puis engagea un autre chargeur dans le couloir d'alimentation du M16 et le vida immédiatement. Andrews et Frye se mirent à tirer vers le sommet de la colline, Kirtley et Mullen vers le bas. Harley leva son M79 et lâcha une grenade en tir courbe par-dessus l'homme de pointe. Egan surgit devant Mullen, bras en arrière, au poing une grenade dégoupillée, cuiller baissée, il lança, plongea, roula sur lui-même, se redressa à côté de Whiteboy et commença de faucher les taillis au M16. Thomaston, Jackson, Silvers et Marko bondirent par-dessus Chelini. Pas en reste, Pop Randalph arriva en trombe de la 2e section et sauta au milieu de la position défensive en train de se former. Le Bleu, jouant des coudes et des genoux, rampait vers Egan, pendant que la radio crachouillait dans son dos. « Que se passe-t-il ? » faisait la voix d'El Paso, qui ignorait si on avait affaire à cinquante ANV ou bien à zéro. « Rover Two... Rover Two... », couinait la radio, mais Chelini n'entendait rien. Et puis, d'un coup, ce fut le seul bruit perceptible. Tout le reste s'était arrêté.

« Lobo Niner de Quiet Rover Four Niner... » Brooks appelait directement le Vieux Renard. Il se lança dans l'explication compliquée d'une action à laquelle lui-même n'avait pas compris grand-chose et termina par une demande de repli d'Alpha sur les positions du début d'après-midi afin d'y passer la nuit. Il réclama aussi des tirs d'artillerie sol-sol et air-sol sur le piton à l'ouest. Toutes ses demandes furent acceptées. La troupe apprécia, mais Brooks avait ses doutes.

Une nouvelle fois, Chelini se trouva complètement désorienté — excité, effrayé et sonné en même temps. L'avant de la colonne avait reculé d'une centaine de mètres, l'arrière était redescendu sur une courte distance et les flancs s'étaient un peu épaissis en bord de piste. L'ordre avait circulé de creuser afin de préparer une position défensive de nuit. Suite aux directives de tir d'artillerie, on vérifiait et revérifiait les coordonnées.

L'excitation de Chelini venait en partie des événements de la journée et en partie du fait qu'il ne se sentait plus cloué sur place. Voici donc comment c'est, songeait-il. La guerre, le combat. C'est pour voir ça et y participer que j'ai fait tout ce chemin. Ce n'était pas désagréable : la sensation d'avoir accompli quelque chose, de vivre une expérience. Ça faisait peur, aussi — enfin, pas trop pour le moment, avec tous ces anciens dans le coin. Je suis planté là avec mon petit cul de bleu, mais entouré de tous ces types qui ne s'affolent pas. Je vais m'en sortir. Quel est le petit salaud gonflé au riz qui va s'attaquer à la 60 de Whiteboy avec sa petite pétoire ? Et qui risquerait de faire une boulette avec Egan à proximité ? Il lui semblait que tous ces anciens se trouvaient là pour le protéger. Plus il y réfléchissait, plus il se sentait en sécurité et plus il les aimait. Une bouffée de chaleur monta en lui. Il jura qu'il aiderait par tous les moyens n'importe quel membre de la compagnie Alpha. Il était jeune et solide. Il respira profondément, fit jouer les muscles de ses bras et de ses épaules. Il était au combat et *c'était* formidable. Pas plus compliqué que ça.

Il regagna la position du 1er groupe, où Jackson et le lieutenant Thomaston préparaient le café. « On reste ici cette nuit, annonça-t-il. Le lieut a dit de creuser.

— Ça me va, fit Jax. Tu veux du café ?

— Non merci. » Les deux autres se turent. Chelini jeta un vague coup d'œil autour de lui, puis redescendit la piste jusqu'à l'endroit où se tenait Whiteboy.

« J'ai plus qu'deux moih' », fit le colosse sans quitter la piste des yeux, « et j'comptais bien rester en dehors de cett' meh'rde.

— Oui », approuva le Bleu, un peu refroidi.

Leon Silvers vint les rejoindre, muni d'un quart de café chaud qu'il passa à Whiteboy en lui demandant comment les choses se présentaient. Whiteboy haussa les épaules. Ils restèrent ainsi un moment en silence, puis Silvers se releva et dit : « Tu devrais remonter et te mettre à creuser. »

Whiteboy hocha la tête mais ne bougea pas. Silvers lui adressa un salut, poing fermé, fit demi-tour et disparut vers le haut de la piste.

Le Bleu resta encore de longues minutes auprès de Whiteboy, espérant vaguement qu'un peu de la force et de l'agilité du grand sergent déteindraient sur lui. Les deux hommes gardaient leurs armes pointées sur la piste et ne parlaient pas. Chelini essayait de se faire oublier, mais il brûlait d'envie de voir de plus près cette mitrailleuse que Whiteboy appelait Lit'le Boy, de la prendre en main et de tirer avec.

« Putain », fit doucement Whiteboy au bout d'un moment, « j'suih' vach'ment content qu'y nous aient tirés au moh'rtier. S'y nous avaient pris en embuscade, j's'rais même plus lah'. » Et il hocha la tête en promenant son regard sur la jungle.

L'ombre du pic où se trouvaient les bunkers descendait sur eux. Des nuages, d'abord ténus, se formaient au-dessus de la vallée. La chaleur du jour se dissipait et les brumes qui étouffaient le fleuve, tout en bas, commençaient à monter.

« D'où t'es, toi ? chuchota le Bleu. Dans le Monde, je veux dire.

— Nebraskah'.

— Quel coin ?

— Un p'tit bled juste ah'près Bridgeport.

— Sans blague ! »

Chelini semblait avoir retrouvé un frère disparu depuis longtemps, et Whiteboy lui accorda un regard pour le première fois.

« Tu connais ?

— Non, enfin... heu..., bredouilla le Bleu. Moi, je suis de Bridgeport, mais dans le Connecticut.

— Mouais. »

Whiteboy se retourna en direction de la piste et le silence retomba.

Quatre hélicoptères firent leur apparition au-dessus de la colline où la section reco avait été mise à terre le matin. Deux appareils, des Cobra, esquissaient une sorte de figure compliquée en forme de double huit. Sur un côté, un hélicoptère léger d'observation, un LOH — prononcé *loach* — aux allures de gros bourdon alternait le vol stationnaire et les petits bonds vers la gauche ou la droite. Au-dessous des Cobra, un Huey aux portes blanches frappées de croix rouges descendait par paliers et finit par se poser. Chelini observait leur manège par une trouée dans le feuillage. « Encore des hélicos, dit-il. Je me demande ce qui se passe.

— Evasan », jeta Whiteboy, qui venait de regarder à son tour.

Après un autre long silence, le Bleu se décida à se lever, tapa sur l'épaule du grand sergent et repartit vers le centre de la position défensive. Le soir tombait.

« On se pose là », annonça Egan, déjà enterré jusqu'à la taille. Son treillis était maculé d'argile rouge. Le dos courbé, il piochait à grands coups qui partaient de derrière l'épaule, mais gardait les coudes près du corps. Il emportait de petits blocs d'argile, grattant le fond, recueillant les dernières parcelles qu'il rejetait à côté du trou.

Autour d'eux, c'était un concert de pelles-pioches et de machettes hachant ou tailladant la terre et les racines. Ceux qui ne creusaient pas montaient la garde. Chaque trou de quatre-vingts centimètres de diamètre sur un mètre de profondeur devait pouvoir contenir deux hommes. Sous la mince couverture d'humus, l'argile et les pierres formaient une masse compacte, veinée de racines comme du béton armé. Les arbres en bord de piste étaient si rapprochés qu'on avait du mal à trouver une surface libre sur les quatre-vingts centimètres requis.

« Quand j'étais gamin, dit Chelini, je croyais qu'en creusant assez profond, on arrivait en Chine. Peut-être qu'en attaquant ici on ressortira aux States ?

— Eh bien, essaie », fit Egan en lui tendant la pelle-pioche avec un sourire. « Si tu y arrives, je te suis. »

Les deux hommes se relayaient, mais le manche trop court de l'outil et la terre trop dure ne tardèrent pas à user la résistance du Bleu. « Ce truc me déchire les mains », dit-il.

Egan ne lui prêtait aucune attention. Quand il ne creusait pas, il restait plongé dans ses pensées. Chelini répéta sa plainte. Egan le regarda.

« Tu sais, je parie que Nguyen l'a drôlement mauvaise.

— Pourquoi ?

— Il a pris tout ce temps pour couvrir la piste en attendant que quelqu'un s'amène, et il s'est risqué à nous canarder en plein jour.

— Il croit peut-être en avoir eu quelques-uns, dit Chelini en s'essuyant les mains.

— Non. Pas d'évasan.

— On aurait peut-être dû en réclamer une bidon, plaisanta Chelini.

— Exact », fit Egan, frappé par l'idée. « Comme ça, s'il nous canarde cette nuit, il visera peut-être le même coin où il nous a ratés ce matin, tandis que, maintenant, il va ajuster son tir à l'endroit où on est. Merde. Mauvais calcul de s'être arrêtés ici. »

Un petit monomoteur à hélice parut très haut dans le ciel. Le bruit de l'engin atteignait à peine le sol pendant qu'il décrivait un cercle au-dessus de la position d'Alpha. Il descendit en spirales de plus en plus larges jusqu'à deux cents mètres d'altitude, survola la position d'est en ouest, du sud au nord et à nouveau d'est en ouest, puis il sembla disparaître. Quelques instants après, il resurgit beaucoup plus haut. Depuis son trou, à côté d'Egan qui se demandait comment persuader la gradaille d'envoyer une fausse évacuation sanitaire, Chelini vit le petit appareil tirer sur la colline opposée une roquette qui souleva un épais nuage de phosphore blanc, une fumée de marquage. Aussitôt, un bruit plus fort qu'un tir d'artillerie, de roquettes ou qu'une bombe parut déchirer l'air — un rugissement continu qui précéda l'apparition d'un premier Phantom F-4, puis d'un autre, au-dessus de la position d'Alpha.

Sans avertissement, les chasseurs-bombardiers étaient arrivés très bas par le sud avant de plonger en suivant la pente de la 848. Ils ne devaient pas voler à plus de vingt mètres de hauteur. Tout le terrain se mit à vibrer, là où un instant avant régnait un calme qui ne laissait rien présager. Dans le quart de seconde qu'il fallut aux F-4 pour survoler la position, leurs gaz d'éjection défolièrent la cime des arbres. Secoués jusqu'aux os, les hommes sentirent la chaleur sur leurs visages, dans les yeux. Le Bleu n'eut le temps d'apercevoir que la queue du deuxième appareil, semblable à une roue à trois rayons avec un immense moyeu par où s'échappaient les gaz brûlés et un bruit d'enfer, secouant les branches à les arracher.

Egan rampa jusqu'au bord du trou. « Putain ! s'écria-t-il en souriant, Charlie va pas aimer ça. Ces bolides-là, ils apportent l'enfer. »

L'air fut à nouveau déchiré par une énorme secousse qui semblait enfoncer les yeux dans les orbites et les tympans jusqu'au centre du crâne. Chelini se tenait dressé dans son trou quand la première bombe explosa, droit devant le défilé, à la même altitude que lui. L'onde de choc ébranla toute la ligne de crête. Le Bleu se tassa au fond du trou et Egan atterrit sur son dos, la tête la première. Une seconde explosion retentit entre les deux sommets.

« Bordel de merde, hurla Egan, virez-les de là, ces salauds. »

Ils entendirent à nouveau le hurlement des F-4 au-dessus de leurs têtes. Les deux appareils descendirent la vallée plus vite que le son, à peine plus haut que les arbres, en lâchant du napalm et des bombes à ailettes sur les positions suspectées de l'ennemi. Ils disparurent avant les explosions. Les gerbes de feu chassèrent l'air au flanc de la 848, des champignons de fumée noire recouvrirent la colline voisine. Andrews poussa un hurlement. Des éclats frappaient les arbres autour du périmètre de défense. Egan bondit hors du trou et se précipita vers Andrews qui gisait face contre terre en se tenant le côté. Les Phantom reparurent et piquèrent une nouvelle fois du haut de la 848. Chelini entendit Egan éructer bruyamment, puis vomir.

A mesure que la nuit approchait, la jungle virait du vert au gris. L'artillerie pilonnait l'ensemble de bunkers ANV sur la colline à l'ouest de la 848. Les tirs étaient irréguliers, parfois espacés d'un quart d'heure. La moitié des hommes d'Alpha montaient la garde, les autres formaient de petits groupes.

Au PC de la 1re section, le trou d'Egan et Chelini, Jax et le Bleu partageaient une tasse de café et une cigarette. Les pensées arrivaient dans la tête du Bleu comme des boules de billard électrique. Il les examinait rapidement l'une après l'autre, puis les expédiait d'un coup de flipper et laissait venir les suivantes. Sur le lot, il n'en trouvait pas une à partager avec Jackson, et pourtant il avait envie de parler.

Jackson partageait cette envie. Il savait que d'ici une heure, la discipline imposerait le silence. Il aurait bien voulu discuter un peu avant que la nuit commence vraiment, mais Chelini était un petit intello blanc aux airs supérieurs, un produit de fac tellement typique que les mots de Jax s'arrêtaient au bord de ses lèvres.

Chelini finit par se décider.

« Jax, heu... je peux te poser une question ?

— Vas-y », répondit aussitôt le Noir avec un certain soulagement.

Le Bleu bafouilla encore un peu avant de sortir d'une voix mécanique : « Ça fait combien de temps que t'es là ? Enfin, c'est pas vraiment ce que je voulais dire, mais...

— Ooh, rigola Jax, plus longtemps que toi, le Bleu. *Boocoo* de temps, plus que tu n'imagines. Je suis né ici, mec. Je vois ce que t'es en train de penser. C'est écrit sur ta figure. Faut que t'arrêtes de te triturer le cigare comme si t'étais encore dans ton bled, parce que si tu continues, tu le reverras jamais, ton bled.

— Ce que je veux dire, c'est... je me sens comme un robot. Comme si on m'avait branché tout un tas de trucs sans que je comprenne pourquoi. »

Chelini ne pouvait plus s'arrêter. Il se sentait engagé par ses paroles, il sentait le besoin de s'expliquer.

« Mais tu *es* un robot, fit Jax. T'es un bleu. T'es censé être comme ça. Je me rappelle ma première fois sur le terrain. Le vieux Jax pendant son premier assaut, poursuivit-il en mimant la situation. Casque vissé à fond, le M16 sur rock'n'roll *, je saute de l'hélico, roulé-boulé, et tel le lynx, je fonce dans les taillis. J'entends un mec qui me fait : " Pourquoi t'as bouclé ton casque comme ça ? " Alors je regarde autour de moi et je vois des gus avec les doigts de pied en éventail, en train de prendre le soleil. Plus haut, sur la piste, y a le chef d'unité qui se gratte les couilles. Et moi, je suis comme un con dans mon buisson. Putain, on a tous été des bleus. Tu viens de voir ton premier assaut. Tu viens de te faire arroser au mortier. Mec, y a rien qui se compare à un assaut — et celui-ci, je te dis, c'était de la rigolade. Attends un peu d'en voir un vrai, quand Charlie te balance vraiment le gros paquet de merde, alors que t'es encore dans ton hélico, et que l'hélico continue d'approcher. ÇA, mon gars, c'est l'expérience définitive. Y a rien de pareil. C'est plus fort que la dope. Plus fort que la Colt 45 [1]. »

D'un geste, Jackson désigna Egan qui remontait vers eux : « Même Egan a été un bleu, pas vrai, Eg ?

— Vrai. Il est arrivé un truc ? demanda le rouquin en s'installant de l'autre côté du trou.

— Il est arrivé toi, mon frère. J'expliquais à ton bleu que t'as été un bleu, toi aussi.

— Merde, oui. J'étais de planton à la cantine le jour de la Cène, fit Egan avec un petit ricanement féroce. Tu lui a dit ça ?

— Sûr.

— Il a bien failli perdre sa cerise, aujourd'hui.

— On va lui faire perdre, ça va pas traîner. »

1. Une bière extra-forte *(N.d.T.)*.

Egan regarda Chelini avec un sourire en coin :

« Cet après-midi, ça n'était qu'un léger flirt. Même pas du pelotage.

— Je lui ai dit ça aussi », fit Jax avec un rire nerveux et un peu sadique, étrangement semblable à celui d'Egan. « Mauvais TO, par ici. On va se retrouver comme sur la 714, avec une colonne de *gooks* au cul. On en a sur la LZ, poursuivit-il en comptant sur ses doigts, y a ceux qui ont allumé la reco, y a ceux autour de Barnett, y a les bunkers. On en a dans tous les coins.

— Et merde, ça chie pas », conclut Egan. Il eut encore cette espèce de ricanement malsain.

« C'est pourtant beau, par ici », enchaîna très sérieusement le Bleu. Il se sentait vaguement coupable.

« Ça, pour être beau, ça l'est, dit Jax en contemplant le jungle. Seigneur, Tu as fait du sacrément bon boulot sur ce coin, mais Tu t'es royalement planté en y expédiant Jax. Regarde un peu le gâchis que ces Blancs en ont fait.

— Tu vas pas remettre ça, grogna Egan. Je suis pas d'humeur à écouter ce genre de merde ce soir.

— Tu parles de merde, explique-moi donc pourquoi ça pue. »

La réplique était bien envoyée et Chelini faillit éclater de rire. Egan s'énervait.

« Putain moi, je connais pas d'autre moyen de faire ce qu'on fait ici. Si t'es capable d'en trouver un...

— Et si on laissait tomber, carrément ? C'est au rab de conneries, tout ça.

— Si tu sais comment, moi je te suis.

— Et puis merde », fit Jax en se levant. Il ramassa son fusil et descendit en direction de Whiteboy, qui nettoyait et vérifiait les bandes de munitions de la M60.

« J'aimerais voir cet endroit dans vingt ans », dit Chelini après le départ de Jax. « Je parie qu'il y aura une autoroute à six voies qui passera par ici.

— Oui, répliqua Egan, et chaque bagnole aura besoin d'une escorte armée, parce que cette guerre va jamais s'arrêter.

— Dans vingt ans, je parie qu'il y aura une petite ville à l'endroit où on est. Des hôtels, un golf : tout un centre de vacances.

— Un vrai piège à touristes, oui, cracha Egan. Venez chercher les yeux et les jambes de votre père. »

Le Bleu osa défier Egan du regard. Cette fois, il se sentait plus fort.

« Tu sais, tu es un type vraiment morbide. C'est toi qui as dit qu'on était en train de gagner.

— Bleu, je suis beaucoup plus morbide que tu ne l'imagineras jamais. » Egan attendit un moment que cette confirmation cynique ait produit son effet avant d'ajouter : « Mais je suis aussi foutrement plus sain que n'importe quel fils de pute ici. »

Sans se presser, le lieutenant Brooks inspectait le périmètre de défense, envisageant avec chaque chef de groupe et de section les possibles itinéraires d'approche, de patrouille ou d'attaque de l'ennemi. Ils discutaient secteurs de tir, feux croisés et camouflage, rapidement et en peu de mots — souvent, d'ailleurs, les mots étaient sans rapport avec la situation. Un chef de groupe menait le lieutenant derrière ses positions, d'où les deux hommes pouvaient voir l'ensemble du réseau, et les commentaires devenaient superflus. Brooks s'arrêtait auprès d'un soldat sur quatre pour lui demander comment il se sentait, s'il souffrait du dos, des pieds, ou bien ce qu'il faisait au début des tirs de mortier. Il ne cherchait pas à leur témoigner de la sympathie, mais manifestait plutôt un réel souci de connaître leurs impressions, leurs pressentiments, leurs réactions devant d'éventuelles traces de l'ennemi, ou plus généralement leur interprétation de la situation tactique. Il ne cessait de quêter ainsi des opinions ou des renseignements, et en donnait lui-même à ceux qui se déclaraient vraiment intéressés. Ce soir, pourtant, il s'aperçut qu'il devait se forcer à écouter. Il n'arrivait pas à concentrer son esprit sur l'action en cours. La garce, pensa-t-il. La garce, la garce.

A la pointe avancée de la position, Brooks découvrit Andrews en train de soigner une côte froissée. « Mon lieutenant, vous croyez que ça me vaudra la *purple heart* [1] ? plaisanta le soldat.

— Montrez-moi ça. » Brooks s'agenouilla pour examiner la vilaine meurtrissure et les lacérations au flanc droit d'Andrews. Il l'interrogea. Whiteboy et Jackson s'esclaffèrent en entendant raconter l'histoire encore une fois. Andrews était en train de se soulager quand les F-4 avaient lâché leurs bombes. Un éclat vint le frapper dans les côtes, après avoir coupé en deux l'arbre auquel Andrews se cramponnait pour garder l'équilibre. Brooks lui-même ne put se retenir de rire en voyant Whiteboy singer Egan en train de se précipiter au secours de son camarade et de ramper sur ses excréments. Mais son rire s'arrêta net quand Jackson exhiba une plaque d'acier épaisse de deux centimètres et large de vingt, tranchante comme une lame de rasoir.

Les trous individuels terminés et l'armement prêt pour la nuit, les hommes s'occupèrent de manger. L'atmosphère autour des différents PC était un peu celle d'un jamboree, mais très feutré.

1. Décoration décernée pour blessure en temps de guerre *(N.d.T.)*.

Dave McCarthy blaguait le lieutenant Thomaston : « Vous savez donc pas où aller ? C'est pas un endroit pour les officiers, ici.

— Je m'étais dit que j'allais un peu venir voir comment la guerre se passait.

— On a pas de club d'officiers, par ici. Pas d'orchestre et pas de petits culs à baiser, alors qu'est-ce que vous espérez trouver ? Le Bleu va pas les écarter pour vous.

— Vous avez de quoi fumer ? » demanda Thomaston en se tournant vers Chelini.

Le Bleu avait l'impression que les deux autres s'asticotaient uniquement pour lui faire un numéro. Il chercha des cigarettes dans son sac, mais McCarthy le devança et tira d'une poche de treillis un paquet de Marlboro qu'il fit circuler. Il alluma sa cigarette et celle de Thomaston, puis éteignit l'allumette et en frotta une autre pour donner du feu à Chelini. Le ciel était gris sombre, pas encore noir. Ils n'avaient pas besoin pour l'instant de se préoccuper des consignes à propos de la lumière. Le crépuscule rougeoyait au loin, le soleil s'enfonçait dans les montagnes au-delà de la vallée.

« Je pensais que je ne fumais plus », dit Chelini après une profonde aspiration. Il retint la fumée et laissa agir la nicotine.

Egan, qui n'avait cessé d'aller et venir autour de la position pour inspecter les dispositifs, resurgit à ce moment, cigarette aux lèvres. Sans un mot, il tira de son paquetage plusieurs boîtes de ration C, un réchaud en fer-blanc tout cabossé et noirci, ainsi que deux tablettes thermiques.

« Qu'est-ce qu'il y a au menu ? demanda Thomaston.

— Vichyssoise, bœuf béarnaise, café. Ah ! et un gâteau aux pêches aussi. Ça vous va ?

— Moi, ça me convient », dit Thomaston en sortant son réchaud, son quart et ses rations.

A son tour, McCarthy tendit à Egan une boîte de tranches de bœuf avec pommes de terre en sauce et un pain de plastic C-4. Les trois hommes se rapprochèrent sous les yeux du Bleu, qui se demandait si c'était une blague.

Egan plongea à nouveau la main dans son sac. Il en tira plusieurs flacons d'épices et de condiments, puis se tourna vers Chelini.

« Tu bouffes ?

— Je crois, oui.

— Merde, il te faut une invitation ?

— Non.

— J'ai besoin de ton quart. D'une ration B-2. Deux boîtes de bœuf en tranches si tu les as, mais une de bœuf et une de jambon ou de rôti de porc, ça fait l'affaire. Aussi toute la crème déshydratée que tu peux me donner. »

Egan procédait très méthodiquement. Il réunit les boîtes de viande, avec ou sans patates, et les ouvrit. Dans des quarts, il sépara le bœuf et les pommes de terre, versa la sauce sur la viande, lava les pommes de terre avec quelques gobelets d'eau qu'il rajouta à la viande. De la pointe de sa baïonnette, il écrasa les pommes de terre, ajouta trois sachets de crème en poudre, de l'eau et réserva. Pendant ce temps, McCarthy avait disposé les réchauds et rempli deux quarts d'eau, presque à ras bord. Les réchauds étaient deux boîtes de rations ouvertes à une extrémité et percées de trous sur les côtés. Dessous, McCarthy plaça quelques copeaux découpés dans le pain de plastic. Il posa les quarts sur les réchauds, alluma l'explosif, qui prit lentement, puis flamba d'un coup, une flamme blanche d'une trentaine de centimètres, et s'éteignit aussitôt. L'eau était à ébullition. Il y versa deux sachets de café instantané, quatre de chocolat en poudre, trois de crème, et trois sucres. Il mélangea dans un quart, puis dans un autre, puis dans un troisième, et continua un moment de transvaser la mixture d'un quart à l'autre.

Ce qu'ils appelaient la béarnaise était un mélange de deux doses de crème déshydratée, quatre d'ersatz de farine, deux de sel, ainsi qu'une ration de cheddar fondue, quelques pincées d'estragon et d'oignon semoulé provenant de la réserve personnelle d'Egan.

Viande et sauce chauffèrent à feu doux sur les tablettes thermiques pendant que les gobelets de café circulaient. On fit ensuite passer le quart de bouillie de patates qu'Egan se plaisait à baptiser vichyssoise.

« Bon Dieu ! » s'exclama Chelini quand Egan lui tendit son quart de bœuf sauce béarnaise, « c'est complètement irréel.

— Qu'est-ce qui est irréel ?

— Ta bouffe. »

Le Bleu se sentait gagné par une espèce de vertige. L'instant d'après, il sut qu'il aurait dû s'en tenir là, mais il n'avait pu s'empêcher d'ajouter : « Ta bouffe, cet endroit et tout le Vietnam.

— Crétin, fit Egan, méprisant. Ça n'est irréel que si tu fermes les yeux. C'est bien réel, connard. Plante un doigt dans la terre et sens-la. Du solide. Les planeurs dans ton genre, ça me fait mal au cul.

— Mais attends, heu... » Personne ne prit sa défense. Chelini se leva discrètement et alla s'asseoir à deux mètres de là, à l'endroit où Egan et lui avaient étalé la terre de leur trou pour en faire une sorte de couchette. Il eut envie de pleurer. La journée avait été longue, il se sentait à bout de forces. Dans ses pensées défilaient en désordre toutes les expériences de ces derniers jours, mais il ne s'y retrouvait pas. Il aimait ces types et il les méprisait. Il les trouvait tour à tour cinglés, brillants, ignorants et plus sains que tous les gens qu'il avait pu connaître.

Un vent léger montait de la vallée depuis un moment, mais il devenait plus fort à mesure que la nuit tombait. Le briefing du PC de compagnie n'allait pas tarder à commencer. Les radios des diverses sections avaient signalé à El Paso que tous les groupes étaient prêts pour la nuit. Des postes d'écoute tenus par deux fantassins entouraient la position : un, soixante-quinze mètres plus loin sur la piste, en direction du défilé ; un autre, sur la crête pilonnée par les mortiers ; un dernier, en contrebas dans le canyon. On avait attendu la nuit pour les installer. Chaque équipe disposait d'un PRC-25, de ses armes individuelles, de munitions, d'une montre et pas grand-chose d'autre.

Après le départ des équipes, des dispositifs de piégeage furent mis en place sur la LZ de la 848. Ils consistaient en un assemblage de mines Claymore, cordeau détonant, détonateurs, une batterie et un mécanisme de déclenchement relié à un fil de traction.

On posait à présent des Claymore à déclenchement manuel devant chaque emplacement de combat. Le lieutenant Hoyden, l'observateur avancé — tout le monde prononçait l'OA comme « loi » — achevait de communiquer par radio une longue liste de demandes de tir de harcèlement et d'interdiction sur des objectifs supposés. Ces objectifs désignaient les positions et les itinéraires probables de l'ennemi s'il décidait de donner l'assaut. L'observateur donnait au poste central de tir les portées prédéterminées et les azimuts afin d'assurer un tir rapide et précis. Le harcèlement et l'interdiction visaient ces cheminements suspectés : à intervalles apparemment irréguliers, les projectiles d'artillerie passaient en hurlant au-dessus de la compagnie et tombaient beaucoup plus bas dans la vallée. Les tirs avaient lieu de jour comme de nuit, mais surtout la nuit. Pendant toute la durée de l'opération, leurs échos continuèrent de rouler dans les collines jusqu'à ce que l'explosion suivante en efface les traces.

Le vent montant de la vallée agitait les feuilles et les palmes sèches avec un bruissement râpeux. Brooks s'était installé le dos au vent afin d'être entendu de tous ceux qui lui feraient face. Assis en tailleur, il restait silencieux, immobile et digne comme un chef indien en train d'attendre le conseil des braves.

Brooks avait su établir et préserver une certaine harmonie dans son unité, au sein d'une armée parcourue par les tensions raciales. Il était au courant de la rixe au Phoc Roc et des engueulades entre Jackson et Egan, qui ne constituaient d'ailleurs pas les seuls incidents récents. Greer, de la 2e section, avait refusé d'obéir à un ordre donné par

Pop Randalph jusqu'à l'intervention de Woodrow Hayes. Conscient de la montée des antagonismes raciaux dans son unité pendant la période de repos, Brooks comptait aborder le sujet après avoir liquidé l'ordre du jour.

C'était une situation délicate pour un lieutenant noir. Souvent, lorsque les ordres venaient d'un sous-officier ou d'un officier de couleur, le simple fantassin noir se sentait trahi, victime de l'oncle-tomisme. Jackson avait déclaré un jour : « D'E-1 à E-4, ce sont des Frères. Quand ils passent E-5, c'est Sergent Noir. A partir d'E-6, c'est plus que Sergent, et au-dessus, c'est des crevures, alors la couleur compte plus. Toutes les crevures sont de la même couleur : vert armée. »

Rufus Brooks avait la chance d'être aimé de tous ses soldats. Il était l'un d'entre eux : un *boonierat.* Ils feraient à peu près n'importe quoi pour lui, parce qu'il en allait de même de son côté. C'était comme ça depuis qu'il avait pris le commandement de la compagnie.

Les hommes arrivaient pour la réunion. Noire et paisible, la nuit ne l'était pourtant pas tout à fait, car les nuages ne masquaient pas totalement la pleine lune, et les sons, rafales de vent ou tirs d'artillerie, troublaient la vallée. Pop Randalph vint s'asseoir à côté de Brooks et lui tendit un quart de café chaud. « J'parie que les *gooks* ont foutu le camp pour la nuit, dit-il, mais j'parie qu'y s'ront d'retour demain avant qu'on ait bougé. »

El Paso prit place de l'autre côté du lieutenant, imité par Cahalan, l'OA, Bill Brown, Minh et Doc. A eux huit, ils formaient un demi-cercle étroit. Thomaston, De Barti et Caldwell, les chefs de section, s'installèrent face à Brooks. Ezra Jones, de la 3e section, les rejoignit, précédant Garbageman, de la 2e, ainsi qu'Egan et Jackson, de la 1re. Le cercle fut ainsi refermé, très serré : les genoux des hommes se touchaient. Certains avaient pris leur doublure de poncho — de minces couvertures de nylon piquées — pour se couvrir les épaules, la nuque ou même la tête et se tenir chaud. Pop fit circuler son quart de café en commençant par Jackson, qui but une gorgée et tendit le quart à Egan en lui disant, comme pour conclure leur précédente conversation : « Ouais, mon frère, comme disait mon papa : quand j'suis pas avec la fille que j'aime, j'aime la fille avec qui j'suis. » Egan eut un rire bref, but, passa le quart à Garbageman et la chaîne continua, de Jones à Caldwell, qui ne but pas mais transmit à De Barti en commentant : « Moi, l'euphémisme qui me plaît le plus, ça me fait vraiment craquer, c'est " propagande armée ". » Doc but à son tour et lâcha : « Ils disent tous ça : " Si je vois jamais un autre *gook* jusqu'à la fin de mes jours, je serai un homme heureux ", mais dès qu'un mec d'une autre unité en étend un, ils sont tous à gueuler : " Pourquoi c'est la compagnie B et pas nous... ? " » De Minh à l'observateur et aux radios, la tournée de café s'acheva et le quart revint entre les mains du lieutenant. Il le rendit à Pop, qui le regarda et fit : « Dites, lieutenant, vous savez qu'on est un vendredi 13 ? »

Egan l'entendit et répliqua : « On est jeudi. »

Brooks s'adressa à l'ensemble du groupe, d'une voix très calme. « On va redescendre la piste et franchir le défilé avant le jour. Aux premières lueurs, on grimpera la colline. Il est possible que l'adversaire envisage une manœuvre semblable contre nous. Je veux deux équipes feu en tête. Vous vous déploierez vers le sud, autour de la colline. On grimpera de là et de ce côté. Ordre de marche comme aujourd'hui. Si on ne rencontre pas d'opposition, la 2e section poussera une reconnaissance direction nord — nord-ouest, la 3e une autre le long de la crête en allant vers le sud-ouest. La 1re section se reposera.

— Est-ce qu'on pourra avoir un appui aérien à cette heure-là, Ruf ? demanda Caldwell.

— Ils pourraient se trouver bloqués à l'arrière par le brouillard, suggéra Garbageman.

— Et on pourrait se trouver bloqués ici, ajouta quelqu'un.

— Mais je préfère profiter du brouillard, si on en a, pour avancer, reprit Brooks. Je veux arriver à ces bunkers sans être repéré. Et sans bruit. On ne nous demande pas de les prendre tout de suite. Allons-y en douceur, tâtons le terrain. On a le temps, pas besoin de se précipiter, et on peut toujours se replier. » Brooks s'expliquait d'une voix feutrée, il tenait à la fois du maître d'école et du chef de bande. « Sergent Egan, poursuivit-il, vous voulez nous parler de votre contact, cet après-midi ? »

Egan avala de travers. Il ne s'attendait pas à ça. Brooks insista : « Sur quoi votre homme de pointe a-t-il tiré ?

— Il n'y avait rien en bas », fit Egan, penaud.

Les autres ne réagirent pas.

« Mon type a flippé, c'est tout. Il n'avait rien vu.

— Merde, gémit Thomaston, j'ai cru... vous êtes pas vrais, les mecs.

— Qui c'était, l'homme de pointe ? » lui demanda Caldwell.

Brooks les interrompit : « Ça n'a plus d'importance maintenant. Je me suis entretenu avec l'homme en question. Nous étions à une trentaine de mètres du col. Il aurait sans doute mieux valu le franchir aujourd'hui, mais un seul homme nous a arrêtés. Il n'y a pas d'autre moyen de passer.

— Merde et merde et merde ! fit Jones.

— Ça suffit, dit Brooks. Faisons plutôt le point de la situation. Cahalan ?

— On sait par les hélicos d'observation qu'il y a un ensemble de bunkers là-bas. Cet après-midi, les F-4 en ont détruit cinq sur trente. Un peu plus tôt, on avait repéré des mouvements et effectué des tirs, dont on ignore les résultats. L'adversaire connaît notre position et notre direction. Entre le moment de son infiltration et 14 h 40, la reco a été au contact de l'ennemi à plusieurs reprises. Quatre ANV ont été tués par armes légères. Les éléments ANV paraissaient propres et bien nourris. Tous étaient équipés d'AK. Côté américain, il y a eu un tué et trois blessés. Deux des blessés ont été évacués. Le PC volant a signalé du mouvement à une borne à l'ouest de Barnett, ainsi que sur la crête située au-dessus du point d'infiltration des Delta Darlings. »

Cahalan venait de débiter ses informations comme s'il lisait le compte rendu de la dernière réunion. Il s'interrompit et Jax, qui l'écoutait les yeux de plus en plus écarquillés, ponctua d'un : « Quelle merde !

— Il faut qu'on atteigne le pic suivant, dit calmement Brooks. Sinon, on est le dos au mur. Sur l'autre pic, on aura un espace de manœuvre. Des questions ? »

Personne ne réagit, et l'ordre du jour se trouva ainsi vite expédié. Un silence total régna pendant quelques minutes puis Caldwell se leva discrètement et partit, imité par les autres chefs de section. L'observateur avancé et Brown se contentèrent de se laisser rouler jusqu'à leur sac de couchage, à quelques dizaines de centimètres de là. Le cercle se resserra.

« Egan mon vieux, lança Cahalan, ton bleu est un trou-du-cul intégral. »

Egan ne répondit pas. Il râlait à cause de Chelini depuis le début de l'assaut. C'était une vraie tête de nœud, un con têtu qui croyait tout connaître et bitait rien à rien. Seulement, personne n'aime que son partenaire passe pour une andouille. Ça rejaillit toujours sur vous.

Brooks se décida à attaquer, très calmement :

« Je vous observe tous depuis un moment, et je suis très préoccupé par les tensions raciales que je sens se développer au sein de cette unité. »

Jackson sauta sur l'occasion.

« C'est la faute à certains fils de pute blancs qui gavent le peuple de mensonges. Le peuple, il voit un truc et on lui en dit un autre. On lui dit de ne pas croire ce qu'il voit. Il voit la terre, il voit la famine et il voit des salauds de Blancs qui lui disent qu'on peut pas le nourrir. Des salauds qui lui disent : “ Minute, cette terre m'appartient. J'ai ici un papier qui dit que je peux en faire ce que je veux, alors les petits Noirs vont aller tuer des petits Jaunes pour protéger mes droits. Et nous... ”

— Quel est votre sentiment, sergent ? coupa le lieutenant.

— Je crois qu'il déconne à pleins tubes, fit Egan. Qu'est-ce qu'il voit, hein ? La situation il y a trente ans ? Cinquante ans ? On est en 1970. Si on compare l'Amérique d'aujourd'hui et celle d'il y a seulement vingt ans, y a pas un type avec deux grammes de cervelle qui va nier qu'il y a eu beaucoup de progrès.

— T'es tellement... tellement blanc, fit Doc d'une voix presque pathétique. T'es un bon type, Eg, mais tu raisonnes tellement comme un Blanc que t'en deviens aveugle. Viens donc vivre dans mon quartier pendant un an, ça t'ouvrira les yeux. »

La voix aiguë et distinguée de Minh se mêla à la conversation :

« A mes yeux, c'est paradoxal de vous voir combattre pour un autre pays alors qu'il y a si peu de temps que votre peuple a conquis sa liberté. Vous sortez à peine de l'esclavage et vous voilà devenus des guerriers impérialistes.

— Répétez message. A vous, commenta Cahalan.

— Je ne sais pas pourquoi qui que ce soit parmi vous se bat pour mon pays. Vous souffrez, vous y laissez la peau et vous n'avez rien à gagner.

— Ça, c'est la vérité vraie, dit Jones.

— Et vous, Pop ? demanda Brooks.

— J'en sais rien, mon lieutenant. Moi, je fais ce qu'on me dit. Comme la plupart d'entre nous, je crois. Je sais pas pourquoi. Le combattant américain, vous pouvez lui faire ce que vous voulez. Suffit de lui montrer une femme de temps à autre, de lui filer sa bière et du moment que la solde tombe à l'heure dite, il va fonctionner. Avec les *gooks,* c'est différent. Ils se battent que quand ils se sentent bien.

— Nous ressemblons beaucoup à ce que vous étiez il y a deux siècles », dit Minh avec un sourire qui passa inaperçu dans l'obscurité. « Dans votre révolution, l'Armée Continentale était composée de miliciens enrôlés pour l'été, la saison de la guerre. Après avoir accompli leur temps, ils ne rempilaient pas. Ils retournaient dans leurs fermes pour moissonner et pour semer. Ils ne croyaient pas à votre Union aussi fort que George Washington. Ils estimaient que c'était à lui et à votre Congrès de trouver des remplaçants. Nous sommes pareils. Peut-être n'avons-nous pas la même force de conviction que le président Thieu.

— Notez bien ça, les mecs, dit El Paso. *Es verdad.* Minh, tu m'étonneras toujours.

— Je voudrais dire une chose au sujet des Noirs, dit Egan, et je veux pas qu'on me comprenne mal. Il y a une raison et une seule pour laquelle le Noir en Amérique n'a pas progressé au même rythme que tous les autres groupes ethniques qui sont venus dans ce pays — je veux dire là-bas — et ce n'est pas à cause de la couleur de sa peau. C'est parce qu'à part les Noirs, chacun des groupes qui s'est établi en Amérique a amené avec lui l'attitude selon laquelle avec de l'instruction et en travaillant dur, on pouvait se hisser au sommet.

— Merde ! lâcha Jax.

— C'est vrai, fit Doc. Enfin, presque vrai. Seulement, y a qu'une chose que t'as pas comprise, Mista' Mick. Même enchaînés, les Noirs sont arrivés avec la même attitude que tous les autres, mais c'était des esclaves. S'ils essayaient de s'instruire, on les punissait. On les maintenait exprès dans l'ignorance, Mista' Mick, d'abord par l'esclavage, ensuite par des discriminations de toute sorte. C'est de ça que parlait Jax. La chaîne du savoir, on nous l'a cassée sans nous demander notre avis. On commence à peine à la réparer.

— Moi, je dis qu'on ferait mieux d'aller se coucher », fit Garbageman — comme Pop, il restait rarement pour les débats : il se sentait gêné de discuter de problèmes raciaux, ou même d'écouter, en présence de soldats noirs.

« Bien, dit Brooks. Allez-y. Je crois qu'on a couvert un certain nombre de questions sur lesquelles on pourra réfléchir pour en parler plus tard. Je voudrais dire simplement que les conflits, que ce soit à l'intérieur d'un couple, entre des races ou des nations, se développent suivant un certain schéma. Je vous demande d'y réfléchir un peu. Nous sommes ici tous ensemble. Soyons un peu tolérants envers le point de vue de l'autre. On s'est toujours aidés entre nous. On a participé ensemble à l'effort commun, et on forme une équipe imbattable. Peut-être qu'un jour, on participera au même effort dans le Monde, et c'est là-bas qu'on formera une équipe imbattable. Rendez-vous à 04 h 30. Je marche en tête. »

CHAPITRE 15

Le Bleu était mort de trouille. Fini l'étonnement, l'enthousiasme : il ne restait que la peur. Les tirs d'artillerie continuaient de gronder au-dessus de sa tête, déchirant le silence comme des trains de marchandises qu'on entend filer dans la nuit. Il avait bien tassé la terre retirée du trou individuel pour en faire une couchette sommaire, étalé son poncho par-dessus et caché leurs paquetages, celui d'Egan et le sien, dans un fourré un peu plus haut. Egan était parti à la réunion du PC depuis une heure. De temps en temps, une estafette venait signaler qu'un poste d'écoute était en place ou qu'on venait de finir la pose d'une bande minée, mais Chelini demeurait seul presque en permanence.

Il examina son corps. Ses contusions et ses brûlures aux bras remontaient au moment du poser d'assaut, ça il s'en souvenait, mais il en découvrait maintenant sur ses jambes, sur ses fesses, plus des égratignures au visage et aux mains, récoltées il ne savait plus quand. Pendant les tirs de mortier, sans doute, ou quand les F-4 ont lâché leurs bombes. Il souffrait aussi du dos et des épaules. Rien d'étonnant, songea-t-il, quand on trimbale un sac de cinquante kilos toute la journée et qu'on grimpe une colline avec. Mais ces multiples meurtrissures venaient s'ajouter à sa peur.

Il s'allongea et ferma les yeux. Son cerveau n'arrivait plus à contrôler ses pensées. Des fragments d'images et d'idées défilaient sur son écran mental comme si le projecteur s'était emballé. Il essaya de respirer plus lentement, de se détendre, d'atténuer la tension, mais ses jambes refusaient d'obéir, il lui semblait avoir l'estomac rempli de bouillie de ciment, la poitrine comprimée. De brusques afflux de sang agitaient son corps de frissons spasmodiques. Même ses oreilles lui faisaient mal, à force d'écouter en espérant ne pas entendre. Il sentait sa peau tendue sur son crâne et sa nuque, comme celle d'un tambour. Conscient sans être vraiment en éveil, il n'éprouvait aucune sensation au-delà de son propre corps. Je vais mourir, se disait-il. Ils vont me tuer.

« Hé, le Bleu, tu dors ? Hé ? » C'était Silvers qui lui secouait l'épaule. « Je voulais m'excuser.

— De quoi ? demanda faiblement Chelini.

— Désolé si je t'ai fait chier aujourd'hui. Je voulais juste te dire ça, c'est tout.

— Merci. Mais écoute...

— Demain, si on a l'occasion, je te montrerai comment ajuster ton sac pour qu'il traîne un peu moins bas. Je te causerai dans la matinée.

— Merci. »

Chelini se redressa et regarda dans la direction d'où venait la voix de Silvers, mais il ne vit rien. Il se pencha en avant, reposa la tête sur ses genoux et ferma les yeux. Comment les choses pouvaient-elles être aussi tordues ? Il tâtonna sur le sol à la recherche de son fusil, finit par le trouver. Au moins, il y avait ça. Il promena ses doigts sur la carcasse, qui lui parut très fraîche. Il se rallongea en gardant la main sur le M16.

Un moment plus tard, sans l'avoir vu ni entendu approcher, Chelini sentit qu'Egan venait de se glisser sous la doublure du poncho, à côté de lui. Vrai *boonierat*, Egan était chez lui dans la jungle. Peu lui importait que le terrain fût dur, humide ou froid : il devait simplement pouvoir être défendu. Egan annonça qu'ils se relaieraient à l'écoute radio par veilles d'une heure et demie, puis ne bougea plus. Le Bleu ne l'entendait même pas respirer et, sans la chaleur du corps couché à côté de lui, il aurait pu douter de sa présence.

« J'ai peur, dit-il, à quelques centimètres de l'oreille d'Egan.

— Normal. »

A nouveau le silence. Par terre, tout semblait noir. Chelini tendit l'oreille. Il entendait le tic-tac de sa montre, le bruit de sa propre respiration, le craquement de ses jointures. Aucun son provenant d'Egan. Il insista :

« Non, mais je veux dire vraiment.

— T'es tellement ballot et naïf comme bleu que j'arrive pas à y croire. T'as vraiment rien d'un guerrier. Mais alors, que dalle.

— Je suis désolé, s'excusa sincèrement Chelini. Je pensais vraiment que je m'en tirerais. Je croyais pas que j'aurais aussi peur.

— Je sais pas si t'es au courant, chuchota Egan, mais ici, c'est une foutue bonne compagnie. Et les *gooks*, c'est rare qu'ils allument une bonne compagnie. Ils préfèrent choisir celles qui font du raffut, celles où les gus font rien pour rester en vie. Tu me suis ? C'est pour ça qu'il faut la boucler. Les *gooks*, c'est comme une meute de loups après un troupeau de daims : ils choisissent les plus faibles et les blessés. Ou les paresseux. T'as des gaziers qui sont trop flemmards pour contourner une vallée s'il faut passer de l'autre côté. Charlie reste dans les vallées ; nous, on reste sur les crêtes. C'est ça notre accord. Si t'es pas obligé de descendre dans le truc, tu descends pas. On les voit pas, ils nous voient pas. On est heureux, ils sont heureux.

— Et aujourd'hui ?

— Tu peux tout de même pas leur tomber sur le râble et t'attendre à ce qu'ils t'invitent à dîner. On s'amène chez eux par la porte de derrière. » Chelini émit un grognement. Egan poursuivit, d'une voix si basse qu'elle parvenait à peine aux oreilles du Bleu. « La gradaille nous envoie dans un sale TO ? Et merde, ça chie pas. Dans le Monde, ça pourrait t'arriver de canner en traversant la rue. »

Il y eut un nouveau silence, puis Egan reprit d'un air distrait : « J'ai écrit à Stephanie ce matin, mais j'ai pas eu l'occasion de confier la lettre à quelqu'un. Pendant le ravitaillement, fais-moi penser à la filer au mitrailleur de porte. J'ai comme l'impression qu'il en aura aussi une pour moi. »

Des tirs de fusées éclairantes commencèrent au-dessus de la crête nord. Les projectiles au phosphore s'allumaient avec un *pouf* sans relief, puis les lumières se balançaient mollement au bout de leurs parachutes et descendaient au gré du vent en crachouillant jusqu'à l'extinction. Plusieurs éclatèrent au-dessus de la position d'Alpha, jetant une lueur bizarrement terne sur la LZ où McQueen et Nahele veillaient derrière leur M60. Seule une lumière infime perçait la triple épaisseur de jungle jusqu'au compartiment de terrain d'Egan et Chelini, qui comprenait un possible cheminement ennemi.

« Pionce, dit Egan, je prends la première écoute radio », puis il communiqua le premier compte rendu de situation de la nuit à El Paso. Il tenait en trois lettres chuchotées : « R.A.S. »

« Qui est Stephanie ? demanda Chelini.

— Juste une fille. »

Ils restèrent plusieurs heures sans parler. La lune était montée dans le ciel où un arbre mort profilait ses branches rabougries, telles les lignes brisées d'un croquis. Une haute branche portait encore des feuilles, peut-être une liane grimpante. Egan reposait, les yeux grands ouverts, la main droite sur son M16 et la gauche sur sa poitrine, tenant le combiné près de son oreille droite. Il regardait un nuage passer devant la lune, et tout de suite Stephanie fut là. Une branche brisée semblait piquer le nuage, dont le bord éclairé continuait de glisser sans en paraître affecté. La branche n'y touchait pas plus qu'elle ne touchait la lune.

Il ferma les yeux, mais cela n'y fit rien : elle était toujours là. Quelque chose cognait dans les oreilles d'Egan et sur sa nuque, aggravant les frissons qui parcouraient son corps tendu à l'extrême. Il devinait son rire, sa silhouette souple, ses minces épaules. Les yeux, qu'il ne distinguait pas dans l'obscurité, devaient être fermés. Le nuage glissait toujours, une branche hérissée continuait de pointer vers la frange brillante sans parvenir à la percer.

Egan entendit un froissement du poncho, le craquement d'une brindille près de lui, que chaque liane et chaque tige de bambou parut prolonger en l'amplifiant. Egan remua imperceptiblement et demanda : « Qu'est-ce que tu fous, merde ?

— Rien, chuchota le Bleu.

— Fils de pute, t'es en train de te branler ? »

Pas de réponse.

« T'as la trouille, hein ? T'as la trouille, mais ça t'empêche pas de te palucher. C'est bon. Fais-toi une pogne mais sans bruit. Vas-y avec deux doigts. Tiens, ajouta Egan en lui passant le combiné. Et décharche pas dessus. »

Doucement, Egan ramena la doublure du poncho sur sa tête. Elle était toujours là, le visage dans la pénombre. Il avait du mal à se rappeler ses traits. A présent, il ne voyait plus le nuage, mais, sur le côté, il apercevait des palmes humides qui luisaient vaguement sur le fond noir de la jungle, et le nuage, il le savait, continuait de chevaucher son bord de lune.

Leur première rencontre passa devant ses yeux. Paul, copain de fac, et lui devaient se retrouver à New York une semaine après le début des vacances d'été. Ils comptaient embarquer à bord d'un cargo à destination de l'Europe, de l'Afrique ou de l'Amérique du Sud. Le jour, ils rôdaient sur les quais et tentaient leur chance auprès de toutes les compagnies de navigation ; la nuit, Paul s'était débrouillé pour qu'ils puissent loger dans l'appartement que partageaient Pattie et Stephanie.

Paul, Pattie et Stephanie sortaient du même lycée de province, quelque part dans l'est de l'État de New York. En 1964, Paul s'était inscrit en fac, tandis que les filles allaient poursuivre leur éducation à la grande ville. Elles s'y trouvaient depuis un an, se débrouillant tant bien que mal pour survivre et sortant le soir. Paul avait obtenu leur adresse d'un vieux copain de lycée, quelques jours avant d'aller rejoindre Egan.

Ils se retrouvèrent du côté du Battery [1], passèrent l'après-midi à boire, puis se dirigèrent vers le Village. L'immeuble de briques rouges, délabré, noirci par la suie, se dressait devant lui, Egan le voyait très nettement. Le trottoir était fait de plaques d'ardoise. Même ivre, il en sentait la douceur sous ses pieds. A côté de l'entrée principale, quelques marches en piteux état dégringolaient jusqu'à une porte

1. Quartier de New York, à la pointe de Manhattan *(N.d.T.)*.

en sous-sol, sur laquelle une enseigne au néon annonçait un bar.

Daniel descendit à la suite de Paul. L'endroit n'était pas désagréable : une taverne de marins, désuète et un peu décrépie, avec, aux murs, des tableaux représentant de grands navires et, derrière le comptoir, la maquette d'un quatre-mâts carré. Daniel et Paul étaient les seuls clients. Paul tomba en admiration devant la maquette et la tenancière, qui leur dit s'appeler Maggie et se lança aussitôt dans le récit d'une tempête aux Caraïbes.

Maggie était une vieille femme dont la peau formait des plis aux joues et aux bras. A côté d'elle se trouvait un grand type d'une cinquantaine d'années, aux traits anguleux, un marin nommé Témoin. Il ne cessait de confirmer et d'embellir les histoires de la patronne, et ces souvenirs de bourlingue fascinaient Daniel. Témoin paya une tournée, Maggie une autre, puis Témoin remit ça. Quoique très fauchés, Paul et Daniel purent réunir assez pour offrir la leur, mais Témoin ne voulut rien savoir et les régala encore une fois, ajoutant qu'il restait à terre pour se marier : « L'heure est venue de clouer ces deux pieds sur le plancher des vaches. » Maggie le taquina un peu et lui recommanda d'être aimable avec sa future, « s'il n'avait pas envie de devoir faire ceinture ».

Daniel et Paul parvinrent tant bien que mal à remonter les escaliers. Ils comptaient inviter Pattie et Stephanie au bar. Daniel ne les connaissait pas encore, et Paul ne les avait pas revues depuis le lycée. Ils se présentèrent à leur porte, le sac sur l'épaule et complètement hilares, mais les filles leur firent bon accueil. Daniel promena un regard d'ivrogne sur l'appartement, un petit deux-pièces cuisine situé au troisième étage. Pattie annonça qu'elle avait un rendez-vous et sortit. Stephanie refusait d'entendre parler d'un bar au sous-sol. Les deux garçons s'effondrèrent sur le plancher.

Egan se rappela avoir pensé : « Dieu, qu'elle est belle. » Ses cheveux auburn lui descendaient sur les épaules. « Et fragile, tellement délicate. » Il lui compara désormais toutes les filles qu'il rencontra, elle devint son initiatrice — il s'en rendait compte à présent pour la première fois. Autour de son cou de ballerine était noué un foulard de soie dont les pointes reposaient légèrement sur ses seins. « Non, vraiment », disait-elle, et ses mots semblaient caresser l'air, « je préfère ne pas aller là-dedans. »

Egan remua, rabaissa la doublure du poncho et contempla le ciel. Le nuage, dont le bord brillant avait disparu, masquait à présent la lune, et la branche squelettique semblait retomber mollement. Les feuilles pennées des palmiers piquetaient les vagues taches de lumière qui filtraient à travers le nuage. Stephanie était toujours là, mais l'image datait de beaucoup plus tard, des années peut-être. Elle portait un chandail prune, pas de soutien-gorge, et ses petits seins devinés torturaient doucement Daniel. Une jupe tricotée mauve collait à ses cuisses minces. Même ses pieds étaient mignons ; il avait envie de les toucher.

Egan sentit le besoin de remuer. Il souleva ses épaules et, lentement, très progressivement, éprouvant la contraction de chaque muscle abdominal, il se redressa en position assise, puis ramena sans un bruit ses jambes contre sa poitrine. Il serra la doublure du poncho autour de ses épaules, prit un coin dans chaque main et s'enveloppa complètement, appuyant pour finir sa tête sur ses genoux. Le visage de Stephanie le guettait toujours dans l'ombre ; une faible lueur dessinait à présent le contour de l'œil, des lèvres et du nez. « Pourquoi faut-il que je pense à toi en un moment pareil ? se demanda-t-il. Pourquoi es-tu avec moi cette nuit ? » Il sentait comme une pression derrière ses globes oculaires et il avait la gorge nouée. Elle ne lui apparaissait jamais aussi nettement pendant la journée, mais la jungle était noire, et la nuit lente.

Durant sa première semaine new-yorkaise, Egan avait dormi par terre, dans le living de Stephanie. Allongé sur le dos, chaque matin, il la regardait se maquiller. Elle se levait tôt et passait un temps infini à s'apprêter pour la séance de pose chez le photographe qui l'employait comme modèle. Assise sur le sol, une jambe ramenée sous elle et l'autre repliée de manière à pouvoir y appuyer son bras, elle se tenait face à un escabeau d'aluminium : un petit miroir doté d'une lampe était posé sur la deuxième marche, la première et la troisième débordant de produits de maquillage. A sa gauche, une tasse de café et à droite, à hauteur de sa hanche, un cendrier : Stephanie fumait sans arrêt.

La vision était nette, à présent : ils distinguait la chambre, les évolutions de Stephanie et aussi lui-même, couché par terre, faisant semblant de dormir. Un enfant qui s'amuse, songeait-il. Elle chantonnait de sa voix caressante et paraissait d'humeur espiègle. Elle cala un poignet contre son genou afin de se mettre du mascara. Sa main tremblait un peu. Elle avait des doigts effilés et des poignets graciles — entre les mains calleuses de Daniel, ils disparaissaient complètement.

« Prends ça, chuchota-t-elle le quatrième matin, tu pourras le lire sur les quais, quand tu seras fatigué d'aller et de venir au milieu des dockers. » C'était un exemplaire du *Prophète* de Khalil Gibran. Ce jour-là, Paul et lui furent refusés à bord de douze bateaux. Ils rentrèrent tard dans la soirée. Pattie était sortie et Stephanie recevait un ami dans la deuxième pièce. Elle fit les présentations. L'homme était plus âgé, dans les trente-cinq ans. Daniel le trouva sale, graisseux.

Il se présenta comme Lucifer et entraîna de nouveau Stephanie dans la pièce du fond. Paul s'allongea ; quelques minutes plus tard il ronflait. Daniel tendait l'oreille. Aucun bruit, d'abord, puis des baisers, un disque sur la chaîne, des baisers plus insistants dont le son lui reste dans l'oreille. Il sent les mains de ce salaud sur le corps de Stephanie et ça le rend fou. Il a envie de tuer ce gros con visqueux, mais il se sent incapable d'accomplir le moindre geste. Comment le collégien pourrait-il défier un Lucifer invité ? Parce qu'il est amoureux, tout bonnement...

Il relève la tête. Il a les mâchoires bloquées. Ce salopard a passé la nuit.

Pendant cette première semaine, Daniel ne toucha pas Stephanie, pas même une poignée de main, jusqu'au moment de se dire au revoir. Paul trouva du boulot sur un bateau à destination d'Amsterdam. Daniel alla travailler pour Kirt Sontag, qui dirigeait un service de remorquage et navette à partir du quai n° 15 sur l'East River : « le plus gros des petits et le plus petit des gros » parmi les entreprises du port. Il payait peu mais n'exigeait pas grand-chose. Il offrit à Daniel une cabine à bord du *John J. Murphy*, un petit remorqueur coulé en rade de Boston en 1960 et renfloué par ses soins. Le jour, le *John J. Murphy* transportait des équipes de peintres et du matériel jusqu'à la Statue de la Liberté. La nuit, c'était le refuge de Daniel.

Daniel resta une semaine avec Sontag. Le deuxième jour, il découvrit un bar dans la rue qui donnait sur le quai n° 15 : une salle étroite et longue avec un comptoir de bois à gauche de l'entrée et quelques petites tables sur la droite. Tout au fond se trouvaient quatre tables de plus grande dimension et, encore plus loin, une petite cuisine. Le bar était sombre et frais. Des lambris de teck recouvraient les murs jusqu'à un mètre cinquante de hauteur. Au-dessus, tous les trois mètres, des gravures maritimes toutes tachées : un petit collégien de province ne pouvait rêver plus pittoresque. Le cuistot s'appelait Cookie ; il avait *réellement* une jambe de bois et un bandeau noir sur l'œil. Quand il découvrit que Daniel travaillait pour Sontag, il baissa le prix du demi à 15 cents, doubla les portions du déjeuner et laissa Daniel prendre un demi-pain avec du beurre à volonté.

Rien n'y fit.

Le Bleu se redressa brusquement dans un froissement de poncho, tendit le combiné radio à Egan, puis se rallongea en faisant crisser la terre. Egan regarda autour de lui. La jungle était noire, rien ne bougeait, aucun son ne lui parvenait — sinon, très loin, des obus qui explosaient quelque part dans la vallée. Le roulement tranquille de l'écho le détendait. Il se rallongea silencieusement. Les nuages s'étaient épaissis devant la lune ; il devenait difficile de distinguer la

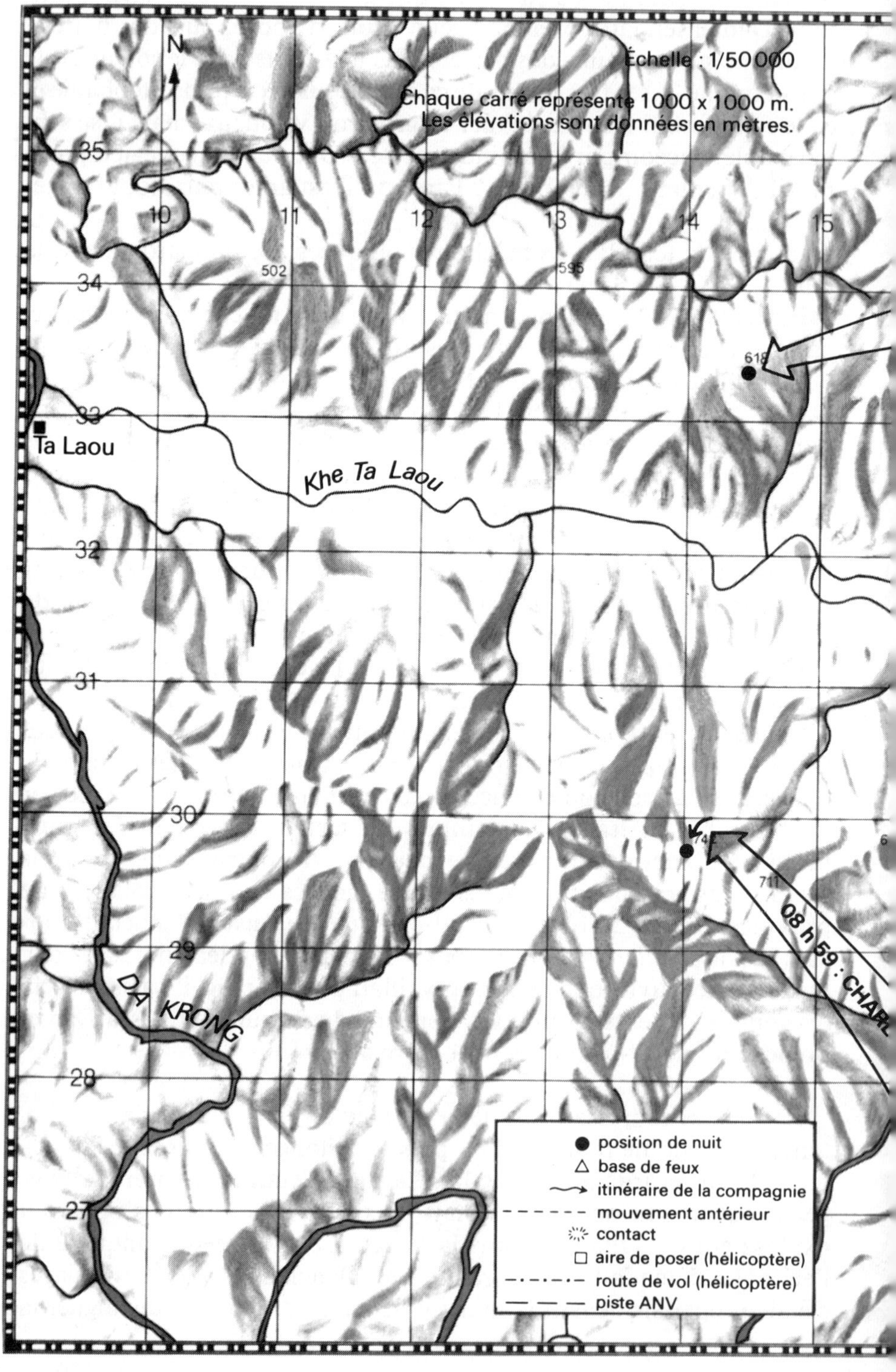
N
Échelle : 1/50 000
Chaque carré représente 1000 x 1000 m.
Les élévations sont données en mètres.
35
34
33
32
31
30
29
28
27
10
11
12
13
14
15
502
595
618
711
Ta Laou
Khe Ta Laou
DA KRONG
08 h 59 : CHARL
position de nuit
base de feux
itinéraire de la compagnie
mouvement antérieur
contact
aire de poser (hélicoptère)
route de vol (hélicoptère)
piste ANV

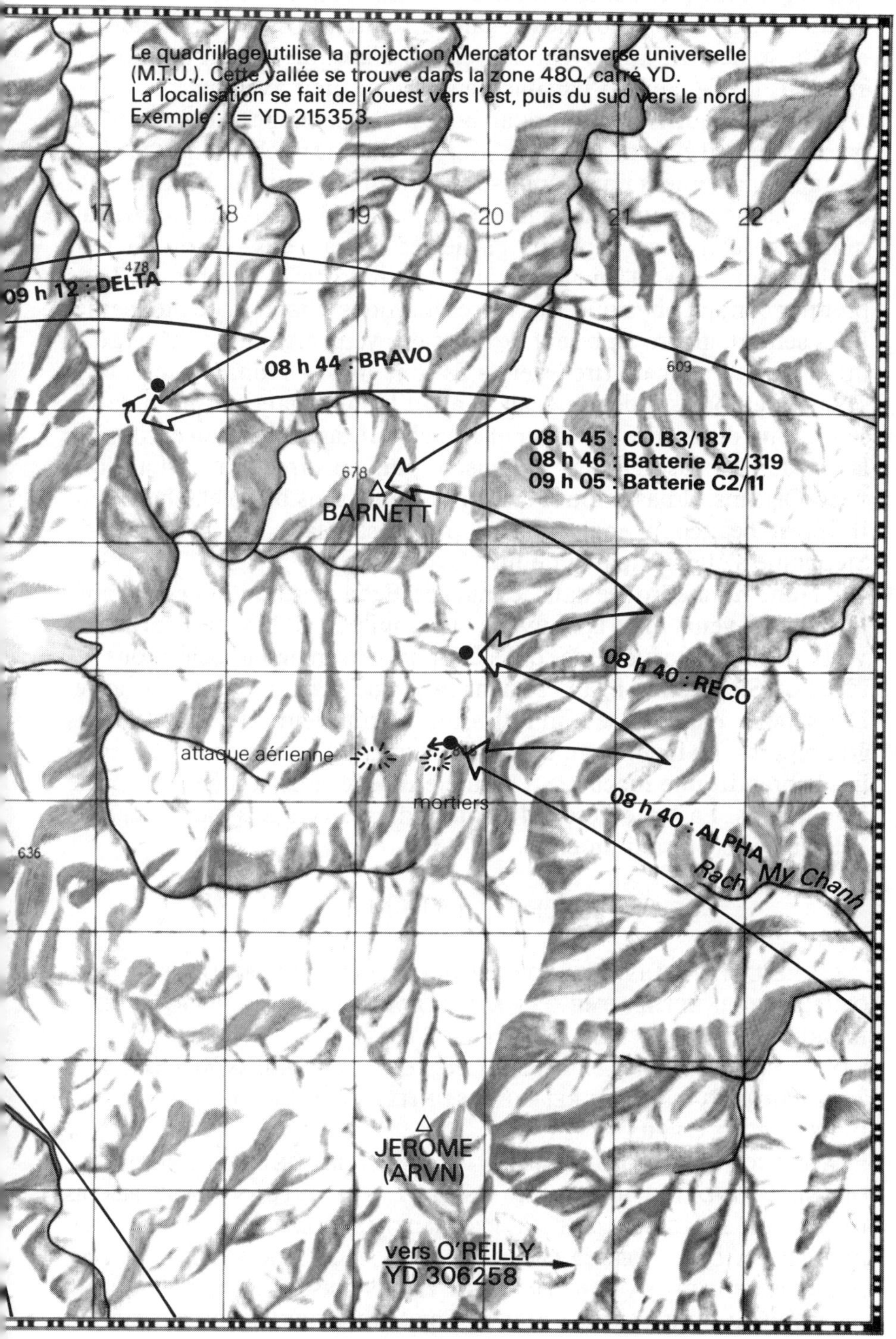
Le quadrillage utilise la projection Mercator transverse universelle
(M.T.U.). Cette vallée se trouve dans la zone 48Q, carré YD.
La localisation se fait de l'ouest vers l'est, puis du sud vers le nord.
Exemple : = YD 215353.
17
18
19
20
21
22
478
09 h 12 : DELTA
08 h 44 : BRAVO
609
08 h 45 : CO.B3/187
08 h 46 : Batterie A2/319
09 h 05 : Batterie C2/11
678
BARNETT
08 h 40 : RECO
attaque aérienne
mortiers
08 h 40 : ALPHA
Rach My Chanh
636
JEROME
(ARVN)
vers O'REILLY
YD 306258

forme des branches sur le ciel cendreux. Elle était là. Entière. Les yeux bleus-gris, clairs et profonds. Egan se sentit transporté. Soudain, le monde se pensait à nouveau en termes d'absolu. Il était amoureux, elle était la vie coulant paisiblement, et elle était avec lui.

Egan avait quitté New York au bout d'une semaine. Il enrageait. Le bateau de Paul était depuis deux jours en mer. Daniel se rendit tard un soir à l'appartement pour ramasser ses affaires. Pattie lui fit ses adieux et lui serra la main. Stephanie n'était pas là, mais elle arriva au moment où il allait repartir. Pattie les laissa seuls. Ils discutèrent quelques minutes. Il lui apprit qu'il devait partir et l'embrassa. Leur premier contact physique. Les lèvres humides, chaudes, de Stephanie. Il les sentait encore à présent. « Tu as des yeux argentés », lui avait-il dit. « Non — avec un rire léger — ils sont gris. — Non, argentés. » Ils s'étaient embrassés de nouveau. Il avait la main gauche sur un de ses seins. Il lui dit encore au revoir et s'en alla. Il gagna l'Alaska en stop, se laissa dériver jusqu'à San Francisco, puis en direction de La Nouvelle-Orléans. Il passa tout l'été sur la route, sans but réel, cherchant. Il apprit beaucoup, mais rien ne put le satisfaire. La mystique de Stephanie s'était emparée de lui.

La lune fit une trouée dans les nuages. Egan se sentait un peu sonné. Il ferma les yeux, mais la nouvelle lueur qui perçait la voûte des arbres vint illuminer le cauchemar qui s'était perversement associé à tous ses rêves de Stephanie : Egan est dans la jungle, par une nuit très noire. Des sapeurs ennemis se sont introduits à l'intérieur du périmètre sans être repérés. La lueur augmente d'intensité. Un sapeur se tient près de lui. Il brandit une machette, la lame étincelle sous la lune. L'homme lève le bras. La lame descend à toute vitesse vers le visage d'Egan.

Egan se redressa d'un coup.

EXTRAIT DU J.M.O.

LES RÉSULTATS SUIVANTS, CONCERNANT LES OPÉRATIONS DANS LA ZONE O'REILLY/BARNETT/JEROME ONT ÉTÉ SIGNALÉS POUR LA PÉRIODE DE 24 HEURES PRENANT FIN A 23 H 59 LE 13 AOÛT 1970 :

DES UNITÉS DE COMBAT AMÉRICAINES ONT DONNÉ L'ASSAUT DANS LA ZONE BARNETT A 08 H 40 ET RELEVÉ DES UNITÉS ARVN EN VUE D'OPÉRATIONS DANS LA ZONE O'REILLY.

LA SECTION RECO, COMPAGNIE E, 7/402, A ENGAGÉ UNE FORCE ENNEMIE DE GRANDEUR INDÉTERMINÉE A 1 500 M S/E DE BARNETT, TUANT 4 ANV. PERTES US : UN TUÉ, 3 BLESSÉS. A 08 H 55, A PROXIMITÉ DU POINT YD 198304, LA COMPAGNIE A A DÉCOUVERT 2 CORPS ENNEMIS, TUÉS PAR ARTILLERIE. UNE HEURE PLUS TARD, SA POSITION A ESSUYÉ DES TIRS DE MORTIER N'AYANT ENTRAÎNÉ AUCUNE PERTE. A 09 H 40, 7 OBUS DE MORTIER SONT TOMBÉS A

L'INTÉRIEUR DU PÉRIMÈTRE DE BARNETT. AUCUN DOMMAGE N'EST SIGNALÉ. A 14 H 04, RECO, CO E, 7/402, A ENGAGÉ UNE FORCE ENNEMIE DE GRANDEUR INDÉTERMINÉE. UN SOLDAT US A ÉTÉ LÉGÈREMENT BLESSÉ.

LES UNITÉS ARVN N'ONT ÉTABLI AUCUN CONTACT SIGNIFICATIF.

CHAPITRE 16

14 août 1970

Le 14, tout alla de travers et pourtant tout se passa bien. Pour commencer, le centre d'opérations tactiques ne lança pas les appels radio conventionnels pour le réveil, et Brooks continua de dormir. A 04 h 00, El Paso, bien qu'il fût éveillé, poursuivait un rêve à propos de sa mère. Elle l'appelait, comme elle avait coutume de le faire depuis la mort accidentelle de son père : « Rafael, Rafael, viens un peu tenir compagnie à ta maman. Je suis fatiguée, aujourd'hui. » Il lui répondait un peu agressivement : « Le prêtre ne vient pas te voir, ce soir ? — Rafael, je suis une vieille femme abandonnée par son mari. Pourquoi m'a-t-il abandonnée ? » Elle parle mexicain, mais son vocabulaire est pauvre, même dans sa langue natale. Le garçon s'éloigne et croise le prêtre sur le seuil de leur baraque. Le monde entier est dégueulasse. « Comment se sent-elle aujourd'hui ? » demande le père Raul. « Elle se plaint », ricane le garçon. Le décor change, ils sont devant la vieille église. « D'abord, elle se plaint que l'école me prenne. Maintenant, elle se plaint que le gouvernement me prenne pour la guerre. » Et il ajoute en aparté : « Elle n'a pas compris. Je n'ai rien dit. J'ai signé pour m'en aller d'ici. » Le prêtre s'en fiche. Le décor change encore, mais le vieux prêtre est toujours là, assis dans un fauteuil et complètement sourd. « Ils ne savent pas, fait Rafael en riant : j'ai rempilé. »

Ce rêve revient régulièrement, Rafael n'en a parlé à personne. Tant qu'il se déroulait, El Paso n'a pas regardé sa montre et les appels radio n'ont pas été lancés. C'est une des rares fois où El Paso a manqué à ses devoirs envers Brooks et la compagnie A.

Rafael Jaoquin Pavura grandit dans le sordide faubourg mexicain d'El Paso, Texas. Ses parents, un ouvrier agricole marié à une femme plus jeune que lui, étaient demeurés sans enfants pendant les dix premières années de leur mariage, et la venue tardive d'un fils, alors que le père avait la cinquantaine avancée, n'eut rien d'un heureux événement. Rafael naquit dans une simple cabane de la mesa à l'ouest de Ciudad Juarez, sur des terres plates et désolées, loin des arènes et des *cantinas*. Ses parents y vivaient à l'écart, en entretenant un petit jardin. Le père passa les jours puis les deux mois silencieux qui suivirent la naissance à errer sur ces terres incultes, jusqu'au soir où, dans la fraîcheur d'un début d'automne, il retourna à la cabane d'un air résolu. Sa décision était prise. Il dit à sa femme d'emballer ce qu'elle souhaitait garder et pouvait porter. Dans la nuit, ils gagnèrent la ville, franchirent le rio Bravo et marchèrent vers le nord jusqu'à El Paso, où ils se perdirent dans les bidonvilles des immigrés.

Il n'y avait pas de travail régulier, pas d'endroit où s'établir. Pendant cinq ans, le vieux, portant son fils, mena sa famille de taudis en taudis. Il regrettait ses terres arides mais ouvertes. Pourtant, la ville, l'Amérique, contenaient pour son fils de nombreuses promesses d'avenir impensables dans la mesa : la chance à saisir, la possibilité de progrès, de prospérité pour les générations suivantes, ces mêmes promesses que l'Amérique agitait sous les yeux de tous les immigrés depuis trois cents ans — et qui parvenaient tant bien que mal à calmer le vieux *wetback* [1]. Il finirait bien par se passer quelque chose, répétait-il.

Très jeune, Rafael put courir les rues sans surveillance. A six ans, il savait à peu près se débrouiller et découvrait chaque jour de nouveaux territoires. Ses parents ne soupçonnaient pas l'étendue de la communauté *chicano,* mais Rafael Jaoquin était connu de tous, car il n'hésitait pas à s'aventurer dans les maisons et restait à dîner chez des gens qu'il n'avait jamais vus auparavant. Lorsqu'il retournait à la cabane de ses parents, ou qu'on l'y ramenait, il ne restait que le temps de raconter ses derniers exploits à son père, puis repartait à l'aventure. Il écoutait les récits des ouvriers agricoles qui connaissaient toute l'histoire du Mexique, et celle des gens qui étaient partis vers le nord. Il les apprenait et les répétait en se les appropriant. Les anciens aimaient le recevoir et l'écouter en riant de ses inventions, mais finissaient par se lasser et le renvoyaient chez lui. Tous, sauf son propre père.

Un jeune prêtre rencontra Rafael et l'écouta, fasciné, pendant des heures. Il lui demanda où était sa famille et le garçon répondit qu'il était orphelin. Rafael vécut pendant une semaine chez le père Raul, jusqu'au moment où le prêtre eut connaissance d'un avis de recherche et renvoya l'enfant dans ses foyers. Il se prit toutefois d'intérêt pour l'éducation de Rafael et aida son père à trouver un emploi de nuit dans la conserverie locale. Le soir, Rafael et le prêtre regardaient le vieil homme franchir les grilles de la conserverie, puis le père Raul raccompagnait Rafael chez lui et tenait compagnie à sa mère une fois l'enfant mis au lit.

Rafael faisait le ménage chez le prêtre et parfois dans l'église ; il

1. « Dos mouillé » : désigne les ouvriers mexicains passés clandestinement aux États-Unis *(N.d.T.)*

transmettait des messages aux paroissiens tout en vagabondant dans les rues, recueillant et racontant des histoires. Il éprouvait de l'affection pour le père Raul et rêvait de devenir prêtre lui aussi.

Quand Rafael eut douze ans, son père mourut d'une crise cardiaque. Le vieil homme portait de lourdes caisses dans l'entrepôt de la conserverie. Un jour, toute une pile dégringola sur lui. Il ne fut pas blessé, selon le rapport, mais le choc, lorsqu'il se vit enseveli sous les caisses, provoqua un arrêt du cœur. Le père Raul s'occupa des funérailles, dans l'indifférence à peu près totale de la communauté immigrée. Au bout d'une semaine, on n'en parlait plus, et un mois plus tard, l'incident était oublié. Il n'en resta qu'une garantie de pension de la part de l'entreprise : si l'enfant était en mesure de poursuivre sa scolarité au-delà du temps assuré par l'État, les fonds seraient disponibles.

Le calme apparent de Rafael cachait une agitation intérieure. Pris dans un engrenage qu'il haït dès le premier jour, son père avait été détruit à la seule fin de fournir un meilleur avenir à son fils. Rafael ressentit cette mort comme une tricherie, la brièveté des funérailles nourrit encore son amertume, il se sentit coupable d'avoir passé autant de temps avec le prêtre et si peu avec le vieux travailleur.

Le père Raul vint encore chez eux pendant plusieurs années, mais la mère de Rafael avait à présent quarante ans bien sonnés et le prêtre aussi se faisait vieux. Pendant ces soirs de visite, Rafael allait courir les rues avec les garçons de son âge. Le père Raul finit par cesser ses visites et la mère de Rafael resta seule à se plaindre que son fils ne s'occupait pas d'elle. Il en éprouva encore de la culpabilité, mais il savait qu'il devait aller à l'aventure, comme son père avant lui. Et puis, il y avait la Cause.

La Raza — un groupe révolutionnaire qui militait pour la restitution des terres du Sud-Ouest aux peuples à la peau sombre qui en avaient été spoliés. Dans les écoles, c'était une organisation secrète qui faisait entrer les jeunes mâles dans leurs premières bandes et les initiait à la haine sectaire de l'oppresseur anglo-saxon.

Il existait une loi simple dans le Sud-Ouest et le long de la frontière, là où l'oligarchie anglo-sax régnait sur les terres : personne n'est coupable de quoi que ce soit, à moins d'être mexicain. C'est contre cette même loi qu'El Paso se révolta bien des années après, lorsque les Américains l'appliquèrent aux Vietnamiens : la loi « C'est-jamais-qu'un-bougnoul ». La société du Sud-Ouest était structurée de sorte à perpétuer ce cercle vicieux de la pauvreté, à cantonner la main-d'œuvre non qualifiée dans le *barrio bajo* infesté de moustiques, un piège encore aggravé par le fléau de l'analphabétisme et du chômage. De quoi nourrir un climat de violence et de radicalisme politique vers lequel Rafael se sentit vite attiré. Le père Raul répétait ses mises en garde avec la résignation de ceux qui portent leur croix depuis longtemps : « Mon jeune ami, tu vas souffrir et tu vas en faire souffrir d'autres. J'aimerais savoir mieux te parler. Tu peux travailler à l'intérieur du système afin de le changer. Tu n'es pas obligé de t'en exclure et d'agir par la violence. »

Les sermons eurent peu d'effet, mais, lentement, une évolution se dessina chez certains des garçons. Le militantisme prit le pas sur la violence pure et *La Raza* devint une force politique non négligeable.

Rafael, lui, devait suivre son propre itinéraire. Quelque chose le poussait toujours à la rupture, avec les bandes et les partis comme dans sa vie personnelle. Il lui fallait toujours aller vers de nouveaux espaces. A un certain point de son adolescence, il fut encouragé à étudier l'histoire et le droit. Il travaillait dur à l'école. Deux de ses professeurs l'aidèrent à obtenir l'admission à l'université du Texas, à El Paso. En fac, il resta un solitaire. Après l'obtention de sa licence d'histoire et une année de droit, il s'engagea dans l'armée. Au printemps 1969, il était au Vietnam, fantassin du 7/402.

Rafael ne parlait jamais de son passé ni de sa famille. Il écoutait les autres et devint le médiateur, l'arbitre de tous les différends au sein de la compagnie. Personne — pas plus Jax qu'Egan ou même le lieutenant — ne pouvait deviner ce qui se passait dans la tête d'El Paso, mais ils savaient tous que lorsque El Paso déclarait qu'un incident était clos, on s'y tenait et il n'y avait pas à revenir dessus.

Certaines des sentinelles postées sur le périmètre durent se rendre compte de l'heure. Tous les hommes avaient des montres et ils ne pouvaient pas tous être en train de rêver. Peut-être ceux qui s'aperçurent que la compagnie dormait encore estimèrent-ils que ce n'était pas à eux de troubler le sommeil de leurs camarades ; et puis, pour la plupart, ils n'avaient aucune envie de se mettre en route à pareille heure.

Il était presque 03 h 30 quand Chelini souffla à Egan : « Qu'est-ce que c'est ? Je crois que j'ai entendu quelque chose. »

Egan tendit l'oreille un moment avant de répondre. « Quel genre de truc ?

— Je ne sais pas. Comme un petit animal. Tiens, écoute.

— Merde. C'est une saloperie d'araignée. Je peux pas blairer ces bestioles. »

Le bruit se répéta, beaucoup plus près de leurs têtes. Egan jura entre ses dents. Sa voix tremblait un peu. Il se poussa plus bas, loin du bruit.

« Elles sont venimeuses ? demanda Chelimi, peu rassuré.

— Elles sont énormes », lâcha Egan dans un souffle.

Avec un petit rire nerveux, Chelini leva son arme et fouilla doucement du bout du canon le buisson d'où venait le bruit. Quelque chose se sauva. Egan reprit sa place.

Une heure plus tard, le bruit recommença. Egan poussa Chelini du coude. « T'entends ça ? »

Le Bleu resta immobile. Il posa un bras sur la poitrine d'Egan. « Bouge pas, fit-il.

— Oh ! merde ! » gémit Egan, persuadé que l'araignée était sur lui. Tremblant, le corps couvert de sueur, il ouvrit les yeux. A une soixantaine de centimètres au-dessus de leurs têtes se découpait une mince silhouette noire : une araignée dont les pattes anguleuses, fragiles comme des brindilles, dessinaient une ellipse d'une vingtaine de centimètres sur le ciel gris sombre. Egan se figea. Du buisson à leurs pieds aux lianes derrière eux, des filaments soyeux tissaient comme une toile de parachute, un filet serré que l'araignée fit vibrer d'une petite secousse. Le cœur d'Egan s'arrêta. De son bras libre, Chelini pointa son fusil et coupa lentement, un par un, les fils de son côté. L'araignée chargea vers le canon de l'arme, puis battit en retraite dans l'épaisseur du buisson.

« Merde, merde, merde et merde ! » Egan se redressa, le visage couvert de fils de soie. « J'ai horreur de ces putains de bestioles », lâcha-t-il d'une voix précipitée. « Je peux pas rester là. Quelle heure est-il ?

— Cinq heures moins vingt-cinq. » Le Bleu n'en revenait pas. Egan le dur des durs avait peur des araignées. Il parvint à étouffer un rire, mais tout son corps était agité de petites secousses.

« Qu'est-ce qu'il y a de tellement marrant ? » commença Egan, qui se ravisa aussitôt et changea de sujet. « Merde, on devrait déjà être en route, à cette heure. »

Il faisait froid, mais le vent était tombé et une vague lueur perçait à travers les nuages. Au sol, on n'y voyait encore rien ; pour reconnaître un homme, il fallait s'accroupir et repérer sa silhouette sur fond de ciel. Egan contacta El Paso par radio. Quelques minutes plus tard, toute la compagnie était debout, avec une demi-heure de retard sur l'horaire prévu.

Sur le périmètre, les sentinelles récupérèrent leurs Claymore, enroulèrent les fils autour et les rangèrent dans leurs sacs. Les hommes chargés des dispositifs de piégeage les désarmèrent méticuleusement, coupant les batteries, puis désassemblant mécanismes de détente et fils de traction. Les guetteurs furent rappelés par radio. Les soldats nettoyèrent armes et munitions, graissèrent les fusils. Tout le monde fumait, la cigarette cachée dans une main en coupe ou un emballage opaque de ration C.

Egan épousseta soigneusement son treillis, puis sa doublure de poncho, qu'il plia et rangea dans son paquetage. Il se lava les dents, sans eau, laissant simplement le dentifrice se mélanger à sa salive pour former une écume. Il recracha un jet de mousse blanche dans un petit trou, qu'il recouvrit aussitôt. Il aspira le peu de salive qui restait entre ses gencives et avala. Une fois la brosse remise dans son étui plastique, il enfonça l'étui dans une chaussette qu'il rangea dans la boîte à munitions à la base de son sac. La chaussette étouffait les chocs possibles de l'étui contre le métal de la boîte. Egan vérifia encore une fois le contenu de son paquetage, resserrant d'un côté, tassant de l'autre. Il examina ses deux bidons : l'un était rempli aux deux tiers. Il but une gorgée, passa le bidon au Bleu, qui but à son tour. Il restait encore un tiers d'eau qu'Egan vida sur le sol. Il ne voulait pas entendre le moindre clapotement pendant la marche.

Autant Egan était précis, autant Chelini était peu soigneux, qu'il s'agît de son équipement ou de lui-même. Il ne se brossa pas les dents, bourra le poncho tout froissé dans son sac sans le nettoyer, ne fit pas le moindre effort pour remettre de l'ordre dans sa tenue, se laver ou se passer un coup de peigne. C'est seulement à l'insistance d'Egan qu'il disposa grossièrement la doublure du poncho autour des boîtes de rations dans son paquetage. Il nettoya son arme en arrosant copieusement son treillis de lubrifiant. Egan l'observait d'un air consterné, mais après l'incident de l'araignée, il s'abstint de toute remarque. Doc McCarthy passa distribuer les pilules antipaludiques. A 05 h 09, avec trente-neuf minutes de retard, la colonne était prête à faire mouvement.

Brooks ouvrit la marche. Il descendit par le même chemin que Whiteboy, aussi lent et silencieux dans l'obscurité que le chef du 3e groupe, la veille, dans le jour gris-vert de la jungle. Il progressait régulièrement et commençait à s'echauffer, malgré le froid de la nuit. Il avançait comme un animal traquant sa proie, selon la méthode apprise non seulement des animaux, mais aussi de l'ANV, et perfectionnée ensuite par la critique à l'intérieur de la compagnie. Une tactique ANV dans une place forte ANV, pour une guerre ANV. Mais en mieux. Plus puissante. Avec plus d'appui feu, plus de moyens de feux organiques. En route vers une possible embuscade. Brooks parvint jusqu'au point où Whiteboy avait interrompu le mouvement de la colonne. Il respirait à coups réguliers, la bouche ouverte, sans bruit. L'œil rivé sur cette piste qu'il ne pouvait pas distinguer, il avançait lentement un pied après l'autre, assurant chaque pas en tâtonnant. La crête était sur sa gauche, il la sentait, menaçante, par-dessus son épaule. Il continuait, toujours plus bas, entraînant toute la colonne.

A la place de l'ANV, pensa Brooks, je tendrais une embuscade de chaque côté du col. Ils savent où on va. Ils y seront. La pente se fit plus raide, presque verticale. C'était comme descendre des marches inégales les yeux bandés, sans l'aide d'une rampe, avec cinquante kilos d'équipement sur le dos. Et le passage serait en bas des marches. Plus bas. Doucement. Un peu plus bas. Brooks devinait Egan derrière lui, presque imperceptible mais présent. Un moustique vint lui bourdonner à l'oreille, vite chassé par l'odeur de l'insectifuge. Egan ne devait pas être à plus d'un mètre derrière lui, encore un mètre pour El Paso, puis c'était le 2e groupe de Beaford et Smith — dix hommes en tout. Brooks s'arrêta, tendit l'oreille, releva la tête. Soit les nuages s'éclaircissaient, laissant filtrer le clair de lune, soit l'aube commençait à poindre. Sous les arbres, il faisait toujours noir. Un pas de plus et il serait à l'entrée du col.

Derrière l'équipe feu venait le Bleu. Beaford, avec Smith comme servant, portait la mitrailleuse. Chelini gardait en permanence une main posée sur le paquetage de Smith. Il avait l'impression qu'on s'acharnait à le torturer après l'avoir aveuglé. Mais il luttait, il luttait comme il n'avait jamais lutté de sa vie. Il sentait aussi de temps à autre la main de Polanski se poser sur son paquetage pour trouver un repère et la chaîne continuait ainsi sans interruption tout au long de la 1re section, chaque soldat lié à l'homme qui le précédait, obligé de se fier aveuglément à ce contact, et à la relative précision de chacun de ceux qui marchaient devant lui. Smith se retourna vers le Bleu, trouva sa main tendue, la prit et appuya un coup vers le bas : stop et baisse-toi. Chelini transmit le signal et toute la colonne s'arrêta.

Brooks se figea sur place, aussitôt imité par Egan. Les deux hommes attendirent. Brooks flaira l'air environnant, ouvrit la bouche comme pour le goûter, avança imperceptiblement d'un pas, mit un genou à terre et tâta le sol de la main gauche — lisse, bien tassé, et ça continuait ainsi sur les deux ou trois mètres qu'il parcourut sans se redresser, d'une démarche en canard. A droite, l'étroite piste montait en sinuant vers la crête suivante. Brooks palpa le sol de chaque côté : bien tassé. Ses doigts rencontrèrent les petits créneaux sculptés dans la terre par des roues étroites. Il remonta jusqu'au point où Egan l'attendait sans bouger et chuchota : « Piste ennemie. » Egan hocha la tête. Le col était coupé par une piste rapide qui montait de la vallée au nord et descendait vers la vallée au sud. Brooks fit signe à la colonne d'avancer.

A mesure que chaque homme arrivait à hauteur de la piste, Brooks lui indiquait une position. Beaford et Smith passèrent sur le flanc droit avec le 2e groupe, l'équipe M60 formée par Marko et Brunak sur le flanc gauche avec le 1er groupe, tandis que Whiteboy et Hill continuaient tout droit avec le 3e groupe déployé autour d'eux. Une fois les vingt-sept hommes de la 1re section en position, Brooks ordonna une pause, le temps pour la 2e section de descendre appuyer la 1re et pour la 3e de se déployer au flanc de la 848 afin de couvrir une éventuelle retraite.

La montée à l'assaut du pic à l'ouest de la 848 fut tactiquement parfaite, le manuel d'infanterie appliqué à la lettre. « Restez en dehors de la piste, dit Brooks à Whiteboy. S'ils comptent nous piéger, ce sera sur la piste. » Au point du jour, la 1re section fit mouvement.

Lente grimpée, un pas après l'autre, à travers l'épaisseur des fourrés, toujours en ligne, ceux qui marchent en tête attendant ceux qui rencontrent des obstacles. Aucun signe de l'ennemi. Attente du premier coup de feu. Les muscles des cuisses devenus insensibles sous le poids de l'équipement et la fatigue de la montée. Ils ne voient rien, ne sentent rien, sauf l'obscurité devant eux, ils ne pensent pas. Des hommes auxquels on a ôté le cerveau. Pas de jugement, seulement monter. Un pas derrière l'autre, en ligne. Sélecteur sur automatique, arme pointée droit devant. Sans s'arrêter. Le Bleu sent des tressaillements dans ses biceps, des élancements dans le dos. Un pied devant l'autre. L'antenne-fouet de l'émetteur pointe hors du sac et par-dessus son épaule comme un maigre bambou. Elle se prend dans la végétation ; une liane s'emmêle dans le paquetage. Il s'agite frénétiquement pour se dégager, tandis que la ligne poursuit son avance sans lui. Un pied devant l'autre. Un peu de lumière passe maintenant à travers la végétation qui se raréfie à mesure qu'ils approchent du sommet. La pente devient plus douce. Ils entourent le flanc est du pic. Un dernier bond les mène au sommet. Rien. Personne.

« Fouillez-moi cette saloperie de colline, brailla Thomaston. Faut qu'on trouve quelque chose. »

La 1re section forma un dispositif de sûreté vers l'extrémité nord du sommet. Les hommes laissèrent tomber leur paquetage, ôtèrent casques et chapeaux de brousse, firent circuler les bidons, se mirent à fumer sans précaution particulière. Thomaston affecta le 1er groupe à la défense périphérique, les 2e et 3e au balayage des pentes nord — nord-ouest. La 2e section parvint au sommet en colonne, s'accorda une pause le temps d'une cigarette et repartit explorer les faces sud et ouest. Tout était silencieux, à l'exception de quelques « conneries de merde ! » étouffés.

Chelini resta avec le 1er groupe. Egan et Thomaston gagnèrent le PC de compagnie afin de faire le point de la situation avec le lieutenant et les hommes qui l'entouraient. Silvers noircissait une nouvelle page de son journal. Il releva la tête vers Chelini et dit : « Cette vallée est plus belle que je croyais. »

Le Bleu regarda autour de lui. Les yeux rivés au sol pendant la montée, épuisé à l'arrivée, il n'avait pas remarqué qu'on pouvait apercevoir la vallée, ni même que le jour s'était levé. Il jura doucement.

Silvers écarquillait ses yeux noisette. « On dirait un A Shau miniature.

— On dirait le nord de la Connecticut River Valley, dit Chelini.

— Ouais. »

Brunak, qui observait aussi la vallée depuis un moment, se tourna vers eux. « Il y a de la bonne terre, en bas. »

Ils reprirent leur contemplation. Les nuages blancs qui, la veille, emplissaient la vallée jusqu'à mi-hauteur des crêtes environnantes avaient considérablement diminué. Plus bas, la muraille montagneuse s'arrondissait en collines. La terre paraissait plus douce sur l'autre versant. Au centre, le lit du fleuve était encore recouvert d'une nappe de brume qui se déchirait par endroits sans raison apparente, laissant entrevoir des étendues d'herbe grasse. En plein centre, émergeant de la brume, la butte broussailleuse avec son arbre immense, qui s'élevait à des dizaines de mètres.

« Je peux pas m'empêcher d'imaginer un tas de petits villages bien paisibles là en bas, dit Silvers. Des petites villes avec le même genre d'architecture qu'en Scandinavie, mais en bambou. Des petites fermes, des petites boutiques.

— Ouais, fit Chelini, je me disais la même chose. Je vois déjà où je mettrais les routes.

— C'est ça, renchérit Silvers, et tout là-bas, un parcours de golf à soixante-douze trous. »

Silvers revint à son journal. Brunak et Jax se tenaient juste derrière lui. En observant Silvers — le treillis couvert d'une pellicule de poussière ocre, pas rasé, les cheveux en bataille —, Chelini se dit qu'il avait tout du savant fou. « T'écris sur quoi, aujourd'hui ? demanda-t-il à voix basse.

— Sur les rangers, dit Silvers.

— Les rangers ?

— Ouais. Tiens, regarde. »

Il tendit son journal au Bleu, qui lut :

> « Les lacets des rangers sont des cordons noirs épais qui permettent de faire et défaire facilement des nœuds droits. Ils mesurent dix-huit à vingt centimètres de long. Ils peuvent servir à faire tenir à peu près tout ce qu'on veut, et aussi à dresser une tente à l'aide d'un poncho. »

Chelini releva un œil soupçonneux et poussa un grognement indistinct. « C'est juste pour m'exercer, expliqua rapidement Silvers. J'essaie d'écrire au moins deux pages par jour. Afin de... de pas me rouiller.

— Je vois », fit Chelini, perplexe, en lui rendant le cahier. « Comment ça, te rouiller ?

— A rester sans écrire. » Il réfléchit un moment. Ça ne suffisait pas, comme explication. « Chaque fois que t'écris quelque chose, tu vis un peu plus longtemps. Quand tu es mort, tu vis encore. Si c'est bon, et c'est bon que si tu t'exerces, alors, tu vis peut-être encore six mois de plus, peut-être un an. Et si c'est génial... ben, regarde Shakespeare. Mort depuis des siècles, et il vit toujours. Si tu es capable d'écrire un truc génial, alors tu peux vivre des milliers d'années. Comme Homère.

— C'est peut-être qu'il avait un bon agent, lança Jax en rigolant.

— Et le prochain coup », demanda Chelini sans tenir compte des vannes de Jackson, « tu vas écrire sur quoi ?

— Les treillis.

— Hein ?

— Oui. Est-ce que tu les as déjà bien regardés ?

— Ben, ouais.

— Qu'est-ce que tu vois ?

— Du vert.

— Non, réfléchis. Décris-m'en un.

— Comment ça ?

— Tu mets un mot à la suite de l'autre. Si tu fais ça pendant assez longtemps, à l'arrivée tu as écrit une lettre. Ou une histoire. Bon, poursuivit-il en élevant la voix, prenons tes habits... »

Jax revint à la charge :

« Tu sais, Leon, je me suis toujours douté que tu étais homme à prendre l'habit. Pas vrai, le Bleu ? On va pouvoir l'appeler Mista'Preacherman. Silvers le Prêcheur. »

Cette fois, Chelini lui emboîta le pas :

« C'est ça, Preacherman, apprends-nous tout sur l'Habit.

— Ceci, commença Silvers en désignant sa manche, est un tissu miracle. Ces treillis sont conçus et fabriqués... »

Il fut interrompu par une soudaine agitation sur le périmètre. Polanski, du 2e groupe, jaillit des buissons en criant : « Y a tout un tas de merdier par là ! » Il brandissait deux obus de mortier. Smith surgit à sa suite, les bras chargés d'obus 82 mm empilés comme des bûches. Autour d'eux, les hommes commençaient à faire des découvertes. Silvers, Jax et Chelini s'approchèrent un instant pour examiner le butin, puis regagnèrent leurs postes de garde. Le 2e groupe repêcha un total de vingt-sept obus de mortier dans un trou individuel. Laird, du 1er groupe, découvrit une lettre écrite en vietnamien sur un sac plastique et l'apporta à Minh pour la faire traduire. On découvrit des trous individuels et des casemates inachevées sur les flancs nord et ouest. Avec ces trouvailles, une ambiance de fête commença à se répandre parmi les *bonnierats*. La boue molle des tranchées était couverte de traces de pas toutes fraîches. Dans les broussailles, les Nord-Vietnamiens avaient construit, avec des feuilles de palmiers, des abris si bien dissimulés qu'on ne les repérait qu'au moment de tomber dedans.

Chelini marcha jusqu'au PC. Minh était en train de déchiffrer la lettre trouvée par Laird. De l'autre côté, la 2e section venait de découvrir un complexe souterrain achevé. « Ça, fit Minh en souriant, c'est la lettre d'une huile de l'ANV. Superbement écrite, de la poésie. Adressée à sa mère, il lui parle de sa mort prochaine.

— Rufus », lança De Barti, hors d'haleine après avoir couru jusqu'au PC, « il y a cinquante bunkers là en bas. Faut que tu viennes voir. Il y en a un à deux mètres de l'endroit bombardé hier, et ce putain de truc s'est pas effondré, je te le jure !

— Déployez-vous ! » hurla Thomaston aux hommes regroupés sur le sommet. « Les chefs de groupe, faites déployer vos hommes. Le 2e groupe retourne en bas, le 1er à l'est. Exécution. Je ne veux pas d'attroupement. Le 3e, de ce côté.

— Encore un obus de 82 ici ! lança Hill, en contrebas.

— Hé ! Un autre *gook !* brailla Numbnuts.

— Seigneur Jésus ! » aboya Whiteboy, à côté de lui. Il se pencha et empoigna le cadavre. Egan et Thomaston descendirent rejoindre au petit trot l'attroupement en train de se former. Chelini les imita. « Ça suffit, lança Thomaston. Dispersez-vous. Une seule rafale et vous y passez tous. »

On s'activait un peu partout sur la colline. Moneski, chef du 2e groupe, reparut au sommet avec une machine à écrire en piteux état ; Murphy et Hall le suivaient en portant un duplicateur. Les soldats encore présents se rapprochèrent pour examiner l'étrange clavier avec tous ces accents sur les voyelles. Le mode d'emploi du duplicateur était rédigé en français.

« Je crois bien qu'on est tombés sur leur PIO ! s'exclama Doc. Où est donc Lamonte ?

— C'est donc ça qu'on appelle la presse *underground ?* » rigola El Paso.

Papiers, lettres et matériel de bureau furent rapportés au sommet par piles entières. Minh traduisit une deuxième lettre. « Ça, c'est une bonne trouvaille, annonça-t-il à Brooks. C'est un homme du rang qui écrit à un ami pour se plaindre que ses camarades lui piquent son chocolat. Il explique qu'ils sont à court de chocolat. »

Sur le versant où la 2e section avait découvert le complexe souterrain, les *boonierats* s'attaquaient bruyamment aux casemates à coups de machette et de pelle-pioche. Le toit camouflé typique consistait en deux rangées de bûches superposées, quatre épaisseurs de sacs de sable, une couche de terre et des broussailles pour masquer le tout. Des tunnels reliaient les principales casemates et des tranchées camouflées remontaient ou descendaient la colline jusqu'aux emplacements de tir.

« Un coup de pot qu'on soit pas tombés sur des *gooks* ici, commenta Pop Randalph. Merde ! A dix, ils pouvaient tenir une compagnie. On aurait pas pu les virer à moins d'être pile sur eux. »

A la 1re section, on dépouillait le cadavre du soldat ANV. Whiteboy l'avait traîné au milieu d'arbres déchiquetés. L'homme portait un short, une chemise légère, pas de chaussures. Probablement fauché par les tirs de Minigun de la veille : il était atteint à la tête, aux épaules et aux jambes. Les tibias fracassés, un bras en moins ; la peau paraissait toute mâchée ; on aurait dit que chaque vaisseau sanguin avait claqué. Une croûte de sang noir séché couvrait le corps en de nombreux endroits, et, aux endroits vierges d'éclaboussures noirâtres, les viscères éclatés donnaient à la peau l'aspect d'un emballage de cellophane tendu sur une viande avariée. Les esquilles qui perçaient la peau se confondaient avec des bouts de branche cassés, eux aussi éclaboussés de sang. Les mouches grouillaient autour des canaux médullaires des os brisés. La chair mutilée avait rapidement pris une teinte vert-noir. Un œil vitreux, le seul intact, saillait de sa cavité. Whiteboy et Bo Denhardt achevèrent de dévêtir le cadavre. Numbnuts furetait déjà dans les affaires du mort.

« Amène-toi par ici, le Bleu, lança Denhardt, je vais te montrer quelque chose. » Chelini s'approcha en essayant de ne pas regarder le cadavre, mais il avait du mal à détourner les yeux. « T'as déjà vu un truc comme ça ? » Denhardt redressa le corps et cala le torse contre le buisson. A chaque mouvement, les mouches émettaient un bourdonnement menaçant. Complètement effaré à l'idée qu'on puisse toucher un tel objet de répulsion, Chelini regarda Denhardt allumer une cigarette et la planter entre les lèvres du cadavre. Toute la moitié supérieure gauche du crâne avait volé en éclats. Denhardt souleva le bras unique du mort et plaça la main autour de son sexe. « Voyez-moi ce mec, fit-il en rigolant, il se branle ! Il est en train de se branler ! » Et il rit encore plus fort en ajoutant : « J'espère que je partirai comme ça. »

Chelini se détourna, pris de nausée mais l'estomac vide. Il eut plusieurs spasmes, finit par vomir un peu de bile et s'éloigna encore un peu avec ce goût atroce dans la bouche. Il ne voulait pas que les autres remarquent qu'il se sentait mal. Ils avaient tous l'air de passer un bon moment. Au milieu d'un groupe de cinq soldats, Thomaston brandissait le portefeuille et les papiers du mort. Chelini se retourna en direction du cadavre. Egan et Denhardt lui bouchaient partiellement la vue, mais il put constater qu'à présent le mort avait aussi perdu son oreille droite. Il se rapprocha et souffla à Egan : « Il a plus d'oreilles. » Egan le regarda, puis marcha vers le corps.

« Ho-ho ! Visez un peu ça ! » Thomaston venait de tirer du portefeuille huit petites photos d'identité — le soldat mort et sa famille, apparemment. La photo d'une jeune femme était découpée en forme de cœur. « Voyez-moi ça si c'est pas mignon ! » Le lieutenant fit circuler les photos. Des hommes les empochèrent en guise de souvenir.

« Huh-huh, fit quelqu'un. Cette petite-là, elle doit être en train de soutenir le moral de l'arrière. »

Tout le monde rit.

« Moi, je te dis que le facteur doit pas être malheureux en ce moment. »

Les rires repartirent de plus belle.

« C'est que j'irais bien lui ramoner sa cheminée, moi aussi », ajouta Thomaston.

Le lieutenant produisit encore un billet de cent piastres du Sud-Vietnam, onze *hoa* nord-vietnamiens et quatre timbres militaires.

« Il a morflé dans la tronche, la poitrine et les jambes, résumait une voix à l'intention d'un nouvel arrivant. Il est plus à ramasser à la petite cuiller. »

Thomaston tirait à présent une enveloppe plastique de la poche arrière du short. Il l'ouvrit. Encore quatre photos : une famille américaine typique devant une villa de banlieue style ranch, avec une Ford familiale garée dans l'allée. Le lieutenant tressaillit, murmura « Renseignement » et rangea les photos dans leur enveloppe.

Une petite voix couinante commença : « Dites donc, lieutenant... » mais n'eut pas le temps de poursuivre. « Ça va comme ça ! » tonna Egan, debout à côté du corps. « Qui a l'oreille de ce fils de pute ? Toi, bougre de salaud ? » Il se précipita sur Denhardt. « Enculé, pauvre merde ! Recolle-moi cette oreille sur la tête de ce mec ! » Denhardt voulut protester, mais Egan redoubla de furie. « TA GUEULE ! Ou bien tu remets sa putain d'oreille sur sa putain de tronche, ou bien je te coupe les tiennes et je vais les lui clouer dessus ! Espèce de sauvage ! » Egan cracha, saisit l'autre aux épaules et le propulsa vers le cadavre. « Enterre-moi ce pauvre con avant que ça pue tellement que je te gerbe sur la gueule !

— Bon, on arrête, là... heu... dispersez-vous », bégaya Thomaston à l'adresse des soldats groupés autour de lui.

Denhardt resta seul près du corps. Il creusa un trou sommaire parmi les feuillages et l'humus, puis y fit basculer le cadavre d'un coup de pied. Il sortit ensuite un jeu de cartes d'une des grandes poches de son pantalon de treillis et en tira l'as de pique. Il attendait ce moment depuis longtemps. En travers de la carte qui, selon les Vietnamiens, portait malheur — c'est du moins ce qu'on leur avait raconté —, il griffonna le mot SKYHAWKS. Il perça la carte à l'aide d'une cartouche de M16 et la planta ainsi dans une des blessures au front du mort. Il maudit Egan, maudit le cadavre, puis recouvrit celui-ci d'une mince couche de feuilles.

CHAPITRE 17

Trois heures avant que le Bleu perde son pucelage, tout était calme, ordinaire : la routine. Au sommet du pic et aux alentours, les soldats vaquaient à leurs diverses tâches et s'ennuyaient. Le soleil était haut dans un ciel sans nuages. Un vent léger agitait la cime des arbres ; les feuilles réfléchissaient le soleil comme autant de miroirs étincelants. Le petit Piper du contrôleur air avancé bourdonnait au loin dans la vallée ; plus près, on entendait deux hélicoptères légers d'observation. Tout en bas, le fleuve était encore noyé de brume. L'écho des tirs d'artillerie sporadiques sur le versant ouest montait en roulant vers le pic, mais personne n'y faisait attention.

La 1re section s'était regroupée après les patrouilles du matin. La plupart des hommes se prélassaient ; certains mangeaient leurs rations C, d'autres faisaient leur courrier ou nettoyaient leur arme. On ne s'affolait pas. Les obus de mortier, matériels de bureau, sacs de riz et pièces diverses récupérées à l'ANV formaient à présent une pile d'un mètre de haut. On avait dû les déplacer deux fois. Il était initialement prévu de les évacuer, ils furent donc transportés du sommet jusqu'à l'entrée de la piste qui revenait à la 848, mais à mesure que le tas grossissait, on décida de faire sauter le tout. Il fallut à nouveau déménager le butin jusqu'à une cuvette au nord de la crête. Pendant toute la matinée, des hommes de la 2e section avaient continué d'augmenter la pile.

Le PC de compagnie dirigeait l'ensemble de la manœuvre depuis la crête sud. Brooks s'entretint successivement avec De Barti, Randalph, l'observateur avancé, Thomaston, et enfin El Paso. Il rendit compte par radio au Vieux Renard et à l'Homme Vert, puis revint à l'examen des cartes et à la prévision des mouvements. Les radios ne cessaient de brailler de nouvelles trouvailles et des renseignements divers.

Combiné au poing, Brown commentait les tirs d'artillerie de la base. « Armageddon Two, votre dernier 105 a fait des petits », annonça-t-il après le dernier tir d'obusier, qui semblait avoir provoqué une explosion supplémentaire en tombant pile sur une cache de munitions ennemie.

« Reçu, Rover Four », grésilla la radio.

Vers l'ouest, la 2e section continuait à faire du petit bois du complexe souterrain. La végétation étouffait largement le bruit des démolisseurs, mais tout le monde dans la vallée savait où trouver la compagnie Alpha. En poussant plus loin et plus bas leurs patrouilles, les hommes de la 2e ne cessaient de découvrir de nouveaux postes de combat.

Brooks prit De Barti à part et déplia sa carte devant lui. « Frank, je veux que Pop et toi descendiez cette crête avec un groupe de vos hommes. » Sur la carte, il traça un itinéraire qui descendait vers l'ouest, décrivait une boucle puis remontait au nord sur six cents mètres jusqu'à un troisième pic. « Attention en passant le col, c'est un bon site pour une embuscade. » Il indiqua du doigt le pic en question, nettement visible depuis la ligne de crête où ils se trouvaient. « On aura un LOH * en vol stationnaire à la verticale de votre homme de pointe. Il prendra contact sur votre fréquence. » Il marqua une pause, puis se tourna vers El Paso, qui donna la réponse avant que la question soit posée : « Thunder Two Six. — Merci », dit Brooks, qui revint à De Barti. « Frank, ça risque d'être la merde dans ce col. Théoriquement l'hélico devrait les faire filer, mais... viens donc jeter un coup d'œil. » Les deux lieutenants s'éloignèrent vers le nord-ouest.

Plus tôt dans la matinée, la 3e section était descendue dans le passage jusqu'à la piste ennemie, juste à l'ouest de la 848. Ils s'étaient mis en embuscade sur les pentes raides de chaque côté et les hommes attendaient en essayant de récupérer un peu du sommeil perdu pendant la dernière nuit à l'arrière, avec le réveil à 04 h 30. Leur repos fut à nouveau troublé par le message d'El Paso, qui leur annonça qu'ils devaient revenir à la LZ de la 848 et assurer la position, « pour une équipe d'éclaireurs avec chiens », précisa El Paso à l'intention de Kinderly, le radio de la section. Il n'y avait rien à ajouter, la raison était suffisante, mais tous les hommes râlèrent de devoir revenir sur leurs pas. Une première fois, ils avaient quitté la LZ au moment des tirs de mortiers, puis y étaient remontés, poussés par le recul de toute la colonne. Ils étaient redescendus pendant que Whiteboy ouvrait la marche et, là encore, avaient dû rebrousser chemin. Ce matin, ils avaient fait tout le trajet jusqu'au passage, pour s'entendre ordonner de regagner la LZ une fois encore — et il faudrait redescendre à nouveau avant que la nuit tombe. « Tu parles d'une opération bordélique », confia plaintivement Ridgefield à Nahele.

Tandis que la 3e section remontait vers l'est et que la 2e descendait vers l'ouest, un hélico Psy Ops * effectua un passage en diffusant un message *chieu hoi* * en vietnamien au volume maximum. Un LOH se mit en vol stationnaire juste au-dessus des arbres pour prendre en compte la 2e section qui s'engageait sur sa nouvelle piste. Au bout de quelques minutes, l'hélico se mit à arroser à la Minigun le col à l'ouest de la position du PC, aussitôt imité par les M60 de la patrouille. Chelini se figea aux premières rafales, mais personne autour de lui ne semblait y prêter attention. « Reconnaissance offensive », parvint-il à articuler quand Egan s'approcha. « Ouais », confirma celui-ci. Chelini marcha jusqu'à l'extrémité ouest de la crête. Le LOH était assez loin au flanc de la colline, sans doute un peu plus bas que lui. Sa radio se mit à crachouiller, un compte rendu négatif suivit. La 2e section continua sa reconnaissance.

« Combien d'eau il te reste ? demanda Egan.

— Un bidon et demi.

— Con de bleu ! »

Egan était sur les nerfs. Il avait repensé à son rêve de la nuit dernière, il s'en voulait de l'incident de l'araignée, et d'avoir hurlé après Denhardt. Voilà ce que ça donne, une perme, se répétait-il. Tu flippes complètement. On peut sortir de ce merdier, mais on peut pas y revenir après en être parti. Il dévisagea Chelini. « Quand est-ce que t'as tiré avec ça pour la dernière fois ? demanda-t-il en indiquant le M16 du Bleu.

— J'ai jamais tiré avec celui-ci. J'ai tiré avec un autre au SERTS *, mais on les a rendus là-bas. Top vient seulement de me donner celui-ci.

— Va te mettre en ligne », fit Egan en montrant le nord-est de la crête, où se trouvaient rassemblés une demi-douzaine de soldats. « Et prends tes munitions. *Mad minute* *.

— Où il est, le correspondant ? » blagua Numbnuts à l'arrivée de Chelini. « Faudrait qu'il me prenne en train de tirer.

— Est-ce que c'est lui, le gars qu'a, vous savez, le gars qu'a écrit tous ces trucs sur My Lai ? demanda prudemment Cookie Frye.

— C'est le même salaud, fit Numbnuts.

— Merde, ricana Happy Lairds, faudrait le prendre avec nous. Ça lui plairait, un peu d'exercice. Je parie que je lui fais sauter son appareil du cou.

— Les correspondants, tu les vois pas avec les troupes de l'avant, répliqua Numbnuts. Il est à l'arrière en train de buller avec la 3e.

— Ça suffit, connards », aboya Egan en toisant les huit hommes. Il se demanda s'il fallait expliquer à ce tas de branleurs que les correspondances de Caribski avaient plus de valeur pour eux que leurs paroles n'en avaient pour lui, mais il renonça. Il se mit à hurler à pleins poumons : « Feu à volonté... Feu à volonté ! »

Les huit hommes ouvrirent le feu. La M60 de Beaford conduisait l'orchestre et le M79 de Numbnuts ponctuait les accords. Chelini tira tout un chargeur en automatique. Il n'avait jamais fait ça avant, et ça l'excitait. Il éjecta le chargeur vide, en glissa un nouveau dans le couloir d'alimentation, se remit à tirer aussi vite qu'il pouvait, sauvagement et sans rien viser. Il se sentait dans la peau d'un héros. Egan lui saisit le bras : « Mets-toi sur coup par coup et tâche de toucher quelque chose. On est pas à la foire, c'est un exercice. » Chelini se calma. Il se sentait bien, mais Egan avait raison. Il choisit un arbre à une vingtaine de mètres en contrebas, tira, manqua. « Écart de trente centimètres à gauche », fit la voix d'Egan derrière lui. Il tira une deuxième fois. « Beaucoup trop à gauche. » Chelini régla la hausse, tira. « Une douzaine de centimètres à gauche », dit Egan. Le Bleu poussa le disque de réglage de la hausse de deux crans supplémentaires. La balle suivante fit une éraflure sur la gauche de l'arbre. Il poussa le disque d'un cran, tira et logea sa balle en plein milieu du tronc, mais plus haut qu'il n'avait visé. Il baissa alors le guidon d'un clic, repéra une menue branche à vingt-cinq mètres de distance et la coupa net. Il se retourna vers Egan. Celui-ci eut l'ombre d'un sourire, puis se dirigea vers Numbnuts, qui défouraillait toujours avec son M79 calé à la hanche. Egan l'obligea à s'asseoir et à utiliser son lance-grenades à la façon d'un mini-mortier, avec la bretelle en guise d'organe de visée. Puis il mit un terme à la Minute Folle comme on ferme un robinet : « Corvée de flotte », ordonna-t-il.

Douze hommes, sans leur paquetage, se mirent en route pour la corvée : neuf de la 1re section, trois de la 2e. Ils réunirent tous les bidons vides des deux sections, cent trente sept en tout, et commencèrent à descendre la piste entre le nouveau pic et la 848. Ils passèrent devant la tombe sommaire du soldat ANV, d'où montait une puanteur âcre, et parvinrent à la piste ennemie. Jusque-là, c'était du gâteau : ils se sentaient à l'aise, en terrain familier. Beaford était l'homme de pointe, suivi de Smith. Derrière venaient Moneski, Hall et Michaels. Chelini les accompagnait afin que le détachement disposât d'une radio. Derrière lui, Greer, un Noir de la 2e section qu'il ne connaissait pas, puis les copains de celui-ci, Roberts et Sklar. Happy Lairds, Bo Denhardt et Polanski fermaient la marche.

A la piste ennemie, le détachement prit sur la droite et continua sa descente lentement, prudemment, sans faire de bruit. Ils entraient dans une zone non reconnue. Beaford, Smith et Monk, les anciens, se déplaçaient avec des mouvements souples, lents, silencieux. Les arbres autour d'eux portaient les marques des tirs aériens de la veille, ainsi que des tirs d'artillerie de la nuit et de la matinée. Les plus petits étaient fracassés, d'autres coupés en deux. A un endroit, une bombe, en déclenchant une avalanche, avait taillé une large falaise ocre au flanc de la colline.

La piste était humide, lisse et nette, mais elle devenait boueuse un peu plus bas et portait des traces fraîches. A mesure qu'on descendait, les dégâts causés par les bombardements étaient moins apparents et la jungle retrouvait son épaisseur. Beaford s'accroupit afin d'examiner les empreintes. Difficile de savoir si elles dataient d'aujourd'hui ou de la veille, mais en tout cas il n'allait pas rester sur cette piste. Smith et Moneski furent du même avis. Après avoir consulté la carte, Moneski remonta la colonne jusqu'à Chelini, envoya un message à El Paso, puis mena les hommes hors de la piste, sur la droite. Au bout d'une dizaine de mètres sur une pente raide, dans un fouillis de lianes, ils parvinrent à l'entrée d'une gorge étroite. Des filets d'eau dégoulinaient des flancs couverts de mousse et de rochers couleur d'algue jusqu'à une mare cinq mètres plus bas. La mare, à peine une flaque d'eau, mesurait moins d'un mètre de long, une trentaine de centimètres de large, et sa profondeur ne devait pas dépasser les cinquante centimètres. Elle était à moitié couverte de feuilles, on y voyait grouiller des insectes et deux petits lézards diaphanes.

Moneski fit signe aux hommes de se disposer sur un périmètre approximatif d'une douzaine de mètres autour de l'entrée du passage, puis Hall et lui se laissèrent glisser sur les pierres suintantes et moussues, jusqu'au bas de la pente. Smith dévala jusqu'à mi-pente et se cala contre un rocher. Michaels fit le va-et-vient : il ramassait les bidons vides, les portait au bord de la pente, les lançait à Smith, qui les passait aux hommes en bas. Ceux-ci les remplissaient aussi vite qu'ils pouvaient, et les bidons repassaient des mains de Smith à celles de Michaels, en haut. C'était laborieux, ça semblait prendre une éternité et Monk, qui se voyait bloqué dans ce trou, devenait de plus en plus nerveux. Hall avait la nausée. Ils se seraient crus au fond d'un puits. Chelini, seul à l'entrée du défilé, assurait l'écoute radio et surveillait le haut de la colline.

Le détachement n'avait pas encore rempli la moitié des bidons que la 3e section occupait à nouveau la 848 : il leur avait fallu moins d'une heure pour remonter la piste familière et se mettre en place autour de la LZ. L'hélicoptère porteur de l'équipe cynophile n'était pas encore là et l'après-midi commençait à se réchauffer.

L'équipe réduite qui occupait jusque-là le pic à l'ouest de la 848 se replia plus bas au sud, tandis que, sur le versant opposé, Egan, Jackson et Silvers préparaient la destruction de la pile de matériel ANV.

« Hé ! Doc ! lança Hill, t'entends cette musique ?

— Oui », fit Doc Johnson, étonné, en jetant un coup d'œil autour de lui. Très faiblement, un air mélancolique filtrait jusqu'à eux par-dessus le sommet du pic. Doc appela El Paso : « Dis donc à ces connards de boucler leur radio !

— Quelle radio ? » El Paso était en communication avec Calhoun, le radio de la 2e section, afin de suivre la progression de celle-ci vers le pic suivant.

La musique, Doc, Hill et El Paso furent tous interrompus par les voix d'Egan et Jackson qui hurlaient à l'unisson : « Coup parti ! Coup parti ! » Une seconde plus tard, une explosion fit gicler mottes de terre, éclats, débris de machine à écrire et de duplicateur en un énorme cône qui grossissait sur la face nord, telle une éruption volcanique. Aussitôt après, il y eut au moins une explosion secondaire, de la fumée, une pluie sonore de boue et de cailloux à travers les branches. Puis le silence. Puis, au loin, la mélodie plaintive.

A l'entrée du défilé, Chelini l'entendait aussi lorsque l'explosion secoua le sol sous lui. Il se dressa d'un bond, mais s'accroupit aussitôt et se cacha à nouveau dans la végétation. Moneski émergea de son puits et le saisit par le pied. « Qu'est-ce que c'était, ce bordel ? »

Chelini secoua la tête.

Moneski s'empara du combiné en braillant qu'il avait failli faire dans son froc. Il appela El Paso, écouta, rendit le combiné au Bleu en râlant : « Ils ont fait péter le matériel viet. Pourquoi tu nous as pas prévenus ? » Puis il disparut à nouveau dans son trou. Il restait la moitié des bidons à remplir.

Un Huey approcha et vint se poser sur la LZ. Un maître chien, un pisteur et un berger allemand répondant au nom de Cherokee sautèrent aussitôt de la cabine centrale pour foncer se mettre à couvert dans les buissons en contrebas de la piste. Quatre soldats coururent à l'appareil et, avec l'aide du mitrailleur de porte, déchargèrent huit caisses contenant munitions, explosifs et vivres, un sac de courrier, une nouvelle radio et un sac à dos pour Fernandez. Un photographe civil accompagné d'un homme du PIO, un tout jeune sous-lieutenant de la 3e brigade, descendirent par l'autre flanc du Huey. L'appareil décolla aussitôt — il devait encore effectuer plusieurs largages dans la vallée et revenir prendre le photographe une heure plus tard. L'opération prenait de l'ampleur : au lieu d'un correspondant militaire et d'un correspondant civil, on avait un photographe civil avec une escorte, deux correspondants militaires, et Craig Caribski avec escorte. C'était presque sans précédent. Les hommes de la compagnie A n'avaient jamais vu de correspondants lâchés ainsi en pleine jungle. Dans les bases, oui, même les bases avancées. Mais dans les montagnes ? Ça leur plaisait. Ils aimaient être l'objet d'une telle attention.

Les hommes de la 3e section se mirent à faire l'inventaire des caisses de ravitaillement en cabotinant ostensiblement. « Deux caisses de défensives, annonça Ridgefield.

— Deux défensives, répliqua Kinderly en pointant sur une liste imaginaire.

— Deux caisses de plastic Charlie 4.

— Deux Charlie 4... »

Snell, Nahele et McQueen s'y mirent à leur tour, classant les caisses avec beaucoup de panache. Le photographe mitraillait comme un fou, du moins faisait-il semblant — il fallait toujours perdre une bonne partie de son temps à jouer la comédie des photos posées jusqu'au moment où les hommes se lassaient et revenaient à leur boulot de soldat en laissant les photographes, les bons, prendre des photos naturelles.

Don White, l'adjoint de section, ouvrit le sac de courrier, retira les lettres destinées à la 3e section, les distribua puis ordonna à son 2e groupe de retourner à la position de la compagnie avec le reste du courrier, et autant de munitions — surtout des grenades et des bandes de M60 — qu'ils pourraient emporter pour les deux autres sections. Deux groupes s'occuperaient de la sûreté immédiate de la 848 jusqu'au retour de l'hélicoptère.

L'engueulade de Moneski avait mis Chelini hors de lui. « Si seulement ces connards vous expliquaient à l'avance en quoi consiste votre boulot, je pourrais le faire correctement. Qu'est-ce qu'ils s'imaginent ? Que je suis télépathe ? » Il était écœuré, il était sale, il avait chaud. Et puis pour commencer, qu'est-ce que je fous là ? se demanda-t-il. J'étais même pas *obligé* d'être dans l'armée. J'aurais pu échapper à la conscription. Pourquoi je l'ai pas fait ? Chelini médita sur ce point. Révolte contre les parents ? Désir d'affirmer son indépendance ? Occasion d'échapper à la course au boulot et aux pressions de la vie en ville ? Quête de l'estime dans laquelle, il le savait, parents et proches tiennent toujours un soldat, même si, dans l'Amérique de 1970, ça ne se faisait plus de l'avouer ?

Smitty remonta du trou. Michaels avait déjà chargé Chelini de dix bidons pleins. Moneski et Hall émergèrent à leur tour, crasseux, le treillis trempé de sueur. Il devait y avoir 100 % d'humidité en bas. Chacun souleva son fardeau et le détachement se remit en route à peu près dans le même ordre, à l'exception de Chelini, qui suivait à présent Greer et non plus Michaels. Derrière l'équipe feu qui venait en tête, Moneski dirigeait le mouvement : progression horizontale vers l'est en s'éloignant du trou d'eau, franchissement d'une petite crête, boucle vers l'est à flanc de colline, puis direction nord-est. Les hommes évitaient soigneusement de poser le pied sur des feuilles ou des brindilles. Les branches placées en travers de l'étroit sentier étaient délicatement repoussées de côté à la main pour éviter le moindre frottement contre un treillis, puis lentement ramenées à leur position initiale. Aux endroits où les feuilles brunes et sèches de palmiers nains formaient une voûte un peu trop basse, les hommes passaient à quatre pattes.

Chelini observait attentivement Greer, tout en essayant de mettre ses pas dans les siens. Il commença à remarquer certains détails : l'homme avait inscrit une liste de mois à l'arrière de la toile camouflée de son casque. On devinait les encres de diverses teintes, toutes à demi effacées, même pour juillet. Les six premiers mois étaient bien alignés. Il y avait là quelque chose d'encourageant : un soldat communiquait un peu de son histoire personnelle sans qu'on lui eût rien demandé. Chelini décida que ce type lui était sympathique.

La patrouille s'enfonçait dans une jungle de plus en plus épaisse, avec à peine une infime élévation de terrain. On n'y voyait guère à plus de deux mètres de chaque côté. Des réseaux compacts de lianes étouffaient les troncs et les branches. Certaines avaient la grosseur d'une jambe humaine, d'autres étaient dotées de barbes qui s'accrochaient aux vêtements et les hommes devaient sans cesse reculer d'un pas pour s'en démêler. Ils franchirent un passage encore plus touffu, puis s'arrêtèrent. Ainsi que Moneski s'en doutait, ils avaient coupé la piste ennemie. On décelait à nouveau des traces récentes d'activité. La piste descendait doucement vers la droite, visible sur environ cinq mètres, et remontait en pente raide sur la gauche, où on ne la distinguait que sur trois mètres. Le détachement se figea. Moneski passa silencieusement en tête, s'accroupit, inspecta chaque côté du tunnel feuillu, puis s'avança. Beaford et Smith suivirent en gardant un intervalle de deux mètres entre eux. Entre deux progressions, ils restaient parfaitement immobiles. Smitty fit un signe à Hall : « Un à la fois. » Hall attendit une minute, puis s'avança. Moneski se déplaçait très lentement et restait dans les broussailles à gauche de la piste. Michaels prit la suite de Hall, fit le même signe à Greer. Celui-ci laissa passer deux minutes, avança, se retourna et souffla à Chelini : « Une minute. » Le détachement progressait pas à pas.

Chelini se rassit. A travers la végétation, il distinguait un bout de piste qui montait de la droite et disparaissait plus haut vers la gauche. Il attendit le signal de Greer pour se remettre en route, mais rien ne vint. Une brindille avec deux feuilles lui chatouillait le bras gauche. Il se tourna, et, des ongles de la main droite, coupa les feuilles. Le silence était tel qu'il entendait craquer ses jointures. Il ramena sa main droite sur le mécanisme de détente du M16. Il sentait l'impatience le gagner. Son esprit se mit à vagabonder.

Il n'y a pas d'oiseaux ici, songea-t-il. Je viens de m'en apercevoir. Vraiment bizarre. Plein d'hélicoptères, mais pas un oiseau. Peut-être qu'ils sont tous partis parce qu'ils se sentaient remplacés par les oiseaux mécaniques. Tout en rêvassant, il ne quittait pas la piste des yeux. Merde, où est passé Greer ? se demanda-t-il fugitivement. Puis il se mit à penser à son frère, à leurs motos. Un jour, ils avaient décidé de s'inscrire aux championnats de moto-cross, sur les circuits du nord de l'État, mais Victor était passé au Canada. Chelini songea aussi à certaines filles qu'il connaissait, aux hamburgers McDonald. Il n'arrivait pas à se fixer sur une idée. Les filles, encore. Merde, il avait envie de baiser. Il pensa à Cathy et Judy. Et à Linda. Était-elle encore à Philadelphie ? Il se représenta tout ce qu'il lui ferait à son retour. Puis il s'imagina en train de séduire l'hôtesse à bord de l'avion qui l'avait amené de New York à Seattle, en train de la sauter pendant que les autres passagers les observaient en douce. Qu'est-ce qui me prend ? se dit-il. Ça me ressemble pas, je suis pas comme ça.

Son regard revint à la piste. Son corps, la piste : il en avait une conscience aiguë. Et où est Greer, merde ! Ils doivent être en train de faire une pause. Il se retourna : l'homme qui venait derrière lui se curait tranquillement les ongles. L'esprit de Chelini ne semblait plus en état de fonctionner : il papillonnait constamment sans pouvoir garder une idée. Dix pensées se bousculaient, chacune luttant en vain pour dominer les autres. Et il y avait cette piste. N'était-il pas là pour découvrir quelques-unes des fuyantes vérités de la guerre du Vietnam ? Et le corps de Linda. Et Victor. Et ses épaules qui lui faisaient un mal de chien. Le tic-tac de sa montre. Il entendait les battements de son propre cœur. Il se sentait penser, et penser au fait qu'il était en train de penser à tout ça. Ça l'épuisait. Il était à bout, physiquement et mentalement, et pourtant, il éprouvait une excitation, une sorte d'attente. Sur sa droite, une brindille cassa.

El Paso reçut le courrier du PC, celui des 1re et 2e sections, des mains de Spengler. Il fit le tri, tendit une première lettre à Brown. Il y avait un *San Francisco Chronicle* pour le lieut, le *Newsweek* daté du 27 juillet pour Silvers. El Paso confia à Cahalan le courrier de la 2e section et distribua personnellement celui de la 1re. Une lettre pour Jackson, une pour Whiteboy. Un petit colis accompagnait le *Newsweek* de Silvers. « Ils n'ont pas fait tout le tri à l'arrière, dit El Paso à Egan. Peut-être au prochain ravitaillement. Tu connais les putains de REMFS, pas foutus de faire un truc correctement.

— Ils ont amené les chiens ? demanda Egan, sans tenir compte des paroles consolatrices du radio.

— Un seul chien. Et un autre photographe civil.

— Parfait. Juste ce qu'il nous fallait.

— Mais il va pas rester. L'hélico va venir le reprendre. Et presque toute la 3e est encore sur la LZ avec eux.

— Est-ce que ces cons-là sont pas foutus de faire un seul truc correctement ?

— Va donc savoir, conclut El Paso en haussant les épaules. Dis, où est le Juif ? La *momma* lui envoie un colis. » Silvers, pas très loin de là, releva la tête d'un air coupable. Il savait ce que c'était. Comme tous les mois. « Allez, Leon, fit El Paso d'un ton enjôleur, fais voir un peu ce que *momma* a envoyé. »

Egan, Jackson, Hoover et tous ceux qui se trouvaient dans le coin éclatèrent de rire, bientôt imités par Silvers lui-même. Quand il avait débarqué dans l'intérieur du pays pour la première fois, c'était la saison des moussons. Dans une lettre à sa famille, il décrivit les pluies et expliqua aussi ce qu'est un pied d'immersion, euphémisme moderne en usage dans l'armée pour désigner la gelure des tranchées : une lésion très douloureuse résultant de l'exposition prolongée du pied à l'humidité. La peau se ride et se crevasse avant de partir en lambeaux, laissant la chair à vif. Chaque mois, depuis cette lettre, Leon recevait un moelleux colis de sa maman.

« Allez, Leon, s'exclama Hoover, fais-nous les voir ! »

Silvers déchira l'emballage marron et brandit deux superbes paires de chaussettes jaune vif. Il eut un sourire résigné et soupira : « Oh ! maman !...

— Il y a aussi une lettre pour Jax », dit El Paso. Il adorait distribuer le courrier.

Jackson prit la lettre, examina l'enveloppe. Ça venait de son beau-frère. Il la glissa sous son casque et regagna son poste sur le périmètre. Elle sera exactement pareille que les autres, se dit-il.

Brooks faisait semblant d'étudier les cartes et les comptes rendus concernant les contacts ou la localisation de l'ennemi. Les découvertes se succédaient tout autour de la vallée. La compagnie Charlie venait de trouver des postes de combat avec toit camouflé sur la colline 711, cinq kilomètres à l'ouest de la compagnie A. Sur le versant opposé, Bravo avait repéré une autre piste ennemie portant des traces de circulation de véhicules. Il pouvait s'agir aussi bien de mitrailleuses .51 montées sur prolonge d'artillerie que de canons antiaériens 37 mm ou tout bonnement de charrettes pour le riz. La reco gardait un profil bas, envoyant quelques patrouilles qui ne décelèrent pas de signes récents d'activité ennemie, mais tombèrent sur quelques vieilles positions défensives de nuit ARVN et sur des matériels d'origine douteuse. Ils lèchent leurs blessures, se dit Brooks. Seule, Delta n'avait rien à signaler. Ils avaient débouché sur un pic de l'escarpement nord et décidé de progresser presque uniformément aux abords de la face sud. Personne, et certainement pas l'ANV, n'irait établir de position dans ce coin : trop facile à encercler, et aucune possibilité de se dégager. Enfin, le pilote de l'hélico d'exercice du commandement, avec l'Homme Vert à bord, avait tiré un sampan sur le fleuve : résultats inconnus.

Brooks réexamina les cartes et les rapports, mais son esprit était ailleurs. Il songeait à Lila, à leur dispute, à l'idée de conflit en général. Il essaya de ne plus penser à elle, de se replonger dans le travail en cours, ici et maintenant, mais ça ne marchait pas. Lila restait présente, et cette chose qui le tourmentait, et aussi la tension raciale, et la guerre. Des conflits de toute sorte. Il voulait essayer de réfléchir sur leurs causes, mais derrière, il retrouvait toujours *cette chose*, ce qui s'était passé à Hawaii. Peut-être tout avait-il vraiment commencé avec leur première dispute, et ses suites. La véritable origine de l'épisode de Hawaii se trouvait peut-être là. De toute façon, se dit-il, ça remonte sacrément plus loin que ces papiers de divorce, plus loin que Hawaii ou même que notre mariage. Bon, maintenant ta femme est avec un Jody *. Et alors ? A ton retour, tu peux toujours infiltrer son TO et y coller une mine piégée. Ça chie pas. Comment dit toujours Egan ? « Tu te dis et merde ! et tu roules. » Salope, Lila, salope. C'est foutrement plus facile de se glisser dans la culotte d'une femme que dans sa tête. Elle sait vraiment où ça fait mal. Elle est capable de me faire paraître minable à mes propres yeux. Mais ce n'est pas elle, Rufus, c'est toi. Le conflit est venu avec toi, tu l'as apporté dans ce mariage. Où que tu ailles, tu le trimbales avec toi. Les causes de conflit entre deux personnes sont les mêmes que celles de la tension raciale ou de la guerre. Merde, est-ce qu'on peut dire ça, est-ce qu'il y a du vrai ?

Il n'arrivait pas à rassembler ses pensées. Des concepts commençaient à se former, puis s'évanouissaient. Dans sa tête, ça produisait plus vite que ça n'analysait ; ses circuits étaient saturés. Il connaissait le phénomène. Il se détendit, respira profondément plusieurs fois. C'était une journée superbe, dans la jungle. Trop chaude, peut-être. « Rufus, se dit-il, il faut ralentir un peu sur la théorie, tout reprendre au commencement et y aller un pas à la fois. Soigneusement. Être patient. Le but est de construire un cadre théorique pour la notion de conflit, en clarifiant bien chaque concept, en analysant correctement les données disponibles, en prenant le temps de la réflexion. »

Cette résolution lui fit du bien. Il voyait plus clairement son projet, et il avait déjà trouvé un titre. *Enquête sur le conflit : personnel, racial, international.* Ensuite, se dit-il, on en viendra à la question de Hawaii.

Peu après leur rencontre, Rufus persuada Lila de passer un week-end avec lui. Elle refusait de le voir autour de la fac ou de se retrouver avec ses copains du stade — « comme ce petit salaud de rital », précisait-elle méchamment, et peut-être fut-ce là que les choses commencèrent vraiment d'aller mal. Rufus était pratiquement fauché. Comme chanteuse et peintre, Lila gagnait bien sa vie ; même en tenant compte des dépenses, elle disposait de beaucoup plus d'argent que lui avec sa bourse, sa solde d'élève officier et l'aide sociale. En plus, obtenir un rendez-vous d'elle relevait de la performance. Elle n'arrêtait pas de sortir avec des mecs friqués. « J'ai deux billets pour... » — quel concert ? Il ne savait plus. C'est ainsi qu'il commença le jour où il put enfin la joindre chez elle, et, à sa grande surprise, elle dit oui à tout. « Keystone Korners, vendredi sept heures », ajouta-t-elle. Aussi simple que ça.

Le dîner fut délicieux, le concert superbe et le tout hors de prix. Un de ses copains de fac s'était chargé de réserver une chambre d'hôtel pour lui. « Faut pas que ce soit cher, avait précisé Rufus, mais faut pas que ça ait l'air minable. » Et il emmena Lila sur l'Embarcadero, au *Kennedy Hotel* — le moins cher de la ville. Les prix partaient de sept dollars la chambre, pour la semaine. Son copain n'avait pourtant pas visé trop bas : sept dollars, mais pour deux nuits seulement. Rufus et Lila arrivèrent tard. Le hall, une pièce de trois mètres carrés avec un bureau, était plongé dans l'obscurité. Ils grimpèrent un escalier mal éclairé, suivirent un couloir étroit et sombre jusqu'à leur chambre. Rufus la portait presque, tandis qu'elle enfouissait son nez au creux de son oreille. Il n'eut pas besoin d'allumer, les lumières de la rue éclairaient suffisamment. Il la déshabilla, elle lui arracha littéralement ses vêtements. Elle était frénétique, un volcan ; il n'arrivait pas à se rassasier d'elle, ni elle de lui — surtout elle. Plus tard, alors qu'il essayait de dormir, il l'entendit remuer et gémir faiblement dans le lit ; elle se caressait.

« Ça n'est pas si mal, ici », blagua-t-il le matin en s'imaginant déjà la journée et la nuit à venir.

« C'est carrément infect », gronda-t-elle dès le premier coup d'œil. Il n'y avait même pas de douche dans le cabinet de toilette. Elle venait seulement de le remarquer. Les douches étaient au bout du couloir. Elle alla y faire un tour et revint en hurlant : « Ce nid de cafards est rempli de cloches et de pédés ! » Elle repoussa ses bras tendus. « Pas question, collégien. Tu te contenteras d'amener tes putes ici ! » Elle était scandalisée et il n'y comprenait rien. Elle appela un taxi et fila.

Comme Rufus avait payé pour deux nuits, il resta, et l'hôtel, où les cafards grouillaient effectivement, se révéla aussi être un rendez-vous d'homosexuels. Le soir suivant, seul et déprimé, Rufus se laissa draguer par un type pour la seule et unique fois de sa vie. C'était un cuistot. Il invita Rufus à une soirée d'anniversaire au Club 77. « Je suis partant », fit Rufus. Il n'en crut pas ses yeux, pas tellement à cause des mecs qui s'embrassaient et se pelotaient dans les coins, ça il s'y attendait, mais à cause du festin. Ce soir-là, le club n'était ouvert qu'aux habitués et à leurs compagnons. Au bar, l'alcool coulait à flots, et dans le fond de la salle, sur deux tables de trois mètres chacune mises bout à bout, s'empilaient des montagnes de nourriture. Le gâteau qui trônait au centre devait bien faire un mètre et demi de diamètre sur un mètre de haut. Tout ça pour qu'un pédé blanc puisse prendre son pied.

Pendant tout le mois qui suivit, Rufus tenta d'obtenir un rendez-vous de Lila, ne serait-ce qu'un déjeuner. Il se confondit en excuses au téléphone. Il ne sortit avec personne d'autre. L'homosexuel l'appela plusieurs fois. Rufus refusa de lui parler. Il finit par convaincre Lila, mais elle annula le rendez-vous, et la chose se répéta plusieurs fois. Il avait salement besoin d'elle. Ils finirent par avoir une explication.

« Tu veux savoir ce qui se passe ? hurlait-il. Je vais te le dire. Ça fait un mois que j'essaie d'avoir un rendez-vous avec toi. Parfaitement, un mois. Chaque fois que je téléphone, tu es prise et tu me dis de rappeler, mais chaque fois que je rappelle, il y a une copine malade dont tu dois t'occuper, et si c'est pas ça c'est autre chose. Alors moi, bonne poire, je dis : " Peut-être demain, ou après-demain ? " et j'ai droit à : " Samedi je pars faire de la voile, et ça se prolongera le dimanche avec les régates, lundi je serai trop fatiguée, alors pourquoi ne rappelles-tu pas mardi ? " Un mois que ça dure, alors écoute-moi bien : continue à sortir avec tes petits copains friqués, et je te souhaite bonne chance. Vraiment. Je suis sincère. Et ravi de t'avoir connue.

— Ma parole, répondit méchamment Lila, mais c'est qu'on est jaloux. Tu te figures que parce qu'on est sortis ensemble ça te donne des droits sur moi ? Est-ce qu'on ne deviendrait pas un peu possessif ? Tu te crois propriétaire de chaque femme qui t'autorise à la toucher ? Vous êtes tous les mêmes, bande de salauds ! On couche avec un type une fois et il croit qu'il vous possède.

— Au moins, moi, je ne sors qu'avec une femme à la fois. Et toi, combien t'as de mecs qui te courent après, qui te tournent autour parce que t'es en chaleur ?

— Espèce de sale... espèce de sale petite lope ! »

Il l'entendait encore dire ça ! « Sale petite lope, toi, tu vas te faire sucer par des blancs au Pédé-Hilton. » Il n'avait pas répondu. L'orage était passé. La réconciliation fut formidable. Il n'aurait sans doute jamais repensé à l'incident sans Hawaii et les papiers du divorce.

Rufus et Lila se virent de plus en plus souvent, finirent par ne plus voir personne d'autre. De temps en temps, elle se plaignait d'être entraînée dans le cours étroit que prenait l'existence de Rufus, mais il parvenait toujours à repousser ses arguments par une démonstration dont elle ne pouvait réfuter la logique. Et il était parfaitement heureux. Ça comptait pour elle. Il mettait assez d'amour pour deux dans leurs rapports. Ils se disputaient mais faisaient toujours la paix ; il y avait des moments magiques entre eux. Ils se marièrent, et il ne tarda pas à se retrouver au service actif.

Brooks tendit le cou. Et après, que s'était-il passé ? Il essaya d'éclaircir ses idées. Les racines du conflit, l'escalade de la violence, sont semblables entre individus et entre nations. C'est un début de réponse. Peut-être que les conflits causés par...

L'aboiement d'un M16, tout près, ne lui laissa pas le temps de poursuivre. Ce fut ensuite le bruit sec d'un AK, puis de deux AK. Et encore des M16.

Chelini resta immobile pendant ce qui lui parut durer un an. Derrière lui, Roberts avait aussi entendu la brindille casser. Chelini se tenait tout raide, il avait l'impression d'entendre ses os fatigués craquer ; le sang bouillonnait dans ses veines ; sa montre faisait un bruit de tonnerre. Avec une lenteur dont il ne se serait jamais cru capable, il se tourna vers la droite et jeta un coup d'œil en arrière. Seuls ses yeux bougeaient. Roberts ne se curait plus les ongles : il l'observait.

Quelqu'un venait sur la piste. Chelini baissa sa main gauche vers la poignée-pistolet du M16, fit passer silencieusement le sélecteur de tir de sécurité à coup par coup puis à automatique. Lentement, il épaula. Ses bras tremblaient, il avait l'estomac noué. Il examina la piste un peu plus bas, scrutant chaque feuille. Il entendit encore un bruit. Le bruit d'un pas.

Mentalement, il passa aussi un cran. La première consigne générale lui vint aux lèvres : « Je garderai tout ce qui se trouve dans les limites de mon poste et ne quitterai mon poste qu'une fois la relève assurée. »

De sa place, Roberts ne pouvait pas voir la piste, mais il avait entendu, lui aussi : il pointa son arme en direction du bruit. L'homme placé derrière eux était hors de vue et ne pouvait suivre leurs gestes.

Balance une grenade, pensa Chelini, l'espace d'un instant. Merde, j'en ai pas. Puis l'entraînement reprit le dessus. En un éclair, il revit toute une section pendant un exercice d'infiltration. Les hommes, plaqués au sol, rampant dans les bois à Fort Dix. Trente hommes en tout, et il était difficile de deviner une seule présence.

Du fond de la piste, parmi les broussailles, Chelini vit émerger une épaule, puis une tête et un torse. Il attendit. L'homme, armé d'un AK-47, progressait avec une extrême prudence. Il portait des sandales Ho Chi Minh, un short kaki et un casque colonial.

Va-t'en ! lui ordonna mentalement Chelini. Fais quelque chose.

Mais l'homme approchait toujours, il était à moins de six mètres. D'un geste de la main presque imperceptible, typique des Vietnamiens, il faisait signe au suivant d'avancer.

Fous le camp, merde ! Chelini était partagé entre la rage et la peur. Mon Dieu, pourquoi moi ? Si Egan était là, il saurait quoi faire. C'est peut-être un Sud-Vietnamien.

Le soldat fit un autre pas en avant et toute pensée quitta l'esprit de Chelini. Les muscles de ses bras se tendirent. Le nez du Vietnamien s'inscrivait à présent juste au-dessus du guidon du M16 et l'homme était bien visible. Lentement, Chelini pressa la détente et huit coups partirent en enfilade, auxquels se mêlèrent aussitôt les sèches rafales de deux AK-47. Les tireurs se trouvaient juste derrière le premier soldat et un peu plus bas, le feu des AK frappa à gauche et à droite de Chelini, une balle souleva de la poussière juste au-dessous de son pied gauche.

Chelini tira à nouveau, se guidant au bruit des AK. Son M16 et celui de Roberts arrosaient la piste, fauchant branches et feuilles. Chelini éjecta son chargeur vide, en plaça un nouveau dans le couloir d'alimentation et reprit le tir jusqu'à ce que le feu des AK eût cessé. L'ensemble avait semblé durer plusieurs minutes, mais Chelini savait qu'il ne s'agissait que de quelques secondes. Il recula vers Roberts, plongea et demeura sur le ventre. De derrière un arbre, il pointa son arme en direction de la dernière rafale ennemie. Il respirait à petits coups profonds. Roberts bondit et se mit en position à côté de Chelini. Sklar, Lairds, Denhardt et Polanski complétèrent aussitôt le dispositif. Tous scrutaient la jungle.

« Qu'est-ce que t'as vu ?

— J'ai eu un *gook,* bredouilla frénétiquement Chelini. Je l'ai vu tomber.

— Chut », coupa Roberts. Ils attendirent à nouveau.

« Où sont tous les autres ? demanda calmement Roberts.

— Sais pas, souffla Chelini. En avant, plus haut. J'attendais leur... »

Il fut interrompu par la voix de Moneski, venue d'une quarantaine de mètres plus haut : « C'est nous. Ne tirez pas. Y a quelqu'un de blessé ? On descend. »

CHAPITRE 18

Brooks faisait face à Chelini, Roberts et Moneski. Tous les quatre fumaient. « Récapitulons », dit le lieutenant.

L'après-midi touchait à sa fin. Les dernières patrouilles venaient de regagner le point d'appui de la compagnie. Ceux qui étaient restés en arrière avaient déjà creusé leur trou individuel et, pour la plupart, pris leur repas. Les derniers arrivants mangèrent à leur tour, puis commencèrent à attaquer la terre dure à la pelle-pioche. Mêmes gestes que la veille, mais plus difficiles et plus tâtonnants aujourd'hui. Les hommes étaient fatigués. Les *boonierats* retrouvaient la jungle, toute trace de mentalité REMF avait disparu.

« Un mec de la 1re section s'est payé un *gook* », chuchotaient-ils entre eux, même ceux de la 3e section, qui n'avaient pas bougé de la 848. « Paraît qu'il lui a fait sauter la tête. C'est un bleu de la 1re qui a fait ça. »

Les travaux de nettoyage des secteurs de tir et de retranchement se poursuivaient. Le lieutenant Hoyden, observateur avancé, communiquait des coordonnées de tir sur des objectifs repérés. De Barti et Thomaston vérifièrent la configuration des positions défensives de nuit afin d'assurer la correction du tir par-dessus les troupes, puis ils s'occupèrent de désigner des hommes pour les postes d'écoute.

« Décrivez-moi exactement ce que vous avez vu », dit le lieutenant à Chelini. Moneski avait déjà indiqué l'emplacement de la piste ennemie sur la carte. « De quel côté allait-il ?

— Le type remontait la piste tout droit. » Chelini avait le regard d'un cerf traqué de nuit par la meute et aveuglé par le puissant phare d'un braconnier.

« Le type ? Je croyais qu'ils étaient deux. Essayez de vous souvenir.

— Ils devaient être deux. Il me semble en avoir aperçu deux, mais je ne suis pas sûr pour le second. »

Egan et Thomaston, qui venaient d'arriver, s'accroupirent derrière le Bleu. Thomaston caressait son M16 de la main gauche et Egan tripotait une grenade à sa ceinture. « J'ai plus assez longtemps à tirer pour ce genre de merde, dit Thomaston.

— Annonce ton chiffre, fit Egan.

— Vingt-sept au jus.

— Vingt-quatre au jus ici, bleu-bite !

— Ils étaient au moins trois, corrigea Roberts.

— Vous les avez vus ? demanda le lieutenant.

— Moi, j'ai rien vu, mais j'ai entendu tirer deux AK et le premier Viet, il était pas en état de tirer.

— Je me sentais exactement comme le cobaye dans une expérience de privation sensorielle, commenta Chelini. Je croyais avoir des hallucinations.

— Fermez les yeux et essayez de visualiser la scène. Ce deuxième homme, de quoi avait-il l'air ? Qu'est-ce qu'il portait ? »

Chelini ferma les yeux.

« Ça faisait vingt minutes qu'on était assis là. J'étais conscient du moindre bruit... le tic-tac de ma montre, qui me paraissait assourdissant, et puis j'ai entendu une brindille casser...

— Je l'ai entendue aussi, fit Roberts.

— Essayez de vous représenter le deuxième homme, reprit Brooks d'un ton encourageant.

— J'ai vu un type en short. Il avait un fusil avec une crosse de bois. J'ai levé mon M16, je l'ai baissé à nouveau, j'ai fait passer le sélecteur sur automatique...

— Oui, je l'ai vu faire ça, confirma Roberts, alors j'ai fait la même chose.

— Il approchait toujours. Il a fait un signe comme ça avec la main gauche. » Chelini agita brièvement la main d'arrière en avant, juste en dessous de la hanche.

« Vous la voyez, sa main ? demanda Brooks.

— Pas vraiment. Tout ce que je vois, c'est ses yeux. »

Chelini rouvrit les yeux, se secoua, commença de se lever.

« Ça va. » Brooks l'arrêta. Chelini regarda le lieutenant, regarda à travers lui, derrière lui. « Ça va, reprit Brooks moins sèchement. Écoutez, la tactique, dans la jungle, c'est un problème à deux dimensions : le temps et les coordonnées. On fait en sorte de ne pas tomber sur l'ennemi quand il occupe une position. On lui arrive dessus par-derrière, ou bien on le laisse venir quand c'est nous qui sommes installés sur une position. S'il devine notre jeu, on n'a pas fini d'en chier. C'est pourquoi il est essentiel que vous gardiez chaque détail en mémoire. »

Chelini décrivit encore une fois le feu des deux AK, le geste de la main du premier Viet, mais il se bloqua lorsqu'il essaya de se rappeler autre chose que les yeux de l'homme.

Brooks se tourna vers Moneski. « Que s'est-il passé quand vous êtes redescendus ?

— J'ai pris la moitié du groupe pour aller voir. Smitty a encore mis six ou sept balles dans le type.

— Était-il vivant quand vous êtes descendus ?

— Ça, je sais pas, mais il l'était plus quand Smitty a eu fini. On l'a fouillé, on a pris son sac et on s'est tirés.

— Il n'a pas beaucoup saigné, dit Roberts. Jamais vu un truc comme ça. Arrêt du cœur à la première balle, je suppose, parce que, après, il avait tous ces petits trous, mais presque pas de sang. Ça aurait pu être fait par des sangsues. La tête, évidemment, c'était pas pareil.

— Vachement costaud, pour un *gook,* ajouta Moneski. Il devait faire un mètre-quatre-vingt-cinq, peut-être même quatre-vingt-dix. Un Chinois, je parie. Et propre. Coupe de cheveux récente — enfin, pour ce qui restait de sa tête. On n'a pas traîné dans le coin, et les Viets non plus, j'ai l'impression.

— Il portait vingt-cinq livres de riz, lança Egan depuis l'arrière. Le riz, un bol laqué, deux cuillères, deux tenues en rab, une boîte de munitions AK, six grenades Chicom, masque à gaz, couverture et des paperasses. Ça fait un peu beaucoup pour un *gook* en patrouille.

— Ils manœuvrent, dit Thomaston.

— Peut-être oui, peut-être non, fit Brooks. Il se peut que ce soit le porteur de riz de son groupe. Il se peut qu'ils aient eu un mortier, les deux derrière portant le tube et la plaque de base.

— Moi, je crois qu'ils reviennent dans le coin, affirma Thomaston.

— Ils vont peut-être nous arroser au mortier, ajouta Egan.

— Peut-être. Je donnerais vraiment cher pour savoir ce que portait le deuxième type. Chelini, je veux que vous y réfléchissiez encore. Si quelque chose vous revient, faites-le-moi savoir immédiatement.

— Bien, mon lieutenant. »

Egan se leva en même temps que le Bleu et lui posa la main sur le bras. « Va donc dans notre coin. Je me suis installé derrière Jax, tu le repéreras. » Chelini alluma une autre cigarette.

Les deux groupes de la 3e section n'arrivèrent sur la position défensive de nuit qu'à 18 h 30. Il faisait plus frais et, dans le ciel encore clair, des nuages commençaient d'apparaître. Une nappe brumeuse montait peu à peu du fond de la vallée et quelques lambeaux, portés par la brise, flottaient tels des fantômes autour des sommets avant de disparaître dans l'air plus sec des hauteurs.

Atteint par un tir d'armes légères, l'hélicoptère chargé de récupérer le photographe civil avait regagné directement Camp Evans afin de faire procéder à une évaluation des dommages. Sur la 848, les groupes n'avaient pas le choix : il fallut attendre que l'appareil de l'Homme Vert vienne reprendre le photographe et son escorte, ce qui les mena à 17 h 00. C'est alors seulement qu'ils purent se mettre en route vers la position de nuit, avec des charges doubles ou triples de munitions. Les nombreuses allées et venues avaient rendu la piste plus glissante. Les hommes peinaient : il fallait progresser silencieusement tout en cherchant à doubler l'allure afin d'avoir dégagé la piste avant la tombée de la nuit. Quand ils arrivèrent enfin sur la position et laissèrent tomber caisses et sacs, les hommes étaient couverts de sueur, poisseux, la jungle leur collait au corps. Le nylon vert de leurs rangers spéciales était maculé de boue noire et de taches de sel. Les aisselles, le dos et l'entrejambe tout englués, les hommes s'effondrèrent sans un mot.

Le maître chien les accompagnait avec sa bête. Il était encore deux fois plus trempé et essoufflé qu'eux. Au moment de boucler son paquetage, il ignorait vers quelle unité il serait envoyé. Il avait donc, selon la procédure habituelle des équipes cynophiles, emporté quatre jours de rations pour lui et quatre pour son chien, ainsi que des munitions supplémentaires ; il savait qu'il aurait à marcher en tête dans la plupart des déplacements les plus dangereux — et il se méfiait de certaines unités pour les questions de réapprovisionnement. Il transportait en plus vingt bidons d'eau, près de vingt kilos. Il s'assit sans ouvrir la bouche une seule fois, pas même pour se présenter au commandant de compagnie. Le chien se coucha à son côté, détendu mais aux aguets. L'homme le moins chargé d'équipement était Caribski, le correspondant civil, qui venait de passer deux jours avec la 3e section mais souhaitait à présent suivre le PC de compagnie. L'air las, les vêtements trempés, il parlait peu mais écoutait tout ce qui se passait autour de lui. Son homme d'escorte, l'officier PIO de la 3e brigade, n'en menait pas large et fit savoir bien haut que ça ne lui convenait pas du tout de se trouver là. Les deux correspondants militaires, Lamonte et George, s'étaient installés un peu en retrait du PC. Lamonte prit son appareil et se mit à photographier chaque détail du bivouac. George, qui essayait vaguement de surprendre les bavardages du PC, finit par s'endormir.

L'étrange musique solitaire montait encore de la vallée. « Mais qu'est-ce que c'est que cette connerie ? » jeta Snell, énervé. Ridgefield, Nahele et lui venaient se mêler un peu au PC.

« Une musique funèbre traditionnelle du Vietnam », répondit Minh, occupé à traduire les papiers trouvés sur le soldat tué par Chelini.

Les trois nouveaux arrivants se regardèrent. « Une musique funèbre ?

— Oui, fit Minh en souriant. Ça vient de l'hélico Psy-Ops de la 3e brigade. Ils font savoir à l'ennemi qu'on arrive et qu'on va s'occuper d'eux.

— Merde, alors ! s'exclama Doc. Moi qu'ai cru tout l'après-midi que c'était un con avec sa radio ! J'en revenais pas qu'un mec vienne se trimbaler par ici avec sa radio.

— Minh, appela Brooks, qu'est-ce qu'ils ont rabâché tout l'après-midi ?

— Ils disent que le bataillon SKYHAWKS, c'est des durs. Ils disent que les Screaming Eagles vont descendre des collines pour nettoyer la vallée et que les soldats de l'ANV feraient mieux de se rendre. »

Jackson creusa un trou pour deux et s'occupa d'aménager l'emplacement pendant que Silvers prenait son tour de garde dix mètres plus bas, dans un vieux poste de tir ANV. Quand Jax eut fini de creuser, il descendit relever Silvers. Une telle distance entre les deux positions était inhabituelle, mais l'inclinaison de la pente obligeait les hommes à reculer plus haut pour dormir. Jax glissa ses jambes à l'intérieur du minuscule poste ANV. Il plaça le M16 en travers de ses cuisses, avec deux bandoulières de chargeurs et quatre grenades à portée de la main. Silvers lui avait laissé deux Claymore, mais ils étaient d'accord pour ne pas les mettre en place avant la nuit tombée. Jax ôta son casque et prit la lettre de son beau-frère. Sur l'enveloppe mouillée de sueur, l'encre avait bavé et l'adresse de l'expéditeur n'était plus qu'à moitié lisible. Jax ôta la baïonnette du fourreau fixé à sa jambe gauche et ouvrit la lettre.

4 août 1970

Cher Frère Billie,

Notre peuple a trop souffert et pendant trop longtemps. Il souffre plus encore aujourd'hui où la sale guerre du Vietnam brise les familles. Ta femme, ta si belle femme, attend ton enfant pendant que toi, comme un pathétique imbécile, tu joues au soldat-esclave pour les Blancs, dans une sale guerre de Blancs, raciste et impérialiste. Il t'est impossible de faire vivre ta famille sur ta solde. Ta femme souffre. Toutes nos femmes souffrent. Ta douce sœur aussi, mais pas comme ta femme. Ta sœur, elle, a son homme à la maison ; ta femme, son homme n'est plus là. Les femmes noires subissent la discrimination dans l'emploi et dans l'éducation. Sans leurs hommes, elles ne peuvent pas, cette société ne leur en donne pas le droit, se suffire à elles-mêmes.

Billie, la situation est critique. Tes Frères et Sœurs noirs aux États-Unis s'opposent à la guerre du Vietnam. Nous voulons le rappel de nos troupes. Nixon poursuit l'escalade. D'un coin de sa bouche puante il parle de paix, tandis que, de sa langue fourchue, il envoie nos troupes au Cambodge. Les Noirs américains savent que le Président se fout de ce qu'on pense, de ce qu'on veut, de nos besoins. Il nous mène en bateau. L'armée, le big business, le gouvernement, tout est contrôlé par les racistes blancs. Tout ce qu'ils veulent de nous, c'est nos votes et notre fric — plus exactement, Frère Billie, ils veulent une chose de plus : ils veulent que nos beaux enfants noirs aillent livrer leur guerre raciste et injuste. Nos Frères noirs portent une part du fardeau vietnamien qui est sans rapport avec notre pourcentage à l'intérieur de la population américaine ou même à l'intérieur de l'armée. Les Noirs subissent des pertes hors de toute proportion avec leur nombre. Est-ce que ça ne te dit pas quelque chose, ça ?

On en a marre. Marre d'être manipulés. On paie des impôts pour que les porcs blancs puissent tuer nos frères jaunes, ou les obliger à se défendre en massacrant des Noirs américains. Merde à la guerre de Nixon. Merde aux bombardements et à l'assassinat de nos frères asiatiques opprimés. Réponds Non.

Mon frère, nous sommes des vétérans, des soldats, des civils. Nous croyons que l'heure est venue pour tous les Noirs, les Jaunes et les Bruns de s'unir dans notre lutte commune contre la répression. Le gouvernement blanc des États-Unis ordonne l'assassinat d'Asiatiques, fait donner la troupe contre son propre peuple, fait tirer sur les étudiants. La machine des porcs opprime systématiquement le peuple noir, le réduit à l'avilissement économique tout en injectant la propagande et les préjugés raciaux dans la majorité blanche. La machine des porcs répand un mythe revanchard, celui de son propre altruisme, et s'en sert pour justifier la destruction de hameaux vietnamiens.

Nixon a couillonné le peuple. Le Congrès et les tribunaux ne jouent plus aucun rôle. Des plus hauts niveaux, on sert au peuple une langue de bois fédérale. Et la presse, quel est son rôle ? Ce qu'on peut y lire n'a aucun rapport avec ce qui se passe vraiment.

Le Vietnam n'est qu'un tissu de mensonges. Les fils de pute de cette administration veulent nous faire croire que la guerre ne peut être arrêtée, que la situation mondiale est d'une telle complexité que se retirer reviendrait à lâcher la bonde d'une baignoire où l'Amérique serait l'eau du bain. Ils disent qu'ils essaient de négocier, que les Nord-Vietnamiens sont des menteurs. Les menteurs, c'est eux. La guerre peut être arrêtée aujourd'hui même. Tu pourrais être de retour auprès de ta femme en une semaine. Si cette sale crapule de bas étage, Nixon, veut arrêter la guerre, il lui suffit de téléphoner aux porcs du Pentagone et de leur dire : « Hé ! les porcs ! rappelez les troupes. » Laissez les Vietnamiens reconstruire leur pays comme ils le veulent, pas comme on le veut, nous. C'est tout ce qu'il a à dire, le salaud. Et s'il le dit pas, Billie, il va brûler. Il va brûler avec tous ces porcs racistes blancs qui le maintiennent là où il est.

Réfléchis à tout ça, parles-en. Nous allons frapper bientôt. Frère Billie, rejoins l'Amérique noire. Rejoins-moi. N'accepte plus les ordres. Frappe ! Discute avec tes camarades. Persuade-les de boycotter la guerre, depuis l'endroit où ça fera le plus mal à la machine raciste. Ici, les GI's protestent. Les Noirs sont en tête du mouvement. La révolution est en marche. Le jour est proche.

Marcus X

P.S. Billie, mon frère par les liens familiaux et par le sang, je veux que tu saches qu'ici, on est tous inquiets pour ta sécurité. De plus, ton père est malade. Je crois qu'il dormirait mieux s'il savait son fils à la maison. Je ne te parle même pas de ta sœur et moi. Ta femme se fait du souci pour toi et pour votre enfant. Le corps du père a été usé, brisé par toute une vie d'esclavage au service des porcs blancs. Toute sa vie, il a porté la faute de sa négritude, honteux et humilié partout où il allait. Te souviens-tu quand nous avons traversé les marais pour le voir, lui et mon oncle, l'année où ils étaient enchaînés dans une file de forçats ? Faibles, incapables de lutter, pris dans l'abjection de leur condition de Noirs et l'expiant en cassant des cailloux. Sois fier, Billie. Ils te tueront s'ils le peuvent — ils te tueront carrément ou ils te détruiront à l'intérieur, dans ton corps toujours vivant, SI TU LES LAISSES FAIRE. Si tu veux être un soldat, sois-le avec nous. Rentre à la maison. Ta femme, ton père et ton peuple ont besoin de toi.

La lettre s'arrêtait là. Jax jeta un rapide coup d'œil sur la jungle autour de lui, puis relut le post-scriptum. Ça, c'était nouveau. Marcus parlait toujours de foutre le feu au gouvernement, mais jamais auparavant il n'avait mentionné le père. Jax découpa le post-scriptum et le glissa dans son casque. Il avait une boule dans la gorge. Il plia la lettre en deux, la posa sur le sol, dressée comme une tente, puis tira une boîte d'allumettes de sa poche et la brûla. Il dispersa les cendres, brûla les quelques bouts de papier encore intacts et balaya de nouveau les cendres. C'était la procédure en usage chez les *boonierats* pour éliminer tout document écrit dont l'ennemi pourrait tirer parti.

Au milieu de débris de branches et de palmes, Chelini était assis sans bouger près de son paquetage, les genoux ramenés contre sa poitrine, les mains serrées autour de ses rangers. Son fusil traînait dans les broussailles, hors de portée. Egan avait déjà creusé leur trou. Le Bleu frissonna, ferma les yeux, posa la tête aux creux de son bras. Il plaqua ses mains sur ses oreilles pour effacer tout signe d'activité autour de lui. Son corps s'affaissa doucement parmi la végétation.

Près de lui, les soldats mangeaient ou fumaient. Quelques-uns creusaient encore. Il avait beau fermer les yeux, il voyait toujours ce visage. L'homme approchait prudemment, sans bruit, il connaissait la jungle. Chelini voyait ses yeux, ses cheveux noirs et droits, son visage aux aguets et qui pourtant ne soupçonnait rien. Il avança encore, passant peu à peu à découvert. Les yeux noirs bien visibles, le visage aligné avec le guidon du M16. « Notre Père qui es aux cieux, commença à marmonner Chelini, que Ton Nom soit sanctifié, que Ton Règne arrive. Que Ta Volonté soit faite sur la terre comme au ciel...

— Dis donc, le Bleu, fit la voix de Numbnuts.

— Tu ne peux plus l'appeler comme ça maintenant, lança Silvers.

— Exact. C'est quoi, ton nom ? »

Numbnuts se tenait à présent devant le buisson de Chelini.

« On pourrait l'appeler Rital, suggéra Silvers.

— Vous cassez pas, dit Chelini en se redressant. Je me suis habitué au Bleu.

— Super ! Félicitations, le Bleu. » Particulièrement chaleureux, Numbnuts lui tendit la main. « Dis, comment c'était, là-bas ? Paraît que tu lui as fait sauter la tête ? » Numbnuts affichait un large sourire et parlait à toute allure. « Putain, j'aurais voulu être là. On aurait peut-être pu s'en faire un autre. J'aurais pu tirer une grenade ou deux derrière eux. Je te parie que ça les aurait fait déguerpir, ces salauds. »

Chelini le dévisageait en l'écoutant. La main de Numbnuts était toujours tendue. Le Bleu le regarda bien dans les yeux, puis se détourna.

« Bon, faut que je retourne creuser », fit Numbnuts en haussant les épaules. Il resta encore un instant à guetter nerveusement une réaction, puis s'éloigna en marmonnant : « Merde, si seulement j'avais été là avec mon *thumper...* » Il apostropha Silvers au passage : « Qu'est-ce qu'il a, ce con-là ? Pourquoi il s'imagine qu'on l'a envoyé ici ? Pour baiser le cul aux *gooks* ? Merde, on est censés les démolir. »

Chelini s'étendit à nouveau et referma les yeux. Le soldat mort reparut dans l'épaisseur de la végétation. Chelini se remit à prier.

Silvers posa une main sur la jambe du Bleu, qui sursauta et jeta un coup d'œil farouche autour de lui. « Te fais pas de bile, vieux. » Chelini se rallongea. « Te fais pas de bile, répéta Silvers. Si ça peut te mettre à l'aise, t'as probablement sauvé la vie à pas mal d'entre nous. T'as probablement gâché leur petite soirée pour de bon. »

Chelini tira de sa poche de chemise un paquet de cigarettes qu'Egan lui avait donné, en sortit deux, cala la première sur son oreille droite et alluma la seconde. Il hocha la tête.

« Ça va aller, insista Silvers d'une voix rassurante.

— J'aurais pu lui tirer dans les jambes. J'étais pas forcé de le tuer.

— Ça, je peux pas te dire. Je me suis jamais trouvé dans cette situation. Tout le temps que je suis ici, j'ai jamais vu un *gook* vivant. Sans déconner. J'ai crapahuté sept mois dans les *boonies* et j'en ai jamais vu un vivant. J'en ai peut-être vu une centaine de morts. Je ne sais pas si j'en ai jamais tué. Ça se peut, mais jamais un que j'aie eu dans mon viseur. T'as vu comment ça se passe pendant un contact. T'arroses la brousse comme les autres, et quand c'est fini, y a peut-être un corps.

— Pourquoi tu me dis tout ça ?

— Ça fait un moment que je t'observe. C'est un peu comme si je te connaissais depuis longtemps, comme si tu étais un cousin à moi, là-bas dans le Monde. » Chelini soupira. « Si je venais de débarquer et de tuer un type, ajouta Silvers, je crois que j'aurais envie de parler à quelqu'un.

— Merci », répondit simplement Chelini. Il avait envie de faire à son tour un geste pour Silvers, de partager quelque chose avec lui, et en même temps, il voulait rester seul — ne pas penser, ne pas être, se dissoudre.

« Jusqu'où doit-on aller pour apporter son soutien aux autres ? reprit Silvers. Jusqu'où faut-il aider quelqu'un qui lutte pour se libérer d'une oppression, politique, économique ou religieuse ?

— Je n'en sais rien, fit Chelini, apathique.

— Parce que c'est bien de ça qu'il s'agit, hein ?

— Tu sais ce que j'étais en train de penser ? Je me disais qu'il y a un sens à tout ça. Peut-être que chaque homme crée son propre sens. Peut-être que chaque homme est son propre dieu.

— Ça, je ne crois pas, fit Silvers. Entre se battre et céder, il y a un choix à faire. Comme entre aider les autres et les laisser écraser. Du côté maternel, ma famille vivait en Allemagne pendant les années 30. Ils ont cédé et ils l'ont payé de leurs souffrances dans les années 40. Frère contre frère. Ils étaient aussi allemands que je suis américain aujourd'hui. Tout le monde s'est croisé les bras ou a fait des concessions aux nazis. Il vient un moment où un homme, comme un peuple, doit se dresser et combattre. »

Silvers s'en alla. Chelini vit Egan à côté de lui. Il était revenu, s'était assis, avait sorti une ration C et commencé de manger sans que personne l'eût remarqué. « Ça chie pas », fut son seul commentaire, avec un signe de tête en direction de Silvers.

« D'où viens-tu ? demanda Chelini en sursautant.

— Du PC.

— Quand ?

— Il y a deux minutes. » Il commençait à faire noir et les couleurs de la jungle s'estompaient. Chelini distinguait encore les silhouettes des sentinelles dans un brouillard gris. Les consignes de nuit furent automatiquement appliquées : les hommes fumaient dans leurs mains en coupe, on cessa de creuser, on baissa le ton. Egan mangeait sa ration sans l'avoir chauffée. Quand il eut fini, il écrasa la boîte après en avoir découpé le fond. Il se mit ensuite à examiner la radio sans dire un mot, ce qui augmenta encore la nervosité du Bleu. Il avait guetté en vain le retour d'Egan, comptant préparer le repas avec lui, mais c'était trop tard.

Egan sortit de son sac la lettre à Stephanie, relut les dernières lignes et commença de rédiger la suite. A mesure que l'obscurité gagnait, Egan semblait s'estomper comme dans un fondu au noir. Bientôt, le grattement de la plume fut le seul signe de sa présence.

« Comment arrives-tu à faire ça ? souffla Chelini.

— Faire quoi ?

— Écrire. Moi, je n'y vois rien. » Chelini faisait très attention à ne pas élever la voix. Egan, lui, semblait détendu.

« Pourquoi as-tu besoin d'y voir ?

— Comment peux-tu écrire sans rien voir ?

— Je sais de quoi ça a l'air. Je sais où est le papier, je sais où est ma main, donc je sais de quoi ça a l'air.

— Tu connais toutes les réponses, ici. Pas vrai ?

— Quoi ?

— Je dis, tu connais toutes les putains de réponses, ici, répéta Chelini d'un ton accusateur. Qu'est-ce que t'aurais fait à ma place, aujourd'hui ?

— Chut, pas si fort. A la corvée d'eau, tu veux dire ? Je ne sais pas. Je n'y étais pas.

— J'aurais pu lui tirer dans les jambes. J'avais pas besoin de le tuer.

— Tu serais peut-être mort.

— J'aurais pu le blesser légèrement. Je l'ai tué. Aujourd'hui, j'ai tué un homme.

— Tu as tué un soldat, fit doucement Egan. Depuis quand un soldat est-il un homme ?

— En venant ici, gémit Chelini, j'ai proclamé que je voulais tuer un homme. Non seulement que j'approuvais le fait de tuer, mais que je voulais y participer activement, que je voulais tuer. Et en plus, je crois que je l'ai toujours su. J'ai voulu m'abuser en me persuadant que je venais dans une position d'observateur.

— Tu essaies de jouer le rôle du Bon ? fit sournoisement Egan.

— Je n'avais pas besoin de tuer. Je crois que je *voulais* le tuer.

— T'as la cervelle en fromage blanc.

— Je n'avais pas le droit de jouer à Dieu avec la vie d'un autre homme. Personne ne possède ce droit. Aujourd'hui, j'ai apporté mon soutien à cette tuerie. A ce génocide.

— D'où t'as dit que t'étais ? coupa Egan.

— Bridgeport, Connecticut. »

Chelini avait bien découpé les syllabes, avec lenteur. Il sentait venir la crise de nerfs.

« Dans le Nord-Est ? Ville industrielle ? poursuivit Egan.

— Oui.

— De l'armement ?

— Heu... je crois. Oui. Sikorsky Helicopter. Avco. Lycoming. Ils fabriquent les moteurs des Huey.

— Colt ? M16 ?

— Non, ça, c'est à Hartford.

— Mais les industries d'armement emploient pas mal de monde à Bridgeport et dans le reste du Connecticut ?

— Oui.

— Est-ce que fabriquer des armes revient à vouloir tuer et à apporter son soutien actif à cette idée ?

— Je ne sais pas. C'est différent.

— T'as déjà connu quelqu'un qui refusait de faire son boulot ?

— Oui. Mon frère Vic. Il s'est tiré au Canada pour échapper à la conscription.

— Tu salueras bien le petit salaud de ma part. Ça, c'est un truc que je peux respecter. Ce que je peux pas respecter, c'est les enculés qui fabriquent des armes et qui viennent après nous traiter de tueurs d'enfants. Qu'ils bouffent ma merde.

— J'ai tué un homme de sang-froid. J'aurais pu crier. J'aurais pu tirer en l'air.

— Tu serais mort. Écoute, connard, dans ce coin, c'est une guerre propre. Pas de villes, pas de femmes, pas d'enfants. Tu as les forces amies et les forces ennemies. Y a pas de My Lai, ici. Celui qu'est tué, c'est un combattant. Et qu'il ait voulu être ici ou pas, qu'il ait approuvé les règles du jeu ou pas, il a intérêt à garer son cul et à accepter les conséquences.

— Et merde...

— C'est comme ça que ça se passe, coco. Clair et net. Rien que des soldats, ici. D'homme à homme. Tu le crèves aujourd'hui, demain c'est peut-être lui qui te crève.

— Va te faire foutre.

— Hah ! Tu vois pas pourquoi tu vas te faire étendre pour un bout de terre dont personne a que foutre, hein ?

— Exactement.

— Ramasse ton putain de fusil, alors. »

« Lamonte », chuchota Brooks. Il avait quitté le PC dans l'obscurité et franchi les six ou sept mètres jusqu'à l'endroit où s'étaient installés les correspondants.

« Mon lieutenant ? » dit Lamonte. George s'étonna que le commandant de compagnie connaisse leur position.

« Lamonte, George et vous figurez bien sur les listes d'habilitation du CO ?

— Et comment !

— Avec la 3e brigade ?

— Ça, non. 1re brigade.

— On est passés sous le contrôle opérationnel de la 3e et ils n'arrivent pas à trouver d'exemplaire de votre habilitation de sécurité. Le Vieux Renard veut que je confisque vos films et que je vous renvoie avec la prochaine mission de ravitaillement.

— Confisquer mes films ? Qu'est-ce qu'il croit qu'on fait ici, ce con ? Vous plaisantez !

— Non. C'est ce qu'ils m'ont dit.

— Allez, lieut, vous me connaissez. Vous pouvez pas leur dire de vérifier avec le PIO au niveau division ? Là-bas, on est fichés.

— Ils disent qu'ils l'ont fait. A la division, personne ne savait que vous étiez sortis avec une unité de la 3e brigade. Je leur ai dit que vous

vous déplaciez tout le temps avec nous. Pas sur le TO de la 3e, ils ont répondu.

— Et merde !

— Il n'y a pas de quoi se tracasser, Lamonte. La 3e brigade essaie juste de jouer les gros bras parce qu'ils ont peur que vous ne leur piquiez leur scoop.

— Marre de ces conneries ! Ça fait deux jours que je crapahute dans le coin. Depuis l'assaut. Je me casse le cul pour prendre des photos décentes, et maintenant ils veulent me confisquer la pellicule ! » Caribski rampa plus près pour écouter. Brooks regagna le PC. Les correspondants, civils et militaires, et le représentant du PIO de la 3e brigade se consultèrent. Caribski et Lamonte convinrent de se revoir à l'arrière pour discuter des questions de censure, puis tout le monde rampa jusqu'au PC pour la réunion du soir.

Le brouillard au sol s'épaississait. La lourde moiteur se mêlait à la fumée de cigarette dans les poumons des hommes, et quelques toux étouffées brisaient le silence du PC. Derrière le dense rideau de nuages montait une lune gris-jaune, terne. A l'exception d'Egan, Jackson et Thomaston, tous les chefs et adjoints de section étaient rassemblés. Cahalan dressa le bilan renseignement de la journée. « A 06 h 40, nous avons découvert un complexe souterrain consistant en une cinquantaine de casemates avec toit camouflé et cent cinquante postes de combat. Le complexe paraissait n'avoir été achevé que sur trois côtés de la colline. Toutes les casemates avec toit camouflé ont été détruites, ainsi que des quantités significatives de munitions et d'équipement appartenant à l'ennemi.

« Selon des comptes rendus renseignement à l'échelon du bataillon, nous nous trouvons en plein dans la zone du 5e bataillon d'infanterie du 812e régiment ANV. » Cahalan marqua une pause qui fut ponctuée par quelques quintes de toux. « La brigade signale un très net courant de troupes entre cette vallée-ci et la zone de la base O'Reilly. Ils disent de pas savoir exactement dans quelle direction s'effectue le mouvement principal.

— Rien d'étonnant », fit la voix d'Egan. Thomaston, Jax et lui s'étaient faufilés à l'arrière, dans l'ombre. « Ces cons-là, si on leur file du papier, ils sont pas foutus de se torcher le cul.

— Silence, sergent, ordonna Caldwell.

— Selon la brigade, poursuivit Cahalan, le Viet tué aujourd'hui faisait partie de ce flux. Un LOH a tiré un sampan sur le fleuve, au point 131324, c'est-à-dire environ un kilomètre et demi avant le grand arbre qui pointe au milieu. Des appareils du 2/17 ont repéré des forces estimées à deux compagnies, trois kilomètres à l'ouest d'ici.

Attaques aériennes et tirs d'artillerie ont été employés, avec des résultats non connus.

— Mon lieutenant, chuchota Pop Randalph d'une voix rauque, je parie qu'ils vont frapper cette nuit.

— Ils vont d'abord tâter le terrain, corrigea Egan. Ils n'en savent pas encore assez sur nous. Ils vont lancer quelques actions pour essayer d'évaluer notre position et notre nombre.

— Mon sentiment, déclara calmement Egan, est qu'ils sont en train de se replier parce que nous sommes une quantité inconnue.

— Oui, répéta Egan, ils voudront d'abord tâter le terrain.

— Nous avons eu beaucoup d'activité aérienne, intervint l'observateur avancé. Vous avez lancé des patrouilles un peu partout et maintenu des hommes sur leur complexe. Ils nous croient peut-être plus nombreux que nous ne sommes. Ils savent qu'aujourd'hui nous avions des éléments ici, sur la LZ et sur le pic nord-ouest. Je dirais qu'ils doivent se figurer qu'on a deux compagnies ici. On a fait circuler assez d'hélicos pour mettre deux compagnies à terre.

— Donc, ils se replient, enchaîna Brooks. Ils se replient pour nous harceler sur nos flancs, lancer des coups de main en se réservant d'attaquer plus tard.

— Si c'était une équipe mortier que le détachement a accrochée cet après-midi, fit lentement Thomaston, elle devait appartenir à ce bataillon. Nguyen se fait bousculer. On l'oblige à redescendre et à se regrouper. Il opère un repli stratégique. Mais il va s'arrêter et se battre quelque part. »

Caldwell toussa. « Pourquoi est-ce qu'on envoie pas tout bonnement les B-52 pour démolir la vallée ?

— Écoutez, fit Brooks, on va d'abord suivre cette crête vers l'ouest, puis descendre par là, peut-être traverser le fleuve et progresser sur l'autre versant. On avancera en spirale vers cette butte au fond de la vallée pour y jeter un coup d'œil. Rappelez-vous que l'Homme Vert en a fait notre objectif final.

— Dites, ça fait une putain de balade, objecta Doc.

— On n'a pas besoin d'y aller d'un bond, fit Brooks, mais il faudra progresser assez vite. On bougera beaucoup. Je n'ai pas envie de me retrouver coincé dans une cache minable pendant que leurs tireurs embusqués s'en donneront à cœur joie. Essayons de maintenir l'illusion qu'on est deux cents dans le coin. »

Tandis que la réunion se poursuivait, Minh, juste en retrait des participants, déchiffrait les documents pris sur l'ANV tué par Chelini. La nuit venue, il s'était dissimulé sous deux ponchos afin de poursuivre sa traduction à la lueur d'une torche. On lui avait affecté deux hommes pour s'assurer qu'aucune lumière ne filtrait hors de la hutte improvisée. Lorsqu'il eut enfin terminé, Minh fit son apparition à la réunion et appela doucement le lieutenant.

« Alors Minh », fit Brooks en se tournant dans la direction de la voix, « quelque chose d'intéressant dans ces documents ?

— Ça oui, mon lieutenant. Je crois que ce gars était une huile. Il devait transmettre les instructions du 7e front ANV au bataillon de sapeurs K-19. Les documents parlent très élogieusement de ce bataillon K-19, apparemment rattaché à la 304e division ANV et maintenant passé sous le contrôle opérationnel du 812e, c'est-à-dire kif-kif le 5e d'infanterie. Le K-19 fait partie d'une milice de Hanoi, un corps d'élite. Il paraît qu'ils défilent derrière les étendards venant de Dien Bien Phu.

— A mon avis, dit le lieutenant Caldwell, ils vont attaquer O'Reilly en se servant des sapeurs.

— Qu'est-ce qu'il y a d'autre, Minh ? demanda Brooks.

— Les documents soulignent qu'il est très important pour l'effort de libération sur le 7e front que le siège de la base O'Reilly fasse beaucoup de morts chez les Américains. Il est essentiel que la pression de l'opinion publique accélère les retraits américains. Ils disent que l'aide américaine ici est une bénédiction. »

Il y eut un long silence que personne n'osa troubler. La brume au sol s'épaississait et la lune, quoique plus haute, restait brouillée derrière les nuages. La jungle était d'un noir intense. Tout le monde attendait Brooks, qui rompit enfin le silence, calmement mais d'un ton ferme : « Allez rejoindre vos hommes. On fait mouvement dans 05 heures. »

EXTRAIT DU J.M.O.

LES RÉSULTATS SUIVANTS CONCERNANT LES OPÉRATIONS DANS LA ZONE O'REILLY/BARNETT/JEROME ONT ÉTÉ SIGNALÉS POUR LA PÉRIODE PRENANT FIN A 23 H 59 LE 14 AOÛT 70 :

A 06 H 40, LA COMPAGNIE A, 7/402 A PÉNÉTRÉ DANS UN COMPLEXE SOUTERRAIN COMPOSÉ DE 50 CASEMATES AVEC TOIT CAMOUFLÉ ET DE 150 POSTES DE COMBAT. LA CO A A DÉCOUVERT UNE CACHE CONTENANT DES MATÉRIELS DE BUREAU ET DE DUPLICATION AINSI QUE DES QUANTITÉS SIGNIFICATIVES D'ARMES LÉGÈRES ET DES MUNITIONS POUR MORTIER. CES MATÉRIELS ET CES CASEMATES ONT ÉTÉ DÉTRUITS. LA CO C, MÊME BATAILLON, A DÉCOUVERT DES POSTES DE COMBAT CAMOUFLÉS SUR LA COLLINE 711, AU POINT YD 145296. CES POSTES ONT ÉTÉ DÉTRUITS. A 11 H 17, 2 KILOMÈTRES A L'OUEST DE LA BASE BARNETT, LA CO B, 7/402, A ENGAGÉ LE FEU CONTRE TROIS SOLDATS ENNEMIS. RÉSULTATS NON CONNUS.

DES ÉLÉMENTS DE LA 1re DIVISION D'INFANTERIE (ARVN) ONT REPÉRÉ

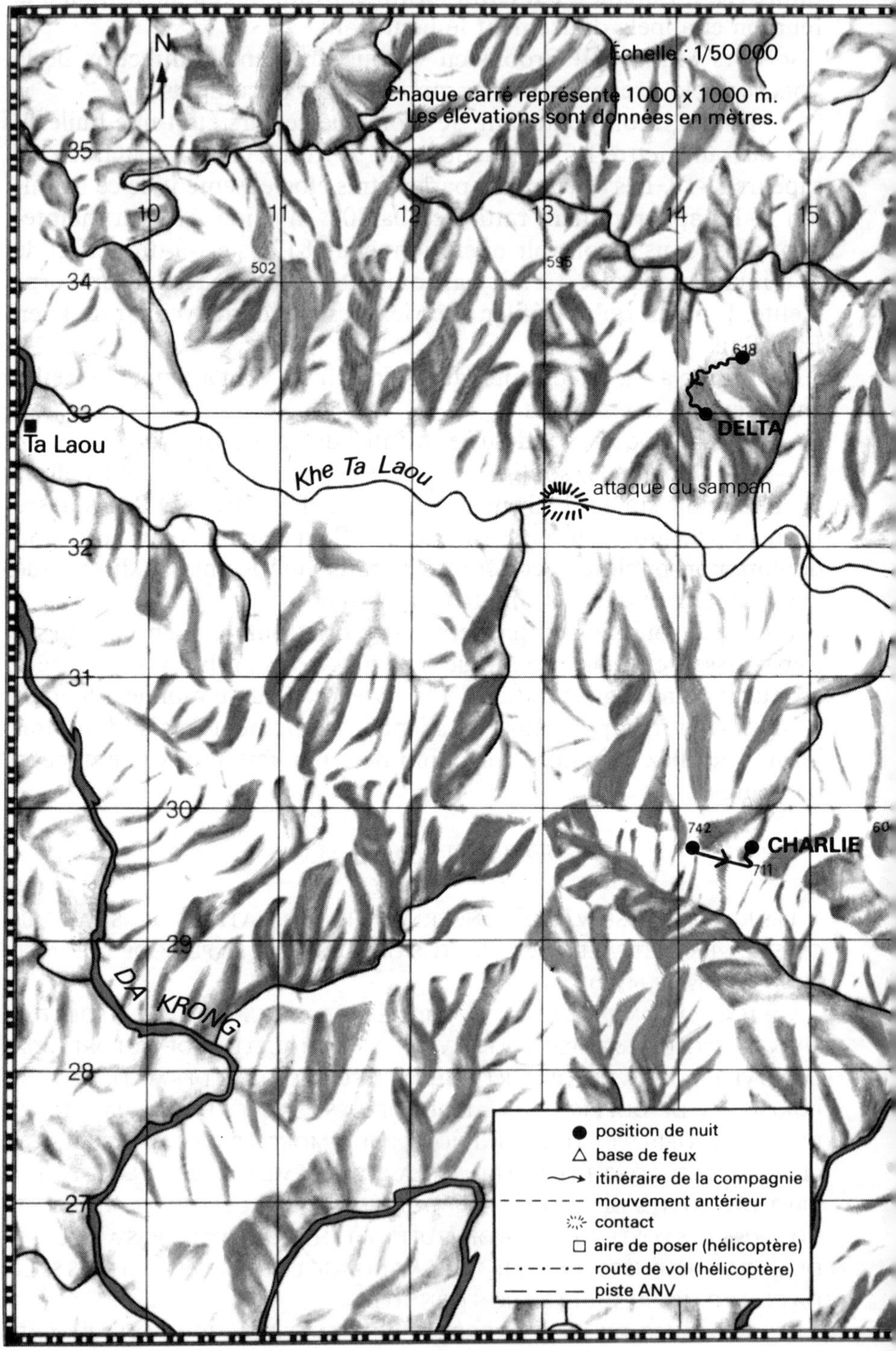
N
Échelle : 1/50 000
Chaque carré représente 1000 x 1000 m.
Les élévations sont données en mètres.
35
34
33
32
31
30
29
28
27
10
11
12
13
14
15
502
595
618
DELTA
Ta Laou
Khe Ta Laou
attaque du sampan
742
CHARLIE
711
DA KRONG
position de nuit
base de feux
itinéraire de la compagnie
mouvement antérieur
contact
aire de poser (hélicoptère)
route de vol (hélicoptère)
piste ANV

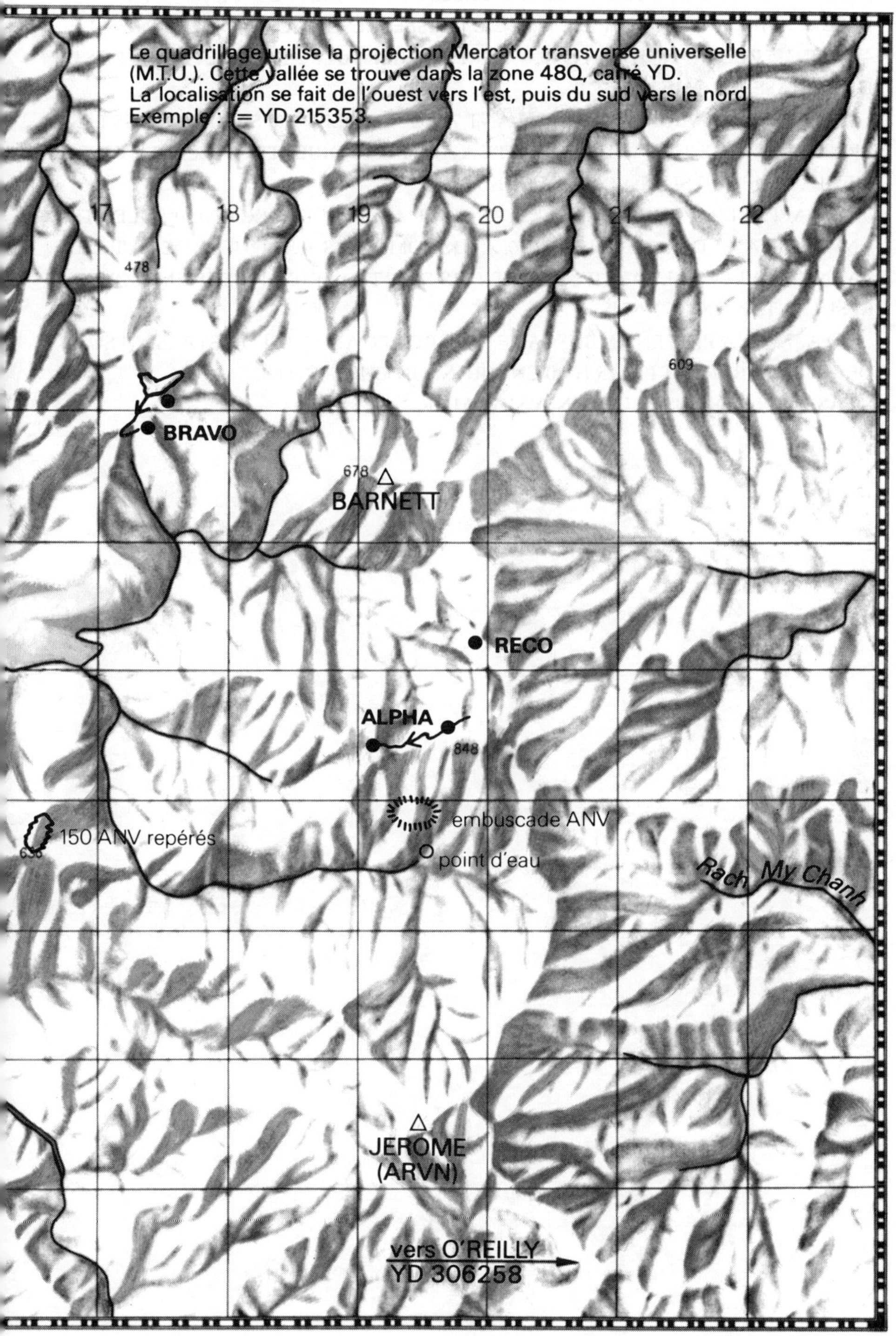
Le quadrillage utilise la projection Mercator transverse universelle (M.T.U.). Cette vallée se trouve dans la zone 48Q, carré YD.
La localisation se fait de l'ouest vers l'est, puis du sud vers le nord.
Exemple : = YD 215353.
17
18
19
20
21
22
478
609
BRAVO
678
BARNETT
RECO
ALPHA
848
embuscade ANV
150 ANV repérés
point d'eau
Rach My Chanh
JEROME
(ARVN)
vers O'REILLY
YD 306258

2 COMPAGNIES DES FORCES RÉGULIÈRES ANV 800 MÈTRES A L'OUEST DE LA BASE O'REILLY. L'ARTILLERIE A ÉTÉ UTILISÉE. RÉSULTATS NON CONNUS. LE 4e BAT, 1er REGT (ARVN), A FAIT UN PRISONNIER ANV 2 KILOMÈTRES A L'EST DE LA BASE JEROME.

A 14 H 30, L'APPAREIL DU PC VOLANT 7/402 A REPÉRÉ UN SAMPAN SOUS LES BRUMES DU KHE TA LAOU. LE PILOTE A ABATTU L'OBJECTIF AVEC SES SYSTÈMES D'ARMES. RÉSULTATS NON CONNUS.

DES APPAREILS DU 2e BAT, 17e CAV, ONT APERÇU ENVIRON 150 SOLDATS ANV AU FLANC DE LA COLLINE 636, A 4 KILOMÈTRES SUD-OUEST DE LA BASE BARNETT. ATTAQUES AÉRIENNES ET TIRS D'ARTILLERIE ONT ÉTÉ EMPLOYÉS. RÉSULTATS NON CONNUS.

CO A, 7/402, A PRIS EN EMBUSCADE UN GROUPE ANV 3 KILOMÈTRES AU SUD DE LA BASE BARNETT A 15 H 40 ENVIRON. UN ENNEMI TUÉ.

PAS DE PERTES US OU ARVN A SIGNALER.

CHAPITRE 19

15 août 1970

Deux heures après minuit. Une lune rapide masquée par des nuages roulants donnait au ciel une turbulence irréelle. La brume leur collait au corps ; la compagnie Alpha marchait en colonne, trébuchait, jurait. Ils étaient descendus par le versant est du pic, puis, selon un mouvement de compas, l'avaient contourné vers le sud, l'ouest et enfin le nord-ouest pour rejoindre la piste sur le plat et s'enfoncer dans le couloir qui les mènerait au pic isolé reconnu la veille par la 2e section avec l'hélicoptère en tête. Dès lors et jusqu'au moment où ils atteindraient leur objectif, onze jours plus tard, ils ne seraient qu'une masse inerte entraînée vers l'avant par la loi de son propre mouvement, sans s'arrêter, sans ralentir, accélérant peu à peu sa descente en spirale vers l'enfer.

Leur progression sur une piste obscure n'était pas facilitée par la brume au sol. Les hommes, le pas incertain, avançaient en tâtonnant vers une possible embuscade. Fatigués, en mouvement depuis la veille à l'aube avec un seul arrêt pour creuser leurs positions de nuit, ils naviguaient dans l'inconnu en étouffant des jurons.

La vision nocturne est un don, mais un don qu'il appartient à chacun de développer. Celle de Brooks était excellente, tout comme celles de Jax et de Nunbnuts Willis, lequel ne s'en vantait pas. L'exploitation de ce don relevait du savoir-faire du fantassin sur le terrain. Pour voir la nuit, il ne faut surtout PAS regarder directement l'objet, mais diriger son regard environ 15° à gauche ou à droite. De la sorte, l'image s'inscrit sur le bord de la rétine, où sont concentrés les bâtonnets, sensibles à la lumière — noir et blanc —, et non en son centre, où sont regroupés les cônes, sensibles à la couleur. Chelini savait tout cela mais ne l'avait jamais mis en pratique, et cette marche de nuit le trouvait presque aveugle. Seigneur, gémissait-il en tremblant, ça va être la merde, ça va être la merde.

Non moins essentielle que la vision nocturne était la kinesthésie, la faculté de comprendre les signaux des muscles et des articulations, de ressentir et de situer précisément les mouvements des différentes parties du corps. C'est par la saisie de ces messages sensoriels qu'on peut appréhender son environnement et la manière dont le corps s'y inscrit. Chelini savait cela aussi, il avait suivi suffisamment de cours de psychologie et de physiologie pour connaître le détail des théories et même l'histoire de leur développement, mais sans la pratique, ça ne lui servait pas à grand-chose.

Egan, lui, ne s'y connaissait guère en théorie de la vision nocturne, et il en savait à peine plus sur la kinesthésie. Mais Egan était une taupe. Il ne comptait plus les marches de nuit auxquelles il avait participé et tirait une grande fierté de son habileté. Il se porta volontaire pour marcher en tête et arracha presque de force l'accord du lieutenant. Pop Randalph le suivait, et derrière eux ça râlait tant que ça pouvait.

Plongée dans la nuit d'une grotte aux mystères, la colonne tâtonnait à la recherche des contours de la piste, de la pente, de racines proéminentes ; elle s'étirait en trébuchant, essayant d'étouffer les bruits, guettant le glissement feutré des bons fantassins, les dérapages et les « merde ! putain ! connerie ! » des mauvais ; elle suivait Egan dans les creux et sur les crêtes.

Tout en marchant, Egan pensait aux soldats de l'ANV qui devaient faire de même à cette minute. En râlant, comme cette bande de pantins, songea-t-il. Toute armée est composée de clampins. Les seuls qui soient assez cons pour se retrouver à se battre. Lui ne râlait pas, il se sentait plus fort d'autant. Supérieur, à l'aise, presque heureux. Il pensa aux sergents et lieutenants ANV qui devaient eux aussi conduire une troupe récalcitrante, paresseuse et apeurée. Il éprouva de l'affection pour ces couillons qui râlaient derrière lui, et pour les couillons ANV qu'on menait vers lui. Une seule chose lui gâtait la marche de nuit : les toiles d'araignée. Elles semblaient se multiplier sur son chemin.

Derrière Egan, Pop Randalph était sur pilote automatique. Son corps bougeait à la perfection, mécaniquement, sans le concours de sa conscience. Ses yeux ne voyaient qu'un vide noir, et son esprit n'enregistrait que ce qui pourrait venir troubler ce vide parfait. La 2e section suivait, puis le PC de compagnie, la 3e section, et la 1re en arrière-garde. Au milieu de la 1re, le Bleu titubait et jurait, une main posée devant lui sur le sac de Thomaston, l'autre cramponnée à son M16. Il devinait la nervosité de ses voisins, la peur de l'embuscade.

Derrière lui, Jackson râlait sec. Qu'est-ce qu'il croit que je peux faire, ce con de Marcus ? Il se figure que j'ai qu'à lever mon cul et foutre le camp ? Pour aller où ? Connard. Et qui c'est qui va m'écouter si je m'amène en disant : « Frères *boonierats,* jetez vos armes. C'est officiel : Marcus déclare cette guerre terminée. » Ça leur plairait, aux *dinks.* Ils nous crèveraient tous jusqu'au dernier et de quoi je pourrais me vanter ? Le père malade, hein ? Dur, mais c'est pas ma faute. Ce petit salopard essaie de me culpabiliser. Con de Marcus, il comprend vraiment rien ? J'suis quelqu'un, attention. J'suis pas un pauv'nèg' soldat-esclave. Ici, j'suis quelqu'un. Il les a pas vus, les gens, à Huê, à Phu Luong. Ici, j'me bats pour la justice et la liberté, et j'suis quelqu'un. La voilà, la différence, Mista' Marcus. J'suis un mec important ici, vu ? C'est la première fois que j'suis quelqu'un. Tous les mecs ici comptent sur Jax, ils comptent sur lui pour que les *gooks* s'amènent pas par son bout de périmètre. C'est pas des conneries. Et quand j'rentrerai, gaffe les mecs : un pas en arrière ! Ouais, m'sieu ! Le père sera fier. Il l'est déjà. Je le sais. Et si elle vient, la révolution, moi, je suis prêt. Entraîné. J'ai l'expérience. Je suis capable de prendre la tête de ma compagnie, pour mon peuple, et de marcher contre n'importe quel fils de pute blanc.

Chelini aborda une minuscule clairière. Un vide tendu de velours noir : pas de lumière, pas de broussailles, pas de vent, pas de bruit. On n'avançait plus, on ne râlait plus. Sa main ne trouvait plus le sac de Thomaston et il ne sentait plus de contact derrière lui. Il resta sans bouger, trop las pour avoir peur, trop las pour faire l'effort de s'asseoir. Tout semblait s'être évanoui. Les hommes de la compagnie A s'étaient fondus dans la brume et l'humus moite.

« Position de nuit ici. » Le chuchotement d'Egan suinta du vide noir. « Installe-toi là. Je fais le tour des troupes. Faut s'assurer qu'on a tout le monde. »

Chelini hocha la tête. Il avança de quelques pas, se heurta à Thomaston, recula, posa délicatement son paquetage, ôta son casque, put enfin s'asseoir. « Repose-toi, fit à nouveau la voix d'Egan. Je prends la première veille radio. On est tous en file indienne le long de la piste. » Le sergent secoua doucement le bras droit de Chelini. « Les amis sont par là derrière toi » — il le poussa en avant — « et par ici en remontant. » Il balança ensuite le Bleu de gauche à droite. « De ce côté-là ou de ce côté-ci, si tu aperçois quelqu'un, tu tires. Je reviens dans un quart d'heure. »

Chelini ne bougeait pas. Cette brume pâteuse le sonnait encore un peu plus. Dans son état, il n'arrivait plus à avoir peur d'un coup de main ennemi — pourtant, un frisson glacé courait sur ses épaules et sur sa nuque. Il ferma les yeux. Le visage du soldat mort parut aussitôt. L'homme avançait lentement, avec précaution. Chelini était rivé à ses yeux sombres. Il secoua la tête, tenta de regarder ailleurs, mais les yeux ne partaient pas. Ils restaient vrillés sur lui. Il voyait forcément Chelini dans ses broussailles, le M16 pointé sur sa figure. Mais il avançait, le regard pétillant, l'ombre d'un sourire aux lèvres. Puis le guidon noir du M16 recouvrait précisément sa bouche. L'homme riait. Il se mettait à rire comme un dément et faisait encore un pas. Le visage grossissait, les yeux devenaient fous. Avec un grognement, Chelini pressait lentement la détente. L'aboiement, l'éclair dans le cache-flammes, la tête du soldat...

« Ho ! Le Bleu ! » Egan, de nouveau. « Suis-moi avec ta radio. Le lieut la réclame au PC. »

Comment décrire l'attente jubilante d'une permission de détente ? Chaque mouvement, chaque pensée en est affecté. Peut-être l'ancien système où l'on accomplissait sa durée légale d'une traite était-il meilleur. Lorsqu'il quitta les *boonies* pour sa première permission, Brooks était chef de section dans la compagnie Bravo, 7/402, depuis cinq mois. Il vécut ces derniers jours de 1969 comme si chaque effort, chaque nuit dans la boue des moussons, chaque tir ennemi n'avait été enduré qu'en vue de cette récompense : six nuits loin du Nam, six nuits avec Lila. Au moment de partir, Brooks n'attendait rien de particulier, il avait seulement en tête l'image de sa bien-aimée dans un décor de rêve hawaiien.

Le début répondit à ses espérances. Le premier baiser passionné depuis dix mois, la saveur de ses lèvres. Ils ne semblaient pas s'apercevoir — et cela n'aurait rien changé — que la scène se répétait à une centaine d'exemplaires autour d'eux, parmi le flot des permissionnaires. Brooks était sans voix. Dieu, comme elle était chaude. Dans le taxi qui les menait de l'aéroport à leur hôtel, ils s'étreignirent, se dévorèrent sans même remarquer les manifestants qui accueillaient tous les vols en provenance du Vietnam avec leur chant :

HEY, TUEUR D'ENFANTS, S'IL TE PLAÎT,
FLINGUE-TOI, FLINGUE PAS LES VIETNAMIENS.

Mais dans toute cette attente, cette exultation, on ne réfléchit pas, on ne prépare rien. Ça vient plus tard, de retour au Nam, en essayant de recoller les morceaux, de comprendre ce qui s'est passé. Pour le lieutenant Rufus Brooks, c'était maintenant comme une pensée qu'on craint, avec les qualités d'un rêve, mais pas vraiment, car il restait conscient, réagissait en essayant de se réfugier dans son travail. Pendant cette marche de nuit, les souvenirs de sa permission dominaient l'activité en cours et ses ébauches de réflexion autour de l'idée de conflit. Tout se concentrait en un seul jour, la répétition d'un jour unique de son existence, comme si celle-ci n'était qu'un disque rayé, l'aiguille retombant à chaque révolution sur le même sillon douloureux, la même effroyable journée.

Pourtant, tout avait magnifiquement commencé. Quand ils purent enfin s'arracher l'un à l'autre assez longtemps pour dire un mot, Rufus tint Lila à distance un instant et murmura tendrement : « Laisse-moi te regarder. » Elle rit et dit à son tour : « Et toi... ce que tu as maigri. Ils ne prennent pas soin de toi ?

— Ça va très bien », fit-il en la serrant à nouveau. Il brûlait de courir jusqu'à leur chambre. A travers son uniforme, il sentait ses seins doux mais fermes, la chaleur de ses cuisses. Rufus possédait un corps vigoureux, mais des mois de campagne avaient encore durci les muscles de ses cuisses et de son torse ; son ventre était plat. Lila lui caressait les bras, le dos, la nuque. Il se sentait revivre.

Il la tint de nouveau à distance. « Mais... qu'est-il arrivé à tes yeux ?

— Ils te plaisent ?

— Ils sont verts ! Qu'est-ce que tu as fabriqué ? Tu n'as pas les yeux verts. » Elle haussa les sourcils, ses yeux lancèrent un éclair provocant. « Lentilles colorées », dit-elle en souriant. Il la reprit dans ses bras, recula un peu et posa les mains sur ses épaules, descendant légèrement les pouces vers la naissance des seins. Les yeux de Lila étaient magnifiques mais le mettaient un peu mal à l'aise, comme s'il découvrait une inconnue.

« Est-ce qu'on... on prend un verre ? demanda-t-il avec une pointe de nervosité. Tu vas me raconter tout ce qui t'est arrivé.

— Montons dans la chambre, murmura-t-elle presque timidement. Viens, montons. » La main de Rufus descendit le long de son dos et se glissa entre ses fesses rebondies. « Pas ici, Rufus, on nous regarde. Montons dans la chambre te sortir de cet uniforme. Je t'ai apporté des vêtements. »

Ils se jetèrent sur le lit. Rufus déshabilla Lila fiévreusement, sauvagement. Elle tordait son corps pour lui faciliter la tâche. Elle mit les mains sur ses seins, en caressa les pointes pendant qu'il arrachait sa chemise d'uniforme, découvrant un torse dur. Les mains de Lila descendirent, elle se caressait, elle avait faim de lui, voulait sentir son poids sur elle. Il tira sur sa culotte et elle releva aussitôt les cuisses, ramenant ses genoux contre elle pour lui permettre d'expédier plus vite le dernier bout de tissu qui lui collait à la peau. Elle fit mine de jouer les effarouchées pendant qu'il achevait enfin de se déshabiller. Lila le contemplait de ses yeux rieurs.

Ils firent l'amour, encore et encore.

Elle ne l'avait jamais senti si chaud, si léger et pourtant si dur ; il n'avait jamais si bien bougé en elle ; elle n'avait jamais senti autant de caresses partout à la fois ; et lui n'avait jamais senti sa bouche aussi fondante, sa langue aussi voluptueuse. Le plaisir montait, il devinait Lila proche de l'orgasme.

« Oooh, Rufus, Rufus, fais-moi un bébé... » L'amour explosait en elle. « Oooh, fais-moi un bébé... je veux tout de toi...

— Lila, je t'aime, je t'aime... tu m'as tellement manqué... Lila... »

Il n'avait jamais bandé comme ça, elle n'avait jamais été aussi bandante ; son corps magnifique semblait rayonner ; leur amour retrouvé, neuf, les balaya. Puis, allongés, détendus, ils s'embrassèrent. Elle le caressa, jouant avec son corps, descendant ; elle lui lécha les couilles, le regarda durcir. Il promena ses mains le long de son dos, lui saisit le cul, glissa ses doigts dans la chatte, plongea sa langue, contemplant son corps fièrement cambré sous ses baisers ; il remonta, prit ses seins à pleine bouche, les lécha, les roula entre ses doigts. Jamais ils n'avaient mis autant de passion, de variété. Ils s'aimèrent, encore, encore, connurent l'apaisement.

« Ça va être merveilleux, dit Lila, on a tant de choses à voir. Ne perdons plus une minute. »

Rufus approuva. C'était merveilleux de la laisser prendre toutes les décisions. Il s'en remit totalement à elle. « Lila, avoua-t-il, j'ai tant pensé à toi. A chaque minute. Je pense à toi tout le temps. » Il sentait comme un besoin d'être complètement pris en charge par elle. « Tu es tout pour moi », ajouta-t-il, et il eut en prononçant la phrase l'impression d'avoir fait une erreur, d'en avoir livré trop, même à sa femme. Lila ne lui fit pas d'aveu de solitude de son côté.

« Ça va être merveilleux », répéta-t-elle en posant la tête sur sa poitrine. Ils restèrent silencieux plusieurs minutes. Rufus ressentait une lassitude agréable et aussi une pointe d'anxiété. Il songea à sa section, à chacun de ses hommes. « Je me demande » — il choisit ses mots avec soin, essayant de garder un ton désinvolte — « Je me demande où ces pauvres diables peuvent bien dormir ce soir... » Lila se souleva sur un coude, le regarda dans les yeux. Il se détourna. « C'est mon premier lit depuis dix mois, fit-il en riant. Ça fait dix mois que je dors par terre ou sur un lit de camp, et depuis juillet, depuis que je suis au Zéro-deux, c'est par terre tout habillé.

— C'est pénible ?

— Non, ce n'est pas le pire. Je me demandais juste où ils pouvaient être en ce moment. C'est la saison des pluies, là-bas, et on est dans les montagnes. » Il reprit un ton plus joyeux. « C'est génial, d'être ici avec toi.

— Rufus... » Il savait ce qui allait suivre. Tous les types qui rentraient de permission racontaient que leur femme demandait toujours ça le premier soir. Lila reposa sa tête sur sa poitrine et poursuivit : « Rufus, est-ce que tu as tué quelqu'un ? »

Il soupira, resta silencieux un moment, respira profondément.

« Pourquoi ne me demandes-tu pas si j'ai sauvé la vie de quelqu'un ? »

« Mon lieutenant, Bravo est attaquée ! » fit la voix d'El Paso. Il veillait les fréquences des trois radios du PC pendant que Cahalan et Brown dormaient. Il faisait froid, une pluie fine s'était mise à tomber et Brooks frissonna. Des tirs sporadiques résonnaient dans la vallée. Infiltrée le 13 sur le versant nord, la compagnie Bravo avait continué en remontant vers le nord jusqu'à sa position de nuit. Le 14, ils avaient engagé un bref combat de rencontre avec trois ANV qu'ils poursuivirent en direction du sud, retraversant leur zone d'infiltration au passage. Après avoir perdu la trace de l'ennemi, ils regagnèrent la LZ pour y passer la nuit. Ils se trouvaient à présent à deux kilomètres et demi au nord-ouest d'Alpha, seulement séparés d'eux par quelques collines basses. Il y eut encore des tirs, quelques grenades. L'ANV attaquait Bravo sur un flanc, puis sur l'autre.

« Alertez tout le monde, ordonna Brooks à El Paso. Restez à l'écoute de Bravo, et que le bleu d'Egan apporte sa radio ici. »

Une fusée éclairante éclata au-dessus de la position de Bravo, puis une autre, puis deux, d'autres encore au centre de la vallée. Des lueurs irréelles perçaient la jungle et tombaient sur les hommes de la compagnie A. Brooks détestait avoir à demander ce genre d'illumination. Les fusées ne faisaient pas le détail, révélant aussi bien les forces amies que les forces ennemies. Avec l'habitude américaine d'installer des positions de nuit sur les hauteurs, elles aidaient l'ANV à tuer des GI's en plus grand nombre, au lieu du contraire.

El Paso, Cahalan et Brown s'accroupirent tout près du lieutenant, bientôt rejoints par Doc, Minh et l'observateur avancé. « On est pas sortis de la merde dans un TO pareil, fit ce dernier.

— J'espère qu'on va pas encore avoir droit aux mortiers, dit Brown. Je hais ces saloperies.

— Tout ce qui te tombe sur le coin de la gueule, c'est de toute façon des saloperies », commenta laconiquement El Paso.

Les tirs d'artillerie sur les objectifs repérés par Bravo commencèrent depuis Barnett.

« Dans le Sud, fit l'observateur, qui attira l'attention de tous, on faisait des actions en force. Toute une brigade encerclait l'ennemi juste avant qu'il fasse noir, les attaques aériennes et les tirs d'artillerie se succédaient toute la nuit. Les *dinks* essayaient de se tirer, et le matin on allait finir de nettoyer. »

Egan arriva, suivi du Bleu. Il avait profité d'une pause entre des tirs de fusées éclairantes. Chelini écrasa un moustique du plat de la main. « Arrête de faire du bordel », aboya aussitôt Egan. Doc tendit un flacon d'insectifuge à Chelini, qui en versa un peu sur ses mains, puis se frictionna le visage et la nuque. Le flacon fit le tour des hommes assemblés. Avec la pluie, les moustiques étaient revenus.

Ils étaient neuf hommes assis silencieusement devant quatre radios, écoutant leur crépitement et les bruits de la vallée. Le coup de main contre Bravo semblait prendre fin. Barnett cessa d'envoyer des fusées et reprit son tir de harcèlement, dont les échos roulaient dans l'ombre. Tout semblait à peu près paisible. Chelini n'avait pas dormi pendant l'arrêt de la colonne, il ne s'était pas reposé non plus avant la marche. A présent, en sûreté au milieu de la compagnie, entouré par les huit autres, il essaya de fermer les yeux. Le calme se fit.

Un nouveau bruit déchira la nuit, le plus horrible de tous, cette légère compression d'air, ce non-son qui annonçait un tir de mortier — et il ne s'agissait pas de mortiers amis, chacun le savait, il n'y avait pas d'unité encadrante aussi près dans cette direction —, un tir au-dessus d'eux vers l'est, dans la vallée. Instinctivement, Egan, Brooks et l'observateur tirèrent leurs boussoles et suivirent la direction du son. Les autres se figèrent. Il n'y avait aucun refuge ; on n'avait pas creusé de trous individuels. Le long de la colonne, les hommes cherchaient à s'aplatir encore davantage sur le sol, à comprimer leur corps. La sueur gouttait sur les fronts. *Phaffft.* Les cœurs ralentissaient ; les yeux s'écarquillaient ; les couilles remontaient ; les sphincters se comprimaient. *Phaffft, phaffft.* Dix fois. Douze fois. Les oreilles se faisaient radars fouillant le ciel. Puis des éclairs déchirèrent la brume à travers la vallée. *Karrumph... karrumph...*

Dans le grésillement des radios, on entendait des voix affolées. « L'OA de Bravo est touché », signala Cahalan. Les tirs continuaient sur la position de la compagnie B. Douze, seize, vingt coups de mortier. « Ils ont trois blessés. » Puis ce furent les fusils. Des AK, des mitrailleuses légères RPD *, auxquels répondirent des M16 et des M60. Les tirs s'intensifiaient, avec grenades, RPG *, *thumpers.* Les obusiers de Barnett réagirent à leur tour. « Plus bas 100, plus à gauche 50... » Une voix s'efforçait d'encadrer l'objectif.

Les explosions et la cacophonie continue des armes légères ne couvraient pas les *phaffft* du mortier ANV en contrebas de la compagnie A. Le tube pilonnait furieusement. Brooks s'empara du combiné de Cahalan, le rejeta, empoigna celui de Brown, interrompant les réglages des tirs de Bravo. « Armageddon Two, Armageddon Two de Quiet Rover Four, à vous. » Il attendit. « Répondez, salauds, j'ai repéré le tube... Armageddon... » Il attendit encore. Les autres ne bougeaient plus. Barnett faisait donner ses douze obusiers ; le volume des explosions augmentait. Brooks colla brutalement le combiné dans la main de l'observateur avancé. « Dégotez l'artillerie, dites-leur qu'on entend le tube et qu'on réglera le tir à l'oreille ! » El Paso couvrit le lieutenant d'un poncho ; Egan produisit une carte et une torche électrique. Le mortier ANV tirait toujours. « On reçoit des obus », fit un radio du CO. « La base est frappée », rapporta l'OA avant de contacter le poste central de tir de Barnett pour expliquer la situation. « Armaggedon Two de Rover Four. Pour mission de tir, à vous. » Il leur communiqua la direction et l'emplacement approximatif de la cible à mesure qu'Egan et Brooks déchiffraient les coordonnées sur la carte. L'OA suggéra le type de projectile à employer, la mise à feu et le réglage. « Et maintenant, tirez, bordel de merde ! beugla-t-il.

— Prêt à tirer ! rugit la radio.

— Prêt », fit calmement l'observateur.

Les *phaffft* du mortier, qui avaient cessé un instant, reprirent de plus belle. Les hommes d'Alpha se plaquèrent de nouveau au sol. Le tir était-il maintenant réglé sur leur position ? Pendant ce temps, les tirs d'armes légères de Bravo continuaient.

« Coup parti, fit le radio.

— Coup parti », répéta l'observateur.

FLASH ! KARRUMP ! L'explosion des obus de mortier AVN suivait l'éclair d'une demi-respiration.

« Meerde... », fit Doc en souriant.

Le premier obus de Barnett tomba non loin du coin d'où provenaient les bruits du mortier ANV. « Plus à droite, 50, corrigea l'observateur. A présent vous êtes bons. Passez au tir d'efficacité ! »

KARRUMP ! Les obus ANV tombaient sur l'ancienne position de nuit d'Alpha, qu'ils avaient quittée trois heures plus tôt. « Merde ! » rigola encore Doc en frappant Minh sur l'épaule. Tout au long de la colonne, on respirait mieux.

KARABABOOMBOOMBOOMBOOM ! Six obus 105 mm explosèrent dans la vallée, juste au-dessous d'Alpha. Tout le piton fut secoué. KARABABOOMBOOMBOOMBOOM ! Une autre salve. « Allez-y, les mecs ! » cria quelqu'un. Une nouvelle salve fit trembler le sol, et du côté de Bravo on tirait toujours. Les acclamations fusèrent dans les esprits, sinon à voix haute, des étendards imaginaires furent déployés, des fanfares muettes éclatèrent. Sur quatre-vingt-dix écrans de télé mentaux, la cavalerie chargeait, les pionniers étaient sauvés.

Les tirs d'artillerie redoublèrent dans la vallée. Aux 105 mm de Barnett vinrent se joindre d'énormes 175 mm et des obusiers 8 pouces de bases plus éloignées. Sur la position de Bravo, le caquetage des armes légères s'interrompit, repartit, s'arrêta de nouveau pour se réduire enfin à quelques crépitements dans la nuit zébrée de bruine.

« Bravo réclame une évasan d'urgence, signala Cahalan.

— Pas question, fit Brown.

— Comment ils vont sortir les mecs de là ? souffla rageusement Doc. Comment ils vont poser un hélico au milieu de ce merdier ?

— Leur OA est mort, précisa Cahalan. Ils ont trois urgences : une priorité de transport, une tactique. Plus l'OA.

— Putain de vallée, cracha El Paso. Quand ça pleut de tous les côtés, c'est plus serré que la merde dans ton cul. »

Chelini tremblait de tous ses membres. Branché sur la fréquence interne de la compagnie, il écoutait les comptes rendus de situation routiniers de ses groupes et ceux d'autres PC de section tout en priant Mon Dieu, faites qu'on y passe pas, mon Dieu je vous en prie.

Le vacarme diminuait dans la vallée et les tirs du côté de Bravo s'arrêtèrent tout à fait. Le mortier ANV s'était tu. L'artillerie US continuait au ralenti. L'attente se faisait lourde.

« Comment vont-ils sortir les blessés ? chuchota le Bleu.

— Ils les sortiront, fit Egan. Les pilotes du soutien médical ont des couilles en acier. »

Doc Johnson en avait la nausée. C'était toujours la même frustration, la même colère, quand il se sentait incapable de faire quelque chose, d'apporter une aide. T'as beau essayer, essayer, essayer, songeait-il, qu'est-ce que ça te donne ? On s'crève pour faire c'qu'y faut, et ça change pas un seul putain d'truc, Mista'. Pas un. A l'arrière, dans les plaines, c'est pareil que dans la jungle. Même dans le Monde, c'est pareil.

Doc était un grand Noir costaud et lourd, un peu lourd pour un fantassin. Il avait des cheveux drus et crépus, une moustache frisottée qui lui tombait au coin des lèvres et se retroussait, le menton toujours couvert d'une barbe naissante. Au-dessus de l'œil gauche, une cicatrice courait jusqu'à l'arête du nez, effaçant le sourcil et zébrant sa peau sombre d'un trait rose. Massif, Doc donnait une impression de lourdeur que beaucoup de gens associaient à un esprit lent.

Doc, le sergent Alexander Vernon Johnson, était un Noir de la ville, né et élevé 143e rue à Manhattan. Son territoire partait de la rive est de l'Hudson et s'étendait à travers tout Harlem, un environnement très mélangé où les ghettos noirs et portoricains voisinaient avec les vestiges de communautés juives ou irlandaises. Comme des dizaines de milliers de Noirs cherchant une meilleure vie, la famille de Doc avait été attirée du Sud dans les années 20 par la perspective d'emplois bien payés dans les usines du Nord-Est. Longtemps avant sa naissance en 1949, il s'était établi chez les siens un schéma permanent de travail migrant pour les hommes et de foyers brisés. Alexander fut élevé par une femme qui n'était pas sa mère, dans une famille où ses demi-frères et sœurs n'étaient eux-mêmes entre eux que consanguins ou utérins, au sein d'une culture des rues qui relevait plus de la tribu que de la cognation. Il n'avait pas un père mais une multitude de pères, pas une mère, mais une multitude de mères, et des frères et sœurs sur tout son territoire, même s'ils ne l'étaient pas par le sang.

Pour un garçon qui grandissait dans ce genre d'environnement urbain, la rue était le meilleur endroit. Dans les maisons, tout était gris, morne, sordide, sale d'une crasse accumulée avec les ans et qu'aucun nettoyage ne ferait partir. C'est là que les ivrognes traînaient affalés dans les couloirs, que les cafards pullulaient dans les recoins humides, sous les éviers ou derrière les commodes bancales, là que la peinture jaunie partait en lambeaux, que des lézardes couraient dans le plâtre des murs et des plafonds comme les veines du corps humain sur les planches d'anatomie des manuels scolaires. Dans la rue, on jouait au handball, au *stickball ;* à l'école, on pouvait même jouer au basket. Dans la rue, les immeubles avaient de la couleur ; sur les murs, on voyait des réclames pour des décolorants pour la peau et des décrêpants pour les cheveux. Il y avait de la musique et on dansait. Dans la rue, il ne faisait jamais tout à fait noir.

La vie de la rue a des connotations dures, mauvaises pour le non-initié, mais pour un garçon qui la pratique, c'est assez convivial. Alexander sut très tôt que quelque chose ou quelqu'un veillerait sur son bien-être en lui faisant prendre de force le chemin de l'école, en lui fournissant un interlocuteur quand il avait besoin de parler, ou en le protégeant quand une bande rivale envahissait son territoire. C'était un zonard, un Noir pauvre qui ne se savait pas pauvre et crachait sur le paternalisme des travailleurs sociaux. Pendant quelque temps, il fut un cow-boy urbain, un arnaqueur à la petite semaine, bon comme ami, mauvais comme ennemi.

Alexander était le type même d'adolescent que la nation appelle parmi les premiers quand elle a besoin d'hommes pour la guerre, mais qu'elle rejette — y compris l'armée — quand on ne réclame pas de gros bras pour porter des fusils ni de Noirs costauds pour porter les morts.

Pour Alexander Johnson, cela se produisit en 1966 : il avait dix-sept ans, et le pays décida qu'il avait besoin de ses services. Peut-être fut-ce un coup de chance qu'un de ses frères lui eût conseillé de s'inscrire pour une formation au lieu de se laisser simplement incorporer ; peut-être eut-il la sagesse de l'écouter, ou bien étaient-ce ces lézardes aux murs qui lui rappelaient les veines des planches d'anatomie ? Alexander signa pour quatre ans avec la garantie d'une instruction au service santé. Peut-être, aussi, ne fut-ce pas une chance du tout.

Début 67, Alexander partit pour l'instruction élémentaire en se disant que New York serait vite oublié, que c'était le genre d'endroit dont un homme se détourne sans peine, mais la nostalgie lui vint presque aussitôt. Il regrettait son territoire, ses « frères » et « sœurs » qui n'en étaient pas, et surtout, parmi celles-ci, Marlena, plus jeune que lui de trois ans. Ils ne s'étaient jamais quittés.

Alexander revint chez lui entre ses classes et son départ pour le Texas, où il allait suivre vingt-six semaines d'instruction santé. Il passa une semaine de permission dans les rues avec ses anciens copains, mais principalement avec Marlena. Un soir en se promenant, ils étaient tombés sur un véritable attroupement. Des gamins couraient dans tous les sens ; les vieux bavardaient sous leurs porches ; des hommes se repassaient une bouteille de vin ; quelques femmes à la mine sévère se tenaient au coin de la rue. On était fin mars ; il faisait beau pour la première fois depuis le dégel de janvier. Un peu plus bas, des loubards portoricains jouaient au *stickball* avec des pierres ; ils en profitaient pour essayer de vider la rue et briser les fenêtres des immeubles.

Sous le porche central se tenaient deux filles et trois garçons. L'une des filles se mit à chanter en agitant les bras, bientôt imitée par les autres. Les yeux de Marlena s'allumèrent devant le spectacle et Alexander contempla sa joie.

Un couple de Blancs qui approchait changea de trottoir, passa son chemin, puis retraversa la rue. « Regarde-les, ceux-là, soupira Marlena, tout déguisés dans leurs peaux blanches et leurs petits costumes. Ça me rend triste.

— Dingues, dit Alexander. Les Blancs sont dingues. J'te raconterai comment c'était pendant les classes. J'te dis, Lena, les Blancs c'est qu'une bande de dingues. »

Marlena passa son bras autour de la taille d'Alexander, il lui entoura les épaules ; ils se regardèrent et se serrèrent l'un contre l'autre. « Si on allait écouter un peu de musique et bouger un peu ? » proposa-t-elle.

A San Antonio, les stages d'instruction santé duraient de douze à quarante semaines selon la spécialité. Les appelés pour deux ans étaient orientés vers un cycle court, principalement axé sur les soins d'urgence, amputation, plaies béantes à la poitrine, chocs traumatiques. Les engagés et les cadres aux perspectives de service plus longues suivaient une formation dans tous les domaines, de l'assistance en salle d'opération à la physiothérapie. L'instruction achevée, la plupart recevaient leur première affectation auprès d'antennes médicales rattachées à des unités de combat. Ils devenaient des hommes de terrain. Ce fut le chemin suivi par Alexander : vingt-six semaines de formation intensive, un mois de permission, puis un an avec la First Cav [1] — novembre 67 à novembre 68, dans l'I Corps, république du Vietnam, à crapahuter avec sa grosse trousse de médicaments.

Pendant qu'il était à San Antonio, on découvrit que Marlena souffrait de drépanocytose, une maladie de l'hémoglobine, au cours de laquelle des globules rouges en nombre toujours plus grand se déforment, deviennent rigides et excessivement fragiles, finissent par éclater en libérant des toxines dans le système sanguin. Le traitement des symptômes peut prolonger la vie du malade, mais non arrêter le processus : la maladie est douloureuse, incurable et toujours mortelle.

Au terme de son année avec la First Cav, Doc fut affecté au centre d'instruction RNV de Fort Riley, Texas, un poste qui semblait passionnant à première vue, mais très isolé et qui se révéla finalement intolérable pour lui.

En juillet 69, Marlena mourut de lésions pulmonaires non traitées et des suites d'une pneumonie. Elle mourut du manque de traitement autant que de la maladie. « Morte, chierie de merde ! » hurla Doc en vomissant tout ce qu'il avait bu le soir où il apprit la nouvelle. « Morte parce qu'elle était une sublime dame noire qu'avait hérité des gènes pourris d'un quelconque salopard il y a sept mille ans. Morte parce que ces gens-là, parce que ceux de mon peuple savent pas encore qu'ils sont pas obligés de mourir. » Sur sa demande, Doc fut à nouveau transféré au Vietnam. En décembre 69, il rejoignit le détachement du 326e bataillon santé affecté à la 1re brigade de la 101e division aéroportée (aéromobile).

Les premiers mois, Doc s'occupa du MEDCAP *, le programme d'aide médicale aux populations, pour le Zéro-deux. En compagnie d'un autre médecin et d'un interprète (et aussi, généralement, d'un ou deux *boonierats* temporairement à l'arrière), il allait de village en village suivant un itinéraire fixé d'avance. L'équipe essayait de visiter chacun des villages à peu près une fois par semaine ou tous les dix jours. Au début, Doc tira de grandes satisfactions de ce travail, mais le découragement, la déprime et la nausée ne tardèrent pas à le gagner. Doc Johnson s'en ouvrit un jour à El Paso :

« Y a une chose qu'il faut d'abord savoir, Mista'. C'est les vieux qui font tenir ensemble la société vietnamienne traditionnelle. Tu t'souviens d'un nommé Quay, un Marvin *, de l'ARVN ? L'a été mon interprète trois mois. Il m'a raconté comment les bouddhistes et les taoïstes et les confucianistes, y sont tous d'avis qu'y a un ordre dans l'univers, c'est comme qui dirait leur religion, tu me suis ? Tout le monde respecte les vieux parce qu'y sont à leur place. Tu te permets

1. First Cavalry Division *(N.d.T.)*.

pas d'aller charrier un vieux papa-san. C'est lui l'Homme, la clé de la structure sociale.

« On va dans un village comme Luong Vinh. T'es sûr d'y voir les chiens couchés dehors et les baby-sans trotter cul nul dans les cabanes en chaume. Bon, on va où est l'école que nos ingénieurs leur ont construite au milieu du village, elle est en tôle ondulée, et là, Quay demande le chef du village.

« Fallait les voir se presser dans cette cabane en tôle rien que pour me voir, Mista'. Y faisaient la queue jusqu'au coin, tous pieds nus. Alors, Quay sortait leur expliquer que je verrais d'abord les baby-sans, puis les mères avec des p'tits gosses, puis les vieux. Y s'dressaient tous sur la pointe des pieds comme si c'était au cirque. Bon, j'suis presque fini, quand une p'tite vieille s'amène et j'repère tout de suite qu'elle est tubarde, ou c'est la pneumo, mais sûr qu'elle en a plus pour longtemps, alors j'y donne quelques vitamines, un ou deux trucs comme ça, vu que je sais qu'je peux plus rien pour elle. Ou un aut'coup, c'est un vieux qui va parler à l'oreille à Quay, et Quay qui vient me dire : “ Doc, faut lui donner quelques médicaments. C'est un vieux, il a pas d'argent. Il a besoin de quelque chose à échanger pour pouvoir manger. ” Tel quel.

« C'est là qu'jai saisi, Mista'. Tu comprends c'que j'suis en train de dire ? C'est le règne de la terreur dans ces villages. C'est pas le Viet-cong. C'est pas l'ANV. C'est les cow-boys. Tous ces jeunes gens qu'ont pas encore été appelés. Sont comme une bande de quartier chez nous, mais pire. Y s'amènent, les gosses détalent vite fait, les mama-sans se trottent. Un coup, y a un vieux, j'y donne un peu de *Sing tô*, des vitamines, de la nitrofurizone contre la teigne tondantée. A peine il est sorti de l'école, quatre cow-boys lui tombent dessus et lui piquent la moitié de ce que j'y ai donné. Ils le tabassent un petit coup, pis ils le laissent aller. Comme un racket, quoi. Le vieux va pleurer sa misère à quelques baby-sans, mais qu'est-ce qu'il peut faire ?

« Des cow-boys. L'américanisation cent pour cent. Y piquent la moitié des trucs à tout le monde et les revendent sur le marché noir. Tous les hommes en âge sont à l'armée. Ou tués. Plus rien entre les jeunes et les vieux. Ces gamins, y grandissent sans discipline. Comme des animaux. C'est toute la structure sociale qui fout le camp, Mista'. Et tu sais quoi, hein, tu sais quoi ? Nixon a poussé Saigon à mobiliser à cent pour cent. Y prennent tous les types entre dix-huit et trente-huit. Dix-sept et trente-neuf à quarante-trois, y les mettent dans les forces populaires. Reste plus personne au village, et la plupart des cas, le village, c'est rien qu'un camp de réfugiés qu'est déjà surpeuplé. De quoi te briser le cœur, mec, de quoi te briser le cœur. »

C'était le même sentiment que Doc Johnson éprouvait à présent, le même que lorsqu'il voyait un camarade agoniser avec les tripes à l'air, le sang qui coulait par une douzaine de plaies, avec la vallée complètement bloquée et impossible d'obtenir une évasan. Ça le rendait malade de frustration. Ça remontait à la mort de Marlena. On aurait pu l'aider, mais lui n'avait rien pu faire, n'avait rien fait. Parce qu'il était noir, un pauvre Noir du ghetto, qui parlait le mauvais anglais du ghetto. T'essaies, t'essaies et t'essaies encore. Si seulement je pouvais être un docteur, un vrai. Si je pouvais étudier, je pourrais être un chercheur, un docteur.

Chelini claquait des dents et tremblait de tous ses membres sans pouvoir s'arrêter. « J'ai peut-être la malaria, se dit-il. Mon Dieu, sortez-nous d'ici. » Il n'avait pas été à l'église depuis quatre ans. Né catholique, il avait cessé de pratiquer après sa confirmation. Avant de se retrouver dans la jungle, il n'avait pas prié depuis des années. A présent, il débitait frénétiquement toutes les prières dont il pouvait se souvenir, Je vous salue Marie, Notre Père qui êtes au cieux, l'Acte de Contrition...

« L'Homme Vert répond à Bravo. » La voix de Cahalan glissait dans l'ombre humide, hachée, répercutant les messages à mesure qu'ils lui parvenaient. « Ils envoient une évasan.

— Pas trop tôt, fit Egan.

— Ils ont déjà essayé, ajouta Cahalan. Le premier hélico s'est paumé en remontant le Song Bo. Il manquait de carburant et a dû rentrer. »

Les tirs d'artillerie sporadiques qui résonnaient dans la vallée s'interrompirent à l'approche des hélicoptères. Un silence total régna un moment, puis le slap-slap des rotors leur parvint et le niveau sonore remonta rapidement. Les appareils devaient approcher tous feux éteints, ou bien la brouillase voilait tout, car les hommes d'Alpha ne parvenaient à les situer qu'à l'oreille.

« Les petits bonshommes vont pas louper cette évasan, fit remarquer l'observateur avancé.

— Ils vont vouloir se les payer, confirma Egan.

— Mon Dieu », murmura Chelini.

Le fouettement des pales dans l'air de la nuit avait quelque chose d'irréel. On distinguait difficilement les nouveaux arrivants. Au moins deux Cobra, un très gros engin — peut-être un Chinook — et trois, ou même quatre, Huey.

Le chef radio de la compagnie Bravo, Joe Escalato, dirigeait leur approche à l'oreille. Bien connu des anciens d'Alpha, Escalato avait été le radio de Brooks quand celui-ci était chef de section dans la compagnie B. De plus, c'était un bon copain d'El Paso — qui, à cette minute, veillait sa fréquence et l'encourageait à voix basse. Du côté de Bravo, on tira deux « étoiles vertes », des fusées éclairantes qui montaient à la verticale jusqu'à trente mètres, puis éclataient comme des mini-roquettes.

« Vu deux citrons verts ! » annonça le chef du convoi. L'hélico amorça sa descente vers la position de Bravo, décrivant d'abord des cercles, puis lâchant par douzaines des fusées à parachute. Le phosphore enflammé éclatait en flaques de lumière blanche qui coulaient jusqu'au sol luisant. « J'ai la LZ marquée aux quatre coins par des fumigènes rouges », fit Escalato. L'appareil survola encore une fois la position en lâchant une deuxième couronne de fusées, qui descendirent en oscillant doucement sous leurs parachutes, puis crachouillèrent et s'éteignirent. A chaque passage, l'hélico rallumait la scène. Les hommes d'Alpha retenaient leur souffle. « J'ai un feu à éclats au centre de la piste », annonça la voix d'Escalato. Malgré l'avalanche de fusées, Alpha ne parvenait toujours pas à distinguer la compagnie B. Le ciel diffusait le même genre de lueur qu'une ampoule opaque.

Avec l'hélico à une centaine de mètres, Bravo ouvrit brusquement le feu comme pendant une Minute Folle, arrosant la jungle d'un tir de neutralisation avec tous les moyens du bord : M16, M60, M79, grenades... Le rythme ne ralentit que le temps de recharger. « L'oiseau est passé », annonça El Paso. Quelques AK se faisaient entendre au milieu du feu roulant de Bravo. « Ils embarquent », poursuivit El Paso, puis : « Ils repartent. » Le tir de neutralisation persista tout le temps que l'appareil demeura au sol et doubla d'intensité au moment du décollage. Les AK apportaient une sorte de ponctuation ironique, comme si l'ANV jouait avec Bravo, leur faisait savoir que leur Minute Folle était une plaisanterie. L'évasan avait réussi. Les hélicoptères s'éloignèrent, les dernières fusées s'éteignirent.

La nuit redevint paisible. Seuls quelques tirs de harcèlement trouaient son velours humide. Au PC, les hommes essayaient de passer le temps en discutant de tout ce qui leur venait à l'esprit. L'OA raconta plusieurs anecdotes sur des unités qu'il avait accompagnées dans le delta du Mékong. El Paso saisit l'occasion d'entreprendre Chelini sur l'histoire du Vietnam et Egan y mêla ses vues sur la situation politique. Doc évoqua les soins à apporter à certaines blessures que, selon lui, les troupes de Bravo devaient avoir subies. Personne ne mentionna la mort de leur observateur avancé. A un moment, le lieutenant fit quelques remarques sur les causes de la guerre et de la violence. Chelini dit qu'à son avis tout était génétiquement programmé dans le cerveau. « J'aimerais que vous m'en reparliez », dit Brooks. Ils étaient tous trop épuisés pour se lancer dans des discussions suivies. L'Homme Vert appela Brooks pour lui dire d'accélérer la descente d'Alpha dans la vallée. « Faut que vous alliez faire mal aux petits bonshommes. » Il félicita aussi le lieutenant d'avoir évité les mortiers ANV. Pour Chelini, c'était la première réunion de PC et ça lui plaisait énormément ; pour les autres, ce n'était que la réédition de nombreuses nuits semblables. Cahalan, Brown, Doc et Minh dormaient. A 04 h 55, l'ANV lança une attaque en force contre la compagnie Bravo.

« Les salauds », fit Doc en se réveillant.

CHAPITRE 20

La nuit avait été longue et, maintenant, ils marchaient à nouveau, ils s'enfonçaient dans leur caverne obscure sous la voûte de la jungle, redescendant la crête qu'ils avaient gravie quelques heures auparavant jusqu'à leur position de nuit dans la brouillasse. Petit à petit, ils se rapprochaient de leur objectif dans la vallée. « Au moins, il pleut plus », disaient-ils pour se consoler. « Au moins, on n'a pas été touchés », dit Chelini à Silvers, qui marchait derrière lui. Les hommes d'Alpha, épuisés, marchaient comme des somnambules, à pas hésitants ; leurs jambes n'étaient plus assez sûres pour ce terrain qui se dérobait à tout moment. Ils sentaient des élancements dans leurs cuisses, à cause du sac qui pesait sur eux, de la grimpée précédente, du froid de la nuit, de la raideur du corps qui n'arrivait pas à se dissiper, le tout aggravé par l'ordre de progresser sans bruit.

Bravo et l'ANV se battaient toujours, de l'autre côté de la vallée. Une heure avant le départ de la compagnie, l'écho des détonations mettait déjà les nerfs des hommes d'Alpha à l'épreuve, et cela ne semblait pas devoir s'arrêter. Chelini gardait l'écoute pour le PC. Barnett essuya de nouveaux tirs de mortier. Delta signala une probable reconnaissance ennemie. « Ils sauraient pas faire la différence avec un pétard », ricana Egan. Alpha-Quiet Rover, Alpha-Merde-au-lieut, était une fois de plus en mouvement dans le noir, une fois de plus râlant et trébuchant. L'éclaireur avec chien marchait en tête, suivi par la 3ᵉ section, le PC, les 1ʳᵉ et 2ᵉ sections.

Egan était satisfait de la tournure que prenait l'opération : l'excitation pendant la découverte des caches ennemies et des combats, l'air froid de la nuit, aussi, tout ça le stimulait. Il avait dormi moins de quatre heures en deux jours et ne connaîtrait sans doute pas plus de trois heures de sommeil par nuit d'ici la fin de l'opération, mais ça ne le troublait pas plus que le manque de nourriture convenable et d'eau, ou les dangers de la descente vers la vallée. Il aimait ça, il se sentait dans son élément. Il s'y était préparé avec chaque geste accompli depuis son arrivée au Vietnam. Il était un bon soldat. La tactique, le jeu et ses règles, ça lui plaisait. Que sa propre vie fût l'enjeu de la partie augmentait encore son ardeur et son attente. Un seul sentiment allait à l'encontre du reste et pouvait lui couper ses moyens : la pensée des vingt-trois jours qui lui restaient à tirer. Dans vingt-quatre jours, il se mettrait en quête de Stephanie, et il la retrouverait, il serait avec elle. Stephanie : l'antithèse du Vietnam. Tout ce qui était bon, paisible, aimant. Stephanie : la tendresse, l'amour dans un emballage parfait. Elle ne demandait pas à être analysée, traduite en raisonnements et en attitudes. Avec elle, la simple perception égalait la compréhension. Pas trace d'incertitude ni de complication. Comment s'était-il débrouillé pour gâcher à ce point leurs relations ? Il n'arrivait pas à comprendre.

De retour à la fac, après tout un été passé à vadrouiller, il lui avait téléphoné. Pas de réponse. Dans ses cauchemars, il la voyait grosse et laide, elle avait pris quinze kilos, il se disait qu'il avait fantasmé une Vénus de Milo à partir d'une coquille vide. Il fit du stop jusqu'à New York et la trouva parfaite, plus belle qu'il n'aurait osé l'imaginer.

Penser à Stephanie alluma chez Egan un désir puissant, tumultueux, une fringale. La frustration terrible de vouloir si fort et de ne pas posséder. Son désir dépassait même l'image de Stephanie pour devenir une aspiration confuse où tout se mêlait — une chose dont il sentait presque le goût sur ses lèvres, tant il la voulait fort, mais la *chose* n'avait pas de définition. Il en était privé depuis si longtemps qu'il avait la gorge sèche et douloureuse ; la frustration accroissait son sentiment de solitude et relançait encore le désir. Ce serait tout ou rien. Il ne se satisferait pas de moins. Pendant sa permission à Sydney, il avait bien failli se laisser prendre à une imitation.

A Phu Bai, parlant au Murf des filles d'Australie, racontant à ses camarades comment lui et cette petite nana avaient mangé, bu, dansé et s'étaient envoyés en l'air, il se disait que ses aventures vaudraient la peine d'être partagées avec le lieut et ses copains d'Alpha, avec tous les types qui rentraient de permission pleins d'histoires sur leurs nanas à Bangkok, Hong Kong ou Taipei. La sienne supportait la comparaison, il avait bien pris son pied. Mais au bout du compte, ce n'était pas aussi excitant qu'il l'avait cru, il manquait quelque chose.

Tout en suivant la piste sombre, il repensa à la *chose* que Stephanie et lui avaient partagée. Rien de tel, songea-t-il, que de passer la nuit avec une femme qui vous laisse indifférent pour chérir d'autant plus les moments passés avec celle qu'on aime.

C'était le mois d'octobre à New York, une journée de crachin comme la nuit qui venait de s'achever. Il avait rêvé de Stephanie, sa voix caressante, ses yeux gris argent, ses bras gracieux tandis qu'elle se maquillait. Elle l'accueillit avec le sourire, il sentit comme une caresse sans qu'elle l'eût touché. Rayonnante, elle communiquait sa chaleur à tout ce qui l'entourait. Ils s'embrassèrent, bavardèrent un peu. Elle était heureuse de le voir. Il remarqua un changement en elle — plusieurs, en fait : ses cheveux auburn, qu'il se rappelait coupés court à la garçonne, descendaient maintenant en petites mèches sur ses yeux et s'incurvaient autour des oreilles, ils bouclaient et brillaient comme du verre filé. Mais il y avait autre chose : le tremblement de ses mains s'était aggravé. Désormais, Egan serait toujours conscient des mains de Stephanie. Ce n'était presque rien : de subtils frémissements, mais ça semblait énorme.

La mystique de Stephanie s'enrichit de ces mains frémissantes. Pour lui, c'étaient des tremblements amoureux, ils le faisaient fondre. Quand il observait Stephanie, il devenait fragile, insignifiant ; quand elle le regardait, il se sentait invincible. Pourtant, Stephanie, il l'aurait juré, n'était pas consciente du pouvoir qu'elle exerçait sur lui.

En s'enfonçant avec le reste de la colonne dans l'obscurité du col, Egan eut la vision parfaite des yeux de Stephanie, de ses iris bleu argenté, mouchetés de brun et de noir, percés de grandes pupilles sombres. Le blanc de ses yeux avait la pureté d'un cristal.

Cet après-midi pluvieux d'octobre, il l'avait surprise chez elle. Elle ne travaillait pas, n'était pas maquillée, mais il émanait d'elle un tel rayonnement qu'Egan n'arrivait ni à garder les yeux sur elle ni à détourner son regard. Elle était vêtue d'une longue sortie de bain rouge et pelucheuse. Il put voir par l'échancrure qu'elle ne portait rien en dessous. Ils évoquèrent les semaines du début de l'été, il lui parla de ses vagabondages. Pendant le dîner qu'elle l'invita à partager, il continua ses histoires de pêche à l'ombre de rivière en Alaska, de beuveries et de parties de billard avec des Indiens dans l'État de Washington, et évoqua même la fois où il s'était fait casser la figure dans une soirée en Floride. Stephanie avait fait des steaks grillés et une salade. Chaque fois qu'elle se penchait, Daniel louchait sur ses jolis seins, et la candeur de son désir excitait Stephanie.

Après le dîner, ils écoutèrent quelques disques en bavardant, assis par terre, se rapprochant peu à peu jusqu'à se toucher et s'embrasser. Elle le mena jusqu'au lit de son studio, où ils s'embrassèrent encore. Stephanie prit finalement l'initiative. Elle déboutonna vivement la chemise de Daniel, son pantalon, l'aida à se déshabiller, puis à la déshabiller. Il avait dix-neuf ans, et il était vierge. Toujours pris dans des groupes exclusivement masculins, entre l'école et le stade, il n'avait rien su des femmes, n'en avait jamais connu une. Jusque-là. En repensant dans la jungle à cette première expérience, qui ne lui laissait que des souvenirs de tendresse, d'un parfait bien-être physique et moral, Egan devenait fou. Après l'amour, il s'était senti heureux, content de lui. Dans la salle de bains, il contempla son sexe, puis se regarda dans la glace. Il sourit et se dit, maintenant il a été dedans.

Et la suite ? Il n'en savait rien. Il ne comprenait pas ses propres sentiments. Cette fois-là, il partit en disant à Stephanie qu'il devait retourner à son école. Ce n'était pas vrai, mais il avait besoin de bouger, de réfléchir. Et cela devint — de son côté — le schéma de leurs relations. Toujours, il lui fallait repartir, connaître autre chose, voir le monde. L'amour de Stephanie le chargeait d'un trop-plein d'énergie qu'il canalisait vers un nouveau départ. Il revint et repartit ainsi de nombreuses fois au cours des quatre ans qui suivirent. Cette fois, il se serait écoulé un an avant qu'il revoie Stephanie.

Tandis qu'il marchait dans le noir, une question importante resurgit dans l'esprit de Brooks. Il était parvenu à la chasser en s'absorbant dans son travail, ses théories, ou même en repensant à sa vie avec Lila, mais l'heure de la décision approchait. Il fallait donner une réponse. Rufus Brooks devait-il faire du rab au Vietnam et quitter l'armée en homme libre, ou rentrer dans treize jours en acceptant de tirer encore dix mois dans le Monde ? Il essaya d'envisager logiquement le problème, mais la logique ne pouvait lui être ici d'aucun secours. Un raisonnement logique ne se défait pas tout seul de l'intérieur, se dit-il, c'est au départ de l'argumentation que ça coince, quand on essaie de séparer ce qui est une unité en cause et effet pour la convenance de notre raisonnement. Mais cette cause et cet effet n'existent que dans nos mots ; il s'agit en fait d'une seule et même chose.

Alors, je pars ou je reste ? Il décida d'attribuer mentalement un point à chaque argument en faveur du RAPATRIEMENT ou du RAB Hawaii : un point pour RAB. Ou peut-être pas. Un point pour RAP. Lila, un point pour RAB. Non, un pour RAP. La guerre, un point pour RAP. Minute. Il reconsidéra la question. Aucun doute, il aimait le côté romanesque des manœuvres en petites unités, sections et groupes, voltiges. Commandant d'infanterie, ça lui plaisait. Pas la tuerie, non. Pas de sadique en lui. Mais il aimait commander, essayer de se montrer plus malin que l'ANV. La guerre, un point pour RAB. Autant aller jusqu'au bout. Il aimait le temps libre pour la méditation. Les combats n'occupaient qu'un petit pourcentage de son temps, comme dans n'importe quelle armée. Il y avait en revanche beaucoup de temps « vide », hors d'un complexe monde commercial hurlant ses cent mille messages quotidiens dont chacun exigeait d'être entendu. La guerre, un point de plus pour RAB. Évidemment, je peux me faire tuer, donc un pour RAP. Le simple fait de quitter l'armée vaut forcément un point pour RAB, puisqu'il y a la réduction de cent cinquante jours à la clé. D'un autre côté, retourner dans le Monde dès que possible peut se révéler essentiel si je veux sauver ce mariage. Le facteur temps, un point pour RAP. Score à la mi-temps : égalité.

La tête de la colonne grimpait vers le sud-ouest et approchait d'un piton à un kilomètre de la position de nuit, quand Cherokee donna l'alerte. Le chien s'immobilisa, puis se ramassa sur lui-même en gémissant. Le maître chien s'accroupit. Comme parcourue par une ondulation, toute la colonne s'arrêta. Le ciel virait au gris, mais sous les arbres on n'y voyait toujours rien. L'éclaireur rappela Cherokee et le fit taire, puis il agita la main vers les hommes derrière lui.

Le groupe de Ridgefield s'avança, Nahele en tête avec la mitrailleuse. Terry Snell alerta Kinderly par radio, Kinderly transmit à El Paso. Chelini, qui gardait l'écoute, fut aussitôt pris de nausée. Toute la colonne était silencieuse. La consigne d'attente passait par gestes vers l'avant et l'arrière à partir du PC.

« Oh ! non, merde ! » gémissait le Bleu. Il n'était pas prêt pour l'action, pas maintenant. Trop fatigué. Il faisait trop noir. Il ne voulait pas envisager la possibilité de devoir se battre à cet instant, ni celle d'être tué.

Il sentit une bourrade dans le dos, se retourna, entendit la voix de Silvers : « Je peux te dire que je suis pas mécontent qu'on s'arrête. J'en ai plein les bottes.

— C'est toi, Silvers ?

— Ouais.

— Écoute, je suis sûr qu'on va morfler. Je le sais.

— Mais non.

— Putain, je tremble comme une feuille. Écoute, vieux, faut que tu fasses un truc pour moi. » La peur du Bleu était communicative.

« Qu'est-ce qui se passe ?

— Le chien a donné l'alerte.

— Ah ! ouais, dit Silvers sans avoir l'air de s'affoler, où donc ?

— Qu'est-ce que tu veux que j'en sache, merde ! Là où il est maintenant. Oh ! mon Dieu ! je veux pas que ça arrive.

— Chut », fit Silvers. Il se rapprocha, tandis que Chelini fouillait fébrilement ses poches de treillis à la recherche d'un bout de papier. « Ça va ? demanda Silvers.

— S'il m'arrive quelque chose » — le Bleu s'interrompit. Il tenait le poignet de Silvers d'une main tremblante. Plusieurs fois au cours de la nuit, il avait eu envie de confier ça à quelqu'un, mais il avait peur d'être rejeté du groupe s'il évoquait le sujet. « S'il m'arrive quelque chose, envoie un mot à mon frère. Il est au Canada. Mets-le au courant. L'armée le fera pas. » Il nota l'adresse sur son papier. Il se souvint de la petite leçon d'Egan sur l'art d'écrire dans le noir.

« D'accord », chuchota Silvers. Chelini s'était calmé mais tremblait encore. A son tour, Silvers écrivit quelque chose dans l'obscurité. « Dis, pour moi, s'il arrive quelque chose, tu réunis toutes mes notes et tu les envoies à cette adresse. C'est chez ma sœur et mon beau-frère, ils sauront quoi en faire. »

Toute la colonne, sauf les deux premiers groupes de la 3e section, était arrêtée. Chelini se mit à prier, pour qu'il n'y ait pas de blessés dans l'unité, pour que personne ne se retrouve en miettes. Il se sentit un peu mieux. L'obscurité n'était plus totale. Au-dessus des arbres, on voyait avancer les premières lueurs grises et cela aussi le rassura. J'ai pas envie de voir quelqu'un d'autre finir comme ce Viet, songea-t-il. Moi, je veux pas finir comme ça, mon Dieu faites que ça n'arrive pas. Dans l'agitation des dernières heures, il n'avait pas revu l'apparition. Les idées un peu plus claires, il repensa à toutes ses prières. Puis à la nourriture. Il avait faim. J'ai de quoi tenir deux jours, se dit-il, et assez d'eau. Et vingt chargeurs, quatre cents cartouches. Ça suffira ? Merde, ce que j'ai faim. A part l'unique repas chaud préparé par Egan sur la 848, il n'avait mangé que des rations froides, à même la boîte. Tout à fait calmé, il revint sur sa frénésie de prières de tout à l'heure. Alors comme ça, il n'y a pas d'athées dans les trous individuels [1]. Et moi, qu'est-ce que je prie, hein ? Il avait réussi à se rendre ridicule, à ses propres yeux. J'ai pas de Dieu. J'ai de la peau, des os et de la matière grise. Il rumina encore un bon moment, tandis que le ciel s'éclaircissait. « Au lieu de prier, conclut-il à voix basse, j'ai intérêt à faire travailler mon cerveau pour tirer mon petit cul de bleu de ce merdier. »

La radio émit quelques crépitements discrets. Alpha se releva et se remit en marche. La lumière arrivait maintenant jusqu'à eux et un soleil aveuglant montait déjà dans le ciel. Ils marchaient dans l'ombre de la montagne à l'est. Chelini n'avait pas fermé l'œil, mais l'apparition du soleil lui donna des forces. Il distinguait Egan, juste devant lui. A la pause suivante, il lui tapa sur l'épaule et le salua comme un frère disparu qu'on vient de retrouver. Il essaya de lui faire un large sourire, comme pour dire : Hé, toi et le lieut, vous m'avez bien tiré d'affaire cette nuit. Vous connaissez vraiment votre truc, je vous suivrais n'importe où.

Egan réagit par un sourire soupçonneux. « Est-ce que t'as écouté les premiers messages de Bravo ce matin ?

— Non, fit Chelini, qui ne se rappelait plus à quel moment les tirs s'étaient arrêtés sur l'autre versant.

1. Propos tenus par le cardinal Spellman pendant la guerre du Vietnam *(N.d.T.)*

— Ils ont un mort et onze blessés. Trente-quatre *dinks* au tapis, et pas mal de traînées de sang. »

Il s'était écoulé un peu de temps entre les premières lueurs de l'aube et la montée de la chaleur. On ne sut jamais ce qui avait mis Cherokee en alerte : deux groupes de la 3e section partirent en reconnaissance sans résultat. A leur retour, la marche reprit. Les nuages avaient disparu, il faisait de plus en plus chaud. En franchissant le premier piton, Chelini put apercevoir la vallée. La brume s'était retirée des flancs montagneux et tassée en une mince pellicule très bas au-dessus du fleuve.

La compagnie Alpha avançait plus vite, augmentant l'intervalle d'un homme à l'autre, mais elle dut ralentir à mesure que le soleil montait. La colonne entama une prudente progression de chenille. Ils suivirent vers l'ouest une crête au sud du Khe Ta Laou, descendirent de cinquante mètres puis remontèrent de cent vers le piton suivant. Ils observaient une pause tous les quarts d'heure, le temps de fumer une cigarette, de ressentir le premier flash de nicotine de la journée. Le soleil séchait leurs treillis et réchauffait leurs corps, les muscles se détendaient.

Toujours vers l'ouest, ils descendirent une pente presque verticale de trois cent trente mètres, qui ne leur fit gagner que six cents mètres en direction de l'objectif. Sur la pente du deuxième piton, raide et rocailleuse, il était presque impossible de ne pas trébucher. A peine secs, les treillis se mouillèrent à nouveau de sueur. A chaque pause, les hommes ôtaient leurs chemises, avalaient des tablettes de sel, buvaient leur eau. Les aisselles et l'entrejambe trempés, la peau brûlante, ils se remettaient en route. Chelini but tout un bidon. Le soleil semblait avoir bondi brutalement au centre du ciel et s'y être arrêté. Il tapait à la verticale. Entre les murs de feuilles qui retenaient la chaleur, les soldats cuisaient comme dans un four. Les effets combinés de la chaleur, de la raideur des pentes et de l'épaisseur de la végétation commençaient à se faire sentir. Whiteboy, Egan et pas mal d'autres tiraient une certaine satisfaction de cette souffrance endurée dans les règles. Les bras et les jambes, les mains et les pieds étaient parcourus de fourmillements. La rigidité des corps, que la première chaleur matinale avait un peu dissipée, s'emparait à nouveau d'eux ; les articulations enflaient sous l'effet de la déshydratation.

L'Homme Vert appela Brooks depuis son PC volant, qui les suivait de très haut : « Quiet Rover Four de Red Rover. Qu'est-ce que vous foutez, nom de Dieu ? Remuez-vous le cul ! Je veux vous voir dans cette cuvette. Fouillez-moi ce coin et descendez, allez faire mal aux petits bonshommes ! »

En bas de la pente, ils parvinrent à une rivière. La 3e section se déploya en éventail de part et d'autre d'un gué, puis envoya rapidement un groupe mené par le lieutenant Caldwell établir une tête de pont. « Trouduc à la rescousse », ironisa Ridgefield. La 3e section assurant le flanc-garde, la 1re traversa. Chelini s'arrêta pour remplir un bidon — son seul bidon de réserve — une fois de plus. Il s'aspergea le visage d'eau fraîche et but dans ses mains. Douce et claire, l'eau n'avait ni l'odeur de chlore de celle qu'on buvait à l'arrière, ni les relents musqués de l'eau croupie du défilé. D'autres soldats imitèrent Chelini. Moneski et Roberts, qui s'inquiétaient de lui, trouvèrent le Bleu cigarette au bec et M16 dans la main gauche, en train de ranger son bidon. Ils échangèrent des saluts amicaux et des tapes dans le dos.

La 1re section se disposa en tête de la colonne : 3e groupe, puis 2e et 1er. Le PC de compagnie suivit. La 2e section s'arrêta pour se rafraîchir dans la rivière et marcha derrière le PC. La 3e section se regroupa pour former l'arrière-garde. Le sursaut d'énergie puisé dans le courant ne dura qu'un moment. A nouveau, les hommes grimpaient, suaient, cuisaient dans le four humide de la jungle. Ils peinaient sur des épaulements presque verticaux, par-dessus des blocs rocheux étouffés par la végétation, sous des faisceaux de lianes coriaces. Des épines leur déchiraient les bras, des herbes coupantes leur tailladaient le visage, mais ils continuaient de lutter au flanc de la 636. Beaucoup n'arrivaient plus à tenir. Les quadriceps flanchaient, leurs jambes se dérobaient, ils tombaient en avant sur les genoux dans la montée ; dans les contre-pentes, les tendons des jarrets cédaient, les hommes basculaient en arrière avec leur paquetage. A chaque fois, ils s'efforçaient de tomber sans faire trop de bruit. Les muscles tétanisés, ils continuaient de grimper en rampant et en griffant le sol. A un moment, la montée devint si abrupte que le groupe de pointe dut couper des lianes et bricoler des cordages pour les suivants. Ils établirent une sûreté immédiate vers l'est, puis chaque homme tendit son arme à ceux du haut, agrippa les lianes et tenta de se hisser du mieux qu'il put. Avec chaque passage, la pente devenait plus glissante, le suivant prenait plus longtemps, beaucoup retombaient et devaient s'y reprendre plusieurs fois.

« Et merde, je peux pas, gémit Numbnuts après deux chutes.

— Allez, tu peux y arriver, l'encouragea Silvers.

— On est encore loin ?

— J'en sais rien. Vas-y. »

Numbnuts fit une nouvelle tentative. Monté sur les épaules de Denhardt, qui le poussait par en dessous, il tirait mollement sur sa liane, mais il n'avait plus de force dans les mains. Il s'accrocha, poussa, tricota des genoux, renonça, s'affala lourdement sur Denhardt.

« Bougre de fils de pute, tu vas grimper là-haut vite fait !

— Peux pas.

— Remue-toi, pauvre enculé !

— Peux pas, laissez-moi là.

— Bouge !

— Faut que je m'arrête. J'y arrive pas.

— Qu'est-ce que c'est que ce bordel ? fit Egan en redescendant.

— Ce gros porc bloque tout le monde, cracha Denhardt.

— J'y arrive pas », répéta Numbnuts, le souffle court. Il se mit à pleurer. Doc Johnson arriva du PC.

« Je vais crever, Doc, gémit lamentablement Numbnuts. J'peux pas aller plus loin. Faut que je m'arrête. J'ai une insolution.

— Insolation », corrigea Doc en se pinçant les lèvres. Il examina attentivement Numbnuts. Couvert de sueur, comme les autres, mais il n'avait rien. Accroupi, Doc lui tâta le front : poisseux, sale, chaud. « Tu vas bien », annonça-t-il, autant pour Egan que pour le patient. Egan empoigna le paquetage de Numbnuts et remonta sans un mot. Numbnuts essaya de nouveau, sous le regard dégoûté des autres. Numbnuts était un tire-au-cul, et ça, c'était mal vu dans la compagnie Alpha. Pendant que Denhardt poussait d'en bas, Silvers tirait depuis le haut, sans trop de ménagement. Cette fois, ils réussirent. Alpha ne laissait jamais un homme en arrière.

La montée reprit, toujours plus dure, sous le soleil qui semblait peser directement sur leurs épaules. Ils s'arrêtèrent de nouveau. « Faites-moi remuer tous ces clampins ! tonnait l'Homme Vert dans la radio. En avant, sus aux petits bonshommes ! » Et ils repartirent. Sur la carte, le sommet de la 636 se situait neuf cents mètres à l'ouest de la rivière, trois cent quatre-vingts mètres plus haut. La jungle les enserrait toujours davantage ; lianes, branches et palmes coupaient leur piste à chaque pas.

La colonne serpentait, nord, sud, est, ouest, grimpant, descendant, contournant les obstacles. Dans la compagnie A, on ne s'ouvrait pas une piste à la machette si on pouvait l'éviter. Le son d'une seule machette taillant la végétation s'entendait parfois à des centaines de mètres, révélant la position de l'unité. C'était une invite à l'embuscade, au tir de mortiers ; or Alpha se trouvait du côté de la colline où, seulement la veille, les appareils du 2e du 17e avaient repéré une force ennemie de cent cinquante hommes. Même au dernier stade de l'épuisement, les *boonierats* restaient conscients du danger.

Les neuf cents mètres s'étirèrent jusqu'à deux mille. Pour la plupart, les hommes d'Alpha étaient en bonne condition physique ; beaucoup avaient pratiqué divers sports à l'université, d'autres sur le terrain vague de leur quartier. Le lieutenant avait fait du basket, Egan du football, Chelini de la natation et du moto-cross. Doc jouait du ballon dans la rue chaque jour de beau temps. Tous tiraient un certain plaisir de la performance, ou du simple fait de pousser leur corps à la limite de ses possibilités. Mais ici, à mi-hauteur de la 636, même les sportifs étaient à bout.

A l'origine, lorsqu'il fut affecté à la compagnie Alpha, Numbnuts était servant M60, mais il décida rapidement qu'on s'en tirait mieux avec un M79 : le tireur au fusil lance-grenades marchait toujours loin derrière l'homme de pointe et ne se trouvait pas en première ligne lors d'un contact. Il lâchait ses grenades en tir courbe par-dessus les M16 et les M60. Avec un 79, on ne marchait pas en tête, ni deuxième. Mais les grenades 40 mm sont lourdes. Numbnuts trimbalait cinquante-huit grenades explosives, trois autres à projectiles multiples : vingt-sept livres de munitions. « J'en ai plein le cul, marmonnait-il. Je vais crever ici d'insolation. » Il profita de chaque pause après l'incident pour se débarrasser de quelques munitions. Il en semait un peu partout : deux dans une crevasse, trois sous un rocher, six dans une feuillée après s'être soulagé. Il se défaussait tant qu'il pouvait, lâchant ainsi plus de la moitié de ses munitions et s'accrochant à une idée pour se justifier : « C'est pas comme si je lâchais ma Claymore. Ça risque pas, que je laisse tomber ma Claymore. »

La chaleur étouffante et la fatigue de l'ascension commençaient à faire des ravages sérieux parmi les hommes. Larsen Catt, Catman, chef du 3e groupe, 2e section, s'écroula brusquement, secoué de spasmes. Bowerman, 3e section, l'air hébété, fut pris d'un vomissement incontrôlable. Même Egan, le dur des durs, constata qu'il n'arrivait plus à transpirer. Ses lèvres brûlaient, sa peau desséchée se fendillait et saignait. Au PC, Cahalan, secoué de nausées, n'avait plus rien à vomir. Pourtant, ils avançaient. Six hommes s'écroulèrent. Personne, même les plus résistants, n'était épargné.

Doc Johnson empoigna le lieutenant. Il venait de traiter trois des victimes de la chaleur et de consulter par radio les toubibs des sections au sujet des autres. « On s'arrête, Mista'. Terminé. Dites à ce fils de pute dans son PC volant de mes deux d'aller se branler. Qu'il descende un peu crapahuter par ici. Moi, je dis : on arrête. » Et c'est ce qu'ils firent. Avec l'homme de pointe à moins de cinquante mètres du sommet, ils s'arrêtèrent et se mirent à l'abri du soleil.

Pendant le bond qui mena Alpha au flanc de la 636, Bravo, Charlie et la reco engagèrent tous le feu contre des éléments nord-vietnamiens. A 07 h 15, Bravo, qui suivait des traînées de sang laissées par le combat de nuit, repéra, engagea et tua huit ennemis. Ils progressaient vers l'ouest en direction de la vallée, parallèlement à Alpha. A 10 h 30, la section reco, qui gagnait la 848 depuis le nord, tomba dans une embuscade. Leur éclaireur vietnamien fut blessé. A 11 h 00, une section de la compagnie C fut exfiltrée de l'escarpement sud et réinfiltrée au fond de la vallée, mille huit cents mètres à l'ouest du mamelon avec le grand arbre. Ça chauffait sur la LZ. Deux GI's furent blessés et évacués ; un Nord-Vietnamien tué, un autre blessé et capturé. Manifestement, l'ANV ne comptait pas abandonner le Khe Ta Laou sans combat.

Quand Alpha s'arrêta, la colonne s'étirait sur plus de deux cent cinquante mètres. Lentement, le lieutenant, les chefs de section, les adjoints et les *boonierats* eux-mêmes reformèrent les rangs. Les plus valides furent envoyés en sonnette [1] sur les flancs. Les plus épuisés purent se reposer et manger un peu. Tous tentèrent de reprendre quelques forces en buvant beaucoup. Les traînards des sections de l'avant rejoignirent leurs places en titubant. Silvers avait confié Numbnuts à Jackson. Longtemps après l'arrêt de la colonne, celui-ci luttait encore pour traîner le tireur M79 jusqu'à leur groupe.

« Putain de merde de piège à cons ! » s'exclama Jackson, après avoir lâché son fardeau. « Plein le cul ! J'en ai ma claque du gros tas. Allez dire ça au juif, allez dire au Youpin-chef que Jackson passe la main. Il est crasse, ce con. » Jax se mit en quête de Doc Johnson. « Amène-toi, le nègre, fit-il.

— S'qu'y a, Frère ? » Doc salua Jax d'un *dap* sommaire.

« Ras le bol ! Moi y en a pas baby-sitter. Je tire un trait ! Lâchez vos fusils ! » Il scandait ses paroles et les ponctuait en agitant son M16.

« S'qui s'passe ?

— On a souffert. Notre peuple souffre. Le Vietnam, c'est bidon. C'est pour qu'on pense pas à la révolution. Mais Jax a la solution, tu peux compter dessus. Y tuent nos frères, un par un, y vont te tuer, y vont me tuer, et pourquoi ? Pour le paquet de fric de l'Homme Blanc ! »

Doc eut l'air ahuri. Il était à des kilomètres des pensées de Jax, en train de vérifier le contenu de sa sacoche, ses pansements individuels, ses seringues de morphine, ses pilules antipaludiques et tous les articles qu'il répartissait toujours avec soin dans sa trousse de secours. Il les recensait au toucher : s'il avait besoin de sa trousse dans le noir, il était prêt. « Du calme et dis-moi ce qui se passe, fit-il en toisant Jax.

— Est-ce que tu piges vraiment », fit celui-ci, le regard fou, « est-ce

1. Élément de sûreté rapprochée, chargé d'observer, d'écouter et de donner l'alerte (*N.d.T.*).

que tu piges vraiment ce qu'on fout ici ? On soutient un ré-gi-me. Un gouvernement qui tue. On tue ici pour le compte du Blanc, pour qu'y puisse mieux nous tuer là-bas.

– Tu déconnes à pleins tubes.

– L'heure de la révolution a sonné. Rejoins-moi, mon frère. Prends position.

– Contre qui ?

– Contre le salopard qui dirige cette putain de machine.

– Le lieut ? C'est un Frère.

– Arrête tes conneries. C'est une marionnette. C'est un Blanc, ce con-là, tu vois ce que je veux dire ? Il fait tuer des Noirs, ça, on l'a tous vu !

– T'as la cervelle qui fume. Amène-toi. » Doc posa sa main sur Jax. La peau était toute sèche. Il dévissa son bidon, et lui aspergea le visage. « Bois, ordonna-t-il.

– Tu comprends rien », fit Jax, l'air méfiant. « T'es en train de devenir comme eux. Y sont en train de tuer mon vieux. Y vont me tuer. Je laisse tomber. Tu vois donc pas ? Ter-mi-né. Pourquoi j'irais perdre mon temps à me foutre sur la gueule avec un *dink* ? C'est de la merde, tout ça. » Jax souffla, sortit son peigne et le passa brutalement dans son Afro avant d'ajouter : « L'est temps de baiser la machine. Je craque, Doc. Y a plus personne au numéro. Dis-leur que je suis cinglé. Expédie-moi.

– Tu sais, répondit lentement Doc en se frottant le menton, y a longtemps de ça, j'ai rencontré un type qui m'a fait arrêter les conneries. Y m'a tiré d'la rue, y m'a appris des trucs. Y m'a appris comment chier droit. Moi, j'ai touché le fond, vraiment le fond, et y a rien à y voir. Ce mec-là, y m'a appris à remonter. J'en suis là. Y m'a appris que tu peux pas baiser du rien.

– Et c'est quel mec qui t'a appris ça ?

– Un mauvais, mon frère. Vraiment mauvais. Un nommé Mista'Jungle. »

CHAPITRE 21

Whiteboy était posté seul en observation quand il entendit creuser. Il s'était caché dans un buisson, sur une petite élévation au sud, dominant la colonne effondrée sur la piste. Il jeta un coup d'œil derrière lui, puis vers Alpha. Le bruit était faible. Il cessa. Whiteboy regarda vers l'avant. Il l'entendit à nouveau, sortit sa tête du feuillage. Le bruit persistait, presque masqué par les passages d'hélicoptère et les tirs d'artillerie. Whiteboy n'aurait pas pu affirmer qu'il s'agissait d'un bruit de pelle ou de pioche, et pourtant il était sûr qu'on creusait tout près de lui. Il le sentait. Il jeta un coup d'œil prudent sur sa droite. Le bruit cessa. Il se pencha en avant. Ça recommença. Il regarda entre ses jambes, sous ses fesses. Il avait l'impression que ça se passait directement sous lui. Il se retourna une nouvelle fois en caressant le métal chaud de Lit'le Boy. Le bruit cessa. Whiteboy n'avait pas la moindre idée de ce qu'il entendait. Il se détendit. Alors, il l'entendit à nouveau, plus fort, plus près.

« Psst. » Il essaya d'attirer l'attention de la colonne, sans succès. « PSSST », fit-il, plus fort. Il n'obtint pas de réponse.

Quinze mètres plus bas, Frye et Harley, confortablement installés, étudiaient avec une grande concentration les courbes d'une playmate de *Playboy.* « Merde alors, soupira Frye, qui avait déplié la page centrale, je serais prêt à ramper sur un kilomètre de Claymore en poussant mon paquetage avec le nez, rien que pour l'entendre lâcher un pet sur le réseau Monster *.

— Ben moi », fit Harley, qui bavait par-dessus l'épaule de Frye, « c'est deux kilomètres que je ramperais.

— PSSST ! » Whiteboy hurlait presque. Il se glissa hors de sa cachette et dévala la pente jusqu'à ses camarades. « Nom de Dieu de meh'rd', rugit-il, vous avez pas assez de cervelle pour gah'rnir le cul d'une fourmi ! Vous m'entendez pas ? Alleh'm'chercher Egan ! » Whiteboy fit demi-tour et remonta à toute allure. A l'approche de sa cachette, il ralentit, ôta la sécurité de la M60, tourna prudemment autour de sa position. Il y avait un trou de dix centimètres de diamètre à l'endroit où il était assis tout à l'heure.

A l'abri sous les feuilles de palmier, au pied d'un grand arbre étouffé de lianes, Egan, El Paso, le lieutenant, Chelini et Cahalan restaient à l'écoute des radios. « Ça n'aurait pas dû arriver », gémit El Paso en direction d'Egan. « Ça n'aurait pas dû. Quelqu'un a merdé.

— C'est toujours quelqu'un qui merde », dit Cahalan, tristement, mais aussi avec une trace de colère dans la voix. Cahalan manifestait rarement ses émotions, mais ceux qui le connaissaient bien, El Paso, Egan ou le lieutenant, ne s'y trompaient pas. Chelini, lui, ne décelait rien. « A chaque coup, vous dites ça. C'est pas quelqu'un qu'a merdé. La merde, c'est cet endroit.

— CONNERIES ! cracha Egan, écœuré. Ces enculés de *gooks*. Tuer Escalato. Le tuer comme ça. On les aura. Saloperie. Aussi vrai que je suis là, on aura ces fils de pute. »

Brooks restait très silencieux. Il n'avait pas envie de parler. Tous les anciens connaissaient Escalato. El Paso se souvint en hochant tristement la tête : « Il souriait toujours, ce con. Il avait toujours un mot pour tout le monde. » El Paso n'avait jamais eu d'ami aussi proche qu'Escalato, sauf dans sa propre unité. Tous deux étaient des Chicanos du Sud-Ouest. Chacun était devenu le chef radio de sa compagnie. Lorsque Alpha et Bravo manœuvraient ensemble, ils échangeaient des messages en espagnol. Ils adoraient ça. Si l'ANV était à l'écoute, ils couraient beaucoup moins de risques d'être déchiffrés ; de plus, le colonel ne comprenait pas un mot d'espagnol et ils pouvaient discuter sans crainte d'être punis. « Merde, reprit El Paso après un silence, il était trop bon. Ça aurait pas dû arriver. » Il balança une boîte de ration vide dans les broussailles.

Egan grattait les brûlures et les plaies de son bras. La haine et l'indignation l'étouffaient, il voulait de l'action.

Chelini était assis entre le lieutenant et lui. « Qu'est-ce qui se passe ? laissa-t-il tomber froidement. Qu'est-ce qui te prend ? T'es pas au courant ? “ La guerre est bonne, la guerre est merveilleuse. ” »

Egan le considéra avec un morne dégoût. Il se racla la gorge, roula sa langue, cracha un jet de salive épaisse et de jus de ration droit sur le menton du Bleu. Puis il le regarda dans les yeux, attendant la réaction.

« Je m'excuse, fit Chelini à voix basse. C'était moche de ma part. Écoute, je le connaissais pas, Escalato...

— Bah, laisse tomber. Ça chie pas. » Egan se leva d'un bond et s'éloigna.

Brooks pianotait d'une main sur le sol. « La guerre... » dit-il après un silence. « La guerre. C'est important de comprendre comment elle se produit, si on veut pouvoir l'éviter dans le futur. Si on veut éviter que tous les Escalato finissent les tripes à l'air...

— Où est Egan ? » fit la voix de Harley. Il lui avait fallu six ou sept minutes pour trouver le PC. Brooks lui indiqua du pouce le bas de la piste. « Je crois bien que Whiteboy a découvert quelque chose », dit Harley avec un sourire.

Le temps pour Egan, le lieutenant et les autres d'arriver sur les lieux, le trou atteignait trente centimètres de diamètre. Whiteboy guettait, accroupi à quelques pas, Lit'le Boy pointé vers l'orifice. De son autre main, qui serrait une grenade, il fit signe au groupe de ralentir son approche.

« S'que t'as dégoté ? chuchota Harley.

— Vous avez pris vot'temps. » Ignorant les autres, Whiteboy se tourna vers Egan et le lieutenant, hocha la tête d'un air incrédule et ajouta : « L'arrête pah'd'grossir. Moi, j'entends qu'on creuh'se, alors, j'cours dire à Harley, vah' chercher Egan, et c'est sûr qu'il ah' pris son temps. »

Tout le monde examina le trou dont les bords continuaient de s'effriter, comme aspirés vers l'intérieur. « T'as pas encore balancé de grenade ? » demanda Egan, le regard brillant. Whiteboy haussa les épaules et fit signe que non. « Faites dégager les mecs postés en sûreté », fit Egan. Il prit la grenade de Whiteboy, la dégoupilla, consulta du regard le lieutenant. Brooks acquiesça. Un vague sourire aux lèvres, le poing serré autour de la petite bombe d'acier, Egan s'agenouilla, puis rampa rapidement vers le trou. A une cinquantaine de centimètres, il s'arrêta, tendit le bras, libéra la cuillère, compta jusqu'à deux et laissa tomber la grenade dans le trou en lançant un appel goguenard : « Attrapez ! » Les autres reculèrent encore de quelques pas et s'accroupirent. Egan se laissa rouler du côté droit, s'aplatit au sol. L'écho étouffé d'une explosion leur parvint de très loin. Egan tira une nouvelle grenade de sa cartouchière, remonta en rampant jusqu'au trou, avança un instant la tête au-dessus du bord, la retira vivement. Il n'avait rien repéré de particulier. Très progressivement, il risqua un nouveau coup d'œil. Rien, sinon les parois de terre d'un puits dont il n'apercevait pas le fond, mais qui devait faire à peu près cinquante centimètres de diamètre et descendait obliquement, à un angle de 30 ou 40 degrés. Egan lâcha la deuxième grenade et resta une ou deux secondes au bord du trou pour l'entendre tomber, avant de rouler sur le côté.

« Je crois qu'on tient quelque chose », annonça-t-il en se relevant après la deuxième explosion. « Il est profond, ce con. J'ai l'impression que c'est le tunnel d'accès à un complexe.

— Ben, vas-y voir, dit El Paso en s'approchant. Il ressemble à celui qu'on a trouvé près de Maureen en juillet.

— Celui-ci est vraiment profond, crois-moi, répéta Egan. Bien joué, Whiteboy. Faut qu'on aille voir ce que ça donne. »

Peu à peu, la compagnie A dirigea toute son attention sur ce qu'on appelait déjà le Trou de Whiteboy. Brooks fit déployer De Barti et la 2e section sur un large périmètre, au-dessus de la 1re ; celle-ci prolongea le dispositif au sud du trou ; la 3e alla garantir le bas de la colline.

« Red Rover, Red Rover... » Brooks appelait le colonel, avec une furieuse envie d'ajouter : « Dites donc à l'Homme Vert de s'amener un peu par ici.

— Rover Four de Red Rover, à vous », vint la réponse, laconique.

Brooks expliqua en détail la découverte d'Alpha et demanda l'autorisation de demeurer sur la position afin de l'exploiter. Comme ses hommes, il se livrait aux hypothèses les plus folles.

« Quinze minutes », fulmina l'Homme Vert. Le commandant d'unité avait son maître plan, dont les hommes sur le terrain ne pouvaient embrasser la totalité, et ce tunnel n'en faisait pas partie. « On se fout de ce trou ! Hier, il y avait cent cinquante soldats ennemis à un quart de kilomètre à l'ouest de votre position ! L'artillerie les a pilonnés. Allez voir...

— Red Rover..., essaya de dire Brooks, mais l'autre ne l'écoutait pas.

— ...si vous repérez des traces de sang. Trouvez-moi des corps. Qu'est-ce que vous croyez que vous êtes venus foutre là ? A vous.

— Red Rover, ils ont pu venir par les galeries. A vous.

— Quinze minutes, puis vous allez m'examiner cette position ! Et remuez-vous ! Allez leur faire *mal !* C'est un combat qu'on veut, pas un terrain de jeux ! Vous perdez la boule, ou quoi ? Terminé, je coupe.

— Va falloir faire vite », annonça Brooks à El Paso et Thomaston. « Il veut qu'on dégage dans un quart d'heure. »

Egan, Chelini et Whiteboy avaient déjà élargi l'orifice à la pelle-pioche et tenté d'examiner l'intérieur, aussi loin que portaient leurs lampes-torches. Le fond demeurait invisible. Egan ajusta un masque à gaz sur son visage, emprunta le .45 de Doc et se glissa la tête la première dans le puits. Au bout de trois mètres, ses épaules touchaient des deux côtés. Il s'acharna, se tira vers le bas à la force du poignet. La pente était raide. Au bout de dix mètres, il fut pris de claustrophobie, et d'un fort pressentiment. Pauvre cloche, se dit-il. Fais ça correctement. Il recula en se tortillant, appuyant sur ses avant-bras pour se repousser vers le haut. Cette remontée à l'envers était épuisante, il respirait fort et les verres de son masque s'embuaient, ce qui ne faisait qu'augmenter sa paranoïa, son sentiment d'être pris au piège. Il poussa encore plus fort. Son rythme cardiaque s'accéléra. Brusquement, il sentit qu'on le tirait vers l'arrière, il essaya de se retourner, de braquer son .45.

« T'as vu quelque chose en bas ? demandait le Bleu avec un sourire. Il tenait le sergent par les chevilles et le tirait sur les derniers centimètres.

Egan arracha son masque et respira profondément. « Trop raide. On a besoin d'une corde.

— Vous avez pu voir jusqu'où, sergent ? demanda le lieutenant.

— Ce truc descend au moins jusqu'à quinze mètres. » La respiration d'Egan redevenait normale. A mesure que son accès de claustrophobie se dissipait, il s'excitait à nouveau. « On peut pas savoir la profondeur, vu qu'on peut pas évaluer les distances là-dessous, mais je vous le dis, faut qu'on y aille voir, on peut pas laisser ça comme ça. Ils ont un truc là-dessous. On creuse pas jusqu'à dix ou quinze mètres pour des prunes. Faut qu'on aille voir. Faut une corde, on peut pas y retourner sans corde. »

Autour du trou, on discutait, on se penchait pour voir de plus près ; les sentinelles se relayaient de manière que chacun puisse venir jeter un coup d'œil. On ne pensait plus à Escalato. Brooks rappela l'Homme Vert et demanda un délai supplémentaire afin de déterminer les paramètres du tunnel. Il décrivit la descente de son rat de galeries, enjolivant quelque peu le compte rendu d'Egan, et réclama une rallonge de soixante mètres de corde. L'Homme Vert posa une douzaine de questions, puis dit qu'il rappellerait. Y avait-il dans son plan une place pour ce tunnel ?

Brooks resta à l'écoute tandis que la compagnie se reposait. Tout le monde appréciait ce moment de répit, mais l'immobilité rendait les anciens quelque peu nerveux. Pop Randalph se plaignit auprès du lieutenant De Barti : « Ces cons de *gooks,* y vont nous tomber sur le dos. Écoutez, merde, on vient déconner avec leur puits d'aération. Y savent où ça s'passe et y savent qu'Alpha du Zéro-deux s'amuse avec.

— Et comment vont-ils savoir ça Pop ? demanda ironiquement De Barti.

— Merde, mon lieutenant, c'est eux qui l'ont creusé. Y vont nous arranger la gueule au mortier. »

L'attente se poursuivit pourtant sans incident. Les hommes mangeaient, fumaient, s'agitaient. Ils échafaudaient toutes les hypothèses à propos du tunnel, et sur ce sujet, chacun avait une histoire à raconter, entendue un jour ou l'autre. Ils s'imaginaient un énorme complexe. Pendant ce temps, le soleil avait progressé imperceptiblement vers l'ouest et continuait de les brûler. Un homme sur deux dans la compagnie essayait de rattraper un peu de sommeil. Chaque section dépêcha un groupe avec équipement léger — arme individuelle et munitions, sans paquetage —, afin de reconnaître les abords du périmètre et de repérer d'autres issues possibles des galeries.

L'Homme Vert rappela au bout de cinquante minutes pour dire à Brooks qu'il pouvait compter sur sa rallonge de corde, des matériels de démolition, une machine soufflante *mity-mite*, des pots fumigènes et des boîtes de gaz CS. « Vous partez Papa Sierra [1] dans vingt minutes, ajouta-t-il. Taillez-moi une Lima Zoulou sur cette élévation. » Selon le raisonnement du chef d'unité, Alpha pouvait dépêcher un élément au sommet de la 636 afin d'aménager une zone de poser, tout en conservant assez d'hommes pour explorer les galeries. Ils feraient ainsi le travail du lendemain tout en exploitant leur découverte du jour, et demain après-midi, ils seraient dans la vallée. Avant que le chef eût fini de délivrer son message, la compagnie Bravo signala qu'elle était fixée par un tir ennemi de mitrailleuse .51 et réclama un appui aérien urgent, un appui artillerie ainsi que sa troisième évasan en douze heures. Deux minutes plus tard, l'écho des tirs d'artillerie roulait dans la vallée ; cinq minutes plus tard, un Huey se tenait en vol stationnaire au-dessus de la zone partiellement déblayée d'Alpha. Le chef largueur commença par le rouleau de corde, puis leur envoya les caisses d'explosif C-4, de fumigènes et de gaz CS, deux jerrycans d'essence de cinq gallons, et pour finir une lourde caisse de bois qu'il dut pousser avec ses rangers : la machine soufflante à moteur.

« J'y retourne en premier », dit Egan au lieutenant, puis il se dirigea vers McCarthy : « Tu peux me passer ton .45 ? » A présent, Egan avait deux pistolets et une deuxième lampe-torche, empruntée à Thomaston. Il noua la corde autour de sa taille, convint d'un système de signaux avec Whiteboy et Chelini, puis replongea.

Harley se tourna vers Frye en rigolant : « Il est vraiment givré, ce gus. Tu m'enverrais pas là-dedans pour tous les coups qu'on peut tirer à Saigon. »

Frye déplia sa page centrale écornée de *Playboy :* « Et pour toute une nuit avec ça ?

— Tu te la remballes. Pas pour tout un *mois* avec ça. »

1. Plein sud (*N.d.T.*).

Mollo, Mick. Egan progressait avec d'infinies précautions. Parvenu à cinq mètres, il tira une fois sur la corde pour signaler que tout allait bien. Whiteboy lui renvoya le signal. Doc Johnson, Chelini, Brooks, Thomaston et El Paso avaient bricolé une tente avec leurs ponchos au-dessus de l'ouverture, afin de masquer la silhouette d'Egan si l'ennemi arrivait sous lui. Whiteboy était seul à l'intérieur et tenait la corde, Egan descendait toujours. Il avait les pieds plus haut que la tête et sentait le sang affluer à sa nuque. Centimètre par centimètre, il se tortillait vers l'avant tout en se retenant, avec l'impression que s'il lâchait prise, il allait tomber, tomber vers... quoi ? Ses épaules fatiguaient. C'était comme faire des pompes avec les jambes en l'air. Et il descendait toujours, poussé par la curiosité, le désir de découvrir et détruire l'ennemi, mais aussi par le besoin de montrer aux autres *boonierats* comment on s'y prenait. Il s'entendait respirer dans le masque, qui dégageait une odeur de caoutchouc. Par endroits, le tunnel s'élargissait jusqu'à quatre-vingts centimètres ; à d'autres, il permettait à peine le passage. Egan examinait soigneusement les parois, à la recherche d'un boyau de communication, mais il ne trouva rien. Il tira une nouvelle fois sur sa corde et s'enfonça plus profond. Il reconnaissait sur les parois ce mélange de schiste et d'argile dure qu'on rencontrait dans les casemates ou en creusant son trou individuel. La terre semblait avoir été grattée au moyen de bambous pointus : le haut de la galerie portait des éraflures larges d'un ou deux centimètres, tandis que le bas était comme lustré par d'innombrables reptations. Partout, la terre était fraîche. A l'affût du moindre fil de déclenchement, Egan ne pouvait s'empêcher d'admirer le travail.

Il cognait légèrement sur les parois avec le .45 qu'il tenait dans sa main droite. Le second pistolet était glissé dans sa ceinture, le canon entre les fesses. Egan avait maintenant parcouru plus de trente mètres, une quinzaine en profondeur. Il sentit un léger courant d'air qui s'arrêta, reprit, s'arrêta. Des trappes, songea-t-il. A la surface, Chelini venait de relayer Whiteboy. Egan tira sur la corde. Le Bleu renvoya le signal. Egan se remit à ramper. A vingt-cinq mètres de profondeur, avec une cinquantaine de mètres de corde déroulés derrière lui, il parvint à une petite salle assez grande pour permettre à deux hommes de s'y tenir assis. Sur le sol, Egan distingua un trou d'une vingtaine de centimètres de diamètre et y dirigea le faisceau de sa lampe. Un puits descendait à la verticale sur trois mètres et s'arrêtait net. Trop étroit pour laisser passer un homme, même le plus minuscule Vietnamien. Egan souleva prudemment un coin du masque et renifla un coup. Ça va, se dit-il. Il ôta le masque et regarda à l'intérieur du puits. Merde, comment diable...

A la surface, Brooks était en communication avec le Vieux Renard en personne. Lamonte et George photographiaient le trou, la tente de ponchos, les soldats au travail. Andrews, Hill et Whiteboy déballaient la *mity-mite* et préparaient les pots fumigènes. « Oui, mon colonel... non, mon colonel, faisait la voix exaspérée de Brooks. Négatif, mon colonel, il ne s'agit pas d'un civil non autorisé... mon colonel ? Affirmatif, j'ai leur film... je leur notifierai d'aller se présenter directement à vous... affirmatif, le civil est toujours avec nous... avec la 3e section. Escorté par le lieutenant Carrie, du PIO, 3e brigade... je donnerai le film à Carrie. »

Doc vint interrompre Brooks en pleine conversation. « J'aime pas ça, mon lieutenant. Eg est là-dessous depuis trop longtemps. Il manque d'air et il n'a pas assez de bon sens pour remonter avant de s'écrouler.

— Eh bien, allez lui dire de remonter ! » fit Brooks en lâchant la touche du combiné. « Il expose tous mes hommes ! »

Doc recula, étonné par la brusquerie de la réponse. Il fit demi-tour et se dirigea vers la tente improvisée.

« Bien, mon colonel. Terminé. » Brooks jeta rageusement le combiné. « Quel enculé ! Il a rien de mieux à foutre que de s'occuper d'une connerie de rouleau de pellicule ?

— Mon lieutenant..., fit Lamonte, qui avait entendu.

— Faites ce que vous avez à faire, Lamonte, dit Brooks.

— Merci, mon lieutenant. Dites, est-ce que vous saviez que 90 % des mâles américains achèvent leurs études secondaires et que 55 % commencent des études universitaires ?

— Non, j'ignorais ça.

— On en vient à se demander comment une pauvre merde comme le Vieux Renard en est arrivé à prendre la tête d'une brigade, avec tous les petits génies qui traînent dans le coin.

— Il remonte ! appela Chelini. Donnez-moi un coup de main. »

Whiteboy et Doc vinrent l'aider à tirer sur la corde, assez fort pour entraîner Egan, mais pas au point de lui ôter toute liberté de mouvement. Au bout de trois minutes, Egan se présenta, tête la première, couvert d'argile ocre. Lamonte et George mitraillèrent aussitôt. « Il me faut une pelle-pioche », annonça Egan dès qu'il eut retiré son masque. Six questions fusèrent immédiatement, suivies de six autres ; si les *boonierats* avaient eu des micros, on aurait pu se croire à l'issue de la rencontre où le challenger poids lourd venait de mettre KO le tenant du titre. Chacun voulait sa réponse en premier, chacun voulait s'approcher du héros.

D'une voix excitée, Egan se mit à décrire en détail le tunnel — mais les détails étaient peu nombreux. Il spécula sur les directions possibles du tunnel, les intercommunications et leur étendue. « Si ça va aussi bas, ça pourrait bien traverser la montagne, ou même passer sous la vallée. » Il voulait redescendre. La même question revenait chez les soldats : comment, si le seul débouché était un puits minuscule au fond, les Vietnamiens avaient-ils pu creuser de l'intérieur ? « C'est bien ce que je veux découvrir », dit Egan.

Brooks mit un terme à la discussion. Ce tunnel ne lui inspirait rien de bon. « On va l'enfumer. Amenez-moi cette soufflante en haut et allumez les fumigènes.

— Oh ! merde, lieut ! fit Egan, coupé dans son enthousiasme.

— El Paso, alertez l'ensemble des sections, poursuivit Brooks. Que tout le monde guette l'apparition de fumées à d'autres ouvertures éventuelles.

— Meerde, fit Whiteboy en secouant lourdement la tête, ici on pourrait leur bah'lancer une pile de bombes dessus qu'ça leur collerait mêm'pah' la migraine.

— Tu parles, ajouta Harley d'une voix râpeuse, même des B-52, ils s'en foutraient.

— On peut même pas leur lancer une attaque, renchérit Frye. Ni au sol ni en sous-sol. »

Andrews et Hill lancèrent la *mity-mite*. Le bruit du petit moteur évoquait celui d'une tondeuse à gazon. Hill alluma le premier fumigène, d'où des tourbillons noirs montèrent aussitôt. Il empoigna le pot, le plaça au bord du trou, puis Andrews et lui scellèrent hermétiquement le tuyau de la soufflante autour de l'ouverture et la machine commença de pomper.

Passé la déception de ne plus redescendre, Egan fut repris par son enthousiasme. « C'est formidable, dit-il à Brooks. On pourrait découvrir comme ça cent passages secrets. Pour être aussi profond, ce truc pourrait bien aller jusqu'au Laos. Faut qu'on nous amène une plus grosse soufflante, la plus grosse qu'il y ait dans l'armée, et qu'on pompe de la fumée là-dessous jusqu'à ce qu'elle ressorte quelque part ! »

Brooks était d'accord, de même qu'El Paso, Doc et Thomaston. Leur enthousiasme était contagieux, et Chelini le transmit au 1er groupe lorsqu'il alla raconter les détails de l'affaire à Silvers. Cahalan contacta les autres unités en cryptophonie afin d'annoncer la découverte d'Alpha. Il leur demanda de guetter les fumées. Tout le monde s'excitait, à présent. Brooks conversa une nouvelle fois par radio avec l'Homme Vert, lequel fit transmettre les instructions à tous les hélicoptères circulant dans la zone du Khe Ta Laou, et même plus loin au sud, jusqu'à la base O'Reilly : « Guettez les fumées. »

Alpha balança un fumigène, puis un autre, et des grenades fumigènes de différentes couleurs. Ils s'assurèrent qu'on n'avait pas rebouché le tunnel par en dessous, mais aucune fumée n'était refoulée vers l'ouverture. Ils refirent le plein du moteur, et la *mity-mite* poursuivit ses insufflations.

A 17 h 00, le Vieux Renard donna l'ordre de faire mouvement. Brooks voulut argumenter, l'Homme Vert joua les médiateurs et trouva un compromis : deux sections continueraient jusqu'au sommet de la 636 afin de déblayer la LZ, puis progresseraient vers la 606, un bon kilomètre plus à l'ouest. « Au rab de conneries » fut le commentaire général de la compagnie Alpha. Si les huiles cherchaient l'ANV, ici ils en avaient. L'ennemi ne serait pas là où des avions l'avaient repéré hier. A la surface, ils ne restaient jamais en place.

La 3e section plia bagage en direction de la 606, à la recherche de traces de sang. La 2e section, munie de deux des caisses d'explosif C-4, mit le cap vers le sommet de la 636 afin d'aménager la LZ. La 1re section et le PC de compagnie resserrèrent le périmètre autour de la trouvaille de Whiteboy et s'apprêtèrent à passer la nuit au son de la soufflante. Un autre pot fumigène fut allumé et balancé dans l'ouverture, avec une boîte de cristaux de gaz CS lacrymogène en prime. Le trou avalait tout.

La fin d'après-midi traîna en longueur pour la 1re section d'Alpha, tandis qu'autour d'eux se déroulaient des actions sporadiques. La mitrailleuse .51 qui avait fixé Bravo un peu plus tôt, faisant un blessé, fut détruite à la roquette par un Cobra. A peine regroupée, la compagnie B essuya cinq tirs de mortier qui firent trois blessés supplémentaires, mais rien d'assez grave pour réclamer une évacuation immédiate. Bravo reprit sa progression vers l'ouest. Quarante minutes après les tirs de mortier, la compagnie découvrit un hôpital souterrain ANV qui venait à peine d'être évacué. On trouva de la nourriture encore tiède dans la première casemate. Des galeries partaient dans trois directions. Il y avait une salle de soins contenant dix-neuf lits de camp, d'autres casemates, et des tunnels que les hommes, méfiants, refusèrent d'explorer à l'approche de la nuit. Ils reviendraient le lendemain. A 18 h 55, la base Barnett essuya des tirs de mortier, seize impacts à l'intérieur du périmètre. Aucun blessé ne fut signalé, mais un hélicoptère de ravitaillement était sérieusement endommagé. Trop tard pour le faire enlever sous élingue par un Chinook, ce serait une des priorités du lendemain 16 août. La 2e section d'Alpha atteignit le sommet de la 636 à 19 h 00. Une demi-heure plus tard, travaillant comme des forcenés, ils avaient déjà fait sauter les plus gros arbres. Une centaine de mètres plus au nord, alors que le soir tombait, ils établirent une position défensive de nuit circulaire. La 3e section franchit le sommet de 636 et descendit deux cent dix mètres vers l'ouest dans un canyon abrupt. Au fond du ravin, le chien Cherokee, qui ouvrait la marche, donna l'alerte. Son maître voulait faire envoyer des hommes en reconnaissance à l'avant et sur les flancs, mais le lieutenant Caldwell, peu désireux d'être pris dans le canyon la nuit venue, tenait à atteindre le sommet de la 606 pour y installer sa position de nuit. Vingt mètres plus haut, Cherokee fut tué d'une balle dans la tête par un tireur embusqué. La 3e section battit en retraite vers l'est et établit un dispositif en L combinant embuscade et position de nuit au flanc de la 636.

La nuit se referma sur la vallée avec la brutalité propre aux régions montagneuses. Aux dernières lueurs grises du jour, les hommes de la 1re section remontèrent vers le sud, aussi loin que possible du bourdonnement de la *mity-mite*, qui demeurait quand même à portée, à la limite du périmètre. Whiteboy occupa la position la plus proche du trou. Merde, songea-t-il, suffit d'avoir le poh' d's'asseoir sur un truc comme ça pour dev'nir célèbre. Tout l'monde dans le bataillon sait qu'c'est moih' qu'ai découvert l'passage seuh'cret pour tout'les routes d'ravitail'ment ANV dans l'I Corps. Meerde. J'espère que c'te photo qu'a prise M. PIO est bonne. Juste avant qu'il fasse complètement nuit, Whiteboy arracha une planche à la caisse de la *mity-mite* et y grava grossièrement une inscription :

MINE DE WHITEBOY
DÉCOUVERTE PAR C. JANOFF A/7.402

Avec le coucher du soleil, on passa de la fournaise à la fraîcheur. L'observateur avancé repéra de nouveaux objectifs et demanda une série de tirs de harcèlement. Il essaya de remonter le moral de Brooks : « Il faut voir les choses comme ça : au moins, on maintient l'illusion qu'on est deux cents, ici. Personne de sensé ne risquerait une machine aussi bruyante dans un TO comme celui-ci avec seulement trente-quatre hommes pour assurer la position. Ils doivent penser qu'on est au moins cent. »

Mais le PC et la 1re section ne totalisaient que trente-quatre hommes. Lamonte, George, Caribski et le maître chien avaient suivi la 3e section. Brooks, ses trois radios, Doc, Minh, Chelini et Egan occupaient le centre de la position, ce qui laissait vingt-six hommes pour la garde. Thomaston et l'observateur avancé descendirent se poster entre les 2e et 3e groupes. Doc McCarthy fit équipe avec Whiteboy. Les secteurs de tir des treize positions nichées étroitement parmi les arbres et la broussaille se chevauchaient. Sur chaque emplacement, on sortait deux Claymore ; Egan et El Paso mirent en place deux dispositifs de piégeage le long de la piste, Jax et Silvers un autre sur la crête au-dessus de la section. Chacun maudissait en silence la *mity-mite* et son vacarme, les odeurs d'essence, la fumée, l'acidité de l'air due aux cristaux de CS, et aussi Whiteboy qui n'avait qu'à pas découvrir ce trou pour commencer.

Les hommes réunis au PC étaient très conscients de leur position précaire : assis en cercle à se toucher les genoux, avec les quatre radios au centre qui émettaient un souffle presque imperceptible. Brooks présidait, adossé à un arbre, flanqué d'El Paso à sa droite et de Cahalan à sa gauche. Brown suivait Cahalan, puis c'était Jax, qui venait de les rejoindre, bien décidé à se faire entendre. Egan était à sa gauche, puis Chelini, Doc et Minh. Ils parlaient si bas que s'ils n'avaient prévu la plupart des réponses, personne n'aurait pu suivre la conversation. Chelini, le Bleu, avait du mal, surtout dans l'obscurité.

« Hey, Jax, chuchota El Paso, allume un peu tes dents, j'te vois pas.

— Vaut mieux que tu puisses pas voir le père Jax, fit celui-ci, vu que si tu peux, un Viet peut aussi.

— On tient un gros truc, mon lieutenant, dit Egan, vous allez rester suivre ça jusqu'au bout ?

— Vous feriez mieux de foutre le camp, fit Doc. Vous reste plus assez longtemps à tirer pour ce genre de merde.

— Combien de jours, mon lieutenant ? demanda Brown.

— Treize au jus si je choisis le rapatriement, répondit Brooks. Je n'ai pas encore décidé.

— Tirez-vous donc, dit El Paso. Rendez-vous ce service.

— J'ai le sentiment qu'on est à la veille d'une victoire majeure, dit Brooks.

— On est à la veille d'un attrape-couillons, répliqua Doc. C'est rien qu'un trou. Si c'est plus, les *gooks* vont pas vous laisser aller y fourrer votre nez. »

Ils restèrent tous silencieux quelques minutes à écouter le ronflement de la *mity-mite* et le souffle des radios. Brooks éprouvait le sentiment gênant d'avoir pris une rallonge la dernière fois pour une mauvaise raison. Il ne voulait pas renouveler cette erreur, mais la sensation viscérale qu'on avait besoin de lui continuait de le travailler. C'était ses hommes ; ils avaient de l'affection pour lui, savaient qu'il n'était pas seulement leur chef, mais aussi leur ami. Ça comptait pour Brooks. Et pourtant, il n'arrivait pas à prendre une décision. Il continua de se taire.

Ce fut Cahalan qui rompit le silence : « Dis donc, Eg, c'est vrai que tu vas écrire un bouquin ? » Les têtes se tournèrent dans la direction de sa voix. « Doc raconte que tu vas écrire le journal d'un rat de galeries... ça va s'appeler *Journal d'un gratte-canal.* » Tout le monde s'esclaffa.

Jax s'accroupit et se balança sur ses talons. Il se demandait depuis un moment s'il devait lâcher les slogans qu'il retournait dans sa tête. Il finit par se décider. « On va prendre le pouvoir par les armes, fit-il d'une voix lugubre. C'est par la guerre qu'on résoudra notre problème. Notre devoir consiste à tuer les salauds de ce monde, et le père Jax va conduire la révolution. » Il ne resta avec le groupe qu'un instant de plus. Personne ne lui répondit. Jax se sentit très seul dans son dégoût de la guerre et sa conviction qu'elle était d'inspiration raciale, exploitait l'antagonisme racial. Le silence de ses amis, estima-t-il, revenait à le chasser. Il regagna en rampant son poste de garde.

Mais le silence persista. Brooks se massait les tempes. D'une manière ou d'une autre, songea-t-il, il faudra que je fasse quelque chose pour ce garçon avant de partir. Il reprit la parole : « Bien, passons à l'ordre du jour. Cahalan.

— Le rapport sera long, ce soir », fit celui-ci avant de se lancer dans l'énumération chronologique et statistique des événements de la journée. Il mentionna la position de la compagnie Bravo lors de chaque combat, l'estimation des forces ennemies. Chaque fois qu'il le put, il identifia l'unité ennemie et ajouta sa situation théorique d'effectifs. Il donna l'état des compagnies SKYHAWK, énuméra les bombardements de bases, les mouvements de l'ennemi pris sous le feu de l'appui aérien et termina par les éléments de renseignement concernant les contacts engagés par l'ARVN sur le TO au sud du Khe Ta Laou.

« Comment tu fais pour garder tout ça dans ta tête ? » demanda Doc. Le lieutenant ne lui laissa pas le temps de continuer.

« Doc, fit-il, c'est à vous.

— Moi, j'ai deux problèmes », commença lentement Doc Johnson. Chelini le trouva soudain beaucoup plus professionnel qu'il ne lui avait paru jusqu'ici. « Primo, le ravitaillement demain. J'ai réclamé du plasma. Il me le faut. Cinquante doses. J'veux qu'un clampin sur deux se coltine une dose, et chaque toubib, cinq. Vu ? McCarthy ? Où il est passé ?

— Avec Whiteboy, fit Egan.

— Tu lui diras. Cinq doses, hein ?

— C'est vu, dit Egan.

— Secundo », poursuivit Doc d'un ton plus vif, en s'adressant directement à Brooks, « ils sont tous complètement déshydratés. Tous. On peut pas pousser un homme à la limite jusqu'à ce qu'il s'écroule et s'attendre encore à ce qu'il se batte. Qu'est-ce qu'on aurait fait aujourd'hui si on était tombés sur cent cinquante Viets, hein ? Allez dire à l'autre enfoiré d'Homme Vert qu'il va se retrouver avec quatre-vingt-quatre fantassins d'Alpha évacués, s'il fait pas gaffe. Passez-moi cette putain de radio, je vais lui dire moi-même. »

Chelini affichait un sourire épanoui. Assis tout contre Doc, il le sentait ponctuer son discours de gestes secs. Il avait envie de lui lancer des encouragements, mais garda le silence.

Sans répondre à Doc, Brooks passa à Egan.

« Danny ?

— Je n'ai qu'une chose à dire, c'est que demain, moi, je retourne dans le trou. Et j'emporte une pelle. On est sur un gros truc. Je sais pas si les Viets nous laisseront faire ou non, mais je crois qu'on doit absolument essayer.

— En ce qui concerne ce trou, fit Brooks, il faudra qu'on attende de voir ce que veulent l'Homme Vert et le Vieux Renard. Après-demain, on va au ravitaillement derrière Delta. Je crois qu'il faudra qu'on soit en haut de la 636 à 10 h 00. Il veut nous voir dans cette vallée, c'est tout ce qui le préoccupe.

— Cet enfoiré va bousiller les hommes, jura Doc. Elle est à quatre bornes minimum, la vallée.

— D'abord, reprit Brooks, il faudra qu'on voie s'il y a de la fumée. On sera peut-être obligés de poursuivre et de découvrir tout le reste du complexe. »

Chelini avait envie de se mêler à la conversation, mais il craignait de s'imposer. Il hasarda une question : « Vous croyez qu'il va loin, le tunnel ?

— Il va jusqu'en Chine, ce con, ricana Doc.

— Il y en a qui croient que les tunnels descendent la piste Ho Chi Minh jusqu'aux plaines, chuchota Minh.

— On a jamais vraiment pu pénétrer dans les tunnels, ajouta El Paso. Mais selon le renseignement, les Viets ont un réseau drôlement complexe.

— Ce qu'on appelle la piste Ho Chi Minh, récita Cahalan, semble être constitué par une série pratiquement infinie de chemins de terre bien aménagés et remarquablement entretenus par le travail des coolies. Il arrive que les tunnels traversent des montagnes. » Personne ne demanda à Cahalan d'où il tenait ses renseignements. Cahalan savait toujours ce genre de chose. Il poursuivit : « Dans cet énorme labyrinthe, on trouve un grand nombre de points de raccordement souterrains, ainsi que des dépôts de ravitaillement où armes, munitions et vivres peuvent être stockés et répartis en vue du ravitaillement des unités au sud. On se trouve probablement au-dessus d'une galerie de communication. »

Brooks se gratta le crâne, tout en songeant que Cahalan était vraiment un élément indispensable. Il essaya de superposer mentalement la description qui venait d'être faite à une carte de la vallée. Où et comment devait-il déplacer ses hommes ?

« On raconte, fit soudain Brown, que tout ce qu'on a, les *dinks* l'ont aussi. Des camions, des obusiers. Même des hélicos.

— Des queues, ouais, riposta Doc.

— Mais si, je raconte pas de conneries. »

La voix de Cahalan se fit à nouveau entendre. « Des équipes du renseignement ont signalé avoir repéré plusieurs hélicoptères entièrement peints en noir et sans aucune marque d'identification. Ces rapports n'ont jamais été confirmés ni infirmés. Mais ces hélicos ne sont ni de l'ANV ni de la CIA.

— Vous croyez vraiment que ce tunnel pourrait aller jusqu'au Laos ? demanda Chelini.

— C'est pas si loin, souffla Egan. On n'est même pas à quinze bornes. »

Chelini fut impressionné. Il ne pensait pas être si près de la piste Ho Chi Minh.

« Je ne crois pas qu'on pourra jamais pénétrer dans ces galeries, chuchota Minh. Je ne crois pas qu'on doive essayer. Si nous découvrons qu'elles vont aussi loin que vous le dites, votre gouvernement se retirera. Ils diront que le Vietnam est une cause perdue.

— Je croyais que tu voulais qu'on parte, dit Chelini.

— Oui. Que vous partiez, vous, votre armée, tous vos gens. Mais il faut qu'on conserve votre amitié, votre soutien moral, et votre matériel.

— Il y a cinq ans, fit Egan d'un ton méprisant, on disait que la campagne appartenait aux Viets, la campagne et tout le reste à part le centre des villes. A présent, on tient presque tout. Il y a deux ans, on disait que la nuit appartenait aux Viets. A présent, elle est à nous. Et maintenant, on dit que le sous-sol appartient aux Viets. Eh bien, on y descendra. Et avant longtemps, ça aussi, ça sera à nous.

— Je ne le crois pas, fit doucement Minh. Je me bats à vos côtés comme un frère, mais je n'aime pas ce que je vois. Je n'aime pas ce que vous faites à mon pays. Votre argent nous appauvrit. Plus il rentre de votre argent dans mon pays, plus mes compatriotes sont acculés à la pauvreté.

— Ça tient même pas debout, laissa tomber Brown.

— Oh ! si, répliqua Minh. Avant, un homme pouvait nourrir sa famille en gagnant mille piastres par mois. Votre argent arrive dans le pays et les prix montent. A présent, le même homme peut gagner dix mille piastres par mois, et il doit encore voler pour se nourrir.

— D'accord, faudrait qu'on soit sacrément naïfs pour s'imaginer qu'on n'a pas un peu chamboulé l'économie par ici, concéda Egan à la place de Brown.

— Vous voyez, poursuivit Minh d'une voix toujours plus douce, vous ne pouvez pas gagner cette guerre pour nous. Si vous gagnez, c'est nous qui sommes conquis. Nous l'avons déjà été souvent dans le passé. A chaque fois, nous nous soulevons et nous chassons l'armée étrangère. Nous avons ça dans le sang. Et vous serez chassés à votre tour. Quand vous serez restés ici pendant assez longtemps, vous vous apercevrez que nous sommes un pays pauvre. Il n'y aura rien pour vous retenir ici et vous voudrez partir. Alors, nous nous soulèverons et nous vous chasserons.

— Qu'est-ce que tu crois qu'on fout ici ? jeta rageusement Brown. On en veut pas, de ton pays.

— On est ici pour rétablir la paix, enchaîna Egan. Pas pour installer des bases permanentes. On ne cherche même pas à infliger une défaite au Nord-Vietnam.

— Ouais, renchérit Brown, on s'en fout de ce que vous ferez après. Vous êtes libres de choisir ce que vous voudrez. Dès qu'on aura arrêté les *gooks*. »

Minh était submergé par les protestations. Chelini essaya de venir à son secours. « Se battre au nom de la paix, lança-t-il, c'est comme baiser au nom de la virginité. » C'était un vieux slogan du campus, et tout le monde, dans le mouvement pacifiste, s'accordait à le trouver valable.

« C'est faux », laissa tomber Egan. Personne n'ajouta de commentaire. C'était net et sans réplique. Le Bleu se sentit à nouveau rejeté par le groupe.

« Je voulais dire..., risqua-t-il au bout d'un moment.

— C'est faux, répéta froidement Egan. C'est une schématisation de débile et la comparaison tient pas. Pourquoi ? Parce que tu sais pas ce que c'est que la paix. On peut très bien se battre au nom de la paix, pour se défendre, pour dissuader ou arrêter un agresseur. Va te faire foutre avec tes petites formules à la con.

— On a pris un engagement envers votre pays et envers votre peuple, ajouta Brooks. On s'est engagés à vous garantir le droit de choisir librement votre gouvernement. Mon gouvernement affirme que votre pays est soumis à l'attaque de forces organisées, entraînées et équipées par un autre pays. Quelle est votre position là-dessus ?

— Vous autres Américains », dit Minh sans se départir de son ton respectueux, « vous êtes parfois aveugles.

— C'est vrai, fit Chelini. Ils ne sont pas attaqués par un autre pays. C'est leur propre pays qui les attaque. Enfin, je veux dire...

— Regarde autour de toi, connard, rugit Egan. On se bat contre qui, hein ? L'ARVN ?

— Seulement » répondit le Bleu en se raccrochant à une idée qui lui était venue plus tôt, « leur mode de vie est beaucoup plus proche du communisme que du nôtre. Alors, on devrait peut-être laisser cet endroit aux communistes.

— Et tu t'appuies sur quoi pour dire ça ?

— Tu sais de quoi je veux parler. Leur manière de vivre étroitement ensemble, en partageant tout, leurs religions, aussi. D'une manière générale, l'accent est mis sur le groupe plutôt que sur l'individu.

— Tu dirais donc que le communisme est plus dans leur style que la démocratie à l'occidentale ?

— Je dirais ça, oui.

— Est-ce que tu dirais que le fédéralisme avec un gouvernement central fort met l'accent sur l'individu plutôt que sur la société, ou sur la société plutôt que sur l'individu ?

— Sur la société, fit prudemment Chelini, qui flairait le piège.

— C'est aussi mon avis, dit Egan. El Paso ?

— D'une manière générale, plus vaste est la population contrôlée par un gouvernement, plus celui-ci doit raisonner en termes de masse plutôt que d'individus. Et plus un gouvernement est fort, plus il contrôle la population qu'il gouverne.

— Tu es d'accord avec ça ? demanda Egan à Chelini.

— Oui, mais je...

— Est-ce que les systèmes pluralistes à l'occidentale tendent vers plus de contrôle ou moins de contrôle sur la population que les systèmes à parti unique comme ceux de la Chine ou de la Russie ?

— Moins de contrôle.

— Et le parti au pouvoir, peut-il être renversé plus facilement dans un système pluraliste ou dans un système à parti unique ?

— Système pluraliste.

— Le gouvernement, dans un tel système, n'exerce donc pas un contrôle aussi grand sur la population que dans un système communiste à parti unique. Exact ?

— Exact.

— Maintenant, selon la tradition culturelle du Vietnam, les gens aiment-ils que le gouvernement central se mêle de diriger les affaires du village ? »

Minh devança la réponse :

« Non. Il n'est pas bon que le gouvernement du pays exerce son contrôle sur le village.

— Dans ce cas, il faut bien que notre mode de vie soit plus proche de leurs traditions que ne le serait le communisme, conclut Egan.

— Mais ce sont tous des Vietnamiens ! protesta Chelini. Les autres sont aussi vietnamiens que l'ARVN.

— Eg, *mi hermano*, fit calmement El Paso, ton raisonnement est bon, mais il est quand même bancal. Quand les gens disent que la culture traditionnelle d'ici peut s'adapter plus facilement au communisme qu'à autre chose, " autre chose " en question n'est pas la démocratie mais le capitalisme. Et toi, le Bleu, c'est peut-être d'un système socialiste que tu veux parler. De plus, c'est tout à fait faux de dire que ce sont tous des Vietnamiens. »

Au cours des nombreux mois passés dans la jungle, El Paso était parvenu à consacrer des centaines d'heures à la lecture. Il avait lu des histoires du Vietnam et suivait l'actualité. Il se lança dans un récit détaillé des diverses vagues d'immigration qui avaient fini par constituer la population du Vietnam : comment certaines tribus nomades descendues de Chine s'établirent autour de Hanoi et de Haiphong, comment d'autres peuplades parties du sud de l'Asie centrale pour émigrer vers l'est s'établirent dans la zone du Cambodge et le delta du Mékong. D'autres encore avaient dérivé vers l'ouest depuis la Polynésie. « Jamais, affirma El Paso avec autorité, les populations du Nord et du Sud n'ont constitué un seul peuple. Ils se sont toujours combattus. Les premières tentatives d'unification du Vietnam se réfèrent toujours à des zones situées au nord du 17e parallèle. Merde, au sud, il n'y avait pour ainsi dire personne avant le XIVe siècle. Le pays était désert — plus que l'Amérique avant l'arrivée de l'homme blanc. »

El Paso continua encore un moment, au grand ébahissement de Chelini, et finit par conclure : « On appelle souvent nos adversaires des Vietcongs et on les considère comme des rebelles sud-vietnamiens indépendants. Moi, je dis que ce n'est pas le cas. Chaque fois qu'on a engagé le feu ici, c'était avec des réguliers nord-vietnamiens. Ça fait partie de la confusion et du mythe politique de la guerre. C'est un élément de la propagande du Nord afin de justifier leur invasion du Sud. »

Minh demeura silencieux pendant tout l'exposé d'El Paso, que Chelini ponctua d'un timide : « Je comprends », tandis que Doc demandait d'une voix lasse : « Qu'est-ce que tout ça a à faire avec quoi que ce soit ? » Ils étaient tous épuisés, et le bourdonnement monotone de la soufflante ne les laissait pas s'illusionner un instant sur la sécurité de leur position. L'excitation de la découverte et des spéculations à propos du tunnel avait disparu, il ne restait que le vide et la crainte.

Avec la montée tardive de la lune, un filet de lumière alla caresser les contours de maigres nuages qui se formaient à très haute altitude.

« Il se fait tard, dit Brooks. Faut dormir un peu. On aura d'autres occasions de revenir sur ces sujets. »

Couché sur le dos à même la terre, fiévreux, le visage congestionné, Chelini sentait le froid et l'humidité de la nuit. Doc et Minh dormaient côte à côte sur sa gauche et Egan sur sa droite, à lui toucher l'épaule. Un peu plus bas que le sergent, El Paso, Brown et le lieutenant s'étaient nichés dans la fourche d'un arbre trapu. Ce n'était pas seulement le froid qui les faisait tous grelotter. A l'abri d'une mince doublure de poncho, Cahalan veillait les fréquences des groupes de la 1re section et des PC des autres sections, lançant des appels de contrôle ou rendant compte au centre d'opérations avancé de la base Barnett.

« O mon Dieu, non... va-t'en », gémit Chelini dans un souffle. Le soldat vietnamien était revenu. Chelini n'en pouvait plus. Il avait mal aux bras, aux jambes ; ses plaies et ses brûlures ne cicatrisaient pas ; au contraire, elles s'envenimaient, il en suintait un liquide épais et visqueux. Le Bleu ferma les yeux, le soldat se mit à avancer rapidement, résolu à vernir caler exactement son visage entre les oreilles de protection du guidon, à le regarder droit dans les yeux suivant une ligne concrétisée par la longueur du canon. La tête de l'ennemi grossissait toujours plus ; les yeux enfoncés dans leurs orbites creuses et hautes lançaient des éclairs ; un rictus tordait la bouche qui s'ouvrait démesurément, devenait plus grosse que tout le reste du visage, couronnée de dents et fouettée par la langue. La main du Bleu se crispait sur la poignée-pistolet ; il appuyait sur la queue de détente, lentement, puis des deux mains, des dix doigts, la tête-bouche grossissait toujours, la langue comme un serpent fou, des jets de salive éclaboussaient le Bleu qui appuyait, appuyait, le fusil explosait...

Et merde, il faut que je chasse ce type de mon esprit. Seigneur, je vous en supplie... Chelini s'était redressé sans s'en rendre compte. La règle numéro un dans la jungle — Pas de Bruit — s'était inscrite dans son subsconscient : il n'avait même pas réveillé Egan.

Il resserra la doublure du poncho autour de ses épaules. Pourtant, son visage était toujours brûlant. Seigneur — quel Seigneur ? Il se força à penser à autre chose qu'au Viet mort. Utilise ta cervelle, ça t'aidera. Il fouilla dans ses souvenirs. Linda. Il n'arrivait pas à fixer sa pensée sur elle. L'école, la fac. Des images défilèrent, une salle de cours, un amphi. Il s'obligea à rester sur elles. Il fallait qu'il dorme. Sans penser, sans rêver, sans rien.

Il eut une vision qui le ramena plusieurs années avant son arrivée au Vietnam. L'automne dans le Vermont, paradis des amateurs d'herbier. La tombée de la nuit, avec un ciel assombri mais dégagé. Vic conduisait le pick-up, avec leurs motos à l'arrière. Jim — Jim, c'était moi, je montais derrière. Ils rentraient tous les deux d'un cross dans les collines et suivaient une route en lacets. Ils s'étaient arrêtés sur une hauteur pour contempler, à leurs pieds, à quelques kilomètres, la fédérale 91. L'autoroute et les nombreuses voies d'accès étaient saturées de véhicules. Les pinceaux des phares et les feux de position traçaient un réseau de veines et d'artères dans la nuit. L'image restait vive dans la mémoire de Chelini, avec sa multitude de cellules circulant dans l'organisme et lui donnant vie.

L'organisme en question est un parasite, songea-t-il, et il s'obligea à développer cette idée. La terre est un parasite qui suce la vie d'un animal beaucoup plus complexe enfermé dans une petite cage d'une petite cabane dans un petit coin de la surface d'une immense planète, insignifiante pourtant dans son propre univers. Chelini sourit à l'idée de pouvoir jouer de la sorte avec une pensée sans que l'image maudite du Viet vienne s'y mêler. Quelqu'un, sur cette immense et pourtant infime planète, a capturé l'animal dont la Terre n'est qu'un parasite. Un médecin ou un savant. Il l'imaginait, en blouse blanche dans son labo. La vision s'ouvrait à lui comme les pages du Livre des Révélations. Le savant opérait l'animal afin de découvrir les causes de sa maladie. Pour lui, la Terre ne dépassait pas les dimensions d'une molécule. Pour la Terre, le chercheur resterait à jamais inconnu. Après tout, se dit Chelini, nous n'avons pas encore exploré les molécules les plus proches, à plus forte raison l'organisme dont se nourrit la Terre. La perspective depuis la Terre jusqu'à la paroi intestinale de l'animal est incroyablement vaste. Y a-t-il une paroi à la limite externe de l'univers ? Et après, qu'est-ce qu'on trouve ? Un estomac ? Un rectum ? De la peau ? De l'air ? Un chirurgien ? Chelini se mit à rire tout seul. Si je suis capable d'imaginer cela, mon imagination n'est-elle pas plus vaste que tout cet ensemble ?

Il était toujours assis et frissonnait. Il contempla le paysage. La pleine lune chevauchait la ligne de crête des montagnes et baignait la cime des arbres d'une lumière neutre qui se diffusait dans la vallée en brume claire. Au flanc de la 636, la jungle restait sombre. La *mitymite* émettait son ronflement monotone. Une sentinelle toussa.

Faut arrêter de penser, dormir. Je ferais mieux de me branler. Si j'étais avec Linda. Non, ça suffit. Que le monde s'arrête. C'est un ordre. Merde, je voudrais pouvoir brancher mon cerveau sur un magnéto et me repasser les résultats une fois que je serai rentré au pays. Peut-être qu'alors, ça aurait un sens.

Un rayon de lumière qui trouait la végétation vint agiter le cauchemar d'Egan. Un sapeur se tenait près de lui, machette au poing. Le clair de lune jouait sur l'acier de la lame qui s'élevait, énorme, puis descendait à toute allure, pointée droit entre ses deux yeux...

Egan se réveilla en sursaut, bondit et se retrouva aussitôt à quatre pattes, prenant appui sur ses doigts et ses orteils, tel un chat prêt à sauter. La poussée d'adrénaline mit ses sens en alerte, et aussi sa paranoïa. Il flaira l'air de la nuit, tendit l'oreille, avança une patte dans le noir. Laisser retomber la machette revenait à accepter sa propre mort.

« Quelqu'un m'a raconté que si t'en bouffes, tu planes complètement ou t'es malade comme un chien. Alors, j'en ai bouffé.

— Ta gueule et déclenche ta Claymore. T'as repéré du mouvement ? Déclenche ta Claymore.

— Je peux pas. Y a plus de C-4 dedans.

— Numbnuts, qu'est-ce que t'as foutu de ce C-4 ? »

Steve Hoover sortit sans bruit une autre grenade de son paquetage. Il n'en revenait pas de ce qu'il entendait. Il était écœuré.

« J'l'ai bouffé ! J'l'ai bouffé ! J'ai cru que ça me ferait planer. Après tout ce qu'on a crapahuté dans la journée, y m'fallait un truc. Ou peut-être que ça m'rendrait malade, tu saisis ? Alors, Doc serait forcé de me faire évacuer. Bon pour moi, ça. Ou sinon, j'allais planer. Ça me va aussi. Dans un cas comme dans l'autre, c'était bon.

— Va te faire foutre. Je t'emmerde. Fous le camp là-bas et va te faire sauter. Quand tu l'as bouffé, le putain de C-4 ?

— Cet après-midi.

— T'as plané ?

— Non.

— T'es malade ?

— Non.

— Je t'emmerde. Pauvre fils de pute, siffla Hoover en scrutant la jungle.

— Au moins, moi, j'ai placé ma Claymore. Où qu'elle est, la tienne ? gémit Numbnuts.

— La mienne, je vais te la foutre dans le cul. T'as entendu autre chose ?

— Non.

— Va dire au lieut qu'on a entendu du mouvement et que nos Claymore sont baisées et veulent pas sauter.

— C'était peut-être rien que le vent.

— Je t'emmerde.

— Et je t'emmerde aussi. De tous les types de cette putain de section, faut que je me retrouve avec un gus qui connaît pas plus de deux mots.

— Je t'emmerde, ça fait trois mots, pauvre con. Maintenant, file trouver le lieut et vois si Jax a pas entendu quelque chose, et fais pas de bruit.

— Où est le PC ?

— Bouge pas. J'y vais moi-même. »

Hoover commença aussitôt de s'éloigner en rampant.

« Dis, heu...

— Quoi ?

— Je suis pas vraiment sûr d'avoir entendu. On ferait peut-être mieux d'attendre.

— Écoute, bougre d'enfoiré, ou t'as entendu un truc ou t'as rien entendu.

— Je sais pas.

— Quelle heure il est ?

— Trois heures et demie.

— Espèce d'enculé de ta mère. » Hoover secoua la tête et revint en rampant jusqu'à la position. Il resta en alerte, essayant d'identifier les divers bruits de la nuit. Le ronflement de la *mity-mite* et l'écho roulant des tirs d'artillerie venaient de derrière eux. Une légère brise faisait bruire les feuilles tout autour d'eux. « Bien. Écoute-moi, connard, fit-il au bout d'une dizaine de minutes, moi, je vais pioncer, alors tu me fais pas chier à moins d'avoir entendu quelque chose. Si tu entends un truc, ou même si tu *crois* entendre, tu me réveilles. Repère la direction. Tu te cloues tes putains de paupières et tu gardes les yeux ouverts. Si je me fais buter à cause de toi, je te jure que je reviens te hanter jusqu'à la fin des temps. Combien de C-4 t'as bouffés ?

— Rien qu'un chouia. Je voulais pas être trop malade ni trop défoncé. J'ai le reste dans mon barda.

— Ça fait combien que t'es au Vietnam ?

— Quatre mois... plus. J'suis resté bloqué un moment à Cam Ranh parce qu'ils trouvaient pas d'unité où me caser.

— Quatre mois au Nam et t'en es déjà à bouffer ta Claymore. Mec, ce truc, c'est pas bon pour ta santé. Et ici, on s'occupe pas de planer. T'es pas à Saigon, ducon, t'es sur le Song Bo. Y a des Viets, ici. T'es tellement con que je peux même pas... qu'est-ce que c'était ?

— J'ai rien entendu.

— Ta gueule. Y a quelque chose.

— Tu vois bien...

— Ta gueule, je t'ai dit. » Hoover pressa le combiné de son émetteur, coupant le bruit de fond pour alerter les autres radios de la compagnie, mais il s'abstint de parler. Il roula doucement sur sa gauche, une grenade au poing, qu'il dégoupilla très lentement. Avec la même prudence, il se laissa glisser à l'écart de sa position, en direction de Silvers et Jax, afin de les alerter. Pétrifié, Numbnuts arma son M79, déclencha le dispositif de mise à feu de sa défunte Claymore. Même le détonateur était HS. Le visage inondé de sueur, Numbnuts se mit à trembler. Il fit feu au M79. La grenade 40 mm partit avec un *Whoacck* bientôt suivi du *Ka Buaccck* caractéristique de l'explosion. Numbnuts était sûr d'entendre l'ennemi fuir en désordre. Le dispositif de piégeage en haut de piste explosa à son tour avec un bruit de tonnerre. Sur la gauche et la droite de Numbnuts, les *boonierats* lançaient des grenades. Les Claymore placées devant une demi-douzaine de positions sautèrent également. On entendait les soldats ANV traîner les corps de leurs camarades dans les fourrés. Les hommes tiraient en direction des bruits. Au PC, Brown appela la base, et quelques minutes plus tard, les tirs sur objectifs repérés soufflaient et brûlaient la végétation sur un large périmètre autour de la 1re section. La fusillade cessa peu à peu, comme endormie par le manque de riposte.

EXTRAIT DU J.M.O.

LES RÉSULTATS SUIVANTS CONCERNANT LES OPÉRATIONS DANS LA ZONE O'REILLY/BARNETT/JEROME SONT SIGNALÉS POUR LA PÉRIODE DE 24 HEURES PRENANT FIN A 23 H 59 LE 15 AOÛT 70 :

AU COURS D'UN COMBAT QUI A DURÉ TOUTE LA NUIT, LA CO B, 7/402, A ENGAGÉ DES FORCES ANV AU VOISINAGE DU POINT YD 173329, A 3 KILOMÈTRES SUD-SUD-OUEST DE LA BASE BARNETT. LES PREMIÈRES RECHERCHES FONT ÉTAT DE 34 ENNEMIS TUÉS ET DE NOMBREUSES TRACES SANGLANTES. LA CO B A RÉCUPÉRÉ 16 ARMES INDIVIDUELLES ET DES QUANTITÉS IMPORTANTES DE MATÉRIELS ENNEMIS. PERTES US : 1 TUÉ, 11 BLESSÉS.

A 03 H 40, LA BASE BARNETT A ESSUYÉ UN TIR DE MORTIER. NI PERTES NI DÉGÂTS SIGNALÉS.

A 07 H 15, UN GROUPE DE LA CO B, 7/402, QUI SUIVAIT DES TRACES DE SANG A ENGAGÉ UN GROUPE RENFORCÉ ANV, EN TUANT 8.

LA SECTION RECO DE LA CO E, 7/402, A ÉTÉ PRISE EN EMBUSCADE SUR LA COTE 848 PAR UN ÉLÉMENT ENNEMI DE GRANDEUR INDÉTERMINÉE. L'UNITÉ A RIPOSTÉ PAR SES MOYENS DE FEUX ORGANIQUES ET L'ENNEMI A ROMPU LE CONTACT. PERTES DÉNOMBRÉES : 1 KCS TUÉ. A 11 H 00, UNE SECTION DE LA CO C, 7/402, A ÉTÉ EXFILTRÉE DE LA CRÊTE AU SUD DU KHE TA LAOU ET RÉINFILTRÉE AU FOND DE LA VALLÉE, AU VOISINAGE DU POINT YD 130317. LA ZONE DE POSER A ESSUYÉ DES TIRS DU NORD ET DE L'EST,

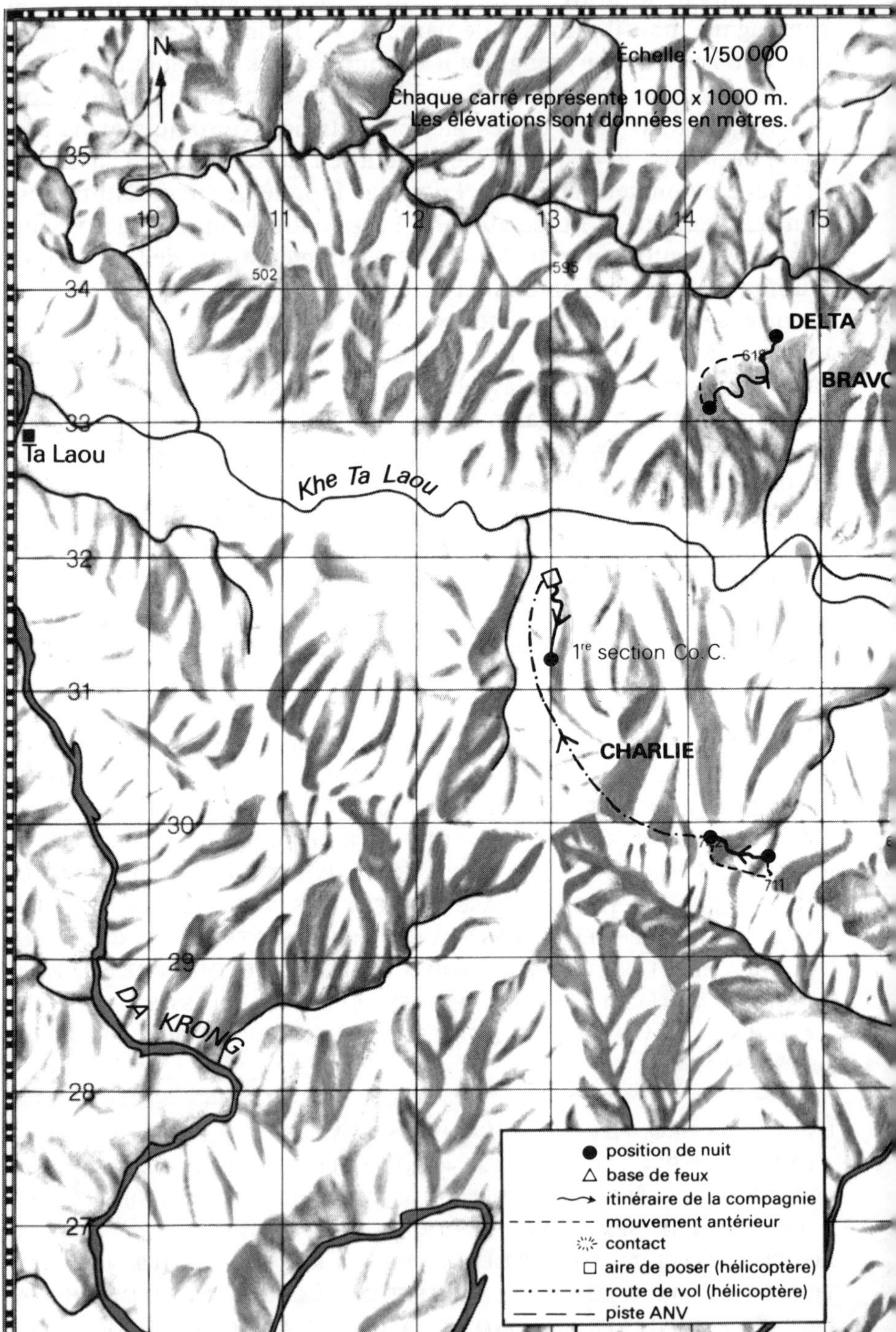
N
Échelle : 1/50000
Chaque carré représente 1000 x 1000 m.
Les élévations sont données en mètres.
35
34
33
32
31
30
29
28
27
10
11
12
13
14
15
502
595
618
DELTA
BRAVO
Ta Laou
Khe Ta Laou
1re section Co.C.
CHARLIE
712
711
DA KRONG
position de nuit
base de feux
itinéraire de la compagnie
mouvement antérieur
contact
aire de poser (hélicoptère)
route de vol (hélicoptère)
piste ANV

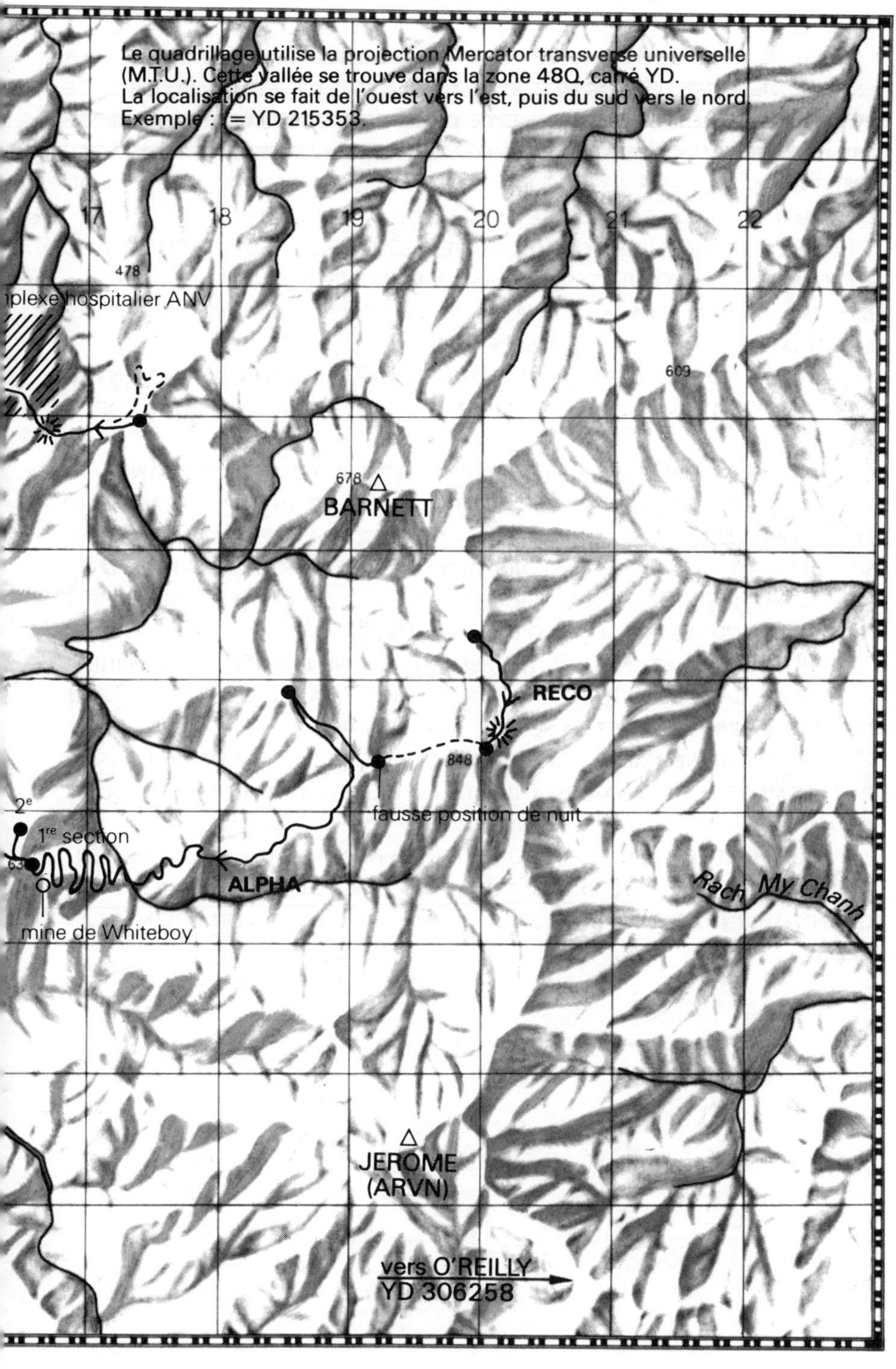
Le quadrillage utilise la projection Mercator transverse universelle (M.T.U.). Cette vallée se trouve dans la zone 48Q, carré YD.
La localisation se fait de l'ouest vers l'est, puis du sud vers le nord.
Exemple : = YD 215353.
17
18
19
20
21
22
478
plexe hospitalier ANV
609
678
BARNETT
RECO
848
fausse position de nuit
2e
1re section
ALPHA
mine de Whiteboy
Rach My Chanh
JEROME
(ARVN)
vers O'REILLY
YD 306258

CAUSANT 2 TUÉS US. PERTES ANV : 1 TUÉ. UN HOMME A ÉTÉ FAIT PRISONNIER.

A 11 H 45, A 1 KILOMÈTRE AU SUD DE LA BASE O'REILLY LE 1er RGT (ARVN) A ESSUYÉ DES TIRS DE MORTIER 82 MM, DE RPG ET D'ARMES LÉGÈRES DE FORCES ENNEMIES ESTIMÉES A UNE COMPAGNIE. L'UNITÉ A RIPOSTÉ PAR SES MOYENS DE FEUX ORGANIQUES, AVEC L'APPUI AÉRIEN URGENT DU 2/17 CAV (US) ET DU 4/77 ARA (US). LES RECHERCHES MENÉES SUR LA ZONE DU CONTACT FONT ÉTAT DE 15 TUÉS ANV ET DE 3 PIÈCES SAISIES.

UNE ÉVALUATION DES DOMMAGES MENÉE AU SOL PAR DES ÉLÉMENTS DU 2/17 CAV ET DE LA COMPAGNIE HAC BAO A 4 KILOMÈTRES NORD-OUEST DE LA BASE RANGER A PERMIS LA DÉCOUVERTE DE 12 CASEMATES, 8 HUTTES, 60 UNIFORMES ANV, 14 TROUSSES MÉDICALES, 2 640 LIVRES DE RIZ, 100 ROQUETTES 122 MM ET DIVERS DOCUMENTS. DES ÉLÉMENTS SUPPLÉMENTAIRES DE LA 1re DIV INF (ARVN) ONT TUÉ 27 ENNEMIS DANS LE VOISINAGE DE LA BASE O'REILLY.

A 13 H 30, LA CO B, 7/402, A ÉTÉ PRISE A PARTIE PAR UN GROUPE ANV UTILISANT UNE MITRAILLEUSE .51. LA CO B A DEMANDÉ UN APPUI ARA. LE NID DE MITRAILLEUSES A ÉTÉ DÉTRUIT. A 14 H 30, B/7/402 A ÉTÉ PRISE A NOUVEAU SOUS UN TIR DE MORTIER ALORS QU'ELLE DÉCOUVRAIT L'ENTRÉE D'UN COMPLEXE HOSPITALIER SOUTERRAIN. UN RAPPORT COMPLET SUR CETTE ACTION EST CONSIGNÉ AU J.M.O. DU 16 AOÛT 70.

LA 1re SECTION, CO A, 7/402, A DÉCOUVERT UNE ENTRÉE DE GALERIE A 4,50 KM DE LA BASE BARNETT, A 15 H 20. L'UNITÉ A EXPLORÉ LA GALERIE DURANT L'APRÈS-MIDI ET LA SOIRÉE, SANS RÉSULTAT.

A 18 H 55, LA BASE BARNETT A ÉTÉ ATTAQUÉE. L'ATTAQUE A ÉTÉ REPOUSSÉE PAR LES MOYENS DE FEUX ORGANIQUES. UN HÉLICOPTÈRE HUEY UH.10 A ÉTÉ ENDOMMAGÉ.

A LA TOMBÉE DE LA NUIT, A PROXIMITÉ DU POINT YD 160295, UN ÉLÉMENT DE LA CO A, 7/402, A ÉTÉ PRIS A PARTIE PAR DES FORCES ENNEMIES D'UNE GRANDEUR INDÉTERMINÉE, RÉSULTANT DANS LA MORT D'UN CHIEN ÉCLAIREUR.

CHAPITRE 22

16 août 1970

Egan et Whiteboy, hargneux, poussèrent une gueulante quand le sol s'effondra. Brooks et El Paso, écœurés, se contentèrent de hausser les épaules en s'éloignant. Ils avaient argumenté de leur mieux. Chelini ne comprenait pas. Dans l'ensemble, la 1re section considérait que c'était une erreur, et une erreur qu'on les obligeait délibérément à commettre. D'ailleurs, depuis le début de la matinée, tout allait de travers et semblait fait pour les démoraliser. Une de ces journées où le champion perd son titre contre l'obscur challenger, où le brillant étudiant échoue à l'examen le plus simple. A 13 h 00, lorsque la 1re section d'Alpha fit sauter le tunnel et qu'on vit le sol s'affaisser, la situation paraissait parfaitement normale : à part rien, tout allait bien.

Personne n'avait dormi avant l'aube. Après la Minute Folle déclenchée par Numbnuts, tout le périmètre resta en alerte. Chelini et Egan rampèrent hors de leur trou pour se porter en renfort auprès du groupe de Whiteboy. La nuit devint plus froide : les brumes montant du sol emplirent les noires crevasses de la jungle, refroidissant les corps, baignant d'humidité les treillis et les ponchos. Deux par deux, côte à côte, dos à dos, éveillés, épuisés, déprimés, les *boonierats* frissonnaient dans l'obscurité.

La *mity-mite* monotone et l'écho, lointain mais omniprésent, des tirs d'artillerie les accompagnèrent toute la nuit. La brume vira du noir au gris, la jungle resta sombre. La voûte de lianes et de feuilles dessinait une silhouette menaçante contre le ciel terne. Aux premières lueurs, la moitié de la 1re section sombra dans le sommeil, ratant un étonnant spectacle à 06 h 39, lorsque le soleil parut derrière les montagnes à l'est, éclaboussant le ciel de pourpre et rougissant les nuages. Egan ne dormait pas. « Y a qu'au Vietnam... » murmura-t-il avec un sourire. La moitié de la section continua de dormir pendant les premières activités du matin, jusqu'à ce que le soleil eût consumé les brumes.

L'autre moitié de la section ne dormait pas. Dès le point du jour, Egan se leva et prépara silencieusement son brêlage en vue des patrouilles du matin. Le réveil s'accompagnait généralement parmi les troupes d'un sentiment de soulagement à la vue du jour. Dans la nuit vietnamienne, les soldats craignaient souvent que quelqu'un, mystérieusement, ne trouve un moyen d'éliminer la lumière du jour. Le matin, alors, ne viendrait jamais. C'était donc un apaisement pour chaque *boonierat* de voir le ciel changer, et les camarades toujours là.

Doc Johnson et El Paso circulaient parmi les groupes dispersés, inspectant et rendant compte au lieutenant. « La nuit s'est bien passée ? » demandait Doc. Un pouce levé ou un hochement de la tête tenaient lieu de réponse. McCarthy passait distribuer une pilule à chacun, destinée à prévenir le *facilipreum* et la *volvax malaria.* Chacun acceptait sa pilule, mais, une fois sur deux, elle finissait par-dessus l'épaule, accompagnée d'un même souhait : plutôt être évacué avec la malaria que flingué au fond de la vallée.

Egan réunit une équipe légère en vue d'une première fouille rapide. Ils démontèrent le dispositif de piégeage en bas de la piste — celui du haut avait sauté pendant la nuit —, puis remontèrent patrouiller un peu vers l'ouest. Les tirs d'artillerie avaient creusé de petits cratères dans la jungle, mais ils ne trouvèrent pas trace de corps, ni de sang, aucun signe d'une présence quelconque pendant la nuit. Ils rentrèrent.

Hoover racontait en rigolant sa nuit à Jax et à Silvers. « Vous auriez dû voir Numbnuts, les mecs. Cet enfoiré me dit qu'il a bouffé le C-4 de sa Claymore pour se rendre malade. Après ça, il me dit qu'il entend quelque chose. Je lui dis qu'il déconne. Je crois bien qu'il en a pissé dans son froc. Vous auriez dû voir ce pauvre con. Malade de trouille, il était. Quand je me suis tiré, il était sur le point de chialer. Moi, je savais qu'y avait rien, et je savais ce qu'il allait faire, ce connard de mes deux. »

Egan regagna sa position, sortit son réchaud bricolé avec une boîte de ration, son quart, de l'eau, un peu de C-4 et des sachets de café soluble. Chelini se réveilla, secoua la tête et jeta un regard vague sur Egan. « Vingt-deux au jus », annonça joyeusement celui-ci.

Egan se concocta un petit déjeuner à partir d'une ration d'œufs au jambon à peu près immangeable, assaisonnant la bouillie jaunâtre de confiture de pêches, d'une pointe de Tabasco et de café. Il touilla la mixture à l'aide de sa baïonnette et l'ingurgita avec une cuiller plastique. Le spectacle donna la nausée à Chelini, qui entreprit néanmoins d'avaler une boîte de tranches de porc froid et une autre de biscuits au fromage. Il mangea d'abord la couche de fromage, puis le biscuit, et fit passer le tout avec sa dernière boîte de jus de fruits. Egan fit sa vaisselle et rangea soigneusement son paquetage en vérifiant chaque sangle. Chelini fourra ses affaires en vrac dans le sac et s'assis dessus pour tasser. Egan relaça méticuleusement ses rangers, vérifia son brêlage, nettoya son arme et ses munitions, puis se brossa les dents. Chelini épousseta la coquille du fût du M16 avec sa main et s'assit pour attendre l'ordre de marche, dans cinq minutes.

« T'es vraiment pas beau à voir, fit Egan en secouant la tête. Regarde-toi. J'ai jamais vu un type devenir aussi crado en aussi peu de temps. T'as besoin de te raser.

— Qu'est-ce que c'est que ces conneries de rempilé ? aboya perfidement Chelini. Tu veux aussi que je te présente des rangers nickel ?

— Je veux simplement que tu sois propre, trou du cul. »

Autour d'eux, la troupe s'agitait. Moneski emmena le 2e groupe en patrouille. Brooks appela l'Homme Vert ; l'observateur avancé contacta le poste central de tir pour communiquer de nouvelles coordonnées. Aucune des trois sections d'Alpha n'avait trouvé trace des cent cinquante ANV repérés par avion deux jours auparavant. La soufflante continuait de pomper et le trou d'engloutir la fumée. Au-dessus de la vallée et jusqu'à la frontière laotienne, des hélicoptères guettaient son éventuelle réapparition à la surface. Sans résultat. Brown appela l'échelon avant de la logistique avec une liste de rechanges mise à jour : « ...charlie-charlie-uniforme un, delta-delta-juliette un, alpha-alpha-foxtrot huit, delta... » Il égrena interminablement son chapelet alphabétique dans le combiné. Sur la base, un secrétaire décodait le message à l'aide d'une grille où il lui suffirait d'inscrire en face de chaque article la quantité désirée. Brooks rediscuta du tunnel avec le Vieux Renard. Il appela les 2e et 3e sections et leur ordonna de regagner la LZ de la 636 pour le ravitaillement. Il les informa que le PC et la 1re section les rejoindraient à 13 h 00. Les activités de routine suivaient leur cours ; la plupart des *boonierats* s'ennuyaient et prenaient un peu de repos à l'ombre.

« Jax, fit Egan d'une voix excitée, tu me passes ta pelle ? » Il s'empara de l'outil.

« Tu comptes pas redescendre là-dedans ? fit Jax, incrédule.

— T'as gagné. » Egan trottina allégrement vers l'ouverture du tunnel.

« Ce mec est complètement frappé, commenta Jax en hochant la tête.

— Plutôt ça que de s'entendre dire qu'on doit y aller, toi ou moi », murmura Silvers.

A l'entrée du tunnel, Whiteboy, Thomaston, Chelini et un groupe de soldats du PC entouraient Egan. Celui-ci avait serré ses jambes de pantalon en haut des cuisses, aux genoux et aux chevilles. Il portait un T-shirt, un pull à manches et une veste de treillis. Comme protection supplémentaire contre les cristaux de gaz lacrimogène, il avait mis des gants et un chapeau de toile, sans oublier le masque à gaz. Comme la veille, il s'était muni de deux torches électriques et de deux .45. Chelini lui noua la corde autour de la taille. Egan replongea.

La descente était en tout point identique à sa première tentative, mais cette fois, les résidus de fumigènes diminuaient considérablement la portée de sa lampe. Il l'éteignit et continua dans le noir, lentement et régulièrement. C'était presque de la routine. Whiteboy tira trois fois sur la corde pour indiquer qu'Egan était à trente mètres. Egan répondit en tirant une seule fois. Il se plaqua contre la paroi gauche de la galerie et allongea son bras droit, qui tenait la torche, jusqu'à la paroi opposée. Il attendit un moment, le .45 dans la main gauche, braqué droit devant, puis il alluma et éteignit très vite la torche, deux fois. Ses yeux avaient enregistré une galerie vide. Il répéta l'opération tous les trois mètres environ. Quelques minutes plus tard, Whiteboy fit quatre appels de corde : quarante mètres. Egan répondit. Il devrait arriver à la petite salle. Il alluma sa torche. Le tunnel continuait de descendre. Egan avança, rallumant un peu au hasard. Pas de salle. A cinquante mètres, il fut arrêté par une bombe de deux cent cinquante livres. Il entendait creuser de l'autre côté.

La 3e section avait également passé une nuit agitée. Après avoir battu en retraite devant le tireur isolé, elle s'était repliée dans un petit défilé. Le lieutenant Caldwell disposa une équipe en embuscade au sommet, des postes d'écoute sur les flancs, trois emplacements de combat sur l'avant et le PC de section au centre, dans une étroite tranchée naturelle. Le maître chien et le pisteur passèrent la nuit avec l'équipe en embuscade, aussi loin que possible de Caldwell. « Ce fils de pute est un homme mort » fut le jugement passé par le maître chien sur le chef de section. « Il va regretter d'avoir jamais vu le jour. Quelle espèce d'homme faut-il être pour laisser crever un chien ? Le laisser gémir et crever, et pas même envoyer un groupe après le Viet qui l'a allumé ? Faire demi-tour et filer. Quelle espèce d'homme peut faire ça, hein ? J'vais vous le dire : un homme mort. » Son dégoût avait gagné presque tous les hommes de la 3e section. Un dégoût accompagné d'incrédulité.

« Boy Asshole a remis ça, râlaient-ils. Où on va aller, si on est attaqués ? Ce brouillard va nous foutre dans la merde. » La haine ne leur facilita pas le sommeil.

Le soleil était déjà haut et brûlant quand la 3e section fit enfin mouvement. Rafe Ridgefield marchait en tête, Nahele en second avec la M60. Ils sortirent du défilé pour s'engager sur une piste visiblement peu utilisée — peut-être d'origine animale, songea Rafe. Il progressa vers le sud-ouest en contournant la 636 par l'arrière, et, comme les autres, sans trouver trace des cent cinquante ANV. La section entreprit la montée de la colline. Ridgefield avançait lentement, avec précaution, s'arrêtait toutes les dix ou quinze minutes. Des idées se bousculaient dans sa tête et commençaient à se combiner en vue d'un... oui, OUI ! UN NOUVEAU SUPER-PROGRAMME POUR TOUS MES AMIS AUDITEURS, LES PLUS SYMPAS DE LA PLANÈTE RADIO !

Ridgefield s'arrêta au milieu d'épais fourrés afin de faire le point. Derrière lui, Nahele s'assit et alluma une cigarette. Ridgefield étudia sa carte, consulta sa boussole, puis fit trois pas en avant et grimpa sur l'épaisse carcasse d'un teck mort.

Debout sur le tronc, il contempla l'hétéroclite muraille verte de la jungle, les mille trouées sombres qui s'ouvraient en désordre au-dessous des palmes, au-delà des branches. La piste s'y noyait complètement. Rafe scruta ces gouffres noirs qui béaient dans la masse des lianes, ces poches d'où toute lumière était exclue, bloquée en haut par un masque humide de végétation vivante, en bas par les couches successives qui formaient un entrelacs pourrissant. Une vie ancienne soutenant une vie nouvelle, songea Rafe. Ce qui est mort soutenant ce qui vit, strate sur strate ; la jungle ne cessant de grimper sur elle-même ; les vieux arbres morts étouffés sous de nouveaux bancs de verdure qui vont s'élargissant, attirés par le soleil, pesant sur les branches en décomposition, couche vivante sur couche morte, prenant appui sur cette litière pétrifiée jusqu'à ce que le poids soit tel que le soubassement menace de s'effondrer. Ridgefield contemplait tout cela lorsque quelque chose craqua dans la muraille. Telle une avalanche filmée au ralenti, une portion du dôme vert parut imploser et s'affaissa. Rafe sauta en bas de son tronc d'arbre et s'accroupit. Derrière lui, les autres cherchèrent un abri. La végétation fut secouée, comme si la terre venait d'ouvrir ses mâchoires pour avaler une énorme bouchée de vie. Ridgefield contempla la nouvelle muraille, la vie neuve surgie de l'ancienne, et tout lui parut clair. Cette révélation lui arracha un rire ravi. Il remonta sur le tronc, se remit à scruter l'immensité verte et ses replis sombres afin d'en dégager un itinéraire qui faciliterait la grimpée. Comme il plongeait directement son regard dans une de ces trouées d'ombre, un éclair bleu-blanc jaillit de son centre, un cercle parfait, aveuglant, inscrit au cœur du vide. Ce fut la dernière chose que vit Ridgefield.

« Et comment une bombe est allée se foutre là ? demanda El Paso.

— Qu'est-ce que j'en sais, moi ? fit Egan avec un haussement d'épaules.

— Sergent, vous êtes sûr que c'est une bombe ? demanda Brooks, qui interrompit sa communication radio avec l'Homme Vert.

— Vous croyez que j'invente, bande de cons ? Et merde ! Descendez voir vous-mêmes.

— Où est passée la salle ? interrogea Whiteboy.

— J'en sais rien !

— Bordel, une salle, ça dispah'raît pas comm'ça.

— Eh bien, celle-là, elle a dispah'ru comm'ça !

— L'Homme Vert nous ordonne de faire mouvement », annonça Brooks, mettant un terme au débat. « Il veut qu'on fasse tout sauter.

— Pas question ! hurla Egan.

— On f'ra pah' sauter mon trou !

— Faut la déterrer, insista Egan. Envoyez trois types creuser une salle devant. Après, on pourra la déterrer.

— J'peux pah' t'nir dans c'tunnel, gémit Whiteboy. Sans ça, j'descendraih' avec toi, Eg. »

El Paso reprit le combiné des mains de Brooks, appela le radio de l'Homme Vert pour lui décrire la situation et annonça qu'Alpha avait trois volontaires pour redescendre. Il expliqua ce qu'ils comptaient faire, leurs hypothèses à propos du tunnel, des endroits où il pouvait les conduire. Brooks reparla ensuite à l'Homme Vert. Il demanda un jour. Négatif. Six heures. Négatif. Deux heures. Négatif.

« Y nous enc'hul'encor' », grogna Whiteboy, qui s'éloigna en shootant dans un pot de fumigène vide.

« On est en train de se faire baiser, conclut aussi Egan.

— Faites-moi sauter tout ça », ordonna Brooks.

Muni d'un rouleau de fil et de deux caisses de C-4, Egan redescendait. Il était à une quinzaine de mètres quand la nouvelle de la mort de Ridgefield parvint au PC. A la surface, la 1re section achevait ses préparatifs et n'attendait plus que le retour d'Egan pour se mettre en route.

« On peut pas lui dire de se grouiller un peu ? fit Numbnuts. On sera les derniers au ravitaillement.

— Et alors ? » fit brutalement Chelini. La voix geignarde de l'autre lui portait sur les nerfs.

« Et alors ? On aura plus que des merdes, voilà quoi. C'est les autres qui rafleront toutes les bouffes correctes. On aura plus que des boîtes de jambon aux fayots.

— Bravo, mec ! Un gars de ta compagnie se fait flinguer, et toi, tu penses aux boîtes de fayots... »

Les caisses d'explosif ralentissaient la progression d'Egan. Il rampait comme il pouvait, mais le tunnel ne l'intéressait plus, maintenant qu'il savait qu'on allait le faire sauter. Ses secrets resteraient ignorés : ce n'était plus qu'un trou dans le sol. A tout hasard, il examinait les parois, en quête d'un boyau de traverse rebouché, mais il ne repéra rien d'anormal. A cinquante mètres, il fut à nouveau arrêté par la bombe. Il creusa et cala ses deux caisses d'explosifs dans les cavités ainsi ménagées. Il mit en place deux détonateurs électriques, puis remonta en déroulant le fil. A la surface, il fut accueilli par Brooks, qui lui apprit la mort de Ridgefield. A chaque fois c'était pareil, et il avait pourtant l'habitude : la mort d'un *boonierat* lui retournait l'estomac. « Et merde, fit-il entre ses dents. Ça chie pas. »

Avec la LZ déjà garantie par la 2e section, le premier hélico de ravitaillement se posa sur le sommet, à peine cent cinquante mètres à l'ouest. Brooks, Whiteboy et Egan déroulèrent le fil à travers la position de nuit de la 1re section, puis en remontant la crête. Moneski et le 2e groupe avaient déjà commencé la grimpée vers l'ouest quand les trois hommes de l'équipe de démolition déboulèrent en hurlant : « Coup parti ! Coup partiii ! » Egan appuya sur l'allumeur. Une explosion étouffée suivit : le C-4. La terre trembla violemment. Impossible de dire si la bombe avait explosé aussi. Le sol continuait de gronder et les secousses gagnaient toute la 636, puis un rectangle d'environ sept mètres sur dix, comprenant un bout de piste qu'ils avaient suivi la veille et défendu pendant la nuit, s'affaissa brutalement de quatre ou cinq mètres. La terre alla combler une pièce souterraine à une bonne vingtaine de mètres au-dessous de la surface.

Normalement, le jour du ravitaillement, c'était la fête. Le commandement lâchait un peu la bride à ses troupes. Ça voulait dire courrier, colis, journaux, le temps de se détendre et de se réorganiser un peu. Généralement, on pouvait cuisiner un repas, manger autre chose que des rations froides, se laver, peut-être se changer, et — pendant les allées et venues des hélicoptères — faire du bruit. Certaines fois, le vieux Zarno, le major du régiment, était venu en personne sur le terrain avec toute une brigade de cuisine, et les soldats d'Alpha purent consommer un repas chaud sur la LZ. Une autre fois, près de la base Maureen, lors du ravitaillement qui suivit le rapatriement du lieutenant Kamamara, les hommes reçurent six caisses de glaces envoyées par le vieil observateur avancé. Ce jour-là fut exceptionnel. En revanche, lors d'une opération dans le sud de la vallée de l'A Shau pendant les moussons, les hélicoptères furent immobilisés une semaine à cause d'un épais brouillard et Alpha se retrouva sans vivres. Seul un avion cargo C-130 vint larguer des rations et des piles pour les radios. Les soldats passèrent douze heures à chercher les palettes dans la jungle. Ce fut une torture, mais leur vie était en jeu et ce maigre chargement fut béni. Le ravitaillement du 16 août ne fut ni une fête ni une urgence.

Un seul bond en avant amena la 2e section de sa position de nuit au sommet de la 636. Les hommes se mirent aussitôt au travail : un groupe nettoyait l'aire de poser, tandis que les deux autres se chargeaient de la sûreté immédiate. Les petits arbres, la broussaille et les bambous furent abattus à la machette, puis enlevés de la LZ avec les branchages et les débris des plus gros arbres, résultant du nettoyage de la veille au C-4. Il s'agissait de garantir que rien ne serait balayé par le souffle des rotors. Les groupes de sûreté s'occupèrent de dégager des secteurs de tir autour du périmètre. La température montait et les mains se couvraient d'ampoules. Le soleil à son zénith brûlait le terrain poussiéreux. Les hommes avaient ôté leurs chemises. Les deux premiers hélicos de la logistique se présentèrent, l'un derrière l'autre. Les *boonierats* déchargèrent soixante-dix caisses de rations C, des piles pour les quinze radios de la compagnie et de lourds caissons de bandes M60, de grenades à fragmentation et de chargeurs M16. Pas de courrier. « Merde », jura Alex Mohnsen. Vivres et munitions furent empilés en bordure de la LZ et le groupe de déblaiement se mua en groupe de répartition. Ils se servirent, confisquant le surplus de jus de fruits, de tranches de viande et de cake, puis procédèrent à contrecœur à la répartition du reste. La température montait toujours.

La 3e section arriva par le versant sud avec le corps et l'équipement de Ridgefield qu'un détachement vint déposer en bordure de la LZ. Le cadavre était enroulé dans un poncho et les jambes pendaient audehors. « Ce qu'il peut peser lourd, le vieux fils de pute », confia faiblement Nahele à Snell et McQueen. « Le pauvre con en aurait fait autant pour toi », bredouilla Snell. Le détachement de Ridgefield devint le groupe de répartition de la 3e section. Les autres se déployèrent autour du périmètre.

Le lieutenant Caldwell surveillait les opérations tout en bavardant avec le correspondant civil Caribski et son escorte du PIO, le lieutenant Carrie. « Vous savez, fit Caldwell d'un ton officiel, c'est une chose terrible de perdre un de ses hommes. » Carrie faisait semblant d'écouter mais observait en fait quatre hommes qui se tenaient une demi-douzaine de mètres à l'écart : Lamonte, George, le maître chien et McQueen. Lamonte semblait aider le maître chien à préparer une lettre ou une sorte de document. « Ce sont des types bien, disait Caldwell. Ils ne voient pas toujours le raisonnement qui motive certaines décisions, mais c'est une bonne équipe. »

Caribski, lui aussi, n'écoutait qu'à moitié le lieutenant. Des soldats de la 2e section blaguaient sur ses favoris et ses cheveux longs, qui lui couvraient les oreilles. C'était un homme à forte carrure, plus massif que la plupart des *boonierats*. Dans l'ensemble, les soldats voyaient les journalistes civils comme des gens bizarres. Ils étaient si peu nombreux à venir sur le terrain qu'ils devenaient un objet de curiosité. Pour nombre de journalistes, aller dans la jungle signifiait prendre l'avion de Saigon à Camp Eagle. Rares étaient les civils qui restaient plusieurs jours sur le terrain, plus rares encore ceux qui prenaient le temps de s'asseoir et d'écouter. En général, les journalistes avaient des options politiques nettes, et ils tendaient à orienter leurs conversations avec les soldats de manière à leur faire dire ce qu'ils souhaitaient entendre. Caribski ne faisait pas partie de ceux-là. Il se situait à la frontière des deux mondes. Ex-GI, ancien du Vietnam lui-même, il avait déjà briqué le terrain. Une sorte d'aura romantique l'entourait, lui et ses actions. Certains le méprisaient à cause de ses articles sur My Lai ; néanmoins, il avait su gagner le respect de la compagnie A. Il avait parlé, écouté, crapahuté. Le troisième hélico arriva avec des rechanges de vêtements du magasin de la compagnie et divers équipements, mais toujours pas de courrier. Lorsque l'appareil fut reparti avec Caribski, Carrie et le corps de Ridgefield, le dégoût qui flottait dans l'air ne fit que s'accentuer.

Le PC de compagnie et la 1re section arrivèrent sur la LZ au milieu de l'après-midi, hébétés, crevant de chaleur et dégoûtés comme les autres. Il leur restait une heure pour se ravitailler avant que le dernier hélico vienne reprendre les excédents et les matériels qui retournaient à l'entretien. Ils se hâtèrent de puiser dans les caisses, prenant dix boîtes à la fois puis se défaussant de certaines s'ils parvenaient à les remplacer selon leur goût. « Du jambon aux fayots ! Du jambon aux fayots ! râlait Numbnuts. Je hais le jambon aux fayots. Dis, le Bleu, je t'en échange trois boîtes contre une de fruits. Allez, quoi... merde, tout plutôt que ces saloperies de fayots... naan, j'en ai déjà trois, des boulettes aux fayots. »

Le lot de vêtements se limitait à quarante treillis, usés mais propres, qui avaient tous trouvé preneur avant l'arrivée de la 1re section. A la place, une pile de quarante treillis crasseux attendait d'être emportée par le dernier hélico. Les chaussettes propres ne faisaient pas partie de cette livraison.

Egan fouilla parmi les treillis sales et en trouva un de sa taille qui n'était pas déchiré. Ce serait toujours mieux que le sien, couvert de cristaux de CS après l'exploration de la galerie. Il alla s'isoler d'un côté de la LZ et se changea rapidement. La peau le brûlait en mille endroits. Il poudra ses pieds, enfila une paire de chaussettes propres qu'il gardait dans son sac, puis s'assit et sortit la lettre à Stephanie.

16/08. Je vais devoir confier ça à un mitrailleur de porte dans une heure, alors il va falloir que je sois bref. J'ai beaucoup pensé à toi. Je vais partir d'ici dans vingt-deux jours et je peux raisonnablement espérer être libéré trois ou quatre jours plus tard. J'ai envie de te voir. Je n'avais jamais compris jusqu'à présent à quel point tu m'as manqué, ce que tu en es venue à représenter pour moi. La pensée de te revoir me rend complètement fou. On a eu beaucoup de bons moments ensemble, et quelques-uns qui l'étaient moins. Je ne sais pas pourquoi il fallait toujours que je reparte, mais mon envie d'aller à l'aventure a été plus que satisfaite par mon séjour ici. Ça me fait tout drôle de t'écrire à nouveau après si longtemps, mais comment aurais-je pu t'écrire avant, alors que je ne savais pas au bout de combien de temps je serais libre. Stephanie, si tu le peux, je t'en prie, dis-moi que je peux venir te voir.

Avec tout mon amour,
Daniel.

Egan plia la lettre, la glissa dans une enveloppe, colla le rebord, mit l'adresse et inscrivit FRANCHISE MILITAIRE dans un coin. Il alla ensuite trouver Chelini au PC de la section et lui dit : « Quand l'hélico s'amènera, va voir s'il y a du courrier. Prends celui de la 1re section. Oh ! et puis donne ça au mitrailleur de porte avec les lettres en partance. D'accord ?

— Pourquoi tu lui demandes de faire ça ? fit la voix de Jax derrière lui. De tous ceux que ça peut intéresser, c'est toi le mieux placé. T'es l'adjoint de section, cool. Elle t'a peut-être écrit, ce coup-ci. »

Egan reprit la lettre des mains de Chelini et s'éloigna. « Le problème de ce mec, avec sa bonne femme, c'est qu'y sait pas où il en est », commenta Jax.

De l'autre côté de la LZ, Doc et El Paso écoutaient Lamonte et George raconter leur journée avec la 3e section. « Je comprends pourquoi on l'appelle Boy Asshole, disait Lamonte. Il a même pas autorisé le maître chien à aller abréger les souffrances de sa bête.

— Moi, je trouve qu'on aurait dû demander une évasan pour ce chien, fit George.

— C'est un enfoiré, poursuivit Lamonte. Vous avez intérêt à vous méfier de ce mec.

— Il a fait tomber Rafe ? demanda Doc avec véhémence.

— Non, je crois pas que c'était sa faute. Kinderly dit que Ridgefield était sur la mauvaise piste. Il s'est emmêlé quelque part. White voulait faire venir un hélico avec un treuil pour qu'on ait pas à le porter sur tout le chemin, mais Boy Asshole a même pas fait la demande. Il a fait replier la section, comme pour le chien. On a détalé. J'ai cru que Nahele allait lui coller du plomb dans le cul.

— Pour un trou du cul, c'en est un, dit George. M'est avis que vous aurez du mal à faire travailler un autre éclaireur avec chien pour cette compagnie. »

Brooks vint se joindre au groupe, s'excusa auprès de Lamonte d'un air gêné et lui dit qu'il devait confisquer sa pellicule. « Mais je l'ai déjà donnée au lieutenant Carrie », dit Lamonte. Brooks pinça les lèvres. « Je sais que vous n'y êtes pour rien, mon lieutenant. Le commandant de la 3e brigade est vraiment un beau taré. »

Brooks hocha lentement la tête, puis cligna de l'œil et haussa les épaules. « Aucune importance. En tout cas, merci à tous les deux d'être venus avec nous. Ça nous fait du bien de vous savoir là.

— On en trouve pas beaucoup des comme lui », dit Lamonte quand Brooks fut reparti. « Ce type sait vraiment ce qu'il fait.

— Et comment, fit El Paso. Où est-ce que vous allez ensuite, vous deux ?

— Sais pas. On restera bouclés deux jours pour faire nos articles, après ça, on partira peut-être avec le 2e du 327.

— Tu as vraiment donné la pellicule à Carrie ? demanda George.

— Ça va pas, non ? Je lui ai dit que tu l'avais donnée au lieut ! »

Chelini, Egan et Thomaston se réunirent avec Brooks, ses radios et l'observateur avancé afin de discuter du mouvement de l'après-midi. Il resterait trois heures de jour après le début de l'après-midi, et la voix de l'Homme Vert continuait d'émettre son ordre strident : « Descendez là-dedans et faites mal à ces petits bonshommes ! »

« On va pas s'amener au milieu de cette putain de vallée en pleine nuit, laissa froidement tomber Egan.

— Je suis d'accord, dit Brooks. On ne descend pas encore. Je crois qu'on devrait d'abord mettre en place quelques embuscades ici. Partir en laissant quelques équipes derrière nous. On peut avoir des volontaires ?

— Donne-nous dix minutes », dit Thomaston, qui partit aussitôt avec Egan faire le tour de la position. Chelini resta au PC à écouter les autres préparer la progression. Il chassa un moustique de son visage et sentit une cloque. Il passa les mains sur son front, sur son nez. « Merde, murmura-t-il, j'ai des boutons. » Il examina le reste de son corps. Il avait des coupures au visage et aux bras, et aussi des ecchymoses. Les brûlures reçues pendant le poser d'assaut étaient douloureuses et suintaient. Les muscles du dos et des jambes étaient endoloris, de même que ses épaules, sciées par les sangles du paquetage. Ce serait encore pire à présent, avec un sac plein. Il glissa une main sous sa chemise pour se palper l'épaule. Là aussi, il découvrit une éruption. J'ai à nouveau treize ans, songea-t-il. Il se redressa et sentit le tissu du treillis frotter contre son entrejambe. Ça lui faisait mal aussi. Les sous-vêtements, la crasse, la sueur et l'humidité de la nuit précédente s'étaient combinés pour lui irriter l'intérieur des cuisses. Il se leva et alla rejoindre Egan. « Dis-moi, fit-il, est-ce que l'équipe en embuscade va devoir aller loin ?

— Négatif.

— Il leur faudra un radio ?

— Affirmatif. » Egan sourit. Être débarrassé de ce clampin pendant tout un jour, songea-t-il...

« Je peux me porter volontaire ? poursuivit le Bleu, qui s'attendait à un refus.

— Ça roule ! » fit Egan rayonnant.

A l'arrivée du dernier hélico, Egan empoigna Chelini et l'entraîna sur la LZ. « Amène-toi, j'ai un truc spécial pour toi. » Dès que l'appareil fut posé, Egan courut remettre sa lettre au mitrailleur de porte et lui parla quelques instants. Il revint vers Chelini tandis qu'un détachement de la 2e section commençait le chargement. « Gueule ! » cria Egan par-dessus le vacarme des rotors. L'autre lui jeta un regard incrédule. « Oui, GUEULE ! » Le rouquin donna aussitôt l'exemple : « AAAAAAAAAaaaa... à ton tour, essaie. » Il se mit à sauter en l'air, hurlant et riant à la fois, et insista encore : « Essaie ! »

Brooks, perché sur un patin de l'hélicoptère, discutait avec le pilote. Chelini fit une tentative. « AAAaaa...

— Merde, gueule un bon coup ! » ordonna Egan, les yeux larmoyants, car la tempête soulevée par les pales lui arrivait en pleine figure.

« AAAEeeik ! cria Chelini, qui rit à son tour.

— AAAAAAAAAAaaah !

— AAAAAAAaaaeeeik ! »

Egan en tremblait. Chelini se sentit gagné par une espèce de folie. L'autre le secouait par le poignet en continuant à hurler. On aurait dit deux supporters en pleine crise d'hystérie après le but marqué par leur équipe à la dernière minute du jeu.

Ils hurlèrent ensemble une dernière fois.

Il était 17 h 00 lorsque Alpha reprit sa progression vers l'ouest. Les vociférations de l'Homme Vert avaient coupé brutalement l'effet de ralenti du ravitaillement. L'appel du Khe Ta Laou précipitait leur allure. Ils marchaient comme des forcenés. En colonne : 3e section,

PC, 2e et 1re sections. Ils descendirent en trombe le versant ouest de la 636 jusqu'à une étroite gorge où coulait un ruisseau, entre la colline 636 et la 606. Nahele marchait en tête, Snell en second. Leur dégoût s'était mué en haine. Nahele mena la colonne dans la gorge, suivant une piste au-dessus du ruisseau. Il cherchait un gué, ne voulait traverser ni selon les indications de Caldwell, ni au même endroit que la veille — là où, sur l'autre versant, le chien Cherokee avait été tué.

Au bout d'une centaine de mètres, il parvint au-dessus d'une minuscule chute d'eau et choisit de traverser là, après avoir envoyé des hommes en couverture un peu plus haut. La végétation à cet endroit était particulièrement luxuriante, formant un dôme presque opaque. Nahele et Snell semblèrent disparaître brusquement dans le noir. Le reste de la colonne suivit. Neuf hommes demeurèrent au point de franchissement : ils remonteraient la 636 dans un moment pour se poster en embuscade autour de la LZ. Nahele reprit dans l'autre sens la piste sur le versant de la 606, puis tourna vers l'ouest pour entreprendre la grimpée, qui serait rude. Il progressait régulièrement, mais avec toute la prudence d'un homme formé aux patrouilles de jungle. En moins d'une heure, il couvrit l'équivalent d'un kilomètre sur la carte — à peu près deux sur le terrain. Derrière lui, tous les hommes étaient hors d'haleine. Ils contournèrent le sommet, se reposèrent cinq minutes, puis repartirent, toujours avec Nahele en pointe. Ils descendirent le versant ouest de la 606 pour trouver une autre ravine étroite, un autre ruisseau au fond, une autre colline à grimper. Tous les deux cents mètres, ils faisaient une pause de cinq minutes afin de permettre à la colonne de se resserrer.

La piste devenait par endroits si raide qu'il leur fallait progresser en rampant, creusant des doigts et des genoux. Ils parvinrent à une position à ras de défilement de la crête suivante vers l'ouest, la cote 711. Ils se déployèrent en ligne et franchirent le sommet, où il retombèrent sur les casemates ANV découvertes et démolies la veille par la compagnie C. La moitié d'entre elles avaient été reconstruites et nulle trace de l'ennemi n'était visible. Tandis que le soir tombait, Alpha organisa un périmètre de défense à l'échelle de la compagnie sur le point d'appui ennemi. Brooks lança des patrouilles, l'observateur avancé communiqua des coordonnées d'objectifs repérés à la base ; Doc examina et banda la cheville foulée d'un soldat de la 2e section. Les hommes filaient en tous sens et une réunion du PC fut convoquée en hâte. Avec le concours des chefs de section et des adjoints, le lieutenant envoya la 2e et la 3e section installer une position défensive à trois cents mètres plus bas sur le versant nord-est : ce mouvement marquait le début de la plongée d'Alpha dans la vallée. Brooks ordonna ensuite à la 1re section et au PC d'aller rejoindre les autres sur la nouvelle position, d'y laisser leurs sacs, puis de retourner vers l'est en équipement allégé afin de servir d'élément d'appui à l'équipe en embuscade sur la 606.

Ils attendirent, pas plus de quelques minutes, que le crépuscule fût assez gris. Du sommet de la 711, ils avaient vue sur la vallée du Khe Ta Laou, le Da Krong en face, et la plaine étroite qui précédait les contreforts du Laos. Le soleil dessinait dans le ciel un réseau d'éclaboussures colorées, symétrique de celui du matin, et qui se reflétait à la base des nuages en formation. L'éclat momentané fut suivi d'une lueur uniformément grise. Au-dessus du Laos, d'épais nuages commencèrent à rouler vers l'est.

Les *boonierats* contemplèrent l'approche du front nuageux, le ciel qui semblait se replier sur lui-même — et sur eux. Tout devint très silencieux.

« Tu as décidé ce que tu allais faire, Ruf ? demanda le lieutenant Thomaston pendant qu'ils attendaient.

— Qu'est-ce que tu ferais, Bill ? » répondit Brooks. Il avait failli l'appeler Lila. Il s'obligea à revenir à la situation présente.

« Moi, je rentrerais, dit Thomaston. Bien sûr, je peux pas décider à ta place. Mais si tu pars, je crois que j'hérite de la compagnie. L'Homme Vert aimerait bien me la filer.

— Il te reste pas beaucoup à tirer non plus.

— Vingt-cinq au jus. Il se peut qu'il nomme Wurzback, mais je ferais au moins fonction de chef de corps.

— Allons dormir un peu, dit Brooks en se levant. Tu y tiens vraiment ?

— Ça peut pas faire mal dans mon dossier.

— Je te ferai savoir d'ici un jour ou deux. »

L'équipe en embuscade était composée du 1er groupe de la 1re section, moins Steve Hoover, mais augmenté de Chelini et de Doc McCarthy. Ils avaient établi une petite position défensive sur le versant est de la gorge, au-dessus du point de franchissement. L'embuscade avait des avantages et des inconvénients. Les hommes ne se crevaient pas à la marche ; ils pouvaient se reposer et se détendre. Deux par deux, ils descendaient au ruisseau se laver et remplir leurs bidons. Les inconvénients, ils les découvriraient après la tombée de la nuit.

« Alors, le métier rentre ? » demanda Silvers à Chelini, quand ce fut leur tour de descendre. « A peu près », fit Chelini, qui se sentait nerveux. L'étroit défilé lui rappelait la piste ennemie, pendant la corvée d'eau. Ses yeux fouillaient la jungle à l'ouest et au-dessus du ruisseau. Il sentait le soldat ANV, son premier tué, qui l'épiait.

Silvers se déshabilla, s'assit dans l'eau et commença de se laver en faisant le moins de mouvements possible. Il avait une savonnette et se frottait lentement de la tête aux pieds. Chelini, qui remplissait ses bidons, relevait brusquement la tête de temps à autre pour scruter l'autre rive.

« Tiens, dit Silvers en lui lançant la savonnette. Ce ne sera pas du luxe. » Il remit son treillis et fit le guet pendant que Chelini se déshabillait à son tour.

Le Bleu se sentit plus conscient de son corps, plus vulnérable. Il était couvert d'une couche de crasse. Je pue sous les bras, pensa-t-il. L'eau était fraîche et claire, mais presque rugueuse, comme si une multitude de grains de sable y restait en suspension. Chelini s'accroupit sur le bord et fit sa toilette, s'apergeant de ses deux mains en coupe et goûtant la fraîcheur de l'eau.

« Tu devrais te mettre dedans, conseilla Silvers. Ça éliminera toute la pourriture de la jungle.

— Ça me rappelle un ruisseau à Pomparaug », dit Chelini en mettant timidement un pied dans l'eau. Il craignait de perdre l'équilibre et ne tenait pas à s'éloigner de son fusil.

« Où donc ?

— Un camp scout où je suis allé.

— Ah ! bon.

— C'est vraiment bien, ici. Si seulement je pouvais m'arrêter de penser une putain de minute aux Viets.

— Ouais, dit Silvers, tout près. Je sais ce que tu veux dire.

— Leon », fit calmement Chelini en sortant de l'eau pour se sécher avec sa serviette crasseuse, « j'ai des cauchemars abominables. Je continue de voir ce type. » Silvers l'écoutait, têtre baissée. « J'espère toujours qu'il va disparaître, mais il suffit qu'on s'amène dans un coin comme celui-ci et je le sens qui m'observe. »

Silvers ne savait que répondre. Il hocha la tête par sympathie et finit par dire : « C'était lui ou toi.

— Leon, ce type, je vais le revoir toutes les nuits pendant le restant de mes jours.

— Ça finira par passer.

— Il s'est pas contenté de mourir », insista Chelini, qui voulait faire sentir à quel point la chose le travaillait. « Il s'est pas contenté de mourir, Leon.

— Ça te sert à rien d'y repenser », dit Silvers, que ce déballage mettait un peu mal à l'aise. « Ici, la première règle, c'est de survivre. Ça veut dire tue avant d'être tué. »

Chelini était presque en transe, comme s'il voulait obliger l'esprit du soldat mort à se manifester.

« Écoute, quand il est tombé... il lançait des coups de pied. J'avais envie d'y aller et de l'arrêter, mais les AK continuaient de tirer. J'étais comme un robot. Je continuais de tirer dans la direction du bruit, et il continuait de se tordre et de lancer des coups de pied.

— Allez, fit Silvers en l'empoignant brutalement par le bras, habille-toi. Contente-toi de dire merde et roule. Ça chie pas. Où est mon savon ? »

Le geste de Silvers tira le Bleu de sa transe. Il acheva de se rhabiller, ramassa son fusil et rendit la savonnette à Silvers. « Tiens, et merci.

— Merde, non !

— Qu'est-ce qu'il y a ?

— Regarde un peu ça, bougre de con !

— Quoi donc ?

— Mon savon. Espèce de cochon. Il est plein de poils. » Silvers tint sa savonnette du bout des doigts et la frotta contre un rocher pour essayer d'en enlever quelques poils noirs et bouclés.

— Oh ! merde ! bredouilla Chelini.

— Quel con ! Comment veux-tu que je m'en serve à présent ? »

L'obscurité finit d'envahir la ravine et la jungle parut les enserrer. Tous les hommes avaient eu le temps de se laver. Ils se réunirent pour décider d'un plan. Lairds et Denhardt étaient d'avis de partir immédiatement. Silvers décida d'attendre encore cinq minutes. « Contacte Quiet Rover, ordonna-t-il à Chelini, et dis-leur qu'on y va. » Ils se mirent en route, Silvers en tête, suivi de Jax, de l'équipe M60 Marko/Brunak, de Lairds, Denhardt, Numbnuts et Chelini, Doc McCarthy fermant la marche. Ils remontaient lentement la colline, s'arrêtant souvent à l'affût d'un guetteur éventuel.

Ils interrompirent leur ascension deux cents mètres avant la LZ. A chaque pas qui les rapprochait du sommet de la 636, la voûte de la jungle s'éclaircissait. Silvers n'était pas tranquille. Avait-il quitté la ravine trop tôt ? Il faisait très sombre au bord du ruisseau, mais ici, il y avait encore trop de lumière pour mettre en place une embuscade. La colonne s'immobilisa dans le plus complet silence. Aucun des neuf hommes n'aurait osé tousser.

Un brusque coup de vent venu de l'ouest agita la végétation autour d'eux, puis le calme revint. C'est bon, songea Silvers. S'il y a du vent, ça couvrira un peu nos mouvements. Leur plan consistait à se glisser jusqu'aux arbres abattus en bordure de la LZ. Ils disposeraient ainsi d'un secteur de tir dégagé à défilement de la ligne de crête. Avec un peu de chance, des Nord-Vietnamiens viendraient fouiller dans les débris. Il n'était pas rare, pour les soldats de la riche armée américaine, d'abandonner des boîtes de ration dont ils ne voulaient pas — et même pour certains, tel Numbnuts, de semer des munitions en chemin. L'ANV, plus pauvre, faisait de la récupération sur les zones d'atterrissage et les positions défensives de nuit abandonnées. Une bonne unité ne laissait pas traîner grand-chose, mais les Américains étaient peu habitués au manque et pouvaient toujours appeler un hélicoptère de ravitaillement. Les fureteurs de l'ANV repartaient donc rarement les mains vides.

Silvers se sentit encouragé par l'arrivée d'un deuxième coup de vent, puis de vraies bourrasques. Les soldats virent les lourds nuages venus de l'ouest envelopper progressivement la vallée et les crêtes. Un rideau de pluie atteignait déjà la 711, puis la 606, et la ravine au-dessous d'eux.

Le vent agitait les branches avec force et toute la colline semblait vibrer. La pluie se rapprochait régulièrement, dure et froide. Ce n'étaient pas des gouttes, mais de vraies rafales qui claquaient sur le feuillage comme des balles. Doc McCarthy, à l'arrière, fut frappé le premier. L'instant d'après, ils étaient tous inondés. Le déluge aveuglant qui ricochait sur eux se substitua à la lumière déclinante. Numbnuts, Chelini et McCarthy resserrèrent vainement le col de leurs treillis pour se protéger. Numbnuts coiffa son casque ; Chelini, qui l'observait, fit de même. Le martèlement de la pluie sur l'acier des casques était assourdissant.

« Rover Two de Quiet Rover Four, appel de contrôle, me recevez-vous ? A vous », fit la voix d'El Paso. Chelini tendit l'oreille, laissa passer une nouvelle fois le message, puis appuya deux fois sur la touche du combiné pour indiquer que tout allait bien.

Avec la pluie vint l'obscurité. On a de la chance, se dit Silvers. Il se releva, trempé jusqu'aux os. La piste n'était plus qu'un ruisseau boueux. Décidément de la chance. Les *boonierats* en mouvement aimaient la pluie, car elle était plus bruyante qu'eux ; sur une position, ils la détestaient, car elle était froide et c'est l'approche de l'ennemi qu'elle couvrait. « Allons-y », dit Silvers en secouant Jackson par l'épaule. Jax se retourna vers Marko et fit de même. Le signal fut ainsi communiqué à Brunak, Lairds et Numbnuts. Là, la chaîne s'interrompit. Numbnuts ne réagit pas. Glacé par le vent, il se débattait avec sa chemise qui s'ouvrait à mesure qu'il essayait de la refermer. Il ne voulait pas bouger. Dans l'obscurité totale, les six premiers membres du groupe reprirent leur marche pénible vers le sommet sans savoir que les trois derniers restaient tranquillement assis à la même place.

La bourrasque ne fit qu'entamer davantage le moral de la compagnie Alpha : au terme d'une journée lamentable, il fallait encore subir ce déluge, qui les trempa jusqu'à l'os dès la piqûre des première gouttes. Les sections avaient dévalé la 711 au début de l'averse, glissant et tombant sur la piste, plaquées au sol par le poids des sacs. Les semelles des rangers étaient maculées de boue. Chaque homme sentit ses pieds se dérober sous lui une bonne demi-douzaine de fois. Les 2e et 3e sections établirent en hâte une position de nuit et envoyèrent des patrouilles ; la 1re et le PC déposèrent leurs sacs et se pressèrent sur la contre-pente pour regagner la 606. Parvenus à leur nouvelle position, les hommes essayèrent de se blottir dans des creux sous les palmiers, mais la sauvagerie du vent et de la pluie était telle qu'ils se sentaient totalement exposés. Brooks vint s'asseoir au milieu du groupe formé par le PC. Sur ses cuisses, l'eau formait des mares dans les replis du treillis ; elle ruisselait sur son visage et dans sa bouche. Le fardeau du commandement lui parut soudain plus lourd : la compagnie était trop dispersée pour un TO aussi hostile et la troupe était écœurée par le déroulement de la journée. La peur prenait le pas sur la confiance. Le fracas de l'averse annulait toute possibilité de déceler une approche ennemie, et pour ajouter encore à ce qu'ils ressentaient comme des injustices, la pente était si raide, à l'emplacement choisi, qu'on ne pouvait s'étendre sans glisser ou rouler plus bas. Les sentinelles tentèrent de se caler contre des arbustes ou de s'y installer à califourchon, mais leur poids les entraînait irrésistiblement et il leur fallait changer de position au bout de quelques minutes. La nuit promettait d'être épouvantable.

Thomaston et Egan rejoignirent le PC. La réunion commença. Elle ne dura que quelques minutes. Cahalan passa en revue les activités du jour autour de la vallée. La section reco avait tué un ANV lors d'un combat de rencontre. Bravo avait engagé un élément ennemi de valeur indéterminée et les résultats n'étaient pas connus. Egan continuait de pester à propos du tunnel : « Putain de merde, on a pratiquement pas bougé de là. On arrête pas de faire des sauts de puce à droite et à gauche sans que ça nous mène nulle part, et on fait rien à l'endroit où on est. » El Paso approuva et ajouta que c'était la cause de la mort de Ridgefield. Ce rappel acheva de leur démolir le moral.

« Et mon plasma, où il est ? interrogea Doc. Ils devaient m'envoyer cent doses. »

Personne ne lui répondit. Ils étaient tous hébétés, les yeux enfoncés dans leurs orbites. Depuis le départ du tunnel, ils avaient couvert trois kilomètres sur la carte, à peu près six sur le terrain, tout en montées et descentes, avec des paquetages à nouveau bourrés, en état d'alerte permanent, sous une chaleur d'enfer ou une pluie glacée.

« Demain », annonça Brooks d'une voix un peu trop forte, comme pour redonner de l'énergie à ses troupes fourbues, « demain on se tire d'ici. On traverse la vallée. El Paso, contactez De Barti et Caldwell. Cahalan, appelez Red Rover. Pas de questions ? C'est bon. Demain, on récupère l'équipe en embuscade dès l'aube, puis on rallie les autres sections et on franchit la vallée. »

Le vent, très violent à présent, fit frissonner Chelini. Il étreignait son fusil, les bras croisés sur la poitrine, les cuisses serrées contre la crosse comme pour se réchauffer. La jungle était d'un noir d'encre. Il ne distinguait même pas McCarthy, assis à moins d'un mètre. La piste n'était plus qu'une rigole boueuse. Le paquetage et les fesses du Bleu baignaient dans l'eau, qui passait à travers son treillis. Au milieu de ce vent et de cette pluie, songea-t-il, je pourrais hurler, qu'on ne m'entendrait pas. El Paso leur lança un nouvel appel radio. Chelini appuya sur la touche du combiné, puis il se mit à quatre pattes et avança de quelques dizaines de centimètres. Numbnuts était toujours là.

« Dis donc, va voir un peu si... » Il s'interrompit, tendit le bras et secoua l'homme au lance-grenades.

« Qu'est-ce qu'il y a ? fit Numbnuts avec un sursaut.

— Calme. Quand est-ce qu'on va avancer ? Tu dormais ?

— Je dormais pas.

— Quand c'est qu'on avance ? »

Chelini entendit la voix de McCarthy derrière lui et sentit sa main se poser sur son épaule : « Alors, on se décide ? Je me les gèle. Qu'est-ce qui se passe ? »

Il leur fallut trois ou quatre minutes de tâtonnements pour s'apercevoir qu'ils avaient perdu le contact. « Personne m'a donné de signal, fit Numbnuts, sur la défensive.

— Pauvre fils de pute, cracha McCarthy. J'arrive pas à croire que t'as fait ça.

— Je dormais pas, répéta Numbnuts. T'es sûr de pouvoir en dire autant ? »

Chelini et McCarthy se sentirent une furieuse envie de lui démolir le portrait. Chelini essaya de se reprendre. Qu'est-ce que je peux faire ? Qu'est-ce qu'on devrait faire ? Il ne pouvait pas appeler les autres, bien que ce fût sa première réaction. Il hésitait à se servir de la radio. Il pouvait contacter le PC, mais pas le reste de l'équipe, puisqu'il avait le seul émetteur.

« Willis », dit-il, appelant Numbnuts par son vrai nom pour asseoir son autorité, « remonte la piste de trois mètres, vois si tu repères

Denhardt. Doc, surveille là-bas. J'appelle Rover Two pour consulter Egan. On va se démerder pour rejoindre l'équipe.

— J'y vais pas ! protesta Numbnuts. J'y vois rien.

— Ferme ta gueule, souffla Chelini. Si tu parles, tu parles à voix basse, connard.

— Vas-y toi-même, geignit Numbnuts. Pourquoi faudrait que je t'écoute ? C'était pas ma faute... auugh ! » Il poussa un cri lorsque Chelini l'agrippa par sa chemise et le projeta violemment dans la boue. Il se débattit tandis que Chelini le saisissait à la gorge de la main gauche, le soulevait, fermait l'autre poing, visait la tête...

« Qu'est-ce que tu branles ? » Quelqu'un arrêta le poing de Chelini. « Où t'étais ? » Silvers se tenait à côté de lui. « Debout. Allez, lève-toi. Ça va pas, non ? Merde ! »

Silvers empoigna Chelini, le fit pivoter et le poussa dans la montée. Numbnuts se releva, prêt à protester, mais il ne put que rejoindre sa place d'un pas furieux, car Silvers avait déjà repris la tête de la petite colonne. Chelini bouillait de rage devant l'injustice de l'accusation. Il avançait avec plus d'habileté que jamais auparavant. Pluie ou pas, il était un bon soldat et il n'allait pas trinquer pour les conneries de Numbnuts. Il marchait dans les traces de Silvers, mais d'un pas plus léger, plus silencieux. La pente diminua à l'approche du sommet. Ils ralentirent l'allure. Brusquement, trois grosses explosions suivies d'une série de coups de feu couvrirent le rugissement du vent.

Chelini et Silvers se jetèrent au sol. La fusillade se déroulait à une trentaine de mètres. Silvers se redressa sur les coudes et se mit à ramper vers l'avant, suivi par Chelini, McCarthy et Numbnuts. Jax, Lairds et Denhardt vidaient leur M16, tandis que Marko, assisté par Brunak, faisait cracher la M60. Ils arrosaient toute l'aire de poser.

« C'est par là ! gueulait Denhardt. Des *gooks*... Je les ai vus. » Il se remit à tirer. Silvers, qui l'avait rejoint, lança une grenade puis ouvrit le feu au M16. Chelini lâcha une rafale en automatique. Puis tout redevint calme. Personne ne ripostait.

L'équipe se rassembla pour décider de la suite. La pluie tombait toujours dru, dans un bruit d'enfer. L'ANV pouvait très bien être en train de manœuvrer sur leurs flancs, leur arrière ou même devant eux.

« C'est râpé, les mecs, dit Marko. Y a plus qu'à rentrer.

— Appelle le PC, fit Jax, et dis-leur qu'on a donné notre position. S'il y a des mecs dans le coin, y savent exactement où on est. »

Ils étaient tous d'accord. Personne ne voulait rester là, y compris Silvers. Trop de tirs sur pas assez d'objectifs.

« Quiet Rover Four de Rover Two Two », appela Silvers. Au PC, El Paso répondit et passa le combiné au lieutenant. « On rentre », annonça Silvers. Brooks posa des questions, écouta. Il jugea plus dangereux pour l'équipe de faire mouvement que de se redéployer sur place. Silvers argumenta, mais Brooks maintint son refus et la conversation en resta là.

« En route », dit Silvers. Sans autorisation, l'équipe décrocha de sa position derrière les arbres et rejoignit la piste. Ils formèrent une chaîne continue, la main sur le paquetage de l'homme qui marchait devant, et silencieux, l'œil aux aguets, ils redescendirent vers la ravine.

Revenus au PC, Egan et Thomaston s'étaient traînés dans la boue jusqu'à une position de guet, contre un arbre épais de trente centimètres. Ils n'auraient pu trouver plus inconfortable : à cause de l'inclinaison, ils ne cessaient de glisser l'un sur l'autre et se retrouvaient plaqués ensemble contre le tronc. Pour couronner le tout, les creux entre les racines qui s'enfonçaient en éventail dans la terre étaient remplis de toiles d'araignée. Egan n'en pouvait plus. Il finit par se relever, remonta de quelques mètres, trouva un tronc d'arbre moins épais et s'y attacha après s'être complètement enroulé dans son poncho et sa doublure. Il ferma les yeux et Stephanie parut aussitôt. L'effet fut magique. Elle flottait dans la jungle, et l'angoisse s'apaisa, la pluie cessa, le vent ne fut plus qu'une brise.

Dans la période qui suivit cet après-midi d'octobre à New York, Daniel Egan perdit tout contact avec Stephanie. Il l'appela plusieurs fois sans succès et finit par découvrir que le téléphone avait été coupé. Il s'était écoulé au moins un mois entre chacun de ses appels, et dans l'intervalle il avait découvert un nouveau Daniel Egan, pour qui les femmes éprouvaient une attirance physique. Dire que pendant tout ce temps, songeait-il, j'ai cru qu'il fallait être quelqu'un de spécial pour avoir une fille. Je croyais qu'il fallait qu'elles vous aiment. En un semestre, le provincial candide se mua en étalon de campus. Il gardait le compte de ses conquêtes, en rigolait avec ses potes de football, faisait étalage de ses prouesses dans les soirées d'étudiants. Il tomba amoureux une douzaine de fois, oublia une douzaine de noms, s'aperçut que ça ne le satisfaisait pas. Quelque chose manquait.

Par une nuit neigeuse de février, il était au lit avec Little Fannie, une célébrité sur le campus. Ils venaient de faire l'amour, ou en tout cas de baiser. Il avait joui, mais il était encore en elle et commençait à débander. C'est pour ça, songea-t-il, pour ça que j'ai pas dragué pendant deux jours. Il roula sur le côté. « Écoute, Fannie... j'ai un examen important demain. Faut que je travaille. » Elle lui répondit de ne pas se gêner pour elle et s'enroula dans la couverture. « Tu peux pas rester pendant que je travaille. — Tu rigoles, ou quoi ? » Il finit par la jeter dehors. Il resta allongé un bon moment à réfléchir, puis se leva, alla à son bureau et écrivit un mot à Stephanie.

A présent, ligoté à son arbre, au flanc de la colline boueuse et puante, il voyait son image prendre forme. Il se mit à réciter le monologue qu'était la réponse de Stephanie, une réponse qui ne lui parvint qu'aux premiers jours de juin.

Cher Daniel,

J'imagine bien que tu te demandes ce qui m'est arrivé. Des tas de choses, très compliquées, et très rapidement. Je vais essayer de t'expliquer comme je peux.

La dernière fois que nous nous sommes parlés, je ne savais pas où j'allais. Il fallait que je quitte New York, alors je suis retournée à la maison. Je te passe les épisodes. J'ai eu des problèmes avec mon beau-père, qui pense que la manière dont je me suis conduite est un horrible péché. Je vais y venir. Un soir, peu de temps après mon retour, ma mère et lui se sont disputés au sujet de ma présence. J'ai entendu et je suis descendue lui dire de laisser ma mère tranquille, et que j'allais partir. Et puis, c'est venu tout seul, j'ai commencé à lui expliquer qu'il ne m'avait jamais manifesté la moindre affection. L'idée qu'il ait pu échouer dans son rôle paternel et contribué à me faire tomber dans le péché lui en a bouché un coin — lui qui réussit tellement tout ce qu'il entreprend.

Bref, je suis mariée, sur le point de divorcer, et j'ai subi un avortement — deux, en réalité, je ne sais pas si tu vas me croire. J'en ai bavé pas mal, depuis qu'on s'est vus. Le premier avortement n'a pas marché. Je ne sais pas si tu sais comment ça se passe, mais je t'assure que c'est pas drôle. Je suis tombée très malade après mon second curetage et je viens seulement de sortir de l'hôpital hier. Quand je serai tout à fait remise, je compte chercher du travail et mettre de l'argent de côté pour reprendre mes études. J'aimerais travailler avec des enfants. En tout cas, j'ai renoncé à faire les beaux-arts.

Quant au divorce, c'est pour très bientôt. Je n'ai pas encore de date, mais dans pas longtemps. J'hésite à t'écrire, Daniel, parce que j'ai été tellement malade, et aussi parce que je ne sais pas si le fait de t'écrire est une bonne chose. J'ai trop de respect pour toi, et je ne veux pas te mêler à quelque chose de moche. J'ai beaucoup de mal à mettre tout ça en mots, mais c'est ce que je ressens. Je n'allais pas t'écrire, et puis j'ai réfléchi à quel point je voulais avoir de tes nouvelles, et que tu saurais toi-même jusqu'où tu voulais aller avec moi. Je ne comprends pas exactement ce que je ressens. Tout le temps que j'ai vécu avec mon mari, c'était horrible et je pensais à toi sans arrêt. Je voulais tellement t'appeler. Je t'en prie, Daniel, écris-moi. Écris-moi une longue lettre. Tu écris merveilleusement bien, tu es tellement précis et tu sais te servir des mots.

Je ne veux pas que tu aies peur de mes sentiments. Je ne t'obligerai jamais à rien. Tu peux aussi m'envoyer un dessin ? Je sais qu'un jour, tu seras un architecte plein de talent. Il est très tard, mais je n'ai pas envie que cette lettre finisse. C'est presque comme si je te parlais. Je crois que je ferais mieux d'aller au lit.

Je t'aime,
Stephanie

Quinze jours plus tard, le vendredi, Daniel quitta la fac, partit en stop et arriva devant la porte de Stephanie le samedi à trois heures du matin. Il y passa le reste de la nuit à se torturer, comme pour se punir de ses absences. « Je t'ai apporté quelque chose », fit-il en souriant, six heures après, lorsqu'elle lui ouvrit.

« Daniel ! » Son cri était tout joyeux. Elle se précipita dans ses bras ; l'instant d'après, c'était sa mère qui disait bonjour et commençait à leur préparer le petit déjeuner.

Ce fut un samedi merveilleux. Elle l'emmena au bord d'un lac qu'ils contournèrent jusqu'à un coin tranquille, sur la rive opposée. Jamais Stephanie n'avait été plus belle. L'air était vif, il y eut du soleil toute la journée.

« Daniel », dit-elle, et ça le remuait chaque fois que Stephanie prononçait son nom, « tu es bien silencieux. Dis-moi des choses. Je t'ai raconté mes huit mois passés, mais toi tu ne m'as rien dit. »

Il voulait parler, mais il ne pouvait pas. Qu'avait-il à lui raconter ? Qu'il avait passé ces derniers mois à baiser à couilles rabattues ? Pas quand elle le regardait comme ça. Il plongea ses yeux dans ceux de Stephanie et ne se sentit pas très fier.

« J'aime ton dessin », dit Stephanie. Elle l'embrassa, puis leva son sweater et attira doucement la tête de Daniel contre ses seins nus.

Accroché à son arbre dans la jungle détrempée, Egan se tourna de côté et resserra la doublure du poncho autour de ses épaules. L'image changea devant ses yeux. Deux amants étendus dans le noir. « Dans ma tête, j'ai dessiné quelques-unes des plus belles maisons du monde, fit son image.

— Et moi, dans la mienne, j'ai peint quelques-uns des plus beaux tableaux du monde. »

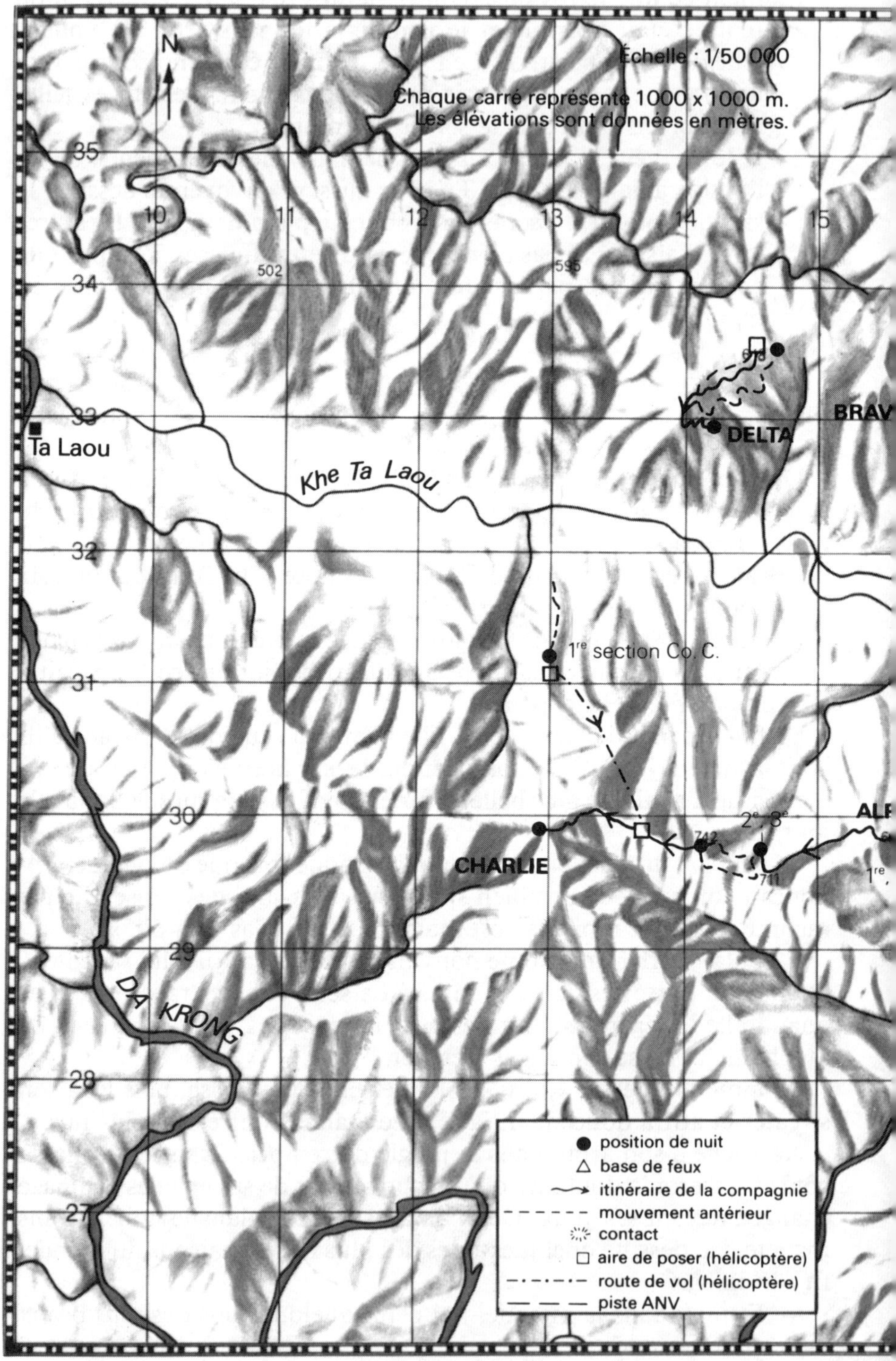

N
Échelle : 1/50 000
Chaque carré représente 1000 x 1000 m.
Les élévations sont données en mètres.
35
34
33
32
31
30
29
28
27
10
11
12
13
14
15
502
595
Ta Laou
Khe Ta Laou
DELTA
BRAV
1re section Co. C.
CHARLIE
2e, 3e
742
711
ALF
DA KRONG
position de nuit
base de feux
itinéraire de la compagnie
mouvement antérieur
contact
aire de poser (hélicoptère)
route de vol (hélicoptère)
piste ANV

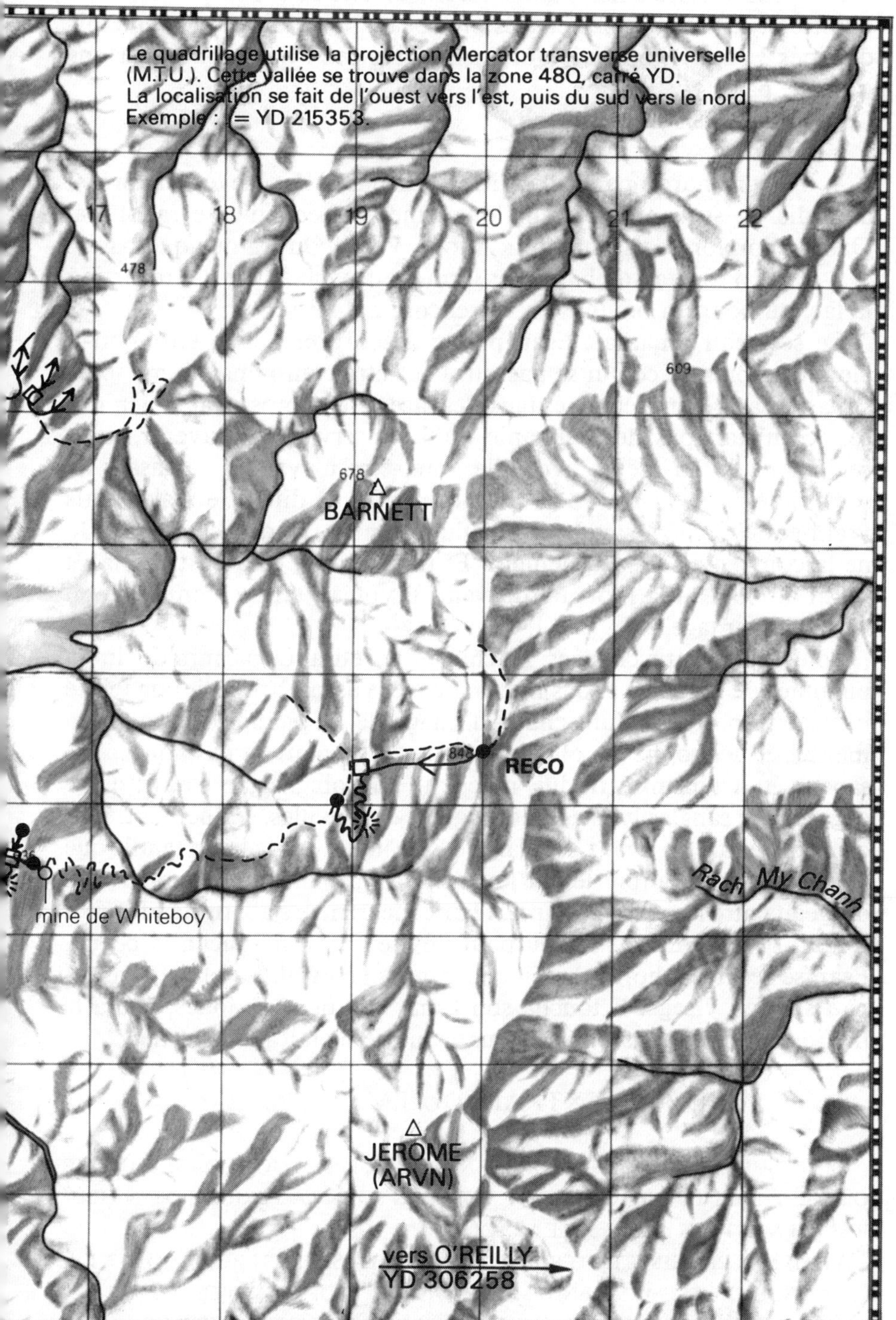
Le quadrillage utilise la projection Mercator transverse universelle (M.T.U.). Cette vallée se trouve dans la zone 48Q, carré YD.
La localisation se fait de l'ouest vers l'est, puis du sud vers le nord.
Exemple : = YD 215353.
17
18
19
20
21
22
478
609
678
BARNETT
RECO
mine de Whiteboy
Rach My Chanh
JEROME
(ARVN)
vers O'REILLY
YD 306258

Ils rirent tous les deux, puis se turent, arrêtés peut-être par la même question : et si ce ne sont pas les plus beaux, une fois peints, une fois dessinés ? Ce fut Stephanie qui brisa le silence : « S'il te plaît, partons quelque part.

— Oui, dit Daniel. Partons.

— Où ?

— Aucun endroit particulier. Mais partons. » Ils se levèrent, un peu étourdis, et se contemplèrent longuement. Stephanie se rallongea. Daniel l'implora doucement : « Allons, viens. On ira quelque part.

— Où ? » répéta Stephanie, les larmes aux yeux. « Tu vas repartir à la fac, ou pour un boulot. Tu vas encore me laisser. »

Ce souvenir tenaillait Egan pendu à son arbre. Peut-être était-il alors trop près de ce qui se passait. Peut-être comprenait-il mieux la situation à présent, éloigné dans l'espace et le temps. Dans bien des cas, ce n'était pas de Stephanie qu'il conservait le souvenir, mais seulement de lui-même avec elle. Peut-être n'avais-je pas assez de sensibilité pour voir au-delà de moi-même, se dit-il. Je n'ai jamais vraiment cherché à savoir ce qu'elle ressentait, ce qu'elle pensait. Je ne la connaissais pas réellement. Et maintenant, elle n'est pas là. Il sentit à nouveau la morsure du vent. Il voulait tant la connaître, en savoir davantage.

Son rêve se mit à changer. La chaleur se retira. Le parfum devint la puanteur de la jungle et des morts. Le ciel s'assombrit, prit une teinte hideuse ; une lueur dure chassa l'image de Stephanie de son écran mental. Saucissonné et collé à son arbre, il ne pouvait pas bouger. Le sapeur était tapi près de lui, machette au poing. Egan essaya de se dégager. Le sangles lui sciaient poignets et chevilles. Vainement, il se cambra, ventre en avant. Le clair de lune jouait sur la lame tandis que l'ennemi dans l'ombre levait le coutelas et, d'un tour de poignet, le dirigeait entre les yeux d'Egan. La lame meurtrière s'abattit tandis qu'il tordait désespérément le cou pour l'éviter. L'acier toucha la peau... Egan se redressa, hors d'haleine, paranoïa en éveil. La pluie dégoulinait sur son visage. Il toucha son front, son nez, ses joues, goûta le liquide sur ses doigts pour s'assurer que ce n'était pas du sang.

EXTRAIT DU J.M.O.

LES RÉSULTATS SUIVANTS CONCERNANT LES OPÉRATIONS DANS LA ZONE O'REILLY/BARNETT/JEROME SONT SIGNALÉS POUR LA PÉRIODE DE 24 HEURES PRENANT FIN A 23 H 59 LE 16 AOÛT 70 :

A 09 H 50 A PROXIMITÉ DU POINT YD 191298, LA SECTION RECO, CO E, 7/402, A ENGAGÉ UN ÉLÉMENT ENNEMI DE VALEUR INDÉTERMINÉE, TUANT UN ANV. LA CO B, 7/402, A POURSUIVI L'EXPLORATION DU COMPLEXE HOSPI-

TALIER SOUTERRAIN ANV DÉCOUVERT LE 15 AOÛT. LE COMPLEXE COMPRENAIT AU TOTAL 18 CASEMATES RÉPARTIES SUR UN KILOMÈTRE CARRÉ, PLUSIEURS D'ENTRE ELLES ÉTANT RELIÉES PAR UN RÉSEAU DE GALERIES DE COMMUNICATIONS CREUSÉES DANS L'ÉPAISSEUR DE LA MONTAGNE. 34 TROUSSES MÉDICALES ET 550 KILOS DE FOURNITURES MÉDICALES ONT ÉTÉ RÉCUPÉRÉS ET ÉVACUÉS. UNE CACHE CONTENANT 100 UNIFORMES ANV ET 1 200 KILOS DE RIZ A ÉTÉ DÉTRUITE. A L'INTÉRIEUR D'UNE CASEMATE FAISANT VISIBLEMENT FONCTION D'UNITÉ DE SOINS INTENSIFS ONT ÉTÉ DÉCOUVERTS UN CORPS AINSI QU'UN SOLDAT ENNEMI TRÈS GRIÈVEMENT BLESSÉ. LE PRISONNIER A ÉTÉ ÉVACUÉ SUR PHU BAI.

AU POINT YD 193273, LE 1er BN, 3e REGT (ARVN), A ESSUYÉ DES TIRS RPG ET ARMES LÉGÈRES DE FORCES ENNEMIES ESTIMÉES A UN BATAILLON QUI ENTOURAIENT LEUR POSITION. L'ÉLÉMENT ARVN A RIPOSTÉ PAR SES MOYENS DE FEUX ORGANIQUES, TUANT 38 ANV ET FAISANT UN PRISONNIER. 13 SOLDATS ARVN ONT ÉTÉ TUÉS AU COURS DE L'ACTION.

A MIDI, 4 KILOMÈTRES SUD-EST DE LA BASE BARNETT, UN SOLDAT US DE LA CO A, 7/402, A ÉTÉ TUÉ PAR UN TIREUR ISOLÉ. L'UNITÉ A RIPOSTÉ AVEC DES RÉSULTATS NON CONNUS.

CHAPITRE 23

17 août 1970

Chelini changeait. Le processus était engagé depuis longtemps déjà, mais à présent, son rythme s'accélérait. D'abord soldat pour rire, puis recrue à l'entraînement — mais cela se passait aux States — en arrivant au Vietnam, le REMF était devenu un bleu. Ces transformations, c'étaient des choses qui lui arrivaient, pas des choses qui arrivaient en lui. L'armée le bougeait d'un endroit à un autre, c'est tout. Ça ne comptait guère. Le 17 août, il changea considérablement, il devint un soldat, simplement.

Avant les premières lueurs de l'aube, il contacta Quiet Rover. « On rentre », annonça-t-il, et il mentit en ajoutant : « On est déjà en route. »

Au PC, El Paso était à nouveau à l'écoute radio. « Reçu, Rover Two Two », dit-il. Il se retourna et réveilla Brooks. « L'équipe en embuscade rentre.

— Hein ? Quelle heure est-il ?

— Cinq heures quarante-huit. »

Le ciel commençait à pâlir et il pleuvait toujours. Cahalan remua à côté d'El Paso. Au-dessus d'eux, Doc fouillait dans sa trousse de premier secours. Brooks se leva et alla se soulager un peu plus bas contre un arbre.

Un quart d'heure après son premier appel, Chelini donna un autre compte rendu de position semi-fictif. « Nous sommes à la coupure [1]. » Les hommes du PC et les sentinelles étaient déjà debout, occupés à replier leurs ponchos, nettoyer leurs armes, se brosser les dents. Ils avaient regagné la position de nuit en équipement léger, c'est-à-dire sans vivres. Ils avaient faim et certains commençaient à le faire savoir fortement. Doc Johnson circulait en donnant à chaque homme sa Pilule du Lundi : un gros cachet de quinine orange contre la malaria. Toute le monde la prenait. La Pilule du Lundi était rarement jetée. Non seulement elle paraissait plus importante, mais elle marquait une nouvelle semaine. Elle avait valeur de rite.

A 06 h 25, Chelini donna à nouveau sa position. Ils étaient tout près — en fait, à moins de cinquante mètres de la 1re section.

1. Fossé, généralement occupé par un cours d'eau (*N.d.T.*).

Après avoir dévoilé sa position en ouvrant le feu, le groupe avait reculé sur la pente de la 636, redescendant à l'aveuglette vers la ravine. « Merde au lieut, dit Silvers, on reste pas là. Ça serait du suicide. » Tout le monde fut de cet avis. Ils traversèrent le ruisseau, envisagèrent d'établir leur position à cet endroit, mais décidèrent de continuer. Silvers avait suivi la piste en descendant, mais ne savait pas par où remonter. Il se contenta de fixer une direction générale à la boussole et de s'y tenir tant bien que mal tout en priant pour que les Viets ne soient pas dans le coin. Ils découvrirent par hasard dans la montagne un repli qui semblait possible à défendre et les protégerait en partie de la bourrasque. Ils organisèrent une rotation garde/écoute radio — deux hommes réveillés, sept qui dorment — avec relève toutes les deux heures. Toutes les heures, le PC demandait un compte rendu de situation. Pour Chelini, pour tous les membres du groupe sauf Silvers, responsable des hommes, ce fut la meilleure nuit de sommeil depuis l'arrière.

Au réveil, ils reprirent leur marche en silence.

Whiteboy, Thomaston et Egan étaient là pour les accueillir. « Sur quoi vous avez tiré ? demanda Egan.

— Sur des *gooks,* rigola Lairds.

— Récapitulons », dit Thomaston, qui les bombarda de questions, reçut des réponses vagues sur leur itinéraire, et finit par leur demander s'ils voulaient rebrousser chemin pour vérifier. « C'est ce que vous auriez dû faire avant de partir, ajouta-t-il.

— On arrive, on en a plein les bottes, maugréa Silvers.

— J'y vais, déclara Egan. Qui veut faire la balade avec moi ? »

Whiteboy, Moneski avec son équipe feu et le radio Hoover complétèrent l'élément reco. Ils disparurent à toute allure, en équipement léger. Ils effectuèrent l'aller et retour en quarante minutes.

« Tiens ! » s'exclama Egan, goguenard, à leur retour. « Voilà ton *gook,* Silvers, celui que t'as allumé hier soir. » Au bout de son fusil, il tenait une chemise de treillis US en lambeaux. La moitié de la section s'approcha pour voir et éclata de rire.

« Ton groupe a quand même infligé des peh'rt' à l'ennemi », s'esclaffa Whiteboy en lançant la chemise sur un arbre. « Ça pendouilleh' comm'ça.

— Ça prouve rien », protesta Numbnuts sous l'hilarité générale. Egan reprit la chemise et la lança à Silvers. « Tiens, voilà ton *gook,* Leon. »

Ils riaient trop fort, ce n'était pas dans leurs habitudes. Chelini rit avec eux, mais ne dit mot.

La 1re section et le PC revinrent sur leurs pas et remontèrent vers leur point de rendez-vous avec les 2ᵉ et 3ᵉ sections. La force opérationnelle de l'unité était redescendue de quatre-vingt-dix à quatre-vingt-trois hommes depuis le matin du 16 août, si l'on comptait les représentants du PIO, le correspondant, le maître chien et Ridgefield — quatre-vingt-trois hommes ayant pour mission de descendre jusqu'au Khe Ta Laou pour donner l'assaut au QG suspecté du 7ᵉ front ANV, de rechercher et de détruire l'ennemi dans un complexe base de ravitaillement/zone de déploiement d'attente occupé, développé et fermement défendu depuis longtemps.

La colonne descendit un piton vers la vallée. La 2ᵉ section marchait en tête, suivie par le PC, la 3ᵉ et la 1ʳᵉ en sûreté à l'arrière. L'allure, vive au début, se ralentit à mesure que l'élément de pointe affrontait une végétation plus épaisse. La pente devenait plus raide et le seul fait de s'y tenir debout fatiguait les hommes. Les sangles des sacs sciaient les épaules ; la peau, martelée par l'averse, se tendait comme si elle allait se déchirer. Les bras, alourdis par les armes, s'épuisaient à trouver des prises sur les arbustes, et c'était encore un effort douloureux de relever l'homme et le paquetage après une chute. Le voltigeur de pointe taillait une piste à la machette ; derrière lui, cent soixante-six bottes enfonçaient les branches coupées dans la boue. Certaines portions de la piste devenaient de véritables toboggans. La colonne atteignit une série d'escarpements. La 1ʳᵉ section fit parvenir à l'élément de tête les cordes utilisées par Egan dans la galerie et la compagnie amorça sa descente en rappel.

Du haut de la première pente, Chelini contempla la vallée. Il ne s'était jamais trouvé aussi près. Comme tous les *boonierats*, il entrevoyait ce panorama depuis quatre jours, à travers des trouées de la végétation et un linceul de brume intermittent. En bas, ce serait un autre monde. Il descendit.

A part la pluie persistante, le bruit des glissades et l'écho lointain des tirs d'artillerie vers le nord-est, le matin était calme. A midi, la tête de la colonne atteignit les premières collines onduleuses entre la pente abrupte du piton et le fond de la vallée. Les hommes établirent un périmètre de défense pour la pause. Le 1ᵉʳ groupe de la 1ʳᵉ section, en queue de colonne, n'était encore qu'à mi-descente. La piste avait été tellement piétinée par ceux qui précédaient qu'ils devaient en permanence ramper à reculons et planter leurs doigts dans la boue pour s'empêcher de faire la culbute.

Pendant la fin de la manœuvre, le reste de la compagnie se déploya en ovale allongé sur la première butte. Alpha était à moitié engagée dans le brouillard de la vallée, une nappe poisseuse qui laissait passer la pluie mais ne permettait pas de voir au travers. La végétation autour d'eux différait autant des arbres et des lianes de la crête que s'ils avaient mis le pied sur une autre planète. Ce n'étaient que broussailles raboteuses de un à trois mètres de hauteur, jamais plus, mais si denses, à part quelques sentiers, qu'on ne pouvait y plonger le bras. Les hommes, mal à l'aise, s'y sentaient gagnés par la peur. C'était un autre monde : celui de l'ANV. On se transmettait par gestes des recommandations inutiles : stricte discipline pour le bruit, restreindre les mouvements au minimum. Egan porta un pouce vers sa bouche ouverte pour indiquer à Chelini que c'était l'heure du manger. Le Bleu fit passer à Doc McCarthy derrière lui, puis se débarrassa de son sac.

En plus de ses plaies et douleurs diverses, Chelini constata qu'il avait la peau des cuisses à vif. Merde, se dit-il, et si j'ai la vérole ? J'ai peut-être chopé ça en trimbalant des baquets de merde à Cam Ranh. Il regarda autour de lui et défit sa braguette. Des zones de peau d'une dizaine de centimètres, sur l'intérieur des cuisses et jusqu'aux testicules, étaient enflammées. La pluie qui gouttait de ses doigts aggravait les brûlures. « Mon Dieu », gémit-il. Ça le gênait d'en parler aux autres à cause de l'emplacement, et aussi parce qu'il craignait que ce ne soit sérieux. Il avait entendu parler de variétés de maladie vénérienne qui résistaient à la pénicilline et à tous les autres traitements modernes. Le bruit courait qu'il y avait sur l'île de Guam une colonie d'Américains contaminés au Vietnam et que le gouvernement refusait de laisser retourner chez eux. Il examina de nouveau l'éruption. Il en avait aussi sur les couilles. Oh ! merde, merde, merde ! Il s'efforça de remuer des souvenirs de fac pour savoir quelle était la période d'incubation de la syphilis, regarda encore les dégâts. Chaque jour, c'est pire, se dit-il. Il se parla comme s'il était en consultation : « Ça devient vraiment grave, docteur. Je sais pas où j'ai pu attraper ça. Je suis même pas sûr de ce que c'est, mais c'est à peine si je peux marcher. »

Brooks faisait le tour du périmètre en s'entretenant avec les soldats. Il trouva Egan assis dans une mare, nullement mal à l'aise. Il s'accroupit et les deux hommes se saluèrent en choquant leurs poings. « Si tu étais un des petits bonshommes, Danny, demanda le lieutenant, où serais-tu ?

— Si je savais qu'on est après moi ?
— Oui, fit Brooks.
— Sans tenir compte des galeries dans les collines ?
— Non, ici en bas.
— Je laisserais une piste à suivre pour t'amener sur mon terrain.
— Où ça ?
— Loin de mon QG.
— Et ton QG serait où ?

— Loin de la piste que je voudrais te faire suivre. »

Brooks sortit sa carte topo. « Montre-moi. »

Egan étudia la carte. « Pas dans les collines basses, on pourrait leur tomber dessus. Pas sur le plat, ça ferait une cible trop facile pour les hélicos. A moins qu'ils n'aient des chars russes... eh bien...

— Quoi ?

— Je serais sur cette élévation, là, sur le fleuve. La crête s'avance des deux côtés, ça laisse pas beaucoup de place à des petits malins pour s'amener rapidement.

— Merci. »

Brooks remonta vers Chelini et lui demanda si tout allait bien. Le Bleu fit oui de la tête, puis attendit que le lieutenant fût passé devant Doc McCarthy pour s'approcher. Egan se retourna pour l'observer. Je l'emmerde, se dit Chelini.

« Doc... heu, je peux avoir votre avis ?

— Oui. Qu'est-ce qui se passe ?

— J'ai... un problème.

— Quoi donc ? demanda McCarthy avec un regard de sympathie. Où est-ce que ça se situe ? »

Au moins, il a l'art de faciliter les choses, pensa Chelini.

« Ça brûle ?

— Oui.

— Très fort ?

— Je peux à peine marcher.

— Qui te parle de marcher ? Je veux dire, quand tu pisses ?

— Non, Doc. C'est quand je marche.

— Fais-moi voir ça. »

Le Bleu se déboutonna, tout en pensant à se salaud d'Egan, qui n'en perdait pas une miette. Il laissa tomber son pantalon et remonta les bords de son caleçon kaki pour exposer la peau enflammée.

« Holà, c'est du sérieux ! s'exclama McCarthy. T'aurais pas dû attendre autant. T'es bien arrangé. »

McCarthy adressa un clin d'œil à Egan, qui se rapprocha et sortit sa baïonnette avec un sourire sadique. « Haha, va falloir couper tout ça ! »

Le Bleu écarquilla les yeux et commença de remonter son pantalon en bramant : « Mais enfin merde, qu'est-ce que c'est ? »

D'un geste rapide, Egan glissa sa lame sous le caleçon et découpa le tissu.

« Pourriture de la jungle, dit McCarthy. Pourriture de la jungle dans les parties. »

Cramponné à la ceinture de son caleçon, Chelini tentait de garder l'équilibre pendant qu'Egan lui tournait autour avec sa baïonnette, coupait l'autre côté et jetait les lambeaux dans les broussailles. « Ici, faut pas porter de sous-vêtements, conclut le sergent en rigolant. Ça te pourrit les valseuses.

— Tiens », dit McCarthy en tendant au Bleu un tube de pommade. « Mets-y un peu de ça. »

Les M60 et les M16 se mirent soudain à cracher derrière eux. Chelini se jeta à terre en remontant son pantalon, tandis qu'Egan se précipitait dans la direction de la fusillade, imité par Snell, Nahele et McQueen. Des grenades explosèrent. Le tout ne dura pas dix secondes. L'initiative venait de l'arrière de la colonne : Jackson, Marko, Lairds et Denhardt avaient ouvert le feu simultanément vers le bas de la pente. Descendus en dernier, ils venaient de franchir l'étroit passage et d'entamer la grimpée. Ils faisaient une pause quand ils avaient entendu des bruits de voix. En se retournant prudemment, ils aperçurent à travers le fouillis de broussailles un groupe ANV qui marchait tranquillement, arme à la bretelle, en bavardant. La première salve laissa quatre hommes à terre.

Tapis dans les fourrés, Egan, Brooks, Silvers, Nahele et quelques autres chuchotaient entre eux. « Silvers », dit le lieutenant, un doigt pointé vers la droite, « prenez six hommes par là », puis, en indiquant la gauche : « Danny, Don et Queenie. » Thomaston, Whiteboy et Brooks lui-même descendirent tout droit. Le groupe de Moneski couvrit l'avance de la reco, tandis qu'autour d'eux les hommes reformaient le périmètre.

« Putain de Dieu ! » lâcha Egan. Tout au fond, dans le passage, il venait de repérer une piste ennemie, une piste qui ne ressemblait en rien à celles qu'il avait pu voir jusqu'ici : large de deux mètres, avec un revêtement tout temps, nivelé et renforcé par des bambous. Au-dessus, les broussailles étaient entremêlées de manière à former des tapis végétaux semi-solides. Le groupe d'Egan ne suivit la piste qu'une demi-douzaine de mètres avant de s'arrêter. Dans la direction opposée, celui de Silvers avança de quelques mètres jusqu'au point où la piste obliquait vers la colline. A cet endroit un pont dormant permettait à un ruisseau de couler au-dessous de la piste sans la défaire. Le groupe de Brooks trouva des traces de sang, un petit sac à dos, rien de plus. Pas de corps. Les *boonierats* rebroussèrent chemin.

« Ils devaient bien être une douzaine, dit Thomaston.

— Vous pensez en avoir eu quatre, peut-être cinq ? demanda Brooks.

— Au moins », souffla Marko. Jax et Silvers confirmèrent.

« Il fallait qu'ils soient au moins une douzaine pour emporter les corps à cette allure, reprit Thomaston. A sept ou huit, ils n'y seraient pas arrivés.

— Regardez un peu ce barda », siffla Egan, qui fouillait le sac à dos. En plus d'un sac de riz et d'un bol, il en tira un bâton de réglisse, une ration C type B-2, des allumettes américaines et diverses bricoles abandonnées par Alpha lors du ravitaillement.

« Tiens », fit Silvers narquois, en lançant une bourrade à Egan, « le voilà, mon *gook.* »

Alpha reprit la progression presque aussitôt, toujours dans le même ordre : 2e section, PC, 3e et 1re section. Ils ne se battaient pas pour cette piste et n'avaient aucune intention de la suivre vers une embuscade certaine. Ils rendirent compte au centre d'opérations et apprirent que la compagnie B était une fois de plus engagée dans un combat très vif. La fouille de l'hôpital souterrain achevée, Bravo avait repris le chemin de sa première zone d'infiltration. A l'endroit même où ils avaient été pris à partie dans la nuit du 14, ils débusquèrent une compagnie ANV bien retranchée. L'artillerie essayait de les appuyer, car la pluie et le brouillard empêchaient l'intervention d'hélicoptères ou d'avions. Alpha garda l'écoute pour suivre le combat. La reco avait aussi essuyé une escarmouche.

La colonne progressait nord-nord-ouest de butte en butte, chacune un peu plus bas que la précédente, vers le fond de la vallée. Ils traversèrent une autre piste ennemie, elle aussi dotée d'un revêtement tout temps. Lors d'une pause, Brooks consulta sa carte : aucune de ces pistes n'y était portée. La progression s'orienta franchement vers le nord-ouest, suivant le courant, dans un brouillard plus épais. A nouveau, la végétation changea du tout au tout : les broussailles basses cédaient la place à des rideaux tout aussi denses d'herbe à éléphant et de bambou — lequel, par endroits, atteignait cinq mètres de haut. Le voltigeur de pointe avait l'impression de s'ouvrir un chemin parmi des lames de ressort en acier. Il eut bientôt les bras lacérés et le visage zébré de minuscules coupures. L'herbe coupait vite et fin : on ne s'en rendait compte qu'après coup, quand le sang commençait à perler et qu'on ressentait le picotement des barbes minuscules fichées dans la plaie. L'homme de pointe se relayait avec son second, et, petit à petit, chacun, dans le groupe de tête, en vint à connaître la torture qui consistait à avancer à la main.

Le fond de la vallée semblait plus irréel encore que les dernières collines, et la pluie continuait. Il devenait presque impossible de déterminer précisément la position de la compagnie. Le brouillard et les hautes herbes masquaient les points de repère. La vallée ne lâchait aucun indice. Ils connaissaient l'emplacement de la première butte au-dessous de la série d'escarpements et leur direction approximative, mais la distance parcourue demeurait vague. Lorsque Brooks jugea, devina, que son élément de pointe était à cent mètres du fleuve, il donna l'ordre de halte.

« El Paso, dit-il, appelez De Barti et dites-lui d'envoyer ses équipes feu en tête. Contactez aussi Snell et faites venir Nahele et McQueen. Que Thomaston nous expédie Whiteboy. »

Quand les deux équipes mitrailleuse de l'arrière eurent rejoint Brooks, tout le PC se porta en avant, enjambant les soldats accroupis ou assis. Parvenu au PC de la 2e section, Brooks se concerta avec De Barti pour organiser le bond jusqu'au fleuve.

Leon Silvers se trouvait à l'arrière de la colonne. Devant lui, Brunak, Marko, Jax et le reste du 1er groupe jusqu'à Numbnuts. Le PC de la 1re section avait reculé entre le 1er et le 2e groupe. Les soldats étaient assis à deux ou trois mètres d'intervalle. Thomaston fit face à Egan en levant deux doigts de la main droite et quatre de la gauche. Il remua les lèvres en articulant silencieusement : « Vingt-quatre au jus.

— Vingt et un, bleu-bite », répliqua Egan avec un sourire.

La progression reprit, s'interrompit à nouveau, deux fois. Chelini arriva derrière Egan et chuchota : « Ils sont au fleuve. »

Egan hocha la tête, avança de quelques pas et s'assit.

Chelini resta sur place. Autour de lui, les hommes se dégageaient un coin parmi les herbes mouillées et balayées par la brise. Le Bleu examina ses doigts. La peau, à force d'être trempée, était blanche, boursouflée et ridée. Il médita sur sa solitude. Pendant des heures et des heures, on avançait sans échanger une parole, sans rien voir d'autre que le dos de l'homme qui marchait devant, et encore pas toujours. Les réunions du PC lui manquaient. Il jeta un coup d'œil par-dessus son épaule. McCarthy était allongé contre son sac. Derrière lui, on entendait Numbnuts ruminer. Ce mec-là n'apprendra jamais, se dit Chelini. Soudain, il se sentit mal à l'aise. Il regarda à droite et à gauche. Quelqu'un les observait. Il revint sur McCarthy, dont la silhouette se fondait presque dans le brouillard. On ne distinguait rien, sinon d'épaisses murailles d'herbe à éléphant, mais Chelini sentait des yeux posés sur sa nuque. Mieux vaut peut-être ne pas regarder, se dit-il. Il s'efforça de ne plus y penser, mais il avait l'estomac noué. Quelque chose allait surgir et s'emparer de lui. Il jura tout bas. La brise agita de nouveau les hautes herbes. Des guetteurs ? Il jeta encore des coups d'œil timides de chaque côté. Sa main caressa le mécanisme de détente du M16. Il rentra la tête dans les épaules, sentit le bord du casque toucher son sac à dos. Il attendait que ça passe, que la colonne reprenne sa progression. Je devrais peut-être en parler à McCarthy, songea-t-il. Non, je n'ai pas assez d'éléments. En fait, je n'ai rien vu. Il essaya de se détendre, mais les yeux étaient toujours là, rivés sur sa nuque, et il les sentit encore en se retournant. Ses bras tremblaient. Il serra les poings. Les choses devenaient floues dans sa tête. Le regard vague, il se mit à considérer son pantalon crotté, ses rangers couvertes de boue et de brins d'herbe. Il ferma les yeux et se tassa encore pour se protéger. Des couleurs, d'infinies nuances de vert, se mirent à tournoyer selon une géométrie bizarre en un kaléidoscope nébuleux. Des contours se précisèrent. A la base, il vit, comme une image se fige, des chevilles, les siennes, puis des genoux. Il flottait dans le noir ; seules ses jambes étaient éclairées par le halo vert. Le kaléidoscope tournait doucement. La vision se précisa. Les jambes flottantes d'un pantalon de treillis émergèrent. L'image devint nette jusqu'à la taille. Il ne savait plus s'il avait les yeux ouverts ou fermés. Il vit sa chemise, ses épaules, le moindre détail parfaitement au point. Le cou. Puis la tête. Grosse. Trop grosse. Le visage. Ce n'était pas le sien. Celui du soldat ennemi. Il avait le corps de Chelini, et pourtant il le regardait en grimaçant. Le corps de Chelini avança prudemment d'un pas, traversa son double étendu sur la piste. Chelini sentit dans son dos un regard brûlant de haine. Pas celui d'un homme. Un oiseau. Un épervier, un faucon. Le cœur de Chelini se mit à cogner. Il plissa ses paupières. Le faucon planait derrière lui, invisible, prêt à frapper, à fendre l'air pour se précipiter sur lui — les Serres de Dieu !

L'homme se tenait entre eux. Du haut du propre corps de Chelini, il le vrillait du regard.

Il faut qu'on bouge. Je ne peux pas rester ici, se dit-il pétrifié. Les pensées défilaient dans sa tête, mais aucune ne pouvait troubler l'image sous ses yeux. Pas les serres, priait-il en se recroquevillant dans la boue infecte. Mon Dieu, mon Dieu, pardon. Je devais le faire. Le souffle d'ailes gigantesques pliait les hautes herbes. Vous auriez pu lui faire faire demi-tour. Il venait droit sur moi. Chelini avait les larmes aux yeux. La vallée s'assombrit. Pendant quelques secondes, son cœur cessa de battre.

Le soldat reparut au milieu de la végétation. Il riait. Il poussa un grognement, avança ; le visage ricanant s'inscrivit dans la ligne de mire de son arme, devint le visage de Chelini, qui appuyait sur la détente, essayait de ne pas appuyer, appuyait, la bouche du canon crachait sa flamme, la détonation claquait, le recul lui frappait l'épaule, le visage s'embrasait, le crâne éclatait, le corps basculait dans l'ombre avec de violents soubresauts ; puis la bouillie rougeâtre pâlissait, prenait encore une teinte crayeuse, l'os pointait, jaunâtre, un crâne lisse de chair se dévoilait, et dans ses orbites creuses brûlait une lueur verte qui perçait Chelini jusqu'au fond de son être.

Il tressaillit et ouvrit les yeux, regarda autour de lui, se leva. « Et merde, fit-il entre ses dents serrées, ça chie pas. » Il rejoignit Egan. « Alors, c'est pour aujourd'hui ou pour demain ? »

Brooks préparait le franchissement du fleuve. Il envoya le 3e groupe de la 1re section trente mètres en amont avec pour consigne de se tenir à dix mètres de la rive. Le 2e groupe partit en aval et le 1er droit devant. Entre les groupes, il disposa les équipes feu supplémentaires, recommandant encore aux uns et aux autres de se tenir en retrait de la rive. Une fois en position, ils laissèrent s'écouler un bon quart d'heure, suivant les directives du lieutenant.

« En avant ! » El Paso transmit l'ordre par radio, et les trois groupes, toujours à couvert, s'avancèrent à vue directe du fleuve. Là, ils attendirent encore un quart d'heure, épiant les deux rives. Le brouillard flottait tout autour d'eux, mais pas à la surface de l'eau, qu'ils distinguaient nettement : sombre, apparemment immobile, presque stagnante, à l'exception des ronds minuscules qu'y inscrivait la pluie. De chaque côté, la rive était formée de talus de boue noirâtre coiffés de toupets d'herbe. Bambous et herbe à éléphant luttaient jusqu'au bord de l'eau, s'avançant au-dessus de la surface aux endroits où le sol s'était effondré. Au point où se trouvait Alpha, le Khe Ta Laou mesurait vingt-cinq mètres de large.

Les groupes de pointe se déployèrent en arc de cercle, mitrailleuses couvrant le fleuve, arrière ouvert à la colonne. Les mitrailleurs déplièrent et ouvrirent les bipieds des M60, préparèrent les bandes-chargeurs de réserve. Derrière eux, les tireurs M79 s'exercèrent à relever les éléments de tir pour leurs lance-grenades. Les tirailleurs se ménagèrent de petits créneaux entre les herbes.

« Allons-y », fit Brooks. Le 1er groupe, le PC et la 2e section au complet s'avancèrent jusqu'à la berge, le reste de la colonne suivant le mouvement. Le vieux Pop Randalph descendit dans le courant trompeur. Dès le bord, quand l'eau lui battit les jambes, il perdit l'équilibre. Il remonta sur la rive, laissa tomber sac, brêlage et chapeau de brousse, posa son arme et fit une nouvelle tentative. Il avançait prudemment, conscient de la présence possible de tireurs embusqués de l'autre côté. Le courant était très fort. Pop perdit pied au bout de quatre pas et fit aussitôt demi-tour en barbotant, mais lorsqu'il put à nouveau se tenir debout dans l'eau, il avait dérivé dix mètres plus bas. Il remonta sur la berge et revint s'entretenir avec Brooks, De Barti et Camillo Baiez. Après avoir ôté sa chemise et ses rangers, Pop retourna dans l'eau, s'avança de deux pas, plongea, puis se mit à nager comme un furieux vers l'autre rive, soulevant des gerbes d'écume à la façon d'un bateau à aubes miniature. Le courant l'entraîna néanmoins plus vite qu'il ne pouvait nager, et il avait déjà dépassé le groupe posté en aval avant d'être à mi-parcours. Mohnsen, Jones, Smith et Garbageman le suivirent en courant sur le bord, piétinant nerveusement la végétation.

Pop aborda finalement l'autre rive soixante mètres plus bas que son point de départ. Il leva le pouce afin d'indiquer que tout allait bien, s'enfonça parmi les hautes herbes et reparut cinq minutes plus tard, face à Brooks. « Merde, soupira De Barti, ce vieux pochetron... je croyais pourtant que l'eau et l'alcool pouvaient se mélanger. Il a failli me faire pisser dans mon froc.

— Foireux, Mista' », fit Doc Johnson à l'adresse des lieutenants. A côté de lui, l'observateur avancé approuva de la tête. Lui non plus n'était guère impressionné.

Brooks lui jeta un bref regard puis revint au fleuve. Baiez venait de sortir un rouleau de corde de nylon au bout duquel il attacha un poids. Sans quitter Pop des yeux, il cala bien ses pieds dans la vase, s'inclina vers l'arrière, bras tendu, et lança à toute volée. La corde se déroula mal, partit en boule à la suite du poids, s'arrêta au bout d'une dizaine de mètres et le tout plongea lamentablement. Baiez fit une nouvelle tentative. Puis une autre. Puis une autre.

« Bravo a perdu trois hommes », fit soudain la voix de Brown, qui venait de recevoir un compte rendu urgent. « Ils sont en plein dedans... ils sont vraiment en train de pénétrer dans le complexe. »

Brooks laissa échapper un grognement de colère et de dégoût. Bravo était en train d'en prendre plein la gueule, et lui n'arrivait même pas à faire franchir une foutue coupure par sa compagnie. « Passez-moi cette putain de corde », gronda-t-il. Il l'arracha des mains du chef de groupe, rembobina vaguement, lança le poids sur l'autre rive.

Pop le récupéra. A l'autre extrémité, les hommes attachèrent la corde plus épaisse utilisée dans les escarpements. Pop la tira jusqu'à lui, l'enroula solidement autour de sa taille et fit signe à la troupe de traverser. Un par un, les hommes pataugèrent dans l'eau avec tout leur paquetage. Accrochés à la corde, ils passèrent en main à main jusqu'à l'autre bord. « Foireux, foireux, foireux », répéta Doc en hochant la tête. Le poids de l'équipement les tirait vers le fond. Six soldats réussirent à passer. Après que Shaw eut manqué se noyer, plusieurs hommes se déshabillèrent et replongèrent afin de jouer les guides et les sauveteurs pendant la traversée. Parvenu sur la rive opposée, chaque homme ouvrait son fusil afin de vider l'eau du canon, puis disparaissait dans les hautes herbes pour aller agrandir le périmètre défensif en cours de formation. La 3ᵉ section traversa après un groupe de la 2ᵉ, puis ce furent le PC, la 1ʳᵉ section et les équipes de sûreté en dernier. A l'arrivée, ils reformèrent les groupes habituels et entreprirent de sécher un peu leurs affaires. Comme la pluie les avait déjà bien trempées, ça ne faisait d'ailleurs pas une grosse différence. Le plus grave, c'était les cigarettes, presque toutes noyées. On les transportait dans des étuis plastique qui les protégeaient de la pluie, mais n'étaient pas étanches.

Le moral à zéro, la compagnie se remit en route pour subir dix minutes plus tard un autre contretemps : au nord du fleuve, la vallée était infestée d'une variété de sangsue qui semblait proliférer dans toute zone humide mais pas dans l'eau courante. Le fleuve à peine franchi, les soldats sans défiance furent assaillis. Les sangsues rampaient comme des chenilles et pouvaient, si on ne les repérait pas, s'insinuer cinq millimètres sous la peau avant qu'on ressentît la moindre brûlure. Après le deuxième cas, Doc ordonna à Brooks de faire halte : « Mettez-les deux par deux et que chaque clampin examine l'autre. »

Et merde, songea Brooks, qu'est-ce qui nous attend encore ? La troupe progressait à une allure d'escargot et il ne tenait pas à s'attarder inutilement au fond de la vallée. La maladresse de la manœuvre lui faisait honte. Plusieurs hommes avaient perdu de l'équipement dans le fleuve. La discipline avait fait défaut. Il ne reconnaissait pas *sa* compagnie Alpha, ça le rendait malade. Il inspecta le dos d'El Paso et découvrit une sangsue sous l'aisselle du radio. L'après-midi tirait à sa fin. Il voulait trouver une élévation pour y établir sa position de nuit. « Saloperies », murmura-t-il en extirpant le petit corps visqueux et en grattant avec son ongle à la recherche de la tête. Merde à tout ça, tu peux reprendre les choses en main. « Oh ! non », soupira-t-il en glissant la main dans son pantalon. Il sentit le contact humide d'un des minuscules vampires sur son bas-ventre, à la limite des poils pubiens. Il défit sa braguette. Le corps gluant se tordait derrière la tête fouineuse. Instinctivement, il chercha ses cigarettes, ouvrit l'étui plastique. Un jus brunâtre lui dégoulina entre les doigts.

Il pleuvait toujours quand la colonne atteignit le versant abrupt de l'escarpement nord, au bout de quatre cents mètres de progression pénible à travers les bambous et l'herbe à éléphant. Ils n'avaient senti aucun changement de relief lorsqu'ils se trouvèrent face à la paroi montagneuse, et à la piste.

« Sainte Mère de Dieu ! » s'exclama Garbageman en apercevant celle-ci. Une fois l'invasion des sangsues repoussée, la 2e section avait repris la tête, le groupe de Mohnsen remplaçant celui de Catt, avec Garbageman en voltigeur de pointe et la M60 de Smith en second. Ce qu'ils découvrirent était une piste large de trois mètres au revêtement tout temps renforcé par du gravier, en plus des habituels bambous. Elle collait à la montagne, aussi loin que Garbageman pouvait distinguer quelque chose à travers le brouillard. Une cloison herbeuse bien entretenue la séparait de la vallée, et un accotement régulier avait été dégagé de l'autre côté. Ici aussi, l'herbe et les bambous avaient été entremêlés en un réseau serré pour former un toit d'aspect naturel : vu d'avion, cela donnerait l'impression d'une étendue uniforme de jungle et dissimulerait toute circulation routière. De sa position, il parut évident à Garbageman que les huiles ANV avaient établi cette piste ici à cause de la difficulté que les hélicoptères auraient à interdire tout mouvement de troupes ou de munitions. Il n'avait jamais vu de piste comme celle-ci : assez large pour laisser passer deux charrettes de front, et même des camions. En comparaison, les pistes ennemies repérées jusque-là ressemblaient à des foulées d'animaux. La surface portait les signes d'une activité récente, mais aussi d'un entretien régulier.

Garbageman fit venir Smith et lui dit d'aller chercher De Barti et Pop Randalph. « Faut qu'ils examinent tout ce bazar. » A leur arrivée, ceux-ci furent du même avis : « Faut que le lieut voie ça. » Ils contactèrent le PC. Le groupe de pointe se déploya parmi les herbes de manière à former un T et le reste de la colonne fit halte.

Brooks, accompagné de ses trois radios et de l'observateur, vint à son tour jeter un coup d'œil à la piste.

« Qu'en penses-tu, Ruf ? » demanda De Barti. Ils se tenaient trois mètres à l'écart des autres : De Barti ne voulait pas révéler ses craintes à la troupe. « Je crois pas qu'on devrait s'en servir. »

Sans répondre, Brooks sortit sa carte topo et les deux officiers se mirent à l'étudier. « Si on pouvait trouver un moyen d'attaquer la paroi..., commença-t-il.

— Pas question d'escalader cette saloperie ! s'exclama De Barti. C'est vertical.

— Ça ne doit pas le rester bien longtemps. » Ils continuèrent de méditer sur la carte, de scruter la piste dont ils ne pouvaient voir qu'une petite portion. Brooks se gratta le crâne. Revenir en arrière par le domaine des sangsues, retraverser le fleuve, partir dans un sens ou dans l'autre sur la rive opposée, dans l'espoir de repérer un cheminement... Autour de lui, les hommes devenaient nerveux. Le soir approchait. Avec une piste comme celle-ci, l'ANV pouvait très bien avoir des milliers d'hommes dans le coin. Brooks alla trouver Cahalan. « Appelez-moi Red Rover », dit-il, puis, se tournant vers l'observateur avancé : « Bill, avez-vous déjà vu une piste pareille ?

— Non, je peux pas dire.

— Vous pouvez faire donner l'artillerie ?

— Y a moyen faire.

— Bien. Prenez des objectifs sur cette ligne, dit Brooks en suivant une courbe sur la carte.

— Mon lieutenant, j'ai l'Homme Vert », chuchota Cahalan.

Au centre d'opérations de la base Barnett, c'était une rude journée pour l'Homme Vert. Il avait déjà dû prendre plusieurs décisions délicates, la plus torturante étant de savoir s'il devait ou non lancer la compagnie Bravo dans un assaut en règle contre le complexe de casemates ANV. Le brouillard et la pluie bouchaient complètement la vallée ; tout appui aérien à l'exception des évacuations sanitaires d'urgence avait été annulé. Bravo pouvait se replier et attaquer le lendemain, au risque de subir un raid pendant la nuit, ou bien attaquer de suite, mais sans appui feu rapproché. Ce fut la seconde solution. Lorsque Cahalan contacta l'Homme Vert, la compagnie B avait donné l'assaut au complexe ANV, tué dix-sept soldats ennemis et comptait cinq blessés dans ses rangs. Une évasan fut lancée depuis Camp Eagle, escortée de quatre Cobra et d'un chasseur, avec un Huey en attente pour récupérer l'équipe médicale si son hélicoptère se faisait abattre.

« Quiet Rover de Red Rover », aboya l'Homme Vert quand Brooks lui eut expliqué sommairement la situation, « dirigez-vous écho par novembre écho dès que possible. Avertissez vos sierra Sky Devil Six se trouve un kilo novembre oscar par rapport à vous. Coopérez avec Sky Devil.

— C'est qui, Sky Devil ? demanda De Barti.

— Ben... ce doit être la compagnie D, fit Cahalan.

— Non, merde, pas ce tas de branleurs ! » rugit De Barti.

Dans l'espoir d'obtenir un secours de l'Homme Vert, Brooks donna plus de détails sur la piste ennemie. Il ne voulait pas y lancer sa compagnie. Au point où il se trouvait, il était rigoureusement impossible d'entreprendre l'ascension de la paroi montagneuse, et pourtant il sentait qu'il devait se sortir du fond de la vallée. Pendant la communication, le bruit des hélicoptères commença à leur parvenir.

« Faites-moi une reconnaissance profonde de ce secteur, ordonna l'Homme Vert. Et coopérez avec Sky Devil. Terminé.

— Aperçu, *niner*. Terminé. » Merde, se dit Brooks en jetant un coup d'œil autour de lui. Il demanda à Cahalan d'entrer en liaison avec la compagnie D afin de connaître sa position exacte et de savoir si les Delta Darlings avaient trouvé un itinéraire sur l'escarpement. « Dites-leur que Red Rover veut qu'on fasse la jonction avec eux. Vaudra quand même mieux aller les rejoindre en haut que de les faire descendre ici. » Brooks s'adressa ensuite à l'OA. « A votre avis, où conduit cette route ?

— Je ne sais pas vraiment. Probable, comme vous le pensez, qu'elle continue de coller à la montagne. S'ils trimbalent du matériel lourd, ils ont dû la construire aussi régulière que possible.

— Quand on sera hors de portée, que l'artillerie démolisse tout ça derrière nous. Pour le moment, voyez s'ils ne peuvent pas arroser un peu vers l'ouest. »

A 18 h 00, Alpha se remit en marche. Garbageman marchait toujours en tête, avec deux hommes en second : Smith et Pop Randalph. Garbageman s'engagea sur la piste d'un pas craintif, scrutant en tous sens le sombre couloir dessiné par le mur d'herbes et l'escarpement. On n'y voyait pas à vingt mètres. L'homme de pointe tourna sur sa droite. Les seconds émergèrent de la jungle à trois mètres derrière lui et prirent chacun un côté de la route. Mohnsen et Jones les imitèrent, suivis par Greer et Roberts, Sklar et De Barti, El Paso et Brooks.

J'aime pas, mais alors pas du tout ça, faisait Garbageman entre ses dents. Il s'arrêta, s'accroupit, vite rejoint par les seconds. « C'est une putain d'autoroute. Ce putain de truc m'inspire pas confiance. Ça a pas de sens.

— Tu veux que je marche en tête ? » demanda Pop avec une lueur dans l'œil.

C'était l'insulte suprême, la vanne la plus sévère pour l'orgueil de Garbageman. « Naah, fit-il, je m'en sortirai.

— P't'être qu'on devrait y aller tous les deux », suggéra Pop — l'autre pouvait accepter sans perdre la face.

« C'est ça, ouais. » Garbageman saisit la perche tendue. Ils continuèrent ainsi, un homme de chaque côté de la route et un seul en second.

Le reste du PC s'engagea à la suite de la 2e section. Tous les radios avaient replié les antennes fouets qui dépassaient de leurs paquetages et les désignaient comme des cibles de choix. El Paso glissa son antenne dans sa ceinture, Cahalan dans une boutonnière, Brown roula la sienne en boucle et la casa de force dans son sac. Après le PC vinrent la 3e et la 1re section, toujours très lentement. Il fallut presque une demi-heure pour que la compagnie se retrouve au complet sur la piste de ravitaillement ennemie. La progression vers l'est se poursuivit, toujours en double colonne, et l'œil aux aguets dans l'espoir de trouver un itinéraire possible au flanc de la montagne. Des intervalles assez grands étaient maintenus entre les hommes : quand Silvers, à l'arrière, posa à son tour le pied sur la route, Alpha s'étirait sur cent vingt-cinq mètres.

Silvers, qui venait derrière Brunak, se tint un moment à l'entrée de la piste, laissant la colonne s'éloigner. Un obus tomba sept cents mètres à l'ouest : la secousse se fit sentir sur la route et l'écho remonta du sud une seconde plus tard. Silvers pressa le pas pour rejoindre la colonne. Trente mètres plus loin, il s'arrêta pour jeter un coup d'œil en arrière. Un *pop* isolé troubla l'air, on aurait dit un craquement. Silvers tomba au milieu de la route. Instantanément, tous les hommes d'Alpha plongèrent à couvert, rampant dans l'herbe, cherchant une cible. Il y eut un autre craquement. « Bravo Bravo ! » Le cri réclamant un médecin jaillit de la gorge de Brunak, dont la voix s'étranglait. Marko, Jax et Lairds coururent vers le blessé. Du côté des *boonierats* personne ne tira : pas de cible. La compagnie s'attendait à un tir de poursuite, mais rien ne vint. Marko posa sa M60 sur le corps de Silvers et la pointa sur la piste : rien. Silvers avait fléchi les genoux avant de basculer en arrière, entraîné par le poids de son sac, les jambes pliées sous lui, la tête renversée au-dessus du paquetage, les yeux révulsés contemplant la route déserte. Son casque avait roulé à quelques pas.

« Bravo ! » beugla Jax, à côté de Brunak.

Egan, Whiteboy et McCarthy surgirent en piétinant tout sur leur passage ; d'autres les suivaient, sans paquetage pour la plupart. Brunak hurlait. McCarthy s'accroupit près de lui. Le 1er groupe, mené par Egan, dépassa le cadavre de Silvers et se plaça aussitôt en dispositif de défense.

Chelini, Thomaston et le groupe de Moneski vinrent renforcer les hommes autour de Brunak. Doc Johnson courait comme un fou au milieu de la route, sa trousse dans une main et un calibre .45 dans l'autre. Il plongea dans la boue à côté de Silvers, se mit à genoux, examina le corps. Une étoile de sang maculait sa gorge. Délicatement, Doc souleva la tête de Leon. Il n'y avait plus de nuque. La balle, entrée sous le menton, avait tout arraché : vertèbres cervicales, tissu musculaire, trachée, œsophage, veines et artères. Il y avait une effrayante quantité de sang.

McCarthy s'occupait de Brunak, atteint au flanc droit. C'était grave, même si l'on ne pouvait pas dire exactement à quel degré. Brunak était secoué alternativement de crises de fou rire et de convulsions qui lui tétanisaient tout le corps ; il passait de la douleur consciente à l'hébétude. McCarthy appliqua un pansement individuel sur la plaie et injecta une dose de morphine au blessé. De sa trousse, il tira un berlingot plastique marqué « Sérum sanguin » et livré avec le nécessaire de perfusion : aiguille no 4 et canule. Il frotta le bras de Brunak, enfonça l'aiguille, sut aussitôt qu'il avait raté son coup, la retira. Le blessé grimaça. McCarthy réussit au second essai et commença la perfusion.

Sur la route, Doc Johnson ferma les yeux de Silvers. Il entoura le cou du mort d'un gros pansement pour que personne ne puisse voir l'étendue des dégâts, prit une serviette dans le sac de Leon et la lui passa comme une écharpe, ramenant les bords sur le visage blafard, puis il ramassa sa trousse et s'enfonça parmi les herbes.

Chelini, accroupi près de Thomaston, attendait ses instructions. Egan vint les rejoindre, contacta El Paso par radio, lui expliqua la situation et réclama une évasan prioritaire. Il repassa le combiné à Chelini en ajoutant sèchement : « Baisse-toi, je tiens pas à en demander une autre pour toi. »

Thomaston contacta le PC à son tour par la radio de Hoover, lequel venait de ramper jusqu'au groupe entourant Brunak. « On recule de cinquante mètres dans la jungle, annonça-t-il après sa conversation avec Brooks. C'est là qu'on fera venir l'hélico. »

Thomaston et Egan transmirent les ordres nécessaires. Tandis que les autres ouvraient une piste et commençaient de déblayer un terrain au centre de la vallée, Egan et Jax regagnèrent la route pour tirer le cadavre de Silvers, son sac et son fusil jusque dans les hautes herbes. Jax libéra le corps de son partenaire du paquetage, le souleva doucement et le porta jusqu'au terrain. « Ça va aller, Leon, mon vieux, chuchotait-il d'une voix apaisante, t'as plus à t'en faire, tu vas pouvoir oublier cet endroit. » Chelini suivait avec le sac trempé de sang ; Lairds se chargea du fusil et du casque. Le 2e groupe s'était déjà disposé en sûreté immédiate autour du terrain où McCarthy veillait Brunak ; la 3e section ne tarda pas à venir les renforcer, tandis que le PC et la 2e section patrouillaient le périmètre, poussant jusqu'à cent mètres du point choisi pour l'évacuation du blessé.

Egan interpella Chelini : « Dis, t'as besoin d'une bonne camelote ?

— Quel genre ?

— Tiens ! » Egan lui lança un bidon d'un demi-litre pêché dans le sac de Silvers.

Chelini examina l'objet, mais alla lui aussi jeter un coup d'œil au sac. Attachée au-dessus, couverte de sang mais intacte, il y avait une outre pouvant contenir plus d'un litre : une simple vessie de plastique à double enveloppe protectrice, revêtue d'un sac nylon, le tout fermé par un goulot et un bouchon de bidon ordinaire. Moins encombrantes que les bidons, ces outres pouvaient aussi servir d'oreillers de fortune. Elles étaient disponibles en quantité très limitée. « Je veux bien ça, dit Chelini.

— Tu l'as, fit Egan.

— Et sa baïonnette.

— Sers-toi. »

Numbnuts attendit le départ des deux hommes pour venir à son tour fourrager dans le paquetage, raflant toutes les rations qui n'étaient pas marquées « jambon et haricots ». Denhardt, de son côté, explora le sac de Brunak.

La nuit tombait déjà quand l'hélicoptère d'évacuation sanitaire repéra enfin la compagnie A. L'épais brouillard rendait impossible le balisage fumigène, et il ne faisait pas encore assez sombre pour utiliser les minifeux à éclats. L'appareil eut même du mal à trouver la bonne vallée, car le brouillard, auquel s'ajoutait la pluie, recouvrait tout le nord de l'I Corps. Le pilote dut d'abord situer la base Barnett, puis suivre un axe de vol à 268° ouest.

Chelini guidait l'approche à l'oreille. « Vous nous survolez à deux cents mètres sierra... vous approchez... vous êtes sur nous... maintenant. »

L'hélicoptère effectua une demi-douzaine de passages, d'abord si haut qu'il demeurait invisible, puis de plus en plus bas, en cercles plus étroits, pour finir en vol stationnaire à quinze mètres au-dessus de la position. Du sol, Chelini distingua le chef d'équipage debout sur le patin de gauche, le toubib sur celui de droite. D'énormes croix rouges étaient peintes sur le ventre et les flancs de l'appareil. Le souffle des rotors rabattait la pluie en rafales d'épingles sur les visages levés. On entendait sans les voir les appareils escorteurs à quelque distance. Du côté droit de l'hélico, un bras métallique d'un mètre émergea de la cabine centrale et laissa filer un petit objet en forme de torpille au bout d'un câble d'acier. La torpille fut au sol en quelques secondes. Johnson, McCarthy, Thomaston et Jax commencèrent aussitôt à déplier l'objet.

« Qu'est-ce que c'est que ce truc ? interrogea Chelini.

— Dispositif de sauvetage en brousse », fit Egan.

Les quatre hommes soulevèrent Brunak et l'installèrent dans ce qui se révéla être une sorte de grappin de portage triple, un siège en forme d'ancre. Ils calèrent ses affaires devant lui et Thomaston agita ses bras, pouces levés, pour donner le signal à l'équipage. Le treuil se mit en marche et Brunak s'éleva dans les airs avec un léger balancement, jusqu'à ce que le médecin penché hors de la cabine l'attire à lui. L'hélico prit de la hauteur, effectua un passage et revint au même point, où l'opération fut répétée pour le corps de Silvers et son équipement. Cette fois, l'hélicoptère s'éloigna pour de bon. Il ne restait aucune trace du mort ni du blessé, à l'exception du sang mêlé de tissu cervical sur la piste ennemie et de la tache rouge sur l'outre de Chelini.

CHAPITRE 24

L'insectifuge servait aussi contre les sangsues. Les *boonierats* en avaient toujours plusieurs flacons sur eux, mais à 23 h 00, toute la compagnie était à court. Leur position de cette nuit-là fut baptisée plus tard le Récif aux Sangsues ; la nuit elle-même devint l'Abomination des Suceurs de sang — et ils ne faisaient pas seulement allusion aux sangsues.

L'évasan achevée, Alpha repris sa progression en colonne sur la piste. Il faisait presque noir. Brooks envisageait un bon rapide de deux cents mètres vers l'est, espérant toujours trouver un moyen d'accès à la crête nord. La tension grandissait parmi les hommes. Chaque regard, à chaque pas, fouillait en tous sens les parois végétales. A l'arrière-garde, Marko, Jax, Egan et Chelini marchaient à reculons. Le groupe de Whiteboy les suivait à cinquante mètres : ils s'étaient laissé distancer dans l'espoir de surprendre d'éventuels tireurs isolés qui auraient allumé l'arrière de la colonne.

Les voltigeurs de pointe progressaient en quinconce avec chacun un bout de piste à surveiller. Des signes d'activité ennemie étaient partout décelables en bord de route et dans la végétation. Des empreintes moulées dans la terre boueuse se remplissaient d'eau de pluie à l'approche de la colonne, et, à deux points d'où partaient de petites pistes secondaires, Pop fut certain d'avoir vu bouger les hautes herbes sans que le vent y fût pour quelque chose. Mais il n'aperçut rien d'autre. Aux embranchements, les tirailleurs se mettaient en flanc-garde, M16 ou M60 pointés sur les sentiers adjacents. Toutes les armes restaient sur automatique, contrairement à la procédure normale sur un sol peu sûr : l'index sur la détente et le pouce sur le sélecteur en position sûreté, on pouvait actionner les deux simultanément, sans perdre de temps. Mais un accord tacite s'était fait entre tous les hommes de la compagnie au moment où la progression fut lancée — le seul fait de reprendre la route témoignait assez de la confiance qu'ils plaçaient en Brooks ; celui-ci en était conscient, et aussi de leur loyauté. Il serra les dents et se répéta qu'il n'y avait pas d'autre solution. Mohnsen jeta un regard de conspirateur à Smith et mit son sélecteur sur automatique ; Smith fit de même avec Jones,

Jones avec Garbageman. A l'arrière, Egan passa le signal à Chelini ; au centre, ce fut El Paso, puis l'OA, puis le lieutenant ; signes de tête, coups d'œil et déclics se multiplièrent au long de la colonne. Toutes les armes étaient à présent pointées vers les abords de la route.

La pluie avait diminué jusqu'à n'être plus qu'une mince brouillasse ; la température chuta encore, de la simple fraîcheur au grand froid. La Cordillère annamitique pouvait connaître de telles températures pendant la saison de pluies : à peine 2 degrés, parfois, et souvent moins de 7 degrés la nuit. Mais au mois d'août, le thermomètre descendait rarement au-dessous de 12 degrés. Les *boonierats* n'étaient pas équipés pour le froid. Glacés jusqu'à l'os, ils claquaient des dents, et leur présence sur cette route à la tombée de la nuit avait de quoi augmenter leur tremblement. Ils ne pouvaient plus se fier à leurs yeux : des ombres changeantes jouaient sur la végétation, surgissaient à la périphérie de leur vision, disparaissaient au deuxième coup d'œil.

Brooks encourageait l'élément de tête par radio : « Continuez, trouvez-moi un passage sur cet escarpement. »

Mais il n'y avait rien. La muraille se dressait à la verticale sur leur gauche, sans le moindre goulet, sans la moindre brèche. Quand la visibilité fut presque nulle, Brooks donna l'ordre de halte. Le groupe de Whiteboy rejoignit la colonne, qui resserra ses rangs, réduisant les intervalles de trois à un mètre. Au commandement, les hommes pivotèrent à 90° et se glissèrent en vague silencieuse jusqu'à une centaine de mètres dans la jungle. Là, ils formèrent un périmètre plus ou moins ovale et commencèrent à se répartir les tours de garde. Les sangsues passèrent aussitôt à l'attaque.

Le PC formait un noyau dur au centre de la position. « Ne creusez pas, chuchota Brooks à El Paso. Ni bruit, ni mouvement, ni lumière. Faites passer le mot. On va se planquer ici. Je ne veux pas entendre un seul coup de pelle. » Puis il ajouta en confidence : « A chaque fois, j'ai l'impression d'être en train de creuser ma tombe. »

Derrière lui, l'observateur avancé et Brown, dissimulés sous deux ponchos, étudiaient la carte à la lueur d'une torche électrique afin de choisir des objectifs pour l'artillerie d'appui. Cette nuit, se dit l'OA, je vais leur faire arroser toute cette route. Il appela le poste central de tir de Barnett et communiqua une longue liste de coordonnées : d'abord des objectifs repérés pour Alpha, puis divers points sur la route. Il discuta des objectifs avec le commandant d'artillerie : sans pouvoir observer les impacts, il serait difficile d'évaluer l'efficacité des tirs, et même de savoir s'ils touchaient leur cible. Cinq mètres trop au nord, les salves atteindraient la paroi rocheuse, au risque de provoquer des éboulements sur la route. Cela ne leur serait pas d'un grand secours.

L'ANV récupérerait la pierraille et la terre boueuse pour améliorer le renforcement de la chaussée. Cinq mètres trop au sud, les coups se perdraient dans la jungle sans affecter la piste. Seuls les coups directs au milieu de la route ralentiraient l'ANV. Les cratères se rempliraient d'eau, les frontières diminueraient la traficabilité de la piste. Avec un peu de chance, l'artillerie ferait sauter le « toit » du passage, exposant la route aux attaques aériennes. L'OA décrivit la piste en détail, ainsi que l'escarpement. Le commandant de batterie lui demanda d'attendre un instant. Il consulta le centre opérationnel avancé sur la base, puis le principal centre d'opérations tactiques à Camp Evans, et rappela l'OA. Peut-être dirigerait-on un tir de harcèlement et d'interdiction sur la route, plus tard. Depuis Barnett, il ne voyait pas la possibilité d'une action de feux efficace : ses pièces se trouvaient au nord de l'escarpement, et la route était protégée. Peut-être les 8-pouces de la base Bastogne, loin au sud, pourraient-ils, s'ils n'avaient pas de mission prioritaire et s'ils disposaient du temps nécessaire, lâcher quelques salves dans le voisinage de la piste. Il n'avait rien de mieux à lui offrir.

Chelini et Egan se glissèrent jusqu'au PC en vue de la réunion.

« Vous n'avez pas un peu de lotion antimoustique en rab, sergent ? demanda Brooks.

— Merde, soupira Egan, qui en avait aspergé son treillis jusqu'à la dernière goutte, j'espérais qu'il vous en resterait un peu. Ces saloperies me bouffent littéralement.

— Doc en avait une dans l'oreille, dit El Paso d'un ton neutre.

— Et Numbnuts, une dans le cul, gloussa Chelini.

— Elle a dû pousser son cerveau pour se faire de la place », renchérit Brown.

Ils blaguèrent encore un moment à voix basse tout en resserrant le cercle autour de Brooks. Ils étaient treize : les sept du PC, Egan, Chelini et Jax de la 1re section, De Barti et Garbageman de la 2e, Caldwell de la 3e. Chacun avait passé son poncho par-dessus la doublure et le tenait étroitement serré : la doublure protégeait du froid, le poncho des sangsues. S'il avait fait assez clair, on aurait pu les confondre avec un tas de sacs-poubelles au milieu d'une décharge. Dans le noir, ils n'étaient que treize voix tremblotantes : certaines à cause du froid et de l'humidité, d'autres à la pensée du contact visqueux des légions de bestioles qu'ils devinaient, rampant toujours plus près.

Pouvoir fumer un clope, soupira Egan... fumer et brûler ces saloperies, les regarder se tortiller. Putain de nuit. Putains de consignes. Pas de lumière. La plupart de ces connards n'ont pas une seule cigarette sèche. Combien de fois faut-il leur répéter de garder leurs clopes dans les boîtes de munitions ?

Jax se lamentait : « Elles m'ont bien bouffé, ces ordures. Sur la joue, chlac ! Ça, elles se régalent, ce soir. Par ici, les mecs, y a de la bonne bouffe. »

Brooks le fit taire et demanda le rapport de Cahalan. Le radio se lança dans les détails de l'action menée par la compagnie B sur ce qu'ils appelaient maintenant la Crête du Retour. Il passa ensuite à l'accrochage de la section reco, rendit compte des activités US/ARVN autour du Khe Ta Laou, d'après les renseignements obtenus en questionnant les radios du centre d'opérations tactiques. Il récapitula la journée d'Alpha, conclut dans les règles par une section « Enseignements à tirer » qui s'appuyait sur des discussions de Brooks avec l'OA, Thomaston et d'autres sur le franchissement du fleuve, la mort de Silvers et la façon dont on aurait pu l'éviter, les modifications de dispositif apportées par la 1re section à la sûreté arrière pour le deuxième bond sur la piste.

La réalité de la mort de Silvers commençait seulement à frapper Chelini. Il était resté en état de choc, fonctionnant parfaitement, mais sans comprendre la signification de ce qui se passait autour de lui — une excellente réaction pour un soldat, et il en éprouvait quelque satisfaction au milieu de son accablement. A présent, dans la nuit calme, il pouvait réfléchir. Qu'est-ce que j'ai foutu de cette adresse qu'il m'a donnée ? Je devais faire parvenir des trucs à quelqu'un. Quels trucs ? Ils ont tout emporté avec son corps. Chelini songea à la façon dont il était mort. Il avait du mal à penser à la mort. Les mots, les concepts lui manquaient. Son éducation religieuse, puis les cours de biologie lui avaient fourni des modèles théoriques, mais il avait rejeté la première, et, ce soir, les seconds semblaient insuffisants. Il porta la main à son mollet droit et sentit la nouvelle baïonnette. Ça lui fit du bien. Comme Egan, songea-t-il en souriant. Autour de lui, on continuait de bavarder.

« Hé ! Doc ! chuchota Brown.

— Ouais ?

— Dis donc, le lieutenant Caldwell a une drôle de marque sur les fesses.

— Quoi donc ?

— J'suis pas sûr, je me demande si c'est pas du rouge à lèvres.

— Arrêtez les conneries », fit Caldwell, qui n'appréciait pas du tout.

L'aversion pour Caldwell avait gagné toute la compagnie A.

« Quand les *dinks* ont commencé à nous allumer, poursuivit Brown en riant moins fort, je l'ai vu faire un baiser d'adieu à son cul. »

Brooks étouffa un ricanement et prit la parole avec un sérieux appuyé, afin de signaler qu'on avait fini de plaisanter. « Écoutez, il y a des circonstances dans lesquelles un homme, des hommes, doivent suivre un autre homme simplement parce que celui-ci est en position d'autorité. Si vous me suiviez tous aveuglément, sans m'interroger ni me conseiller, nous serions sans doute morts. Je veux entendre votre avis. Demain, nous envoyons une section opérer la jonction avec Delta, pendant que nous continuerons de ratisser la vallée. Peut-être devra-t-on repasser sur l'autre rive.

— On va pas retourner sur cette route ? » demanda Garbageman — mais le ton de sa voix n'était pas celui d'une question.

De Barti l'appuya :

« Je crois qu'on a intérêt à pas y remettre les pieds, Ruf, en tout cas dans la mesure du possible.

— L'Homme Vert veut qu'on trouve un itinéraire sur cet escarpement et qu'on le balise, reprit Brooks. Il pourrait nous servir plus tard, et de toute façon, il faut bien qu'on puisse rallier Delta.

— C'est la merde dans ce coin, Mista' », fit Doc, écœuré. « On reste dans cette vallée, on va pourrir sur place.

— Je n'aime pas ça non plus, intervint l'OA. Le Viet de cet après-midi a pu compter les hommes de la colonne un par un. J'en suis absolument certain. Chaque mitrailleuse, chaque émetteur. Plus la peine d'essayer de faire croire qu'on est deux compagnies. Ils savent exactement à quoi s'en tenir. Ce *dink,* je peux vous dire qu'aujourd'hui, il a gagné sa Gold Star.

— Les salauds, jura Garbageman, les putains de salauds. On dirait qu'ils savent toujours où on est, ce qu'on fait. Ils vont nous tirer comme ils veulent.

— Il vont nous baiser, dit Jax. Ils vont nous laisser des signes gros comme une maison, et quand on sera bien enfoncés, ils vont fermer la trappe. Tout ça pour cette merde. Cette guerre de Blancs.

— Dis, fit calmement Egan, tu crois pas qu'on l'a assez entendue, celle-là ? »

Avant la réunion, Egan avait déjà dû séparer Marko et Jax. La mort de Silvers privait l'un de son partenaire, la blessure de Brunak privait l'autre de son servant M60. Tout de suite après le départ de l'hélico sanitaire, les deux hommes reformèrent donc un binôme. Les choses se gâchèrent quand Egan et Thomaston vinrent annoncer à Jackson qu'il était promu chef de groupe. Marko estimait que la place aurait dû lui revenir.

Un peu plus tard, installés à leur poste sur la nouvelle position de nuit, leurs armes pointées vers la jungle, ils barvardaient. « Jax, demanda Marko, t'as une nana ?

— Arrête, mec. J'en ai tant que tu veux. Des Noires, des Blanches. Elles mouillent pour moi.

— Qu'est-ce que je ne donnerais pas pour bouffer de la chatte.

— De la chatte ? » s'exclama Jax, qui avait envie de remettre Marko à sa place. « Viens pas me raconter des conneries. De la part d'un Blanc, ça veut toujours dire de la chatte blanche.

— Je m'en fous de quelle couleur elle est, du moment qu'elle est rose à l'intérieur. Je baiserais bien une garce de Noire si ça pouvait me sortir d'ici à la minute.

— Pauvre enculé de Blanc, gronda Jax. Ce que tu veux dire, c'est que t'irais même jusqu'à planter ta bite dorée dans un trou noir. Tu t'abaisserais même à ça pour pouvoir te tirer. Mais si on est là, c'est à cause de cochons de Blancs !

— Bougre de fils d'une pute noire », fit Marko en empoignant Jax par la chemise, « quand est-ce que tu vas comprendre que c'est pas l'Amérique blanche qui envoie ses esclaves nègres faire la guerre ? Je suis quoi, moi, à ton avis ? Des Blancs comme moi, il s'en tue plus souvent que des nègres. Vous autres salauds de Noirs, vous avez vendu vos âmes. Vos Frères jaunes, vous les avez largués. C'est pas la guerre des Blancs qu'on fait, négro. C'est *notre* guerre. »

Jax était prêt à le tuer. Personne ne traitait Jackson de nègre. Il suffoquait de rage et ouvrait la bouche pour hurler quand Egan vint s'interposer. Il les calma, leur parla et leur demanda de venir à la réunion du PC pour exposer leur dispute. Jax vint seul, et le rappela à Egan.

« C'est toi-même qui m'as demandé de venir.

— Réglons d'abord les problèmes immédiats, coupa Brooks. Après, on pourra toujours s'attaquer à la situation mondiale. Notre objectif final, c'est l'élévation au bord du fleuve. La butte avec le grand arbre. Et notre mission, c'est de chasser l'ANV du centre de la vallée. Ce sont ces paramètres qui doivent intervenir dans nos décisions.

— Notre objectif final, c'est de rester en vie », contra Doc, qui avait observé un silence inhabituel depuis l'évasan. Silvers n'était pas le premier mort qu'il faisait évacuer et il ne serait pas le dernier. Brunak ne serait pas le dernier blessé. Pourtant, ces deux-là l'avaient affecté plus qu'à l'ordinaire, peut-être parce qu'à part le cas Numbnuts, le 1er groupe, 1re section, comptait parmi les meilleurs qu'il eût connus. Toujours sur le qui-vive, l'œil à tout. S'ils pouvaient être descendus aussi facilement, lui-même n'en était-il pas d'autant plus vulnérable ?

Doc s'exprimait d'habitude en mêlant l'argot des Blacks de la rue et celui de l'armée. Cette fois, il prit la parole avec une éloquence presque professionnelle : « Leon Silvers est mort instantanément. Cou sectionné, ça ne traîne pas. Brunak, c'est autre chose. Il va devoir livrer un long combat, s'il s'en sort. Quand ils l'ont embarqué cet après-midi, il était en état de choc hypovotémique. Il perdait beaucoup de sang, mais ce sang ne sortait pas. Autrement dit, œdème, infiltration séreuse du tissu conjonctif. McCarthy n'avait pas enfoncé l'aiguille correctement, et le système vasculaire de Brunak se vidait. Vous me suivez ? Son cœur n'avait plus assez de sang à pomper. Il faisait de la tachycardie.

— Ça veut dire quoi ? demanda De Barti.

— Son cœur battait trop vite. Il essayait de maintenir la tension dans un système plein de trous.

— Mais il va s'en sortir, Doc ?

— J'ai appelé le CO il y a une heure. Ils ont pas de nouvelles. » Comme personne ne réagissait, Doc continua, abandonnant le jargon professionnel. « Moi, j'ai une question, une seule. Combien de pauvres fils de pute vont encore y passer d'ici qu'on l'atteigne, l' “ objectif final ” ? On a des types qui ont les pieds bousillés par la flotte, la peau pourrie par la jungle. La moitié de la compagnie a la crève, la moitié couve une pneumonie. Et pour quoi, merde ?

— On sert d'appâts pour une manœuvre, dit Jax. Ils nous envoient ici nous faire massacrer pour savoir où c'est qu'ils doivent lâcher leurs bombes. Comme ça, ils ont moins à dépenser pour les bombes, vu qu'ils ont pas besoin d'en balancer autant.

— La compagnie que je commande ne se fait pas massacrer », dit Brooks d'une voix ferme. Il commençait à en avoir assez de leurs récriminations. « Ça me fait chier de vous entendre parler comme ça, comme...

— D'accord, coupa El Paso, mais on peut discuter, non ? »

Brooks se tourna dans la direction de la voix et chercha une réplique. Personne ne disait mot. Brooks se sentit pris de court, piégé. Plus tard, il se dit qu'il aurait dû répondre quelque chose du genre : « On peut discuter, mais occupons-nous d'abord de tactique. » Sur le moment, il fut incapable de réagir. Il voulait leurs avis, mais des avis conformes au sien.

« Vous feriez peut-être mieux de penser à tuer des Viets plutôt qu'à vous dégonfler et à filer comme des lapins, dit Caldwell.

— Fait chier ! explosa Egan.

— Un instant, dit Brooks en baissant la voix. C'est un débat ouvert. El Paso a raison. On peut discuter. »

Ils ne s'en privèrent pas, parlant précipitamment, et tous sauf Caldwell, sans colère. Chacun s'en tenait à ses opinions, mais acceptait de faire quelques concessions pour un autre *boonierat*, d'écouter un autre point de vue après avoir donné le sien. Chelini se risqua à son tour : « Moi, j'aimerais tout de même qu'on me dise ce qu'on est venus foutre ici. »

El Paso intervint de manière aussi inattendue que Doc tout à l'heure — même si ce n'était pas la première fois que Chelini entendait le Chicano se lancer dans ce genre de discours savant : « Le problème, les problèmes qui se posent lorsqu'on essaie de déterminer quels facteurs historiques ont motivé notre intervention et quelle morale historique s'y exprime, sont compliqués par notre incapacité à nous resituer dans une perspective plus vaste — et aussi par le simple déroulement des événements. » Il nous sert son cours, songea Chelini. « La perspective historique se développe en profondeur, poursuivait El Paso. Mettons que ce soit un cône. Plus grand est le cône, plus large est la base. A mesure qu'on avance dans l'histoire, non seulement on saisit mieux, d'une façon linéaire, les événements d'aujourd'hui, mais on constate qu'ils sont indissolublement liés entre eux. Considérer aujourd'hui, c'est regarder le sommet du cône. Considérer les antécédents historiques, c'est regarder à l'intérieur du cône. Pour comprendre correctement aujourd'hui, il faut reculer vers la base en saisissant bien les détails, l'organisation de chaque section de cône. Mais le cône va en s'élargissant, il vient un moment où les détails connus diminuent, où on n'aperçoit plus les connexions. Le cône s'inverse et va en diminuant jusqu'à une autre pointe, qui nous ramène à une préhistoire.

— Sacré discours ! fit De Barti.

— Et ça veut dire quoi ? demanda Garbageman.

— Je vois ce que tu veux dire, fit Chelini, mais ça ne me dit toujours pas ce qu'on fait ici.

— Vous appellez ça comment ? reprit De Barti.

— Ça, répondit le Chicano en rigolant, c'est la théorie biconique de l'Histoire selon El Paso.

— Biconique ? répéta Egan. Deux cônes...

— Joints par la base, termina El Paso.

— Et alors ? fit Caldwell.

— Et alors, tout dépend jusqu'à quelle distance on veut remonter pour justifier ou pour expliquer ou pour comprendre ce qui se passe ici.

— On en a déjà pas mal discuté, dit Brooks.

— T'as entendu parler du serment d'Oxford ? demanda Egan à El Paso.

— Vers 1935 ?

— Ouais. » Egan avait espéré coincer El Paso, mais il en fut encore une fois pour ses frais. El Paso se laissait très rarement coincer.

« Eh bien, demanda Chelini, qu'est-ce que c'est ?

— Un serment, expliqua Egan. Et aussi un slogan. Un peu l'équivalent de “ Paix au Vietnam ” aujourd'hui.

— Comment ça ?

— C'était un mouvement en Angleterre, enchaîna El Paso. Vers 1935 ou 1936. Il s'agissait de jurer de ne jamais porter les armes pour le Roi ou la patrie. Les étudiants membres de l'Union d'Oxford prêtèrent ce serment. L'Union d'Oxford était un syndicat étudiant à l'échelon national. Il paraît que Hitler citait le serment d'Oxford pour rassurer son état-major quand il s'apprêtait à faire un autre pas vers la conquête mondiale. Il y voyait la preuve que les Anglais étaient pourris jusqu'à l'os, et donc que ses généraux s'inquiétaient trop des risques de telle ou telle décision.

— C'est comme ça que Hitler a pu pousser son avance sans rencontrer d'opposition. Et l'ANV joue le même jeu. Vo Nguyen Giap se sert de la contestation étudiante dans le Monde pour faire croire à ses Viets que nous sommes faibles. Et ce n'est que le point de départ. La Chine et la Russie jouent le même jeu. Peut-être qu'on est simplement là pour donner la mesure de nos forces, montrer notre détermination. Pour jouer un rôle dissuasif. Ça freine les Rouges, ça évite qu'ils nous entraînent dans l'holocauste nucléaire. Si Tricky Dick [1] laisse un paquet de nous autres ici, ça n'arrivera pas. On sert de soupape de sûreté pour la tension mondiale.

— C'est de la connerie, intervint calmement l'OA. On court plus de risques de s'entraîner nous-mêmes dans la troisième guerre mondiale en restant ici qu'en se retirant.

— Et le Moyen-Orient ? persista Egan. L'Égypte a des conseillers russkofs, des techniciens russkofs, des soldats russkofs pour servir les missiles SAM. Si on se déballonne ici, qu'est-ce qui empêchera le Kremlin d'entrer en Israël ? Là, tu fais sauter la planète. On peut pas annoncer qu'on va pas défendre nos alliés. Ça repartirait comme dans les années 30. Mao prendrait Taïwan. La Russie prendrait Berlin. Les communistes seraient partout.

— Vous autres Américains... », fit doucement Minh. Face à autant de GI's rassemblés, il ne tenait pas à se mêler à un genre de discussion qui l'indisposait toujours considérablement, mais il ne pouvait plus les laisser parler à tort et à travers sans intervenir. « Vous autres Américains, reprit-il, vous êtes aveugles. Vous ne voyez pas mon pays, ni mon peuple. Vous ne voyez que vos propres phrases. Nous avons été réduits à l'état d'enfants-esclaves ignorants sous le joug du colonialisme. Ce n'est pas avant tout du communisme que vous nous protégez. Le communisme n'est pas une menace pour nous. C'est pour

1. Richard Nixon *(N.d.T.)*.

repousser un ennemi étranger que nous avons besoin de votre soutien, et bientôt nous n'en aurons plus besoin. Mais vous n'avez pas de raison de nous craindre, si nous devenons communistes. Ce sera le communisme pour nous, pas contre vous. C'est à nous d'exercer le pouvoir sur nous-mêmes...

— Amen, approuva Jax. Le Pouvoir Vietnamien au Peuple Vietnamien. Le Pouvoir Noir au Peuple Noir.

— Et le Pouvoir Blanc au Peuple Blanc, ajouta Brown.

— Amen, fit Doc à son tour.

— Si vous considérez le monde comme deux grands blocs de pouvoir Est/Ouest avec de vastes déserts entre eux, commença El Paso, l'expansion du communisme depuis, eh bien, depuis 1917, n'est qu'un simple retour très lent du pendule du pouvoir, poussé auparavant jusqu'à l'autre extrémité par le colonialisme. Les Européens ont étendu leur empire du XVe siècle jusque vers, disons 1945. Le communisme n'est qu'un choc en retour pour beaucoup de pays qui furent jadis des colonies. S'il est fort aujourd'hui, c'est parce que le colonialisme était fort hier.

— Je ne suis pas certain de vous suivre, dit De Barti.

— Pendant l'ère coloniale, les pays d'Europe occidentale se sont efforcés d'imposer leurs religions et leurs cultures à des populations indigènes — des sauvages, comme ils appelaient tout le monde à part eux-mêmes — sur l'ensemble du globe, Amérique comprise.

— D'accord, reprit Minh, mais l'Amérique n'est pas un bon exemple de colonialisme. En Amérique l'Europe n'a pas colonisé la population indigène.

— C'est vrai », dit El Paso, dont les sentiments étaient partagés. Il ne tenait pas à discuter de l'Amérique. « Ils l'ont fait en Amérique centrale et en Amérique du Sud. En Amérique du Nord, ils ont tout bonnement exterminé les Indiens.

— C'est ce que je veux dire, répondit Minh. Vos Indiens ont été remplacés par des Euro-Américains. L'Amérique n'a jamais subi le choc culturel que représente le fait d'être colonisé.

— Très vrai », concéda El Paso, qui voulut reprendre le contrôle du débat, mais fut coupé par Brooks.

« A moins de parler des Noirs.

— Ou des Indiens, des Mexicains, des Esquimaux ou de quelque autre minorité, enchaîna aussitôt El Paso. Mais justement, ce qui se passe avec le communisme dans les ex-colonies, c'est qu'il constitue une réaction au choc culturel du colonialisme. Les Européens ont détruit des systèmes politiques indigènes, des structures familiales, des religions, des économies. Ils ont converti les cultures d'origine à la culture occidentale, en tout cas, ils ont essayé. Des systèmes de valeurs ont été complètement perturbés, et la tension énorme qui en a résulté se fait encore sentir aujourd'hui.

— Absolument, dit Minh, et votre technologie perturbe également notre culture.

— Elle perturbe aussi la nôtre, Minh, fit remarquer De Barti.

— Mais pourquoi le communisme ? demanda Egan. Il n'y a pas une seule société dans l'Histoire où le collectivisme de type marxiste soit devenu populaire. Les États communistes sont toujours des États policiers. La politique économique arrive toujours à détruire l'économie du pays. Une fois que le système est en place, personne ne l'aime. Toi, Minh, ou bien tu iras travailler dans une ferme d'État ou à l'usine, ou bien ils te tueront. C'est aussi simple que ça.

— Il faut qu'ils essaient, reprit El Paso. Sortir du colonialisme, c'est comme sortir de l'enfance, traverser l'adolescence. Il faut qu'ils fassent l'expérience afin de savoir dans quelle direction aller. Ça ne durera pas longtemps. Le communisme a un certain accent moral, si on lit les textes. Ça a l'air merveilleux. Il réclame la justice pour les exploités.

— Oui, mais en réalité il les exploite deux fois plus, dit Egan.

— Il supprime les libertés, fit Brown.

— Il tient les gens par la contrainte pour éviter de se casser la figure, ajouta Cahalan.

— Le colonialisme aussi, rétorqua El Paso.

— Ce qu'il nous faut, dit Minh, c'est un gouvernement vietnamien qui prenne ce qu'il y a de plus valable dans tous les systèmes étrangers, qui l'assimile et s'en serve pour nous aider à nous développer en tant que nation vietnamienne.

— Moi, intervint Chelini, j'aimerais tout de même qu'on réponde à ma question : Que fait-on ici ?

— On empêche les Nord-Vietnamiens d'envahir le Sud-Vietnam », répondit brutalement Caldwell. Qu'une pareille évidence échappe, non seulement au Bleu, mais aussi à Brooks et à tous les autres, le mettait en fureur. Ils n'ont pas besoin de le comprendre ou de l'analyser, pensait-il : c'est un fait. Est-ce qu'il faut leur enfoncer de force dans le crâne ? « Qu'est-ce que vous avez tous, bon sang ? " Qu'est-ce qu'on fait là ? " " Qu'est-ce qu'on veut ? " », fit-il en les singeant tous, et plus particulièrement Chelini. « On veut la cessation des combats et le retrait des forces en présence. On est prêts à négocier une solution pacifique. » Il se tourna vers Minh. « On vous soutiendra, on garantira des élections libres, on vous donnera la démocratie. Si tu veux... si ton peuple veut s'unir avec les *dinks*, ça le regarde. Nous, on est seulement là pour s'assurer que ça ne vous est pas imposé par des envahisseurs.

— La démocratie, ça ne se donne pas, fit El Paso avec une pointe de provocation, pas comme vous l'entendez. La démocratie dont vous parlez est un concept occidental. Vous essayez d'imposer un modèle américain à une culture qui y est étrangère, et vous demandez à ses membres de se battre au nom de ce modèle. C'est de la pure logique Nixon. On leur dit de se battre afin de perdre leur culture et de devenir comme vous autres Anglo-Sax.

— Vous allez prétendre qu'ils seraient mieux sous le règne de Ho Chi Minh ? »

El Paso resta silencieux.

« Allez, répondez, insista Caldwell. Laissez-moi vous dire une chose. Au tout début de notre engagement ici, le régime Ho Chi Minh ne représentait même pas 15 % de la population du Nord-Vietnam, et moins de 2 % au Sud. Ce n'était pas un représentant légitime du pays. Le gouvernement qu'on appuie ici avait autant de soutien que l'autre salaud dans le Nord. Mais il y avait deux différences principales. Le Nord était une société fermée, répressive, et Ho exerçait un contrôle aussi absolu qu'usurpé. Celui à qui ça plaisait pas, on le tuait. Ici, c'était une société ouverte, ouverte à l'extérieur, à la critique, et au jeu des oppositions entre groupes politiques. Peut-être le jeu est-il plus ou moins faussé par la corruption, mais du moins les groupes ont-ils le droit d'exister. A présent, peut-être à cause de l'aide américaine, le gouvernement d'ici bénéficie du soutien de la moitié de la population. Comment quelqu'un peut-il prétendre que ce n'est pas un gouvernement légitime ?

— Permettez-moi de vous demander, dit Minh, ce qui d'après vous a fait un Ho Chi Minh ? Ou un Hitler, ou n'importe quel dictateur ? Ho a été poussé au pouvoir parce que les Chinois et les Japonais craignaient l'Amérique. On craignait que l'Amérique ne refasse de nous une colonie française. Et qu'est-ce qui a consolidé son pouvoir, d'après vous ? Est-ce que ça n'a pas été l'aide américaine elle-même, avec sa façon d'en faire un peu trop ? Pour beaucoup de mes compatriotes, votre assistance prend des allures d'agression impérialiste. Oui, votre solution est peut-être meilleure que celle du Nord, mais elle ne peut l'être que sans vous.

— Tout ça, c'est des conneries, Minh, fit aussitôt Caldwell. Il y a une société fermée au Nord, et un gouvernement répressif. Regardez le chemin que *vous* avez parcouru. Quand Westmoreland a pris le commandement du MACV [1], les terroristes posaient régulièrement et sans difficulté des bombes en plein Saigon. Personne ne croyait aux chances d'une république dans le Sud. Nous vous avons donné du

1. Military Assistance Command in Vietnam *(N.d.T.)*.

champ pour vous développer, et c'est ce que vous avez fait. Votre gouvernement fonctionne. Vos chefs militaires sont devenus corrects. Votre pays bouge.

— Je suis obligé de me ranger à l'avis du lieutenant Caldwell », déclara Brooks, qui réussit à choquer El Paso, Doc, Jax et même Egan. Comment pouvait-on prendre le parti de Boy Asshole ? « Il a raison, insista Brooks. Nous avons donné au pays le temps de se stabiliser et de se développer.

— Vous vous faites avoir au baratin, mon lieutenant, dit Jax.

— Ça se peut, mais si ce baratin correspond à la vérité, je ne demande qu'à me faire avoir. » A cet instant, les phrases prononcées par quelqu'un d'autre revenaient hanter Brooks. Il n'y avait guère attaché d'importance sur le moment et n'y avait pas repensé depuis, mais brusquement leur sens devenait clair. « Si vous croyez à la cause pour laquelle vous combattez, avait dit le Vieux Renard sur la ZDA, vous êtes plus préparé à risquer votre vie. Vous avez plus de chances de vaincre. En vous battant mieux, vous risquez moins de mourir. Plus de risque et moins de mort. Vos hommes doivent croire à ce qu'ils font ici. »

« Jax, demanda alors Brooks, ne pensez-vous pas que nous aidons les Sud-Vietnamiens à maintenir une société libre ? Si le Nord conquiert le Sud, il y établira une société d'esclaves. Pas vrai ?

— Je suis d'accord avec le lieutenant, dit Cahalan.

— Moi aussi, fit Brown.

— Schématisation grossière, chuchota Egan de manière à n'être entendu que par Chelini.

— Vous voyez, fit Caldwell, je vous dis que j'ai raison.

— Et moi, je dis que vous n'êtes qu'un trou du cul, jeta Egan.

— Vous feriez bien de vous rappeler vos manières, soldat.

— Dans le cul d'une sangsue !

— Ça suffit ! » ordonna Brooks. Mais Egan était lancé.

« Comment ça se fait que Boy Asshole marche jamais en tête ?

— Ni en second ? renchérit Garbageman. Thomaston, De Barti, le lieut, ils prennent tous leur tour. »

Brooks fit taire tout le monde. « Nous n'irons pas plus loin dans cette discussion, messieurs.

— Mais je voudrais dire une chose, reprit Egan en changeant de ton. Vous vous rappelez la première piste ennemie, ce matin ? Je parie qu'elle menait à une entrée à la base de la colline où était la Mine de Whiteboy. Si ça se trouve, ils ont un réseau de galeries à travers toutes ces collines, et on s'en tire mieux ici en bas, planqués dans l'herbe. S'il y avait pas les sangsues, ce serait pas si mal. Je pensais aussi à Ridgefield et à notre bon juif de service. Ridgefield...

— Comment fais-tu pour être aussi taré ? coupa brutalement Chelini. Un salaud de ton calibre, ça devient irréel.

— Ça chie pas, rigola Egan. De toute façon, c'est des discussions d'école. Ici, y a que nous et les *dinks*, et nulle part où aller.

— Ce bon juif de service était un de mes amis, figure-toi. »

Chelini toucha la baïonnette de Silvers contre sa jambe et se sentit coupable.

« Parce que tu t'imagines que c'était pas un des miens ? répliqua sèchement Egan. Pauvre bleu-bite.

— Arrêtez, dit Brooks. On ne fait pas ces réunions pour s'insulter.

— Je m'excuse, dit Chelini.

— Ouais. Moi aussi, fit Egan.

— Bien. Ce sera tout », annonça Brooks.

La réunion s'acheva rapidement et les hommes des diverses sections regagnèrent leurs positions. Doc et El Paso accompagnèrent Jax, Egan et Chelini jusqu'à l'emplacement de la 1re section. Brooks resta à se demander s'il n'était pas en train de perdre sa capacité à commander la compagnie.

« Ce fils d'une pute blanche Nixon », déclara Jax quand ils furent installés, « c'est un fléau pour toute l'humanité. Il est rusé, ce con, c'est un mariole. Y se fait du fric sur notre dos. Et sur le dos d'Israël. Ce pays tombe, c'est comme si tu leur cousais les poches. Moi, j'dis sauvez notre sang à nous. Ça lui sert à quoi, à ma vieille, si je me fais démolir dans ce trou, pour l'ARVN ou pour un juif — et que le pauvre Leon repose en paix, croyez-moi. On a des Frères et des Sœurs en taule. En taule dans le Monde, les mecs. J'préfère me faire sortir les tripes en attaquant la taule où ils gardent Bobby Seale enchaîné que pour une putain de vallée dont personne a que foutre.

— Amen, mon frère », dit El Paso. Ils étaient tous très calmes, à présent. « Les marches pour la paix, pourquoi pas. Tout le monde qui défile et qui s'envoie ses petits signes. Mais c'est pas là que ça se passe.

— Vrai, fit Jax, tout est pourri jusqu'à l'os. Faut qu'on y aille carrément, faut foutre en l'air le gouvernement.

— Les Noirs, ça fait des siècles qu'ils connaissent l'ennemi, ajouta Doc de sa voix grave. Vous autres Blancs, vous commencez tout juste à piger.

— Y nous pompent notre sang, reprit Jax, c'est eux les vrais vampires.

— Amen, soupira El Paso.

— Ces salauds de juifs, fit Doc, ils possèdent la moitié de Harlem. Ils bouclent mes frères et mes sœurs dans le ghetto. Ils nous lâchent les flics au cul, ils nous écrasent. Ils raflent tout le pognon dans nos quartiers, comme ça nos écoles sont toujours mauvaises, on peut pas s'instruire et se tirer. C'est de l'ingérence, ça. Le Peuple Noir, faut qu'il ait le Pouvoir Noir. Faut qu'on dirige nos écoles. Faut qu'on ait nos médecins, nos flics, nos juges. Vous comprenez ce que je raconte ?

— Te laisse pas avoir au baratin, dit Egan. Ils font pareil dans les quartiers blancs. Un porc, c'est toujours un porc. »

La conversation se poursuivit dans la nuit et le froid. Les sangsues grimpaient sous leurs pantalons, se glissaient sous leurs chemises. Egan fut tiré d'un demi-sommeil par le contact visqueux sur ses lèvres. Il jura, secoua la tête et cracha au moment où la bestiole lui tombait dans la bouche. De temps à autre, chaque homme palpait tout son corps, et en particulier les parties génitales, à la recherche des petites horreurs, qu'ils écrasaient entre le pouce et l'index lorsqu'elles rampaient encore. Pour celles qui s'étaient déjà fixées à la peau, il ne restait plus d'insectifuge, et les hommes qui avaient encore quelques cigarettes sèches n'osaient pas prendre le risque de les allumer : il fallait creuser avec l'ongle dans sa propre chair et extirper l'animal. La tête restait généralement enfouie et la plaie commençait à brûler.

« Tu connais cette affiche, demanda Chelini à El Paso, celle qui dit : ET SI QUELQU'UN DONNAIT UNE GUERRE ET QUE PERSONNE NE VIENNE ? Si on venait pas et que l'ANV ne vienne pas non plus ? Il n'y aurait personne à tuer. »

El Paso sourit dans l'obscurité. Le Bleu ne comprenait pas. Peut-être même était-il en train de régresser. Il lui faudrait un bon bout de temps pour se dégager aussi bien de la masse de slogans des campus que de la propagande gouvernementale. Aucun des deux ne détenait la réponse.

« Et si on donnait une guerre et qu'un seul des deux camps se pointe ? demanda-t-il.

— Quoi ?

— C'est déjà arrivé, tu sais », poursuivit El Paso. Les cinq hommes étaient roulés dans leurs ponchos comme autant d'*enchiladas* et se parlaient au creux de l'oreille. « C'est arrivé en Russie sous Staline et en Chine sous Mao. Ça s'appelle une purge.

— Allez, tu sais très bien ce que je veux dire.

— Oui, mais c'est dangereux de parler par slogans comme tu le fais. » El Paso se sentait l'envie de bavarder. « Ça te dirait d'en entendre un peu plus sur l'histoire du Vietnam ?

— Oui. J'ai envie de tout savoir.

— Juste un petit bout, ça ira. Après ça, on passera la radio à Egan et on ira pioncer un peu. Peut-être bien que t'aimerais en savoir plus long sur Nguyen Ai Quoc, le vrai nom de Ho Chi Minh ? Lui aussi, il a mené une de ces guerres où un seul des deux camps s'est pointé. De quoi tu veux que je te parle ? De l'exploitation, peut-être ? De la représentation ?

— De tout. » La voix d'El Paso avait un effet apaisant — dès que le silence revenait un instant, Chelini revoyait Silvers.

« Bon, écoute : tu savais qu'Oncle Ho avait fait mettre à mort beaucoup de ses opposants quand il est arrivé au pouvoir, dans les années 40 ? Il a dit un jour : “ Tous ceux qui ne suivront pas la voie que j'ai tracée seront brisés. ” En 45 et 46, il a éliminé les nationalistes anticommunistes du Dai-Viet [1] et les catholiques, il a lancé le Vietminh au sud. A l'époque, Diem était un leader nationaliste populaire. L'Oncle Ho a tenté de le faire assassiner. Il n'a pas réussi, mais il a fait liquider Ta Tu Thau, qui était chef d'une faction communiste rivale. Le Vietminh a failli se rendre maître du Sud à ce moment-là, mais il a été arrêté par les Anglais.

— Les Anglais ?

— Ah ! tu savais pas qu'ils avaient magouillé dans le coin ?

— Non.

— C'était juste après la Seconde Guerre mondiale. Les Japonais occupaient le Vietnam pendant la guerre. Écrasés en Europe par les Allemands, ici les Français perdaient leurs colonies. Après la défaite japonaise, l'Angleterre et l'Amérique ont essayé de ramener de force le Vietnam au sein de l'Empire français. Boy Asshole se gourait pas complètement, et, bien sûr, Minh est un petit futé. Les troupes britanniques ici, c'était des Indiens pour la plupart, encadrés par des officiers anglais. Tout ça se passait au moment où l'Angleterre et les États-Unis venaient d'élaborer la Charte atlantique et proclamaient les principes d'égalité et d'indépendance pour toutes les colonies d'avant-guerre. Les Anglais ont lâché le Vietnam par sympathie pour les Français vaincus, mais aussi pour le fric.

— Pourquoi t'as pas parlé de tout ça à la réunion ?

— Bah, t'as beau répéter quelque chose à un mec, il le croira pas s'il est pas déjà convaincu. *Es verdad.* Notre première bourde ici a été de soutenir les Français, et c'est à Roosevelt qu'on le doit. FDR s'est pas contenté d'approuver les Français, il leur a vendu pour cent soixante millions de dollars de matériel militaire. Truman a pris le relais, Eisenhower a envoyé les conseillers et Kennedy les premières troupes. Les Américains ont toujours un président de retard. C'est pas Johnson qui a démarré l'intervention militaire, il a fait que poursuivre l'escalade.

— Minute, FDR est pas mort avant la fin de la guerre ?

1. Ancien nom du Vietnam *(N.d.T.)*.

— Si, mais il s'était déjà engagé. Tricky Dick a hérité de tout le merdier. A présent, il renverse la vapeur, il est en train de retirer tout le monde, et les gens croient qu'on est toujours en train de continuer l'escalade.

— C'est un trou du cul.

— Oui, mais ils le sont tous. Tu connais un politicien à qui tu peux faire confiance ?

— J'en sais rien. Alors, et la vietnamisation de Nixon, la pacification, la conférence de Paris ?

— Ça fait un moment que ça dure. Faut savoir que les Vietnamiens sont très aimables, très polis, et qu'ils aiment la guerre. Pas possible autrement. Ils font la guerre non-stop depuis deux mille ans. Boucle deux gentils papa-sans ensemble pendant vingt-quatre heures et t'en as un qui ressort vainqueur.

— Elle est bonne, celle-là ! s'esclaffa Chelini. Deux papa-sans...

— “ Pacification ”, c'est un mot français qui remonte au milieu du XIXe siècle. Les Français voulaient adoucir les indigènes pour des “ raisons humanitaires ”. Pour qu'ils acceptent paisiblement la domination française. Avec Dien Bien Phu, on a vu ce que cent ans de pacification avaient rapporté aux Français. L'Américain qui a repris ce mot était un imbécile. C'était une insulte à tous les Vietnamiens. » El Paso cracha par terre, Chelini le sentit bouger. « On a enlevé les paysans à leurs rizières pour les coller dans des camps sur la côte. Et alors ? *¡ Estupido !* Pacification, c'est un terme pour les journaux et les rapports officiels. Les seules sympathies qu'on y gagne sont celles des profiteurs de guerre.

— Merde alors, tu devrais parler de tout ça. Écrire au Président, pourquoi pas ?

— Personne écoute. Tu peux toujours t'époumoner à répéter un truc, personne te croira à moins d'être déjà disposé à te croire. La pacification a commencé dans le but de protéger les missionnaires français. L'empereur Tu Duc essayait d'empêcher la pénétration de l'impérialisme occidental au Vietnam et il a trucidé quelques missionnaires. Moi, je me dis qu'à un moment ou à un autre, tout le monde a envie de se payer un curé.

« Encore un parallèle. Savais-tu que si les Français voulaient le Vietnam, c'était pour que les Anglais l'aient pas ? C'était ça, le jeu de la colonisation. Comme de dire aujourd'hui : “ Pour que le pays devienne pas communiste. ” Un raisonnement de crétin. Les choses ont pas tellement changé, mais on a de nouveaux noms à mettre dessus.

— Où t'as appris tout ça ?

— C'est tout dans les livres d'histoire. J'ai pas l'exclusivité. Tu veux que je te parle des négociations ?

— J'aimerais bien, oui.

— Ça va encore être pareil. En 1862, les Français ont conclu un traité avec Tu Duc. En échange du soutien des Français, l'empereur leur concédait Saigon. Le peuple haïssait les Français et il haïssait Tu Duc. Tu Duc voulait exterminer les catholiques, et les Français ont dit d'accord, du moment qu'on garde Saigon. Le peuple a eu recours à la guérilla pour combattre sur les deux fronts. Pour lui, le traité était sans valeur. Pendant les quatre années suivantes, les Français ont réduit toute résistance dans le Sud. Les Vietnamiens enrageaient d'avoir perdu Saigon par la " négociation ". Une nuit, d'après la légende, Tu Duc a senti un vent mauvais, alors il a renégocié avec Napoléon III un retour de la Cochinchine, le tiers sud du pays. En échange, il ouvrait l'ensemble du pays aux Français, acceptait de devenir leur vassal, acceptait le protectorat français. Les Vietnamiens se sont retournés contre l'empereur, le commerce français a connu des difficultés. Les hommes d'affaires râlaient parce que Napoléon III ne se lançait pas carrément dans la conquête, et Napoléon III a dénoncé le traité. Les traités, ça veut rien dire. Si on en signe un demain, ça n'arrêtera pas la guerre.

— Les Français ont été moches à ce point ?

— Ouais », intervint Egan. Il venait de se relever et s'examinait, cherchant des sangsues. Il en avait une sur la paupière droite. Il la prit entre le pouce et l'index, puis pinça violemment. La bête éclata, un sang baveux coula sur la joue du rouquin. « Les salauds de Français ont affamé les paysans, poursuivit-il.

— Qu'est-ce que tu fous ? demanda El Paso.

— J'ai une putain de sangsue dans l'œil.

— Réveille Doc.

— Bah, ça chie pas. »

Mais Doc s'était redressé et examinait délicatement la paupière d'Egan. « Des vampires, Mista'. Y a que ça dans le monde. Colle-toi sous ton poncho et laisse-moi regarder ça avec une lampe.

— Et comment les Français s'y prenaient-ils pour affamer les paysans ? demanda Chelini.

— Par exemple, ils leurs faisaient construire des voies ferrées au lieu de les laisser cultiver le riz. La famine faisait des ravages parce qu'ils étaient trop nombreux sur les voies ferrées et pas assez dans les rizières. Vingt-cinq mille sont morts de faim.

— Laissez-moi vous poser une question », fit Egan qui émergea de sous son poncho, l'examen terminé. Si vous vous étiez trouvés là, à l'époque, et que vous ayez eu la possibilité de tuer le salaud qui faisait construire ces voies ferrées...

— Doumer, dit El Paso.

— OK, si vous aviez pu tuer Doumer pour sauver ces vingt-cinq mille paysans de la mort, est-ce que vous l'auriez fait ? » Personne ne répondit. Egan insista. « Alors ? Est-ce qu'il aurait fallu le faire ? Le juif me posait toujours cette question-là. Il disait : Aurait-on été dans notre droit en tuant Hitler en 1937 ou 38, en empêchant du coup la Seconde Guerre mondiale ? En empêchant le massacre de six millions de juifs ? Ou de vingt-cinq millions de Russes ? Peut-être de cinquante millions de personnes au total ? Moi, je ne suis pas venu ici pour tuer, je suis venu pour empêcher qu'on tue. Et vous aussi. Comment aurait-on pu refuser ? C'est en se cachant la tête dans le sable que les gens ont permis le massacre de ces cinquante millions en six ans. El Paso, Doc, Jax — t'es réveillé ?

— Je t'écoute.

— Le Bleu aussi, vous êtes venus pour sauver, pas pour détruire. Vos consciences sont nettes. Ce sont les vampires de la politique qui nous ont baisés. Moi, vous, nous tous, ils nous ont baisés. »

Au PC, allongé entre Cahalan et Brown, Brooks grelottait tout de même de froid. Il flottait dans cet état intermédiaire entre la veille et le sommeil où l'on peut encore vaguement orienter ses rêves. Il tombait dans un puits noir où il finit par distinguer au bout d'un moment des taches de couleurs douces, l'arôme des fleurs hawaiiennes, le chaud contact de Lila. Ces premiers instants de retrouvailles filèrent à nouveau devant ses yeux. Le début de sa permission fut magique, mais la magie se dissipa au cours des jours suivants. La fêlure entre Lila et lui augmenta insensiblement, à coups d'incidents minuscules et de sous-entendus qui creusaient toujours un peu plus le vide entre eux.

Ils venaient de faire l'amour pour la énième fois. Rufus, allongé, détendu, savourait ce moment de paix. Il entendit la voix de Lila : « Ça va être merveilleux, Rufus. C'est déjà merveilleux maintenant. »

Il se sentait nerveux à l'idée de revoir Lila après tout ce temps, mais il ne lui était pas venu à l'esprit qu'elle pourrait éprouver la même nervosité. Il n'y avait pas réfléchi sous cet angle. « Oui, c'est merveilleux, dit-il.

— Sortons. Il ne faut pas perdre de temps, d'accord ?

— D'accord. » La beauté, la jeunesse de Lila, étaient éblouissantes. Il lui sourit.

« C'est que du temps, poursuivit-elle, on va en manquer pour toutes les choses que je voudrais voir. Je le sens. Allons manger, et puis allons sur la plage. On est là depuis bientôt six heures et on ne l'a pas encore vue. »

Rufus voulut d'abord se laver. Il avait déjà pris trois douches en venant, une froide à Camp Eagle, une chaude à Da Nang, et encore une autre à Tan Son Nhut, mais il ne se sentait toujours pas propre. Des mois de crasse accumulée dans la jungle n'allaient pas partir sous l'eau en quelques minutes. Il se doucha avec Lila et resta encore à se laver quand elle fut allée s'habiller. Il passa cinq bonnes minutes à se frotter les testicules, dix à se frotter les pieds ; il gratta un peu partout des peaux mortes avec ses ongles. Allez, viens, marmonnait Lila, on n'a pas une éternité.

Lila avait coiffé ses cheveux d'un turban et passé une robe africaine aux couleurs vives qui lui laissait les épaules nues. Un fard à paupières bleu outremer soulignait le vert de ses yeux et un trait de crayon relevait ses sourcils. Elle était splendide. « Oh ! Rufus ! dit-elle alors qu'il émergeait de la salle de bains, tu ne vas pas remettre ton uniforme ?

— Je n'en ai pas honte. » Le ton de sa réponse n'avait rien d'agressif.

« Tu es bête. Je pensais simplement que... il n'y a que des civils, ici.

— D'accord. » Il sourit, mais se sentit blessé. Une toute petite brèche dans sa fierté.

« Viens ici, idiot », dit-elle en souriant, quand il eut passé les vêtements qu'elle avait achetés pour lui. Ils s'embrassèrent. Elle lui ébouriffa les cheveux.

Pourquoi fais-tu ça ? se demanda-t-il. Mes cheveux courts me trahissent ? Ça te gêne ?

Le premier soir, au terme de leur marathon amoureux, ils dînèrent dans un restaurant très chic.

Quel spectacle, tous ces salauds de riches en train de picorer en faisant des manières, se dit-il en observant les dîneurs d'un air dégoûté. Merde, même elle fait pareil. Il n'osa pas dire ce qu'il pensait, mais son irritation grandit.

« Je me demande ce que les mecs sont en train de manger ce soir, fit-il en enfournant, presque sans le mastiquer, un gros morceau de viande juteuse.

— Mon poisson est délicieux, dit-elle. Et la sauce... un régal. Ton steak est bon ?

— Ça va. » Il lui fit un clin d'œil et ajouta avec une pointe de fierté : « Entre nous, on s'appelle des *boonierats.*

— Des *quoi ?* » Le nom la fit rire.

« Des *boonierats,* répéta-t-il en se disant que le nom paraissait peut-être ridicule.

— Qu'est-ce que ça désigne ?

— Les fantassins, tout simplement. Les biffins.

— Les biffins ?

— Enfin, c'est plus que ça. Les Marines sont des biffins, ou les gars de la Big Red One [1]. Nous, on est des *boonierats.* On *vit* dans les *boonies,* on ne fait pas qu'y passer. La jungle, c'est chez nous.

— Ne parlons pas du Vietnam pour le moment, dit Lila. Parlons plutôt de Hawaii, de nous. »

Pour le moment, je ne suis rien d'autre que le Vietnam, pensa-t-il avant de lancer, avec une gaieté un peu forcée : « Et si on commandait une bouteille de champagne ? Une putain de bouteille, voilà ce qu'il me faut ! » C'était venu si naturellement qu'il lui fallut saisir le coup d'œil réprobateur du serveur et la mine choquée de Lila pour mesurer son manquement aux bonnes manières de mise dans cet endroit. Eh bien, je les emmerde, se dit-il, écœuré.

Après dîner, ils voulurent prendre un taxi. Au bout de trois tentatives infructueuses, le portier furieux arrêta une voiture de force. Il y avait foule dans les rues autour du restaurant. Quelqu'un bouscula Rufus, qui se retourna et repoussa brutalement le gêneur en criant : « Tu peux pas faire gaffe, connard ? »

L'homme, un vieil Oriental, s'excusa avec une courbette et s'éloigna rapidement. Des gens les regardaient. Rufus respira un grand coup. Il sentait la sourde hostilité que Hawaii réserve aux Noirs — ou est-ce simplement parce qu'ils ont deviné un soldat ? se demanda-t-il.

Dans le taxi, Lila bouillait de colère. « Tu avais vraiment besoin de faire une scène ?

— Qu'ils aillent se faire foutre ! Ils sont tous bidon. Ils n'ont pas la moindre idée de ce qui se passe.

— Je t'en prie, ne parle pas comme ça, dit sèchement Lila.

— Cette bande d'enfoirés ne sait même pas qu'il y a une guerre. Tous aussi cons qu'ils sont friqués.

— Rufus !

— Ne t'y mets pas aussi ! »

Ils se firent conduire à une plage tranquille et marchèrent en silence. Le clair de lune était superbe. Lila voulait se promener pieds nus. Rufus voulait rentrer à l'hôtel et faire monter une autre bouteille de champagne. C'est pas parce que t'es parti du mauvais pied qu'il faut

1. La 1re division de l'infanterie américaine, qui s'illustra pendant la Seconde Guerre mondiale *(N.d.T.).*

gâter le reste du séjour, se dit-il. Il s'arrêta. « Écoute, Lila, je suis vraiment désolé. Il faut un peu de temps pour s'adapter à tout ça. Tu me comprends ?

— Je suis désolée aussi. Je ne t'ai pas laissé raconter comment ça se passe pour toi.

— Tu sais, il n'y a pas grand-chose à raconter, en fait. Je traite mes hommes en égaux. Je respecte ce qu'ils sont, et ils me rendent ce respect.

— Je ne suis pas sûre de comprendre », dit Lila en lui faisant face, une main appuyée sur sa joue.

Rufus envisagea plusieurs explications, puis les rejeta toutes. Ça n'intéressait pas Lila, elle ne comprenait pas ce qu'était son unité, ce qu'elle signifiait pour lui, l'esprit de corps construit sur la vraie solidarité entre tous ses hommes. Ils travaillaient ensemble, combattaient ensemble, partageaient la vie et la mort. Les mots n'auraient pas de sens pour quelqu'un qui n'avait pas vécu l'expérience. Pourtant, il voulait lui parler, il voulait qu'elle comprenne. Il n'y arriva pas. Il l'attira à lui et ils s'embrassèrent. Lila garda la tête blottie contre sa poitrine. Ils ne s'appartenaient plus l'un à l'autre. Venus de mondes différents, ils s'étaient unis un moment, puis l'armée les avait séparés ; Hawaii les réunissait, mais leurs mondes étaient à nouveau différents. Leur baiser à l'instant était un baiser d'adieu ; ils le sentaient tous les deux, mais aucun n'en parla. Il leur faudrait beaucoup plus de temps. « Rentrons prendre quelques verres à l'hôtel », suggéra-t-il. Elle accepta sans discuter.

Les jours qui suivirent, Rufus et Lila jouèrent sans conviction le scénario du permissionnaire qui retrouve son épouse fidèle. Ils visitèrent Diamond Head, Pearl Harbor, assistèrent à un *luau* [1] organisé par leur hôtel. Ils firent du surf, de la pirogue, jouèrent au tennis. Rufus parla un peu de ses hommes, un peu de tactique, un peu de la boucherie de la guerre moderne. Et ils burent. Beaucoup, tous les deux. Rufus tomba dans les vapes les deux nuits suivantes. Rien à faire pour se détendre.

Et le matin, au lit : « Comment peux-tu dire un truc pareil ! » hurla-t-il, furieux. Elle le répéta :

« Tu sens mauvais. Tu ne transpirais pas comme ça avant.

— Écoute-moi bien. Je vais te dire trois choses. Primo, un homme, ça transpire. Toi, t'es une femme qu'a de la classe, alors tu sues pas. Eh bien, les hommes, ça sue. Secundo, les Noirs, ça transpire. Toi, t'es une Noire qu'a de la classe, alors tu sues pas. Eh bien, les Noirs, ça sue. Ça reluit. Pourquoi les Blancs se privent pas de nous envoyer des

1. Fête typique hawaiienne *(N.d.T.)*

vannes où il est question de cirage, hein ? Tertio, je suis un homme, noir, et je sue et je pue comme l'homme noir que je suis. Je ne sais pas quel est ton système d'essorage pour les pores, mais laisse-moi te dire un truc : chez moi, ça marche pas, et je n'en veux pas. Je continuerai à puer comme un con de Noir !

— Mais Rufus, balbutia-t-elle, les Blancs transpirent aussi. »

Il bondit hors du lit et se rua dans la salle de bains.

Une douzaine de fois, le jour comme la nuit, Rufus eut des visions fugitives de manœuvres le soir dans les collines, de combats matinaux sur les crêtes, de patrouilles de nuit dans les vallées. Il essaya encore de parler à Lila de ses hommes, des actes d'héroïsme dont il avait été témoin, des longs moments qu'il avait fallu endurer, et il sentit à nouveau son manque d'intérêt, au mieux son impassibilité, mais surtout son rejet délibéré, son aversion, sa haine de tout ça. Il essaya de s'y prendre différemment. « La puissance, dit-il à un moment, ce n'est pas simplement une question de moyens de feux. Ce n'est pas ce qu'on a, c'est ce que l'ennemi croit qu'on a. » Elle restait étrangère. Il essaya de s'adresser à l'artiste en elle, et à la femme noire. « Il y a un sens de l'unité, de la totalité, qui s'est perdu dans une bonne part de la culture blanche, surtout anglo-saxonne. C'est à la fois la cause et l'effet d'une manière de percevoir qui divise chaque chose en éléments et qui essaie ensuite de tout expliquer par des assemblages complexes de ces éléments. Et quand je dis tout expliquer, c'est bien de ça qu'il s'agit. Une manière de considérer un homme comme une combinaison de molécules, un poème comme une combinaison de mots ou une culture comme une combinaison d'individus, sans voir les énergies qui traversent les formes, les molécules, les mots, les individus, cette énergie qui lie ensemble les éléments pour faire la chose telle qu'elle est. C'est cette énergie que nous perdons en devenant des Blancs. »

Elle hocha la tête sans entendre, et il continua de s'enfoncer. Elle l'arrêta.

« Brooks, tu es un âne. Tu ne peux pas t'arrêter un instant de penser à la guerre, à la politique, à la race ? Tu ne peux pas être normal ? » Elle le regarda et vit qu'il tremblait. « S'il te plaît. Sois normal. Sois ici, avec moi. Ici, il y a un monde qui n'est pas contenu dans tes mots.

— Je ne te comprends plus. Qu'est-il arrivé à la femme que j'ai connue, qui pensait vraiment à nous ? Celle qui voulait tant de choses pour nous, les mêmes que je voulais aussi, pour tous les deux ? Tu croyais en moi. Tu ne voulais pas seulement être toi.

— Mais je les désire toujours, ces choses. C'est toi qui as changé, Rufus. Je veux toujours du bonheur pour nous, et de la joie. Je veux qu'on ait des enfants. Je veux être beaucoup plus que je ne suis, et je le

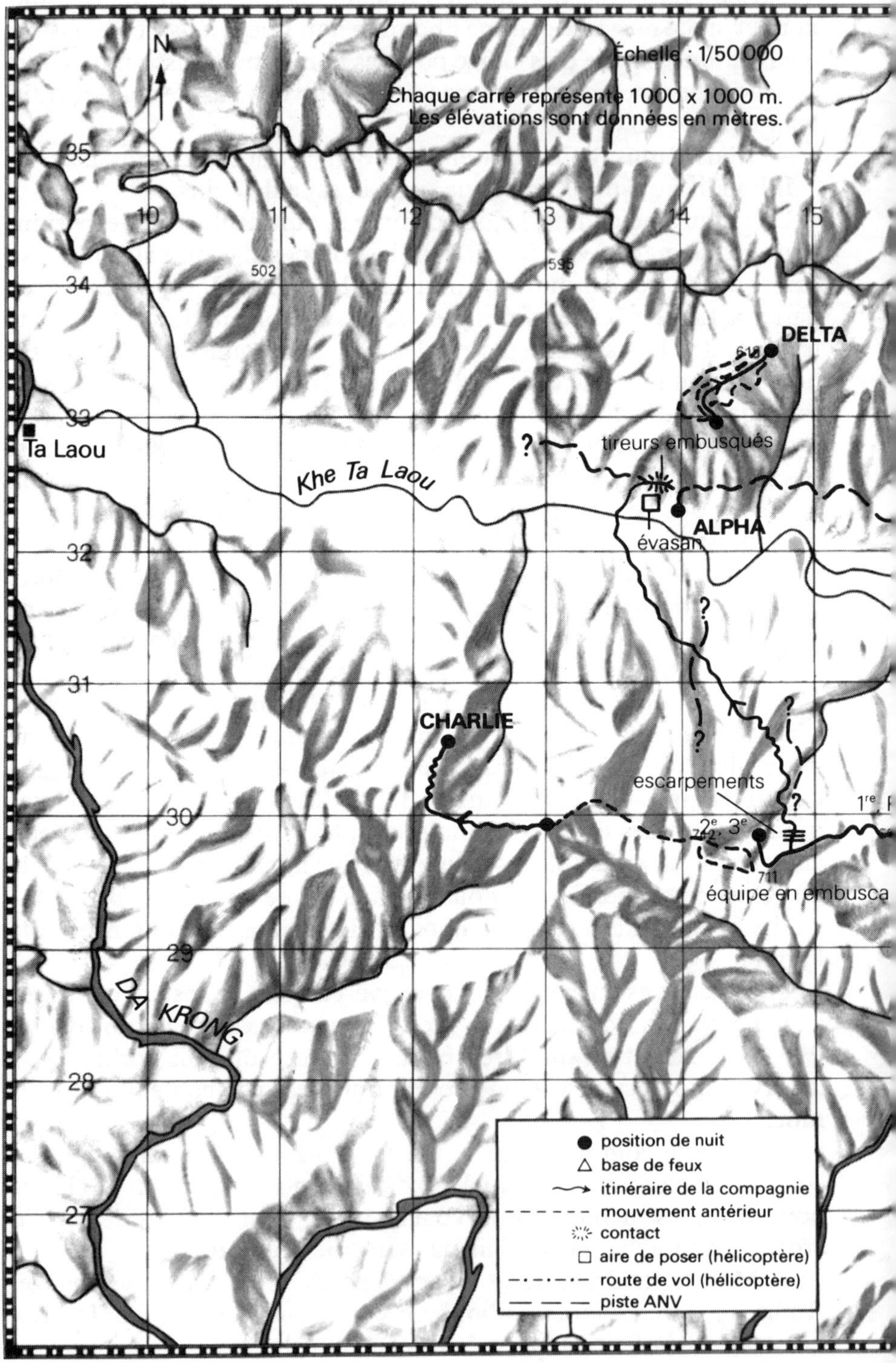
N
Échelle : 1/50 000
Chaque carré représente 1000 x 1000 m.
Les élévations sont données en mètres.
35
10
11
12
13
14
15
502
595
34
DELTA
618
33
Ta Laou
tireurs embusqués
Khe Ta Laou
ALPHA
évasan
32
31
CHARLIE
escarpements
30
2e, 3e
1re
712
711
équipe en embusca
29
DA KRONG
28
27
position de nuit
base de feux
itinéraire de la compagnie
mouvement antérieur
contact
aire de poser (hélicoptère)
route de vol (hélicoptère)
piste ANV

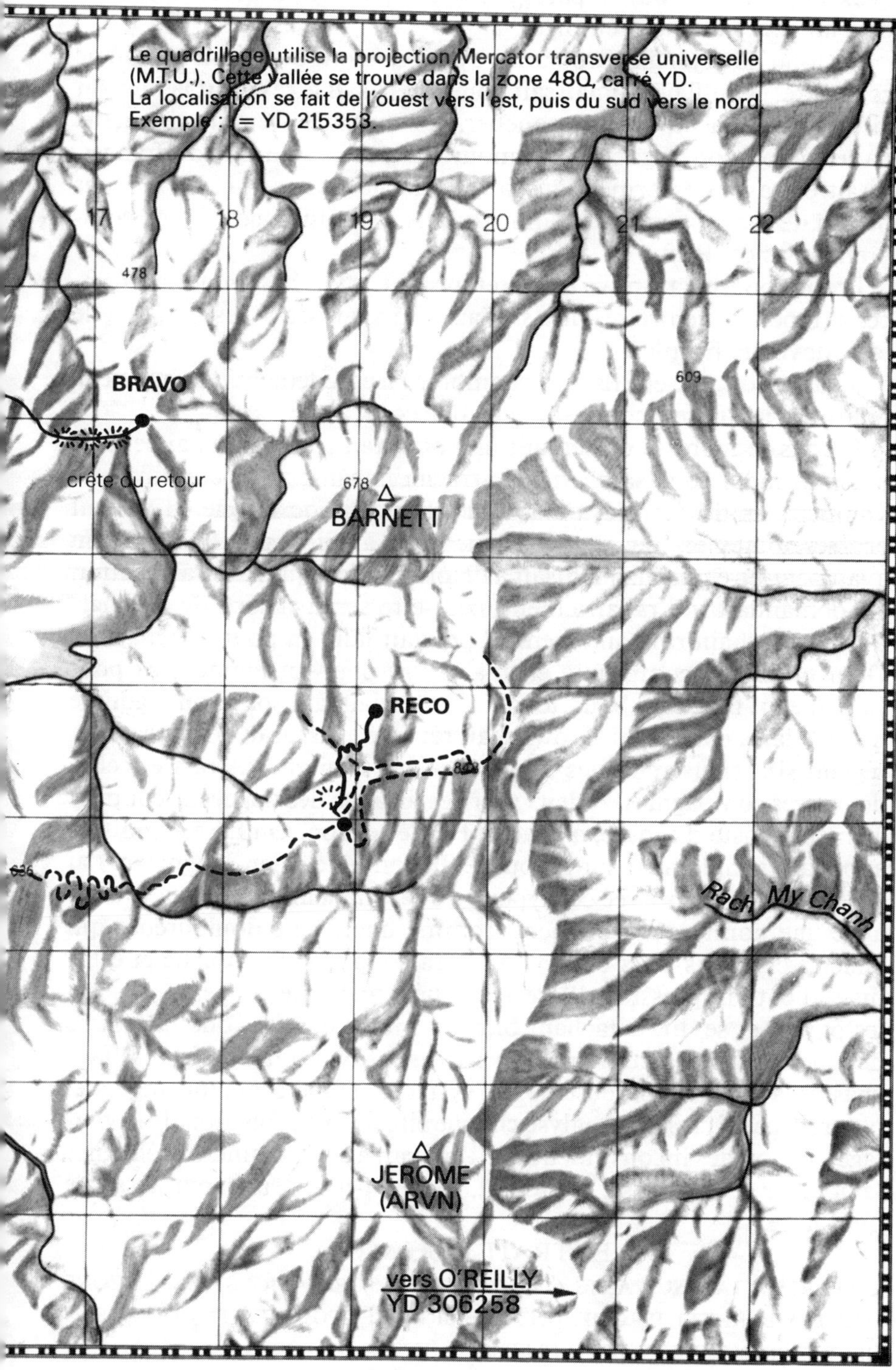
Le quadrillage utilise la projection Mercator transverse universelle (M.T.U.). Cette vallée se trouve dans la zone 48Q, carré YD.
La localisation se fait de l'ouest vers l'est, puis du sud vers le nord.
Exemple : = YD 215353.
17
18
19
20
21
22
478
BRAVO
609
crête du retour
678
BARNETT
RECO
Rach My Chanh
JEROME
(ARVN)
vers O'REILLY
YD 306258

veux pour nous. Pour le partager. » Elle pleurait, à présent. Il était devenu complètement étranger.

Du fond de sa jungle, Brooks revoyait ce couple qu'il était certain de connaître, et qu'il ne connaissait pourtant pas. Il le revoyait la nuit sur la plage, ou au lit, sans se toucher. Il écoutait la femme, inquiète, parler à son compagnon. « L'amour n'a pas besoin de souffrances, disait-elle avec des larmes dans la voix. Tu ne vois pas ça ? Tu n'as pas besoin de me faire mal. Je t'aimerai sans les souffrances. Tu ne comprends pas ça, Rufus ? »

Brooks bouscula Brown en se retournant. « Pas besoin de souffrances », répétait-il entre ses dents. Mais Lila avait séché ses larmes, elle était devenue hostile.

« Pas ce soir, dit-elle dans la chambre. Tu es tellement ivre que tu ne pourrais rien faire, même si j'étais d'accord. »

Brooks se redressa en sentant une brûlure au creux de l'aisselle. Il passa la main sous sa chemise, arracha la sangsue. Il eut envie de vomir, mais il avait l'estomac vide. Il cracha de la bile. Il voulait chasser toutes ses pensées, dormir. Il en avait besoin. Thomaston avait peut-être raison. S'il disait à l'Homme Vert qu'il désirait rentrer, s'il demandait son rapatriement, peut-être serait-il sorti de la jungle d'ici le prochain ravitaillement. Il pouvait faire ça pour Thomaston. Qu'il prenne la compagnie en main. Pas pour lui-même. Pas pour Lila. Il était fatigué, à bout, tendu. Il entendait la respiration régulière de Cahalan à côté de lui. Brown était réveillé et assurait l'écoute radio, réglant silencieusement les fréquences des sections d'Alpha et celles des autres compagnies. A deux reprises, il lança des appels de contrôle à chaque poste d'écoute, à chaque PC de section. On lui répondit en appuyant simplement sur la touche du combiné : rien à signaler. J'ai passé plus de nuits avec ces types qu'avec ma femme, songea Brooks avec une pointe d'apitoiement, comme une flèche douloureuse qui pénétra entre ses yeux et traversa d'un coup, gorge, poitrine et estomac. Il eut l'impression d'être accroché à un hameçon géant. Il serra les poings et se dit, détachant bien les mots : « Il faut que l'angoisse débouche sur une action, pas sur la frustration ou la déprime. Il faut chasser la tension nerveuse de ton système. Transforme ton angoisse. Ne crois pas à l'échec. Analyse chaque situation en fonction des avantages, et non des inconvénients. » Il arrivait à se convaincre, à éloigner la douleur et l'angoisse. A présent, songea-t-il, si seulement je savais quoi faire.

EXTRAIT DU J.M.O.

LES RÉSULTATS SUIVANTS, CONCERNANT LES OPÉRATIONS DANS LA ZONE O'REILLY/BARNETT/JEROME, ONT ÉTÉ SIGNALÉS POUR LA PÉRIODE DE 24 HEURES PRENANT FIN A 23 H 59 LE 17 AOÛT 70 :

LES CONDITIONS MÉTÉOROLOGIQUES ONT LIMITÉ LES OPÉRATIONS AÉROMOBILES DANS LA JOURNÉE DU 17. DES ACTIONS DU 2e ESCADRON DU 17e CAVALERIE (AMBL) EN APPUI DE LA 1re DIV INF (ARVN) A PROXIMITÉ DES BASES O'REILLY/RIPCORD/JEROME ONT ÉTÉ REPORTÉES OU ANNULÉES. UNE ATTAQUE À L'ÉCHELON D'UNE COMPAGNIE A ÉTÉ ANNULÉE.

DES CONTACTS IMPORTANTS SE SONT DÉROULÉS DANS LA ZONE BARNETT PENDANT TOUTE LA JOURNÉE. LA CO B, 7/402, A CHASSÉ UNE COMPAGNIE ENNEMIE DE LA MÊME CRÊTE OÙ ELLE AVAIT DÉJA ENGAGÉ LE FEU PLUSIEURS JOURS AUPARAVANT (YD 173329). L'UNITÉ A DONNÉ L'ASSAUT À TROIS REPRISES ET OCCUPÉ LA POSITION A 15 H 30. 7 SOLDATS US ONT ÉTÉ BLESSÉS AU COMBAT. 11 ENNEMIS ONT ÉTÉ TUÉS PAR ARMES LÉGÈRES, 5 PAR ARTILLERIE. ARMES RÉCUPÉRÉES : 1 MITRAILLEUSE RPD, 2 LANCE-ROQUETTES B-40, 10 FUSILS AK-47, 1 MORTIER 82 MM, 1 PISTOLET 9 MM. LA CO A, 7/402, A EU UN TUÉ ET UN BLESSÉ LORS D'UN AUTRE CONTACT.

CHAPITRE 25

18 août 1970

La bruine avait persisté toute la nuit et le jour s'annonça d'abord sous la forme d'un hideux brouillard grisâtre. La compagnie A fut réveillée par un grondement effroyable, comme un train de marchandises lancé à toute allure juste au-dessus de la position. Jax sursauta. Dans la pénombre, on distinguait à peine le profil de la végétation contre le ciel poisseux. SSSEEECK-bang-BOOOMM : le bruit déchira l'air une nouvelle fois. « Merde ! Ils tirent beaucoup trop près », marmonna Jax. Un obusier 8 pouces de la base Bastogne, loin au sud, commençait à pilonner la route et Alpha se trouvait dans la ligne de tir. On entendait deux détonations pour chaque projectile : le petit bang de l'obus qui passait le mur du son, puis l'explosion au point d'impact. A chaque passage, Jax sentait son dos s'enfoncer dans le sol, comme s'il avait voulu se fondre dans la boue. L'obusier tira douze fois sur une période d'une demi-heure, puis se tut.

Jax ramena son poncho sur sa tête et le tint serré. La bruine tournait à l'averse et la grisaille commençait à pénétrer la végétation. Une goutte de pluie s'insinua sous le poncho de Jax et lui coula le long du dos. Il frissonna de la tête aux pieds, se tourna sur le côté, essaya de se rendormir. Une deuxième goutte lui tomba dans l'oreille.

« Ça va, ça va, je me lève », murmura-t-il en rejetant le poncho. Son treillis était trempé, sa peau lui parut aussi grise que le ciel. Il tira de son sac des sachets de chocolat, de sucre et de crème, ainsi qu'un bout de C-4, puis ramassa son quart, qui s'était rempli d'eau de pluie pendant la nuit, et le plaça sur son réchaud. Il mit à feu le C-4, qui se consuma en un instant avec une flamme blanche. Son eau était à ébullition. Jax vida les sachets dans le quart et remua la mixture. Son haleine forma de la buée lorsqu'il souffla sur le chocolat brûlant. Autour de lui, personne ne bougeait. Jax fouilla dans son sac à la recherche d'une paire de chaussettes propres et de la poudre pour ses pieds. Il s'assit, ôta ses rangers et ses chaussettes, découvrant une peau moite de sueur et gonflée, qui pelait à cause de l'humidité. Il contempla un moment les dégâts, puis s'adressa à ses pieds : « Salut, les gars ! Vous me remettez ? C'est moi le type qu'arrête pas de vous faire danser. J'voulais simplement vous dire que l'nommé Jax apprécie le boulot que vous aut' en bas faites pour lui en haut. Devinez quoi ? J'ai un petit cadeau. J'vous ai apporté du rab de poudre et des chaussettes. » Il se frictionna avec la poudre. « Là, c'est-y pas mieux comme ça ? Avec ce truc, sûr que vous allez être d'aplomb. Relax, les gars. Vous connaissez pas la nouvelle ? Papa a été nommé chef de groupe. Ça vous la coupe, hein ? Le lieut dit qu'aujourd'hui, on va rester là. On va se la couler douce. Première chose, j'vais vous r'mett dans votre crèche puante. Après, on va nettoyer ce TO de toutes les sangsues, et après ça, on va buller. »

Avec le jour, la nappe de brouillard était montée jusqu'à trois ou quatre mètres au-dessus d'Alpha ; en dessous, on aurait pu y voir jusqu'à un kilomètre sans les hautes herbes. Les *boonierats* s'éveillaient sans bruit. Assis sur son sac, Egan écrivait. Chelini, qui n'avait pas encore bougé, observait son visage enflé, l'œil droit à demi fermé à cause de la sangsue. Le Bleu avait passé une mauvaise nuit. Lorsqu'il était enfin parvenu à s'endormir, ses cauchemars l'attendaient.

Il avait pris la première écoute radio. Tout le temps, il pensa à Leon, à la façon dont il était mort. Il analysa chaque détail, réfléchit à diverses manières de transporter son émetteur, afin de ne pas révéler sa fonction à d'éventuels guetteurs ou tireurs embusqués. Ses réflexions le tinrent éveillé. Il lui semblait que tous ses nerfs n'étaient qu'un long filament tendu à l'extrême, et qui vibrait comme une corde de piano. Une onde se propageait rapidement jusqu'à un bout, puis repartait dans l'autre sens en déclenchant de nouvelles vibrations. Ce n'était pas la peur d'être blessé ou tué qui le mettait dans cet état, plutôt celle de ne pas savoir comment réagir, de ne pas avoir le bon réflexe. Il avait le visage brûlant, comme si toute son énergie, au lieu de s'exprimer, se trouvait brutalement refoulée sous son crâne.

Il passa en revue tout ce qu'il avait pu apprendre sur la guerre de jungle : instruction élémentaire, spécialisation, l'entraînement à son arrivée au Vietnam, le SERTS. Il y avait eu des tirs de nuit, des exercices de tir rapide, des cours de secourisme et d'embuscade. Chelini devait posséder tout ça à fond s'il voulait survivre. Il répéta mentalement ce qu'il fallait faire si la colonne était attaquée sur sa gauche. Il se représenta les gestes à accomplir puis renouvela l'opération sur sa droite, en avant, en arrière. Et si quelqu'un près de lui était touché ? Et s'il fallait demander un appui artillerie ? Ça, il pourrait le faire — en cas de nécessité. Si on se représente une situation et qu'on pense à la réaction qui convient, le moment venu on saura ce qu'il faut faire sans avoir à réfléchir. Silvers, qu'est-ce qu'il a fait ? El Paso, comment procède-t-il ? Comment fait Egan pour avancer sans bruit ? Comment fait-il pour observer, pour sentir ? Le Bleu essaya d'assimiler tous leurs enseignements.

Le moment venu, il passa la radio à Egan, alla s'allonger et ferma les yeux. L'image de Leon Silvers lui brûla le cerveau. Le poncho trempé de Chelini devint une couverture poisseuse de sang tiède. Il rouvrit les yeux, songea à aller voir Egan pour lui proposer de le remplacer, se ravisa. Lorsque Leon avait été abattu d'une seule balle, Chelini n'avait pas réagi au bruit. Il rêvassait, et bien que la détonation l'eût fait sursauter, c'est la vue des hommes plongeant à couvert qui lui signala le danger.

J'ai dû être le dernier connard à gicler de cette route, se dit-il.

Il frissonna. Il avait le feu au ventre, mal à la tête, il respirait avec difficulté. Il se força à subir le cauchemar, à observer sa propre terreur.

Il se trouvait à nouveau sur la piste ennemie. Tous les autres s'étaient dispersés, Leon gisait en tas à ses pieds. L'odeur douceâtre du sang vint lui picoter les narines. Chelini avait l'impression d'être le seul élément mobile à l'intérieur d'une photo couleurs. Il se mit à hurler : « Cette balle, elle était pour moi ! C'était pour ma gueule ! »

Une silhouette jaillit de la piste zébrée de traces de pneus. Elle était un peu floue, comme vue à travers une brume de chaleur, mais on distinguait son treillis US trempé de sang. Sa poitrine se contracta, comme, à l'instant, celle de Chelini couché par terre. Sa respiration devint difficile. Chelini laissa la séquence se dérouler : il venait de s'apercevoir qu'il pouvait contrôler l'apparition. Il contempla son image qui contemplait l'horreur sur la route — puis il se figea, tandis que l'apparition se dressait de toute sa hauteur et se stabilisait. C'était ce visage, encore, la peau jaune tendue sur des os délicats, les yeux sombres qui riaient. La silhouette avança d'un pas, le visage éclata en une bouillie rouge, Chelini se mit à rire.

La vision changea, s'anima. Le corps ensanglanté de Silvers devint un rat ignoble, rendu fou par une blessure, qui rampait dans l'herbe en traînant ses entrailles et poussait des cris horribles, tandis qu'autour de lui une masse confuse d'êtres repoussants grouillait en cercles emmêlés. Puis la silhouette disparut, la tête ne fut plus qu'un crâne aux reflets verts qui devenait toujours plus énorme à mesure qu'il se rapprochait. Le vent qui soufflait en tourbillons à l'intérieur du halo vert emporta le casque et l'arme de Chelini, qui fit demi-tour et s'enfuit en riant comme un fou. Il courait de toutes ses forces, un vent glacé lui fouettait le dos, le crâne lumineux grossissait toujours : « Tu n'es pas Dieu, ricanait l'image de Chelini. Tu es le Diable, et tu ne m'auras pas. Je t'emmerde. Moi, je suis Dieu. »

« Hé ! fit la voix d'Egan, qu'est-ce qui te fait marrer ? »

Cette fois, Chelini ne se rendormit pas. Il pensa à Leon. Ne venaient-ils pas d'échanger leurs adresses, à peine quelques jours auparavant ? N'avait-il pas promis d'écrire à la sœur et au beau-frère de Leon ? C'était net, il revoyait la scène. Mais comment faire ? Qu'allait-il dire ? Il ne savait toujours pas ce qu'il avait fait de l'adresse. Les larmes lui vinrent aux yeux. Se faire flinguer comme ça. Pas croyable. Penser à Silvers rendait Chelini d'autant plus vulnérable. Salauds de *gooks*. Tous ceux que je verrai, je les tuerai. Pour toi, Leon. Pour toi, pauvre poire.

Les pensées de Chelini dérivaient sans suite au plus profond de la nuit. Il songea à Linda. Il se branla, déchargea discrètement hors du poncho, dans la boue froide. Il pensa à la bouffe, la graille. Manger : une conduite typiquement sociale, se dit-il, comme s'il préparait un cours de psycho. Très important pour les *boonierats*. C'est à peu près le seul moment où on a un semblant de vie sociale, parce qu'en dehors des deux ou trois moments de la journée où on s'arrête pour bouffer, on n'a aucun contact. Il éprouva un pincement coupable en repensant à ses tout premiers jours dans l'armée, sa première corvée de pluches. Ça se passait au centre de transit de Fort Dix, avant même qu'il eût reçu son affectation pour l'instruction élémentaire. Ce matin-là, on le réveilla à 03 h 30. Toute la journée, il fit la plonge et lava le sol du réfectoire entre les repas ; à quatre heures de l'après-midi, on l'envoya avec trois autres appelés éplucher carottes et céleris pour la soupe du soir. Épuisés, les quatre corvéables grattèrent, épluchèrent, coupèrent les légumes n'importe comment, en laissant tomber la moitié par terre, marchant dessus, ramassant les tranches écrabouillées et les balançant dans les galtouses avec des fous rires.

Le soir, il fit encore partie de la corvée désignée pour servir cette même soupe. Il eut honte en observant les autres recrues qui défilaient devant lui, et se sentit encore plus mal en songeant à ce que d'autres, leur tour venu, pouvaient faire à la nourriture que lui-même absorbait. Depuis lors, il s'était montré fort pointilleux sur le travail d'équipe au sein des unités — l'ordinaire, les tâches quotidiennes, la mise en commun, la société véritablement communiste —, ce même idéal social qu'attaquaient pourtant avec violence les esprits militaristes. Et ici, à l'armée, songea-t-il, qui s'élève avec le plus de véhémence contre la collectivisation autoritaire qui s'y pratique ? Ces mêmes appelés venus de la gauche militante, qui ne sont pas loin de soutenir, et pour certains, pas seulement en paroles, que toute société doit être de type collectiviste. Pas militaire, non, mais une forme de vie communautaire tout de même — sauf pour ses plus ardents défenseurs, qui, en remplaçant l'ordre ancien, se trouveraient au sommet de l'ordre nouveau, exemptés de ce qu'a de commun cette communauté où ils voient tout le monde à part eux nager dans le bonheur. Le Grand Père Blanc veillant depuis Washington sur ses enfants où qu'ils se trouvent, où qu'il veuille les envoyer. Quel merveilleux contrôle, quelle totale autorité. « Et merde, fit Chelini en riant. Dis-toi merde, et roule. »

Il faisait jour, à présent. Chelini resta encore quelques minutes à observer Egan en train d'écrire, puis se leva. Assis sur son paquetage, il se passa la main dans les cheveux pour en faire tomber les brindilles. La sueur et la boue lui encroûtaient le cuir chevelu ; il n'avait jamais été aussi crasseux de sa vie. Il palpa son nez, son front, et les trouva couverts de boutons. Une barbe naissante, hirsute, lui irritait les joues. Les plaies de ses bras s'étaient infectées. Il se gratta ; les croûtes ramollies par l'humidité cédaient facilement et il en sortait un peu de pus. La démangeaison de son entrejambe s'aggravait ; la peau des bourses et du haut des cuisses, marbrée de rouge ou de blanc, était endolorie.

Il observait Egan, sans lui parler. Le sergent rangea son bloc et ses stylos dans la boîte étanche fixée sous son paquetage. Il produisit rasoir, savon et dentifrice. Tandis qu'il se rasait en utilisant l'eau d'une flaque, Chelini nota à quel point il était soucieux de son hygiène jusqu'au fin fond de la jungle. Le Bleu décida d'imiter l'adjoint de section. Il se lava, se frotta le visage et le torse avec un coin de serviette. Il emprunta le rasoir d'Egan, choisit une autre flaque et se rasa, ne laissant subsister que les contours d'une moustache. Il se nettoya les bras, sentit le picotement du savon sur les plaies rouvertes. Il se brossa les dents, puis refit le laçage de ses rangers. Il remit ses affaires dans son sac, à l'exception du café, du chocolat, du gâteau et des fruits au sirop pour son petit déjeuner. Au lieu de remballer sa brosse à dents, il la glissa dans la poche de sa chemise, laissant les soies dépasser de la boutonnière prévue pour un stylo. Egan la rangeait de cette manière, et Chelini avait décidé de devenir son émule en tout.

A présent, il avait envie de bouger. Il ne voulait pas se rasseoir dans la gadoue. Il rajusta une nouvelle fois les sangles de son sac, jeta un coup d'œil autour de lui. Personne n'était encore levé. Le Bleu, se dit-il, tu commences à être au point.

Il décida d'écrire une lettre, tira de son paquetage une pochette plastique contenant bloc de correspondance et stylos. Le papier était humide. Il faut que j'écrive à la sœur de Silvers, songea-t-il en s'asseyant sur son sac. Il faut vraiment. Il contempla la feuille vide, puis commença : « Cher Vic... » J'écrirai aux Silvers après, se dit-il. « Il doit y avoir peu de choses au monde aussi ennuyeuses que traîner dans une compagnie d'infanterie quand on n'a rien à faire. » Comment peux-tu écrire un truc pareil ? Douze heures de calme et tu te fais chier. Quelque chose ne va pas dans ma tête. Il recommença. « Ne crois rien de ce que tu lis dans les journaux à propos du Vietnam. En vingt jours, j'en ai appris plus sur ce qui se passe ici que dans les quatre ans où je m'y suis intéressé chez nous. »

Il s'arrêta une nouvelle fois. Comment je peux dire ça ? Avant, je connaissais exactement la position du gouvernement et je savais ce qui se passait. Maintenant, j'ai pas la moindre idée de ce qu'on fout, et toutes les déclarations du gouvernement semblent ou bien n'avoir aucun sens ou bien être des mensonges.

Il fit une troisième tentative. « J'ai bien failli craquer complètement au cours de ces derniers jours. En cinq jours sur le terrain, j'ai tué un homme et j'ai vu tuer mon meilleur ami. Aujourd'hui, une douce réaction immunitaire commence à se faire jour et j'arrive enfin à sortir de ma coquille à mesure que s'installent l'apathie et l'insensibilité. »

Une claque sur l'épaule le fit sursauter. Il empoigna son fusil et se retourna. Egan aussi avait saisi son M16. Jax se dressa dans l'herbe, entre leurs sacs, et s'identifia aussitôt : « *Rovers*, les mecs. Tirez pas, c'est moi, Jax. » Il afficha un sourire penaud.

« Putain, soupira Egan. Le Bleu, tu me rends nerveux, et toi, Jax, qu'est-ce qui te prend de t'amener en douce comme ça ?

— Alors, vous êtes réveillés ?

— Ouais.

— Marko est de garde », expliqua Jax en se calant une fesse sur le sac de Chelini. « Je pouvais pas dormir. J'étais là bien bordé dans mon poncho, et voilà qu'une goutte de pluie se faufile dans mon cou et m'envoie des frissons glacés tout le long de mon joli dos noir. J'ai les pieds aussi froids qu'une vieille bouse sur le chemin. » Jax avait retrouvé son bagou et Egan rit de bon cœur en frappant du pied dans la boue. Il retrouvait le vieux Jax après leurs accrochages des derniers jours, et il fut sensible à son geste.

« Je regarde en l'air et je vois que le jour va pas tarder à être là, alors je me rentre sous ma coquille et j'essaie d'en écraser encore un peu. Mais c'te vieille pluie est pas d'accord. Minute, qu'elle fait, moi aussi, je me les gèle là-haut, alors fais-moi une petite place au chaud avec toi. Pas question, ma vieille, je lui dis. Mais elle veut rien savoir, et ce coup-là, elle vient me chatouiller le creux de l'oreille. Ça va, ça va, j'me lève, je lui dis. Alors, je risque un œil, et je vois que c'te vieille pluie est décidée à mouiller tout le monde. Y a plus qu'à se lever, alors, je demande à la carcasse à Jackson comment ça va. Super, qu'elle me fait, sauf mes pieds, eux, y sont carrément aaachesses. Dis donc, je propose à ma carcasse, pourquoi tu m'emmènerais pas voir Eg et le Bleu ? Tu sais que ce vieil Eg roupille jamais. Pas de problème, livraison immédiate, et me voilà. »

Egan avança le poing droit et Jax vint à sa rencontre pour un *dap* :

phalanges contre phalanges d'abord, puis dos contre dos. Les mains ouvertes glissèrent fraternellement l'une sur l'autre, d'une façon presque sensuelle ; la main gauche remontait le bras droit jusqu'à l'épaule, revenait jusqu'au plexus en se refermant pour une dernière bourrade. « Content de te voir », fit Egan.

Chelini, qui les observait en silence, se leva brusquement en murmurant « excusez-moi » et fonça jusqu'au bord du périmètre. Ses intestins gargouillaient puissamment. Il n'eut que le temps de baisser son pantalon et de s'accroupir. Un jet marron presque liquide frappa le sol boueux, éclaboussant ses rangers. « Oh ! non, gémit-il, pas la chiasse ! »

« Sky Devil Niner de Quiet Rover Four », fit Brooks. Il appelait le commandant de la compagnie D. A 11 h 00, après un début de matinée au ralenti, le PC d'Alpha et la 2e section avaient repris la direction de la piste, au nord, tandis que les deux autres sections lançaient des patrouilles de reconnaissance au sud, à l'est et à l'ouest. Le reste de la troupe continua d'assurer une garde silencieuse sur la position de nuit.

« Rover Four de Sky Devil, fit une voix joviale, vos désirs sont des ordres. A vous. »

Brooks se tourna vers El Paso et chuchota : « On croit rêver. » Le radio haussa les épaules.

« Devil, reprit Brooks, mon élément sierra est sur votre terrain de jeux, à six zéro zéro mike sierra de votre papa. On veut jouer à la balle et sauter à la corde rouge comme dans vos illustrés [1] pour vous retrouver dans un hôtel. A vous.

— Reçu, Rover, on s'en occupe. Rendez-vous avec Sky Devil, hôtel papa alpha [2] : un hôtel. Mon équipe est prête à jouer. Aperçu. A vous.

— Merci grandement, Niner. Terminé, je coupe. »

La compagnie Delta se livrait à un petit ballet sur la crête nord depuis cinq jours, avançant et reculant tout en prenant soin de ne jamais trop s'éloigner de sa LZ d'origine, organisée en défense. Depuis l'aube, Delta aurait dû descendre la pente en direction de la piste, jusqu'au point de rendez-vous avec Alpha. En réalité, seul le PC s'était déplacé d'une position fixe établie par la 3e section au sommet de la crête à une position d'attente tenue par la 1re section quatre cents mètres plus bas, sur un piton rocheux. Le détachement d'Alpha aurait à faire l'essentiel du chemin.

1. Franchir la piste ennemie portée en rouge sur vos cartes *(N.d.T.)*.

2. Heure probable d'arrivée, pour l'américain ETA : Estimated Time of Arrival *(N.d.T.)*.

Brooks fit un signe des deux mains, pouces tournés vers l'extérieur. Le PC et la 2e section se déployèrent en ligne. A un autre signal, ils avancèrent doucement, éclairant le terrain jusqu'à deux mètres de la piste. Ils attendirent sans bouger pendant plusieurs minutes puis, un par un, s'accroupirent et se mirent en position de guet. En plein midi, le brouillard en partie levé, le passage prenait une allure encore plus imposante. Il possédait un revêtement de pierres et de gravier, ainsi qu'un système d'écoulement soigneusement élaboré. Sur les parois, des signes naturels indiquaient les bifurcations et les virages. Un obus de la nuit précédente avait frappé directement la route, détruisant dix mètres de toit végétal et creusant un cratère que l'eau de pluie eut tôt fait de remplir. L'artillerie ne paraissait pas avoir fait d'autres dégâts. Brooks contacta le centre d'opérations pour donner une nouvelle description de la piste et les résultats des tirs, puis il reprit son avance prudente. Les tirailleurs en flanc-garde se portèrent jusqu'à l'accotement de la route, couvrant chaque bout de terrain visible. Par la trouée de la végétation, Brooks aperçut une sorte de goulet à flanc de crête, un passage possible vers Delta. Il se déplaça afin de l'observer sous plusieurs angles.

Parvenu au groupe d'Alex Mohnsen, Brooks s'arrêta. « Dites, chuchota Mohnsen, on va pas passer la nuit avec les gens de Delta, hein ? C'est les plus bruyants de tout le bataillon.

— Je sais », répondit Brooks sans détacher son regard de la paroi nord.

Le silence retomba. Ils attendirent. Toujours rien sur la piste. D'un seul doigt, Garbageman marquait sur le fût de son arme la mesure du morceau qu'un groupe de rock jouait dans sa tête. Plus loin, en bout de ligne, Hackworth étouffa un éternuement au creux de son coude, puis un deuxième, puis un troisième. Brooks se tenait tout raide. Son uniforme, comme celui de ses hommes, se mêlait bien à la végétation. Mohnsen avait du mal à le discerner, même à courte distance. « Patience », fit Brooks entre ses dents. Il se rendait bien compte de la nervosité que ses hommes refrénaient à grand-peine. L'attente continua.

Brooks se décida au bout de quarante minutes. Il regagna le PC. Un par un, de chaque côté, les soldats se relevèrent doucement. Brooks s'avança sur la piste le premier, traversa, alla jusqu'au goulet et entama la grimpée, lentement mais régulièrement. Un ruisseau cascadait dans le passage, Brooks sentit l'eau froide dans ses rangers. Le reste du détachement franchit la piste. Les hommes placés en flanc-garde attendirent que tout le monde fût passé pour défaire la formation et traverser à leur tour. L'élément d'Alpha au complet était à présent sur le flanc de la colline. Brooks s'arrêta, à bout de souffle. La pente était raide, l'ascension épuisante. Pop Randalph dépassa le lieutenant en rampant et prit la tête, De Barti en second. Le 3e groupe se faufila à leur suite, puis le PC, le 1er et le 2e groupe. Ils continuèrent en colonne vers le nord, puis le nord-est, toujours vers la compagnie D.

Sur l'escarpement nord du Khe Ta Laou, la végétation était rare et n'offrait que peu de couverture. Pop poursuivait sa montée en restant tassé dans les ravines. Les autres marchaient exactement dans ses traces. Au bout de cinquante mètres, il émergea du brouillard. Au-dessus, la couverture de nuages était trouée en plusieurs endroits ; vers l'est, il y avait des coins de ciel d'un bleu si intense que le vieux sous-off ne pouvait les regarder directement. A l'ouest, au-dessus des contreforts du Laos, l'horizon était sombre et menaçant. Au bout d'une demi-heure, Pop déboucha sur une sorte de plateau où la végétation, à nouveau épaisse, masquerait leur avance.

« Tim, chuchota Brooks, appelez Delta et demandez s'il nous ont en visuel.

— Sky Devil de Quiet Rover..., commença Cahalan tandis que la colonne continuait sa progression.

— On te voit, Vieux Pote, vint aussitôt la réponse. Vous pouvez vous lever. Amenez-vous, Delta est là pour vous couvrir. On est à trente mètres sur l'élévation. »

Le PC et la 1re section de la compagnie D se trouvaient parmi les têtes de crête qui dominaient la vallée de trois côtés, tandis que sur le quatrième, le piton montait perpendiculairement à la principale ligne de crête au nord. L'ensemble évoquait un rempart en encorbellement sur la muraille d'un château. L'élément d'Alpha se déploya autour de la position. Les hommes de la 2e section s'arrêtèrent au bord du périmètre. Brooks, ses trois radios, l'OA et Doc Johnson s'avancèrent silencieusement vers le centre, accueillis par des blagues. « Ho ! les mecs, regardez un peu ce qui vient traîner les pieds chez nous ! » « Hé ! Choc, va pas filer des idées au Vieux ! » « C'est pas les dingues d'Alpha ? Préparez la douce, y vont avoir besoin d'un bon taf. »

Brooks marchait tout raide, sans écouter les commentaires. Les autres firent de même. Brown salua au passage quelques types qu'il connaissait, et Cahalan s'arrêta pour parler à un vieux copain. A l'aide de ponchos, le PC de Delta avait bricolé au centre de la position une tente assez large pour abriter six hommes ; un peu partout, d'autres ponchos tendus ou fixés à la paroi rocheuse par des lacets de rangers formaient des mini-tentes ou des dais rudimentaires, le tout sans la moindre tentative de camouflage. Sous chaque abri, des hommes dormaient ou lisaient. Leurs vêtements semblaient secs.

« Salut », lança le capitaine O'Hare depuis la tente du PC. Le commandant de la compagnie D, un costaud jovial à la moustache broussailleuse, avait les mains propres et un treillis impeccable. « Content que vous ayez pu venir, vous êtes juste à temps pour le café.

— Salut, Peter », répondit Brooks en s'accroupissant devant la tente. Le capitaine et ses radios étaient visiblement au milieu d'une partie de poker.

« Entrez donc, insista O'Hare, et attrapez-vous une tasse. C'est le bordel géant, cette opération, pas vrai ? Dites donc à vos hommes d'aller rejoindre mes gars. C'est pas croyable, une pluie pareille, hein ?

— Mes hommes sont très bien là où ils sont, dit Brooks. L'Homme Vert vous a rien laissé pour moi ?

— Ça oui, mais d'abord, le café. » O'Hare se mit à genoux et se faufila jusqu'au bout de la tente, où se trouvait la grosse cafetière fumante. « Comme à la maison, rigola-t-il en remplissant un quart. Voilà.

— Merci. » Brooks trempa ses lèvres dans le café, puis passa le quart à El Paso. O'Hare soupira. « Peter, reprit Brooks, j'ai besoin d'autant de lotion antimoustiques que vos hommes peuvent nous en céder. Mes sections ont été bouffées par les sangsues, dans la vallée.

— Ouais, ça m'a même étonné que vous ayez pu traverser le fleuve. » O'Hare évita le regard de Brooks. « C'est comment, en bas ?

— Peter, j'ai besoin de cet insectifuge, et je veux savoir ce qu'a dit l'Homme Vert.

— Ruf, je veux d'abord vous dire que je suis foutument content que le Vieux ait pas choisi ma compagnie pour l'envoyer se balader dans le coin. Vous êtes carrément passé en plein milieu de Gookville, comme si c'était les grands boulevards. Je parie que vous leur avez foutu une trouille bleue. »

Brooks se releva et recula de quelques pas, dans l'espoir d'attirer le capitaine hors de la tente. El Paso lui chuchota quelques mots à l'oreille. « Merde, mon lieutenant, regardez un peu ça. » Plusieurs soldats étaient en train de se repasser un joint, les hommes riaient. « Sainte Mère de Dieu, poursuivit le radio, ils fument de l'herbe jusqu'ici ! »

La personnalité collective de la compagnie D différait autant de celle d'Alpha que Brooks d'O'Hare. En surface, ceux d'Alpha étaient calmes, réfléchis, prudents et pourtant audacieux. Ceux de Delta étaient bruyants, turbulents, machos. A bien des égards, Delta renvoyait à un genre de comportement qui remontait aux débuts du conflit : bravache et plein d'une foi aveugle en l'institution militaire américaine. Alpha, l'unité cadette, tenait ses enseignements tactiques de l'ANV. Pourtant, les deux compagnies possédaient la même origine : même bataillon, même division, même pays. On retrouvait derrière la même technologie, le même esprit débrouillard, le même syndrome de retrait, lorsque le pays, aigri par la guerre qui se prolongeait, réclama le retour de ses soldats. Bon sang, songea Brooks, lâchez juste un peu la bride et voilà le résultat.

O'Hare émergea de sous la tente. Il avait enfilé une veste de treillis. « Vous avez su que Bravo avait fait un autre prisonnier ? Une huile, apparemment.

— Quand ça ? » Brooks s'écarta un peu, cherchant à attirer le commandant de Delta en terrain neutre.

« En début de matinée. Ils ont tué un autre *gook* et pris un chef, et aussi un AK-47 et deux RPG. C'est quelque chose, hein ? Faire un prisonnier au milieu de ce merdier.

— Où ça s'est passé ?

— Un autre complexe de galeries. Ces salauds sont enterrés dans toute la vallée.

— Ils n'étaient pas en mouvement ?

— Non. Pas d'après ce que j'ai entendu. Les deux Viets étaient propres, en bonne santé. »

Brooks fit signe à Cahalan, qui s'approcha aussitôt. « Demandez-moi un compte rendu de situation sur l'action de Bravo », chuchota-t-il avant de s'éloigner en entraînant O'Hare. Le PC d'Alpha les suivit à distance. « Qu'est-ce que vos hommes ont encore comme lotion antimoustiques ? demanda-t-il à nouveau, calmement.

— Désolé, Ruf, fit le capitaine, l'air penaud. Ils n'en ont pas des masses. Trois ou quatre flacons, c'est tout ce que je peux vous donner.

— C'est tout ?

— Oui. Comme je dis, on n'en avait pas des masses. Si vous aviez appelé plus tôt, j'aurais pu demander à l'Homme Vert d'en apporter. Il est passé hier, on a causé une demi-heure et son hélico est venu le reprendre. C'est dingue, de voler par un temps pareil, non ? »

Brooks avait continué de marcher en discutant. Ils se trouvaient maintenant au bord de l'escarpement. O'Hare s'était arrêté quelques pas en arrière, le reste du PC d'Alpha un peu plus loin. Il n'y avait aucun soldat de la compagnie D à cet endroit, en fait, aucun poste de combat sur le périmètre. O'Hare remua les pieds, tandis que Brooks, comme hypnotisé, contemplait les multiples nuances de gris de la vallée, qui s'éclaircissaient à mesure que le regard remontait. Un coton gris sale couvrait l'élément d'Alpha demeuré plus bas. Vers l'ouest, tout s'assombrissait, les collines étaient presque noires, alors qu'au loin, à l'est, des taches de bleu inattendues scintillaient comme des joyaux.

« Chaque fois que j'aperçois cette saleté », dit Brooks, l'air mauvais, avec un signe vers l'arbre solitaire qui émergeait du brouillard, « elle paraît plus grosse. C'est un monstre, cet arbre. Vous avez vu sa taille ? » Il se retourna brièvement vers O'Hare et ajouta : « A quelle distance est-il, d'après vous ?

— Je dirais une borne.

— Depuis là-bas, on pourrait voir toute la vallée.

— Heu... Ruf, vous voulez savoir ce qu'a dit l'Homme Vert ?

— Oui. » Brooks se retourna et s'appuya nonchalamment contre un rocher.

« Il voulait que je vous dise... que je vous offre une de mes sections », commença nerveusement O'Hare en reculant d'un pas tandis que Brooks changeait de position. « Elle passerait sous votre contrôle opérationnel pendant que vous êtes ici. Il... heu, il pensait que vous auriez besoin de quelques gars en plus. »

Brooks regarda O'Hare droit dans les yeux. Même penché, il dominait le capitaine. Il ne remuait pas un muscle et respirait imperceptiblement. C'est pour ça que je ne rentre pas, songea-t-il. Mes hommes pourraient se retrouver avec un type dans le genre d'O'Hare. Je ne leur donnerais pas 50 % de chances de s'en tirer dans un coin comme celui-ci. « Peter, reprit-il.

— Oui ?

— Vous aimez la tactique en petites unités ? Le harcèlement et l'attaque ?

— Bien sûr, oui.

— Moi aussi.

— Je comprends, oui.

— Vous serez ici en haut, n'est-ce pas, si on a des problèmes ?

— Naturellement, Ruf. Vous savez que vous pouvez compter sur nous.

— Vous pourriez nous rejoindre en deux ou trois heures, tant qu'on est de ce côté du fleuve ?

— Je suis sûr que oui. Enfin, bon. Vous savez ce que c'est. Ça dépendrait.

— Eh bien, marchons comme ça. D'accord ?

— Exactement comme l'Homme Vert avait dit, fit O'Hare en riant. Vous savez, Ruf, ça fait du bien de discuter avec vous. Vous êtes le seul officier à qui j'ai parlé dans la jungle depuis je ne sais plus quand. Il faut qu'on fasse ça plus souvent.

— Sûr, mon frère, répondit Brooks en saluant le capitaine, le poing fermé.

— Quelquefois, on se retrouve vachement isolé en commandant ici », fit O'Hare en secouant la tête comme un furieux. « C'est bon de parler à un autre officier. On se comprend.

— Mon capitaine, si vous avez besoin de compréhension, adressez-vous à vos hommes. »

Brooks n'avait pu s'empêcher de laisser percer son dégoût. Il rejoignit le détachement du PC et retraversa le village de toile de Delta. Des plaisanteries fusèrent à nouveau sur leur passage, plus amicales cette fois. « Allez, Alpha ! » « Rentrez-leur dans le lard ! » « Foncez et prenez pas de noms ! »

Brooks commença à se détendre lorsqu'il eut rejoint la 2e section. « Bill, demanda-t-il à l'observateur avancé, d'après vous, à quelle distance est cet arbre ?

— Dans les quatorze cents mètres, quinze cents peut-être », dit l'OA en scrutant le centre de la vallée.

Brooks approuva de la tête. « On va se déployer autour, dit-il. Je veux nettoyer les environs avant de foncer. »

Ils entamèrent la descente. A mi-pente, le brouillard les enveloppa. Ils s'arrêtèrent. Très calmement, Brooks chuchota à l'oreille d'El Paso : « Si jamais vous vous retrouvez avec un commandant comme O'Hare, flinguez-le. »

De retour sur la piste, une sensation bizarre les envahit. Personne ne dit mot. Ils traversèrent et se fondirent parmi les hautes herbes. Sur la route, le cratère avait été vidé de son eau et partiellement comblé. La trouée dans la végétation avait déjà été réduite de moitié depuis leur premier passage. Il n'y avait personne aux environs.

Au crépuscule, quarante minutes après le retour du détachement, Alpha reprit sa progression. Ils marchaient en colonne vers l'est au fond de la vallée, entre la piste et le fleuve. La 3e section venait en tête, puis la 1re, et la 2e en arrière-garde. Chelini suivait Egan. Il se sentait las. Excepté les quelques mots échangés avec Jax et le rouquin au réveil, il n'avait parlé à personne depuis vingt heures. Lorsque le détachement était parti à la rencontre de la compagnie D, Egan patrouillant de son côté, il s'était retrouvé responsable du PC de la 1re section. Thomaston avait installé, à l'emplacement du PC de compagnie, un PC pour les deux sections restantes. Il avait embarqué McCarthy et Hoover au passage. Tard dans l'après-midi, Chelini répondit d'un simple R.A.S. à la demande de compte rendu d'El Paso. Il s'aperçut alors qu'il ouvrait la bouche pour la première fois depuis neuf heures, bien que, dans sa tête, il eût poursuivi des conversations avec son frère, Egan, et aussi lui-même. A son retour, Egan fit signe au Bleu de se taire tout en traçant un cercle dans le vide avec son index.

Chelini traduisit qu'ils étaient cernés, mais n'eut pas le temps de demander des éclaircissements, car ses intestins se mirent à nouveau à gargouiller. Pour la septième fois depuis l'aube, il piqua un sprint jusqu'à la limite de la position.

Il venait de s'accroupir quand Whiteboy passa en flèche devant lui, pantalon à demi baissé, une main sur son sexe. Doc McCarthy le poursuivait avec au moins trois cigarettes allumées ; Hill, Harley et Andrews couraient derrière en essayant d'étouffer des crises de fou rire. Whiteboy fit demi-tour, Hill et Harley parvinrent à le coincer.

« Puh'tain de Dieu, qu'est-ce que j'vaih'faire ? gémissait Whiteboy en tenant son sexe.

— T'as qu'à l'arroser avec Little Boy, rigola Harley.

— Attends, Whiteboy, dit McCarthy en brandissant les cigarettes, je vais te débarrasser de ça. »

Whiteboy recula d'un bond en voyant McCarthy approcher sa main. « Faut que j'réfleh'chisse », dit-il, paniqué et souffrant manifestement. Chelini se reboutonna et vint voir ce qui se passait. Une sangsue pendait à l'urètre de Whiteboy.

« Allez, plaisanta McCarthy, je vais pas t'en brûler plus d'un centimètre. Il t'en restera encore plein, et de toute façon, t'as pas l'occasion de t'en servir ici. »

Comme toujours, Egan sembla surgir de nulle part et, à la surprise générale, produisit une fiole d'insectifuge. Sans un mot, il l'ouvrit et versa une demi-douzaine de gouttes sur la sangsue, qui recula un peu en se tortillant. « Bouge pas », fit Egan en versant encore quelques gouttes.

Whiteboy pleurait presque de joie. « Encore, Eg », implora-t-il. Le sergent versa une autre goutte, la sangsue parut reculer un peu. « Vas-y, Eg, gémit Whiteboy. Merde, tu te shootes ah'vec, ou quoi ? Allez ! » Egan pressa le pulvérisateur pour en faire tomber l'ultime goutte, puis le jeta par-dessus son épaule, grimaça un sourire et s'éloigna. Les autres s'efforcèrent de ne pas rire en regardant Whiteboy achever d'extraire la bestiole. Chelini retourna à la feuillée. Quand il eut fini, il se releva d'un bond et s'empressa de vérifier qu'aucune sangsue ne l'avait pris en traître.

Dans sa progression, Alpha passa à gué, sans l'aide de cordes, plusieurs rivières larges mais peu profondes. Ils procédèrent à chaque fois comme la veille, éclairant les abords, attendant, observant avant de se risquer à découvert. Brooks sentit une nette amélioration dans l'exécution de la manœuvre. La végétation changeait avec chaque traversée : à l'herbe à éléphant succédèrent un enchevêtrement de bambous, des broussailles basses d'aspect redoutable, puis un banc de sable.

Le fond de la vallée à cet endroit présentait une série d'ondulations de terrain. « Dites-leur d'arrêter », dit Brooks à El Paso quand le PC fut en bordure du banc de sable. « Qui marche en tête ?

— 3e groupe, 3e section. » El Paso transmit l'ordre par radio.

Encore ce con de Caldwell, songea Brooks en sortant sa carte pour y noter les coordonnées de l'endroit. Il ordonna un lent retrait hors de la zone où la végétation se raréfiait. La 3e section se replia, l'élément de pointe prit au sud, puis de nouveau vers l'est en contournant l'étendue de sable. Cinq cents mètres plus loin, ils demandèrent une halte.

« Qu'est-ce qu'ils ont trouvé ? demanda Brooks.

— Champ de maïs », fit El Paso.

Le PC se porta en avant. Devant le groupe de tête et sur son flanc se dressaient les hautes tiges d'un champ bien entretenu. Par gestes, Brooks envoya des éléments en bouclage. Le reste de la colonne s'avança pour combler les intervalles. La 3e section eut vite fait de reconnaître la configuration du champ, qui ne mesurait que six mètres de large sur trente de long. Brooks y pénétra le premier, par le milieu. Derrière lui, El Paso coupa un épi, le décortiqua : les grains paraissaient mûrs. Il risqua un coup de langue, ne trouva aucune saveur. Il mordit prudemment quelques grains : c'était doux. Il ramassa un autre épi et le tendit au lieutenant en lui faisant signe de goûter. Doc le regarda faire, essaya à son tour, empocha plusieurs épis. Bientôt, tous les hommes l'imitèrent. Allez-y, mais sans vous arrêter, indiqua Brooks.

La colonne se reforma au bout du champ et aborda le prochain pli de terrain vers l'est. Parvenu en haut, Brooks ordonna une halte. Brown et l'observateur avancé gagnèrent l'arrière de la colonne, d'où ils pouvaient contempler le champ ennemi.

L'OA parla dans le combiné : « Mission de tir, à vous. » Dans sa main, ce bout de plastique et de métal lui paraissait vivant : il suffisait pour mettre en branle le poste central de tir, il faisait de son possesseur l'œil de l'artillerie.

« Rover Four de Rover Two. Prêt à tirer, fit une voix dans la radio.

— Reçu, Rover Two, répondit l'OA, qui demanda à Brown de faire passer le mot.

— Coup parti.

— Coup parti », répéta l'OA, qui se mit à compter à voix basse. Un nuage blanc apparut soudain vingt mètres au-dessus de la vallée. Cinquante mètres à droite du champ. « A gauche cinquante, dit l'OA. Tir d'efficacité. » Trois obus tombèrent en bout de champ, puis trois autres. « C'est bon, les gars. » Les explosions, même toutes proches, sonnaient agréablement aux oreilles des *boonierats*, elles avaient quelque chose de réconfortant. « Ajoutez cinquante », dit l'OA. Progressivement, tout le champ fut détruit. Les hommes mordirent joyeusement dans leurs épis.

La pluie s'intensifia à mesure que le jour s'assombrissait, le brouillard redescendit à ras du sol. La compagnie A avançait prudemment vers l'est, dans de hautes broussailles clairsemées. Les *boonierats* abordèrent une légère montée. La végétation, peu à peu, s'épaississait. Quand la nuit fut tout à fait tombée, l'unité fit halte ; la colonne se resserra, les hommes s'installèrent, enveloppés dans leurs ponchos, et prirent leur repas. Des postes d'écoute et de garde furent mis en place. La réunion du PC fut vite expédiée ; seuls Thomaston, Caldwell et le groupe PC y assistèrent. Cahalan donna un rapport concis. Bravo et la reco avaient engagé le feu, l'une et l'autre dans des complexes de galeries, au bord est de la vallée. Le contact de Bravo avait duré quarante minutes et s'était soldé par un mort ANV et la capture d'un prisonnier portant les insignes de lieutenant. La reco avait aussi fait un mort et un prisonnier chez l'ennemi, mais l'accrochage avait à peine duré une minute, et le prisonnier était plus qu'à moitié mort. Une évasan fut réclamée, qui emmena les deux Vietnamiens. Delta exceptée, toutes les compagnies SKYHAWK resserraient leur étau autour du Khe Ta Laou. Les portions de terrain situées entre les unités étaient soumises à des tirs de harcèlement et d'interdiction de l'artillerie, ainsi qu'à une constante surveillance électronique et infrarouge qui ne permit de relever aucun signe de mouvements de troupes importants. Les équipes du renseignement commençaient à penser que l'importance stratégique de la vallée avait été surestimée.

Une brève discussion suivit le rapport de Cahalan, puis Brooks annonça : « Demain, on traverse le fleuve pour reconnaître la rive sud », et la réunion prit fin. Il était encore tôt, l'air était frais et tout semblait calme. La nuit promettait d'être longue. Une moitié de la compagnie s'affairait nerveusement pendant que l'autre dormait. Brooks se sentait mal à l'aise, lui aussi. A 23 h 00, il contacta la 2e section et demanda à Pop Randalph de lui amener six volontaires. Dix minutes plus tard, Pop se présenta au PC, suivi du groupe de Mohnsen au complet, à l'exception de Roberts et de Sklar.

« Cinquante mètres à l'est, expliqua le lieutenant, la 3e section a un poste d'écoute. Je veux que vous alliez jusqu'à eux, puis que vous les dépassiez de cent cinquante mètres, toujours vers l'est, pour installer une embuscade.

— Bien, mon lieutenant, fit Pop. Je vois très bien où. »

Brooks sonda un peu l'équipe, puis demanda à Ezra Jones, le radio de Mohnsen, d'avertir le poste d'écoute de la manœuvre. « Y a pas le feu », dit Brooks en tapant sur l'épaule du vieil adjoint de section, « prenez votre temps. »

Après le départ des volontaires, Brooks se sentait toujours nerveux. Il essaya de dormir. El Paso assurait l'écoute radio. Tout près, Cahalan respirait régulièrement. Quelques mètres plus loin, Minh et Doc bavardaient à voix basse. Le lieutenant rampa jusqu'à eux, bientôt rejoint par Egan, Jax et Chelini, qui formèrent un cercle étroit. La discussion reprit pratiquement là où elle en était restée la nuit précédente.

« Vous savez quel est le premier Américain qui est mort pour la liberté ? demanda Doc.

— Ici, tu veux dire ? dit Chelini.

— De tous les temps, Mista'. Le premier de tous.

— Alors, c'est qui ?

— Crispus Attucks, annonça fièrement Doc. Tué au cours du Massacre de Boston, en 1770. Cet homme-là, il était même pas libre, et pourtant, il est mort pour que ton grand-père puisse être propriétaire du mien, parce que c'était un Noir, cet homme-là, et un esclave.

— Super, rigola Jax. C'est un Noir qu'a commencé la première révolution, la deuxième s'est faite sur le dos des Noirs, et moi, je suis le Noir qui va démarrer la troisième. Les Blancs, qu'ils bouffent ma merde.

— Oh ! ça va, baise mon cul ! lança Egan.

— L'heure de la Révolution est venue », poursuivit Jax, qui s'amusait beaucoup. « Viens avec moi, mon frère. Rejoins tes camarades. On va changer le gouvernement de ce pays.

— Regarde un peu autour de toi, dit Egan. C'est ça que tu veux faire quand tu seras rentré dans le Monde ? Tu veux te coltiner une M60 là-bas ?

— Comment comptes-tu t'y prendre pour renverser le gouvernement ? demanda sérieusement Chelini.

— On fera l'union du peuple ! De tous les peuples du monde ! Combattons les chiens impérialistes ! Debout, et soyons résolus ! Vague après vague, mon peuple va donner l'assaut à ces salauds de bouchers. On va s'organiser en section.

— Si un seul coup de feu est tiré, dit Egan, ta révolution accouchera d'un monstre. » Il mordait à l'hameçon, et Jax jubilait. Il se contenta de ricaner.

« Pauvre fils de pute, cracha Egan. T'es comme tous les autres fils de pute qui parlent de révolution. Tout ce que tu veux, c'est piquer ce que d'autres hommes ont créé. La couleur, c'est jamais qu'un prétexte que tu te donnes.

— On se fait enculer depuis toujours, intervint Doc. Ici, les Frères ne s'enculent pas. Chacun fait sa part. »

Jax saisit Chelini par le bras. « Pourquoi tu nous rejoins pas ? Tu sais que Jax aura besoin d'un bon radio.

— J'ai un sacré bout de temps à tirer, esquiva le Bleu.

— T'essaies juste de l'entuber, soupira Egan.

— Comme tous vos grands-papas blancs ont fait au mien, dit Jax.

— Pas le mien ! protesta Chelini.

— Tous les Blancs, pareil ! fit Doc.

— Arrêtez vos conneries ! dit sèchement Chelini. Mes ancêtres étaient des serfs en Italie, tout comme les vôtres ici. Putain, ils ont pas foutu les pieds dans ce pays avant 1896, et à l'époque, presque tous les Italiens vivaient entassés dans des taudis et bossaient à l'usine. A l'époque, y a pas plus de 20 % des Américains qu'habitaient à la ville. Mon peuple était piégé, tout comme le vôtre, seulement, eux, ils allaient pas pleurnicher au gouvernement : “ Laissez mes gosses prendre le bus jusqu'au pays WASP. ”

— Sûr, fit Jax en riant, vu qu'en 1896, t'aurais pas eu de bus. T'aurais dû y aller à pied.

— Ouais, mais mon peuple en est pas resté là.

— Bravo, petit, dit Jax. Tu commences à apprendre. C'est exactement ce que je dis. On soutient pas les porcs. Si tu fais ce qu'ils veulent, t'aides leur système à se perpétuer. L'heure de la révolution est venue. Rejoins-nous.

— Les gens sont cons, fit Egan. Ils sont cons, ils sont mous, et ils demandent qu'à être manipulés. Ils aiment pas prendre des décisions ou être responsables. Même pour leur propre vie. Ils veulent qu'on les mène. Ils veulent qu'on les exploite.

— C'est vraiment votre avis ? » demanda Brooks qui commençait à prendre de l'intérêt à la conversation.

Egan tenta de l'observer dans la pénombre. Le lieutenant était un interlocuteur habile, il fallait se montrer prudent, et il était trop tard pour reculer. « Oui, c'est ce que je pense. Il suffit de regarder autour de nous. Il faut supplier les types pour trouver un simple adjoint de section. Il y a au moins douze gars dans la 1re qui seraient qualifiés, mais qui se contentent de rester assis sur leur cul en comptant les jours.

— Jax, souffla le lieutenant, pourquoi croyez-vous que les gens se soient laissé exploiter par une... une élite ?

— C'est justement ce que je suis en train de dire. On est plus d'accord avec ça.

— Mais avant, les Noirs se laissaient faire ?

— Ils avaient pas le choix.

— Danny pourrait avoir raison. Peut-être qu'ils étaient trop paresseux, ou qu'ils s'en fichaient ?

— Paresseux et incapables, mon lieutenant ? demanda sournoisement Doc.

— Et vous, Minh, quel est votre avis ? Votre pays a été exploité pendant très, très longtemps. Se peut-il que les gens aient laissé le système en place parce qu'ils espéraient secrètement faire partie de l'élite ?

— Non, mon lieutenant, moi, je ne le crois pas. Mais c'est peut-être le cas. Pas d'élite sans les masses, n'est-ce pas ? Ça forme un tout. Peut-être est-il impossible d'éliminer un terme sans éliminer aussi l'autre, et alors, qu'est-ce qui reste ? »

Chelini émit un grognement étonné.

« Je vous remercie, Minh, dit Brooks. Ça vaut peut-être la peine d'y réfléchir. Peut-être beaucoup de Noirs refusent-ils aujourd'hui d'être exploités. Peut-être refusent-ils désormais d'être relégués automatiquement au plus bas niveau de la société. Mais, malgré tout ce qu'ils peuvent dire, ils ne sont pas en route pour détruire la société en question. Peut-être, au contraire, sont-ils en train de perpétuer le système en se battant pour faire partie de l'élite. Ou peut-être sont-ils en train de construire une nation meilleure.

— Comme ils ont construit un meilleur Watts, ou un meilleur Detroit, peut-être ? ironisa Egan. En provoquant des émeutes et en foutant le feu partout ? En formant des groupes de guérilla et des armées secrètes pour renverser le gouvernement ?

— Les groupes de guérilla tombent pas du ciel, Mista', fit Doc. Les émeutes non plus. J'vous apprends rien. C'est des produits. C'est les produits d'un genre de société où y a pas d'espoir. » Doc s'interrompit. Les images d'été chaud à Harlem défilaient dans sa tête, ces journées, pendant les vagues de chaleur, où les équipes télé venaient filmer les œufs qu'on faisait frire sur des capots de voiture, les gamins noirs qui jouaient dans les geysers des bouches d'incendie. Ça paraissait tellement rigolo, un vrai parc d'attractions. Mais ce qu'ils ne filmaient pas, c'était l'intérieur des taudis, où des hommes en sous-vêtements gisaient effondrés, cherchant à respirer. Seul l'air putride semblait plus figé que ces vieilles sans travail qui n'avaient plus la force de se traîner. De très vieilles gens mouraient dans leur chambre à l'insu de tous, jusqu'au soir, lorsqu'on voyait leurs corps emportés sur des civières. Doc se souvint de l'été où Marlene, encore toute petite, avait failli être tuée par les rats dans son lit misérable. Les plaies de ses jambes avaient suppuré pendant des mois. Doc s'éclaircit la gorge, et, dans un silence total, répéta tristement : « Les émeutes tombent pas du ciel. C'est le désespoir qui les provoque, Mista'. Vous comprenez c'que je veux dire ? C'est pas la répression qui les provoque, c'est les espoirs détruits. Y a pas loin du désespoir aux émeutes.

— Je comprends pas, Doc », dit Chelini en s'efforçant de prendre un ton encourageant et compréhensif. « Moi, je vois partout des occasions de s'en sortir.

— C'est parce que t'as été élevé comme ça. T'as affaire à des gens qui s'en sortent. Là d'où je viens, moi, j'ai vu des gens pourrir sur place. C'est sans espoir, Mista'. On peut toujours causer, personne écoute. Même toi. T'entends pas ce que je dis. Ils votent des lois, ils disent qu'ils dépensent du fric, mais y a rien qui change. Jax a raison, les gars. Le gouvernement va tomber. Le gouvernement, c'est lui qui décide qui vit et qui meurt, qui on envoie au Vietnam, qui sera *boonierat*, qui aura du boulot, qui crèvera de faim.

— Mais ça se passe pas comme ça pour tout le monde, insista Chelini.

— La révolution approche, fit Doc d'une voix très lasse, et le gouvernement pourra pas l'empêcher. Il pourra pas, parce que c'est dans le cœur des gens, dans le cœur des laissés-pour-compte de la société. »

Egan avait écouté attentivement, cette fois. Ce qui se disait allait contre beaucoup de ses convictions, mais il ne pouvait pas le nier. Il prit la parole : « Ça se peut que vous ayez raison. C'est vrai de dire que le gouvernement contrôle tout. Ils ont les fusils, et toute légitimité politique sort du canon d'un fusil. Tous les droits de l'homme, de parole, de propriété. Si vraiment on les a pas, alors on doit peut-être se révolter. C'est le pouvoir au bout du fusil. Traditionnellement, les Américains s'enflamment vite. C'est pour ça qu'on a des libertés aussi étendues. Et vous avez raison : on est en train de les perdre. Petit à petit, on se les laisse enlever par la machine Nixon, par la machine bureaucratique. Mais vous voulez savoir une chose ? On fait tout pour. Une par une, on vend nos libertés à ce salaud. On les vend pour qu'un gouvernement paternaliste s'occupe de nous. Tout ça, parce que les gens sont paresseux et qu'ils s'en foutent. Si on se révolte, ça veut dire qu'on s'en fout pas.

— Là, tu causes, souffla Jax.

— C'est important pour nous, dit Brooks après un silence, de comprendre les mécanismes de la violence raciale, si on veut pouvoir l'éviter à l'avenir. Doc, à l'instant, vous avez mis le doigt dessus. Les émeutes raciales ne tombent pas du ciel. Pas plus que les guerres. Voulez-vous tous y réfléchir ? Je vous le demande. J'aimerais qu'on en reparle, mais plus tard. »

Le petit groupe se sépara et chacun regagna son emplacement. Brooks prit son sac et retira un bloc sténo de la boîte à munitions étanche fixée à la base. Le moment était venu de mettre sur le papier ses observations à propos de la notion de conflit. Sur la couverture, il inscrivit en majuscules : ENQUÊTE SUR LE CONFLIT – PERSONNEL, RACIAL, INTERNATIONAL. Sur la première page, il nota : « Le conflit ne tombe pas du ciel. Les guerres ne tombent pas du ciel. Le divorce ne tombe pas du ciel. » Il écrivait en abrégé, traçant des lettres larges à cause de l'obscurité.

Il reposa le bloc et se dit : il faut que je me fasse rapatrier dès maintenant. Il faut que j'écrive ce traité. Je contacterai l'Homme Vert par radio dès demain matin. Est-ce que je ferais bien d'en parler à quelqu'un ?

Pourquoi est-ce que je donne toujours l'impression d'avoir des préjugés ? se demandait Egan, de retour à la 1ʳᵉ section. Il repensait à sa dispute avec Jackson, à d'autres discussions au PC. Il ne se voyait pas, refusait de se voir, comme un raciste. Il ne se serait même pas décrit comme un type de droite. Il pensait avoir l'esprit ouvert, être quelqu'un qui pèse le pour et le contre.

La voix du Bleu le tira de sa réflexion. « Comment ? dit-il.

— Comment crois-tu que Jax, Doc et le lieut prennent tes attaques contre les Noirs ? » répéta Chelini.

Merde, songea Egan, c'était à ce point ? Il répondit de cette voix feutrée, presque inaudible et pourtant nette, que les anciens acquièrent dans la nuit de la jungle : « Les *boonierats* eux-mêmes sont une race. On peut se permettre de dire des trucs comme ça. Pas un mec n'y voit d'allusion personnelle.

— Pas même quand tu traites Silvers de bon juif de service ?

— T'as pas encore compris. Ce genre de réaction, c'est bon dans le Monde. Ici, on est une culture à part, avec ses propres règles. Et par certains côtés, c'est mieux. Merde, une rafale d'AK s'en fout pas mal, de quelle couleur on t'a peint la carrosserie. »

Chelini respira profondément : « T'as pas de sentiments, Eg », dit-il. Il utilisait le diminutif d'Egan pour la première fois — non sans appréhension, mais, du moins, cela les plaçait sur un pied d'égalité.

« Tu n'y es pas, mec, fit le rouquin. Il faudra d'abord que tu vives ça par toi-même. Bien sûr, j'ai des sentiments.

— Merde, je te comprends pas. Je crois que ce numéro de dur à cuire que tu fais en permanence, c'est un moyen de te planquer.

— Quoi ?

— Silvers se fait buter, Brunak est blessé, et toi, ou tu t'en fous, ou, si tu t'en fous pas, tu le caches vachement bien.

— Tu parles comme un petit con.

— Silvers s'est fait flinguer. Je le reverrai plus jamais. Il est mort, mec.

— Qu'est-ce que ça change pour toi ? Ou pour moi ? » fit Egan, qui commençait à s'échauffer. « Il est mort. Tu veux que j'écrive à ses vieux ? " Je connaissais votre gosse. Ça s'est pas mal passé. Il a pas eu le temps de souffrir, vu qu'il a morflé en plein dans la nuque. " Ou alors, tu préfères que j'y mette des fioritures, dans le genre " Il était en train de troncher une pute et il s'est fait avoir pile au moment où il jouissait " ? Merde, qu'est-ce que t'attends de moi, mec ?

— Rien. » La conversation ne se déroulait pas comme il l'aurait voulu.

« Écoute, Bleu », dit Egan, un peu calmé, « si je dois pleurer la mort d'un type, faut que je puisse le faire à ma manière, au moment qui me convient. Les *boonierats*, c'est des mecs à part. Si tu veux penser à Silvers, pense à la façon dont il s'est fait allumer. Moi, je dois réfléchir à ce qu'il faut faire après. Il a fallu que je le remplace, que je nomme Jax chef de groupe. Ça a pas été facile. Marko et Denhardt y avaient droit aussi.

— T'es sûr que t'as pas choisi Jax parce qu'il est noir ?

— Merde, non. Denhardt a pas de cervelle et Marko serait pas foutu de guider sa grand-mère dans un supermarché sans qu'elle l'engueule. Je suis sérieux quand je dis que les *boonierats*, c'est une race. Écoute, j'aime les mecs de cette unité. Je sais que je peux compter sur eux. »

Chelini ne répondit pas.

« Une nuit, sur la 882, on a eu vingt-huit blessés, reprit Egan. On aurait dit que tout le monde pissait le sang. Les Noirs, les Blancs, les Jaunes. Y a pas eu un toubib pour dire : " Va te faire soigner par un mec de ta couleur. Moi, je traite que les mecs de ma race. " Les toubibs soignent tout le monde. Les types qui marchent en pointe guident tout le monde. Quand certains des types sont morts, tout le monde a eu le bourdon. Jax a eu mal pour ses frères *boonierats* blancs comme j'ai eu mal pour mes frères noirs. Ça se voit pas forcément. Et ça me fait vraiment chier de voir leurs putains d'émeutes noires dans le Monde. Merde, moi, je dis que t'es pas censé le montrer. »

Ils s'installèrent pour la nuit. Chelini prit la première vieille radio. Egan ne tarda pas à sombrer dans un demi-sommeil. Ses pensées étaient agitées. La vision de Stephanie vint l'apaiser un peu. Il regarda son image prendre du relief et de la netteté. Il faisait soleil, c'était le printemps. Une odeur d'herbe coupée se mêlait à la douceur de l'air. Comment avait-il pu la laisser s'échapper ? Mais il se trompait peut-être, peut-être serait-elle là à son retour. Plus il approchait de la date de son retour, et de sa libération, plus il pensait à elle.

Daniel Egan rendit fréquemment visite à Stephanie pendant l'été de son divorce. Il continua durant l'automne et l'hiver qui suivirent. Sa mémoire fourmillait d'anecdotes de cette période. Il brûlait de désir en y repensant. La douce nuque de Stephanie, penchée dans un moment de tristesse ; sa façon de relever la tête d'un mouvement joyeux qui faisait voler ses cheveux fous ; ses yeux étincelants ; le rire qui hésitait au bord de ses lèvres humides. L'apparition semblait inviter le corps réticent d'Egan à la rejoindre. Egan fut parcouru d'un frisson. Mais il se sentait apaisé. Son esprit rejoignit l'image de Stephanie ; il resta un moment à contempler sa propre carcasse, sale et grelottante, affalée sur ses cinquante kilos de paquetage, puis il se tourna vers Stephanie en souriant. Ils glissèrent dans un monde scintillant, près d'une rivière qu'enjambait un pont de pierre en arc. Ils passèrent le pont, se dirigèrent vers un étang. C'était une belle journée ; des érables aux feuilles grasses se reflétaient dans l'eau. Daniel jetait des miettes de pain à une bande de canards aux couleurs vives qui barbotaient dans l'étang. Les oiseaux s'approchaient du bord ; certains s'aventuraient même hors de l'eau et se disputaient sauvagement les miettes aux pieds de Daniel, mais, dans l'ensemble, ils restaient méfiants. Stephanie s'agenouilla au bord de l'étang. Les canards vinrent vers elle et se mirent à manger dans sa main. Elle s'assit un peu en retrait ; ils la suivirent, le cou tendu. Elle réussit même à en caresser quelques-uns pendant qu'ils mangeaient. Lorsque Daniel voulut essayer à son tour, toute la bande s'éparpilla. Toujours la même histoire, songea-t-il. N'importe qui peut l'approcher, pourtant c'est elle la plus timide. Elle est aussi forte qu'elle est timide.

« Tu te souviens du livre que tu m'avais laissé à New York ? demanda-t-elle.

— Oui.

— Quand tu es revenu, je t'ai dit que je ne l'avais pas lu.

— Je me souviens.

— Tu m'as dit : “ Je savais que tu ne le lirais pas. ”

— Je n'ai quand même pas dit ça ?

— Si, tu l'as dit. Si tu m'apportes *Le soleil se lève aussi*, je te promets que je le lirai. J'ai commencé *Hawaii* [1] il y a quinze jours.

— Ça te plaît ?

— Beaucoup, vraiment, mais je dois avouer que les gros livres me font un peu peur », dit-elle en riant.

1. De James Michener *(N.d.T.)*.

L'image se transforma, comme si Egan, au fond de sa jungle, voulait passer le film en accéléré, revivre le plus grand nombre d'épisodes possible, parce que le temps allait lui manquer. « J'ai reçu ton livre aujourd'hui », fit la voix de Stephanie au téléphone. Daniel était de retour en fac. Il lui avait posté son exemplaire tout écorné du *Soleil se lève aussi*. « C'est un livre superbe, poursuivit la voix. Je ne l'ai pas encore commencé, mais j'adore le toucher, le regarder. C'est superbe. Je vais t'envoyer mon album de Sandy Bull, *Fantasia*. Il compte plus pour moi que tous mes autres disques, ou que n'importe quelle chose que je possède, à part mes yeux, que je ne peux pas te donner, et pourtant j'aimerais. » Elle rit un moment et Daniel, à l'autre bout du fil, sourit en silence. « En ce moment, reprit-elle, je lis *Le Rebelle*, par Ayn Rand. Tu l'as sans doute déjà lu, sinon je te l'enverrai. Ça me plaît vraiment beaucoup, et le personnage de Howard Roark me fait penser à toi. Et où en est le travail sur cette maison en Alaska ? Surtout, montre-moi tes croquis, tu sais à quel point j'ai envie de les voir. »

Tout en revivant la scène, Egan songea qu'en fin de compte il n'avait jamais montré les croquis en question à Stephanie. L'image changea : cette fois, Stephanie l'engueulait, dans un petit bar du nord de l'État. La mine grave et triste, elle était toujours aussi adorable. « Je m'étais juré de ne pas avoir cette conversation, mais tant pis. Par certains côtés, Daniel, tu es quelqu'un de très égoïste. Tu le sais, et je sais que tu le sais. Il faut me parler. Tu as quelque chose en toi que je sens, mais tu refuses de le partager avec moi. Je t'aime, et je t'en veux pour ça.

« Daniel, avait-elle dit ensuite d'une voix implorante, je veux, j'essaie d'être à ton niveau, avec toi, avec ce côté plein d'assurance et ce recul. Je le désire, et j'y arrive, mais bon sang, Daniel, parle-moi ! Est-ce que tu le fais exprès ? Je parierais que oui. Je peux te rejoindre, être en accord avec toi. Mais PARLE-MOI, salaud ! Salaud que j'aime.

— Stephanie », lui dit alors Daniel — pour la première fois — « tu comptes pour moi. Tu comptes plus que n'importe quoi d'autre dans mon existence jusqu'à présent. C'est juste que je ne sais pas le dire. »

Ses pensées s'accéléraient. Stephanie, c'est moi qui essaie d'être à ton niveau, celui du naturel, de l'humain qui ne se laisse pas bouffer par la société de masse et la technologie. Tu comptes pour moi... je t'aime.

Ils étaient allongés ensemble dans la douceur du soir. La journée avait été parfaite. « J'ai pris un poste bénévole au centre médico-social », dit Stephanie en souriant. Elle semblait tout à la fois heureuse, triste et troublée. « Je travaille dans une salle avec onze enfants, dont sept noirs. En entrant, le premier jour, je n'ai eu qu'à sourire et je me suis retrouvée avec six bambins pendus à mon cou, accrochés à mes jambes. Ils paraissaient tellement privés d'affection. Il y a un petit garçon nommé Jeremiah qui est parmi mes préférés. Vraiment adorable, j'ai envie de l'adopter. Sa mère est alcoolique. Elle reçoit une aide sociale. Jeremiah a débarqué au centre sans sous-vêtements, avec un pantalon trop grand de cinq tailles à la fermeture Eclair cassée, et qui ne tenait que par une épingle fixée à un pan de sa chemise. J'ai profité d'une braderie pour lui acheter du linge de corps, des chemises, et il est rentré chez lui comme ça. Le lendemain, il a rapporté un mot de sa mère disant qu'elle voulait bien que Jeremiah vienne au centre, mais qu'elle n'approuvait pas que nous cherchions à acheter son affection à coups de vêtements. Ça m'a vraiment blessée, Daniel. Je crois que j'ai encore beaucoup à apprendre. Enfin, il y a des moments tristes et d'autres où on s'amuse vraiment. Je n'en finirais pas de te raconter toutes les choses drôles que font ces enfants. J'aimerais que tu puisses les voir. Ils te plairaient aussi. »

Daniel écoutait et l'aimait encore plus pour son enthousiasme, sa sensibilité, son amour des enfants, mais il se contenta de lui demander si elle avait complètement abandonné les beaux-arts. Elle lui répondit d'une manière qu'il ne comprit jamais tout à fait : « Personne ne saura jamais vraiment, hein, Daniel ? Personne ne saura jamais ce qu'il y a au-dedans de toi. On peut se faire une vague idée, mais on ne sera jamais réellement fixé. Ça me rend triste.

— J'ai toujours été persuadé qu'on est ce qu'on fait. » La voix de Daniel, sur l'écran mental où il revivait la scène, semblait venir de très loin. « Un être est ce qu'il crée, ce qu'il accomplit. Un artiste, disons, est quelqu'un qui crée de l'art, alors que le pseudo-artiste est celui qui entretient aux yeux des autres une image de créateur là où, en fait, il ne crée rien. La personne qui s'occupe d'enfants est une assistante sociale. C'est aussi simple que ça. Tu voix ce que je veux dire ? Si on est ce qu'on fait, alors, les crises d'identité viennent nécessairement de ce qu'on ne sait pas quoi faire, ou qu'on ne fait rien. Une identité, ça se construit en agissant, en créant, en bâtissant quelque chose...

— Et pas en lisant, en réfléchissant, en rêvant ? »

Il entendait à nouveau la réponse de Stephanie, il revoyait son air blessé. *Pourquoi n'ai-je pas su l'écouter ?* Je me suis conduit comme un salaud.

Autre fondu enchaîné, autre séquence. Le désir de revivre toutes ces scènes l'avait pourtant quitté, à présent, mais son corps ne contrôlait plus les visions ; la machine lancée, le film continuait de se dérouler à sa propre vitesse. Là, c'était le même épisode auquel il avait repensé le jour de l'assaut, mais l'image était plus nette, et ils avaient échangé leurs places. Ils se trouvaient au vieil hôtel *Martinson*, dans une chambre qui donnait sur la voie ferrée et, au-delà, sur une rue pavée et mal éclairée. Il pleuvait. Daniel se tenait près de l'unique fenêtre de leur chambre. Au loin, les vitrines éteintes ne reflétaient que de la boue et des détritus. Au coin de la rue, l'enseigne au néon d'un bar répétait régulièrement son message : *Bière Iron City à la pression.*

Les lumières de la rue éclairaient un peu l'appui de la fenêtre. Le reste de la chambre était sombre, à l'exception d'une bougie qui se consumait sur la table de chevet. La pièce était vétuste, d'une propreté douteuse. Stephanie, couchée, contemplait le dos de Daniel. Au bout d'un moment, elle se leva et alla passer ses bras autour des épaules de Daniel, appuya sa tête contre son dos. Il se retourna. Elle tendit gracieusement les mains vers lui. Il les prit, l'attira à lui.

« Je te demande pardon, Steph, je n'avais pas compris. » Mais c'était lui qui parlait à l'instant, pas le personnage du film. Il avait fait mal à Stephanie pendant l'amour. A l'époque où il faisait des ravages sur le campus, il avait acquis un style athlétique et dominateur qui ne convenait pas du tout à Stephanie. Elle avait le col de l'utérus sensible depuis son avortement, et les coups de boutoir la faisaient souffrir. « Je suis désolé, désolé pour tout ça. Un jour, je me ferai pardonner le mal que je t'ai fait. »

Il resta de longs mois sans voir Stephanie.

En revoyant cette scène, dans sa solitude actuelle, il mesurait à quel point il était resté sourd à tout ce que lui disait Stephanie. La tragédie de sa vie. Il n'avait pas su écouter Stephanie lorsque c'était possible ; il n'avait même pas su écouter ses propres sentiments. Dans sa tête, les images changèrent brutalement. Il voyait à présent son propre corps transi, saucissonné dans le poncho. Le sapeur nord-vietnamien se tenait accroupi près de lui, le sourire aux lèvres, les dents étincelantes. Je te tiens cette fois, semblait-il dire. La machette s'élevait et tournoyait au ralenti, puis descendait vers le visage d'Egan. « Mon corps, il faut que je rentre dans mon corps, hurla-t-il, il faut que je l'aide. » Par terre, le corps se recroquevillait, la lame descendait au ralenti, elle tranchait l'arête du nez, guidée par une main puissante, elle s'enfonçait entre les yeux, coupait la tête en deux. Egan était à nouveau dans son corps, il eut l'impression que ses entrailles se dilataient. Une série de petites explosions lui fit vibrer les tympans, puis ce fut, loin au nord, un tir de M60.

« Qu'est-ce que c'est ? » chuchota Chelini.

Egan se prit le visage à pleines mains. Il pleurait en silence.

Dans la nuit traversée de pluie, deux équipes de sapeurs ANV rampaient au flanc de l'escarpement nord, vers la tête de crête où se nichait la position de nuit de Delta. Au-dessous, la moitié de la compagnie A dormait, l'autre moitié, de garde, restait sur le qui-vive. Egan s'enfonçait dans ses rêves brumeux. Les sapeurs se hissèrent jusqu'au bord du périmètre, puis se figèrent en observation. L'ANV épiait les Américains d'en haut depuis deux jours. Delta avait à peine altéré son dispositif depuis le moment de son installation ; la routine s'était vite établie dans les changements de poste. L'unité de sapeurs avait étudié les emplacements de combat de la compagnie, les tentes bricolées avec des ponchos et les habitudes des hommes de Delta. Le raid fut soigneusement mis au point dans ses moindres détails et son exécution commença à la tombée de la nuit.

Parvenue à défilement de la crête, une équipe se dissimula parmi les rochers, tandis que l'autre contournait le sommet, suivant l'itinéraire emprunté dans l'après-midi par l'élément d'Alpha. Les sapeurs restèrent trois heures immobiles, à espionner les Américains qui s'agitaient bruyamment et dévoilaient leurs positions, puis l'équipe restée en bordure de la crête pénétra à l'intérieur du périmètre. Le chef trouva deux soldats endormis derrière leur M60 dressée entre eux sur son bipied. Sans bruit, il plongea une baïonnette affilée dans la gorge d'un des hommes, remonta vers l'arrière du crâne, tordit et retira la lame. Le corps eut un soubresaut et se détendit. Son camarade dormait toujours. Le sapeur contourna le cadavre. L'autre Américain se réveilla brusquement et se redressa en ouvrant la bouche pour hurler. Le sapeur étouffa son cri en frappant directement la pomme d'Adam de ses doigts raidis. Il acheva l'homme à la baïonnette. Les sapeurs infiltrèrent la position de nuit, se portant à des emplacements choisis d'avance parmi les rochers et la broussaille, puis ils s'immobilisèrent totalement. Au PC de Delta, deux hommes fumaient une cigarette.

Les sapeurs de la deuxième équipe, restés en bordure de la position, rampèrent sans un bruit jusqu'aux emplacements repérés des Claymore. A mesure qu'ils découvraient les mines, il les retournaient, orientant les charges en direction des défenseurs. Une pause de quinze minutes suivit, puis l'équipe de l'intérieur se remit en mouvement, faisant un peu de bruit. Delta ne réagit pas. Les sapeurs continuèrent, plus bruyamment cette fois.

« Mon capitaine, fit une sentinelle en accourant au PC, je crois que ça bouge dans les bandes minées.

— Vous avez vu quelque chose ? demanda O'Hare, qui se leva en éteignant sa cigarette.

— Qu'est-ce que ça donne, Bobby ? demanda le radio.

— Je suis pas sûr. Batman croit avoir entendu quelque chose.

— Y a qu'à balancer une grenade, fit le radio.

— Non, attendez, dit O'Hare. Appelez la base et demandez-leur des fusées. »

La sentinelle regagna son poste. Quelques minutes plus tard, une fusée éclairante lancée par mortier éclata au-dessus de la position de Delta, projetant sur la végétation une bizarre lumière plate. Tapis au sol, les sapeurs ne bougèrent pas d'un pouce. D'autres fusées descendirent mollement au bout de leurs parachutes, faisant jouer des reflets sur les ponchos mouillés qui servaient d'abris. Les sapeurs dissimulés à l'intérieur du périmètre continuaient d'épier leurs ennemis. Au bout de vingt minutes d'illuminations, le capitaine O'Hare annula la mission et Delta retourna dormir.

Deux heures s'écoulèrent. Les sapeurs ne bougeaient pas. Des hommes s'agitaient sous les ponchos. « Un peu de silence, là-bas, fit O'Hare en direction d'un point du périmètre.

— C'est Willie, mon capitaine, dit un soldat. Ce con-là arrête pas de ronfler.

— Assez déconné, merde. On se tait, maintenant », fit une troisième voix.

Ailleurs, un homme rigola, puis le silence revint. La compagnie dormait. Les sapeurs passèrent à l'action. L'équipe de l'extérieur s'infiltra entre deux sentinelles assoupies ; celle de l'intérieur se déploya. Sur un seul signal, les sapeurs sortirent leurs charges explosives, les mirent à feu et les placèrent, autant que possible, entre les têtes des équipes américaines endormies. Ils se replièrent aussitôt. La première équipe regagna son point de départ, raflant au passage la M60 et les munitions. La deuxième équipe rampa hors du périmètre. La première charge explosa, suivie de deux autres. Tous les GI's étaient debout ; des hommes criaient et couraient en tous sens tandis que les explosions se succédaient. Le radio d'O'Hare aperçut une charge entre le capitaine et lui et la lança hors de leur abri, blessant une sentinelle qui s'était élancée vers le PC dès les premières explosions. « SAPEURS ! » hurla une voix. Une M60 ouvrit le feu sur la position. Des soldats tiraient sur leurs camarades, d'autres lançaient des appels pour essayer d'agencer en hâte le dispositif de défense. Personne ne savait qui était qui, et la M60 continuait d'arroser les silhouettes en mouvement. Puis il y eut une autre série rapide de petites explosions.

Les explosions varient en durée suivant la charge et le type d'explosif. Les explosifs rapides font un bruit sec ; ceux qui brûlent lentement ont un son plus profond, plus proche du grondement. Les charges ANV appartenaient à la seconde catégorie ; leur puissance était relativement faible. Les premières firent sauter des têtes, mais la plupart des suivantes n'atteignirent que les yeux ou les tympans. A un kilomètre de là, les anciens d'Alpha identifièrent le bruit. Quatre mois plus tôt, sur la cote 714, l'ANV avait tué cinq soldats de la compagnie en utilisant une tactique similaire. Les sapeurs balançaient à présent d'autres charges à l'intérieur de la position afin d'accroître la confusion et de faire cavaler les GI's sous les balles de leurs propres camarades.

La déflagration bien reconnaissable d'une Claymore se fit entendre. Tous les homme d'Alpha, qui s'étaient redressés, se plaquèrent dans la boue, en alerte. Une sentinelle de Delta venait de déclencher le dispositif de mise à feu de sa mine, qui lui mit le visage en bouillie.

« Qu'est-ce que c'est ? chuchota Chelini.

— Des sapeurs. Vois si tu peux contacter quelqu'un, là-haut, répondit Egan.

— J'ai pas leur fréquence. »

El Paso les appela à cet instant : « Personne bouge. Faites passer. »

Egan partit en rampant transmettre l'ordre à la section. « Les équipes en embuscade et les sonnettes rappliquent, précisa-t-il. Leur tirez pas dessus. » Il surprit Jax et Marko en train de discuter. « Bouclez-la, vous deux.

— Oh ! fais pas chier ! dit Jax en se retournant. Si t'étais un *dink,* tu choisirais ce moment pour t'amener sur notre position ? Là, c'est Delta qui déguste, mec, ils vont pas venir nous emmerder après avoir réveillé tout le monde. »

Un autre message d'El Paso parvint aux radios des sections : « Ordre du lieut, on fait mouvement dès l'arrivée des hélicos. Préparez vos bardas. »

Les hélicos sanitaires répétèrent la procédure d'évasan nocturne utilisée cinq jours plus tôt lors de l'attaque de la compagnie Bravo. Un appareil vint allumer le ciel de fusées éclairantes ; les Huey de l'équipe médicale firent leur apparition, escortés de quatre Cobra et deux LOH. Plus haut, le PC volant de l'Homme Vert coiffait l'opération. Dans la nuit le vacarme était incroyable.

Egan se mit en route, Jax en second. Les équipes en embuscade ou en sonnette, après s'être comptées, assurèrent l'arrière-garde. Au-dessus du site d'évacuation, le ciel était un brouillard lumineux, mais au sol il faisait toujours noir. Egan s'enfonçait dans la végétation sans prendre la peine d'ouvrir une piste, tantôt rampant, tantôt contournant un obstacle, progressant lentement mais sans jamais s'arrêter. Boussole en main, il menait la compagnie vers l'est. Il donnait l'impression de connaître le terrain, d'avoir prévu exactement cet

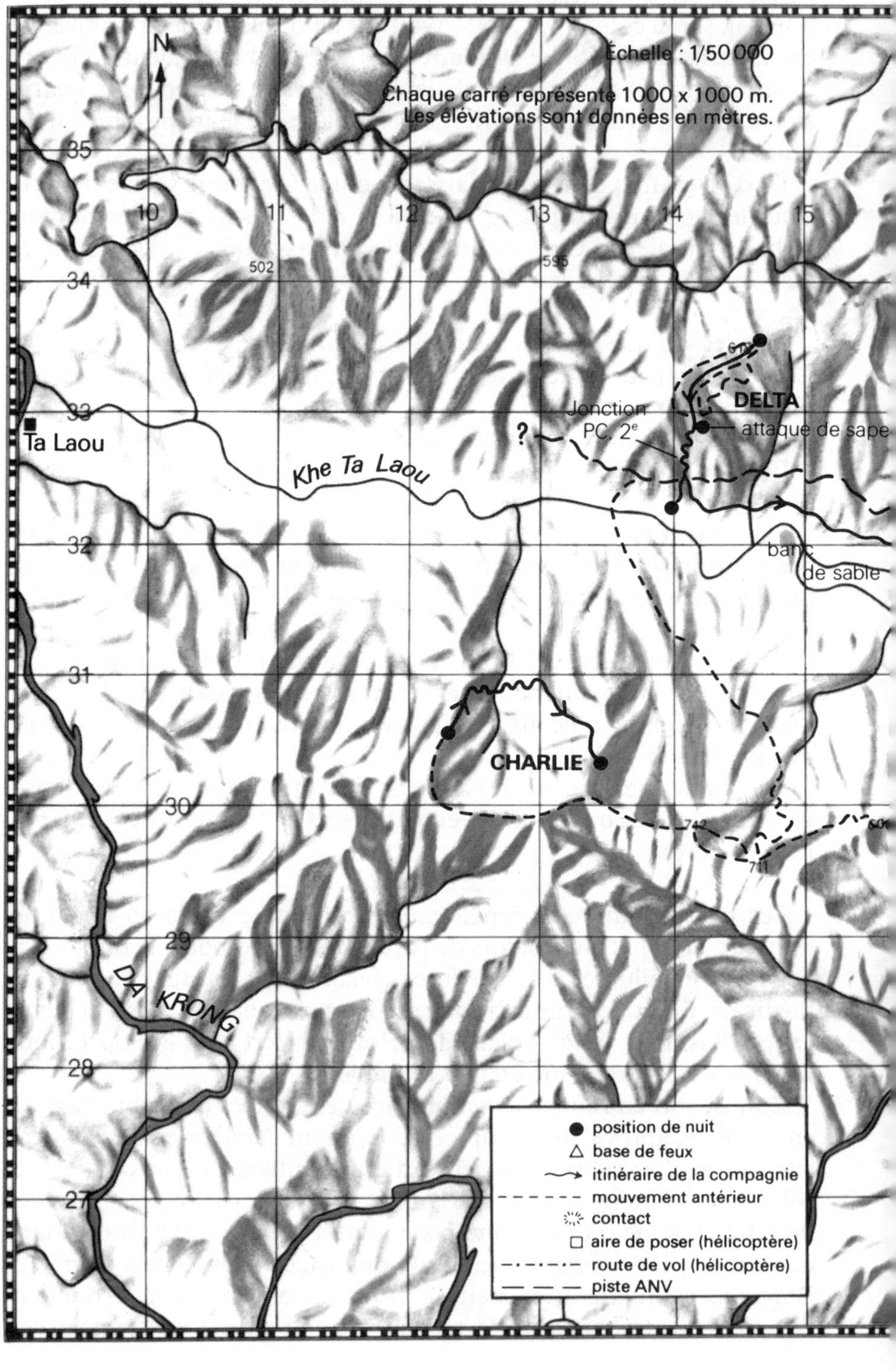
N
Échelle : 1/50 000
Chaque carré représente 1000 x 1000 m.
Les élévations sont données en mètres.
35
10
11
12
13
14
15
502
595
34
33
Ta Laou
Jonction
PC. 2e
?
DELTA
attaque de sape
Khe Ta Laou
32
banc
de sable
31
CHARLIE
30
742
711
29
DA KRONG
28
27
position de nuit
base de feux
itinéraire de la compagnie
mouvement antérieur
contact
aire de poser (hélicoptère)
route de vol (hélicoptère)
piste ANV

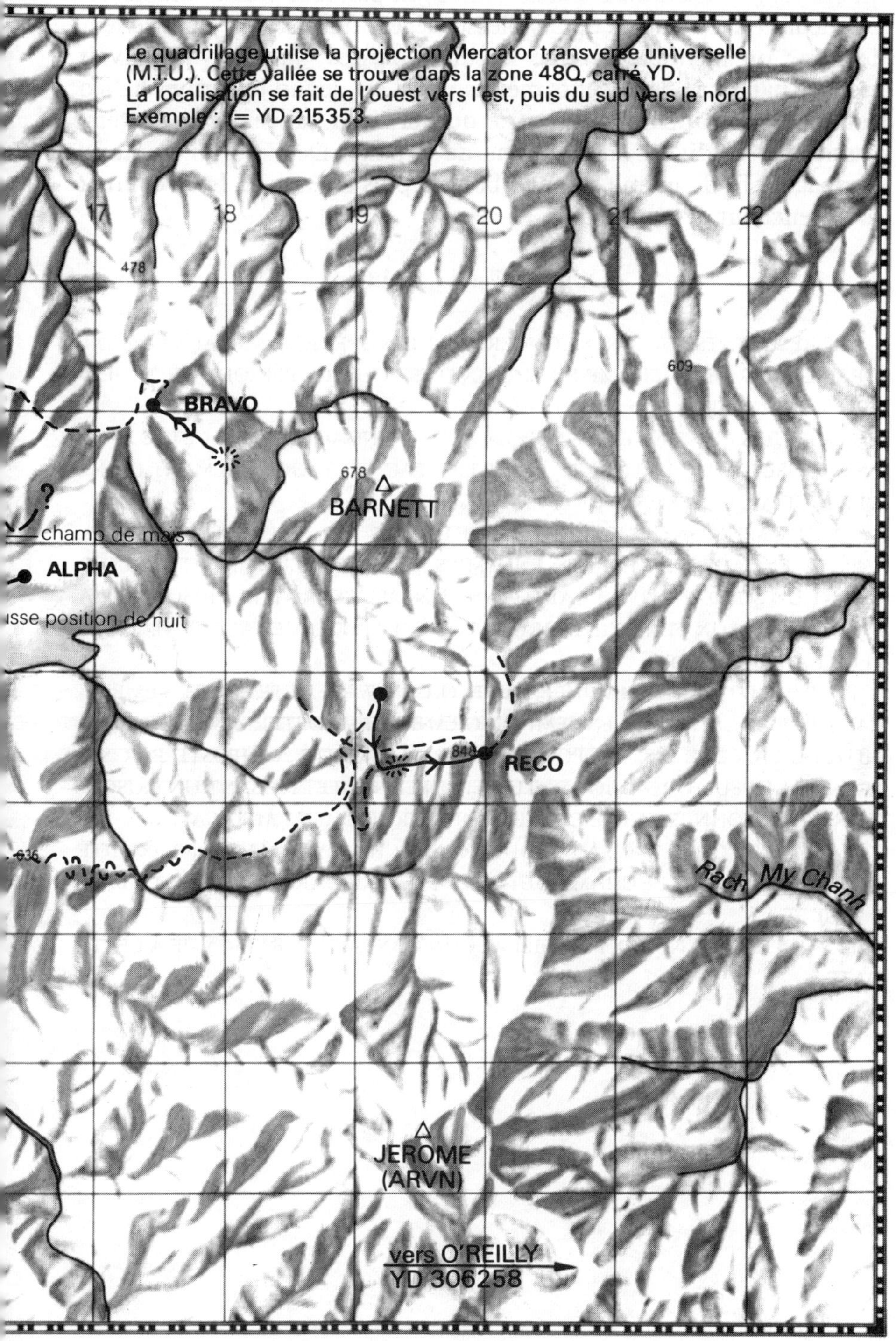
Le quadrillage utilise la projection Mercator transverse universelle
(M.T.U.). Cette vallée se trouve dans la zone 48Q, carré YD.
La localisation se fait de l'ouest vers l'est, puis du sud vers le nord.
Exemple : • = YD 215353.
17
18
19
20
21
22
478
609
BRAVO
678
BARNETT
champ de maïs
ALPHA
isse position de nuit
RECO
636
Rach My Chanh
JEROME
(ARVN)
vers O'REILLY
YD 306258

itinéraire. L'évasan de Delta se prolongea pendant plus d'une heure. L'évacuation des morts et des blessés légers fut réservée pour le lendemain ; on n'embarqua que les onze blessés graves. Alpha avait presque parcouru deux cents mètres vers l'est quand le dernier hélico sanitaire et les appareils d'escorte quittèrent la vallée. Egan s'arrêta, s'assit et attendit les instructions de Brooks. Derrière lui, toute la compagnie fit de même — et ne bougea plus de la nuit. Leur combat commencerait le lendemain.

EXTRAIT DU J.M.O.

LES RÉSULTATS SUIVANTS CONCERNANT LES OPÉRATIONS DANS LA ZONE O'REILLY/BARNETT/JEROME SONT SIGNALÉS POUR LA PÉRIODE DE 24 HEURES PRENANT FIN À 23 h 59 LE 18 AOÛT 70 :

LES PLUIES CONTINUELLES SUR LA ZONE D'ENGAGEMENT A CETTE DATE ONT CAUSÉ L'ANNULATION DE 18 SORTIES TAC * ET L'AJOURNEMENT D'UNE ATTAQUE À L'ÉCHELON D'UNE COMPAGNIE.

UN KILOMÈTRE À L'OUEST DE LA BASE BARNETT, UN ÉLÉMENT DE LA CO B, 7/402, A ENGAGÉ DES FORCES ENNEMIES DE GRANDEUR INDÉTERMINÉE, TUANT UN SOLDAT ANV ET CAPTURANT UN LIEUTENANT. LE PRISONNIER A ÉTÉ ÉVACUÉ AUX FINS D'INTERROGATOIRE. L'UNITÉ A ÉGALEMENT RÉCUPÉRÉ 1 AK-47 ET 2 RPG.

PLUS TARD DANS LA MATINÉE, LA RECO, CO E, 7/402, A ÉTÉ PRISE EN EMBUSCADE PAR UN ÉLÉMENT ENNEMI DE GRANDEUR INDÉTERMINÉE À PROXIMITÉ DE LA COTE 848, AU POINT YD 193303. L'UNITÉ A RIPOSTÉ PAR SES MOYENS DE FEUX ORGANIQUES, TUANT UN ENNEMI ET FAISANT UN PRISONNIER. LE PRISONNIER A ÉTÉ ÉVACUÉ POUR TRAITEMENT MÉDICAL.

A 18 h 05, LA CO A, 7/402, A DÉCOUVERT UN CHAMP DE MAÏS À PROXIMITÉ DU POINT YD 158320. LE CHAMP A ÉTÉ DÉTRUIT PAR L'ARTILLERIE DE LA BASE BARNETT.

LES UNITÉS ARVN N'ONT ÉTABLI AUCUN CONTACT SIGNIFICATIF À CETTE DATE.

CHAPITRE 26

19 août 1970

Aux premières lueurs grises, Egan se releva de l'endroit exact où il s'était assis des heures plus tôt. Il n'avait ni bougé ni dormi de la nuit. Sans un mot, Jax lui emboîta le pas. Derrière lui, Chelini appuya sur la touche du combiné et murmura d'une voix presque inaudible : « Four, Two. Mouvement. Terminé. » Il n'attendit pas la réponse.

Le reste de la compagnie se disposa sur trois colonnes parallèles et inégales pour reprendre la progression. La formation ressemblait un peu à un bipied largement écarté. La 1re section et le PC de compagnie ouvraient la marche au centre ; la 2e section était descendue de cinquante mètres au sud vers le fleuve, puis tourna de manière à suivre la 1re, mais en traînant cent cinquante à deux cents mètres sur le flanc droit ; la 3e section parcourut cinquante mètres en direction de la piste et suivit la 1re à cent mètres. Outre certains avantages de manœuvre, le dispositif dotait Alpha d'une arrière-garde surprise capable de prendre à revers d'éventuels guetteurs ou tireurs embusqués, ainsi que d'une possibilité d'attaquer l'ennemi de flanc si on lui arrivait droit dessus. Egan menait la colonne centrale vers l'est, sur des ondulations de terrain où alternaient broussailles et bambous. Le fond de la vallée se relevait vers l'amont. Il pleuvait et la brume commençait à se dissiper.

Dans une formation en colonne, tout se passe généralement à la tête, parfois à l'arrière-garde, rarement au milieu. Pour les soldats du milieu, les jours se passent en longs crapahutages dépourvus de sens ; on marche, on trimbale son arme et son barda, on suit le type qui est devant. Beaucoup ne tiennent d'ailleurs pas à savoir où va la colonne, ni pourquoi. Certains gravitent vers le centre de la formation parce que ça leur convient ainsi. Chelini, pour sa part, avait passé l'essentiel des six derniers jours à mi-colonne et ça le rendait fou. A présent, comme troisième homme de pointe, il en voulait, il en faisait presque trop. Son sang bouillait, il ne s'expliquait pas pourquoi. A deux reprises, Jax dut lui faire signe de ralentir et de garder l'intervalle. Pour se calmer, Chelini reprit dans sa tête des chansons de marche apprises à l'instruction. *Moi, ça m'épate, mais on m'a dit,* commença-t-il dans le rôle du chef de file. *Moi ça m'épate, mais on m'a dit,* répondit une section imaginaire derrière lui. Chelini : *Qu'elle a la chatte bordée de rubis.* Section : *Qu'elle a la chatte bordée de rubis.* Chelini, gueulant : *Marquez le pas !* Section : *Un, deux.* Chelini : *Marquez le pas !* Section : *trois, quatre.* Chelini : *Au pas cadencé !* Section : *Un, deux, trois, quatre ; undeux-troisquatre.* Il entama un nouveau couplet : *C'était une fille d'Corée du Nord...*

Egan entraîna la compagnie vers l'est, puis il prit au sud et à nouveau vers l'est. Ils suivaient toujours les ondulations du terrain, mais chaque montée les portait un peu plus haut. Quand le jour fut complètement levé, ils avaient traversé un kilomètre de jungle tout en s'élevant de cent mètres. Il pleuvait toujours et la brume s'étalait à présent au-dessous d'eux. Egan attaqua doucement la première vraie colline basse et s'arrêta à défilement du sommet. Il fit signe à Jax de se baisser et à Chelini d'avancer. De leur position, ils pouvaient voir le fleuve sur leur droite et, devant eux, les collines onduleuses. Au flanc de l'une d'elles, à cent soixante-dix mètres environ, un groupe de soldats ANV avançait en colonne espacée, les bras ballants, apparemment insouciants. Egan s'aplatit au sol, Chelini s'accroupit un peu en contrebas. Egan compta onze soldats — huit avec des fusils, trois sans armes. Chacun portait un paquetage, dans les vingt kilos, estima le sergent. Ils étaient donc assez chargés et montaient la colline vers l'est. Peut-être vers Bravo. Egan s'empara du combiné radio et rendit compte rapidement à Brooks. Les flancs-gardes s'arrêtèrent aussitôt. Egan contacta directement le centre d'opérations tactiques tout en tirant une carte topo d'une poche de son pantalon de treillis. Il fouilla aussi dans son sac et en sortit une petite paire de jumelles qu'il passa à Chelini en chuchotant : « Observe-les. » L'excitation du Bleu redoubla.

« Rover Two de Red Rover One », fit une voix. Egan reconnut le commandant Hellman, officier supérieur adjoint du bataillon. L'Homme Vert devait dormir un peu après les événements de la nuit. Egan s'expliqua rapidement. « Pouvez-vous régler le tir de votre point de stationnement actuel ? Parlez, dit Hellman.

— Affirmatif. » Le groupe ANV approchait du sommet de la colline, et Chelini eut envie de presser Egan. Celui-ci appelait maintenant l'artillerie de Barnett. « Armageddon Two de Rover Two...

— Je vous reçois, Rover Two. Ici Armageddon Two, parlez. »

Egan communiqua les coordonnées d'une voix distincte, pas assez vite au goût de Chelini. « *Dinks* à découvert », dit-il. Il savait que les artilleurs aimaient entendre ce genre d'appel. « Y a foule ! »

Chelini suivait la progression de l'ennemi à la jumelle. De loin, ils lui semblaient irréels. Un deuxième groupe fit son apparition et entama la grimpée à son tour. S'ils sont censés être aussi forts, songea Chelini, comment ça se fait qu'ils soient à découvert ?

« Batterie complète, hauteur d'explosion Hotel Echo cinq zéro », chuchota Egan. Ce n'était pas le moment de faire des tirs de réglage.

« Coup parti, grésilla la radio.

— Coup parti », répéta Egan.

Il y eut un roulement effrayant. Le cœur de Chelini battait à rompre. Six obus hurlants fondirent sur l'objectif. L'œil rivé à ses jumelles, le Bleu put lire l'horreur sur le visage des ennemis. Les obus explosèrent, soufflèrent quatre soldats. Le groupe ANV s'éparpilla. Une deuxième salve suivit — en réalité, les obus n'explosaient pas au sol, mais une cinquantaine de mètres en l'air, déchaînant une pluie de métal brûlant.

« Plus près 50 », dit Egan avec un sourire.

Chelini voyait les soldats se tordre au sol ou clopiner comme ils pouvaient. L'un d'eux semblait littéralement pulvérisé ; un autre n'avait plus de bras et continuait de courir ; un troisième, les jambes arrachées, se traînait au sol. A distance, dans la lumière du jour naissant, tout cela paraissait irréel et comme privé de couleurs. « Ils sont toujours là, annonça Chelini. On en a eu sept. Salement amochés, au moins deux de morts. Qu'ils continuent de tirer. Y en a sur la gauche, ils ont couru sous les arbres. Plus bas, aussi. »

Egan communiqua les corrections. Il ne regardait plus ce qui se passait : il observait Chelini avec un léger sourire. Son bleu était complètement déchaîné, et ça ne déplaisait pas au sergent. « Tiens, dit-il en lui passant le combiné, donne les réglages toi-même. Fais-les encadrer l'objectif.

— Plus à gauche 50, plus loin 100 », communiqua Chelini.

Les obus hurlèrent à leurs oreilles et explosèrent un peu trop près d'Alpha. « Fais un peu gaffe, dit Egan en riant, c'est eux que t'es censé arroser, pas nous. »

Chelini répondit d'un rire saccadé où perçait l'hystérie. Jax, lui, rigolait franchement en les regardant faire. Brooks, qui venait de les rejoindre, fut gagné par la contagion : devant eux, le carnage se poursuivit parmi leurs éclats de rire. « Allons nettoyer », dit le lieutenant.

La compagnie conserva la même formation pour gagner, prudemment, l'endroit où se trouvaient les morts ANV, mais en espaçant les colonnes. Les flancs marchaient maintenant à l'avant tandis que la 1re section suivait au centre. Les flancs-gardes bouclèrent le terrain et la 1re section y pénétra. Pas de corps. Pas d'armes. Pas d'équipement. Une demi-douzaine de traînées de sang, et Polanski, du 2e groupe, découvrit une main. Alpha suivit les traces sanglantes au sud et à l'ouest, jusqu'au bord du fleuve où elles se perdaient.

Chelini râlait. « Pourquoi crois-tu qu'ils vont abandonner les corps de leurs camarades sur le champ de bataille ? » lui demanda Minh lorsque la compagnie, après s'être retirée sur une hauteur à la végétation plus fournie et y avoir établi en hâte une position défensive, s'accorda la pause du petit déjeuner. « Dans les unités américaines, poursuivit l'éclaireur, vous vous faites un honneur de ne jamais abandonner le corps d'un soldat sur le terrain. Ce n'est pas différent pour nous autres Vietnamiens. L'ennemi n'est pas différent. Il n'y a rien de bizarre à ce qu'il emmène ses morts et ses blessés. Toutes les armées du monde font la même chose.

— Je ne comprends pas, fit Chelini. On en a vu une vingtaine et au moins dix se sont fait déquiller. Fallait qu'ils soient au moins... je sais pas, trente ou quarante pour avoir pu filer comme ça.

— Hellman veut pas croire qu'on les a eus, annonça Monk. Il a passé un de ces savons au lieut, putain, il avait même pas besoin d'une radio, on l'entendait gueuler depuis la base.

— Pourquoi il tannait le lieut ? demanda Jax.

— Tu le sais bien, fit Doc.

— Ça compte pas si tu peux pas contrôler les pertes infligées, expliqua Thomaston.

— Quoi ! s'exclama Chelini.

— Exactement, mon gars, fit Doc. Dis donc, ça va bien, toi ? » Le Bleu fit signe que oui, mais Doc s'approcha quand même et l'entraîna un peu à l'écart. « Ça a pas l'air, pourtant.

— Non, vraiment, ça va, Doc. » Devant le regard incrédule de l'autre, il ajouta : « Bon, j'ai quelques coupures et des champignons mal placés. C'est tout. Et puis... heu, ben j'ai la chiasse.

— McCarthy t'a donné un truc ?

— Non, mais ça va, c'est en train de passer.

— Ça va aller plus mal, Mista'. Je te sens d'ici. Depuis combien de temps t'as ça ? » Doc arracha tous les détails au Bleu, qui se sentait de plus en plus gêné. « Écoute-moi bien, dit-il finalement, ta chiasse, c'est de la dysenterie. C'est un protozoaire flagellé qui cause ça, vu ? Dans de mauvaises conditions, ça peut s'enkyster, enfin c'est pas le truc lui-même qui fait un kyste, mais ça t'en provoque un. Pour le moment, tu fais qu'accumuler et ça te démange les tripes, ce qui te déclenche la danse péristaltique qui te file la chiasse. Tu vois ce que je veux dire, Mista' ?

— Merde, alors ! » Le Bleu était toujours sidéré par le jargon médical modifié Harlem de Doc. « Qu'est-ce que je dois faire ? » demanda-t-il après un silence.

Doc sortit une fiole de sa poche et lut l'étiquette : « F.S.N. 6505-074-4702. Lomotil. Deux pilules quatre fois par jour. Ça ralentit la motilité intestinale. Mais te paie pas une overdose avec. » Il tendit la fiole à Chelini et hocha la tête avant d'ajouter à voix basse : « T'es encore un vrai bleu, mec. Je regrette d'avoir à te dire ça, mais va falloir que t'apprennes plus vite que tu ne fais pour le moment. T'auras pas toujours Egan pour venir me dire que t'as un truc qui va pas. Il lui reste que deux semaines à tirer.

— Egan ? »

Doc regarda encore le Bleu en hochant la tête et s'éloigna.

« Je suis assez bon nageur », dit Chelini à Brooks.

La compagnie A se trouvait au bord du fleuve. Après le petit déjeuner, ils avaient reformé le dispositif en trois colonnes inégales et relancé la progression, descendant de deux cents mètres vers l'ouest avec Egan en homme de pointe et Jax en second. Ils croisèrent cinq pistes qui remontaient du fleuve vers l'escarpement nord. Trois d'entre elles, étroites et anciennes, étaient recouvertes de feuillage et des pousses d'herbe jaunâtre en étouffaient le centre, mais les deux autres étaient des pistes ennemies. Elle portaient les marques récentes d'une intense activité. Alpha avait continué son avance silencieuse jusqu'au moment où le bruit d'une escadrille d'hélicoptères emplit la vallée. Brooks dirigea alors ses troupes vers le fleuve. La manœuvre était semblable à la première traversée, si ce n'est que la formation en trois colonnes les dispensait de détacher des hommes en flanc-garde. Depuis la rive, Alpha observa le spectacle. Les appareils héliportaient la reco de la 848 à la position de Delta sur l'escarpement nord. Ils avaient pris l'air malgré la pluie et ne cesseraient pas de sillonner le ciel pendant toute la journée.

Le lieutenant dévisagea Chelini. « Bon nageur jusqu'à quel point ?

— J'ai fait partie de l'équipe de natation à la fac.

— Vous savez pour quoi vous vous portez volontaire ?

— Oui, mon lieutenant. »

Cahalan rampa jusqu'à eux. « Oui ? fit Brooks sans quitter Chelini des yeux.

— J'ai des nouvelles, pour Brunak. » Les deux autres se retournèrent. « Ils vont l'évacuer sur le Japon. Ils pensent qu'il va s'en tirer.

— C'est bon, fit le lieutenant. Appelez-moi l'OA. »

Brunak, songea Chelini. Merde, je pensais plus à lui... ni à Silvers. Il laissa traîner son regard sur les reflets sombres du Khe Ta Laou, à cinq mètres de là. Faut que j'écrive à la famille de Silvers.

Le lieutenant Hoyden s'approcha sans bruit et fit un signe de tête à

Brooks. « Est-ce qu'il serait possible de faire donner l'artillerie trois cents mètres vers l'aval ? demanda celui-ci. Peut-être aussi sur la butte, et un peu derrière nous ?

— Ça peut se faire. » L'observateur avancé déplia sa carte et demanda : « Où voulez-vous ça ?

— Quelque part où ça occuperait les petits bonshommes, sans leur laisser le temps de relever la tête.

— Quand ?

— Tout de suite. »

Hoyden prit le combiné de Brown et appela Armageddon Two. Il communiqua les coordonnées et les explications à l'officier du poste central de tir, puis rendit compte à Brooks : « Dans zéro cinq minutes. Seulement derrière vous et sur le côté. Trop de trafic aérien en aval. »

Brooks hocha la tête et revint au Bleu : « Tenez-vous prêt et allez-y dès les premiers obus. »

Chelini s'éloigna un peu sur la gauche ; Cahalan et Hoyden disparurent dans la végétation ; le lieutenant Caldwell leur succéda auprès de Brooks. Sans le vouloir, le Bleu surprit leur conversation.

« Larry », demanda Brooks, manifestement énervé, « qu'est-ce qui vous a donc pris de foncer droit à travers ce banc de sable ?

— Lieutenant Brooks, fit Caldwell avec une pointe de sarcasme, ma mission consistait à mener mes troupes vers l'est aussi rapidement que possible.

— Votre mission prioritaire, lieutenant Caldwell, consiste à assurer la sécurité de vos gens. Le mouvement vers l'est était secondaire. Vous vous êtes exposé et vous avez exposé vos hommes sans besoin.

— J'ai pensé agir au mieux, mon lieutenant, dit Caldwell d'un ton provocant.

— Eh bien, merde, il va falloir commencer à penser différemment, parce que ce n'était pas le mieux. »

Chelini descendit au bord du fleuve. Derrière lui, la 1re section se préparait à traverser. Le Bleu se déshabilla. Son entrejambe était toujours enflammé et douloureux, les plaies de ses bras ne se cicatrisaient pas, il avait mal au cul ; la peau de ses pieds était spongieuse et fripée. Il avait beau essayer de se laver énergiquement depuis deux jours, il puait encore — mais malgré le froid, ça faisait du bien de se sentir nu. Il prit un bout de la lourde corde que tenait Egan, l'enroula autour de sa taille et laissa le sergent la nouer solidement. « Dis-leur d'appeler la météo, chuchota le Bleu. Qu'ils nous allument un peu le soleil.

— Merde, plaisanta Egan, je crois pas qu'on a leur fréquence.

— Alors, y a qu'à essayer d'appeler Dieu, parce que ça fait chier, un temps pareil.

— Lui, il est sur HF », enchaîna Jax, qui aidait Egan avec la corde. Il se mit à tripoter les boutons du PRC-25. « Ça doit être quelque chose comme 72/95, mais je connais pas son indicatif d'appel. » Au bout d'un moment, il refit les réglages d'origine en feignant le découragement : « Bah, on peut pas Le capter sur ce poste. Faut au moins le Monster * pour ça.

— Écoute, dit Chelini en riant, faisons au moins un feu, je me gèle les couilles.

— Ça chie pas, souffla Egan, pour ce qu'elles te servent ici... »

Ils entendirent rouler un train de marchandises dans le ciel : deux obus qui allèrent exploser au sud de leur position, puis un troisième en avant du fleuve. Chelini rampa jusqu'au fleuve et se laissa glisser dans l'eau sans un bruit, tandis que les tirs continuaient. Il fendait obliquement le courant d'une brasse puissante et régulière, et la traversée ne lui prit pas plus de vingt secondes. Il grimpa rapidement sur la rive, recula un peu dans les broussailles, tira sur la corde et fit signe au suivant de se lancer. Egan entra dans l'eau en équipement allégé, portant son fusil et celui du Bleu, mais même cette charge minimale suffit à le faire couler, malgré les efforts de Chelini pour maintenir la corde en place. Le Bleu tira plus fort encore. La tête d'Egan reparut à mi-traversée, puis disparut à nouveau pour jaillir enfin, une minute plus tard, près de l'autre bord, bouche grande ouverte, cherchant son souffle. Le rouquin fila se mettre à couvert, vida l'eau du canon des M16 et se mit aussitôt à scruter la jungle. Thomaston puis Marko suivirent. Ils remplacèrent Chelini à la corde. De l'autre côté, Jax organisait un dispositif de sûreté. Egan se déshabilla à son tour, puis replongea avec le Bleu : tous deux jouèrent les aides et les sauveteurs à chaque traversée. La manœuvre s'effectua rapidement et sans perte de matériel. Chelini profitait de chaque plongée pour se laver encore une fois par petits bouts, les bras surtout, en se répétant : que cette eau soit bénite. Brooks se surprit à observer les deux soldats nus et commença à se sentir mal à l'aise.

« Ils s'emmerdent pas, les *gooks,* gloussa Pop Randalph. Visez-moi ces trucs, mon lieutenant. » Garbageman, De Barti et le vieil adjoint de section firent leur entrée au PC avec une demi-douzaine de filets dans les bras.

« Qu'on me plonge dans un tonneau de merde si on en a pas découvert au moins douze, et c'est pas fini », ajouta Garbageman.

Au point de franchissement d'Alpha, la rive était couverte de débris de bambou, comme s'il y avait eu là un petit moulin. De nombreuses traces de pas montaient du bord de l'eau ou y descendaient. La 1re section patrouillait au sud, la 2e à l'ouest, en aval, et la 3e en amont. Cinquante mètres plus bas, la 2e section découvrit la réserve de pêche, puis la 3e tomba sur les champs de marijuana, et quelques minutes plus tard, la 1re se retrouva parmi les ruines d'un vieux village. Ils n'avaient jamais rien vu de semblable dans les montagnes.

De Barti tendit deux des filets à Brooks en expliquant : « Il y a des traces fraîches partout dans le coin. On dirait qu'ils ont une section de *dan cong,* des coolies civils qu'ils emploient uniquement à prendre des poissons pour la troupe. On a trouvé dix filets jusqu'ici, et on n'a fouillé qu'un petit bout de la rive. »

Brooks examina un des filets — en fait, une sorte de nasse, une petite cage cylindrique de bambou fermée à une extrémité, avec une ouverture en cône à l'autre extrémité. Simple de conception, mais finement ouvragé. Le lieutenant poussa un soupir et demanda : « Vous avez disposé des hommes en sûreté immédiate ? »

De Barti n'eut pas le temps de répondre : El Paso, qui avait Caldwell en ligne, annonça la découverte du champ de marijuana. Puis *des* champs : deux, trois, quatre en tout. Paul Calhoun, de la 2e, lui succéda pour signaler que les hommes ne pouvaient plus ramasser de nasses : il y en avait déjà trop à transporter. « On est en plein dans leur réserve de pêche, dit-il. Ils ont assez d'équipement pour nourrir tout un régiment, et on a aussi découvert quelques collets. » Garbageman sentit un frisson bizarre courir sur sa nuque à l'écoute du message. Il n'avait plus envie de rire.

« Détruisez ce que vous avez trouvé, ordonna Brooks à De Barti. Arrêtez la fouille et tirez-vous de là. Relevez les coordonnées pour l'artillerie. On fait mouvement sud - sud-ouest à 20 degrés. » Le lieutenant se tourna ensuite vers ses radios : « Cahalan, signalez qu'on rejoint la 3e. »

Un quart des hommes de Caldwell s'occupait à moissonner la marijuana, le reste était disposé en sûreté. Chaque champ mesurait environ quinze mètres sur vingt-cinq ; la hauteur des plants variait de trente centimètres à un mètre. Brooks n'eut pas le temps d'examiner la récolte, car Thomaston appelait pour signaler la découverte des ruines du village. « Il ne peut pas être si vieux que ça si vous trouvez encore du chaume, commenta Brooks.

— Mais tout est complètement pourri, répliqua Thomaston. Ça devait être un village de montagnards. Il s'est complètement effondré et il y a des trucs qui repoussent par-dessus tout. A vous.

— Est-il indiqué sur vos illustrés ? A vous.

— Négatif. Seulement un village abandonné à quatre kilos oscar. A vous.

— Combien de huttes ? A vous.

— Au moins six, peut-être huit. C'est plus que des petits tas sur le sol. Y a une nouvelle piste qui passe à travers. Presque deux mètres de large avec toit camouflé. Beaucoup de traces d'activité récente. Des charrettes... ça n'a l'air de mener nulle part. »

Le commandant Hellman entra soudain dans le circuit. « Quiet Rover Four de Red Rover One, me recevez-vous ? Parlez.

— Red Rover One de Four Niner, j'ai de la friture. Parlez. »

Hellman expliqua qu'il veillait la fréquence d'Alpha et avait capté tous les messages. Il voulait qu'on brûle les champs de marijuana, qu'on récupère toutes les nasses et qu'on guette la circulation ennemie sur la piste. Brooks poussa un grognement. Un de ces jours, se dit-il, ce mec-là va faire bousiller tout le monde. Hellman répéta ses ordres et Brooks cracha dans le combiné : « Et comment va-t-on s'y prendre pour brûler un demi-arpent d'herbe dans ce putain de coin, Red Rover ? Ça fait un siècle qu'il pleut, par ici.

— Rover Four Niner, savez-vous à qui vous vous adressez ?

— Je vais pas compromettre ma position pour quelques putains de pièges et un champ de douce. Vous avez les coordonnées. Vous voulez démolir tout ça, c'est parfait. Allez-y. Terminé, je coupe. » Brooks bouillait de rage. Il plaqua le combiné dans la main d'El Paso et lui dit de transmettre l'ordre de mouvement à l'unité.

Alpha reprit sa progression en trident jusqu'à cent mètres au sud du fleuve, puis obliqua vers le sud-ouest et enfin vers l'ouest. Les signes d'activité ennemie étaient visibles partout. Les Nord-Vietnamiens paraissaient disposer d'un réseau presque infini de pistes, toutes camouflées, et de chemins de terre bien entretenus qui partaient du centre de la vallée et sinuaient jusqu'aux montagnes du Sud. Egan ne s'était jamais senti aussi nerveux. A chaque pas, ils tombaient dans le site d'une possible embuscade. A mesure qu'ils descendaient, l'herbe à éléphant succéda une fois de plus aux broussailles. Egan restait en dehors des pistes, sauf s'il fallait les franchir — alors, il s'approchait lentement, s'arrêtait, observait, puis traversait d'un bond. A un moment donné, il crut que la 3e section, avec Nahele en pointe, serrait trop la 1re sur sa gauche. Le rouquin s'arrêta, fit signe à Chelini d'approcher et envoya un message à Kinderly : « Je vous entends d'ici, bande de cons. » « Ça me ferait mal », répliqua Kinderly. La 3e se trouvait cent mètres en arrière. Egan s'accroupit et lança un ordre de halte général.

L'héliportage de la reco en recomplètement de Delta était achevé. Trois kilomètres au nord-est d'Alpha, Bravo se ravitaillait. Ces pilotes, songea Egan, rien les arrête. Faudrait qu'on soit protégés par un

LOH. Jax avait dépassé le rouquin, qui resta auprès de Chelini pour appeler Brooks : « Comme une impression. Guetteurs vers Sierra. » La colonne se releva. Whiteboy et le 3e groupe partirent en voltigeurs de pointe. Egan les rattrapa et reprit la tête, avec Whiteboy en second, suivi du Bleu. Pendant la halte, Chelini avait collé des brindilles sur le camouflage de son casque et sur le haut de son sac afin de briser sa silhouette, et surtout de masquer l'antenne-fouet. Plusieurs hommes le regardèrent faire et l'imitèrent. Le 3e groupe marchait derrière Chelini, puis le PC de compagnie, le 2e et le 1er maintenant en arrière-garde. Les autres colonnes progressaient parallèlement. Elles étaient toutes observées.

Une vision complètement étrangère au Vietnam se forma dans la tête de Chelini. Il n'aurait su dire ce qui l'avait provoquée — l'herbe, peut-être, ou le fait d'apercevoir à nouveau les collines, ou peut-être ce sentiment de puissance éprouvé pendant les tirs d'artillerie du matin, ou encore le bain purificateur dans l'eau du fleuve. D'ailleurs, seul le sens de sa vision comptait, pas son origine. Tout en marchant, il se vit en train de planer au-dessus d'un coin accidenté de la côte californienne. Il faisait un temps magnifique et c'était sa deuxième journée de deltaplane. Dans la réalité, Chelini n'avait jamais pratiqué ce sport, ni mis les pieds en Californie, et il ignorait tout du vol libre. Pourtant, la vision était parfaite dans ses moindres détails. Il se voyait au-dessus des falaises du Pacifique, sentait la brise fraîche de l'océan. Il venait de voir son médecin trois jours auparavant, et, dans sa vision, il connaissait toute l'histoire sans avoir à y repenser. Il avait complètement épuisé son organisme, et il était longtemps resté ignorant de sa condition. Il finit par voir un spécialiste, qui lui apprit que tout son système était empoisonné. C'est irréversible, expliqua-t-il, vous serez mort d'ici cinq jours. Le Chelini de la vision sombra naturellement dans la déprime — en fait, il savait d'avance ce qu'allait lui dire le spécialiste — et sa déprime glissa jusqu'au soldat qui marchait au fond de la vallée. Pourtant, physiquement, il se sentait fort, en bonne forme musculaire — le médecin l'avait reconnu. Il décida, comme ultime prouesse, de s'initier au deltaplane. Cela lui parut aussi la meilleure manière de mettre un terme à sa vie. Il n'en parla à personne.

Il se révéla excellent élève dès son premier jour de vol libre. Son moniteur était un concessionnaire d'ailes, et Chelini bénéficia de l'équipement le plus récent, qui donnait au pilote un contrôle fantastique. Il apprenait vite, sous la conduite du revendeur. Le deuxième jour, ils montèrent leurs ailes sur les falaises, juste au sud de Mendocino. Chelini avait peut-être vu une émission à la télé — sinon, comment savait-il tout ça, comment les détails pouvaient-ils lui apparaître avec autant de précision ? C'était une journée splendide ; un vent vif de septembre soufflait dans le ciel cristallin. Chelini décolla, monta. Il était prêt. Secrètement, il projetait d'unir son corps au littoral du Pacifique. Il avait repéré l'endroit exact — ni terre, ni océan, mais tantôt l'un, tantôt l'autre, et parfois les deux confondus, une plage rocailleuse battue par les vagues.

Il plana, un peu maladroitement au début, puis avec beaucoup d'élégance, restant d'abord tout près de la falaise, puis chercha des ascendances au-dessus de l'océan. Il piqua dans une descendance, effectua des huit. Cette aile était incroyable, infiniment plus manœuvrable que tous les modèles antérieurs. Il remonta. Cent mètres au-dessus de la falaise, il pouvait contempler cent kilomètres de côte et l'océan sans fin. Liberté, ivresse. Monte, encore.

Le moment est venu, se dit-il en regardant directement sous lui. L'après-midi tirait à sa fin, il volait depuis trois heures. Lentement, il modifia son assiette, piqua du nez, fit plier l'aile. La gravité l'entraîna dans une chute accélérée. La vitesse était terrifiante ; le vent semblait sur le point de lui arracher les yeux ; ses larmes, telles des balles, lui éraflaient les joues et les tempes pour aller se perdre au-dessus de lui. Le rivage se précipitait vers lui. Non, pensa-t-il, je ne veux pas. Comme un dément, il poussa sur ses tubes pour se redéployer mais il se voyait toujours en train de chuter. Non, hurlait-il, je ne peux pas faire ça. Enfin, il accrocha une légère ascendance, put se stabiliser au dernier moment, zérota, accéléra horizontalement, commença de remonter.

Puis la vision s'effaça. Elle ne semblait pas avoir duré plus d'une minute. Chelini y réfléchit un peu. Ça revient à dire que je suis incapable de me tuer, conclut-il. Il afficha un large sourire, regarda droit devant lui. Merde, Egan se traîne, ce coup-ci, songea-t-il. L'homme de pointe n'avait pas avancé de vingt pas pendant son rêve — rêve ? Ça avait l'air bien réel.

Soudain, l'air explose autour de lui — Egan plonge et ouvre le feu au M16, la M60 de Whiteboy crache une centaine de coups ; sur la gauche, quatre hommes jaillissent de la jungle ; Chelini se jette au sol, Hill saute par-dessus lui. Egan s'est redressé et continue de tirer, une de ses balles coupe un homme en deux. Le feu des AK vient de droite, de gauche et de l'avant. Tout le 3e groupe se lance en contre-attaque. Debout, arme calée à la hanche, Whiteboy rafale furieusement en balayage. Chelini bondit avec les autres en arrosant sur sa droite, il s'étale de tout son long, continue à tricoter des jambes, se croyant toujours debout en train de courir, il se relève et repart — EN AVANT ! EN AVANT ! hurle la voix de Thomaston, les fusils aboient, une grenade pète, Rover Five de Rover Four, ils décrochent vers nous, El Paso... Chelini n'a pas encore compris qu'il s'est relevé, il fonce dans les broussailles, par-dessus des *boonierats* en train de recharger. Les ANV battent en retraite. Chelini court toujours. Ça pète dans tous les sens, les traçantes chantent dans le feuillage. Quelque chose explose sur la gauche de Chelini, la secousse le jette au sol, il voit un Viet blessé lever son AK et le viser à la tête, il se tortille pour braquer son M16 dans sa direction, lit la stupéfaction sur le visage du soldat, Egan vient de lui tirer six balles dans la poitrine — les yeux de l'homme s'agrandissent démesurément, peur ou stupeur, aucun cri de douleur, les yeux roulent dans leurs orbites et le corps s'affaisse. Ils ont foiré ! se dit Egan en rigolant. Ils y sont allés un poil trop tôt. Grenade ! hurle Brooks, au milieu de ses hommes, en train de tirer, puis il bondit sur le côté. Le vacarme est infernal. La grenade va se planter dans la boue juste derrière Egan, baissé, qui recharge son arme et ne s'aperçoit de rien. Chelini veut crier pour l'avertir, aucun son ne sort de sa bouche, il plonge comme un nageur, détente des deux jambes, bras en avant, sa main est sur la petite bombe quadrillée avant que son corps ait touché le sol, il s'étale dans la boue, roule sur lui-même, relance la grenade en direction de l'ennemi, elle éclate en l'air. Whiteboy repère des Viets plus haut dans le feuillage, en allume un, le corps se plie en deux. Marko s'est redressé, il fauche les broussailles à la 60. A l'arrière, Numbnuts est à plat ventre, il n'a pas relevé la tête depuis le début, il n'a pas tiré. Egan empoigne le combiné radio de Chelini pour appeler Armageddon, mais l'OA est déjà en liaison avec la base de feux et réclame un appui direct.

La fusillade décroît. L'ANV décroche sur la gauche et sur la droite. Les 2e et 3e sections ont manœuvré sur les flancs de la 1re. Les tirs sont venus d'abord de la 3e, puis de la 2e. Denhardt et Lairds tranchent la gorge de cinq ANV laissés pour morts sur le terrain. Alpha se regroupe presque instantanément et le trident se tourne vers le sud. Partie comme une traînée de poudre, l'action n'a pas duré deux minutes. C'est un Vietnamien qui a tout déclenché en bougeant au mauvais moment, alors que son unité, qui observait l'approche de la 1re section, disposait hâtivement une embuscade en L. Egan a repéré son mouvement et surpris l'ennemi juste avant qu'il soit prêt. La 1re section a tué cinq hommes sur le site de l'embuscade ; la 3e, lancée en poursuite, en a tué trois et la 2e en a abattu un. Côté américain, le seul blessé est Whiteboy : une feuille coupante lui a entaillé la paupière. Les enjeux pour le Khe Ta Laou viennent de monter.

« Combien s'en sont tirés, d'après vous ? » demanda Brooks à ses hommes.

La compagnie se tenait à présent sur un tertre, à la base de l'escarpement sud. Ils avaient progressé à toute allure, afin de ne pas laisser à l'ANV le temps de se regrouper. « Ces fils de pute ont pas su ce qui leur arrivait, chuchota Harley à Whiteboy.

— Puh'tain, tu peux en dire autant pour moih', répliqua le mitrailleur. Sans déconner.

— Toi et Little Boy, vous avez fait du boulot, gloussa Egan. C'est aujourd'hui qu'on aurait dû avoir les photographes.

— Depuis que les Viets ont piqué cette 60 à Delta, dit Frye, je m'attendais à ce qu'on se fasse piéger, et qu'ils nous allument avec les petits frères à Little Boy.

— Hé ! appela doucement Brooks, réunion.

— Moi, je dis qu'ils étaient pas plus de quinze, déclara Thomaston.

— On est sûrs qu'il y en a au moins deux qui ont filé, ajouta De Barti.

— Personne du côté de la 3e, en tout cas », fit Caldwell.

Assis en tailleur, le fusil posé en travers des cuisses et une carte dépliée par-dessus, Brooks se balançait légèrement d'avant en arrière. Le groupe qu'il formait avec ses chefs de section et ses conseillers était bien masqué par un fourré. La compagnie entourait le PC sur un rayon de dix à quinze mètres. L'excitation de la bataille n'était pas complètement retombée. Les hommes se sentaient bien : ils avaient frappé l'ennemi derrière ses propres lignes, frappé fort, et ils avaient pu se retirer. Le problème pour Brooks consistait maintenant à les réinfiltrer en profondeur sans risquer une autre embuscade. L'ANV ne commettra pas deux fois la même erreur, songea-t-il, et mieux vaut laisser tomber la formation en trident. Ils ont pigé le truc. Tout en étudiant la carte, Brooks déplaçait mentalement son unité et un élément ennemi, supputant les résultats. Chaque fois que l'ANV avait frappé, Alpha progressait vers le centre de la vallée. En revanche, quand la compagnie se déplaçait au-delà du centre, vers la plaine de l'ouest, ou bien en direction des montagnes, l'ANV ne bougeait pas. Coïncidence ?

Sur le périmètre, Chelini jubilait. Il avait bien réagi et il le savait. C'était sa première véritable expérience du combat par le feu entre unités, du déchaînement tous azimuts de la bataille. Il se sentait jeune et fort, libre d'agir. Il aurait pu rester tassé dans la gadoue, comme Numbnuts et quelques autres, qui prétendaient avoir été cloués au sol par les tirs de l'ennemi. Il n'en avait rien fait. La vie bouillonnait en lui. Dans le temps de l'accrochage, il avait réussi à se protéger, à sauver Egan et à être sauvé par lui. Merde, on trimbale un arsenal vraiment méchant, songea-t-il. Si ça s'était prolongé, j'aurais pu réclamer l'artillerie, les Cobra, les F-4. Douillettement dissimulé dans le feuillage, le Bleu était assez content de lui. Sentir le poids du M16 entre ses mains lui faisait du bien. Tout le monde s'était bien comporté, décida-t-il dans son euphorie. C'était cela, l'amitié virile, la fraternité des armes. Ils partageaient l'inconfort, la mort, la victoire. Si on se fait tuer, c'est pas si terrible. Comment disait El Paso ? Tout le monde doit bien y passer un jour ou l'autre. Mutilé, là, c'est dur. Rentrer chez soi mutilé, ça, ça serait vraiment la merde. Blessé, pas trop gravement tout de même, c'est OK. Se faire tuer, bon, ça aussi, rien à dire. La seule chierie, dans ce cas, ça serait de penser que je ferais jamais tous les trucs que j'ai toujours eu envie de faire. Les endroits à voir, les filles à connaître. Merde, j'en ai pas encore marre de vivre. Il contempla le terrain devant lui, conscient de son rôle, et aussi de sa capacité de tuer tout ce qui bougeait par là-bas. Je suis un homme-dieu, songea-t-il. En partie dieu, comme tout homme qui sait que son âme n'appartient qu'à lui-même.

Ça recommençait dans le ciel, très haut au-dessus de la vallée : la musique, l'hélico Psy Ops avec ses haut-parleurs à fond. Minh leva la tête mais ne put apercevoir l'appareil. Probablement hors de portée des tirs de 51, se dit-il. Minh n'aimait pas entendre cette musique et s'efforça de la chasser de son esprit. Les types de l'action psychologique jouaient la même bande que pendant les deux premiers jours de l'opération. L'hélicoptère descendait lentement, suivant une spirale qui passait d'abord à proximité de la base, puis au-dessus de l'escarpement nord, et maintenant au centre de la vallée. Minh ne pouvait s'empêcher d'écouter. Cette mélodie funèbre réveillait en lui de nombreux souvenirs d'une guerre qui secouait déjà son pays bien avant qu'il fût né, et n'avait jamais cessé. Elle lui rappelait les funérailles de frères, de cousins, d'amis. Il se souvint de la façon dont on avait restitué le cadavre de son cousin à sa famille, en 1965 : dans un sac de plastique noir qui, lorsqu'on l'ouvrit, révéla le corps tel qu'il était au moment de la mort, en uniforme, le sang poisseux sur la chair à peine froide. Au-dessus de la vallée, la mélodie changea, mais Minh connaissait également celle-ci, très populaire dans le Nord, à ce qu'on disait. Au rythme d'un tambour de bronze, une fille pleurait son premier amour parti au loin. Une troisième chanson suivit, qui ne fit qu'augmenter la tristesse de Minh, car elle parlait d'un garçon qui avait quitté sa bien-aimée pour aller à la guerre. La mélodie partait lentement et la voix d'un soldat égrenait sa complainte. L'oiseau des Psy Ops planait à la verticale d'Alpha, mais si haut qu'il restait invisible du sol, bien que le brouillard eût diminué. Le vrombissement de deux Cobra accompagnait la musique. Au bout d'un moment, les bruits s'éloignèrent. Minh était toujours assis en bordure du PC, Doc se trouvait près de lui.

« Encore de la musique funèbre ? demanda doucement le toubib.

— Oui », soupira Minh.

Ils restèrent silencieux un moment. Soudain, le bruit de plusieurs hélicoptères se fit à nouveau entendre. On aurait dit que les appareils arrivaient en piqué sur la position d'Alpha. Les hommes regardèrent en l'air. Escorté par des Cobra, un Huey plongeait vers le fond de la vallée en suivant la crête sud. Derrière venaient encore deux Cobra. Des tracts s'échappaient par milliers de la cabine du Huey ; éparpillés par le souffle des rotors, ils descendaient doucement avec la pluie. « Ils sont dingues, chuchota Doc, ils essaient de se faire tirer dessus pour que les Cobra puissent balancer la sauce. Dingue, dingue. » Les hélicos reprirent de l'altitude et le Huey commença à diffuser un nouveau message à plein volume, dans le crachouillement des haut-parleurs. C'était en vietnamien, Minh traduisit à mesure.

« Chers camarades du 812e régiment, est-ce que vous parvenez à m'identifier ? Je suis le lieutenant Le Xuan Que, commissaire politique du 812e. J'ai rallié les forces du monde libre.

— C'est le prisonnier ? demanda rapidement Doc.

— Oui, jeta Minh entre deux phrases.

— Pauvre diable.

— Je suis resté pendant des années avec le bataillon K-34. J'ai servi avec la compagnie K-I/6 sur la montagne 652, puis avec le bataillon de sapeurs K-19. J'ai été fait prisonnier il y a trois jours, et je suis aujourd'hui un homme libre au sein de la République du Vietnam. J'appelle tous mes camarades à se rallier avant d'être tués par les forces du monde libre. Vous souvenez-vous de tous ces plans d'encerclement de l'ennemi dont le commandant Duong et le commissaire politique Co Rang Vau n'arrêtaient pas de nous parler ? Après tant de jours de combat, qu'avez-vous accompli ? Avez-vous revu les camarades qui combattaient avec nous ? Que s'est-il passé ? J'espère que les survivants de la montagne 652 et du Khe Ta Laou ont maintenant suffisamment repris leurs esprits pour y voir clair dans les fausses promesses de nos cadres. Je vous conseille de saisir cette chance de vous rallier au gouvernement du Vietnam. Faites comme moi. Ou bien rentrez chez vous. Quittez le champ de bataille. Savez-vous que Phi, Link, Chieu et Song du K-19, morts pendant l'attaque que nous avons lancée contre les Américains, sont demeurés sans sépulture ? Dans la semaine écoulée, des compagnies américaines et sud-vietnamiennes ont tué des centaines de nos camarades. Et déjà vingt depuis ce matin. Une grande partie de nos munitions a été découverte et détruite. Les Américains possèdent des hélicoptères redoutables, et ils vous traqueront partout. Vous avez le choix. Ramassez les imprimés que nous lançons, et montrez-les aux forces alliées à leur arrivée.

Soyez sans armes. Vous ne serez pas tués. Camarades, j'ai été bien traité par les alliés et je suis en bonne santé. Soldats du 7e front, vous n'êtes pas obligés de mourir ! »

Le message fut répété tout au long de la vallée. Minh ne l'entendait plus. Brooks, El Paso et Egan s'étaient rapprochés pour écouter la traduction. Minh les observa, puis, imitant Jax, déclara : « Puu-tain, tu parles qu'on va s'gêner pour les flinguer. » Tout le monde rit.

A 16 h 00, Alpha retomba dans une embuscade. La compagnie s'était remise en route vers le fleuve. La 2e section ouvrait la marche : les groupes de Baiez et de Mohnsen en reco, quatre-vingts mètres en avant, et celui de Catt menant le gros de la colonne. Derrière les hommes de Catt venaient le PC de compagnie, la 1re section, puis la 3e en arrière-garde. L'enthousiasme de la bataille était complètement tombé et la fatigue reprenait le dessus. Les *boonierats* n'avaient aucun désir de redescendre dans la vallée, et pourtant Brooks les y menait, suivant une spirale autour du mamelon où ils avaient fait halte : d'abord vers l'est, puis vers le nord, et enfin vers l'ouest. Le paysage disparate offrait sa succession d'herbe à éléphant, de maigres broussailles et de bambous. A cinq cents mètres de leur point de départ, l'enfer se déchaîna au ralenti.

Le groupe de Mohnsen y eut droit le premier. Smith marchait en tête avec sa M60, Garbageman en second, puis Mohnsen, Jones (radio), Greer, Roberts et Sklar. Le claquement isolé d'un AK-47 déchira l'air. Tireur embusqué ? Guetteur ? Ça ressemblait à un signal. Les hommes de Mohnsen s'accroupirent aussitôt. Jones appela El Paso. Ça bougeait dans les broussailles à vingt mètres devant eux. Mohnsen vint à hauteur de Smith, l'empêcha de tirer, lança le mitrailleur et son servant sur la droite, Roberts et Sklar sur la gauche. Jones, Greer et Mohnsen lui-même avancèrent au centre. Jones signala leur position à l'autre groupe reco. Une balle fouetta le haut du feuillage. Les *boonierats* se retenaient à grand-peine de riposter, mais la détonation était plus ou moins étouffée, difficile à situer. Les cœurs battaient plus vite, l'adrénaline montait, mais ils continuaient d'avancer sans bruit. Lorsque trois AK déclenchèrent le tir simultanément, le groupe de Mohnsen explosa littéralement en rafalant à tout-va, fonçant dans la direction du bruit, relevant le défi de l'ennemi invisible, cherchant à acquérir la supériorité de feu. L'ANV riposta, plus bas, par un tir plus nourri, mais céda du terrain. Garbageman aperçut un des Vietnamiens et lui vida un demi-chargeur dans les jambes et le bas du dos. L'homme s'affala sans cesser de courir. Fils de putes, hurlait Garbageman, on va vous faire cavaler, on prend pas de noms ; à côté, Mohnsen et Jones chargeaient ; et soudain, de trois côtés à la fois, la jungle explosa. Grenades, RPG, RPD, AK-47, faisant trembler le sol, assourdissant les hommes de Mohnsen. Tout se passe très vite, en un éclair, un instant dilaté, puis le réel reprend son flux normal, Mohnsen réfléchit très vite, faut se tirer de là, faut que je les tire de là. Jones, à terre, hurle et pleure mais continue de tirer. Armageddon ! beugle-t-il dans sa radio, mais il ne sait si on lui répond, tout se noie dans le fracas qui l'entoure. Une rafale pulvérise la cuisse droite de Greer, arrachant des bouts de chair et d'os. Greer s'écroule, la jambe secouée de tremblements violents. Les roquettes sifflent par-dessus Mohnsen, éclatent, les traçantes miaulent, les explosions se confondent dans la fumée, l'odeur âcre de la poudre et la peur. La terre autour d'eux est en éruption, l'air n'est plus qu'un orage de feu. Quatre *boonierats* sont touchés, mais les sept sont à plat ventre, ils essaient de s'enfoncer dans la végétation pourrissante qui étouffe le sol boueux. Smith mugit de douleur, il est atteint à la nuque, à l'épaule et au bras. Sauvez-nous, sauvez-nous, Mohnsen rampe jusqu'à Jones qui étreint le combiné gluant de sang. Pas de tir côté américain, à présent ; l'ANV revient à un tir régulier, plus torturant, qui grignote méthodiquement chaque mètre carré du site d'embuscade. La vie s'enfuit de Greer et de Smith. L'ANV triomphe mais n'investit pas le site. Les *boonierats* courent à la mort avec la rage d'être tombés dans un piège vieux de deux mille ans — l'embuscade en U d'où l'ennemi arrose la zone dangereuse sans se montrer.

A cinquante mètres de là, Baiez lance son groupe vers l'arrière de la position ANV. Les Vietnamiens sont enterrés sous d'épais bambous. On ne les voit pas, mais on entend leurs tirs. En deux minutes, le groupe reco a contourné la position par la gauche et ouvre le feu au jugé pour essayer de dégager Mohnsen. Une minute encore, le gros de la colonne arrive de front ; l'ANV se déchaîne à nouveau, rafalant tantôt sur ses bords, tantôt vers l'intérieur du piège. « Tirez bas, tirez bas ! » gueule Brooks dans sa radio.

Mohnsen hisse le corps de Jones sur son dos. « Allez, accroche-toi à moi », chuchote-t-il en commençant à ramper vers l'arrière. Roberts pousse son torse ensanglanté à leur suite. Garbageman passe un bras autour de la poitrine de Greer et le tire après lui comme s'il le sauvait de la noyade. Sklar se charge de Smith ; ils rampent tous, le visage plongé dans la gadoue qui leur entre dans la bouche, les yeux, et absorbe en retour leur propre sang.

« Ramenez-les ! Ramenez-les ! » hurle Brooks.

L'observateur avancé réclame un tir d'artillerie derrière la position viet, Cahalan réclame une évasan. El Paso reste à l'écoute de tous les groupes, transmet les ordres du lieutenant. L'unité décroche et se replie.

« Balisez leur position », lance Brooks. Du centre et des flancs de la compagnie, trois grenades fumigènes partent en déclenchant d'épais tourbillons rouges. Haut dans le ciel, l'Homme Vert dirige l'attaque. Deux Cobra piquent en lâchant leurs roquettes sur l'ennemi caché.

« Où est Greer ? Où est Garbageman ? demande Mohnsen.

— Touchés, gargouille Jones en crachant du sang.

— Quel côté ? »

Jones indique d'un geste le cœur de l'enfer.

« Arrêtez les hélicos ! Cessez les tirs ! »

Le feu roulant s'interrompt, les appareils continuent de tourner au-dessus de la position. Un élément de l'arrière s'occupe des blessés. On n'entend aucun cri. Toubibs et soldats s'activent. Le Bleu observe d'un air détaché, comme sans comprendre, mais il enregistre tout. Cahalan hurle dans son combiné. « Évasan. E.V.A.S.A.N. ! Pigé, pauvre con ? » Une montée de bile amère lui brûle la gorge et se mêle à sa peur. La fumée, l'odeur de cordite et de chair brûlée sont incroyables, ignobles. Il vomit. Il s'en fout. « Envoie-moi une évasan ici, maintenant... je t'emmerde, viens pas me dire d'être poli sur ta fréquence... bougre d'enfoiré. Je veux plus t'entendre... passe-moi Mercy Eagle. J'emmerde le colonel. Mon évasan, ou bien c'est toute la compagnie qui va venir te causer un peu du pays. Terminé ! » Cahalan est pris de tremblements incontrôlables, il pleure. Doc Johnson s'occupe de Roberts, dont les deux bras pendent, à moitié arrachés aux épaules. Doc s'active comme un mécanicien hautement spécialisé. Assisté de Minh et Brown, il travaille vite, avec méthode. Ôtant la ranger gauche de Roberts, il met en place une perfusion dans le pied, fait au blessé une injection de morphine, puis revient aux moignons sanglants qu'il entreprend de nettoyer, de bander et de rattacher.

Pendant ce temps, Brooks relance la 1re section et ce qui reste de la 2e vers le site de l'embuscade, la 3e se repliant vers un espace dégagé, deux cent cinquante mètres vers l'est, afin d'y organiser une aire d'évacuation et une position défensive. Egan mène la contre-attaque, lançant ses ordres d'une voix assurée, totalement maître de lui : « Jax, ton groupe à droite ; le Bleu, Bill, on se lance sur la gauche. On s'affole pas. 3e groupe, plus loin par la droite. Monk, t'amènes tes gars en douceur. On fonce pas comme des cons pour se retrouver en l'air. Chacun couvre les autres. »

Le Bleu observe Thomaston. Il est évident que le lieutenant fera tout ce qu'Egan dira. Toute la 1re section sait qui commande. Il y a longtemps que Thomaston a placé son rang et son autorité derrière Egan, et il s'y tient.

« C'est parti », fait Jax en menant son groupe vers la gauche.

Les flancs se portent vers l'avant, la démarche en canard ; le

2e groupe se glisse vers le centre. Les roquettes des Cobra ont soufflé des morceaux de jungle, découvrant deux casemates ANV et un emplacement de combat latéral, désert. La 1re section s'avance, fait halte. Les corps de Greer et Garbageman, un hachis de boue, de jungle et de sang, tapissent le sol. On n'y reconnaît rien d'humain.

« Couvre-moi », chuchote Egan à Chelini. Il va se cacher dans l'emplacement de combat, s'immobilise, attend, se hausse de quelques centimètres, le M16 dans la main gauche, une grenade dans la main droite. Jax resserre le 1er groupe sur la droite ; plus loin, Whiteboy boucle le dispositif. A l'extrême gauche, le groupe de Baiez referme la tenaille. Egan rampe hors du trou individuel et vers la casemate ; il roule sur lui-même, se plaque tout au bord, lance sa grenade, se laisse rouler en arrière. L'explosion paraît bien timide, après l'enfer des minutes précédentes. Le Bleu rampe à son tour jusqu'à l'emplacement de combat afin de couvrir Egan. A ses côtés, Brooks surgit soudain de nulle part. Egan rampe jusqu'à la deuxième casemate, la fait sauter, puis plonge. Brooks bondit alors dans la première ; les deux hommes refont surface un instant après. Le lieutenant brandit un AK-47 fracassé, Egan un sac de grenades et deux boîtes de munitions AK. Pas de corps. Alpha balaie le réseau miniature, et jusqu'à cinquante mètres au-delà. Les traces d'activité ennemie sont visibles partout, mais il n'y a ni soldat ni traces de sang.

Vingt minutes après avoir fait sauter les casemates, Alpha rejoignit l'emplacement où la 3e section avait dégagé une aire d'évacuation. Les casemates détruites avaient lâché des fantômes sur la compagnie. Les hommes n'avançaient pas sur une piste. Le groupe reco se débattait parmi d'épaisses broussailles, loin de tout cheminement. Les fantômes harcelaient les *boonierats*, passant de l'un à l'autre, jusqu'à ce qu'une impalpable panique se fût emparée de tous à l'exception des blessés abrutis par les piqûres et des morts.

L'hélico sanitaire apparut, haut dans le ciel, se mit en vol stationnaire en attendant que les blessés eussent été acheminés jusqu'à l'aire de poser, et descendit enfin. Les toubibs aidèrent les blessés, les soldats chargèrent les morts, l'appareil reprit l'air et s'éloigna rapidement. L'après-midi touchait à sa fin ; les fourrés détrempés exsudaient une vapeur qui montait se former en brouillard. La jungle se refermait sur eux. Alpha devait s'échapper.

Egan ne s'arrêtait pas à étudier les nombreuses pistes qu'il croisait, les traces de pas dans la boue. Ce n'était que trop clair. Ils venaient de passer au beau milieu d'un sanctuaire ennemi établi de longue date. Quel dingue, ce Brooks, songea-t-il. Dingue. Se replier derrière leurs lignes. Superbe. La sueur ruisselait sous ses bras, perlait à son front et coulait sur ses joues. Le sel brûlait les plaies de son visage. Il n'y prêtait aucune attention. Il marchait prudemment, silencieusement, le regard partout à la fois, humant l'air à chaque pas. Pas le moindre mouvement. Son cerveau n'enregistrait que l'odeur fétide de la vallée.

La colonne marchait à sa suite. Chaque homme prenait mentalement des notes. A l'arrière-garde, Pop Randalph n'en croyait pas ses yeux. Durant ses trois séjours au Vietnam, il n'avait jamais vu de zone ennemie aussi étendue, aussi élaborée. Pièges à gibier, lieux de pêche, routes, casemates reliées par des tranchées et des câbles, tunnels, la plupart des installations enterrées. « C'est pas un coin pour vous tous », répétait-il sans cesse.

Chelini marchait à présent en second, derrière Egan. Il avait rétréci le champ de sa vision jusqu'au dos du sergent, supprimant toute perception marginale. Je croyais qu'on devait pas s'amener chez Charlie en cognant à la porte de derrière, songea-t-il. C'est ce qu'a dit le lieut.

Se cacher, pensait Brooks. Se cacher entre eux, parmi eux. Utiliser leurs casemates. Ils en construisent partout en cas d'urgence, mais ils n'en utilisent qu'une petite portion. Se cacher. S'ils te voient pas, ils peuvent pas te frapper.

En tête, Egan déboucha sur une piste aussi large que celle de l'escarpement nord. De l'autre côté, des bambous serrés formaient un mur impénétrable. Egan scruta la route des deux côtés. Aucun mouvement. Il renifla. Rien. Il écouta. Rien. Mais des traces fraîches sur la piste. Il fit signe au Bleu de le couvrir, se débarrassa de son sac, se coula en rampant dans une brèche du mur de bambous et disparut. Une minute plus tard, il resurgit, revint jusqu'à l'emplacement du Bleu et expédia un message à Brooks. Alpha se releva et lui emboîta le pas.

On n'y voyait presque rien, tant la végétation était dense. A quatre pattes, Egan s'enfonçait péniblement dans les profondeurs du fourré, Chelini sur ses talons. Un par un, les *boonierats* traversaient rapidement la piste et s'engouffraient dans l'ouverture à la suite des hommes de pointe, étouffant leurs jurons de peur d'émettre le moindre bruit. Connerie de merde ! Le lieut a fini par flipper. C'est l'Homme Vert qu'est derrière tout ça. Pas un *boonierat* s'y prendrait comme ça. Ils se maudissaient à chaque tige cassée. Le bambou formait un étroit tunnel autour d'eux. Impossible de scruter les abords, de prendre la moindre précaution, on ne pouvait que suivre le tunnel, sur les talons de l'homme qui rampait devant. En tête, Egan constata que la végétation s'épaississait encore. Il dut s'arrêter, tendit l'oreille avant de reprendre sa reptation. Son paquetage s'accrocha aux tiges, il se dégagea péniblement. A l'arrière Pop et Doc Hayes s'évertuaient à effacer les traces laissées sur la piste par soixante-seize paires de rangers. Ensuite, ils entreprirent de masquer la brèche ouverte dans le mur de bambou.

Au bout de deux cents mètres, les broussailles et l'herbe à éléphant succédèrent au bambou. La compagnie se regroupa à la lisière afin de former un périmètre et s'arrêta. Les hommes étaient épuisés, sales, mais les fantômes des casemates étaient exorcisés.

Brooks n'aurait su dire à quel moment il se mit à rêver vaguement sans dormir, ni à quel moment il se ressaisit. Il n'avait pas vu la vallée disparaître sous une chape d'ombre et de brouillard. Il ne sentait rien, à part le mauvais goût dans sa bouche et la pluie froide et fine.

Pendant deux jours, Lila et lui jouèrent les rôles de la fille et du soldat. Ils allèrent où les touristes vont, participèrent à un autre *luau,* burent beaucoup, se tripotèrent, mais parlèrent peu. Le Vietnam revenait constamment dans ses pensées, mais il avait promis de ne pas l'évoquer. Lila songeait à ce qu'elle-même devait endurer du fait de cette guerre, mais elle n'osait pas en parler. Elle ne disait à personne qu'elle avait épousé un soldat. Comment aurait-elle pu avouer cela à Rufus ? Dans la vie de tous les jours, en Amérique, elle le reniait de mille manières imperceptibles. Ça semblait presque être un devoir patriotique. Alors, comment irait-elle à présent jouer l'épouse du militaire ?

Le matin, ils visitèrent Oahu. Ils firent un peu de planche à voile, puis rentrèrent à l'hôtel. Comment ou pourquoi c'était arrivé, il ne le sut jamais, et la chose le torturait encore aujourd'hui. La séquence déferlait sur lui comme une vague froide.

« Je ne finirai pas comme elle », fit Lila d'une voix hostile. Elle était en train d'ôter son maillot de bain. Il la couvait des yeux et elle faisait semblant de ne rien remarquer. « Je ne te laisserai pas me faire ça.

— Je ne vois pas de quoi tu veux parler, répondit-il en lui tournant le dos.

— Ma mère était une femme intelligente. Elle avait les pieds sur terre. » Rufus la regarda de nouveau, troublé. Il ne savait comment réagir. C'est un truc qui la ronge depuis longtemps, songea-t-il. Lila était un peu ivre et mangeait à moitié ses mots, mais les pensées n'étaient pas nouvelles. « Une fois qu'elle a fait tout le boulot pour la famille, lessive, cuisine, etc., il lui reste plus de temps pour elle-même, et le vieux rentre à la maison pour critiquer, il la démolit. Avec des petits trucs.

— Est-ce que tu es en train de m'expliquer que je fais ça avec toi ?

— Le vieux dit qu'il aime pas comment elle est habillée, ou c'est la bouffe qu'est pas bonne, c'est pas assez cuit. Ce genre de truc. Toujours à la démolir. »

Depuis leurs premières disputes, Rufus n'avait pas senti dans la voix de Lila une telle agressivité, une telle haine. Il tenta de calmer le jeu. « Viens un peu par ici », dit-il en cherchant à l'entraîner vers le lit. Ils étaient tous les deux nus, à présent.

« Ça ne m'arrivera pas à moi », jeta Lila. Elle se laissa pourtant enlacer. « Tu veux tout le temps que je corresponde exactement à ce que tu attends de moi. Pas question.

— Allons, Lila », répétait-il en la caressant, la tirant vers le lit. Il frotta son nez au creux de l'épaule de Lila, un geste familier. Il la sentait se détendre un peu entre ses bras, mais elle continua sa tirade.

« Autre chose, fit-elle : ton père. Je n'arrive pas à y croire. Il vit encore dans les années 20, ou quoi ? » Rufus, inquiet et impatient, laissa retomber ses bras. « Tu sais ce qu'il m'a dit avant mon départ ? » Il l'enlaça à nouveau, lui lécha le bout des seins, glissa une main entre ses cuisses. Elle réagit. « Il m'a dit : nous ne sommes pas des Noirs, ni des nègres. Nous sommes des gens *de couleur.* C'est un fou. Qu'est-ce que tu fais ? » Elle le repoussa, se releva, alla allumer la radio, mit un certain temps à choisir sa station, puis revint vers le lit. Pendant que Lila tripotait le bouton du poste, peut-être parce qu'il saisit au passage un flash d'information, Rufus se retrouva mentalement au Vietnam. Une image se forma : six ennemis morts, un Américain blessé, des tirs dans les arbres. Quelqu'un hurla. Rufus se recroquevilla sur le lit, comme s'il voulait échapper à un ennemi dissimulé dans les murs. L'air ennuyé, comme par désœuvrement, Lila s'était mise à caresser le sexe de Rufus, qui demeura inerte. Lila étouffa un rire. « Dis, l'Étalon, c'est tout ce que tu peux faire ? » Elle se retourna de l'autre côté du lit.

Rufus regarda les fesses de Lila, regarda son propre membre, qui pendouillait contre sa cuisse musclée. Il ne sentait rien. Il se redressa sur le lit, se plaça à quatre pattes au-dessus de Lila et commença à couvrir son corps de baisers, sans parvenir à se détendre et à oublier la nouille flasque qui ballottait entre ses jambes. Lila avait fermé les yeux et commençait à murmurer doucement sous les caresses, en pensant à un autre type, se dit-il ; elle s'était mise sur le ventre, à présent, et respirait un peu plus vite, un peu plus fort ; son ventre ondulait, guidé par la main ferme de Rufus. Toujours à genoux, il pencha le torse en avant et vint se presser contre le dos de Lila ; d'une main il la doigtait et de l'autre il branlait sa queue molle. Il durcit un peu, pensa à la chaleur de Lila et durcit un peu plus. Il se glissa entre ses jambes, son sexe la toucha et il débanda. La peur et la gêne le submergèrent. Allez, merde, jura-t-il intérieurement en continuant à la caresser. Elle prit la main de Rufus et changea sa position afin de se donner plus de plaisir. Il se branlait comme un furieux en espérant qu'elle n'allait pas se retourner vers lui. « Rufus, gémissait Lila, fais-le-moi tout le temps... tu es toujours trop pressé. Je suis toute mouillée, n'arrête pas... » Rufus poussa son doigt plus loin, s'allongea complètement sur elle, lui releva le front de l'autre main et lui embrassa la nuque. Lila saisit sa main et la porta à sa bouche, l'embrassa, puis se mit à lui sucer le majeur au rythme de ses ondulations pelviennes. « Enfile-moi, implora-t-elle, maintenant... » Rufus continuait à tourner la main dans son vagin, il ferma les yeux et imagina qu'un autre homme était là — derrière Lila, derrière lui. Il se mit à bander. Il se glissa entre les cuisses de Lila, ouvrit les yeux et débanda. « Baise-moi, geignait-elle, baise-moi, baise-moi... Qu'est-ce que t'arrive ? »

Elle le répéta encore et encore, méchamment. « Qu'est-ce qui t'arrive ? » Ils s'étaient relevés.

« Écoute, j'ai flashé sur un truc... c'est tout.

— Bravo, tu me fais mouiller et tu te remets à penser à tes gars.

— Qu'est-ce que tu racontes, merde !

— Tenez, Mr. Pédé, le voilà, vous pouvez vous le garder. L'Étalon ! Une bombe d'une tonne avec une mèche d'un centimètre. Mais vous en faites pas, il est pas dangereux,.

— Dis donc, salope, tout ce que t'as à faire, c'est ouvrir les cuisses. C'est moi qui me tape tout le boulot.

— Le BOULOT ! C'est comme ça que tu dis ? »

Ça n'allait pas s'améliorer. Elle avait mal et elle voulait lui faire mal. Ils se remirent à boire, et de plus en plus. « Tu crois que c'est facile pour moi ? lui demanda-t-elle le lendemain. Tu sais combien de nuits je passe toute seule ? Je vais chanter, je travaille avec des super-mecs, je me sens vraiment bien, et puis je rentre seule. Je ferai peut-être pas toujours ça, l'Étalon. »

Rufus, l'ex-athlète, se sentait trahi par son corps. La cinquième nuit de sa permission, ils essayèrent encore de faire l'amour, et, une nouvelle fois, il ne put garder son érection. Ils demeurèrent côte à côte, sans se regarder, sans parler, chacun se demandant comment passer le temps qui lui restait avant de retrouver son propre monde, avec le dégoût de son partenaire : blessé par l'autre, déçu par l'autre, et par soi-même.

La sixième nuit était la dernière. Rufus dit à Lila : « Je ne sais pas ce qu'il y a. Je ne sais pas pourquoi. Je pensais que ça pouvait marcher entre nous. Je ne sais pas ce qu'il y a, ou peut-être que si. Tu crois, parce que je t'ai dit que je t'aime, que tu as tout compris de moi, que je n'ai plus de secret, et qu'il ne reste plus rien à découvrir. Alors, tu dois te dire qu'il n'y a plus rien à voir et qu'il est temps de passer à autre chose. Eh bien, ma belle, à mon avis tu n'as même pas effleuré la surface.

— Peut-être », répondit doucement Lila — depuis ce matin-là, ils avaient cessé de crier — « Mais c'est parce que tu ne me laisses pas faire. Tu t'es tellement bien protégé derrière une armure de mots que tu ne te vois plus toi-même. Comment veux-tu que je puisse te connaître ? »

La deuxième nuit, elle lui avait dit : « Pas ce soir, chéri. » La sixième, ce fut son tour, et il n'essaya même pas. Toute ma vie, se répétait-il, j'ai toujours réussi ce que j'entreprenais. Je vais pas commencer à foirer maintenant. Il regardait Lila d'un air hébété. Elle eut un vilain sourire, sale et destructeur. « Je te hais », fit-elle. Ils passèrent le reste de la nuit dans un silence poli.

Le lendemain midi, le lieutenant Brooks, en uniforme, prenait congé de Mrs. Brooks. Ils échangèrent quelques propos froids, dans les règles. Autour d'eux, d'autres soldats disaient poliment au revoir à leurs compagnes. Il n'y avait plus trace de l'ambiance fiévreuse et passionnée, quelques jours plus tôt, quand l'avion arrivé du Vietnam avait lâché son contingent. Rien que quelques larmes.

« Ça n'aurait pas dû se passer comme ça, fit doucement Lila sans le regarder.

— Non, ça n'aurait pas dû.

— Au revoir. » Les larmes se décidèrent à couler.

« Au revoir », répondit-il en la regardant craquer. Elle s'enfuit, loin de lui, de la porte d'embarquement, du terminal, de Hawaii. Lui se retourna et suivit la rampe d'accès, la gorge nouée, en fredonnant sourdement :

Walk like a man, Fast as I can,
Walk like a man from you.
I'll tell the world, forget about a girl,
and walk like a man from you [1].

Hawaii le tortura pendant des mois. Il existait un côté des choses, de leur conflit, qu'il n'avait jamais vu, qu'il n'imaginait pas — l'eût-il vu, il n'aurait pas compris. Lila continuait de vivre des nuits solitaires et des journées d'angoisse. En partant à Hawaii, elle rêvait de quelque chose dont elle pourrait dire « c'est à moi », un bébé, une famille, mais

1. Marche comme un homme, aussi vite que je peux/Comme un homme pour m'éloigner de toi./J'irai dire au monde, oublie la fille/ et marche comme un homme, pour m'éloigner de toi. Paroles de *Walk like a man,* par les Four Seasons (1963) *(N.d.T.).*

le rêve avait mal tourné. A son retour, elle se mit en quête d'un emploi stable. Il fallait qu'elle puisse à nouveau subvenir seule à ses besoins, sans avoir à dépendre de la délégation de solde de Rufus. Mille fois, elle se demanda si elle pourrait le quitter. Elle ne cherchait pas un autre homme. Elle en était venue à éprouver de la répulsion pour les hommes. Devait-elle divorcer ? Au mois de mars, elle lui écrivit ces quelques mots : « Je ne voulais pas être enceinte, et je ne le suis pas. » Allait-elle les lui poster ? En était-elle capable ? Elle le fit et, du coup, se résolut à divorcer. Irrévocablement. Elle s'organisa, et en juillet elle fut à nouveau en mesure de vivre seule. Début août, elle remplit les papiers du divorce.

Brooks se vit en train de pénétrer dans le studio de Lila, doucement, sans bruit, en vrai *boonierat*. Elle ne savait pas qu'il était de retour : c'était son premier jour. Lumières tamisées, le couple se trémoussait sur le lit. Lila, couleur café, son long corps sensuel répandu sur les jambes de l'Autre Homme, sa bouche engloutissant la queue raide du type qui restait allongé, les yeux mi-clos, comme défoncé, rêveur. krooks lança sa main droite en direction du lit, la goupille se détacha de la grenade avec un léger tintement métallique. Non, minute. Son esprit coupa la séquence, la remplaça par une autre. Lila et lui, sur le lit, en train de faire l'amour. Il la regardait sucer et lécher amoureusement son membre. Ça l'excitait au-delà de toute description ; jusque sur la terre froide au fond de la vallée, ça l'excitait ; mais en même temps lui revenait une autre vision, secrète, qu'il tentait de toutes ses forces de repousser, une image interdite qui le dégoûtait. Cent fois, depuis Hawaii, elle s'était ébauchée dans sa tête, mais il avait toujours pu l'empêcher de se former complètement. Si Lila y prenait un tel plaisir, et parvenait à lui donner un tel plaisir, est-ce que lui serait capable d'en faire autant pour un autre homme ? Il voulait sucer une queue. Il voulait sentir le gland dans sa bouche, le lécher. Il aurait voulu sucer la sienne, mais il n'y arrivait pas. Il était maintenant couché avec l'Autre Homme — il reconnut Egan. L'Autre Homme, c'était Egan. La super-bite qu'il avait dû planter dans cette garce en Australie... ça aurait été comment, de lui bouffer la chatte et qu'Egan s'amène, qu'Egan commence à la baiser pendant que lui continuait de la brouter ? Sa bouche en même temps sur les lèvres juteuses de la chatte et sur la queue brûlante ? Il sentit la fille se reculer. C'était Lila. Egan baisait sa femme. Lila embrassa passionnément Rufus, fouillant avec sa langue, léchant sa propre mouille sur le menton de l'homme. Egan se mit à frotter sa trique énorme contre le visage de Lila. Elle se retourna et le suça, puis revint à Rufus, l'embrassant, l'attirant vers Egan. La queue dressée d'Egan se trouvait entre eux, ils la léchaient tous les deux, puis elle la glissa dans la bouche de Rufus. Lila lui maintenait la tête en position, Egan allait et venait avec force. Brooks se tordit sur la terre froide. Ça suffit. Pas ça. Il repoussa Egan hors champ, plaqua de nouveau la tête de Lila contre son entrejambe. Suce-moi. Comme ça. C'est comme ça que ça doit être. Sa tête explosa, il partit en spirale dans le vide. L'obscurité, l'espace, semblaient se dilater à mesure qu'il tombait. Il perdait tout. Ce néant en expansion expulsait toute sa vie ; il n'y eut plus qu'une bulle de vide noir, un ballon gigantesque avec un unique grain de poussière en son centre, un ballon gonflé à l'hélium qui continuait de se dilater ; l'enveloppe devenait plus fragile, la pression s'y concentrait, plus dure qu'au fond de l'océan. Pression partout, dedans, dehors ; c'était ses paupières fermées qui se dilataient à présent, au-delà de son corps, de son esprit, en équilibre précaire avec la pression extérieure, sur le point de claquer. Une implosion terrible menaçait de détruire ce centre de lui-même où il fermait obstinément les yeux. Tiens bon, ordonna-t-il à son cerveau. Ça n'a pas encore claqué. Ça ne va pas forcément claquer.

EXTRAIT DU J.M.O.

LES RÉSULTATS SUIVANTS CONCERNANT LES OPÉRATIONS DANS LA ZONE O'REILLY/BARNETT/JEROME SONT SIGNALÉS POUR LA PÉRIODE DE 24 HEURES PRENANT FIN À 23 H 59 LE 19 AOÛT 1970.

A 03 H 10, DES SAPEURS ENNEMIS ONT ATTAQUÉ LA COMPAGNIE D, 7/402, SUR SA POSITION DÉFENSIVE DE NUIT, À PROXIMITÉ DU POINT YD 143328, FAISANT 7 TUÉS ET 17 BLESSÉS, DONT 11 NÉCESSITANT UNE ÉVACUATION SANITAIRE D'URGENCE, PARMI NOS RANGS. LES PERTES ENNEMIES SONT INCONNUES.

4 CAS SÉPARÉS D'ATROCITÉS COMMISES PAR L'ENNEMI SUR DES POPULATIONS VILLAGEOISES DE LA PROVINCE DE THUA THIEN ONT ÉTÉ SIGNALÉS AVANT L'AUBE. 9 MORTS DÉNOMBRÉS PARMI LES CIVILS. LE 4e DÉTACHEMENT, 7e BATAILLON PSY OPS, EN COORDINATION AVEC LES CHEFS DE DISTRICT ET LE SERVICE D'INFORMATION VIETNAMIEN, ONT RÉCUPÉRÉ DES TRACTS HOSTILES AU GOUVERNEMENT ET À L'ASSISTANCE MILITAIRE DU MONDE LIBRE QUE L'ENNEMI AVAIT DISTRIBUÉS. DES ÉQUIPES SOL AVEC HAUT-PARLEURS, AUSSITÔT DÉPLOYÉES, ONT COMMENCÉ À DIFFUSER DES MESSAGES PRO-GOUVERNEMENTAUX, ANNULANT L'EFFET DE LA PROPAGANDE ANV. DES PHOTOS ET DES INTERVIEWS ENREGISTRÉES ONT ÉTÉ FAITES EN VUE D'UNE UTILISATION ULTÉRIEURE.

A 07 H 37, LA COMPAGNIE A, 7/402 A REPÉRÉ DEUX GROUPES ANV À DÉCOUVERT, À 3 KILOMÈTRES OUEST – SUD-OUEST DE LA BASE BARNETT. L'ARTILLERIE A ÉTÉ EMPLOYÉE. UN RATISSAGE DU SECTEUR A RÉVÉLÉ DE NOMBREUSES TRACES DE SANG.

AU COURS D'UN MOUVEMENT EN FIN DE MATINÉE, LA 2e SECTION, CO A,

7/402, A DÉCOUVERT À PROXIMITÉ DU POINT YD 165371 UNE ZONE DE PÊCHE ANV DOTÉE DE NOMBREUSES NASSES EN BAMBOU, AINSI QUE DES COLLETS À PETITS ANIMAUX, CES MATÉRIELS ONT ÉTÉ DÉTRUITS. A 12 H 15, LA 3e SECTION, CO A, A SIGNALÉ LA DÉCOUVERTE DE QUATRE CHAMPS DE MARIJUANA À PROXIMITÉ DU POINT YD 168309. DES OBUS INCENDIAIRES AU PHOSPHORE ONT ÉTÉ UTILISÉS POUR DÉTRUIRE LA RÉCOLTE.

A 13 H 30, FAISANT MOUVEMENT AU SUD DU KHE TA LAOU, LA CO A A ÉTÉ PRISE EN EMBUSCADE PAR DES FORCES ANV ESTIMÉES À UN GROUPE RENFORCÉ. L'UNITÉ A RIPOSTÉ PAR SES MOYENS DE FEUX ORGANIQUES, APPUYÉE PAR L'ARTILLERIE. 9 MORTS ENNEMIS ONT ÉTÉ DÉNOMBRÉS ET 8 ARMES INDIVIDUELLES RÉCUPÉRÉES. AUCUNE PERTE US SIGNALÉE.

DANS UN CHARNIER, À 3 KILOMÈTRES NORD-OUEST ENVIRON DE LA BASE RIPCORD, LA 3e CO, 3e BN, 1er REGT (ARVN) A DÉCOUVERT LES CORPS DE 20 ENNEMIS TUÉS LA SEMAINE PRÉCÉDENTE AU COURS DES ATTAQUES DE LA FORCE AÉRIENNE TACTIQUE.

PENDANT UNE RECONNAISSANCE AUTOUR D'UNE BASE ENNEMIE, À PROXIMITÉ DU POINT YD 155307, UN GROUPE DE LA CO A, 7/402, A ÉTÉ PRIS EN EMBUSCADE PAR UN ÉLÉMENT ENNEMI DE VALEUR INDÉTERMINÉE. LE GROUPE A RISPOSTÉ PAR SES MOYENS DE FEUX ORGANIQUES, APPUYÉ PAR DES TIRS ARA ET RENFORCÉ PAR DEUX SECTIONS DE LA CO A. DEUX SOLDATS US ONT ÉTÉ TUÉS, TROIS BLESSÉS ET ÉVACUÉS. PERTES ENNEMIES INCONNUES.

LA BASE BARNETT A ESSUYÉ 13 TIRS DE MORTIER 82 MM À 18 H 19, AUCUNE PERTE SIGNALÉE.

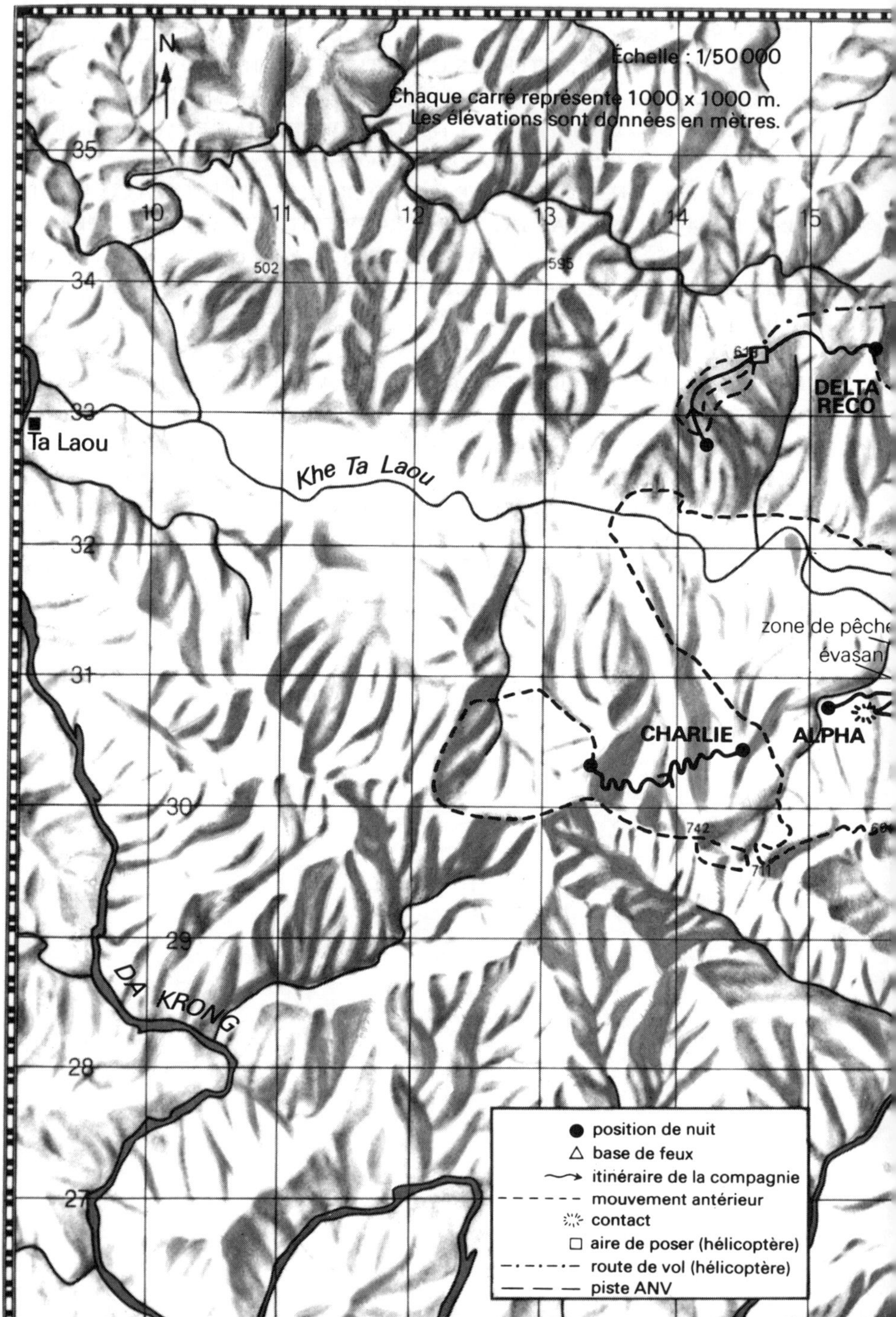
N
Échelle : 1/50000
Chaque carré représente 1000 x 1000 m.
Les élévations sont données en mètres.
35
34
33
32
31
30
29
28
27
10
11
12
13
14
15
502
595
Ta Laou
Khe Ta Laou
DELTA
RECO
zone de pêche
évasan
CHARLIE
ALPHA
742
711
DA KRONG
position de nuit
base de feux
itinéraire de la compagnie
mouvement antérieur
contact
aire de poser (hélicoptère)
route de vol (hélicoptère)
piste ANV

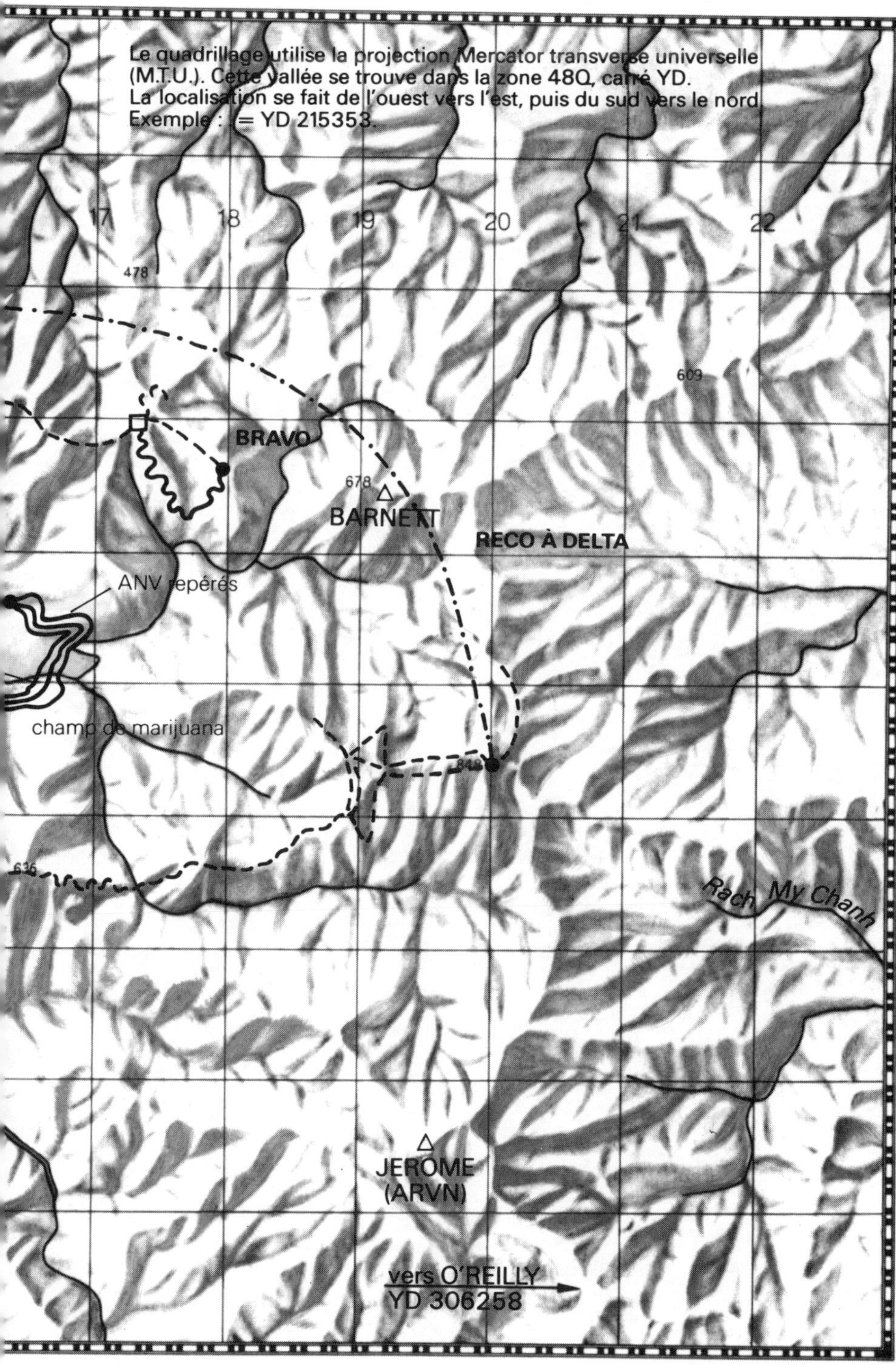
Le quadrillage utilise la projection Mercator transverse universelle (M.T.U.). Cette vallée se trouve dans la zone 48Q, carré YD.
La localisation se fait de l'ouest vers l'est, puis du sud vers le nord.
Exemple : = YD 215353.
17
18
19
20
21
22
478
609
BRAVO
678
BARNETT
RECO À DELTA
ANV repérés
champ de marijuana
636
Rach My Chanh
JEROME
(ARVN)
vers O'REILLY
YD 306258

CHAPITRE 27

20 août 1970

Aux premières lueurs, la bruine avait cessé. La compagnie Alpha restait enveloppée d'une épaisse couche de brouillard. Les hommes bougeaient à peine. Pendant une heure, on n'entendit que les voix des radios qui envoyaient des comptes rendus de situation et des demandes de ravitaillement. Brown communiquait une liste de rechanges corrigée afin d'équiper les soixante-quinze hommes que comptait à présent l'unité. Doc Johnson avait persuadé le lieutenant de renvoyer Whiteboy à l'arrière à cause de sa blessure à l'œil. Melvin Harley ferait fonction de chef de groupe jusqu'à son retour.

Alpha se reposait. C'était jour de ravitaillement et on ne prévoyait aucune des difficultés de la dernière fois. Dans les limites de la prudence, Brooks lâchait un peu la bride aux *boonierats.* Il se borna à envoyer trois patrouilles en reconnaissance — cinq hommes par section — et leur ordonna de ne pas trop s'éloigner. « Contentez-vous de jeter un coup d'œil dans le coin. Donnez-nous quelques objectifs pour l'artillerie, un peu de renseignement, mais évitez le contact si possible. » Ses instructions furent accueillies avec enthousiasme, et Brooks, une fois seul, contacta l'Homme Vert par radio.

« Red Rover One de Quiet Rover Four... » Il ne savait pas trop comment s'y prendre pour présenter sa requête. Après s'être expliqué avec le radio du CO, il finit par obtenir l'Homme Vert. « Four de One Niner, parlez », fit celui-ci.

Il n'y avait pas trente-six façons de s'y prendre. Brooks se jeta à l'eau : « One, Quiet Rover Four Niner demande delta echo romeo sierra le deux-huit août. A vous. » Voilà, c'était fait : DEROS * dans huit jours ; il aurait quitté la zone d'action dans cinq jours ou peut-être moins. Il y eut un long silence. Sa décision était prise, c'était maintenant à l'Homme Vert de l'approuver et aux services du personnel de la mettre en application.

« Affirmatif, Four, fit la voix de l'Homme Vert. Deltaechoromeosierra le deux-huit août — à condition que Texas Star ait été mené à bien. Four, j'ai besoin de vous. Stop et fin. »

Les événements de la nuit précédente avaient empêché la réunion du PC. A présent, dans la fausse sécurité du jour naissant, les habitués commencèrent à se regrouper. A bout de forces et à bout de nerfs, ils n'en maintenaient pas moins la contenance macho — quoiqu'un peu refroidie — du jeune combattant.

Chelini veillait tranquillement les fréquences des diverses compagnies déployées dans la vallée. Doc, Minh et Whiteboy bavardaient à voix basse. Brown et Cahalan se partageaient une boîte froide de spaghetti et boulettes de viande. El Paso, à l'écoute des patrouilles reco, pointait des objectifs sur la carte avec l'observateur avancé. Egan nettoyait méticuleusement son arme. Thomaston, Caldwell et De Barti tiraient des bouffées de l'ultime cigarette qu'ils se passaient.

« Eg, appela doucement Thomaston, annonce ton chiffre.

— Dix-huit au jus, et toi ?

— Vingt et un.

— Bande de bleu-bites, rigola Brooks. HUIT !

— Sans déconner ? fit Thomaston, pris de court.

— Alors, ça y est ? ajouta Egan.

— Vous l'avez pas volé, fit Doc. Bien vu.

— Je commençais à penser que vous alliez jamais partir, sourit El Paso.

— En attendant, j'ai encore huit jours à tirer, alors passons aux choses sérieuses. » Il était heureux et sentait les autres heureux pour lui.

Les hommes firent cercle autour de leur chef en lançant les plaisanteries d'usage. « Tirez un coup pour moi. » « Gare à ton cul, mémère, papa est de retour et il a tellement les crocs que ça va exploser ! » « Je parie qu'il lâche la purée avant même d'avoir passé la porte et qu'il arrive encore à lui coller une giclée dans l'œil ! » « Couru d'avance ! »

« Ouais, intervint Pop Randalph, souriant, en s'avançant au centre du groupe, quand t'as vingt ans, t'envoies le paquet à l'autre bout de la pièce. A vingt-cinq, t'as encore assez de vitesse initiale pour tirer de la hanche. Seulement je vais vous dire, à trente-sept ans, putain, ça crache encore avec des encouragements, mais vaut mieux prévoir un seau juste en dessous. Quel âge vous avez, mon lieutenant ?

— J'atteins encore le milieu de la pièce.

— Merde alors, et moi qu'ai toujours cru que vous aviez dix-sept ans ! »

Il y eut un éclat de rire général, mais Brooks revint rapidement à l'ordre du jour. Ils discutèrent de l'embuscade de la veille : les faits, les causes, comment on aurait pu l'éviter. « Les éléments reco ne doivent pas poursuivre des hommes postés en embuscade, dit Brooks. C'est la même chose qui est arrivée à Bravo sur le Song Bo. Ils se sont laissé attirer dans le piège et ils en ont pris plein la gueule pour pas un rond.

— Je crois pas qu'on puisse dire ça, releva De Barti.

— Je suis d'accord, mon lieutenant, appuya Pop. On riposte, on neutralise leur tir, on gagne la supériorité de feu. Sans ça, c'est eux qui vous bouffent tout cru.

— Pas quand il s'agit d'un élément reco de sept hommes. Quand ils ont essuyé le feu, ils auraient dû rester sur leur position jusqu'à ce que des éléments de manœuvre puissent les appuyer sur leurs flancs.

— Je suis pas d'accord, mon lieutenant, insista Pop. Dans la plupart des cas, on peut pas attendre. Dans une embuscade, faut leur casser les reins.

— Affirmatif, dit Egan.

— Oui », fit El Paso, à la recherche d'un compromis, « mais je crois que l'erreur dans le cas de Mohnsen, c'est qu'ils ont foncé dans le décor. S'ils s'étaient arrêtés à la seconde où ils ont vu qu'ils étaient pris sur leurs flancs, ils auraient encore pu décrocher.

— Écoutez, reprit Brooks, tant que ce sera moi qui commanderai ici, les éléments reco riposteront, mais ils devront décrocher aussi rapidement que possible, dans l'attente de renforts, d'un appui aérien ou artillerie. Point final. Des questions ? » Personne ne répondit. Egan serra les mâchoires. Pop examina ses doigts. La lassitude, en chacun d'eux, semblait enfin faire surface. Brooks ôta sa bizarre casquette de base-ball et se gratta le cuir chevelu. « Ne craignez rien, dit-il, dans les jours à venir, les occasions ne manqueront pas de faire la causette avec Charlie. L'Homme Vert exige toujours qu'on nettoie cette vallée. Après le ravitaillement, on revient ici. On vise au cœur. »

Avant le départ, Brooks fit le tour des sections. Il tenait à annoncer personnellement la nouvelle au plus grand nombre d'hommes possible, surtout aux anciens. Il voulait leur expliquer qu'il partait, mais qu'il ne les abandonnait pas. Ça avait toujours l'air bidon. Tout le monde disait ça, sous une forme ou sous une autre ; après, on recevait une lettre, peut-être même un colis, mais ça ne durait pas et le contact était perdu. Dans une unité constituée en majorité de bleus, l'ancien se retrouvait confronté à un environnement différent, qui exigeait beaucoup de lui. Brooks était persuadé que ce serait différent dans son cas. Il n'oublierait pas, et il tenait à ce que les hommes le sachent. Fusil et bloc-notes au poing, il arriva à la 1re section. C'était l'occasion de les interroger sur la manière dont ils percevaient cette guerre, se disait-il.

Dans les cinq jours à venir, j'accumulerai peut-être assez de notes pour ma thèse. Et puis, pensait-il sans se l'avouer, peut-être parviendrait-il à calmer le trouble de son esprit en écoutant parler les hommes, en consignant leurs remarques. Depuis le début de la matinée, il avait à peine osé regarder Egan en face. Peut-être lui parlerait-il de son rêve — pas dans les détails, en restant dans le vague. Egan aussi avait des problèmes avec sa femme. Tout le monde le savait, même si personne n'en parlait. Ce serait facile de discuter avec lui.

« Psst, Jax...

— Ici, mon lieutenant.

— Ça va, mon frère ? » Ça allait être plus dur que Brooks ne pensait.

« J'me sens comme une bouteille qu'on vient de rincer. Vidé.

— Vous êtes au courant ?

— Ouais.

— Qu'est-ce que vous en pensez ?

— Ça chie pas, fit doucement Jax. Seulement, vous aviez pas besoin de vous y prendre comme ça. J'l'aurais jamais cru. Vous êtes pas comme eux.

— C'est mon tour de partir, Jax.

— C'est pas ça, mon lieutenant. Merde, vous l'avez bien mérité. J'suis content pour vous, mais j'arrive pas à croire que vous étiez pas au courant. Vous nous balancez ça à travers la gueule, c'est comme si on prenait une nuée de sauterelles.

— Désolé, Jax. » Il semblait vraiment déprimé, et Brooks en eut de la peine.

« Qui va récupérer la compagnie ? Vous allez pas la refiler à cet enfoiré de Thomaston, quand même ?

— C'est pas moi qui décide, c'est l'Homme Vert. Mais Thomaston est un type pas mal.

— Ce con de Blanc reconnaîtrait pas le canon de son fusil de son trou du cul si Eg était pas là pour lui indiquer, et Eg se tire dans deux semaines. On va l'avoir dans le cul, et profond.

— Tout va bien se passer », dit Brooks, qui se sentait un peu écœuré. Merde, il avait le droit de partir. Il essaya de prendre un ton léger : « Alors, qu'est-ce que vous allez faire ?

— J'vais déclencher une guerre, laissa froidement tomber Jax.

— Non, Jax, écoutez-moi. Si vous faites ça, vous allez perdre tout ce pour quoi vous avez lutté.

— Ce que j'ai jamais eu risque pas de me manquer. »

Doc et El Paso arrivèrent sur la position, donnèrent le mot de passe et s'avancèrent. Ils s'installèrent de chaque côté du lieutenant, leurs armes pointées vers l'extérieur. « Doc, chuchota Brooks, après mon départ, il faudra garder un œil sur Jax. Je veux que vous veilliez sur lui, d'accord ? Vous aussi, El Paso.

— Il a rien qui cloche, dit Doc. C'est lui qui va veiller sur nous. Qu'est-ce qui se passe, Jackson ?

— La guerre. La guerre au pays.

— Rien à dire contre ça, fit Doc.

— Faites gaffe à vous, les mecs, hein ? » Brooks sortit son carnet. « Je veux vous donner mon adresse. Faites-moi signe quand vous rentrez. » Il inscrivit plusieurs fois de suite son adresse et déchira le bas de la page. « Tenez, donnez-moi les vôtres aussi.

— Y aura pas d'adresse à mon retour, fit Jax, parce que je s'rai partout. Sabotage. Je ferai sauter les villes, je sèmerai la terreur. On prendra un million d'otages. On échangera leurs vies contre celle du roi Richard !

— Prends d'abord les campagnes, dit El Paso, et les villes tomberont.

— Pas ce coup-ci, mon frère. Les villes, on les a déjà. On aura qu'à presser le citron, c'est le pays qui tombera.

— Et votre gosse, Jax ?

— C'est pour ma gosse que je fais ça ! s'exclama Jax. De quoi vous croyez que je cause ? »

Egan et Chelini se glissèrent dans le fourré, à côté d'El Paso. La végétation était si dense qu'ils n'apercevaient pas Doc, à l'autre bout. Doc se mit à quatre pattes et se faufila jusqu'à eux pour échanger un salut rapide. « Jax râle parce que le lieut se tire, annonça-t-il à voix basse.

— Ils tuent notre peuple, merde ! Ils tuent mon vieux, ils me piquent le meilleur gars qu'on ait ici. » D'une voix calmée, Jax se lança dans une longue suite de récriminations. Il cita Eldrige Cleaver : « L'oppresseur n'a aucun droit que l'opprimé soit tenu de respecter. » Il ajouta quelques slogans de son cru : « Ils arrêtent pas d'inventer des programmes d'aide aux minorités qui servent qu'à museler les minorités. Vous venez me parlez d' “ actions positives ” ? J'en ai, moi, de l'action positive. Ici, dans mon M16.

— Qu'est-ce que vous pensez de tout ça, Danny ? » demanda Brooks. Egan haussa les épaules et resta silencieux. Il n'avait pas envie d'entrer dans la polémique.

« Et vous, Doc ? » Doc secoua la tête, sans quitter Egan des yeux. Egan avait toujours quelque chose à dire.

« Alors, Eg, t'en as plus rien à foutre de nous ? demanda-t-il.

— Quoi ?

— T'en as plus rien à foutre de Jax ? Faut qu'on t'entende. Le lieut va se tirer. On compte sur toi pour nous faire passer sous le nouveau chef. Pour qu'il s'excite pas. Tu piges ? T'as toujours quelque chose à dire, parce que t'es toujours en train de dire quelque chose. Alors, qu'est-ce que tu penses ?

— Je pense qu'il y a d'autres choix que les programmes sociaux à base raciale, que des lois sur la question raciale. Et je pense que ça marcherait mieux, parce qu'il n'y aurait rien de puant dans ces programmes, et qu'ils ne provoqueraient pas de réaction raciste. » Brooks écoutait très attentivement et prenait des notes. Jax lançait des regards furieux à Egan, épiait les réactions du lieutenant, hésitait. « On pourrait appeler ça, je sais pas, du " communautisme " ou un truc de ce genre-là, poursuivait Egan. Baser les mesures visant à l'égalité des chances sur les communautés et pas sur la race. Par " communauté ", on voudrait dire un millier de personnes, peut-être jusqu'à deux mille cinq cents, mais pas plus. Comme ça, on éviterait la corruption qu'on trouve quand la communauté, c'est une ville de cent mille habitants.

— L'idée est intéressante, dit Brooks.

— Comme ça, reprit Egan, on arriverait peut-être à contourner toute cette merde raciste. Après tout, pourquoi le gosse d'un toubib noir serait pris dans un boulot ou admis en fac de préférence au gosse d'un prolo blanc ? C'est pas ça, le problème qu'on essaie de résoudre. Moi, je crois que si une communauté pauvre, et y en aurait sûrement qui seraient entièrement noires, ou entièrement chicanos, ou indiennes, eh bien, si on faisait en sorte que les pauvres restent pas pauvres, toute l'idée d'égalité des chances, heu... comment je peux résumer ça ? On peut éliminer le syndrome " la pauvreté engendre la pauvreté, l'analphabétisation engendre l'analphabétisation ". Et c'est ce qu'on essaie de faire. Cassez les ghettos, mais pas parce que ce sont des ghettos raciaux, parce que ce sont des prisons qui laissent pas sortir les gens. Assurons-nous que tous ceux qui veulent en sortir ont la possibilité de le faire, et pas simplement parce qu'ils sont noirs. Que personne mette l'accent sur la race et y aura pas de réaction raciste, ou de haine raciale. L'intégration dans les transports, ça pourrait vouloir dire les pauvres avec les riches, et pas forcément les Noirs avec les Blancs pour la seule raison que les Noirs sont noirs, et que les Blancs sont blancs. Ça, ça fait souligner encore la notion de race. Ça l'institutionnalise, et ça institutionnalise les ghettos. Et ce genre de merde serre la vis aux Noirs, quel que soit le nombre de programmes que vous pouvez lancer. »

Alpha quitta ses bambous. Prenant vers le sud, montant régulièrement, traversant pistes et sentiers, ils conservèrent la même direction générale : un mamelon au flanc de la 636. L'observateur avancé réclama un tir d'encadrement à l'artillerie — devant, pour éclairer leur itinéraire, et derrière, pour fermer la piste après leur passage. La colonne grimpait lentement, mais sans s'arrêter. Personne, et le lieutenant le premier, n'avait envie de différer le ravitaillement. Ils traversèrent une étendue d'herbe à éléphant, s'enfoncèrent à nouveau dans la brousse. Par rapport à leur point d'arrivée, lors de la première descente dans la vallée, ils s'étaient déplacés de deux kilomètres vers l'est. Les pentes étaient raides, à cet endroit, mais avec leurs sacs à moitié vides, la grimpée se fit sans difficulté. A chaque pas le brouillard diminuait ; à chaque mètre gagné en hauteur, le ciel devenait plus clair. La jungle remplaça les broussailles, et soudain l'homme de pointe fut aveuglé par le soleil. Tel un cortège de morts-vivants, la compagnie Alpha émergea du brouillard, clignant des yeux, pour s'enfoncer dans les fourrées tachetés de lumière. Une fois regroupés sur ce tertre au flanc de la 636, ils se mirent au travail comme des furieux, deux sections postées en sûreté pendant que la troisième jouait de la machette afin de dégager une aire de poser. Un hélicoptère, le premier qu'ils parvenaient à distinguer nettement depuis des jours, les survola, repassa, se mit en vol stationnaire, largua deux caisses de TNT et repartit. L'équipe démolition entreprit de faire sauter les plus gros arbres tout en gueulant : « Bande de radins... de la dynamite au lieu de C-4, merde... » puis « Ça va sauter ! Ça va sauter ! »

Chelini observa les hommes qui l'entouraient. Les yeux cernés, le regard hanté. L'épuisement se voyait jusque sur leur peau, sur leurs joues creuses, mais, surtout, se lisait dans leurs yeux. Est-il possible que j'aie l'air aussi démoli qu'eux ? Zéro, pas possible.

Le soleil embrasait le terrain juste défriché, qui semblait déjà se couvrir de poussière. Les soldats de corvée s'étaient mis torse nu et commençaient déjà à peler. Les équipes postées en sûreté avaient pendu leurs treillis aux branches et déballé le contenu de leurs sacs. Le soleil filtrait à travers les branches, des ombres dansantes jouaient sur les visages, accentuant les joues creuses, les regards hallucinés.

Assis à l'écart, en bordure de l'aire de poser mais un peu plus haut que les sentinelles, Brooks contemplait la vallée. Ce passage continuait de le hanter. Le lac Marshmallow, songea-t-il. On dirait un lac de guimauve. Vue de sa position, la nappe de brume paraissait bien nette et douce, mais le spectacle ne le charmait plus. C'était hideux. Brooks promena un regard haineux sur les parois raides, les crêtes, les pitons, les gorges, les collines basses qui ondulaient sous leur triple couverture de jungle. Il jura en considérant le fond de la vallée envahi par les bambous, l'herbe à éléphant et l'inévitable brume. Une configuration de terrain pareille pouvait abriter des divisions entières.

L'ennemi était partout. La vallée aussi pouvait être un ennemi sournois. Et au milieu de tout, planté dans ce brouillard hideux, il y avait l'arbre immense. Brooks, hypnotisé, n'arrivait plus à le quitter des yeux. Il le maudit. Que pouvait-il y avoir à la base ? Il tira la carte topo de la poche à soufflet de son pantalon, suivit le tracé du fleuve, repéra des élévations, situa le grand arbre. Là, se dit-il, en plein sur le fleuve, sur une butte, sur le fleuve. Tout l'attirait irrésistiblement vers ce point. C'était sa mission. Alpha avait contourné cette butte en descendant dans la vallée : ils allaient maintenant y revenir en traçant une spirale de plus en plus serrée. Prendre la butte. Pourquoi pas ? Et pourquoi ne pas y aller directement ? Foncer droit dessus après avoir fait donner l'artillerie ? Non. Encore un tour de manège. Encore un passage dans le récif au Sangsues. Ensuite, on franchit le fleuve et on frappe.

« Mon lieutenant, lança Doc Johnson, qui arrivait de la LZ.

— Hein ? fit Brooks, arraché à ses ruminations.

— Séchez-moi ça.

— Quoi donc ?

— Faites voir vos pieds. Enlevez vos grolles. » Sans élever la voix, Doc parlait avec une totale autorité. Le lieutenant obtempéra en grognant. « Les chaussettes aussi, ajouta Doc. Ça va pas. »

Brooks pela ses chaussettes kaki comme si c'était une deuxième peau. L'opération lui arracha un gémissement. Il fit remuer ses orteils. La peau était grisâtre et présentait des lésions.

Doc s'empara d'un des pieds du lieutenant et l'examina. Brooks fit la grimace. « Vous avez du pot de pouvoir marcher, Mista', fit le toubib avec dégoût. La moitié de vot'compagnie a le pied d'immersion. Si vous comptez faire aller ces clampins quelque part, vous avez intérêt à leur sécher les pieds. »

Déchaussé, Brooks se leva et se mit à sautiller en sentant les brindilles qui écorchaient sa peau ridée. « On va tous les passer en revue », dit-il. Doc et lui se lancèrent dans une lente tournée d'inspection de ces biens les plus précieux de l'infanterie : les pieds.

La moitié de la compagnie souffrait effectivement de pied d'immersion. Un homme sur deux avait les pieds enflés, un sur dix présentait des cloques. Les deux cas les plus graves se trouvaient dans la 3e section : Arasim, du 2e groupe, et Roseville, du 3e. Chez eux, le mal avait progressé jusqu'au point où la peau se fissurait. Des mycoses se déclaraient. Sur le pied gauche de Roseville, les cellules de l'épiderme étaient mortes et partaient en squames putrides, laissant la chair à vif.

« Évacuez-moi ces deux-là », dit le lieutenant, d'accord avec Doc.

« Mettez-les sur le premier hélico de la logistique. » Arasim, ravi, eut fait son paquetage en moins d'une minute.

A l'autre bout du périmètre, Whiteboy se tenait également prêt à embarquer. L'état de son œil s'était aggravé. Il larmoyait constamment, et Whiteboy se sentait « comm'si on y aurait jeté un'pell'teh'd'verr'pileh' ».

« Vous êtes absolument certain qu'il faut vous faire évacuer ? lui demanda Brooks. On a besoin de votre puissance de feu, Whiteboy.

— Mon lieuh'tnant, j'arrive pah'à garder l'œil ouvert.

— A ce point ?

— Bah, j'resterais, si c'était pah'ça. J'ai toujours fait mon boulot, non ?

— C'est bon, allez rejoindre Roseville sur la piste. Mais dites-vous bien qu'on a *vraiment* besoin de vous. Revenez dès que possible. OK ?

— Ouaih', mon lieuh'tnant. »

Brooks acheva sa tournée d'inspection et retourna s'asseoir en contrebas de la LZ. Comment, se demandait-il, puis-je dire à un type de revenir ici dès que possible parce qu'on a besoin de lui, alors que moi, je suis sur le point de partir définitivement ? Autour du lieutenant, la moitié des hommes de la compagnie, après avoir ôté leurs rangers, s'étaient entièrement déshabillés. Sur sa gauche, vautré par terre avec le pantalon aux chevilles, jambes écartées, biroute molle sur le ventre, le Bleu laissait sécher au soleil son entrejambe infecté, ses cuisses à vif, ses fesses cuisantes.

Brooks l'appela, sans se soucier de la portée de sa voix. Avec l'abattage des arbres et les coups de machette, tout le monde dans la vallée connaissait la position exacte d'Alpha. Une fois la piste dégagée, la plus grande partie de la compagnie se trouvait à découvert. Une attaque ANV était néanmoins peu probable : le ciel grouillait d'hélicoptères et d'avions légers. On pouvait s'interroger sur la supériorité de nuit, mais le jour appartenait nettement aux Screaming Eagles. Sur le périmètre, les sentinelles restaient camouflées. Trois postes d'observation, deux hommes chacun, étaient disposés cent mètres plus loin. Les gardes étaient relevés toutes les heures par des hommes qui traînaient autour de la piste. Les hélicos prévus pour le ravitaillement de 11 heures avaient été rappelés d'urgence afin de participer à un assaut ARVN neuf kilomètres au sud. Le ravitaillement était reporté à 13 h 30, la compagnie n'avait qu'à se prélasser au soleil en attendant.

« Hé, lança Brooks en allant s'asseoir près de Chelini, il y a quelques semaines, on avait une discussion sur la guerre et vous aviez parlé de déterminisme biologique. Vous voulez m'en dire davantage ? »

Toujours vautré au soleil, jambes écartées, le Bleu se retourna en direction du lieutenant. « Oui, bien sûr. Quel genre de truc vous voulez savoir ?

— Des théories, peut-être, dit Brooks sans le regarder. Existe-t-il des théories biologiques sur la guerre ?

— Oui, bien sûr. Enfin, plus ou moins. » Son esprit était bien éloigné du sujet.

« Vous-même êtes biologiste, non ?

— Ah ! non, moi j'ai fait psycho, dit Chelini qui s'était redressé sur les coudes.

— Alors, où intervient la biologie ?

— J'ai pas mal étudié les aspects physiologiques du comportement. Après avoir commencé psycho, il m'a semblé que c'était presque tout du bidon, sauf ce qui s'appuyait sur des données neurologiques ou physiologiques.

— Ah ! bon, fit Brooks d'un air déçu.

— Mais attendez un peu. » Chelini tenait quand même à montrer ses connaissances et à impressionner le lieutenant. Discuter de son sujet le rapprochait un peu de la réalité, d'un monde qu'il était rapidement en train d'oublier. « En fait, c'est bien de comportement que vous voulez parler, de comportement humain, et ça relève de la psychologie. Ce qui m'en a détourné, c'est seulement de voir que, dans ce domaine, tant de choses relèvent de la spéculation individuelle. Moi, quand j'étais étudiant, je m'intéressais à ce qui se passe dans le système nerveux central quand un individu fait quelque chose, ou *avant* qu'il le fasse. Qu'est-ce qui le pousse à agir, à se conduire d'une certaine manière ? La guerre est une catégorie du comportement. »

Brooks changea de position, devint plus attentif. « Existe-t-il des livres traitant de biologie, de psychologie ou de physiologie, heu... en rapport avec la guerre ?

— Il y en a... oui, hésita Chelini. Enfin, pas de façon aussi précise, mais... ça pourrait vous intéresser de lire *The Territorial Imperative.* J'oublie le nom de l'auteur.

— Attendez une minute. » Brooks sortit un stylo-bille et inscrivit minutieusement le titre sur un bloc-notes.

« Il y a ça, et puis *African Genesis.* Je suis sûr que dans les deux, vous trouverez des bibliographies.

— Bien, fit Brooks.

— L'essentiel de leur position, c'est que l'homme est un animal. C'est un peu plus compliqué, mais à partir des données disponibles, on peut parvenir à des idées assez élaborées, à des théories, en tout cas émettre certaines hypothèses concernant la guerre.

— Continuez », dit Brooks en se rapprochant.

Le Bleu se rallongea et essaya de se remémorer des bribes de ses cours. Brooks attendait, stylo levé.

« Je vais d'abord vous balancer quelques chiffres et données de base pour me remettre un peu les choses en mémoire.

— D'accord.

— Bon. D'abord, l'humanité est vieille d'à peu près trois millions d'années, et elle n'a jamais cessé d'évoluer. » Chelini se tourna sur le flanc avant de poursuivre. « Au début, l'homme était un chasseur. Ou il traquait le gibier, ou il ramassait sa nourriture. Il ne s'est pas mis à cultiver la terre ou à élever des animaux pour se nourrir jusqu'à il y a dix ou quinze mille ans. Il avait un tout petit cerveau. Il faut essayer de se représenter ces hommes préhumains. Ils vivaient en meute et chassaient. L'évolution se faisait, mais ils n'ont jamais perdu leur cerveau de chasseur. Au lieu de ça, ils ont en quelque sorte développé de nouvelles couches par-dessus le cerveau primitif. Pas vraiment des couches comme quand on ajoute de la neige pour faire une boule de neige, plutôt comme si on ajoutait une nouvelle boule de neige à la première, puis une autre, et encore une autre, pendant des centaines de générations, et l'ensemble devenait toujours plus gros, mais ça se développait toujours autour de la boule originelle, du cerveau primaire. » Chelini commença de dessiner sur le sol. « Vous voyez ?

— Je vous suis, dit Brooks. Et alors ? »

Le Bleu sauta quelques étapes dans le commentaire. « Ici, sur ces deux boules, le néocortex. Vieux de peut-être cinq cent mille ans. On a pu prouver par des expériences neurologiques... tiens, un autre que vous devriez lire, c'est Wilder Penfield. Un de ses bouquins s'appelle quelque chose comme *Les Mécanismes du cerveau.* Penfield est un de ceux qui ont beaucoup travaillé sur les localisations cérébrales. Vous voyez de quoi je parle ?

— C'est la division du cerveau en zones correspondant à ses fonctions ?

— Exact. Des zones fonctionnelles au lieu de régions anatomiques. Par exemple, on a découvert qu'il y a une zone spécifique pour la lecture, une autre pour la mémorisation des mots pendant qu'on lit. Il y a une aire de l'écriture qui possède sa propre zone mémorielle, ce qui explique que le vocabulaire d'un même individu varie pour l'écriture, la lecture et la parole. Il existe des zone motrices spécifiques, des zones correspondant à des choses aussi particulières que se souvenir d'une mélodie. Il y a des mécanismes chargés d'intégrer à la mémoire des informations nouvelles afin de former des concepts. Nos structures neurales ont beaucoup à voir avec la façon dont nous pensons et dont nous nous comportons.

— Passionnant, fit Brooks, qui prenait quelques notes sommaires.

— Attendez, on va y revenir, mais je voudrais d'abord préciser que les émotions de base, la peur, l'agressivité, l'instinct territorial, semblent rester liées au cerveau primaire, ou en tout cas être déclenchées par sa stimulation. Le siège de la pensée abstraite, des idées complexes, des projets, des soucis, etc., c'est le néocortex. » A présent, Chelini se sentait remonté à bloc. C'était comme repasser son oral à la fac, mais cette fois, c'était marrant. Il s'étonnait du déluge de faits et d'idées, de chiffres et de schémas qui déferlait sur ses propres centres du langage, telle était sa hâte de vouloir tout dire en même temps. « Notre cerveau actuel s'est construit sur le cerveau primaire, qui remonte au temps où nous étions des animaux, peut-être jusqu'au temps où nous étions des reptiles. On ne peut pas comprendre le comportement de l'humanité actuelle si on ne prend pas en compte l'histoire de l'évolution humaine. Nous avons été bâtis — muscles, cœur, squelette et peut-être esprit — pour courir et pour attaquer. Sur le plan physiologique, c'est ce que nous voulons. On apporte beaucoup de notre passé dans le dispositif fonctionnel de nos corps et de nos cerveaux. Les hominidés étaient des animaux agressifs, mus par l'instinct territorial. Nous n'avons pas changé, mais nous sommes devenus plus raffinés, nous sommes capables de construire des hélicoptères ou des chasseurs-bombardiers pour exprimer nos pulsions physiologiques anciennes. »

Brooks prenait des notes à toute allure. C'était une approche nouvelle pour lui, excitante, et qui cadrait avec ses autres convictions au sujet de la guerre. Il avait rejeté dans un coin de sa tête la LZ, la vallée et tout ce qui l'entourait. Il y avait un sens profond dans ces propos, plus profond même que le Bleu ne le soupçonnait.

« Le cerveau primaire fonctionne toujours », continua Chelini lorsqu'il vit que la plume du lieutenant ralentissait. « Sous l'effet du stress, les gens régressent, ils reviennent à des formes primitives de comportement. Le néocortex est... enfin, le cerveau court-circuite et contourne le néocortex. Revenons en arrière. J'ai dit que physiologiquement, nous voulons courir. C'est encore plus basique. Le besoin, la pulsion la plus élémentaire de tout organisme vise la stimulation ou l'information obtenue de l'environnement. C'est ce qui sous-tend le désir de l'homme d'explorer les confins de l'espace. Si nous voulons comprendre les comportements complexes, il faut d'abord comprendre les plus élémentaires, c'est-à-dire précisément ce besoin d'obtenir de l'information de l'environnement. Cette acquisition équivaut à une stimulation, et l'on peut donc dire que l'homme recherche, a fondamentalement besoin de stimulation. Si l'on suit ce raisonnement jusqu'à son terme, les sports à haut risque constituent presque la stimulation maximale. La seule chose qui soit plus stimulante, c'est la guerre.

— Ça n'est pas un peu tiré par les cheveux ?

— La conclusion, peut-être, mais si on la met en rapport avec notre profil phylogénétique, avec l'idée d'un besoin de stimulation et le fait que la stimulation en condition de stress nous renvoie à nos instincts animaux... vous ne voyez pas ? Tout cela combiné nous pousse à combattre.

— Oui... », fit prudemment Brooks. Il suivait facilement le raisonnement de Chelini, mais avait du mal à accepter ses conclusions. « Je ne suis pas sûr, reprit-il.

— On aurait besoin d'un cours en biogénie, en biologie sociale. Une des questions auxquelles personne n'a su répondre concerne la quantité d'information avec laquelle nous naissons. Quelle quantité de notre environnement présent organisons-nous à cause d'informations que nous possédons dans nos cellules ? Dans notre ADN, notre ARN ? Quelle masse de connaissances est transmise génétiquement d'une génération à l'autre ?

— Mais si c'était vrai..., commença Brooks, songeur.

— Par exemple, savez-vous que certains oiseaux, nés dans des incubateurs et élevés en milieu clos, sont capables, si on les lâche dans un planétarium, de prendre spontanément le cap nécessaire pour migrer avec leur espèce ? C'est comme s'ils avaient dans leur équipement génétique une carte complète du ciel et la manière de s'en servir. Ils ne l'apprennent pas. Ils sont nés avec. Avec quelles connaissances l'homme est-il né ?

— Si c'est vrai », reprit Brooks, impatient de placer un mot, « je me demande si l'organisation des structures cérébrales ne varie pas légèrement d'une race à l'autre, et alors, peut-être que l'information transmise...

— Mais c'est vrai ! fit Chelini, de plus en plus remonté.

— Mais si on parle d'évolution, poursuivit doucement Brooks, il y a l'évolution physique et l'évolution culturelle.

— Je ne suis pas certain de vous suivre.

— Une culture transmet des connaissances d'une génération à l'autre. Cette masse d'information augmente, et la culture évolue vers une forme de société plus complexe, plus élevée.

— Naturellement.

— Alors, j'ai des questions. Pourquoi chaque homme, au cours de sa vie, doit-il répéter les mêmes erreurs commises par son père et son grand-père avant lui ? Pourquoi chaque génération doit-elle avoir sa guerre ? Chaque année, nos systèmes d'armes deviennent plus sophistiqués, mais l'humanité ne fait que se répéter encore et encore, avec des armes toujours plus puissantes et des conséquences toujours plus vastes. Pourquoi l'esprit de l'homme ne peut-il évoluer ?

— Mais il évolue. Enfin... » Chelini s'interrompit. Il était en train de se dire simultanément qu'il y a une évolution à cause du néocortex et qu'il n'y en a pas parce que le cerveau primaire continue de se réaffirmer. L'hésitation se lisait sur son visage. « L'évolution n'est pas quelque chose de net, finit-il par dire. Par exemple, saviez-vous que l'homme de Neanderthal possédait un plus gros cerveau que l'homme d'aujourd'hui ? Selon les anthropologues, nos capacité verbales sont supérieures, mais peut-être que lui... peut-être qu'il avait tout bonnement perdu son cerveau primaire. En somme, il n'était pas assez agressif. L'*Homo sapiens* l'a détruit.

— On l'a peut-être achevé au baratin », plaisanta Brooks. Le Bleu rit à son tour et la conversation se poursuivit, tandis qu'Alpha se séchait et récupérait des forces.

Brooks prenait toujours des notes. Il restait sceptique, mais c'était le moment d'emmagasiner des idées — libre à lui de les valider ou de les rejeter par la suite. A un point, il nota : ce serait arrogant de croire que l'homme est l'aboutissement ultime de la Création. Le Créateur en restera-t-il là, ou créera-t-il quelque chose de supérieur à nous ? Il relut ce passage à Chelini afin d'avoir sa réaction. Le Bleu le regarda bizarrement et dit : « Dieu a créé l'homme à son image, puis Dieu est devenu l'homme. Vous savez pourquoi ? C'est parce que l'homme est Dieu. »

A 13 h 30, El Paso et Doc vinrent interrompre la conversation pour annoncer que les hélicos de la logistique arriveraient en position dans quinze minutes.

Le premier appareil apportait ce qu'Alpha en était venue à désigner sous le terme de ravitaillement *très bien* [1]. Doc, qui avait entendu Minh employer l'expression, pensa que c'était une façon vietnamienne de désigner les « trois B » : bouffes, balles, batteries. Jax prit le relais de Doc, et la désignation fut bientôt adoptée par toute la compagnie. Coincé dans l'hélicoptère, entre les rations C, les munitions et les piles radio du ravitaillement *très bien,* se trouvait le caporal Molino.

« Dis donc », hurla aussitôt Molino à Whiteboy, dans le vacarme des rotors, « ils me l'ont mis dans le cul à moi aussi ! »

L'hélico repartit avec les blessés : Whiteboy, Arasim et Roseville.

1. En français dans le texte *(N.d.T.).*

Vêtu d'un treillis amidonné de planqué, Molino resta sur la piste à observer les hommes de troupe en clignant des yeux. Il était comme en état de choc. Seulement huit jours avant, il les avait tous vus, joyeux et en bonne santé, se saouler allégrement à la base. Maintenant, ce n'étaient plus que des coquilles vides, des spectres — et ils n'en savaient rien : ils trimbalaient les caisses de rations, les ouvraient, nettoyaient leurs armes, accomplissaient énergiquement leurs corvées. Ils faisaient tout pour se conduire comme des vivants. Sur eux tous, Molino voyait la mort. Il frissonna.

« Hey ! Egan ! » appela-t-il en repérant l'adjoint de section allongé, pieds nus, sous un abri de palmes.

Egan leva un œil et fit laconiquement : « Trois Budweiser et trois Miller.

— Ça vient tout de suite », répliqua Molino, qui se mit à rire mais dut détourner les yeux. Les pieds d'Egan étaient gris et sentaient la mort, même à dix pas. Ses bras étaient couverts de plaies et de croûtes ; ses lèvres, toutes fendillées, pelaient par endroits. « Murf est passé l'autre jour, enchaîna Molino. Il venait te voir.

— Putain de Murf. Comment va-t-il ?

— Il n'arrivait pas à croire que t'étais reparti. Il a dit de te dire au sujet de la Mama-san. Il a dit que ça t'intéressait de savoir.

— Quelle Mama-san ? grogna le rouquin, soupçonneux

— Tu sais laquelle. Celle chez qui Murf est toujours fourré.

— Et alors ?

— Elle s'est fait répandre. Elle et trois de ses gamines. Toutes ses propres filles, je crois. On essaie de coller ça sur le dos du Vietcong, mais Murf pense que c'est des GI's. Un gus que la vieille sorcière aura arnaqué. Elle lui a peut-être refilé une herbe pourrie... hey, où tu vas, comme ça ? »

En voyant El Paso, Molino lui trouva meilleure mine qu'Egan. Une peau brune solide, se dit-il, une peau de métèque. L'ex-barman-bibliothécaire coinça le radio contre une pile de matériel du PC. « Alors, *¿ que pasa, señor ?*

— Toi, tu passes, laissa tomber le Chicano.

— J'ai quelque chose pour toi », dit Molino. Il dégagea maladroitement ses bras des sangles du paquetage, qui tomba lourdement sur le sol. « Saloperie de truc », jura-t-il. Il se mit à fouiller dans le désordre de ses affaires et ramena un épais livre de poche qu'il tendit à El Paso. Un exemplaire de *Vietnam : une histoire politique,* par Joseph Buttinger. « C'est arrivé juste avant que l'Homme Vert me renvoie au cassepipe. Je sais que tu lis ce genre de truc, alors je te l'ai fait sortir.

— Il l'a fait sortir, ouais ! Merci, fit El Paso en prenant le volume.

— J'étais sûr que t'en voudrais.

— Mouais, murmura El Paso en parcourant la quatrième de couverture, puis la table des matières.

— Dis donc, enchaîna Molino en essayant de garder un ton désinvolte, paraît que c'est un sale TO.

— Pourrait être pire, répondit le radio en feuilletant son livre.

— Ça peut être que pourri. On m'a dit que Rafe the Rapper s'était fait répandre les tripes à l'air.

— Tu parles de Ridgefield ?

— Paraît qu'on arrivait même pas à retrouver les bras ou le torse, alors vous avez collé les morceaux qui traînaient dans un sac plastique. »

El Paso dévisagea Molino, qui détourna le regard vers la vallée. « J'y étais pas, mais je peux dire que ça s'est pas passé comme ça. Il s'est fait allumer par un tireur embusqué. Une seule balle, ou peut-être deux.

— C'est pas ce qu'on m'a raconté. Merde, lui et Escalato dans la même semaine. Ça fait chier.

— Ouais, ça fait chier, dit El Paso, comme s'il se bornait à constater.

— Tu peux être sûr que j'étais pas partant, moi. » El Paso ne répondit pas. Molino revint à la charge : « On peut pas me demander d'accepter ma mise à mort. Faudrait être débile, et ma maman, elle a pas élevé des débiles. Faudra qu'ils me poussent et je freinerai tout ce que je peux. Tu ferais pareil, pas vrai ?

— Ouais.

— Dis donc, est-ce que je pourrais te demander un service ?

— De quoi t'as besoin ?

— Oh ! rien ! Peut-être que je devrais même pas demander. » Molino se tortillait pour bien faire sentir son embarras.

« Eh bien, je me demandais... heu, si tu pourrais pas, tu sais...

— Si je pourrais pas quoi ? » El Paso le laissait sur le gril.

« Ben, si tu pourrais pas glisser un mot au lieut. J'aimerais bien être au PC. J'arrive même pas à m'imaginer dans un groupe de combat. Probable que j'en ferais flinguer la moitié si je devais marcher en pointe.

— Nââh, tu serais bon, en pointe, dit El Paso en souriant intérieurement. T'es le mec prudent, tu serais très bon.

— Oh ! non, non, non ! Pas moi. Merde, j'ai... j'ai perdu la main, pour ce genre de truc. Dis, je sais que tu pourrais m'arranger le coup. Je te porterai tes bouquins, si tu me fais rentrer au PC.

— Tu sais, vieux...

— El Paso ! » s'exclama Molino, de plus en plus agité. « Je me coltinerai tes piles. » El Paso, les yeux baissés, secouait la tête. « Ta flotte, mec. C'est la moitié du poids dans ton paquetage.

— Je peux pas faire ça, vieux », dit El Paso en prenant soudain un épais accent *chicano* et en levant les mains. « Le lieut, il a dit, envoyez Molino chez Mohnsen. Alors, c'est là que tu vas. Pour le moment, il reste plus que Mohnsen et Sklar. Tu peux pas faire flinguer la moitié d'un groupe quand vous êtes que trois. »

L'Homme Vert fit irruption au milieu d'Alpha et provoqua plus d'enthousiasme que la montée jusqu'au ravitaillement : en plus d'un large sourire et de ses félicitations, il apportait des cigarettes sèches, des briquets, de l'insectifuge, de la poudre pour les pieds et une caisse de XM203. Il était en outre flanqué du commandant Hellman, officier supérieur adjoint du bataillon, et du président des sous-officiers Zarnochuck, qui avaient l'un et l'autre ordre de sourire. Les trois hommes paraissaient bien roses sur le fond gris terne de la compagnie A. Frais, roses, nickel.

« Lieutenant, tonna l'Homme Vert, vous faites un boulot fantastique. Fantastique. Vous et vos hommes avez semé la panique, là-bas au fond. » Il éleva encore la voix, pour que toute l'équipe présente sur la piste ne pût faire autrement que l'entendre. « Des succès comme le vôtre, poursuivit-il, rayonnant, appellent des récompenses, et j'en ai toute une flopée pour vous. Commandant, ouvrez cette première caisse. Nous nous occuperons de l'autre ensuite. »

Une demi-douzaine de soldats, qui s'étaient approchés à distance respectueuse, s'enhardirent. L'Homme Vert jouait avec son public. Hellman se pencha lentement, fendit le carton avec son couteau et souleva les rabats. L'Homme Vert s'avança, l'œil pétillant, tel Monsieur Loyal sous le grand chapiteau. Il puisa dans le carton et ramena cinq briquets Zippo chromés qu'il lança aux soldats les plus proches. Il n'agissait pas autrement que les hommes de troupe eux-mêmes, lorsqu'ils jetaient des cigarettes ou du chewing-gum aux enfants de paysans vietnamiens en traversant un village.

« Vise un peu ça, mec ! » piaillaient les enfants-soldats. Les briquets étaient ornés, d'un côté, d'une carte du Vietnam, et de l'autre des mots suivant, gravés :

BOONIERAT

A/7/402

101e AÉROPORTÉE

AOÛT 70

ON EN A CHIÉ

« Il y en a un pour chaque homme ici, annonça l'Homme Vert, triomphant.

— Faisons ça dans l'ordre », dit Brooks alors que six nouveaux soldats se présentaient. « El Paso, réunissez les sections. Que chaque groupe envoie un homme pour venir prendre les briquets et les cigarettes. » Puis le lieutenant se pencha et prit un briquet pour lui-même. Le Zippo était agréable à manier, d'un bon poids. « Merci, mon colonel », dit-il, et le sourire de l'Homme Vert s'élargit encore. Quelques minutes plus tard, chaque homme de la compagnie A allumait une cigarette intacte et sèche avec son Zippo tout neuf.

Puis les sourires se figèrent. A un bout de la piste, le vieux Zarno engueulait Jax à cause du peigne planté dans son afro ébouriffé. Hellman s'en prit bruyamment à l'observateur avancé, qui donnait le mauvais exemple. L'OA, à moitié endormi, était nu « ... devant toute la troupe ». L'Homme Vert hocha la tête et entraîna Brooks à l'écart avec un geste du genre « allons un peu voir ce qui se passe ».

« Parlez-moi de Delta, dit l'officier lorsqu'ils furent seuls. Comment se sont-ils fait piéger ? Que faisaient-ils pendant que vous étiez avec eux ? Comment se conduisaient-ils ? Étaient-ils silencieux ? »

Brooks lui raconta ce que tout le monde avait pu voir. L'Homme Vert paraissait sincèrement blessé, et soucieux. « Comment suis-je censé aider ces hommes ? murmura-t-il. Lieutenant, si personne ne m'informe de la mauvaise tenue d'une de mes unités, je suis dans l'incapacité d'y remédier. C'était un massacre, lieutenant, et j'ai bien envie de vous faire passer en cour martiale pour ne pas m'avoir signalé l'incompétence d'O'Hare. » Il n'y avait pas trace de colère dans sa voix. Pas encore. L'Homme Vert semblait vraiment attristé par le sort de la compagnie D deux nuits auparavant. Soudain, il explosa, jurant comme un homme de troupe. « Qu'est-ce qu'il foutait, ce fils de pute ? Ce crétin a réussi à se faire tuer, et cinq autres avec lui. Plus dix-sept blessés. S'il s'était pas fait flinguer, je m'en serais chargé personnellement. » Il s'interrompit pour respirer profondément, plusieurs fois. Brooks n'avait jamais vu l'Homme Vert aussi énervé. « Lieutenant, beaucoup de protestations s'élèvent en Amérique parce que nos forces terrestres sont encore en train de courir après l'ennemi », reprit-il, avec de l'amertume dans la voix. « On demande pourquoi nous ne restons pas sur nos bases en le laissant venir à nous. Ces gens ne comprennent pas un traître mot à la guerre. Si nous nous cantonnons dans des installations défensives fixes, ils nous auront tous ratatinés en trois mois. Nous devons constamment chercher l'ennemi, le débusquer, le frapper avant qu'il ne nous frappe. Dès qu'on établit une position, l'ANV passe à l'attaque. Si nous ne les poursuivons pas, ils se ravitaillent comme ils veulent, progressent comme ils veulent. Ils choisissent l'heure, le lieu, la méthode d'assaut. C'est pour ça que nous sommes venus jusqu'ici. Si vous établissez une saloperie de base semi-permanente comme O'Hare, je peux vous garantir que l'ennemi le saura et qu'il vous taillera en pièces. Faites bouger vos hommes en permanence. Toutes mes compagnies sont en mouvement.

« L'affaire Delta, c'était une carence du commandement, et rien d'autre. Lieutenant, O'Hare n'a pas rempli son devoir envers ses hommes. Peut-être n'ai-je pas rempli le mien envers O'Hare. Ce ne sera pas le cas avec vous. » L'Homme Vert interpella un soldat. « Vous, là, approchez. » Le soldat obéit. C'était Chelini. Il ne savait pas trop s'il devait saluer ou non. « Pourquoi cet homme n'est-il pas rasé ? aboya l'Homme Vert en direction de Brooks. Regardez-moi ce paquetage. Dégueulasse. Un fatras pareil fait assez de bruit pour annoncer votre position à travers toute la vallée. Faites-lui corriger sa tenue. Lieutenant, suivez-moi. Je veux inspecter tous vos hommes. »

Chelini poussa un soupir silencieux en voyant l'Homme Vert tourner brutalement les talons.

« Tout ce bataillon est trop gras, trop paresseux, tempêtait l'Homme Vert. Nous sommes la 101e. Les SKYHAWKS. Le 7e du 402e. J'ai ratissé tout ce qui pouvait l'être à l'arrière. Vous avez Molino, ce bon à rien mollasson, en train de tenir une connerie de foyer alors qu'il n'y a personne à l'arrière, sauf des gratte-papier et des ramiers. J'ai envoyé neuf hommes à Delta, trois à Bravo. Tous les cuistots sont à Barnett. On va dégraisser cette unité, lieutenant. Chaque homme valide sur le terrain. Vous avez deux hommes à l'arrière en attente de comparaître, non ?

— Non, mon colonel. C'est une autre compagnie.

— Eh bien, si le cas se présente, ils attendront leur procès ici.

— Oui, mon colonel.

— J'ai besoin de chefs, lieutenant. L'officier qui n'est pas capable de tenir son rôle, il... il ne sera pas transféré. Il deviendra simple fusilier. De simples sergents feront fonction de chef de section sur mon ordre s'il le faut, mais je ne laisserai pas un lieutenant minable causer la mort d'un seul de mes hommes. Si vous avez des problèmes avec un de vos chefs de section, faites-le-moi savoir, et tout de suite. Nous redistribuerons les rôles dès cet après-midi. De quoi avez-vous besoin ?

Brooks avait été pris de court par cet accès de fureur. « De rien », dit-il sans réfléchir.

Pendant qu'ils inspectaient la 3e section, l'Homme Vert reprit sa voix de directeur des ventes : « Rufus, je suis vraiment impressionné par vos décisions jusqu'ici. Je considère qu'Alpha fait un boulot fantastique. Vraiment fantastique. Je sais que vous avez durement souffert des conditions météo, mais simplement ce que vous avez recueilli pour le renseignement a suffi à changer l'équilibre des forces dans la vallée. Le Vieux Renard en personne me l'a dit. Désormais, l'ANV ne sera plus capable de circuler ici impunément. »

L'inspection achevée, les deux officiers se retrouvèrent en bordure de la LZ, et l'Homme Vert manifesta à nouveau de la déception. Il avait noté d'infinis détails et en lut la liste : chaque soldat non camouflé, chaque arme qui traînait par terre, non nettoyée. Sous la voûte d'arbres et de lianes, les deux hommes discutèrent les synthèses de renseignement et les options tactiques. Brooks expliqua une nouvelle fois le Récif aux Sangsues, les pistes ennemies, l'épaisseur des fourrés et le brouillard. « Il faut redescendre et finir le boulot, lieutenant. Vous pouvez le faire. Ça ne prendra plus très longtemps. Il y a déjà deux ennemis de moins. Mon pilote et moi en avons allumé deux en venant ici.

— Compris, mon colonel. » Brooks marque une pause avant de se risquer : « Au sujet de ma demande de rapatriement.

— Retournez finir le boulot, lieutenant, et vous pourrez rentrer au pays avec la certitude d'avoir laissé ce pays un peu plus sûr. Vous pouvez nettoyer ce coin en deux ou trois jours. Allez-y, lieutenant. Faites de la guérilla derrière les lignes de la guérilla. En êtes-vous capable ?

— Oui, mon colonel. » L'Homme Vert semblait attendre quelque chose de plus, et Brooks ajouta : « Je peux me dissimuler en bas, dans les fourrés. Parmi eux. On peut les prendre élément par élément.

— Bien, fit l'Homme Vert avec un sourire satisfait. Venez. » Il marcha jusqu'à la deuxième caisse, intacte, à côté de celle qui contenait les briquets et les cigarettes. « Ouvrez-la, commandant. Lieutenant, faites venir tous vos grenadiers. »

Le commandant Hellman ouvrit la caisse et en retira le premier XM203. Le XM203 remplaçait en dotation le M79. C'était une combinaison M16 dessus, avec un bâti M79 dessous, le tout sur une crosse de M16. Hellman passa l'arme au vieux Zarno et en prit une autre. « Regardez ces petits bijoux », fit-il en souriant. Ceux à qui les armes furent distribuées partagèrent cette opinion.

« Avec ça, chaque homme sera une armée à lui seul, fit l'Homme Vert à un soldat épanoui. Comment vous appelez-vous ?

— Willis, mon colonel, dit Numbnuts en mettant fièrement l'arme à la bretelle.

— C'est le premier du genre dans tout l'I Corps, poursuivit l'Homme Vert. Vous avez le tout premier, Alpha a les neuf premiers. » Le bruit de l'hélico d'exercice du commandement, qui arrivait sur la position, se mêla à ses paroles, « Bonne chance avec ces engins, et bonne chasse », conclut l'Homme Vert. Avant de grimper dans l'appareil, il salua Brooks. « Trouvez-les, lieutenant. Fixez l'ennemi. Battez-le. Achevez-le. Pour la gloire de l'infanterie, lieutenant. »

Brooks rendit le salut. « SKYHAWKS, mon colonel », dit-il sèchement.

Le troisième hélicoptère déchargea du courrier, des rechanges de vêtements et deux membres de la brigade de cuisine du 7/402 avec des galtouses de Kool-Aid [1] et de bœuf en tranches.

« Qu'est-ce que c'est que cette merde ? » gémit Molino en se tournant vers Mohnsen lorsqu'un des cuistots balança un louche de mixture brunâtre sur un toast spongieux et lui tendit le tout sur une assiette en carton.

« Qu'est-ce que ça peut te foutre ? rigola le cuistot.

— C'est toujours pas des rations C, sourit Mohnsen.

— Putain de merde, se lamenta Molino en secouant la tête, la dernière fois qu'on a eu ça, c'est quand Zarno a viré le correspondant de la cantine.

— Quel correspondant ? demanda De Barti, juste derrière eux.

— Vous avez pas entendu parler de ça ?

— On nous dit jamais rien, fit Calhoun.

— Ce mec, Caribski, expliqua Molino en rigolant. Lamonte l'amène au réfectoire. Vous auriez dû voir Zarno. Rouge comme une betterave. Il commence à lui gueuler après. Faut dire que le type a des favoris et des cheveux jusque-là. “ Fous-moi le camp ! hurle Zarno. On veut pas de clochard au mess ! Dehors ! ” Zarno se tient plus et Lamonte essaie de le calmer : “ Mon adjudant-chef, cet homme est un correspondant civil. — Rien à branler ! Sortez-moi ce hippie de mes deux de mon réfectoire ! ” J'ai cru qu'il allait le frapper. Au lieu de ça, il bouscule Lamonte. Vous auriez dû voir ça.

— Et alors, qu'est-ce qui s'est passé ? » demanda Mohnsen. Entre-temps, cinq hommes les avaient dépassés dans la file et avalaient déjà leur brouet au soleil sur la LZ.

« Le mec s'est levé et est sorti. Tout le monde s'est levé aussi et lui a fait une ovation. Vous auriez dû voir la gueule à Zarno. Cramoisi. J'ai cru qu'il allait péter un vaisseau.

— J'aurais voulu être là, dit Calhoun.

— Vraiment ? fit De Barti. Pourtant, cette merde est encore pire que les rations. » Ils éclatèrent de rire.

1. Boisson en poudre à divers parfums *(N.d.T.)*.

« Vous savez ce qu'ils font, au QG ? demanda Molino, conscient d'avoir monopolisé l'attention.

— Raconte », dit Mohnsen, qui ne quittait pas Molino d'une semelle depuis qu'on le lui avait affecté. Molino remplissait un vide, celui des morts et des blessés de son groupe.

« Vous allez pas me croire, mais je vous jure que je raconte pas de conneries.

— Accouche, lança De Barti.

— Ben, par exemple, à la table du général. Tous les soirs, il a dans les trente mecs à dîner.

— Je parie qu'ils bouffent pas cette merde, rigola Hayes.

— Mec, c'est bifteck ou homard. Tous les soirs. Et trois hors-d'œuvre au choix. Et ils attendent pas pour le service. Steak, homard, et un troisième plat un soir sur deux. Lapin, poulet ou canard. C'est le troisième choix. Vous savez comment ils y arrivent ?

— Putain, je me contenterais bien de bouffer là une fois par mois ! s'exclama Calhoun.

— Comment ? demanda De Barti.

— Vous voulez savoir comment ils font pour servir tout le monde immédiatement ?

— Eh bien ?

— Ils cuisinent trois fois le nombre de couverts prévus. Comme ça, si tout le monde commande du homard, ils ont trente homards prêts à servir. Ils balancent le reste.

— Non, je te crois pas.

— Je blague pas. Les cuistots se démerdent pour balancer le surplus dans la même poubelle, et la nuit, les gus du QG s'amènent en douce. Ils bouffent dans la poubelle du général. »

« Courrier pour Choo-lee-nee ! » lança El Paso en venant vers la 1re section. « Désolé, vieux, ajouta-t-il en passant près d'Egan. Autre lettre pour Choo-lee-nee ! Et encore une lettre pour Cho-lee-nee ! Ho-ho, elle sent bon, celle-ci ! Et une carte postale pour Cho-lee-nee. »

Chelini rougit. Trois lettres et une carte postale. La moitié du courrier pour l'ensemble de la 1re section, et tout pour lui. El Paso lut la carte à haute voix. « " Cher Jimmy. On pense tout le temps à toi, et je prie pour toi tous les soirs. L'oncle Tony a dit de te dire " CYA ", et que tu comprendrais. Affectueusement, tante Millie. " C'est pas mignon, ça ? Mais respirez donc un peu celle-ci. » El Paso tendit la lettre parfumée à Doc McCarthy, qui la renifla avant de la passer au Bleu.

Chelini se leva, tout en sourires gênés, et s'éloigna un peu avant d'ouvrir la lettre de Linda. Tandis qu'il entamait la lecture, la voix d'El Paso lui parvint : « Quelqu'un veut le *Newsweek* de Leon ? Y a des bons trucs, dedans. Écoutez ça : " Cinq ans de guerre soutenue contre les États-Unis ont décimé les rangs du Vietcong au point qu'à l'heure actuelle, on estime à 75 % le nombre de réguliers de l'armée nord-vietnamienne dans les unités combattantes communistes... faute d'un véritable soutien populaire qui leur permettrait de revenir à une guerre de guérilla, les communistes se trouvent limités dans la réalisation de leurs objectifs... "

— Dis, El Paso, lança Thomaston, j'aimerais bien savoir qui sont les autres 25 % ! »

Chelini examina un moment les feuilles de la lettre de Linda sans les lire, comme si leur forme et leur couleur pouvaient lui en livrer le contenu. Enfin, il se décida.

Salut, Jim !

Devine quoi ? J'ai un nouveau boulot dans le centre de Norwalk. Je sers de secrétaire à deux types qui ont vendu leur affaire il y a huit ans et acheté pas mal de biens immobiliers qu'ils s'occupent de gérer. C'est un tout petit bureau : il y a les deux propriétaires, un comptable, un aide-comptable et moi. Je suis la seule fille. Je sais que j'aurais jamais pu travailler dans un grand bureau avec tout un tas de bonnes femmes en train de jacasser, alors j'ai trouvé quelque chose qui est plus *moi*. Je parie que tu te disais qu'à cette heure, je serais quelque part en train de faire la noce, hein ? Je ne savais pas très bien ce que je voulais, mais maintenant, ça va mieux. Je ne dis pas que je suis en train de me ranger, mais enfin, ça me convient pour le moment.

Ma sœur s'est fiancée la semaine dernière et elle se marie en octobre. Elle connaît à peine le type. Il n'est pas exactement le bienvenu dans la famille, mais après tout, si elle veut épouser un basané (il n'est pas vraiment noir, seulement bronzé), ça la regarde.

Papa s'est acheté une nouvelle auto. Blanche. Déjà, je ne l'aime pas, parce que la première fois que je suis montée dedans, je me suis cogné la tête. Je lui en voudrai probablement jusqu'au moment où je la bousillerai. Papa veut que j'achète ma propre voiture, mais je n'en ai vraiment pas besoin. Il y en a toujours une disponible à la maison quand je veux.

Quoi d'autre ? Je suis allée à Boston le mois dernier et ça m'a vraiment plu. Si tout se passe comme je l'espère, je prendrai peut-être un appartement là-bas en janvier avec une copine qui doit s'inscrire en fac. Je trouverai du travail. J'aime vraiment Boston. Les gens sont très sympas.

Si ça va financièrement, j'aurai de quoi payer pour l'appartement et une voiture. Mes parents ne râleront pas trop. Qu'est-ce qu'ils pourraient dire ? S'ils refusent, j'irai quand même et ils le savent. Je suis sûre qu'ils ne m'empêcheront pas de faire ce que je veux. Quelques jours après ton départ, je suis allée à New York. J'ai une copine en fac à Columbia, alors j'en profite. Je ne me plais pas vraiment à New York, mais j'y vais comme je n'ai rien de mieux à faire.

C'est l'heure de manger. Je suis toujours aussi maigrichonne ! L'autre soir, j'ai pris la voiture et je suis partie au hasard parce que je m'ennuyais. Je me suis arrêtée dans une station-service et, juste par curiosité, j'ai demandé où j'étais. Au Massachusetts. Une jolie petite balade.

Eh bien, Jim, paie-toi du bon temps. Je pense bien à toi. Bises.
Linda.

« Oh ! non, merde ! Nom de Dieu ! » Doc sanglotait.

« Qu'est-ce qui se passe ? » demanda Egan, qui arrivait pour s'entretenir avec Brooks de la progression au fond de la vallée. Le message radio venait de tomber. « Qu'est-ce qu'il y a ? » répéta Egan, perplexe. Il ne voyait pas quelle nouvelle tuile, dans sa compagnie ou n'importe quelle autre unité, pouvait encore provoquer les larmes de Doc.

« C'est Whiteboy, Eg. Ils ont eu Whiteboy. Ils ont eu son hélico à la .51, Mista', juste au départ de Barnett. En pleine poitrine, Eg. Une balle de .51 en pleine poitrine. »

Egan s'arrêta. Tout en lui s'arrêta. Il contempla Doc, tourna les talons sans un mot et s'éloigna.

A la base, Whiteboy avait pris place à bord d'un hélicoptère qui devait l'emmener à Camp Eagle. L'équipage ravitaillement s'était moqué de sa petite blessure à l'œil et il avait ri avec eux. Juste après le décollage, alors qu'ils viraient à flanc de colline, une équipe feu ANV les avait arrosés à la mitrailleuse .51. Plusieurs impacts sur la carcasse n'avaient causé que des dégâts mineurs, mais une balle toucha Whiteboy au bas-ventre, du côté gauche, remonta obliquement, brisant plusieurs côtes, perforant l'estomac et le diaphragme, puis ressortit à droite par la poitrine. Il fallut seize minutes à l'hélicoptère pour transporter Whiteboy à la 326e antenne médicale de Camp Evans. Il reçut des soins immédiats et fut transféré à Phu Bai, où on l'opéra. On l'évacua sur Da Nang, et le lendemain, encore plus loin, à Zama, au Japon. Clayton Janoff devait y mourir dix-sept jours plus tard, des suites de ses blessures.

Vers la fin de l'après-midi, le dernier hélico de la logistique vint enlever cuistots et galtouses, les restes de nourriture, l'excédent d'armes et tout le matériel que la compagnie jugeait HS mais ne voulait pas abandonner aux mains de l'ennemi. Le soleil était toujours enflammé comme une cloque. Paquetages bouclés, Alpha se tenait prête à faire mouvement. L'aire de poser était impeccable. Après le départ de l'Homme Vert et le choc de la blessure de Whiteboy, Brooks avait houspillé ses troupes. « Nettoyez-moi tout. Je ne veux pas voir une seule boîte de conserve qui n'ait pas été écrasée, un seul bout de carton ou un seul emplacement de tir que l'ennemi puisse utiliser. Ne leur laissez rien. Et si j'entends un seul bruit, chaque homme en pâtira. »

Alpha avait fait le ménage. Les *boonierats* se lavèrent, nettoyèrent leurs armes et la LZ. Même en treillis crasseux et loqueteux, chaque homme avait l'allure fringante. Tout était serré, bien arrimé, les munitions propres, presque astiquées. La compagnie savait qu'elle allait se battre et voulait se battre. Personne ne tenait à se retrouver avec une arme enrayée par des munitions souillées. Ils nettoyèrent leur équipement avec rage, se préparèrent avec haine. Alors, on déquille Whiteboy ? Le colonel gueule après notre lieut ? On les emmerde tous, on va leur faire voir.

C'est alors que le dernier hélicoptère se posa. Alpha n'avait presque pas touché de nouveaux treillis du magasin d'habillement, mais cette ultime livraison leur apportait cent cinquante paires de chaussettes propres. Deux cent cinquante fioles d'insectifuge vinrent s'ajouter aux soixante-quinze déjà perçues. Doc dirigea la distribution, les hommes changèrent de chaussettes et prirent un peu de répit.

Alpha se mit en route et amorça une nouvelle fois la descente vers le fond de la vallée, progressant en perroquet. La 3e section venait en tête, suivie de la 2e et du PC, la 1re fermant la marche. Tandis que l'avant de la colonne descendait, la 1re fit semblant de préparer une position défensive pour la nuit. Après un parcours difficile à travers les bambous, la 3e fit halte et mit en place une défense périphérique. La 2e se mit en route vingt minutes plus tard, dépassa la 3e de deux cents mètres et fit halte à son tour. La 1re partit en dernier, dépassa les deux positions et s'installa deux cents mètres plus loin vers l'ouest.

Pendant la descente, Brooks était travaillé par le doute. Un pas à la fois, se répétait-il pour se rassurer. Un pas à la fois vers cet enfer minuscule que je m'efforce d'atteindre. Dieu me pardonne d'y conduire soixante-quinze hommes. Il cessa de murmurer pour réfléchir un peu. Pourquoi est-ce que je décide pour les autres ? Pourquoi est-ce que je demande aussi à ces soldats de décider pour moi ? Arrête. N'y pense pas. Pas maintenant. Un pas à la fois. On descend. Une pensée à la fois. Un arbre, une feuille d'herbe à éléphant. Tout un cortège de vie qui défile devant moi. Un par un. Des pas, des arbres, des pensées, des vies.

A chaque halte, la 3e section ayant dépassé les deux autres, la compagnie s'attendait à surprendre un mouvement ANV. Il n'y avait rien. Les hommes s'enfoncèrent à nouveau sous la couverture de brume de la vallée, qui absorba le reste de chaleur de leurs corps. La puanteur de la vallée leur obstruait la gorge comme un crachat. Les vieilles peurs revenaient, refroidissant leur haine et leur bravoure. C'était la peur qu'ils devaient combattre.

« Dis donc, Bleu, souffla Egan, on doit bien être au 18e trou de ton parcours de golf.

— Oui, ricana Chelini, et je vais placer le green juste sous ton cul.

— T'occupe pas de mon cul, fit Egan avec un clin d'œil, et contente-toi de jouer avec ton putter. »

Les sections continuaient leur progression par bonds dans la quasi-obscurité. A l'ouest, puis au nord. Un kilomètre, puis deux, toujours plus profond, dans une végétation plus épaisse, au cœur du territoire ennemi. La butte ne devait plus être qu'à cinq cents mètres au nord. Brooks ordonna une halte. Personne ne fit un bruit, personne ne mangea. L'observateur avancé communiqua par radio des coordonnées de tir sur objectifs repérés à voix si basse que Brown, à côté de lui, ne l'entendait pas. La compagnie attendait, le ciel s'assombrissait toujours davantage.

« Bleu, chuchota la voix de Thomaston. La compagnie reste ici ce soir. Vous partez en sonnette, cinquante mètres au nord. Prenez Willis avec vous.

— Numbnuts ? s'exclama Chelini.

— Chcht ! Oui.

— Pas question.

— Comment ça ?

— Pas question, mon lieutenant.

— C'est votre tour.

— J'irai, mais pas si c'est avec Numbnuts. Pas question.

— Qu'est-ce que ça veut dire ?

— Ce connard fait du bruit et il s'endort à tous les coups.

— C'est pas vrai ! fit la voix de Numbnuts, derrière Thomaston.

— Je pars pas avec lui, répéta Chelini d'un ton calme mais résolu.

— Je me suis pas endormi l'autre nuit », commença Numbnuts,

puis sa voix s'étouffa et Chelini entendit Egan, juste au-dessus, chuchoter au grenadier de la boucler.

« Je pars avec le Bleu », dit Egan au lieutenant. Numbnuts battit en retraite dans le noir.

Chelini partit à la suite d'Egan. Les deux hommes rampèrent, marchèrent en canard, se faufilèrent sur un étroit chemin, puis dans un fourré où ils parvinrent à se ménager une niche minuscule. Egan alla mettre en place deux mines au bord du sentier, revint. Ils installèrent la radio entre eux, s'assirent en tailleur, le fusil posé sur les cuisses, des grenades disposées devant eux. Ils restèrent un long moment sans parler, l'oreille aux aguets.

Au bout de deux heures, Egan rompit le silence. « Comment va ta nana ? »

Chelini prit son temps pour répondre. « Oh ! ça va. C'est une enfant gâtée. »

La discussion se poursuivit, marquée par de longs silences où ils guettaient le moindre bruit. « Elle est belle ? demanda Egan.

— Superbe.

— Dès qu'il s'agit d'une très belle fille, je me conduis comme le roi des cons, avoua Egan.

— Oh ! j'ai pas toujours été très brillant non plus ! »

Il y eut encore un long silence, puis Egan raconta une anecdote du temps du lycée. Il y mit une bonne heure, entrecoupée de pauses prolongées. « J'étais mordu pour cette fille. Elle était capitaine des *cheerleaders* [1], et laisse-moi te dire qu'elle avait les plus belles jambes du monde... moi, j'étais un pauvre con timide... un soir, j'emmène une autre des filles du groupe à un bal... après ça, on est au parking et je commence à la peloter, à lui mettre la main dans la culotte... j'avais les mains partout... on s'est bien marrés. Du coup, le bruit commence à circuler que je suis un rapide... moi qui me démerdais comme un manche. J'ai jamais été un rapide, mais cette fille-là, je m'en foutais, alors j'y allais carrément. Annie, celle qu'a les belles jambes, laisse savoir qu'elle a envie de sortir avec moi, et le prochain bal a lieu après notre dernier match de foot de la saison... alors, j'essaie de prendre mon courage à deux mains... je pouvais lui parler, tu comprends, mais j'avais pas assez de culot pour l'inviter... enfin, je me lance, et vu ce qu'elle avait dit autour d'elle, bien sûr, elle accepte. Là, je plane. Je ne sais pas si tu as bien saisi, mais je suis vraiment mordu... c'est la plus belle fille de l'école, et moi je suis un petit Irlandais rouquin qu'a l'air bizarre et qu'arrête pas de bafouiller. Alors, quand Annie dit oui, c'est

1. Les supporters qui encouragent l'équipe locale par des cris et des slogans lancés à l'unisson *(N.d.T.)*.

tout juste si je mouille pas mon treillis sur le coup. » Egan se tut un long moment. Il ne savait pas si le Bleu l'écoutait, ni même s'il pouvait l'entendre. Il n'était même pas sûr d'être en train de parler. « Je l'emmène au bal, et là, elle doit monter sur le podium, parce qu'elle est la Reine du Défilé ou je sais plus quoi... moi, je ronge mon frein, et j'ose rien dire. Après le bal, on fait une virée à quatre, avec le type qui est notre arrière vedette et sa copine. On part dans les collines... dans le coin où on se gare toujours. Là, l'autre type commence à palucher sa nana sur le siège avant, et nous, derrière, on continue à discuter. Je suis mort de trouille, je sais pas quoi faire. A un moment, Annie se penche et se met à m'embrasser, et voilà que moi, je suis en état de choc. Impossible de réagir... c'est con, hein ? »

Chelini rit si doucement qu'Egan ne put l'entendre. Vingt minutes passèrent, puis le Bleu prit la parole. « Le même truc m'est arrivé une fois. » Long silence. « J'en pinçais salement pour une fille. Je passais tard le soir sous ses fenêtres, ce genre de connerie...

— Oui, je faisais pareil avec Annie. »

Chelini reprit son récit au bout de deux minutes. « Un jour que je nettoyais la cour, elle passe sur le trottoir et me dit bonjour. Je rougis comme un con. J'attends qu'elle soit plus loin, puis je bondis par-derrière chez moi, je fonce le long de trois pâtés de maisons, je refais le tour, et je me retrouve sur le même trottoir en train de venir à sa rencontre en souriant comme un crétin, incapable d'articuler un mot. Ça la fait rire, on se croise... et je recommence à faire le tour du pâté de maisons en me disant que, ce coup-ci, il faut que je lui parle. Je fonce par une petite rue jusqu'à devant chez elle et je l'attends assis contre un arbre. Elle arrive, mais cette fois elle a l'air d'avoir peur et se met à courir. J'ai jamais pu lui adresser la parole et j'ai toujours eu honte en la voyant après ça.

— C'est con, hein ? dit Egan en riant.

— Plutôt, oui. »

Doc et Minh avaient choisi un tertre minuscule au fond de la vallée pour passer la nuit. Ce n'était pas grand-chose, mais c'était un peu plus sec et agréable que la boue environnante. Ils avaient installé un poncho en guise de tapis de sol, un autre comme couverture et s'étaient endormis. Brusquement, ils se réveillèrent ensemble, avec l'impression d'avoir le corps en feu, comme si on leur brûlait des allumettes sur la peau. Doc fit un bond et se secoua, Minh se frotta vigoureusement. Ils s'étaient couchés sur une fourmilière. Les bestioles leur couraient sur les jambes, le dos, l'estomac, dans les cheveux, partout à la fois, et leurs piqûres étaient cuisantes. Ils avaient même des fourmis dans les rangers. On aurait dit qu'elles avaient pris position sans se faire repérer, puis s'étaient toutes mises à mordre au même signal. Doc et Minh s'efforçaient de ne pas crier. Ils ramassèrent leur barda et s'écartèrent de la fourmilière en trébuchant dans le noir. « Aou, aou », chuchotait Minh d'une voix aiguë, tandis que Doc jurait entre ses dents, plaquant les mains sous ses aisselles, tombant à genoux. Ils secouèrent leurs ponchos. Cahalan et Brooks, réveillés, vinrent à leur secours sans parvenir à repousser l'invasion. Doc vida tout un flacon antimoustiques sur son corps, se couvrit le visage. Des fourmis couraient dans ses cheveux crépus. Il se frotta le cuir chevelu jusqu'au sang, se fit un vrai shampooing à l'insectifuge. Quelques gouttes coulèrent dans ses yeux. Ça brûlait. Minh aspergea ses vêtements avec le produit, mais sans succès. Ils n'arrivaient pas à voir les fourmis. Ils se déshabillèrent et se lavèrent complètement à l'insectifuge.

De temps en temps, pendant le reste de la nuit, une fourmi isolée continuait de piquer l'un ou l'autre.

La discussion avait ramené les pensées d'Egan vers Stephanie. Il décida de lui écrire encore une fois. Une courte lettre, qu'il rédigerait dans la matinée, mais il fallait réfléchir dès maintenant à ce qu'il allait dire. Ce n'est plus possible d'éprouver le moindre enthousiasme pour cette guerre ou ce pays, commença-t-il. Ce n'est pas une bonne guerre, ni pour la faire, ni pour l'observer très longtemps. Je suis ici depuis trop longtemps. Non, merde, je peux pas lui écrire ça. Il ferma les yeux et tenta d'évoquer l'image de Stephanie. Il la sentait brûler en lui. Tout ce qui est bon, ça te brûle au-dedans, se dit-il. Tout ce qui a assez de valeur pour que toi, tu reconnaisses que ça existe. Tout sentiment, s'il est assez fort, s'il travaille en toi, de ton cerveau jusqu'à tes tripes, c'est bon. Et c'est ça, Steph, ta place en moi. Tu es assez forte en moi pour exister, pour me remuer, pour m'obséder. En répétant ces paroles, ce prénom, Egan se sentit mieux, les idées claires, apaisé.

Il scruta l'obscurité autour de lui, s'adossa au PRC25, sentit le bras de Chelini posé dessus. « Je vais pioncer, annonça-t-il.

— Bien reçu », fit le Bleu.

A présent, Egan rêvait de Stephanie. Il la voyait dans le parc, avec lui. Quand ça ? Ce devait être vers la fin. On entendait des pigeons, d'autres petits oiseaux. Il s'était mis à improviser une sorte de gigue et les branches agitées par le vent semblaient l'accompagner ; sur les allées, les feuilles couraient en tourbillons minuscules. Il faisait un chaud soleil. Elle restait immobile, riant de le voir faire. Il l'encouragea. « Allez, viens. Tu ne te sens pas vivante ? Tu ne sens pas la joie de cette planète ? » Elle ne bougea pas mais continua de sourire adorablement. En fait, elle était peut-être fâchée, se dit-il. Il n'y avait pas pensé sur le moment, tout à l'euphorie du vent. Planer grâce au vent, c'est le cas de le dire. Fabuleux, mais pour elle, pas possible. Qu'est-ce qu'elle a donc ? Comme si le sang coulait trop épais dans son cerveau et l'empêchait de bouger. C'est peut-être parce qu'elle est tellement précise dans ce qu'elle fait qu'elle ne veut pas se laisser aller. Absurde, elle qui bouge si bien.

« Viens ici, lui dit-il, sur le ton du commandement puis de la prière. Viens, aimons-nous.

— Tu es idiot », dit-elle. Sa voix était toujours charmante, mais il y avait de l'amertume dans sa réponse et elle détourna les yeux. Il n'y fit pas attention sur le moment, pensant simplement qu'il n'arriverait pas à la faire bouger.

Peut-être l'avait-il senti quand même. Ils savaient tous les deux que, cette fois, il avait exagéré. Il n'avait pas écrit, pas appelé. Combien de temps s'était écoulé, il ne s'en souvenait plus lui-même. Trop, sans doute. Il n'avait même pas répondu à ses lettres. J'étais trop pris par la fac, se répétait-il. Son souvenir des dernières lettres était vague, mais il voyait encore quelques bribes de la belle écriture de Stephanie.

> J'ai l'impression que tu es juste à côté de moi. O Daniel, je voudrais vraiment que tu sois là. J'ai envie de t'embrasser. Quand vas-tu venir ? Je suis tellement impatiente. J'ai envie de te voir, de t'entendre.

L'une des lettres se présentait comme une exquise série de dessins entremêlés. Des visages d'enfants, des oreillers, des bouteilles de vin, des bougies dans de longs candélabres. Et des yeux, tour à tour doux et sévères, très finement dessinés.

Puis vint la lettre courte. Celle-là le brûlait encore quand les phrases défilaient dans son esprit.

> Mon Cher Daniel,
>
> Je ne sais pas ce que tu penseras, mais je crois que je dois te dire ce qui m'est arrivé ces derniers mois. Jusqu'à aujourd'hui, je me croyais bien enceinte. J'étais morte d'inquiétude — mon Dieu, je ne veux même pas en parler ! Tout m'est passé par la tête, du suicide à la fuite. J'ai envisagé de retourner à l'école, sans savoir si je tiendrais le coup. Tu peux t'imaginer ce que ça a été. Il y a quelques semaines, je suis allée voir un docteur qui m'a dit qu'il était trop tôt pour se prononcer. Le soulagement que j'ai éprouvé aujourd'hui m'a étonnée moi-même.
>
> Je vais reprendre mes études. Aujourd'hui, je me suis cherché

une chambre, mais sans succès. Il est une heure et demie du matin. Je devrais déjà dormir, mais il fallait que je t'écrive. J'ai déjà essayé avant, mais je n'y arrivais pas. Tu sais, Daniel, je crois que tu causes plus de tracas que tu n'en vaux la peine. Je me suis sentie très seule. L'idée d'être à nouveau enceinte m'a fait assez de mal.

Daniel, quand il n'y a plus de confiance dans l'amour, l'amour perd tout son sens et il meurt. La confiance fait partie de l'amour, et de l'amitié, et de la liberté. A mesure qu'elle s'épuise, les relations deviennent tendues, chacun est prisonnier de la peur de l'autre. La confiance ne se bâtit pas sur des mots et des plaisanteries. C'est un pacte fondé sur le partage de la responsabilité. On doit donner comme on reçoit. On doit respecter la vie de l'autre et être traité avec le même respect pour que la confiance et l'amour puissent grandir, pour qu'à la fin on puisse dire : « C'est en lui que j'ai confiance, c'est lui que j'aime. »

Je suis désolée pour cette lettre. Il est tard, je suis fatiguée — mais je savais que je ne pourrais pas dormir avant de l'avoir écrite.

Quelquefois, je me demande où est mon esprit, où est mon cœur, où est mon âme. Je me demande même s'ils existent. J'en suis convaincue mais ils aiment rester cachés tant que je suis heureuse.

Avec mon amour,
Stephanie.

J'étais fou de toi, dit Daniel, couché dans la boue de la vallée. Tu ne vois pas ? essayait-il d'expliquer. Il fallait que je parte. On était pris dans un monde qui nous dirigeait. Qui nous écrasait. Je me rappelle quand je t'ai dit au revoir. Tu m'as toujours rendu tellement heureux. Et je me rappelle t'avoir dit : « Ni toi ni moi n'avons vraiment envie des choses que vivre ensemble nous donnerait. Avec moi, tu n'aurais jamais la sécurité, et avec toi, je ne me sentirais jamais vraiment libre. » Steph, je me rappelle avoir dit ça. Je me rappelle la chanson qui passait à la radio, dans la voiture, le jour où je suis parti.

On chantait sous le soleil,
on riait tous les jours,
On chantait sous le soleil,
jusqu'au jour où j'ai pris la route.

Stephanie, à présent mon année s'achève. Merde, je regrette tellement. Tu m'as dit que je t'avais fait du mal, je m'en souviens. Je crois

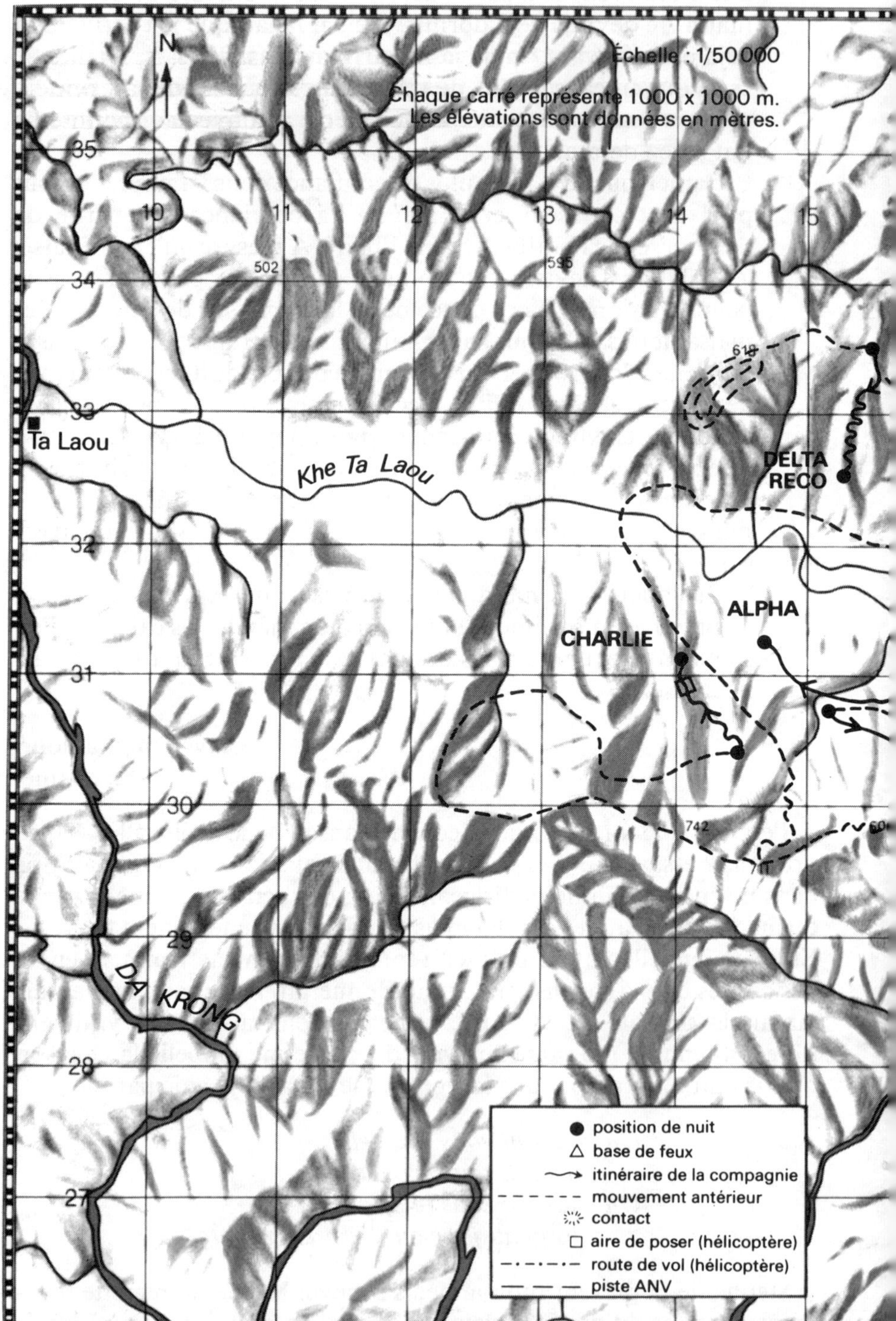
N
Échelle : 1/50 000
Chaque carré représente 1000 x 1000 m.
Les élévations sont données en mètres.
35
34
33
32
31
30
29
28
27
10
11
12
13
14
15
502
595
618
742
711
Ta Laou
Khe Ta Laou
DELTA
RECO
ALPHA
CHARLIE
DA KRONG
position de nuit
base de feux
itinéraire de la compagnie
mouvement antérieur
contact
aire de poser (hélicoptère)
route de vol (hélicoptère)
piste ANV

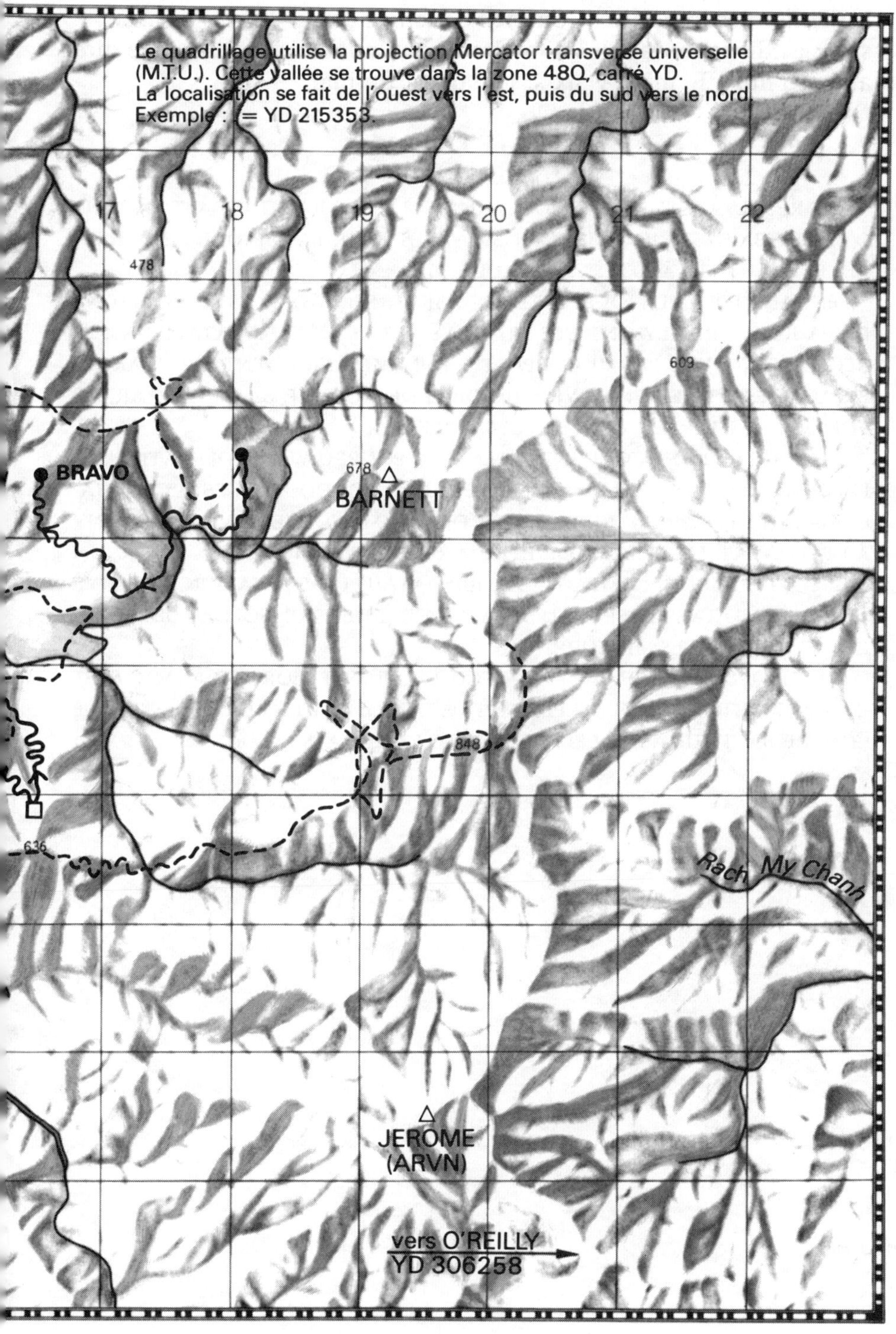
Le quadrillage utilise la projection Mercator transverse universelle (M.T.U.). Cette vallée se trouve dans la zone 48Q, carré YD.
La localisation se fait de l'ouest vers l'est, puis du sud vers le nord.
Exemple : = YD 215353.
17
18
19
20
21
22
478
609
BRAVO
678
BARNETT
848
636
Rach My Chanh
JEROME
(ARVN)
vers O'REILLY
YD 306258

qu'il m'a fallu jusqu'à maintenant pour comprendre. Je suis vraiment le dernier des imbéciles. Combien de temps ça fait ? Trois ans ? Je ne suis pas du genre rapide. Il faudra que tu m'aides. Je peux te le dire aujourd'hui ? Je m'en veux si je t'ai fait du mal.

EXTRAIT DU J.M.O.

LES RÉSULTATS SUIVANTS CONCERNANT LES OPÉRATIONS DANS LA ZONE O'REILLY/BARNETT/JEROME SONT SIGNALÉS POUR LA PÉRIODE DE 24 HEURES PRENANT FIN À 20 H 59 LE 20 AOÛT 70 :

PENDANT TOUTE LA JOURNÉE, DES COMBATS SPORADIQUES DANS LA ZONE DE LA BASE O'REILLY ONT ÉTÉ SIGNALÉS PAR LES 2e ET 4e BATAILLONS, 1er RÉGIMENT (ARVN). PARMI LES PERTES ENNEMIES FIGURENT 250 CHARGES EXPLOSIVES D'UNE DEMI-LIVRE, 100 OBUS DE MORTIER 82 MM ET 5 ARMES COLLECTIVES. PERTES ARVN : 2 TUÉS, 5 BLESSÉS.

LE 7e BATAILLON, 402e D'INFANTERIE, A POURSUIVI SES OPÉRATIONS À PROXIMITÉ DE LA BASE BARNETT ET NE SIGNALE QUE QUELQUES ACCROCHAGES. A 14 H 27, L'APPAREIL D'EXERCICE DU COMMANDEMENT A REPÉRÉ 4 ANV À DÉCOUVERT. L'ARTILLERIE A ÉTÉ EMPLOYÉE, TUANT 2 ANV. A 17 H 10, UN HÉLICOPTÈRE DE LA COMPAGNIE D, 101e BATAILLON D'AVIATION, A ESSUYÉ UN TIR DE MITRAILLEUSE.51 AU DÉPART DE BARNETT. UN SOLDAT US BLESSÉ, DÉGÂTS MATÉRIELS MINEURS.

A 18 H 30, LA BASE BARNETT A REÇU 19 OBUS DE MORTIER 61 MM. SEPT IMPACTS À L'INTÉRIEUR DU PÉRIMÈTRE. UN SOLDAT US BLESSÉ. UN TIR DE CONTRE-BATTERIE A ÉTÉ EFFECTUÉ AVEC RÉSULTATS INCONNUS.

CHAPITRE 28

21-23 août 1970
Campobasso

La compagnie A s'était figée sous un ciel immobile et jaunissant, on aurait dit que personne ne respirait. Puis des nappes de brume commencèrent à glisser, à rouler, soudain trouées d'éclairs ; le tonnerre suivit, comme un gros tir d'artillerie ; une pluie serrée, aux gouttes épaisses et lourdes, frappa rudement la végétation. Alpha se mit en route.

Egan marchait en tête, Chelini en second. La 1re section suivait, puis le PC de compagnie, la 2e section protégée au centre, et la 3e en sûreté arrière. La colonne marchait d'un bon pas dans cette aube orageuse, direction nord-ouest puis nord vers le bord du fleuve.

Cette progression ouvrait trois jours et trois nuits qui plongèrent Alpha dans un brouillard où la pluie confondait l'espace et le temps. Le passé récent s'était estompé ; l'avenir n'approchait jamais. Des jours gris succédaient aux nuits noires presque sans différence. Il y eut quelques accrochages avec l'ANV — brefs combats de rencontre ou de poursuite, embuscades. L'action se confondait avec l'inaction, dans un enchaînement de gestes marqués par le vide et l'ennui, ou par le regard vitreux de la folie.

« Et merde, marmonnaient-ils encore et encore, ça chie pas, avance. » Le mantra de l'infanterie.

« Je l'ai ! » nu sous la pluie froide, Chelini acheva de nouer la corde autour de sa taille et entra dans le fleuve. Ils étaient parvenus huit cents mètres à l'ouest de la butte dressée au centre de la vallée. L'eau glacée adoucit ses plaies purulentes et le fit frissonner — de toute façon, il était devenu presque insensible. Il concentrait toute son attention sur la rive nord. Des obus explosèrent deux cents ou cinq cents mètres en aval, et il y eut quelques tirs de mortier en amont.

« Vas-y », souffla Egan. Le Bleu plongea.

La 1re section était étalée en ligne au cœur de la végétation, à un mètre de la rive. Tous les regards suivaient Chelini, qui luttait en silence contre les courants gorgés d'eau de pluie, puis remontaient vers le bord opposé, guettant du mouvement. Tout le monde avait le cul dans dix centimètres de boue froide.

« C'est la merde, chuchota Jax à Doc. Cette compagnie est complètement baisée.

— Pourquoi qu'il pousse aussi fort, fit Doc en hochant la tête d'un air affligé. Pourquoi, Mista' ?

— Le lieut est en train de perdre les pédales, dit Jax.

— Il en fait trop. C'est en train de devenir une crevure. J'arrive pas à le croire. Y partira jamais d'ici.

— On va tous crever ici, tous, fit douloureusement Jax.

— Pourquoi, Mista'. Hein, pourquoi ?

— L'empaffé », pesta Egan, qui venait de les rejoindre et n'avait pas encore remarqué leur humeur.

« Qu'est-ce qu'y a ? demanda Doc.

— Petit frère va se noyer avec sa corde. Bande de cons. Ils auraient jamais dû l'envoyer. Personne peut nager dans ce merdier. »

Chelini approchait du milieu du fleuve. Il lançait son torse contre le courant, tirait de toutes ses forces, mais ne semblait pas progresser.

« C'est la merde, répéta Jax.

— Putain ! » jura Egan.

Chelini s'efforçait de gagner un centimètre après l'autre, le courant l'entraînait, la corde le retenait. Toute la 1re section l'encourageait silencieusement. Il allongeait les bras, les ramenait, puis c'était les jambes ; sa brasse vigoureuse le portait trente centimètres plus loin, il en reperdait dix, revenait à la charge ; enfin, passé la moitié du fleuve, le courant diminua. Il atteignit la rive nord, grimpa rapidement, disparut dans l'épaisseur du Récif aux Sangsues. Egan se déshabilla à son tour, ne conservant que son pantalon de treillis. Il prit son M16 et celui du Bleu, entra dans l'eau, se hissa peu à peu jusqu'à l'autre bord en s'aidant de la corde tendue. Mécaniquement, le reste de la section l'imita. Chelini retourna dans l'eau jouer les guides-sauveteurs, bientôt rejoint par Egan et Brooks.

« Je savais pas que les Noirs pouvaient nager », lança Egan en poussant le Bleu du coude, tandis que les trois hommes s'efforçaient de résister au courant.

« Ils peuvent pas, rétorqua Brooks en leur jetant un bref coup d'œil. J'ai du sang de gominé. C'est toute cette huile qui me fait flotter. »

Lorsque tout le monde eut traversé, la colonne reprit rapidement la progression, flacon antimoustique au poing pour arroser les sangsues. Malheureusement, la pluie diluait l'insectifuge, les sangsues s'acharnaient, les hommes juraient.

Alpha suivit le lit d'un ruisseau, direction nord. Ce n'était guère plus qu'une rigole, mais qui offrait deux avantages : plus basse que le reste du terrain, elle constituait une tranchée naturelle susceptible de les protéger ou de les masquer ; en outre, la marche y était facilitée. La végétation étouffait les deux rives et coiffait la tranchée d'une voûte à un mètre cinquante ou deux mètres de hauteur. Le lit du ruisseau ne présentait qu'un mince filet d'eau, des herbes et des sangsues. Rangers et treillis s'alourdirent à nouveau pendant la marche clapotante. Moneski mena la compagnie cent cinquante mètres au nord avant d'émerger à l'est devant un fourré. Ils croisèrent de nombreuses pistes ennemies, ainsi qu'une route équipée de panneaux qui, d'après la traduction de Minh, recommandaient aux éléments logistique et ravitaillement de ne pas s'attarder. Sept cents mètres plus à l'est, ils trouvèrent un autre fourré très dense, situé à la même hauteur que la butte, cent cinquante mètres en retrait du fleuve gorgé de pluie.

« C'est tellement épais qu'on pourrait rester là, dit Egan au lieutenant. On serait introuvables. Personne pourrait lancer une attaque là-dedans. Avec une demi-douzaine de postes d'écoute et d'observation, on pourrait leur semer une merde terrible.

— Pas possible, mec », fit Bill Brown en secouant la tête.

Brooks souriait. « Mais pourquoi pas ? demanda Egan. Réfléchissez. S'ils étaient enterrés dans un truc pareil, est-ce qu'on irait les attaquer ? Impossible de progresser là-dedans. On peut pas attaquer en force.

— Comme Br'er Rabbitt [1], hein ? ricana Doc derrière eux. Siouplaît, m'envoyez pas dans les ronces. Mon lieutenant, m'envoyez pas dans ces collines.

— C'est peut-être faisable », dit Brooks. En fait, il avait déjà décidé. Il ordonna une halte.

Alpha se trouvait au beau milieu d'un réseau étendu de pistes de ravitaillement ANV. Brooks ordonna à ses troupes de se rassembler et d'aller se dissimuler dans l'épaisseur de la végétation. Attendons le matin, et la pluie.

Le matin vint, la pluie ne cessa pas. Leur nouvelle position était une vaste cuvette peu profonde entourée d'une berme naturelle et recouverte d'un épais rideau végétal. Le PC s'installa au centre de la cuvette ; les sections se répartirent sur la berme. Brooks fit passer le mot : « On reste jusqu'à demain. » Les *boonierats* creusèrent soigneusement de petites tranchées sous les buissons de ronces et les faisceaux de bambous les plus épais. Deux hommes sur trois dormirent, lourdement ; ils se préparèrent à la journée et à la nuit qui allaient suivre.

En bons Américains, ils ne résistèrent pas à l'envie de baptiser leur position, qui devint Campobasso, sur une suggestion de Chelini. En

1. « Frère Lapin », célèbre héros de contes pour enfants : par ruse, il supplie qu'on ne le jette pas dans les ronces, alors que c'est pour lui le moyen de s'échapper *(N.d.T.)*.

italien, Campobasso désignait un terrain bas et pourrait s'appliquer à une base. Le Bleu se garda d'expliquer à Brooks, Egan ou à quiconque que c'était le nom du village de ses grands-parents maternels. Il se contenta de proposer le nom, qui fut vite accepté. Ça passait bien à la radio. Tout Alpha s'en servit. Chelini était ravi.

« A votre avis, Pop ? demanda Brooks.

— Ben, j'en sais rien, mon lieutenant », dit Pop Randalph de sa voix rauque.

Enveloppé de son poncho, assis en tailleur, cartes et carnet sur les genoux, Brooks continuait d'insister : « Trois séjours ici, Pop. Pourquoi ? Qu'est-ce qui vous pousse à en redemander ? dit-il d'une voix très basse.

— Vous voulez savoir pourquoi j'suis là, mon lieutenant ? J'suis là parce que j'suis un soldat. Et un bon. Vous trouverez pas un meilleur adjoint de section. Si c'était pas à cause de ce pauvre con de Mohnsen, mes états de service s'raient impeccables.

— Mais qu'est-ce que qui vous pousse à rester ici ? répéta Brooks. Qu'est-ce qui vous retient, en tant que soldat ? »

Les traits de Pop Randalph se crispèrent.

« Mon lieutenant, on a une mission, et j'peux accomplir cette mission mieux que n'importe qui. Mieux, et en perdant moins de vies.

— Vous le croyez vraiment, Pop ? demanda Brooks, sans aucune trace de scepticisme.

— Oui, mon lieutenant.

— C'est bon. Qui part avec vous ?

— Le sergent Egan et son bleu.

— Bien. »

Pop, Egan et Chelini s'étaient portés volontaires pour la première mission de piégeage. Brooks avait déjà mis en place six postes d'écoute et d'observation autour de Campobasso et les patrouilles reco étaient en train de se constituer. Les équipes embuscade, ce serait pour plus tard. Brooks les avait toutes baptisées équipes Maraudeur, ce qui plut beaucoup aux hommes. A la tombée de la nuit, ils partiraient dans toutes les directions afin de déterminer la situation de l'ennemi et de rendre compte en vue du bond final de l'attaque contre le QG — s'ils parvenaient à le découvrir, s'il existait. Mais d'abord, décida Brooks, il faut désorganiser le mouvement ANV autour de nous. On va piéger leurs pistes.

Les trois hommes de la 1re équipe vidèrent leurs poches, se débarrassèrent de tout équipement superflu. Chelini fixa le PRC25 sur son dos avec des brêlages légers. Egan portait cinq mines dans une serviette, Pop une pile radio usagée, des rouleaux de cordeau détonant et de fil de déclenchement, un dispositif de mise à feu et des détonateurs. Ils étaient tous trois munis de leurs M16, de bandoulières de chargeurs et de quatre grenades chacun.

El Paso donna ses instructions radio à Chelini : « Si t'appuies deux coups, RAS. T'appuies trois fois, problème, mais vous vous tenez peinards en attendant que ça se passe. Quatre fois, c'est que vous rentrez. On fera passer le mot.

— Ça baigne », fit Chelini.

L'équipe Stephanie se mit en route, dépassant rapidement les postes d'écoute et d'observation, en direction de la piste ennemie située au-dessous de l'escarpement nord. La pluie et le vent étouffaient le bruit de leurs pas et masquaient leurs silhouettes. Sans répit, Pop les menait dans les fourrés les plus épais, la gadoue la plus immonde, les sols les plus pourris, un itinéraire que l'ANV jugerait sûrement impraticable, pour eux-mêmes et à plus forte raison pour les Américains. La plupart du temps, ils rampaient, s'immobilisaient après chaque progression pour tendre l'oreille. Ils avançaient de plus en plus lentement, évitant les pistes et ne les franchissant que lorsqu'ils ne pouvaient faire autrement. Ils restaient plaqués au sol, le visage dans la boue, pendant des périodes de plus en plus longues. La piste était plein nord, ils n'avaient qu'à conserver la direction et se débrouiller pour éviter le contact, ils ne pouvaient pas la rater. « S'ils te voient pas, ils peuvent pas te flinguer », avait dit Egan au Bleu avant le départ. « Ils nous verront pas », avait ajouté Pop avec un clin d'œil.

A plat ventre dans un bourbier puant, ils contemplaient la route. Dressés sur les coudes, entre les ronces, ils épiaient, écoutaient. En deçà du seuil normal de stimulation, il leur semblait encore capter quelque chose. Un groupe ennemi venait-il de passer ? Avait-on failli leur marcher dessus ? Chelini songea aux parties de cache-cache des soirs d'été, quand il était gamin. Il avait sa cachette favorite, dans les hautes herbes au pied des cognassiers. De là, il regardait son frère Vic approcher, passer tout près de lui, presque à le toucher. Cette image le fit rire silencieusement. Vous pourrez pas me trouver, bande de salauds. Son corps tremblait.

Egan observait le Bleu. Quel con, tout de même, se dit-il. Faut toujours qu'il fasse l'expérience lui-même. On peut rien lui expliquer. Egan avait envie d'aller le secouer. Tu peux pas écouter ? Tu vois pas que j'essaie simplement de t'apprendre, d'accélérer ton apprentissage pour que tu fasses pas les mêmes erreurs que moi ? C'est à se demander comment l'humanité a pu faire des progrès. Étonnant qu'on soit pas encore en train de réapprendre une fois de plus que le feu, ça brûle. D'ailleurs, c'est peut-être ce qu'on est en train de faire.

Le lieut perd la boule, songeait Pop, bien qu'il ne pût se l'expliquer. Tactiquement, leur manœuvre était parfaite. Il n'avait jamais vu un TO pareil, et il n'avait jamais vu un officier diriger une infiltration de façon aussi magistrale. Pourtant, quelque chose clochait. Le lieut et ses questions. Il tourne pas rond. Pop grimaça.

Les pensées de Chelini sautaient d'un sujet à l'autre. On pourrait discuter de nos vies chez nous, de notre éducation, se disait-il. Je pourrais parler à Jax ou Doc de ma famille et ils me parleraient de la leur. Je leur dirais : « J'ai jamais eu un copain noir. Je veux dire que j'ai jamais vraiment connu un Noir. Pourtant, j'ai grandi avec des Noirs. Y en avait dans mon école. On jouait ensemble, quelquefois, on se rendait visite, mais pour moi, c'était toujours comme une autre planète, comme si je comprenais pas la langue, ou que j'étais pas autorisé. En fait, comme s'il y avait une loi qui interdisait de bien connaître un Noir. » Chelini entendait déjà la réponse de Doc : « Mais pour les Noirs, c'est une loi. » Le bruit de fond s'interrompit deux fois sur sa radio : El Paso envoyait le signal pour un compte rendu. Chelini appuya deux fois sur le combiné sans quitter la piste des yeux. Rien d'autre à signaler que la pluie et le vent.

Pop se glissa sans bruit jusqu'à la route. Egan le suivit en faisant signe à Chelini de ne pas bouger. Sans un mot, ils entamèrent la pose du dispositif de piégeage. A trois mètres de distance, une soixantaine de centimètres en retrait de la piste, Egan installa une Claymore dans la broussaille, en orientant la charge légèrement vers le haut. Pop dévissa l'attache plastique du détonateur, y inséra un bout de cordeau, revissa et remit en place, puis il déroula le cordeau jusqu'à l'endroit où Egan disposait déjà une deuxième mine. Il mesura exactement la longueur, coupa le cordeau, puis revint sur ses pas pour l'enfouir dans la boue de la piste, prenant soin de reconstituer par-dessus les traces de roues de charrette. Egan attendit que Pop ait fini. Ils travaillaient régulièrement, avec méthode. Egan fixa l'extrémité du cordeau sur un côté de la Claymore, reliant les deux premières mines. Pop inséra un nouveau bout de cordeau de l'autre côté de la mine, puis déroula le reste à travers les broussailles jusqu'au point où Egan orientait sa troisième Claymore, directement en face de Chelini. Pop relia les deux mines pendant qu'Egan plaçait la quatrième et la cinquième, de chaque côté de la route. Pop compléta la chaîne. Egan tendit le fil-piège en travers de la route, à dix centimètres de hauteur, et l'attacha au système de déclenchement, qu'il fixa ensuite à une souche et camoufla soigneusement. Il prit un fil de détonateur et le fit courir jusqu'à la pile radio. Pop prit un détonateur dans sa poche de chemise, démêla les brins, en attacha un au système de déclenchement et mit le détonateur en place dans la première Claymore. Egan vérifia le mécanisme, le camouflage des fils et des mines, puis vint rejoindre Chelini, qui les regardait faire, fasciné, le sourire aux lèvres, le regard brillant. Pop leur fit signe de s'éloigner, jeta un dernier coup d'œil, puis amorça le dispositif en reliant le deuxième brin du fil de détonateur à la deuxième borne de la pile radio.

Tandis que Pop, Egan et Chelini travaillaient sur la piste, l'équipe Claudia — Snell, Nahele et McQueen, de la 3e section — avait pris au sud et remonté le fleuve sur deux cents mètres. Ils s'étaient postés en observation depuis une vingtaine de minutes lorsqu'ils repérèrent un groupe ANV sur la rive sud. Les hommes se mirent à décharger du matériel destiné à un long sampan de bois. Snell contacta El Paso, s'entretint avec Brooks, puis appela Armageddon Two. « Mission de tir, à vous. »

Des obus commencèrent à pleuvoir sur le fleuve et la berge, soulevant des geysers d'eau et de boue. L'odeur de la cordite emplit l'air. Les trois salves suivantes étaient des explosions aériennes qui déclenchèrent une pluie de shrapnels. Les tirs firent au moins cinq morts ANV, de l'avis des trois hommes de l'équipe Claudia. On les crédita de quatre.

« *¿ Que pasa ?* demanda Brooks à El Paso.

— Vous, mon lieutenant.

— A quoi pensez-vous ? » Brooks dévisageait attentivement son chef radio.

« Je pensais à ma mère. Vous savez, quand j'étais gamin, elle arrêtait pas de me dire : Rafael, reste un peu avec ta mère. Je suis très fatiguée, aujourd'hui. » El Paso marqua un temps. Brooks essuya son front ruisselant de pluie sans cesser de l'observer. « J'aurais dû l'écouter », conclut le Chicano.

Brooks eut un sourire. El Paso et lui étaient le vrai cœur de la compagnie A, et cette idée lui plaisait. Il était content de se retrouver avec son radio, en train de s'abriter sous le même poncho. Cela faisait plusieurs jours qu'ils n'avaient pas pu échanger un mot, à part les consignes. Un peu plus tôt, ils avaient commencé à discuter politique, gauche contre droite, mais quelque chose venait toujours les interrompre. Brooks ouvrit son carnet, en prenant soin de ne pas le mouiller.

« Qu'étiez-vous en train de m'expliquer, à propos de l'espagnol ?

— Sur les prépositions, vous voulez dire ?

— C'est ça, fit Brooks, intéressé.

— Eh bien voilà », commença El Paso, comme s'il s'apprêtait à raconter une histoire. « Un Chicano est *avec* quelque chose, alors qu'un Anglo-Saxon est *pour* quelque chose. En espagnol, on utilise *con*, qui signifie avec. Je suis *avec* ceci ou cela. Dire qu'on est *pour* quelque chose, c'est déjà prendre ses distances. On existe séparément de la chose en question. Vous ne trouvez pas ? Pour les peuples de langue espagnole, on est avec une idée, une cause. Je suis *avec* ce candidat, ou sa politique. Nous sommes la cause, et la cause est nous. Elle n'existe pas par elle-même, comme c'est le cas chez les anglophones. Quand mon peuple parle du gouvernement, ce n'est pas censé être une entité qu'on doit servir. C'est *nous*, et ça doit nous servir.

— Je vous suis bien, dit Brooks en prenant quelques notes, mais je ne vois pas ça dans la réalité.

— Peut-être que vous ne connaissez pas suffisamment les peuples de langue espagnole. C'est cette idée de *ser con*, d'être avec, qui nous rend si passionnés. »

Brooks répéta les mots comme pour s'en pénétrer.

« Tout à l'heure, continua El Paso, nous parlions de gauche et de droite, dans les gouvernements, dans les partis. Je ne crois pas que ce soit une représentation réaliste de la vie politique américaine. Vous vous intéressez aux mots en tant que symboles, et à la manière dont ils affectent notre pensée. Si nous avons constamment recours à des dichotomies, telles que gauche/droite, pour décrire un phénomène de bipolarisation, est-ce qu'une telle description ne devient pas un facteur de la bipolarisation ?

— Je n'y ai pas réfléchi.

— Voici ce que je pense. La politique n'est pas quelque chose de linéaire. Le schéma gauche/centre/droite n'en rend pas compte de façon satisfaisante. Plaçons une décision politique, la conduite de cette guerre, par exemple, au centre. La droite exige que nous restions ici et que nous redoublions l'effort de guerre. Elle critique le gouvernement, dont la ligne n'est pas assez dure, selon eux. La gauche tire le gouvernement dans l'autre sens. Elle réclame le retrait immédiat de toutes les troupes américaines. Elle estime que la politique suivie n'est pas assez à gauche. Et voilà : nous n'avons que deux choix possibles. C'est peut-être dû au fait que telles sont les règles que nous nous sommes fixées nous-mêmes, mais ça ne correspond pas à la situation réelle. « Ce que nous faisons, nous, peuple et gouvernement des États-Unis, serait mieux représenté par une sphère avec un point en son centre. Le point, c'est notre politique. La surface de la sphère est occupée par toutes les parties intéressées. Il y a Dow Chemical, reliée au centre par un gros rayon, il y a Irma Dinky Dau, de Ploucville Nevada, reliée par un mince filament, et il y en a cent millions d'autres. Tout le monde tire de son côté, sans jamais beaucoup éloigner le point du centre.

— Alors, intervint Brooks, la bipolarisation se produit en réalité lorsque les participants, tout autour de la sphère, sont poussés aux deux pôles. Lorsqu'il y a de trop fortes concentrations d'intérêts, ou lorsque la concentration à un pôle chasse le reste à l'autre pôle.

— Exact, dit El Paso, mais dans une société libre, le phénomène n'est jamais complet, parce que les communautés d'intérêts sont toujours susceptibles de se déplacer vers tel ou tel autre point de la sphère.

— Si les gens savent qu'il s'agit d'une sphère », fit Doc, qui les écoutait depuis un moment, à deux pas de là, et vint les rejoindre sous le poncho. « Et qu'est-ce qui se passe, Mista', quand quelqu'un fait une purge complète à un des pôles ? Ton point, il va pas rester au centre. »

Egan et Chelini émergèrent soudain de la bruine. « Équipe Stephanie au rapport », dit le Bleu. El Paso les ignora, il tenait à son modèle descriptif et s'empressa de répondre à Doc. « Dans notre société, on n'a pas de grandes purges, pas comme il y en a en Russie ou en Chine. Là, tu as des gens qui sont carrément éliminés de la sphère. Les " points " politiques ne peuvent pas être stabilisés dans la région centrale, parce que les pressions ne peuvent ni s'exercer depuis toutes les directions ni se déplacer à la surface.

— Qu'est-ce que tu racontes, on n'a pas de grandes purges ? riposta Doc. Et les Indiens, qu'est-ce qui leur est arrivé ? T'oublies une chose. Les cons de Blancs, ils ont toujours des purges.

— On a peut-être des minorités opprimées et même des purges, lança Egan, mais c'est rien de comparable avec l'U.R.S.S. ou la Chine, ou bien le Nord-Vietnam. Les cons d'Asiatiques — Egan imita l'accent de Doc —, ils ont toujours des purges. Tu peux pas m'en citer une, une vraiment grande, en Amérique.

— Ça ne serait pas pensable aujourd'hui, ajouta Chelini. Trop de gens s'y opposeraient.

— Exactement, conclut fermement El Paso. La libre critique est une bonne chose. Ça oblige le gouvernement à rester à peu près honnête et stable. »

La conversation changea de sujet, revint à la guerre. El Paso leur fit une conférence sur la question de sa légalité. « Il y a des arguments très solides en faveur de l'inconstitutionnalité de cette guerre. Quand Nixon a envoyé des troupes au Cambodge, par exemple, c'était parfaitement illégal. Il règne sur nos vies comme il règne sur le pays, sans tenir aucun compte de ce qui peut tirer le " point " politique vers un autre endroit de la sphère. Il se comporte presque en dictateur. Il ne peut exister aucune justification légale à cela. Pas dans les circonstances actuelles. Le Président peut ordonner une invasion si notre pays est menacé. La Constitution le lui permet, et il y a des précédents. Roosevelt a envoyé des troupes américaines en Afrique du Nord, puis en Europe, sans l'approbation du Congrès, mais le droit de déclarer la guerre n'appartient pas au Président. Il est entre les mains du Congrès. Le Congrès déclare la guerre, et le Président approuve.

« Il est arrivé au cours de notre histoire qu'un Président outrepasse ses droits en la matière. Polk a attaqué le Mexique en 1845 sans l'approbation du Congrès, qui n'est venue qu'après, devant le fait accompli. Wilson a fait bombarder Vera Cruz par la marine, et il a expédié des troupes américaines au Mexique, à la poursuite de Pancho Villa. Mais personne n'était jamais allé aussi loin que Johnson en 1965. Il a complètement usurpé au Congrès le pouvoir constitutionnel de déclarer la guerre.

— Et la résolution du golfe du Tonkin ? demanda Brooks.

— Elle n'autorisait le Président à des représailles que pour cette seule agression. Elle ne peut en aucun cas être utilisée pour justifier l'engagement d'un demi-million d'hommes et une guerre à grande échelle. Et puis, d'un strict point de vue constitutionnel, le Congrès ne peut pas céder ses pouvoirs.

— Et le traité de l'OTASE ? demanda Chelini.

— Il stipule que chacun des pays concernés doit agir en accord avec ses propres processus constitutionnels. Un traité ne peut pas supplanter la constitution.

— Dans ces conditions, pourquoi êtes-vous là ? intervint Brooks.

— Mon lieutenant, si je n'étais pas venu, j'allais en taule », répliqua El Paso.

Pendant toute la discussion, Brooks n'avait cessé d'observer les participants, l'un après l'autre. « Est-ce que nous avons tous en nous un point, demanda-t-il, un point que nous tirons dans toutes les directions et qui détermine notre attitude personnelle, nos actions ? »

Il y eut un contact au sud. Une salve isolée, une seconde de silence, la riposte, un échange de coups de feu, puis tout fut calme. A Campobasso, Brooks et El Paso attendaient le compte rendu pendant que les hommes se préparaient. Le compte rendu fut long à venir. Enfin, l'équipe Danielle — quatre soldats du 2e groupe, 1re section, menés par Moneski — donna de ses nouvelles par radio. Ils avaient pris deux guetteurs ANV en embuscade : c'était le premier contact avec l'ennemi depuis le franchissement du fleuve. Ils venaient de s'installer dans un emplacement de tir ANV, en bordure d'une piste, lorsque les deux ANV arrivèrent sans se méfier, prêts à réintégrer leur position.

L'un des deux fut tué net, l'autre, blessé, parvint à s'enfuir. L'équipe Danielle se lança en poursuite, finit par rattraper le blessé et le mit en pièces après un échange de coups de feu. Aucun blessé côté américain.

Le 21, la réunion habituelle du PC eut lieu avant la nuit. La pluie était tombée toute la journée, monotone, tournant parfois à la rafale, puis, comme une réponse à la convocation de Brooks, le ciel s'installa dans une grisaille et un crachin imperturbables. La réunion fut brève. Dix-huit hommes y assistaient : tous les chefs et adjoints de section, les radios et les chefs de groupe — éventuellement remplacés s'ils se trouvaient en patrouille. Serrés les uns contre les autres, ils écoutèrent Brooks donner les ordres d'opération des deux jours suivants.

L'ANV n'était pas habituée à voir des Américains manœuvrer de nuit et s'arrêter de jour pour la simple raison que peu d'unités américaines procédaient de la sorte. Depuis le ravitaillement, Brooks avait consulté individuellement chacun de ses conseillers. Il était maintenant convaincu qu'Alpha tenait une bonne position et pouvait réussir son coup. « On va les prendre un par un à partir d'ici, annonça-t-il. On se camoufle, on frappe. On se fond dans la boue, on les prend en embuscade. Si c'est une zone de ravitaillement aussi importante que l'affirme le renseignement, il y a forcément du mouvement. Ce ne sera pas différent de nos embuscades habituelles, seulement là, on mettra en place douze équipes à la fois. Vous ne serez pas des équipes en embuscade, mais des équipes en maraude. Et vous resterez partis deux jours. » Brooks entra dans les détails de l'opération : la moitié de chaque groupe partirait, l'autre moitié resterait autour de Campobasso. Le PC de compagnie et les PC de section fourniraient des hommes pour trois équipes, les radios pour quatre. Brooks assigna un TO particulier à chaque équipe Maraudeur. Il suggéra des sites d'embuscade dans chaque zone, se leva et fit le tour de ses hommes en indiquant sur la carte chaque emplacement qui semblait prometteur, les pistes qu'ils avaient marquées lors de leur première descente dans les environs. « On se camoufle, on frappe, répéta-t-il froidement. N'engagez le feu que lorsque vous êtes sûr de pouvoir tuer immédiatement l'élément ennemi dans sa totalité. Restez en embuscade.

— Comme on a fait tout à l'heure : le rêve, approuva Moneski.

— Canardez, ajouta Brooks. On a trois viseurs de nuit Starlight. Servez-vous-en.

— On canarde, fit Snell en hochant la tête, et on appelle l'artillerie.

— C'est ça, laissez-en un peu pour l'artillerie », dit Brooks avec un sourire. Il chauffait son groupe. La haine résolue, le mépris de l'ennemi, jaillissaient d'un homme après l'autre. « Utilisez vos mines piégées, ajouta le lieutenant.

— On va leur foutre les tripes à l'air, gloussa Colt.

— On va les crever, les salauds, cracha méchamment Chelini.

— On va les crever, les salauds », répéta Mohnsen en pleurant des larmes amères.

Brooks laissa monter la tension, puis les ramena à la raison avec quelques mises en garde et quelques questions. « De l'habileté sur le terrain, fit-il. Chaque homme doit penser par lui-même, s'adapter à la situation où il se trouve. Il faut que vous soyez plus souples, plus mobiles que les *dinks*. Et aussi plus rusés. Pensez à ce que vous allez faire avant de vous lancer. De la méthode. Soyez plus malins qu'eux. Ne sortez pas de votre TO sans autorisation. Ne prenez pas les copains en embuscade. Ne bavardez pas sur le réseau. Maraudeurs !

— Oui, mon lieutenant ! soufflèrent-ils ensemble.

— Tuer ! Tuer ! Tuer ! fit Mohnsen en frappant le sol de sa crosse.

— Équipes Cindy, Joan, Ellen et Laurie, dit Brooks, vous démarrez à 19 h 00. Équipes Claudia, Beth, Irene et Mary, à 19 h 15. Équipes Danielle, Suzie, Jill et Stephanie, à 19 h 30. »

Une explosion assourdissante secoua toute la compagnie avant qu'ils aient eu le temps de se lever : le piège placé sur la route, au-dessous de l'escarpement nord, avait fonctionné.

Pendant que l'équipe Stephanie — à présent constituée d'Egan, Chelini et Bo Denhardt — se préparait, Brooks vint trouver Egan. « Danny, je veux te poser quelques questions avant que tu partes. » Ce n'était plus l'homme qui conduisait la réunion quelques minutes auparavant. Plus trace de passion : il avait repris sa voix d'étudiant sérieux et ne paraissait pas conscient du changement. Egan crut même sentir dans son attitude une sorte de négation du rôle de chef qui le mit mal à l'aise.

« D'après toi, Danny, demanda Brooks presque timidement, quelle est la cause des conflits ? »

Egan laissa tomber son paquetage et s'assit dessus. « Je vais te dire ce que j'en sais. J'y ai un peu réfléchi, à cause de toi. Faudra que tu vérifies, mais voilà quelques trucs que je me rappelle de la fac, et d'autres qui me sont venus comme ça. »

Brooks eut un léger sourire sous la pluie, tandis qu'il sortait son carnet et se mettait à l'abri sous son poncho.

« J'ai eu un prof, un nommé Tom Wheeler, qui avait fait sa thèse sur les effets des progrès technologiques sur la démographie, ou quelque chose d'approchant. En gros, ce qu'il disait, c'est que chaque innovation technologique est suivie par une période de prospérité, puis par une explosion démographique. Ça marche comme ça : un progrès technologique allège les contraintes sur la population, mais les contraintes se reforment plus tard à un niveau plus élevé. Tu me suis ?

— A peu près, dit Brooks en écrivant.

— Remontons très loin. L'homme pratique d'abord la chasse et la cueillette, puis il apprend à élever des animaux. Sa vie se règle sur les pâturages. Pendant quelque temps, tout le monde a de quoi manger et c'est la prospérité. Alors, il se produit une explosion démographique qui entraîne la surpopulation, la maladie et la famine.

— Et la guerre ?

— C'est probable. Quoi qu'il en soit, l'homme nomade apprend maintenant à cultiver la terre. Il s'établit dans des régions fertiles et son existence se trouve à nouveau stabilisée, mais à un niveau plus complexe. Pendant quelque temps, tout le monde a de quoi manger, c'est la prospérité, etc. Puis c'est l'explosion démographique, la surpopulation, la maladie, la famine, sans doute la guerre et la migration. L'homme apprend alors à stocker la nourriture, à lutter contre la sécheresse par l'irrigation. Même schéma, mais à un niveau plus complexe que le précédent. En l'absence de contraintes extérieures, l'homme semble être plus prolifique. D'où, après quelque temps, explosion démographique, retour des contraintes, le cycle recommence.

— Est-ce que tu veux dire que la guerre est un moyen de limiter la population ?

— Minute, je ne suis pas sûr d'en être arrivé là.

— Excuse-moi. »

Egan se concentra davantage, essayant d'ordonner ses pensées. « Chaque progrès apporte une plus grande stabilité, mais aussi une structure plus complexe pour la soutenir. Et chaque progrès conduit à une explosion démographique. La chose est prouvée. Si on étudie la courbe de croissance de la population, avant chaque augmentation massive, on trouve une avancée technologique importante. Après, on trouve les problèmes démographiques et la guerre. Pression égale conflit. Tu veux éliminer la pression ? Après le prochain bond technologique, faut empêcher les gens de baiser.

— Coudre toutes les fentes du Tiers-Monde, pas vrai ? » ricana Brooks, histoire de tourner la conclusion d'Egan en dérision, parce qu'il y sentait quelques relents de racisme.

« Celles du monde entier », fit aussi Egan, sur la défensive. « Merde, tu m'écoutes pas ? C'est pas une question de hasard. Le hasard, ça n'existe pas. Seulement l'ignorance des lois naturelles.

— Je n'essayais pas de démolir ta théorie. J'ai noté tes propos. Seulement, comment est-ce que ça s'inscrit dans un monde où il y a des nations riches et des nations pauvres, des pays avancés et d'autres pas ?

— Les percées technologiques, ça ne tombe pas du ciel, dit Egan, plus calme. La technologie se développe dans certaines conditions. » Brooks remua sous son poncho. Le sergent se laissa glisser sur son paquetage, pour se retrouver assis par terre à côté du lieutenant. « Ces conditions spécifiques existaient dans les nations développées d'aujourd'hui, avant qu'elles passent à l'ère industrielle. Les sociétés avancées de notre époque sont celles où le machinisme s'est développé en premier. Elles ont évolué pour accueillir de nouveaux modes de vie, et elles ont sacrifié pas mal de choses pour ça.

— Quelles sortes de...

— Un instant. Dans des endroits comme l'Angleterre, on croyait à la pensée rationnelle, aux sciences naturelles, aux mathématiques. On mettait l'accent sur la pensée analytique. Il a fallu abandonner des religions plus confortables pour d'autres capables d'intégrer la science. Peut-être qu'au passage ils y ont perdu leur âme. Seulement, ces choses ont mené à un plus haut degré de technicité qui reposait sur une infrastructure technologique. Le moins complexe nourrissant le plus complexe. A part quelques dérapages mineurs, la technologie a toujours gardé une longueur d'avance sur la pression démographique. Si jamais celle-ci rattrape la technologie et commence à saper l'infrastructure, les pays développés vont tomber de haut.

— Et pourquoi le Vietnam ne pourrait-il pas lui aussi se servir de la technologie ? demanda Brooks. S'il le faisait pour devancer la poussée démographique, il n'y aurait pas de guerre.

— La base n'est pas là. Le développement, ça ne tient pas au fait que les nations industrielles fournissent ou non des équipements et des conseils au Tiers-Monde. Pas suffisant. » Egan tentait de ranimer des souvenirs et des pensées longtemps restés en sommeil dans un coin de son esprit. « Ça ne s'est pas passé comme ça jusqu'ici. Ces peuples peuvent accuser les États-Unis ou l'Europe de l'Ouest de comploter pour les dominer, pour maintenir leurs matières premières à bas prix tout en leur vendant des produits finis au prix fort, mais la réalité, c'est qu'il n'y a pas de conflit. Le conflit est dans l'esprit des communistes qui veulent contrôler les populations. Le problème est que la structure de base est absente.

— En somme, tu veux dire que les sociétés du Tiers-Monde n'ont pas accepté de faire le sacrifice de leurs cultures traditionnelles pour construire la base de nouveaux modes de vie occidentalisés.

— Je crois bien que oui. Ces peuples ont toujours quelque chose que nous avons perdu. Pour conquérir la prospérité économique, il faut en avoir assez envie pour être prêt à accepter des formes de travail ennuyeuses, déshumanisées, hautement techniques. Il faut aimer les machines comme le papa-san aime son buffle. Parce que le progrès technologique, c'est ça.

— Nous nous pensons ce que nous sommes, et nos schémas de pensée sont déterminés par notre éducation. » Brooks reprenait ses propres théories afin d'essayer de les articuler à la réflexion d'Egan.

« D'accord, fit Egan. Je reçois fort et clair. C'est de ça que tu parlais en disant que nous nous pensons en guerre.

— Exactement. Donc, l'industrialisme provient de peuples dont la culture s'identifie fortement au principe de causalité, à des schémas logiques marqués par le rapport cause/effet. Et la culture occidentale est essentiellement construite sur des formes logiques. Pour arriver à ce résultat, nous avons sacrifié quelque chose.

— C'est ça, approuva Egan. Ou du moins, nous avons accepté en chemin quelque chose qui n'est pas positif.

— La guerre.

— C'est inévitable.

— Nous nous pensons en guerre, et nos esprits ne disposent pas d'un autre choix. Nous sommes une culture guerre-ou-paix », dit Brooks en notant la formule.

Ils restèrent un moment silencieux dans la grisaille. Ils se sentaient à nouveau proches. La vallée paraissait calme. Seulement l'écho lointain de quelques tirs d'artillerie. Ils ne prêtaient même plus attention au bruit de la pluie. Campobasso n'abritait que vingt-cinq soldats, invisibles dans les fourrés.

« Penses-tu que la guerre soit contraire à la nature humaine ? demanda Brooks à l'instant où Egan allait se lever.

— Aucune chance, fit le sergent en se rasseyant. Les gens disent toujours ça. L'homme ne doit pas faire la guerre à l'homme, c'est contraire à la nature. » L'idée lui inspirait visiblement du mépris. « Ils disent que tout partisan de la guerre est un ennemi du genre humain. On peut défendre tout aussi bien le point de vue selon lequel la guerre est la nature même de l'homme. Si tu veux rester dans le vrai, tu n'as qu'à dire que la nature de l'homme est belliqueuse par intermittence. La guerre *et* la paix. Ça fonctionne en solution de continuité, de façon peut-être erratique. Est-ce que tu te doutes que tous les jours, il y a une moyenne de douze conflits armés en cours dans le monde ? Qu'il y en a eu plus de cent depuis la Seconde Guerre mondiale ? Il n'y a pas à justifier la guerre. Merde aux lopettes de politiciens et à la gauche bêlante. La guerre est sa propre justification.

— Triste.

— Et pourquoi ?

— On est là et ça justifie le fait qu'on y soit ? demanda Brooks d'une manière volontairement ridicule.

— La seule justification dont tu aies besoin pour la guerre du Viet-nam, c'est qu'on est en train de la faire. C'est là, donc c'est juste. Pareil pour n'importe quoi. Si ça y est, c'est que ça doit être.

— Mais c'est dingue...

— Pas de problème. C'est censé se passer comme ça. Plus conne la guerre, plus nombreuses les boulettes, meilleur c'est pour l'humanité. Merde, si on devient un jour 100 % efficaces dans la tuerie, on se massacrera tous, à 100 % moins un. S'il y a une guerre thermonucléaire, par exemple. On s'en tire mieux en crapahutant avec nos M16, plutôt que de se balancer des ICBM sur la gueule.

— Pourquoi ne pourrait-on faire évoluer l'humanité, éliminer ce besoin de conflit, tout en restant différents, et souples dans les relations ? Ça ne demanderait que de la tolérance.

— Ça n'arrivera jamais.

— Pourquoi ?

— Il faudrait que tu transformes tout — chaque homme, femme, enfant sur cette planète. Si tu voulais briser le cycle paix-guerre-paix-guerre, tu devrais construire une base entièrement nouvelle. Et si tu ne peux pas changer le système qui produit les guerres, il te reste plus qu'une chose à faire : les gagner, les putains de guerres !

— Amen.

— On doit rejoindre notre TO, dit Egan en se levant. Faut que je voie ce qui s'est passé avec ce piège.

— Attends juste un instant. Je voulais te parler... d'autre chose.

— Oui ?

— Je voudrais passer au conflit personnel. Comme... » Brooks hésita encore, fut sur le point de tout lâcher dans un cri au lieu de continuer à chuchoter. « Comme entre ma femme et moi. Tu connais la situation ?

— Je suis au courant, oui.

— Ça t'est déjà arrivé de pas pouvoir bander ?

— Tu veux dire...

— Oui.

— Quand j'ai bu.

— Et quand tu es, eh bien, quand tu es parfaitement sobre ?

— J'ai jamais eu ce problème-là, mais je crois que c'est assez courant. Impuissance momentanée, ils appellent ça. Si t'es trop nerveux, par exemple. Je crois qu'il y a eu un article là-dessus dans *Playboy*. Ils disaient que ça arrive à 50 % des mecs, à un moment ou à un autre.

— Vraiment ?

— Ben, oui.

— Et... est-ce qu'il t'est déjà arrivé d'imaginer un autre type avec ta femme ? » La voix de Brooks était presque éteinte. « Je veux dire, vraiment, d'avoir la vision d'un autre homme en train de faire l'amour à ta femme ?

— Ouais, sans arrêt, répondit fermement Egan. Je crois que tout le monde fait ça. » A ses yeux, Brooks était soudain devenu transparent.

« Ça ne veut pas dire que, heu...

— Ça te travaille vraiment, hein ?

— C'est vrai, oui.

— Ça s'est passé à Hawaii ? C'est là que ça a commencé ?

— Oui. Comment le savais-tu ?

— Le même truc est arrivé à Hughes. Et à Rattler.

— Vraiment ? » L'étonnement de Brooks n'était pas feint. « Et, disons, te voir, toi, avec un autre type et ta femme ? Tous les trois ?

— Quelquefois, oui. Je crois pas qu'on puisse baiser une fille qui a eu d'autres types sans se dire à moment donné, je sais pas, quand on lui bouffe la chatte, qu'on est peut-être en train de récupérer le foutre d'un autre mec, ou bien quand elle te roule une pelle, que sa langue, elle l'a déjà roulée autour d'une autre queue. C'est presque comme si tu taillais toi-même une pipe à l'autre mec. »

Brooks dévisagea Egan, choqué, puis laissa échapper faiblement : « Oui, je suppose.

— Rattler a dit que le toubib — pas Doc, le psy, à la division, eh bien, il appelle ça le syndrome vietnamien. Rattler pensait qu'il était en train de devenir pédé. Il était salement secoué. Tu ne l'as pas connu, à cette époque. Il commençait vraiment à déconner. C'est pour ça qu'il est allé voir le psy.

— Je croyais que c'était à cause de ce qui s'était passé sur la 714 et la 882.

— Il pouvait difficilement donner la vraie raison, hein ?

— Sans doute pas, oui. Mais, Danny, est-ce qu'ils t'ont parlé l'un ou l'autre du genre de pensée qui leur venait...

— C'est ce que je veux dire. Rattler a dit qu'il arrêtait pas de se branler en fantasmant qu'il se faisait enculer. »

Un coup de feu claqua, quelque part au sud et à l'ouest du PC. Il n'y eut pas de riposte. Impossible, dans cette nuit éclaboussée de pluie, de situer avec précision la distance et la direction d'un coup de feu isolé. Un schéma de surface de la position d'Alpha aurait ressemblé à une coupe transversale d'orange, avec un centre presque vide, où ne demeurait qu'un PC réduit, puis un premier cercle formé par la pointe des sections, incomplètes, mais enserrant tout de même la berme qui définissait le périmètre de Campobasso. Plus loin, à intervalles à peu près réguliers, comme des pépins, les six postes d'écoute et d'observation protégeaient le centre. Au-delà, et jusqu'à l'écorce, c'étaient les douze quartiers, les TO des équipes Maraudeur. Au sud, le fleuve ; au nord, la piste. Les équipes au sud-ouest étaient Mary, Claudia et Laurie, mais aucune d'elles ne se manifesta. Au bout d'un moment, le bruit de fond sur la radio d'El Paso fut interrompu trois fois, lentement : on reste planqués et on attend. Ce fut tout.

Au PC, Cahalan capta un appel chiffré qui intéressa vivement Brooks et l'observateur avancé. L'officier ANV fait prisonnier quelques jours plus tôt par Bravo acceptait de mener la compagnie au QG d'un complexe de galeries sur lequel, insistait-il, les Américains étaient passés deux fois sans le repérer.

« Eh bien voilà, fit l'OA, soulagé.

— Dieu merci, dit Cahalan, ils vont renvoyer Bravo sur cette crête.

— Au moins, ça sera pas nous, dit El Paso.

— Je pense toujours qu'il pourrait y avoir un complexe de galeries sur cette butte, annonça prudemment Brooks.

— Vous l'avez entendu, mon lieutenant, insista Cahalan, qui voulait croire au message. Leur Québec Golf est du côté de Bravo.

— Ne vous réjouissez pas trop vite, fit Brooks. Ils ne l'ont pas encore trouvé. »

Une heure plus tard, l'équipe Laurie donna un compte rendu laconique par radio : « Un Alpha Novembre Victor Tango Alpha Charlie. Compté vingt-sept, direction Novembre. Terminé. »

Chelini, Egan et Denhardt quittèrent Campobasso longtemps après la tombée de la nuit. Il pleuvait toujours, et Egan les menait à une allure très lente. Même la sortie du périmètre leur demanda des efforts pénibles. Ils se firent connaître des sentinelles, s'annoncèrent par radio au poste d'écoute, puis se redressèrent et franchirent la limite de la position en marchant normalement, mais sans bruit. Ensuite, ils reprirent leur lente progression. Egan en tête, puis Chelini, puis Denhardt, chacun d'eux cramponné au paquetage du précédent, sans parler, ni tousser, ni faire tinter le moindre objet. Egan gardait un œil sur le cadran lumineux de sa boussole ; Chelini comptait les pas. Ils s'immobilisaient au bout de quelques mètres, repartaient. Vingt, quarante, soixante mètres. Là, ils s'arrêtèrent. Le poste d'écoute devait se trouver sur leur gauche. Le Bleu pressa trois fois le combiné, des coups brefs. Le poste d'écoute accusa réception en renvoyant le même signal. L'équipe Stephanie passa son chemin.

Ils parvinrent à l'une des pistes contournées un moment plus tôt par Pop Randalph, lorsqu'il avait mené Egan et Chelini jusqu'à la route. Egan s'agenouilla lentement, tâtonna à la recherche d'un brin d'herbe assez long et solide, en trouva un qu'il passa sous son nez, contre sa jambe de pantalon, sur la boussole, par terre. Il la tint fermement de la main droite, puis se mit à ramper en s'aidant des coudes. Chelini s'agenouilla, avança la main gauche et saisit le pied gauche d'Egan. Derrière, Denhardt fit de même. L'équipe se mit en route.

Avant chaque mouvement, Egan, le bras tendu, balayait lentement devant lui avec le brin d'herbe, explorant chaque centimètre carré à la recherche d'un fil de déclenchement. Il n'était pas pressé. L'équipe avait toute la nuit pour couvrir quelques centaines de mètres. Lorsqu'il s'estimait satisfait, Egan se poussait du coude sur la trentaine de mètres vérifiés, entraînant les deux autres à sa suite, puis il reprenait son balayage. Une circulation intense avait éliminé toute végétation de la piste, mais les trois hommes rampaient sur un tapis de boue épais d'une bonne dizaine de centimètres. La boue se glissait dans les treillis, dans les rangers. Bizarrement, ça ne les gênait pas. C'était plutôt doux et tiède, confortable. Et ils ne pouvaient pas être plus mouillés qu'ils ne l'étaient déjà. Chelini se sentait très détendu.

Lorsqu'il trouvait une ornière remplie d'eau, Egan plaçait le brin d'herbe entre ses dents et promenait très doucement ses doigts dans la flaque avant de s'y risquer. Chelini gardait le compte des mouvements. Au bout de cinquante, il tira le pied d'Egan ; au bout de trois cent cinquante, ils s'arrêtèrent. La route était droit devant eux, et aussi l'odeur de cordite.

La peau de Jax était à peu près complètement pourrie. Le froid et l'immobilité lui donnaient des crampes. Il finirait par en crever, il en était sûr. « Putain de façon de mourir, souffla-t-il à Hoover. La neu-moh-nie.

— J'ai la bite gelée », fit à son tour Marko.

Tout à l'heure, pourtant, Jax avait la pêche. Quand le lieut lui avait demandé de baptiser son équipe, il s'était mis à fredonner : « Moi c'est Jax, eux, c'est mes Jills [1] ; Jax et mes Jills vont sur la

1. Jack and Jill, comme dans les comptines anglaises *(N.d.T.)*.

colline chercher neuf seaux de gadoue ; Jax est relax, ses Jills sont agiles, ils rapportent neuf seaux tout pleins de sang de *gook.* »

L'équipe Jill avait la zone la plus à l'est d'Alpha, et apparemment la plus calme. Les hommes s'étaient nichés au creux d'un fourré de bambous, à trois mètres d'une piste étroite. Partis comme prévu de Campobasso à 19 h 30, ils avaient atteint leur position de nuit à 21 h 00, mais leur enthousiasme initial, leur admiration pour le brio de la tactique, s'étaient évanouis depuis longtemps : cela faisait à présent cinq heures qu'ils grelottaient dans le froid, immobiles.

Trempé jusqu'aux os, et il lui semblait que cela durait depuis une éternité, Jax ne parvenait plus à contrôler les tremblements de ses bras, de ses jambes, de son torse. En plus, il se mit à claquer des dents. Hoover et Marko se serrèrent contre lui, chacun lui passa un bras autour des épaules, mais cela ne suffit pas.

« Dis merde, fit Marko. Dis-toi juste merde, ça...

— Justement si, ça chie... », gronda Jax en se levant.

Il fut interrompu par une explosion à une dizaine de mètres. Les trois hommes se figèrent comme des statues. Les tremblements de Jax cessèrent d'un coup. On aurait cru entendre sauter un bouchon géant. POUAKH. Mortier. Un deuxième obus suivit. Jax se retourna vers Marko, prit une grenade à sa ceinture, en même temps que ses lèvres formaient les syllabes. Hoover et Marko saisirent aussitôt deux grenades chacun. Flanqué de ses équipiers, Jax s'avança jusqu'au bord de la piste. Ils entendirent des voix vietnamiennes, pas très loin, un peu sur la droite : l'équipe mortier. « Lancez les deux et plongez quand je dis " go " », chuchota Jax. Il marqua une pause, puis : « Go ! » Ils lancèrent.

Un nouvel obus de mortier partit au même instant.

Jax, Marko et Hoover dégoupillèrent leurs deuxièmes grenades, les lancèrent, se plaquèrent au sol. La première grenade de Marko tomba trop loin, celle de Jax trop à gauche, celle de Hoover trop loin aussi. Les trois projectiles éclatèrent simultanément. Un soldat hurla, son cri se noya dans la deuxième série d'explosions. On s'agita dans les buissons. Les Américains reconnurent le bruit d'un corps qu'on traînait, puis plus rien. L'équipe Jill ne bougea plus jusqu'à l'aube. Jax avait le sourire.

En fait, il n'y eut aucun mouvement avant l'aube au centre de la vallée. L'ANV avait ordonné l'arrêt des activités habituelles du début de matinée. L'après-midi de la veille, et pendant la nuit, ils avaient engagé le feu à cinq reprises avec des éléments du bataillon américain qui rôdait dans les collines et envoyait sans doute des équipes en embuscade dans la vallée, à tout hasard. Les cinq contacts avaient causé des pertes côté vietnamien et, apparemment, aucune chez les Américains. Mais la situation ne devait pas être grave. Les Américains ne restaient jamais longtemps quelque part sans établir un avant-poste. Ils ne l'avaient pas fait ici, donc ils n'allaient pas tarder à repartir. On ne bouge pas, ordonna le commandement ANV, et on attend la nuit.

En ce même début de matinée, le Bleu eut ses dernières pensées rationnelles. L'équipe Stephanie avait quitté la piste pour s'enfoncer dans un fouillis de lianes et de bambous. Les hommes ne parlaient pas. Heure après heure sous la pluie noire, ils respiraient l'odeur d'explosif brûlé, l'odeur du sang. Ils étaient glacés jusqu'aux os. Egan prenait tout ça dans la foulée, comme il en avait l'habitude. Peu à peu, son indifférence, sa désinvolture presque, se communiquèrent aux autres. Denhardt respirait lentement, profondément. L'odeur de la guerre lui plaisait. Coincé dans cette vallée perdue où régnaient la pourriture et la mort, il fallait accepter cette odeur et l'aimer, ou l'accepter et la prendre en horreur. Dans les deux cas, on perdait la raison.

Tout à l'heure, à Campobasso, Chelini avait surpris des bribes du dialogue entre Brooks et Egan. Il s'y serait volontiers mêlé, mais personne ne l'y avait convié. Maintenant, il s'imaginait à son tour plongé dans une discussion sérieuse avec Egan. Ils se trouvaient au PC et parlaient tranquillement, presque familièrement.

Chaque jour depuis leur première rencontre à Phu Bai, Egan et le Bleu passaient plus de temps ensemble. Ils étaient un peu devenus comme deux frères. Egan était son aîné — ne l'avait-il pas appelé « petit frère » le matin précédent ?

« T'es vraiment qu'un bleu, fit l'image d'Egan.

— Je croyais que t'avais dépassé ce stade, fit l'image de Chelini.

— On a le droit d'avoir plus d'une opinion. Si je croyais absolument tout ce que je dis, j'aurais déjà perdu la boule.

— T'es vraiment con, quand tu t'y mets.

— Et toi, t'es vraiment un bleu », répéta Egan en lui ébouriffant les cheveux. « Tu sais, reprit-il, plus sérieux, toute ma vie on a pas arrêté de me dire que j'étais un mec bien, et tout ce genre de merde, pendant que moi, j'arrêtais pas de me dire que j'étais un vrai con. Et puis je suis venu au Vietnam, et j'ai découvert que j'étais pas un enfoiré complet, que j'étais pas si mal. Maintenant, tout le monde me traite de con. Bleu, t'es un bleu à vie. Les gens veulent que tu sois une cloche, alors quand tu fais le con, ils te disent comme t'es bon, et quand t'es bon ils te disent comme t'es con. Comme ça, ils se sentent supérieurs. On les emmerde. T'occupe pas et roule. Ça chie pas.

— Eg, faut quand même vivre avec les gens.

— Qu'ils aillent tous se faire foutre.

— Alors, t'es foutu. Condamné à rester seul. Merde, quand un type peut tout faire lui-même, quand il a besoin de personne, ça peut pas finir autrement. Personne arrive à te satisfaire, Mister Egan. Personne est assez bon pour toi. Faut que tu fasses tout toi-même, et ça, c'est la solitude, Eg. La solitude.

— D'accord, mais ici, au Vietnam, ça sert à vivre. Tu ne peux pas confier totalement ta sécurité à quelqu'un d'autre, parce que personne ne fera gaffe pour toi aussi bien que toi-même. Souviens-t'en quand je serai plus là. »

Chelini somnola, se réveilla en sursaut, fou d'angoisse. Quelque chose en lui voulait hurler. Le ciel était plus clair. Chelini se tourna vivement vers Egan. L'adjoint de section était bien à sa place, et lui indiquait la piste d'un signe de tête. Le Bleu tenta de distinguer quelque chose à travers le crachin. Il regarda, sentit quelque chose claquer dans son esprit. Il contempla le carnage, à peine à quelques mètres. D'un geste, Egan envoya Denhardt reconnaître la piste vers l'est, puis il se faufila parmi les hautes herbes, dans la direction opposée. Imperceptiblement, le ciel s'était encore éclairci. Chelini regardait toujours. Son corps fut parcouru d'un frisson. « Merde, ça chie pas, roule », fit-il en ricanant.

Il se redressa lentement, s'étira, s'arc-bouta en arrière, chassant les crampes de la nuit. Il remua les doigts, les orteils, puis chercha ses grenades. Elles étaient bien là, dans la cartouchière fixée à sa ceinture. Il tenait son M16 de la main gauche. Il promena ses doigts sur l'arme, puis la pointa vers le bas, fit reculer le levier de rappel de la culasse mobile jusqu'à mi-course et chassa l'eau qui avait pu couler à l'intérieur du canon pendant la nuit. Silencieusement, il repoussa l'ensemble mobile pour s'assurer d'un verrouillage parfait. Enfin, il releva la tête. Le tableau n'avait pas changé.

Sans son paquetage, Chelini fit un pas vers l'avant, guettant Egan sur sa gauche, Denhardt sur sa droite. Il se décida à mettre les pieds sur la piste. Il leva les yeux vers la voûte des arbres, vers la pluie, vers le ciel. Il avança, marcha sur une moitié de mort, une moitié de visage. Il fit un bond en arrière, ricana nerveusement. Un œil planté dans la boue semblait le regarder. Chelini se rapprocha. L'œil restait braqué sur lui. La jambe de Chelini se détendit instinctivement, il sentit l'œil éclater sous son talon. Il y avait au moins cinq corps, six peut-être, répandus sur quinze mètres de piste. Chelini sourit. Comment Egan avait-il pu placer les mines aussi parfaitement ? Comment avait-il su que l'homme de pointe raterait le fil de déclenchement, entraînant le reste du groupe à l'intérieur de la zone fatale ? Sacré fils de pute. Il les a tous taillés en pièces. Et ils y sont tous passés : il ne restait plus personne pour récupérer les armes des morts. Chelini se pencha et ramassa un AK-47 soviétique dans la boue. Une main et quelques centimètres d'avant-bras en bouillie suivirent. Chelini décrocha soigneusement les doigts du pontet de l'arme. La peau était froide, raide, visqueuse. La crosse du fusil était brisée. Le Bleu acheva de la détacher, la laissa retomber sur la main coupée, ou peut-être sur un fragment d'abdomen.

Ce pauvre salaud n'a pas l'air trop amoché, songea-t-il en avançant vers le corps suivant. Il prit sa baïonnette et découpa deux oreilles ANV. Tandis qu'il achevait sa besogne, il crut surprendre un mouvement du coin de l'œil, s'aplatit instantanément au milieu des cadavres tout en relevant son M16 vers la piste, sélecteur sur automatique. Son doigt commença de presser la détente.

« SKYHAWKS... » Chuchoté, mais bien net, l'appel vint aussitôt. Une fraction de seconde, le Bleu joua avec l'idée de tirer quand même. « SKYHAWKS », répéta la silhouette de Denhardt, qui commençait à sortir de l'ombre.

C'était passé. Chelini renvoya le signal, puis revint au cadavre du Vietnamien, empocha les oreilles. « Elles sont pour Whiteboy et Silvers », chuchota-t-il à Denhart. Il retourna vers les corps déchiquetés, coupa une autre oreille et la rapporta en ajoutant : « Celle-ci est pour toi. »

Dès son retour, Egan ramena ses équipiers sur le site de l'embuscade, où ils récupérèrent quatre AK-47, un fusil lance-grenades, des munitions, des lettres et des documents. Ils répartirent le fardeau entre eux. Egan récupéra également le dispositif de déclenchement des mines, puis l'équipe Stephanie disparut à nouveau dans les fourrés pour manger un morceau et attendre qu'il fasse tout à fait jour. « Attends donc que Pop apprenne tout ça, dit Chelini. Il va être un peu fier. » Egan regarda le Bleu et hocha la tête.

Chelini dévora une ration de boulettes de viande et spaghetti sauce tomate. Il se sentait encore l'estomac vide et ouvrit une autre boîte — du porc en tranches, cette fois. Il prit la première tranche entre ses doigts boueux et l'enfourna goulûment. Il mastiqua deux fois, avala, se colla une autre tranche dans le bec. Il but le jus, balança la deuxième boîte à côté de la première.

Egan ramassa les boîtes et fit signe au Bleu de les ranger dans son sac. Les équipes Maraudeur ne devaient laisser aucune trace de leur passage. « Vous rapportez tout à Campobasso, avait ordonné Brooks. Tout ce que vous emballez maintenant, vous me le remballerez. Sauf votre merde, que vous enterrerez profond, et en camouflant l'endroit. »

Chelini mangeait à présent une ration B2 de biscuits au fromage, qu'il fit passer avec quelques rasades de la gourde tachée du sang de Leon Silvers. Les cloques qui s'étaient formées les premiers jours sur les bras, les jambes, le dos et le visage du Bleu, pour se changer rapidement en plaies purulentes, avaient maintenant l'aspect d'ulcérations torpides, couvertes de pourriture. Le bain de soleil sur la LZ de la 636 n'avait pas accompli grand-chose : traitement trop court, et le patient s'était replongé trop tôt dans les eaux putrides du fond de la vallée.

Chelini s'en foutait. Il singeait Egan, se lavait consciencieusement dans une flaque d'eau, mais c'était pour la galerie, pour jouer la camaraderie, pas par hygiène. Ses plaies n'étaient même plus douloureuses, il ne s'en occupait pas. « Comme mes épaules. Au début, elles me faisaient un mal de chien, à cause du barda. Maintenant, je sens plus rien. Ma peau, pareil : elle s'est endurcie. » Il l'aurait dit, s'il y avait seulement pensé. Chelini était calleux, au-dehors comme au-dedans, mais si l'humidité de la vallée amollissait les cals de ses mains, ou de ses épaules, elle ne faisait rien pour ceux de son esprit, sinon les épaissir.

Cet endurcissement général développait aussi chez lui certaines facultés. Il avait l'œil, l'oreille plus exercés ; son nez apprenait à reconnaître les odeurs de la jungle. Fort de cette acuité nouvelle, il était certain de connaître à présent le monde primitif qui l'entourait plus complètement, plus instinctivement que n'importe quel autre *boonie-rat*, y compris Egan.

Pour l'instant, Chelini ne pensait pas à tout cela. Ça ne comptait pas vraiment. Il n'avait que deux choses en tête : manger et tuer. Il pressa Egan, qui s'attardait sur son café : « Allons-y, allons placer de nouvelles mines. Je sais exactement où. »

Le dispositif mis en place par le Bleu, sous la surveillance attentive d'Egan, était assez semblable au premier, mais n'utilisait que trois mines. Il n'en fallait pas davantage, et leur réserve n'était pas inépuisable. Chelini choisit un coin très précis où la voûte végétale qui camouflait la piste avait besoin de quelques réparations. « Ça va faire un beau grabuge, expliqua-t-il à Denhardt. Attends un peu qu'ils essaient de réparer le toit. »

Chelini se montra aussi méthodique qu'Egan et Pop Randalph lors du premier piégeage. A partir d'un même point, en bordure de la piste, il orienta les mines dans trois directions. Il imagina l'équipe ennemie arrivant sur le site sans se méfier, prête à se mettre au travail, avec des hommes postés en sûreté immédiate. Il dissimula le fil-piège dans les arbres : les Viets déclencheraient le mécanisme en commençant à réparer la voûte végétale. « Laissons-les former un groupe bien serré », fit le Bleu en riant.

« Oing douk mann cowy ? articula Doc.
— *Ông duoc manh khoe ?* corrigea Minh.
— *Ông* douk *manh* cowee ? risqua Doc.
— *Da, Cām on.*
— Ya, cam urn, répéta l'élève.
— C'est très bien, dit Minh. *Tôi lā Minh.*
— *Tôi lā* Alexander.
— Très bien. A présent : *môt, hai, ba, bôn, nam, sáu, bay, tám, chin, múoî.*
— Mot, hi, baa, bon, nam, sow-oo, bay...
— Non, non. *Môt, hai, ba.* C'est *ba*, pas baa. *Ba.*
— J'y arriverai jamais, vieux. Tu me dis *ba*, pas *ba.* J'entends pas la différence.
— Mais si. Écoute : *ba.* Tiens, je vais l'écrire et puis tu le diras.
— Minh, faut que je réveille tous ces gaziers. La moitié de ces flemmards roupillent encore.
— On devrait écrire. *Viêt, dó lá môt cách noî không bi ngat lái.*
— Qu'est-ce que t'as dit, là ?
— C'est une citation de Renad : l'écriture est une manière de parler sans interruption.
— Merde alors ! s'exclama Doc. Minh, t'es un chef. Tiens, avale donc ça.
— Pilule ?
— Pilule. »

Doc s'extirpa de sous le poncho que Minh et lui avaient accroché à une cinquantaine de centimètres au-dessus du sol pendant l'après-midi. Ils s'étaient bricolé une sorte de hutte, disposant des palmes et des bambous en guise de paroi et camouflant le toit avec des ronces. Une fois à l'abri, ils n'en avaient plus bougé, laissant les équipes Maraudeur et la guerre continuer autour d'eux. Pour Doc et Minh, l'idée de dissimuler toute une compagnie d'infanterie au fond d'une vallée, puis de la diviser en équipes d'embuscade était une folie. A chaque nouvelle explosion, Doc bondissait hors de sa niche et courait sous la pluie retrouver El Paso pour s'informer et savoir si on avait besoin de ses services. El Paso et le lieutenant s'étaient construit un abri similaire à trois mètres de là. Un peu plus loin, celui de Brown et Cahalan complétait une sorte de triangle. El Paso n'avait jamais rien à signaler, et Doc retournait se reposer sous son poncho. La nervosité eint avec les premières lueurs de l'aube. Minh et Doc se mirent à échanger quelques mots d'anglais et de vietnamien. Le jeu dura une demi-heure, puis Minh essaya sérieusement de donner à Doc sa première leçon de vietnamien.

Doc contemplait le ciel avec dégoût. De la pluie, du brouillard. Du brouillard, de la pluie. Les *boonierats* étaient en train de se liquéfier. Doc hocha la tête, alla pisser derrière son abri, puis rejoignit Brooks et El Paso pour faire le point.

« Pilule ! » annonça-t-il joyeusement en exhibant deux petits comprimés blancs antipaludiques. « Dites, mon lieutenant, on dirait que vos gars ont fait du boulot, cette nuit. Où en est-on ?

— On en a eu au moins dix, fit El Paso d'un air ravi. C'est comme tirer des *tacos* [1] dans un tonneau de fayots.

— Sans déconner ?

— Sans déconner.

— Tu déconnes pas ?

— Non, je déconne pas.

— Conneries !

— C'est pas des conneries.

— Allez, tu déconnes, là.

— Je déconne absolument pas.

— C'est pas bientôt fini, vos conneries ? » lança Brooks, goguenard. Ils s'esclaffèrent tous les trois. Doc se glissa sous le poncho, s'allongea à côté d'El Paso et du lieutenant.

Ils restèrent un moment à contempler en silence le plastique mouillé de leur plafond improvisé, à quelques centimètres au-dessus de leur nez. Soudain, Doc lança : « Alors, c'est pas des conneries ? » et déclencha un nouveau fou rire. « Faut que j'aille chercher Minh », ajouta-t-il en repartant sous la pluie. Deux secondes plus tard, il glissait à nouveau sa tête dans l'abri et chuchotait : « Conneries. »

Ils étaient maintenant quatre sous le poncho, serrés comme des sardines, sans bouger ni parler. Brooks dépassait d'un côté, Doc de l'autre. Au bout de quatre ou cinq minutes, Doc, Brooks et El Paso commencèrent à murmurer tout bas, puis crescendo : « CoooOOONNERIES. »

Ils n'en pouvaient plus, s'enfoncèrent un doigt dans la bouche pour s'empêcher de rire trop fort. Minh n'y comprenait rien, ce qui ne fit qu'accroître leur hilarité. « Qu'est-ce que ça a de si drôle, les conneries ? demanda-t-il d'un ton sérieux, mais avec l'ombre d'un sourire.

— T'as pas saisi ? demanda El Paso.

— Non.

— Tu déconnes. » Cette fois, ils s'esclaffèrent tous les quatre.

1. Galettes farcies de viande *(N.d.T.)*.

Brooks essaya de ramener le calme. « Dites, je voudrais vous demander, sans déconner... » Le fou rire les reprit. Brooks ne s'était pas senti aussi bien depuis des jours. Il fit une nouvelle tentative parmi les gloussements. « Si on arrêtait de déconner ? Quelqu'un veut du café ? J'ai une tasse toute chaude.

— Ça brûle, cette connerie ! » fit Doc en empoignant le quart. Il renversa un peu de café sur Minh.

L'éclaireur étouffa un cri et se redressa brutalement, heurtant le toit improvisé et faisant sauter une attache. L'eau accumulée dans le poncho se déversa sur le visage hilare d'El Paso.

« Putain !

— Ah ! je constate qu'on est passés des cons aux putes ! » commenta aussitôt Doc, mais il ne riait plus. La crise était passée.

Brooks, Minh et Doc allèrent s'installer dans l'abri de ce dernier pour la discussion. Brooks commença avec sa question rituelle : « Quelle est la cause des conflits ?

— La vie, c'est le mouvement, dit Minh. Elle balance entre le plus et le moins. Vous percevez cela comme un conflit. Pourquoi ?

— Mais je ne l'imagine pas, le conflit. Il est là. Personnel, racial, international. Bon sang, Minh ! On est au milieu d'une guerre et vous me demandez ça ?

— Vous posez la même question à tout le monde depuis des semaines. Personne ne vous a apporté la réponse, mais vous vous obstinez. Peut-être ne cherchez-vous pas la réponse. Peut-être la question vous satisfait-elle davantage. C'est une bonne question.

— Possible, dit Brooks, qui réfléchissait à toute allure pour revenir à son propos.

— Possible, oui, dit Minh. La réalité, en dernière analyse, ce n'est pas la matière inerte, mais le mouvement de l'existence physique.

— Vous voulez le redire ? »

Minh répéta sa formule et ajouta : « La chose essentielle de la vie, c'est qu'elle n'est pas statique. Si elle ne coule pas, si on met l'accent sur avoir plutôt que faire, on rate l'essence même de la vie.

— Ça, c'est costaud, Mista', lança Doc en se tournant sur le côté pour observer Minh.

— J'ai beaucoup appris avec les Américains », poursuivit l'éclaireur, les yeux fixés sur le poncho, comme s'il cherchait à apercevoir un point dans le lointain. « En vous observant, en réfléchissant sur vous. Vous avez déjà tant, vous autres Américains. Vous pensez que vous pouvez tout faire. Vous pensez que vous pouvez contrôler la nature avec vos mots, vos théories. Il m'arrive de me dire que vous êtes à côté de la plaque.

— Les mots sont importants pour moi, c'est d'accord, reconnut Brooks. Je veux découvrir, premièrement, si nos pensées contrôlent réellement nos actes, deuxièmement, si nos pensées sont déterminées par la langue que nous apprenons, et enfin, si les déterminants du conflit, de la guerre, sont inscrits dans la structure de la langue elle-même. Vous ne voyez pas ? Si tout ça est vrai, nous devrions être en mesure de restructurer les langues de l'humanité pour supprimer la guerre.

— Mon lieutenant, soupira Minh, vous êtes plus intelligent que la plupart des Américains, mais ça ne fait que compliquer vos plans. Vous êtes comme tous les autres. Vous croyez que vous pouvez tout faire.

— Mais on peut y arriver, Minh.

— Lieutenant Brooks, l'homme ne contrôle pas la nature par ses théories scientifiques, ni par ses règles techniques, ni par son histoire, ni par des mots d'aucune espèce. Il s'efforce seulement d'expliquer la nature. Nous cherchons à savoir comment ça fonctionne, et peut-être à être en mesure de prévoir l'avenir à partir du passé. Nous pouvons arranger les éléments, mais nous ne faisons qu'un avec la nature, et peut-être est-ce la nature qui a fait en sorte que nous arrangions les éléments pour elle. Des choses arrivent. Des gens meurent. C'est le flux du réel.

— Vous acceptez la guerre, Minh ? » Brooks tentait de dissimuler son agitation en parlant encore plus doucement que d'habitude, mais son ton semblait quand même accusateur. « Vous acceptez une guerre qui déchire votre pays depuis trente ans ?

— Je n'ai pas d'autre choix que de l'accepter. Elle est là. Peut-être n'est-elle pas entièrement mauvaise. Nous faisons la guerre. L'Amérique apporte sa technologie à mon pays, et nous apprenons. Nous n'aurons jamais plus autant de retard. Peut-être cette guerre a-t-elle du bon.

— Egan a dit quelque chose à ce sujet. D'après lui, la technologie ne se développe qu'au sein de cultures où la religion... comment disait-il, au juste ? Le temps. Laissez-moi chercher. » Il feuilleta son carnet, parcourut ses notes. « Voilà. Certaines cultures sont passives et considèrent que l'homme doit plier avec le vent, suivre le flot de la nature, tandis que d'autres cultures sont actives. Ces dernières ont des croyances, des religions actives, elles considèrent que l'homme peut contrôler sa destinée. L'industralisme ne se développe que dans les cultures de type actif, car il exige ces modes de penser comme base. »

Minh resta silencieux pendant ce qui parut un long moment. Doc et Brooks l'imitèrent. Ils restèrent à écouter la pluie sur leur poncho, la brise dans le feuillage. Très loin, à la base, peut-être, un hélicoptère isolé se posait. Tout à l'heure, Brooks avait reçu les prévisions météo. Une tempête venait du Laos. La pluie durerait deux à trois jours, puis le temps s'éclaircirait. Des brumes intermittentes persisteraient dans la vallée.

Minh rompit le silence en demandant à Brooks ce qu'il entendait par « culture active » et « religion active ». La discussion se poursuivit mollement pendant quelque temps.

« Vous vous trompez, mon lieutenant, conclut Minh. Je suis taoïste, et je pratique le zen, mais ni l'un ni l'autre ne sont ma religion. D'ailleurs, ce ne sont pas des " religions " au sens occidental du terme. Mon Tao est plus proche de, disons de règles de conscience. C'est mon approche de la vie. La manière dont je me vois, dont je vois les gens autour de moi, et la nature autour des gens. Les Occidentaux n'ont aucune connaissance de leurs principes intérieurs. A la base de tout, chez vous, il y a cette seule idée : ne pas mourir. La chose la plus terrible, pour un Occidental, c'est de mourir. Vous ferez n'importe quoi pour vivre un jour de plus. Mais pire que la mort, peut-être, il y a le fait de vivre sans dignité, ou sans... je ne sais comment l'exprimer en anglais... sans le Tao. Vous avez des codes moraux, des lois religieuses et des lois civiles qui vous sont dictées du dehors, mais il est très rare de rencontrer un Américain qui ait en lui ses principes de vie. Tous les Vietnamiens savent cela. Rien dans votre culture ne vous dispose à développer ces principes internes. C'est pour cette raison que vous avez besoin de lois extérieures. Pour nous, c'est exactement l'inverse. Mais les Européens sont venus, ils nous ont conquis, ils nous ont apporté leurs vraies religions et leurs vrais dieux, et leurs vraies lois divines, alors maintenant, nous avons ça aussi.

« Le problème avec votre Église " active " », continua Minh, les yeux toujours levés vers le poncho, « c'est que vous prétendez détenir toutes les réponses, alors qu'en réalité, vous possédez simplement une grille systématique d'après laquelle vous formulez les questions. C'est purement rhétorique : vos réponses sont entièrement déterminées par cette grille, et n'ont donc de valeur qu'à l'intérieur de votre systématique. Votre religion n'a pas plus de sens, ne détient pas plus de vraies réponses, que le Tao il y a deux mille cinq cents ans. Mais le Tao n'offrait pas alors, et n'offre pas aujourd'hui, une grille rigide, une structure fixe, de sorte que ses réponses n'étaient pas, ne sont toujours pas, contenues dans les questions. Vous comprenez ce que je suis en train de vous dire, mon lieutenant ?

— Précisément, c'est bien de ça que je parle, au sujet de la guerre. La guerre est prédéterminée, inscrite dans le système des langues et de la culture. Si nous pouvions déconstruire le langage, le restructurer sur un modèle moins rigide... vous ne voyez pas ? La guerre ne serait pas déjà conçue dans notre discours. »

Ils discutèrent encore pendant des heures. Brooks s'absenta à plusieurs reprises. Il resta deux heures dans l'abri de l'observateur avancé afin d'étudier les cartes et de réunir les comptes rendus renseignement des équipes Maraudeur, du bataillon et de la brigade. Il s'entretint avec El Paso et Cahalan. Après chaque concertation tactique, il allait retrouver Minh et Doc. Leur discussion se poursuivit jusqu'au moment où, sous le ciel pluvieux, jour et nuit se confondirent.

Au cours de l'après-midi, Doc devint de plus en plus mélancolique. Il cita le 23e psaume : « *Même si je marche dans un ravin d'ombre et de mort, je ne crains aucun mal, car Tu es avec moi.* » Il dévisagea Minh et le lieutenant, ajouta : « Ça veut dire quelque chose pour moi, Mista'.

— Je ne crains aucun mal, ajouta Brooks, version *boonierat,* car Ton artillerie et Tes B-52 sont là pour me rassurer.

— C'est pas marrant, Mista'.

— Non, je suppose que non. Mais nous ne sommes qu'une toute petite partie. Ce n'est pas nous qui menons la danse.

— Un homme doit être son propre maître, déclara Minh. Il n'est pas juste qu'un homme cherche à contrôler la vie d'un autre. Chaque village doit être responsable de ses affaires internes. Le gouvernement de la province doit s'arrêter aux portes du village, et le gouvernement national ne doit se mêler que des relations *entre* les provinces. Aucune nation ne doit avoir de contrôle sur une autre nation.

— Vous avez tous les deux de l'instruction, fit Doc. Ça me rend triste. Vraiment triste. Mon pays est en train de baiser le tien, Minh. Je comprends pas pourquoi. Vous pouvez m'expliquer pourquoi ? » Personne ne répondit. Ils en avaient déjà parlé tant de fois. « Vous savez une chose ? reprit Doc. Aujourd'hui, on peut presque tout faire. En un demi-siècle, aux États-Unis, on a augmenté l'espérance de vie de 50 %. Affirmatif. A ce rythme, dans cinquante années d'ici, le type ordinaire vivra cent vingt ans. On a éliminé le typhus, la variole, la polio, la diphtérie. Pourquoi, Mista' ? Comme dit le lieut, pourquoi on peut pas éliminer la guerre ?

— J'ai une solution pour mon pays, dit Minh.

— Alors, qu'est-ce que tu fous là ? demanda sèchement Doc. Ta place est à Saigon.

— Quelle est votre solution, Minh ? chuchota Brooks.

— Personne, dit Minh en relevant les yeux, n'acceptera des élections nationales Nord-Sud, dont les résultats auraient force de loi. Mais une réunification serait envisageable à un très haut niveau, un peu comme votre gouvernement fédéral par rapport aux différents États de l'Union. On maintiendrait un gouvernement à Saigon et un à Hanoi, mais on aurait un gouvernement fédéral, neutre, à Huê. Son autorité s'arrêterait à l'échelon juste en dessous. Alors, notre harmonie serait rétablie. »

A 02 h 00, l'équipe Danielle repéra un élément ennemi qui approchait de sa position. Les ANV progressaient sur une piste de valeur moyenne. Les deux voltigeurs de pointe avaient des sacs de combat américains, le suivant un émetteur américain PRC-25. Tous portaient leurs fusils tout près du corps. Entre deux mouvements, l'homme de tête collait son œil à un tube encombrant, sans doute un intensificateur de lumière. Cinq mètres derrière l'élément de pointe venaient quatre hommes et une charrette. Les deux premiers tiraient, les deux autres poussaient. Avec ses roues de bicyclette et ses limons de bois, la carriole ressemblait à celles qu'on voit sur les marchés de Da Nang ou de Huê. Elle débordait de matériels dont ni Moneski ni Beaford, dans l'obscurité, ne purent deviner la nature. Sans un bruit, ils réveillèrent Gorwitz et Smith et leur indiquèrent l'ennemi, qui n'était plus qu'à une dizaine de mètres. L'équipe Danielle occupait un vieil emplacement de combat ANV en bordure de la piste. Moneski voulait prendre par surprise les quatre hommes avec leurs armes dans la charrette. L'équipe Danielle attendit. Beaford serrait sa mitrailleuse de ses mains pleines de sueur. Le groupe ANV mit cinq minutes à couvrir les dix mètres. Parvenu à la hauteur de Moneski, l'homme de pointe s'arrêta, posa son arme et se tourna vers le second pour chuchoter quelque chose. Il y eut un silence, puis les deux soldats rirent à voix basse et se remirent en route. Beaford pissa dans son froc. La charrette passa. Les hommes haletaient en forçant les roues dans les ornières boueuses. Moneski attendit qu'ils eussent atteint l'endroit où la piste faisait un coude. L'équipe Danielle ouvrit le feu avec deux M16 et la M60 de Beaford. Les quatre hommes de la charrette furent tués net ; les autres s'enfuirent sans riposter. Les Américains décidèrent de laisser la carriole sur place et se replièrent sur une position de réserve reconnue à l'avance.

Une heure plus tard, Paul Calhoun, de l'équipe Ellen, abattit un ANV isolé qui s'apprêtait à quitter une position de guet au bord du fleuve, à moins de dix mètres de Calhoun, Pop Randalph et Jim Woods. Ce fut ensuite l'équipe Laurie, toujours près du fleuve, qui prit en embuscade et tua trois soldats ennemis. Deux autres, qui s'enfuyaient, tombèrent dans le second piège de Pop Randalph, placé entre les équipes Laurie et Ellen. Les choses s'étaient à peine calmées lorsque le point miné installé par Chelini sauta à son tour.

« Crevez tous, pria le Bleu depuis sa tranchée boueuse. Un pour Garbageman, un pour Ridgefield. Et un pour Silvers, et... et merde, pour tout le monde ! » Il voulut se lever pour aller compter les morts. Egan le retint d'une poigne ferme. « Faut que j'aille voir, gémit Chelini.

— J'ai pas envie de te proposer pour le Purple Heart [1] », répliqua le sergent

Ils attendirent une demi-heure après l'aube. Le regard vitreux, Chelini ne cessait de s'agiter. Il n'avait pas dormi. Il tourna le dos à Denhardt et Egan et se branla en pensant à l'hôtesse du vol New York-Seattle, celle qui s'était montrée aimable. Il la vit nue. Et puis il pensa à Linda, sa Linda, pas celle de n'importe qui. Elle le rendait dingue. Un jour à Boston, l'autre à New York ou Philadelphie. Ils n'avaient pourtant jamais couché ensemble, mais il la voyait nue, elle aussi, ses jambes minces, sa chatte douce. Il tourna sa langue dans sa bouche en se disant que c'était le vagin de Linda. Cette salope. Je parie qu'elle se fait limer comme une bête. Ça a toujours été comme ça. Même quand on sortait ensemble, elle devait s'envoyer tous les mecs du coin. Mais moi, ceinture. La colère de Chelini faisait encore monter son excitation. Merde, pensait-il, j'ai besoin d'une fille. Faut que je tire ma crampe. J'ai tellement de foutre que si j'étais en train de baiser à la minute, je lui shooterais les ovaires jusque dans les sinus en déchargeant. Oh ! crevez tous !

Egan autorisa le Bleu à aller reconnaître le point miné, tandis que Denhardt et lui restaient en couverture. Le piège avait fait trois morts, tous munis de fusils. L'une des armes était dotée d'un équipement de vision nocturne à infrarouge d'un type apparemment ancien. Plus tard, à Campobasso, l'observateur avancé l'identifia comme un modèle français de 1954 — à la surprise générale, car tout le monde croyait que les viseurs de nuit US Starlight, dans la conception comme dans la réalisation, constituaient un progrès récent.

Brooks avait passé la nuit à réfléchir. Aux premières lueurs du jour, il avait acquis la conviction que l'ennemi connaissait la présence d'Alpha au fond de la vallée, à portée de tir, mais il pensait également que l'ANV ignorait leur position exacte, tout comme Alpha ignorait celle de l'ANV. Personne n'avait harcelé la compagnie ; aucun tir de mortier en direction de Campobasso, alors que Bravo et Delta avaient été frappées, la base Barnett arrosée au mortier. Deux morts et trois blessés chez les Américains.

Brooks passa la journée du 23 août à peu près comme la précédente,

1. Décoration décernée pour blessure en temps de guerre *(N.d.T.)*.

mais au lieu de discuter, il écrivit, quittant son abri de temps à autre. Il passa une heure avec l'OA, des périodes plus courtes en compagnie de Doc, Minh, El Paso, Cahalan ou Brown. Il échangea des messages chiffrés avec l'Homme Vert. L'opération se déroulait de façon satisfaisante ; l'Homme Vert l'encouragea et le conseilla. Lorsque le lieutenant De Barti rentra avec l'équipe Joan, Brooks lui demanda un compte rendu de mission détaillé et le briefa tout aussi minutieusement, mais il revint aussitôt après à ses carnets. Il écrivit près de dix heures. Il parvint à rédiger un plan sommaire de sa thèse sur la notion de conflit.

ENQUÊTE SUR LA NOTION DE CONFLIT :
PERSONNEL, RACIAL, INTERNATIONAL.
RUFUS BROOKS. AOÛT 1970.

Nous nous pensons en guerre. Les antécédents sont dans nos esprits.

Le conflit, le conflit majeur, ne tombe pas du ciel. Il se développe. Il peut éclater à l'occasion d'un incident particulier, mais c'est la tension croissante qui a mené graduellement à l'incident et à l'explosion. Les éléments de tout conflit, entre individus comme entre nations, doivent d'abord se constituer, se développer, se rapprocher, se heurter et provoquer l'étincelle. Nous nous proposons ici d'explorer les causes et la dynamique du conflit en général — et de son expression ultime : LA GUERRE.

Le monde où nous vivons se défait : il est impératif que nous faisions un pas supplémentaire afin de dégager une nouvelle perspective — et une nouvelle réponse — à l'idée de conflit. Le conflit est une action, la pensée précède donc le conflit. Il nous faut examiner les pensées aussi bien que les bagarres, les émeutes, les guerres. Nous posons en prémisse que l'action, toute action humaine, est précédée par la pensée. Si la pensée précède l'action, il s'ensuit qu'elle précède le conflit. Notre investigation portera donc sur les pensées — les origines et la dynamique des pensées — qui mènent au conflit.

EXPLORATION I. Les racines du conflit, l'escalade de la violence, se trouvent dans notre instinct de compétition et sont accentuées par nos structures linguistiques. Placés dans une situation de conflit/compétition, nous soulignons les différences afin de renforcer notre position. Pourquoi ? La chose est-elle innée, ou fait-elle partie de notre mythos, *d'un héritage culturel, d'une réponse transmise de génération en génération? Cette transmission est-elle effectuée au moyen du langage, écrit et parlé ? Quels sont les éléments, dans les langues humaines, qui nous amènent à penser que nous sommes en guerre ? Qu'est-ce qui nous conduit à percevoir une situation donnée comme conflictuelle ? Qu'est-ce qui forme notre caractère ? Qu'est-ce qui transmet les réactions xénophobes ?*

LE LANGAGE. La pensée structurée par le langage. Et le langage de qui ? L'anglais. La langue de l'homme blanc.

Le langage est un réseau verbal qui s'est développé sur des millénaires. Le langage écrit est passé de la pictographie concrète, figurative, à l'idéographie abstraite, morphémographique. Dans le langage, les mots, comme symboles de la réalité, sont reliés les uns aux autres pour former des pensées, des concepts. Des mots appellent d'autres mots selon une fréquence mesurable. Si l'un prend tel mot, il aura tendance à être suivi de tel autre mot. En linguistique, on parle de contrain-

tes discursives. Cette fréquence d'apparition d'un mot après un autre constitue la structure de notre langage. Elle a été formalisée dans une large mesure. Le nom, comme sujet d'une phrase, est suivi d'un verbe, comme prédicat. On apprend aux enfants le langage de leurs parents, et ils le transmettent plus tard à leurs propres enfants. Tel est le mécanisme de transmission du comportement et du savoir recevables d'une génération à l'autre. Ce vaste corps de savoir et de comportement d'une société constitue son mythos. *Ce processus de socialisation de l'enfant possède une structure spécifique complexe qui contrôle ensuite toutes les pensées potentielles de l'individu. Cette structure acquise détermine la façon dont un individu perçoit le monde autour de lui. Elle contrôle ses actions.*

Le réseau verbal des cultures occidentales (blanches) que nous (Noirs américains) sommes amenés à accepter, à assimiler, s'est étendu et continue de s'étendre à partir de sa base occidentale (Amérique et Europe de l'Ouest). Il recouvre aujourd'hui la quasi-totalité du globe, à la possible exception des pays d'Asie où existent encore des langues d'origine pictographique. La structure linguistique occidentale interprète les différences comme des problèmes et nous enseigne que ces problèmes exigent une solution. Dans les cultures occidentales, une situation peut se voir imposer une solution. On débouche sur la confrontation, le conflit.

Ce système est construit sur une vue du réel comme opposition, thèse-antithèse résolue dans la synthèse — un système qui oblige à la polarisation, à l'opposition des entités, ce qui mène à l'expression verbale de menaces et à leur expression militaire, ce qui augmente notre insécurité et nos dispositions hostiles, ce qui nous rend toujours plus menaçants pour les autres et les conduit en retour à accroître leur propre hostilité, ce qui conduit finalement à la guerre.

L'Amérique blanche aurait intérêt à étudier la pensée orientale, où la synthèse est perçue comme une limitation indésirable des cercles naturels, comme un modèle de pensée où chaque thèse a besoin d'une antithèse pour exister, et où l'élimination de l'une provoque l'élimination des deux. C'est comme essayer de décrire le chaud en niant l'existence du froid. Il ne s'agit pas de simples opposés, mais de quantités variables d'une même qualité, et détruire l'une ne signifie pas réunir les deux dans la catégorie supérieure de la synthèse, mais détruire l'entité, la qualité elle-même.

Peut-être devrions-nous examiner d'où vient la langue et quelle route elle a suivie pour arriver à sa structure présente. La langue officielle, comme l'histoire, est créée, établie et transmise par les vainqueurs. Ce sont eux qui, à travers l'Histoire, ont transmis les formes, les contraintes et les relations combinatoires de la langue, les modèles qui structurent nos perceptions et nos pensées. La manière dont pensaient les vaincus, la structure de leur langue et la fréquence d'apparition de leurs mots, tout cela a été perdu en même temps que leurs batailles. Peut-être serait-il plus exact de dire que leur défaite s'est accompagnée d'une répression de la structure de leur pensée. C'est le vainqueur qui a le droit de parler, d'écrire et de publier.

Dans la tradition linguistique des cultures anglophones, les gens expriment leurs contacts avec d'autres cultures selon des schémas xénophobes. On ne nous apprend pas à nous réjouir de rencontrer des étrangers. On nous enseigne la méfiance et la crainte. Cette langue fournit également un ensemble de modèles cognitifs et d'attentes qui guident nos réponses culturelles à des menaces énoncées publiquement, souvent par des politiciens aux mobiles intéressés, lorsqu'ils agitent par exemple le spectre de la suprématie ou de la domination d'une autre nation sur la nôtre. A celui qui demande : « Voulez-vous que nos enfants vivent sous le joug de la Russie communiste ? », on ne peut que répondre « non ». Le « non » est inscrit dans le système de la langue. Répondre n'importe quoi d'autre, c'est sortir du système. Si *vous répondez autrement, vous êtes un gauchiste. L'homme affirme ensuite : « Si le Sud-Vietnam tombe, il entraînera tous ces dominos dont nous maintenons fragilement l'équilibre. Vos enfants iront dans les camps de travail et les fermes collectives, sous la surveillance des gardes rouges. Est-ce ce que vous voulez ? » Notre réponse est inscrite dans le système de la langue. Les politiciens et les médias sont extrêmement conscient de ces schémas établis d'avance (quoique pour des motifs différents — le contrôle direct pour les premiers, et pour les seconds, les ventes ; vente égale $ égale une certaine forme de pouvoir).*

Je propose de briser ce conformisme en repensant, en restructurant complètement notre grille sémantique, de telle sorte que la rhétorique populaire qui traite des différences entre peuples et des tensions soit amenée à refaire l'itinéraire qui conduit à ces tensions et à orienter nos réponses vers d'autres manières de les éliminer. Plus de questions rhétoriques du type « oui ou non ». Plus de mensonges mais seulement des questions qui recréent la réalité et demandent qu'on y réponde d'une manière aussi complexe que cette réalité.

Peut-être une part du problème tient-elle à la linéarité du discours. Les langues occidentales ont une structure linéaire. La réalité n'est pas linéaire. Les mots sont donc inadéquats pour la décrire. Selon le Bleu, les images visuelles et les relations spatiales sont contrôlées par l'hémisphère droit du cerveau, tandis que le langage appartient à l'hémisphère gauche. Se peut-il que l'Orient et l'Occident diffèrent tellement dans leur approche parce que la langue chinoise est picturale, une langue non linéaire où les symboles donnent un portrait de la réalité au lieu d'être assemblés afin de la décrire ? Et le cliché du « Chinois impénétrable » vient-il de ce que le langage en Occident aurait son origine dans l'hémisphère gauche, et en Orient, représentation visuelle, dans l'hémisphère droit ? Sur un plan neurologique (toujours selon le Bleu), l'hémisphère droit serait l'aire de ce que nous appelons l'inconscient, et du rêve, aussi bien que des relations spatiales. Il est difficile pour un individu de faire communiquer son conscient et son inconscient. Il doit être à peu près impossible pour des esprits occidentaux et orientaux d'arriver à se comprendre : on pourrait se représenter la chose comme le conscient d'un homme essayant de communiquer avec l'inconscient d'un autre.

*Dans la tradition occidentale, le langage procède à l'analyse des phénomènes en les décomposant en leurs éléments, en parties distinctes et reliées entre elles. Les parties qui précèdent, considère-t-on, sont la cause de celles qui suivent. Tout se trouve dissocié en cause et effet. Est-il possible que notre dichotomie politique traditionnelle gauche/droite provienne de notre tradition linguistique, et qu'en utilisant ce modèle descriptif, nous soyons en train de structurer notre propre perception du réel, nous devenions « cause efficiente » de notre réalité en l'obligeant à la polarisation ? (*cf. *El Paso).*

C'est à travers le système de notre langue que nous percevons notre rôle politique dans le monde. Si notre modèle, déterminé par la langue, est orienté vers la dichotomie, vers l'établissement de pôles opposés, est-ce que cela ne revient pas à dire que ce modèle est générateur de tensions ? Notre réponse aux tensions est aussi prédéterminée dans notre rhétorique politique. Notre langue et nos schémas mentaux nous font réagir aux tensions par une attitude tout ensemble agressive et défensive ; nos actions poussent alors les autres à une réaction identique. La dureté du conflit s'en trouve accrue. Ce comportement psychotique nous jette devant les tribunaux pour divorcer, dans les rues pour les émeutes raciales, et aussi dans la guerre. Sur le plan international, ce comportement se traduit par la gesticulation militaire et la course aux armements. Pourquoi croyons-nous, par ces moyens, diminuer les tensions ? Nous les augmentons. Faut-il s'étonner de voir l'Union soviétique (dont les chefs sont aussi dans la tradition linguistique occidentale) maintenir que si l'Amérique construit un système Safeguard afin de mettre ses ICBM Minuteman à l'abri de la destruction par les missiles soviétiques SS9, alors eux, les Soviétiques, sont obligés de construire un système capable de détruire Safeguard ? S'ils ne le font pas, tel est leur argument, ils ne disposeront d'aucune dissuasion face à une éventuelle agression américaine. C'est alors au tour de l'Amérique de déclarer : si nous ne construisons pas un système tel que Safeguard, les Soviétiques peuvent frapper les premiers et éliminer d'un coup notre capacité de riposte. Cela ne peut qu'augmenter leur envie de prendre l'initiative d'une frappe. Chaque camp déclare avoir pour but de rendre une guerre thermonucléaire tellement destructrice qu'elle en deviendra impensable : personne n'irait la déclencher. L'Amérique parle de limiter les moyens de défense. La Russie parle d'augmenter la force de frappe. Dans tous les cas de figure, toutes les populations meurent. Il y a là un paradoxe : plus nous ressentons une insécurité, plus nous sommes sur la défensive, plus nous forçons les autres à l'être également. Ainsi, nous accroissons involontairement les tensions suivant une spirale psychotique, à cause de notre incapacité à réagir d'une autre manière. Souvent, les choses diffèrent de leur apparence (Minh).

EXPLORATION II : les politiciens, la rhétorique politique — comment le système fonctionne. De la perception du monde selon un schéma thèse/antithèse — ou, plus grossièrement, c'est — nous-ou-eux — surgit le politicien. En Amérique, le système gouvernemental, fondé sur la séparation des pouvoirs, avec entre eux des mécanismes de « freins et contrepoids », exprime une mentalité conflictuelle et contient en germe des conflits (il institutionnalise le modèle — Egan). Le système des partis exprime la même chose. Le politicien fait le lien entre les deux. C'est lui qui magnifie les différences et crée du conflit là où il n'y en a pas forcément.

Cela se déroule de la manière suivante. Un homme qui affirme parler au nom de nombreux autres hommes autour de lui annonce son idéologie, sa politique, et décrète qu'elles sont les meilleures pour tout le monde. Pour défendre sa position, il doit pointer les différences entre les autres et lui. Ce faisant, il introduit un conflit là où n'existaient auparavant que des différences. (Les différences n'ont rien d'intrinsèquement mauvais ou conflictuel.) La philosophie de cet homme est forcément intéressée — à son profit, et à celui de ses partisans. Le politicien est par lui-même une forme psychotique. Il doit gagner le pouvoir pour servir. Il vit sur le pouvoir, par le pouvoir, pour le pouvoir. Il l'accepte avec avidité, mais encore faut-il l'avoir « vendu » aux masses. La peur est un bon argument de vente : peur des différences que le politicien vient d'établir et qu'il va souligner de façon sélective. Sa politique devient à présent : « Dans l'intérêt national », « Destin manifeste », ou bien « la Menace rouge ». Les différences deviennent conflits ; les conflits sont accentués ; la réaction au conflit aggravé est défensive et arrogante. Les intérêts d'un homme au bénéfice d'un groupe sont devenus la politique du parti ou de la nation. Le parti, la nation, forcent par leur attitude hostile, agressive, le groupe d'en face, devenu « les salauds » ou « l'opposition », à la même attitude. La perception mutuelle de la position défensive/offensive de l'autre, la peur pour sa propre sécurité, aboutit à la cristallisation des différences, à l'établissement d'obstacles à toute réflexion créative, et finalement à des actions destinées à éliminer la menace.

Tout part de la structure dichotomique de la raison dans notre langue pour aboutir à la polarisation des opinions, accompagnée d'une tension croissante. Il nous manque l'équipement mental qui nous permettrait d'évacuer la tension. Un pays fait ses préparatifs de guerre, mais la guerre est une chose très irréelle pour ceux qui s'y préparent et ne l'ont jamais faite. Les politiciens présentent la chose sous un jour noble : dévouez-vous à vos hommes. Pour le soldat, cela devient son « Devoir » ou sa « Mission » (cf. *Pop R.). Souvent, les hommes ne s'y retrouvent plus.*

J'apprécie certains des jeux de langage auxquels on se livre à la guerre. Pacification. Vietnamisation. Dispositif de piégeage. Me plaisent-ils parce qu'ils me stimulent ? Est-ce une stimulation que je cherche de cette manière ? (cf. *le Bleu). Telles sont en tout cas les petites trouvailles verbales de la machine militaire. Peut-être y en a-t-il d'autres, tellement enfouies dans la tradition de notre langue que nous ne les remarquons jamais. Il y en a quelques-unes d'énormes. Reconnaître exactement ce qu'est le langage c'est repérer aussitôt certaines des manipulations les plus mal camouflées, quelques piètres substituts de la réalité. Il s'agit des mots et des formules aux connotations étendues qu'affectionnent les politiciens.* MÉFIANCE *: au-service-du-peuple ; visées communistes ; droits de l'homme ; droits civiques ; autodétermination ; liberté. Si quelqu'un vous promet l'une de ces choses, ou vous menace d'une autre, méfiez-vous. Les gouvernements ne font pas plus cadeau des libertés qu'ils ne font cadeau des impôts. Le boulot des gouvernements consiste à réduire le champ des actions des hommes, de la liberté totale à des paramètres généralement jugés acceptables.*

LE PEUPLE. *Elle est bien bonne. C'est qui, le peuple ? Comment se fait-il que quiconque utilise le terme désigne en réalité lui-même et les gens qu'il veut contrôler ?*

Il nous faut développer un nouveau mode de pensée qui soit plus étroitement lié à la réalité que notre présente manière. Un mode de pensée où chaque homme est indépendant parce que le langage lui permet de véritables choix. Cette nouvelle manière de penser, de parler, laissera une plus grande liberté de participer à la thérapie de notre culture. Méfiance : la rhétorique politique est intéressée et limitative. Dans bien des cas, elle est, au mieux, non pertinente. Le résultat des contacts entre peuples dépend souvent de facteurs totalement indépendants de la parole.

L'utilisation d'un tel mode de pensée dans les conflits internationaux donnera à l'individu, à l'homme de la rue, une liberté nouvelle de participer au flux de l'histoire, à la gestion des affaires de son pays, à l'être collectif de l'humanité. L'individu n'a alors pas besoin de parler par la voix du Président, tout en n'étant capable d'exprimer son désaccord que sous la forme d'un vote, un bulletin tous les quarante-huit mois. Nous pouvons apprendre à être moins soumis aux pressions de l'extérieur, celle des politiciens qui nous affirment que le peuple X essaie de nous détruire, celle du business qui essaie de nous expliquer que nous ne sommes pas des êtres tout à fait complets sans leur produit, celle des leaders raciaux qui nous déclarent que tout individu de telle autre race nourrit des préjugés contre nous et qu'on a intérêt à se défendre.

Un effet pervers très courant de tout système de pensée organisé, qu'il soit religieux ou gouvernemental, est l'encouragement de la dépendance. Les gouvernements nous font sentir que les relations internationales, et même interpersonnelles, sont au-delà de notre compréhension et de notre compétence. On ne peut arriver à des relations correctes que par le renforcement de leur système, nourri par notre soutien actif. Aujourd'hui, les gens considèrent qu'il est impensable de ne pas laisser les affaires internationales au gouvernement. Ils trouvent normal que le gouvernement se charge d'établir des objectifs et des quotas en ce qui concerne l'harmonie raciale ou sexuelle, la consolidation de l'égalité des chances. Nous sommes devenus des victimes de l'establishment alors même que nous en devenions partie intégrante.

Les gens qui comprennent que les conflits dans les relations entre personnes sont choses normales, qu'ils ont tendance à se produire par cycles, ceux qui sont capables de traiter avec autrui sans un ensemble de règles rigides pour les guider, ceux-là ne finiront pas comme des rouages dans la machine. Ils ne dépendront pas de sources extérieures pour leur sécurité, donc ils ne seront pas amenés à adopter une attitude défensive, puis « agressivement défensive », forçant les autres à prendre des postures semblables pour la seule raison que X, leader du pays Y, ou B, leader de la race C, décrète que leur sécurité est menacée (et dit cela parce qu'il en a besoin pour rester au pouvoir). Les gens qui comprennent cela ne dépendront pas de sources extérieures pour leur sécurité parce qu'ils auront foi en leur propre capacité à nouer des relations, et à en nouer avec tous les peuples du monde. Peut-être feront-ils appel à des professionnels pour les renseigner et les conseiller lorsqu'un problème leur semblera dépasser leur compétence, mais ils géreront vraiment le quotidien de leurs relations personnelles et en assumeront la responsabilité, et ils en étendront le champ aussi loin qu'ils pourront aller.

EXPLORATION III. Pensées de quelques amis.

El Paso : au cours des dernières décennies, et à l'exception du pétrole, le prix des produits de base dans le monde a chuté par rapport à celui des produits manufacturés. Les États-Unis sont partiellement à blâmer. Pendant les années 50, grâce à un programme d'aide à l'agriculture, les U.S.A. ont produit de vastes quantités de riz à bon marché, facilement exportable. Cela s'est traduit par une fourniture excédentaire sur le marché mondial, ce qui a eu pour conséquence de détruire les débouchés à l'exportation pour le Vietnam et d'accroître la pauvreté dans ce pays. (Incroyable, de voir à quel point nous sommes tous liés.) L'Occident industrialisé contrôle les prix des produits manufacturés parce que lui seul est en mesure de les produire, et il possède aussi la puissance et la richesse nécessaires pour contrôler le prix des matières premières. La pauvreté, le besoin, sont des causes de conflit.

Egan : il y a deux moyens de résoudre le problème de la pauvreté face à la richesse, de ceux qui ont tout et ceux qui n'ont rien. Primo, les pauvres peuvent acquérir la richesse grâce à une augmentation de la production qui amène tout simplement une plus grande prospérité, davantage de richesses disponibles, une amélioration générale du niveau de vie et de la qualité de la vie. Secundo, les richesses peuvent être redistribuées de sorte que les riches n'aient plus autant et que les pauvres n'aient plus aussi peu. Avec cette deuxième option, la quantité de richesses demeure inchangée.

La première vue est capitaliste, la seconde communiste ou socialiste. Je pose à présent la question : Dans le monde à l'heure actuelle, dans quels systèmes voit-on les gens disposer du meilleur niveau de vie ? (Question de pure forme ? demande Eg.) Empiriquement, peut-il y avoir le moindre doute ?

Doc : les guerres du XXe siècle sont peut-être dues aux problèmes démographiques qu'entraîne l'augmentation de l'espérance de vie. L'introduction de pratiques médicales occidentales au Vietnam a porté le chiffre de la population de seize millions en 1900 à vingt-huit millions en 1950. Un accroissement de 56 %. Doc précise qu'il n'est pas absolument sûr de ses chiffres, mais c'est ce qu'on raconte aux nouveaux toubibs à San Antonio.

L'OA : si vous pensez que notre société est malade, c'est peut-être qu'on chouchoute la maladie au lieu de promouvoir la santé.

Cahalan : les critiques et les profs d'anglais présentent généralement les romans comme des conflits entre les protagonistes. En fait, les meilleures histoires sont celles où les personnages sont des gens réels et font ce que font les gens dans la vie réelle. Dans la bonne littérature, chaque personnage a ses bons et ses mauvais côtés, qui se combinent avec les bons et les mauvais côtés des autres personnages. Ils ne s'opposent pas, ils se mêlent. C'est comme ça que ça doit être. La vie est comme ça.

Jax : toutes les guerres sont l'expression par des peuples opprimés de leur désir d'être maîtres d'eux-mêmes.

Le Bleu : Maslow a dit : « Si le seul outil dont vous disposiez est un marteau, vous aurez tendance à voir tous les problèmes sous la forme d'un clou. » Si vous êtes soldat, je suppose que vous avez tendance à voir tous les problèmes sous la forme d'une cible.

Brown : les sports, c'est la guerre. On tuerait un homme sur un terrain de basket, si c'était pour le championnat de Caroline du Nord. Le jeu, ça m'excite. J'aime la compétition. Seulement, il faut comprendre que ça fait partie de notre société, qui aide un dingue comme Nixon à contrôler les gens.

Minh : rien n'arrive seul. Tout est unité. On peut paraître isolé du reste du monde, mais tout ce qu'on fait est lié à l'univers. Nous ne sommes pas seuls.

L'État n'existe pas séparément des individus qui composent la communauté nationale.

L'incohérence est une chose qui n'existe pas. C'est le produit d'une vision statique de l'existence. (Voilà quelque chose que je ressens ; je l'ai souvent entendu et exprimé moi-même d'un point de vue légèrement différent. Parfois, Minh, je me dis que tu es à l'intérieur de ma tête.) La vie est équilibre. Pour chaque chose acquise, on en perd une autre. Construire un barrage pour fabriquer de l'électricité, c'est accepter de renoncer au fleuve. Vous dites que l'amour est incompatible avec la haine. Moi, je dis qu'ils ne font qu'un. Éliminer la haine, c'est aussi détruire l'amour. (Minh veut peut-être dire que détruire la faculté de haïr, c'est détruire du même coup la faculté d'aimer.) Peut-on pousser ce raisonnement plus loin ? Je n'en sais rien. La paix est-elle une qualité de la guerre ? Peut-on supprimer l'une sans supprimer les deux ?

EXPLORATION IV. Conflit personnel. Mariage.

A tous les niveaux, le conflit obéit à un schéma. A tous les niveaux, il est d'abord en germe, se développe et finit par éclater, à moins qu'il ne finisse par mourir. Nous étions bien ensemble, nous nous respections, et peut-être que nous nous aimions. Peut-être, aussi, aimions-nous seulement l'image que nous avions de l'autre. Notre langage appris gouvernait-il notre perception ? Contrôlait-il et limitait-il nos idéaux à propos du mariage, du couple ? Nos réactions, nos attitudes, à l'intérieur de ce mariage, étaient-elles préétablies par le langage, et donc vouées d'avance au conflit ? Je crois que notre respect mutuel nous empêchait de franchir ces limites prédéterminées, que notre façon de réagir l'un à l'autre souffrait de cette limitation, et que cela nous a détruits. Entre nous, ces limites, ces restrictions, portaient sur la qualité aussi bien que sur la quantité. Elles réduisaient nos comportements, ceux que nous pouvions accepter, à une routine artificielle, faite au moule de la société de masse et du langage. Si l'on pouvait représenter graphiquement les émotions, les nôtres suivraient des tracés plats, sans accès d'ivresse ni chute dans le désespoir. C'est dans nos limitations que nous devenions excessifs, et elles se refermaient sur nous. Peu à peu, le déclin de nos rapports s'est accéléré ; nous sommes tombés si bas qu'à un certain degré de blocage égoïste, il ne nous restait plus d'autres recours que d'exploser. Plus j'étais coincé — et elle aussi, je le mesure aujourd'hui —, plus nous laissions notre couple mourir. L'étouffement était évident aussi bien sur le plan physique et sexuel que dans notre vie psychologique et sociale. Nous nous étions enfermés dans une relation pourrissante. A la base de tout, j'en suis persuadé, il y avait notre acceptation des contraintes inscrites dans la langue, qui gouvernaient nos comportements. Hawaii en fut un effet. Tout avait commencé comme un scénario de film — chaque mot, chaque geste culturellement correct et interprété à la perfection. Comme nous connaissions bien nos rôles, sans nous apercevoir que nous jouions la comédie. La perception de différences que nous n'avons pas su accepter a provoqué une irritation que nous n'avons pas pu canaliser. Nous nous sommes retranchés, nous avons installé de fausses sécurités, construit des murs. Nous avons construit des systèmes de soutien séparés, et nous nous sommes préparés à la guerre. Ces murs n'ont fait qu'aggraver nos peurs et notre sentiment d'insécurité. Nous sommes passés de la défensive à l'offensive. Ça a craqué. Peut-être le divorce est-il la mort du conflit.

EXPLORATION V. *L'Idéal américain au Vietnam.*

Nous ne sommes pas venus conquérir. Nous sommes venus aider. Nous avons dit et prouvé que nous étions prêts à faire le sacrifice désintéressé de nos vies pour mettre un terme à ce conflit. Pourtant, notre altruisme s'est corrompu jusqu'au point où seule l'annihilation peut nous donner satisfaction. Nous définissons tout ce qui nous entoure en termes de conflit. Tant qu'il y aura deux camps, il y aura conflit, et nous avons décrété que nous ne le tolérerions pas. Nous sommes déterminés à éliminer le conflit. Cela revient à condamner le Vietnam à la destruction, à l'annihilation. Peut-être n'ont-ils pas besoin de nous ; peut-être que sans nous ils se détruiront de toute façon, car ils sont eux aussi déterminés à mettre un terme au conflit.

EXPLORATION VI. *Propositions et solutions. Une proposition de désarmement.*

La guerre est le résultat final d'une série d'événements qui débute lorsque deux cultures découvrent qu'elles ont des différences, réelles ou imaginaires, et qu'elles réagissent selon des schémas de conduite préétablis. Si l'on veut en finir avec les comportements et les tactiques de type conflictuel, il faut leur substituer l'analyse des différences, entreprise dans le respect mutuel. Nous devons développer des structures susceptibles d'évacuer la tension, et ces structures doivent être inscrites dans nos mécanismes mentaux, dans le langage, car si nous parvenons à la paix sans modifier les mécanismes qui ont produit la guerre, nous nous préparons d'autres guerres dans l'avenir.

Notre langage ne doit pas parler du pouvoir, mais des gens, pas des constructions, mais des vies individuelles. Nous devons ôter l'emballage plastique de la peur, de la domination et du statu quo *afin de laisser le réel respirer librement.*

Nous devons modifier nos perceptions de la réalité. Nous devons modifier les structures linguistiques qui contiennent les formes et les processus à travers lesquels l'être neuf, l'enfant, apprend à interpréter ce qu'il voit et à réagir à ce qu'il comprend. Ainsi, la guerre sera plus difficile que la paix. Il doit devenir plus facile à l'humanité de se dégager des conflits que de les provoquer ou de les alimenter. Mais cela doit être accompli sans coercition, sans refouler les conflits qui existent à l'intérieur des individus, des races et des nations — ce serait de la répression ; la répression mène les tensions jusqu'à leur masse critique et déclenche l'explosion à court terme.

Il y faudra du temps. Je doute qu'on puisse légiférer à ce sujet. Au bout du compte, chaque homme devra être son propre gouvernement. La chose est-elle possible ? Par où commencer ? Était-ce le cas dans l'ère pré-industrielle ? Est-ce le prix dont une culture paie son passage à la modernité ?

Traitons tous les peuples en individus et les individus équitablement. Que chacun d'entre nous adopte ce credo et le transmette à ses enfants : je suis d'abord un individu, ensuite du genre humain. A partir de là, je suis un mâle. Puis un Noir. Puis un soldat. Mais avant tout, je suis un individu du genre humain ; je maintiens ma propre existence et l'unité de l'humanité.

Une proposition plus spécifique. Si la paix est notre objectif à long terme, la course aux armements et la dissuasion ne sont pas les seuls recours. Elles ne mènent pas à une paix durable. Ce sont des procédures à court terme, du bricolage, et il faut les considérer comme telles. Une paix vraiment durable ne peut être obtenue qu'à partir du moment où 15 % du PNB ne vont plus aux budgets militaires et aux stocks géants d'armement. Cela doit être accompli rapidement, ou le monde cessera d'exister pour l'humanité. Personne n'est prêt à désarmer unilatéralement. La solution avancée par Minh dans le cas du Vietnam peut servir de modèle à un désarmement universel. Chaque nation de la terre — toutes devant être membres de l'ONU — fournira, selon son propre système administratif, disons un dixième de un pour cent — et jusqu'à ? pour cent par la suite — de sa population masculine âgée de 18 à 25 ans à l'armée de l'ONU — et ce pour une durée de deux ans et demi. Dans le même temps, chaque nation diminuera ses propres forces armées d'autant d'hommes qu'elle en aura fournis à l'ONU. Chaque soldat de l'ONU parlera au moins deux langues — peut-être le chinois, l'anglais ou l'espagnol en plus de sa langue natale. Chaque pays sera taxé, pour l'entretien de cette armée, de la somme qu'il dépenserait pour un contingent équivalent sur le sol national. L'intégration des divers pays au sein des unités sera complète. Tous les armements seront progressivement livrés au gouvernement mondial, et lorsque cela aura été accompli, on pourra procéder à la réduction graduelle de ces armements. L'armée mondiale ne sera jamais complètement dissoute, car elle deviendra alors l'outil de sécurité de tous les peuples du monde.

Quelques suggestions : toutes les entreprises multinationales verseront un impôt — déductible (éventuellement) de leurs actuels impôts nationaux — au gouvernement mondial.

Si l'ONU doit servir de gouvernement mondial, il doit être restructuré afin de posséder un réel pouvoir international, *tout en ne disposant que de peu (ou pas du tout) de pouvoir national.*

Le jour passa. A la tombée de la nuit, Brooks était au comble de l'excitation, malgré sa fatigue. Il conversa en code avec le commandant Hellman, l'officier adjoint, en l'absence de l'Homme Vert. Hellman ne partageait pas son exaltation. « Qu'est-ce que vous foutez, lieutenant ? Vous restez planté sur votre cul pendant que tout le monde crapahute ! Qu'est-ce qui ne va pas chez vous ?

— Nous obtenons des résultats, mon commandant. » Brooks eut envie d'ajouter : est-ce qu'on n'est pas là pour ça ?

« Secouez-vous un peu, lieutenant. Vous avez envie d'être une autre compagnie Delta ?

— Bien sûr, mon commandant. J'avais oublié Delta. C'est idiot de ma part. C'est vrai, mon commandant, nous nous conduisons exactement comme Sky Devil. »

Brooks se tourna vers El Paso et lui dit de contacter les équipes Maraudeur. « Qu'ils rentrent, sans se presser. A leur allure. »

Hellman fulminait toujours sur l'autre ligne. El Paso s'apprêta à lancer ses appels, mais Brooks l'arrêta. « Ce type est complètement secoué, fit-il avec une brutalité inhabituelle. Attendez un peu. » Il réfléchit un moment, puis : « Appelez les équipes Ellen, Claudia et Stephanie. Dites-leur que je veux les voir ici à 03 h 00. D'ici là, ils font ce qu'ils veulent. Nous rappellerons les autres demain. Quand vous aurez terminé, convoquez une réunion. »

Un semblant de conseil du PC se regroupa autour du lieutenant. On se battait à l'est. D'après l'origine des bruits, il pouvait s'agir des équipes Cindy ou Jill. Il y eut quelques tirs d'artillerie au sud-ouest. D'abord une explosion isolée, puis une salve de six, et encore deux autres en succession, au-dessus du fleuve. La demande d'appui venait de Laurie. L'équipe avait repéré des sampans sur le fleuve — trois ou quatre, avec le brouillard, ils n'étaient pas certains. L'artillerie en coula au moins deux.

Doc, les trois radios du PC, l'OA et Minh s'assirent en demi-cercle autour de Brooks. Molino, les lieutenants De Barti et Caldwell formèrent un second rang. Seigneur, songea Brooks, où sont mes meilleurs hommes ? Pas de Pop, pas d'Egan, pas de Jax, ni Monk, Baiez, Snell, Jenkins et White. Ceux qui l'entouraient étaient ses éléments moyens, bons pour les zones de calme. Brooks glissa une main sous sa drôle de casquette et se gratta le crâne. Il était fatigué d'avoir tant écrit, mais satisfait de son premier jet. Il y aurait pas mal de révisions à faire, certes, mais c'était un début. Il regarda autour de lui. Les avis de l'observateur avancé sur la tactique étaient valables. Ceux d'El Paso aussi. De Barti, pas mal. Brooks ne faisait pas entièrement confiance à Minh. Après tout ce temps, il lui fallait avouer qu'il ne se fiait pas à Minh pour la tactique. Les autres, n'en parlons pas. Cahalan n'entrait dans aucune catégorie. C'était son secrétaire, son Vendredi attitré. Cahalan savait tout, il ignorait simplement comment additionner ce qu'il savait.

Brooks commença par redemander un compte rendu de mission à De Barti. Il l'interrogea en détail sur la réussite de l'équipe Joan. Où et comment avaient-ils installé leur position ? Qui avait repéré l'ANV le premier ? Que faisait l'ennemi ? Combien de temps les Maraudeurs étaient-ils restés en position ? Les questions et les réponses apportaient des renseignements ; la procédure elle-même était instructive, au cas où l'un d'entre eux devrait un jour assumer le commandement. Comme d'habitude, les meilleurs éléments suivaient attentivement, les autres se demandaient pourquoi le lieut se donnait cette peine. Caldwell était perdu dans ses pensées, à mille kilomètres de là. La séance de questions donna à Brooks le temps de réfléchir : Fallait-il ouvrir ou non une discussion tactique avec ce groupe ? Il décida qu'il devait le faire.

« Bon, commença-t-il, résumons-nous. Nous avons un objectif, nous l'avons contourné, nous devons frapper. Comment croyez-vous qu'on devrait s'y prendre ?

— On a le choix ? demanda Caldwell.

— Foutons le camp d'ici, fit Molino.

— On a soixante-quinze hommes, multiplié par les quatre directions possibles, dit Brooks. Voilà nos choix.

— On pourrait pas filer sur une ligne de crête et demander un appui aérien ? proposa calmement Molino.

— Ça me paraît bon, approuva Caldwell.

— Bon, fit Brooks. Option numéro un. Je ne crois pas que l'Homme Vert sera d'accord, mais on peut faire venir les *fast movers* * nous-mêmes. Quelqu'un a autre chose ?

— Peut-être que si on fait pleuvoir suffisamment d'artillerie ce soir, suggéra Minh, l'ennemi aura quitté la vallée demain.

— Compte là-dessus, José, ricana El Paso.

— Ce qu'on veut, c'est cette butte, lieutenant ? demanda l'observateur avancé.

— Affirmatif.

— Et si on faisait tout raser par l'artillerie ? intervint Molino.

— On aura un appui artillerie, vous en faites pas, dit l'OA.

— On doit se ravitailler demain, non ? demanda De Barti.

— Hellman veut qu'on remonte se ravitailler du côté de Delta, annonça Brooks.

— Pour que tous les *gooks* de la vallée sachent où on est ? Ça va pas, non ? » fit une voix derrière eux. « Equipe Ellen au rapport, mon lieutenant. » Pop Randalph. Personne ne l'avait entendu arriver.

« Quand est-ce qu'on doit prendre la butte ? demanda très calmement Calhoun.

— C'est qu'ils sont un sacré paquet, par là-bas, précisa Woods. On les a vus, mais on arrivait presque jamais à les allumer à cause du brouillard. »

Brooks accueillit chaleureusement l'équipe Ellen et procéda aussitôt au débriefing devant le groupe. Pop se montra discret sur leurs actions, mais prolixe sur les observations de l'ennemi. Woods voulait parler. Depuis trois jours, il n'avait pu prononcer que quelques chuchotements, et raconter à présent les contacts de l'équipe Ellen faisait de lui un héros. Calhoun était un peu pareil, mais plus calme et plus technique.

« Qu'est-ce que vos hommes ont encore comme vivres ? demanda Brooks.

— On a tous quatre jours de réserve, dit Pop.

— Et la 3e section, Larry ?

— Pareil, fit Caldwell avec raideur.

— La 1re ?

— Quatre jours, dit El Paso.

— Alors, on n'aura pas de problème demain ? » dit Brooks pour la forme. Les autres approuvèrent ou se turent. « Je sais qu'on n'a pas de problème pour demain », reprit Brooks, un peu vexé. « Ce que je veux savoir, c'est combien de vivres *en plus* vos hommes transportent. Si on se ravitaille demain, on donne notre position. Si on ne se ravitaille pas... » Il laissa la phrase en suspens.

« Mon lieutenant, fit Calhoun au bout d'un moment, la plupart des hommes transportent un jour de réserve.

— C'est bon, fit Brooks.

— Ma section s'en tirera aussi, dit Caldwell.

— Côté munitions ? demanda Brooks. Et les piles ?

— Les piles, vaudrait mieux qu'elles marchent demain et encore après-demain, dit El Paso.

— Mais merde, fit Calhoun, on a eu les radios allumées persque en permanence. Quatre piles par appareil. Ça fait que quatre-vingts heures. Tu parles de quarante ou cinquante heures en plus. Faut pas y compter.

— Est-ce qu'on pourra les faire durer si on fait rentrer tout le monde ? demanda Brooks.

— Mon lieutenant, expliqua Calhoun, tous les appareils sont dans la nature, avec les équipes Maraudeur ou les sonnettes. Vous avez même envoyé celui de Brown avec quelqu'un. Pour les piles, on doit déjà être limite maintenant.

— Il nous reste pas lourd de Claymore non plus, mon lieutenant, dit Pop. Mais après tout, merde, on a une mission. On est là pour ça.

— Nous n'aurons pas besoin de mines pour prendre cette butte, dit Brooks. Demain, on reconnaît, et on frappe avant l'aube du jour suivant. Delta et la reco seront là à la demande pour nous appuyer. Ils circuleront là-haut toute la journée de demain. El Paso, rappelez les autres équipes Maraudeur, et silence radio pour tout le monde. Merde pour le ravitaillement. »

La manœuvre et le guidage de l'Homme Vert se révélaient payants, non seulement pour Alpha, mais pour toutes les compagnies du 7/402e. Au matin du 22 août, la compagnie B balaya une nouvelle fois la crête et le complexe hospitalier où ils avaient déjà engagé l'ennemi à trois reprises. Cette fois, ils étaient guidés par l'officier ANV capturé lors d'un précédent contact. Le prisonnier guida une section de Bravo à l'intérieur d'un deuxième complexe de galeries, dissimulé par le premier. Les *boonierats* prirent à partie un petit élément vietnamien. L'ANV ne pouvait imaginer qu'une unité américaine allait encore une fois frapper au même endroit. Bravo tua sept ANV et récupéra trois tonnes de riz, aussitôt détruit sur place à l'essence et au défoliant. Aucune perte côté américain. A 14 h 15, le prisonnier ANV tenta de fuir et fut abattu. Bravo se reposa et se ravitailla le 23. Le 24, ils descendraient interdire le coin nord-est de la vallée.

La compagnie C crapahutait depuis sept jours à l'ouest de la vallée. Au soir du 21, assurés d'avoir repéré chaque piste, sentier ou cheminement qui descendait dans la vallée, ils commencèrent à mettre en place dispositifs de piégeage et embuscades. Trois de leurs pièges furent déclenchés la nuit même par des équipes de ravitaillement ANV. Les *boonierats* récupérèrent plus de trois cents kilos de riz et de munitions, ainsi que trois carrioles. Ils repérèrent des traces de sang. Il y eut encore trois explosions la nuit du 22, et cette fois, six corps sur place, et aussi un camion. Mais leur jour de réussite fut le 23. Quatre *widow-makers* * sautèrent, faisant huit nouvelles veuves vietnamiennes.

La section reco de la compagnie E, séparée de Delta le 22, regagna la 848 et fut attaquée cette nuit-là par une compagnie ANV qui redescendait dans la vallée. Les six Américains blessés pendant le combat furent évacués. Deux d'entre eux moururent ; un autre fut évacué sur Da Nang, puis au Japon ; les trois autres rejoignirent leur unité. Il y avait quatorze tués chez l'ennemi. Les Américains récupérèrent treize AK-47 neufs, un pistolet 9 mm et de nombreux documents qui révélèrent que cet élément vietnamien était l'une des cinq unités qu'on venait d'envoyer en recomplètement au 5e d'infanterie ANV. Leurs ordres étaient de renforcer le QG du 7e front ANV, situé dans la vallée du Khe Ta Laou.

La compagnie D, maintenant sous le commandement du capitaine Ernie Masgary, parvint à tuer trois Vietnamiens dans la journée du 22. Les Deltas décapitèrent les corps et exposèrent les têtes sur des piquets. Le 23, ils découvrirent deux des leurs, postés en sonnette à une cinquantaine de mètres du point d'appui de Delta. On les avait aussi décapités, laissant les têtes sur place, au bout de piquets. Les corps, enlevés, ne furent jamais retrouvés.

EXTRAIT DU J.M.O.

LES RÉSULTATS SUIVANTS CONCERNANT LES OPÉRATIONS DANS LA ZONE O'REILLY/BARNETT/JEROME SONT SIGNALÉS POUR LA PÉRIODE DE TROIS JOURS PRENANT FIN À 23 H 59 LE 23 AOÛT 1970.

CETTE PÉRIODE SE CARACTÉRISE PAR DES ACTIONS (RAIDS ET EMBUSCA-

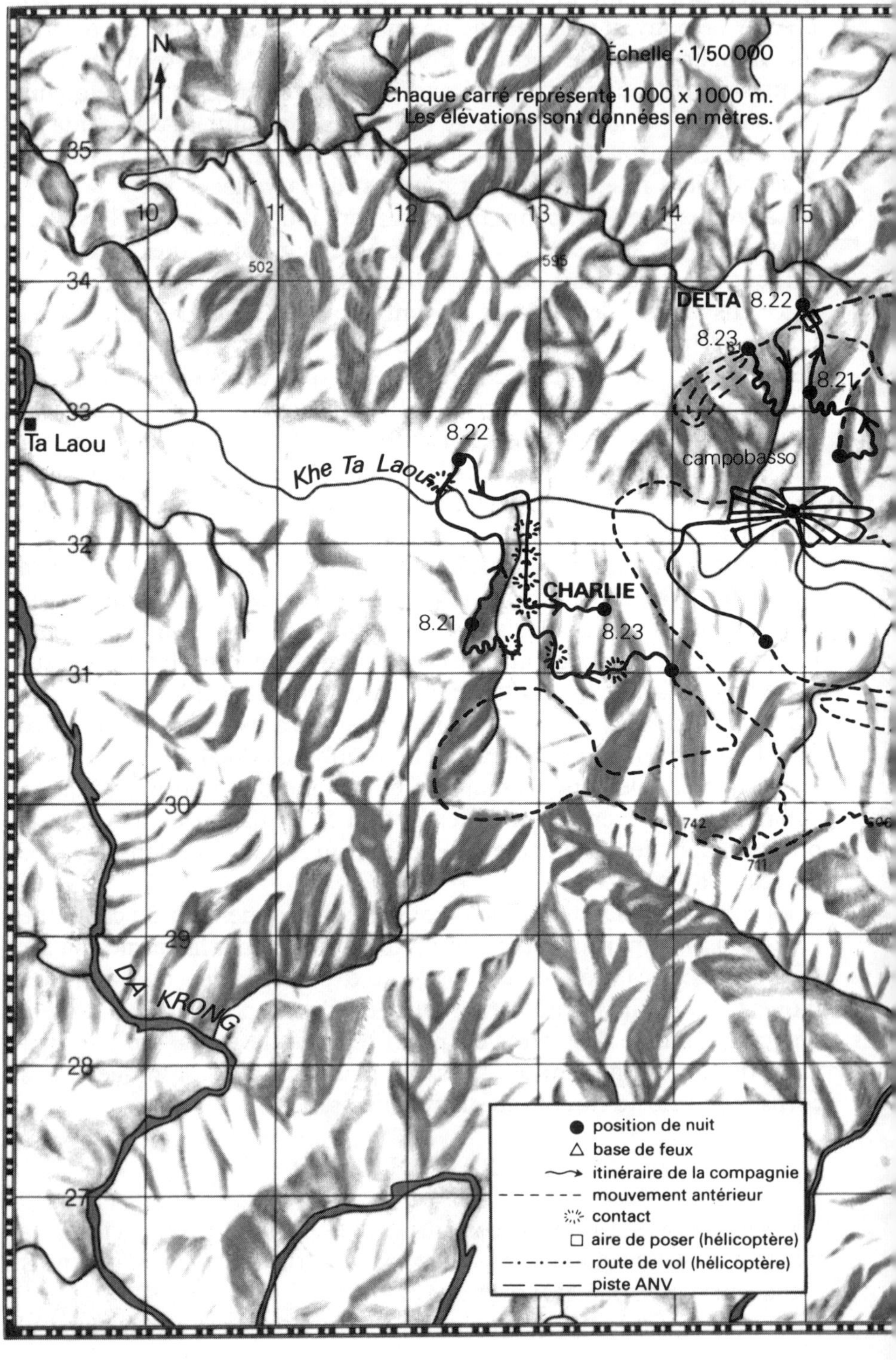
N
Échelle : 1/50 000
Chaque carré représente 1000 x 1000 m.
Les élévations sont données en mètres.
35
34
33
32
31
30
29
28
27
10
11
12
13
14
15
502
595
742
711
Ta Laou
Khe Ta Laou
DA KRONG
DELTA 8.22
8.23
8.21
campobasso
8.22
CHARLIE
8.21
8.23
position de nuit
base de feux
itinéraire de la compagnie
mouvement antérieur
contact
aire de poser (hélicoptère)
route de vol (hélicoptère)
piste ANV

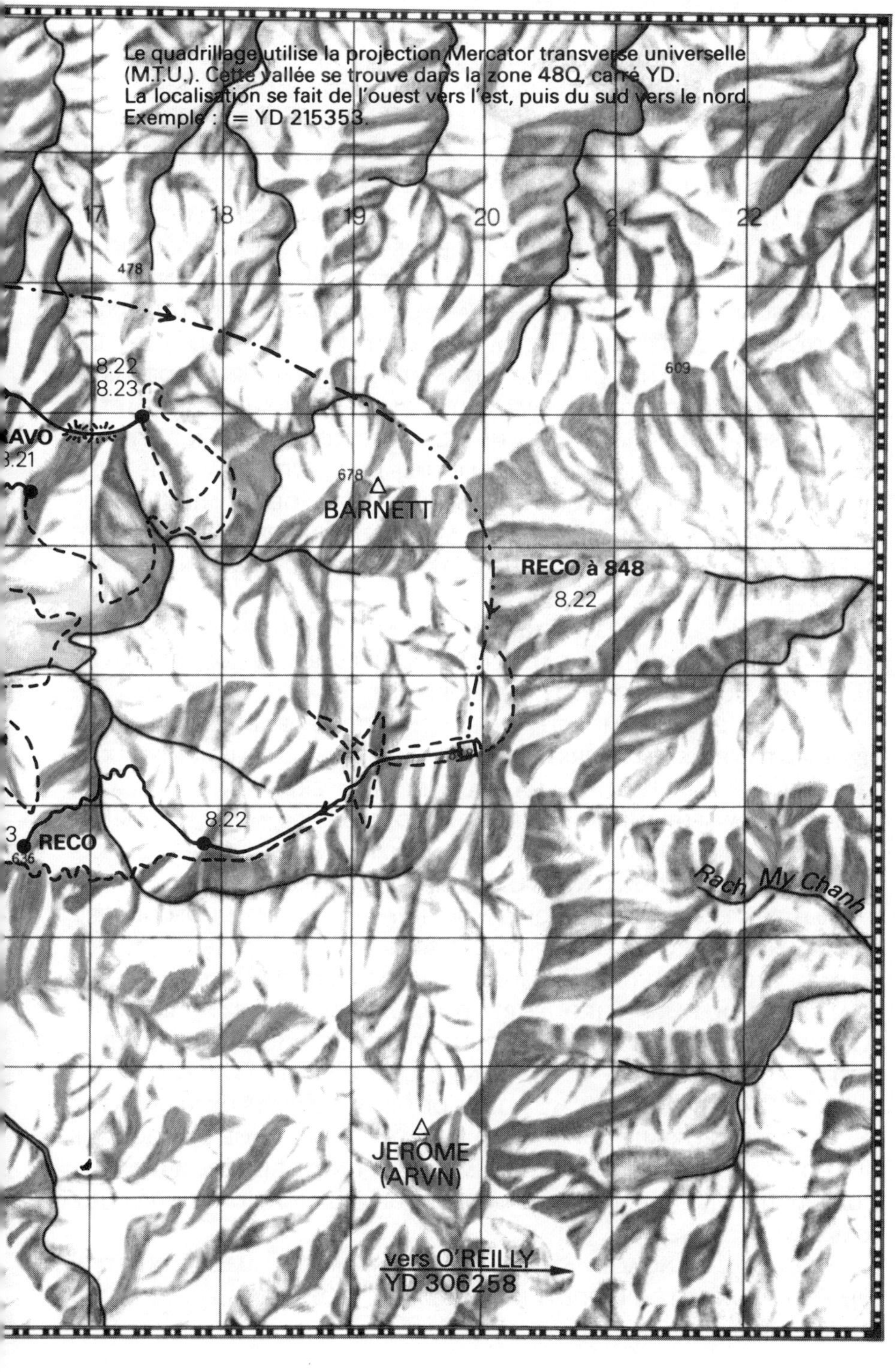
Le quadrillage utilise la projection Mercator transverse universelle (M.T.U.). Cette vallée se trouve dans la zone 48Q, carré YD.
La localisation se fait de l'ouest vers l'est, puis du sud vers le nord.
Exemple : = YD 215353.
17
18
19
20
21
22
478
8.22
8.23
AVO
8.21
678
BARNETT
609
RECO à 848
8.22
8.22
RECO
636
Rach My Chanh
JEROME
(ARVN)
vers O'REILLY
YD 306258

DES) BIEN COORDONNÉES, MENÉES PAR LE 7e BATAILLON, 402e D'INFANTERIE, CONTRE LE 7e FRONT ANV DANS LA VALLÉE DU KHE TA LAOU.

LE 21 VERS MIDI, UN GROUPE DE LA 3e SECTION, COA, 7/402, A REPÉRÉ UN GROUPE ANV À PROXIMITÉ DU POINT YD 150320. L'ARTILLERIE A ÉTÉ EMPLOYÉE, TUANT 4 ANV. UNE HEURE PLUS TARD, UNE ÉQUIPE RECO DE LA 1re SECTION, COA, A ÉTÉ PRISE À PARTIE PAR 2 SOLDATS À PROXIMITÉ DU POINT YD 147322. L'ÉQUIPE A RIPOSTÉ PAR SES MOYENS DE FEUX ORGANIQUES, TUANT LES 2 ATTAQUANTS. LA COMPAGNIE A MAINTENU LE CONTACT AVEC DE PETITS ÉLÉMENTS DE L'UNITÉ ENNEMIE DURANT TOUTE LA NUIT DU 21. LES RÉSULTATS SUIVANTS SONT SIGNALÉS : 1 ANV TUÉ PAR UN TIREUR EN EMBUSCADE DE LA COA A 20 H 45 A PROXIMITÉ DU POINT YD 145320. A 02 H 00, LE 22, UN ÉLÉMENT DE LA 1re SECTION, COA, A DÉCOUVERT UN GROUPE MORTIER ANV AU POINT YD 155323. L'ENNEMI VENAIT DE TIRER DEUX OBUS 82 MM DONT LES IMPACTS ONT ÉTÉ RELEVÉS SUR LE PÉRIMÈTRE DE LA BASE BARNETT. L'ÉLÉMENT US A ENGAGÉ L'ENNEMI À LA GRENADE, FAISANT 3 TUÉS ET ENDOMMAGEANT LE TUBE DU MORTIER. LA MÊME NUIT, UN GROUPE ANV A DÉCLENCHÉ UN DISPOSITIF DE PIÉGEAGE MIS EN PLACE PAR LA COA À PROXIMITÉ DU POINT YD 151325. UNE PREMIÈRE FOUILLE RAPIDE A RÉVÉLÉ 5 TUÉS ANV. 4 FUSILS AK-47 ET UN LANCE-GRENADES ONT ÉTÉ RÉCUPÉRÉS.

LA COC, 7/402, A PRIS 3 ÉLÉMENTS DE L'ANV DANS DES EMBUSCADES. AUCUNE PERTE ENNEMIE SIGNALÉE, MAIS L'UNITÉ A RÉCUPÉRÉ 300 KILOS DE RIZ ET 3 CHARRETTES. LE TOUT A ÉTÉ DÉTRUIT.

LE 22 AOÛT, LA COA A MAINTENU DES CONTACTS SPORADIQUES AVEC DES GROUPES ENNEMIS. AU COURS DE CINQ ACTIONS SÉPARÉES, AU NORD DE KHE TA LAOU, LA COA A TUÉ 14 SOLDATS ANV ET RÉCUPÉRÉ 9 AK-47, UNE CARABINE SKS, UN VISEUR INFRAROUGE, 16 OBUS DE MORTIER, 6 SACS DE COMBAT (AMÉRICAINS), UNE RADIO PERSONNELLE (AMÉRICAINE), DIVERSES LETTRES ET DOCUMENTS. CES MATÉRIELS ONT ÉTÉ DÉTRUITS LE 24.

A 10 H 58, A PROXIMITÉ DU POINT YD 171328, LA COB, 7/402, A DÉCOUVERT UN COMPLEXE DE GALERIES DISSIMULÉ SOUS UN AUTRE RÉSEAU SOUTERRAIN DÉTRUIT PAR EUX QUELQUES JOURS AUPARAVANT. CE COMPLEXE ÉTAIT DÉFENDU PAR UN GROUPE RENFORCÉ ANV BIEN RETRANCHÉ. LA COB A ENGAGÉ L'ENNEMI AVEC SES MOYENS DE FEUX ORGANIQUES ET ENVAHI LA POSITION À 13 H 25. 7 ANV TUÉS, 3 TONNES DE RIZ ONT ÉTÉ DÉTRUITES.

LA COC, 7/402, A TUÉ 6 ANV AU COURS DE DEUX COMBATS DE RENCONTRE DISTINCTS, À PROXIMITÉ DU POINT YD 122326. UN ÉCHANGE DE COUPS DE FEU CONSÉCUTIF À L'UN DES ENGAGEMENTS A CONDUIT LA COC À UN VÉHICULE UTILITAIRE DE TONNAGE MOYEN DE FABRICATION SOVIÉTIQUE (CAMION).

LA COD, 7/402, A ENGAGÉ UNE PATROUILLE ENNEMIE DE VALEUR INDÉTERMINÉE A PROXIMITÉ DU POINT YD 147332 À 20 H 25. 3 ANV TUÉS PAR TIR D'ARMES LÉGÈRES.

LE 22 AOÛT SUR LA BASE O'REILLY, UN ÉLÉMENT DU 3e BATAILLON, 1er REGIMENT (ARVN), A ENGAGÉ UNE IMPORTANTE FORCE ANV. APPUYÉES PAR L'ARTILLERIE ET LA FORCE AÉRIENNE TACTIQUE, LES FORCES DE SURFACE ONT MAINTENU LE CONTACT DE 09 H 30 A LA TOMBÉE DE LA NUIT. UNE FOUILLE DE LA ZONE DE CONTACT A PERMIS DE DÉNOMBRER 42 TUÉS ANV, 26 PAR TIR DE ROQUETTES DU 4e BATAILLON, 77e D'ARTILLERIE (AMBL), 101e. 3 SOLDATS ARVN TUÉS, 9 BLESSÉS.

A 02 H 40, LE 23 AOÛT, LA SECTION RECO COE, 7/402, A ÉTÉ ATTAQUÉE SUR SA POSITION DE NUIT. UNE DEUXIÈME INCURSION A EU LIEU À 03 H 45, ET À 04 H 35, L'ASSAUT A ÉTÉ DONNÉ AU SUD PAR UN ÉLÉMENT ENNEMI DE GRANDEUR INDÉTERMINÉE. 6 BLESSÉS AMÉRICAINS ONT ÉTÉ ÉVACUÉS DÈS L'AUBE. UNE PREMIÈRE FOUILLE RAPIDE DU PÉRIMÈTRE A PERMIS DE DÉNOMBRER 14 ENNEMIS TUÉS, 5 PAR TIR D'ARMES LÉGÈRES, 9 PAR L'ARTILLERIE. 13 ARMES INDIVIDUELLES RÉCUPÉRÉES, AINSI QUE DES LETTRES ET DES DOCUMENTS.

UN POSTE D'ÉCOUTE DE LA COMPAGNIE D, 7/402, A ÉTÉ ATTAQUÉ PAR UN ÉLÉMENT ENNEMI DE VALEUR INDÉTERMINÉE. 2 SOLDATS US TUÉS.

AU COURS DE QUATRE ACTIONS DISTINCTES, LA COC, 7/402, A TUÉ 8 SOLDATS ENNEMIS À PROXIMITÉ DU POINT YD 129317. 6 ARMES INDIVIDUELLES RÉCUPÉRÉES.

22 ENNEMIS ONT ÉTÉ TUÉS DANS LA ZONE O'REILLY PAR DES ÉLÉMENTS DES 1er ET 3e RÉGIMENTS (ARVN), APPUYÉS PAR L'ARTILLERIE ET LA FORCE AÉRIENNE TACTIQUE, AU COURS D'ACTIONS ÉTENDUES SUR LA JOURNÉE. PERTES ARVN : 5 BLESSÉS, 2 TUÉS.

CHAPITRE 29

24 août 1970

Ils ne virent pas le fleuve avant d'avoir les pieds dans l'eau. Il faisait nuit noire sous le brouillard, tout le fond de la vallée n'était qu'un marécage spongieux. Egan menait son petit groupe vers l'est de Campobasso, puis il prit au sud. Ils pataugeaient dans la fange sans dire un mot. Le bruit de la pluie n'était plus là pour couvrir leur progression. Ils avançaient lentement, bien que le temps fût compté.

Derrière Egan venait le Bleu, suivi de Pop. Plus loin, Snell, Nahele et Queen précédaient Denhardt, Doc Johnson et Minh. Woods et Calhoun fermaient la marche. Les meilleurs *boonierats* d'Alpha, le meilleur toubib et l'unique éclaireur. Cette mission exigeait les meilleurs. Ils se déplaçaient avec une souplesse discrète de félin, jusqu'au moment où Egan fit un plongeon bruyant dans le fleuve.

Les équipes Claudia et Stephanie avaient regagné Campobasso peu après minuit. Les autres devaient rentrer dans la journée du 24. Brooks, l'OA et El Paso débriefèrent les deux équipes, et aussi celle de Pop, pendant toute la nuit, puis les briefèrent sur la prochaine mission. « Il nous faut une reconnaissance profonde de cette butte », dit Brooks. Suivant son habitude, il demanda des volontaires. Quand il voulait qu'un de ses hommes fasse quelque chose, il se débrouillait pour que l'homme ait envie de le faire. Il fallait que ses *boonierats* se sentent à part, une élite. Les neuf hommes présents se portèrent volontaires. Ils voulaient de l'action, ça se lisait dans leur regard. Doc se joignit à eux, car ces fous lui faisaient peur, il craignait qu'on n'eût bientôt besoin de ses services. Minh compléta le groupe afin de pouvoir rester avec Doc. Brooks accepta tout le monde.

Pendant qu'ils discutaient de la mission, une série de contacts se produisit, remontant lentement sur la gauche de leur TO. D'abord, ce fut le piège installé par l'équipe Mary qui sauta. Jenkins communiqua presque aussitôt les résultats par radio. Trois ANV tués — ou bien blessés, mais morts à présent —, et deux fusils récupérés. Quelques minutes plus tard, l'équipe Irene canarda un groupe ANV, tuant un homme. La demi-douzaine de survivants s'enfuit vers le nord, mais les Américains n'exploitèrent pas la poursuite. Le même groupe ennemi trouva l'équipe Beth en embuscade sur son chemin et perdit encore deux hommes au cours de l'accrochage. Juan Rodriguez fut légèrement blessé. Pour les quatre derniers jours, Alpha totalisait quarante-sept tués ANV contre un seul blessé dans ses rangs.

Le briefing se poursuivit pendant les combats. L'équipe reco devait progresser vers l'est puis le sud pour gagner le fleuve. Trois hommes feraient la traversée, en équipement allégé au maximum. Ils auraient jusqu'à l'aube pour reconnaître la butte, puis se replieraient. A eux de décider qui ferait la traversée, dit Brooks, mais il suggéra de prendre les meilleurs nageurs. Ils quitteraient Campobasso à 03 h 30, dans dix minutes.

Brooks était bien concentré, à présent. Il ne pensait plus à Lila, ni à l'idée de conflit. La question de son rapatriement était résolue. Il partirait dès que l'Homme Vert en aurait fini avec lui, soit d'ici quatre jours à peine. D'ailleurs, il n'avait plus besoin de penser à tout ça : Alpha, la vallée, la butte et l'ANV suffisaient à occuper son esprit. Caché sous son poncho, éclairé par une torche électrique, il fixa son regard sur la carte jusqu'à ce qu'elle fût gravée dans son esprit, jusqu'à ce qu'elle lui eût appris ce que la terre savait déjà, ce que l'ennemi devait faire. Il déplaçait la compagnie sur son échiquier mental, voyait l'ANV contrer ses attaques. Il essayait une position, repérait les pièges, bougeait l'adversaire. Non, ils ne feraient pas ça. A leur place, je ne le ferais pas. Mauvais mouvement. Il changeait tout, essayait coup après coup et donnait chaque fois la riposte. Les Vietnamiens traqueraient partout la compagnie, il le savait. Jusqu'ici, Alpha avait été leur Némésis, et ils lutteraient avec acharnement pour la détruire.

Le commandant Hellman se déchaîna à nouveau par radio : « Où sont vos listes de rechanges, nom de Dieu ? Charlie, Delta et la reco sont prêts pour le ravitaillement, mais Alpha n'a même pas pris contact avec S-4. Qu'est-ce que vous foutez, lieutenant ? »

Brooks ne s'affola pas. Hellman n'était que l'officier supérieur adjoint. L'Homme Vert serait (peut-être) assez souple pour laisser reporter le ravitaillement d'Alpha et donner son accord au plan de Brooks. Le lieutenant chargea Cahalan de dresser la liste des articles essentiels. Ils avaient besoin de vivres de combat pour soixante-quatorze hommes, de rechanges de vêtements et de chaussettes, des douzaines d'articles personnels. Il leur fallait des piles pour les radios — pas simplement le lot habituel, mais assez pour remplacer la réserve qu'ils transportaient à l'insu du commandement. Et puis les munitions : Claymore, grenades, chargeurs M16, bandes M60, des grenades pour les M79 et les nouveaux XM203.

« Commandez tout ça, ordonna Brooks, et dites-leur qu'on se ravitaillera en dernier. »

L'équipe reco remonta cinquante mètres en amont de l'endroit où Egan avait fait son plongeon, établit une position sommaire et mit en place une embuscade à cinq mètres du point où une piste ennemie rejoignait la rive. Ils avaient couvert huit cents mètres en une heure ; il était 04 h 30 et ils étaient en retard. Egan, le Bleu et McQueen se débarrassèrent de tout l'équipement superflu. Ils n'essaieraient pas d'engager le feu avec l'ennemi : ils disposaient au mieux de deux heures pour traverser, observer et filer en vitesse. Ils ne prirent ni fusils ni radio : seulement trois grenades et une baïonnette par homme. Ils ôtèrent leurs rangers, les nouèrent à leur ceinture et se glissèrent dans l'eau noire. Une aube indécise éclaircissait le ciel, mais la butte, et même la rive sud, demeuraient invisibles sous la brume. Le Bleu nageait en tête, d'une brasse rapide et régulière. Il atteignit l'autre bord et s'accroupit dans l'eau pour attendre les autres. McQueen arriva jusqu'à lui, puis Egan. Ils remirent leurs rangers, rampèrent sur la rive, restèrent un moment immobiles avant de s'éloigner très lentement, l'oreille attentive au murmure de l'eau autour de la moindre souche. Peu à peu, le chuchotement du fleuve cessa et ils se fondirent dans le paysage. S'arrêtant à chaque pas, ils franchirent un, puis deux sentiers, et enfin ce qui était sans aucun doute une piste ennemie. Ils contournèrent la butte par le sud et par l'ouest. Jusque-là, le paysage ne différait pas de ce qu'ils connaissaient : de l'herbe, de la broussaille par endroits, des arbustes rabougris, des bambous. Soudain, tout changea. La pente devint abrupte. Egan mena son groupe plus à l'ouest, à l'extrême pointe de la butte, qui formait une sorte de péninsule. Ils ne cessaient pas de grimper, mais la montée était plus douce. La végétation, plus proche maintenant de celle des crêtes, se découpait contre le ciel pâlissant. Vers le milieu de la péninsule, ils découvrirent deux pistes parallèles, étroites, qui s'élançaient vers le sommet. Derrière la seconde, une tranchée partait également vers le haut. Ils traversèrent et allèrent se dissimuler dans les broussailles. Egan consulta sa boussole, puis sa montre. Il était 05 h 20.

De l'autre côté du fleuve, Minh, Doc et Snell, serrés l'un contre l'autre, essayaient de se réchauffer. Snell avait camouflé sa radio en y disposant six touffes d'herbe de manière à briser sa forme carrée, et il se tenait aussi loin que le fil du combiné le permettait. Il attendait, lui aussi.

Pour Minh, l'attente était terrifiante. Les Américains devenaient nerveux, trop nerveux. Ils commençaient à le regarder comme s'il était un *gook.* Même Brooks changeait d'attitude. Minh l'avait senti, comme il sentait les regards affamés, le souffle froid de tous ces fous.

Doc est le seul ami que j'aie. Sans lui, ils me liquideraient. Minh songea aux Nord-Vietnamiens. Ils avaient considérablement progressé depuis l'époque où il les connaissait, il y a trois ans.

Ils tueront tous ces Américains, se dit l'éclaireur. Et ils me tueront aussi. Doc a raison : c'est une mission-suicide. Je ferais peut-être mieux de filer dans la jungle. Ça leur plairait, de me capturer. Je pourrais très facilement me débarrasser de ce treillis américain et me fondre parmi eux. Qu'est-ce que je raconte ? Ils m'assassineraient. Ils me tortureraient comme ils ont torturé ma ville de Huê. Je ne suis en sécurité qu'avec Doc.

A Campobasso, on passait aussi la nuit à attendre. La reco était-elle en bonne voie ? se demandait Brooks. De son poste à la pointe du dispositif, Snell avait rendu compte par radio, il avait vu le trio disparaître dans le brouillard et les eaux noires du fleuve. Il faut des couilles, songea Brooks. Egan, le Bleu, McQueen. Des couilles d'acier. Les plus grosses qu'on trouve au Vietnam, bon sang. Des *boonierats* comme eux, il en faudrait dans chaque compagnie.

Le jour commençait à poindre. Les équipes Maraudeur encore dispersées sur le terrain devenaient nerveuses. Depuis des jours, ils s'enfonçaient dans des fourrés d'épineux. Depuis des jours, ils perdaient conscience du temps. Ils n'avaient plus de points de repère. Le temps ne se mesurait plus ; jour et nuit perdaient leur contraste au-dessous de la brume. Les *boonierats* dormaient sous un ciel noir d'encre ou gris ardoise, se déplaçaient aussi facilement de nuit que de jour. A l'intérieur des sections, on mangeait, dormait, montait la garde par équipes relayées toutes les deux heures. Les hommes n'auraient pas été plus désorientés à bord d'un sous-marin ou d'un vaisseau spatial. Une seule chose les préservait de la folie, du naufrage mental : pour la plupart d'entre eux, ça ne signifiait rien. Le temps ne se mesurait pas en levers et couchers de soleil, mais en relèves, ravitaillements et opérations — et pour les Maraudeurs, cette opération ne prendrait fin que lorsqu'ils auraient conquis la butte ou seraient morts en essayant.

Parvenus à une hauteur où le brouillard s'amincissait, ils distinguaient mieux le haut de la butte. C'était comme une immense masse noire dont les contours se fondaient dans la grisaille du ciel, et, tout en haut, isolé, un arbre gigantesque écrasait le reste du paysage.

Le Bleu les entendit le premier. Ils ne devaient pas être très nombreux et progressaient discrètement, mais sans prendre de précaution particulière. Chelini les regarda approcher à travers le feuillage et saisit une grenade. Egan arrêta son geste, doucement d'abord, puis de façon plus insistante. Il indiqua le bas de la colline. Le Bleu n'osa pas se retourner, mais il les entendait aussi, à présent. Un deuxième groupe. Il entendait aussi la respiration de McQueen. Les deux groupes se croisèrent à leur hauteur. Ceux qui descendaient tendirent des objets, sans doute des viseurs de nuit, à ceux qui montaient. Ils échangèrent quelques paroles à voix basse, puis le premier groupe reprit sa descente en bâillant. L'un des hommes s'arrêta brusquement, gagna le bord de la piste, jeta un coup d'œil dans la tranchée, s'accroupit pour examiner le sol de plus près. Il appela doucement les autres, mais ils étaient déjà trop loin. Le soldat se releva vivement, prit une poignée de feuilles mortes et en recouvrit le bout de terrain qu'il venait d'inspecter. Ensuite, il se soulagea tranquillement. Le Bleu distinguait son jet d'urine. L'homme pissait presque sur McQueen. Il se reboutonna et disparut dans la brume.

Épuisée, affamée, agitée, l'équipe Jill réintégra Campobasso à 06 h 20, au point du jour. Jax était particulièrement surexcité. Pendant dix minutes, ni Brooks ni l'OA n'arrivèrent à placer une question. Jax finit par se taire assez longtemps pour leur donner une chance de lancer le compte rendu de mission. Qu'avaient-ils pu voir, depuis leur contact avec les équipes mortier ? Qui, quand, où ? des détails. Brooks voulait compléter la mise en place des pièces sur son échiquier. Jax et lui reprirent la carte. Brooks nota chaque piste, chaque dispositif ennemi et aussi les heures. Les trois hommes refirent le point de la situation. Où étaient les Viets ? D'où arrivaient-ils ? Vers où se dirigeaient-ils ? Que pouvaient-ils savoir d'Alpha à la suite des accrochages de la nuit ? Étaient-ils en mesure de situer la compagnie ? Les contacts des quatre derniers jours dessinaient comme un cadre autour d'Alpha. L'ANV pouvait-elle encore penser qu'il s'agissait d'éléments de la compagnie D, descendus des crêtes environnantes, ou de la compagnie C, qui remontait la vallée ? Peu probable, songea Brooks. Il est temps de bouger.

« Brown, appela-t-il.

— Mon lieutenant ?

— Emmenez ces trois-là sur la berme et laissez-les dormir six heures. Vous montez la garde.

— Reçu, mon lieutenant.

— Qu'ils dorment. Si vous avez besoin de quoi que ce soit, envoyez-moi une estafette. Économisez vos piles.

— Mon lieutenant, intervint Cahalan. J'ai le commandant Hellman. Il dit qu'il peut nous envoyer la logistique d'ici une demi-heure.

— Quoi ?

— Le ravitaillement. Tout notre lot est embarqué.

— Merde ! Merde pour le ravitaillement ! Quand est-ce que l'Homme Vert revient ?

— Je n'en sais rien, mon lieutenant.

— Dites à ce connard... dites au commandant qu'on a trop d'hommes en reco. Mieux, dites-lui que la moitié de la compagnie est dehors à crapahuter et sera pas de retour avant... avant midi. »

Seul, essoufflé, Chelini sortit de l'eau et grimpa sur la rive. Une lourde corde était nouée autour de sa taille. Il rampa sous le feuillage, enfila ses rangers. 07 h 20, le jour était levé depuis une demi-heure, le soleil perçait à travers les brumes plus légères qui recouvraient le fond de la vallée.

« Pssst, SKYHAWKS, appela le Bleu.

— SKYHAWKS, bleu-bite, fit la voix de Pop. Où sont Egan et Queenie ?

— A l'autre bout de ça, chuchota Chelini en dénouant la corde. Va falloir que tout le monde tire.

— Y sont morts ?

— Merde, Pop ! Tu y es pas. Ils s'occupent de la carriole. Fais venir les autres. Les *dinks* vont l'avoir mauvaise au réveil.

— Quoi ?

— Grouille-toi. »

Pop disparut. Quelques secondes plus tard, Snell, Denhardt, Calhoun, Doc et Minh tiraient sur la corde. Nahele et Woods restaient postés en sûreté.

« Tirez, tirez, tirez, scandait Chelini pour régler la manœuvre.

— Qu'est-ce que c'est ? demanda Calhoun.

— Tu verras bien », fit le Bleu.

Le brouillard les empêchait de distinguer l'autre rive, mais un vague tintamarre leur parvenait, puis la tension de la corde parut quadrupler d'un seul coup et faillit les précipiter à l'eau.

« Tirez, tirez, tirez », continuait Chelini.

Ils redoublèrent d'efforts. La cadence était régulière, à présent. Soudain, vers le milieu du fleuve, la chose apparut — *ils* apparurent. Egan et McQueen guidaient l'objet ; on ne savait pas trop s'ils l'empêchaient de chavirer ou s'ils s'y accrochaient. Ça tenait de la barque et du tombereau : une charrette amphibie, avec des roues de vélo jumelées de chaque côté. Elle semblait pleine à ras bord, mais le contenu était recouvert d'une bâche. L'équipe s'acharna sur la corde, Chelini redoubla la cadence.

« Je veux bien qu'on me les coupe ! » s'exclama Snell. Tout le monde commençait à jubiler.

Les roues du véhicule touchèrent la berge. McQueen et Egan grimpèrent rapidement se mettre à couvert. « Faut la sortir et se tirer », cracha McQueen, à bout de souffle.

Quatre hommes descendirent rapidement se placer autour de la charrette et commencèrent à pousser, tandis que les autres tiraient sur la corde. Les roues patinaient ; la charrette refusait de grimper la rive boueuse et abrupte. Trois hommes supplémentaires entrèrent dans l'eau. Ils étaient maintenant sept à pousser, pendant que Doc et Minh tiraient de toutes leurs forces. La carriole finit par s'extraire. « Montez, montez », scandait Chelini. Les pieds des *boonierats* enfonçaient dans la vase, mais les roues franchirent le rebord et la charrette partit brutalement en avant, renversant presque Minh au passage. Les hommes la rattrapèrent, puis la tirèrent à couvert en empruntant un étroit sentier. Chelini ôta la bâche. Dessous, il y avait sept roquettes 122 mm, quatre fusées d'appoint, quatre radios de véhicule et une enveloppe de documents.

Dès qu'ils eurent reformé une position autour de leur butin, Snell contacta le PC.

« Vous avez *quoi ?* fit El Paso.

— Une charrette amphibie bourrée de roquettes et de radios. »

Personne, à l'intérieur de la compagnie, pas plus que dans le reste du bataillon ou de la brigade, n'avait jamais eu affaire à un engin semblable — d'une conception qui donnait à l'ANV une plus grande souplesse logistique qu'on ne lui attribuait jusque-là. Avec un véhicule de ce type, se dit Brooks, plus besoin de ponts ni de bacs. Il appela aussitôt l'Homme Vert, mais tomba encore sur Hellman, qui se fit répéter trois fois la description de l'engin et ordonna qu'on le brêle en vue de sa récupération. Il viendrait l'enlever en personne avec l'appareil de l'Homme Vert.

Egan et Pop fixèrent la corde aux coins de la charrette et bricolèrent une élingue, puis allèrent remplacer Doc et Minh sur le périmètre, afin de leur permettre de traduire au moins quelques documents avant que l'enveloppe ne soit emportée avec le reste.

« Et ça, ça dit quoi ? demanda Doc.

« Ça dit que le grand peuple américain nous soutient et se dresse contre sa propre armée. La base dite O'Reilly fait déjà les gros titres des journaux américains. Le peuple des États-Unis se révolte contre ses seigneurs de la guerre impérialistes. Nous devons tirer des forces du prolétariat, de nos camarades en Amérique. Si nous sommes forts, nous pouvons répercuter les effets de la base Ripcord sur le peuple américain et jusque sur son Congrès. »

« C'est la merde, se lamentait Brooks. Pourquoi ne se sont-ils pas contentés de regarder ce qu'il y avait et de rendre compte ? Maintenant, cet enfoiré de Hellman va nous balancer un hélico au milieu. Ça y est. C'est foutu. Ils savent exactement où on est, ils connaissent nos plans. » Brooks convoqua El Paso et l'OA, ainsi que Moneski, qui venait de ramener l'équipe Danielle. Il tenta de se calmer un peu, puis leur fit part de ses craintes.

El Paso sembla comprendre et partager sa colère, mais, pour une fois, ne fut d'aucune aide. L'OA reporta sur la carte le franchissement du fleuve et suggéra un barrage immédiat sur la rive sud. Avec l'accord de Brooks, ils appela Armageddon Two. Moneski, épuisé au retour de sa reco, se contenta de hausser les épaules et laissa tomber : « Pas de problème, ils ont qu'à pousser la charrette un kilomètre plus haut.

— Bon sang, Monk, s'exclama Brooks, voilà le trait de génie. C'est l'évidence. El Paso, contactez Pop. »

L'équipe se remit en route à contrecœur. Le fond de la vallée n'était plus plongé dans l'obscurité totale, même si on n'y voyait pas encore à vingt mètres. Pop marchait en tête, Egan et Chelini en second. Pour bouger la charrette, il fallait rester sur une piste, donc s'exposer aux pièges, aux embuscades ou aux snipers. Ils avançaient lentement, péniblement, se relayant pour pousser et tirer. La carriole roulait sans problème, mais la pensée de rester ainsi à découvert était terrifiante. Chacun jurait dans son coin, quand ils ne juraient pas par deux.

« Envoyez de la fumée, fit la voix de Hellman à la radio.

— Fumée », chuchota Snell à Egan. Le sergent lâcha une grenade fumigène verte qui monta se perdre dans le brouillard. « Fumigène parti, communiqua Snell.

— Vu Citron Vert, à vous, répondit Hellman.

— Affirmatif, fit Snell tout en suivant à l'oreille les évolutions de l'hélicoptère.

— Fumée », commanda à nouveau Hellman.

Snell étouffa un juron et balança une rouge. « Fumigène parti, annonça-t-il.

— Vu Gros Raisin Rouge, à vous.

— Affirmatif, Red Rover, terminé. » Snell coupa avant d'ajouter : « Vu Gros Connard. »

L'hélico se mit en vol stationnaire au-dessus d'eux. Les pales semblèrent découper une ouverture dans le brouillard et le soleil aveugla soudain les hommes au sol. Le pilote balança son appareil de manière à agrandir l'ouverture et à permettre au commandant de repérer son chargement. Egan était monté sur la charrette et brandissait une boucle de la corde. Le chef d'équipe, debout sur un patin, guidait le pilote. Sur l'autre patin, Hellman commençait à hurler ses félicitations dans le vacarme des rotors. Doc et Minh l'observaient. Le reste de l'équipe Stephanie était disposé en sûreté immédiate. Doc fit signe à Egan que l'élingue improvisée avait l'air de tenir bon. « Beau boulot ! » répéta Hellman, puis il lança un sac de courrier à moitié plein vers Doc et les salua encore de la main. Egan acheva de fixer la corde au crochet placé sous le ventre du Huey et fit un signe au chef d'équipe. L'appareil s'éleva légèrement, la corde se tendit. Egan sauta à terre et récupéra son M16. L'hélico prit de la hauteur, entraînant la charrette, qui se balança un moment avant de disparaître dans la brume. Doc avait déjà ouvert le sac de courrier et aperçu, sans même le vouloir, la lettre pour Egan sur le dessus de la pile. Il la retira du sac, tandis que Pop rameutait tout le monde et pressait le mouvement. « Faut filer d'ici en vitesse. Vers le nord, puis l'ouest.

— Au sud, dit Egan. Meilleure couverture. »

Doc saisit le bras d'Egan et lui tendit la lettre avec un grand sourire. Au dos de l'enveloppe figurait un seul mot : Stephanie.

Les obus de mortier commencèrent de pleuvoir au même instant.

Brooks en avait fini avec les Maraudeurs de Candy, et il achevait de débriefer ceux de Suzie quand l'équipe reco eut son premier mort. Pendant les quatre jours de la partie de cache-cache, Suzie n'avait pas établi un seul contact — la seule équipe à n'avoir infligé aucune perte à l'ennemi, la seule aussi à ne rapporter aucun renseignement. Pourquoi ? Qu'est-ce qu'ils fabriquaient ? Comment avaient-ils opéré ? Suzie était constituée de Harley, Andrews et Hill — tous de bons soldats, des anciens du groupe de Whiteboy. Brooks ne décela aucune irrégularité dans le compte rendu de mission. Peut-être l'équipe d'Egan, postée plus à l'est, avait-elle empêché l'ennemi d'arriver jusqu'à la zone où opérait Suzie. Le lieutenant ne chercha pas trop à savoir, ne fit aucun reproche, ne manifesta aucune déception. Il se montrait lui-même assez critique à l'égard de certains chefs qu'il qualifiait d'« obsédés du décompte » et ne tenait pas à passer pour l'un d'eux. Il laissa tomber le sujet, pour briefer les hommes sur la mission à venir, puis les renvoya en concluant simplement : « Bon boulot, merci. Allez vous reposer, et économisez vos piles. » Mais désormais, il les aurait à l'œil. N'était-ce pas Whiteboy qui avait interrompu le mouvement sur la 848 en ouvrant le feu sans raison à la M60 ? L'écho des tirs de mortier en amont coupa net ses réflexions.

Minh fut le premier touché. Les obus explosèrent tout près et les *boonierats* se plaquèrent au sol, mais la deuxième et la troisième salve tombèrent au milieu du groupe. Minh fut touché à la nuque et au flanc gauche, le sang gicla, Doc fut aussitôt près de lui. On balayait leur position aux armes légères — d'assez loin sans doute, car les tirs n'avaient aucune précision —, puis les mortiers crachèrent à nouveau. Des bouts de métal tailladèrent les jambes de Snell, qui était en contact radio avec Brooks au moment de la première salve. Snell gémit, et soudain il n'eut plus mal du tout. Baissant les yeux, il aperçut une bouillie de pieds sans arriver à croire que c'était les siens. Boussole en main, Pop se tenait près de lui. D'autres obus éclatèrent à proximité.

« Merde, Pop, grogna Snell. Désolé, je suis désolé.

— Quiet Rover Four de X-Ray *, fit Pop dans le combiné.

— X-Ray de Four, à vous.

— On file direction novembre. Tirs ennemis sierra cinq-quatre-cinq degrés oscar. Distance environ cinq cents mètres. Stop et fin. »

Depuis Campobasso, Brooks rendit compte à l'Homme Vert, tandis que l'OA appelait Armageddon Two.

Doc posa trois pansements individuels camouflés sur la tête de Minh. L'éclaireur saignait du nez, du sang rouge vif ruisselait sur tout son visage. « Monte-le sur moi », souffla Doc à Denhardt. Il souleva le petit Vietnamien et partit à la suite de McQueen. Egan les menait vers le sud au pas de course, fonçant tête baissée dans les broussailles. Pop et Chelini, soutenant Snell, semblaient disputer une bizarre course où chacun avait trois pieds. Les obus continuaient de pleuvoir.

« Salauds de *gooks* », siffla Egan. Et aussi salaud de Hellman avec son hélico de merde. Son esprit travaillait à toute allure tandis qu'il chargeait comme un joueur déchaîné sur le terrain. On aurait dû faire sauter cette saloperie de carriole. Ils tirent pile sur le point d'enlèvement. Ils nous voient pas. Ils ont pas d'unité ici, pas possible. Egan ralentit avant une zone où la végétation devenait plus basse et réfléchit calmement. Les Viets n'iraient pas arroser leurs propres hommes. Jusque-là, il avait détalé comme un lièvre, piétinant tout sur son passage, et les autres l'avaient suivi aveuglément. Les mortiers ANV déplaçaient le tir vers l'est, puis vers l'ouest, et maintenant vers le nord. Les obus tombaient derrière le groupe. Depuis Barnett, les obusiers 105 d'Armageddon lâchèrent deux tirs de contre-batterie à la suite. Armageddon balayait à toute allure la zone que Pop avait indiquée à Brooks, puis se mit à arroser les coordonnées communiquées par l'OA. Les tirs de mortiers cessèrent à la troisième salve d'Armageddon.

Doc déposa Minh sur le sol, s'agenouilla, déchira la chemise de l'éclaireur. Tout le dos de Minh n'était qu'une plaie sanglante. Doc colla une oreille contre sa poitrine, Egan accourut pour l'aider. Chelini souleva les jambes de Minh. Derrière eux, Calhoun et Pop demandaient une évasan. Nahele et McQueen découpèrent le pantalon de Snell et ses rangers, fixèrent des tourniquets en haut de ses cuisses. Denhardt et Woods se disposèrent en sûreté immédiate. Doc se redressa, resta un instant à promener un regard vide sur Egan et le torse mince de l'éclaireur, qu'il frappa soudain de toutes ses forces, un grand coup de poing pour tenter de relancer le cœur. D'un doigt, il remonta du ventre de Minh au sternum, puis quelques centimètres sur le côté. Il plaça la paume de sa main à l'endroit voulu et appuya. « Bouche-à-bouche », ordonna-t-il à Egan, qui était déjà en position. Le sergent nettoya la bouche de Minh du vomi mêlé de grains de riz qui l'obstruait, puis lui inclina délicatement la tête, évitant de toucher les blessures, vérifiant une fois de plus que la cavité buccale était nette. Il colla ses lèvres à celles de l'éclaireur, lui pinça les narines et commença des insufflations courtes et rapides. Il sentait l'air gonfler les poumons. Doc continuait de pomper régulièrement, soixante coups par minute. Egan soufflait à présent toutes les cinq secondes ; les deux hommes accordaient leur rythme. « Vérifie les pansements » ordonna Doc à Chelini, puis, comme celui-ci, hésitait : « Grouille ! »

L'hélico sanitaire décolla de Camp Evans dans les trois minutes suivant l'appel et alla rejoindre les deux Cobra chargés de son escorte au-dessus du Rach My Chanh. L'artillerie de Barnett lança des tirs de harcèlement par demi-batterie toutes les minutes jusqu'à ce que le convoi eût atteint la vallée. Pop dirigeait l'opération avec méthode. Il contacta directement le pilote de l'évasan, lui donna un vecteur approximatif de 265° à partir de la base. Un autre radio entra dans le réseau pour prévenir le pilote : « Vents à 90°, force cinq à sept nœuds. » Pop reprit le contrôle et briefa le pilote sur la situation tactique. « Pas d'amis dans un rayon d'un kilomètre.

— Reçu », fit le pilote, qui demanda quelques précisions sur la LZ et les blessés.

« Broussailles basses vers novembre. Brouillard au sol en train de se dissiper, encore épais de trois mètres environ. Quand tes patins toucheront le brouillard, tu seras pile sur nous. » Pop continua d'assurer le guidage. Nahele porta Snell jusqu'à la limite sud du point d'enlèvement. McQueen, Denhardt et Woods allèrent garantir le côté nord. Calhoun laissa la radio à Pop et se dirigea vers l'est. Pop s'enfonça dans les broussailles basses. Pendant ce temps, Doc et Egan continuaient de travailler sur Minh.

« Vous pouvez laisser tomber, fit soudain Chelini. Il est mort. »

Les deux hommes continuèrent la réanimation sans répondre. Le Bleu alluma une cigarette, tira une bouffée, exhala la fumée, puis tendit la cigarette à Doc. Celui-ci secoua furieusement la tête.

« Il est mort, Doc. Je peux voir sa cervelle. Ça dégouline partout. » Chelini tendit la main, souleva un coin de pansement. Un flot de sang épais, libéré, s'échappa sur le sol, charriant des bouts grisâtres et spongieux de tissu cérébral. Le Bleu souleva encore le pansement ; découvrant la nuque et le côté de la tête, qui n'étaient qu'une grande plaie ouverte. Egan arrêta son bouche-à-bouche et fixa sur Chelini un regard brûlant, fou.

Les yeux fermés, Doc continua son massage cardiaque. Il pleurait. Chelini examina de près la tête de Minh, enfonça un doigt dans la plaie béante. « Voilà le cerveau », dit-il. Il se pencha davantage. « Ici, la région du tronc cérébral. Là, ce doit être le bulbe rachidien. Et ici derrière, le cervelet. »

Il n'y avait pas eu un tel vacarme d'hélicoptères dans la vallée du Khe Ta Laou depuis le sixième jour de l'opération. Charlie, Delta et la reco de la compagnie E étaient au ravitaillement, tandis que des Chinook ravitaillaient la base. Le temps se réchauffait et le ciel devenait plus clair. Seuls quelques vestiges de brume s'étiraient encore le long du fleuve. Les soixante-douze *boonierats* de la compagnie A étaient tous regroupés à Campobasso. La dernière équipe Maraudeur rentra à midi, la reco à 12 h 30. Brooks continuait de raconter à Hellman et à l'Homme Vert que ses hommes étaient dispersés dans toute la zone. « Mais ils sont en train de rentrer... ils ne vont pas tarder. » Si on ne les a pas dans les pattes jusqu'à ce que tout le monde ait été débriefé, calculait-il, on aura de quoi les convaincre de repousser le ravitaillement.

« Je veux un rapport minute par minute, mètre par mètre », annonça-t-il avant d'entamer le débriefing de l'équipe reco avec El Paso, l'OA et les trois lieutenants de section. Pop semblait extrêmement las. Doc restait muet. McQueen avait le regard vitreux, le Bleu l'air indifférent. Le visage de Chelini était contusionné. « Je me suis fait mal en plongeant quand ils nous ont arrosés au mortier », expliqua-t-il. Egan avait les mains bandées. « Sans doute la charrette », fit-il simplement. La lettre de Stephanie était dans sa poche. Il voulait se mettre à l'écart pour la lire, mais Brooks exigeait son compte rendu de mission. Il fallut d'abord leur arracher les détails, puis tout vint peu à peu, chacun se mit à raconter ce qu'il avait vu. Egan décrivit de façon très précise la relève de la garde, le poste d'observation sur la butte, les deux pistes parallèles et la tranchée. « On a bien examiné la tranchée avant de se tirer. Ils ont des lignes terrestres sur le côté. C'est ça que le gus qui a failli pisser sur McQueen recouvrait. » De nombreuses questions furent posées sur l'équipement de vision nocturne. McQueen, le mieux placé du groupe, n'avait quand même pas pu distinguer nettement de quoi il s'agissait. Tout le monde s'interrogea. L'OA dit que si les patrouilles disposaient de viseurs de nuit, les guetteurs sur la butte en auraient certainement aussi.

On passa à d'autres points. Jusqu'où descendaient les deux pistes et la tranchée ? Ils n'étaient pas sûrs. « On a refait le tour en revenant, expliqua Egan, et on a poussé un peu plus loin vers l'ouest. Là, on est tombés sur la grande piste. Vous n'avez pas idée du nombre de traces de roues. A mon avis, tout ça nourrit un complexe de galeries qui doit se situer au pied de la butte. En haut, ils doivent rien avoir, à part le poste d'observation. »

Et la forme de la pente ? Son inclinaison ? Là encore, ils ne pouvaient pas se prononcer avec certitude. « La carte m'a l'air bonne », fit Chelini, qui articulait avec difficulté à cause de sa mâchoire. « C'est peut-être un peu plus raide que ça n'est indiqué.

— Oui, confirma Egan, et je crois que c'est un peu plus haut, également. La carte situe le sommet à deux cents mètres, seulement soixante de plus que le niveau du fleuve. Moi, je dirais plutôt cent de plus. Ces pentes et la tranchée suivaient presque exactement une ligne nord-sud. »

L'interrogatoire revint aux pistes et aux gardes. D'après McQueen, chaque relève ne concernait que la moitié de la garde. Quatre descendaient et quatre montaient, « mais je suis bien sûr qu'ils en avaient encore quatre là-haut, ajouta-t-il. La relève a eu lieu à 05 h 30. Si on les attaque, faudrait faire ça quand ils se préparent à partir. 05 h 00 ou 05 h 15.

— J'aime bien quand vous vous mettez à cogiter, fit Brooks en souriant. De là-haut, si le temps est clair, ils doivent avoir un point de vue imprenable sur toute la vallée. » Il se gratta le crâne. « Avec des viseurs... ils ont même pu nous repérer quand on descendait la 848. »

Le compte rendu de mission se poursuivit. Egan raconta l'histoire de la charrette. Tellement simple qu'il s'était senti tout bête. « Comme une farce de collégien », dit-il. Ils avaient suivi la première piste qui descendait la butte jusqu'à l'endroit où elle croisait une autre route qui semblait mener en amont. Ils suivirent celle-ci sur quatre cents mètres et trouvèrent la charrette tout bonnement garée en bord de piste.

Ils jetèrent un coup d'œil aux alentours et finirent par découvrir quatre soldats endormis. Egan et le Bleu les surveillèrent pendant que McQueen poussait la charrette plus loin. Sans difficulté. Quand il fut à une centaine de mètres, Chelini et le sergent abandonnèrent les dormeurs et vinrent le rejoindre. Ils se contentèrent ensuite de guider l'engin jusqu'au fleuve, puis le Bleu traversa avec la corde. Ça avait été la partie la plus facile de toute l'expédition, la mission la plus simple de la carrière d'Egan. Ils en rirent tous jusqu'au moment où Hellman décida qu'il voulait récupérer ce foutu machin. « Vous connaissez le reste », conclut Egan avec une voix sinistre.

Pendant l'après-midi, Campobasso se transforma en marais fétide. Les ex-Maraudeurs essayèrent de dormir. A bout de forces, trempés, ils puaient autant que la tourbe autour d'eux. Les yeux s'enfonçaient dans les orbites creuses, les langues gonflaient dans les bouches desséchées. Ils n'avaient plus d'eau utilisable, ils étaient abominablement sales, et ce moment de repos leur permit de s'en apercevoir — la chaleur croissante soulignait encore leur état. Les soldats du PC s'occupèrent des postes d'écoute et d'observation ; les hommes des sections qui n'avaient pas quitté Campobasso montèrent la garde sur la berme. En début de soirée, les moustiques sortirent par nuées. Les sangsues grouillaient aussi dans ce coin, comme dans tout le nord de la vallée. Une fois de plus, les hommes étaient à court d'insectifuge. Ils s'enveloppaient la tête et les mains dans leurs ponchos, mais moustiques et sangsues passaient quand même. Toute la compagnie était nauséeuse et fourbue — toute, à l'exception d'Egan.

Egan avait sa lettre. Et quelle lettre. Il voulait hurler sa joie. Il sortit la photo de son portefeuille. Il ne l'avait pas regardée depuis des mois. Il la caressa, passant doucement un doigt sur la joue de Stephanie. La photo était écornée, jaunie, couverte de piqûres après une si longue exposition à l'humidité. Egan l'essuya soigneusement. Il prit la lettre en songeant à la beauté de Stephanie. C'était daté du 13 août 1970. Ils s'étaient croisés.

> Mon Daniel,
>
> Sais-tu à quoi ça ressemble, une âme ? Ça ressemble à un arbre avec ses branches — un jeune arbre, mais dont les branches couvrent tout ton corps. Il y a des gens à qui on montre un petit bout, une feuille ; d'autres qu'on laisse s'asseoir sur les branches. Toi, quand tu es arrivé, je t'ai laissé voir tout l'arbre. Tu m'as demandé si tu pouvais le garder un jour ou deux pour l'examiner. Comme tu n'en ignorais déjà plus rien, j'ai dit d'accord. Alors, tu as arraché mon âme en ne me laissant que les racines. Mais quelque chose a dû se passer avant le jour suivant,

et tu n'es pas revenu. Je n'ai pas récupéré mon âme, et depuis je n'en ai plus. Je me suis dit qu'il allait m'en pousser une à partir des anciennes racines, mais c'est si long à venir. Ce serait tellement plus simple si tu me la rapportais. Mon Daniel, je n'ai pas cessé de penser à toi. Je m'inquiète pour toi. Écris-moi. Dis-moi que tu vas bien. Je sais que tu as presque accompli ton temps. Quand vas-tu rentrer ? Est-ce que je peux venir te chercher à l'aéroport ? Je meurs d'envie de te revoir.

Je t'aime,
Stephanie.

A 16 h 40, le 24 août, seize obus de mortier tombèrent dans le périmètre de la base Barnett. Deux soldats américains furent tués, trois autres blessés. A 17 h 30, l'ANV attaqua la compagnie D, blessant trois hommes. Un des attaquants fut tué. Pendant ce temps, Brooks continuait d'être harcelé par le commandant Hellman, puis par l'Homme Vert. Il lui fallut quatre appels pour convaincre le commandement que son plan tenait debout. Toutes les conversations se déroulaient en cryptophonie sur le PRC-77, et même là, Brooks parla en code.

« Red Rover, la partie se jouera sur notre terrain aux ides plus douze [1]. Les spectateurs devraient arriver à cinq heures. Goodyear en attente au-dessus du stade [2]. L'avant gauche monte au panier et passe au centre. A vous.

— Quiet River de Red Rover. L'hymne national est terminé. La partie peut commencer. Terminé. »

Dès la fin de la conversation, Doc appela doucement le lieutenant.

Brooks dévisagea le toubib. Ça ne semblait pas aller fort. Il avait l'air plus mal en point que la plupart des *boonierats.* « Qu'est-ce qui se passe, Doc ? », demanda-t-il d'un ton qui se voulait léger.

Doc secoua lourdement la tête. « Mon lieutenant, c'est une mission suicide. Si on traverse encore un coup, y aura personne qui reviendra.

— Voyons, Doc, on a la compagnie C deux kilomètres à l'ouest. Ils feront mouvement à l'aube. Bravo est à deux bornes et demie, mais ils ont déjà commencé à resserrer l'étau. Leur position de nuit sera à moins de deux kilomètres de notre objectif. La reco de la compagnie E descend la 606 et sera à deux kilomètres. Les rombiers de Delta sont

1. Dans le calendrier romain, les ides tombent le 15 en mars, mai, juillet, octobre, et le 13 les autres mois. En clair : « L'assaut aura lieu demain 25 août (13 + 12), soit douze jours après le début de l'opération. » *(N.d.T.)*

2. Le fameux ballon publicitaire Goodyear ; ici, l'appui aérien *(N.d.T.).*

pile au-dessus de nous, et Dieu merci ils vont y rester. L'OA nous aligne une préparation d'artillerie. On a un appui aérien à temps et un groupement frais à la demande. Ça va être du gâteau. Et j'ai encore d'autres bonnes nouvelles : on va faire sauter le sommet pour aménager une LZ. On sera exfiltrés. On rentre à la base pour une semaine. »

L'après-midi s'étirait. Le soleil faisait fumer le marécage ; les *boonierats* dépérissaient, mais ils ne pouvaient guère qu'attendre et rester cachés. Pensant aux guetteurs ennemis en haut de la butte, Brooks avait donné l'ordre à toute la compagnie de rester à couvert. Mais dans l'immobilité forcée, la chaleur n'était pas moins torturante que le froid — pire, peut-être, car dans le froid ils étaient encore en traque, en embuscade. Ils étaient les chasseurs. Maintenant, ils se terraient. Les rôles étaient changés, ils le savaient, et l'ANV donnait la chasse. Que faire, sinon nettoyer encore son arme, dormir ou lire le courrier balancé par le commandant Hellman de son hélicoptère ?

El Paso avait reçu sa lettre mensuelle du père Raul, qui n'annonçait rien d'important. Sa mère allait bien mais s'inquiétait, comme toujours. Chelini avait une lettre de ses parents. Son père voulait lui faire savoir qu'il était fier de lui. Vingt-huit soldats reçurent ainsi des lettres et de petits colis. Rien pour Brooks.

El Paso confisqua le *Newsweek* de Leon Silvers, daté du 10 août. Il lut les articles traitant du Vietnam et de la politique internationale. La Chine communiste s'apprêtait à normaliser ses relations diplomatiques avec la Yougoslavie. L'U.R.S.S. venait de tester un missile SS-11 doté de leurres et d'un brouillage antiradar. Le président Thieu dévaluait enfin la piastre. Ah ! voici un truc intéressant ! se dit El Paso :

> HANOI NE PREND PAS DE RISQUES
>
> Les bombardements sur le Nord-Vietnam sont interrompus (à l'exception de quelques raids visant à protéger des avions de reconnaissance) depuis novembre 1968. Néanmoins, Hanoi ne relâche pas son effort et conserve un réseau de 4 000 emplacements d'artillerie sol-air, près de 500 radars et 40 batteries de missiles soviétiques.

« Ces petits salauds gonflés au riz ont l'air drôlement équipés », grogna El Paso. Il passa à la rubrique sports. Vince Lombardi, entraîneur des Washington Redskins et auparavant des Green Bay Packers, venait d'être hospitalisé avec un cancer du côlon. Le Mexique est dans la course pour la coupe du monde de foot.

Jax se glissa discrètement auprès d'El Paso et lui tendit des coupures de presse qu'il venait de recevoir, accompagnées d'un mot de son beau-frère. « On est à combien d'O'Reilly ? demanda-t-il.

— Quinze bornes, à une ou deux près.

— Merde, lis donc ça. » Jax tira un feuillet de sa liasse. Un communiqué UPI.

MONTÉE EN PUISSANCE COMMUNISTE DANS LE NORD DU VIETNAM

Saigon. D'importants combats entre forces nord- et sud-vietnamiennes ont été signalés hier dans les montagnes du nord du pays, près de l'ex-base américaine Ripcord.

Plus de 1 000 soldats ennemis seraient en train de se regrouper dans ce secteur en vue de l'attaque d'une base sud-vietnamienne.

Des chasseurs bombardiers et des hélicoptères américains et sud-vietnamiens ont attaqué les positions nord-vietnamiennes à la bombe, à la roquette et au napalm durant toute la journée. Les premiers comptes rendus ne font état d'aucune perte.

LOCALISATION

Un correspondant en poste au QG de la 1re division sud-vietnamienne à Huê rapporte que quatre bataillons nord-vietnamiens ont été repérés dimanche sur une crête située à 1,5 km de la base de feux O'Reilly.

O'Reilly, ancienne base de la 101e division aéroportée US, a été réactivée en mars dernier par la 1re division sud-vietnamienne. Située à moins de 8 km au nord de Ripcord, sur une crête de 500 m de haut, elle avait été abandonnée le 23 juillet par l'artillerie de la 101e sous une forte pression ennemie.

L'article s'étendait sur les mouvements d'unités ennemies venues du Laos dans la zone O'Reilly, et sur les efforts sud-vietnamiens visant à briser les concentrations de troupes.

« Ils parlent même pas de nous, fit Jax.

— On était pas là quand ça a été écrit, fit remarquer El Paso. C'est daté du onze. Qu'est-ce que t'as d'autre ?

— Voilà un truc sur le procès de Soledad [1]. » El Paso commença de lire l'article :

CONTESTATION AU PROCÈS DE SOLEDAD

Le juge Carl A. Allen, président de la Cour supérieure, a déclaré hier qu'il ferait « tout son possible » pour obtenir que l'affaire des frères de Soledad soit renvoyée de la Cour supérieure de San Francisco à la juridiction de San Quentin.

Le procès des trois détenus — George L. Jackson, 28 ans ; Fleeta Drumgo, 27 ans ; John Chutchette, 27 ans — accusés du meurtre du gardien John V. Mills, 26 ans, à la prison de Soledad...

Jax interrompit la lecture d'El Paso en lui tendant une autre coupure : « En voici un sur le procès de My Lai. Lis donc la dernière phrase.

1. Voir George Jackson. *Les Frères de Soledad,* Gallimard, 1971 *(N.d.T.).*

— C'est du réchauffé. Ils en ont déjà parlé à la radio quand on était à la base. » El Paso revint à l'article sur Soledad.

> ... les commentaires du juge Allen font suite à la fusillade au centre civique de Marin County, vendredi dernier, au cours de laquelle le juge Harold Haley, pris en otage au tribunal par des détenus de San Quentin, a trouvé la mort.
>
> Deux des détenus, ainsi qu'un jeune militant, Jonathan P. Jackson, ont également été tués au cours de la fusillade. Le jeune Jackson était le frère de George Jackson, l'un des accusés de Soledad.

Jax revint à la charge. « Ça, c'est rien », fit-il en sortant un autre article, daté du lendemain.

> ANGELA DAVIS IMPLIQUÉE
> DANS L'ACHAT DES ARMES
> par Charles Raudebaugh
>
> Des enquêteurs ont annoncé hier que deux des armes utilisées dans la tragique prise d'otages de la semaine dernière ont été achetées par Angela Davis, 26 ans, ex-professeur de philosophie de l'université de Californie.
>
> Le juge Harold Haley, de San Rafael, et trois autre personnes ont trouvé la mort au cours de la fusillade qui a suivi la tentative...

Jax l'interrompit une nouvelle fois. « Quand est-ce qu'on va en finir avec l'injustice ? »

Doc, qui arrivait au même instant, répéta la question en s'asseyant près de ses deux amis, puis ajouta : « L'injustice, c'est nous. C'est nous par le seul fait qu'on est là.

— Tu parles comme Jax, à présent ? demanda El Paso.

— Je finis peut-être par ouvrir les yeux.

— Tu vas pas bien à cause de Minh.

— C'est vrai, Mista'. A cause de Minh. A cause de Soledad. A cause du procès des Panthères noires. A cause du Vietnam. A cause de Nixon. A cause de la loi et de l'ordre. J'ai ma dose. »

Abrité sous un bosquet de bambous, couché sur le dos dans sa position favorite, saucissonné de la tête aux pieds dans son poncho, Egan avait sombré dans un profond sommeil. En début de soirée, un vent léger chassa la chaleur figée de l'après-midi. Et puis le rêve d'Egan se transforma. L'avenir fantasmé avec Stephanie vira à l'horreur. Ça n'arriva pas d'un seul coup. Stephanie et lui avançaient en terre étrangère. Ils quittaient un pays de néant et se dirigeaient vers une sorte de château médiéval, sombre et lourd, à la pierre humide et moussue, dernier bastion de l'ignorance et de la haine. Ils étaient devenus, sans savoir comment, les meneurs d'une révolte contre les formes institutionnelles, rituelles, de la duperie. Suivis de hordes dépenaillées, ils s'apprêtaient à prendre leur Bastille, quand Daniel perdit de vue Stephanie. Il n'y eut plus que néant, vide et désolation. Il trembla, grinça des dents.

« Le dernier bastion de la haine », hurla-t-il, puis, plus calme : « Non, c'est une forteresse de sagesse, de savoir et d'amour. La vérité, l'amour, enfermés derrière des murs de pierre, protégés de la foule haineuse par ces parois massives. En réalité, je conduis une armée gonflée de haine et décidée à détruire cette forteresse. Est-ce pour cela que tu m'as laissé ? Es-tu à l'intérieur ? Es-tu mon ange secret, venu sauver mon âme, alors que je recrute pour mon démon ? Pourquoi suis-je en train de donner l'assaut à ce qui est connaissance et amour ? »

La lumière vacilla, changea ; une étoile solitaire brillait dans un ciel noir. Et, dans l'obscurité, le sapeur était là. L'étoile scintillait sur la machette argentée, jouait sur la lame, tandis que la silhouette sombre, bras replié, levait toujours plus haut l'énorme coutelas, puis frappait. Egan voulut bouger, mais le poncho le tenait cloué au sol. La lame descendit entre ses deux yeux. Il voyait la scène de l'extérieur, au ralenti. La lame tranchait le nez, sectionnait le cerveau, fendant le haut de son visage en deux selon une ligne nette.

Egan se réveilla en sursaut, glacé, sans oser bouger. Recroquevillé dans son cocon, il n'y voyait rien ; un peu de lumière filtrait quand même par les fentes du poncho. Très lentement, il porta une main à sa tête, se palpa le nez sans découvrir de blessure. Il entrouvrit le poncho. Dressé au-dessus de lui, le Bleu l'observait.

Avant de quitter Campobasso pour la dernière fois, les *boonierats* prirent leur repas, lentement, pour la plupart. Certains n'avaient plus rien, d'autres partagèrent le peu qui leur restait et tout le monde eut quelque chose à manger. Au PC, après le briefing, les anciens préparèrent en silence un festin aussi raffiné que le permettaient leurs maigres rations C. Chacun apporta sa contribution : tranches de porc ou d'ananas, rations type B-2. Egan fournit le plat de résistance, un jambon en conserve DeBuque de deux livres provenant d'un colis de Noël, et qu'il trimbalait depuis sept mois. « Y a jamais eu d'assez bonne raison de l'ouvrir, se contenta-t-il d'expliquer. Mais là, comme demain c'est sans doute la dernière journée du lieut dans la jungle... c'est plus que suffisant comme raison. »

Brooks organisa les préparatifs. Il ne restait que treize hommes au PC : ceux du PC proprement dit, qui n'étaient plus que six, ainsi que le lieutenant Thomaston, le Bleu, Jax et Egan de la 1re section, Pop de la 2e, le lieutenant Caldwell et Nahele de la 3e. Occupé à touiller un casque plein de café, Doc confia à Brooks et Jax : « Minh aurait aimé ça. Vous vous souvenez de cette fondue Cha Gio qu'il avait préparée un soir ?

— Quel truc ? demande l'OA.

— Une fondue vietnamienne. Minh préparait ça avec de l'alcool de riz, du vinaigre et un peu de sucre, je crois. Il découpait les crevettes et le bœuf en lamelles tellement fines qu'on voyait presque au travers. Après, tu trempais tes tranches dans l'alcool en ébullition, cinq secondes. C'est tout. Mista', t'as jamais rien goûté de pareil. »

Egan s'occupait de la viande. Il disposait de son jambon et de trois rations C de viande qui sentait comme de l'aliment pour chien. Il les mit dans un casque et versa par-dessus une boîte d'ananas fournie par Cahalan et une autre de pêches fournie par Brown. Il fit ensuite chauffer le tout avec quatre tablettes thermiques. Cahalan, Brown et Chelini masquèrent les flammes au moyen de leurs ponchos. Egan tournait doucement la mixture en essayant de ne pas détacher la croûte boueuse qui collait au casque. Ses pressentiments l'inquiétaient : il n'en avait jamais éprouvé de semblables auparavant.

Abrité par Caldwell et Nahele, Pop bricolait des sortes de sandwiches à partir d'une boîte de bœuf aux patates, de deux boîtes de viande en tranches et d'une autre de boulettes sauce tomate avec haricots. Des biscuits B-2 servaient de pain. Thomaston s'approcha et leur lança : « Demain, les gars, rendez-vous compte. Retour à la base. Demain soir, on se les roule. Aux autres de crapahuter.

— Vous allez nous payer la tournée, mon lieutenant ? demanda Nahele.

— Et comment. Dites donc, Pop, qu'est-ce que vous fabriquez là-dessous ? Ça pue la merde.

— Ben, j'vais pas pisser dedans », couina la voix de Pop sous les ponchos.

Quand tout fut prêt, les hommes s'installèrent en deux rangées, face à face, et firent circuler les casques à partir du centre, dans le sens des aiguilles d'une montre. Chacun se servait avec les doigts ou une cuiller plastique et versait sa part dans une boîte de ration vide.

« C'est de la bonne graille, fit Jax.

— Mes compliments aux cuisiniers, dit Cahalan.

— Au lieut, proposa Egan.

— A Minh, murmura Doc pour lui-même.

— J'ai pas eu de pain, moi, râla Brown.

— Mince, blagua Cahalan, un Brownie sans biscuit.

— Tenez, dit Brooks en partageant son dernier biscuit.

— Oh ! non, mon lieutenant. Je disais pas ça pour...

— Ça va bien, j'en avais plein.

— Ben merci, mon lieutenant. »

Ce soir-là, ils mangèrent lentement, pour des fantassins habitués à enfourner la nourriture à toute allure et à l'avaler sans mâcher. Ils eurent tout de même terminé en cinq minutes et demeurèrent assis en silence. Il faisait trop sombre pour allumer une cigarette. Personne ne se décidait à partir. Ils se sentaient proches. Brooks les regarda. Une compagnie magnifique, se dit-il. Il se leva doucement, alla jusqu'à son sac et revint avec une boîte — la seule — de Budweiser. Avec son ouvre-boîtes B-52, perça deux trous en haut, avala une gorgée et fit passer. El Paso, Doc, Jax, Thomaston, Egan et Chelini burent à leur tour. Le Bleu tendit la boîte, encore à moitié pleine, à Caldwell. « Vous rigolez », fit le lieutenant de la 3e section, dégoûté à la pensée des sept bouches qui s'étaient déjà collées à l'ouverture. Du bout des doigts, il passa la boîte à Nahele, qui but deux gorgées. Pop, Brown, l'OA et Cahalan achevèrent la tournée.

EXTRAIT DU J.M.O.

LES RÉSULTATS SUIVANTS CONCERNANT LES OPÉRATIONS DANS LA ZONE O'REILLY/BARNETT/JEROME SONT SIGNALÉS POUR LA PÉRIODE DE 24 HEURES PRENANT FIN A 23 H 59 LE 24 AOÛT 70.

AVANT L'AUBE DE CE JOUR, DES ÉLÉMENTS DE LA 3e SECTION, CO A, 7/402, ONT PRIS EN EMBUSCADE ET ENGAGÉ UNE ÉQUIPE RAVITAILLEMENT ANV RENFORCÉE A PROXIMITÉ DU POINT YD 145324. PERTES ENNEMIES : 6 TUÉS. UN SOLDAT US LÉGÈREMENT BLESSÉ PAR SHRAPNEL.

A 07 H 20, UNE ÉQUIPE RECONNAISSANCE DE LA CO A A DÉCOUVERT UNE CHARRETTE AMPHIBIE NON GARDÉE, APPARTENANT À L'ENNEMI. IL S'AGIT D'UNE EMBARCATION DE TROIS MÈTRES SUR UN DOTÉE D'UN ESSIEU SOLIDE SOUS LA COQUE ET DE ROUES JUMELÉES DE BICYCLETTE SUR LES CÔTÉS. L'ÉQUIPE RECO A RÉCUPÉRÉ LE VÉHICULE ET L'A TIRÉ JUSQU'A UN POINT D'ENLÈVEMENT. LA CHARRETTE CONTENAIT 4 ROQUETTES 122 MM, 4 FUSÉES D'APPOINT, 4 RADIOS ET DES DOCUMENTS. LE TOUT A ÉTÉ ÉVACUÉ.

A 09 H 15, UN ÉLÉMENT DE LA CO A, 7/402, A ESSUYÉ UN TIR DE MORTIER A PROXIMITÉ DU POINT YD 158317. L'ÉLÉMENT A ÉTÉ APPUYÉ PAR UN TIR DE CONTRE-BATTERIE. UN SOLDAT US BLESSÉ, UN ÉCLAIREUR KIT CARSON TUÉ.

LA BASE BARNETT A REÇU 16 OBUS DE MORTIER 82 MM DANS SON PÉRIMÈTRE A 16 H 40. 2 SOLDATS US TUÉS, 3 BLESSÉS. A 17 H 30, UN ÉLÉMENT DE LA CO D, 7/402, A ÉTÉ PRIS EN EMBUSCADE PAR DES FORCES ANV ESTIMÉES A UN GROUPE RENFORCÉ. L'ÉLÉMENT US A RIPOSTÉ PAR SES MOYENS DE FEUX ORGANIQUES, TUANT UN ENNEMI. 5 SOLDATS US BLESSÉS ONT ÉTÉ ÉVACUÉS.

DES ÉLÉMENTS DU 1er RÉGT (ARVN) ONT ENGAGÉ UNE FORCE ENNEMIE DE GRANDEUR INDÉTERMINÉE AU SUD DE LA BASE O'REILLY. PERTES ENNEMIES : 24 TUÉS. PERTES AMIES : 6 SOLDATS ARVN TUÉS, 8 BLESSÉS.

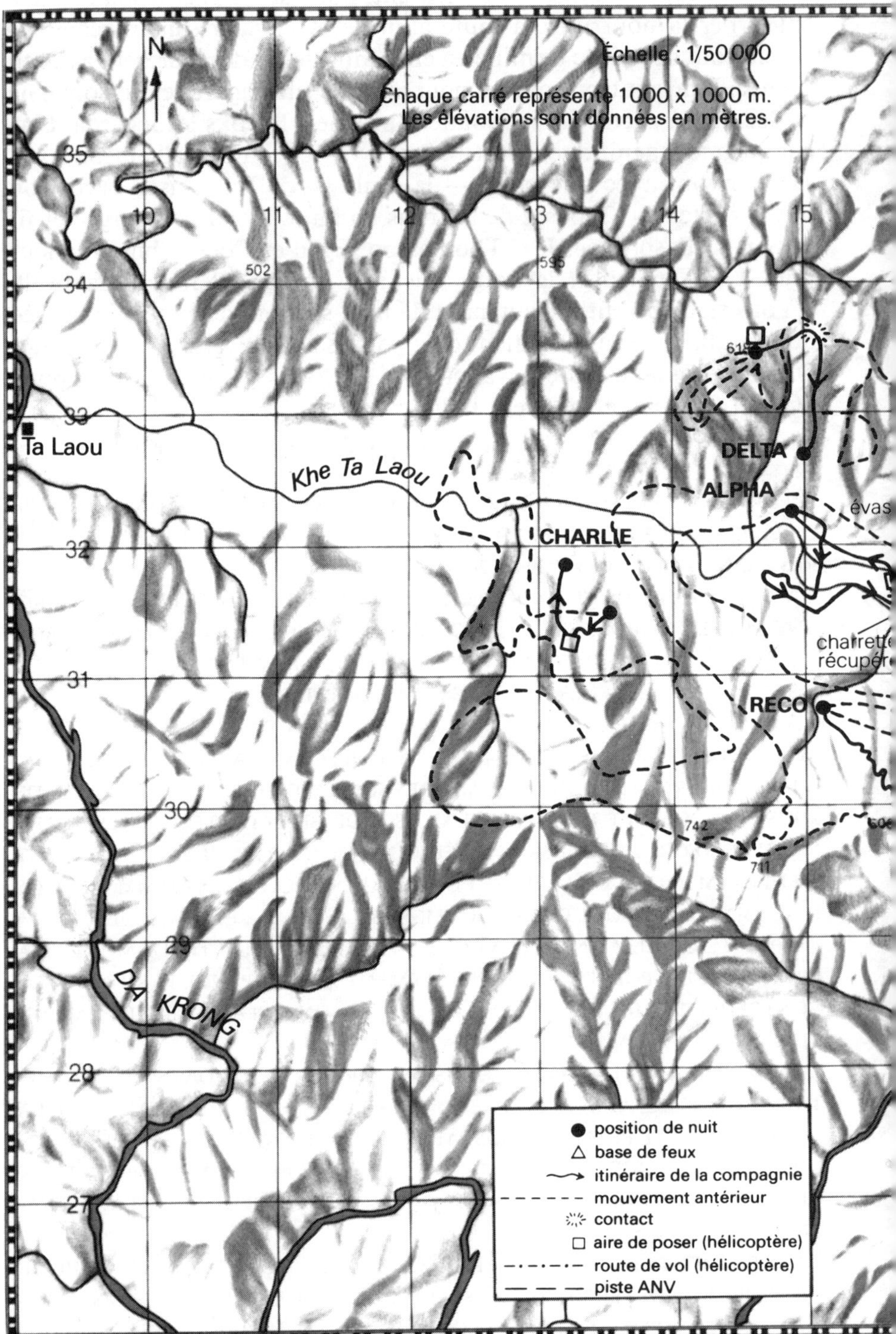

N
Échelle : 1/50 000
Chaque carré représente 1000 x 1000 m.
Les élévations sont données en mètres.
Ta Laou
Khe Ta Laou
DA KRONG
CHARLIE
DELTA
ALPHA
RECO
position de nuit
base de feux
itinéraire de la compagnie
mouvement antérieur
contact
aire de poser (hélicoptère)
route de vol (hélicoptère)
piste ANV

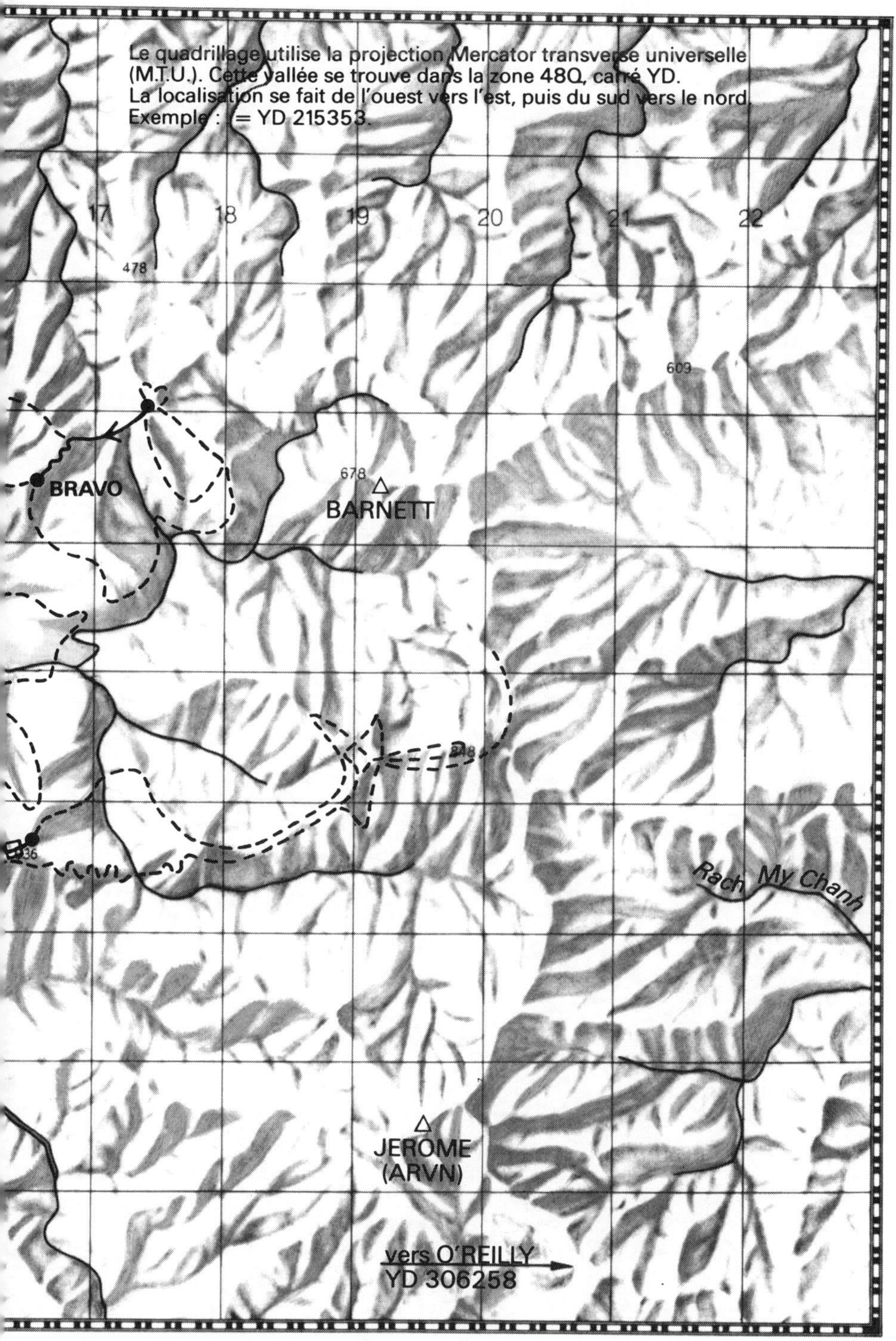
Le quadrillage utilise la projection Mercator transverse universelle
(M.T.U.). Cette vallée se trouve dans la zone 48Q, carré YD.
La localisation se fait de l'ouest vers l'est, puis du sud vers le nord.
Exemple : = YD 215353.
17
18
19
20
21
22
478
603
678
BRAVO
BARNETT
Rach My Chanh
JEROME
(ARVN)
vers O'REILLY
YD 306258

CHAPITRE 30

25 août 1970

Alpha se glissa hors de Campobasso comme un long serpent cherchant sa proie. Arrachés à leur somnolence, les *boonierats* s'étaient étirés, ébroués comme pour chasser le froid de leur dos. Bientôt, leur chef, qui marchait en pointe, les entraînait, relançait la machine. Ils partirent dans la nuit immobile, avançant sans paraître avancer, masqués par la brume qui coulait à nouveau sur le paysage. L'ANV, aussi, était en mouvement.

Où sont-ils ? se demandait Brooks. Où sont les petits bonshommes ? Sont-ils passés ici ? Basés là-bas ? Embusqués de ce côté ? Que feront-ils quand on va...

Ses interrogations furent coupées net par un tonnerre de feu à l'est. 1 200 mètres environ. Silence radio, songea-t-il aussitôt. A l'est, le fracas augmentait. Tir d'armes légères, AK, RPG, peut-être une SKS. Et la riposte : grenades, Claymore, M16, M60. Alpha continua sa reptation, vers l'est, puis au sud, en direction du fleuve.

Qui est en train d'attaquer Bravo ? se demanda Brooks. De toute façon, c'est bon. Les Viets seront plus dans leur base. Au tour de Bravo de déguster un peu. On va s'amener chez les *gooks* et coxer leurs planqués. C'est un QG, pas vrai ? Et qu'est-ce qui reste à l'arrière ? Des gratte-papier et des ramiers, disait l'autre. Des commandos bureaumobiles. Des planqués. T'en fais pas, Doc. C'est pas une mission suicide. La vallée de la mort, hein ? Et pourquoi donc ? Pourquoi ça devrait être comme ça ? Ils peuvent pas me faciliter le boulot ? Pourquoi on peut pas tomber d'accord sur le plan ? Ils connaissent le topo ! Le topo ! Avec ce genre d'expression, la réalité de la guerre part en fumée. Tiens, je devrais noter ça. C'est bon, ce brouillard. Avec un peu de pot, il se dissipera pas avant qu'on ait franchi le fleuve. Arrête un peu, Ruf. Faut que tu te calmes. Peinard, dans le brouillard. Pas de bruit. Lila, ma douce, quand je vais rentrer, ton jules et moi, on va causer un peu, et côté tactique, j'en suis plus aux bagarres de rue. Je pourrais bien réclamer un appui artillerie.

Brooks avait vraiment utilisé toutes les ficelles, comme jamais auparavant, pour sortir un plan susceptible de tromper l'ennemi et de mettre Alpha en position de force pour l'assaut. L'OA avait aligné tous les objectifs possibles « à la demande ». Feu immédiat. Appui immédiat. Pas de blessés. On s'empare du QG, on prend des prisonniers.

A deux cents mètres du fleuve, le serpent perdit sa queue. Brooks entraîna le PC, les 2e et 3e sections plein sud vers le fleuve ; Egan mena la 1re section vers le sud-ouest, à l'endroit où le fleuve faisait un coude, à l'est de la butte. Le silence radio fut maintenu. La 2e section de Bravo était en ligne et réclamait une évasan d'urgence. Egan marchait en pointe avec Marko et sa M60. « Il me faut une puissance de feu », avait-il expliqué à Chelini, relégué en quatrième position. Egan glissait à travers broussailles, bambous et herbe à éléphant comme s'il n'avait pas besoin de marcher, comme s'il lui suffisait de projeter son corps un mètre en avant par la pensée. Les tirs cessèrent du côté de Bravo. Un mouvement, imperceptible d'abord, puis un peu plus prononcé, commença de déplacer l'air épais de la vallée, devint une brise qui courbait les hautes herbes. Egan suivait et pliait avec elles. Il était dans son élément, né pour la guerre de jungle. Le fantassin par excellence. Derrière, Marko l'observait. Il distinguait un chapeau de brousse au-dessus d'un gros sac, deux jambes dessous. Rien de plus. Le mouvement parfait de l'ensemble l'impressionnait. Il aurait été horrifié s'il avait pu connaître les pensées qui s'agitaient sous le chapeau.

L'euphorie provoquée par la lettre de Stephanie avait tourné au mauvais trip. Egan était resté bizarrement silencieux tout au long du dîner. Il ne pensait pas que les autres l'avaient remarqué. L'ambiance était plutôt calme, et Egan cachait bien son humeur. Lorsque le Bleu réclama en plaisantant du papier hygiénique — « C'est ça que j'aimerais vraiment : un vrai rouleau de P.Q., pure ouate, double épaisseur. — T'as des hémorroïdes ? » répliqua aussitôt Brown —, Egan surprit tout le monde : « Peut-être qu'on peut faire quelque chose pour toi. » Il alla fouiller dans son sac et revint avec un authentique rouleau tout neuf.

Après le dîner, ils avaient tenté de dormir en attendant deux heures du matin. Egan retournait la même question dans sa tête : « Comment j'ai pu produire ce monstre ? Qu'est-ce qui le rend dingue comme ça ? » L'image du Bleu avec les doigts dans la cervelle de Minh lui retournait l'estomac. Il lutta pour s'empêcher de vomir, puis se décida à aller parler à Chelini. « T'es complètement tordu, fils de pute. T'es en train de perdre les pédales pour de bon. Penses-y et fais pas le con. Ressaisis-toi. » Le Bleu s'attrapa les couilles en rigolant et lâcha : « Tiens, je me suis ressaisi. Moi, mon truc, c'est de tuer des *gooks.* » Egan repartit et continua de sombrer dans la déprime. Il essaya de parler à Doc, mais ne put lui arracher un mot. Il alla trouver Jax, qui sentit ce qui se passait avant que le rouquin eût ouvert la bouche. Ils échangèrent un *dap* silencieux. « Jax... Jax... — Ça va, vieux. — Écoute, bredouilla Egan, à mon avis, un type a plus à se soucier de sa mort une fois qu'il y a eu droit... c'est pas comme le moment juste avant... mais si tu peux te dominer avant, alors y a pas de moment où ta mort doit te tracasser. — Panique pas, Eg. » Mais le sergent ne pouvait plus s'arrêter : « En chacun, il y a un instinct de vie et un instinct de mort. Quand le deuxième devient plus fort que le premier, c'est là que tu mords la poussière. La mort vient pas par hasard, Jax. — Merde, Eg... — Je le sens, Jax. — Tu déconnes. — Je le sens, je te dis. Tu te rappelles comment Hutch l'a senti, avant la 714 ? — Alors, merde, t'as plus de couilles ? — C'est un truc qui ment pas, Jax. — Où elles sont, tes couilles ? » D'un seul coup, Egan se calma. « Ça va, maintenant », dit-il. Jax pleurait. C'est à peine s'il l'écouta poursuivre : « J'étais en train de penser que j'aimerais bien aller à la pêche, tu sais, juste aller m'étendre sous un arbre et me laisser bercer par le vent. Chemise ouverte, pour bien sentir la caresse du vent. J'aurais ma ligne devant moi, et pas un poisson qui viendrait mordre. D'ailleurs, je foutrais même pas d'hameçon. Pourquoi je rêverais d'une chose pareille, Jax ? Je suis jamais allé à la pêche sauf quand j'étais tout môme, et même là, j'ai jamais rien pris. Je suis même pas certain d'aimer ça. Bizarre, non ? Et là, je me vois aller à la pêche avec Escalato. Je le vois cette nuit-là, debout au milieu de la LZ en train de guider l'évasan pendant que ça pète de tous les côtés. C'était quelqu'un, mec. Ça aurait jamais dû arriver. Et le vieux Rafe. Même si ça me fait mal au ventre de l'avouer, ce con-là m'a sauvé la mise deux fois. Et le petit Minh. Carbageman, Silvers. Je te parie qu'ils aiment tous la pêche. » Jax ramena ses genoux contre lui, se cacha la tête et continua de pleurer. Il se rappelait aussi le moment où Hutch avait eu ce sentiment — et il n'était pas le seul dans ce cas. Certains mouraient, d'autres non. « Ça chie pas, Jax », murmura Egan. Il posa sa main sur l'épaule du Noir et serra doucement. « Ça va aller, maintenant. Merci, mon frère. Tu parles pas de ça, hein ? »

Pendant la nuit, Egan était parvenu à se détendre un peu. Il s'aperçut qu'il arrivait à penser à lui-même comme mort, dépourvu d'existence. Il fut conscient qu'on lançait l'ordre de mouvement, mais il n'entendait pas les mots. Il se sentit plus fort en cours de progression, très fort lorsqu'il entraîna la 1re section vers le fleuve. Il était en paix ; il ressentait très fort la vie, la brume et le vent, le vert de la vallée, sa végétation luxuriante et le riche humus sous ses pieds. Il pensait à lui-même à la troisième personne. Son sort était joué, il pouvait marcher sans crainte. Il connaissait l'avenir. C'est bon. C'est bon de savoir que ça va venir. Mais quelle merde, tout de même. Juste au moment où Stephanie écrit. Juste quand il aurait *pu* y avoir un avenir. Et merde, ça chie pas. C'est bon comme ça. Tout le monde meurt un jour ou l'autre.

Avant qu'Alpha ait pu atteindre les points choisis pour traverser le fleuve, la compagnie B fut à nouveau frappée. L'évasan venait de commencer quand l'ANV ouvrit le feu au fusil et à la mitrailleuse, empêchant les hélicoptères de recueillir les blessés. Des hélicoptères tentèrent de strafer [1] les positions ennemies, mais les seuls points de feu visibles étaient beaucoup trop proches de Bravo. Les armes légères continuaient de crépiter à un kilomètre — couvrant tout bruit qu'Alpha aurait pu faire. La compagnie A put donc sans problème approcher de la berge du Khe Ta Laou. La brise avait chassé les brumes qui coiffaient le fleuve. Il y eut soudain trois grosses explosions à l'ouest. A présent, c'était la compagnie C qui trinquait.

Pendant presque deux jours, le commandement ANV avait limité ses mouvements de troupe. Le raisonnement était simple : les Américains nous ont tendu des embuscades parce que nous avons perdu le contact avec plusieurs de leurs éléments. Nous ne connaissons pas toutes leurs positions, ce qui leur donne un avantage momentané. Toutefois, les Américains se ravitaillent par hélicoptère, et doivent donc tôt ou tard trahir leur position. Nous pouvons les prendre en compte sur leurs aires de poser, les suivre en adaptant nos dispositifs et frapper chaque fois que c'est possible.

Ils avaient exécuté leur programme : la compagnie C comptait deux morts, deux blessés, et réclamait à son tour une évasan.

Sous le fouettement rythmé des pales d'hélicoptère, Alpha s'apprêta à franchir le fleuve. Le Bleu se déshabilla et s'accroupit dans la vase, protégé des viseurs de nuit de guetteurs éventuels par le feuillage loqueteux. La butte se dressait devant lui comme un monstre gigantesque. Le sommet semblait se perdre à plus de cent mètres ; les versants paraissaient raides comme des falaises ; tout en haut, le grand arbre formait une sorte de corne sur le groin du monstre, une corne coiffée d'un large capuchon. Chelini ricana. Je t'emmerde, grand con, tu y auras droit aussi. Il se mit à fredonner un petit air dans sa tête, et ça le fit rigoler.

On monte et on descend,
on fait le tour et puis on revient.
Et c'est parti.

1. *Strafing :* mitraillage au sol *(N.d.T.).*

Je crois qu'on en trouvera jamais un autre,
un autre aussi dingue que moi.

Il avait l'impression de chanter fort, il n'aurait pas chanté plus fort pour toute la section, et il continua de marteler :

Hommes en guerre, une fois de plus,
la paix, quel ennui.
On va s'en donner.
Hommes en guerre, vous et moi,
et moi je sais,
je sais que je suis dingue.

Grandiose, ce chant, se disait-il, persuadé de le hurler si fort que chaque *boonierat,* chaque soldat ennemi, l'arbre, la butte, tous devaient l'avoir entendu. Personne en vue, pourtant. Il sourit. Pauvre Eg, songea-t-il. La quille dans deux semaines. Il va rater le meilleur. Et Jax, qu'est plus là que pour quelques mois. El Paso, plus qu'un mois. Même le lieut se tire. C'est pas de pot. Ils devraient rempiler. Moi, je suis déjà en train de devenir un ancien. C'est tous des mecs formidables. Si je pouvais les garder ensemble, plus rien nous arrêterait. Dommage, c'est presque fini. Ils vont nous recueillir, et après, tous ces types vont se tirer. Mais je peux les garder ensemble, murmura-t-il. De plus en plus excité, il le répéta, le jura devant Dieu. Dans ma tête, je peux les garder ensemble. Ils existent que dans ma tête.

Son monologue intérieur s'emballa, ce fut comme une explosion. Jésus-Christ, dit-il. Jésus-Christ ! Si le Christ est un homme et que tous les hommes sont frères est-ce que ça ne veut pas dire que le Christ est mon frère ? Il est le fils de Dieu, alors moi aussi je suis le fils de Dieu, et donc un dieu moi-même. Je suis immortel, indestructible, je suis un homme-dieu. Si on me fout les tripes à l'air, je me ressusciterai. Leon, Minh, Whiteboy, mes amis, je possède le pouvoir de vous détruire, mais mon amour pour vous est trop grand, c'est un amour que les autres ne peuvent pas encore comprendre. Mes amis, nous sommes devenus un seul être. Vos cellules sont mes cellules, mes cellules sont les vôtres. J'ai en moi cet amour de vous, en moi, à travers moi, avec moi, et dans le pouvoir, dans l'esprit de cet homme-dieu, vous serez ressuscités et vivrez. Je suis l'Homme-Dieu, et vous n'érigerez pas de fausses idoles devant mes yeux.

Le plan d'attaque du Khe Ta Laou se modifiait avec chaque escarmouche, chaque prisonnier capturé, chaque compte rendu en vol de la reconnaissance aérienne. Chaque bribe d'information venait s'insérer dans le puzzle, et facilitait un peu plus sa reconstitution. Le

Vieux Renard situait d'abord le QG de l'ANV sur la « Crête du Retour » de la compagnie B. L'Homme Vert ne partageait pas cet avis et le voyait au centre de la vallée. Chaque officier de renseignement avait sa petite idée, mais les hypothèses tombaient l'une après l'autre, démenties par les faits, ou, plus commodément encore, laissées de côté. La Crête du Retour abritait bien un complexe hospitalier, mais pas de centre opérationnel ou de communications. Au nord, des compartiments de terrain restèrent inexplorés à cause des gaffes de la compagnie D. L'attention générale se tourna vers le centre de la vallée grâce à la découverte de la charrette amphibie. C'était la dernière option, et, comme ne manqua pas de le faire remarquer l'Homme Vert, ça aurait peut-être dû être la première, avec toute une compagnie d'infanterie mise à terre en haut de la butte le 13 août.

Plus tard, le Vieux Renard défendit son plan initial en déclarant que la 7e du 402e ayant encerclé la vallée dès le premier matin, aucune grande unité ennemie ne put se dégager du piège et rien ne fut perdu. A ce stade, c'était devenu un débat de pure forme. Le plan avait été modifié, et le 24 août, la dernière phase commença, l'étau fut resserré. La compagnie Bravo descendit par l'est, la compagnie Charlie par l'ouest. A l'aube du 25, les deux unités étaient fixées sur des positions défensives et comptaient des blessés dans leurs rangs. Sous le commandement direct de l'Homme Vert, la compagnie Delta dévala la crête nord ; à l'aube, elle interdisait la grande piste ennemie au pied de l'escarpement et pénétrait dans l'ancien TO d'Alpha. Pendant la nuit, le reco de la compagnie E descendit par le sud, mais au point du jour elle s'était égarée et essayait de se regrouper sur les tertres. Durant toute la matinée, les quatre éléments se heurteraient aux tireurs embusqués et aux pièges de l'ANV. Alpha, qui ne s'était pas ravitaillée, n'avait pu être repérée avec exactitude par l'ennemi et traversa le fleuve sans histoire.

Le ciel commence à blanchir, mais les étoiles les plus brillantes sont encore visibles, et la terre reste sombre. Dans cette heure incertaine qui précède l'aurore, chaque chose — feuillage, sol et montagne — prend une teinte bleu-noir presque transparente. Le vent souffle régulièrement et achève de dissoudre les brumes. L'opération en est à son treizième jour.

Dans une sorte d'extase, Egan mène la 1re section. Il est en paix avec lui-même, il a oublié qu'il était vivant. Il glisse dans le paysage comme un fantôme. Sa mission consiste à nettoyer et occuper la butte, à tailler une aire de poser au sommet et à établir une position à partir de laquelle appuyer et renforcer si nécessaire les 2e et 3e sections. Derrière lui, vingt-trois *boonierats* avancent sur une piste très utilisée et recouverte par la jungle. Tout ce qu'ils voient leur semble permanent, tout est inoccupé.

Non, enrage Thomaston, c'est pas possible qu'on soit vraiment en train de faire ça. Seize au jus. La sueur lui coule dans les yeux. Seize au jus et je suis un lieutenant. Je suis pas censé crapahuter en pleine jungle à seize au jus.

Encore un pas, se dit Jax. Encore un petit pas. L'envie le démange d'attraper le peigne qui est dans sa poche, mais il y résiste. Le pied droit devant le gauche, et tu quittes pas des yeux cette putain de jungle. Il examine rapidement la piste, jette un coup d'œil vers la voûte végétale, presque sans lever la tête ; seuls ses yeux bougent. Un arbre ici, un buisson là, de l'herbe de ce côté. S'ils m'allument sur la gauche, je plonge dans le buisson et je canarde. S'ils m'allument sur la droite, je me jette dans ce creux. Jax, faut que tu te trouves un boulot avec le ravitaillement. Qu'est-ce que tu fous là, à faire la guerre de l'Homme blanc ? S'ils m'allument à gauche, j'arrive à ce bosquet ; s'ils m'allument à droite, je peux encore aller dans le creux.

A une centaine de mètres du fleuve, la 1re section s'arrête au pied de la butte. Le 3e groupe se détache et commence à grimper. Chelini prend la tête. Ils sont trois hommes de pointe : le Bleu au centre, Harley à gauche, Hill à droite. Juste derrière, au centre, vient Frye, armé du nouveau XM203. Le reste suit en colonne : le radio, Andrews, Kirty, Mullen, et le lieutenant Thomaston en arrière-garde. Ils grimpent très lentement, tandis que le reste de la section continue de tourner au pied de la butte. Au bout de dix mètres, le 2e groupe se met à grimper à son tour, imité un peu plus loin par le 1er. La même formation est adoptée : voltige de pointe en triangle avec la mitrailleuse au centre, les fusiliers sur les flancs et le grenadier venant juste derrière, prêt à tirer par-dessus l'élément de tête. A présent, les trois groupes montent à l'assaut de la butte.

C'est la dernière fois, songe Brooks. C'est la dernière fois que je mène une compagnie d'infanterie. Trois au jus. A la tête des 2e et 3e sections, il s'éloigne du fleuve en décrivant un arc de cercle qui le conduit au-delà de la 1re section, derrière la butte. Leur mission consiste à découvrir le QG ennemi, à le pénétrer et à le détruire. Maintenant, Brooks pense sans langage ; il écoute, sent, traduit ses impressions sans passer par les mots ; les bunkers sont à l'ouest, au nord-ouest, au pied de la butte. A travers les broussailles, il entraîne ses hommes dans une forêt de bambous quasi impénétrables. Il travaille lentement, calmement, patiemment ; il a la patience du chasseur dans ses mouvements, celle du chat qui attend le bon moment pour sauter sur sa proie.

Pop Randalph marche derrière le lieutenant. Il ne pense à rien. Il fait partie de la machine. Il est la machine : un capteur ultra-sensible qui a pour mission de protéger l'élément de pointe, d'absorber le choc quand il se produira.

Il n'en va pas de même pour Doc Johnson, en milieu de colonne. Les pensées se bousculent dans sa tête. La rage l'étouffe. Ils n'ont pas le droit, se dit-il. L'oppresseur ne possède aucun droit que l'opprimé soit tenu de respecter. C'est Jax qu'a raison. C'est Cleaver qui a raison. Ils ont pas à nous envoyer au fond de ce truc pour nous faire massacrer. C'est pas une mission ; c'est un suicide. Doc entend une brindille casser. Son cœur s'arrête, puis repart, un battement énorme qu'il ressent jusqu'au bas-ventre et aux épaules, et puis plus haut, comme une onde de choc qui vient se briser derrière ses yeux. Il grimace. Il n'arrive pas à situer l'origine du bruit.

Brooks émerge des bambous, franchit une piste ennemie, une fois de plus masquée par une voûte végétale. Les sections progressent à travers un fouillis d'herbes, de broussailles et de bambous. La 3e commence à se déployer sur la droite, la 2e sur la gauche ; le PC demeure au centre. A l'extrême droite du dispositif, Nahele avance souplement. La M60 lui agace les mains, elle semble le solliciter, comme si, d'elle-même, elle voulait faire feu. Nahele retient son arme. Il mène son groupe sur la droite — c'est son groupe à présent, Ridgefield et Snell ne sont plus là —, puis il oblique et progresse vers le nord-est, vers le fleuve, contournant la butte par l'ouest.

La 1re section est à mi-pente. La progression a été silencieuse, mais les hommes sont tenaillés par la crainte ; ils sentent une présence. Ils ralentissent encore l'allure. Chelini les sent, Egan aussi. Le Bleu jette un coup d'œil à droite, à gauche ; il met un genou en terre ; aussitôt, tous ceux qui suivent plongent dans les fourrés. Les pointes du trident se resserrent, de trente à vingt mètres d'écart. Chelini renifle à nouveau, relève la tête. L'arbre colossal se dresse deux cent cinquante mètres plus loin, cinquante mètres plus haut. Ses branches gigantesques semblent se déployer au-dessus de lui. Il fouille du regard les branches, le feuillage, sent tout à coup la chaleur dans son dos, sur ses bras. A l'est, le soleil est monté au-dessus de la crête, et des deux côtés, on entend des hélicoptères. Evasans, se dit le Bleu. Et puis le PC volant. Des éclairs incandescents barrent soudain son champ de vision. Il plonge, tourne sur lui-même et fait feu dans la direction des éclairs avant que ses oreilles aient enregistré le bruit, avant de savoir qu'il est en train de tirer. Des salves d'AK-47 l'aveuglent sur sa droite, puis le son lui déchire les oreilles ; on tire aussi à gauche, il y a des explosions, un feu roulant de M16, la riposte, son M16 aboie aussi.

Il entend Hill crier : « Je suis touché ! » Harley et lui bondissent, se plaquent au sol en tirant, sans s'arrêter pour Hill. Faye fait cracher son XM203 par les deux canons, balles en rafale et grenade, sans même observer le départ du coup. Les balles ennemies font gicler la terre. Chelini claque un deuxième chargeur dans son couloir d'alimentation, se relève, fonce. L'air siffle puissamment à ses oreilles. RPG. L'explosion suit, lui secoue les yeux dans leurs orbites, sans arriver à le déconcentrer, il rafale toujours. Andrews se met à hurler. « Bravo ! Bravo ! » Le code d'Alpha pour réclamer un toubib.

A gauche, Egan hurle aussi en chargeant droit sur les points de feu ennemis au-dessus de lui. Souple, rapide, il est partout à la fois, dressant une véritable muraille de plomb devant lui. Il tourbillonne, zigzague, sème la mort sans s'arrêter. « Pour Minh ! » braille-t-il, mais il ne sait pas qu'il vient de hurler. Marko et Johnson sont dans son sillage. Des charges explosives sautent devant eux, le choc les laisse assourdis ; ils ne se rendent compte de rien. « Faut leur montrer qu'ils jouent aux cons avec le Zéro-deux ! » gueule Egan. Marko lance son cri de guerre, aucun son ne sort de sa gorge. Ils plongent à couvert pour recharger ; Moneski, du 2e groupe, plonge derrière Egan ; Beaford et Smith derrière le Bleu et Harley. Le 2e groupe s'est coupé en deux ; cinq vont renforcer le 3e groupe, les cinq autres en font autant pour le 1er. L'ANV n'exploite pas la situation en déboulant au centre.

Chelini fonce droit devant en rafalant. Il piétine tout sur son passage, fait des bonds d'un mètre, valdingue dans les broussailles ; des tiges de bambou le poignardent, des branches déchirent son treillis, griffant sa peau. Il s'empêtre dans les lianes, retombe ; des ronces lui lacèrent le visage. Il ne sent rien.

« Mes orteils ! Mon pied ! Il est barré ! » Hill est en train de hurler. Plus haut, à droite, l'ennemi continue d'arroser. Le 1er groupe se bat sur la gauche. L'écart entre les hommes s'agrandit. Chelini enfourne son cinquième chargeur. Hill rampe vers le centre, à l'écart des tirs. Il se glisse sous un buisson, traînant sa jambe droite. Du sang gicle de la cheville. « Toubib ! » gueule Andrews. Merde pour les codes. Doc McCarthy est avec le 1er groupe ; Numbnuts et lui sont cloués au sol, sans tirer, sans bouger. Andrews pose prudemment son fusil, déchire la jambe droite du pantalon de Hill au-dessous du genou. Il y a du sang partout, luisant sur la peau blanche, aspergeant le treillis d'Andrews. Le radio arrache littéralement un pansement du brêlage de Hill. « Ma jambe ! Mon pied est foutu ! » hurle le blessé. « Ta gueule ! gronde Andrews. T'as qu'à te mordre la langue. T'as envie qu'un *gook* fasse un carton sur nous ? » Il colle le pansement sur le flot de sang, essaie d'envelopper les plaies. La cheville est fracassée, les tendons sectionnés. Le pied pendouille, inerte. Andrews appuie sa main sur la blessure ; la douleur remonte, foudroyante ; Hill se met à hurler. Appliquer une pression directe, se dit Andrews. Hill se tord sous les broussailles.

Les tirs des bunkers et des emplacements de combat fauchent les branches, lacèrent la végétation. Marko rafale en balayage, labourant tout sur son passage ; sa mitrailleuse crache férocement. « Fixe-les au sol ! » crie Egan. Il balance une grenade vers le bunker à dix mètres, plonge, avance de deux mètres, rampe. Marko soutient la cadence ; Jax et Denhardt arrosent sans discontinuer. « Remuez-vous le cul ! » braille Egan. La grenade éclate sans résultats au-dessous du bunker. Jax avance. La M60 de Marko se mélange aux tirs ennemis. Jax lance sa dernière grenade et tire. Egan bondit sur la gauche, la grenade pète. Essayer de balancer une grenade d'une livre depuis dix mètres dans une ouverture large de soixante centimètres, tout en essuyant le feu de l'ennemi, non, impossible. Numbnuts n'aurait pas fait mieux en tirant une grenade avec son XM203 — s'il avait essayé, mais il s'était enfoui la tête dans les broussailles dès la première salve. Il est en train de pleurer. « Je veux rentrer, laissez-moi rentrer. » Doc McCarthy relève la tête. Il entend les appels d'Andrews mais n'arrive pas à bouger. Il tremble. Une roquette B-40 éclate au-dessus de lui. L'estomac retourné, il vomit, essaie de reculer, mais une rafale de mitrailleuse le plaque à nouveau au sol, le nez dans son vomi. Il maudit Numbnuts de lui avoir communiqué sa trouille. « Toubib ! » hurle encore une fois Andrews. Oui, fait McCarthy. Oui, je peux, il faut que je le fasse. Il se met à ramper. « Où tu vas ? » gémit Numbnuts. Il claque des dents. « Non, Doc, non. » Il entend une charge explosive qui saute quelque part, plus haut, entre Egan et Marko. Il sent la secousse, s'aplatit davantage, pleure. Il est sûr d'être cloué là pour l'éternité. McCarthy a disparu.

« Rover Two de Quiet Rover Four, parlez. » Brooks les appelle d'une voix insistante, fébrile. « Rover Two de Quiet Rover Four, à vous. » Marko rafale toujours, le canon de la M60 lui brûle les mains. Lairds et Denhardt tirent et rechargent à tour de rôle. Presque tout le 1er groupe est en train de tirailler ; devant, Egan s'élance et plonge dans le bunker en faisant cracher son 16 ; il se reçoit, arrose des deux côtés. Ce n'est pas un bunker. Il s'en rend compte aussitôt. C'est une tranchée horizontale qui enserre la butte. Personne dans ce segment, mais ils peuvent être n'importe où, débouler n'importe où. Le combat fait rage sur sa droite.

« Rover Two de Quiet Rover Four. » Brooks répète son appel à voix basse, mais il est comme fou.

« Ici Rover Two, parlez, répond enfin Hoover.

— Compte rendu ? A vous.

— On les fait cavaler. A vous.

— Valeur de l'élément ennemi ! A vous.

— Quinze ou dix-huit. On peut les démolir. A vous.

— Distance jusqu'au panier ? A vous.

— 200... peut-être 150 mètres. Ils vont sortir en touche. Possibilité appui aérien immédiat ?

— Affirmatif. J'essaie. Montez au panier. Guidez votre Autorité et montez au panier. A vous.

— Toubib ! » Hoover entend soudain la voix de Thomaston hurler depuis le centre. Le lieutenant est auprès de Hill, qui continue de gémir. Son pansement est luisant de sang. Thomaston attrape le blessé, lui ôte sa ceinture et s'en sert pour faire un tourniquet en haut de la cuisse. « Serre fort », ordonne-t-il à Andrews tout en s'emparant du combiné radio. Il entend Brooks et Hoover dialoguer. « Affirmatif » est en train de dire celui-ci.

« Négatif, intervient Thomaston. L'avant-droit est engagé. Double Bravo Alpha Charlie [1]. Un prioritaire. A vous.

— Montez au panier, répète Brooks sur le réseau. Stop et fin. »

Le 1er groupe se porte vers la tranchée, saute dedans. Denhardt ressort, court plus haut ; Lairds le suit. Mètre après mètre, le dos courbé, ils se dirigent vers le centre. Egan est resté dans la tranchée, il tire maintenant au coup par coup, les balles s'enfoncent dans la terre molle. Jax et Marko, de part et d'autre de la tranchée, couvrent le flanc gauche. Ça ne tire plus d'en haut. Explosion dans la tranchée. Egan sent ses jambes en feu, perd l'équilibre, bascule vers l'avant sans cesser de courir. Il a heurté le fil de déclenchement d'un piège. Charge explosive ; c'est du shrapnel qui lui brûle les jambes. Il laisse tomber son fusil. Le bruit de l'explosion parvient à son cerveau, la nausée est immédiate. Pourtant pas gros comme explosion, songe-t-il. Ça mitraille devant lui, hors de vue, après un coude de la tranchée. RPD, AK, RPG. Il entend Harley réclamer un toubib. Il reprend son M16, l'inspecte prudemment, éjecte son chargeur et en introduit un nouveau, une cartouche dans la chambre. Il essaie de ramper, malgré la douleur cuisante dans ses jambes. Il sent son dos gluant, ça le brûle aussi là. Il ramasse ses genoux sous lui, balance d'avant en arrière, réussit à se mettre debout, repart dans la tranchée.

Plus bas, Chelini cavale, les yeux fous. Il a deux Nord-Vietnamiens dans sa ligne de tir ; il en descend un, l'autre s'enfuit. Le Bleu bondit, il est sur l'ennemi. L'homme tombe. Il est petit, menu, vigoureux, mais il ne fait pas le poids. Chelini cherche à lui crever les yeux. « *Choui Hoi* », hurle le Vietnamien sous le déluge de coups. Il essaie de griffer

1. Deux blessés au combat.

l'adversaire, mais l'autre est déchaîné et lui plante les doigts dans le visage. Le Vietnamien mord la main, Chelini mord à son tour, sent les cartilages du nez craquer sous sa mâchoire. Le Bleu s'acharne tel un chien enragé, déchire la gorge de l'ennemi et lui plante sa baïonnette dans le ventre. Du sang lui gicle dans la bouche, il s'arrête brusquement. Egan se tient au-dessus de lui et le regarde fixement.

Des tirs sporadiques continuent dans toute la vallée. Des mortiers pilonnent la base, le PC volant est aussi sous le feu ennemi. C'est maintenant que le plan de l'ANV est mis en œuvre. Les quatre compagnies US sont attaquées simultanément. C'est un plan coûteux pour les Vietnamiens, qui comptent au moins trente-six tués dans leurs rangs. Les hélicoptères américains strafent les concentrations ennemies. Une douzaine de grenades fumigènes lâchent leurs tourbillons rouges, marquant les lignes de combat US ou les positions ANV. Les unités américaines ne progressent pas. Elles sont trop proches l'une de l'autre pour permettre l'emploi de l'artillerie ou l'appui aérien direct. L'ANV manœuvre de sorte que les Américains se tirent dessus. De son PC volant, l'Homme Vert devine leur plan. Il soupçonne également, comme Brooks en bas, que ce plan n'inclut pas la compagnie A. Alpha s'est fondue dans le paysage ; la ruse qui consistait à ne pas se ravitailler a réussi. Seul un « plastron [1] » protège le QG ennemi.

Ils ratissent vers le nord-ouest à travers les broussailles. Le soleil joue sur la jungle, mouchetant le feuillage, la terre et les hommes. La danse des taches d'ombre accompagne l'avance silencieuse. Ils ont organisé la progression sur trois lignes. D'abord les voltigeurs de pointe, qui gardent un intervalle de sept mètres entre eux — trop, pensent-ils, mais ce sont les ordres de Brooks. La deuxième ligne suit à trois ou quatre mètres et se partage les intervalles, chaque homme couvrant deux des voltigeurs qui le précèdent. Derrière, la troisième ligne assure le renfort, la riposte rapide, la coordination. Ils ont déjà éclairé trois cents mètres, ont fait halte pour se mettre à l'écoute de la 1re section, attendant d'être dirigés en renfort vers tel ou tel point de contact.

« Lieutenant », chuchote l'observateur avancé en indiquant rapidement un tertre camouflé, un renflement à peine distinct du terrain environnant, pas plus de trente centimètres de haut. « On est au-dessus d'un complexe de galeries. »

Brooks s'abîme les yeux en vain. Ce n'est pas dans les habitudes de

1. Petit détachement chargé de représenter symboliquement l'ennemi lors d'une manœuvre *(N.d.T.)*.

l'OA d'inventer des bunkers. A genoux derrière les deux premières lignes, les deux hommes sont séparés par deux mètres à peine. L'OA pointe son fusil vers le tertre, se relève, approche. Tout est silencieux. Du côté de la 1re section, les combats semblent s'apaiser. Brooks ne voit toujours rien, et puis, lentement, la forme commence à se dégager du camouflage végétal. C'est comme une illusion d'optique, qui, maintenant, ne se dissipe plus. Brooks distingue enfin ce qu'a vu l'OA. Des casemates partout, devant eux, derrière eux. Le camouflage semble fondre, à présent, révélant un véritable champ de bunkers ; de légers renflements enfouis sous des couches de lianes et de broussailles, avec quelques bambous et des arbustes. Certaines casemates sont dissimulées sous ce qui ressemble au chaume pourri de vieilles huttes montagnardes effondrées.

Pop Randalph, à l'extrême gauche du dispositif, et Nahele, tout à droite, les voient à leur tour. D'autres n'arrivent pas encore à comprendre ce qu'on essaie de leur montrer. Personne n'a jamais vu un camouflage aussi parfait. Aucune ouverture apparente. Les intrus sentent un frisson leur passer dans le dos. Où sont-ils ? se demande Brooks. Pourquoi n'ont-ils pas frappé ? Il donne l'ordre de resserrer les flancs. « Qu'ils forment un périmètre de défense, dit-il à El Paso. On ratissera à partir du centre. Faites-moi venir Nahele. Et McQueen, et Pop. »

Les *boonierats* réagissent comme s'ils étaient les muscles du corps de Brooks. Ils travaillent en silence ; ils semblent liés par télépathie. C'est la peur qui leur fait garder le silence. Nahele est le premier à descendre, par l'une des trois ouvertures qu'ils ont découvertes — trois seulement pour l'ensemble des bunkers. Il descend, tel un plongeur de combat qui se laisse glisser dans l'eau d'un port, face à l'objectif à détruire. Il ressort au bout de quelques secondes. « C'est vide. Une pièce vide d'où partent trois tunnels. »

Brooks, Pop et McQueen redescendent à la suite de Nahele. Brooks s'engage dans un tunnel au sud, assez haut pour lui permettre de marcher courbé. Il tourne à droite, puis à gauche, se retrouve dans une deuxième salle, plus grande que la première et d'où part un autre tunnel. Des caisses sont empilées contre les murs. Brooks reste stupéfait. Pop, puis Nahele, arrivent sur ses talons. McQueen est resté dans la première pièce, au cas où l'ennemi s'amènerait par un autre tunnel. Brooks ressort de la grande salle en portant une caisse d'obus de mortier qu'il pousse jusqu'à l'ouverture, où l'OA la reprend et achève de la hisser dehors, avant d'aider le lieutenant à ressortir. Brooks ne perd pas de temps. Il s'empare de la radio de Cahalan et contacte l'Homme Vert ; le temps que celui-ci réponde, Brooks a ordonné à El Paso de contacter De Barti pour qu'il fasse venir immédiatement le groupe de Baiez. « Red Rover, fait-il dans le combiné, on l'a trouvé. On est en plein dedans. C'est le sommet de l'iceberg. » Il entend l'officier rigoler dans son PC volant, qui tourne à mille mètres au-dessus de la vallée, il l'entend répondre : « Nous y sommes. Sortez tout. J'envoie un élément pour vous renforcer. Voilà ce que je cherchais. » Brooks sent l'enthousiasme de l'Homme Vert, et ça lui fait du bien.

Il en sort toujours. Des cartons, des caisses de toute sorte. Des obus de mortier 82 mm, chacun enveloppé dans du carton ondulé. Des boîtes d'allumeurs ; d'autres contenant des sortes de disques servant de charge propulsive, que les équipes mortiers ANV employaient à la place des charges en sachet utilisées par les forces US et ARVN. Baiez et Shaw, en sueur, à bout de souffle, empilent systématiquement les munitions. Il fait une chaleur d'enfer.

Sous terre, en revanche, c'est la fraîcheur. Pop explore un troisième groupe de salles. Il est en train de se dire que tout le système communique, même jusqu'à la Mine de Whiteboy sur la crête. McQueen et lui pénètrent dans une quatrième pièce, pleine de radios et de matériel transmissions. Ils prennent un poste et le traînent le long des boyaux jusqu'à la première salle. Brooks envoie quatre hommes supplémentaires dans les galeries. La fièvre de la découverte est dans l'air ; personne n'a jamais vu une cache de cette ampleur ni saisi de telles quantités d'équipement. Les hommes ont le sourire et se donnent à fond. C'est vraiment un sanctuaire ANV, pense Brooks, un refuge pour tous leurs soldats épuisés par les combats. Ils pourraient rester cachés là pendant des semaines entières ; de plus, c'est *vraiment* leur centre de commandement et de communication. On y est, c'est comme ça que ça devait se passer. Brooks exulte : le QG du 7e front ANV.

Sur le flanc droit, Jenkins repère une autre ouverture. Spangler et lui descendent, découvrent une salle d'où plusieurs tunnels partent vers le nord-est et le sud. Ils explorent vers le sud, trouvent encore de l'équipement. Escorté par des Cobra, le PC volant tourne maintenant à cinq cents mètres d'altitude. A la surface, les caisses continuent de s'accumuler. Toute une salle est remplie de mines Chi-Com, une autre de munitions antiaériennes 37 mm. Il y a des munitions RPG et RPD, trois mille charges explosives. De son observatoire, l'Homme Vert lui-même peut voir grossir les piles de matériel.

Une fusillade éclate soudain au sud du périmètre. Le PC de la 2e section, ainsi que les 2e et 3e groupes, sont sous le feu ennemi et ripostent. L'enfer se déchaîne, Molino est en plein milieu. Il ne comprend pas ce qui se passe. Il a plongé au sol dès la première salve. Il entend quelqu'un hurler « Bravo ! Bravo ! », voit Doc Johnson se précipiter en haut d'un bunker en piétinant les broussailles, sa trousse dans une main, son .45 dans l'autre. Doc tire en courant ; soudain, Molino ne le voit plus. L'épaisseur des broussailles l'empêche de reconnaître le blessé. C'est ensuite Pop Randalph qui accourt du centre de la position et se précipite à la suite de Doc en hurlant de sa voix rauque. Il tient une grenade dans sa main gauche, d'autres sont accrochées à son brêlage, sa main droite fait cracher le M16. Molino ne comprend pas ce que crie le vieux sous-off. Les tirs s'intensifient, l'air est trouble, le vacarme assourdissant. Quelqu'un hurle à nouveau ; le shrapnel lacère la végétation sur la gauche de Molino, qui jette des coups d'œil en tous sens. Il ne peut pas les laisser y aller seuls. Il ramasse ses jambes sous lui, se met à quatre pattes, le dos voûté, reprend son fusil dans la boue, se met à sprinter. Il balance la grenade qu'il avait préparée sans s'en rendre compte ; il s'aperçoit du même coup qu'il avait aussi repéré la position de l'ennemi. Il se retrouve aux côtés de Doc, Pop et Calhoun. Doc Hayes est blessé, Doc Johnson est en train d'appliquer un pansement sur sa poitrine, qui émet un horrible gargouillis. Molino a la nausée. L'ANV décroche, disparaît, se fond dans le paysage. Doc veut se lancer à leur poursuite. Ils ont blessé un de ses toubibs.

« Négatif », fait sèchement Brooks à la radio. Cette action est sa plus grande réussite, il ne veut pas qu'on lui gâche le travail, il ne veut pas que ça s'arrête. « Envoyez des fumigènes devant votre position », lance-t-il à l'adresse de la 2e section. Calhoun reprend à partir de là. Un tourbillon rouge monte sous leurs yeux. Calhoun est en contact radio avec les Cobra. « *Dinks* à 210 degrés », dit-il. En succession rapide, deux hélicos piquent et arrosent la zone au sud de la fumée avec leurs Minigun. La cadence de tir des Gatling à moteur électrique est telle qu'elles font un bruit de tronçonneuse. Les pilotes ne signalent aucun tué : ils ne voient pas l'ennemi.

Woods émerge des galeries. Il est livide, mais veut redescendre. « Y a une salle des cartes là-dessous, mon lieutenant. Je suis certain qu'ils ont installé tout un centre opérationnel. » Tandis qu'il parle, une fusillade éclate derrière lui, sur la portion de périmètre occupée par Caldwell et le PC de la 3e section. Woods s'aplatit, rampe jusqu'à son sac, glisse ses bras dans les sangles, ramasse son fusil et repart dans la direction des tirs. Une nouvelle fois, les *boonierats* envoient des fumigènes et les Cobra reviennent en piqué, mais Caldwell a battu en retraite ; les ANV se sont lancés en poursuite et se trouvent à présent du même côté de la fumée. Des éclats de roquette B-40 frappent Kinderly à la tête. La peau est en lambeaux, le crâne fendu. Kinderly arrive à courir. El Paso, Brown, Brooks et l'OA se précipitent, dépassent Woods puis Caldwell, qui cède toujours du terrain. Ils mitraillent comme des fous. Une balle érafle le poignet gauche de Brooks, emportant un bout de peau. Brooks voit l'homme qui l'ajuste à nouveau ; ils tirent à la même seconde, le crâne du Vietnamien éclate. Brooks est en sueur, il se met à ramper, réclame l'appui aérien. Le pilote d'un Cobra repère des mouvements vers les bunkers situés à l'est. Il pique en arrosant à la Minigun et à la roquette. D'autres hélicoptères armés attaquent à l'ouest et au sud avant de remonter tourner au-dessus de la position d'Alpha et de piquer à nouveau. L'ANV est en train de rompre le contact avec Bravo, Charlie et la reco. Les Vietnamiens se replient afin de couvrir leur QG. En levant les yeux, Brooks aperçoit le PC volant à plus de mille mètres de haut. Les Cobra et les LOH sont partout. Au-dessus de la compagnie, ça tire dans toutes les directions. La fumée noircit le ciel.

Nahele se tient au centre du complexe parmi les piles de munitions et d'équipement. Il fixe deux pains d'explosif C-4 aux radios, insère un détonateur. Il travaille rapidement, oblige son esprit à se concentrer, ses doigts à accomplir les diverses opérations. La compagnie bat en retraite. Nahele voit passer Doc Johnson portant Hayes sur son dos. Il revient à sa tâche, relie le fil de sa Claymore à celui du détonateur, déroule rapidement.

« Laissez tomber, lui hurle Caldwell, les hélicos s'en chargeront ! Les *dinks* sont partout. » Le lieutenant de la 3e section court comme un dératé. Nahele vérifie le dispositif de mise à feu de sa Claymore, jette un dernier coup d'œil vers la gueule noire et béante du bunker, qui paraît soudain exploser, comme la poitrine de Nahele, irradiée par une douleur fulgurante. Il bascule en arrière et tombe, secoué de spasmes. Il sent ses propres os craquer. A sa grande surprise, la douleur cesse rapidement. Il entend claquer les balles qui s'enfoncent dans ses jambes, son ventre, sa poitrine, mais il ne sent plus rien.

Brooks et l'observateur avancé hurlent des ordres que personne n'entend. Alpha se replie vers la butte sous la couverture des hélicoptères.

CHAPITRE 31

La confusion règne sur la butte, mais il n'y a pas de tirs. C'est sur les versants de la vallée qu'on se bat. Les soldats ANV semblent être partout à la fois et les tirs partent de nulle part. Les quatre compagnies américaines sont frappées à nouveau. Tout se passe comme si Alpha avait arraché le haut d'une fourmilière. La 1re section s'est étalée en ligne sur la crête sud de la butte ; le PC et les deux autres sections rejoignent la position, à bout de forces.

Chelini est assis à côté d'Egan. Il s'est occupé de lui depuis que le sergent a tourné de l'œil dans la tranchée. Il l'a porté jusqu'en haut de la butte, l'a posé un moment pour aller aider à organiser le périmètre, puis il est revenu. Il a extrait le dos et les jambes du sergent de son treillis, découvrant une douzaine de trous d'où le sang suintait. Il les a nettoyés de son mieux, un par un, jusqu'à ce que Doc McCarthy vienne poser des pansements. Egan a gémi, vaguement repris conscience, puis sombré à nouveau. Il s'est encore réveillé, le corps tendu sous la douleur. Il a gémi horriblement, mais à voix basse, tant la nécessité du silence était inscrite dans son esprit. Maintenant, il essaie de parler, mais sa mâchoire se bloque à chaque respiration, la peau se tend davantage sur ses joues creuses. « Donnez-lui un truc », dit Chelini. « Ouais », fait McCarthy, maussade. Egan les entend et gémit. Il ne sait plus comment parler, comment faire fonctionner sa mâchoire. Il veut parler, mais ses poumons et sa bouche refusent de l'aider à produire des sons articulés. Il essaie encore, émet une plainte, mais s'imagine qu'il a réussi. Il croit qu'il est en train de leur dire non, Doc, faites pas ça, Bleu, empêche-le, qu'il me file rien. Pas de morphine, pas de calmants. Putain de merde, c'est clair. Il enrage de voir que les deux autres n'ont pas l'air de comprendre. Doc McCarthy prépare une seringue. Merde, si je dois me retrouver les tripes à l'air, je veux savoir. « Qu'est-ce que tu racontes ? demande le Bleu. Ça va aller, tu vas voir. » Promets-moi, croit dire Egan. Ça va rien arranger. Ça sert à rien. Regarde Hughes. Ça l'a pas aidé, le pauvre diable. Il a senti ses côtes se barrer, et puis vous autres salauds l'avez dopé jusqu'aux yeux. Et il est mort. Le pauvre con a même pas su qu'il mourait. Je veux savoir, moi. Faut que je sache. McCarthy plante la seringue de morphine dans la cuisse d'Egan. Le rouquin perd conscience.

Des Cobra armés piquent soudain vers les bunkers en tirant leurs roquettes sur les énormes piles de munitions et d'équipement si soigneusement édifiées par Baiez et Shaw.

Les 2e et 3e sections viennent à peine d'arriver en haut de la butte. Les hommes sont à bout de souffle, crasseux, suants et sanglants. McQueen dépose le corps de Nahele dans les broussailles et s'écroule à côté de lui. Doc Johnson couche Hayes tout près d'eux. Le toubib de la 2e section gémit et crache du sang. Il y a deux autres blessés graves, plus une demi-douzaine de blessés légers, dont Brooks. Sur tout le périmètre, les *boonierats* inquiets et épuisés essaient de récupérer, de s'organiser. Thomaston ventile les nouveaux arrivants à la manière d'un flic de la circulation. La 1re section est étalée sur la plus grande partie de la pente sud, seule véritable voie d'accès en surface. La butte se présente comme une péninsule avançant dans le fleuve et bordée sur trois côtés par des escarpements. Depuis les têtes de crête comme du fond de la vallée, la butte semblait petite, mais à présent, le bulbe surmonté de son arbre colossal paraît trop grand pour pouvoir être défendu par une seule compagnie. Le versant sud forme une rampe de cent mètres de large, peuplée de broussailles emmêlées et d'arbustes. Les deux pistes découvertes par Egan, Chelini et McQueen pendant leur première reconnaissance ont disparu. La 1re section forme au sud un dispositif assez serré qui s'étend sur les deux tiers de la montée ; la 2e couvre l'est et la 3e l'ouest. Quelques hommes surveillent l'escarpement nord et le fleuve dans cette direction. L'ensemble constitue un point d'appui ouvert en forme d'U orienté au sud. Sur tout le périmètre, les hommes vérifient armes et munitions et déblaient des secteurs de tir. La 1re section place des mines sur tous les cheminements à découvert. Les *boonierats* commencent à creuser. Marko et Jax bricolent un emplacement de tir en plaçant une grosse bûche sur une bosse de terrain. Ils ont vue sur toute la péninsule. La même pensée semble les frapper brusquement et ils se mettent à fouiller dans leurs sacs de combat. Ils sont presque à court de munitions.

Brooks crie ses ordres, à présent. Il a un peu récupéré de sa course en repli et prend le relais de Thomaston. Doc Johnson essaie d'examiner son poignet. Brooks regarde le toubib, puis son bras. Il y a une balafre d'une dizaine de centimètres. Il avait complètement oublié. La blessure ne saigne plus, mais les traînées de sang séché barrent le dos de sa main. « C'est, heu... » Il essaie de remuer son poignet et fait la grimace. « C'est un peu raide, mais ça va. » Doc renifle d'un air dégoûté et lui attrape le bras, mais Brooks se dégage. « Plus tard. Allez vous occuper des autres. Regroupez-les près de l'arbre, ce sera le point de ramassage.

— Mon lieutenant...

— Amenez le PC aussi. » Brooks respire profondément. D'un seul coup, il se sent à bout, pas vraiment hors d'haleine, plutôt à court de carburant, comme s'il avait brûlé toute son adrénaline et qu'il ne restait plus rien pour relancer la machine. Il ne crie plus, retrouve sa voix feutrée. « Que le PC s'installe après l'arbre. Que De Barti nomme un groupe pour débarrasser le coin de tous les pièges. Ensuite, ils aménageront une aire de poser. On va pas repartir à pied, je vous le garantis. » Brooks se dirige vers l'arbre, contemple le périmètre et la vallée. Sa présence et son calme ont un effet apaisant sur les hommes. Ils puisent des forces en lui. Brooks se tourne et regarde à nouveau l'arbre. C'est la première fois qu'il y prête vraiment attention depuis le franchissement du fleuve, six heures plus tôt. Le soleil est à la verticale, mais le feuillage du teck donne assez d'ombre. Brooks parcourt des yeux le tronc titanesque, lisse, dressé comme une colonne géante de marbre noir. Il n'y a pas de branches avant au moins cinquante mètres de haut, estime Brooks, mais au-dessus, la ramure projette des branches elles-mêmes aussi grosses que des arbres, qui partent tout droit puis retombent. Contempler l'arbre ramène la paix en Brooks. C'est beau, songe-t-il — et il n'y a aucun risque que quelqu'un ait pu grimper là-haut.

A cette seconde, Brooks, toute la compagnie, la butte et la vallée sont secoués par une explosion telle qu'aucun des hommes n'en a connue, un choc accompagné d'un éclair aveuglant, aussitôt suivi d'une série d'explosions secondaires alors que la première roule encore. Les munitions des bunkers explosent en chaîne, une des salles souterraines s'effondre. L'onde de choc déséquilibre le Cobra qui a tiré les roquettes. Pendu aux commandes, le pilote s'efforce de redresser son appareil. Un énorme nuage noir se forme au sol. Il y a d'autres explosions secondaires. La terre et le shrapnel giclent très haut et retombent en pluie. Le feu semble courir des bords, aussitôt noircis, vers le centre, qui n'est qu'un tourbillon de flammes dévorantes. L'énorme nuage paraît se détacher du sol.

Et puis tout est fini, en moins d'une minute. Les tirs dans la vallée ne font plus aucun bruit. Un rire fuse sur le périmètre d'Alpha, puis un autre. « Putain de Dieu ! » s'exclame Pop Randalph. Chelini pousse un cri inarticulé, effrayant. Tout le monde se met à rire et à applaudir.

« Putain de Dieu ! répète Pop.

— J'ai JAMAIS rien vu de pareil, piaille Calhoun en lui assenant une claque dans le dos.

— Ça a pété plus vite qu'un chat recouvre sa merde ! dit Pop.

— Ça m'a rappelé la fois où le dépôt de munitions de la brigade a sauté, rigole Baiez.

— En mieux, fait Shaw, surexcité. En mieux et en plus méchant. »

Brooks sourit également. Il laisse ses hommes profiter un peu du spectacle. C'était ce qu'on est venus faire, pense-t-il. Ils l'ont bien gagné. Ils ont payé le prix.

« Nom de Dieu de merde », hurle la voix de Doc par-dessus les applaudissements. Brooks se retourne vers lui. « Où sont mes éva-sans ?

— Où allez-vous les faire atterrir ? demande Brooks.

— J'ai des hommes qu'ont besoin d'être évacués, Mista'. Il me faut des hélicos.

— Faites-moi voir où on en est. »

Les hommes reprennent leur poste sur le périmètre. Une certaine fébrilité les gagne peu à peu. Ils ont chaud, faim, soif, ils sont à court de vivres et d'eau. Une équipe de dix hommes fauche les broussailles du sommet et les balance sur les pentes.

Brooks et Doc s'accroupissent au pied de l'arbre. Des racines adventives, noueuses et tordues, s'enchevêtrent sur une dizaine de mètres autour de l'arbre. Doc a installé les blessés dans une sorte d'anse protectrice formée naturellement par les coiffes des racines et le tronc. McCarthy et Korman, les autres toubibs valides, s'occupent des soins. Les corps de Nahele et Doc Hayes, qu'on n'a pas encore recouverts, sont étendus à l'entrée de l'abri. Brooks grince des dents. Hayes n'avait pas une chance, se dit-il. Il s'en serait pas tiré s'il avait reçu une blessure comme ça dans la salle d'opération. Le lieutenant avale sa salive. Personne ne regarde les morts.

Brooks examine les blessés un par un. Kinderly a tout le haut de la tête bandé. « Il va perdre les deux yeux si vous l'évacuez pas d'ici tout de suite », chuchote Doc. Ils passent à Bill Frye, tout à fait conscient, même pas groggy. Il est assis, hoche la tête et se gratte le menton. « Ça va, Cookie ? » demande Doc. Frye ouvre sa chemise. Son flanc gauche est couvert d'un épais pansement. Il relève les yeux. « J'suis désolé, mon lieutenant. Vraiment désolé.

— Vous tracassez pas, Cookie.

— Je l'avais vu, le salaud. Je l'ai vu quand il m'a aligné. J'aurais dû l'avoir le premier. C'est ce dingue de Bleu qui m'a sauvé la peau. »

Brooks voit soudain Egan. Il ne savait pas que le sergent comptait parmi les blessés. Il se retourne vers Doc.

« Mal barré, Mista', fait celui-ci.

— Il va s'en tirer, intervint McCarthy. Je crois pas que ça ait pénétré très profond. » Le toubib tient un goutte-à-goutte au-dessus d'Egan. Celui-ci est conscient, mais le regard flou, les traits dépourvus d'expression. Couché sur le côté, tourné vers le tronc, il marmonne des mots sans suite.

« Il est bourré de morphine », commente Doc en contrôlant son rythme respiratoire. Il se redresse et apostrophe McCarthy avec un rictus. « Pauvre con. Il a morflé deux fois, perdu beaucoup de sang, et je crois qu'il aura des problèmes de vertèbres.

— Y a pas de trou près de la colonne vertébrale, fait McCarthy. Il a mal, c'est tout.

— Ferme ta gueule, pauvre con », crache Doc. Il exige une évacuation immédiate.

« Et Hill ? » demande Brooks. Le servant M60 geint doucement, allongé sur le dos, la jambe droite en extension sur une racine, la tête reposant sur un sac presque vide. Il regarde fixement devant lui, les yeux vitreux. Une petite trouée dans le feuillage laisse pénétrer un rayon de soleil oblique qui éclaire les traînées de fumée et la poussière en suspension dans l'air.

« Il souffre, mais il va s'en tirer, annonce une nouvelle fois McCarthy.

— Je t'ai dit de fermer ta gueule, connard », lâche Doc Johnson, le regard chargé de haine, les muscles tendus, tel un chat prêt à bondir. Doc a déjà vu des hommes atteints de blessures mineures mourir en attendant leur évasan. Il n'aime pas qu'un de ses frères attende.

Brooks pose sa main droite sur le bras de Doc. « On va les évacuer le plus vite possible. » Il ressort de l'abri et gagne le coin où El Paso, Brown et l'observateur avancé ont installé le PC. Cahalan est posté en observation au nord de la butte.

Brooks appelle l'Homme Vert et entame avec lui un dialogue accéléré en jargon radio. Ils discutent de la récupération des blessés, et de toute la compagnie. Amener des hélicos sur le versant sud serait risqué. « Faites sauter l'arbre, dit l'Homme Vert. Je vous envoie par hélico un matériel démolition dans un quart d'heure. »

Ce plan ravit Brooks. Ça sauvera des vies. Plus de blessés, plus de morts. Les blessés qu'on a peuvent attendre jusque-là. Quatre en priorité, deux en procédure normale. Aucun urgent. « Urgent », ça veut dire mourant. Egan et Kinderly, état stationnaire : priorité — dès que possible, mais sans action d'éclat. Hill et Frye, priorité. Hayes, Nahele, pauvres diables : procédure normale.

El Paso transmet les ordres aux sections. Combiné au poing, il rit tout seul. Il vient de décerner la Silver Star à l'Homme Vert. Il imagine la cérémonie : c'est le père Raul qui lit la citation à l'ordre du bataillon.

REMISE DE LA SILVER STAR

Pour courage et actes d'héroïsme durant les combats au sol en république du Vietnam, du 13 au 25 août 1970. Le lieutenant-colonel Dinky Dau Homme Vert s'est distingué dans ses fonctions de chef de corps commandant une bande de clampins débiles, au cours des opérations menées dans la zone de la base de feux Barnett. Pendant toute la durée des combats, l'Homme Vert a dirigé à plusieurs reprises les forces terrestres et aériennes qui se sont plantées dans leur recherche d'un vague complexe de bunkers complètement absurde. L'Homme Vert a dirigé l'action de l'artillerie et de l'appui aérien contre les collines ennemies. A plusieurs reprises, il est resté à l'écoute radio tandis que ses unités étaient attaquées et prises en embuscade. Après la déroute de l'ennemi, il a, au mépris de sa propre sécurité, fait le décompte des pertes. De son PC volant, il a plusieurs fois exhorté les *boonierats* et leur a communiqué des plans d'attaque et de contre-attaque à exécuter. Pendant la durée de l'opération, l'Homme Vert est également parvenu à prendre douze douches chaudes à l'arrière, à consommer trente repas chauds et à lire vingt-sept numéros des *Fantastic Four* [1]. Le courage personnel et l'abnégation dont l'Homme Vert a fait preuve sont dignes des plus hautes traditions militaires et font honneur à l'homme, à son unité, à l'armée des États-Unis.

Dans la caverne de racines, Doc circule parmi les blessés en leur donnant de l'eau de deux bidons qu'il a gardés à leur intention. Depuis trois jours, il boit l'eau du fleuve ou des marais. Il allume des cigarettes pour Frye et Hill, aide aussi Kinderly, conscient mais aveugle et incapable de bouger, à fumer. « Dis, Eg », fait Doc en se claquant la cuisse avec une gaieté forcée, « je t'ai déjà parlé des toubibs à Phu Bai ? Y avait ce vieux Charles au dispensaire avec Dorf, autour d'un microscope. Y a une lamelle sous le microscope. " Dorf, fait Charles, t'as vu quelque chose ? — Non, et toi ? — Moi non plus. " Charles se tait un moment, et puis : " Dorf, t'as regardé ? — Non, et toi ? " Ce vieux Charles se gratte la tête et dit : " Ben, non. Ça veut-y dire que c'est négatif, si on a rien vu ? — Si on voit rien, fait Dorf, sûr que ça peut pas être positif. — Mouais, dit Charles. Je crois bien que t'as raison. " » Frye essaie de ne pas rire parce que ça lui fait mal, mais c'est tellement bon de se marrer un peu avec Doc. Celui-ci lui adresse un clin d'œil, puis se tourne vers Egan. « Alors, Eg, qu'est-ce que t'en dis ? »

Egan a les yeux fixés sur l'arbre. Il lui semble ne pas avoir changé de position depuis un an. La morphine a endormi la douleur de ses jambes et de son dos. Il n'en veut plus à Doc McCarthy de l'avoir drogué. Il n'en veut plus à rien ni à personne. La morphine a cogné dur. Elle l'a réchauffé, calmé ; il se sent flotter. La première piqûre l'avait décontracté, mais la douleur était revenue en vagues plus fortes

1. *Les Quatre Fantastiques.* Une des bandes dessinées les plus célèbres de Stan Lee et Jack Kirby (Marvel Comics) *(N.d.T.)*.

qu'il ne pouvait dominer. L'équipe choc de son organisme n'était pas à la hauteur. Il en voulait à son corps de l'avoir lâché. Avec la deuxième injection, il se mit à délirer, sous les effets de la drogue, mais aussi de la douleur, de l'épuisement, et du bonheur de savoir que c'était terminé. La guerre est finie, se dit-il. Sortez-moi seulement d'ici, et j'en ai fini avec cette saloperie.

Il avait tout observé, sans que les autres s'en aperçoivent, pendant qu'on le transportait au pied de l'arbre et qu'on le mettait sous perfusion. Il avait écouté, Doc, Jax, le lieut et Doc McCarthy. Comment j'ai fait ? se demande-t-il. J'étais avec Stephanie. Il est toujours avec elle, tandis que Doc blague derrière lui. Le regard perdu dans ses yeux gris argent, il lui dit : « Ça serait pas beau, si on pouvait revenir en arrière et revivre quelques-uns de ces moments, de nos meilleurs moments ? » Egan voit une rue de village, Stephanie et lui passent devant un parc, s'arrêtent. Ils s'embrassent. Elle rit et chantonne. *On chantera au soleil, on rira tous les jours ; on chantera au soleil, tu reviens pour toujours ; ton année terminée...* La chanson s'arrête. Stephanie n'est pas là. Il est dans une caverne obscure et contemple les racines tordues d'un grand arbre, dont il n'aperçoit ni le tronc ni la cime. Il est couché sur le flanc et ne bouge pas. Ça pue. Ça pue la viande rance. Il essaie d'accommoder. La caverne est pleine de toiles d'araignée. Il s'arrête de respirer, essaie de reculer mais il ne peut pas remuer. Les toiles forment un réseau. Il distingue un nœud du bois, et tout, la butte, la vallée, est couvert de toiles d'araignée. Un rayon de soleil joue sur les soies luisantes et humides. Il aperçoit enfin la créature, tente encore de bouger, mais son corps refuse de répondre. Quelque chose bloque les ordres de son cerveau, qui n'atteignent pas ses muscles. La bête est immense et rouge, rouge sang. Egan a l'impression de voir au travers ; elle est presque translucide. Non, dit-il. C'est la morphine. C'est une hallucination. La créature se met à bouger. Elle est grosse comme la main ; on dirait que ses pattes sont palmées. Elle est étrangement délicate, très belle, effrayante. Elle est en train de dévorer un moustique. Egan peut voir les mandibules, les filières, les crochets. Des insectes enveloppés de soie pendent autour sur la toile. Egan ferme les yeux, secoue la tête ou pense qu'il le fait, comme il s'imagine parler à voix haute, dire à l'araignée : T'es la plus grosse salope de toute la vallée, la plus mauvaise. Pourquoi Doc vient pas ? Qu'est-ce qu'il fout ? se demande-t-il. Il gémit ; il veut s'enfuir, hurler. Il reste immobile, muet.

« Alors, Eg », chuchote soudain le Bleu, qui a laissé Marko et Jax derrière leur bûche. « Comment tu t'en sors ? » Il ne voit pas Egan répondre. « Doc, il peut m'entendre ?

— Évidemment, fait Doc.

— Tu lui demandes si je peux prendre ce qui lui reste comme munitions ? On en manque, sur la berme.

— Prends-les et fais pas chier. Il va pas s'en servir. »

Egan n'écoute pas. Il a les yeux fixés sur l'araignée, qui avance vers lui. Il geint.

Chelini le regarde, pose une main sur son bras, sent les muscles raides. Egan gémit plus fort. « Ça va aller, dit Chelini. C'est rien que... NOM DE DIEU DE MERDE ! Putain ! T'en fais pas, vieux. Doc, amène-toi. » Il vient d'apercevoir l'araignée.

Doc se précipite, l'air affolé. Il a peur d'avoir laissé mourir Egan, lui met aussitôt la main à la gorge pour contrôler le pouls de la carotide. Chelini pousse un grand cri.

« Qu'est-ce qu'il y a ? demande Doc, furieux.

— Quelle saloperie ! » Il crache en direction de l'araignée. « Regarde un peu cette grosse saloperie. »

L'araignée lève vivement deux pattes marcheuses qu'on dirait articulées, comme celles d'une marionnette. Les mouvements sont secs. Les pattes se reposent sur la toile, deux autres se lèvent, devant, très longues, et se mettent à vibrer mécaniquement.

« Allez, sortons Egan de là », fait Doc, qui ne veut pas regarder l'araignée.

« Minute », dit Chelini. A genoux derrière Egan, qui s'est légèrement redressé, le Bleu semble embusqué derrière un rempart. Il attrape une brindille et la lance vers le monstre. La brindille se prend dans les fils ; l'araignée réagit et fait vibrer violemment toute la toile, puis se lance en avant de ses huit pattes, prête à défendre son territoire.

« Arrête ça, Mista' », fait Doc, plein de haine. Il glisse doucement une main sous la nuque d'Egan, l'autre sous sa taille. Le Bleu ne l'aide pas. Il est en train de chercher quelque chose de plus solide, ramasse une petite branche, tend le bras par-dessus Egan, ajuste l'araignée, puis frappe comme sur une peau de tambour. L'araignée se jette en avant à une vitesse incroyable. Chelini recule vivement sa main. L'araignée s'arrête net, puis bat lentement en retraite sur ses pattes mécaniques.

« Mmmaah... tuez-la. » Une faible plainte sort de la gorge d'Egan. Tout son corps est agité de frissons. Doc l'a reculé d'une trentaine de centimètres. Les jambes du blessé frôlent Chelini, qui n'a pas bougé de place. Egan grimace. Il a senti la douleur, mais ce n'est rien à côté de l'araignée.

« Barre-toi du passage, espèce d'enculé », grogne Doc, qui lâche Egan et pousse brutalement le Bleu de côté.

« T'énerve pas, fait calmement Chelini. Je vais tuer cette ordure. Je vais la tuer Eg. » Il ricane et ajoute : « Tu sais, Eg, il peut pas blairer les araignées.

— T'es vraiment un taré. Allez, pousse-toi de là. » Doc écarte le Bleu d'un petit coup de hanche, soulève très délicatement les jambes d'Egan. Dans la tête de celui-ci, tout est clair. Il voit tout, entend tout. Il peut parler, remuer. Il sait qu'il le peut, mais la volonté lui manque, elle s'arrête juste avant d'atteindre ses muscles. Tout se passe à l'intérieur. Il vomit de la bile, qui lui brûle la gorge et les lèvres. C'est amer, visqueux, il le sent. Sortez-moi de là, croit-il hurler. Doc lui nettoie la bouche. Éloignez-moi de ce monstre. Son cœur bat à toute allure.

« Je t'aide dans une seconde, Doc. » Chelini bondit vers la droite et ramène aussitôt une autre branche, deux fois plus grosse et plus longue que la première. Il se tient maintenant entre Egan et l'araignée. « Vise un peu ça », dit-il. Doc se tourne vers lui, l'air écœuré. Même Egan observe. Chelini lève sa branche, beaucoup plus haut que la première fois, et l'abat de toutes ses forces. Le bois est pourri, accroche une racine, la branche casse, un tronçon atteint l'araignée, qui bat en retraite, blessée.

« Elle refuse de crever, la salope », fait Chelini, comme pour se justifier. Un frisson glacé lui remonte le dos et la nuque, jusqu'aux oreilles. Il grimace, s'essuie nerveusement le nez. Il ramasse encore une autre branche, d'aspect plus solide, l'essaie en frappant sur le sol. Ça tient. « Sors de là, petite ordure », lâche-t-il entre ses dents. Il frappe un grand coup dans le recoin où s'est réfugiée la bête, déchirant des années de toile. La branche heurte violemment le tronc. L'araignée a esquivé et fonce sur le Bleu.

« Sers-toi de ça », crie Doc en lui lançant un fusil muni d'une baïonnette. Chelini saisit l'arme au vol, enjambe Egan et plante la baïonnette dans le corps de l'araignée qui n'est plus qu'à quelques centimètres de la poitrine d'Egan. La bête se tord. Chelini frappe encore plusieurs fois, tailladant l'abdomen, puis finit d'écraser l'araignée sous son talon, l'enfonce dans la boue. Il se redresse enfin, soulagé, presque étonné. Le bruit des machettes et des pelles-pioches en train de couper les broussailles emplit tout le haut de la butte. Egan dévisage le Bleu, horrifié. Doc tremble.

« Vous allez rester plantés sur votre cul, ou vous allez aider à déblayer la LZ ? » lance El Paso en pénétrant dans la caverne. « *¿ Que pasa,* Doc ? Je te file un coup de main pour porter Egan de l'autre côté. Stan the Man Kinderly ! Comment tu te sens ? Doc, si on veut poser des hélicos ici, faut foutre cet arbre en l'air. Doc ? Ça va pas, Doc ? »

Le calme règne à nouveau dans la vallée. Sur le périmètre, les rangs se sont éclaircis : des soixante-six hommes à peu près valides d'Alpha, vingt sont occupés à tailler une aire de poser au sommet. Il n'y a plus de consignes de silence : ils s'interpellent, blaguent, jurent. Tous ceux que la chose intéresse, d'un bout à l'autre de la vallée, peuvent voir très exactement à quoi ils s'occupent. C'est le seul moyen. Ils fauchent les broussailles d'un grand coup de machette ou les arrachent. Le travail est pénible, les hommes poussent des grognements. Les arbustes, qui atteignent une douzaine de centimètres de diamètre, sont coupés à la machette, puis jetés sur les pentes, ou récupérés pour les emplacements de combat au sud.

De Barti resta abasourdi lorsque Brooks vint lui ordonner de faire sauter l'arbre avec l'aide de Pop. « Faire sauter cet arbre ?

— Exact.

— Cet arbre-là ? » Incompréhensible. Ce n'était pas un arbre, mais un monument.

« Faites-le-moi sauter, bon sang !

— Lieutenant ! »

Doc et El Paso avaient déjà transporté Egan à la limite sud de la position, Chelini portant l'arme et le sac de combat du blessé avant d'aller reprendre sa place dans le dispositif. Doc s'occupe à présent d'amener Hill et Frye, tandis qu'El Paso guide Kinderly. D'autres viennent donner un coup de main pour les paquetages — y compris celui de Doc. Personne ne veut toucher au cadavre de Hayes ; c'est Doc qui doit encore s'en charger. McQueen porte le corps de Nahele, sur lequel il n'a pas cessé de veiller — pour lui, pas question qu'il en soit autrement. Le sommet de la butte paraît soudain bizarrement dénudé. Tout a été rasé ; il ne reste plus que quelques souches, des feuilles qui traînent, et la silhouette géante du teck. La terre commence à sécher aux endroits où le soleil pénètre obliquement à travers le feuillage.

Brooks vient s'entretenir avec Doc et El Paso. Il leur apprend qu'on va faire sauter l'arbre dans deux minutes et qu'il y aura deux évasans. « Mettez Hill et Frye dans le premier hélico, ordonne-t-il à Doc. Ils seront évacués sur Camp Eagle. Embarquez aussi Hayes et Nahele.

— Et pour Egan et Kinderly ? demande froidement Doc.

— Le deuxième hélico est pour eux. Ils les emmènera directement à Phu Bai, d'où ils seront transférés à Da Nang.

— Bien vu », commente El Paso. Doc approuve de la tête, content de savoir que l'évacuation de ses blessés les plus graves vers un grand complexe hospitalier est déjà prévue. Il ne se soucie pas de savoir si c'est vrai. Il n'a pas envie de poser la question, il veut y croire. Au lieu de cela, il se met à parler du Bleu : « Il a perdu la boule, mon lieutenant. Il est dingue, ça se lit dans ses yeux. C'est plus qu'un animal. »

Brooks regarde Doc d'un air las et soupire. « Chaque homme porte ça en lui, dit-il en hochant la tête. La frontière est fragile. Il s'en sortira. »

Brooks se relève et se dirige vers la partie exposée de la pente sud, juste derrière les hommes postés sur le périmètre. Le point d'enlèvement a été choisi assez loin de l'arbre pour donner aux hélicoptères la possibilité de se mettre en stationnaire sans difficulté. Brown, en contact radio avec le pilote du premier appareil, lance un fumigène quelques mètres plus loin.

Doc s'occupe du conditionnement des blessés et les tient au courant des préparatifs. « Les mecs, commente-t-il, ça m'ira parfaitement de continuer à crapahuter dans la jungle jusqu'à ce que j'aie tiré tout mon temps, pourvu que j'aie pas un blessé de plus. C'est du peu pour vous, les gars. Vous aurez même pas le temps d'écrire une lettre chez vous. »

Le premier hélicoptère est annoncé. Une épaisse fumée violette recouvre le point d'enlèvement, noyant le lieutenant et ses radios.

Doc continue de monologuer : « Avec vous, y a des moments où j'en reste sur le cul. Vous pensiez qu'à un truc, c'est arriver ici. Pourquoi, hein, pourquoi ? »

Le PC volant tourne à mille trois cents mètres, escorté par deux Cobra à mille mètres de haut. Un LOH passe en trombe au-dessus de la butte, d'est en ouest, à une trentaine de mètres de hauteur, vire gracieusement, revient, descend et se met en vol stationnaire à dix mètres. Les pales chassent la fumée, couvrant le sommet d'une brume pourpre. Un homme d'équipage commence à lancer des caisses d'explosifs C-4 qui viennent s'écraser entre Brown et Brooks. Il y ajoute deux rouleaux de cordeau détonant et plusieurs petites boîtes de détonateurs. Il travaille très vite, sans regarder les troupes au sol. Dès qu'il a fini, il tape sur l'épaule du pilote ; le LOH pique vers le fleuve, accélère et reprend de la hauteur.

Chelini circule depuis un moment dans la portion de périmètre occupée par la 1re section. Il a vérifié chaque emplacement, fait le compte des munitions et procède à une redistribution afin que personne ne se trouve à court. Il a négligé Numbnuts, il ne sait comment.

« Où t'en es côté munitions ? » demande-t-il en s'agenouillant à côté du grenadier. Il ne peut s'empêcher de couler un regard envieux vers le nouveau XM203. Quelle puissance de feu, songe-t-il.

« Ça va », fait Numbnuts en lui jetant un regard inquiet. Sa nervosité n'échappe pas à Chelini, qui se demande s'il en est la cause, ou si le grenadier cherche à lui cacher quelque chose. Le Bleu n'ignore pas qu'on parle de lui dans la compagnie. Il a surpris des commentaires. « Ce type est dingue. C'est un massacreur. » Cette réputation n'est pas pour lui déplaire, pas plus que la crispation de Numbnuts, qui s'obstine à regarder droit devant lui.

« Comment t'aimes ton nouveau jouet ? demande Chelini.

— Ça va.

— T'aurais pas quelques grenades en rab pour le 79 de Polanski ? Il a presque tout utilisé en montant ici.

— Je... j'en ai quelques-unes. Combien qu'il lui faut ?

— Combien t'en as ?

— Je sais pas... dans les quinze. Non, vingt.

— Dis donc, fait Chelini d'un ton qui se veut très amical, je peux voir ton arme ?

— Pourquoi ça ? dit Numbnuts en se retournant.

— Fais voir.

— Va te faire foutre. »

Chelini tend soudain la main et s'empare du XM203. Il épaule, vise le fond de la vallée, abaisse l'arme, la balance un peu, la soupèse, épaule à nouveau, puis passe sa main sur le bâti. L'arme est sale. Il regarde l'extrémité du canon : le cache-flammes est obstrué par la boue. Il déverrouille le tube lance-grenades, tend l'arme vers le soleil : il y a des bouts de feuilles et des traces d'humidité dans l'âme du canon, mais pas de cendres. Le Bleu ôte le chargeur du fusil, ouvre la culasse : une balle gicle de la fenêtre d'éjection. Il nettoie le cache-flammes, regarde par le canon : les rayures sont un peu rouillées, mais propres.

« Bougre de fils de pute, fait Chelini, lentement, froidement. Bougre de fils de pute.

— Doucement, gémit Numbnuts.

— Cette arme n'a jamais servi.

— J'étais bloqué au sol, lâche le grenadier dans un souffle.

— Elle n'a jamais servi ! gueule le Bleu.

— J'étais... je... qu'est-ce que tu vas... »

Chelini lui envoie son poing dans la figure, un coup terrible, comme s'il visait derrière. La tête de Numbnuts est violemment rejetée, retombe, remonte, le nez saigne aussitôt, les yeux se noircissent. « Ça, c'est pour Egan », crache le Bleu. Il arrache la bandoulière de chargeurs de Numbnuts, qui s'est mis à pleurer ; il fouille dans son paquetage, prend toutes les grenades et ne lui laisse qu'un chargeur M16. « Pourriture, immonde fils de pute », dit-il, puis il lui crache au visage. Il empoigne le XM203, mais se ravise : l'arme n'a pas été zérotée ; il la rejette vers le dos effondré du grenadier. Numbnuts est vaincu, définitivement.

Egan est couché sur le côté, contre un paquetage. Il a les yeux fixés sur l'arbre, tout en haut. Son regard est sans expression. Il se sent bien. La douleur est revenue, dans ses jambes, ses fesses et son dos, mais ça le rassure : il ne restera pas paralysé. Il est encore un peu sous l'effet de la morphine et ne sait pas très bien s'il a des hallucinations ou si ce qui se déroule devant lui est réel. Il n'a pas envie de parler. Il craint de ne pas y arriver et a peur d'essayer.

« Alors vieux », lance Jax en venant s'asseoir près de lui, de l'autre côté du paquetage. « T'as l'air bien défoncé », rigole-t-il en plongeant son regard dans celui d'Egan. « Peut-être que Doc a encore un peu de ce bon shit pour Jax, histoire qu'il soit pas en reste. »

Brooks vient se planter devant eux, sans quitter des yeux le haut de la butte. L'équipe de destruction a partiellement mis en place son dispositif sur l'arbre ; tous les hommes postés sur le périmètre, ainsi que ceux qui ont débroussaillé l'aire de poser, se dirigent vers la pente sud.

« Mon lieutenant, fait Jax.

— Tout va bien ?

— On devrait proposer Egan pour la Silver Star.

— Oui, appuie Doc. Les gars disent qu'il a pris cette butte à lui tout seul, la vraie tête brûlée.

— Pour moi, c'est d'accord », dit Brooks. Il ne les écoute pas vraiment. Toute son attention est concentrée sur l'arbre.

Jax pousse doucement Egan du coude et dit : « T'en fais pas, vieille crapule, ça va s'arranger pour toi en un rien de temps. Ils vont embarquer ton cul de Blanc et t'expédier chez ta nana. » Jax se tait un moment, s'agenouille devant Egan, cherche sa main et cogne trois fois ses phalanges contre celles du sergent. « Sois cool, Eg, et prends soin de toi. T'es un type bien. » Puis il se relève et regagne son poste de guetteur.

Le lieutenant De Barti et Pop ont placé deux caisses de C-4 de l'autre côté du teck ; Pop a installé deux détonateurs, qu'il a raccordés, puis reliés à un fil de Claymore. A présent, les deux hommes reculent vers le sud, aussi loin que le fil le permet, s'arrêtent, contemplent silencieusement l'arbre géant, puis hurlent ensemble : « Coup parti ! Coup partiii ! » L'explosion est énorme ; une boule de feu roule sur le nord de la crête et plonge vers le fleuve. La fumée monte en tourbillonnant ; des éclats de bois volent dans toutes les directions. La terre tremble ; l'arbre vacille un moment, puis s'immobilise, toujours dressé vers le ciel, immense. Un téléphone de campagne que personne n'a remarqué pend d'une haute branche et oscille au bout de son fil.

« MERDE ! rugit Pop. Il veut pas descendre, ce con-là ! » De Barti et lui remontent jusqu'à l'arbre, examinent le tronc blessé : une entaille aux bords brûlés et déchiquetés, large et profonde, va au-delà du cœur. « Cette vallée nous aura vraiment fait chier jusqu'au bout, mon lieutenant », commente le vieux sous-off. Baiez et Woods leur apportent deux nouvelles caisses de C-4. Pop passe le torse dans l'ouverture et commence à disposer les explosifs.

Brooks a remplacé Jax auprès d'Egan. Celui-ci se balance doucement d'avant en arrière et gémit, il a les yeux mouillés. Cela fait maintenant cent quatre-vingts minutes qu'il a été blessé. Il est passé de la douleur au délire sous morphine, à l'immobilité, et revient à la douleur. Il est commotionné, pas trop gravement, et sa tension, estime Doc, se maintient dans des limites acceptables. Brooks tient une serviette au-dessus d'Egan. Sa main droite lui fait mal, car il a participé au débroussaillage de l'aire de poser. Egan regarde les ampoules, la peau écorchée, et pense : lieutenant, t'es le meilleur. Le vrai, numéro un. Il essaie de parler, d'entendre le son de sa propre voix. Il a mal à la tête, n'arrive pas à coordonner les mouvements de ses lèvres, de sa mâchoire, et sa respiration. Il émet un son inarticulé. L'effort l'a fatigué, il décide de se reposer. Ça viendra, pense-t-il.

« Te fatigue pas, lui dit Brooks, tout va bien. Le soleil commence à faire vraiment mal, mais on t'aura sorti d'ici en un rien de temps. Et nous tous aussi. Ils bouclent la mission. On rentre à Camp Eagle. » Brooks contemple Egan, et ça le rend malade de le voir immobile, blessé, drogué. De tous ses hommes, Egan a toujours été le plus actif, le plus énergique. « Tu sais, Danny, fait-il doucement, j'ai beaucoup réfléchi à cette théorie, aujourd'hui. Elle vient en partie de toi. Je me disais que si je pouvais l'enseigner... si elle se répandait... peut-être qu'on pourrait arrêter la guerre pour toujours. Mais peut-être que c'est des conneries, et que tu as vu juste. Qu'est-ce qui cause la guerre ? Les gens. Parce qu'ils sont ce qu'ils sont. C'est aussi simple que ça. L'amour est cause de guerre. La haine est cause de guerre. La haine de l'amour de la guerre est cause de guerre. On fait la guerre parce qu'on l'a en horreur. » Brooks soupire, hoche tristement la tête et baisse les yeux vers le sol. « Pourquoi je vous ai tous menés jusqu'ici, Danny ? Les chefs sont cause de guerre. La honte de ça, le crime que ça représente. Si tu hais la guerre, si tu l'aimes, si tu essaies de l'arrêter, tu en es la cause. Même si tu cherches à la fuir, tu en es la cause, parce que tu crées un vide, et des pressions qui s'exercent alors naît la guerre. Quand il n'y aura plus personne, il n'y aura plus de guerre. La guerre fait partie de l'être humain. C'est comme aimer et haïr, respirer et manger. Vivre et mourir. Comme tu l'as dit : “ C'est là. ” C'est naturel de s'efforcer de chercher la paix, et de ne pas y parvenir. Mais ça a un sens, Danny. Ces efforts ont un sens. »

Pop se remet à gueuler. Il y a deux charges dans le tronc, cette fois, deux caisses d'explosif dans la plaie hérissée, plus une charge d'amorçage de vingt livres côté sud, à six mètres de haut. Tous les explosifs sont reliés. « Coup parti ! » L'explosion secoue la butte entière, les flammes et les éclats de bois partent en tous sens dans une gerbe folle. Tout le monde plonge. Tout le monde sauf Egan, qui a les yeux rivés sur l'explosion. Il voit la partie supérieure du tronc décoller de la souche, monter droit comme une fusée, puis retomber derrière la face nord. « Merde », dit-il.

Les autres relèvent la tête. Plus d'arbre, plus d'ombre. A la verticale, le soleil brûle la terre nue, qui s'embrase d'un coup. « Où il est passé, ce con ? demande quelqu'un.

— C'est vrai, où est l'arbre ?

— Regagnez vos postes sur le périmètre, gueule Brooks. Brown, El Paso, appelez les évasans. »

Les *boonierats* courent jusqu'à leurs emplacements. L'OA est le premier à voir l'arbre : il est planté tout droit dans le fleuve, la cime à peine plus bas que le sommet de la butte. « Je veux bien qu'on me les coupe, murmure-t-il, ce vieux salaud a l'air d'être là depuis toujours. »

Deux soirs auparavant, l'Homme Vert avait planifié et coordonné l'exfiltration avec le commandant des missions aériennes du groupement aéromobile de la 101e. Il avait anticipé presque toutes les actions. Il y aurait inévitablement des modifications : il en avait tenu compte. Vue du ciel, l'opération semblait bien se dérouler — mieux que prévu. Tout en sachant que ce n'était pas fini, il éprouvait une certaine satisfaction. En bas, ses efforts passaient inaperçus auprès des *boonierats* d'Alpha. Pour commencer, c'était lui le responsable de leur présence ici. Il les avait désignés. Ils n'en voulaient pas à Brooks, qui crapahutait avec eux. Ils réservaient leur haine pour l'Homme Vert.

Un sous-groupement d'hélicoptères est prévu pour chaque compagnie. Depuis son PC volant, à mille deux cents mètres de hauteur, l'Homme Vert dirige la manœuvre aéromobile, coordonnant l'approche des évasans avec les fonctions feu. Les hélicos prévus pour Alpha tournent au-delà de la crête nord, invisibles aux Américains comme à l'ANV. L'Homme Vert a déjà expliqué la procédure d'enlèvement à Brooks et la lui a fait répéter mot pour mot. Il appelle à nouveau : « Préparez vos blessés. Qu'on expose les hélicos un strict minimum. »

L'artillerie commence à pilonner le pied de la butte, également sous les ordres directs de l'Homme Vert, qui concentre les tirs sur trois points. Il lui faut maintenir bien séparées les trajectoires d'obus et les routes de vol des hélicoptères, tout en dissuadant l'ennemi de tirer sur les évasans. Il aide encore Brooks à établir le contact radio avec les appareils, puis se retire du réseau.

« Mercy Eagle Six de Quiet Rover Four, parlez », appelle El Paso, qui assure la liaison. Brooks se tient au centre de l'aire de poser et brandit son fusil à l'horizontale, une main sur le guidon, l'autre à mi-crosse. Il fait face aux hélicoptères.

« Quiet Rover Four d'Eagle Six, à vous. » Le chef de l'évasan n'a pas l'air de s'affoler. Il se fait donner quelques précisions par El Paso. Le radio répond précipitamment, puis fait signe à Doc Johnson d'envoyer un fumigène. Doc balance la grenade vers le sud de la piste. « Vu fumée banane », annonce le commandant de bord. L'appareil vire légèrement sur la gauche, descend rapidement, se stabilise, puis se dirige vers la LZ. Plus haut, deux Cobra l'encadrent. « Amène-toi donc par ici », fait Doc d'un air réjoui. Il soutient Hill en bord de piste. Andrews, qui a pris le blessé par l'autre bras et porte son paquetage, blague avec lui, lui souhaite bonne chance. Face à eux, Kirtley aide Frye et lui recommande d'aller tirer un coup pour eux tous. Baiez et Shaw veillent sur le corps de Hayes, enveloppé dans un poncho. McQueen porte Nahele dans ses bras.

« Le prochain est pour toi », explique Doc Korman à Kinderly, qui ne voit rien mais n'en a pas besoin, car il connaît déjà et comprend ce qui se passe. Le bruit des hélicoptères lui fait mal à la tête. Assis près d'eux, Doc White a préparé le sac de Kinderly.

L'hélicoptère arrive par la gauche, effectue un passage rapide, comme dressé sur sa queue, s'arrête, pivote, descend et reste un instant en stationnaire. Brooks abaisse son fusil ; l'appareil vient se poser juste devant lui. Les débris volent en tous sens, les hommes courent. Le chef d'équipage aide Hill à embarquer ; de l'autre côté, le toubib fait de même pour Frye. Les paquetages sont balancés à leur suite. Le corps de Hayes atterrit sur le sol de la cabine. McQueen pleure en étendant Nahele à côté de lui. « Adieu », dit-il, le visage inondé de larmes. Brooks relève son fusil. L'appareil décolle, part en avant, plonge à l'est de la piste en accélérant, remonte en balançant sur la gauche, hors de portée des feux terrestres, à l'écart de la trajectoire de vol du second hélico, qui aborde la piste plein pot.

« Ces mecs sont terribles, lance Jax à Doc Johnson. Ça c'est du pilotage. » Il porte l'arme et le sac d'Egan, tandis que Brooks et Doc soutiennent le blessé. Egan tient à peine debout, ses jambes lui font mal, mais les sensations reviennent. Douze Huey apparaissent soudain au-dessus de la crête nord : les appareils qui vont recueillir Alpha. Ils arrivent de l'ouest de la vallée, en deux files de six. Le deuxième hélico de l'évasan traverse la piste et amorce son virage. Doc et Brooks mènent Egan vers le point d'enlèvement, ils sont près de la souche du teck. L'appareil se dirige vers eux ; les pales leur soufflent la poussière au visage. « Tu vas me manquer, dit Brooks. J'en ai jamais eu de meilleur que toi. » « Stephanie », murmure Egan. Il souffre atrocement des yeux. Doc Korman et Don White approchent en aidant Kinderly. White voit ce qui se passe le premier et couche vivement son blessé : des ANV tout au nord de la butte. « Tu vas voir, commence Brooks, puis : non, merde ! » Un tir d'armes automatiques le coupe en pleine phrase. Les Vietnamiens canardent l'évasan. Brooks et Doc tirent Egan derrière la souche. Tous les *boonierats* se sont plaqués au sol. L'hélicoptère vacille. Alpha riposte ; Chelini s'élance sur la LZ. Un feu nourri s'acharne sur l'hélico. Violemment secoué, l'appareil bascule et tombe sur la piste. Le rotor de queue est dangeureusement proche de la souche. Ça tire à présent d'en haut, de l'autre rive du fleuve et de la pente sud. Une roquette B-40 crève la verrière en plexiglas de l'habitacle. Des tirs d'AK arrosent l'arrière de l'appareil. Les M16 et les M60 ripostent, cherchant à les neutraliser. Touché, le pilote s'affale sur le manche, retenu par son harnais tandis que les balles lui criblent le visage et le torse. Le premier Cobra pique en strafant la pente sud à la Minigun. Le copilote se débat encore avec les commandes, essayant de soulever l'appareil. Il appuie à fond sur le manche afin de redresser la voilure tournante. L'appareil ne répond pas. Les conduites sont crevées. Le chef d'équipage et le toubib sautent à terre. L'hélico prend feu. Korman et White entraînent Kinderly, aveugle, terrifié, vers l'arrière. Brooks s'est couché sur Egan et Doc, essayant de les protéger de son corps. L'hélicoptère est complètement détruit, toutes les armes de l'ennemi sont pointées vers lui. Le Bleu abat un, deux, trois Vietnamiens à mesure qu'ils apparaissent au sommet de la butte. Pour lui, c'est comme un tir de foire. L'ANV concentre tous ses moyens de feux sur l'appareil afin de le faire sauter, de rendre la piste inutilisable pour l'exfiltration d'Alpha. Jax, Pop et une demi-douzaine d'autres ont rejoint Chelini et descendent plusieurs ANV. Le copilote est touché à la nuque et aux épaules par des tirs d'AK ; il se débat, puis son corps se raidit brusquement et s'affaisse. Une autre roquette B-40 broie l'appareil, qui explose en lâchant des jets de carburant enflammé. De gros tronçons de fuselage fauchent l'air comme du shrapnel. Le feu ANV diminue d'intensité.

« Bravo ! Bravo ! » Des voix hurlent au sud et à l'ouest du périmètre.

« El Paso, crie Thomaston, faites venir les autres hélicos. »

Les tirs ennemis continuent néanmoins depuis le sud. Chelini et Denhardt se portent en renfort pour aider à la riposte. Denhardt est touché ; sa jambe vole en éclats, aspergeant le Bleu, qui se croit touché aussi.

Le centre de l'aire de poser n'est plus qu'une boule de feu. A travers les flammes, Jax voit brûler le pilote et le copilote, puis il aperçoit Brooks et Doc, couchés sans vie par-dessus Egan. Doc a la mâchoire entaillée, sanglante, à vif. Mais Brooks remue. Les jambes d'Egan remuent. De nouveaux tirs ANV éclatent au sud. L'ennemi est en plein dans les lignes d'Alpha. Les *boonierats* rampent et tirent sur des Vietnamiens qui ne sont qu'à quelques mètres. Deux Cobra piquent suivant des trajectoires tangentes au périmètre de la compagnie, afin de ne pas descendre trop court, au risque d'atteindre des *boonierats.* Ils attaquent d'ouest en est, le soleil dans le dos. Ils n'utilisent pas leurs roquettes, découpent à la Minigun des bandes de terrain de vingt-cinq mètres de large. Un LOH mitraille au nord de la butte. El Paso reçoit le commandant de bord sur sa radio : ils ont repéré une colonne ennemie en train de grimper par une crevasse sur la face nord de la butte. Un pilote signale quarante ANV au fond de la vallée : ils se dirigent vers la pente sud. L'Homme Vert donne l'ordre d'enlèvement.

La chaleur de l'hélicoptère en feu devient insoutenable. Les flammes happent l'air comme du napalm. Egan est coincé sous Doc et Brooks, conscient mais hébété. Il voit les flammes, mais la chaleur ne le gêne pas. Un moment, il sent la chair de Brooks en train de brûler, puis il ne sent plus rien. Il est calme. Il attendait la chose avec indifférence. Il ne voit pas du feu, mais de l'énergie. L'énergie. Diminue suivant le carré de la distance à sa source, songe-t-il tandis que ses cheveux et ses sourcils se tordent et noircissent, tels des fils de plastique rouge en train de fondre. Il voit une équation : $L_2 = L_1 (d^2)$. Pas l'énergie, la lumière. Non, la vision. Sa puissance diminue en fonction directe du carré de la distance à la source. Ou bien est-ce $V = D^2$? Non, il voit un S, pas un V. C'est ça, pense-t-il en souriant, D, c'est Daniel, et S, c'est Stephanie. Il voit sa propre peau se fendre et se décoller, se racornir et charbonner par lambeaux. Les globes oculaires commencent à bouillir. Il voit comme un éclair de magnésium ; le monstre bosselé qui était un hélicoptère passe de la matière à l'énergie pure dans une fusion blanche. « J'ai pas l'impression qu'on se dise adieu, fait-il à voix haute. Est-ce que je ne suis pas toujours revenu vers toi ? » Il entend un souffle scandé, pressant, étouffé, une pulsation rapide : sa respiration, son cœur qui bat. Il ne sent plus sa peau. Il croit qu'il voit ; il voit Stephanie.

« Jax ! hurle Chelini. Egan, Doc, le lieut ! »

Le premier Huey aborde la piste, s'immobilise un peu au-delà du point d'enlèvement, sans toucher complètement le sol. Thomaston dirige les opérations. La 2e section commence à embarquer. Les mitrailleurs de porte lâchent un feu ininterrompu vers le sud. L'hélico décolle, un deuxième se pose. On charge des blessés, Numbnuts saute à bord. Jax et le Bleu foncent vers le brasier autour de l'évasan. Pop et El Paso sont sur leurs talons. Les tirs ennemis s'intensifient à chaque poser. Mohnsen est blessé en montant dans le Huey. Thomaston donne l'ordre d'embarquement à la 3e section.

« 3e groupe à l'embarquement ! » lance Caldwell en se dirigeant vers le point d'enlèvement, mais McQueen et le 1er groupe commencent aussi à se replier tout en maintenant un tir de neutralisation constant pour essayer de fixer l'ennemi.

« Regagnez le périmètre ! » beugle Caldwell en bottant le cul de McQueen.

« De la merde ! crache McQueen en se retournant. On grimpe, vous restez.

— Sergent, je vous ai donné un ordre !

— Sans blague ! » L'hélico décolle, un autre prend sa place.

« Retournez là-bas, bordel de merde ! C'est un ordre.

— Comme vous avez donné à Ridgefield ! » McQueen laisse éclater sa fureur.

« Je n'ai pas...

— Et à Snell. Et à Nahele.

— Sergent ! »

La haine déforme le visage de McQueen. « Comme vous donnez toujours vos ordres », dit-il, puis il abaisse son M16, appuie sur la détente et loge trois balles dans le cœur du lieutenant Larry Caldwell.

« Ramassez les blessés ! » lance McQueen au reste de sa section. Il soulève le corps de Caldwell. La 3e section est embarquée.

« Ils sont pas morts ! hurle Jax. On peut les récupérer ! »

Lairds lance Denhardt dans la cabine centrale du Huey suivant. Marko, Hoover, McCarthy, bondissent dans l'appareil, Cahalan à leur suite. L'hélico prend l'air.

« Embarquez, nom de Dieu ! » crie Thomaston en direction de Jax et Chelini. Le périmètre d'Alpha n'existe plus. Des hélicoptères armés plongent par-dessus les Huey en arrosant la butte avec leurs Minigun. A présent, ils utilisent aussi les roquettes. Thomaston saisit Pop et le fait pivoter brutalement en lui criant aux oreilles : « Dans l'hélico ! » ; puis il fait de même avec El Paso. Chelini et Jax sont en train de ramper vers leurs trois camarades, qui gisent près de la souche. Ils essaient de se protéger le visage. Les tirs ennemis continuent d'augmenter. Une centaine de soldats ANV se lancent à l'assaut de la butte par le sud, Ils ont autant de leurs camarades morts sur la pente pour se protéger du strafing des hélicoptères et riposter. Chelini et Jax s'accrochent à la terre pour avancer centimètre par centimètre dans la fournaise. La chemise de treillis de Jax s'enflamme. Des équipes mortier ANV pilonnent méthodiquement le sommet de la butte. Jax arrache sa chemise et la jette, puis bat en retraite devant les flammes.

« Tire-toi de là ! » lui crie Thomaston, accroupi, ramassé sur lui-même pour se protéger de la chaleur.

« C'est moi, le Bleu ! » hurle Chelini, le visage et les mains brûlants. Il peut voir Egan : ses yeux sont ouverts, ses bras semblent tendus vers lui. Thomaston plonge comme un fou, arrive à saisir le Bleu par la cheville et tire en arrière. « Non ! » crie Chelini. Thomaston se relève, empoigne le Bleu, le soulève et l'entraîne vers le dernier hélicoptère. Les mitrailleurs de porte arrosent à une telle cadence que le canon de leurs armes va fondre. Des LOH bourdonnent dans le ciel. Pop et El Paso prennent appui sur un des patins et sautent dans la cabine. Jax et Chelini bondissent à leur suite. Thomaston s'élance, à l'instant où l'appareil décolle ; Pop l'attrape au vol et l'attire à l'intérieur. Le slap-slap des rotors augmente, l'hélico pique du nez et prend de la hauteur. Les yeux de Chelini sont rivés sur la pile de corps américains. L'hélicoptère s'éloigne.

Un vent froid s'engouffre dans la cabine.

« D'où ils sont sortis, les *gooks ?* demande Thomaston en pleurant. Merde, ils étaient là, sur la butte, avec nous. »

Jackson pleure aussi. Une grimace tord son visage. « On les a laissés ! hurle-t-il. On les a laissés là-bas. Egan était pas mort ! »

El Paso vomit.

Pop reste hébété.

Chelini a froid, il a du mal à respirer. Il observe Jax, ébauche un rictus. « Et merde, fait-il en éclatant de rire, ça chie pas ! »

EXTRAIT DU J.M.O.

LES RÉSULTATS SUIVANTS CONCERNANT LES OPÉRATIONS DANS LA ZONE O'REILLY/BARNETT/JEROME SONT SIGNALÉS POUR LA PÉRIODE DE 24 HEURES PRENANT FIN A 23 H 59 LE 25 AOÛT 1970.

UNE FORCE ENNEMIE DE VALEUR INDÉTERMINÉE A ATTAQUÉ LA 2e SECTION, CO B, 7/402 SUR SA POSITION DE NUIT A PROXIMITÉ DU POINT YD 165325 A 02 H 17. LA CO B A RIPOSTÉ PAR SES MOYENS DE FEUX ORGANIQUES. L'ENNEMI S'EST REPLIÉ. LA CO B A REÇU SEPT IMPACTS DE MORTIER SUR SA POSITION DE NUIT A 02 H 35. 3 BLESSÉS US. UN TIR DE CONTRE-BATTERIE A ÉTÉ

EMPLOYÉ POUR RÉDUIRE AU SILENCE LES MORTIERS ENNEMIS. A 03 H 05, LA CO B A SUBI UN NOUVEL ASSAUT QU'ELLE A ÉGALEMENT REPOUSSÉ PAR SES MOYENS DE FEUX ORGANIQUES. 3 BLESSÉS US SUPPLÉMENTAIRES ONT ÉTÉ ÉVACUÉS A 04 H 10.

LA CO C, 7/402, A ÉTÉ ATTAQUÉE PAR UNE FORCE ENNEMIE DE VALEUR INDÉTERMINÉE AVANT L'AUBE, A PROXIMITÉ DU POINT YD 133318. L'ENNEMI A INFILTRÉ LE PÉRIMÈTRE DE LA CO C EN DEUX ENDROITS, TUANT 2 SOLDATS US ET EN BLESSANT 2 AUTRES AVANT QUE L'ASSAUT AIT PU ÊTRE REPOUSSÉ PAR LES MOYENS DE FEUX ORGANIQUES.

A 07 H 12, PENDANT SA PROGRESSION SUR LA COLLINE, LA CO A, 7/402, A ENGAGÉ UN ÉLÉMENT ENNEMI RETRANCHÉ, DE VALEUR INDÉTERMINÉE, A PROXIMITÉ DU POINT YD 148318. 4 ANV TUÉS DÉCOMPTÉS. 3 BLESSÉS US.

A 08 H 55, LES 2e ET 3e SECTIONS DE LA CO A ONT DÉCOUVERT UN QG ANV ET UN CENTRE DE RAVITAILLEMENT INSTALLÉS DANS UN COMPLEXE SOUTERRAIN COMPRENANT 28 SALLES RELIÉES PAR DEUX TUNNELS. UN ÉLÉMENT DE LA CO A A PÉNÉTRÉ DANS LE COMPLEXE SANS RENCONTRER D'OPPOSITION ET RÉCUPÉRÉ 4 RADIOS GR 9 DE FABRICATION SOVIÉTIQUE AINSI QU'UNE QUANTITÉ DE MUNITIONS ESTIMÉE A 7 TONNES ET COMPRENANT : 18 CAISSES D'OBUS DE MORTIER 85 MM, 26 CAISSES D'OBUS DE MORTIER 61 MM, 24 CAISSES DE ROQUETTES B-40, 40 BOÎTES DE MINES CHI COM TYPE CLAYMORE, 60 BOÎTES DE MUNITIONS 37 MM, 55 BOÎTIERS A TAMBOUR DE MUNITIONS RPD ET 3 000 CHARGES EXPLOSIVES. A 09 H 35, UNE FORCE ENNEMIE DE VALEUR INDÉTERMINÉE, PROGRESSANT PAR LES GALERIES, A ATTAQUÉ LA CO A, TUANT 2 HOMMES ET EN BLESSANT 2. LA CO A S'EST REPLIÉE AFIN DE FACILITER L'INTERVENTION DE L'APPUI AÉRIEN. PERTES ENNEMIES : 16 TUÉS DÉCOMPTÉS, DONT 11 PAR ARA. LES MUNITIONS RAMENÉES A LA SURFACE PAR LA CO A ONT ÉTÉ DÉTRUITES PAR ARA.

A 12 H 42, ALORS QU'ELLE PROCÉDAIT A L'ÉVACUATION DE PERSONNELS DÉJA BLESSÉS, LA CO A A ÉTÉ ATTAQUÉE PAR UNE FORCE ENNEMIE IMPORTANTE ET BIEN COORDONNÉE. UN HÉLICOPTÈRE SANITAIRE, ATTEINT PAR UN TIR DE ROQUETTES, A EXPLOSÉ AU SOL, TUANT LE PILOTE ET LE COPILOTE. LA CO A A RIPOSTÉ PAR SES MOYENS DE FEUX ORGANIQUES ET A ÉTÉ APPUYÉE PAR DES HÉLICOPTÈRES ARMÉS. L'EXFILTRATION DE LA CO A A EU LIEU SOUS LE FEU ENNEMI. PERTES US : UN TUÉ, 7 BLESSÉS. PERTES ENNEMIES : 44 TUÉS DÉCOMPTÉS, DONT 30 PAR ARA ET 14 PAR TIR D'ARMES LÉGÈRES.

PENDANT LA PÉRIODE OÙ LA CO A A MAINTENU LE CONTACT, LES CO B, C, D ET LA SECTION RECO DE E ONT ÉGALEMENT ÉTÉ PRISES A PARTIE LORS D'ACTIONS SPORADIQUES. L'ENNEMI A LANCÉ SEPT ATTAQUES, DIRECTES ET INDIRECTES, CONTRE CES UNITÉS, DÉPLOYÉES AFIN DE BOUCLER LE CENTRE DE LA VALLÉE, ALORS PRIS D'ASSAUT PAR LA CO A. LES COMPAGNIES DU 7/402 ONT ENGAGÉ L'ENNEMI A NEUF REPRISES PAR LEURS MOYENS DE FEUX ORGANIQUES, AVEC L'APPUI DE L'ARTILLERIE, DE L'ARA ET DE LA FORCE AÉRIENNE TACTIQUE. UN BALAYAGE DE LA ZONE DES CONTACTS

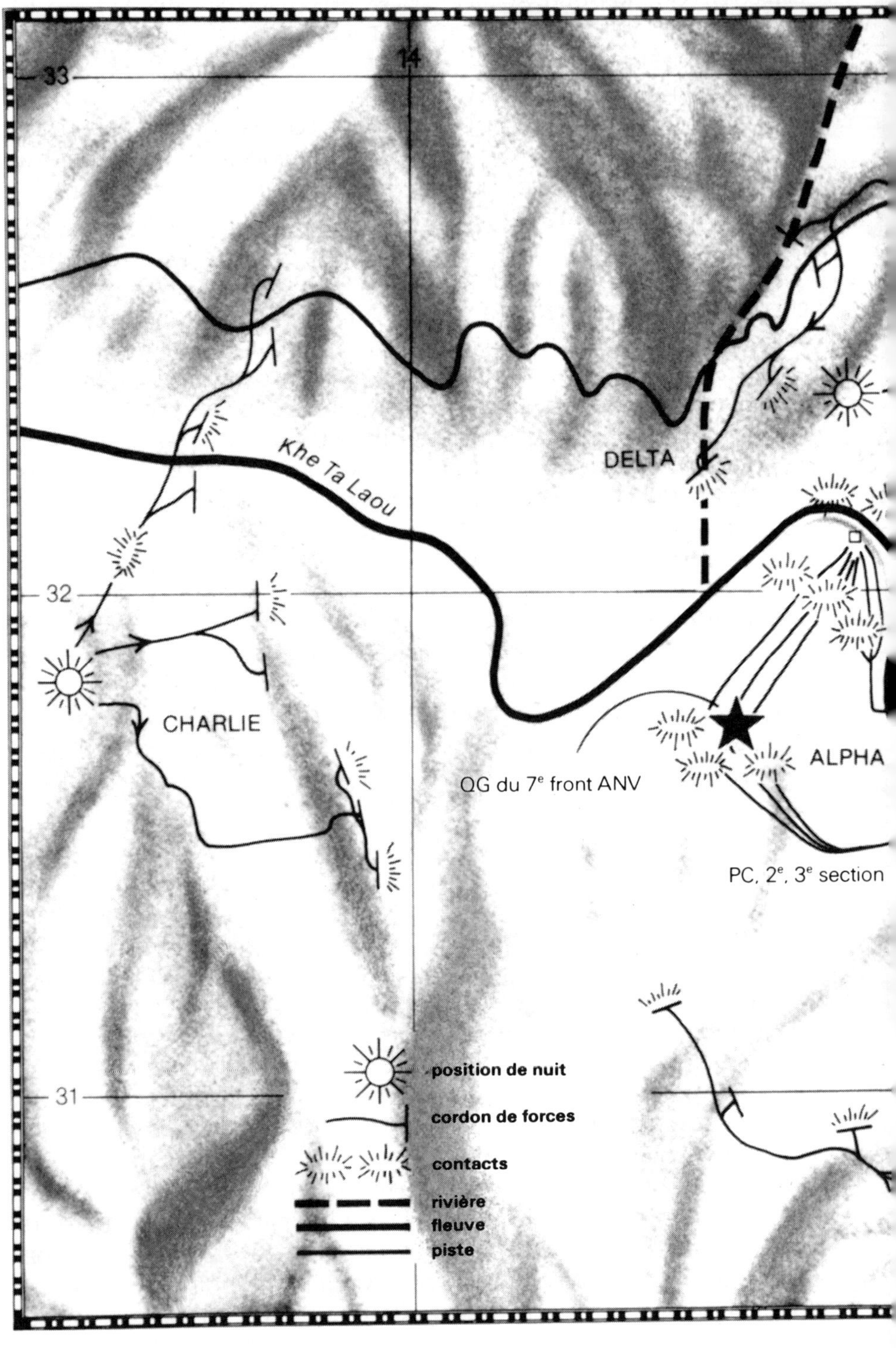
33
14
32
31
Khe Ta Laou
DELTA
CHARLIE
ALPHA
QG du 7e front ANV
PC, 2e, 3e section
position de nuit
cordon de forces
contacts
rivière
fleuve
piste

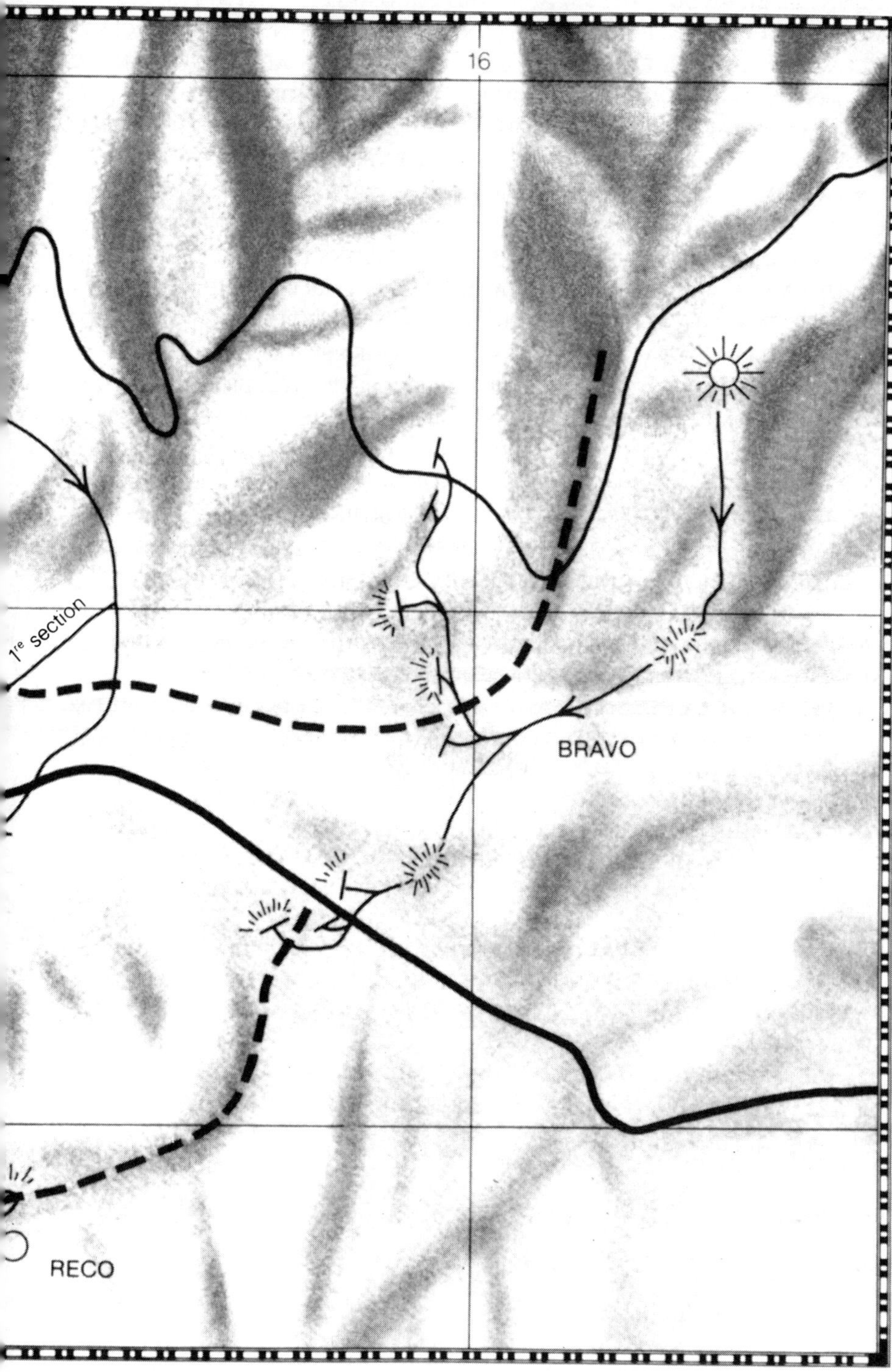
16
1re section
BRAVO
RECO

DONNE LE BILAN SUIVANT : 57 ANV TUÉS DÉCOMPTÉS, DONT 31 PAR LES ÉLÉMENTS D'APPUI FEU. L'ANV A PU FRANCHIR LE CORDON DE NOS FORCES ET ATTAQUER LA CO B ET LA RECO SUR LEURS LIGNES ARRIÈRE. BILAN DES PERTES US : 3 TUÉS, 10 BLESSÉS. APRÈS l'EXFILTRATION DE LA CO A, LES AUTRES COMPAGNIES ONT ATTAQUÉ VERS L'EXTÉRIEUR, TUANT 4 ENNEMIS. TOUS LES ÉLÉMENTS DU 7/402 AVAIENT ÉTÉ EXFILTRÉS À 16 H 00.

A PROXIMITÉ DU POINT YD 332239, 2 KILOMÈTRES AU SUD-EST DE LA BASE O'REILLY, DES ÉLÉMENTS DU 1er REGT (ARVN) ONT ENGAGÉ UNE FORCE ENNEMIE DE VALEUR INDÉTERMINÉE. LES ACTIONS DE FEU EXÉCUTÉES EN APPUI PAR LE 4e BATAILLON (ARA) ET LE 77e D'ARTILLERIE (AMBL) ONT OBLIGÉ L'ENNEMI A SE REPLIER. L'ÉLÉMENT ARVN A EXPLOITÉ LA POURSUITE ET PRÉCISÉ LE CONTACT AU COURS DE LA JOURNÉE. UN BALAYAGE DE LA ZONE DES CONTACTS A 17 H 30 DONNE LE BILAN SUIVANT : PERTES ENNEMIES : 37 TUÉS DÉCOMPTÉS, DONT 16 PAR ARA. PERTES AMIES : 9 TUÉS, 7 BLESSÉS.

LE 25 AOÛT, LA 101e DIVISION AÉROPORTÉE (AMBL) A RÉALIGNÉ SES EFFECTIFS EN PRÉVISION DES MOUSSONS DU NORD-EST. LE 7e BATAILLON (AMBL), 402e INF A CONCLU SES OPÉRATIONS EN COORDINATION AVEC LE 3e RÉGIMENT (ARVN) DANS LA ZONE DE LA BASE BARNETT, PUIS REGAGNE CAMP EAGLE POUR UNE PÉRIODE DE REMISE EN CONDITION.

LE 1er RÉGIMENT (ARVN) A CONTINUÉ DE MENER DES ACTIONS DANS LA ZONE DE LA BASE O'REILLY, TANDIS QUE LE 9e RÉGIMENT (ARVN) FAISAIT DE MÊME DANS LA ZONE DES BASES BARNETT/JEROME.

PENDANT LA PÉRIODE DU 13 AU 25 AOÛT, LE BILAN DES OPÉRATIONS COMBINÉES MENÉES DANS LA ZONE O'REILLY/BARNETT/JEROME EST DE 614 ENNEMIS TUÉS DÉCOMPTÉS.

ÉPILOGUE

31 août 1970

Le major Zarnochuck, président des sous-officiers, gravit les marches avec beaucoup de dignité et un maintien tout militaire. Il marcha jusqu'au centre de l'estrade, exécuta un impeccable demi-tour à droite, fit deux pas en avant, jeta un coup d'œil à la feuille de papier qu'il tenait à la main. « Capitaine Matthew R. Kalemba, appela-t-il.

— Présent », fit une voix sur les gradins.

Zarnochuck marqua une pause. Sur l'estrade, en demi-cercle devant lui, étaient disposés vingt-neuf fusils M16, baïonnette au canon, canon vers le bas, baïonnette enfoncée dans le contre-plaqué. Sur chaque crosse, un casque ; devant chaque arme, une paire de rangers, que quelqu'un avait pris la peine d'astiquer.

« Capitaine Thomas M. Lopez, reprit le major.

— Présent », fit une autre voix.

Il y eut un nouveau silence. L'alignement de fusils, de casques et de chaussures formait une sorte de palissade bizarre et morbide. Zarnochuck se tenait trois pas en arrière. Derrière lui, le lieutenant-colonel, l'officier supérieur adjoint du bataillon et les aumôniers militaires. Le Vieux Renard, commandant de brigade, n'assistait pas à la cérémonie. Le jeu des affectations par roulement l'avait déjà renvoyé dans les bureaux aux États-Unis.

« Capitaine Peter L. O'Hare », appela le major.

Il n'y eut pas de réponse. Zarnochuck s'interrompit, promena un regard sur les hommes. Les survivants du 7e bataillon, 402e d'infanterie, étaient rassemblés en plein soleil sur des bancs de bois rudimentaires disposés devant l'estrade. Chelini se trouvait au quatrième rang, entouré du lieutenant Thomaston, d'El Paso, Jax, Cahalan, Brown et de l'observateur avancé. Groupes, sections et compagnies se tenaient en ordre dispersé, partiellement mélangés, mais, dans l'ensemble, les *boonierats* s'étaient regroupés par affinités, avec ceux qui se tenaient le plus près d'eux sur le terrain. Le soleil cognait dur, il n'y avait pas un souffle d'air. Le regard de Zarnochuck se posa de nouveau sur sa feuille.

« Lieutenant Lawrence J. Caldwell. »

Encore un silence. Les soldats s'agitaient et donnaient des signes d'impatience. Ils étaient là depuis une heure. La cérémonie avait commencé par une prière du père Gibson.

« Au nom du Père, du Fils et du Saint-Esprit, avait murmuré l'aumônier.

— Ainsi soit-il », répondit son adjoint depuis le premier rang. Chelini grinça des dents.

La grâce de Notre-Seigneur Jésus-Christ, l'amour de Dieu et la sollicitude du Saint-Esprit soient en vous tous.

— Qu'il en soit de même avec vous. »

Chelini appela El Paso à voix basse.

« ¿ *Que pasa* ? fit celui-ci.

— Toi, mon frère. » Le Bleu lui renvoya sa réplique habituelle avec un sourire. « Dis, tu crois à la réincarnation ? »

La voix de l'aumônier se faisait plus forte, sa diction plus rapide. « Accordez à nos frères la paix du repos dans la lumière de Votre résurrection et la gloire de Votre Sainteté. Qu'il leur soit donné de contempler l'éclat de Votre présence, Christ notre seigneur, dans Votre royaume, où Vous leur accorderez de séjourner... »

El Paso répondit à la question de Chelini : « Oui, je crois bien. Dans la nature, tout se renouvelle.

— ...Christ, ressuscité d'entre les morts, faisait en écho la voix du prêtre.

— Merde, rigola Chelini, ce que tu veux dire, c'est qu'ils vont être recyclés. » Jax rit également, mais il s'en voulut. Il n'avait pas envie de se marrer aux plaisanteries du Bleu.

« ...nos corps mortels seront ressuscités comme le Sien, dans la gloire du dernier jour... »

Chelini n'avait pas envie d'écouter l'aumônier et fut soulagé de l'entendre conclure en latin : *« Benedictus qui veni in nomine Domini... »* Il se gratta le nez, se frotta le menton.

Une nouvelle opération devait commencer le 1er septembre. Le Bleu jeta un coup d'œil du côté du centre de livraison du Zéro-deux : le personnel grouillait en haut de la colline, autour de l'aire de poser, et les caisses d'équipement tout neuf s'accumulaient. La voix de l'Homme Vert ramena soudain son attention vers l'estrade.

« C'est avec humilité que je me présente devant tant de braves », commença l'officier. Totalement sincère, il croyait en chacun de ses mots et parlait avec un véritable amour pour sa troupe. « Je veux que vous compreniez ce que votre courage a permis d'accomplir, et aussi pourquoi certains de vos valeureux camarades sont morts. A chacun des hommes représentés ici, nous décernons la Bronze Star. Cela peut paraître bien peu. Mais c'est un symbole. C'est, pour la nation, une manière de leur dire “ merci ”. Ces hommes, ainsi que vous-mêmes, ont contribué de façon éminente à l’accomplissement de notre mission. Ceux à qui nous rendons aujourd’hui les honneurs peuvent reposer en paix, avec l’assurance que la vietnamisation, pour laquelle ils ont donné leurs vies, est en train de progresser... »

Cahalan secoua la tête en écoutant le discours de l’officier. Ça l’écœurait. Il coula un regard en biais, vers Jax et Chelini. Jax ne semblait pas écouter. Le Bleu, en revanche, prêtait maintenant une oreille attentive.

« ... j’aime à dire aux gens que le travail de l’infanterie dans ce pays, dans cette région militaire, dans cette province-ci, l’emporte sur ce qu’ont pu accomplir nos forces terrestres dans n’importe quelle guerre conduite par notre pays au cours de son histoire, et j’y inclus la campagne d’Allemagne pendant l’hiver 44, ainsi que les combats dans les îles du Pacifique au cours de la Seconde Guerre mondiale.

« Je veux que vous sachiez que vous avez affronté l’essentiel du 7e front ANV, composé de régiments d’infanterie, de sapeurs et de ravitaillement. Vous avez mené une action dans la profondeur, attaquant un ennemi puissant au sein de son sanctuaire, et vous l’avez vaincu. Vous avez découvert ce qui constituait probablement le complexe le plus vaste, le mieux camouflé et le mieux garanti de l’ANV dont on ait eu connaissance dans la 1re région militaire au cours de ce conflit. Vous avez délogé et neutralisé l’ennemi, vous avez entamé ce qui sera sa destruction ultime. Le quartier général que vous avez mis au jour a été, à la suite de votre action, entièrement anéanti par des bombardements qui ont provoqué de nombreuses explosions secondaires. Une évaluation photographique des dommages indique que la destruction a été totale.

« Messieurs, nombreux sont les femmes et les enfants de Huê, ainsi que des communautés des plaines avoisinantes, qui sont vivants aujourd’hui grâce à vos sacrifices. Les Vietnamiens ont tenu des élections nationales hier, et nos efforts ont permis d’éviter tout incident grave dans nos régions côtières. Nombreux sont également les GI’s, à l’arrière de cette division, qui peuvent vous remercier d’avoir été présents sur le terrain...

— Ils ont intérêt, fit Chelini à voix haute.

— ...que vous aimiez ou non cette unité, vous vous devez d’être fiers de ce que vous avez accompli. Vous êtes descendus au cœur d’une vallée où nulle troupe alliée n’avait mis le pied. Jamais plus l’ennemi ne sera en sécurité dans la vallée du Khe Ta Laou. Vous tous qui êtes réunis ici, vous avez affronté l’obstacle le plus difficile que la vie pouvait placer sur votre route, et vous en avez triomphé.

« Je vous remercie. »

L'Homme Vert se tut. Assis tout raide face à son chef, le Bleu bombait le torse avec fierté. L'Homme Vert semblait avoir les yeux fixés sur lui. Soudain, l'officier reprit d'une voix forte et solennelle : « Major Zarnochuck, veuillez procéder à la lecture de l'appel. »

C'est à ce moment que Zarnochuck était monté sur l'estrade. L'appel se poursuivit. Sans réponse.

« Sous-lieutenant Roosevelt Wheltlhey.

« Adjoint de section Manuel T. Alvarez.

« Adjoint de section Washington C. Briggs.

« Sergent-chef Johnny Cartney.

« Sergent-chef Le Huu Minh.

« Sergent-chef Rafer S. Ridgefield.

« Sergent-chef Leon I. Silvers. »

Jax ne put retenir ses larmes plus longtemps et pleura sans se cacher. El Paso également. Le visage de Cahalan était humide, ses larmes brillaient au soleil.

« Sergent Michael D. Bissett.

« Sergent Anthony K. DiComo.

« Sergent Joseph R. Escalato.

« Sergent Woodrow M. Hayes.

« Sergent Donald A. Nahele. »

Derrière le Bleu, McQueen pleurait aussi. Seul, Chelini avait les yeux secs. Il était furieux, indigné. « Ils sont toujours parmi nous », chuchota-t-il, mais les autres ne l'écoutaient pas. « Ils sont là, sur ces bancs. Ils y seront toujours. Par moi, en moi, leurs esprits vivront à jamais. »

« Caporal Jerome Clement.

« Caporal Charles T. Finton.

« Caporal Norman Rocca.

« Caporal Carlos Sanchez.

« 1re classe Daniel E. Dunn.

« 1re classe Juan Carmona.

« 1re classe Dewey C. Greer.

« 1re classe Wayne Z. Smith.

« 1re classe Justin Trumbull.

« Soldat Thomas Martinzelli.

« Soldat Thomas M. Southern.

« Soldat Stanley Wilson.

« Soldat Alberto S. Wong.

« De l'évacuation sanitaire Eagle Dust-Off, officier technicien [1] Robert Thatchman.

1. *Warrant officer :* corps d'officiers à hiérarchie propre sans équivalent français. Personnel sous contrat court *(N.d.T.)*.

« Officier technicien Brian E. Vaughn. »

Zarnochuck se tut et resta immobile une longue minute. Toute l'assemblée était silencieuse. Le major exécuta un demi-tour et gagna l'arrière de l'estrade.

L'Homme Vert s'avança de nouveau et reprit la parole : « Pour ces hommes, c'était le dernier appel. Major, veuillez désormais rayer leurs noms de la liste du bataillon. »

Tout le monde se tut.

« Jax, El Paso, fit Chelini en poussant du coude le radio, comment ça se fait qu'ils ont pas appelé Egan ? Ni Doc, ni le lieut ? »

Personne ne lui répondit. Il se tourna vers Thomaston. Le nouveau commandant de compagnie le regarda froidement et dit : « Vous n'êtes pas au courant ? Ils les ont portés disparus.

— Merde alors », fit le Bleu avec un sourire. Il était content qu'ils ne figurent pas sur la liste des morts. En moi, pensa-t-il. Il se mit à rire et dit : « Et merde, ça ch... »

Thomaston l'interrompit : « Ne le dites pas, soldat. »

TABLEAU FINAL

Les résultats combinés reportés ci-dessous concernant la 101e division aéroportée (aéromobile) sont signalés pour l'opération TEXAS STAR — 1er avril au 5 septembre 1970.

PERTES INFLIGÉES A L'ENNEMI	
Tués au combat (décomptés)	2 053
Prisonniers de guerre	38
Ralliés	14
Armes individuelles récupérées	420
Armes collectives récupérées	121
Munitions récupérées	200 000
Quantité de riz récupérée (en tonnes)	59
PERTES DE LA DIVISION	
Tués au combat	349
Morts des suites de blessures	37
Blessés au combat	1 978
Disparus au combat	7

GLOSSAIRE[1]

AC (aussi A/C : Aircraft Commander) : Commandant de bord.

AGL (Above Ground Level) : Au-dessus du sol.

AHB (Assault Helicopter Battalion) : Régiment d'hélicoptères de combat.

Airmobile : Aéromobile. Concerne l'hélicoptère. Ceux qui sautent d'hélicoptère, sans parachute.

Airborne : Aéroporté. Concerne l'avion. Ceux qui sautent d'avion, avec parachute.

AIT (Advanced Individual Training) : Instruction individuelle de spécialisation.

AK-47 (Kalashnikov AK-47) : Le fusil d'assaut le plus utilisé dans le monde. Arme de fabrication soviétique, automatique ou semi-automatique, calibre 7,62 mm. Connu des forces armées chinoises sous la désignation Type 56. Détonation sèche caractéristique.

ALPHA : La lettre A dans les transmissions en phonie.

AO (Area of Operations) : Théâtre d'opérations (TO). A l'arrière, peut aussi désigner le lit, la chambrée : Mon TO...

ARA (Aerial Rocket Artillery) : Un hélicoptère Cobra AG-1H équipé de quatre paniers de 19 roquettes XM.159 C de 69,8 mm.

Arty : Abréviation d'Artillerie.

ARVN (Prononcé Ar'-vin) : Armée de la République du Vietnam. Également un soldat sud-vietnamien (comme dans « Marvin the ARVN »).

AWOL (Absence Without Leave) : Absence illégale.

Azimuth : Gisement par rapport au nord magnétique.

B-40 : Lance-grenades du bloc communiste. Également la munition utilisée (roquette B-40).

B-52 : Désigne un ouvre-boîtes (genre décapsuleur perce-boîte). Également un bombardier lourd américain.

Ballgame : Une opération ou un contact.

Band-aid : Un médecin.

Baskettball ship : Hélicoptère lançant des fusées éclairantes.

Battle-sight zeroing : Zérotage. Réglage de la hausse et pointage en direction d'une arme en fonction du combattant, en vue d'une efficacité maximale du tir. Mettre les éléments à zéro.

Battery : Unité d'artillerie équivalant à une compagnie. Six obusiers 105 ou 155 mm, ou deux obusiers automoteurs huit pouces ou 175 mm.

BDA (Bom Damage Assessment) : Évaluation des dégâts causés par les bombes.

Beaucoup : Les boonierats utilisaient le mot français (généralement prononcé boo-coo). Certains le croyaient d'ailleurs d'origine vietnamienne.

Berm : Berme. Désigne le périmètre d'une fortification de campagne — généralement un peu surélevé.

Bird : Un hélicoptère.

Bird dog : Un FAC (Forward Air Controller) — en français : CAA (Contrôleur Air Avancé) — généralement à bord d'un petit avion monomoteur. Le CAA est un officier des forces aériennes chargé d'assurer le guidage des missions d'appui feu rapproché.

Blue feature : Tout cours d'eau, ainsi nommé à cause de la couleur utilisée pour le représenter sur les cartes topographiques.

Boo-coo : Voir beaucoup.

Boonie hat : Chapeau de brousse utilisé par les boonierats.

Boonierat : Un fantassin.

Boonies : La campagne, la brousse, la jungle. Pour l'infanterie, tout théâtre d'opérations autre que la base, le camp ou le village. Formé d'après *boondocks* (= le bled, l'arrière-pays, le coin perdu).

Bowl : Pipe utilisée pour fumer de l'herbe.

BRAVO : La lettre B dans les transmissions en phonie.

Breaking squelch : Couper le bruit de fond d'une radio en appuyant sur le combiné d'un autre émetteur réglé sur la même fréquence.

Bro (Brother) : Un soldat noir, un « soul brother ». Par extension, des boonierats de la même unité.

BS (Bullshit ; aussi Bsing, Bullshitting) : Baratin, foutaises. Baratiner, raconter des histoires ou simplement tailler le bout de gras.

C-4 : Puissant explosif plastic.

C-123 : Le Caribou. Petit avion cargo.

C-130 : Le Hercule. Avion cargo moyen.

C-141 : Le Starlifter. Gros avion cargo.

CA (Combat Assault) : Assaut. Bond final de l'attaque.

CAR-15 : Carabine mise au point à partir du M16.

CC (Company Commander) : Commandant de compagnie.

C & C (Command and Control) : Exercice du commandement. Depuis un hélicoptère. C & C bird : PC volant.

CG (Commanding General) : Général commandant.

CH-47 : Un Chinook. Voir ce terme.

CH-54 : Le plus gros des hélicoptères américains, strictement réservé au transport. Surnommé Flying Crane ou Skycrane (grue volante).

CHARLIE : La lettre C dans les transmissions en phonie. Désigne également le Vietcong.

Charlie-Charlie : Voir C & C.

Charlie Four : Voir C-4.

Cheap Charlie : Un GI qui se montre radin dans un bar.

Chi-Com (également Chicom : Chinese Communist) : Qualifie des matériels de fabrication chinoise. Employé seul, désigne ordinairement une grenade.

Chieu Hoi : « Bras ouverts » en vietnamien. Programme d'amnistie destiné à encourager les soldats ennemis à se rallier au gouvernement sud-vietnamien.

Chinook : Hélicoptère de transport moyen biturbine Boeing Vertol CH-47. Souvent surnommé *Shit-hook* (crochet à merde), à cause de la puissance du souffle des rotors au moment du poser, et de la gêne conséquente pour quiconque se trouve à proximité. La vitesse en bout de pale peut atteindre 229 km/h.

Chuck (ou Chas) : L'ennemi.

Clacker : Petit dispositif de déclenchement manuel d'une mine Claymore.

Claymore : Mine antipersonnel contenant une charge orientable d'une livre d'explosif C-4 derrière 600 billes d'acier.

CO (Commanding Officer) : Chef de corps.

Cobra : Hélicoptère d'attaque Bell AG-lH.

Comics : Illustrés. Les cartes topographiques.

Commo : Communications.

CONEX : Caisse d'emballage en tôle ondulée de grandes dimensions. Ses plaques sont souvent utilisées comme abri dans les bases.

COSVN (Communist Office of South Vietnam) : Bureau communiste du Sud-Vietnam, ou bureau central pour le Sud-Vietnam. Situé, pensait-on, dans la région du Bec-de-Canard, au Cambodge. Il n'a jamais été découvert.

CP (Command Post) : Poste de commandement (PC).

CQ (Charge of Quarters) : Service du cantonnement.

C-rats : Rations C. Rations de combat. Au bout de deux semaines, elles ont toutes le même goût.

Cs : Rations C.

DA (Department of the Army) : État-major de l'armée de terre. Aux USA, c'est un sous-ministère, avec un civil à sa tête.

Daily-daily : pilules antipaludiques à prendre quotidiennement.

Dap : Poignée de mains « soul ». Cérémonial très élaboré qui peut se prolonger pendant dix minutes, avec utilisation des deux mains, tapes diverses et claquements de doigts. Véritable rite, caractéristique de chaque unité.

Dee-dee (également dee-dee mau) : Du vietnamien *didi* (courir). Filer en vitesse.

DELTA : La lettre D dans les transmissions en phonie.

DEROS (Date Estimate Return from Overseas) : Date de rapatriement d'un soldat. Le voyage lui-même.

Dew : Rosée. La marijuana.

Dicks : Désigne l'ennemi (péjoratif).

Dime : Le nombre dix.
Dime-nickel : Un obusier 105 mm.
Dinks : Désigne l'ennemi (péjoratif).
DMZ (Demilitarized Zone) : Zone démilitarisée.
DRO (Dining Room Orderly) : Serveur au mess.
Drop : Réduction du temps de service amenée par le retrait progressif des troupes américaines du Vietnam.
DTs (Defensive Targets, aussi appelés Delta Tangos) : Tirs sur objectifs repérés.
Dust-Off : Evacuation sanitaire par hélicoptère (évasan).
DX (Direct Exchange) : Echange standard. Également tuer quelqu'un, buter, descendre.

E-1 : La solde la plus basse perçue dans l'armée.
E-2, etc : Les soldes vont de E-l à E-ll (E pour *Enlisted*). Sert en même temps à désigner les grades.
Early-Out : Réduction du temps de service. Un soldat n'ayant plus que 150 jours ou moins de service actif lors de son rapatriement du Vietnam était automatiquement libéré dans le cadre du programme Early-Out.
ECHO : La lettre E dans les transmissions en phonie.
Eleven Bravo (11-B) : Spécialité.
EM (Enlisted Man) : Simple soldat. Homme de troupe.
ET ou E-T (Entrenching Tool) : Outil individuel. Une pelle-pioche.
ETS (Estimated Termination of Service) : Date prévue de libération.

F-4 : Chasseur-bombardier Phantom. Rayon d'action : 1 600 km. Vitesse : 2 240 km/h. Charge utile : 8 000 kg. L'outil principal de la force aérienne tactique. Souvent surnommé *fast mover.*
FAC (Forward Air Controller) : Contrôleur Air Avancé (CAA) : Voir Bird dog.
Fast mover : Voir F-4.
FB (Fire Base) : Base de feux.
FDC (Fire Direction Control) : Poste central de tir.
FO (Forward Observer) : Observateur avancé.
FOXTROT : La lettre F dans les transmissions en phonie.
Frag : Grenade défensive ; grenade à fragmentation.
Fragging : Tuer ou blesser quelqu'un (d'habitude un *lifer* — voir ce terme) à la grenade.
Freak : Fréquence radio. Aussi un drogué, un junkie.
Freq : Fréquence.
Fuck (fucked, fuckin') : Le mot le plus courant du vocabulaire GI, avec l'article indéfini.
Fucked up : Blessé ou tué. Également, défoncé (marijuana ou autres drogues), bourré (alcool) ou simplement idiot, qui a fait une connerie.
Funny papers (ou comics) : Cartes topographiques.
FWMAF (Free Wold Military Assistance Forces) : Forces d'assistance militaire du monde libre (instructeurs). Les alliés.

Ghosting (également goldbricking, sandbagging) : Tirer au cul.
GOLF : La lettre G dans les transmissions en phonie.
Gook : Soldat ANV. Par extension, tout Asiatique.
Grunt : Un boonierat.
Gunship : Hélicoptère armé. Au début de la guerre, le terme pouvait s'appliquer à tout hélicoptère doté de systèmes d'armes importants et utilisé principalement en appui aérien. Par la suite, il désigne un Cobra AG-1H présentant une configuration spécifique de roquettes, lance-grenades de 40 mm et Minigun.

Hardstand : Tôle d'acier ajourée (voir PSP) posée sur du sable afin de constituer une aire en dur (stationnement, stockage).
HE (High Explosive) : Explosif brisant.
Heat tabs : Tablettes thermiques utilisées pour réchauffer les rations C. Toujours en quantité insuffisante.
H & I (Harassment and Interdiction) : Tir de harcèlement et d'interdiction.
HHC (Headquarters and Headquarters Company) : Escadron (ou compagnie) de commandement et des services.
Higher-Higher (ou Honchos) : Les chefs, les huiles.
Hook : Poste de radio ; combiné radio.
Hootch : Cantonnement. Employé à l'occasion pour une casemate ou des bureaux.
Horn : Combiné radio.
Hotel : La lettre H dans les transmissions en phonie.
Huey : Hélicoptère UH-1 pouvant appartenir à plusieurs séries. Cet hélicoptère de manœuvre était le principal appareil utilisé à la 101e pour l'héliportage d'assaut et la récupération des troupes. Également employé pour les évasans et comme PC volant. Souvent surnommé *Slick* (voir ce terme).
Hump : Patrouiller sac au doc ; crapahuter. D'une manière générale, accomplir une tâche pénible.

I Corps (en prononçant le chiffre romain « eye ») : 1re région militaire, tout au nord du Sud-Vietnam.
IG (Inspector General) : Inspecteur général. Officier chargé de vérifier la bonne application des règlements. Pas d'équivalent français.
INDIA : La lettre I dans les transmissions en phonie.
Insert : Héliportage et déploiement opérationnel dans une zone d'action.

Jody : Celui qui prend votre femme ou votre petite amie pendant que vous servez au Vietnam. Tiré d'un chant de marche : « Ain't no use in goin'home/Jody's got your girl an'gone/Sound off... »
JULIET : La lettre J dans les transmissions en phonie.

k (en bas de casse, prononcé kay) : Kilomètre.
KBA (Killed By Artillery) : Tué par artillerie.
KBH (Killed By Helicopter) : Tué par hélicoptère.

KCS (Kit Carson Scout) : Éclaireur Kit Carson. Vietnamien travaillant avec une unité américaine d'infanterie, en tant qu'interprète-éclaireur, dans le cadre du programme Luc Long de 66.
KIA (Killed In Action) : Tué au combat.
KILO : La lettre K dans les transmissions en phonie.
Klick : Un kilomètre.

LAW (Light Anti-tank Weapon) : Arme antichars légère. Lance-roquettes cal. 66 mm. Le tube lanceur est télescopique et ne sert qu'une fois. Efficace contre les casemates.
LEMA : LIMA. La lettre L dans les transmissions en phonie.
Lifers : Militaires de carrière (péjoratif). Crevures, rempilés.
Little people : L'ennemi.
Lit-up : Allumé, sous le feu ennemi.
LMG (Light Machine Gun) : Mitrailleuse légère de fabrication soviétique (voir RPD). Montée sur bipied, alimentée par bandes placées dans un boîtier à tambour amovible. Comparable à la M60 (voir ce terme) américaine. Utilise la même cartouche que le fusil AK-47 et la carabine SKS (voir ces termes).
Log Bird : Hélicoptère de la logistique (ravitaillement).
LOH (Light Observation Helicopter) : Hélicoptère léger d'observation (HLO).
LP (Listening Post) : Poste d'écoute. Elément « en sonnette ».
LRRP (prononcé Lurp) (Long Range Reconnaissance Patrol) : Patrouille en profondeur.
LSA (Lubricant, Small Arms) : Lubrifiant, armes légères.
LZ (Landing Zone) : Zone d'atterrissage (avions) ; zone de poser (hélicoptère) à l'intérieur de laquelle sont choisies des aires de poser.

M16 : Fusil d'assaut américain semi-automatique fonctionnant par emprunt des gaz et refroidissement par air. Poids de l'arme : 3,260 kg. Alimentation par chargeurs à vingt coups. Portée maximale : 2 350 m. Portée pratique : 460 m. Cadence de tir théorique : 650-700 coups/minute. Cadence normale de tir : 100-200 coups/minute.
M60 : Mitrailleuse légère de calibre 7,62 mm en dotation dans l'armée américaine. Arme automatique fonctionnant par emprunt des gaz et refroidissement par air. Alimentation par bandes. Souvent nommée THE GUN par les *boonierats.*
M79 : Fusil lance-grenades américain de calibre 40 mm. Un coup, canon basculant. Surnommé *thumper* (« frappeur »).
MA (Mechanical Ambush) : « Embuscade mécanique ». Euphémisme en usage dans l'armée américaine pour désigner les dispositifs de piégeage et de destruction.

Mad minute : Minute folle. Exercice de tir libre.
MARS (Military Affiliate Radio Station) : Station radio militaire, utilisée par les soldats pour appeler leur famille en Amérique via les transmissions et un équipement de radio-amateur.
MEDCAP (Medical Civilian Assistance Program) : Programme d'aide médicale aux populations.
Medevac (Medical evacuation) : Evasan (évacuation sanitaire par air).
Mermite : Gros récipient calorifugé pour la nourriture. Galtouze.
MIA (Missing In Action) : Disparu au combat.
MIKE : La lettre M dans les transmissions en phonie.
Mike-mike : Millimètre.
Minigun : Arme à canons multiples Gatling, fonctionnant par moteur électrique. Calibre 7,62 mm. Capable de tirer 6 000 coups/minute.
Monday pills : Pilules antipaludiques à prendre une fois par semaine, le lundi.
Monster, the : Voir PRC-77.
MOS (Military Occupational Specialty) : Brevet de spécialité.
MPC (Military Payment Certificates) : Système de bons en usage dans l'armée. L'argent de poche du GI. L'« argent pour rire ».

NAM : Vietnam.
NCO (Non-Commissionned Officer) : Sous-officier.
NDP (Night Defensive Position) : Position défensive de nuit.
Net (de network) : Réglage de fréquence.
Nickel : Le chiffre cinq.
No sweat : Pas de problème, y a moyen faire.
NOVEMBER : NOVEMBRE. La lettre N dans les transmissions en phonie.
Numba one : Le meilleur, le sommet.
Numba ten : Le pire, le fond du panier. Souvent utilisé par les entraîneuses dans les bars, à l'adresse des *cheap charlies* (voir ce terme).
Numba ten thousand : Un constat nettement exagéré de la situation.
NVA (North-Vietnamese Army) : Armée du Nord-Vietnam (ANV). Également, un soldat nord-vietnamien.

OD (Olive Drab) : Vert olive, vert armée.
Oh-Deuce : Zéro-deux. Surnom du 7e bataillon, 402e d'infanterie.
OP (Observation Post) : Poste d'observation ; poste de guetteur.
Opcon (Operational Control) : Contrôle opérationnel.
Opposition : L'ennemi.
OSCAR : La lettre O dans les transmissions en phonie.

P-38 : Petit ouvre-boîte pliant.
PAPA : La lettre P dans les transmissions en phonie.
PIO (Public Information Office) : Service d'information de l'armée. Personne y travaillant.

Piss-tube : Tube enfoncé aux deux tiers dans le sol, à la verticale, et servant d'urinoir.

Point ; pointman : Homme de pointe ; voltigeur de pointe. Celui qui marche en tête de patrouille.

PRC-25 (péjorativement : Prick-25) : Émetteur-récepteur en dotation pendant la guerre du Vietnam. Porté par l'opérateur radio, le poste était lourd et qualifié de « chiant ».

PRC-77 : Poste assez semblable au PRC-25, mais doté d'un système de brouillage et de chiffrement. Parfois surnommé *The Monster,* et qualifié de « super-chiant ».

PSP (Perforate Steel Plate) : Plate PSP (perforée).

PsyOps (Psychological Operations) : Forme d'opérations psychologiques. Action psychologique.

PZ (Pick-up Zone) : Zone d'enlèvement.

QUAD 50 : « Quadruple-cinquante ». Arme à canons multiples, montage de quatre mitrailleuses .50 (M2BH) sur affût quadruple. Aussi nommée tourelle Paxton.

QUEBEC : La lettre Q dans les transmissions en phonie.

RBF (Reconnaissance By Fire) : Reconnaissance par le feu. Reconnaissance offensive.

Redball : Piste ou route ennemie.

Red bird : Un hélicoptère Cobra.

REMF (Rear Echelon Mother Fucker ; prononcé rim-ph) : planqué.

Rock'n'roll : Tir avec le sélecteur sur automatique.

ROK (Republic of Korea) : République de Corée.

ROMEO : La lettre R dans les transmissions en phonie.

RPD : Ruchnoi Pulemet Degtyareva, en russe. Mitrailleuse légère Degtyareva. Voir LMG.

RPG (Rocket Propelled Grenade) : Grenade à fusil. Voir B-40.

R & R (Rest and Relaxation) : Permission de détente.

RTO (Ratio Telephone Operator) : Opérateur radio.

Ruck, rucksack : Sac à dos des fantassins au Vietnam.

Rumour control : Source de renseignement la plus fiable avant que l'événement lui-même se produise.

RVN (Republic of Vietnam) : République du Vietnam.

S & S (Supply & Service) : Ravitaillement et services. Désignation d'une unité de soutien.

S-1 : Services du personnel.

S-2 : Renseignement.

S-3 : Opérations.

S-4 : Logistique.

S-5 : Questions civiles.

SAF (Small Arms Fire) : Tir d'armes légères.

Sappers : Sapeurs. Équipes ennemies d'assaut et de destruction.

SEATO (Southeast Asia Treaty Organization) : Organisation du traité de l'Asie du Sud-Est (OTASE).

Secure net : Réseau sûr. Employé pour désigner les fréquences utilisées sur le PRC-77 (voir ce terme).

SERTS (Screaming Eagle Replacement Training School) : Centre d'instruction et de recomplètement des Screaming Eagles.

Set : Détachement.

Shake'n'Bake [1] : Sergent qui a suivi le peloton d'élèves gradés et lui doit sa promotion rapide.

Shit-hook : Voir Chinook.

SIERRA : La lettre S dans les transmissions en phonie.

SKS : Samozariadnyia Karabine Simonova, en russe. Carabine semi-automatique Simonov de calibre 7,62.

Sky (to) (également : to sky up) : Partir, filer.

Skycrane : Voir CH-54.

Slackman : Le deuxième homme d'une patrouille, juste derrière l'homme de pointe.

Slick : Voir Huey.

Snake : Un hélicoptère Cobra.

Soul brother : Un soldat noir.

Stand-down : Pour une unité d'infanterie, période de remise en condition et d'entraînement à la base au retour des *boonies.* Par la suite, s'est appliqué au retrait d'une unité au Vietnam et à son redéploiement aux États-Unis.

Steel pot : « pot d'acier ». Le casque du GI.

TAC AIR (Tactical Air Force) : Force aérienne tactique (FATac). Chasseurs-bombardiers en appui des forces terrestres.

TANGO : La lettre T dans les transmissions en phonie.

Tee-tee : Tout petit, minuscule.

Three-quarter : Camion trois-quarts de tonne.

TOC (Tactical Operations Center) : Centre d'opérations tactiques.

TO & E (Table of Organization and Equipment) : Tableau d'effectifs et de dotation (TED).

201 FILE : Dossier administratif individuel de l'armée américaine.

UH-1H : Hélicoptère Huey.

UNIFORM : La lettre U dans les transmissions en phonie.

USAF : United States Air Force.

USARV : United States Army, Vietnam.

VC : Vietcong.

VICTOR : La lettre V dans les transmissions en phonie.

Ville : Un village.

1. L'expression « agiter et cuire » fait allusion à une marque d'aliments en sachet *(N.d.T.).*

WHISKEY : La lettre W dans les transmissions en phonie.

Wake-up : « Réveil ». Employé dans les expressions telles que : « 13 and a wake-up » pour indiquer le nombre de jours qu'on doit encore accomplir jusqu'à la libération. En français : « 13 au jus », pour garder le même exemple.

Weed : Herbe, marijuana.

White bird : Un LOH (voir ce terme).

WIA (Wounded In Action) : Blessé au combat.

Widow maker : « Faiseur de veuves ». Employé à propos des dispositifs de piégeage (voir MA).

Willie Peter (WP, pour white phosphorus) : Grenade ou obus incendiaire au phosphore.

World : Le monde extérieur. Les États-Unis ou tout endroit autre que le Vietnam.

X-RAY : La lettre X dans les transmissions en phonie. Peut aussi désigner une patrouille de reconnaissance de nuit.

XO (Executive Officier) : Officier supérieur adjoint.

YANKEE : La lettre Y dans les transmissions en phonie.

ZULU : Zoulou. La lettre Z dans les transmissions en phonie.

11-B : Voir Eleven-Bravo.

16 : Voir M16.

51 : Une mitrailleuse lourde .51 du bloc communiste.

60 : Voir M60.

60,81 : Calibre de mortiers US.

61,82 : Calibre de mortiers communistes.

79 : Voir M79.

122 : Roquette du bloc communiste dont la portée peut atteindre 22 km avec fusée d'appoint.

CHRONOLOGIE

Nous nous pensons en guerre.
Les antécédents sont dans nos esprits
RUFUS BROOKS, *23 août 1970*

2879 à 258 av. J.-C. — Premier royaume vietnamien (Van Lang ou Van Tang), le pays des hommes tatoués.
— Les Bac-soniens, une vague d'australoïdes venus du Nord s'établissent dans la vallée du fleuve Rouge (région de Hanoi-Haiphong).
— Une première vague de Malais d'Asie centrale s'établissent sur le littoral, de Saigon à Huê.

500 av. J.-C. — Les Chinois venant du royaume de Han pénètrent au Vietnam (vallée du fleuve Rouge), obligeant les premiers occupants à reculer vers le sud. C'est le premier des conflits Nord/Sud.

258 à 207 av. J.-C. — Deuxième royaume vietnamien (Au Lac). Le roi Thuc Vuong conquiert Van Lang.

207 av. J.-C. — Des Chinois du centre, conduits par le général Triêu Da, se rendent maîtres d'Au Lac et fondent le royaume indépendant du Nam Viet dans la vallée du fleuve Rouge.

111 av. J.-C. à 939 ap. J.-C. — Les Chinois (de la dynastie Han) occupent le nord du Vietnam. Ils en font la province de Giao Chi, organisée en districts administratifs.
— Seconde vague d'immigration malaise.

87 av. J.-C. — L'empereur Wu Ti étend la domination chinoise au sud de Huê.

39 ap. J.-C. — Deux sœurs nobles, Trung Trac et Trung Nhi, mènent un soulèvement contre la Chine pendant deux ans, afin de rétablir le Nam Viet.

45 — Le Nam Viet est de nouveau annexé par la Chine.

197 — Fondation du royaume de Champa par des populations d'origine indienne. Les Chams s'installent dans la région côtière, de Da Nang jusqu'à Cam Ranh au sud. Peuple de marchands.

220 — Chute de la dynastie Han.

542-44 — Ly Bon (Ly-Nhan-De) mène une rébellion victorieuse contre les Chinois. Les pressions venues du Nord se maintiennent pendant soixante ans. Les « Vietnamiens » étendent leur territoire vers le sud, le long de la côte.

602 — Les Chinois imposent à nouveau leur domination. Adoption des méthodes chinoises d'agriculture durant cette période. La terre devient riche, le peuple reste pauvre.

938 — Ngo Quyen lève une armée qui remporte la victoire décisive sur les Chinois (bataille du Bach Dang). L'indépendance se maintient pendant presque neuf cents ans. Retour à l'ancienne langue vietnamienne.

1215 — Les Mongols envahissent la vallée du fleuve Rouge. C'est un échec. Ils essaient à nouveau quelques années plus tard, avec Kubilai Khan à leur tête. L'invasion réussit partiellement et la pression mongole se maintient jusqu'en 1287.

1284 — Tran Hung Dao écrit dans son *Précis des arts militaires :* « L'ennemi doit être amené à se battre loin de son propre territoire pendant une longue période. Nous devons l'affaiblir encore en l'obligeant à mener des campagnes prolongées. Son élan initial une fois brisé, il sera plus facile à détruire. »

1287 — Les Mongols se retirent du Vietnam

— Les Chinois ayant été chassés (939), les peuples de la vallée du fleuve Rouge consacrent pendant près de cinq cents ans leurs énergies à la colonisation du Sud. Ville après ville, les Chams sont massacrés systématiquement, dans un véritable génocide. Les rares survivants, terrorisés, se réfugient dans les jungles des hautes terres. Ce sont les ancêtres des montagnards actuels.

1407 — Nouvelle invasion chinoise sous les empereurs Ming. Les Chinois contrôlent à nouveau la vallée du fleuve Rouge. Ils seront finalement défaits par une guerre de guérilla et d'attrition continue.

1418 à 1427 — Le roi Le Loi est l'artisan de la victoire contre les Chinois et instaure sa dynastie au nord du Vietnam. Les seigneurs féodaux Nguyen règnent sur le Sud.

1459 à 1497 — Le Thanh Tong achève la destruction du royaume du Champa. Son long règne de trente-huit ans est considéré comme l'âge d'or du Vietnam.

1535 — Les premiers Européens, des Portugais, jettent l'ancre à Da Nang. Premiers intérêts commerciaux des Européens dans la région.

1540 — Division politique du Vietnam en Nord et Sud.
Sous le règne des empereurs Le, les seigneurs féodaux partagent le pays en deux principautés : les Trinh au nord et les Nguyen au sud.

1590 — Réunification du Vietnam.

1613 — Le Vietnam à nouveau divisé. Les Nguyen, qui règnent sur le Sud, font ériger deux murailles à Dong Hoi — l'une longue de neuf, l'autre de dix-neuf kilomètres — toutes deux hautes de six mètres. Dong Hoi est situé à moins de quinze kilomètres au nord de la zone démilitarisée instituée par les accords de Genève en 1954.

1615 — Les premiers missionnaires catholiques, des jésuites italiens et portugais, débarquent à Da Nang.

1636 — Premier débarquement des Hollandais au Vietnam.

1672 — Les Anglais ouvrent un comptoir commercial.

1680 — Premier comptoir commercial français.

1770 à 1776 — Trois frères du village de Tay-Son mènent une rébellion victorieuse contre la dynastie Nguyen du Sud. La puissante famille Trinh défait la dynastie Le au Nord. Nguyen Anh s'accroche à son trône de Cochinchine (partie méridionale du Vietnam) et négocie l'aide des Français.

1776 — Conflit entre le Vietnam et le royaume thaï à propos du Cambodge.

1790 à 1800 — Nouvelle invasion manquée du Nord par les Chinois.
— Nguyen Anh investit le Nord avec des troupes françaises (juillet 1789). Réunification officielle du pays.
— Nguyen Anh reprend la plus grande partie du Sud et élimine les chefs Tay-Son.

1802 — Chute de Huê, fin du mouvement Tay-Son. Chute de Hanoi. Le prince Nguyen Anh devient empereur sous le nom de Gia Long. Il donne au pays réunifié son nom moderne de Vietnam.

1820 à 1841 — Sous le règne du nouvel empereur Minh Mang, les derniers Européens sont chassés de la cour. Une politique isolationniste s'instaure et maintient le Vietnam à l'écart des progrès (techniques et militaires), pendant une période de rapide développement européen. Persécution des missionnaires catholiques.

1827 à 1856 — Période de massacres. 130 000 catholiques sont mis à mort.

1839 — Guerre de l'opium. Les Anglais avaient introduit l'opium en Chine et en tiraient de grands profits. Les Chinois ayant tenté de mettre fin à ce commerce, les Anglais envoient un corps expéditionnaire qui se rend maître de la Chine méridionale. Cet épisode devient un schéma habituel pour la colonisation de l'Asie.

1841 à 1848 — L'empereur Thieu Tri perd une partie du pays aux mains des Français.

1845 — Le navire américain *USS Constitution* mouille à Tourane (Da Nang). Les marines obtiennent par la force la libération du missionnaire français Dominique Lefebvre. La crise dure quatre jours. C'est la première intervention américaine au Vietnam.

1847 à 1883 — Sous l'empereur Tu Duc, la Cochinchine devient colonie française, le reste du pays est sous protectorat.

1850 — Les Français considèrent le Vietnam comme une zone de déploiement et comme une voie d'accès aux riches marchés chinois contrôlés par les Anglais.

1858 — Prise de Tourane (Da Nang) par les Français.

1859-61 — Prise de Saigon par les Français.

1862 — Le Vietnam cède à la France Saigon et les trois provinces voisines (Cochinchine).

1883 — L'expansion s'est poursuivie et l'ensemble du Vietnam est sous contrôle français.

1880 à 1920 — Grandes vagues d'immigration européennes aux États-Unis.

1887 — Le Vietnam, le Cambodge et le Laos sont regroupés au sein de l'Union indochinoise, protectorat français.

1920 à 1936 — Une série de soulèvements nationalistes échoue.

1937 — Citation de Mao Ze-dong (comparer avec 1284)

L'ennemi avance, nous nous replions ;
l'ennemi campe, nous le harcelons ;
l'ennemi se fatigue, nous attaquons ;
l'ennemi se replie, nous le poursuivons.

— Les Japonais prennent Nankin (Chine). Exemple d'une guerre où un seul des deux camps se manifeste : 200 000 civils sont massacrés.

1939 à 1945 — Le Japon occupe les installations militaires du Vietnam et autorise le gouvernement de Vichy à administrer la colonie.

1941 — Les Irakiens chassent les Anglais.

— Première opération d'infanterie aéroportée de la guerre. L'Allemagne envahit la Crête.

— Les Japonais débarquent en Indochine. Les États-Unis coupent l'approvisionnement en pétrole des Japonais.

— Création par Ho Chi Minh de la Viet Nam Doc Lap Dong Minh Hoi (abrégée en « Viet Minh ») : ligue pour l'indépendance du Vietnam.

1945 — Internement des administrateurs français par les Japonais.

— Le Vietminh prend le contrôle du Vietnam et supplante les forces d'occupation japonaises. Création de la République démocratique du Vietnam.

— L'armée britannique pénètre dans Saigon, l'armée chinoise (du Kuomin-tang) dans Hanoi, suite aux accords de Yalta. Les Anglais céderont la place aux Français, Chiang Kai-shek à Ho Chi Minh, mais ni Ho ni les Français n'accepteront finalement la situation résultant de ces accords. La guerre commence en 1946.

1946 — Les USA et l'URSS divisent la Corée suivant le 38e parallèle.

— *19 décembre :* le Vietminh attaque les Français. Début de la première guerre d'Indochine.

1947 — La doctrine Truman promet une aide économique et militaire à toute nation menacée par le communisme.

1948 — Blocus de Berlin, création du pont aérien.

1949 — Création de l'OTAN.

— Accession au pouvoir de Mao Ze-dong en Chine.

1950 — Début d'une période de revendication des droits civiques (*sit-in,* boycotts) dans le sud des États-Unis.

— Début de la guerre de Corée.

1952 — Négociations de paix entamées sur la question coréenne. La position américaine est surtout défensive.

1953 — *Janvier-avril :* première incursion vietminh au Laos.

— *28 juillet :* les Français attaquent le régiment 95 vietminh le long de la « Rue sans joie » (Centre-Annam).

— *22 octobre :* le traité d'amitié et d'association franco-laotien proclame l'indépendance du Laos, pays membre de l'Union française.

1954 — La chute de la garnison française de Dien Bien Phu marque la défaite française en Indochine. Dix mille soldats français vaincus par le Vietminh. La réponse américaine officielle (Eisenhower/Dulles) à la demande d'aide française est un télégramme d'encouragement. (L'hostilité de l'opinion publique américaine à la guerre de Corée aurait dissuadé Eisenhower de toute intervention en Indochine.)

— *21 juillet :* la conférence de Genève scelle la division du Vietnam entre un Nord communiste et un Sud non communiste. La partition se fait le long du 17e parallèle.

— *août :* fin officielle de la première guerre d'Indochine.

— *24 août :* mise hors la loi du parti communiste aux États-Unis.

1955 — Création du pacte de Varsovie.

— Sommet de Genève Eisenhover/Khrouchtchev. Début de la guerre froide.

1956 — Les tanks soviétiques écrasent l'insurrection hongroise.

— La NAACP (National Association for the Advancement of Coloured People) est déclarée illégale en Alabama.

— Les dernières troupes françaises quittent l'Indochine.

— Les élections générales prévues pour la réunification du Vietnam n'ont pas lieu.

1959 — Début de la deuxième guerre d'Indochine.

— Mouvement insurrectionnel au Laos.

1961 — John F. Kennedy : « Nous supporterons n'importe quel fardeau... »

— Baie des Cochons.

— Mur de Berlin.

— Crise des missiles cubains.

1962 — Établissement du MACV (Military Assistance Command, Vietnam).

— Reconnaissance de la neutralité du Laos sous un gouvernement de coalition.

1963 à 1968 — Montée en puissance dans la deuxième guerre d'Indochine. D'une manière générale, l'opinion publique américaine pense que les USA ont le dessus. Consternation progressive. JFK aux médias : « Rejoignez notre camp. »

1963 — Assassinat de John F. Kennedy.

1964 — Premier essai nucléaire chinois.

— Incident du golfe du Tonkin.

— *5 août :* un avion américain est abattu, le pilote capturé par les Nord-Vietnamiens. Le lieutenant Everett Alvarez Jr (aviation embarquée) devient le premier prisonnier de guerre américain. Le Ministère des anciens combattants US déclare que ce jour marque le début officiel de l'engagement américain au Vietnam.

1965 — Les premières troupes américaines débarquent près de Da Nang.

— Début de l'opération Rolling Thunder. Bombardements sur le Nord.

— Le Vietcong attaque la base US de Pleiku. 70 tués américains.

— Guerre en république Dominicaine.
— *Mai :* première suspension des bombardements sur le Nord, pendant cinq jours.
— *19 juin :* à la tête d'une junte militaire, le général de division (aviation) Nguyen Cao Ky prend le contrôle du gouvernement à Saigon.
— *27 juin :* première action d'envergure des forces terrestres américaines.
— *30 juin :* LBJ annonce le doublement des forces américaines par l'envoi de 44 régiments, portant les effectifs de 65 000 à 130 000 hommes.
— *29 juillet :* la 1re brigade, 101e division aéroportée, arrive au Vietnam.
— La Chine affirme son soutien au Vietcong comme stratégie centrale en vue de l'encerclement du monde occidental par le mouvement communiste mondial.
— Les premiers pourparlers (secrets) entre Washington et Hanoi s'engagent à Paris. Hanoi réclame un contrôle total du Vietnam. Les négociations sont dans l'impasse.
— *24 décembre :* arrêt des bombardements sur le Nord. LBJ annonce une « offensive de paix ».

1966 — *31 janvier :* reprise des bombardements après l'échec des négociations.
— *10 mars :* le catholique Ky chasse le général bouddhiste Nguyen Chan The du gouvernement, s'aliénant les militants bouddhistes. Les troupes de The se soulèvent à Da Nang.
— Fermeture des camps des Special Forces d'A Loui, Ta Bat et A Shau (tous situés dans la vallée de l'A Shau) sous la pression (et l'occupation ?) Vietcong/ANV. Pendant les deux années suivantes, la vallée est aux mains des forces communistes, qui acheminent ouvertement des tonnes de ravitaillement par la route 548, qui suit l'A Shau dans toute sa longueur.
— *7 mai :* Ky déclare qu'il ne se démettra pas, quel que soit le résultat des élections législatives. Manifestations bouddhistes à Da Nang.
— *15 mai :* les troupes envoyées à Da Nang par Ky afin de réprimer les manifestations rencontrent l'opposition de la 1re division. Le Sud est au bord de la guerre civile. Huê devient le centre de la résistance bouddhiste et des manifestations anti-américaines.
— *29 mai :* une nonne bouddhiste s'immole par le feu dans un temple de Huê.
— *30 juin :* les effectifs américains engagés au Vietnam sont portés à 285 000.
— *Automne/hiver :* le Vietcong lance une vague d'attentats terroristes afin d'intimider les électeurs sud-vietnamiens. 80 % de votes exprimés en vue de l'élection d'une assemblée constituante de 117 sièges.
— *Fin 1966 :* l'optimisme prévaut généralement aux États-Unis et au Sud-Vietnam.

1967 — *Juillet :* attaque-surprise du Vietcong sur la base aérienne de Da Nang. Pertes US : 12 tués, 45 blessés, 25 avions détruits.

— Le général Nguyen Van Thieu et le premier ministre Nguyen Cao Ky élus respectivement président et vice-président du Sud-Vietnam.
— Montée en puissance : le 13 décembre, la 101e division aéroportée achève l'alignement de ses effectifs. Toute la division est au Vietnam. A la fin de l'année, les effectifs réalisés côté américain atteignent le chiffre de 480 000.

1968 — *20 janvier :* début de la bataille de Khe Sanh, qui durera soixante-dix-sept jours.
— *29-30 janvier :* début de l'offensive du Têt, qui ouvre une nouvelle phase de la deuxième guerre d'Indochine. Cette phase ne prendra fin qu'en 1972. Stupéfaction de l'opinion publique américaine devant les succès de l'ANV. L'écart se creuse aux États-Unis entre la population et le gouvernement : à son arrivée, l'administration Nixon devra faire face à un grand désenchantement.
— *22 mars :* LBJ nomme le général Creighton Abrams à la tête des forces armées au Vietnam, en remplacement du général William Westmoreland.
— *31 mars :* LBJ interrompt tous les bombardements au nord du 20e parallèle et annonce qu'il ne se représentera pas à la présidence.
— Assassinat du Dr Martin Luther King.
— *6 avril :* les troupes américaines brisent le siège de Khe Sanh.
— *Mai :* la « 1st Cav » et la 101e division aéroportée commencent à nettoyer la vallée de l'A Shau.
— *Juin :* abandon de la base de Khe Sanh.
— Assassinat de Robert F. Kennedy.
— Massacre de My Lai.
— *Printemps-été :* Hanoi insiste sur l'arrêt total des bombardements américains comme préalable à toute négociation. LBJ fait cesser tous les bombardements sur le Nord-Vietnam. Hanoi accepte de discuter la forme de la table de conférence [1].
— *Octobre :* les Marines commencent à quitter le Vietnam.
— *1er novembre :* arrêt total des bombardements sur le Nord.
— Richard Nixon élu à la présidence par une étroite majorité contre Hubert Humphrey.

1969 — La 101e division aéroportée devient aéromobile
— La 101e en opérations dans la vallée de l'A Shau et les montagnes environnantes pendant 167 jours. L'ANV perd la plus grande partie du couloir qui est son moyen d'attaque essentiel contre la population. L'I Corps (1re région militaire) est à peu près pacifié.
— Les négociations de Paris incluent le Vietcong et le gouvernement Thieu.
— *Juillet :* premier retrait majeur de troupes américaines. Le chiffre maximal des effectifs est de 540 000 hommes.
— Plan de paix en dix points du Vietcong : retrait inconditionnel des

1. Table ovale = deux partenaires (USA, Nord-Vietnam). Table carrée = quatre partenaires (USA, Nord-Vietnam, Sud-Vietnam, Vietcong) (*N.d.T.*).

troupes US et de toute aide matérielle ou financière au Sud-Vietnam. Refus américain et contre-proposition : retrait total des forces américaines et nord-vietnamiennes échelonné sur les douze mois suivants. Hanoi répond que le Nord-Vietnam n'a pas de troupes au Sud.

— Thieu propose la participation du Vietcong à des élections sous contrôle international. Refus vietcong.

— *15 octobre :* début des marches de la paix, « moratoires » aux États-Unis.

— *3 novembre :* Nixon annonce un plan de « vietnamisation ».

— *15 novembre :* 250 000 manifestants pacifistes marchent sur Washington.

— L'affaire de My Lai est rendue publique.

1970 — *Mars :* coup d'État au Cambodge. Lon Nol dépose le prince Norodom Sihanouk et exige le départ des communistes du pays. Devant le refus communiste, Lon Nol réclame l'aide des États-Unis (à l'insistance de ceux-ci).

— *30 avril :* Nixon annonce un raid américain contre les sanctuaires communistes du « Bec-de-Canard » et de l'« Hameçon » (« zone des trois frontières »), en territoire cambodgien. Les forces alliées découvrent des centaines de tonnes de vivres, d'armes et de munitions — les troupes communistes ont évacué leurs bases et progressent à l'ouest, vers Pnom Penh.

— Manifestations pacifistes géantes aux États-Unis.

— *4 mai :* quatre étudiants sont tués par la garde nationale lors d'une manifestation sur le campus de l'université d'État de Kent, Ohio.

— Deux étudiants sont tués au Jackson State College.

— Le 7/402 ratisse les cotes 714 et 882, brisant l'alignement des forces nord-vietnamiennes dans la zone centrale de l'I Corps.

— *30 juin :* il n'y a plus de troupes américaines au Cambodge.

— Le 7/402 se bat autour du Khe Ta Laou.

1971 — *4 février :* l'ANV et le Vietcong ferment les camps de prisonniers au Sud-Vietnam et se replient vers le nord sous la pression croissante US/ARVN.

— Lam Son 719 : incursion ARVN au Laos pour couper la piste Ho Chi Minh.

— *13 juin :* le *New York Times* commence la publication des *Papiers du Pentagone.*

— *Fin 1970 :* les effectifs américains au Vietnam sont inférieurs à 160 000 hommes.

1972 — *30 mars :* Nixon ordonne de nouveaux bombardements sur le Nord-Vietnam et le minage du port de Haiphong. Recrudescence des manifestations pacifistes aux États-Unis.

— L'ANV envahit le nord du Sud-Vietnam. Cette invasion marque le début de la troisième guerre d'Indochine, livrée au sol par les forces vietnamiennes.

— *Printemps :* négociations secrètes entre Le Duc Tho et Henry Kissinger.

Mai : les États-Unis proposent un cessez-le-feu sous contrôle international, le rapatriement de tous les prisonniers de guerre américains et le retrait des troupes US.

– *1er mai :* l'ANV s'empare de la capitale provinciale de Quang Tri et de la majeure partie de la province de Thua Tien, comprenant les vallées de l'A Shau et du Khe Ta Laou, ainsi que toutes les bases à l'ouest de Huê. Avant que l'année s'achève, l'ARVN, 1re division d'infanterie en tête, reprend la plupart de ces positions et chasse l'ANV de l'I Corps.

– *Octobre :* Hanoi accepte les propositions de paix américaines. Arrêt des bombardements sur le Nord.

– *Mi-décembre :* suspension des pourparlers.

– *18-29 décembre :* bombardements ininterrompus sur des objectifs ponctuels à Hanoi, Haiphong et plusieurs autres villes nord-vietnamiennes. L'opération inclut des sorties nocturnes de B-52.

1973 – *27 janvier :* signature des accords de paix de Paris.

– *12 février :* libération du premier prisonnier de guerre américain au Nord-Vietnam. Les autres seront libérés au cours du mois suivant.

– *29 mars :* les dernières troupes américaines quittent le Vietnam.

1975 – L'ANV lance une offensive qui écrase le Sud.

– *29-30 avril :* chute de Saigon.

1975 – Création du Front populaire de Libération anti-communiste.

NOTE SUR LES CARTES

Bien qu'il s'agisse ici d'un roman, la 13e vallée est un endroit réel où des soldats américains ont combattu et sont morts en août 1970 ; l'auteur a participé à certaines phases de l'opération dont s'inspire cette histoire. Pendant l'écriture du livre, des photocopies de cartes topographiques de la région appartenant à l'armée américaine ont été consultées et ont servi de base à chacune des cartes reproduites avec les « extraits du J.M.O. ». L'auteur désire remercier F.X. Flinn, chef de fabrication, qui a conçu et dirigé l'établissement des cartes ; Peter McQueen et Ivan Bacaba, de Rand McNally & Company, qui ont préparé les hachures figurant les reliefs ; Gene Siegel, qui a exécuté les tracés d'itinéraires d'après les indications de l'auteur et du chef de fabrication ; ainsi que Barry Denenberg, Oscar Dystel, Barbara Cohen, Lou Aronica, Ethan Ellenberg, Barbara Alpert, Alan Rinzler, Liza Nicoll et Sally Williams pour leurs conseils et leurs encouragements.

NOTE SUR L'AUTEUR

John M. Del Vecchio est diplômé du Lafayette College (1969). Appelé sous les drapeaux en septembre de la même année et envoyé au Vietnam en juin 1970, il a servi comme correspondant de guerre affecté à la 101e division aéroportée (aéromobile). Il a reçu la Bronze Star en 1971 pour actes d'héroïsme au combat. John M. Del Vecchio vit dans le Connecticut avec sa femme et son fils. *La 13e Vallée* est son premier roman.

Achevé d'imprimer
le 17 Juin 1987
par l'Imprimerie Hérissey
Évreux (Eure)

Dépôt légal : Juin 1987
N° d'édition : 2557
N° d'impression : 42969
Imprimé en France

2535

El último enigma

sueños DE PAPEL

Dirección de la colección
María Alarcón

Diseño de cubierta
Cristina Martínez-Abarca

Fotografía
Oronoz

NOTA: Cuarta edición, revisada especialmente por el autor para esta colección.

ISBN: 84-263-4302-3
Depósito Legal: Z. 875-00
Talleres Gráficos Edelvives
50012 Zaragoza

Talleres Gráficos Certificados ISO 9002
Printed in Spain

Joan Manuel Gisbert

El último enigma

EDELVIVES

1. Petición de auxilio en plena noche

Al filo de la medianoche del 5 de abril de 1564, la gran aldaba de la casa del doctor Jacob Palmaert, en Brujas, Flandes, resonó con alarmante insistencia.

Poco después de haber oído la llamada, dos miembros de la servidumbre acudieron al vestíbulo de la mansión.

Al observar por la disimulada mirilla de la puerta principal distinguieron en la penumbra un rostro contraído por la ansiedad. El hombre que aguardaba al otro lado de la puerta percibió los resplandores de las lámparas que portaban los domésticos y dijo en voz alta, como si le hablase a alguien que se negara a oír:

—¡Por favor, necesito hablar ahora mismo con el doctor Palmaert! Se trata de un caso de extrema gravedad. La consulta no puede esperar a mañana; es muy urgente. De otro modo, nunca me habría permitido molestar a hora tan intempestiva. ¡Díganle al doctor que estoy aquí!

El silencio de los criados le hizo comprender al visitante que, a causa de la escasa luz, no lo habían reconocido.

—Soy el abogado Bartolomé Loos —dijo, seguro de que les sonaría el apellido—. Repito mi petición: den inmediato aviso al doctor. Lo que me ha traído aquí no tiene espera.

La identificación obró el efecto deseado: la gran puerta se abrió al fin y el letrado Loos fue conducido a una pequeña sala contigua al vestíbulo, donde los criados encendieron a toda prisa las velas de unos candelabros.

Después, sin comprometerse a nada, le pidieron que esperara mientras ellos iban a comprobar si, pese a lo avanzado de la hora, su señor estaba en disposición de recibir al recién llegado. El doctor Palmaert, hombre huraño y sombrío, era una reconocida eminencia en las enfermedades y desórdenes de la mente. Su prestigio había atravesado las fronteras. Consultado a menudo por príncipes, nobles y obispos, pasaba por ser el mejor conocedor de las oscuridades y extravíos del pensamiento.

La espera fue breve. Absorto en sus reflexiones, Loos no oyó el leve quejido que la puerta produjo al abrirse ni los amortiguados pasos del doctor sobre el alfombrado.

—Buenas noches —le dijo Palmaert, casi sobresaltándolo, para añadir enseguida con su voz gutural—: Aunque todo parece indicar lo contrario, me gustaría creer que su presencia aquí no obedece a nada grave.

—Mucho me temo, doctor, que voy a enfrentarlo al caso más extraño de cuantos usted haya conocido.

Las pobladas cejas del médico se curvaron como signos de interrogación.

—A poca distancia de aquí, en mi casa —prosiguió Loos lúgubremente—, varias personas están siendo consumidas por el más extraño mal del pensamiento que nunca haya padecido un ser humano.

Palmaert hizo una mueca escéptica y dijo:

—A todos los enfermos les parece que su caso es único. Por fortuna, casi nunca es así.

—Sí esta vez, se lo aseguro. No tardará usted en comprobarlo si accede a mi súplica. Tengo un carruaje esperando. Me veo en la necesidad de rogarle que venga usted conmigo enseguida. Durante el recorrido le pondré al corriente de los detalles.

Palmaert se mostraba vacilante y contrariado. Se le notaba con ganas de desentenderse del compromiso, si no para siempre, hasta el día siguiente por lo menos.

—¿De verdad considera usted imprescindible que le acompañe a estas horas? —preguntó el médico, como protestando ante un atropello—. Creo que mañana temprano estaré en mejores condiciones para cumplir con mi deber. Además, con las enfermedades del espíritu las prisas casi nunca son necesarias: o no hay nada que hacer, como ocurre en la mayor parte de los casos, o el tratamiento del mal puede aguardar.

Loos había escuchado aquellas palabras como si del anuncio de una catástrofe se tratara. Enseguida hizo oír su voz apremiante:

—Se lo ruego encarecidamente, doctor. Es preciso que usted intervenga de inmediato. Algo irremediable puede ocurrir si no lo hace.

Frío y escéptico, Palmaert dijo:

—Si sobrevalora usted mis posibilidades, lo inevitable va a ser su decepción cuando descubra lo poco que se puede hacer cuando el pensamiento se ha extraviado. En realidad, yo debería estar ya acostado. Mañana me espera una dura jornada. Me he entretenido después de cenar revisando unos documentos y el tiempo se me ha ido sin advertirlo.

Pero ninguna objeción iba a lograr que el letrado Loos desistiera de su propósito. Volvió de nuevo a la carga:

—Estoy seguro, doctor, de que nunca habrá tenido usted una razón tan poderosa para acudir en plena noche a una llamada de auxilio. Puede que en su mano esté, si viene ahora, conseguir que regresen al mundo unas personas que lo han abandonado.

El médico replicó severamente:

—¿Está usted pidiéndome que vaya a examinar a unas personas que han muerto? Explíquese con mayor claridad.

—Cuando el pensamiento se hunde en la oscuridad, de poco sirve que el cuerpo siga vivo —dijo el abogado, para añadir a continuación—: Tome su decisión cuanto antes, doctor. Le espero fuera.

Y, sin añadir nada más, el abogado Loos, con el rostro crispado por la preocupación, abandonó la estancia.

La sutil maquinaria de un misterioso desafío acababa de ponerse en marcha.

2. El hombre que miraba desde la oscuridad

En aquellos momentos, a mucha distancia de allí, un hombre entraba en una posada de las afueras de la ciudad de Amberes. El nombre del establecimiento, La Encrucijada, figuraba en un cartelón metálico que el vendaval nocturno bamboleaba.

El hombre entró en el albergue acompañado por una fuerte ráfaga de viento. Como pájaros muertos que lo acompañaran, con él entraron volando hojas recién arrancadas de los árboles.

Permaneció de pie, entre el sembrado de hojarasca, y recorrió todo el salón con la mirada. Sólo cuatro personas se encontraban allí: dos viajeros que habían llegado un poco antes, el posadero y un muchacho, que servía en el lugar desde hacía dos semanas, cuyo nombre era Ismael.

El desconocido escogió el rincón que estaba más en penumbra. Ismael pensó enseguida que la elección no era casual: aquel hombre buscaba la protección de la oscuridad.

Los días se le habían hecho muy largos al muchacho. Pero, al fin, el momento parecía haber llegado. Ismael, por una especial intuición, empezaba a pensar que el desconocido que había aparecido con el vendaval era uno de ellos, uno de los Maestros secretos: el hombre que estaba esperando.

El posadero se acercó a la mesa que ocupaba el nuevo cliente e hizo ademán de encender el cabo de vela encajado en una oquedad del tablero. El recién llegado, sin embargo, lo detuvo con un gesto y dijo:

—Estoy bien así. Mis ojos agradecen la penumbra.

—Como quiera —dijo, algo sorprendido, el posadero.

—He dejado mi caballo atado fuera —continuó el desconocido—. Es el pardo con una mancha negra alrededor del ojo izquierdo. Está muy cansado. Que se le dé acomodo en los establos.

—Cuente con ello. Y para usted, ¿qué desea?

—Algo que comer. Y un cuarto silencioso con un camastro limpio. ¿Lo tiene?

—Desde luego.

Cuando volvió a quedar a solas, el recién llegado observó con mucha atención a los otros dos viajeros que estaban en la sala. Los miraba desde la oscuridad, casi invisible, para correr el menor riesgo de ser visto o reconocido.

Ismael se dio cuenta y pensó: «No es extraño. A los Maestros de Enigmas debe de gustarles viajar como sombras, sin que se sepa lo que son, conocedores de los secretos vínculos que unen las cosas».

A cada momento estaba el chico más seguro de que el desconocido pertenecía a la oculta Hermandad. La ocasión tan deseada se encontraba por fin al alcance de su mano.

Le correspondió a él, como deseaba, servir al forastero. Lo hizo de manera silenciosa, en consonancia con el mutismo del otro. Así tuvo ocasión, a pesar de la poca luz, de estudiarlo de cerca, de examinar sus facciones, de empezar a conocerlo.

Era un hombre de edad mediana. Estaba tenso y alerta. Sus ojos miraban con intensidad, distantes, escrutadores. No parecía falto de energías ni de capacidad de reacción. Su aspecto, por lo demás, era misterioso y reflexivo.

Antes de lo que Ismael había previsto, el desconocido se levantó y fue a preguntarle directamente al posadero cuál era la habitación a la que podía retirarse a descansar.

El chico lamentó aquel movimiento anticipado. Había planeado ser él quien acompañara al caballero a su cuarto. Esperaba tener entonces la ocasión de hacer un primer tanteo.

Pero ya el posadero, con un velón en una mano, abría el camino hacia los dormitorios. A dos pasos, como una segunda sombra, el desconocido le seguía. Pronto desaparecieron los dos en la negrura de la escalera que llevaba a la planta de arriba.

Fuera, el viento seguía zarandeando las ramas de los árboles. Aullaba como un gran lobo que estuviera en todas partes.

3. El Enigma de Salomón

La espera del abogado Loos no fue muy larga. Pasado un rato, se abrió la puerta principal de la casa y la estirada figura del doctor Palmaert avanzó hacia el carruaje.

Una de las portezuelas del vehículo se abrió desde dentro, dejando oír la voz del abogado:

—Muchas gracias, doctor. Sabía que no dejaría usted mi súplica desatendida.

—Espero que me aclare en qué consiste tan gran emergencia —dijo el médico, áspero, introduciéndose en el carruaje—. Si no me convence lo bastante, en cualquier momento puedo exigirle que este coche me devuelva a mi casa.

—Desde luego, doctor —replicó el abogado, mientras el vehículo, gobernado por un cochero silencioso y casi invisible, se ponía en movimiento—. ¿Ha oído usted hablar alguna vez de la Hermandad del Enigma de Salomón?

Palmaert dejó pasar unos instantes. Cuando habló, su voz se había endurecido aún más:

—Algo he oído, sí. Vaguedades. Y tengo que advertirle que mi modo de ser no es compatible con supersticiones de ninguna clase. ¿Es usted miembro de esa extravagante Hermandad?

Loos pasó por alto el tono de desprecio con que el médico había hecho la pregunta y contestó:

—Permítame explicarle la situación en su conjunto. Y no dudo que usted comprenderá que algunas de las cosas que voy revelarle son de carácter secreto.

Palmaert saltó enseguida:

—No tengo ningún interés en conocer secretos que no me incumben. Por lo que a mí respecta, puede guardárselos.

—Las circunstancias exigen que ponga en su conocimiento ciertas cuestiones de orden reservado —dijo Loos, modificando sus palabras, atento sólo a conseguir a cualquier precio la ayuda del eminente médico—. La Hermandad existe desde hace siglos. Está formada por muy pocas personas, entre las que, modestamente, me honro en contarme. Tras muchos años de estudio y dedicación, cada uno de nosotros puede aspirar al grado de maestro en el arte y la ciencia de los enigmas. Es entonces cuando la pertenencia a la Hermandad queda definitivamente sellada.

Palmaert hizo chasquear la lengua para demostrar su fastidio y dijo:

—No niego que la resolución de enigmas pueda tener algún valor como ejercicio mental, como perfección del pensamiento, pero tengo entendido que ustedes persiguen objetivos mucho más ambiciosos, ¿no es así?

—Hasta ahora, así ha sido. Pero las trágicas circunstancias en que estamos envueltos van a cambiarlo todo.

Como si no le diera mucha importancia a las circunstancias aludidas por el letrado, Palmaert preguntó, con un leve acento irónico que Loos ni siquiera notó:

—¿En qué consiste el Enigma de Salomón? ¿Es un acertijo esotérico?

—Muchísimo más que eso —opuso Loos, con dolida

indulgencia—. Según la secreta Tradición de la que somos mantenedores, a Salomón le fue revelado en un sueño el secreto del mundo, pero no directamente, sino encerrado en un enigma.

El traqueteo del carruaje se acentuó a causa de las mayores desigualdades de las oscuras callejas por las que ahora transitaban. Pero aquella incomodidad no interrumpió la conversación entre los dos hombres que estaban en el interior del vehículo.

—¿El secreto del mundo? —dijo Palmaert, exagerando su tono de extrañeza—. ¿Qué se supone que debe de ser eso? ¿De qué clase de secreto se trata?

—Nadie lo sabe a ciencia cierta, pero nosotros estamos convencidos de que en él está la clave para comprender qué es, de verdad, el Universo. Ese conocimiento aclararía muchos misterios, incluidos los de la vida y la muerte.

—¿Usted cree? —dejó caer el médico, como si todo aquello sólo fuera una elucubración sin fundamento—. Y, dígame, ¿el rey Salomón logró descifrar ese enigma que le fue revelado en sueños?

—No. Él supo al despertar que el Enigma no sería resuelto hasta muchos siglos más tarde. Era muy pronto aún, demasiado. Su misión al respecto consistió en legar el texto a las futuras generaciones, de modo que lo ocultó en algún lugar para que fuese encontrado, analizado y resuelto en algún momento del tiempo por venir.

—Como fábula, no está mal —sentenció Palmaert, complaciéndose en manifestar su despectiva incredulidad—. Pero no espere que me crea a pies juntillas semejante historia. Mis creencias son otras y mi mentalidad educada en la ciencia no se aviene a divagaciones supersticiosas.

El carruaje tomó una curva pronunciada y sus ejes chirriaron. Se oyó al cochero mascullando alguna orden a los caballos.

—No he venido a perturbar su descanso con la intención de hacerle creer nada —puntualizó Loos—, sino a requerir su ayuda como médico.

—Todavía no alcanzo a comprender por qué le resulta necesaria —dijo Palmaert, removiéndose en el almohadillado asiento del vehículo—. Espero que me lo aclare cuanto antes.

—A eso iba, doctor —contestó el letrado, esforzándose por no acusar las frases impertinentes que su acompañante utilizaba a cada momento—. Siempre se ha dicho que el Enigma de Salomón podía resultar muy peligroso para aquellas personas que lo encontraran.

—¿Ah, sí? —dijo el médico, como si aquel nuevo aspecto animara el asunto—. ¿Por qué?

—Porque si bien podía dar el Conocimiento a aquel o aquellos que lograran descifrarlo, también podía llevarlos a graves estados de inquietud y angustia si no conseguían descubrir su verdadera solución.

—Y, aun así, ustedes están empeñados en hacerse con el texto de ese antiguo enigma, ¿verdad? No me parece una conducta muy sana porque, vamos a ver, ¿qué ocurrirá si un día ustedes tienen la mala suerte de encontrar ese texto, suponiendo que exista, claro, lo cual ya es mucho suponer?

—Existe —dijo Loos lúgubremente.

—¿Cómo puede asegurarlo con tanta certeza? —preguntó el médico, como si hubiese oído otra afirmación sin fundamento.

—Porque lo hemos encontrado —explicó el abogado, con el tono obstinado de quien sabe que es cierto lo que dice, tanto si es creído como si no.

—¿Dónde estaba, en qué libro sagrado, en qué documento, dentro de qué receptáculo? —inquirió Palmaert.

—Eso no lo sé.

—¿Entonces? —objetó el médico, volviendo a su escepticismo.

—Uno de nosotros lo encontró —precisó Loos, como si se estuviese refiriendo a una desgracia.

—¿Quién?

—Aún no me ha sido posible averiguarlo.

—¿Cómo sabe entonces que...?

—Sólo sé que fue uno de nosotros —atajó Loos—. Sin revelar quién era, copió el texto y lo envió a todos los demás. Era lo convenido para cuando llegara el Gran Día —el abogado pronunció aquellas dos palabras como si hubiesen adquirido un significado fatídico—. Así todos íbamos a tener la misma oportunidad de resolver el Enigma de Salomón, o de intentarlo por separado antes de abordarlo juntos.

—¿Usted también recibió una copia? —quiso saber Palmaert, con voz neutra.

—Por lo que sé, fui el último, con bastante retraso con respecto a los demás. El mensajero que me trajo el pliego lacrado sufrió un percance por el camino y llegó mucho más tarde de lo debido. Gracias a eso, creo que así puedo decirlo, me he salvado.

—¿De qué? —preguntó enseguida el médico.

—De la locura —repuso Loos en un susurro.

4. LAS DUDAS DEL CANÓNIGO LEIDEN

ISMAEL caminaba deprisa por Amberes, pasando por los callejones más estrechos, sombra entre sombras, para mejor guarecerse del fuerte viento.

Llegado ante uno de los sombríos edificios que se alzaban junto a la catedral, llamó a la puerta. Allí tenía su morada el canónigo Sebastián Leiden, tío remoto de Ismael y tutor suyo a falta de otros parientes más cercanos.

El clérigo mayordomo miró cautelosamente por el ventanillo de observación. La cerrada oscuridad le impedía ver quién llamaba a aquella hora tan desacostumbrada, pero reconoció la voz del muchacho cuando éste dijo:

—Abridme, por favor. Tengo que hablar enseguida con mi señor tío, el canónigo Leiden.

—Poca gracia le va a hacer saberte aquí cuando deberías estar durmiendo a pierna suelta en tu cama. Y él ya hace mucho que se retiró a su cuarto. ¿No sabes que es más de medianoche?

—Qué más da. Tengo que decirle algo.

—¿No te valdría más volver mañana?

—Tiene que ser ahora —insistió Ismael, obstinado.

—Entra, pues, si tanto quema lo que traes —consintió el clérigo entreabriendo el portón lo justo para que el muchacho pasara—, pero deja el viento fuera, aquí no lo necesitamos.

Provisto de una tea para alumbrarse y procurando no hacer ruido para no molestar a los otros dignatarios religiosos que vivían en el edificio, Ismael se dirigió raudo al piso donde estaba la celda de su tutor.

Una vez ante la puerta del canónigo Leiden, el muchacho la golpeó suavemente y dijo en voz no muy alta:

—Señor tío, soy yo. Tengo que hablaros. Ha llegado ya el hombre que esperábamos.

Algo repuso desde dentro el eclesiástico, pero con voz ahogada.

El viento silbaba. Ismael no oyó bien aquellas palabras. Aguardó. Hubo una espera larga. Cuando al fin la puerta se abrió, dejó ver al canónigo Leiden con la cara un tanto macilenta.

—No me encuentro muy bien, pero pasa. Otra vez me han dado esos achaques.

Aunque la indisposición de su tutor podía ser perjudicial para sus planes, Ismael le dio a conocer la presencia en La Encrucijada del caballero que buscaba el amparo de la oscuridad.

El primer comentario de Leiden no tardó en producirse:

—¿Cómo puedes estar tan seguro de que es uno de los Maestros de Enigmas?

—En todos los días que llevo en la posada no he visto a ninguno que me lo pareciera tanto.

El canónigo se acercó al ventanal de la estancia. Caminaba con dificultad y todos los movimientos parecían costarle un gran esfuerzo. Apoyado en el alféizar, hizo como si reflexionara en voz alta:

—Hay embaucadores y asesinos que adoptan la apariencia de solitarios caballeros o mercaderes que viajan de incógnito para así favorecer sus turbios propósitos. Nunca hay que olvidar el necesario recelo; jamás es prudente descuidarse. Los tiempos no son nada fáciles, como ya irás descubriendo a medida que crezcas. No obstante, tampoco podemos descartar sin comprobarlo que ese hombre sea quien tú supones.

—Si vos le habláis, señor tío, podréis daros cuenta de si es o no uno de los Maestros —manifestó Ismael, con plena confianza en la capacidad del canónigo para decidir acerca de una cuestión como aquélla.

Leiden, sin embargo, se mostró más cauto:

—Mi opinión no es infalible. Si él se propone ocultar a toda costa que pertenece a la Hermandad, de nada servirá que yo le hable.

—Por algo que se le escape lo descubriréis. Yo confío en vuestro olfato.

—La verdad, Ismael, preferiría que no me metieses en nada de esto. Ya casi me arrepiento de haberte hablado de la existencia de esa sociedad secreta. Eso y tu desmesurada afición por los enigmas han calentado tu imaginación en exceso. Y eres demasiado joven aún para tomar decisiones de las que luego, muy probablemente, tendrías que arrepentirte.

El muchacho protestó apasionadamente:

—¡Más vale ahora que más tarde! Si hay que tomar un camino, lo mejor es tomarlo cuanto antes. ¡Son palabras vuestras!

—Sí, pero cuando las pronuncié no me refería a eso sino a otros aspectos de la vida, como el de la vocación religiosa. Hablaré con ese hombre, pero no te hagas ninguna ilusión al respecto. Estoy casi seguro de que mi decisión será prohibirte toda relación con él. Si bien lo piensas, comprenderás que tener tratos con individuos que andan escondiéndose y desarrollan actividades ocultas puede traer consecuencias muy desagradables.

—¡Os lo ruego, señor tío, una oportunidad como ésta no volverá a presentárseme! Hacedme por lo menos el favor de intentarlo. Si después de hablar con ese hombre no veis posibilidad para mí, aceptaré vuestra decisión sin rechistar.

El canónigo mostraba una cara cenicienta, como si las dudas aumentaran su malestar físico. Sin comprometerse a nada, preguntó:

—¿Hasta cuándo permanecerá ese caballero misterioso en la posada?

—No lo sé, pero es de suponer que sólo hasta mañana. Si va a una reunión de Maestros de Enigmas en Brujas, como vos me dijisteis, querrá continuar su viaje cuanto antes.

—Si verdaderamente es uno de ellos, eso es lo más probable. Por tanto, para hablar con él antes de que se marche, será menester que yo esté en la posada al romper el alba.

—¡Os lo agradeceré tanto! —exclamó Ismael, besando la mano del eclesiástico.

—Recuerda —matizó Leiden para moderar el entusiasmo del muchacho—: sólo me comprometo a sondear a ese hombre, nada más. Y, de lo que pueda resultar, no te hagas ilusiones. Ya te lo he dicho: lo más seguro es que todo quede en nada.

—Pero lo habremos intentado.

—Eso sí. Y ahora vete. Es muy tarde para que andemos los dos levantados y me va a hacer falta cada minuto de descanso.

Ismael, lleno de esperanza a pesar de las prevenciones y advertencias del canónigo, se inclinó respetuosamente y salió del cuarto.

Sebastián Leiden permaneció atento al sonido de las pisadas del muchacho hasta que, como latidos de un corazón cada vez más debilitado, acabaron apagándose.

El canónigo volvía a estar solo. Ya nada lo obligaba a disimular la profunda angustia que sentía.

Sin que se diera cuenta, el miedo estaba transformando la expresión de su cara.

5. PERDIDOS EN UN LABERINTO

EL carruaje en el que iban el doctor Palmaert y Bartolomé Loos se detuvo ante una mansión grande y acomodada de un barrio algo apartado. Era la casa del abogado.

Antes de que descendieran del vehículo, Loos, más afectado que en los momentos anteriores, le dijo al médico:

—Ahora podrá usted ver los estragos que el Enigma está causando. Confío en que su experiencia y sus conocimientos le permitan ayudar a mis desdichados amigos.

Palmaert guardó silencio. Estaba tenso y parecía haber decidido no preguntar ni decir nada más acerca de aquel extraño asunto hasta tener una opinión basada en hechos.

Un viejo criado que sostenía un farol encendido se acercó solícito al carruaje. Loos le preguntó enseguida:

—¿Algún cambio en el estado de los enfermos?

—Nada que yo haya podido notar, señor.

Entraron en un gran vestíbulo tenuemente iluminado. Loos le confió con gravedad al médico:

—En seis habitaciones distintas de esta casa están alojados desde hace algunos días seis de los Maestros de nuestra Hermandad. Todos ellos recibieron el texto del Enigma. Era un supremo desafío, una prueba largo tiempo esperada, una tentación irresistible. Y algo más

—añadió sombríamente el abogado—: un pozo negro, un perverso laberinto, una trampa. El enigma de Salomón ha resultado ser mucho más peligroso de lo que creíamos. Sus mentes han ido quedando invadidas, extraviadas, como si el Enigma fuese un laberinto donde el pensamiento se pierde sin remedio.

—Déjeme examinar a esos hombres —pidió Palmaert, con impaciencia.

—Hay una mujer entre ellos —aclaró Loos.

—¿Una mujer? —dijo el doctor, extrañado, y añadió enseguida—: La veré primero a ella. Vamos.

Avanzaron por un largo y amplio corredor hasta llegar a una de las diversas puertas cerradas que había a ambos lados. Antes de entrar, Palmaert preguntó:

—¿Hay alguien dentro con la enferma?

—No, la servidumbre de que dispongo es escasa —dijo Loos, excusándose, a la vez que iniciaba la entrada en la habitación.

—Espere —añadió Palmaert—. El primer examen quisiera hacerlo a solas. Éste es siempre mi modo de actuar.

—¿También en una situación como ésta? —opuso Loos, sorprendido.

—Con más razón. Además, es mi costumbre. No la cambio nunca, por nada.

—Como quiera —accedió Loos, aunque con cierta extrañeza—. Pero sepa que algunas de esas personas están sumidas en estados de temor y desamparo. No sé cómo reaccionarán cuando le vean entrar, si es que están conscientes.

—No se preocupe —dijo Palmaert, expeditivo—. Sé lo que tengo que hacer. No está hablando usted con un principiante.

—Perdone —murmuró el abogado, mientras Palmaert entraba en el dormitorio y cerraba la puerta tras de sí.

El doctor permaneció un largo rato en la habitación. En algunos momentos se oía su voz, como si le estuviera preguntando algo a la mujer. Las respuestas de ella, si las había, no llegaban a ser audibles desde fuera.

El médico salió del cuarto sin hacer comentario alguno y bajo la ansiosa mirada de Loos y dos criados entró en otra de las habitaciones ocupadas por los afectados.

La operación se repitió cuatro veces más. Cuando hubo concluido aquellos primeros reconocimientos, Palmaert quiso hablar a solas con el abogado, cosa que hicieron en un pequeño salón que estaba al final del corredor.

—No le faltaba a usted razón cuando dijo que esas personas se habían extraviado en un laberinto mental. Su situación es mucho más difícil y angustiosa que si se encontraran en uno físico, aunque fuese el peor que nunca haya existido.

—¿Cree que podrán salir de ahí o acabarán en una oscuridad mayor aún? —preguntó Loos, pálido y demudado.

—Es pronto para saberlo. No he hecho más que encarar el problema. Y el mal ha avanzado mucho terreno. ¿Por qué no me llamó usted antes? —preguntó Palmaert con severidad.

—No pensé que su estado se agravaría tanto. Me aferraba a la esperanza de que lograrían salir de la trampa por sí mismos. Pero hoy al anochecer he empezado a darme cuenta de que se estaban hundiendo cada vez más en el abismo.

—¿No hay modo de saber quién de ustedes envió el texto del Enigma a los otros miembros de la Hermandad?

—Por eliminación, tiene que haber sido uno de los que no están aquí.

—¿Cuántos faltan? —preguntó Palmaert, cada vez más interesado.

—Actualmente la sociedad se compone de doce miembros.

—Contándole a usted —calculó rápidamente el médico—, en esta casa hay siete. ¿Dónde se encuentran los restantes?

—Si no han caído víctimas del mismo mal, supongo que de camino hacia aquí. Les envié mensajes. Ante la enorme gravedad de la situación, quise prevenirles antes de que fuese demasiado tarde y convoqué una reunión extraordinaria aquí en Brujas, en mi casa.

El doctor Palmaert estuvo unos momentos absorto, perdido en desconocidas reflexiones, hasta que preguntó:

—¿Por qué da por supuesto que quien envió las copias del texto del Enigma era uno de los Maestros de la Hermandad?

Loos respondió sin vacilar:

—Porque sólo cada uno de nosotros sabe quiénes son los demás.

—Se me ocurre otra pregunta, aún más decisiva —dijo Palmaert, caminando por la habitación como si también él se encontrara en un laberinto—: ¿Por qué quien envió las copias del fatídico enigma ocultó su nombre? ¿Sabía de antemano que iba a provocar tan graves consecuencias?

—Yo mismo me lo he preguntado muchas veces en estos últimos días —aseguró el letrado, dejándose caer en una gran butaca.

—¿Y a qué conclusión ha llegado?

—Casi me da miedo expresarla en voz alta —suspiró Loos.

—Hágalo —exigió Palmaert—. Ésta no es hora de temores, sino de enfrentar la verdad, sea cual fuere.

Como si el aire le causara dolor al pasar por su garganta, Bartolomé Loos dijo:

—Alguien quiere destruir la Hermandad. Y ese alguien, por incomprensible y espantoso que parezca, es uno de nosotros.

—¿No debería decir, más propiamente, que es el Enigma de Salomón quien parece querer destruir la Hermandad que lleva su nombre? —sugirió el médico, mirando fijamente a Loos.

El abogado se levantó de pronto como si quisiera ahuyentar un funesto presagio y dijo:

—¿Quién nos asegura que el texto que todos recibimos es el verdadero Enigma de Salomón y no una trampa perversamente ideada para sembrar en nosotros la semilla de la locura?

Palmaert señaló otra de las grandes dificultades del caso:

—Según parece, ninguno de ellos es capaz de recordar cuál era el planteamiento enigmático que acabó llevando su pensamiento al extravío. Tampoco conservaron el documento. Siguiendo las instrucciones que lo acompañaban, memorizaron el texto y luego lo destruyeron.

—Yo guardo el pliego tal como lo recibí —dijo Loos.

—¿Sin abrir? —preguntó enseguida el médico.

—Intacto. Cuando me llegó el texto yo ya tenía algunas noticias de lo que les estaba ocurriendo a los demás. Por eso decidí no leerlo, ni una sola vez siquiera. No quería que mi pensamiento quedara atrapado en las arenas movedizas del Enigma.

—Hizo bien —aprobó el médico—. Démelo. Yo lo estudiaré. Es una pieza esencial de este caso.

—¿No puede ser peligroso incluso para usted? —objetó Loos.

—Difícilmente. Mi mente no está ávida de enigmas ni me he pasado los últimos treinta años preparándome fervorosamente para abrirle todas las ventanas de mi pensamiento al texto de Salomón. Ustedes, los llamados Maestros de Enigmas, son enormemente vulnerables a los peligros de ese texto porque deseaban por encima de todo entrar en él, resolverlo, poseer su secreto, obtener un insospechado Conocimiento. Yo no me encuentro, ni de lejos, en esa situación. El Enigma no se podrá adueñar de mi entendimiento más de lo que yo quiera. De todos modos, lo manejaré con tiento: nadie está totalmente a salvo de hundirse en la demencia. Entrégueme lo. Tal vez conociéndolo descubra la manera de salvar a sus amigos del estado en que se encuentran. De otro modo, no sé.

Loos salió del salón y reapareció a los pocos momentos con un pliego envuelto, atado con cordel y lacrado.

—Está tal como lo dejó un desconocido mensajero en la cancillería de la ciudad, consignado a mi nombre. No pude saber quién era ni de dónde venía.

Palmaert tomó el pliego entre sus manos y lo sopesó instintivamente, como si pudiera así hacerse una primera idea de su peligrosidad. Luego manifestó:

—Deseo leer esto a solas y con tiempo. Nada puedo hacer ahora por los enfermos. Necesito pensar, mucho. Entretanto, para mitigar un poco el desasosiego que los está perturbando, déles de beber seis veces al día infusiones del preparado de hierbas y raíces que le entregaré a su cochero.

Advirtiendo que Palmaert ya se disponía a retirarse, el letrado Loos le preguntó:

—¿Qué otra cosa puedo hacer para aliviar a esos infortunados?

—Nada —replicó, tajante, el médico—. No trate de preguntarles nada. Sólo conseguiría confundirlos más aún. Yo les hablaré de nuevo, en su momento. Sabré cómo hacerlo. Usted déjelos en paz. Limítese a hacerles tomar alimento de vez en cuando.

Loos observó la partida del carruaje con ojos vacíos y cansados. En el porche de su casa tenía todo el aspecto de un hombre acabado.

6. MISTERIOSA CONVERSACIÓN DE MADRUGADA

CUANDO regresaba a la posada, Ismael tuvo una sensación de lo más extraña.

La ciudad dormida y tenebrosa le pareció de pronto un gran cementerio con tumbas y sepulcros gigantescos. Cada uno de los edificios era un panteón siniestro.

La oscura catedral, como si fuese la gran capilla de aquel cementerio imaginario, alzaba sus ventanales a la noche como ojos ya sin lágrimas.

El muchacho apresuró sus pasos para sacudirse aquellas oscuras impresiones. No quería ideas de muerte, sino de vida. Lo único que le importaba era el viajero llegado aquella noche a La Encrucijada.

Cuando ya alcanzaba a ver la posada, observó un movimiento sospechoso entre los arbustos del bosque cercano, como si alguien estuviese allí acechando.

Para evitar un posible mal encuentro, apretó la marcha. Le faltaba muy poco para llegar a La Encrucijada.

Vio una luz moviéndose tras los cristales de la planta baja. Eso lo alivió. Significaba que uno de los mozos andaba aún por allí. Podría franquearle la puerta enseguida. No tendría que esperar un largo rato fuera con la espalda desguarnecida.

Golpeó varias veces en las ventanas. El mozo acudió a abrirle.

—¿De dónde vienes tan tardísimo? —preguntó asombrado el hombre.

—Mi tío el canónigo me mandó llamar. Quería hablar conmigo —mintió Ismael, empleando a Leiden como escudo.

—Pues vaya, a qué horas tan raras —dijo el mozo sin creérselo del todo.

—Gracias por abrirme. Buenas noches —cortó el muchacho para evitar nuevos comentarios.

Mientras, la persona agazapada entre los arbustos que casi había sido descubierta por Ismael, continuó su acercamiento a la posada.

Pero no se dirigió a la puerta de entrada, sino que dio un rodeo y fue hacia la fachada trasera. Una vez allí, esperó junto a un cobertizo que estaba adosado al cuerpo principal del edificio.

Al poco rato, alguien hizo señales con una vela desde una de las ventanas de la primera planta. Enseguida, la figura furtiva trepó al techo del cobertizo, se encaramó a una cornisa, anduvo unos pasos por ella con cuidado, llegó a la ventana de donde habían partido las señales, que se abrió, y se introdujo con sigilo. Momentos después, la ventana se cerró.

Algo más tarde, Ismael subió a investigar cerca de la habitación que le había sido asignada al misterioso viajero. Sabía muy bien cuál era porque lo había averiguado antes de ir a hablar con el canónigo.

Daba a una de las galerías. Ismael se aproximó cautelosamente. Por debajo de la puerta no se veía ningún resplandor. Todo aparecía en calma, pero, remoto, apagado, el rumor de una voz se propagaba por el aire. Y salía precisamente de aquella estancia.

Se aproximó aún más procurando no hacer crujir el suelo de madera. La voz seguía oyéndose. Por lo demás, el silencio era absoluto en toda la posada.

El muchacho, con el oído pegado a la puerta, reconoció a quien hablaba. Era el recién llegado, el viajero que tanto le interesaba. El timbre de su voz, aun a bajo volumen, resultaba inconfundible. «¿Estará hablando solo, para sí? ¿En sueños o despierto? ¿O alguien más está con él?», se preguntaba Ismael, temiendo que la puerta se abriese de pronto dejándolo al descubierto, escuchando como un espía.

Pero quería capturar aquellas palabras, enterarse de lo que decían, sorprender algún secreto que le confirmara que aquel hombre extraño era uno de los Maestros.

En el campanario lejano sonaron fúnebremente dos campanadas.

Entonces, como avivada por aquella señal, la voz del desconocido sonó más alta. El muchacho pudo entender algunas frases entrecortadas:

—... sí, conviene llegar a Brujas cuanto antes, pero sin precipitarse ni correr riesgos innecesarios... Me iré de esta posada antes del alba... Creo que la Hermandad necesita de nosotros y cada uno de nosotros necesita... Sí, al final cada hora ganada puede tener un valor inestimable.

Las manos de Ismael se cerraron con fuerza, hasta casi clavarse las uñas en las palmas. Pero no notó ningún dolor. Al contrario: estaba loco de contento. Aquellas palabras le habían confirmado que el hombre que estaba hablando al otro lado de la puerta era uno de los componentes de la Hermandad del Enigma de Salomón.

Se oyó entonces el ruido de un mueble al ser arrastrado. Después otras palabras, pero más ahogadas; ya no le llegaban tan claras. ¿Las pronunciaba la misma voz de antes, la del viajero? Parecía que sí, pero nada podía asegurarse.

Un crujido característico indicó que el caballero estaba abriendo la ventana.

Ismael intuyó lo que ocurría. Alguien se disponía a salir furtivamente del cuarto.

Tan deprisa como pudo, pero sin olvidar que no le convenía delatarse, el muchacho retrocedió por la galería y entró en un cuartucho de enseres. Una vez allí, con menos precauciones, fue hacia un ventanuco que daba a la fachada trasera. Sin embargo, no pudo ver a un muchacho casi tan joven como él que salía de la habitación del caballero. Sólo oyó el ruido sordo que hizo al saltar a tierra desde la techumbre del cobertizo.

Pero a Ismael lo único que le interesaba era asegurarse de que no era el Maestro quien había abandonado la posada.

Se dirigió de nuevo hacia su puerta y, sin disimulo esta vez, golpeó con los nudillos y dijo:

—¿Algún problema, señor? Nos ha parecido oír ruidos.

El caballero tardó en contestar pero al fin dijo:

—Yo no he oído nada.

Era la voz que Ismael esperaba. Comprobado aquello, ya sabía cuál iba a ser su siguiente paso.

7. Un muerto montado a caballo

Ismael no disponía de cuarto propio en La Encrucijada. Sus catorce noches en el establecimiento las había pasado en un camastro metido en un estrecho desván que estaba entre la sala de los toneles y la despensa principal. La mezcla de aromas de vinos y comestibles flotaba siempre sobre su almohada como una nube sofocante.

El posadero le había dicho que, si continuaba como mozo en la posada, acabaría por contar con una cama en el dormitorio de los criados. Pero el muchacho no tenía intención de quedarse para merecer tan raquítica ventaja.

Aquélla iba a ser su última noche en la casa; una noche en guardia.

Hizo primero algo que consideraba indispensable: dejarle un mensaje a su tutor, el canónigo Sebastián Leiden. Toda inquietud inútil debía serle evitada.

A la luz de un cabo de vela, en un reseco pergamino, escribió su comunicado:

Las cosas, señor tío, van más deprisa de lo que esperábamos. Por unas palabras que he cogido al vuelo sé ahora ya sin duda que el hombre del que os hablé es uno de ellos.

Se propone llegar a Brujas cuanto antes. Para ganar tiempo, partirá de la posada antes del amanecer, y también, según yo creo, porque quiere guardar su anonimato y dejar la menor huella posible de su paso.

Pues bien, sin que él lo sepa, no se irá solo de La Encrucijada. Lo seguiré a cierta distancia. Y, si la suerte me acompaña, encontraré un momento propicio para hablarle. Si me escucha, comprenderá que mi interés es verdadero. ¡Ojalá decida aceptarme!

No podré contar con vuestra ayuda, y bien que lo siento. Vos mejor que nadie habríais podido convencerlo. Pero las cosas suceden de otro modo y ya no tiene arreglo. Espero ser capaz de conseguir por mí mismo lo que tanto deseo, o de intentarlo por lo menos.

No os inquietéis por mí: sabré guardarme.

Tan pronto como pueda os enviaré un mensaje.

Ismael

Dejó el escrito sobre su jergón, en lugar muy visible. Por la mañana, cuando el canónigo llegase, lo encontrarían enseguida.

Después, con mucho sigilo, se fue a las cuadras. Allí ardía una tea solitaria. Buscó el caballo del Maestro (ya lo llamaba definitivamente así en su fuero interno). Recordaba la descripción del animal que había hecho a su llegada: «pardo, con una mancha negra alrededor del ojo izquierdo».

No le costó nada hallarlo. Tenía buena estampa. Pensó que el Maestro preferiría continuar con aquel animal antes que cambiarlo. Era difícil decirlo, pero no parecía muy cansado.

Debía elegir uno para sí mismo y ensillarlo. Se decidió por uno de los que pertenecían a la posada, siempre listos para ventas y cambios. Era negro de arriba abajo. Ismael no entendía gran cosa de caballos, pero aquel corcel le pareció fuerte y adecuado.

Lo preparó para el viaje y luego lo llevó al extremo más escondido del establo. No quería que el Maestro se diera cuenta de que había allí un caballo listo para emprender la marcha en cualquier momento.

Mucho antes del amanecer, el desconocido viajero abandonó la posada. Ismael lo hizo algo después, de manera igualmente silenciosa, y fue tras él.

El muchacho tuvo al principio la suerte de cara. El otro jinete, evitando el camino real, tomó un sendero secundario paralelamente al cual, a un nivel más elevado, discurría otro a no mucha distancia. Ismael lo sabía por haberlos recorrido ambos en carreta. Iba a poder seguir al enigmático jinete, avanzando casi a su misma altura, sin que el otro lo notara. La escasa fuerza de la claridad lunar iba a facilitarlo.

Casi sin verle, podía adivinar los lugares por los que pasaba a cada rato: junto al sauce abatido por el rayo, por el calvero del diablo, a través de la zona de mayor espesor de las hayas...

De vez en cuando distinguía su figura encapotada por entre los árboles. La oscuridad era aún considerable, de modo que iba despacio. Entre los dos había una especie de sincronía acompasada. Ismael pensó que aquello equivalía a un buen presagio.

Tras un buen trecho, los dos caminos se juntaron. Ismael tuvo que dejarle al otro cierta delantera y luego ir tras él, oculto por la última negrura de la noche y los ramajes bajos.

Oyó después cantar a un ave, varias veces, pero no pudo identificarla. Ya empezaba a clarear. La noche mandaba aún, pero se iba retirando.

Fue entonces cuando Ismael, de repente, tuvo la percepción de que algo amenazador rondaba cerca. Al salir de una revuelta del camino vio ante sí, a menor distancia de la que esperaba, al hombre que estaba siguiendo. Iba muy erguido sobre el caballo, demasiado. Presentaba una rigidez extraña, antinatural, sin alma, como si hubiese muerto mientras cabalgaba y su montura lo siguiese llevando sin haber advertido el macabro cambio.

El muchacho estuvo a punto de tirar de la brida y detener a su caballo para dejar mayor distancia entre él y el viajero enigmático. Pero no lo hizo. Permitió que su animal continuara al cansino paso impuesto por el otro caballo. Ya empezaba a preguntarse si su aventura iba a terminar de manera aciaga.

Lo que vio después acabó de sobresaltarlo. El envarado jinete al que él consideraba Maestro de la Hermandad del Enigma de Salomón se golpeó con una rama baja y cayó sobre el suelo musgoso. No se levantó ni hizo el menor movimiento: quedó caído en tierra. El caballo, libre de la carga, continuó avanzando lentamente sin inmutarse.

«¡Ese hombre iba muerto sobre la silla! —se dijo Ismael, impresionado—. Por eso una simple rama lo ha hecho caer como un guiñapo.»

En un primer impulso, quiso acercarse a examinar el cadáver, pero la aprensión y el temor se lo impidieron.

Tenía miedo de verle el rostro al muerto. Había visto difuntos varias veces, pero no de aquella manera, en la soledad del bosque, casi a oscuras, bajo circunstancias tan extrañas.

Inmediatamente, otros temores lo asaltaron. ¿Cómo

había muerto aquel hombre tan de repente? ¿Qué había ocasionado la súbita desgracia? ¿Se debía todo a causas naturales... o había un asesino en aquellos parajes?

Aquella última posibilidad le puso los pelos de punta. Si un homicida acababa de matar podía volver a hacerlo en cualquier momento, y él iba a ser su nueva víctima.

El miedo estuvo a punto de hacerle caer del caballo. Se aferró al cuello del animal como si de aquel modo pudiera salvarse de la caída y de algo muchísimo más grave.

Lo peor aún no había llegado, pero no se hizo esperar: ocurrió un momento más tarde.

No todos los cuerpos erguidos del bosque eran troncos de árbol: uno de ellos, aunque estaba también inmóvil, era un hombre. Se ocultaba a un lado del camino, aguardando a Ismael.

Cuando el muchacho descubrió su inquietante presencia, notó un escalofrío tan grande como el que habría sentido si una mano le hubiese desgarrado la espalda para cogerle el corazón.

Quiso escapar, pero las fuerzas le fallaron. Era ya demasiado tarde para volverse atrás.

8. La hora de la desgracia

En aquellos mismos momentos, ya casi al alba, el canónigo Leiden, caminando con dificultad, llegaba a La Encrucijada.

Por lo temprano que era, la ausencia de Ismael y del anónimo viajero aún no había sido descubierta, así como tampoco la falta de los dos caballos en las cuadras.

Leiden se dirigió enseguida al posadero:

—Sé que anoche llegó cierto caballero de aire un tanto misterioso. ¿Qué podéis decirme acerca de él?

—Poca cosa, la verdad. Nunca lo había visto por aquí. Apenas dijo nada.

—Supongo que tomó una de las habitaciones de arriba.

—Así fue —replicó el posadero, sin poder adivinar por qué el eclesiástico se interesaba por aquel huésped.

—Confío en que ese hombre esté aún en su cuarto —dijo el canónigo.

—No ha bajado aún, es muy pronto.

—¿Y mi sobrino?

—Seguro que duerme como un tronco. No es muy madrugador que digamos.

Leiden se acercó más al posadero y adoptó un tono confidencial:

—Me trae aquí una cuestión muy delicada. Os tengo que pedir un favor. No por gusto, desde luego, sino por necesidad.

—Lo que sea —dijo el dueño de La Encrucijada sin entusiasmo, pero sabiendo que no podía negarse a la petición de un personaje influyente como el canónigo.

—Quisiera hablar a solas con ese viajero sin que mi sobrino se dé cuenta.

—Nada más fácil. Si Ismael se levanta, le daré trabajo en la despensa para que no tenga respiro ni posibilidad de subir.

Leiden no quedó enteramente complacido. Precisó mejor sus intenciones.

—Me gustaría algo más seguro. Ismael es astuto, puede recelar. Y no quiero que sepa ni siquiera que estoy aquí.

—Entonces no lo dejaremos salir del cuarto donde duerme. Un trozo de cuerda bastará para inmovilizar la puerta. Y no hay otra salida. Por mucho que forcejee no podrá abrir. Ahora bien, no sé cómo se lo tomará. ¿Qué le diremos luego?

—No se preocupe. Yo respondo de todo. Además, si actuamos con rapidez, puede que cuando despierte yo ya no esté aquí, ni la cuerda en su puerta, ni quede ninguna otra señal de lo ocurrido.

Al posadero le extrañaron mucho aquellos deseos, pero no quiso hacer preguntas para no implicarse más. Sospechaba algo turbio en todo aquel asunto, pero mientras Leiden no lo comprometiera directamente no tenía intención de oponerse.

Una vez que la puerta del desván donde Ismael tenía su jergón quedó trabada desde fuera, el canónigo le pidió al posadero:

—Lléveme enseguida a la habitación que ocupa ese caballero.

Subieron por la escalera como dos sombras gemelas. Una vez arriba, Leiden indicó:

—Anúncieme diciéndole que el visitante que esperaba acaba de llegar.

El posadero, impaciente por terminar con aquello, se disponía a cumplir el encargo, pero Leiden lo detuvo cogiéndolo de un brazo.

—No, espere; lo he pensado mejor. Dígale tan sólo que alguien quiere hablarle.

El dueño de La Encrucijada dio unos golpes en la puerta y dijo:

—El caballero tiene visita.

Tras llamar insistentemente, cada vez con más energía, los dos se dieron cuenta de que en la habitación no había nadie.

Con extrañeza y alarma, Leiden dijo:

—Abra y veamos.

El primer vistazo que dieron al entrar les convenció de que el desconocido viajero ya no se encontraba en la posada. Sobre la pequeña mesa del cuarto había dejado unas monedas como pago de su estancia. Eso tranquilizó al posadero.

Leiden, por el contrario, estaba muy inquieto y preocupado. Sus ojos vagaban desconcertados por el aposento. Ese mirar errático le permitió advertir que la luz de la vela que llevaba el posadero arrancaba destellos de algo que había en el suelo. Enseguida se agachó a recogerlo. Era un pequeño medallón que tenía grabado un interrogante ornamentado.

Al advertir que el posadero lo estaba mirando con atención, Leiden dijo:

—Me quedaré con esto por el momento. No por su valor, que creo que es muy escaso, sino por su significado.

—¿Y qué hago yo si ese hombre viene a reclamármelo?

—No se preocupe —replicó inmediatamente el canónigo, que quería aparentar firmeza y seguridad aunque se le veía aún desconcertado—. Dígale que lo tengo yo y que venga a pedírmelo.

En cuanto salieron de la habitación, Leiden dijo:

—Quiero hablar con Ismael. Despiértelo ahora mismo. Pero que no sepa que he subido aquí ni lo que hemos descubierto. Conviene que piense que yo acabo de llegar. Deprisa, por favor. Esperaré en la sala principal.

Momentos más tarde, el eclesiástico tenía en las manos el mensaje que el muchacho había dejado sobre su camastro.

Al terminar de leerlo, Sebastián Leiden, con cara de desenterrado, murmuró para sí:

—¡Dios Santo! ¡El muy insensato va a caer en manos de ese hijo del diablo! En mala hora decidí ponerlo aquí para servirme de sus ojos sin que él se diera cuenta. ¡Esa hora va a traerme la desgracia!

En aquellos momentos, en las afueras de Brujas, cerca de la casa del letrado Bartolomé Loos, cuatro brazos temblorosos levantaban del fondo de un barranco el cuerpo inerte de uno de los Maestros de la Hermandad del Enigma de Salomón.

Palmaert y el abogado contemplaban la triste escena desde lo alto.

—Cuando de madrugada vimos que Nicolás no estaba en su habitación ni en ningún otro lugar de la casa —explicaba Loos completamente abatido y con una voz que casi no se oía—, pensé que algo grave iba a ocurrir, pero no llegué a imaginar que sería tan espantoso. Y lo peor es que nunca sabremos si se arrojó al abismo porque quiso poner fin a su vida o si la oscuridad le hizo pisar en falso y caer por el precipicio.

—Ambas cosas son posibles —dijo el médico, que acababa de llegar tras recibir el aviso de Loos—. No me atrevo a pronunciarme. Pero, en cualquier caso, ha sido víctima de la enorme confusión que dominaba su pensamiento. De ahora en adelante será preciso que puertas y ventanas estén cerradas cuando no se pueda ejercer la debida vigilancia. Hay que evitar que ocurra otra vez un hecho tan irreparable.

—Alguien se ha propuesto destruir la Hermandad —dijo el abogado con rabia y amargura—, ¡y a fe que lo está logrando, y del modo más terrible!

—Recuerdo que cuando hablé con ese hombre a medianoche me dijo que estaba a punto de resolver, después de tantos siglos, el Enigma de Salomón —dijo Palmaert.

—¿Eso le dijo? —inquirió Loos, con dolor y preocupación.

—Sí, lo recuerdo muy bien. Fue el último de los hombres que visité, ¿verdad?

—Sí, él fue.

—Reconozco que no le di mucha importancia a esas palabras. Las tomé como un desvarío más. Pero él insistió una y otra vez, y me aseguró que aquella misma noche conocería el secreto del mundo, la oculta razón de ser del Universo y todas las cosas. Hablaba con tanta convicción, con tanta ansia, como un iluminado, que me conmovió.

La ascensión del cuerpo desde el fondo del barranco ofrecía muchas dificultades. Los dos criados enviados por Loos se las veían y se las deseaban para mantener el equilibrio con su lúgubre carga a cuestas. A cada momento debían depositarla sobre rellanos o salientes de la roca para subir después ellos hasta allí, cosa imposible sin tener las manos libres.

—¿Se da cuenta, doctor, de la deducción a que podría llevarnos lo que usted acaba de decir? —preguntó Loos sombríamente, con la vista clavada en el cuerpo que los criados rescataban.

—No sé a qué se refiere usted, pero nunca me apoyo en conclusiones apresuradas.

—Si Nicolás resolvió el Enigma de Salomón —continuó el abogado, sin prestar atención a las últimas palabras de Palmaert— y enloqueció hasta el punto de salir como un errante en plena noche hasta acabar cayendo, o arrojándose —matizó de modo tétrico—, al abismo, eso significaría que la revelación que el Enigma encierra es espantosa.

—Usted me dijo anoche que sospechaba que lo que recibieron ustedes no era el verdadero Enigma de Salomón, sino un texto creado por una mano enemiga.

—En estos momentos ya no sé qué pensar. Pero no descarto que la trágica muerte de Nicolás pueda tener la explicación que he mencionado.

—¿Qué clase de revelación espantosa podría ser ésa?

—No lo sé, y gracias doy al cielo por no saberlo. Siempre hubo miembros de la Hermandad que sospecharon que el secreto del mundo, lo que el Enigma esconde, no es algo extraordinario y maravilloso, como pensamos la mayoría, sino espeluznante, aterrador. Si Nicolás lo descubrió, su enloquecida reacción sería comprensible.

El día se levantaba gris, triste, como si todo se hubiera contagiado de la desolación del momento y de las tenebrosas reflexiones de Bartolomé Loos.

Los dos criados encargados de recuperar el cuerpo de Nicolás ascendían muy lentamente. Aún les iba a llevar algún tiempo alcanzar el borde superior del precipicio.

—Ese desdichado no necesita ya de mis cuidados —dijo Palmaert—. Mejor dedicaré este rato a los demás, a los que aún viven. Volvamos.

Mientras los criados proseguían con su fúnebre cometido, Palmaert y el abogado emprendieron el regreso caminando.

—Enviaré hoy mismo un mensajero a Gante —dijo Loos—. Allí vivía Nicolás y allí está su mujer, esperándole. A ella le corresponderá decidir los detalles del entierro, cuando haya recibido la infausta noticia.

—¿No dará usted parte de la muerte? —preguntó Palmaert, sorprendido.

—Mejor hacerlo en Gante, para evitar demoras en el traslado de los restos embalsamados.

—Como quiera.

—¿Ha estudiado usted el pliego que anoche le entregué? —preguntó de pronto el abogado, con la mirada perdida en el brumoso perfil de Brujas.

Pareció que la pregunta cogía a Palmaert por sorpresa pero, tras un instante de vacilación, el médico aseguró:

—Sí, y a conciencia.

—¿Contiene el texto de un enigma?

—Sí.

—¿Cómo está planteado, con qué palabras, de qué elementos consta?

—No voy a decírselo. Lo mejor para usted será no conocerlo en absoluto. Tiene un atractivo morboso al que es difícil sustraerse. Reconozco que estuvo a punto de cautivarme incluso a mí, a pesar de que no tengo ninguna afición especial por la resolución de enigmas ni me he pasado media vida esperando medir mis fuerzas con el que se atribuye a Salomón.

—¿Cómo podrá usted ayudar a los miembros de la Hermandad que sufren por esa causa?

—Tenía usted razón cuando anoche me dijo que éste iba a ser el caso más extraño de cuantos he afrontado en mi vida. Mi larga experiencia apenas me sirve. Es un desafío inédito, nuevo en casi todos sus aspectos. Necesitaré tiempo para sacarlos de ese peligroso lugar en que se encuentran, si es que consigo hacerlo.

—¿A qué lugar se refiere?

Palmaert meditó su respuesta.

—Al que figura en el planteamiento del enigma, a ese lugar en apariencia inofensivo donde las mentes, a juzgar por lo que sabemos, quedan extraviadas.

Cuando estaban por llegar a la residencia de Bartolomé Loos, éste le pidió al médico:

—Por lo que más quiera, doctor. No les hable a los demás del desgraciado fin que ha tenido Nicolás.

—Desde luego que no —replicó Palmaert—. No voy a añadir esa aflicción a sus terrores. Si preguntan por él o se dan cuenta de que no está, les diremos que ha vuelto a Gante.

—Lo cual será verdad —comentó Loos gravemente—. Pero muerto.

—Esperemos que sea la primera y última víctima de ese enigma endemoniado —dijo Palmaert apresurando el paso.

9. La inseguridad de los caminos

Ismael vivió su momento de mayor miedo cuando la embozada y amenazadora figura que se ocultaba junto al camino le salió al encuentro. Durante unos momentos tuvo la certeza de que se trataba de un asesino despiadado. El muchacho se aferró con más fuerza al cuello de su caballo y trató en vano de espolearlo y hacerle dar media vuelta.

Con rápidas zancadas, el embozado se acercó como un rayo y se apoderó de las riendas que Ismael, movido por el pánico, había abandonado.

La primera claridad del alba ya se propagaba por el aire. No obstante, bajo el capote del atacante no se veía un rostro, parecía que un espectro lo ocupara.

Pero la voz no era de ultratumba, sino sonora y llena de autoridad:

—¿Por qué me sigues, quién te ha mandado tras de mí? ¡Si no quieres pagarlo muy caro, habla! ¡Y baja del caballo!

Ismael obedeció y entonces le vio la cara. Su sorpresa fue descomunal. La voz le salió medio ahogada de la garganta:

—¿Estáis muerto o vivo? Hace un instante os vi caer de vuestro caballo sin levantaros de nuevo.

—No era yo.

El chico no salía de su asombro. Perdido en parte el miedo, insistió:

—¿Quién fue pues el que cayó, quién iba muerto sobre el caballo del ojo manchado?

—Pronto lo sabrás, si te da tiempo —dijo el otro, con tono de no estar anunciando nada bueno—. Te he preguntado. ¡Responde! No te gustará cómo lo haré si tengo que exigírtelo de nuevo.

Ismael echó un vistazo al cuerpo caído, que estaba a poca distancia. Aún temía acabar de igual manera, pero se resistía a creer que un Maestro de Enigmas pudiese ser un asesino.

—Yo sólo quería... —empezó a decir el muchacho hasta que se quedó cortado.

No sabía cómo expresar aquello que había pensado tantas veces.

Entonces el hombre, de un modo menos amenazador, dijo:

—Pero, ¿no eres tú el joven mozo que me sirvió en la última posada?

—Yo soy —respondió Ismael con alivio, pues creyó que en aquellas circunstancias era mejor que lo hubiese reconocido.

—¿Me has seguido por tu propia voluntad, o alguien te lo ha ordenado?

—Por deseo mío, nada más.

—¿Motivo?

El nudo que Ismael tenía en la garganta acabó de deshacerse y las palabras le salieron volando:

—Sé quién sois y os he seguido para pediros que me aceptéis como criado y alumno porque es lo que más deseo en este mundo.

El otro puso cara de perplejidad. Había ya depuesto su actitud hostil y ahora parecía entre desconcertado y divertido, sin perder por ello su aire enigmático. Dijo cautelosamente:

—Ya que tan seguro estás de saberlo, dime de una vez quién soy yo.

El muchacho contestó raudo:

—Uno de los Maestros de Enigmas de la secreta Hermandad de Salomón. A mí también me apasionan los enigmas. Conozco bastantes. Y quiero aprender más, hasta ser un día un Maestro de la Hermandad, como vos.

—Me tomas por quien no soy —desmintió enseguida el hombre, otra vez áspero y sombrío.

—No puedo creeros —insistió Ismael—. Mi tío lejano y protector, Sebastián Leiden, canónigo de la catedral de Amberes, me colocó por unos días en la posada hasta que llegarais vos. Conmigo no tenéis necesidad de disimular, os lo aseguro. Sé guardar secretos. Podéis confiar en mí.

—¿Fue ese canónigo Leiden quien te ordenó que me siguieras? —preguntó el caballero con un destello muy poco amistoso en los ojos.

—No, señor, de ninguna manera. Él iba a venir a hablaros, para interceder por mí ante vos, para pediros que me dierais la oportunidad de iniciarme en el arte y la técnica de los enigmas. Y no me quedó más opción que la de seguiros si no quería perder esta gran oportunidad. Temí no volver a encontraros nunca más.

El desconocido echó a andar hacia el cuerpo, cosa que atemorizó un poco a Ismael, pero no lo bastante como para echarse atrás en lo que estaba intentando. Así pues, lo siguió.

—Si es verdad lo que has explicado —dijo el hombre como si lo considerase poco probable—, te vas a llevar una completa decepción. Yo nada tengo que ver con enigmas, maestros ni salomones. Vuelve a la posada y busca mejor entre los huéspedes.

Al llegar al guiñapo caído en tierra, el hombre se agachó y se puso a hurgar en él con las manos. Ismael, a un paso de distancia, temió que se produjese una escena macabra. Pero algo lo obligó a quedarse allí.

—El truco te ha impresionado, ¿verdad? —dijo el otro dándole la vuelta al fardo y mostrando que no era más que un capote de viaje que abultaba gracias a un entramado de ramas—. Cuando alguien me sigue en la soledad de un bosque me gusta averiguar quién es desde una situación de ventaja. Voy armado, pero me gusta tomar precauciones suplementarias: la inseguridad de los caminos es muy grande.

Una vez recogido el capote, el hombre silbó varias veces. A los pocos momentos, el caballo del ojo manchado acudió trotando y el caballero montó en él. Y antes de salir al galope le dijo al muchacho:

—Cuando lo veas, saluda al canónigo Leiden, ¿no es así como has dicho que se llama tu tío y protector?

—Sí, señor. ¿De parte de quién le digo?

—Si te pregunta mi nombre dile que me llamo Juan de Utrecht. Adiós, muchacho, vuélvete por donde has venido y déjate de enigmas y adivinanzas.

Momentos después, el desconcertante caballero había desaparecido camino adelante.

Ismael montó en su caballo, dio media vuelta y emprendió el regreso a Amberes.

No duró mucho el simulacro. Lo había hecho por si el otro espiaba. Cuando ya fue suficiente la distancia, se detuvo.

«Juan de Utrecht —se dijo—, no has conseguido engañarme. Ahora estoy más seguro aún que antes de que tú eres uno de los Maestros. No me extraña que no hayas querido descubrirte. Por algo formas parte de una Hermandad secreta. Pero mi mejor cualidad es la insistencia. Volverás a verme, no te librarás de mí tan fácilmente.»

10. El agente de la Inquisición

El canónigo Sebastián Leiden había quedado muy trastornado a causa de los inesperados descubrimientos hechos en La Encrucijada.

Ya de vuelta en los edificios catedralicios, se sentía como quien ve de pronto que el camino por el que avanza ha sido invadido por la niebla y ya no puede saber por dónde anda ni qué dificultades se ciernen sobre él a cada paso.

Pero no podía quedarse quieto. Se había producido una grave emergencia por dos causas distintas, pero relacionadas, y ambas graves.

Hizo lo que era inaplazable: cursó el aviso convenido a su temible y poderoso aliado, el siniestro Lucas Lauchen, colaborador de la Inquisición en Flandes.

Cuando, unas horas más tarde, un lego le anunció que el visitante había llegado, Leiden se sintió casi sin ánimo y comprendió lo mal que iba a pasarlo.

El gigantesco Lauchen aguardaba en el locutorio principal. Ninguna de las lujosas butacas de la sala lo había tentado. Caminaba de un lado a otro con la obsesiva regularidad de un animal enjaulado.

—Y bien —le espetó al canónigo en cuanto lo vio aparecer por la puerta—, ¿ha hablado usted ya con Juan de Utrecht?

—Me ha sido imposible. Fue a La Encrucijada, como estaba acordado, pero por causas que desconozco no cumplió con lo restante.

—¿Cuándo llegó? —preguntó Lauchen lanzando las palabras como una red de caza.

—Anoche, pero se fue de madrugada.

—¿Sin mandarle a usted ningún recado?

—Nada.

—Explíquemelo todo de principio a fin —ordenó Lauchen, como si su lengua fuese el extremo de un látigo.

El canónigo refirió todo lo que sabía de la rara conducta del hombre que había tenido tan breve estancia en La Encrucijada. Luego, sin ocultar su desazón, dijo:

—Con todo, lo que más me angustia ahora es lo que le pueda ocurrir a mi imprudente sobrino.

—¿De quién me habla? —inquirió Lauchen, acogiendo con agresivo desagrado la mención de aquel nuevo elemento con el que no contaba.

—Se trata de Ismael, un pariente mío, lejanísimo. No tiene a nadie más en este mundo. Yo he movido algunas influencias para darle cierta educación.

El otro bullía de impaciencia. Preguntó desabridamente:

—¿Y qué tiene que ver ese chico con lo que estamos hablando?

—Ahora mucho, por desgracia. Estaba en la posada. Se fue tras Juan de Utrecht.

—¿Por qué? ¿Se lo mandó usted?

—No, de ninguna manera —negó Leiden como si la mera suposición lo abrumara—. El desdichado lo hizo por propia iniciativa.

Lauchen preguntó entre dientes:

—¿Qué estaba haciendo ese muchacho en la posada?

—Yo lo había recomendado para que lo tuvieran allí como ayudante de mozo por unos días.

—¿Con qué propósito?

—Para servirme de sus ojos. En cuanto llegara Juan de Utrecht yo quería tener conocimiento inmediato del hecho. Ismael estaba allí para avisarme.

—¿Estaba el chico enterado de lo que estamos llevando a cabo? —preguntó el agente de la Inquisición.

—No, por descontado. Tranquilícese, él no sabe nada: de ahí la insensatez que ha cometido.

—¿Cómo, pues, iba a avisarle a usted de la llegada del hombre que esperábamos? —insistió Lauchen, que parecía tener ganas de abofetear al canónigo.

—Él tenía gran ilusión por conocer a uno de los Maestros de Enigmas. Para él son algo así como héroes del pensamiento, mentes admirables y superdotadas. El pobre soñaba incluso con que uno de ellos lo tomara como discípulo. Yo le insinué que algo de eso podía llegar a cumplirse para que él desempeñara la función de vigía en la posada. Le dije que me había enterado de que, a no tardar, uno de los Maestros pararía en La Encrucijada. Era conveniente actuar con mucha discreción. Un chico como él no iba a llamar la atención ni resultaría sospechoso para nadie. Sin que él se diera cuenta quise convertirlo en el más inocente de los espías, pero lo que he hecho ha sido empujarlo al desastre. ¡En mala hora decidí mezclarlo en esto! Ahora estará a merced de un hombre que no dudará en asesinarlo si lo considera necesario para sus planes.

El aspecto de Lucas Lauchen indicaba gran furia y contrariedad. Cuando aquel hombre se movía por el locutorio, el canónigo creía oír un rumor de aguas cenagosas agitándose. Las pupilas del agente de la Inquisición parecían flotar en un fluido viscoso y turbio.

—Lo de inmiscuir al muchacho ha sido una torpeza estúpida e innecesaria —sentenció, implacable.

—Temo por él y por su vida. Cree haber ido tras los pasos de un Maestro, pero lo que en realidad ha hecho es seguir la peligrosa estela de un hombre aún peor que un asesino.

—Lo que le ocurra a ese chico no es asunto que me importe, siempre y cuando no introduzca nuevas complicaciones en nuestros planes.

—A mí sí me importa. Me siento responsable. Si le ocurre algo, me será muy difícil perdonármelo.

—Haberlo pensado antes —cortó Lauchen tajante—. Lo grave y lo extraño es que Juan de Utrecht se haya marchado sin respetar la cita convenida. Por cierto —dijo, reparando en un aspecto aún no aclarado—, ¿cómo podemos estar seguros de que ese hombre era quien pensamos? Si no he entendido mal, usted no llegó a verlo.

Leiden extrajo de un bolsillo de su hábito el medallón en el que había un gran interrogante y se lo mostró.

—Lo he encontrado esta mañana en el cuarto que él ocupó. Es el emblema secreto de los miembros de la Hermandad. Vea al dorso las iniciales *J* y *U* claramente grabadas. Con esto, las últimas dudas quedan disipadas: evidentemente se trata de Juan de Utrecht.

Lauchen tomó una decisión irrevocable. Se la comunicó al canónigo como si se tratara de una sentencia:

—Vistas las complicaciones y los errores cometidos, voy a tomar todas las riendas de este caso hasta el final. Lamento tener que decirle, canónigo Leiden, que me ha decepcionado por completo. No creo que su torpe intervención le allane el camino hacia ese obispado por el que suspira tanto. Más bien creo que el resultado va a ser el contrario.

Leiden se tragó las invectivas sin argüir nada en su favor. Sólo quiso pedirle una cosa al hombre que acababa de humillarlo:

—Por lo que más quiera, Lauchen, haga cuanto esté en su mano para salvar a Ismael del trance en que se encuentra.

—Ya se lo he dicho antes —escupió el servidor de la Inquisición—: la suerte que pueda correr ese muchacho me tiene sin cuidado. No arriesgaré ni un ápice del éxito de la conjura por liberarlo. Allá se las componga si es tan entrometido y audaz como ha demostrado. Lo que de verdad importa es la definitiva destrucción de la Hermandad del Enigma de Salomón, esa aberración herética que busca revelaciones al margen de la fe. Juan de Utrecht es nuestro principal aliado. La salvación de ese Ismael no ha de ser obstáculo. Quiero exponer los pormenores del caso ante el Tribunal del Santo Oficio en el más breve plazo posible.

Lauchen miró al canónigo como si éste hubiese dejado de existir y salió del locutorio, llevándose el medallón de Juan de Utrecht, sin ni siquiera despedirse.

A solas, angustiado, Leiden murmuró:

—Maldito sea el día en que accedí a secundar los manejos de ese monstruo de Lauchen creyendo que ello iba a beneficiarme. Si Dios ilumina a los jueces, el Tribunal nunca acogerá bajo su amparo la atrocidad que va a presentarles.

11. Ante el fuego

ISMAEL no había tardado mucho en dar media vuelta y cabalgar de nuevo en dirección a Brujas. Cuidando mucho de no quedar expuesto a una nueva artimaña del hombre en quien tenía depositadas sus esperanzas, lo seguía a distancia.

Se había convencido de que no necesitaba tenerlo al alcance de la vista. Podía dejarle una hora de ventaja. O dos. O pasarse sin verlo casi toda la jornada y no perderle por ello la pista. Podía incluso permitirse el lujo de tomar el camino real, mucho más seguro, y adelantarlo.

El muchacho sabía que si había un lugar en la ruta de Brujas donde el Maestro de Enigmas pudiera quedarse a descansar unas horas, y darle reposo también a su bien adiestrado caballo, ese sitio era el Albergue de Flandes. Las demás posadas eran demasiado nauseabundas y cochambrosas.

Si llegaba al albergue antes del anochecer, Ismael sabía que contaría con muchas posibilidades de coincidir allí con el enigmático jinete.

Los cálculos del muchacho resultaron acertados. El caballo pardo del ojo izquierdo aureolado y el hombre que lo montaba aparecieron ya entrada la noche en las proximidades del establecimiento.

Ismael, apostado en un lugar estratégico, los vio llegar sin ser descubierto.

Antes de entrar en el edificio, el Maestro de Utrecht tomó ciertas precauciones. Estuvo un rato, en actitud furtiva, mirando al interior por las ventanas. Luego confió el caballo al mozo de las cuadras y, cargando un fardo medianamente abultado, entró con rapidez en la posada.

No se detuvo más que un momento en la taberna y subió enseguida a la planta de hospedaje. Ahora era Ismael quien observaba a través de una ventana.

Decidió esperar un poco, no demasiado. Estaba impaciente, ansioso y también un tanto desanimado. Si fracasaba una segunda vez en su tentativa, quizá ya sería cuestión de ir pensando en dejarlo. Tal vez estaba persiguiendo algo inalcanzable.

Más tarde, sacudiéndose de encima aquellas ideas pesimistas, entró en el Albergue de Flandes.

La taberna estaba poco concurrida. Un hombre viejo trasteaba detrás de un mostrador atestado de cacharros. A él se dirigió:

—Buenas noches nos dé Dios. ¿En qué habitación se aloja mi señor, el caballero que llegó hace un rato, cuyo honorable nombre es Juan de Utrecht?

—No me ha dicho que lo acompañara nadie —replicó el hombre, molesto por el olvido del huésped.

—No importa —improvisó Ismael en el acto—. Estoy acostumbrado a dormir en cualquier parte. Pero antes tengo que hablarle.

—Ha pedido comida más que suficiente para dos. Supongo que te dará algo. Si no, vuelve por aquí. Si el caballero se hace cargo del gasto, en la cocina encontraremos algún bocado para ti y tendrás un jergón donde dormir.

—Gracias, señor. ¿Cuál es la habitación?

—En el piso de arriba. La puerta que está en el centro de la galería.

—Con permiso, allá voy.

Ismael subió la escalera negándose a admitir que lo que iba a hacer era descabellado. Ya habría tiempo luego para lamentar el fracaso.

Encontró enseguida la puerta indicada, se armó de valor y llamó. A continuación oyó aquella voz que conocía bien:

—Quien llama que diga quién es y qué desea —exigió con autoridad el caballero.

—Vengo a pediros un favor, Maestro Juan de Utrecht.

La puerta se abrió y el hombre apareció esgrimiendo un sable. Cuando vio a Ismael depuso un tanto su actitud preventiva, pero escrutó los distintos ángulos de la galería para asegurarse de que el muchacho estaba solo. Luego, ásperamente, le dijo:

—¿Qué quieres ahora? ¿A qué has venido? ¿No te quité ya aquella esperanza infundada?

El Maestro lo miraba de tal modo que Ismael pensó que jamás lo aceptaría ni como criado ni como discípulo, aunque lo fuera siguiendo por todas partes y estuviera un año entero suplicándoselo.

En aquel momento se oyó rumor de pasos. Alguien subía por las escaleras.

—Entra, deprisa —dijo el hombre, tirando de Ismael para introducirlo en la habitación y cerrando inmediatamente con sigilo.

Mientras el caballero escuchaba tras la puerta, Ismael vio sobre una mesa una fuente con varias piezas de asado y una jarra de estaño con un líquido que parecía cerveza. Todas las punzadas del hambre acumulada se le desataron.

—Acércate a la lumbre —le ordenó de pronto el caballero.

El muchacho se sorprendió. Había dado por supuesto que las siguientes palabras que el otro pronunciaría serían las de su expulsión del cuarto. No obstante, obedeció.

En la habitación había un pequeño hogar. Varios leños ardían silenciosamente y esparcían resplandores. Ismael se situó junto al fuego.

El otro se lo quedó mirando con mucha atención, sin decir nada.

Daba la sensación de que buscaba algo en él, algo que no era fácil de ver o descubrir.

A pesar de ello, Ismael estaba convencido de que en cualquier momento, y de un modo que no admitiría réplica, iba a ordenarle que se marchara y que nunca volviera a tomarse la libertad de importunarlo.

Sin embargo, y extrañamente, no fue eso lo que ocurrió, sino algo bien distinto.

El caballero se acercó al fuego y trazó con un tizón un signo entre las ascuas. Sin apenas mover la cabeza, de reojo, Ismael vio que era un interrogante.

—¿Insistes en tu idea? —preguntó súbitamente el de Utrecht, como si hubiese leído una advertencia en las llamas.

El muchacho, sin pensar ni un segundo, se tragó el estupor y proclamó:

—Más que nunca, señor.

—¿Qué sabes tú de enigmas y laberintos mentales?

—Algo sé, señor, aunque no mucho.

—Veamos —dijo el caballero—. Un hombre que está solo mira a un ahogado que se encuentra bajo las aguas de un lago. El ahogado tiene los ojos abiertos. El hombre que mira, como es lógico, también. Cuando los ojos se le cierran al ahogado, nadie ve.

—Creo que ya lo sé —replicó Ismael—. ¿Puedo dar la respuesta?

—Para resolver enigmas no suele ser bueno apresurarse. Pero aventúrate si quieres hacerlo en este caso.

—«El ahogado» es la imagen del hombre que mira, reflejada por el lago.

—Bien —aprobó el Maestro, de manera parca—. Era un enigma muy fácil, pero no te has dejado engañar por la pequeña trampa del enunciado. Probemos con otro. Atiende. Un hombre camina por un valle entre montañas. Va solo. No hay nadie más en el valle, y él lo sabe. Sin embargo, va hablando, en voz muy alta, a veces gritando. No está loco. Busca algo, pero no lo ve. Grita a cada paso.

—¿Busca... el eco? —se arriesgó a decir Ismael, seguro de acertar.

—Tienes destreza con los enigmas elementales —comentó el caballero, sin demostrar especial satisfacción—. Veamos ahora. Un hombre y una mujer caminan. Se van buscando, en línea recta, sin desviarse ni un palmo. Y, sin embargo, a cada paso que dan, mayor es la distancia que los separa. Apártate del fuego, vas a acabar abrasándote —añadió el Maestro, sentándose en la enorme butaca de la habitación.

Ismael se alejó un poco del hogar. Estaba ya totalmente concentrado en el nuevo enigma. Se había dado cuenta enseguida de que ofrecía mayor dificultad. Pero no podía permitirse ni un fallo. Sentía como si el otro lo estuviese poniendo a prueba o examinando. Ese solo hecho ya le parecía un motivo de esperanza.

—¿Puedo preguntar? —quiso saber el muchacho.

—Puedes —murmuró el otro, medio ausente, con los ojos entrecerrados.

—¿Van el uno hacia el otro en línea recta por la superficie de la Tierra?

—Exactamente.
—¿Y cada nuevo paso en lugar de acercarlos los separa?
—Eso es lo que he dicho.
—¿Son verdaderos, de carne y hueso?
—Como tú y como yo.
—¿Se trata de una escena que puede ocurrir en la realidad?
—Como cualquier otra de la vida.
Ismael se esforzaba en pensar deprisa, pero se había atascado. El temor a decepcionar al Maestro y perder así su ansiada oportunidad lo tenía medio agarrotado.
De pronto, una intuición le dejó el camino abierto. Tanteó:
—¿El hombre y la mujer caminan de frente o dándose la espalda?
—Lo segundo.
—O sea: van el uno hacia el otro en línea recta, pero de las dos posibles recorren la más larga, que es curva en realidad, como la otra, aunque mucho más.
—Expresa la solución con mayor claridad —exigió el Maestro desde la butaca.
—Tardarán mucho en encontrarse porque van el uno hacia el otro por el camino opuesto, rodeando la Tierra.
—Bien —dijo el caballero poniéndose en pie—. Cierta predisposición no te falta. Pero eso no garantiza la aptitud. Los auténticos enigmas encierran una dificultad incomparablemente superior. ¿Quieres comprobarlo?
Más que un ofrecimiento, aquello parecía una amenaza. Resuelto aunque preocupado, Ismael contestó:
—Sí.
—Acércate a la ventana.
El muchacho lo hizo.

—Mira la luna. ¿La ves bien? —preguntó el otro, mientras avivaba el fuego del hogar.

—Sí.

—Acércate al cristal tanto como puedas.

—Mi aliento lo empaña.

—Separa un palmo la cara. Así.

—¿Cuál es el enigma, señor? —inquirió Ismael, desconcertado.

—Escucha: un muchacho mira la luna a través de una ventana, como ahora estás haciendo tú. Dime: ¿cuál es el futuro que le aguarda?

Ismael quedó abrumado. Comprendía que ahora la dificultad era muchísimo más grande. ¿Después de haber jugado un poco con él, le ponía un obstáculo insalvable para decirle al fin que no tenía condiciones para aspirar a ser Maestro de Enigmas?

—Te dejo un rato solo para que lo pienses. Sigue donde estás: si te apartas de la ventana no lo resolverás nunca.

El extraño caballero salió de la habitación y cerró la puerta desde fuera. Ismael oyó el ruido de la llave girando en el cerrojo y aquello no le hizo ni pizca de gracia. No obstante, prefirió no protestar ni decir nada.

Continuó ante la ventana. La luna, menguante, parecía muy lejana. En el exterior todo era oscuridad. Ismael veía en el cristal su rostro iluminado por el resplandor de la lumbre.

Estaba tan pálido y demacrado que se dio miedo a sí mismo.

12. La negra flor de la locura

En aquellos momentos en que Ismael, igual que un embalsamado en una vitrina mortuoria, permanecía ante una ventana del Albergue de Flandes como personaje de un enigma más real de lo que él creía, el doctor Jacob Palmaert llegaba a la residencia del letrado Loos, en Brujas, en una de sus cada vez más frecuentes visitas a los devastados Maestros de la Hermandad.

—¿Alguna novedad? —le preguntó al letrado mientras un criado le quitaba respetuosamente su capa forrada.

—Sí, y demoledora —respondió Loos con voz envejecida—. Theo y Lucius han llegado a media tarde. Como temíamos, en muy penoso estado. Sus mentes están casi tan extraviadas como las de los demás. Venían juntos, desde Aachen, en el mismo carruaje. Por fortuna, el cochero no era un desalmado. Pudo haberles dejado en manos de ladrones, o robado él mismo, con impunidad casi asegurada. Dentro de mis posibilidades le he gratificado por su honradez.

—¿Dónde están esos dos hombres? —preguntó Palmaert.

—Descansan en una sala que hemos acondicionado arriba. Ya no quedaban alcobas libres.

—Ahora mismo iré a verlos. ¿Se sabe algo de los restantes?

—Nuestro decano Julián, en su casa de Ostende, va a emprender muy pronto el viaje que todo lo concluye. Su alma ya está presta para la prueba de la muerte.

El rostro de Palmaert se contrajo como si alguien tirara de sus rasgos con hilos invisibles y preguntó:

—¿Va a morir a consecuencia de los estragos del texto enigmático?

—No. Julián apenas tuvo ocasión de enfrentarse al Enigma. Ni siquiera sabemos si llegó a leerlo con plena conciencia. Estaba enfermo desde hacía tiempo, sin esperanza.

El pensamiento del doctor Palmaert se entregó al cálculo:

—Si las cuentas no me engañan, quedan aún dos miembros de la Hermandad de cuyo paradero actual nada sabemos, ¿estoy en lo cierto, abogado Loos?

—Así es. Dos son los hombres que nos faltan para completar el censo de doce Maestros. Temo que a uno de ellos le haya ocurrido algún percance grave en el camino. Las rutas son peligrosas, los actos de bandidaje han aumentado en estos últimos tiempos. Tengo noticia cierta de que hace ya más de tres semanas que salió de Breda y no sabemos nada de él. Tanto tiempo sin novedades alimenta los peores presagios.

—¿Quién es el otro, el duodécimo? —inquirió Palmaert con la mirada fija en la oscuridad de los corredores.

—Juan de Utrecht. Y también me inquietan su silencio y su ausencia...

—¿No hay noticias de ese hombre?

—Su casa de Utrecht está cerrada. Envié a un mensajero, pero no le respondió nadie. Ya sólo queda refugiarse en una última esperanza.

—¿Cuál? —inquirió Palmaert.

—Que su desaparición no signifique que fue él quien nos envenenó con un Enigma de Salomón falsificado.

—Por lo que veo, sigue usted pensando en una traición de uno de los Maestros.

—Cada vez más —aseguró Loos tristemente.

—Sea como fuere —dijo el médico, deseoso de poner fin al breve diálogo—, el mal ya está hecho. Veamos qué se puede hacer por atajar sus consecuencias. ¿Se les ha seguido administrando a los enfermos el preparado que le entregué?

—Sin falta, con la regularidad indicada. Pero no he visto en ellos ninguna reacción favorable. Más bien creo que han empeorado.

La respuesta del médico restalló en el silencio de la casa:

—¡Le dije bien claramente que no podía garantizar ningún resultado! Nadie puede negar que le estoy dedicando mucho tiempo a este caso, desatendiendo otros que también requieren mi atención. ¡No puedo hacer más de lo que hago! Se trata de una patología sin precedentes en los anales de la ciencia médica.

—Disculpe —murmuró Loos—. No he querido ofenderle ni poner en duda su dedicación. Tan sólo expresaba mis temores.

—Está disculpado. Acompáñeme a la estancia donde se encuentran los dos hombres que han llegado esta tarde.

—Están adormecidos por un tranquilo sopor. Le ruego que antes vea usted a Sofía.

—¿Por qué?

—Hay algo en ella que me espanta, una especie de lucidez escalofriante, una serenidad anormal, como de otro mundo. Creo que su mente está perdida si usted no logra hacer un milagro.

—Entraré a verla —dijo Palmaert yendo hacia la habitación que ocupaba la única mujer de la Hermandad.

Con su actitud el médico dejó bien claro que iba a visitarla a solas, como casi siempre lo hacía. Loos se quedó fuera, esperando.

Al débil resplandor de un candil, único punto de luz que brillaba en la alcoba, Palmaert vio que la cama estaba desocupada. Buscó con la mirada por la estancia hasta que descubrió a la mujer. A pesar de sus muchos años de actividad profesional, no pudo evitar un estremecimiento al verla.

Ella estaba de pie, dormida, rígidamente apoyada en un ángulo de la habitación, como una desenterrada que no hubiese advertido que ya no la cubría la tierra ni la encerraba el ataúd.

El médico hizo algunos ruidos, a distancia, para despertarla. La mujer no abrió los ojos ni pareció oír nada. La incomodidad de Palmaert crecía. Giró para solicitar la presencia de unos criados que lo ayudasen a llevar a la mujer a la cama. Pero no llegó ni a la puerta porque, de repente, Sofía le habló:

—Estoy viva aún pero ya me encuentro en ese lugar del que nadie vuelve.

Palmaert conocía todas las modulaciones de la demencia y, no obstante, la de aquella voz le impresionó.

—Dígame cuál es ese lugar del que habla y qué hay en él —exigió el médico tras unos instantes de indecisión.

Sofía dio un paso, se tambaleó y luego, más afianzada, en un tono de obcecación demencial que estremecía, dijo:

—Tenían razón los que temían que el Enigma de Salomón encerrase una verdad pavorosa: la auténtica razón de ser del mundo. Yo la conozco ya.

—¿Cuál es? —preguntó Palmaert, que intentaba mantener un relativo control de la situación.

La mujer lanzó una carcajada enloquecida y después, súbitamente, preguntó:

—¿Cuántos años espera vivir aún, doctor?

El médico notó una repentina sequedad en la garganta cuando dijo:

—No lo sé. Diez, quince, veinte a lo sumo. Será lo que Dios quiera.

Sofía lo miró con una mueca desfigurada, extraña, como si supiera que la muerte de Palmaert estaba mucho más cercana, y luego dijo, con una expresión misteriosa en la mirada:

—Viva esos años en paz, si puede. No vuelva a preguntarme. Ya sabrá la pavorosa verdad dentro de diez, quince o veinte años. O antes. Nadie puede librarse —sentenció la mujer, descompuesta y pálida, tendiéndose muy lentamente en la cama, para añadir después—: Yo no estoy aquí sino en el lugar donde refulge la verdad más cruel e insoportable.

—Sólo está usted allí con la mente —dijo Palmaert casi sin fuerza en la voz.

—Pero más atrapada aún que si estuviera con el cuerpo —replicó Sofía—. De ser así, aún podría encontrar una salida. Y ya sé que no la hay. El Enigma de Salomón te lleva a algo que es mucho peor que un laberinto físico: te invade estés donde estés, vayas adonde vayas, hagas lo que hagas, porque está en todas partes.

—¡Usted está en la residencia del abogado Bartolomé Loos, en la ciudad de Brujas! Ésa es la única verdad.

Con la mueca más amarga del mundo, de un modo que conmovía por la serenidad inhumana con que pronunciaba las palabras, Sofía dijo:

—Una persona está donde está su pensamiento. Lo demás importa poco.

La mujer volvió a quedarse dormida. Palmaert esperó un rato, sin acercarse a la cama.

Más tarde, abandonó la habitación. Su rostro estaba serio y cansado, y sus hombros parecían abrumados por una pesada carga. Cuando Loos acudió junto a él dijo:

—La simiente de la locura está en todos y cada uno de nosotros. Si se dan las condiciones necesarias para que germine, acaba formándose la negra flor. A Sofía se le ha abierto dentro. Ese maldito texto la ha llevado a concebir algo con lo que no puede luchar su entendimiento.

13. Decisiones inesperadas y viajeros ocultos por cortinajes

Ismael se cansó de permanecer ante la ventana tratando de resolver un enigma que le parecía cada vez más impenetrable. Dándose por vencido, se sentó en un taburete esperando a que el caballero regresara al cuarto. Entretanto, pensaba: «De los cuatro enigmas que me ha puesto, he resuelto tres. Sólo he fallado en el cuarto. Tres de cuatro no es un mal resultado pero: ¿estará dispuesto a seguir poniéndome a prueba? Lo que he hecho hasta ahora no basta para decidir nada».

La bandeja contenía aún la mayor parte del asado. Su aroma impregnaba el aposento. Ismael lo olía con la delectación de un muerto de hambre.

Cuando ya no pudo aguantar más, cogió un pedazo, confiado en que el caballero no lo notaría. La carne estaba casi fría, pero la encontró sabrosa. Con el estómago vacío, le supo a gloria.

Ya había masticado con fruición el último bocado y estaba pensando en coger otro trozo más grande, cuando una llave giró desde fuera en el cerrojo. Ismael se apresuró a recuperar su posición en la ventana.

El hombre llamado Juan de Utrecht reapareció en la estancia. Su respiración estaba aún fatigada cuando dijo:

—He hablado con el posadero. Te asignará un camastro abajo. Y podrás comer algo. Así lo he ordenado. Yo cubriré tus gastos.

Lejos de alegrarse, Ismael entendió que de aquel modo el caballero se lo estaba quitando de encima para siempre. Todo había terminado. Y aún gracias que le pagaba una cena y una noche de hospedaje.

La decepción, sin embargo, no le duró a Ismael más que un instante. El hombre dijo a continuación algo que lo dejó desconcertado:

—Voy a consentir que me acompañes en lo que me queda de viaje. He tenido un presentimiento y quiero saber si posee algo de cierto. Más adelante, ya veremos. Aunque lo más seguro es que acabe despidiéndote, te lo advierto. Nunca me ha gustado rodearme de discípulos y estoy lejos aún de la edad en que es necesario contar con uno para que la Hermandad se perpetúe.

Emocionado y sorprendido, Ismael sólo pudo decir, inclinándose ligeramente:

—Gracias, señor.

—No se hable más de ello —zanjó el otro, imperativo—. Ve enseguida abajo. Mañana saldremos poco después del alba.

El muchacho no se atrevió a decir nada más. Hizo una discreta reverencia y se retiró en silencio.

Al descender a la planta baja, Ismael reparó en algo: «Ni siquiera me ha preguntado si he resuelto el enigma de la luna y la ventana, como si supiera que no he sido capaz y eso no le importara...».

No sabía cómo interpretarlo. Además, pese a haber conseguido una parte de aquello por lo que tanto suspiraba, la súbita decisión del caballero le parecía extraña.

Cuando llegó a la cocina del albergue, la mujer del posadero le sirvió un guiso, muchas veces recalentado, aunque abundante, sin preguntarle si la carne de buey era de su agrado.

Después le fue mostrado el camastro. Estaba en un cuarto bastante grande dividido en dos partes por una gruesa cortina que colgaba de una barra paralela al techo. Del otro lado de la áspera tela llegaba el sonido de la respiración de alguien que dormía.

—No hagas ruido —le dijo a Ismael el mozo que lo acompañaba—. Ese otro viajero pagó por todo el cuarto. Llegó muy cansado. Dijo que no quería ser molestado por nadie. Pero tú podrás dormir aquí gracias a la intervención del caballero que se aloja arriba. Aunque, eso sí, en silencio, sin que él note nada —puntualizó el mozo señalando la cortina para referirse al que estaba al otro lado—. Si no, la que se arma.

Antes de que el nuevo día clareara, Ismael notó que unas manos fuertes lo zarandeaban.

—Es la hora —le dijo el de Utrecht en cuanto el muchacho abrió los ojos—. Escucha con atención; viajaremos hasta Brujas por separado.

—¿Por qué, señor? —quiso saber Ismael, ya casi despierto.

—No es momento de explicaciones —susurró el otro—. En Brujas vive cierto hombre de leyes cuyo nombre es Bartolomé Loos. En su casa podrás encontrarme o saber de mí. ¿Queda entendido?

El muchacho asintió, aturdido.

—Procura llegar allí antes de tres días. Cuando se te canse el caballo, lo cambias. Te dejo unas monedas. Yo partiré ahora mismo. Tú deja pasar un rato sin moverte de aquí. Luego, emprende el camino y ve ligero.

El caballero abandonó el cuarto sin entrar en más detalles. Ismael estaba atónito, pero ya empezaba a acostumbrarse a las misteriosas maneras de aquel hombre que siempre lo sorprendía con decisiones inesperadas.

Se fue vistiendo despacio, empleando mucho más tiempo del necesario. Cuando estuvo casi vestido por entero se acordó del viajero que dormía al otro lado de la cortina.

Prestó oído, escuchó con atención. La cortina sólo filtraba silencio, no se oía la respiración del otro huésped. Al parecer, no había notado nada anormal, dormía profundamente, silencioso, abandonado al sueño.

Un instante antes de salir del cuarto, Ismael sintió curiosidad por verle el rostro al viajero que había compartido la estancia con él.

De puntillas, muy cauteloso, se acercó a la cortina y la apartó lo justo para asomar la cabeza.

Aquella cama estaba vacía. Pero aún guardaba la huella del cuerpo que había descansado allí.

Ismael no sospechó que su compañero de cuarto era el misterioso muchacho que había entrado y salido por una ventana de La Encrucijada. No sabía aún que ese joven, en secreto, acompañaba también al hombre llamado Juan de Utrecht en su viaje a Brujas.

Algo más tarde, Lucas Lauchen, el temible colaborador de la Inquisición, exasperado por las incomodidades de una cabalgata mucho más larga y penosa que las que solía practicar, celebraba una reunión con dos hombres patibularios en una sala del Albergue de Flandes.

—El caballero durmió arriba, el muchacho abajo. Todos los gastos los pagó el hombre —informó uno de los esbirros.

—Y hasta dejó una propina abundante —añadió el otro sicario.

—Queda fuera de duda que los dos van juntos, ¿no es así? —inquirió Lauchen, ávido de conclusiones.

—Eso parece, pero de un modo raro, disimulado —dijo el primer individuo—. Desde luego, algo se traen entre manos.

—¿Cuánto hace exactamente que se marcharon?

—Más de dos horas.

—No dijeron a nadie cuál era su lugar de destino —se lamentó el otro individuo.

—No importa —aseguró Lauchen chasqueando la lengua—: sé muy bien adónde van. Pero el muchacho no ha de llegar vivo allí. Desde ahora vuestro cometido será acabar con él. Su muerte tiene mucho valor para mí. Por ello, mi agradecimiento quedará bien demostrado.

Los dos asesinos se relamieron de codicia y el que hablaba más a menudo preguntó:

—¿Qué dirección ha tomado el muchacho? ¿Dónde podremos tenderle una emboscada sin testigos?

—Los dos van a Brujas. Aunque evitarán el camino real y utilizarán siempre que puedan vías más escondidas. Si echáis todo el resuello —dijo Lauchen mirándolos ferozmente para darles a entender que el fracaso les acarrearía nefastas consecuencias—, tendréis oportunidad sobrada de interceptarlo en las proximidades de Brujas, cuando los caminos aún no ofrecen protección. Entonces dependerá de vuestra astucia el atraerlo a algún lugar adecuado para acabar con él sin testigos. Hay que evitar a toda costa que llegue vivo a la ciudad.

—Dadlo ya por muerto y enterrado, señor —garantizó el sicario más hablador.

—Yo me encargaré del caballero —aseguró Lauchen—. Tengo con él algunas cuestiones pendientes. ¿Recordáis bien la cara del muchacho?

—Su aspecto nos resulta muy familiar —sonrió cruelmente el asesino más silencioso—. Anoche estuvo plantado un buen rato ante una de las ventanas, con el resplandor del fuego iluminándolo. Entre mil lo reconoceríamos.

—Quiero también —exigió Lucas Lauchen con ojos vidriosos— que el cuerpo del muchacho no sea encontrado jamás.

—Descuidad, señor —dijo el asesino que llevaba la voz cantante, con una soez mueca en los labios—: nos encanta hacer de sepultureros.

—Hemos llenado de fosas todo Flandes —aseguró el otro.

Lauchen se puso en pie de pronto. La conversación había terminado. No obstante, antes de salir de la sala se volvió a los esbirros y dijo:

—Y, ya sabéis, no más sufrimientos que los estrictamente inevitables. En realidad, aunque su muerte es necesaria, el muchacho no es culpable de nada.

—No temáis, señor —dijo el asesino principal poniéndose en pie e inclinándose—: le daremos una muerte rápida. Casi no llegará a enterarse de lo que le pasa. Un corte certero y veloz, y adiós, a la fosa de cabeza, que es donde mejor se está después de muerto.

14. El diagnóstico de Jacob Palmaert

—Sería cruel por mi parte darle a usted esperanzas infundadas —le dijo Palmaert al letrado Loos—. He reconocido suficientemente a sus amigos, he estudiado cada caso con detenimiento, hasta la obsesión, y no creo que haya forma humana de volver a iluminar la oscuridad de sus mentes.

Los dos hombres se encontraban en el suntuoso despacho privado del médico. Loos había ido a visitarle al anochecer, cargado de malos presentimientos. La conversación entre ambos se había prolongado largamente.

—El Enigma de Salomón, o lo que en su lugar ha circulado entre ustedes —prosiguió Palmaert—, ha resultado ser, ciertamente, un abismo que crece dentro del pensamiento hasta devorarlo. Sus amigos buscaban el secreto universal, y lo que han encontrado es un infierno que ha dejado sus almas dislocadas.

—Tantos hombres de talento perdidos para la actividad del pensamiento —suspiró Loos amargamente—: astrónomos, matemáticos, profesores de lógica, gramáticos, retóricos, eruditos en variadas ramas del saber y la ciencia. Todas esas trayectorias de estudio y superación destruidas en unas semanas. Es demasiado horrible para asimilarlo.

—Y la mujer, Sofía, ¿cuál era su actividad, si es que tenía alguna, aparte de su dedicación al arte de la enigmística?

Loos no respondió enseguida y, cuando lo hizo, entregó las palabras con mucha precaución:

—Ella constituye el caso más singular. Nunca hubo mujeres en la Hermandad. Pero Sofía rompió la norma. Es una persona extraordinaria. Quizá por ello ha enloquecido de una forma distinta a los demás.

Palmaert se irguió un poco en su asiento.

—¿Podría aclararme mejor lo que ha dicho, señor Loos?

—Hubo un tiempo en que ella aterrorizaba a ciertas personas con sus extraños poderes.

—¿En qué consistían esos poderes? —preguntó el médico, en un tono un poco escéptico y distante.

—Ella percibía el olor de la maldad, las intenciones perversas, lo peor que los ojos de la gente ocultaban. Pero dejó de explotar ese don que a ella misma espantaba y concentró toda su voluntad en la ciencia de los enigmas y en la búsqueda del texto de Salomón.

—Lamento que ya no pueda hacer nada de eso —dijo Palmaert con mal disimulada indiferencia—. Bien, será preciso hablar de cuestiones prácticas. ¿Qué piensa usted hacer con sus amigos enfermos? Le están suponiendo una carga excesiva. Su casa y su menguada servidumbre no ofrecen condiciones para atender a un grupo tan numeroso de personas enajenadas.

—¿Qué sugiere usted? —preguntó Loos, con aire de quien es incapaz de verle salida al problema que lo está abrumando—. En el estado en que se encuentran no puedo devolverlos a sus ciudades de origen.

—Eso sería totalmente desaconsejable, desde luego —dijo el médico.

—Entonces, ¿qué se puede hacer?

—En Malinas y Lovaina existen instituciones donde podrían ser internados. No es fácil ingresar en esos sitios, pero con mi influencia sería posible lograrlo sin muchas dificultades. Son lugares muy poco agradables, desde luego. A nadie le desearía tener que verse allí. Pero cuando las circunstancias obligan, es lo más adecuado. ¿Me he explicado con la suficiente claridad?

—Sin duda —asintió Loos, respirando como si le faltara aire—. Pero necesitaré unos días para hacerme a la idea, consultar con las familias, organizar los traslados...

El abogado Loos era la imagen misma del abatimiento y la desesperanza. Añadió tras una pausa:

—Una y otra vez me pregunto cuáles son esas frases envenenadas que forman el texto que los ha trastornado.

—Ya le dije que lo mejor para usted era ignorarlas. Y me mantengo en la misma opinión.

—No es por discutirla, pero me gustaría tener al menos una idea aproximada del planteamiento. Después de las angustias que estoy viviendo creo que ya no hay ningún peligro de que su misterio me atraiga. Ahora es la cosa del mundo que más aversión me causa.

Palmaert resolvió la cuestión diciendo:

—Bien. Comprendo que quiera tener alguna noción de algo que ha causado tanto daño. Le diré cuál es el primer paso del enunciado, nada más. Así tendrá una idea. El texto le propone al Maestro de Enigmas que conciba mentalmente una gran casa con treinta y tres estancias, cada una de las cuales debe estar dividida en tres partes distintas y bien diferenciadas. Ello da en total noventa y nueve diferentes espacios o ámbitos. Quien se enfrenta al Enigma tiene que verlos y sentirse sucesivamente en ellos hasta tener todo el conjunto de estancias y lugares dominado. Ésta es la primera exigencia, el primer paso. Ayuda a que la mente del jugador vaya haciéndose vulnerable, entregándose, dejando crecer los elementos del Enigma en su interior. Luego vienen otras propuestas, preguntas e instrucciones que van formando la verdadera materia del Enigma y aumentan al máximo su poder devastador.

Loos repitió maquinalmente:

—Una casa con treinta y tres estancias, cada una de las cuales alberga tres espacios...

Palmaert lo interrumpió enérgicamente:

—¡Quítese esa formulación de la cabeza, se lo ordeno! No deje que invada su pensamiento ni un solo instante. ¡Puede irle la cordura en ello!

—No conozco más que el planteamiento inicial —dijo Loos, como si se excusara.

—¡Pero si se deja obsesionar acabará suplicándome que le revele lo restante! ¡Y no lo haré jamás! Mi conciencia no podría soportar que otra mente se extraviara por esa causa.

En aquel preciso momento se oyeron golpes de llamada en la puerta principal de la casa de Jacob Palmaert.

Los dos hombres, igual que si intuyeran que se avecinaba el anuncio de una nueva desgracia, quedaron mudos y en suspenso.

Los pasos apresurados no tardaron en llegar hasta el despacho. La puerta del aposento se abrió tras unos golpes formularios que ni siquiera aguardaron autorización para entrar.

En el umbral aparecieron dos criados. Uno era de la casa, servidor de Palmaert. El otro acababa de llegar: era el anciano mayordomo de Bartolomé Loos. Fue este último el que habló agitadamente y sin preámbulos:

—¡Señor, un muchacho con la cabeza rapada y disfrazado con un hábito de franciscano ha sido sorprendido por uno de los mozos cuando intentaba entrar en la casa!

Loos encajó la noticia con expresión sorprendida pero repuso:

—No veo que eso sea tan alarmante. Esos ladronzuelos se meten por todas partes.

—No era un vulgar pilluelo, señor. Ha dicho que era discípulo del Maestro Juan de Utrecht.

Palmaert se puso de pie impulsado por un resorte que no era material y preguntó, tratando de aparentar frialdad:

—¿Y ese señor de Utrecht no lo acompaña?

—Por lo que hemos podido ver, el muchacho iba solo. Y manchado de sangre. Ha dicho que dos bandidos han intentado matarlo.

—Es menester interrogar a ese chico —dijo Palmaert asumiendo la iniciativa y aprestándose a desplazarse a la residencia del abogado.

—Me temo que eso no será posible, señor —dijo el viejo criado.

—¿No? —se extrañó el médico con gran contrariedad—. ¿Por qué?

—Porque el muchacho ha escapado poco después de su llegada.

—¿A causa de qué? —intervino Loos, también muy interesado.

—Ha visto a Sofía, señor. Atraída por las voces, se ha presentado en el vestíbulo posterior. Su aspecto impresionaba. Parecía una resucitada que volviera de la sepultura. El chico se ha asustado al verla y antes de que pudiéramos retenerlo ha escapado a todo correr.

—¿Lo habéis buscado por los alrededores de la casa? —preguntó Loos.

—Y a conciencia, señor. Pero ha sido en vano.

—¡Pues no podemos quedarnos cruzados de brazos! —exclamó el médico con autoridad saliendo del despacho en busca de otros miembros de su servidumbre—. Si ese muchacho está malherido es preciso encontrarlo y prodigarle los cuidados que necesite.

Al abogado Bartolomé Loos se le presentó una ocasión inesperada y decidió aprovecharla.

La brusca salida de Palmaert y los dos domésticos lo había dejado solo en la estancia. Disponía de unos momentos, aunque no sin riesgo, para tratar de comprobar algo de vital importancia. No se anduvo por las ramas. Fue directamente al mueble donde pensó que podía hacer el hallazgo: el escritorio de Palmaert. La suerte no le dio la espalda. Cogió el objeto, lo ocultó bajo su casaca y salió apresuradamente del despacho para que no notaran que se había quedado allí a solas unos instantes.

15. A LA DESESPERADA

EL corazón de Ismael se debatía en su pecho como un pájaro asustado. Era tanto su miedo que no se atrevía ni a cerrar los ojos un momento para descansar y serenarse.

Tras su huida de la casa de Loos, se había escondido en plena noche en una herrería abandonada situada en una oscura callejuela no muy lejos de la residencia del abogado.

Estaba muy confuso y desconcertado. Se sentía a ciegas entre el cúmulo de incomprensibles circunstancias que lo rodeaban.

Todo había transcurrido bastante bien en aquellas jornadas hasta que tuvo Brujas a unas horas de camino. Entonces se había producido el primer hecho inesperado. Apostado cerca de una estratégica encrucijada de senderos, el hombre llamado Juan de Utrecht lo estaba esperando. Su actitud era tensa y preocupada.

—Los caminos están llenos de peligros —le había dicho—. Hay que tomar más precauciones. Ni los soldados que guardan las puertas de Brujas son de fiar. La codicia los convierte a veces en espías y delatores al servicio de quien mejor les pague. Toma, disfrázate con este hábito —había añadido, entregándole una vestidura de franciscano—. Espero no te quede excesivamente grande.

Mientras Ismael, sorprendido, se cambiaba de ropas sin decir nada, el caballero había seguido dándole instrucciones:

—A la caída de la tarde entrará en Brujas, como es costumbre, una comitiva de frailes mendigos encapuchados. Únete a ellos discretamente y franquea en su compañía las puertas de la ciudad. Así podrás introducirte en Brujas sin que se fijen en ti. Pero tendremos que hacer algo más para que el disfraz resulte convincente —había agregado el caballero, sacando del cinto unas aparatosas tijeras que parecían un artilugio de podar—. Ojalá que con este arreglo baste. No te preocupes por tus cabellos, pronto te crecerán de nuevo.

Y sin pedirle opinión ni fijarse siquiera en qué cara ponía el muchacho, le había cortado el pelo a toda prisa y sin miramientos hasta dejarle la cabeza rapada.

—Esto ya es otra cosa —había dicho al fin el caballero examinando el resultado de su rápido trabajo—. Si tuvieras unos años más todos te tomarían por un auténtico fraile. No te quites en ningún momento el hábito y cuando te falte poco para llegar a Brujas deshazte del caballo y continúa andando. Los frailes mendicantes no van montados. ¿Te ha quedado todo bien claro?

Ismael había hablado entonces por primera vez en todo el rato, para no decir más que:

—Sí, Maestro Juan de Utrecht.

Tras lo cual el aludido había desaparecido de su vista por un sendero como el más escurridizo de los conspiradores.

El resto de la tarde había transcurrido sin sobresaltos hasta el momento en que, tras larga espera, Ismael había visto la comitiva de franciscanos, ya muy cerca de Brujas. Caminaban muy juntos, en columna de a dos, con la capucha echada sobre el rostro. Uno de ellos iba un poco rezagado. Era de menor estatura que los demás. Miraba a uno y otro lado del camino de vez en cuando. Parecía inquieto y asustado.

Ismael vio llegado el momento de añadirse disimuladamente al grupo. Tenía que hacerlo antes de que llegase a las puertas de la ciudad para que la maniobra no fuese advertida por los guardias.

El muchacho se había puesto en movimiento, como un afluente que se dirige hacia el río principal que va a absorberlo. Pero nada iba a ser como tenía pensado. Algo espantoso se estaba preparando.

Todo transcurrió demasiado deprisa para que Ismael pudiera comprender entonces lo que ocurría. Dos hombres embozados surgieron del bosquecillo al otro lado del sendero y avanzaron resueltamente en dirección a la columna de franciscanos.

Al llegar al camino, uno de aquellos tipos pareció tropezar con el fraile más bajito que iba en último lugar y se cogió a él con la aparente intención de no caer al suelo mientras el otro se acercaba rápidamente por la espalda. Hubo un rápido movimiento de brazos. No se oyó ni una sola exclamación, ni un solo grito. Sólo se pudo oír por un instante el siseo del metal cortando el aire y el leve impacto del cuerpo del fraile al caer a tierra.

Mientras, y sin advertir nada, los otros monjes habían seguido caminando sin volverse a mirar ni una vez atrás. Cuando los ojos asustados de Ismael buscaron de nuevo a los dos atacantes, ya no los vio en ningún sitio. Sin pensar en lo que hacía, corrió hacia el cuerpo que había quedado inmóvil en medio del camino.

Antes de verle la doble herida que sangraba, Ismael le vio la cara y aquellos ojos abiertos que miraban a la inmensidad desde la nada.

Era un muchacho muy joven, como él. Su cabeza también había sido apresuradamente rapada. A la luz del crepúsculo aún podían distinguirse los tijeretazos desiguales, el tosco acabado. Ismael se dio cuenta de que entre él y el chico asesinado había un parecido muy notable. No sólo porque los dos vistieran hábito y llevaran el pelo recortado. También sus facciones tenían semejanza.

Un escalofrío lo atravesó. ¿Acaso los asesinos del joven fraile se habían equivocado? Aunque no podía ni remotamente adivinar el porqué, pensó que acaso él era el verdadero destinatario de las cuchilladas. ¿Ser el protegido del Maestro Juan de Utrecht entrañaba tan grave riesgo?

Un oleada de miedo le dejó la espalda helada y convulsas las entrañas. Miró a su alrededor, recorrió con la mirada toda la arboleda que estaba a la vista. Si era un error, los sicarios aún no lo sabían. No habían regresado a toda prisa para abalanzarse sobre él.

Pero el muchacho no las tenía todas consigo. Seguía sintiéndose bajo la sombra del peligro. Sus manos y las mangas de su hábito se habían manchado de sangre al tocar el cuerpo del muchacho muerto. Le pareció entonces que la única salvación, el único amparo posible se lo podrían ofrecer, sin darse cuenta, los franciscanos.

Corrió tras la comitiva de frailes encapuchados, que estaban ya a cierta distancia, ajenos a todo lo que sucedía a sus espaldas. Cuando llegó a la cola de la columna, Ismael redujo el paso y lo sincronizó con el que llevaban los mendicantes. Trató de igualarse en todo a ellos imitándolos hasta en el menor detalle: el grado de inclinación de la cabeza encapuchada, el modo de llevar los brazos recogidos, el leve bamboleo al caminar...

Los soldados que guardaban las puertas de Brujas no

se molestaron en averiguar quién era aquel monje más menudo que iba a retaguardia con la cabeza exageradamente inclinada hacia el suelo.

Una vez dentro de la ciudad, Ismael se separó de los frailes y anduvo preguntando con mucha cautela a unos y otros hasta que dio con la casa de Loos. Así cumplía lo que le había indicado Juan de Utrecht.

Cuando se vio ante el vetusto edificio, un sexto sentido lo indujo a no llamar a la puerta sin antes haber averiguado algo, por poco que fuese, de lo que ocurría en el interior de la mansión.

El ser cogido por sorpresa por uno de los sirvientes del abogado y, sobre todo, la repentina aparición de Sofía, capaz de hacer estremecer al más pintado a causa de su mortuorio aspecto, habían acabado con la poca presencia de ánimo que aún le quedaba después de todo lo ocurrido, empujándolo a una fuga que no atendía ya a razones ni a voces que lo llamaran.

En su sórdido escondrijo de la herrería abandonada, Ismael se encontraba en un estado de enorme confusión. Se debatía entre dudas acuciantes, sabiéndose envuelto en hechos y circunstancias que desconocía.

Pensó en su severo tutor, el canónigo Sebastián Leiden, y lamentó de veras no poder pedirle consejo en aquel trance. Iba a tener que apañárselas solo. Con gran esfuerzo de la imaginación trató de deducir qué le habría recomendado Leiden para salvar los restos del naufragio.

Así, concentrándose, casi creyó oír la voz del canónigo indicándole cuál era la salida más sensata.

Estaba decidido. Como no tenía ninguna certeza de poder encontrar a Juan de Utrecht en breve plazo, no quiso quedar expuesto a los peligros nocturnos de la ciudad y salió de su escondrijo en busca del convento de los franciscanos. El destino y Juan de Utrecht lo habían decidido al enfundarle aquel hábito. Confiaba en que los frailes, haciendo honor a su fama, lo acogieran con hospitalidad.

16. YO ME HAGO CARGO DEL MUCHACHO

JACOB Palmaert no sabía exactamente por qué iba disfrazado de franciscano el muchacho que había asegurado ser discípulo de Juan de Utrecht, en casa de Loos, en las primera horas de la noche. Pero ese desconocimiento no le impidió tomar decisiones con el fin de anticiparse a los acontecimientos y dominarlos.

Tres de sus criados se habían puesto a disposición del abogado Loos para colaborar en una batida por las calles en busca del chico escapado. Se consideró que aún no había motivo para recurrir a las autoridades.

Palmaert, secretamente, tenía una corazonada. Creía saber dónde se habría refugiado el chico. No quiso que nadie supiera lo que iba a hacer. Prefería actuar por su cuenta para tener todas las ventajas en la mano.

El prior de los franciscanos de Brujas, un anciano de mirada franca y clara, tuvo una reacción de desagrado cuando le fue anunciada aquella noche la inesperada visita del doctor Palmaert. No obstante, se creyó con el deber de recibir a aquel ciudadano, aunque pudiera disgustarle.

La entrevista tuvo lugar en una gran sala conventual de bóvedas arqueadas y severo mobiliario. Tras los saludos de cortesía, Palmaert inició su acometida:

—Vuestra Reverencia sabrá perdonar esta visita intempestiva. Mi recado es sucinto, así que poco rato será el que voy a robaros.

—Exponed lo que sea, doctor Palmaert, y tomaos el tiempo que sea necesario —dijo el prior, con neutra amabilidad.

—Antes de entrar en materia, quisiera preguntaros algo.

—Os responderé con gusto en cuanto sepa de qué se trata —aseguró el fraile, esforzándose por mostrarse bien dispuesto.

—Decidme, reverendo padre, ¿no es cierto que ha pedido asilo en esta casa un muchacho que utiliza el venerable atuendo de la orden como camuflaje?

El prior, que efectivamente sabía que Ismael había llegado hacía un rato al convento, dio un rodeo verbal para no revelar la verdad de buenas a primeras:

—El fraile portero podrá facilitarnos esa información pero, por si la respuesta fuese afirmativa, ¿qué os mueve a interesaros por ese joven disfrazado?

El médico empezó a exponer la argumentación engañosa que había elaborado para convencer al franciscano:

—Ese muchacho es pupilo de un erudito amigo mío, Juan de Utrecht, hombre de gran mérito a quien tengo en alta estima. Imagino que ese muchacho andará desconcertado por no haberlo encontrado en Brujas, como esperaba. Pero no hay motivo de alarma: algo habrá retenido al señor de Utrecht en otro lugar. Confío en que lo tendremos entre nosotros sin tardanza.

Lo dicho por Palmaert coincidía en lo esencial con lo que Ismael había explicado hacía un rato, al llegar al convento en petición de asilo.

Sin embargo, el prior quiso asegurarse un poco más y preguntó:

—¿Por qué pensáis que ese joven desorientado puede haber acudido a nosotros, y no a otro lugar o domicilio que su protector le indicara?

—Ya lo ha hecho, pero con mal resultado —siguió arguyendo Palmaert, con ayuda de sus propias deducciones—. Juan de Utrecht le ordenó al muchacho que se dirigiera a la casa del letrado Bartolomé Loos, que es otro de sus amigos en Brujas. Pero, por desgracia, la mansión del abogado no es en estos días lugar idóneo para albergar muchachos. Hay allí varios enajenados graves que yo estoy tratando aunque las esperanzas de mejoría son escasas. El chico estuvo allí, presenció alguna escena desagradable e impresionante y huyó asustado. El letrado Loos y sus criados podrán confirmaros cuanto he dicho.

La coincidencia entre lo que exponía el médico y lo que Ismael había manifestado a su llegada era tan plena que el prior relajó su desconfianza casi hasta el punto de ceder. Aun así, le hizo otra pregunta a Palmaert:

—¿Y cuál es el nombre de ese joven por quien preguntáis?

Palmaert no perdió su aplomo y siguió mintiendo con naturalidad:

—Debo confesar que lo he olvidado. Mi entrañable amigo Juan de Utrecht me lo mencionó alguna vez, de pasada; sin embargo, por no tratarse de un dato esencial, mi memoria no lo retuvo; pero eso en nada disminuye mi interés por dar acogida al chico en mi casa hasta que su maestro venga a por él.

Por fin el prior dijo:

—Bien. Iré a preguntar si, como pensáis, el muchacho está en el convento. Aguardad aquí, os lo ruego.

—Os doy las gracias.

El médico sonreía por dentro mientras esperaba bajo las bóvedas de la sala conventual. El comportamiento precavido del prior demostraba que el chico se había refugiado allí. Y Palmaert estaba seguro de que su astucia y habilidad le iban a permitir arrebatar educadamente al chico de manos de los frailes. Así Ismael dejaría de ser un peligroso cabo suelto capaz de complicar mucho las cosas.

A aquella misma hora, el caballero que utilizaba como principal santo y seña el nombre de Juan de Utrecht rondaba cautelosamente por las inmediaciones de la casa del letrado Loos.

Las luces mortecinas tras las ventanas le causaron un efecto extraño. Y algo vago e indefinible en el aspecto y el silencio de la casa le hizo sospechar que allí se le había tendido una trampa.

Sabía que gente temible y sanguinaria andaba tras sus pasos, gente que pujaba cada vez más alto, incluyendo el asesinato en sus métodos.

La furia que sentía era muy grande, pero aún no podía manifestarla. Se sentía cerca del final, del desenlace, de modo que no podía cometer errores ni precipitarse.

Vistiéndose con la oscuridad de las calles se alejó de la morada del letrado.

Bajo el hábito gris, Ismael parecía empequeñecido y desmejorado. El prior se lo presentó a Palmaert diciendo:

—Pues teníais razón, doctor. El chico se había recogido aquí. Ya le he recordado que un hábito religioso no es un disfraz de quita y pon, aunque al parecer su maestro no le dejó más opción que la de camuflarse de esta manera.

—Yo me hago cargo del muchacho hasta que llegue el erudito Juan de Utrecht —dijo Palmaert, tratando de hacer surgir una expresión afable en su huesuda cara.

Ismael había estado observando atentamente a aquel hombre de tez blanquecina que decía ser amigo de Juan de Utrecht. Su aspecto le resultaba poco agradable, pero no por ello pensó que fuese a hacerle daño. El prior le había dicho que era un médico muy conocido en la ciudad.

«Lo mejor será que me vaya con él si quiero que el señor de Utrecht me encuentre cuanto antes», pensó Ismael.

—¿Qué te parece la propuesta del doctor Palmaert? —le preguntó el prior, dispuesto a permitir que el muchacho escogiera—. ¿Prefieres ir a su casa o continuar aquí? Se hará lo que tú quieras.

—Estarás en mi casa sólo hasta que tu maestro venga a por ti —puntualizó el médico, queriendo aparecer como un benefactor desinteresado, ajeno a toda intención oculta, que sólo pretendía resolver una situación incómoda.

Ismael sentía cierto recelo hacia la persona del médico, pero quiso pensar que no estaba justificado. Prefirió creer que la intervención de aquel hombre lo protegería. No había olvidado ni un momento el horrible crimen del que había sido testigo.

Pero aún no lo había comentado con nadie. Quería hacerlo en primer lugar con Juan de Utrecht. Él le ayudaría a entender qué estaba pasando.

—Gracias, señor, por hacerme un lugar en su casa —dijo Ismael al fin, aceptando el ofrecimiento de Palmaert.

El médico, con un brillo de triunfo en los ojos, dijo enseguida:

—Vamos, chico. Es muy tarde. Ya hemos abusado bastante de la paciencia y la bondad del señor prior.

17. Una larga noche en vela

En lo más profundo de la noche, todos dormían en casa de Jacob Palmaert, pero no su propietario. Sus ojos permanecían insomnes y su pensamiento daba vueltas como un centinela exasperado.

Los criados que habían participado en la infructuosa batida ya estaban de regreso y habían caído muertos de sueño en sus catres.

Sólo el mayordomo principal, de una fidelidad ciega hacia Palmaert, sabía que Ismael, bajo los efectos de un narcótico que le había sido administrado, dormía profundamente en uno de los desvanes, como un huésped en tránsito que iba a estar muy poco tiempo en la casa. El médico, a solas desde hacía un rato, tenía que decidir antes del alba la suerte del muchacho. Pero las dudas le roían. Se resistía a decidir algo irreparable sin estar seguro de que no había otra solución. No obstante, pensaba que Ismael sabía demasiado. Eso lo hacía peligroso. Tal vez no fuese posible dejar vivo a un chico que conocía secretos que debían permanecer ignorados. El doctor Palmaert, por otra parte, aún no se había dado cuenta de que el abogado Loos había cogido algo del escritorio de su despacho privado. Ese descubrimiento habría aumentado la excitación del médico hasta un grado impredecible.

Aun así, paseaba a oscuras por la planta baja de su casa, incansable, obstinado, barajando las posibilidades a su alcance. Eso le permitió advertir que una sombra furtiva merodeaba por los alrededores del edificio, como estudiando el modo de penetrar en él sigilosamente.

Desde su situación privilegiada de observador, que le permitía ver sin ser visto, Palmaert permaneció inmóvil, sin hacer el menor ruido, atisbando tras la celosía de uno de los ventanales.

No llegó a saber que el merodeador era aquél que se hacía llamar Juan de Utrecht, porque la furtiva sombra, desistiendo de las intenciones que traía, acabó por alejarse. Pronto supo Palmaert por qué lo había hecho.

Otros tres personajes se acercaban. Uno de ellos, muy alto, caminaba por delante de los otros. Estaba claro que no iban ocultándose. La actitud de aquellos hombres no tenía nada de furtiva o cautelosa. Era resuelta, firme, casi altanera.

Eso fue lo que decidió a Palmaert a abrir una ventana y preguntar en la oscuridad de la noche:

—¿Quién va?

La súbita interpelación detuvo en seco a los que se acercaban. Pero el hombre alto sólo estuvo unos instantes callado, pues enseguida dijo:

—Busco al eminente doctor Jacob Palmaert.

—Yo soy. ¿Con quién estoy hablando?

—Con el servidor de la verdad, Lucas Lauchen. Dos de mis colaboradores me acompañan.

—¡Por fin! —dejó escapar entre dientes Palmaert.

El abogado Loos estaba también insomne aquella noche. En la soledad de su alcoba, velaba las armas de la contraofensiva que se estaba preparando. Pronto iba a poder abandonar el papel que hasta entonces había representado y adoptar el que verdaderamente le correspondía.

Tenía en sus manos el objeto que había sustraído del escritorio de Palmaert. Estaba intacto, sin abrir, como él se lo había entregado días antes.

Aquélla era la prueba definitiva.

La decisiva conversación entre el médico y el colaborador de la Inquisición Lucas Lauchen había comenzado en el despacho privado de Palmaert. Mientras, los dos asesinos profesionales a los que a veces recurría Lauchen se habían tumbado un rato en un cuarto de descanso.

—El texto del supuesto Enigma de Salomón ha tenido un efecto devastador —informaba el doctor—. Puede ya decirse que la Hermandad ha dejado de existir.

—Como si una maldición se hubiese abatido sobre sus miembros, ¿verdad? —preguntó Lauchen.

—En cierto modo —admitió Palmaert—, aunque el instrumento ha sido el enunciado de un enigma enloquecedor.

—Éste es el final que les corresponde a los que se desvían del camino recto —sentenció Lauchen—. Ojalá que un día les ocurra algo parecido, o peor, a los Hermanos del Espíritu Santo, a los brujos cabalistas, a los iluminados, a los reformistas, a los adoradores del Zodíaco y a todos los que oscurecen el brillo de la auténtica fe.

—La Hermandad del Enigma de Salomón —dijo Palmaert— no podrá ya oscurecer nada.

—El caso está pues maduro para ser presentado al Tribunal. Pero queda aún un cabo suelto, un enojoso aspecto todavía fuera de control: Juan de Utrecht.

—¿Qué sabe de él?

—Menos de lo que quisiera. Su comportamiento es desconcertante. Se diría que su mente también se ha desquiciado. Se marchó precipitadamente de Amberes sin celebrar la entrevista convenida con el canónigo Leiden, que fue quien lo trató todo con él desde el primer momento. Luego ha seguido actuando más como lo haría un espía o un fugitivo que de la manera que es de esperar de un aliado.

—¿Por qué no llamarlo, lisa y llanamente, traidor? —sugirió Palmaert, más apegado a lo práctico.

—Ese nombre ya se lo darán los suyos, esos perseguidores de enigmas. Pero, para los fines que yo represento, Juan de Utrecht ha sido el Ángel Exterminador, el propagador de la epidemia. Tenía previsto que él nos acompañara al Tribunal, pero vamos a prescindir de su testificación. Su conducta anormal no augura nada bueno. Cuando aparezca quizá nos obligue a tomar decisiones muy extremas.

—Estoy convencido de que Juan de Utrecht no tardará en presentarse en esta casa —dijo Palmaert.

—¿Por qué está usted tan seguro de que vendrá precisamente aquí? —quiso saber Lucas Lauchen.

—Porque averiguará que por aquí ha pasado su discípulo.

Lauchen se irguió súbitamente en el sillón.

—Eso no es posible. ¿Cuándo estuvo aquí ese muchacho?

—Está todavía. Pero habrá que tomar una decisión definitiva. Sabe demasiado, ¿no?

Lauchen no salía de su asombro y temía encontrarse con alguna contrariedad inesperada. Pero estaba muy seguro cuando dijo:

—Perdone, pero lo que usted dice no puede ser verdad en modo alguno.

—¿Por qué? —preguntó Palmaert, seguro de que el otro estaba confundido.

—Porque el chico del que me habla, el joven discípulo de Juan de Utrecht, murió ayer a la anochecida cerca de las puertas de Brujas.

—Su información es inexacta, Lauchen. El muchacho está aquí. Y, desde luego, vivo aún.

—No sé a quién tiene aquí, doctor Palmaert, pero no es el muchacho que usted cree.

—Vamos a ver —dijo el médico, empezando a exasperarse—, ¿no iba el discípulo de Juan de Utrecht vestido de franciscano y con la cabeza rapada?

—Ciertamente. Y con esa caracterización murió al anochecer. Antes de que su cuerpo sin vida fuese retirado por la guardia, la tierra se había bebido casi toda su sangre.

Palmaert siguió obstinándose en creer que la razón estaba de su parte:

—Pues, por lo visto, luego resucitó y anduvo por Brujas hasta que me hice con él en el convento de los franciscanos. Ismael me ha dicho que se llama.

—¿Ismael? —repitió Lauchen—. No, el difunto discípulo de Juan de Utrecht se llamaba Tobías. El canónigo Leiden me lo dijo. Lo recuerdo muy bien. No puede haber duda al respecto, doctor.

Palmaert todavía insistió una última vez:

—El muchacho de quien yo estoy hablando fue anoche a casa del letrado Loos y dijo que su protector Juan de Utrecht le había ordenado que se presentara allí. ¿Es que acaso ese hombre tiene dos discípulos, y no uno sólo?

De pronto, la sospecha se abrió en la mente de Lucas Lauchen. Exclamó:

—¡Maldita sea la estampa de ese estúpido muchacho! Debe de tratarse del sobrino del canónigo Leiden.

Me había olvidado completamente de él. ¡Quién iba a pensar que su osadía pudiese llevarle tan lejos!

—Entonces, ¿qué es lo que sabe realmente? —preguntó Palmaert, esperando una respuesta clara y rápida de Lauchen—. ¿Hasta qué punto puede comprometernos?

—No puedo asegurarlo a ciencia cierta. Será necesario interrogarlo a fondo, sin miramientos. Los dos hombres que me acompañan son muy diestros en esos menesteres. Ellos le arrancarán todo lo que sepa. ¿Dónde tiene a ese insensato entrometido?

—Está en uno de los desvanes posteriores. Pero no será nada fácil despertarlo. Los efectos del narcótico que le di lo tendrán aún varias horas sumido en un sueño de plomo.

—No importa —rugió Lauchen pasando a la acción—, esos dos hombres sabrán cómo despabilarlo en poco tiempo.

18. Despertar en el fondo de un pozo de miedo

TAMBALEÁNDOSE, deteniéndose a veces a escupir los últimos restos que aún le mortificaban el estómago, Ismael escapaba con toda el alma, no sabía adónde, no sabía hasta cuándo, pero sí por qué.

Gracias a haber vomitado al poco rato la comida en la que Palmaert había puesto el narcótico, sus efectos se debilitaron.

Eso le había permitido despertar de madrugada, con un malestar físico profundo y general, con una sensación de náusea que no había conocido nunca antes, pero capaz aún de levantar los párpados y recobrar la consciencia.

Palmaert se había confiado en exceso. Estaba habituado a vigilar enfermos, y a cosas más sórdidas, pero no a custodiar prisioneros. Convencido de que Ismael estaba totalmente fuera de combate, no se había preocupado de encerrarlo bajo llave ni de comprobar de vez en cuando si seguía bajo los aplastantes efectos de la droga. Luego, con la llegada de Lauchen, había acabado olvidando toda precaución al respecto.

Ismael, aunque apenas podía tenerse en pie sin apoyarse, había reunido la suficiente presencia de ánimo para salir del desván donde estaba y, sin hacer ruido ni tropezar con nada, moverse cautelosamente por la oscuridad de la casa.

Entonces había oído las voces de Palmaert y Lauchen. Los dos sombríos personajes habían estado hablando sin sospechar siquiera que Ismael estaba cerca de ellos, protegido por las tinieblas, escuchando lo que decían con oídos cada vez más horrorizados.

Cuando comprendió que los dos hombres irían a buscarlo al desván donde lo creían aún narcotizado, escapó de la casa a través de una ventana, y con la fuerza del corazón, el pensamiento y las entrañas corrió cuanto pudo para que la noche de Brujas fuese tras él como una niebla que hiciera invisibles a los muchachos que escapaban de la tortura.

Jacob Palmaert y Lucas Lauchen empezaban a notar que algo se resquebrajaba bajo sus pies, hasta entonces sólidamente apoyados. Ya no sólo era que Juan de Utrecht, el renegado que había aceptado sembrar el germen de la locura entre sus compañeros de la Hermandad, les diera cada vez más motivos de inquietud con su silencio. Ahora, además, un insignificante muchacho que ni siquiera figuraba en el plan trazado los tenía en vilo y los hacía enfrentarse.

—¡Haber permitido que ese chico escapara ha sido una torpeza imperdonable, doctor Palmaert! —rugió Lauchen.

—He podido cometerla porque antes se lo quité a los franciscanos. Vaya lo uno por lo otro. Estamos igual que antes.

—No, mucho peor. ¡Puede haber oído algo de lo que hemos hablado!

El médico también lo había pensado, pero para descargarse opuso con firmeza:

—¡Nunca se hubiese atrevido a acercarse tanto! Aunque haya podido despertarse, seguro que iba muy aturdido. Ha buscado una ventana y ha huido. No le ha dado tiempo a nada más.

—Rece por que haya sido así, Palmaert, o de lo contrario...

El médico endureció su tono y pasó resueltamente al contraataque:

—Guardaré mis rezos para intenciones más altas, como debería hacer usted, Lauchen. ¡Lo de encargar el asesinato de Tobías, el discípulo de Juan de Utrecht, fue una torpeza mil veces peor que la que pueda haber cometido yo! ¿Qué tiene de extraño que ahora ese hombre no se decida a presentarse? ¡Temerá, y con razón, correr la misma suerte! Y ese miedo acabará por volverlo contra usted, contra nosotros. ¡He aquí la magnitud de su error, Lauchen!

—¡Usted no sabe de qué está hablando! —replicó crispadamente el aludido.

—¿Ah, no? —desafió Palmaert, tenso de indignación—. ¿No fueron esos dos verdugos que lo acompañan los que acabaron con Tobías?

—A veces se exceden, es cierto, pero eso no demuestra que yo...

—¡No se excederían si usted no se lo ordenara!

Lucas Lauchen estalló:

—¡Basta, doctor! Juan de Utrecht estaba de acuerdo en que podía ser necesario que Tobías fuese sacrificado. Por eso lo trajo consigo en el viaje. Formaba parte de lo pactado.

El médico hizo una mueca de repugnancia y preguntó a bocajarro:

—¿Y estaba Juan de Utrecht también dispuesto a ser sacrificado él, si resultaba necesario?

Lauchen no respondió. Palmaert llenó su silencio de inmediato:

—¡Porque si es así tal vez decida matarse para ahorrarles molestias innecesarias a sus ayudantes!

El colaborador de la Inquisición suspiró hondamente, y con un estratégico cambio de tono, con la fría ironía de quien se enfrenta despiadadamente a cuestiones capitales, dijo:

—Tal como están las cosas, habrá que ir pensando en ayudarlo si no lo hace por su cuenta.

Ismael había acabado por volver al único lugar de Brujas donde podía sentirse a salvo hasta que se levantara el nuevo día: la herrería abandonada donde se había escondido antes.

Desde allí tenía una visión a ras de suelo de la calleja a través de las enrejadas ventanas de un semisótano. La protección que le ofrecía aquel lugar le parecía, por el momento, suficiente.

La ciudad de Brujas era para él un reducto hostil, peligroso, donde gentes despiadadas estaban al acecho, donde fácilmente podía acabar como aquel muchacho que había visto asesinar ante sus ojos. Tenía miedo, mucho miedo. Hacía todo lo posible por ahuyentarlo, pero lo tenía muy dentro.

De repente, notó que alguien venía por la calleja. Ismael rogó al cielo que, fuese quien fuere, no entrara en la herrería donde él estaba.

Inmóvil como el agrietado muro, respirando tan despacio como le era posible sin marearse, siguió observando. Algo en el modo de andar de aquella figura le resultaba conocido.

La luz lunar era escasa, pero cuando el nocturno caminante volvió la cara hacia donde estaba Ismael, lo reconoció.

Era el hombre identificado como Juan de Utrecht. Ya no sentía hacia él la admiración que le había despertado por ser uno de los Maestros de Enigmas. Ahora sabía, por lo que había oído, que era un traidor a la Hermandad, un hombre indigno y despreciable que conspiraba con siniestros personajes en contra de aquellos que habían sido como sus hermanos.

Ni por un momento, aun teniéndolo tan cerca, pensó en pedirle ayuda, a pesar de lo muy necesitado que estaba de recibirla. Ahora le despertaba aversión, asco, deseo de dirigirle los insultos más hirientes.

Ismael no sabía que al Juan de Utrecht que él conocía le quedaban muy pocas horas de existencia. Inmóvil, agazapado, esperó a que se alejara.

Después, su respiración volvió a la normalidad. Pero seguía sintiéndose tan solo y perdido como antes.

19. Una página secreta de la medicina

La noche insomne y tensa estaba llegando a su fin. La primera luz zodiacal precursora del alba crecía ya en el aire.

Palmaert y Lauchen ya habían concluido sus violentas discusiones. Finalmente pudieron encontrar el tono de amabilidad distante que mejor les convenía a ambos. Al fin y al cabo, los dos sabían que muy pronto iban a separarse y que, a buen seguro, no volverían a verse más. Sobre ellos seguían pendiendo, como peligrosos cabos sueltos, Juan de Utrecht e Ismael. Pero habían dejado la resolución de esos dos problemas en manos de los esbirros, con instrucciones precisas y drásticas.

—Después del mediodía presentaré mi informe secreto al Tribunal del Santo Oficio —anunció Lucas Lauchen, poniéndose en pie para sacudirse el cansancio—. Será una escena memorable. Le ruego de nuevo que me acompañe. Su presencia le daría mayor relieve al acto.

Palmaert hizo una mueca escéptica y dijo:

—Gracias, pero ya sabe que no iré. No soy amigo de comparecencias de esa clase. Lo que me correspondía hacer, hecho está, y con resultados más contundentes de lo que esperaba. Francamente le confesaré que yo fui el primer sorprendido por los efectos devastadores de la trampa. Claro, se tendió en un terreno muy abonado y eso aumentó su fuerza pero, con todo, insisto en lo extraordinario de sus consecuencias. Ha sido un experimento cruel pero deslumbrante. Por desgracia, nunca podré vanagloriarme de haberlo llevado a cabo. Ciertas cosas no pueden ser divulgadas: no las entendería casi nadie.

—¿Recuerda cuando acudí a usted por ser el máximo conocedor de las obsesiones enloquecedoras del ser humano? —preguntó Lauchen con ojos brillantes—. ¿Recuerda cuando le propuse convertir en realidad una leyenda?

—La propuesta era insólita, audaz y muy interesante desde el punto de vista empírico —evocó Palmaert—: crear un falso Enigma de Salomón que llevara a un agudo extravío mental a quien se adentrara en él creyendo que ocultaba la secreta razón de ser del Universo.

—Luego sólo se trataba de corromper a uno de los doce miembros de la Hermandad para que nos revelara quiénes eran los once restantes y poder así remitirles el texto, haciéndoles creer que se trataba del verdadero Enigma legado por la tradición hermética. Y ese hombre clave fue Juan de Utrecht, el mismo que ahora nos está dando enojosos quebraderos de cabeza, aunque espero que ya por poco tiempo. El canónigo Leiden lo conocía desde antiguo y siempre había sospechado que él era uno de los sectarios del Enigma de Salomón. Estaba en una situación acuciante, desesperada, a causa de deudas y otros lances aún más graves. Por eso fue más fácil de convencer de lo esperado. Le prometí una suma muy importante, de la que le di un pequeño avance para que se confiara. El resto no pensaba pagárselo jamás. Su anómala conducta de las últimas fechas me ha dado la razón también en esto. Sólo merece el desprecio de las dos partes —añadió Lucas Lauchen, como si Juan de Utrecht ya no fuese más que un residuo maloliente.

—Yo esperaba que tarde o temprano, si el falso enigma surtía efecto, sería requerida mi intervención como médico —continuó rememorando Palmaert—. Así podría observar de cerca la evolución de ese caso único que yo mismo había provocado. Y eso se ha cumplido con creces. Y ni siquiera he tenido que moverme de Brujas: el abogado Loos acogió a los afectados en su casa movido por la esperanza de que yo pudiera salvarlos. Y lo que hice fue administrarles preparados que aún debilitaron más sus mentes y las hicieron más vulnerables a la acción del enigma, para que así el deterioro de los afectados continuara con la mayor pureza patológica. Uno de ellos, Nicolás creo que se llamaba, llegó al extremo de arrojarse por un barranco, lo que le ocasionó la muerte. Reconozco que yo no pretendía llevar la cosa tan lejos, pero ese hecho puso de manifiesto el alto resultado del experimento.

—Esa muerte tuvo algo de purificación —dijo Lauchen, quien a pesar de ser un hombre totalmente dominado por ambiciones materiales siempre tenía a punto retorcidos comentarios de supuesto carácter moral—. Y, dígame, Palmaert, ¿todos los miembros de la Hermandad han quedado con las facultades mentales dañadas?

—Una gran mayoría de ellos. Y gravemente. Sólo han quedado indemnes el abogado Loos, que no llegó a enfrentarse al enigma; un tal Julián, al que ellos llaman el decano, que está agonizando en Ostende; y Juan de Utrecht. Hay un cuarto hombre que partió de Breda y luego desapareció misteriosamente. El abogado Loos cree que le ocurrió algún grave percance en ruta. Es muy probable que haya muerto: no ha vuelto a dar señales de vida.

—¿Y los ocho restantes quedarán como dementes irrecuperables? —preguntó Lauchen sin la menor compasión, como quien hace un frío recuento de las bajas enemigas después de ganar una batalla.

—Eso el tiempo lo dirá. Pero dé por seguro que nunca volverán a ser los que fueron. Desde un punto de vista experimental, ésta ha sido una brillante página secreta de la medicina de investigación que atiende más al fin que a los medios empleados. Ahora sé mucho más acerca de los procesos disgregadores de la mente humana. Y ése es un conocimiento que para la ciencia tiene un valor extraordinario. Esos hombres y la mujer, Sofía, tendrán siempre una fragilidad de carácter que los convertirá en seres indefensos y acobardados, con la perpetua obsesión de que existe un espantoso secreto en el Cosmos. Y para lo que a usted más le interesa, Lauchen, puede dar por hecho que la Hermandad del Enigma de Salomón ha quedado abolida y sus objetivos desprestigiados, puestos en evidencia y hasta en ridículo. Puede garantizárselo así a los componentes del Tribunal del Santo Oficio.

Lucas Lauchen se deleitó unos momentos guardando un silencio lleno de complacencia, y al fin dijo:

—Esto quedará como una fabulosa victoria en los anales de la lucha contra el error y la herejía. El Enigma de Salomón será considerado como una absurda quimera herética y caerá pronto en el más completo olvido. Y esta victoria que yo le brindo a la Inquisición será aún mayor porque, gracias a la estrategia que hemos aplicado, se han logrado todos los objetivos sin necesidad de detenciones, interrogatorios, torturas, juicios públicos ni ejecuciones. Todo se ha llevado de la manera más limpia y secreta, sin que el nombre de la Inquisición sufra desgaste, quede involucrado ni aparezca siquiera.

—¿Conocía el Tribunal el plan en todos sus detalles? —quiso saber el doctor Palmaert.

—Sólo por encima, sin entrar en pormenores. Presenté un informe previo, de tanteo. No se me puso ninguna objeción. La única exigencia, comprensible y lógica, fue que no se invocara para nada el nombre del Tribunal en la fase previa.

—Hay que reconocer, señor Lucas Lauchen —dijo Palmaert—, que se ha salido usted totalmente con la suya.

El colaborador de la Inquisición sonrió halagado pero se apresuró a decir enseguida, adulador, como si el durísimo enfrentamiento que habían tenido antes fuese ya algo remoto y olvidado:

—Gracias a su cooperación, doctor. Sólo usted podía haber creado el texto que se les metió en el pensamiento a los adoradores de enigmas. Si hay alguien a quien el Tribunal debería mostrar su reconocimiento, ese alguien es el doctor Jacob Palmaert.

—Yo ya me doy por recompensado con el hecho de haber llevado a cabo el experimento —dijo el médico, como Lauchen esperaba—. Nadie me debe nada.

—Es usted muy generoso, doctor —añadió éste, lisonjero—. Eso me anima a pedirle algo.

—Diga qué es —solicitó secamente Palmaert.

—Quisiera ver con mis propios ojos el ruinoso estado en que se encuentran esos aciagos «apóstoles». Así mi testificación ante el tribunal resultará más convincente.

—Nada más fácil si ése es su deseo. Aunque, se lo advierto, lo que usted verá no será agradable.

Lauchen sonrió groseramente y dijo:

—Agradable no, ya me lo figuro, pero sí... aleccionador. Dígame, doctor, ¿cómo podríamos hacerlo?

Palmaert se acercó a uno de los ventanales y dijo:

—Mire, Lauchen: ya amanece. Dentro de un rato iremos a la residencia del abogado Loos. Nada tendrá de extraño que haga una de mis visitas matinales a los enfermos. Diré que usted es un eminente colega, de Münster, por ejemplo, que me acompaña en el reconocimiento. Bastará con que usted, en silencio, finja ser médico.

—Excelente. Me encantará llevar a cabo esa impostura.

—Así podrá usted ver a qué estado han quedado reducidos siete hombres de talento y una mujer de capacidad nada corriente.

—Las ruinas de la Hermandad del Enigma de Salomón —apostilló Lauchen, como si ya las estuviera viendo.

20. La satisfacción final de Lucas Lauchen

A LA misma hora temprana que en días anteriores, Palmaert llegó aquella mañana a la residencia de Bartolomé Loos. No iba solo. Un hombre de imponente estatura y cara amarillenta lo acompañaba.

No iba a ser una visita más, sino la visita de visitas, la definitiva y crucial.

Cuando la puerta se abrió dejando ver al demacrado Loos, Palmaert le presentó a Lauchen diciendo:

—Es el eminente profesor Snellenburg, de Münster, gran conocedor de los abismos del alma humana. Está de paso en la ciudad y le he rogado que me acompañara en el reconocimiento de esta mañana. Su opinión será muy valiosa para mí.

El abogado se inclinó someramente ante los dos hombres y les franqueó el paso.

—¿Alguna novedad? —preguntó Palmaert.

—El estado de todos sigue empeorando —dijo tristemente Loos—. Ya he abandonado hasta la más débil esperanza. Creo que va a ser inevitable hacer cuanto antes lo que usted me aconsejó. A pesar de toda mi mejor voluntad y la de mis criados, ya está resultando insostenible seguir albergando aquí a los enfermos.

—Desde luego, prolongar esta situación no es recomendable.

El abogado, dándose un respiro y cambiando un poco la cara, dijo:

—Dentro de tanta fatalidad, ha habido un hecho reconfortante.

—¿Cuál? —preguntó Palmaert.

—Adrián Gheel ha llegado. Sano y salvo.

—¿Adrián Gheel? —repitió el médico, esforzándose por recordar aquel nombre.

—Nuestro hombre de Breda, de quien nada sabíamos desde hacía algún tiempo. Yo temía que le hubiese ocurrido algo irreparable de camino hacia Brujas. Se lo dije a usted, doctor Palmaert, ¿recuerda? Afortunadamente no ha sido así. Vivió diversos percances y dificultades, pero ninguno de consecuencias fatales.

Palmaert y Lauchen intercambiaron una rápida mirada que no fue advertida por Loos. A continuación el médico preguntó:

—¿Podría hablar con el señor Gheel? Creo que será de mucho interés.

—Ahora descansa —informó el letrado—. Ha llegado bien, pero muerto de cansancio. Más tarde habrá ocasión de conversar, desde luego. Él será el primero en desearlo.

—¿Está el señor Gheel afectado mentalmente por el Enigma? —preguntó el falso profesor Snellenburg haciendo oír su voz por primera vez.

—No recibió el texto —repuso Loos—. Por lo visto, la copia dirigida a él se extravió y nunca llegó a su destino. Eso lo salvó.

—¿Y de Juan de Utrecht se ha sabido algo? —preguntó Palmaert.

—No, nada —respondió Loos con cara de extrañeza—. ¿Por qué lo pregunta, doctor?

—Por nada en especial. Pero se trata ya del único componente de la Hermandad de quien no tenemos noticias recientes, ¿no es así?

—Cierto —corroboró el abogado—. Y ello abona aún más mis sospechas.

—¿Cuáles? —inquirió Lauchen, anticipándose a Palmaert.

—Las de que él es el traidor que nos envió los textos creados para que enloqueciéramos.

—¿Por qué supone usted que ese hombre pudo haber hecho semejante barbaridad? —siguió preguntando Lauchen.

—Alguien lo corrompió para que lo hiciera —dijo Loos con aire fatalista.

—Esa parte del asunto no nos incumbe —terció Palmaert—. Pero de ser eso cierto nada tiene de extraño que Juan de Utrecht no dé señales de vida ni aparezca por aquí.

Con voz extraña, el abogado Loos dijo:

—A veces el depredador disfruta acudiendo a presenciar los estragos que ha causado.

—No creo que ocurra así en este caso —cortó Palmaert y, para desviar la cuestión, dijo—: Vamos a ver a los enfermos.

—Como viene siendo habitual, Sofía es la que más me inquieta —afirmó Loos recuperando su tono apesadumbrado—. Dice que se prepara para vivir como un festín su propia muerte. Se ha vestido y maquillado de una manera macabra. Dice que han vuelto a ella sus antiguas facultades de adivinadora de pensamientos. Está totalmente desquiciada. Temo de verdad que cometa un disparate, doctor Palmaert.

—La dejaremos para el final, para observarla con mayor detenimiento. Pero lo que me ha dicho indica que el internamiento de esa desdichada ya es inaplazable.

No lejos de allí, Ismael acababa de tomar la decisión de abandonar su escondrijo en la herrería.

Lo había pensado una y cien veces. Sólo veía dos opciones a su alcance: o bien escapaba de Brujas cuanto antes y regresaba como buenamente pudiera a Amberes para caer de rodillas ante el canónigo Leiden en demanda de perdón por su comportamiento, o se dirigía de nuevo a la residencia del abogado Loos para tratar de descubrir de una vez por todas en qué consistía la conspiración en la que Juan de Utrecht desempeñaba el infame papel de traidor.

Al fin, se había decidido por lo segundo. Sabía que era la opción más peligrosa, pero se le hacía insoportable la idea de regresar a Amberes de vacío, derrotado, como un juguete de las circunstancias, sin haber llegado al fondo de los misteriosos acontecimientos en que se había visto mezclado sin saberlo.

Así pues, resuelto a descubrir la verdad, empezó a recorrer muy deprisa la distancia que mediaba entre la herrería y la casa del abogado. Las calles no estaban aún muy concurridas. Los pocos transeúntes que se cruzaban con él iban absortos, concentrados en sus propios asuntos, y no le prestaban atención.

Pero, para su desgracia, cuando estaba a mitad de camino, dos sujetos de la más abyecta condición repararon en él. Resultaba inconfundible con su hábito franciscano y la cabeza rapada. Y ellos llevaban horas buscándolo por orden de Lucas Lauchen.

Los dos asesinos se miraron: el muchacho ya no podía escapárseles.

Palmaert y Lauchen entraron juntos en las diversas habitaciones ocupadas por los miembros de la Hermandad. Al colaborador de la Inquisición no le hizo ninguna falta tener nociones de medicina mental para apreciar a simple vista que aquellos desdichados estaban sumidos en un extravío muy profundo y de difícil retorno. No le inspiraron la menor lástima, ya que veía en ellos la prueba de su victoria, pero al salir de la alcoba del último de los hombres que visitaron le dijo a Palmaert:

—Tenía usted razón. Es un espectáculo duro de soportar.

—Más lo es el de un cuerpo convulsionándose en la hoguera —replicó con acritud el médico.

—Nunca oirá decir que yo haya tenido algo que ver con una situación tan cruenta, se lo aseguro. Mi modo de obrar va por otros cauces.

—¿Han visto ya a Sofía? —preguntó Loos, muy inquieto, acercándoseles.

—Aún no. A eso íbamos —respondió Palmaert.

—La hemos cambiado de aposento —explicó el abogado—. Decía que en el otro se asfixiaba.

—¿Dónde está ahora? —preguntó el médico.

—En el salón amarillo. Aseguró que era el que más le gustaba.

—Vamos allá —dijo Palmaert, con ganas de acabar la visita cuanto antes.

Como de costumbre, Loos se quedó fuera cuando Palmaert y Lauchen entraron en la estancia.

El salón estaba en penumbra. Al igual que otras veces, no era fácil descubrir en un primer momento dónde estaba la mujer.

Los dos hombres permanecieron a escasa distancia de la puerta, buscando con la mirada, algo desorientados.

Súbitamente, una voz demencial sonó oblicuamente a sus espaldas:

—¡Bienvenidos, ilustres benefactores! ¡Al fin estáis aquí! ¡Llevo una eternidad esperándoos!

Ninguno de los dos visitantes tuvo duda: la locura se había adueñado por entero de la mente de aquella mujer que les salía al encuentro desde las sombras.

21. ¡Yo me voy de aquí, doctor Palmaert!

Ismael se movía deprisa por las calles de Brujas. Sin saberlo, estaba a punto de ser asesinado de un modo parecido a como lo había sido Tobías, el único y verdadero discípulo de Juan de Utrecht.

Los ejecutores que le iban a la zaga, a poca distancia, esperando el momento propicio, eran los mismos. El lugar, no muy distante. Pero esta vez iba a ser dentro de la ciudad. Eso aumentaba el riesgo para los agresores, pero no lo hacía imposible, ni mucho menos. Aquellos asesinos eran perros viejos en su infame oficio. No iban a detenerse por muchas que fuesen las dificultades.

Uno de ellos, simulando un encontronazo fortuito, empujaría a Ismael al interior de algún local o vestíbulo en desuso. Allí, a cubierto de miradas, el otro le asestaría una cuchillada que le partiría el corazón.

El aspecto de Sofía era pavoroso, como si se hubiese amortajado y embalsamado a sí misma para aparecer en el escenario de la muerte. Su rostro tenía una expresión horrible y estática, y sus ojos estaban furiosamente fijos en los dos hombres que la contemplaban como si fuese una aparición.

—¡Gracias, generosos señores —rió ella, delirante—, por venir a darme vuestra sangre para que yo vuelva a la vida!

—Está completamente enloquecida —murmuró Lauchen lleno de aprensión—. No estoy acostumbrado a esta clase de escenas. Además, hace un calor sofocante. Si sigo aquí voy a marearme. Vámonos, Palmaert: ya he visto bastante.

—Espere —dijo el médico, repentinamente en guardia porque se había dado cuenta de que Sofía sostenía algo, un objeto que reconoció enseguida por cierta rasgadura que tenía, aunque no se explicaba cómo podía haber llegado a las manos de aquella mujer.

—¡Está aún sin abrir, intacto —dijo ella, mostrando el objeto—, y así seguirá por siempre jamás!

—¡Entrégueme eso ahora mismo, se lo ordeno! —exigió Palmaert, dando dos pasos hacia ella.

—¡Vaya a buscarlo al infierno, doctor Jacob Palmaert! —rugió Sofía, deslizando el pliego lacrado bajo un pesado armario, con lo que quedó fuera del alcance del médico.

—¿Qué es todo esto, qué significa? —preguntó Lucas Lauchen.

—Cállese —le espetó Palmaert entre dientes—. Lo que ella tenía en su poder era la copia del enigma que quedó sin abrir, la del abogado Loos.

—¡Y qué más da que la tuviera! —repuso el colaborador de la Inquisición.

Palmaert le susurró al oído:

—Yo la guardaba en mi despacho. Le hablé a Loos de diversos aspectos del texto del enigma. Si se descubre que no abrí el pliego, quedará claro que yo conocía ese texto de antemano por otras causas, y de ahí a la deducción completa sólo mediará un paso.

—¿Como el que va de la razón a la locura, doctor Palmaert? —preguntó sardónicamente Sofía, de pronto serena, lúcida, acusadora.

—¿Cómo ha podido oír esa enajenada lo que usted estaba diciéndome? —preguntó Lauchen, cada vez más desconcertado.

—Tengamos cuidado —se apresuró a responder el médico con un hilo de voz—. En este salón debe de haber un fenómeno de resonancia que hace que se oiga en el ángulo opuesto lo que aquí hablamos.

—¡Vámonos, Palmaert! —urgió Lauchen—. Esto está tomando un cariz muy lamentable.

—Antes tengo que recuperar ese texto —dijo Palmaert, cada vez más obstinado.

—¡Qué importa una copia más o menos! —susurró Lauchen, que aún no había comprendido la situación—. Yo hice preparar once. La mayoría, como hemos comprobado, dieron en el blanco. Vámonos. Deje que esta loca se las componga sola.

—¡Las puertas están cerradas! —anunció Sofía, fiera y desafiante—. ¡Los respiraderos se tragan las palabras!

—¿Qué habrá querido decir con eso último? —le cuchicheó Lauchen a Palmaert.

—¡Y ahora, milagro! —proclamó Sofía, como una actriz que mezclara tragedia y farsa, acercándose a una cortina que ocultaba un rincón de la sala—. ¡Los muertos, resucitados!

—¡Yo me voy de aquí, doctor Palmaert! Esto es demencial —dijo Lauchen, pero cuando llegó a la puerta comprobó con estupor que Sofía había dicho la verdad: estaba cerrada.

—¡Nada es seguro, nada es cierto: razón, locura, vida, muerte! —exclamó Sofía, retadora y exultante—. ¡Todo puede ser cambiado aquí!

—Palmaert, ¡ordene que abran inmediatamente! —pidió Lauchen forcejeando inútilmente con la puerta.

Pero el médico no lo oyó. Su atención estaba totalmente captada por algo mucho más revelador que el hecho de que la puerta estuviese cerrada. Sofía acababa de descorrer la cortina del rincón. Esa acción había dejado al descubierto a alguien que hasta aquel momento había permanecido oculto. Palmaert retrocedió.

Allí estaba, vivo, Nicolás, el componente de la Hermandad cuyo «cadáver» había visto levantar del fondo de un barranco. El médico lo conocía por haberlo visto varias veces en la ciudad.

En aquel momento Jacob Palmaert empezó a adivinar cuál era la cara oculta de los acontecimientos y se maldijo por no haberlo sospechado antes.

Cuando Ismael se dio cuenta de que los dos asesinos estaban a punto de cortarle el paso, en lugar de acobardarse, gritó, gritó y gritó con todas sus fuerzas. Sus gritos no eran de pánico, sino de llamada, de petición de ayuda, de alarma.

Un momento antes se había cruzado con dos soldados armados con alabardas. No podían estar muy lejos. Sus gritos debían alertarlos.

Sorprendidos, los asesinos dudaron un instante. Eso los perdió. Si se hubiesen lanzado enseguida sobre Ismael para taparle la boca, quizá el efecto de los gritos se hubiese marchitado como un fruto efímero. Pero duraron demasiado. Cuando quisieron reaccionar ya tenían encima a la guardia.

Ismael no se entretuvo en facilitar explicaciones. Corrió hacia la casa del abogado Loos y golpeó en la puerta sin pensarlo.

Lauchen y Palmaert oyeron a lo lejos los golpes de la aldaba. Pero no eran ni importantes ni significativos para ellos. El mundo se había reducido a lo que tenían delante.

Estaban asistiendo a la representación más asombrosa que nunca habían presenciado. Con eso les bastaba.

Por una segunda puerta que había estado oculta tras un tapiz entraron varios de los hombres que habían visto antes en las alcobas con toda la apariencia de haber perdido para siempre el equilibrio de sus mentes. Su aspecto había cambiado de modo radical. Ya no había ni rastro de locura en sus miradas. Parecían ahora, como Nicolás y Sofía, miembros de un tribunal inapelable.

—Malditos seáis —mascullló lleno de odio Jacob Palmaert—. Me hicisteis creer que el enigma os había enloquecido para que yo me confiara hasta el punto de caer en una encerrona como ésta.

La puerta que había estado cerrada se abrió entonces para dar paso al dueño de la casa y a Adrián Gheel, el Maestro de Enigmas natural de Breda, el hombre que había fingido ser Juan de Utrecht en los días precedentes.

Tras ellos entró en el salón amarillo un hombre severamente vestido de negro que se dirigió a Jacob Palmaert y a Lucas Lauchen con estas palabras:

—Soy Mateo Sluys, procurador del Consejo de Flandes. Estoy aquí en misión oficial, requerido por el abogado señor Loos, para conocer ciertos hechos insólitos y aberrantes. Con lo que he visto y oído —dijo señalando unos respiraderos a través de los que era posible ver y oír desde estancias contiguas lo que ocurría y lo que se hablaba en el salón amarillo—, y con lo que se me había contado previamente, tengo bastante para emplazarlos. Señores, deberán ustedes explicarse a conciencia, pues numerosos indicios les atribuyen maniobras repugnantes y atroces, y hay dos hombres seriamente enfermos en esta casa por su causa —añadió, refiriéndose a los dos únicos miembros de la Hermandad que sí habían sucumbido a los efectos destructores del falso Enigma de Salomón creado como trampa experimental por Palmaert.

—Yo quiero ser testigo de cargo —pidió Ismael, que había entrado en el salón momentos antes acompañado por uno de los criados de la casa—. Anoche oí lo que hablaban. Puedo repetirlo todo palabra por palabra. Y también dirán muchas cosas dos asesinos que acaban de ser apresados por la guardia.

—¡Desastre sobre desastre! —masculló con impotente rabia Lucas Lauchen.

22. Habla Adrián Gheel

—Ante todo, debo pedirte perdón desde el fondo de mi alma —empezó diciéndole Adrián Gheel a Ismael en la conversación que ambos celebraron aquella misma tarde en una sala de la casa del abogado Loos—. En primer lugar, por haberte hecho creer que yo era Juan de Utrecht, y, sobre todo, por haberte puesto en grave peligro de muerte. Por intentar proteger la vida del infortunado Tobías no dudé en exponer la tuya. Ahora procuraré que comprendas por qué lo hice, aunque nada podrá disculparme de verdad ante tus ojos. Entre nosotros siempre habrá una deuda pendiente.

—No hay ninguna deuda pendiente ni tiene que pedirme perdón por nada, señor —dijo Ismael muy seriamente—. Nadie me llamó. Yo mismo me metí en esto. Y no me arrepiento.

—Sí, gracias al cielo todo ha acabado bien para ti. Pero has estado cerca de no contarlo, y eso hubiera sido una trágica e injusta catástrofe.

—Olvídelo, señor. Si algo me hubiese ocurrido, me lo habría buscado yo.

—Tú no podías imaginar lo grave que era la situación, Ismael. Pero mejor empezaré por el principio, para que sepas todo lo que hace al caso: el primer indicio del drama que iba a desarrollarse me llegó por medio de Tobías, el joven discípulo de Juan de Utrecht. Vino a verme a Breda sin que su maestro lo supiera. Le había dicho que iba a visitar a un pariente enfermo. Tobías estaba muy preocupado. Me explicó que Juan andaba en tratos con un eclesiástico que quería saber quiénes éramos los otros once miembros de la Hermandad del Enigma de Salomón. El muchacho no había podido averiguar qué se traían entre manos exactamente, pero sospechaba algo turbio. Por eso vino a alertarme. Juan de Utrecht estaba en una situación financiera desesperada. La bancarrota y el desahucio lo amenazaban. Eso lo hacía muy vulnerable. No sé si ya has adivinado quién era ese dignatario religioso que tanteaba a Juan, pero mi deber es decírtelo: el canónigo Sebastián Leiden, tu lejano pariente.

Ismael abrió mucho los ojos, pero no pudo decir nada.

—No te preocupes —se apresuró a añadir Gheel—: de ahora en adelante, si tú no quieres, ya no dependerás de él para nada. Aunque, en honor a la verdad, hay que decir que el canónigo Leiden sólo actuó como portavoz de Lucas Lauchen, el verdadero promotor de la conspiración que pretendía acabar con nuestra supuestamente herética Hermandad. Lauchen avivó la ambición del canónigo haciéndole creer, engañosamente, que si le ayudaba a corromper a Juan de Utrecht tendría a cambio allanado el camino hacia el obispado, que era su máxima aspiración. Leiden mordió el anzuelo y se prestó a la sucia maniobra.

—Nunca habría pensado que mi tío fuese capaz de algo así —comentó Ismael sinceramente.

—Supongo que se dijo que era ya la última posibilidad que le quedaba de llegar a ser obispo. Eso en absoluto lo disculpa, pero creo que contribuye a entender el porqué de su conducta.

—Me resultará difícil callar lo que pienso cuando le vea.

—Después de todo lo ocurrido, quizá él prefiera no volver a verte.

—No sé si eso sería lo mejor.

—El tiempo lo dirá. Déjame ahora seguir con el relato de los hechos. Absorto en mis propios asuntos, tenía medio olvidado lo que Tobías me había dicho, hasta que un día recibí un sobre anónimo que contenía un texto presentado como la traducción del milenario Enigma de Salomón. Me bastó leerlo una sola vez para darme cuenta de que para las personas apasionadas por los enigmas de gran complejidad podía ser muy peligroso. Exigía un esfuerzo de concentración tan descomunal que podía acabar comiéndose el pensamiento de quien aceptara el desafío. Recordé entonces las confidencias de Tobías y deduje que ese texto era un falso Enigma de Salomón creado por manos enemigas.

—¿Pensó usted en la Inquisición? —preguntó Ismael.

—De manera indirecta. No pensé tanto en una conspiración nacida del mismo Tribunal, que poca importancia podía conceder en principio a nuestra Hermandad, como en algo urdido por uno de esos cuervos que se dedican a denunciar, a delatar o a inventar supuestos casos de herejía para alimentar al Santo Oficio, a cambio de prebendas y ventajas materiales. Lucas Lauchen es uno de esos chupadores de sangre.

—Ya no podrá volver a serlo —replicó Ismael.

—No te hagas muchas ilusiones, muchacho —dijo Adrián Gheel con un deje de amargura—. Pero sigamos. Mis temores me hicieron partir enseguida hacia Utrecht. Y como las desgracias a veces van a pares, en ruta tuve un mal encuentro: confundiéndome con un rico comerciante, unos bandidos me apresaron. Esperaban obtener por mí un sustancioso rescate. Necesitaron muchos días para convencerse de su error. Tuve suerte: en lugar de asesinarme para aplacar su frustración, me dejaron ir con lo puesto y se contentaron con propinarme una paliza y cubrirme de insultos. Pero entretanto había perdido un tiempo precioso. Cuando al fin llegué a Utrecht, Juan ya había tomado la fatal decisión de ahorcarse en una buhardilla de su casa. Horrorizado por lo que había hecho, le faltó valentía para afrontar las consecuencias de su traición. Él ya se había enterado de que algunos de los Maestros estaban enloqueciendo a causa del falso Enigma, y sabía también por una carta que Bartolomé Loos quería pedirle ayuda a un tal doctor Palmaert, de Brujas.

—¿Estaba Tobías en la casa cuando usted llegó?

—Sumido en la mayor desesperación. Me explicó que, días antes de matarse, Juan de Utrecht le había dicho que iban a separarse por un tiempo porque él tendría que ir a Amberes con el objeto de encontrarse con alguien en una posada llamada La Encrucijada, para continuar después viaje a Brujas. Al saber esto, decidí hacerme pasar por Juan para llegar al fondo de los hechos. Lo enterramos clandestinamente para que no se supiera que había muerto, y emprendí el viaje sin demora.

—¿Acompañado por Tobías? —quiso saber Ismael.

—Yo no quería que él compartiera conmigo los peligros que iban a presentarse. Le ordené que se quedara en Utrecht. Pero no atendió a razones. Deseaba ayudarme a desenmascarar a los que habían llevado a su Maestro a la desesperación y al suicidio. Traté incluso de engañarlo marchándome de improviso, sin que se diera cuenta. Pero estaba prevenido y me siguió.

—Yo oí que alguien salía a escondidas de la habitación que usted ocupó en La Encrucijada —recordó Ismael—. ¿Era Tobías?

—Sí. Le impuse la condición de que realizara el viaje de manera camuflada. Según todas las apariencias, yo sería un jinete solitario. Eso era lo que pretendía que nuestros adversarios pensaran. Algunas noches, Tobías durmió en graneros o en los bosques, y casi nunca cabalgamos juntos. Procurábamos dejar siempre una distancia, aunque no muy grande. Aquella vez que te hice el truco del jinete muerto supe que alguien venía tras de mí porque Tobías me avisó imitando el canto de un ave. Era la señal que habíamos acordado. En otra ocasión —sonrió tristemente Gheel—, dormisteis los dos en la misma sala, separados por una cortina.

—¡En el Albergue de Flandes! —exclamó Ismael, recordando al instante—. Entonces, aquel misterioso viajero era Tobías.

—Él era. Y allí tomé la decisión de utilizarte. Ten en cuenta que yo pensaba que tú eras un espía enviado por el canónigo Leiden. Al verte iluminado por el fuego de aquella habitación observé que entre Tobías y tú existía un parecido notable. Podía ofrecerte como blanco a quienes quisieran eliminar a Tobías para que no explicara lo que sabía. Se trataba de propiciar un error, una confusión de posibles víctimas. De nuevo te pido perdón, Ismael. Pero en aquel momento yo puse la vida de Tobías por encima de la tuya porque creía que tú estabas en el bando enemigo. Te engañé con un falso enigma y te hice permanecer ante la ventana, bien iluminado por el resplandor del fuego. Yo sabía que ciertos perseguidores, quizá asesinos, nos estaban rondando. Quise que te vieran en mi habitación para que pensaran que tú eras Tobías. Más adelante te ordené que te disfrazaras de franciscano porque sospeché que nuestros enemigos se habían dado cuenta de que Tobías, desde unas horas antes, iba vestido de la misma manera. El peligro estaba cada vez más cerca. Yo solo no podía hacer frente con éxito a varios asesinos profesionales. ¡Ni siquiera sabía cuántos eran! Únicamente podía recurrir a la astucia. Calculé que poniéndote a ti el hábito gris reducía por lo menos a la mitad las posibilidades de que Tobías fuese atacado por nuestros perseguidores. Ése fue mi último intento por desviar hacia ti los peligros que lo amenazaban a él. Al final, fue Tobías el abatido por esas hienas miserables. Lo sentí muchísimo, con una rabia inmensa. Pero es igualmente cierto que ahora me alegro de que tú no sufrieras daño.

—Ha sido una lástima que no hayamos podido salvarnos los dos —comentó Ismael, muy abatido.

—Sí, una lástima muy grande. Se diría que la estrella adversa que arrastró a Juan de Utrecht acabó por llevarse también a su discípulo.

—¿Quién deseaba que Tobías muriese?

—Lucas Lauchen, sin duda. Lo tendría decidido casi desde el principio, como supongo que también lo de matar a Juan. Pero antes quería hablar conmigo, creyendo que yo era él, para averiguar el porqué de mi extraña conducta. Pienso que quería saber si Juan de Utrecht le había revelado a alguien la traición cometida. Fue una suerte que Lauchen no conociera personalmente a Juan. Eso me permitió llevar adelante la suplantación y crearle muchas dudas.

—¿Usted sabía que el señor abogado Loos y los otros Maestros les estaban preparando una encerrona a los culpables?

—Yo confiaba en la inteligencia y en la capacidad de reacción de mis amigos pero, en realidad, no sabía con qué me iba a encontrar. Obraba a ciegas. He tenido que tomar muchas precauciones antes de decidirme a venir a esta casa.

El letrado Loos entró en aquel momento en la sala. Su apariencia era muy distinta a la que había adoptado en días anteriores para convencer a Palmaert de que la Hermandad se estaba hundiendo en el caos de la demencia.

—¿Ya está enterado el chico de todos los detalles de lo ocurrido? —preguntó el abogado.

—Creo que de la mayor parte sí —dijo Adrián Gheel—, pero es él quien debe decirlo y preguntar lo que aún no tenga claro.

Ismael aprovechó la ocasión:

—Con su permiso, señor —le dijo a Loos—, ¿ustedes ya sabían que era el doctor Palmaert quien había escrito el falso Enigma de Salomón?

—Al principio, no; pero después empezamos a sospecharlo. Si había alguien en Flandes capaz de escribirlo de un modo tan eficaz, ese alguien era Jacob Palmaert. Le dimos entrada en escena y luego representamos la falsa muerte de Nicolás para acabar de hacerle creer que había logrado sus infames propósitos. Eso hizo que se confiara, el muy miserable. Me entregaba preparados para que los tomasen los enfermos. Pero no eran curativos, sino que estaban destinados a agravar aún más su estado, según pudimos comprobar algunos de nosotros, los sanos, al probarlos. Luego encontré el texto del enigma, sin abrir, en su escritorio. Ésa era, por si hacía falta, la prueba definitiva. Él me había dado detalles de ese texto porque lo conocía de antemano. No necesitaba leerlo de nuevo porque se lo sabía de memoria: lo había creado él mismo. Ninguno de los nuestros le había facilitado esa información: Palmaert era el autor del texto maldito.

—Y de Lauchen, el otro criminal, ¿sabía algo? —siguió preguntando Ismael.

—No, ni siquiera lo conocíamos. Pero estábamos convencidos de que Palmaert no actuaba solo. Tenía que haber un instigador principal, seguramente alguien que intentaba hacer méritos ante el sombrío Tribunal de la Inquisición. Y sabíamos que antes o después esa nefasta persona vendría para darse el gusto de comprobar los resultados de su conspiración. Y ahí fue cuando Sofía, actriz de talento en otra época de su vida, llevó casi todo el peso de la escena final. Consiguió amedrentar a los dos canallas.

Adrián Gheel se puso en pie y dijo:

—Ya que estamos en presencia de Bartolomé Loos, que será el próximo decano de la Hermandad tras la desaparición de Julián, que vive sus últimas horas en Ostende, creo que es oportuno anunciarte —Gheel hizo una pausa mirando directamente a Ismael— que tú serás mi discípulo de ahora en adelante.

El muchacho dio un respingo de júbilo, pero no dijo nada porque Gheel continuó hablándole:

—Entraste en esta peligrosa aventura movido por tu gran afición a los enigmas y por tu deseo de que aquél que creías que era Juan de Utrecht te adoptara como alumno. Pues bien: te lo has ganado con creces. Difícilmente podría encontrar otro muchacho que tuviera tanta pasión como tú por llegar a ser un día Maestro de Enigmas. Por tanto, contarás con mi tutela y dedicación para que vayas aprendiendo todo lo que yo sé acerca del planteamiento y resolución de grandes enigmas. ¿Tienes algún reparo?

—¡¡¡Ninguno!!! —exclamó Ismael entusiasmado.

23. Palabras finales

Los representantes de la Inquisición en Brujas negaron tener relación alguna con el caso de la Hermandad del Enigma de Salomón. Declararon también que Lucas Lauchen era un perfecto desconocido para el Santo Oficio.

Pero esas afirmaciones quedaron en entredicho a causa de la conducta del Tribunal. La poderosa Inquisición, a la vez que negaba toda conexión con lo ocurrido, movía resortes políticos para echar tierra sobre el caso lo antes posible.

Lucas Lauchen desapareció de la escena a los pocos días, sin recibir ningún castigo o condena. Mucho tiempo después se supo que continuaba con sus denuncias e instigaciones en varias ciudades de Francia. Murió apuñalado en un callejón de Estrasburgo. Sus agresores nunca fueron apresados.

Jacob Palmaert quiso en su arrogancia continuar en Brujas como si nada hubiese pasado. Sin embargo, a pesar del silencio impuesto por determinadas autoridades, corrió la voz de que dos hombres de mérito habían enloquecido por su culpa y el ambiente en la ciudad acabó haciéndosele irrespirable. Tuvo que trasladarse a Lovaina y vivió allí sus últimos años erosionado por el desprestigio, resentido y al fin totalmente eclipsado.

Los dos asesinos profesionales que habían trabajado para Lauchen fueron acusados de la muerte de Tobías; pero el caso se presentó como si lo hubieran hecho con el único propósito de robarle, sin ninguna relación con el ataque a la Hermandad. Condenados primeramente a muerte, la pena les fue conmutada por la deportación a América. Nunca, sin embargo, quedó constancia de si se había cumplido o no.

El canónigo Sebastián Leiden tardó algún tiempo en conocer todo el desarrollo de los hechos que él había iniciado bajo la dirección de Lauchen. Lamentó especialmente la muerte de Tobías, a quien había conocido con motivo de sus visitas a Juan de Utrecht, y la pérdida de Ismael, al que nunca volvió a ver a pesar de los muchos intentos que hizo por conseguirlo. Abandonada ya toda esperanza de llegar a ser obispo, solicitó el traslado a una sede remota y tanto su nombre como su persona fueron pronto olvidados.

Los dos Maestros de Enigmas que habían caído en la endiablada trampa mental creada por Palmaert estuvieron a un paso de quedar atrapados para siempre en las ciénagas de la locura. No obstante, bajo los cuidados y atenciones de Loos, Sofía y algunos de los demás Maestros, que se fueron turnando, recuperaron lentamente la estabilidad mental, aunque ya nunca se atrevieron a enfrentarse a enigmas de elevada dificultad.

La Hermandad del Enigma de Salomón, una vez superado el grave trance con la humillación y la derrota moral de los agresores, reagrupó sus filas y continuó con sus reuniones y actividades.

Ismael fue adoptado por Adrián Gheel, cuya profesión era la de impresor de obras filosóficas, literarias y enigmísticas, y el muchacho aprendió el oficio a la vez que se iba iniciando en los secretos del arte de los enigmas y del pensamiento lógico y deductivo. A los treinta y cinco años, Ismael obtuvo el grado de Maestro de Enigmas, y sucedió como miembro pleno de la Hermandad a Sofía, que había fallecido un mes antes tras unos años de vejez intensos y fecundos.

El texto del diabólico enigma creado por Jacob Palmaert no ha llegado a nuestros días. Sólo conocemos su planteamiento inicial, lo de la casa con treinta y tres estancias divididas cada una en tres ámbitos. El resto se ha perdido para siempre. Tal vez sea mejor así. De lo contrario, existiría el peligro de que volviera a enloquecer a otras personas desprevenidas o excesivamente inclinadas al riesgo.

Por lo que respecta al verdadero Enigma de Salomón hay que decir que hasta hoy no ha sido encontrado. Pero hay quienes lo siguen buscando, personas que quieren saber cuál es la secreta razón de ser del Universo.

El autor de esta crónica es una de ellas, un amante de los juegos del pensamiento y un modesto continuador de todos los Maestros de Enigmas que en el mundo han sido.

ÍNDICE